历朝通俗演义

# 后漢通俗演義

〖附三国〗

蔡东藩◎著

上册

中共中央党校出版社

**图书在版编目（CIP）数据**

后汉通俗演义 / 蔡东藩著．—北京：中共中央党校出版社，2016.10

ISBN 978-7-5035-5929-7

Ⅰ．①后…　Ⅱ．①蔡…　Ⅲ．①章回小说－中国－现代　Ⅳ．①I246.4

中国版本图书馆 CIP 数据核字（2016）第 218711 号

**后汉通俗演义**　附三国

**策划统筹**　井　琪
**责任编辑**　王慧颖
**版式设计**　李　灵
**责任印制**　宋二顺
**责任校对**　马　晶
**出版发行**　中共中央党校出版社
**地　　址**　北京市海淀区大有庄 100 号
**电　　话**　（010）62805821　（010）62805037
　　　　　（010）62806200　（010）62805036
**传　　真**　（010）62881868
**经　　销**　全国新华书店
**印　　刷**　三河市恒彩印务有限公司
**开　　本**　787 毫米 ×1092 毫米　1/16
**字　　数**　663 千字
**印　　张**　61.5
**版　　次**　2017 年 9 月第 1 版　2017 年 9 月第 1 次印刷
**定　　价**　215.00 元

**网　　址**：www.dxcbs.net　**邮　　箱**：cbs@ccps.gov.cn
**微　信** ID：中共中央党校出版社　**新浪微博**：@党校出版社

# 出版说明

蔡东藩先生从 1915 年开始创作《清史通俗演义》。此后历经十年，先后完成《元史通俗演义》《明史通俗演义》《民国通俗演义》《宋史通俗演义》《唐史通俗演义》《五代史通俗演义》《南北史通俗演义》《两晋通俗演义》《前汉通俗演义》《后汉通俗演义》等，世称《历朝通俗演义》。《西太后演义》乃蔡先生续《清史通俗演义》之作，40 回，此次出版，附于全套之末，独立为一部。遂共 12 部，22 册。

《历朝通俗演义》本着“以正史为经，务求确凿，以轶闻为纬，不尚虚诬”的原则，主本信史，旁征野史，取材审慎，观点平实，内容丰富，叙述有法，用语雅洁，理趣兼备，堪为通俗史著的经典。可谓举凡朝代更替、君臣事迹、历史事件、人物风骨尽在其中。一部通俗史在手，中国历史了然于胸，读之可明盛衰之道、兴替之理。在极其重视史料的真实性之外，蔡东藩先生讲史又极具故事性和趣味性，《历朝通俗演义》不但可以作为历史学的参考书，更可作为历史爱好者的枕边书、休闲书。

本套书始由上海会文堂新记书局陆续印制出版，至 1926 年全部出齐。初版为石印线装本，至 1935 年，会文堂进行改版，改为铅印，分为 44 册，增补了许廑父续写的《民国通俗演义》后 40 回。此次出版，是以会文堂新记书局 1935 年铅印本为底本，将繁体竖排改为简体横排。在编辑校核过程中，我们尽量保持原书风貌，仅对个别的错字、别字和标点做了修改和调整。蔡东藩先生自己所做的注释、夹批和尾批，我们全部按原文保留，并且做了字体和版式的变化，方便读者阅读。本套丛书皆采用大字排版，精心设计，疏朗有致，望能给读者带来舒适、愉悦的阅读体验。

# 自　　序

客岁编《前汉演义》，就二百一十年间之事迹，撮要演述，而于女宠外戚之祸，独详载无遗，举前辙所以戒后车也。乃者赓续汉事，复及东京，并暨西蜀。而窃按东京，历数与西京略同，而其亡国之厉阶，则亦肇自女宠，成于外戚。或者谓后汉之亡，宦寺方镇实尸之，于女宠外戚似无与焉。岂知木朽则虫生，墙罅则蚁入，不有女宠外戚之播弄于先，何有宦寺方镇之交讧于后？四星耀斗，百桷摧栋，阳弱阴强，刘轻曹重，其所由来者渐矣，繇辨之不早辨也。昔范蔚宗作《后汉书》，于后妃列传中，一则曰权归女主，再则曰委事父兄，三则曰终于陵夷，大运沦，神宝亡，盖嗟叹之不足，故长言之。他如外戚党锢等传中，且连类并书，又复特创新例，作《宦者传》，冠其文曰："邓后以女主临政，帷幄称制，下令不出闺闱之间，不得不委用刑人，寄之国命。"又曰："自曹腾说梁冀，竟立昏弱，魏武因之，遂迁龟鼎。"夫邓后，女宠也；梁冀，外戚也；曹腾，宦寺也；魏武，方镇也；穷原尽委，举一例百，不已昭然揭橥欤？洎乎昭烈偏安，聊延一线，而其后复为一黄皓所误，则宦官之流毒使然。诸葛公所痛恨于桓灵者，不意于后主时又见之，良可慨已！唯史册浩繁，谁遑卒阅？至若编年纪事，各书不一而足，阅者更未免有汪洋之叹，反不若近代之通行《东西汉演义》暨《三国志演义》，则脍炙人口，俗之欢迎也。夫东西汉之叙事脱略，且多臆造，应为有识者所鄙夷。若罗氏所著之《三国志演义》，则脍炙人口，加以二三通人之评定，而价值益增。然与陈寿《三国志》相勘证，则粉饰者十居五六。寿虽晋臣，于蜀魏事不无曲笔，但谓其穿凿失真，则必无此弊。罗氏第巧为烘染，悦人耳目，而不知以伪乱真，愈传愈讹，其误人亦不少也。本编续《前汉演义》之体例，始于新莽之篡汉，终于司马氏之代魏，中历东汉蜀汉之二百数十年，事必纪实，语不求深，合正稗为一贯，俾雅俗之相宜，而于兴亡之大关键，如女宠，如外戚，酿而为阉祸，迫而为兵争，尤三致意焉。先民有言，“文不苟作”，鄙人固无当斯言，特以视附会荒唐，无关世道者，则相去殆有间欤？海内君子，幸鉴正之！

中华民国十五年秋节，古越蔡东帆叙。

# 后汉世系图

凡十二主共一百九十六年

❶光武帝刘秀[在位三十三年 25年–57年]——❷明帝庄[在位十八年 58年–75年]——❸章帝炟[在位十三年 76年–88年]——❹和帝肇[在位十七年 89年–105年]——❺殇帝隆[在位一年 105年–106年]

清沙王庆——❻安帝祜[在位十九年 107年–125年]——❼顺帝保[在位十九年 126年–144年]——❽冲帝炳[在位一年 145年]

千乘王伉——乐史王宠——渤海王鸿——❾质帝缵[在位一年 146年]

河间王开——

- 蠡吾侯翼——❿桓帝志[在位二十一年 147年–167年]
- 解渎亭侯淑——解渎亭侯苌——⓫灵帝宏[在位二十二年 168年–189年]——
  - 少帝辩[被废]
  - ⓬献帝协[在位三十一年 189年–220年]

# 三国世系图

**蜀汉** 凡二主共四十三年

❶ 昭烈帝刘备［在位三年 221年–223年］——❷ 后主禅［在位四十年 224年–263年］

**魏** 凡五主共四十六年

❶ 文帝曹丕［在位七年 220年–226年］——❷ 明帝叡［在位十三年 227年–239年］——❸ 废帝齐王芳［在位十五年 240年–254年］

燕王宇——┌东海王霖——❹ 废帝高贵乡公髦［在位六年 254年–260年］
　　　　　└❺ 元帝奂［在位五年 261年–265年］

**吴** 凡四主共五十二年

❶ 大帝孙权［在位二十四年 229年–252年］——┌南阳王和——❹ 乌程侯皓［在位十六年 264年–280年］
　　　　　　　　　　　　　　　　　　　　　├❷ 废帝会稽王亮［在位六年 252年–257年］
　　　　　　　　　　　　　　　　　　　　　└❸ 景帝休［在位六年 258年–263年］

# 目　　录

## 第一回　假符命封及卖饼儿<br>惊连坐投落校书阁

有汉一代，史家分作两撅，号为前后汉，亦称东西汉，这因为汉朝四百年来，中经王莽篡国，居然僭位一十八年，所以王莽以前叫做前汉，王莽以后，叫做后汉。且前汉建都陕西，故亦云西汉，后汉建都洛阳，洛阳在关陕东面，故亦云东汉。《前汉演义》，由小子编成百回，自秦始皇起头，至王莽篡国为止，早已出版，想看官当可阅毕。此编从《前汉演义》接入，始自王莽，结局三国。曾记陈寿《三国志》，谓后汉至献帝而亡，当推曹魏为正统。司马温公沿袭寿说，也将正统予魏，独朱子纲目，黜魏尊蜀，仍使刘先主接入汉统，后人多推为正论。咳！正统不正统，也没有甚么一定系绪，败为寇，成为王，古今来大概皆然，何庸聚讼？一部廿四史从何说，便是此意。不过刘先主为汉景帝后裔，班班可考，虽与魏吴分足鼎峙，地方最小，只是就汉论汉，究竟是一脉相传，必欲拘拘然辨别正统，与其尊魏，毋宁尊蜀。罗贯中尝辑《三国演义》，名仍三国，实尊蜀汉，此书风行海内，几乎家喻户晓，大有掩盖陈寿《三国志》的势力。若论他内容事迹，半涉子虚，一般社会，能有几个读过正史？甚至正稗不分，误把罗氏《三国演义》，当作《三国志》相看，是何魔力，摄人耳目。小子不敢訾议前人，但既编《后汉演义》，应该将三国附入在内。《前汉演义》附秦朝，《后汉演义》附三国，首尾相对，却也是个无独有偶的创格。可谓戛戛独造。惟小子所编历史演义，恰是取材正史，未尝臆造附会；就使采及稗官，亦思折衷至当，看官幸勿诮我迂拘呢。

若要论及后汉的兴亡，比前汉还要复杂。王莽篡国，祸由元后，外戚为害，一至于此。光武中兴，惩前毖后，亲揽大权，力防外戚预政。明帝犹有父风，国势称盛。章帝继之，初政可观，史家比诸前汉文景，不意后来宠任后族，复蹈前辙。
2. 和帝以降，国事日非，外立五帝，安帝懿帝质帝桓帝灵帝。临朝六后章帝后窦氏，和帝后邓氏，安帝后阎氏，顺帝后梁氏，桓帝后窦氏，灵帝后何氏。妇人无识，贪揽国权，定策帷帘，委政父兄，嗣主积不能容，势且孤立，反因是倒行逆施，委心阉竖。于是宦官迭起，与外戚争持国柄，外戚骄横不慎，动辄为宦官所制，辗转消长，宦官势焰熏天，横行无忌，比外戚为尤甚，正人君子，被戮殆尽。天变起，人怨集，盗贼扰四方，不得已简选重臣，出为州牧，内轻外重，尾大不掉。势孤力弱的外戚，欲借外力为助，入清君侧，结果是外戚宦官同归于尽，国家大权归入州牧掌握。一州牧起，群州牧交逼而来，又酿成一番州牧纷争的局面，或胜或败，弱肉强食，董卓曹操，先后逞凶，天子且不知命在何时，还有甚么汉家命令？当时中原一带尽被曹氏并吞，惟东南有吴，西南有蜀，力保偏壤，相持有年，曹丕篡汉，仅存益州一脉，不绝如缕，又复出了一个庸弱无能的呆阿斗，终落得面缚出降，赤精衰歇，都随鼎去，岂不可悲？岂不可叹？慨乎言之。总计自光武至章帝，是君主专政的时代，自和帝至桓帝，是外戚宦官更迭擅权的时代，自桓帝至献帝，是宦官横行的时代。若献帝一朝，变端百出，初为乱党交讧时代，继为方镇纷争时代，终为三国角逐时代，追溯祸胎，实启宫闱。母后无权，外戚宦官何得专横？外戚宦官无权，乱党方镇何得骚扰？古人有言："哲夫成城，哲妇倾城。"这是至理名言，万世不易呢。即如近数十年间之乱事，亦启自清慈禧后一人，可谓古今同慨。

大纲既布，须叙正文。且说王莽毒死汉平帝，又废孺子婴，把一座汉室江山，平白地占据了去，自称新朝，号为始建国元年，佯与孺子婴泣别，封他为定安公，改大鸿胪府为定安公第，设吏监守。所有乳母佣媪，不得与孺子婴通语，一经乳食，便把他锢置壁中。尊孝元皇后为"新室文母"，命孝平皇后为"定安太后"，一是姑母，一是女儿，所以仍得留居深宫。当下封拜功臣，先就金匮策书，按名授爵。这金匮是梓潼人哀章私造出来，持至高庙，欺弄王莽，见《前汉演义》末回。王莽视为受命的符瑞，就借此物欺弄吏民。计金匮中所列新朝辅佐，共十一人，首列王舜、平晏、刘歆、哀章，莽号为四辅，令舜为太师安新公，晏为太傅就新公，歆为国师嘉新公，章为国将美新公，四辅以后，就是甄邯、王寻、王邑，莽又号为三公，令邯为大司马承新公，寻为大司徒章新公，邑为大司空隆新公。尚有四人号为四将，甄丰为更始将军，孙建为立国将军，王兴为卫将军，王盛为前将军。这一道新朝诏旨颁将出来，哀章是喜得如愿，买得一套朝衣朝冠，昂然诣阙，三跪九叩，谢恩就封。余如王舜、平晏、刘歆、甄邯、王寻、王邑、甄丰、孙建等八人，本是王莽爪牙，即日奉命受职。只有王兴、王盛两姓名，乃是哀章随笔捏造，当然无人承认，好几日没有影响，哀章不敢直陈，只是背地窃笑。偏王莽遣人四访，无论贫富贵贱，但教与金匮中姓氏相符，便命诣阙授官。事有凑巧，访着一个城门令史，叫做王兴，还有一个卖饼儿，叫做王盛，当即召他入朝，赐给衣冠，拜为将军。这两个凭空贵显，还道身入梦境，仔细审视，确是无讹，无端富贵逼人来，也乐得拜爵登朝，享受荣华。天落馒头狗造化。

莽又因汉家制度，未免狭小，特欲格外铺张，自称为黄帝
虞舜后裔，尊黄帝为初祖，虞舜为始祖，凡姚、妫、陈、田、
王五姓，皆为同宗，追尊陈胡公为陈胡王，田敬仲为田敬王，
齐王建孙济北王安为济北愍王。其实齐王建本姓田氏，齐亡后
尚沿称王家，因以为姓。莽借端附会，故由齐追及虞舜，由虞
4. 舜追及黄帝。硬要夸张。立祖庙五所，亲庙四所，称汉高祖庙
为文祖庙，凡惠、景以下诸园寝，仍令荐祀。惟汉室诸侯王
三十二人，贬爵为公，列侯一百八十一人，贬爵为子，所有刚
卯金刀的旧例，不得再行。向来汉朝吏民，于每年正月卯日，
制符为佩，或用玉，或用金，或用桃木，悬以革带，一面有文
字镌着云：“正月刚卯，”谓可避一年疫气。金刀乃是钱名，形
如小刀，通行民间，莽以刘字左偏有卯有金，右偏从刀，故将
刚卯金刀一律禁止，另铸小钱通用，径只六分，重约一铢。又
欲仿行井田遗制，称天下田曰王田，人民不得私相买卖。如一
家不满八口，田过一井，应将余田分给九族乡党。且不准私鬻
奴婢，违令重罚，投御魑魅。后从国师刘歆奏议，遵照周制，
立五均司市泉府等官。此外所有官职，多半改名，大约是不古
不今的称号，胡弄一番，换名不换人，有何益处？后世亦多蹈此辙。惟

俸禄尚未酌定，往往有官无俸。后来又欲踵行封建，封了好几千诸侯，但用菁茅及四色土作为班赏，并没有指定采邑，但给月钱数千，使居都中。看官试想！这种制度，果可行不可行呢？

正在喜事纷更的时候，忽由徐乡侯刘快起兵讨莽，进攻即墨，莽方拟遣将往御，那即墨已传来捷报，刘快已经败死了。原来快系汉胶东恭王授次子，恭王授系景帝五世孙。有兄名殷，嗣爵胶东王，莽降殷为扶崇公，殷未敢叛莽，独快却志在讨逆，纠众数千人，从徐乡趋即墨城，意欲踞城西向。偏即墨城中的吏民闭城拒守，快众多系乌合，不能久持，渐渐溃散。守吏趁势杀出，把快击走，快竟窜死长广间。殷闻弟快起兵，惶恐得很，紧阖城门，自系狱中，一面上书谢罪。莽既得捷报，只命快妻子连坐，赦殷勿问。越年为始建国二年，莽恐刘氏余波，仆而复起，索性将汉室诸侯王一体削夺，废为庶人。只有前鲁王刘闵，中山王刘成都，广阳王刘嘉，曾颂莽功德，侈陈符命，故仍得受封列侯。无耻之徒。嗣复由立国将军孙建等奏言："汉氏宗庙，不当复在长安，应与汉室一同罢废。"莽欣然许可，惟言国师刘歆等三十二人，夙知天命，夹辅新朝，可存宗祀。歆女为皇子妃，使仍刘姓，余三十一人皆赐姓王氏，并改称定安太后为黄皇室主，示与汉绝婚。

定安太后虽是莽女，却与乃父性情不同，自从王莽篡位以后，镇日里闷坐深宫，愁眉不展，就是莽按时朝会，亦屡次托病，未尝一赴。莽还道她年方二九，不耐孀居，所以将她改号，好与择配，暗思朝中心腹，虽有多人，惟孙建最为效力，建有子豫，又是个翩翩少年，若与黄皇室主配做夫妻，恰是一对佳偶。当下召入孙建，与他密商，建欣然受命，归询子豫，也是喜出望外。得皇后为妻室，且是现成帝婿，有何不愿？于是想出一法，由豫盛饰衣冠，装束得与子都宋朝相似，带着医生，托词问疾，竟至黄皇室主宫中。宫中侍女，不敢拦阻，将他放入。豫得进谒黄皇室主，说是奉旨探视。黄皇室主大为惊异，又见他一双色眼，尽管向自己脸上瞟将过来，料知来意不佳，慌忙退入内室，传呼侍女，责她擅纳外人，亲加鞭扑。豫立在外面，听得内室有鞭扑声，当然扫兴而去，报知王莽。莽始知女儿志在守节，打消前议。

谁知此事一传，偏有一个纨袴郎君，艳羡黄皇室主，要想与她做个并头莲。这人为谁？乃是更始将军甄丰子甄寻。寻素来佻达，专喜渔色，前闻王莽要招孙豫为婿，不由的因羡生妒，背地含酸。后来豫事无成，寻私心窃幸，还道是大好姻缘，应该轮着自己身上，死在目前，还想快活。朝夜思想，定下一
6. 计，便悄悄地自去施行。从前寻父甄丰与王舜、刘歆等，同佐王莽，不过依莽希荣，尚未欲导莽篡位，至符命诸说，纷然并起，丰等也不得不顺风敲锣，争言符瑞。莽既据国，尝遣五威将帅，分使五方，颁示符命四十二篇，笼络人心，因此符命诸说，充满天下。且内外官吏，一陈符命，往往封侯，有几个不愿捏造，辄互相嘲戏道："汝奈何没有天帝除书？"统睦侯司命陈崇，司命官名，由莽创造。密白王莽道："符命可暂用，不可久用，若长此过去，奸人都好借此作福，反致生乱。"莽点首无言，俟崇退出，即颁出命令，谓非五威将帅所颁，尽属无稽，应下狱论罪。嗣是符命伪谈渐渐绝口。甄丰本为大司空，资格名位，不亚王舜、刘歆，就是甄寻亦得受封茂德侯，官居侍中，兼京兆大尹。至莽封功臣，依照金匮符命，但拜丰为更始将军，使与卖饼儿王盛同列，不但与王舜、刘歆等人相去太

远，甚且也不及弟，连甄邯都出丰上，丰父子当然怏怏。实在由丰素性刚强，平时未免唐突莽前，所以莽有意贬抑，借着符命为名，把丰贬置下列。丰子寻垂涎莽女，错疑莽真信符命，遂从符命上做出文章，先借别事一试，只说新室应当分陕，设立二伯，甄丰可为右伯，太傅平晏可为左伯，得周公召公故事。这道符命呈将进去，竟得王莽批准，令甄丰为右伯，使他西出。丰尚未行，寻越觉符命有效，又是一篇进陈，内言："故汉氏平帝后，应为甄寻妻。"满望王莽再行准议，好教黄皇室主下嫁过来，做个乘龙娇客。哪知宫中传出消息，很是不佳，据言："王莽怒气勃勃，谓黄皇室主为天下母，怎得妻寻?"寻才知弄巧成拙，若再不走，必被逮捕，当下密取金银，一溜烟似的逃出家门。不到半日，果有许多吏卒来围甄第，入捕甄寻。甄丰尚未知寻所犯何罪，及问明情由，也吓得魂飞天外，急忙自己寻觅，意欲绑子入朝，为自免计。偏偏四觅无着，又 7.
经朝使坐索，迫令交出，一时无法对付，只好拼着老命，服毒自尽。朝使见甄丰已死，又入室搜捕，终不得寻，乃回去复命。

莽闻寻出走，下令通缉，一面穷究党羽，查得国师刘歆子侍中刘棻，棻弟长水校尉刘泳，及歆门人骑都尉丁隆，与大司空王邑弟左关将军王奇等，统是甄寻好友，一古脑儿拿入狱中，逐加讯问。数人因甄寻在逃，无从对质，自然极口抵赖，不肯承认。案情悬宕多日，那在逃未获的甄寻竟被获到。寻本跟着一个方士，逃入华山，蛰居多时，想到外面询探音信，适被侦吏遇着，便将他一把抓住，解入长安。他与刘棻等虽是友善，惟此番想娶故后，假托符命，全是他一人作主，未曾商诸别人，既经到案，却也自作自认，供称刘棻等不过相识，并未通谋。偏问官有心罗织，严刑逼供，没奈何将刘棻等牵扯在内。刘棻等已被扳入，百喙难辞，遂都连坐罔上不道的罪名，谳成死罪。倒是生死朋友，患难与共。还有刘棻的问业师，系是莽大夫扬雄。莽大夫三字头衔，乐得叙出。也做了此案的嫌疑犯，竟遭传讯。雄字子云，蜀郡成都人，素来口吃，却具才思，平时尝慕先达司马相如，每有著述，辄为摹仿。汉成帝时，由大司马王音举荐，待诏宫廷，献入《甘泉》、《河东》二赋，得邀成帝特赏，授职为郎，嗣经哀平两朝，未获超迁，平居抑郁无聊，但借笔墨消遣，著成《太玄经》及《法言》。《法言》是摹拟《论语》，文尚易解，《太玄经》摹拟《周易》，语多难明。独刘歆借阅一周，尝语扬雄道："《太玄经》词意深奥，非后生小子所能知，将来恐不免复瓿呢。"瓿音部，是贮酱小瓮。话虽如此，意中却很重雄才，特令子棻拜雄为师，学习奇字。此时雄得为莽大夫，方在天禄阁校书，忽闻被刘棻案情牵连，要去听审。自思年过七十，何苦去受严刑，不如一死为愈，乃即咬定牙龈，竟从阁上跃下，跌了一个半死半活。我说他是条苦肉计。朝吏见他老年投阁，撞得头青面肿，很觉可怜，慌忙将他扶起，令人看守，自去返报王莽，具述惨状，且说他并未知情。莽才令免议，但命将甄寻刘棻等一并诛死。

更有一种可笑的事情，莽欲仿行虞廷故事，流刘棻至幽州，放甄寻至三危，殛丁隆至羽山，三人已经就戮，却将他尸首载入驿车，辗转传致，号为三凶。此外牵连朝臣，也不下数百人。独扬雄九死一生，想去趋奉王莽，特著一篇《剧秦美新文》，谨敬呈入。时人因此作谣道："惟寂寞，自投阁，爱清静，作符命。"为此一谣，文名鼎鼎的扬子云遂致贻讥千古。雄至王莽天凤五年，方才病死。小子有诗咏扬雄道：

才高依马算文豪，一落尘污便失操。
赢得头衔三字在，千秋笔伐总难逃。

扬雄投阁以后，却有一位铁中铮铮的老成人，为汉殉节，亘古流芳，与扬雄大不相同。欲知此人为谁，待至下回说明。

本回除楔子外，叙入王莽封拜功臣，爰照金匮符命，分授四辅三公四将，连卖饼儿亦得厕入。夫以王莽之狡诈，宁不知金匮之为伪造？其所以依书封拜者，无非为欺人计耳。不知欺人实即欺己，以卖饼儿为将军，宁能胜任？多见其速亡而已，宁待法令纷更，激成众怒，而始决莽之必亡耶？莽女为汉守节，不类乃父，尚有可称，何物甄寻，欲妻故后，其致死也固宜。刘棻、丁隆等人，不免枉死，史家因其同为逆党，死不足惜，故不为辨冤。扬雄甘为莽大夫，投阁不死，反为《美新》之文以谄媚之，老而不死是为贼，区区文名，何足道乎？揭而出之，亦维持廉耻之一端也。

## 第二回　毁故庙感伤故后<br>挑外衅激怒外夷

却说前汉哀帝时候，有个光禄大夫龚胜，年高德劭，经明行修，他因王莽擅权，上书乞休，退归楚地原籍，家食自甘，不问世事。及莽已篡位，意欲罗致老成，特遣五威将帅，赍着羊酒，问候胜家，嗣又召为讲学祭酒，胜一再托疾，不肯应命。莽立夫人王氏为皇后，即王盛女，见《前汉演义》。生有四男，长子宇为了卫姬一案，被莽逼死，卫姬系平帝生母，莽不令入宫，宇谋近卫姬，事泄被杀，亦见《前汉演义》。次子获无故杀奴，亦由莽迫使自杀；三子安向来荒荡，为莽所嫉，因立四子临为太子。且为临招致师友各四人，一是故大司徒马宫，令为师疑；一是故少府宗伯凤，令为傅丞；一是博士袁圣，令为阿辅；一是故京兆尹王嘉，令为保拂，音弼。这便叫做“四师”。又用故尚书令唐林为胥附，博士李充为奔走，谏大夫赵襄为先后，中郎廉丹为御侮，这便叫做“四友”。胥附奔走先后御侮语，见《诗经》。莽假古立官，故有是名。四师四友以外，还欲添设师友祭酒，因再派吏至楚，使持玺书印绶，征胜入都。

吏奉莽命，到了楚地，料知胜不愿就征，预先邀同郡守县吏，及三老诸生，约千余人，齐集胜门，强为劝驾。胜自称病笃，奄卧床上，首向东方，朝服拖绅，方邀朝使入室，朝使入付玺书，并给印绶，胜当然辞谢，经朝使先劝后迫，定要胜应召入朝，胜喟然叹道：“胜素愚昧，更兼老病侵寻，朝不保暮，若迫令起行，必死途中，转负新朝养老盛意，如何是好？”朝使听了，倒也不敢硬逼，退居郡舍，每阅五日，必与郡守一问起居，且向胜子及胜徒高晖屡言朝廷厚意，将加侯封，就使病不能行，亦当出居传舍，示有行意，此事关系子孙，不可错过等语。晖等颇为所动，入内白胜，胜作色道：“我受汉家厚恩，愧无以报，今年已老迈，旦暮入地，难道尚好出事二姓么？”说罢，即命二子预备后事，自己绝粒不食，饿至十有四日，气绝而亡，年终七十九岁。朝使闻得死耗，尚疑胜有诈谋，亲与  郡守往吊，审视尸体，果已绝气，方才慨然辞去。胜家当即开丧，门徒毕集，代为料理。忽有一老翁策杖前来，径至灵帷前哭了一场，哭毕又叹惜道：“熏以香自烧，膏以明自销，呜呼龚生，竟夭天年，非吾徒也！非吾徒也！”一面说，一面走，扬长自去。确是一奇。大众莫名其妙，也不知他何姓何名，后来到处查问，有人识他是个彭城隐士，年约百岁，姓名不传，但共号为彭城老父罢了。

朝使复报王莽，莽也为欷歔。未必真情。转思唐林、唐尊、纪逡诸人，俱系一时名士，幸已罗置朝端。尚有齐人薛方著名已久，亦应遣使招徕。乃更命安车驷马，往迎薛方，方向来使拜谢道：“尧舜在上，且有巢由，今明主方著唐虞盛德，小臣愿守箕颍高风，请善为我辞。”措词甚妙。使人回复朝命，备述方言，莽听他称颂自己，很觉惬意，遂不复再征。南郡太守郭钦，兖州刺史蒋翊，常因廉直得名，当王莽居摄时，已皆托病辞职，终身不起。又有沛人陈咸，此非前汉时陈万年子。曾为哀帝时尚书，莽杀何武、鲍宣，见《前汉演义》。咸即惊叹道："《易》称见机而作，不俟终日，我亦好从此去了。"当下谢职归田。莽篡汉后，召为掌寇大夫，仍称病不就。咸有三子参、丰、钦，俱已出仕，由咸陆续召归，杜门不出。平时尚用汉家祖腊，或说他未合时宜，咸勃然道："我先人怎知王氏腊呢？"遂家居以终。此外还有齐人栗融，北海人禽庆苏章，山阳人曹竟，并以儒生为吏，因莽辞官。这都是洁身自好的志士，可法可传，比诸莽大夫扬雄，原是清浊不同呢！历举志士，维持风节。惟孝元皇后死后诔文，还是莽大夫扬雄所作，语虽寥寥，尚将他列入汉家，不把那"新室文母"四字提叙出来。曾记得诔语
12. 有云：

太阴之精，沙麓之灵，作合于汉，配元生成，著其协于元城。

相传孝元皇后王政君，初生时曾有奇异，母李氏梦月入怀，方孕政君，所以诔文中说为太阴之精。政君为元城人，元城郭东，有五鹿墟，就是春秋时代的沙麓地方，春秋鲁僖公十四年，沙麓崩，《春秋传》作沙鹿。晋史卜得爻辞，见有阴为阳雄，土火相乘二语，尝叹为六百四十五年后，宜有圣女兴起，大约应在齐国田氏。是一个亡国妇人，何有圣女？王氏为齐王建后裔。见前回。王贺徙居元城，正当沙麓西偏，孙女便是王政君，为元帝后，经元成哀三朝，尚然健在。哀帝时由政君摄政，正与鲁僖公十四

年，相隔六百四十五载，所以诔文中说为“沙麓之灵”。扬雄援据故事，叙入诔文，原为颂扬元后起见。但汉无元后，或不致为王莽所篡，是元后实系亡汉罪魁，何足称道。不过她见莽篡位，也觉悔恨，且莽改称元后为新室文母，与汉绝体，越令元后不安。莽又毁坏刘氏宗庙，连元帝庙亦被拆去，独为新室文母预造生祠，就将元帝庙故殿基址，作为文母纂食堂。纂音撰，具也。建筑告成，号称长寿宫。特请元后过宴，元后至新祠中，见元帝庙废彻涂地，不禁惊泣道：“这是汉家宗庙，当有神灵，为何无端毁去，颓坏无余？若使鬼神无知，何必设庙？倘或有知，我乃汉家妃妾，怎得妄踞帝堂，自陈馈食呢？”王莽听了，毫不介意，仍请元后入席，元后不得已坐下，勉强饮了几杯，便即起身告归，私语左右道：“此人慢神太甚，怎能久叨天祐？我看他败亡不远哩！”语虽近是，但试问由何人纵成？

莽见元后怏怏回去，料她心怀怨恨，不得不格外巴结，卖弄殷勤，所有一切奉养，常亲往检视，不使少慢。那元后却愈加愁闷，镇日里不见笑颜，汉制令侍中诸官，俱着黑貂，莽独使改着黄貂，独元后宫中的侍御仍着黑貂，且不从新莽正朔，每遇汉家腊日，自与左右相对，饮酒进食，总算度过残年。好容易过了五载，至王莽始建国五年二月，得病告终，享寿八十有四。若早死一二十年，当可少许免咎。莽为元后持三年服，奉柩出葬渭陵，虽与元帝合墓，中间却用沟夹开。所建新室文母庙中，岁时致祭，反令元帝配食，设座床下，这真叫做阴阳倒置，妇可乘夫了。想就是阴为阳雄之验。

惟元后在日，曾云王莽不得久安，莽总道是老妪恨语。哪知元后殁时，已经内外变起，岌岌不宁。先是莽遣五威将帅王骏，率同右帅陈饶等北抚匈奴，使单于交出汉玺，改换新朝图印，镌文为新匈奴单于章。匈奴乌珠留若提单于，即囊知牙斯。问明情由，才知汉朝绝统，另易新皇，却也没甚话说，就将图印换讫。陈饶恐单于变计，再求故印，即将原印用斧劈毁。到了次日，果由单于遣人持印，出语王骏道："我闻汉朝制度，凡诸侯王以下印绶，才称为章，我虽受汉册封，原是称玺，今易去'玺'字，又加'新'字，是与中国臣下，毫无分别了！我不愿受此新章，仍须还我旧印为是。"陈饶闻言，将原印取示，已经分作数片，且与语及新朝体制，与汉不同。番使返白单于，单于知已受欺，待至莽将南归，便即勒兵朔方，伺隙入寇。

警报到了长安，莽正欲耀武塞外，特改号匈奴单于为降奴服于。莽生平无甚奇巧，不过善改名目。简派立国将军孙建等，募兵三十万人，约期大举，进击匈奴。且分匈奴国土为十五部，饬立前单于呼韩邪子孙十五人，同为单于。呼韩邪子孙散处朔漠，各有职使，哪个肯来应命？莽乃再遣中郎将蔺苞、副校尉戴级，率兵万人，多赍金帛出塞，招诱呼韩邪诸子前来听封。匈奴右犁汗王咸居近中国，闻有金帛相赠，不免心动，因率子助、登二人来会蔺苞、戴级，蔺戴即传述莽命，拜咸为孝单于，赐给黄金千斤，杂缯千匹，助为顺单于，赐给黄金五百斤。咸受金后，便欲挈子同归，不意蔺苞、戴级将他二子截留，只准咸一人归庭，咸怏怏自去。蔺苞、戴级遂把助登传送长安，王莽大喜，封苞为宣威公，拜虎牙将军，级为扬威公，拜虎贲将军。事为乌珠留单于所闻，顿时大怒道："先单于受汉宣帝恩，原不可负，今天子非宣帝子孙，如何得立！我岂肯从他伪命么？"当下纵兵入塞，大杀吏民。莽得知消息，更选出十二部统将，令分率募兵三十万众，各赍三百日粮草，分道并出，为灭胡计。将军严尤，亦奉命与征，独上书谏莽道：

臣闻匈奴为害，所从来久矣，未闻上世有必征之者
也。后世如周秦汉征之，亦未闻有得上策者，周得中策，
汉得下策，秦无策焉。当周宣王时，猃狁内侵，至于泾
阳，命将征之，尽境而还。其视戎狄之侵，譬犹蚊虻之
螫，驱之而已，故天下称明，是谓中策。汉武帝选将练
兵，约赍轻粮，深入远戍，虽有克获之功，胡辄报之，兵
连祸结，三十余年，中国罢耗。罢音疲。匈奴亦创艾，而天
下称武，是谓下策。秦始皇不忍小耻而轻民力，筑长城之
固，延袤万里，转输之行，起于负海，疆境虽完，中国内
竭，卒丧社稷，是谓无策。今天下遭阳九之厄，比年饥
馑，西北边尤甚，若发三十万众，具三百日粮，必东援海
代，南取江淮，然后乃备，计其道里，一年尚未集合，兵
先至者聚居暴露，师老械敝，势不可用，此一难也。边既
空虚，不能奉军粮，内调郡国，不相及属，此二难也。计 15.
一人三百日食，须用粮十八斛，非牛力不能胜，牛又当自
赍食料，加二十斛，重矣，胡地沙卤，辄乏水草，以往事
揆之，军出未满百日，牛必尽毙，余粮尚多，人不能负，
此三难也。胡地秋冬甚寒，春夏多风，多赍釜鍑薪炭，重
不可胜，兵士又不服水土，动有疾疫之忧，故前世伐胡，
不过百日，非不欲久，势有不能，此四难也。辎重自随，
则轻锐者少，不得疾行，虏徐逃遁，势不能及，幸而逢
虏，又累辎重，如遇险阻，衔尾相随，虏要遮前后，危且
不测，此五难也。大用民力，功不可必立，臣窃忧之，今
既发兵，宜纵先至者，令臣尤等深入霆击，但期创艾胡虏
足矣。若必穷兵累日，转饷经年，非臣之所敢闻也。严尤助
逆，本不足取，但其言可采，故录之。

王莽得书，不肯听从，仍饬照前旨办理。看官试想，这三十万兵士，三百日粮草，岂是容易所能办到？百姓又最怕当兵，最怕输粮，地方官刑驱势迫，东敲西逼，招若干壮丁，备好若干刍粟，还要陆续转运出去，不是雇船，就是装车，舟子车夫，又没有多少工资，统皆畏缩不前，眼见得有年无月，不能成事。严尤所言，还多从塞外立说，其实内地已不堪征求，民皆疲命，始终总是一死，不如去做盗贼，还可劫掠为生。国家之乱，大率如此。莽待了数月，闻得兵粮尚未办齐，更遣中郎绣衣执法各官，四面督促勒定严限，一班似虎似狼的奸吏乐得依势作威，压迫州郡，于是法令愈苛，地方愈乱。那匈奴却屡为边寇，外患日甚一日，莽所遣派各将帅，都因兵饷未集，不敢出击，一听胡骑纵横边境，饱掠而去。从前北方一带，自汉宣帝后，好几代不见兵革，户口浸繁，牛马满野。至莽与匈奴构
16. 衅，人畜不及迁避，多被掠夺，又害得尸骸盈路，朔漠一空。莽尚望孝单于咸肯为效力，牵制匈奴，所以咸子助、登入都以后，还是好生看待，优赐廪饩。助不幸病死，莽令登代为顺单于，哪知孝单于咸前次出塞归廷，自恨为莽将所欺，便去告诉乌珠留单于，涕泣谢罪。乌珠留单于贬咸为于粟置支侯，且令他入寇中国，将功补过。咸乃令子角出没塞上，会同匈奴部众，骚扰不休。莽将陈钦王巡，出屯云中，分兵防堵，捕得匈奴游骑，讯知为咸子角部下，忙即报达王莽。莽当然发怒，立将顺单于登拿下，枭首市曹。

一波未平，一波又起，西夷钩町王弟承，起兵攻杀牂牁大尹周钦，扰乱西陲。钩町与牂牁相近，汉武帝时，征服西南，建置郡县，但蛮夷部酋，往往仍使王号。钩町王亡波，曾助汉兵平乱，得受册封，传至王莽时候，被莽派出五威将帅，传达

朝命，硬要他贬王为侯。钩町王邯系亡波支裔，自思未曾得罪，何故遭贬？免不得与五威将帅略有违言。偏莽得了五威将帅报告，遽使牂牁大尹周钦诱杀钩町王邯，全是鬼蜮手段。邯弟承为兄报仇，倾国大举，攻入牂牁，把钦击死。牂牁附近诸州郡慌忙连合拒守，飞章上闻。莽正想专力灭胡，不防西夷也这般厉害，只好另简冯茂为平蛮将军，往讨钩町。茂方起行，又得益州警耗，乃是蛮夷部落响应钩町，攻杀益州大尹程隆。莽闻蛮夷迭叛，恐冯茂兵少势孤，不足平蛮，乃令茂大发巴蜀犍为吏士，就地征饷，分讨蛮夷。这消息传到西域，各国亦皆有贰心。车师先叛，降入匈奴。戊己校尉刁护，戊己校尉，系汉时所置。遣吏属陈良终带，扼守要害，免得匈奴车师串同入寇。陈良终带潜怀反侧，竟将刁护刺死，胁掠吏士二千余人，也去投降匈奴。匈奴收纳良带，使为乌贲都尉。莽方想扫平匈奴，谁料到变端百出，连西域也是生乱，边吏胆敢刺死校尉去做胡奴，那时无名火高起三丈，更派使至高句骊国，征发兵民，要他速渡辽河，夹攻匈奴。高句骊为汉武所灭，夷作郡县，虽遗种尚受侯封，却没有什么兵甲，急切如何成行？偏王莽一再催逼，恼动高句骊遗众，索性拒绝莽使，也为寇盗。

嗣是东西南北诸边疆，无一不乱，弄得王莽顾此失彼，跼蹐不安。未几焉耆国又叛，西域都护但钦被戕，越使王莽焦急，临朝时常带愁容。群臣见莽有忧色，还要当面献谀，只说是夷狄为乱，无伤圣德，不久便可荡平。莽亦意气方张，未肯悔过，但务剿袭古制，粉饰太平。自从小钱颁行，民感不便，莽更作金银龟贝钱布诸品，号为宝货，种类错杂，名目纷繁，民间愈觉烦扰，屏诸不用，但将汉朝遗留的五铢钱卖买交易。莽乃将宝货停办，另铸五十大钱，使与一文小钱并行，所有汉朝的五铢钱，概令销毁，如百姓尚敢私藏，罪当投荒。官吏借端搜索，闹得鸡犬不宁，偶被搜出，即将全家充戍，如有私铸铜钱，责令五家连坐，一并充军。最可恶的是犯人夫妇充发出去，不准完聚，竟将妇女另行改配，或罚做军人奴婢，永不放还，这真是古今罕有的虐政。

莽仿行周官王制，周官即《周礼》，王制即《礼记》。特置卒正连率，同帅。及大尹属令属长州牧，更分六乡六尉六队六服，合为万国，所有郡县名称，辄为变易，一郡易至五名，官吏都不能记忆。莽且自为得计，以为制度改定，天下自然平定。因此召集公卿，日夕会议，聚讼纷纭，甚至各处案件，申报上来，无暇批发出去，就是守令各官，也不遑考绩，听他作恶舞弊，贻害闾阎。每岁虽有绣衣执法，与十一公士，十一公，即前四辅三公四将等官，公之掾属称士。持节出巡，名为察吏善恶，稽民勤惰，实是纵他出刮地皮，到处索贿，死要铜钱。地方官怎肯破囊？无非是取诸民间，移作赆仪。有几处吏民抱屈，诣阙诉冤，亦被尚书搁置，连年守候，不得告归。至若拘系郡县，无故待质，也是沉滞得很，往往至莽下赦文，然后得出。这是乱时通病，不特新莽时为然。就是内外卫兵，本可一年交代，或且迟至三年，边兵陆续招赴，不下一二十万，都要仰食县官，县官无从取给，只好暴敛横征。五原代郡诸民，受祸最烈，为乱最早。莽不问民生疾苦，只知遣兵征剿，百姓外遭胡寇，内受兵灾，除死以外，几无他法。还亏匈奴乌珠留单于一病遂死，右骨都侯须卜当方执大权，素与于粟置支侯咸友善，把他拥立，劝咸与中国和亲，咸自称乌累若鞮单于，颇怨乌珠留将他贬号，也把乌珠留诸子降职，且尚未知子登死状，所以依看须卜当计议，遣使入塞，有意请和。莽查得须卜当妻，就是王昭君女须卜居次，因此封昭君兄子王歙为和亲侯，王飒为展德侯，使他赍着金币，往贺单于即位，伪言侍子登无恙，但教单于送出陈良终带诸人，便可将登遣归。单于贪得莽赂，又欲与登相见，遂捕交陈良终带，及手杀刁护贼芝音等人。王歙兄弟将良带等押解长安，莽援《周易》“焚如死如”的遗训，放起一把大火，把良带等推入火中，烧成灰烬！良带等原是该杀，但必用火烧，亦是过虐。下令召还诸将，罢归屯兵，一番劳师动众的大祸，总算暂时打消。是年王莽改元号为天凤元年。小子有诗咏道：

未谙武略想平胡，功未成时万骨枯；
买得罪人付一炬，可怜民命已难苏。

莽与单于言和，单于遣使报谢，并迎侍子登归国。登已早死，如何遣还？欲知王莽对付情形，容待下回再表。 

偏爱者不明，好诈者必败，是二语好为王氏姑侄作一注脚。孝元皇后之宠莽，全为爱莽而起，莽以媚术博姑母之欢，使之堕入计中而不之觉。迨莽篡窃汉祚，始悔偏爱之失策，晚矣。夫帝可弑，国可盗，则汉室宗庙，何不可毁？孝元后之且惊且泣，料莽不永，纯是妇人咒詈口吻，岂真能预测先几？且黑貂汉腊，何益夫家，大事已去，小节无论已。莽挟诈以欺国人，而不足以欺外夷，匈奴发难，边警迭闻，尚不肯从严尤之请，竟欲大举平胡，北征之师未出，而东西南三面，变端迭起，莽已旰食之不遑，尤复师心稽古，一何可笑。孔子所谓“反古之道，灾必及身”，况如莽之身为乱贼，无在非诈乎？好诈必败，王莽其已事也。

# 第三回　盗贼如蝟聚众抗官<br>父子聚麀因奸谋逆

却说乌累单于遣使至长安报谢，拟即迎登回国，王莽如何交得出？只托言登方病死，当令人送丧出塞，一面厚赆胡使，遣令归报。乌累单于又觉得为莽所欺，但因自己新立，威信未行，不能不暂时容忍，姑与言和。不过近塞戍兵仍听劫掠，未尝禁止。莽闻边境未靖，还想讨伐匈奴，适值天变迭兴，彗星出现，乃不敢动兵。既而灾异不绝，日食无光，莽不知责己，但知责人。太师王舜、大司马甄邯已经早死，莽独咎太傅平晏，免去尚书事省侍中兼职；又将继任大司马逯并一并策免。哪知变异越多，时有所闻：当夏陨霜，草木枯死，盛暑时黄雾四塞，新秋后大风拔树，雨雹杀牛羊。至天凤二年仲春，日中现星，都下人民，讹言黄龙堕死黄山宫中，相率往观。莽自称黄德，不免寒心，令有司捕系百姓，问及讹言缘起，亦无从证实。适匈奴又遣使到来，求登尸骸，莽因复遣王歙等送登棺木，出至塞下，当由须卜当子大且渠奢，来迎登丧。歙等将棺木交讫，复传述莽命，另赠乌累单于金帛，叫他改号“匈奴”为“恭奴”，“单于”为“善于”。用了若干金帛，买出恭善两字，有何益处？并封须卜当为后安公，大且渠奢为后安侯，各给印绶，并赐多金。大且渠奢称谢而返，报知乌累单于。乌累单于利得金帛，就依了莽命，遇有使节往来，暂称恭奴善于。既得实惠，何惜虚名？莫谓胡儿不智！惟部兵入塞寇掠，仍然如故。

越年夏季，长平坂西岸堤崩，泾水不流，莽遣大司空王邑巡视。邑还朝奏状，偏有几个媚臣谐子，向莽上寿道：“‘河图’所谓‘以土填水’，应该匈奴灭亡，速讨勿迟！”如何附会上去？莽以匈奴虽然言和，尚是寇盗不息，非大加惩创，不足示威。凑巧群臣有这种计议，正好趁势发兵，乃遣并州牧宋弘及游击都尉任明等，先出屯边，准备北讨。复令五威将帅王骏，西域都护李崇，率同戊己校尉郭钦等，往抚西域，也欲仿汉武遗计，截断匈奴右臂，免得相连。王骏等到了西域，诸国多出郊迎接，奉献方物。骏因焉耆国前杀但钦，意欲乘便袭击，为钦报仇，当下使戊己校尉郭钦与偏将何封，另率精兵后进，自与李崇先行。焉耆国王刁猾得很，佯遣人恭迓骏崇，谢罪乞降。骏以为乐得前进，好使焉耆无备，可以得志。哪知焉耆境内四布伏兵，一俟骏兵入境，突然杀出，把骏围住。李崇见不是路，拍马返奔，单剩骏陷入围中，冲突不出，竟致毙命。焉耆兵复追赶李崇，幸喜郭钦何封，率兵驰至，才得将崇救免，复麾众敌焉耆兵，焉耆兵也即退去，遗下老弱数百人，被郭钦等杀得精光，引兵归报。莽拜钦为填外将军，填同镇。封剿胡子；剿音芟，绝也。何封为集胡男；令李崇退镇龟兹，静待后命。

天下不如意事，十常八九，那平蛮将军冯茂，往击钩町，差不多已两三年，兵马调动了好几万，赋敛民财，值十取五，弄得怨声载道，仍一些儿没有功劳，反报称部下士卒多染疫病，十死六七。顿时触动莽怒，立将冯茂召还，下狱论死。别遣宁始将军廉丹统兵往剿。大发天水陇西骑士及巴蜀吏民十万人，浩荡前进，转输相望。初至时还算得手，斩馘数千；后来蛮夷据险死拒，丹军渐至疲闲，疫气熏蒸，粮道不继，仍落得无功而还。越隽蛮酋任贵，见官军再举无成，也乘隙为乱，杀死太守枚根，自称邛谷王。莽再想发兵继进，哪知内地乱民，已经蜂起，骚扰的了不得，还有什么余力，与蛮夷角逐呢？这叫做剥皮及肤。

先是莽有事四夷，岁需浩大，特设出六筦名目，课税民间：一盐税，二酒税，三铁税，四名山大泽采办税，五赊贷税，六铜冶税。如有人违法不纳，即科重罪，贫民无自谋生，富民亦不能自保，当时草泽中间，已多伏莽，再加蠹胥猾吏代为驱
22. 迫良民，叫他去投盗贼，于是愈聚愈众，到处揭竿。临淮人瓜田仪，依据会稽长州，首先发难。未几即有琅琊妇人吕母，也聚党数千人，入海为盗。吕母是一个老妪，为何胆敢作乱？她本来家况小康，未尝犯法，只因有子为海曲县吏，被县宰冤枉杀死，遂致吕母忿起，散财募士，招致少年百余人，攻入海曲，杀死县宰，取首祭子。自思祸已闯大，不能中止，索性逃入海中，明目张胆，去做强盗。就近的亡命无赖，陆续趋附，竟至一万多人。未几又有新市人王匡、王凤，也纠结徒众，出没江湖。原来荆州岁饥，人民无谷可食，都到野田间去采凫茈，即荸荠。烹食为生，你抢我夺，免不得有争斗情事。王匡、王凤本是就地土豪，出与排解，处置公平，大众统皆悦服，愿受指挥。独地方官罔恤民艰，非但不知赈给，还要向他加征，饥民忿恨异常，遂推匡、凤两人为首领，反抗官吏，聚众起

事。南阳人马武、颍川人王常、成丹，也是著名盗目，闻风趋集，一同入伙，就借洞庭湖北的绿林山，作为巢窟。绿林山势甚险峻，可居可守，党徒聚至七八千人，四出打劫搬回山中。官吏虽派兵往捕，终因山高势险，不敢深入。一班绿林豪客竟得快活逍遥。后世称盗薮为绿林，便本此事。同时南郡人张霸、江夏人羊牧，亦分头为盗，党羽亦不下万人。

王莽连闻盗警，没奈何遣使招抚，叫他急速解散，方可赦罪。群盗方兴高采烈，怎肯听命？使臣只好返报，莽问及盗贼情形，使臣禀白道："百姓因法禁烦苛，不得安居，力作所得，又不敷租税，就使闭门自守，还要被铸钱挟铜的邻伍，牵连犯罪，大众无从求生，只得去做盗贼了。"莽见他出言不逊，立即撵逐出朝，革职为民，另遣他人查办。他人不敢实报，复称乱民狡黠，应该捕诛；或谓时运适然，不久必灭。莽很觉惬意，辄命超迁，自己亲往南郊，祷天禳灾，采办五彩药石，熔一铜斗，像北斗形，长二尺五寸，号为威斗，谓可厌胜众盗。斗既铸成，付司命官掌管，莽出巡时，令他背负前行，入令在旁相随，仿佛与儿戏一般。无非欺人。



好容易混过一两年，已是天凤五年了。前此诸盗，一处不得荡平，反增添了好几处警耗。琅琊人樊崇勇猛绝伦，为群盗所敬惮，奉为盗魁，盘踞莒县，一岁间聚至万余人。又有樊崇同郡人逄安及东海人徐宣、谢禄、杨音，亦皆起应樊崇，转掠青徐二州间。再加刁子都，《汉书》作力子都。横行东海，独张一帜，亦在徐兖二州，打家劫舍，出没无常。莽改抚为剿，屡遣兵吏防御。偏是这班兵吏，只能欺贫压懦，不能获丑歼渠，一遇盗贼，大都畏缩不前，反被盗贼击退，这真徒唤奈何了。

天凤六年春月，莽因盗贼四起，特令太史推算三万六千岁历纪，决定六岁一改元，下书布告天下，自言当如黄帝升天，意在诳耀百姓，销解盗贼。谁知百姓已瞧透机关，知莽专事欺人，无一尊信，反加诽笑，群盗更无所畏忌，越聚越多。会匈奴乌累单于病死，弟舆继立，号为呼都尸道皋若鞮单于。他因乌累单于在世时常得中国厚赂，至此也想骗取金银，特令须卜当子大且渠奢，入报嗣位日期，并献各种方物。莽又想入非非，召入和亲侯王歙，阴嘱秘谋，使他照计行事。歙依了莽命，带着一队人马，托词送奢，偕行出塞，使奢往召须卜当，同来领赏。须卜当转告单于，单于眼巴巴地望得财帛，一闻赏赐颁来，当然心喜，便令须卜当父子往会和亲侯王歙。不意王歙见了须卜当，说是朝廷有旨，要他入都觐见。须卜当不禁诧异，但手下没甚兵士，只有两子随来，长子大且渠奢又被王歙管束，不得脱身，乃命次子回报单于，自与奢入都见莽。莽见须卜当
24. 父子入朝，格外优待，面拜须卜当为须卜善于，兼后安公。

看官道莽怀何意？无非欲诱服匈奴，他想匈奴易主，未见得服从中国，只有须卜当为王昭君女夫，素主和亲，若将须卜当立为单于，自然感恩降服，又恐须卜当身在匈奴，不便应允，所以将他诱来，特赐尊号，并拟出兵护送，使他归国为王。实是呆想。哪知呼都尸道皋单于，接得须卜当次子归报，非但不得财帛，且将须卜当父子劫去，气得两目圆睁，立即调动兵马，入寇边疆。是时严尤为大司马，知莽失计，曾劝莽勿迎须卜当，莽不肯听尤。及闻匈奴侵入边界，欲遣尤与廉丹共击匈奴，赐姓征氏，号为二征将军，且面加慰勉，大致说是诛舆立当，舆即单于，名见上文。可使匈奴久服，一劳永逸。严尤独面驳道："陛下且先忧山东盗贼，匈奴事且置作后图。"莽闻言变色，竟将严尤免官，改擢降符伯董忠为大司马，广募天下丁男

及死罪囚吏民奴，充作锐卒，并税天下吏民家资，三十取一，厚兵聚饷，出讨匈奴，又征集天下奇能异士，为冲锋选。

说也可笑，竟有数人应召前来，或言能渡水不用舟楫，只用马匹接连，足渡百万兵士；或言出兵不费斗粮，但教服食药物，便能永久不饥；或言插翅能飞，一日远翔千里，不难窥探敌情。首二说未便立试，只自言能飞的技士，叫他当场试演。那人取出两翼，乃是鸟羽编成，系诸身上，两翼中间，绾住机纽，用手一扳，果然徐徐飞起，约数十步，便即堕落，不能再飞。也是后世飞机的滥觞，不可蔑视。莽亦明知无用，但欲激励他人，夸示外国，不得不随便收纳，使为理军，赏给车马。忽有夙夜即东莱不夜城，莽时改为夙夜。连帅韩博保荐一人，用着大车四马，装载入都。这人叫做巨毋霸，生长蓬莱海滨，身长一丈，腰大十围，卧尝枕鼓，箸尝用铁，轺车不能载，三马不能胜，所以特用大车四马，载至阙下。王莽召见巨毋霸，果然是个硕大无朋的人物，却也暗暗称奇。待巨毋霸行过了礼，略问数语，便叫他充当卫士，随侍銮舆。巨毋霸谢恩退朝，那王莽忽然踌躇起来，暗思自己表字叫做巨君，韩博应亦知悉，如何不令巨毋霸改名，公然敢触犯忌讳？并且“毋霸”两字，也觉可疑，莫非叫我毋行霸道，故意替他取这名字，侮弄朕躬？越想越恨，竟不管他是是非非，传旨召博入都，从重处罪。博还道荐贤有功，特蒙宠召，匆匆地赴都听命，不料一到阙下，便见卫士趋出，宣读莽诏，说他慢上不敬，绑出斩首。可怜博希旨求荣，反害得身首两分，不明不白。谁叫你去巴结逆莽。博既杀死，由莽命巨毋霸改名，号为巨母氏，取义在文母授玺，助己霸王的意思。巨字犯讳，何故不改？

越年本为天凤七年，莽依六岁改元的诏命，改号为地皇元年。春夏二季，只是筹备兵马，想击匈奴。适须卜当奇寓长安，不得回国，愁病而亡。莽令须卜当子大且渠奢，袭爵后安公，且将庶女陆逯任嫁为奢妻，陆逯系莽女封邑，莽改称公主为任，故名陆逯任。奢得为莽婿，倒也安心住下。莽更加意抚慰，谓俟兵马调齐，总当送他回国，立为单于。无如莽有此想，天不相容，莽尝改称未央宫前殿，叫做王路堂，忽被一阵极大的秋风，吹倒许多墙壁。莽以为天变告儆，或由临为太子，安独向隅，舍长立幼，因致上干天怒。乃封安为新建王，临为统义阳王，撤销皇太子名称，聊自解嘲。

先是临母王氏，因二子宇、获被杀，时常悲悼，涕泣失明。宇子名宗，曾封功崇公，私服天子衣冠，擅刻玺章，又由莽查出情弊，迫令自尽。宗姊妨为卫将军王兴夫人，诅姑杀婢，莽使中常侍甍恽责妨，并及王兴，甍音带。兴夫妇又皆自杀。莽自娶王氏，又将孙女亦嫁王家，好古者奈何如是？莽后王氏，既哭二子，又哭孙儿孙女，遂致悲上加悲，激成疾病，奄卧不起，莽令临入侍母疾，日夕在侧。偏有一个黠婢原碧，生有三分姿色，楚楚动人，更兼口齿伶俐，眉目轻佻，王氏倚为心腹，宠爱逾恒。该女却不安本分，常向莽殷勤献媚，引得莽欲火上炎，往往瞒着王氏，与她演几出秘戏图。至临入宫奉母，时与原碧相见，原碧又卖弄风骚，勾动临心。临虽已娶刘歆女为妻，他觉得原碧姿容，比妻尤艳，况由她自来勾引，乐得移篙近舵，兜搭成欢。父子聚麀，倒是古训。俗语说得好：“月里嫦娥爱少年”，临年正少壮，与原碧谐欢鱼水，比乃父大不相同，原碧很是快意。不过原碧既为莽所幸，怎得再与临私通？倘或发觉，坐致送命，因此喜中带忧，有时与临欢卧，装出一种嗟叹声，说出几句蹊跷话。临不禁心疑，搂住细问，才知她怕着这老厌物，自己也不觉吃惊。原碧又故意撒手，欲与临中断情缘，此时临已为所迷，怎肯中止？辗转思想，只有弑父一法，尚可免患，当下告知原碧，正中原碧心坎，既得除去眼中钉，复好做个现成妃子，哪有不赞成之理？于是两人商定，待时下手。

临妻刘愔得父歆家传，能观星象，夜见金木二星聚会一处，心知有异，趁着临回至东宫，即与临语道："星象告变，恐宫中将有白衣会。"临听了"白衣会"三字，想是指着丧服，大约莽命该死，谋将有成，心下当然暗喜，却未便与妻说明，支吾一番，又跑入中宫，告知原碧。原碧得了此信，正拟安排毒药，俟莽入宫，加入茗中，把他毒死。偏莽颁下诏书，贬临为统义阳王，迁出宫外，临只好向母告辞，又与原碧流涕诀别，姑从缓图。莽因妻病未痊，虽将临迁出东宫，尚未遣令就国。临既不得见慈母，又不得会情女，满怀怅望，愁极无聊，乃寄书与母，略言父皇待遇子孙很是严酷，前次兄侄等多壮年早死，臣儿年亦及壮，恐母后不测，儿亦不知命在何时。王氏见书，愈增伤感，就将临书掷置案上，可巧莽入宫问疾，览着临书，又起了一种疑心，意欲彻底查问，及见妻病垂危，不便发作，因将临书藏入袖中，忿然趋出。



过了数日，莽妻竟死，由莽饬令左右收殓，不准临入宫会丧，待至丧葬已毕，就要将临事追究，仔细考察。得知临与原碧通奸，当下召入法吏，拿下原碧，把她刑讯起来。原碧是个柔弱女子，禁不起粗鞭大杖，一经敲扑，就一五一十供出实情，通奸以外，还有逆谋。当由问官详报，莽立命捶死原碧，并嘱心腹人刺毙问官，把尸首并埋狱中，省得他传扬出丑。掩耳盗铃，徒滋人怨。一面赐临鸩毒，逼命饮下，临不肯取饮，宁可自刭，拔刀刺胸，须臾毕命，莽赐谥曰“缪”。又有诏书付与刘歆。谓临本不明星学，事由临妻刘愔妄言，致临犯罪云云。这数语明是归咎刘愔，叫歆转嘱女儿。歆自恐坐罪，慌忙将女儿召去，责备一番。愔无从诉冤，含泪回来，服药自尽，这是地皇二年正月间事。这一月内，莽子新建王安及莽孙公明公寿，统皆病死，匝月四丧，莽还不自恐惧，反毁坏汉武汉昭两帝庙室，腾出空址，作为子孙葬地。看官试想王莽所为，恶不恶，凶不凶呢？小子有诗叹道：

> 亲生骨肉且寻仇，事到其间也可休。
> 祸变至斯犹未悟，恶人到底不回头。

莽既这般凶恶，报应不远，自然要东反西乱，来杀这逆莽了。欲知后来乱事，且看下回再详。



古人有言：“外宁必有内忧”，独王莽则先挑外衅，而内忧乃因之而起，此则莽自欲速祸，故有此变例耳。莽不欲用兵夷狄，则租税当不至过苛，租税不苛，则盗贼亦不至过繁，天下方受莽欺而不之察，若莽能噢咻示惠，逆取顺守，其或能保全身家，亦未可知。乃外夷未叛而莽独迫之，平民未乱而莽又殴之，何其悖谬若此！意者其天夺之魄而益其疾欤？况内有逆子，又有淫婢，暗设机谋，欲行大事，祸机伏于肘腋，莽之不死亦仅矣。然天不欲莽之死于儿女子手，姑使之自翦子孙，然后孤危莫救，供人脔割，足快众心。恶愈稔者报愈酷，非药死所足蔽辜也。

# 第四回　受胁迫廉丹战死<br>图光复刘氏起兵

却说巨鹿地方有一男子马适求，闻莽暴虐不道，意欲纠合燕赵壮士，入都刺莽，事为大司空掾属王丹所闻，立即上告，莽即发兵捕到马适求，把他磔死。又遣三公大夫，穷治党与，辗转株连，杀毙郡国豪杰数千人。于是人心益愤，共思诛莽。魏成大尹李焉素与卜人王况友善，况进语李焉道："新室将亡，汉家复兴，君姓李，李音属征，音止。征有火象，当为汉辅，不久必有应验了。"焉深信况言，厚自期许。况又东凑西掇，集成谶文十万言，出示焉前。焉奉为秘本，嘱吏抄录，吏竟窃书逃走，入都报莽，莽忙命捕焉及况，下狱杀死。汝南人郅恽研究天文历数，知汉必再受命，慨然上书，劝莽还就臣位，求立刘氏子孙，方能顺天应人，转祸为福。莽自然动怒，饬将恽拘系诏狱，转思恽未起逆谋，不过妄言无忌，情迹还有可原，因此格外加恩，下令缓决，后来下诏大赦，才得将恽释放。想是恽命未该死，故得重生。真正侥幸。莽见人心思汉，越起恶心，索性遣虎贲将士，携着刀斧，驰入汉高庙中，左斫右劈，毁损门窗户牖，又用桃汤赭鞭，鞭洒屋壁，即将高庙作为兵营，使轻车校尉住著。又记起王况谶文，谓汉室当兴，李氏为辅，因特拜侍中李棽为大将军扬州牧，赐名为圣，遣令统兵击贼。

上谷人储夏自请招降盗首瓜田仪，莽即授宫中郎，使他招抚。储夏去了一趟，取得仪降书，返报王莽，请莽加恩封赏。莽又令储夏召仪入朝，面授官爵，谁知储夏再往，仪已死去，只得向莽复命。莽再命往求仪尸，厚加棺殓，代为起冢设祠，赐谥"瓜宁殇男"，想借此羁縻余盗。偏偏一盗甫死，又添出男女强盗两人，男强盗叫做秦丰，在南郡间纠众人，劫掠良民；女强盗叫做迟昭平，家居平原，粗通文字，擅长博弈，居然招集亡赖少年，约数千人，也想入山落草，做个一时无两的女大王。前有吕母，后有迟昭平，可谓无独有偶。莽闻报惊心，召集群臣，详询平盗方略。群臣尚应声道："这都是天囚行尸，命在漏刻，何必多忧？"独左将军公孙禄抗声道："盗贼蜂起，咎在官吏，现在太史令宗宣，迷乱天文，贻误朝廷；太傅唐尊，崇饰虚伪，偷窃名位；国师刘秀即刘歆，详见后文。颠倒五经，毁灭师法；明学男官名。张邯，地理侯孙阳，造作井田，使民弃业；义和亦官名。鲁匡，创设六筦，毒虐工商；说符侯崔发，阿谀取容，壅塞下情，为陛下计，亟应诛此数人，慰谢天下。更宜罢讨匈奴，仍与和亲，休兵息民，方可图治。臣看新室大患，不在匈奴，却在这封域间呢！"对牛弹琴，徒失人格。这一席话，说得莽翘起短须，现出一张哭丧脸，遽命殿前虎贲，将禄驱出，但严令内外牧守，督捕盗贼。

荆州盗王匡、王凤等盘踞绿林，气焰甚盛，牧守接到莽诏，不敢违慢，只好选募壮士二万人，往讨绿林。王匡等出来迎击，大破官军，荆州牧自去督战，又被王匡等击败，夺去许多辎重，吓得荆州牧屁滚尿流，慌忙返奔。约行里许，忽突出一大队强徒，截住去路，为首一位彪形大汉，须眉似戟，手持一竿长矛，厉声呼道："好汉马武在此，尔等快留下头来！"后来马武降汉，称为中兴名将，故此处独留身分。荆州牧魂飞天外，忙命驱车旁逸，哪知马武的长矛，已刺入车中，回手一钩，立将车辕钩倒，把一个金盔铁甲的荆州牧覆出地上。荆州牧已拼着一死，又听马武大叫道："我等为饥寒所迫，苛政所驱，不得已落山为盗，并非敢戕杀命官，怎奈汝等蠹吏，不思救民，反要虐民，岂不可恨！我今权寄下汝首，叫汝知过必改，勿再肆虐，如若不信，请看此人！"说着，手中矛起，刺死骖乘一将，呼啸而去。荆州牧方敢扒起，旁顾左右，已皆散走，只有一尸首横在地上，越觉得胆战心寒，勉强按定惊魂，呆立片刻，才见逃兵陆续趋回，七手八脚地竖起覆车，请令乘坐，急急地奔归州署，此后再不敢轻出击贼，但闭门高卧罢了。

王匡等杀败官军，复攻破竟陵城，转掠云社安陆，虏得妇女数十人，仍回绿林山中，纵欢取乐。百姓失去妻女，无从追寻，报官也是无益，徒落得家离人散，十室九空，皇天有眼，也不使绿林盗贼安享温柔，蓦然降下一场大疫，把绿林山中的喽罗瘟死无数，可见盗贼亦有恶报。盗目乃不敢安居绿林，分途引散。王常成丹西入南郡，号为"下江兵"。王匡、王凤、马武及支党朱鲔张印等北入南阳，号为"新市兵"。莽遣司命大将军孔仁出徇豫州，再起严尤为讷言大将军，与秩宗大将军陈茂同略荆州。两路已发，又接东海警报，盗魁樊崇，势甚猖狂，乃更命太师王匡与更始将军廉丹率兵讨崇。莽曾改更始将军为宁始将军，至此复称更始。是时郡国官吏，多畏盗如虎，不敢进剿，惟冀平连帅田况，素称勇敢，募得壮丁四万人，各给库械，明定赏格，刻石为约，樊崇等闻风知惧，相戒不入。况上书自请击贼，所向皆克，莽擢况领青徐二州牧事。况又上书白莽，略言：

> 盗贼始发，为势甚微，咎在地方长吏，不以为意，县欺郡，郡欺朝廷，实百言十，实千言百，朝廷忽略，不加督责，遂致蔓延连州。及遣发将帅，出击盗贼，又索郡县供张，竭资迎送，犹恐不足，尚有何心再顾盗贼？将帅复不能躬率吏士，奋勇前敌，每战辄为贼所创，遂致罢兵豢寇，酿成巨变。今洛阳以东，连年饥馑，米石数千钱，臣闻朝廷复遣太师与更始将军，东向讨贼，二人为爪牙重臣，兵多人众，沿途饥匮，何处供求？愚以为不如慎选牧尹，明定赏罚，叫他收合灾民，徙入大城，积藏谷食，并力固守，贼来攻城，急不得下，退亦无从掠食，势难久存，然后可剿可抚，攻必破，招必降。若徒然多遣将帅，劳苦郡县，恐为害且过盗贼，请陛下即日征还各使，俾郡县少得休息。臣况既蒙委任，二州以内，自可平定，愿陛下俯允臣言，定能奏效。



这一篇奏章，正是当时良策，偏莽阴加猜忌，疑他沮挠军心，遽召况为师尉大夫，另派别人替代。

况一入都，齐地遂空，樊崇等只畏田况，闻况奉调入朝，相率庆贺。可巧女盗吕母病死，余盗多散归樊崇，党羽益盛，遂有意窥齐，严申约束，杀人抵命，伤人偿创，居然定出军律，檄示山东。那莽太师王匡与将军廉丹，奉命东征，就择定地皇三年孟夏，辞行出都，文武百官都至都门外饯行。适值天下大雨，全军皆湿，有几个老成练达的长者，看着兵士带水拖泥，不禁背地长叹道："是谓泣军，泣军不祥。"天雨也是常事，实因人心怨莽，才有是言。

王匡、廉丹，共率锐士十万人，长驱东进，沿途征饷索械，备极严苛，东人作歌谣云："宁逢赤眉，莫逢太师；太师尚可，更始杀我。"原来樊崇闻匡丹东来，必有大战，恐党徒与官兵混斗，致不相识，因令徒众用朱涂眉，作为记号，嗣是号作赤眉。崇自申明纪律以后，稍禁虏掠，反不若官军过境，驱胁吏民，廉丹颇得军心，惟纵兵为虐，比匡尤甚，故时人有此歌谣。百姓恐慌得很，更兼饥不得食，大率扶老携幼，奔入关中。关吏次第报闻，差不多有数十万人，莽不得已开发仓廪，派吏赈饥，吏多贪污，窃取廪粟，饥民仍不得一饱，十死八九。中黄门王业掌管长安市政，有事白莽，莽问及饥民情形，业诡答道："这等皆是流民，并非真由饥荒，臣看他流寓都门，还是持粱齿肥呢！"乃出取市上所卖粱饭肉羹，入宫示莽，说是流民所食，大概如是。莽信作真言，遂以为关东饥荒全是虚报，乃一再遣使至军，催促廉丹，赶紧剿贼。丹得书惶恐，夜召掾属冯衍，出书相示。衍乘间进说道："海内人民，怀念汉德，好比周人追思召公，人所鼓舞，天必相从，将军今日，莫若屯据大郡，镇抚吏士，选贤与能，兴利除害，方可显扬功烈，保全福禄，何必冲锋陷阵，委身草野，反弄得功败名丧，贻笑后人呢？"丹摇首不答，衍乃退出。越宿即拔营再进，到了无盐，正值土豪索卢恢等，据城附贼，丹与王匡麾兵进攻，一鼓直入，杀死索卢恢，斩首万余级。当即飞书告捷，莽遣中郎将赍着玺书，慰劳军士，晋封匡丹为公，赏赐有功将吏十余人。

王匡既得荣封，急思荡平盗贼，探得赤眉别校董宪等，聚众数万，据住梁郡，乃遽令出兵击宪。廉丹进谏道："我军新拔坚城，不免劳乏，今且休士养威，徐徐进行！"匡忿然道："行军全靠锐气，既得胜仗，正好鼓勇深入，君若胆小，我愿独进。"说着，便号令军士，速赴梁郡，自己一跃上马，扬鞭出城。丹不好坐观，也只得带领亲兵，随后继进。行至成昌，望见前面排着贼阵，几与泰山相似，军士不战先慌，纷纷倒退，王匡连声喝阻，尚不肯止。那贼众已驱杀过来，势如潮涌，锐不可当，匡知不能支，也即退走，惯说大话，往往无能。贼众在后追赶，杀毙官军无数。匡抱头逃回，正与廉丹相值，高声说道："贼势浩大，不可轻敌，快逃走罢！"丹不觉瞋目道："能战方来，不能战便死，奈何遽走！"匡满面怀惭，俯首无言。丹越觉气愤，从怀中取出印绶符节，掷付与匡道："小儿



可走，我为国大将，除死方休。"一面说，一面即跃马前进，突入贼军。贼一拥齐上，把丹困住垓心，丹格杀贼徒数十人，终因寡不敌众，力尽身亡。为莽战死，殊不值得。麾下校尉汝云王隆等二十余人，同声说道："廉公已死，我等何为独生？"当即拼命血斗，并皆战死。只王匡已经走脱，不得不据实报闻，莽下书哀悼，谥丹为"果公"。国将哀章自愿赴军平贼，也要出去送死了。莽即遣章东行，与王匡合力御盗。又使大将军阳浚屯兵敖仓，大司徒王寻统兵十万，镇守洛阳。嗣闻严尤陈茂一军，先胜后败，未见得利，免不得焦灼万分，乃拟遣风俗大夫司国宪等，俱是莽时官名。分巡天下，饬除井田奴婢山泽六筦诸禁，与民更始。

书尚未发，忽觉得一声霹雳，突出一位汉家后裔，起兵南阳白水乡，即舂陵封地。要来讨灭王莽，索还汉室江山。真命天子出

现，应该大书特书。这人为谁？乃是汉景帝七世孙，为长沙定王发嫡派，本姓是刘，单名为秀，表字文叔，身长七尺三寸，美髯眉，大口隆准，确是汉朝龙种，比众不同。从前景帝生长沙定王发，发生春陵节侯买，买生郁林太守外，外生钜鹿都尉回，回生南顿令钦，钦娶湖阳樊重女为妻，生下三子，长名缜，次名仲，又次名秀。秀生时，适有嘉禾一茎九穗，因以秀字为名。九龄丧父，寄居叔父刘良家，成童后好稼穑。长兄缜，表字伯升，独有大志，好侠养士，常笑秀为耕佣，比诸高祖兄仲。秀受兄揶揄，也觉业农非计，乃入都求学，拜中大夫许子威为师，肄习尚书，能通大义，嗣因资用乏绝，仍然归家。秀有一姊，曾适新野人邓晨，彼此谊关郎舅，时相往来。一日邀秀至穰人蔡少公家，适值宾朋满座，叙谈朝事，晨与秀都是后生，幸得少公招呼，参坐末席。少公素习图谶，与大众述及谶语道："将来刘秀当为天子！"座中有一人起问道："莫非就是国师刘秀么？"原来莽臣刘歆也尝究心谶纬，依着谶文，故意改名为秀，回应上文。所以座客闻少公言，还道是秀为国师，容易得为天子，故有是问。少公尚未及答，但听末座上笑声忽起，接说一语道："怎见得不是仆呢？"大众闻声瞧着，乃是刘秀发言，都不禁哄堂大笑。谁知果然是他。秀扬长趋出，晨亦告退。

宛人李守，曾为莽宗卿师，素好星历谶纪，尝私语子通道："刘氏不久当兴，李氏必将为辅。"通将父语记诸心中，也想做个攀龙附凤的功臣，至新莽地皇三年，新市兵窜入南阳，平林人陈牧廖湛，也聚众千余人，起应王匡、王凤，号平林兵，闹得南阳境内风鹤皆惊。李通从弟李轶因向通进说道："今日四方扰乱，想是汉室当兴，南阳宗室，只有伯升兄弟泛爱容众，可与共谋大事，愿兄勿失此机！"通欣然道："我意也是如此。”可巧刘秀来宛卖谷，通与轶乘便迎入，与商起义，秀并不推辞，即与订约，归告兄縯。縯自王莽篡位后，常怀不平，暗中散财倾产，结交豪杰，约莫有百余人，至此一齐召集，面与计议道：“王莽暴虐，海内分崩，今复枯旱连年，兵革并起，这是天亡逆莽的时候，我等正好举事，起复高祖旧业，平定万世了！”众豪杰统拍手赞成，乃分遣亲友四出，招募士卒，自发舂陵子弟，指日兴师，子弟视为畏途，各谋躲避，竞言伯升造反，必将杀我。嗣见刘秀亦穿着军装，披绛衣，戴大冠，不由的惊疑道：“他是有名谨厚，为何也这般装束，莫非果好起事么？”竟究是谨厚的好处。乃稍稍趋集，共得子弟七八千人，縯自称柱天都部，秀年方二十有八，助兄举义，专待李通兄弟到来。通使弟轶出招徒众，自在宛城暗暗布置，准备起应。不料事机未密，被人发觉，当由守吏带着兵役，来捕李通。通闻风逃去，通父守与全家眷属不及奔避，尽被拘去。官吏立即报莽，莽立即下令族诛，共死六十四人。一事未成，便至倾家，也觉可怜。縯探得李通家属俱被捕戮，料知通不能起应，乃使族人刘嘉，往说平林新市诸头目，求他帮助。嘉素有口才，凭着那三寸舌，说动了两路兵，彼此定议，合兵进攻长聚，又捣入唐子乡，诱杀湖阳县尉。沿途夺取财物却是不少，盗众欲据为己有，刘氏子弟也要分肥，两下里争夺起来，势且决裂，亏得刘秀临机应变，好言劝解族人，令将所得财物，尽畀两路盗兵，盗众方才喜欢，愿与刘秀共攻棘阳。棘阳守兵寥寥，两三日即得夺下，李轶邓晨亦从他处招得壮丁，来会刘縯。縯拟进取宛城，率众至小长安聚，忽来了莽将甄阜梁邱赐，带领兵马，截住中途。縯怎肯退还？自然麾众接战，已杀得难解难分，蓦见天空中降下大雾，笼住两军，咫尺不辨南北，莽军多系骑兵，趁势蹴踏，缜众统是徒步，如何支持？一时纷纷四散，溃走各方。此次缜倾寨前来，连家眷都带在后面，满望顺风顺势，直达宛城，不防途中遇着这般败仗，只好各走各路，顾不得家属存亡。刘秀亦匹马奔逃，路旁碰着女弟伯姬，急忙唤令上马，并骑前奔。走了半里，又与姊遇，复促令上马同逃。姊即邓晨妻室，单名为元，见秀已挟妹同走，怎好三人一马？便扬手一挥道："弟妹快走！此时已不能顾我了！毋令一齐丧命！"秀还想要劝，怎奈后面喊声震地，有追兵驱杀过来，那时只得急走，可怜姊元及三女儿尽被追兵杀死。还有秀从兄刘仲及族人数十，亦败死乱军中。

缜退保棘阳，收集残兵，十去四五，及见秀与妹到来，心中稍慰。秀与述及姊元兄仲陷入敌兵，恐怕不能生还，缜待了许久，未见踪迹，想是已死，禁不住涕泪交并。俄而新市平林两路贼目，入见刘缜道："莽将甄阜、梁邱赐已渡过潢淳，屯兵沘水，闻他兵势浩大，不下十万，所有辎重，悉数留住蓝乡，他却断桥塞路，示无还心，眼见得来夺棘阳，与我拼命，我等寡不敌众，弱不敌强，如何抵御？不如弃城先走，还可保全生命！"刘缜听了，很是焦急，只得好言劝慰，教他少安毋躁，另筹良谋。正惶惑间，忽有一人驰入，朗声呼道："下江兵已到宜秋，何不前去乞援呢？"刘秀在旁接口道："李兄前来，好了好了！"却是一条生路。缜尚未知来人为谁，及刘秀与他说明，才知便是李轶的从兄李通。当下延通入座，问及下江兵来历，通答说道："通未曾起事，家属先亡，只剩得孑身孤影，奔走四方。探闻下江兵帅王常，颇有贤名，特地致书相招，邀他来攻宛城，今彼已到宜秋，又知君困守棘阳，所以急忙赶来，请君往会下江兵。"缜问通曾否熟识王常，通答说道："素来相识，何妨往见？我等俱有口舌，还是怕他不成？”刘缜大喜，即与通同行，并嘱秀随往，一径至宜秋军营。

营兵见缜等驰至，问明来意，缜即答说道：“愿见下江一位贤将，与议大事。”兵士当即入报。此时下江营内，王常以外，尚有成丹等人，共推王常出见，常乃迎入缜等，见缜兄弟姿表不凡，已是起敬。两下问答姓名，叙及军事，缜口讲指画，词辩滔滔，再加李通从旁参议，常顿时大悟道：“王莽残虐，百姓思汉，今刘氏复兴，就是真主，常愿助君一臂，佐成大功。”豪爽得很。缜笑答道：“事若得成，难道我家独享么？”当下面订契约，起座告别，常送出营外，还白党徒，成丹等齐声道：“大丈夫既经起事，当思自主，何必依人？”常摇首道：“王莽苛酷，致失众心，现在人皆思汉，蠢然欲动，所以我等得乘机起事，但欲建大功，必须应天顺人，若徒负强恃众，虽得天



下，亦必复失，试想秦皇项羽，何等威武，尚致覆亡，何况我等布衣，啸聚草泽呢？今南阳诸刘，举族起兵，我看他来议诸人，统是英雄，非我辈所能及，若与并合，必成大功，这是上天保佑吾侪，不可错过！”成丹、张印方才悦服，即与常引兵至棘阳，与缜相会，新市平林诸兵，见有援兵到来，亦皆欢跃。这一番有分教：

漫道鲸鲵吞海甸，好看龙虎会风云。

欲知刘缜如何调度，且至下回叙明。

食人之禄，忠人之事，此为古今通论。但如廉丹之战死成昌，史家

不言其死节，或反大书特书曰：“赤眉诛廉丹。”夫赤眉贼耳，廉丹助逆，亦不过一贼而已，以贼杀贼，独书曰诛，词似过激。然即此可以见出处之大防，助逆而死，死且遭讥，为人臣者，顾可不择主而事乎？刘縯倡义，秀乃辅之，阅史者必以为秀之中兴，实赖长兄，不知秀亦非真事田产，无志光复者，观其安知非仆之言，已见雄心；乃绛衣大冠，身服军装，而族中子弟，谓谨厚者亦复如是，此正所以见秀之权略耳。遵养时晦，一飞冲天，秀之才实过乃兄，宜乎兄无成而弟独得国也。

## 第五回　立汉裔清水升坛<br>破莽将昆阳扫敌

却说刘縯会合下江兵，气势复振，连新市平林诸兵，亦改易去志，摩拳擦掌，专待厮杀。縯令各路兵分作六部，休息三日，大排筵宴，与各将士痛饮一宵，申立盟约，时已为新莽地皇三年十二月中。各将士过了三日，便请縯发令出兵，縯谓出兵尚早，当再缓数天。好容易到了除夕，大众方预备守岁，忽由縯传发军令，叫他潜师夜起，进袭蓝乡。蓝乡距棘阳城约数十里，莽将甄阜、梁丘赐，曾在该处留屯辎重，见前回。縯为劫粮起见，留秀守城，自率各路人马，偃旗息鼓，悄悄地行至蓝乡。蓝乡辎重屯聚，非无守兵，只因除夕守岁，大都饮酒至醉，睡梦甚酣，蓦被縯军攻入，连逃避都是不及，还有何心保守辎重？有几个脚长手快的，披衣急起，开步就逃，侥幸保住头颅；若少许迟慢，便做了刀下鬼奴。縯等扫尽守兵，就将所屯辎重一古脑儿搬运回城，天色不过黎明，已经是正月元日了。縯又点齐军士，置酒犒劳，大众喜气洋洋，巴不得立攻沘水，诛死莽将。縯见士气可用，立命毕饮，引军再出，直向沘水进发。莽将甄阜、梁邱赐方接得蓝乡败报，辎重尽失，急得仓皇失措，不意敌众复到眼前，没奈何出兵抵敌。缜分部兵为左右翼，使下江兵攻东南，自率本部攻西南。甄阜、梁邱赐也分队接仗，阜拒缜众，赐敌下江兵。下江兵锐厉无前，才阅半时，便把赐阵突破，赐望后退走。甄阜方督兵奋斗，望见赐军已溃，不禁气沮，部下愈加汹惧，一动百动，尽皆散走，阜禁遏不住，随势返奔。偏后面有潢淳水阻住，急切无从飞渡，一大半不顾死活，纷纷投水，一小半是尚在徘徊，被后面追兵赶到，乱戳乱剁，杀毙了万余人。甄阜、梁邱赐心慌意乱，先后毙命。潢淳水中，又溺毙无数。尚有残众好几万人，得渡彼岸，统觅路逃生去了。寥寥数语，却写得有声有色。

莽将严尤、陈茂闻知下江新市诸兵连合刘缜，杀毙甄阜、梁邱赐，料知宛城垂危，慌忙引着大军前来守宛。早有探马报达刘缜。缜因宛城坚固，倘被莽兵守住，与前途大有妨碍，因即陈师誓众，焚积聚，破甑釜，鼓行直前。两军在淯阳相遇，缜匹马当先，持槊陷阵，各将士奋勇继进，一当十，十当百，百当千，杀得莽兵东逃西散，人仰马翻。严尤、陈茂，从未经过这般厉害，只恐丧掉性命，拍马走还，连部兵都不暇顾及。兵士见无主将，多半投械乞降，逃去的不过二三成。缜乘胜进攻宛城，查点降卒，不下二三万，自己部兵也有一二万，加入新市平林下江三大部，差不多有十万人，此外尚有陆续投附，今日数十，明日数百，真是多多益善，如火如荼。缜即扎下大营，命各军分布城外，把一座宛城，围得铁桶相似。诸将以兵多无主，不便统一，欲立刘氏为主，借从人望。南阳豪杰均拟立缜，独新市平林诸头目惮缜威明，选出一个庸懦无能的人物，奉为汉帝。

这人也是刘氏宗室，名玄字圣公，系是春陵侯买长子熊渠曾孙，前回所叙郁林太守外，就是熊渠少弟。与刘縯兄弟系出同支，曾在平林军中，列入头目，号为更始将军，生性懦弱，无甚勇略，新市渠帅王匡、王凤、朱鲔、张印，平林渠帅陈牧、廖湛，都欲利用刘玄，暗中定议，叫他做个傀儡皇帝，方好任所欲为。縯尚未闻知，及各渠帅与縯说明，縯始慨然道："诸将军欲推立汉裔，厚情可感，惟愚见略有不同，目下赤眉啸聚青徐，有众数十万，若闻得南阳已立宗室，必然照样施行，彼一汉帝，此一汉帝，两帝不能并立，怎能不争？况王莽未灭，宗室先自相攻，坐失威权，如何再能破莽？自古以来，首先称尊，往往不能成事，陈胜项羽可为前鉴，今春陵去宛三百里，尚未攻克，便想尊立，是使后人得乘吾敝，宁非失策？愚意不如暂称为王，号令军中，若赤眉所立果贤，我等不妨往从，当不至夺我爵位。否则西破王莽，东收赤眉，然后推立天子，也不为迟。"刘縯此议，未尝轻玄，而轻玄之意，自在言外。南阳诸将听了縯语，当然称善，就是王常亦极口称同。不料新市党徒张印怒目起座，拔剑击地，且悍然道："疑事无功，今日我等已经定议，不得再有二言！"縯只好含忍过去，默然无语。诸将见縯且如此，乐得做个好好先生，于是决议立玄，就在清水岸上，筑起一坛，择期二月朔日，立刘玄为皇帝。玄首戴帝冕，身服皇袍，由诸将帅拥登坛上，南面升座，大众都称臣拜贺。玄不敢坐定，战兢兢地起立座前，心中七上八下，好似小鹿儿乱撞。听得众人山呼万岁，不由得面庞发赤，冷汗直流。如此无用，何不固辞？待至朝贺礼毕，惘然下坛。回入营中，自有一班捧戴的臣工，预先拟定国号，称为更始。又封拜王匡王凤为上公，朱鲔为大司马，刘縯为大司徒，陈牧为大司空，刘秀为太常偏将军，此外诸将，亦各有职使，不及备述。史家载是年为更始元年，削去王莽地皇年号。但是十月，莽亦被诛，事见后文。划清眉目。

且说王莽闻刘縯起兵，大加震惧，特悬出重赏，购缉刘縯，如有人将縯擒住，封邑五万户，赐金十万斤，位居上公。又令长安中官署及天下乡亭，各绘縯像，每旦起射，作为厌胜。呆贼。一面佯示镇定，命有司广选淑女，得一百二十一人，送入都中，莽亲自审视，个个是美貌娉婷，最看中有一丽姝，乃是杜陵人史谌女儿，轻盈袅娜，艳冶无双，可惜薄命！当下选为继后，召入史谌，特给黄金三万斤，当作聘礼，还有车马奴婢，杂帛珍宝，不可胜计。莽年已六十有八，须发尽白，他却用煤涂发，用墨染须，假充壮年男子。且使史氏女出外复入，载以凤辇，直至殿前下舆，由莽行亲迎礼，出殿迎女，至上西堂同牢合卺，备极隆仪。封史谌为和平侯，拜宁始将军，谌子二人，并授官侍中。又将一百二十名淑女，悉数纳入后宫，赐号和嫔美御，和为上号，计三人，禄秩如公；嫔为次号，计九人，禄秩如卿；又次为美，计二十七人，禄秩如大夫；又次为御，计八十一人，禄秩如元士。既要纵乐，何必附会古制，多设名目？这一百二十人添居宫内，意欲轮流召幸，可奈年力已衰，不能如愿。乃再征方士入宫，叫他制合仙药，务使返老为童，可御诸女。方士等有何仙术？无非把提神兴阳的药品熔合成丸，供莽服食。莽略觉有济，勉力合欢，也是这一百二十个美人儿，数合遭晦，无端做那老贼的玩弄品！想莽贼亦自知速死，乐得肆淫。

莽又大赦天下，饬令四方盗贼，一律解散，不咎既往，若有迷惑不返，将遣百万雄师，一体剿绝。复命各路将士，赶紧进兵，沿途遇贼来降，不得妄杀，否则合力殄灭云云。此等文书连日颁发，约莫有好几十万。偏文告日多一日，乱端亦日盛一日，俄而刘玄称帝的消息传入宫中，又俄而刘縯围宛，刘秀等又别攻颍川，下昆阳，拔郾县，入定陵，急得王莽无心纵乐，不得不召集群臣，会议发兵。当时只有大司空王邑、大司徒王寻系莽心腹子弟，最算效忠，当由莽遣令至洛，大发郡国兵马，拟召集百万，号为虎牙五威兵，使邑便宜行事，得专封赏。邑乘驿先行，寻复继进，既到洛阳，分头征兵，好容易调动四十二万人，号称百万，直指昆阳。莽又选募知兵能人，得六十三家，人数有好几百，使至军前参谋。再命巨毋霸为垒尉，归王邑王寻节制。巨毋霸能役使猛兽，特至上林兽圈内，放出许多虎豹犀象，使作前驱，一路上张牙舞爪，耀武扬威，直抵王邑王寻营中。就是严尤陈茂，收合败兵，尚有二三万人，一并与王邑王寻会合，旌旗辎重，千里不绝，自从秦汉以来，没有见过这般大军，几乎好横行天下，无人敢当。反跌下文。



刘秀正奉更始皇帝命令，带同王凤、王常、李轶等，连下数城，留守昆阳，闻得莽军大至，乃遣偏师数千人，往截阳关。数千人到了关前，正值莽兵远远驰来，望将过去，好似蚂蚁攒集，不胜指数。更奇怪的是前驱大将，身长体伟，面丑髯张，坐下一乘极大的兵车，两面插着虎旗，带领一大群猛兽，摇尾前来，汉兵见所未见，不知是何妖魔来助新莽，你也惊，我也慌，索性回头就跑，逃还昆阳。刘秀问他何故逃归？大众一片哗声，说得莽军如何厉害，如何怪异，不但守兵闻言大骇，连王凤、王常、李轶诸人，也是面面相觑，形色仓皇。衬跌刘秀。独刘秀从容自若，还像没事一般。王凤忍不住说道：“莽兵如此奇悍，来迫我城，小小昆阳，眼见是固守不住，何如知难先退，还得共保身家？”众皆应声如响，无一异词，刘秀慨然道：“今兵谷既少，突遇强寇，全靠将士并力抵御，方可图功，若望风解散，必至玉碎，万难瓦全。况宛城未下，不能相救，再加昆阳一破，寇众长驱直进，恐在宛诸部，亦被灭亡。诸公不思同心合胆，共立功名，反欲牢守妻子财物，难道妻子财物，果能就此保全么？”眼界独超。王凤等闻言发恨道：“刘将军有何胆略，竟敢如此？”秀一笑而起，诸将各分头理装，亟欲出走，忽又有探马报入，莽兵已至城北，迤逦数百里，不见后队，大约总有数十万人。诸将听了，越加失色，转思敌临城下，走亦嫌迟，只可别图良策，暂济眉急。

当下无人可商，只有刘秀纡徐不迫，究未知他有何良谋，乃再与秀计议。秀答说道：“诸公若听我言，未必有败无成，今日城中只有八九千人，势难出战，幸亏城坚濠阔，尚可相持。但外无救兵，内乏现粮，最多亦不过守住旬余，眼前只有派出数人，至郾与定陵两县，招集守兵，背城一战，方可解围。究竟谁守谁出，还请诸公自认。”王凤因敌已凭城，不敢轻出，因高声答应道：“我愿居守！”秀再问何人敢出，好多时不闻声响，乃毅然直任道：“诸公既都愿守城，由秀自往。”言未毕，又有一将道：“我亦愿往！”全是激出来的。秀见是李轶应声，遂邀与同行，留王凤王常居守，自率壮士十人，束装停当，待夜乃发，还有将军宗佻，见秀义勇可嘉，亦愿从行。共计有十三人，乘着天昏月黑，潜开南门，跨马衔枚，向南疾走。莽军初临城下，统在城北驻扎，休息一宵，约定诘旦攻城，未尝顾及城南，秀等十三骑竟得驰脱。也有天幸。

到了翌晨，王邑纵兵围攻昆阳，严尤向邑献议道：“昆阳虽小，城郭甚坚，今刘玄盗窃尊号，乃在宛城，我军不若乘锐趋宛，彼必骇走，宛城得胜，哪怕昆阳不服哩！”邑摇首道：“我前为虎牙将军，围攻翟义，一时不得生擒，便遭诘责，今统兵百万，遇城不拔，如何示威？我当先屠此城，喋血再进！”说着，即指挥部众，环绕昆阳城，约数十匝，列营百数，钲鼓声达数十里。一面竖起楼车，高十余丈，俯瞰城中，且用强弩乱射，箭如飞蝗，城中守兵辄受箭伤，甚至居民汲水统是背着门户，不敢昂头。再用冲车撞城，泥土粉坠如雨。王凤等提心吊胆，寝食不遑，没奈何投书乞降。王邑不许，自谓旦夕可下此城，要想杀个痛快，表扬声威。严尤复进谏道：“兵法有言，围城必阙一角，宜使守兵出走，免得死斗，况有兵逃出，亦可使宛下伪主望风破胆，岂不更善？”邑勃然道：“我正要屠尽此寇，还好纵令逃走么？”又不听尤言，意气甚豪。是夜有流星坠入营中，到了诘旦，复有黑气蔽营，状如山倒，当营陨下，营兵统皆惊伏，诧为奇事。覆败之兆。



约莫过了旬余，已是六月朔日，城中守卒待援不至，已觉得无法再生，可巧刘秀、李轶等悉发郾定陵两邑守兵，冒险进援。两邑兵也不过万人，由秀自为前锋，领着步骑千人，向着王邑大营，远远挑战。王邑在营中遥望，见来兵寥寥无几，不值一扫，因只遣数千人出敌。秀麾兵猛进，斩首数十级，竟把敌兵吓退，诸将不禁喜跃道：“刘将军生平，见小敌尚有惧容，今遇大敌，反觉勇气百倍，真正奇极，我等愿前助刘将军。”不如是不成为刘将军。于是人人思奋，个个争先，随着刘秀追杀过去，又枭得数百颗头颅。邑闻前军败退，再遣数千人援应，也阻不住汉兵，反被他砍倒无数，只好纷纷倒退。刘秀得直抵城下，遥呼守兵道：“汝等无恐！宛下兵已悉数来援了！”看官听着，这是秀故意伪言，安定城中士心。城上守兵虽略有所闻，但见来兵不多，尚未敢出城夹击。秀又使弁目佯堕军书，使王邑部兵拾去，书中无非说是宛兵大至，请守吏无恐等语。王邑得书，也觉惊心，但尚自恃人多势旺，足敷抵御，下令诸营不得妄动，自与王寻等列阵城西，依水待着。也欲摆背水阵么？

昆阳城西北有滍川，东流入汝，王邑就在岸上踞住。刘秀选得敢死士三千人，直冲邑阵，统是以一当百，不顾死生。从来行军接仗，越惜命越是要死，越拚命越是得生，秀部下都是拼命，邑部下都是惜命，所以邑兵虽众，反不及秀军的厉害，好容易突入中坚，杀得邑兵七零八落。呆头呆脑的王寻还想上前拦截，被刘秀大喝一声，吓退三步，秀部下的敢死士知是敌营大将，一拥上去，你一刀，我一枪，把王寻砍落马下，立时毙命。王邑见王寻被杀，无心恋战，只有退走一法。各营复守着军令，不便出援，那汉兵胆气越壮，喊杀声震动天地，再加昆阳城内的守兵望见援军得胜，也由王凤等带同出城，来凑顺风。莽军垒尉巨毋霸本尚依令守营，耐心待命，及闻王寻阵亡，王邑退却，不由得咆哮起来，当即驱出猛兽，冲突汉兵。汉兵倒也着忙，只恐为兽所噬，稍稍住脚。蓦听得雷声大震，雨势狂奔，豁喇喇的几阵怪风，竟将虎豹犀象等吹转，反去冲动巨毋霸。巨毋霸弄得没法，也只好向后退走，后面就是滍川，退无可退，偏猛兽不省人事，尽管向巨毋霸挤去，巨毋霸立脚不住，扑通一声，坠入水中，身重脚沉，不能上跃，简直是无影无踪，漂入水国去了。这叫做巨而毋霸，名足副实。

巨毋霸一死，各营皆震，统是不待军令，弃营乱跑。虎豹犀象等兽还在岸边狂窜，往往连人带兽，并堕入水。水复骤涨，就使素善泅水的兵士也落得无技可施，活活溺死。王邑、严尤、陈茂等跨马凫水，亏得水中有许多死尸，替他填底，才得渡过彼岸，狂奔而去。刘秀传令军士，不必穷追，但命将敌营辎重，搬运入城，一时不能尽取，听令遗留，待至明日再取。所有数十万莽兵，除死亡数万人外，任他四逸，自与诸将缓辔入城，真是好整以暇。次日再令兵士出搬辎重，仍然不尽，接连搬运了好几日，还有零碎杂物剩下，付诸一火。这便是昆阳大捷，成就了汉室光复的首功。小子有诗赞道：

身当大敌反从容，一鼓能销百万锋。
水涨血流风效顺，天公毕竟助真龙。

昆阳解围，群情鼓舞，更可喜的是一座宛城，早由刘縯攻下了。欲知宛城攻克情形，待看下回分解。



刘伯升知首事之难成，劝诸将不必立玄，言固甚是。但伯升亦自犯首事之戒，若稍示退让，姑且韬晦，则使他人当其咎，而一己受其成，亦未始非权宜之善策。惜乎其英锋太露，为人所嫌，卒至宵小播弄，不得其死，可悲亦可悯也。若乃弟文叔，则深知此道矣，见小敌反怯，见大敌独奋，令人无从端倪。昆阳一战，以什不及一之兵士，能摧王邑王寻之军锋，是何神勇，得此奇捷，虽天心助顺，风雨齐来，然必有义勇之过人，始得仰邀天佑耳。史称昆阳一役，为汉室中兴之基础，本回摹写声容，亦觉笔酣墨舞，有其事不可无其文，勿遽以小说目之可也。

# 第六回　害刘缜群奸得计
# 诛王莽乱刃分尸

却说昆阳大捷以前，宛城守将岑彭已经出降。彭字君然，系是棘阳人氏，居守本县。棘阳为刘缜所夺，彭率家属奔往甄阜，阜责他不能固守，拘彭母妻，令他立功赎罪。至阜败死，彭得挈领母妻奔入宛城，与副将严说共守。刘缜等进军攻宛，约经数月，城中粮食已尽，望援不至，累得势穷力竭，只得与严说一同出降。诸将欲将彭处斩，缜独劝阻道："彭系宛城吏士，尽心固守，不失为义！今既举大事，当表义士，不如封他官爵，方可劝降。"刘玄乃封彭为归德侯，隶缜麾下。岑彭亦中兴名臣，故详叙履历。宛城既下，再加昆阳解围，汉威大震，海内豪杰往往起应，杀死牧守，自称将军，用刘玄更始年号，静待诏命。刘秀由昆阳出略颍川，屯兵巾车乡，擒住郡掾冯异，面加讯问。异字公孙，颍川郡父城人，少好读书，颇通兵法，曾为颍川郡掾，监督五县。当时留居父城，与父城县长苗萌，为莽拒汉。及闻刘秀出兵略地，料他必来攻父城，父城守兵甚少，因欲向旁县招兵，孑身外出，不料被秀军擒住。押入见秀，异既供述姓名履历，复申说道："异孑然一身，无关强弱，死亦何妨，但有老母留居城中，若明公肯释异见母，异愿归据五城，聊报公恩！"秀听他语诚意美，即纵令回去。异返至父城，对着苗萌，极言刘秀仁明，不如归降，萌依了异言，即与异出降刘秀，异为传檄四城，尽令归汉，秀即留异与萌，共守父城。

嗣是縯、秀二人威名日盛，新市平林诸将阴怀猜忌，尝向刘玄处进谗，以为刘縯不除，必为后患。刘玄本不识好歹，又被他一番浸润，当然动心，乃与诸将商定密谋，待机发作。会王凤、李轶等，自昆阳城输运粮械，接济宛城，诸将以为时机已至，即入献狡谋，借着犒军名目，大会将吏，縯当然在列。刘玄见縯佩剑，故意地说他奇异，欲即取视，縯性情豪爽，不



知有诈，当即拔剑出鞘，付与刘玄。玄接剑在手，把玩不释，新市平林诸将不禁着急，忙使绣衣御史申屠建献上玉玦，玄仍然不发一言。我说他还是厚道。诸将无可奈何，只暗怨刘玄无能，未几罢会，玄将剑仍付与縯，返身入内，縯携剑趋出，大众皆散。縯舅樊宏私下语縯道："我闻鸿门大会，范增尝三举玉玦，阴示项羽，今日申屠建复献玉玦，我看他居心叵测，不可不防！"縯似信非信，微笑无言。其实刘玄向縯取剑，明是有人教他，待縯将剑奉上，便好诬他谋弑罪名，把他杀死。偏玄迟疑未决，不敢照行，申屠建献入玉玦，就是叫玄速决的意思，玄又不省，总算縯命尚未绝，才得脱身。但縯以为刘玄庸弱，不足深虑，因此一笑作罢。

独新市平林诸将未肯就此罢休，又去联络李轶，一同设法。轶本在刘縯部下，不属新市平林党派，偏他谄事新贵，卖

友希荣，竟甘心做那两党爪牙，与谋除縯。从前刘秀在宛，曾见轶行为奸诈，劝縯不可信任，縯以为用人不疑，待遇如故，谁知他反复无常，果如秀言。这是刘縯粗豪之失。有部将刘稷，勇冠三军，当刘玄称帝时，稷怒说道："此次起兵讨逆，全是伯升兄弟两人做成，更始何功，乃敢称尊号呢？"玄颇有所闻，特授稷为抗威将军。稷不肯受命，玄遂与诸将陈兵数千人，召稷入问，不待开口，便将他拿下，喝令推出斩首。恼动了刘縯一人，挺立玄前，极力固争。玄又觉没有主意，俯首踌躇。不意座旁立着朱鲔、李轶，左牵右扯，暗中示意，逼出刘玄说一拿字，道声未绝，已有武士十余人，跑到縯前，竟将縯反绑起来。縯自称无罪，极口呼冤，偏偏人众我寡，不容分说，立被他推至外面，与稷同斩。一位首先起义的豪杰，竟枉送性命，徒落得三魂渺渺，驰入鬼门关去了。阅至此不禁长叹。



刘秀时在父城，闻得阿兄遇害，痛哭一场，当即起身诣宛，见了刘玄，并不多言，只引为己过。司徒官属向秀迎吊，秀亦惟依礼答拜，不与私谈。又未敢为縯服丧，一切起居饮食，仍如常时。有人问及昆阳战事，他却归功诸将，毫不自矜。何等深沉？原非乃兄所能及。刘玄见秀不动声色，反觉得自己怀惭，乃拜秀为破虏大将军，封武信侯，再遣王匡进攻洛阳，申屠建、李松等进攻武关。两路兵马，领命去讫。

那王莽闻得昆阳大败，险些儿心胆俱碎，还想诡托符命，镇压人心。明学男张邯进言符命，妄引《易经》，同人卦九三爻辞云："'伏戎于莽，升其高陵，三岁不兴。'这三语说作当代的谶文，莽系帝名，升即刘伯升，高陵即高陵侯子翟义，伯升与义，在新室下暗伏兵戎，最多不过三岁，终不能兴。"亏他援引，亏他解释。群臣听邯满口荒唐，未免窃笑，不过对着莽前，还只得顺旨阿谀，齐呼万岁。莽又令东方将士，解送罪犯数人入都，途次扬言是刘伯升等已经擒获，特送入正法云云。百姓也知他是骗语，无人轻信，付诸一笑。假面具总要戳破。

时有莽将军王涉，素信道士西门君惠，惠好谈天文谶记，尝语王涉道："谶文谓刘氏复兴，国师公姓名，就当应谶文了。"涉记着惠言，往告大司马董忠，复与忠屡至国师殿中，谈及谶纬，国师不应。既而王涉屏入与语道："涉欲与公共安宗族，奈何公不肯信涉呢？"国师就是刘歆，早已晓得谶文，因改名为秀。他见涉语真情挚，才答说道："我仰看天文，俯察人事，东方必能有成。"涉接口道："我知新都侯幼年多病，指莽父。功显君平素嗜酒，指莽母。未见得定有生育，现在新室皇帝，恐非我家所出。涉与莽同宗，故自称我家。现在董公指董忠。主中军，涉领宫卫，公长子伊休侯主殿中，歆长子名叠，封伊休侯，为莽中郎将。若能同心合谋，劫帝降汉，彼此宗族，都可保全，否则难免夷灭了！"歆不禁心动，赞成涉议，且语涉道："当待太白星出现，方可举事。"涉将歆言转告董忠，忠因司中大赘莽时官名。起武侯孙伋，亦尝主兵，不得不邀令同谋。伋却也许诺，归至家中，神色顿变，食不下咽，伋妻瞧着，料有他事，一经研诘，伋竟和盘说出。伋妻大惊，劝伋速去讦发，一对混账夫妻。伋尚觉不忍，经妻舅陈邯得知，从旁怂恿，且云伋不自首，邯当独告，伋无可奈何，只得同去告发。

莽忙使卫士分召忠等，忠方阅兵讲武，忽闻诏使到来，便欲应召，护军王咸进说道："谋久不发，恐致漏泄，不如斩使起事，免为人制！"忠不敢遽发，当即入朝。刘歆、王涉，也是奉召前来。莽先召忠入，使黄门官萇恽问状，忠含糊对答，即由中黄门把忠拿住，忠正拟拔剑自刎，又听得侍中王望传旨，但说出“大司马反”四字，已被中黄门锋刃交下，将忠砍死。莽意欲厌凶，再使虎贲诸士，持斩马剑分砍忠尸，盛以竹器，使用醯醢毒药白刃丛棘，掺杂器中，掘坎埋着，又是奇想。一面下令收捕忠族。惟不闻传召歆涉二人，歆涉已知忠被诛，料亦难免，并皆自杀，莽亦不加查究。看官道是何故？他因歆为勋戚，涉系宗室，统是心膂重臣，若将他声罪定罚，反致张扬内乱，不如令他自尽，反好暗瞒过去，因此不愿明言。且查得歆子伊休侯，素性恭谨，实未与谋，但免去中郎将官职，另授中散大夫。歆本汉宗正刘向子，饶有才名，能承父业，平居尝汇集群书，编成《七略》，上达汉廷，一辑略，二六艺略，三诸子略，四诗赋略，五兵书略，六术数略，七方技略。都下人士，无不因他广见博闻，啧啧称赏，只是助莽为逆，热中富贵，终弄到身死名裂，贻笑后人，这岂不是一朝失足，千古衔悲呢？语重心长，为文人者其听之！话休叙烦。



且说王莽内遭离叛，外覆师臣，愁得坐卧不安，未遑顾及军事，乃征还王邑为大司马，进张邯为大司徒，崔发为大司空，苗䜣为国师，自己但饮酒啖鱼，排遣愁闷，暇时又披览军书，倦辄假寐，不复就枕，连那一百二十个美人儿，也是无心顾及。忽又接得外来警报，乃是成纪人隗崔、隗义起兵应汉，推崔兄子嚣为上将军，移檄郡国，号召四方，所有雍州牧安定大尹，俱被杀死，凡陇西、武都、金城、武威、酒泉、敦煌等郡县，统被夺去。急得莽愁上加愁，长叹了好几声，转思檄文上面，不知如何说法，密令心腹卫士西出，取得一纸，还都呈阅。莽见檄文所说，历数自己罪恶，约十余条，第一条就是鸩杀平帝。当下出坐王路堂，召集公卿，启示从前为安汉公时，代帝请命的策书，并装出一种涕泣情形，晓谕群臣。平帝有疾，莽仿周公遗事，藏策金縢。事见《前汉演义》。

正在装腔作势的时候，又有两处急报传来，一是导江郡卒正公孙述起兵成都；一是故钟武侯刘望起兵汝南。莽以成都较远，公孙述又不是汉裔，倒还无甚要紧，只是刘玄未平，又出了一个刘望，却是可忧。未几又闻望自立为帝，连故将严尤、陈茂，统去投降，不由得失声大叫道："反了反了。"叫煞也是无益。亟派亲信将吏出都，探听虚实。好几日得了回报，方知刘望已死，严尤、陈茂并皆伏诛。莽又觉手舞足蹈，连声呼道："好好！"才说到第二个好字，复听得将吏接口道："不好哩！刘望与严尤、陈茂，统被刘玄部将刘信击死，现在刘信占住汝南了！"莽复惊起道："有这等事么？"忽又有人驰入道："不好了！不好了！"莽只说两个好字，反引出三个不好来。莽大骇道："为什



么大惊小怪？"那人说道："刘玄部将王匡攻洛阳，申屠建、李松攻武关，已是猖獗得很，今又有析县人邓晔、于匡，起兵相应，自称辅汉左右将军，攻入武关。武关都尉朱萌已投降了他，右队大夫宋纲阵亡，连湖县都失守了！"索性将四方乱事，并作一束，随笔写下，较为突兀得势。莽闻武关攻破，已觉得藩篱撤去，势甚可危，再加湖县是京兆属县，也致失守，简直是寇入堂奥，祸等燃眉。

当下无可为计，慌忙召入王邑、张邯、崔发、苗䜣四大臣及一班文武百官，商量御寇要策。王邑等仓皇失色，不知所出，崔发独进言道："臣闻《周礼》及《春秋左传》，俱言国有大灾，宜哭以厌之，故《易》亦云先号咷而后笑，今事变至此，正宜号泣告天，亟求救解！"好一条良策。莽不待说毕，便起座道："快去快去！"说着即下殿乘舆，由群臣簇拥出城，直至

南郊，降舆跪祷，自陈符命本末，且仰天泣语道："皇天既将大命授与臣莽，何不殄灭众贼？若使臣莽有罪，愿下雷霆殛死臣莽！"天将假手磔汝，不屑雷霆。说罢，拊胸大哭，哭止再祷，磕了无数响头，然后起立，再命词臣作告天策文，自陈功劳千余言，一面召集诸生小民，使他朝夕会哭，特命有司给与粥饭，视有哭得悲哀，并能朗诵策文，即拜为郎官。于是登舆回朝，策拜将军九人，号为九虎，令率北军精兵数万人，东出御寇。好像儿戏。待九虎临行时，要他送入妻子，作为抵押，每人又只给钱四千。此时宫中尚藏有六十匮黄金，一匮约万斤，此外各官署中，统有好几匮藏着珠玉珍宝，尚不胜计，莽越加吝惜，只有每人四千文，作为赏赐。试想这般将士，尚肯为莽效力么？

九虎将至华阴回溪，据险自守，于匡率弓弩手数千人，登高挑战，邓晔率二万余众，从阌乡南山，绕道北行，直出回溪后面，突入九虎营垒。九虎将顾前失后，顿时慌乱，于匡从高阜望见晔军，当即驰下夹击，杀得九虎将大败亏输，夺路四逸。二虎将史熊、王况诣阙待罪，莽问他余众何在，史熊、王况对答不出，抽刀自刎。尚有四虎将窜去，不知下落，只郭钦、陈翚、成重三虎将，收集散卒，退保京仓。邓晔开了武关，迎入汉将李松兵马，共攻京仓，数日不下。晔使弘农掾王宪为校尉，率数百人渡过渭水，攻城略地，所过皆降。李松亦遣偏将韩臣等，西出新丰，杀败莽将波水将军，追奔至长门宫。诸县大姓，亦纠众来会，各称汉将，王宪乘势招集，直逼长安都城。莽赦城中囚犯，各给兵械，杀豨大猪名豨。与盟道："如有与新室异心，社鬼当记罪不贷。"盟毕饮血，令后父宁始将军史谌，带领出敌。谌至渭桥，各罪犯一哄而散，单剩谌一人一马，如何御寇？立即拍马逃回。城外各路兵士，乐得恃众横行，发掘莽祖父妻子坟墓，毁去棺廓，并将莽九庙明堂辟雍，尽付一炬，火光照御城中，昼夜不绝。

十月朔日，各兵攻入宣平城门，正值莽司徒张邯出巡，被大众劈头乱砍，立即倒毙。莽司马王邑带回王林、王巡、䕫恽等，分头堵御，哪里抵得住一班乱兵？勉强支持了一日，乱兵汹涌异常，各官府邸第，尽行逃亡。到了次日，城中少年朱弟、张鱼等恐被掳掠，也投入乱兵，充作前导，火烧作法门，斧劈敬法闼，敬法殿之小门。哗声大呼道："反虏王莽，何不出降？"连呼了好几声，里面仍绝无声响。各少年恐有埋伏，不敢遽进，但烦劳那祝融氏作了先锋，接连放火，火势窜入掖廷，延及承明宫。宫中为莽女黄皇室主所居，就是汉平帝的皇后，莽女自投火中，还算节烈，故特为叙明后号。她见火已向迩，不能避免，遂望火泣下道："我何面目再见汉家？"说着竟奋身一跃，自投火中，眼见得乌焦巴弓，随那祝融氏去了。莽避居宣室前殿，但见宫人妇女等，披头散发，踉跄奔入道："奈何奈何？"莽亦没法相救，但披着绀服，青赤色为绀。佩着玺绂，手持虞帝匕首，令天文郎持栻在前，栻即近时星盘之类。自己回旋坐席，随着斗柄所在，且坐且语道："天生德于予，汉兵其如予何？"到死还要做作，可笑。

转眼间又过了一夜，乱兵愈逼愈近，群臣仓皇趋进，劝莽避入渐台。莽已二日不食，头眩目晕，一时不能起行，由群臣扶掖出殿，南下阁道，西出白虎门，门外已有轻车待着，由莽登车前行，少顷已到渐台。渐台筑在池中，上架桥梁，四面皆水，群臣以有水可阻，因劝莽至此暂避。莽下车后犹抱持符命威斗，过桥登台，从官尚有千余人。司马王邑日夕战守，累得人困马乏，返奔入宫，四处寻莽，不见形影，乃展转至渐台，途中遇见子王睦，脱去衣冠，意欲逃生，邑怒叱道："我为大司马，汝为侍中，应该为主死节，为何逃去？"睦不得已退至台下，邑亦随入，父子共替莽固守。时乱兵已杀入殿中，狂呼狂叫道："反贼王莽何在？"适有宫女出室，颤声答应道："已往渐台。"大众遂赶至台前，围绕至数百重，望见桥梁已断，一时不能进去，只用强弩乱射。台上众官，亦接连放箭，两下里对射一阵，矢已皆尽。乱兵见台上无箭，便用板叠桥，蜂拥而入，王邑父子及蒉恽、王巡等，还想堵住台门，奋力接战，战至天暮，究竟众寡不敌，并皆战死。死得无名。乱兵攻入台门，拾级登台，台上尚有众官守着，又接斗了好多时，陆续毕命。著名的是苗䜣、唐尊、王盛、王揖、赵博，卖饼儿也结果了。以及中常侍王参等，均皆被杀。



台上已无莽臣踪迹，单不见莽一人，校尉公宾就已与众兵混做一淘，想去杀莽报功，蓦见有一人持着玺绶，从内室中出来，便问他道："玺绶从何处得来？"那人回顾道："就在内室！"正问答间，又有众兵到来，便由公宾引入室中，寻至西北角上，果有尸身卧着，仔细一认，正是王莽，当下乱刀分尸，劈做数十段，只有莽首为公宾所枭，持报王宪。其实下手杀莽，便是夺取玺绶的人物，那人本是商民，姓杜名吴。莽年三十八岁为大司马，五十一岁居摄，五十四岁称尊，六十八岁诛死，自居摄至伏诛，居然改元四次，共计一十八年。小子有诗叹道：

> 粉身碎骨有谁怜，死后还教臭万年。
> 用尽机心翻速祸，才知翘首有苍天。

王宪得了莽首，遂自称汉大将军，拥兵入宫。欲知王宪如何处置，待至下回叙明。

有大过人之材智，方有大过人之功业，观刘文叔之所为，而益信矣。当其昆阳大战，冒险直前，何等奋勇？及闻兄缜被害，束身诣宛，独能不动声色，躁释矜平，奸党不能害，刘玄不能杀，乃知刘缜之死，非无自取之咎，令乃弟处之，亦何至死于非命乎？莽至死且欲欺人，乱兵四逼，尚欲效法周孔，卒至身膏锋刃，授首他人，作伪心劳日绌，如莽其尤甚者也。而后世之机械变诈者，亦可以知返矣。

## 第七回　杖策相从片言悟主<br>坚冰待涉一德格天

却说王宪拥兵入宫，官吏已皆逃散，只有一班妇女，无从趋避，统是缩做一堆，抖得杀鸡相似。宪见妇女们多有姿色，免不得惹起淫心，当令众兵出外驻扎，只说是妇女无辜，不宜侵犯，但发出库藏金帛，分犒众兵。大众得了犒赏，却也应令趋出，独王宪住下东宫，到了夜间，就去传召一班美女，叫她们侑酒侍寝，就是王莽继后史氏，偷生怕死，也只好出见王宪，供他糟蹋，直闹得一塌糊涂。胜似嫁与老夫。宪居然穿帝服，乘法驾，向商人杜吴处，取得天子玺绶，出警入跸，也想做起皇帝来了。京仓守将郭钦等闻得京师失守，王莽毙命，没奈何出降汉营。李松、邓晔驰入都城，将军申屠建、赵萌，从后继至，查得王宪私怀玺绶，奸占后宫，即把他捕出斩首，宪只快活了三四日，也落得身首两分。乐极悲生，奈何不慎？

当下取莽首级，派人传送至宛。刘玄命将莽首示众，百姓恨莽切骨，多去掷击，甚至将莽舌割下，切作数片，分啖立尽。刘玄因都城已下，会议行止，忽由洛阳传到捷报，乃是上公王匡，已将洛阳收降，缚住莽太师王匡，国将哀章，械送宛城。王匡缚王匡却是异闻。刘玄乃待了数日，等到囚犯解入，遣刑官问讯数语，立命诛死。哀章挟诈得官，至此也送命了。又闻得莽将李圣、孔仁，并见前文。俱皆败亡，豫洛肃清，诸将都劝玄暂都洛阳，不必远诣长安。玄本来没有决断，就依了众议，命破虏大将军刘秀，行司隶校尉事，先往洛阳整修宫府，以便定都。

秀自遭兄丧，不愿与闻政事，尝在官舍中闲居度日，想起从前游学长安时，曾自明志愿，留有二语云："仕宦当作执金吾，官名。娶妻当得阴丽华。"现在身为大将军，比长安城中的执金吾似乎还胜过一筹，独阴丽华年约及笄，未知她曾否适人，遂着人往探消息。丽华系南阳新野人，秀前适新野，见过一面，虽是淡妆素服，却生得姿容韶秀，落落大方。秀心中时常记着，以为娶妻不得如丽华，宁可终鳏，自古英雄多好色。所以在舂陵时，年至二十有八，尚未成婚。也是丽华应配真龙，到了十有九岁，尚未许字，至刘秀着人探问，与丽华兄阴识谈及，识已无父，乐得与阿妹作主，叫她去做汉大将军妻室。丽华亦喜逢佳配，便由阴识与来人说明，托他还报。秀欣如所望，当即聘娶，六礼告成，两美合璧，自然如鱼得水，好合无尤。及秀奉玄命为司隶校尉，乃与阴氏告别，仍使归居新野，自率吏士径赴洛阳。于是置僚属，作文移，从事司察，一秉旧章。待至宫府修成，报知刘玄，玄择日起行。当时三辅官吏，京兆、左冯翊、右扶风，号为三辅。东迎刘玄，见玄麾下诸将，首戴冠帻，服近妇人，莫不暗中窃笑，惟见了司隶僚属，都不禁心喜道："不图今日复见汉官威仪。"嗣是皆归心刘秀，不愿属玄。

玄既都洛阳，遣使招降赤眉。樊崇等闻汉室复兴，却也有心归汉，因留部众分驻青徐，自与部目二十余人径投洛阳，入见刘玄。玄并封为列侯，未给国邑。崇等见刘玄没甚威仪，已失所望，又不得采邑分封，更难如愿，厮混了一二旬，乘隙出走，返入老营。分为二部，崇与逄安为一部，尚有徐宣、谢禄、杨音等党羽，另成一部，仍然反抗汉命，略地称兵。此外又出了一个淮南王，乃是庐江连帅李宪，曾由王莽命为偏将军，出徇江淮，因闻王莽被杀，遂据住庐江，自称淮南王。刘玄诸将，却无意东封，独谋北略，当下议派遣大将，往定河北。大司徒刘赐，继缜后任，系是刘玄从兄，独谓刘秀才可大用，应即遣往，朱鲔等意在阻秀，语多蹊跷，赐却一力保举，驳去众议，乃令秀行大司马事，持节渡河，镇抚州郡。蛰龙出海了。

秀不带多兵，但率亲从数百骑逾河，沿途无犯，察官吏，明黜陟，赦囚徒，革除王莽苛禁，规复前汉官名，吏民大悦，争持牛酒迎接道旁，秀一律却还，婉言慰谕，无不欢呼。再前行至邺城，有一士人杖策追来，报名求见，秀立命延入，下座相迎。这人为谁？乃是南阳人邓禹，系东汉佐命元功，为将来云台二十八将的领袖。郑重言之。他少时游学长安，曾与秀同学，气谊相投，至是久别重逢，当然欢慰，寒暄甫毕，秀却笑问道："我得承制封拜，仲华远来，莫非想做官么？"原来仲华是邓禹表字，故秀有是称。禹笑答道："禹不愿为官。"秀又笑说道："官不愿为，何苦仆仆风尘，前来寻我？"禹应声道："但愿明公威加四海，禹得效尺寸功劳，垂名竹帛，便足称快了。"并非不愿做官，实想做个功臣。秀鼓掌大笑，就留禹同食同宿，与语军情。禹乘势进言道："现今山东未安，赤眉等到处扰乱，动辄万计，更始乃是庸才，不能刚断，部下诸将，又没有什么豪杰，不过志在财帛，但顾目前，明公试想这等庸奴，岂能深谋远虑？尊主安民，将来四方分崩，必致败亡！从来帝王崛兴，必须天时人事，相与有成，今更始方立，天变不绝，便是不得天时；且中兴大业，岂凡夫所能胜任？便是不协人事。明公虽得为藩辅，终属受制他人，不能自主，依禹愚见，如公盛德大功，为天下所响服，何不延揽英雄，收服人心，立高祖大业，救万民生命，一反掌间，天下可定，胜似俯首依人，事事受制哩！"秀不觉大悦，"安知非仆"之志愿，从此激成。令禹常居左右，事必与商，且饬部众呼禹为邓将军。

先是秀居兄丧，阳为谈笑，阴寓悲伤，枕席间常有泪痕。父城留守冯异，当秀入洛阳时，路过父城，异尝开门出迎，奉献牛酒，秀乃令为主簿，使前县长苗萌为从事。异遂从秀至洛，且荐举同里铫期铫音姚。叔寿、段建、左隆等并为掾吏。嗣是异一心事秀，秀亦推诚倚任。异见秀平时纳闷，料知秀不忘乃兄，时为劝解。秀摇手道："卿勿多言。"及秀往河北，得遇邓禹说了一篇独立的计议，异亦稍有所闻，也向秀进说道："更始乱政，百姓失依，譬如人当饥渴，一遇饮食，容易充饱，今公专任方面，宜急分遣官属，徇行郡县，理冤结，布惠泽，方好收拾人心！"秀点首称善，依议施行。复北向至邯郸，骑都尉耿纯，出城迎谒，秀温颜接见，偕纯入城。纯字伯山，钜鹿宋子县人，父艾为王莽济平尹，至刘玄称帝，使李轶招抚山东，艾即请降，纯亦随见，轶使艾为济南太守，并因纯应对不凡，承制拜为骑都尉，授纯符节，令他抚集赵魏各城。纯奉令往抚，留寓邯郸，因此得迎谒刘秀。秀待遇有恩，自然惬意，及趋退后，复见秀部下官属，各有法度，益加敬服，意欲格外结纳，特献马及缣帛数百匹。纯亦中兴名臣之一。故赵缪王子刘林，缪王为景帝七世孙，名元。尚在邯郸，入见刘秀道：“赤眉现在河东，但教决水灌去，就使他众至百万，也好使作鱼鳖了。”秀以为此计太忍，默然不应，竟留耿纯守邯郸，自率邓禹冯异等出徇真定。

刘林因计不见听，怏怏不乐，自思卜人王郎向与友善，不若就去问卜，使决后来吉凶。郎素好诞言，见了刘林，便为道贺。林愕然问故，郎说道：“谁不知刘氏当兴？君系刘氏宗室，难道不就此复封么？”林与言献计刘秀，不得见从，甚是可惜，郎又说道：“君可径自称尊，何必仰仗别人？”林颇有难色，郎复进策道：“我闻得王莽在日，曾由将军孙建，谓有妄男子武仲，冒充成帝子子舆，已经诛讫，君本姓刘，何妨就作为子舆，号召四方？”《汉书·王莽传》，曾有武仲冒充子舆，谓为成帝小妻所生，今特借口补叙。林笑道：“我自我，子舆自子舆，怎可混充？如我可冒充子舆，君亦尽可冒充了！”郎跃起道：“君若肯助我起事，我就冒充刘子舆。”好好卖卜，也想称尊，真是该死。这一席笑语，竟至弄假成真，遂去连结赵国大豪李育、张参等，决议起兵。育与参本认识王郎，平时常向郎卜易，却有几句被郎说着，所以信郎甚深。此次郎欲起事，想他必有把握，因此慨然允许，就将家中私财搬取出来，招募壮丁，不到旬日，就聚集至数千人。当下拥戴王郎，就在邯郸城内，据住官舍，南面称尊。

邯郸百姓晓得什么真假子舆，并且无拳无勇，如何反抗？只好让他去做皇帝。独有耿纯不服，与从吏夤夜出走，手中尚持着汉节，发取驿舍车马数十乘，载与俱驰，奔归宋子。至王郎派人捕纯，纯早已飏去。郎遂假称刘子舆，传檄郡国，略言圣公未知，误称帝号，翟义不死，已诣行宫，一派荒诞无稽的文告，布示远近，吏民哪里知晓？闻风响应。于是赵国以北，辽河以西，多半向郎上表，自请投诚。上谷太守耿况已受刘玄使命，遣子弇驰赴长安，贡献方物。弇字伯昭，年方二十有一，与属吏孙仓卫包偕行，道出宋子县，正值耿纯带领从兄䜣宿植等，约有数百人，起程北趋，弇与纯本不认识，见纯从行多人，不由得诧异起来，探问行人，才知邯郸有独立消息，称尊的叫做刘子舆，耿纯不肯从命，所以他往。弇乃与孙仓卫包两人共商行止，仓与包应声道："刘子舆既为成帝后人，应承正统，我等舍此不归，还想远行，果将何往？"弇不以为然，按剑叱责道："子舆小丑，终为降虏，我今至长安，与国家说明，渔阳上谷的兵马，勇悍可用，然后求得使节，还出代郡，大约在途数十日，便可归至上谷，征发击骑，驱除小寇，好似摧枯拉朽，立见扫平，两君不识去就，恐误投匪人，转



眼间就要灭族了！"弇未识破假子舆，又欲去投刘玄，亦非良策，惟知邯郸不能成事，也觉有识。仓包未信弇言，竟悄然逃去，亡归王郎。只剩弇踯躅道旁，孤踪西向。忽有途人传说，谓刘秀转赴卢奴，自思卢奴与上谷相近，不如还投刘秀，较还得计，乃即返辔北行。

时耿纯已与秀相会，报知王郎为乱，势甚猖獗，秀恐幽蓟一带，为郎所欺，因拟先定幽蓟，还击王郎，可巧耿弇亦至，遂留为长史，与他同行至蓟州。既得入蓟州城，乃令功曹王霸募兵市中，将攻邯郸。霸字元伯，系颍阳人氏，少为狱吏，慷慨有大志，前时秀略颍川，道出颍阳，得霸与俱，命为功曹令史，至此奉令募兵，偏市人无一应募，转用冷语相侵，霸不禁怀惭，还白刘秀。秀见人心未附，便拟南归，官属也都有归志，独耿弇进谏道："明公从南方到此，大势未定，奈何南行？

现在渔阳太守彭宠与公有同乡谊，弇虽家世茂陵，但弇父方为上谷太守，耿弇籍贯，借他自述，省得另表。耿弇王霸皆中兴之名臣，故叙笔不略。若征发两郡兵马，控弦万骑，直捣邯郸，还怕什么假子舆呢？”秀乃有留意，惟官属统思南归，相率喧哗道：“死且南首，奈何北行入囊中？”秀笑指耿弇道：“这是我北道主人，何用多募？”随即依了弇议，致书渔阳上谷，征发援兵，时已为更始二年春月了。

秀尚留住蓟城，专待两郡兵马到来，进击王郎。不料王郎移文至蓟，购索刘秀，标明十万户为赏格。有一个故广阳王刘嘉子接，嘉系武帝五世孙。贪得厚赏，纠众应郎，全城扰乱，讹言百出，纷纷说是邯郸兵至，将捉刘秀。秀因兵单将寡，不便久留，当即带领亲信将士，出南城门，城门已闭，由铫期斩关夺路，方得走脱。晨夜南驰，未敢轻入城邑，行至芜蒌亭，天寒风烈，食尽肠鸣，冯异至民间乞得豆粥，取供刘秀，秀勉强食讫，复起行至饶阳。一班从吏，连豆粥都不得觅食，真是饿肠辘辘，无力再行。秀乃伪称邯郸使人趋入驿舍，索供饮食，驿吏依言进供。偏是这班从吏，好像地狱中放出饿鬼，争先抢食，顷刻便尽。那驿吏当然动疑，自去槌鼓数十通，托言邯郸将军，不久便到，众皆失色，秀亦升车欲驰，忽然情急智生，徐徐还坐道：“既系邯郸将军到来，我等应当相见，不妨从缓！”一面说，一面传语驿吏道：“请邯郸将军入见！”催一句，愈妙。驿吏本是假语，偏刘秀要当起真来，哪里寻得出邯郸将军？只好含糊对答。秀方知驿吏诈谋，安坐了好多时，才起身呼众道：“邯郸将军，想是路上逗留，我等也不便久待了。”众皆应声而出，秀即上车驰去。赖有机变。仍然昼夜兼行，一路上蒙犯霜雪，冻得面无人色，肤皆破裂。吃得苦中苦，方为人上人。

到了下曲阳，传闻邯郸追兵即在后面，大众又惊慌得很，急趋至滹沱河。前驱候吏，还言河水长流，无船可渡，秀再命王霸往视，霸驰至河滨，但见流水潺潺，寒风猎猎，东西南北，并无一船，不由得嗟叹起来。转思追兵在后，死生总须一渡，不如扯一个谎，叫众人齐至河边，再作计较。乃趋还白秀道："河冰方合，正好速渡。"此君也有应变才。众闻言大喜，开步便走。说也奇怪，待至大众临河，果然冰坚可涉，当即依次渡河，渡到对岸，冰又解散，霸暗暗称奇，一时也无暇说明。莫非人定胜天。及抵南宫，兜头刮起一阵大风，雨随风下，滴沥不绝，累得大众衣衫尽湿，冷不可当。又是一番苦楚。秀见道旁有一空舍，当即下车避入，好在空舍中贮有积薪，复有宿麦，并且厨灶兼全，邓禹、冯异就做了两个火夫，一爇火，一抱薪，锅中煮饭，灶上烘衣。秀脱去外袍，烘了片时，略觉干燥，麦饭亦已煮熟，便由异盛了一碗，奉与刘秀，尚有余饭未尽，与众同食，不够半饱，但稍稍得过饭瘾，已算幸事。此时也不遑寻问主人，由秀登车复走，众亦随出。趋至下博，四面各有歧路，不知所从，俄有白衣老人，踉跄前来，并未问及行踪，即举手指示道："努力努力！此去南行八十里，就是信都，信都太守，尚为长安守住此城，可以前往。"秀正要向他称谢，不意白衣老人回头急走，倏忽不见，大众不胜惊异，秀亦知白衣老人不是凡品，遂依他指导，径往信都。



信都太守任光，表字伯卿，籍隶宛县，素性谨厚，少为县吏，汉兵至宛，见光衣服鲜明，意欲加害，亏得光禄勋刘赐替他救免，荐为安集掾，寻拜偏将军，随秀至昆阳，同破王邑王寻，得迁信都太守。及王郎僭号，传檄信都，光不肯服从，独与都尉李忠、县令万修等，协力固守。郡掾持檄劝光，光将他斩首示众，招集精兵四千人，为死守计。适刘秀狼狈到来，光正虑孤城难全，得秀亲至，喜出望外，立即开城迎入，吏民素闻秀仁名，亦皆欢呼万岁。秀略述途中苦况，并言王郎势大，恐难与敌，意欲还见刘玄，请兵北讨。任光见秀兵寥寥，自己亦不过数千部众，只有护秀西行的能力，没有助击王郎的军容，心下颇费踌躇，李忠万修，亦谓不若派兵送秀，以便请兵。

正迟疑间，忽报和戎太守邳彤来会，光当然出迎，与同见秀。彤字伟君，家世信都，曾为莽和成卒正，居下曲阳，前次秀徇河北，彤举城出降，因改名和成为和戎，使彤居守。彤感念秀德，故与任光同无贰心。两人皆隶名云台，故分叙履历。彼此相见益欢，共商行止。彤闻秀议定西行，慨然谏阻道："海内吏民，歌吟思汉，已有数年，所以更始称尊，天下响应。今卜人王郎，假名乘势，集众乌合，虽得牢笼燕赵，究属根本未固，若明公号召二郡兵民，仗义往讨，何患不克？今欲舍此西归，非但空失河北，必且惊动关洛，堕威失机，甚非良策！试想明公西去，邯郸无事，必且缮兵整甲，长驱南来，吏民谁肯千里送公？统皆系念妻孥，中途逃归，人心一散，尚可复收么？"秀恍然道："伟君所言甚是，我当照行。"遂留住信都，光即行文旁县，征发兵士，好几日只得四千人，秀尚嫌不足，欲向城头子路及刁子都两处借兵，当有一人闪出道："不可不可！"正是：

莫呼将伯求为助，毕竟男儿当自强。

欲知何人出谏刘秀，待至下回报明。

邓禹杖策追秀，相见之下，从容计划，即进秀以兴汉之谋，此为中兴名臣所未及。故虽智不及良平，勇不及韩彭，而后人推为功臣之冠，良有以也。王郎僭号，刘林助虐，秀狼狈南趋，几不得免，豆粥麦饭，何等困穷？孟子所谓“天降大任于斯人，必先苦其心志，劳其筋骨，饿其体肤，然后动心忍性，增益其所不能”。彼刘秀亦犹是耳！必至如滹沱河之不得济，乃出神力以助之，河冰甫合，复继以大风雨，此正天之巧为磨炼也！非历试诸艰，宁能造成真主乎？

# 第八回　投真定得婚郭女<br>平邯郸受封萧王

却说刘秀欲向城头子路及刁子都处乞援，即有一人出为谏止，那人就是信都太守任光。光进说道：“城头子路刁子都，俱是亡命盗贼，何足深恃？兵不在多，但教协力同心，自能成功。明公前破莽将时，尝以一敌十，何患王郎？”秀乃罢议。究竟这城头子路，乃是何人？他姓爰名曾，字子路，本东平人，曾与肥城人刘诩，起兵卢县城头，因号为城头子路，聚众至二十万，寇掠河济间。刘玄初立，曾与诩亦上表称贺，玄拜曾为东莱太守，诩为济南太守，皆行大将军事，暂示羁縻。刁子都起兵东海，前文已经叙及，见第三回。惟刁子都亦受刘玄封爵，拜扬州牧。后来城头子路刁子都，皆为部下所杀，这且慢表。随笔了过。

惟刘秀既听了任光，不愿乞援，遂拜任光为左大将军，兼信都都尉；李忠为右大将军，邳彤为后大将军，仍任和戎太守；万修为偏将军，并封列侯。李忠字仲都，东莱黄县人，万修字君游，扶风茂陵人，补叙履历，不略功臣。这数人皆身任军将，从秀出城，留南阳人宗广领信都太守事。耿纯自请回乡招兵，前来会师，秀即令去讫。任光多作檄文，颁示河北，文中伪云：大司马刘公，率城头子路刁子都各兵，有众百万，从东方来，击诸反虏等语。河北吏民本多为王郎所欺，望风听命，此次得了檄文，又不禁惶惑起来，转相告语，未知适从。秀挈众至堂阳县境，时已昏暮，趁着天色昏黑，扬旗纵火，散骑泽中，吓得堂阳县吏魂魄飞扬，急忙开城迎降。转至贯县，县吏无法抵敌，也照堂阳一般，出城迎入。昌城人刘植方聚兵数万，据城自守，当由秀使人招抚，植即投诚。秀使植为骁骑将军，仍领旧部，于是兵威少震。可巧耿纯亦招集宗族宾客共二千余人，连老幼男女一并带来，与秀相见。秀使为前将军，封耿乡侯，纯从兄䜣宿植，并皆授职偏将军，拨兵为助，令他兄弟前抚宋子城，县吏却也听命。纯使䜣宿植归烧庐舍，然后返报。秀问纯何故毁及家庐，纯答说道："明公单车出使，镇抚河北，本没有甚么重赏，可以饵人，不过靠着平时德惠，曲示怀柔，才见士众乐附，所过皆降。今邯郸自立，北州疑惑，纯虽举族归命，老弱皆行，犹恐宗人宾客，或有异心，仍然逃归，因此烧去庐舍，绝他返顾，方能使他凝神壹志，服事明公哩！"秀不禁赞叹。再命纯带领前军，北向出发，降下曲阳，进攻中山。秀亦率众继进，得拔卢奴，再传檄至边郡，令他共击邯郸，郡县又陆续响应。

惟故真定王刘扬，聚众十余万，联合王郎，未肯归附。秀颇以为忧，骁骑将军刘植献议道："植与扬有一面交，愿借三寸不烂的舌根，说使归降！"秀闻言大喜，便令植往说刘扬。植只带得随身数骑，径往真定，过了数日，便即返报道："扬已被植说下了，但扬欲与公结为姻亲，植亦替公承认，事同专擅，特来请罪。”秀惊疑道：“我尚无子女，如何联姻？有妹伯姬，又许字李通为继室，已有成议了。”应上起下。植答说道：“扬有甥女郭氏，愿奉箕帚。”秀又以曾娶阴氏为嫌，植笑答道：“天子一娶九女，诸侯且一娶三女，两妻也不得为多，况刘扬新附，若不与结为姻亲，如何可恃？植所以擅事代允哩！”谢媒酒稳当了。秀乃心喜，即令植赍着金币，送作聘礼，自己也即随往，扬率众迎接，开馆延宾，择了一个黄道吉日，即将甥女郭圣通，装束停当，送至宾馆，与秀成婚。秀见郭氏丰容盛鬋，华服靓妆，虽不及阴丽华的秀雅，却也纤秾合度，不等凡姝。当下行过了礼，洞房合卺，并枕交欢，不消细叙。嗣闻女父郭昌，素有义行，曾将田宅财产数百万让与异母兄弟，名著全国。女母刘氏乃是真定恭王普女儿，普为景帝七世孙，生长王家，独循礼教，持身节俭，有贤母风。秀想父母如此，该女当必不俗，因此由爱生敬，由敬生宠，比从前待遇阴氏，加厚三分。叙明郭氏家族，复伏下被废祸根。



过了数日，就出击元氏房子二县，先后攻下。再进至鄗，鄗城县长却也不敢迎敌，投书请降；偏有大姓苏氏，不愿迎秀，竟去召入王郎将吏李恽，率兵来敌汉军。当有探马报知耿纯，纯请秀暂留驿舍，自领前军埋伏城隅，专待李恽到来。恽不防有伏，昂然驰至，被纯挺马突出，兜头一枪，把李恽刺落马下，各兵惊溃，纯乘胜抢入城中，得将鄗城据住。查得大姓苏氏头目，杀死数人，余皆崩角稽首，不敢违命。鄗城一下，移军进攻柏人，王郎大将李参方在柏人驻扎，听得汉军前来，便引兵至要路截击，两下交锋，汉军很是奋勇，杀得李参招架不住，奔还柏人。刘秀麾兵追赶，直抵城下，扑攻数日，不能得手。

适有汉中校尉贾复、长史陈俊，奉着汉中王刘嘉命令，诣营下书。此刘嘉与前文广阳王同名异人。秀立即召见，取阅来书，才知嘉已得势，定都南郑，收降武当山草寇延岑，集众数十万人，此次与秀通问，意在联盟，且将贾复陈俊，荐入秀营，俾作臂助。秀览毕大悦，赐令二人旁坐。问明履历，二人答称同居南阳，不过互分县籍，复字君文，系南阳冠军县人，俊字子昭，系南阳西郑县人。书法见前。秀与嘉系出同支，嘉为春陵侯刘买玄孙，是秀族兄，王莽时被黜为民，刘玄即位，封嘉为汉中王，秀因族兄举荐人才，定必不谬，且看他英姿吐属，确非庸常，乃即拜复为破虏将军，俊为安集掾。两人方拜命趋出，忽有弁目入报道："舍中儿犯法不谨，被军令祭遵格毙了！"祭，读如债。秀勃然道："祭遵敢擅杀我舍儿么？"说着，顾令左右，即欲捕遵。主簿陈副在侧，忙进说道："公尝欲军队整齐，今遵奉法不避，明明是仰承公令，怎得言罪？"秀乃省悟，赦遵不究，且进拜遵为刺奸将军。尝语诸将道："诸卿当慎防祭遵，他敢杀我舍中儿，必不肯私庇诸卿哩！"甚得用人之道。诸将听了，当然畏服祭遵。遵字弟孙，颍川颍阳人，少好经书，家本饶富，独遵如贫人，恶衣菲食，及丧母时，亲自负土起坟，县吏目为鄙吝，屡加侵侮，遵乃散财结客，击杀县吏，时人因此惮遵，至秀破王邑王寻，还过颍阳，遵孑身投谒，居秀门下，遂得逐渐知名。遵亦中兴名臣。

秀军久围柏人，兼旬不克，或劝秀留此无益，不如移军钜鹿，进图东北，秀乃引兵略钜鹿郡，拔广阿城。夜间披览地图，见邓禹在旁，便指示道："天下郡国甚多，现在什只得一，汝前言反掌可定，谈何容易？"禹答说道："方今海内扰乱，人望明君，如望慈母，总教有德便兴，不在大小缓急哩！”要言不烦。秀一笑而罢。越宿再拟进兵，忽闻外面哗声不绝，急忙传问，有人报称渔阳上谷兵马，已到城外，恐是由王郎遣来。帐下诸将听了此言，未免失色。秀将信将疑，亲登城楼，俯首诘问，蓦见来军中跃出一人，倒身下拜，仔细审视，不是别人，乃是蓟城相失的耿弇。当下大喜过望，即命开城延入，详问一番。弇备述颠末，方知渔阳上谷兵马，实是耿弇招来。先是蓟城乱起，弇迟走一步，未及相随，待至混出城门，追了数里，仍然不及，自思前行无益，不如北还上谷，发兵助秀。当下掉头急走，归见父况，请发兵急攻邯郸。况正接得王郎檄文，踌躇莫决，既闻弇言，便即集众会议，功曹寇恂，门下掾闵业同声道：“邯郸猝起，未可信响，今闻大司马秀，系刘伯升母弟，尊贤下士，何不相从？”况皱眉道：“邯郸方盛，我不能独拒，如何是好？”寇恂道：“今上谷完固，控弦万骑，正可详择去就，恂愿再东约渔阳，齐心合众，邯郸便可荡平了。”况颇以为然，乃遣恂东往渔阳。

时渔阳太守彭宠亦由王郎移檄，促令归附，宠部下多欲从郎，独安乐令吴汉、护军盖延、狐奴令王梁，劝宠从秀，宠也觉狐疑。吴汉出止外亭，尚欲设法谏宠，适有一儒生趋至，面目文秀，汉召与共食，询及道路传闻，生言邯郸所立，实非刘氏，只有大司马刘公，所至归心。吴汉大喜，便诈为秀书，征发渔阳兵士，嘱生持往见宠，且使具述所闻。生如言持去，汉复随入，两人先后白宠，方将宠心说动。可巧寇恂驰到，证明邯郸伪主，请宠速发突骑二千人，步兵千人，与上谷会师，同攻邯郸。宠依言发兵，即令吴汉盖延王梁为将，与恂偕行。南经蓟郡，偏遇王郎大将赵闳，并力杀去，将闳砍死。恂使吴汉等守待界上，匆匆报知耿况，况即照渔阳兵数，调发出来，亦令三人为将，一是寇恂，一是耿弇，一是上谷长史景丹。三人领兵出境，与吴汉等相会，六条好汉，所向无前，沿途击斩王郎将士，约三万级，连下涿郡、中山、钜鹿、清河、河间等二十二县，直抵广阿。摹写声容，数语已足。遥见城上遍悬大汉旗帜，便由景丹勒马高呼道："城守为谁?"守兵答道："是汉大司马刘公!"其声震耳。丹等大喜，便令耿弇前导，共至城下。

适值刘秀登城，弇一见便拜，起身入城，具述大略。秀即使弇迎入诸将，诸将一一参见，秀看他个个威武，统系将才，便依次问明籍贯姓字：寇恂答称昌平人，字子翼；景丹答称栎阳人，字孙卿；吴汉答称宛人，字子颜；盖延答称安阳人，字巨卿；王梁字君严，与盖延籍贯相同，俱是二十八将中人，籍贯姓氏由他自述，与初叙耿弇时略同。耿弇前已从秀，当然不必问答了。秀



问毕大悦道："邯郸将帅屡言发渔阳上谷兵，我亦谓将发二郡兵马，聊与相戏，不意二郡将吏果为我前来，我当与诸君共图功名便了。"于是宰牛设宴，大飨将士，待至饮毕，立即开城出兵，东赴钜鹿，令景丹、寇恂、耿弇、吴汉、盖延、王梁六人，俱为偏将军，一面承制封拜，遥授耿况彭宠为大将军，并封列侯。

军至钜鹿，正遇刘玄所遣尚书仆射谢躬，亦率兵来讨王郎，两下会合，将钜鹿城团团围住，守将王饶，固守不下。忽由信都传来急报，乃是城中大姓马宠、潜降王郎，迎纳郎将，执住留守宗广及右大将军李忠家属。忠不禁大怒，因马宠弟随为校尉，当即召入，把他格死，诸将皆大惊道："君家属在人手中，奈何格死人弟?"忠慨然道："为国忘家，敢纵贼不杀么?"秀闻言赞美，便使忠还救家属，忠尚不肯往，旋闻刘玄

已遣兵攻破信都，乃使忠还行太守事。王郎又遣将倪宏、刘奉率数万人来救钜鹿，秀率部将至南䜌音怜。逆战，前军失利，景丹麾使突骑出击，纵横驰骤，大破敌兵，倪宏等仓皇遁去，秀欣然道："我闻朔方突骑，乃天下精兵，今果所见不虚了！"道言甫毕，即由耿纯献议道："久围钜鹿，徒致疲敝，不若往攻邯郸，邯郸一破，钜鹿不战自服了！"说得甚是。

秀乃留将军邓满攻钜鹿，自督将士进攻邯郸，连战皆捷，直抵邯郸城下。王郎势穷力蹙，使谏议大夫杜威至军，奉书乞降。秀责王郎伪充刘氏，罪在不赦，杜威不肯承认，还说王郎是成帝遗体，秀奋然道："就是成帝复生，天下且不可得，况是个假子舆呢？"快语。威复说道："明公以仁信著名，今日邯郸既降，亦应封邯郸主为万户侯。"秀又答道："他敢冒充汉裔，待以不死，也算宽仁，还要想做万户侯么？"威知不可说，转身自去。秀督兵猛攻，又过了二十多日，城内不能支持，王郎少傅李立夜开城门，纳入汉兵，王郎、刘林从后门出走，觅路窜去。秀将王霸与臧宫傅俊等人贪夜追郎，郎被追及，一介卜人，何来武勇？立被王霸一刀劈死，枭了首级。只有刘林不知去向，无从追寻。当即携首归报，秀录霸功劳，加封王乡侯，连臧宫、傅俊等，亦并给厚赏。臧宫字君翁，颍川郏人，初为亭长，继入下江兵中，转从刘秀，屡立战功。俊字子卫，亦为颍川襄城县亭长，襄城为俊故里，合族聚居，及秀至襄城，俊投入秀军，家族被莽吏收诛，故秀与王邑交战时，俊争先突阵，杀敌最多。两人俱列入云台。两人与霸同郡，甚是投契，在军中常与霸同营。惟霸善驭士卒，恤死抚伤，事必躬亲，所以后来刘秀即位，任霸为偏将军，兼领宫俊两部兵马，另用宫俊为骑都尉，事见后文。

且说刘秀既收复邯郸，诛死王郎，所有郡县吏民与王郎往来文书，悉令毁去，顾语诸将道：“好使反侧子自安。”一面部署吏卒，支配各营，众言愿属大树将军。看官道大树将军为谁？原来是偏将军冯异。异为人谦退不矜，与诸将相遇，常引车避道，进退皆有表识，秩序井井；每当休息时候，诸将并坐论功，独异屏居大树下，毫不置议，因此军中呼异为大树将军。秀闻众言，也为赞许，待异益厚。护军朱祐，系南阳宛人，素与刘秀兄弟交游，留居幕中，至是从容语秀道：“更始不君，未能定国，惟公有日角相，中庭骨起状如日，故云日角。天命所归，不宜自误！”秀不待说毕，便笑语道：“快召刺奸将军，收逮护军。”文叔也会使诈。祐乃不敢复言。会由长安使至，持入刘玄封册，封秀为萧王，即令罢兵西归，另派苗曾为幽州牧，韦顺为上谷太守，蔡充为渔阳太守。秀暗暗惊异，面上却未曾流露，照常迎入使人，依册受封。又复细询来使，始知刘玄迁都长安，大封功臣，所以自己亦得封拜。



究竟刘玄如何迁都？如何授封？应该就此叙明：自从刘玄由宛迁洛，居住了四个月，长安军将申屠建、李松，屡遣人请玄入关，玄乃令刘赐为丞相，入关缮修宫室，更始二年二月，宫室复旧，遂由申屠建、李松等，迎玄至长安，入长乐宫，升坐前殿，郎吏两旁站立，玄面有怍容，惟俯首摩席，不敢仰视。实是无用。诸将朝贺已毕，李松、赵萌劝玄封功臣为王，朱鲔独抗议道：“从前高祖有约，非刘氏不王，今宗室且未曾加封，如何得封他人？”松与萌乃请先封宗室，后封诸臣，于是封刘祉为定陶王，祉系刘玄族兄。刘庆为燕王，庆系刘秀族兄。刘歙为元氏王，歙为刘秀族父。刘嘉为汉中王，嘉并见前。刘赐为宛王，赐亦刘秀族兄。刘信为汝阴王。信为赐从子。宗室毕封，乃封王匡为沘阳王，王凤为宜城王，朱鲔为胶东王，王常为邓王，申屠建为平氏王，陈牧为阴平王，张卬为淮阳王，廖湛为穰王，胡殷为随王，李通为西平王，李轶为舞阴王，成丹为襄邑王，宗佻为颍阴王，尹尊为郾王。独朱鲔辞不受命，乃令鲔为左大司马，又使赵萌为右大司马，李松为丞相，共秉内政。命刘赐、李轶镇抚关东，李通镇荆州，王常行南阳太守事。赵萌有女，颇具姿色，由萌纳入后宫，大得玄宠。因此玄委政赵萌，萌专权自恣，任情予夺，群小膳夫都向萌极力逢迎，萌各授官爵，俱着锦衣，长安有歌谣云："灶下养，中郎将。烂羊胃，骑都尉。烂羊头，关内侯。"为此种种腐败，遂致关中人士，大失所望。

至刘秀得平邯郸，遣使告捷，玄乃封秀为萧王。秀受命后，不由的惶惑不定，昼卧邯郸宫温明殿中，默想方法。耿弇乘间趋入，向秀说道："吏民死伤甚多，弇愿归上谷，添招兵马。"秀应声道："王郎已破，河北略平，还要添什么兵马？"弇答道："王郎虽破，兵革方兴，圣公无才，定难成事，恐不久便将败灭了。"秀惊起道："卿失言了，我当斩卿！"弇又说道："大王待弇，情同父子，弇所以敢披赤心。"秀半晌才说道："我何忍害卿？卿且说明！"弇申说道："百姓患苦王莽，复思刘氏，闻汉兵起义，莫不欢腾，如脱虎口，复归慈母。今圣公为天子，诸将擅命山东，贵戚纵横都内，政治昏乱，比莽更甚，怎能不败？大王功名已著，天下归心，若决计自取，传檄可定，否则恐转归他姓了！"前有邓禹，后有耿弇，前推后挽，自见成功。秀听了弇言，点头无语。忽又有一人进言道："大王请听弇言，幸勿迟疑！"秀瞧将过去，乃是虎牙将军铫期。小子有诗咏道：

明良会合最称难，要仗臣心一片丹。
莫道攀龙原易事，庸才何自庆弹冠？

欲知铫期如何陈词，容至下回再叙。

刘秀既娶阴丽华，复纳郭氏女为室，阴先郭后，理应以阴为正妻，郭为次妻。乃以刘赐见助之故，加宠郭氏，厥后且立郭氏为后，名不正，则言不顺，无怪其凶终除末也。本编于秀娶阴氏，不过标题，而独于郭女之成婚，特为揭出，所以志先事之未慎耳。王郎之败，本意中事，以之敌秀，不亡何待？惟玄于入关以后，委政宵小，不思笼络刘秀，徒假以萧王之虚名，令秀速归，是正所以促其离心耳。蛟龙得势，志在奔腾，宁待耿弇铫期之谏阻乎？

## 第九回　斩谢躬收取邺中<br>毙贾强扬威河右

却说虎牙将军铫期趁着耿弇进言的时候，也入内白秀道："河北地近边塞，人人习战，号为精勇，今更始失政，大统垂危，明公据有山河，拥集精锐，如果顺从众心，毅然自主，天下谁敢不从？请明公勿疑！"秀闻言大笑道："卿尚欲如前称趕么？"原来铫期出蓟州城时，为众所阻，期奋戟大呼道："趕！"众皆披靡，方得出城。看官道"趕"字何义，古时惟天子出入，才得警跸，"跸"与"趕"同，乃是辟除行人的意思。秀因期直前勇往，气敌万夫，平时很加器重，所以有此戏言。于是决计自立，出见长安来使，与言河北未平，不便还都，来使只好辞去。其实邯郸内外，原已早平，就是钜鹿也相继投降，秀不过设词拒复，未肯西归。从此秀自据一方，竟谢绝了更始皇帝。句中有刺。

是时梁王刘永擅命睢阳，永为梁孝王八世孙，更始元年由刘玄使永袭封。公孙述称王巴蜀，见第六回。李宪自立为淮南王，见第七回。秦丰自号楚黎王，见第四回。张步起琅琊，董宪起东海，延岑起汉中，田戎起夷陵，并置将帅，侵略郡县。又有铜马、大彤、高湖、重连、铁胫、大枪、尤来、上江、青犊、五校、檀乡、五幡、五楼、富平、获索等贼，乘势蜂起，名目繁多，多约一二十万，少约数万，大约不下数十万众，所在寇掠。

秀拟出兵四讨，先遣吴汉北往，调发各郡兵马，幽州牧苗曾已到，不肯听命，被吴汉拔剑出鞘，乘曾不备，把他砍死。当下夺得兵符，四处征调，北州震慑，莫不望风而从，发兵来会，共计得数万骑，由汉引兵南行。还有耿弇亦奉着秀令，至渔阳上谷二县征兵，亦收斩韦顺、蔡充，苗曾、韦顺、蔡充共见前回。招得许多突骑，南下返报。可巧秀出至清阳，接着两路人马，自然喜慰。便拜吴汉耿弇为大将军，往讨铜马贼。铜马贼帅东山荒秃上淮况等，方在鄡城，鄡音枭。闻得刘秀引军进攻，意欲先发制人，立即遣众挑战。秀却令各军坚壁不动，伺贼至他处劫掠时，却潜出偏师，截击要路，夺回财物，一面断贼粮道。贼求战不得，求食无着，勉强支持数日，累得饥乏不堪，夤夜遁去。汉军从后追蹑，到了馆陶，大破贼众，一大半弃械乞降，尚有余众四窜。适值高湖、重连两路贼兵从东南来，与铜马余众会合，又来抵御汉军。秀乃鼓励兵士，进至蒲阳交战，复将贼众杀得大败。贼势穷力蹙，只好投降。秀封贼目为列侯，贼尚不自安，只恐将来有变。秀窥知贼意，饬令各军归营，自乘轻骑巡行各寨，降众方相语道："萧王推心置腹，亲疏无二，我等能不替他效死么？"嗣是全体悦服。秀因将降众分配各营，得众数十万，因此关西号秀为铜马帝。莫非权略。



秀又探得赤眉别帅，与青犊、上江、大彤、铁胫、五幡，合十余万众，在射犬城，当即乘锐进击，连毁数十营垒，贼皆西遁。秀顺道南略，招谕河内吏民。河内太守韩歆举城出降。歆同邑人岑彭，前曾受刘玄封爵，得为归义侯，见第六回。嗣为淮阳都尉，道阻不得就任，乃至河内依歆。歆既出降，彭亦进见，面语刘秀道："彭蒙前司徒矜全，未曾报德，今复得遇大王，愿为大王效力！"秀温语奖勉，即令彭与吴汉，往击邺城。邺城由谢躬居守，从前与刘秀共定邯郸，还屯邺中，见前回。秀南击青犊，曾使人语躬道："我追贼至射犬，必能破贼，尤来在射犬山南，必当惊走，若仗君威力，击此散虏，定可一鼓歼灭了！"躬亦称好计。及秀破青犊，尤来果北走隆虑山，躬留将军刘庆及魏郡太守陈康守邺，自率将士往击尤来。偏偏穷寇死斗，锋不可当，躬反吃了一大败仗，遁还邺城。秀因躬留邺中，动遭牵掣，此次乘躬外出，先遣辩士说下陈康，然后轻兵继进，径入城中。谢躬尚全无所闻，还至城下，门正开着，便纵辔进去，不意城门左右埋伏汉军，一声鼓号，便把躬拖落马下，用绳捆住。岑彭尚欲数躬罪状，独吴汉瞋目道："何必再与鬼徒说话？"道言未绝，已从腰间拔出佩剑，手起剑落，把躬劈作两段。当下枭首徇众，众皆慑伏，不敢异言。躬亦南阳人氏，与刘秀同乡，前曾与秀相识，同事刘玄，至此积不能容。躬妻尝密诫道："君与刘公积有嫌隙，乃不知预备，恐遭暗算！"躬视为迂谈，终为所戮。就是躬妻亦被陈康拘禁，连将军刘庆也被拘住，结果是难免一死，同归于尽。臣殉主，妻殉夫，也似不可厚非。

吴汉、岑彭，既平定邺城，仍使太守陈康留戍，自引部兵回报刘秀。秀欲乘胜北上，略定燕赵，自思长安孤危，将来必为赤眉所破，因又拟遣兵西出，伺衅并吞。乃拜邓禹为前将军，特分麾下精兵二万人，属禹调度，所有偏裨以下，许得自选，指日西行。禹即部署粗定，向秀告辞，秀复问禹道：“更始虽入关中，朱鲔、李轶等尚据守洛阳，若我辈北去，将军又复西行，他必来窥我河内。河内新定，地方完富，不可不择人居守。究竟是何人可使，还请将军教我。”禹答说道：“偏将军寇恂，文武全材，足当此任。”秀点首称善，遂召恂入帐，面授恂为河内太守，行大将军事。恂先辞后受，并请任贤为助。秀因申说道：“从前高祖尝任用萧何，关中无阻。我今举河内委公，愿公坚守转运，给足军粮，率厉士马，能勿使他兵北渡，便是现今的萧酂侯。萧何曾封酂侯。至若扼住河上，为公外援，我自当另遣良将便了。”恂拜谢而去。秀再命冯异为孟津将军，使统魏郡河内各兵马，屯守河上，拒遏洛阳，异亦受命启行。既至孟津，择要筑垒，屏蔽河内，河内太守寇恂越得安心筹备，具糇粮，治器械，接济北军，源源不绝。萧王刘秀，自然放胆北进，往击北寇去了。



是时刘玄方封李轶为舞阴王，田立为廪丘王，使与大司马朱鲔、白虎公陈侨，带领部曲，号称三十万众，保守洛阳，又令武勃为河南太守，管领粮食。闻得刘秀北行，将乘虚进攻河内，冯异早已料着，特写了一书，遣人投与李轶，书中略云：

> 愚闻明镜所以照形，往事所以知今。昔微子去殷而入周；项伯叛楚而归汉；周勃迎代王而黜少帝；霍光尊孝宣而废昌邑，彼皆畏天知命，睹存亡之符，见废兴之事，故能成功于一时，垂业于万世也！苟令长安尚可扶助，延期岁月，亦恐疏不间亲，远不逾近，公岂真能安居一隅哉？今长安坏乱，赤眉临郊，王侯构难，大臣乖离，纲纪已绝，四方分崩，异姓并起，是故萧王跋涉霜雪，经营河

北。方今英俊云集，百姓风靡，虽邠岐慕周，不足以喻。公诚能觉悟成败，亟定大计，论功古人，转祸为福，在此时矣！若待猛将长驱，严兵围城，虽有悔恨，亦无及已！

李轶得书，踌躇了好多时，暗想从前起事，本与刘秀兄弟很相亲爱，悔不该陷没刘縯，构成嫌隙。现在刘玄庸弱，不足有为，赤眉、渠帅、樊崇、逢安、谢禄、杨音等，分道入关，樊崇等见第七回。西兵连败，长安危急，眼见他不能久存，若又事刘秀，恐触彼前嫌，复难自全，不得已含糊作复，交与来使带回。冯异正待使归报，既得复书，忙展开一阅，但见书中写着：

铁本与萧王首谋造汉，结死生之约，同荣枯之计；今轶守洛阳，将军镇孟津，俱据机轴，千载一会，思成断金，惟期转达萧王，愿进愚策，以佐国安人。



冯异览罢，已知轶意，当然喜慰。反间计已得告成了。遂只留数千人屯守，自督锐卒万余，北攻天井关，连拔上党两城，再回师河南，略定成皋以东十三县，削平各堡，收降至十余万众。河南太守武勃，闻得成皋一带俱降冯异，不由的愤惧交乘，忙率兵万人，往徇成皋。到了士乡亭边，正值冯异引兵到来，两下相见，不及答话，便即彼此交锋。异军素皆整炼，又皆是百战雄师，无人可敌，偌大武勃，怎能抵挡得住？大约交战了一二时，勃众多半败退，独有勃不顾死活，还想上前厮杀，巧巧碰着大树将军，见前。横刀拦住，刀戟相交，不到几个回合，但听得砉的一声，勃首已经落地，太不经杀。败兵慌忙逃散，一半儿做了刀头鬼，冯异趁势攻下河南。果然李轶在洛，不发一兵，坐听武勃授首，袖手旁观。异因李轶践言，才将轶原书报知刘秀。

秀此时已至河北，连破尤来、大枪、五幡等贼，追至顺水北面，突被贼众袭击，仓猝抵御，竟为所败。秀只率数骑急走，后面有群贼追来，刃及马腹，马负痛欲倒，亏得秀纵身一跃，投落岸下。说时迟，那时快，将军耿弇带同突骑王丰等，前来寻秀，见秀危急万分，当即奋力杀贼，砍死贼目数人，方将余贼击退。王丰见秀在岸下，忙下马引秀，把他扶起岸上，执辔相授。秀足已受伤，抚住丰肩，方得上马。耿弇上前请安，秀顾弇微笑道："几为贼笑！"是镇定语。言未已，又有贼众鼓噪前来，耿弇忙弯弓力射，箭无虚发，射倒前驱贼数名，贼始骇退，弇乃保秀入范阳。余众为贼所迫，前已四散，及贼已退归，才敢趋集，诸将大半聚首，互问主子，都云不见，众皆错愕，不知所为。大将吴汉道："卿等但期努力，就使我王失踪，尚有王兄子等在南阳，何患无主呢？"诸将听着稍稍安心。

过了数日，才知秀已退保范阳，乃相偕往会。秀得收集将士，搜乘补阙，不到旬日，军势复振，乃复进兵安次，再击贼众。贼众飘忽无常，一党败去，一党复来，秀军虽连日得胜，终究相持不下，五校贼尤为猖獗，竞斗不退。恼动了一位强弩将军，姓陈名俊字子昭，籍隶南阳，目无北虏，杀到难解难分的时候，挺身突出，与贼渠短兵相搏，掩贼下马，格去贼手利刃，挥拳击贼，中脑毙命。再持短刀杀入贼队，所向披靡，贼方才胆落，纷纷窜去。俊又当先追击，直赶至二十余里，斫死贼目数人，然后驰还。刘秀望见叹息道："战将若尽能如此，还有何忧？"力赞陈俊，与前文分叙中兴功臣，同体异文。正赞叹间，陈俊已到面前，报称贼众已退入渔阳。秀且喜且忧道："渔阳险固，贼若负嵎自守，倒也未易荡平！"俊答说道："贼众轻佻，无粮可因，全恃剽掠为生计，最好是我出轻骑，绕过贼前，谕令百姓坚壁清野，阻绝贼锋，贼进不得食，退无所据，自然解散，不战可平了！"秀依计而行，即遣俊带领轻骑，驰出贼前，巡视民间堡砦，劝令缮守，且代为了望保护，所有田野积聚，一并收藏。贼众无从掠取，果然饥乏，逐渐散去，刘秀益称俊为神算。

正要遣将平贼，适接到冯异捷报，附上李轶原书，秀览罢后，即手书报异，略言季文多诈，切勿轻信。季文即李轶字。一面将原书颁示守尉，饬令戒备，部将多以为非策。哪知萧王秀是计中有计，将乘此借刀杀人，报复兄仇。也是李轶自取其祸，不得谓刘秀忌刻。约阅月余，轶竟被人刺死，主使的乃是朱鲔。鲔与轶同守洛阳，分领部曲，本来是没甚嫌隙，至轶书宣露，鲔始知轶有异谋，使人毙轶。复遣部将苏茂、贾强，领兵三万余人，渡过巩河，直攻温邑，再由鲔自率数万兵马，进捣平阴，牵制冯异。警报与雪片相似，迭传河内，太守寇恂当即勒兵出城，移文属县，谕令发卒御敌，同会温下，军吏都向恂谏阻，谓宜待众军毕集，方可前往。恂慨然道："温邑为郡城屏蔽，失去温邑，郡城将如何保守呢？"遂不从众议，驱兵急进。既至温下，诸县兵亦陆续到来，就是冯异也遣兵来援，士马四集，旌旗蔽空。恂令士卒乘城，大呼刘公兵到，接连喧噪了好几声。望见敌军阵动，便麾兵出击，踊跃直前，敌军里面的苏茂最是胆怯，不战先溃；贾强勉力支持，禁不住恂军奋迅，只好退去。一经退走，阵伍便乱，那寇恂如何肯舍？自然招呼各军，并力追来，渐渐逼至河滨。苏茂渡河先遁，茂部下多半溺死；贾强迟了一步，即被恂军围住，一时冲突不出，竟至战死。武勃不武，贾强不强，何况一庸弱的刘玄呢？残众不及渡河，都为恂军所获。恂长驱渡河，拟迫洛阳，可巧冯异亦引兵过河，击朱鲔途次，与恂会师，同至洛阳城下，环攻了一昼夜。见城上守兵尚盛，料非旦夕可下，乃收兵退归，各向刘秀处报捷。秀闻河内有警，惟恐失守，及恂书传入，方大喜道："我原知寇子翼可重任呢！"子翼即寇恂字，见前文。诸将联翩入贺，并上尊号，秀摇首不答。忽有一将闪出道："大王自甘谦退，难道不顾宗庙社稷么？今宜先即尊位，然后可言征伐，否则彼此从同，究竟谁王谁贼？"快人快语。秀闻声审视，见是前锋将马武，不禁作色道："将军休得妄言，莫谓钢刀不利呢！"想是言不由衷。武乃趋退。

先是武为绿林豪客，表字子张，也是南阳人氏。自从刘玄称尊，武与刘秀同事刘玄，共破王寻，因此倾心刘秀，后来又

随谢躬同攻王郎，王郎破灭，谢躬受诛，武乃投入刘秀麾下，充当前锋。秀爱他材勇，颇加信任，至此独拒绝所请，引军还蓟。马武履历至此补出。复令马武为先驱，耿弇、景丹等为后应，吴汉为统帅，出兵数万，穷追尤来等贼，斩首至三千余级，直至俊靡，方才班师。余贼窜入辽西辽东，为乌桓貊人所抄击，杀掠殆尽。

惟都护将军贾复，追五校贼至真定，十荡十决，大破贼党，身上亦受了许多创痕，退卧营中，几不能起。当下报达刘秀，秀大惊道："贾复勇敢绝伦，我尝不令他自统一军，正恐他轻敌致伤，今果至此，岂不是失我名将？我闻他妻室有孕，如若生女，将来即为我子妇，幸得生男，我女即嫁彼为媳，不使他忧及妻子呢！"叙得得体。这一番言语，传入复耳，复格外感激，静心调养，竟得渐痊。因即驰赴蓟城，与秀相见，秀慰劳

甚厚，待遇益隆。复字君父，亦南阳人，少时习尚书学，师事舞阴人李生，李生见复英姿卓荦，许为将相器。后事汉中王刘嘉，任为校尉。及刘秀出略河北，复辞嘉从秀，战必先登，不顾身家，真定一战，受伤颇重，危而复安，好算得一大幸事。复亦二十八将之一。小子有诗赞道：

摧锋陷阵敢争先，勇士轻生不受怜；
幸有天心阴鉴佑，伤痕复合庆生全。

贾复至蓟，正值同僚诸将，共议劝进，复当然列名，究竟刘秀曾否允议，待看下回自知。



刘秀之出师河北，为蛟龙出水之权舆，而其危难之处，亦不亚于昆阳遇敌之时。东北有群贼，西南有群敌，秀以孤军支柱其间，一或失算，即有跋前疐后之虞，岂非危难交迫乎？幸而吴汉岑彭，诱斩谢躬，邺城下而不忧牵掣；寇恂冯异，击毙贾强，河内固而不患侵陵，故本回事迹颇繁，而独以二事为标目，揭其要也。若夫贼众乌合，本不足道，驱而逐之，尚非难事，然顺水一役，以智勇深沉之汉光武，且为贼党所乘，几不得免，战事岂可轻言乎？故刘氏之得中兴，虽曰人事，岂非天命？

# 第十回　光武帝登坛即位<br>淮阳王奉玺乞降

却说刘秀在蓟，诸将又共思劝进，表尚未上，偏秀又下令启行，从蓟城转至中山，大众只好整装随行。及已到中山城下，秀尚无意逗留，不过入城休息，权宿一宵，诸将趁此上表，请秀速上尊号。秀仍不许，诘旦复出城南趋，行至南平棘城，又经诸将面申前议，秀答说道："寇贼未平，四面皆敌，奈何遽欲称尊呢？"诸将见秀无允意，正欲退出，将军耿纯奋进道："士大夫捐亲戚、弃乡土来归大王，甘冒矢石，无非欲攀龙附凤，借博功名，今大王违反众意，不肯正位，士大夫望绝计穷，尽有去志，恐大众一散，不能复合，大王亦何苦自失众心呢？"秀沉吟半晌，方答说道："待我三思后行。"口吻已渐软了。说着，复前行至鄗，沿途接得两处军报，一是平陵人方望等，从长安劫取孺子婴，到了临泾，立婴为帝，自称丞相，当被刘玄闻知，遣部将李松往攻，一场交战，望被击毙，连孺子婴亦死乱军中。婴自被王莽废黜，黜居定安公第中，及年近弱冠，尚不能识猪狗，莽尝以女孙妻婴，即王宇女。及莽已受诛，婴才得自由，不料方望等把他劫去，硬加推戴，做了一个月傀儡皇帝，竟致毙命，这真叫做祸不单行呢！了过孺子婴。还有一个公孙述，击走刘玄部将李宝，已自立为蜀王，此时复听了功曹李熊谀言，僭称帝号，纪元龙兴。述字子阳，本系茂陵人氏，因自成都发迹，遂号为成家，即用李熊为大司徒，使弟光为大司马，恢为大司空，招集群盗，奄有益州。

刘秀闻得孺子婴惨死，尚为叹惜，惟公孙述胆敢称帝，未免不平，因思一不做，二不休，不如依了诸将的计议，乘时正位，免落人后。主见已定，再召冯异至鄗，与决可否。异奉命进谒，从容献议道："更始必败，天下无主，欲保宗庙，惟仗大王，大王正应俯从众请，表率万方！"秀答说道："我昨夜梦赤龙上天，醒后尚觉心悸，恐帝位是不易居呢！"异听言甫毕，忙下席拜贺道："天命所归，精神相感，还有什么疑义？若醒后心悸，这是大王素来慎重，乃有此征，不足为凭。"秀尚未及答，忽有军吏入报道："有一儒生从关中来，自称为大王故人，愿献祥符。"秀问及姓名，军吏答称姓强名华。秀猛然记着，便向军吏说道："我少年游学长安，曾有同舍生强华，今既到来，应该由他进见便了。"军吏闻言，便返身出帐，引入强华。秀起座相迎，顾视强华，形容非旧，状态犹存，当然有几分认识，便向他寒暄数语，然后询及来意。强华从袖中取出一函，双手捧呈，秀接过一阅，封面上标明"赤伏符"三字，及披阅内文，开首有三语云：



刘秀发兵备不道，四夷云集龙斗野，四七之际火为主。

秀看这三语，已觉费解，乃复质问强华。强华道："大汉本尚火德，赤为火色，伏有藏意，故名赤伏符。所云四七之际，四七为二十八，自从高祖至今，计得二百二十八年，正与四七相合。四七之际火为主，乃是火德复兴，应该属诸大王，愿大王勿疑！"借口释义。秀开颜为笑道："这果可深信么？"强华道："谶文相传，为王瑞应，强华何敢臆造呢？"究是何人所造，我愿一问。秀乃留华食宿，与谈古今兴废事宜，夜半乃寝。翌晨即由诸将递入表文，大略说是：

受命之符，人应为大，万里合信，不议同情，周之白鱼，曷足比焉？今上无天子，海内淆乱，符瑞之应，昭然著闻，宜答天神，以塞群望。

90. 秀批准众议，乃命有司就鄗南设坛，择日受朝。有司至鄗城南郊，看定千秋亭畔，五成陌间，筑起坛场，高约丈许。并拣选六月己未日为黄道吉辰，请萧王刘秀即皇帝位。届期这一日，巧值天高气爽，旭日东升，萧王刘秀戴帝冕、服龙袍，出乘法驾，由诸将拥至南郊，燔柴告天，禋六宗，祀群神，祝官宣读祝文，文云：

皇天上帝，后土神祇，眷顾降命，属秀黎元，为人父母，秀不敢当。群下百辟，不谋同辞，咸曰：王莽篡位，秀发愤兴兵，破王寻王邑于昆阳，诛王郎铜马于河北，平定天下，海内蒙恩，上当天地之心，下为元元所归。谶记曰：刘秀发兵捕不道，卯金修德为天子。与赤伏符又不同？秀犹固辞，至于再，至于三，群下佥曰：皇天大命，不可稽留。秀敢不敬承？钦若皇天，祗承大命。

祝文读毕，祭礼告终，萧王刘秀，缓步登坛，南面就座，受文武百官朝贺，改元建武，颁诏大赦，改名鄗邑为高邑。是年本为更始三年六月，史家因刘秀登基，汉室中兴，与刘玄失败不同，所以将正统归于刘秀，表明建武为正朔，且因秀后来庙号叫做“光武”，遂沿称为光武皇帝。小子依史演述，当然人云亦云，此后将“刘秀”二字搁起，改名“光武帝”，看官不要驳我前后矛盾呢！特笔叙明。

且说刘玄称尊三载，毫无建树，部下诸将多半离心。再加赤眉称兵入关，守将闻风瓦解，因此关中大震。河东守将王匡、张印又为汉前将军邓禹所破，奔回长安，私下语诸将道：“河东已失，赤眉且至，我等不如先掠长安，径归南阳，事若不成，复入湖池为盗，免得在此同尽呢！”诸将均以为然，遂由张印入白刘玄，劝玄为东归计。玄默然不应，面有愠色，印乃退出。是夕即由刘玄下令，使王匡、陈牧、成丹、赵萌等出屯新丰，李松移军掫城，守边拒寇。张印心甚怏怏，复与将军申屠建等密谋，欲劫刘玄出关，仍行前计，建等亦皆赞成。还有御史大夫隗嚣，就是前时自称上将军，应玄招抚，入关受职，隗嚣见第六回。至是闻光武即位，也劝玄见机让位，归政河北。玄哪里肯从？嚣因与张印等通谋，指日劫玄，不料为玄所闻知，竟诱申屠建入殿，伏甲出发，把建杀死。一面遣人召嚣，嚣早已防着，称疾不入。玄遂使亲兵围住嚣第，并捕张印，嚣与门客突围夜出，奔还天水。印却号召部曲，返击玄宫。玄亲督卫士，且守且战，哪知印纵火烧门，烈焰飞腾，急得刘玄走投无路，慌忙开了后门，挈领妻子车骑百余人，奔往新丰，投依赵萌。萌女为刘玄夫人，见第八回。见玄夫妇狼狈来奔，当即迎纳。玄与谈及张卬叛乱，并疑王匡等亦有异志，意欲一并除去。萌乃替玄设计，诡传玄命，并召王匡、陈牧、成丹三人，入营议事。陈牧、成丹，闻召即至，突被萌兵杀出，砍死了事。只有王匡命未该绝，偏偏迟了一步，当有人通知风声，匡急忙拔营入都，与张卬合兵拒玄。玄既庸弱无能，还要猜忌他人，安得不亡？玄遣赵萌收抚陈牧、成丹两营，往攻长安。张卬、王匡据城相持，连日未下。玄再遣使至掫城，召还李松，自与松督兵援萌，猛扑长安城门。张卬、王匡，出战败绩，分头窜去。玄乃得返入长安，故宫被毁，残缺不全，因徙居长信宫。

怎奈内讧未平，外寇又至，那赤眉渠帅樊崇等，竟从华阴长驱驰入，迫近长安。先是赤眉部众分道西进，见前回。连败刘玄诸将，会集华阴。适有方望弟方阳欲为兄望报仇，因迎谒樊

92. 崇，乘间献议道："更始荒乱，政令不行，故使将军得至此地，今将军拥众甚盛，西向帝都，乃尚无一定名号，反使人呼为盗贼，如何可久？计不如求立宗室，仗义讨罪，那时名正言顺，自不致有人反抗了！"崇徐答道："汝言亦自有理，我当照行。"原来崇部下有一齐巫，尝托词景王附身，为崇所信。景王就是高帝孙刘章，当时曾与平吕氏，复安刘宗，得由朱虚侯晋封城阳王，殁谥曰"景"。齐巫借此惑众，或笑巫妄言不道，动辄致病。因此部众亦惮服齐巫，并及景王。

崇得方阳计议，颇思求立景王后裔。齐巫亦乘机怂恿，乃决意探访景王后人。可巧军中掠得刘氏子二名，一名茂，一名盆子，二人原是一门弟兄，盆子最幼，为樊崇右校刘侠卿牧牛，呼为牛吏。侠卿查问盆子履历，确是景王嫡派，当下报知樊崇。崇尚嫌他出身卑微，不足服众，因再四觅景王支裔，共

得七十余人，及与盆子兄弟互叙世系，惟前西安侯刘孝，及盆子兄弟，总算是直接景王。崇乃率众进至郑县，令在城北筑起坛场，设立景王神主，祷告一番，然后书札为符，共备三份，置诸箧中。两份系是空札，惟一份写着“上将军”三字。上将军的名义，系是樊崇创说，以为古时天子将兵，尝称上将军，因将这三字作为代名。刘孝年长，先就箧中摸取，启视札中，不得一字。刘茂继进，也摸了一个空札。独盆子取得上将军符号，樊崇遂扶盆子南向，领众朝谒，再拜称臣。盆子年仅十五，被发跣足，敝衣垢面，蓦见诸将下拜，不禁大骇，惶急欲啼。比刘玄还要不如。樊崇忙劝慰道：“不必惊恐，好好藏符！”盆子因惧成愤，竟将符号啮破，掷弃坛下，仍然还依侠卿。侠卿为制绛衣赤帻，轩车大马，使得服御乘坐，盆子反视为不便，往往偷易旧衣，出与牧儿闲游。侠卿乃将盆子锢居一室，不准出入，就是樊崇等亦未尝问候，不过假名号召，愚弄人民。崇本欲自为丞相，因不能书算，才将丞相职衔，让与徐宣，自为御史大夫，使逄安为左大司马，谢禄为右大司马，他如杨音以下，尽为列卿，或称将军。于是向西再进，直抵高陵，张卬、王匡便往迎降，反导樊崇等入攻长安。

刘玄闻赤眉到来，亟遣将军李松领兵出御，自与赵萌闭城拒守。侍郎刘恭，系是刘盆子长兄，前曾入关事玄，受封式侯，此次闻赤眉拥弟为帝，来攻都城，不得不诣狱待罪。玄无暇究治，但望李松杀退赤眉，尚可求全。哪知李松败报，传入都中，不但松军败死多人，连松都被活擒了去。玄心慌意乱，忙召赵萌入议战守，偏是待久不至，再四催促，反报称不知去向，累得玄仓皇失措，顿足呼天。忽又有一吏入报道：“陛下快走！赤眉已入都城了！”玄颤声道：“何人敢放赤眉入城？”

吏答说道："就是李松弟李泛。"玄不及再问，抢步出宫，上马独行。奔至厨城门，门已大开，加鞭急驰，蓦听后面有妇女声，连呼陛下，且云陛下何不谢城？于是速忙下马，向城门拜了两拜，这是何礼？令人不解。再上马出城，落荒遁去。

樊崇等既得李松，使人走语城门校尉李泛，叫他速开城门，方活乃兄。泛为救兄起见，当然开门纳入，赵萌等统皆投降。补叙明白。刘恭尚留狱中，及闻刘玄出走，乃脱械出狱，追寻玄至渭滨，才得相见。右辅都尉严本托词从玄，阴怀叵测，欲将刘玄献与赤眉。为邀功计，因此劫玄至高陵，领兵监守。樊崇等虽入长安，不得俘玄，遂颁令远近，说是圣公来降，圣公即刘玄字，见前。封为长沙王，若过二十日，虽降勿受。玄已穷蹙得很，得此命令，只好遣刘恭往递降书。当由樊崇等准令投降，使谢禄召玄进见。玄随禄还都，肉袒登殿，殿上坐着十有



五龄的小牛吏，倒也没甚凶威，只两旁站着许多武夫，统是粗眉圆眼，似黑煞神一般，吓得刘玄不敢抬头，没奈何屈膝殿庭，奉上玺绶。何如一死？刘盆子不发一言，旁有丞相徐宣代为传命，总算说了"免礼"二字，玄始敢起立。张卬、王匡等人，怒目视玄，手中按着佩剑，各欲拔刀相向。还是谢禄心怀不忍，急引玄退坐庭下。卬等尚未肯干休，又经谢禄代为说情，刘恭极力吁请，仍然无效。卬与匡同白盆子，必欲杀玄报怨。盆子有何主见？只是闭口无言，卬不待应允，便挥玄出去，玄含泪趋出，刘恭追呼道："臣已力竭，愿得先死！"说罢，即拔出佩剑，意图自刎。亏得樊崇眼快，慌忙下殿阻恭。恭请崇赦免刘玄，方可不死。崇乃还告盆子，请赦玄为畏威侯。盆子自然许可，就是张卬等亦惮崇势力，未便遽抗，玄始得暂保头颅，就借谢禄居宅，作为寄庐。刘恭又进告樊崇，谓应实践前

言，封玄为王，借示大信。崇也以为然，方封玄为长沙王。

惟光武帝闻玄破败，犹怀前谊，有诏封玄为淮阳王，所以史家相传，但把“淮阳王”三字，作为刘玄的头衔。至若赤眉授玄的封爵，却搁过不提，这且毋庸絮表。看官莫视作闲笔。惟刘玄既依着谢禄，更兼刘恭随时保护，幸得苟且偷生。也不过是个寄生虫。无如赤眉暴虐，苛待吏民，京畿三辅，即京兆，左冯翊，右扶风。不堪受苦，还觉得刘玄为主，较为宽平，因拟纠众入都，将刘玄救出虎口，仍把他拥戴起来，好与赤眉为难。可巧光武帝所遣的邓禹，扫平河东，渡河西进，沿途严申军律，不犯秋毫，关中人民才将救取刘玄的计策，暂从搁置，专待邓禹到来。外如关西一带的百姓，已是扶老携幼，往迎禹军，禹辄停车慰勉，俯从民望，百姓无不感悦，真个欢声载道，喜气盈衢。禹部下亟请入关，偏禹老成持重，不欲速进，独面谕诸将道：“我兵虽多，不耐久战，且前无寇粮，后乏馈运，一或深入，反多危险！赤眉新拔长安，粮足气盛，未可猝图，必须待他群居致变，方得下手，现不若往略北道，就食养兵，俟衅乃动，一鼓可下，何必劳敝将士，与这盗贼拼命呢？”部将才不复多言。禹即北徇栒邑，所过郡县陆续归附。



惟长安人民，眼巴巴地望着王师，不意禹军迂回北去，愈望愈远，好多时没有影响，又欲试行前计，盗取刘玄。张卬等恨玄切骨，一得消息，正好借这名目，把玄杀死，当下与樊崇等说明利害。崇亦觉得留玄贻患，乃召谢禄入商，嘱使杀玄。禄尚不忍许，卬勃然道：“诸营长多欲篡取圣公，一旦失去，合兵来攻，公岂尚能自存么？”说得谢禄也为所动，退至宅中，伪言至郊外阅马，邀玄同行。玄只得从去，及出诣郊外，由禄指示兵士，将玄挤落马下，用绳缢死。是夕为刘恭所闻，方把尸骸收殓，草草藁葬，两年有余的过渡皇帝，弄到这般结局，也觉可怜。莫非自取。后来邓禹入长安，接奉光武帝诏谕，为玄徙葬霸陵。玄有三子求、歆、鲤，奉母往洛阳，俱得封爵。求受封为襄邑侯，承玄遗祀；歆为谷孰侯；鲤为寿光侯，这都是光武帝的例外隆恩。小子有诗叹道：

不是真龙是假龙，玄黄血战总成凶；
圣公一死犹称幸，妻子安然沐帝封。

刘玄死时，光武帝已入洛阳。欲知光武帝入洛情形，且至下回再叙。

96. 少康复夏，宣王绍周，历史上传为美谈，若汉光武之中兴，亦夏少康周宣王之流亚耳。自鄗南即位，而帝统有归，当时之盗名窃字者，至此始逐渐湮没。盖明月出而爝火无光，理有固然，亦何足怪？必假强华之呈入谶文，资为号召，得毋犹迹近欺人乎？彼庸弱如刘玄，与光武相差甚远，乃欲拥众称尊，是真所谓不度德、不量力者。况古人有言，无为祸首，将受其咎。项羽百战百克，犹难免垓下之败亡，何物刘玄，敢贪天位？无惑乎其肉袒奉玺，逃死不遑也。然玄以弱败，非以暴亡，子孙得受世禄，虽曰幸事，亦有由来，项王无嗣，更始有儿，读史者可知所鉴矣。

## 第十一回　刘盆子乞怜让位<br>宋司空守义拒婚

却说光武帝即位以后，曾授大将军吴汉为大司马，使率朱鄗、岑彭、贾复、坚谭等十一将军，往攻洛阳。洛阳为朱鲔所守，拼死拒战，数月不下。光武帝自鄗城出至河阳，招谕远近。刘玄部将廪邱王田立请降。前高密令卓茂，爱民如子，归老南阳，光武帝特征为太傅，封褒德侯。茂为当时循吏，故特夹叙。一面遣使至洛阳军前，嘱岑彭招降朱鲔。彭尝为鲔校尉，持帝书入洛阳城，劝鲔速降。鲔答说道："大司徒被害时，鲔曾与谋。指刘缤冤死事。又劝更始皇帝，毋遣萧王北伐，自知罪重，不敢逃死，愿将军善为我辞！"彭如言还报，光武帝笑说道："欲举大事，岂顾小怨？鲔果来降，官爵尚使保全，断不至有诛罚情事。河水在此，我不食言！"彭复往告朱鲔，鲔因孤城危急，且闻长安残破，无窟可归，乃情愿投诚。当由彭遣使迎驾，光武帝遂自河阳赴洛。鲔面缚出城，匍伏请罪。光武帝令左右扶起，替他解缚，好言抚慰。鲔当然感激，引驾入城。光武帝驻跸南宫，目睹洛阳壮丽，与他处郡邑不同，决计就此定都。洛阳在长安东，史称光武中兴为后汉，亦称东汉，便是为此。回应前文，语不厌烦。光武帝封朱鲔为扶沟侯，令他世袭。这也未免愧对乃兄。鲔不过一个寻常盗贼，侥幸得志，但教保全富贵，已是满意，此后自不敢再有贰心了。

御史杜诗奉着诏命，安抚洛阳人民，禁止军士侵掠。独将军萧广，纵兵为虐，诗持示谕旨，令广严申军纪，广阳奉阴违，部兵骚扰如故。遂由诗面数广罪，把他格死，然后具状奏闻。光武帝嘉诗除害，特别召见，加赐棨戟。棨戟为前驱兵器，仿佛古时斧钺，汉时惟王公出巡，始得用此；杜诗官止侍御，也得邀赐，未始非破格殊荣。嗣是骄兵悍将，并皆敬惮，不复为非，洛阳大安。惟前将军邓禹，已由光武帝拜为大司徒，令他迅速入关，扫平赤眉。禹尚逗留栒邑，未肯遽进，但遣别将分攻上郡诸县；更征兵募粮，移驻大要，留住冯愔、宗歆二将，监守栒邑。谁知冯愔、宗歆权位相等，彼此闹成意见，互相攻杀，歆竟被愔击毙。愔非但不肯服罪，反欲领兵攻禹。累得禹无法禁遏，不得已奏报洛阳。邓禹实非将才。光武帝顾问来使道："冯愔所亲，究为何人？"使臣答称护军黄防。光武帝又说道："汝可回报邓大司徒，不必担忧；朕料缚住冯愔，就在这黄防身上呢！"来使唯唯自去。光武帝便遣尚书宗广，持节谕禹，并嘱他暗示黄防。果然不到月余，防已将愔执住，交与宗广，押送都门。是时赤眉肆虐，凌辱降将，王匡、成丹、赵萌等不为所容，走降宗广。广与共东归，行至安邑，王匡等又欲逃亡，为广所觉，一一诛死，但将冯愔缚献朝廷。愔膝行谢罪，叩首无数。光武帝欲示宽大，贷罪勿诛；叛命之罪，不可不诛，光武虽智足料人，究难为训。一面再促邓禹入关。

禹自冯愔抗命，军威稍损，又复徘徊河北，未敢南行。于是梁王刘永自称为帝，见第九回。招致西防贼帅佼强，联络东海贼帅董宪，琅琊贼帅张步，据有东方。还有扶风人窦融，累代仕宦，著名河西，尝与酒泉太守梁统等友善，归附刘玄，授官都尉。至是因刘玄败死，为众所推，号为大将军，统领河西五郡，武威、张掖、酒泉、敦煌、金城，称为河西五郡。抚结豪杰，怀辑羌胡。此外又有安定人卢芳，诈称武帝曾孙刘文伯，煽惑愚民，占据安定，自称上将军西平王，且与匈奴结和亲约。匈奴迎芳出塞，立为汉帝，复给与胡骑，送归安定，声焰渐盛。就是隗嚣奔还天水，见第十回。仍然招兵买马，蟠踞故土，自为西州上将军。三辅耆老士大夫，避乱往奔，嚣无不接纳，引与交游。以范逡为师友，赵秉、苏衡、郑兴为祭酒，申屠刚、杜林为持书，马援、王元等为将军，班彪、金丹等为宾客，人才济济，称盛一时。邓禹闻他名震西州，乃遣使奉诏，命嚣为西州大将军，使得专制凉州朔方事宜。嚣答书如礼，与禹连和。禹乃放心南下，往击赤眉。



赤眉将帅虽奉刘盆子为主，但不过视同傀儡，无一禀命。建武元年腊日，赤眉等置酒高会，设乐张饮，刘盆子出坐正殿，中黄门等持兵后列。酒尚未行，大众离座喧呼，互相争论。大司农杨音，拔剑起詈道：“诸卿多系老佣，今日行君臣礼，反敢扰乱至此，难道宫殿中好这般儿戏么？若再不改，格杀毋悔！”大众听了，并皆不服，霎时间闹做一堆，口舌纷争，拳械并起。刘盆子慌得发抖，幸经中黄门扶他下座，躲入后庭。杨音见不可当，只好却走。乱众大掠酒肉，饱嚼一顿，还想入内杀音。卫尉诸葛稚，勒兵入卫，格毙乱党百余人，方得少定。余众陆续散去，稚始引兵退出，杨音亦得驰归。惟刘盆子遭此一吓，不敢出头，但与中黄门同卧同起，苟延性命。当时掖庭里面，尚有宫女数百人，赤眉置诸不问。不去掠做婢妾，还算有些礼义。可怜这班宫女，镇日幽居，无从得食，或在池中捕鱼，或就园中掘芦菔根，即萝卜根。胡乱煮食，终究是不得疗饥，死亡累累，积尸宫中。尚有乐工若干人，衣服鲜明，形容枯瘦，出见刘盆子，叩首求食。盆子使中黄门觅得粮米，每人给与数斗，才得一时救饥。未几又复绝粮，仍做了长安宫中的饿鬼。俗语说得好："宁作太平犬，毋为乱世人。"照此看来，原非虚言。

建武二年元旦，赤眉等又复大会，聚列殿廷。式侯刘恭料知赤眉无成，已在前夜密教盆子，嘱使让位。是日樊崇以下，俱请盆子登殿受朝。盆子尚有惧意，勉强跟着刘恭，慢步出来。恭即开口语众道："诸君共立恭弟为帝，厚意可感；但恭弟被立一年，扰乱日甚，恐将来徒死无益，情愿退为庶人，更求贤才为主，惟诸君省察！"崇等随声作答道："这皆崇等罪愆，与陛下无涉！"恭复固请让位。突有一人厉声道："这岂是式侯所得专主？请勿复言！"恭被他一驳，惶恐避去。盆子记着兄言，急解下玺绶，向众下拜道："今蒙诸君推立天子，仍无一定纪律，党徒四掠，人民怨愤，盆子自知无能，所以愿乞骸骨，退避贤路。必欲杀死盆子，下谢臣民，盆子亦无从逃避。若承诸君不弃，曲赐矜全，贷我一死，感且无穷！"说着，涕泗如雨。亏他记忆，不忘兄教。樊崇等见他情词悱恻，不禁生怜，乃皆避席顿首道："臣等无状，辜负陛下，从今以后，不敢放纵，请陛下勿忧！"语毕皆起，抱持盆子，仍将玺绶佩上，盆子号呼多时，终由樊崇等竭力劝解，护送入内。待大众退出后，各闭营自守，不复出掠。三辅同声称颂，所有避乱的百姓争还长安，市无虚舍。不意赤眉等贼心未改，连日不得劫掠，已皆仰屋欷歔，且人民返集都中，免不得携筐提箧，载货同归。赤眉越加垂涎，又复出营打劫，一倡百和，索性大掠一番，无论财货粮食，一古脑儿取夺得来。蓦闻汉大司徒邓禹，领兵西来，大众无心对敌，遂收取珍宝，纵火焚阙，把宫庭付诸一炬，方将刘盆子载出，拔队西行。众号百万，自南山转掠城邑，驰入安定北地，沿途所过，鸡犬皆空。邓禹已经入关，探得长安空虚，倍道进兵，径入长安，屯兵昆明池，大飨士卒。嗣率诸将斋戒三日，礼谒高庙，收集十一帝神主，遣使奉诣洛阳。光武帝加封禹为梁侯，此外各功臣亦晋封侯爵，各赐策文。文云：

在上不骄，高而不危；制节谨度，满而不溢。敬之戒之，传尔子孙，长为汉藩！



封赏已毕，便就洛阳建置宗庙社稷，并在城南设立郊天祭坛，始正火德，色仍尚赤。正在制礼作乐的时候，突接到真定警报，乃是真定王刘扬与绵蔓县贼勾通，私下谋反。光武帝乃遣将军耿纯，持节往幽冀间，借着行赦为名，探验虚实，便宜行事。扬为郭夫人母舅，从前光武帝尝投依真定，得纳郭氏，结为姻亲。见第八回。至光武即位，扬忽阴生异志，不愿称臣。他与光武帝世系相同，均为高祖九世孙，又尝项上患瘿，故诡造谶文，说是赤九之后，瘿扬为主，意欲借此欺人，传闻远近。纯既至真定，留宿驿舍，探得扬造作讹言，谋反属实，乃邀扬相见。扬因纯母为真定刘氏，颇有亲谊，料纯不敢为难，且胞弟让与从兄绀俱各拥兵万人，势亦不弱，怕什么一介朝使？于是带领将士及兄弟二人，昂然出城，亲至驿舍中拜会。纯出舍相迎，延扬入内，备极敬礼，复请扬兄弟一同面谈。扬兄弟不以为意，就令将士留待门外，大踏步趋入舍中。纯与他周旋片刻，只说有密诏到来，当闭门宣读，俟门已扃闭，立即指麾从吏，把扬兄弟三人拿下。扬兄弟还自称无罪，经纯详诘反状，说得他有口难分。诏命一传，三首骈落。当下开门径出，宣布扬兄弟逆案，举首示众，众皆瞠目无言。纯又谓汝曹无罪，应该奏闻天子，立扬亲属，仍为汝主。众情尤为悦服，喏喏连声，遂引纯入真定城。纯慰抚刘扬家属，叫他静听后命，方才还报。光武帝果封扬子德为真定王，使承宗祀，真定复平。想仍为了郭夫人面上。

上党太守田邑举部请降。光武帝使邑持节，招降河东军将鲍永。永即前司隶校尉鲍宣子，宣为王莽所杀，永伏居上党，


以文学知名。更始二年，征永出仕，迁擢尚书仆射，行大将军事，镇抚河东。永领兵赴任，击破青犊等贼，得超封中阳侯。至刘玄破败，三辅道绝，光武帝遣使招谕，永尚有难意，拘系使人。及田邑持节招降，方知刘玄已死，乃释放来使，遣散部曲，封上将军列侯印绶，但与故客冯衍等，幅巾束首，径诣河内见驾。光武帝召永入问道："卿拥有重兵，今已何往？"永离席叩首道："臣前事更始，不能保全故主，负惭实甚，若再拥众求荣，更觉无颜。所以一并遣散，束身来归。"光武帝作色道："卿言亦未免自大呢！"说着，即挥永使退。时怀县守吏为刘玄亲将，负固不服，光武帝遣将往击，多日不克，乃更召永与语，使永招降。永与守吏素来相识，奉命往抚，片言即下。帝始大喜，拜永为谏议大夫，引令对食，且赐他上商里宅，永拜辞不受。寻闻东海盗帅董宪，分兵扰鲁，因拜永为鲁郡太

守，拨兵数千，使他平乱。永受命即行，独永客冯衍，向有才名，与永来归，也想博取爵位，借展才能。偏光武帝恨他迟迟来降，废黜不用，衍未免失望。永就职时，私自慰衍道：“从前高祖诛丁公，赏季布，具有微权，今我与君同遇明主，何必过忧?”衍意终未释。后来做了一任曲阳令，诛获剧盗，仍然不得超迁，坎坷终身，惟著述甚富，传诵当时。后人谓光武知人，尚失冯衍，几拟衍为贾长沙、即贾谊。董江都一流人物，说亦难信，看官但阅《冯衍列传》，自有分晓，毋庸小子哓哓了。

叙入鲍永，所以阐扬桓鲍夫妇之前行，至附评冯衍，阴短文人，亦自有特见。

且说光武帝援据谶文，始登大位，因见人心悦服，诸事顺手，乃将赤伏符作为秘本，事多仿行。符中曾有谶语云：“王梁主卫作玄武。”玄武系水神名号，光武帝以为司空一职，管领水土，想符中玄武名目，当是司空代词。可巧王梁为野王县令，当即遣使召入，擢梁为大司空。王梁履历已见第八回中。梁自随光武帝，平定邯郸，便令他出宰野王。至入任司空，才未称职，年余罢去，改用长安人宋弘。 

弘曾为哀平时侍中，王莽使为共工，及赤眉入关，胁弘就职，弘投入渭水，经家人救出，佯作死状，始得免归。光武帝闻他清正有操，特征为大中大夫。弘正色立朝，仪容端肃，更为光武帝所称赏，乃迁为大司空，使代王梁后任，加封栒邑侯。弘持身俭约，所得俸禄，分赡九族，因此位列公卿，不啻寒素。光武帝体贴入微，徙封弘为宜平侯，宜平采邑比栒邑为多，弘仍分给族里，家无余资。尝荐沛人桓谭为给事中，为帝鼓琴，辄作繁声。弘朝服坐府第中，召谭加责，不稍徇情。既而光武帝大会群臣，复使谭入殿弹琴。弘正容直入，惹得谭手足失措，弹不成声。光武帝未免惊异，顾问桓谭。谭尚未及答，弘离席免冠，顿首谢罪道："臣荐谭入侍，无非望他忠诚辅主，称职无惭。不料他诡道求合，反令朝廷耽悦郑声，这是臣所荐非人，理应坐罪！"光武帝闻言改容，仍令戴冠，嘱谭退席，不复听琴。弘更别求贤士，引为侍臣。一夕入宫进谒，见御座旁所列屏风，尽绘列女。光武帝屡次顾及，弘即从旁进规道："未见好德如好色，圣训果不谬呢！"光武帝听着，即命将屏风撤去，向弘微笑道："闻善即改，卿以为何如？"弘答说道："陛下德业日新，臣不胜喜庆呢！"光武帝有二姊一妹，长姊名黄，次姊名元。元即邓晨妻室，先已殉难。见前文第四回。妹名伯姬，已嫁李通为继室。建武二年，追封次姊元为新野长公主，又封长姊黄为湖阳长公主，妹伯姬为宁平长公主。召通入卫，封固始侯，拜大司农。独湖阳长公主，方在寡居，光武帝怜她岑寂，特与语及大臣优劣，微窥姊意。公主说道："我看朝上大臣，莫如大司徒宋公，威容德器，非群臣所可及！"光武点首道："我知道了。"光武颇重名节，奈何欲姊再醮？待至宋弘进见，乃令公主坐在屏后，自出语弘道："俗语有言：'贵易交，富易妻。'这也是常有的人情，卿可知此否？"弘正色道："臣闻贫贱交，不可忘；糟糠妻，不下堂！"光武帝不待说毕，便回顾公主道："事不谐了！"公主怏怏返入，弘亦徐徐引退，一场婚议，从此打消。小子有诗赞宋弘道：



> 夫宜守义妇宜贞，礼教昌明化始成；
> 毕竟宋公能秉正，糟糠不弃两全名。

帝姊不得再婚，帝后却已册定。欲知何人为后，请看下回再详。

刘永刘扬，虽系汉家支裔，与盗贼不同，然皆非帝王气象，不足有为，遑问一刘盆子？但盆子固非欲为帝者。一介童子，为盗所掠，得充牧牛小吏，幸全生命，已自知足。无端被迫，胁使为帝，惶怖之念，出自真诚，观其承受兄教，向众宣言，亦非蚩蚩无知者比。厥后之得保首领，廪禄终身，亦天之所以报其谨厚耳。永、扬皆死，而盆子不死，有由来也。彼湖阳长公主之寡居，度其年已逾三十，就令不耐守孀，光武亦宜正言晓谕，完彼贞节。万一不可，亦惟有代为择偶已耳。乃使之自择大臣，且令其坐诸屏后，公然炫鬻，微宋弘之守正不阿，岂非导入为不义之行，使之易妻娶孀乎？光武为中兴令主，犹有此失，而宋公之威容德器，诚哉其不可及欤！

# 第十二回　掘园陵淫寇逞凶<br>张挞伐降王服罪

却说建武二年五月，册立郭贵人为皇后，子强为皇太子。郭氏即刘扬甥女，随驾入洛。当光武帝即位时，得产一男，取名为强。时阴丽华也迎入洛阳，阴丽华见第七回。与郭女同受封贵人。丽华容色实过郭女，并且性情和顺，毫无妒意，光武帝本欲立她为后，她却以为郭氏有子，理应正位中宫，且郭氏生长王家，与自己出身不同，所以情甘退逊，将后位让与郭氏。看到后来，实可不必。光武帝乃立郭氏为后，就将二岁幼儿作为储君。这且待后再表。帝又分封宗室，封叔父良为广阳王；后来徙封赵王。族父歙为泗水王；族兄祉为城阳王；歙子终为淄川王；追谥兄縯为齐武王；仲为鲁哀王；縯子章授封太原王；后来徙封齐王。仲殁无子，命縯次子兴过继，袭封鲁王。封爵已定，乃再拟荡平群寇。惟一时人心未靖，乱端不已，除上文所述诸渠魁外，尚有渔阳太守彭宠、破虏将军邓奉相继造反，警信频闻。提叙一笔，暗伏下文。光武帝虽遣将出讨，但尚无暇全力对付，只好先就近处着手，次第廓清。自从刘玄败死，诸将吏散处南方，未肯归命洛阳。光武帝召集诸将，会议出师，当下向众宣言道："郾城最强，次为宛城，何人敢率兵进击？"语未绝口，即有一人突出道："臣愿攻郾城！"光武帝见是执金吾贾复，就笑说道："执金吾前去击郾，朕复何忧？宛城当属大司马便了！"复领兵自去。另遣大司马吴汉往略宛城。郾城守将尹尊曾由刘玄封为郾王，与贾复相持月余，城中食尽，因即出降。就是宛城为宛王刘赐所守，一经吴汉兵到，退保淯阳，未几亦即归降。两处先后报捷，光武帝因赐本族兄，前曾共事，所以召赐入见，封为慎侯。再命贾复进略召陵新息，统得平定。

复有部将过颍川郡，妄杀良民，正值河内太守寇恂调往颍川，立即拘复部将，枭首示众。复引为己耻，顾语左右道："寇恂敢杀我部将，藐我太甚，我当前去见恂，手刃此仇！"遂向颍川进发。粗莽可笑。恂闻复挟怒前来，料无好意，故不愿与见。 
姊子谷崇语恂道："崇为军将，应带剑侍侧，就使有变，也可抵挡得住，相见何妨！"恂摇首道："我闻蔺相如不畏秦王，独为廉颇屈志，彼区区赵国，尚知先公后私，难道我反悍然不顾么？"好寇君。乃饬属县盛设酒肴，遇有执金吾军入界，全体供给，一人须兼二人饮食，县吏自然遵令，不敢怠慢。恂托辞出迎，行至中途，因疾折回。复正勒马待着，按剑欲试，不意恂已驰归，惹得怒上加怒，亟欲勒兵追恂。偏部兵已皆被酒，不愿进行，复亦孤掌难鸣，只好罢休。恂使谷崇具状奏闻，光武帝召复班师，并征恂入朝。恂奉命进谒，见复在御座前，急起欲避。光武帝与语道："天下未定，两虎怎得私斗？朕当与两卿和解，互释前嫌。"说着，赐令共坐，宴叙甚欢。及退出殿外，复令同车并出，两人曲体主心，自然释怨平争，言归于好，恂复辞回颍川去了。

大司马吴汉方自宛城往略南阳，忽报檀乡贼与五校贼会合，寇掠魏郡清河。光武帝召汉还师，自督诸将至内黄，进击五校贼，大破贼众，收降至五万余人。适值吴汉领兵来会，乃将军事付汉，折回都中。汉与檀乡贼连战数次，无不获胜，斩馘数万，降服数万。先是檀乡贼徒，统是刁子都余党，刁子都见前文。子都为部曲所杀，余众转走檀乡，后纠集他处盗匪，号为檀乡贼，共计得十余万名。及为吴汉所败，或死或降，所余无几，遁入西山，再推贼目黎伯卿为渠帅。伯卿负嵎数月，仍被吴汉捣破，窜死崖谷间，河右复安。光武帝接得捷书，亲往慰抚，增封吴汉采邑，由舞阳侯晋封广平侯。此外随汉同征，尚有建义大将军朱祐、大将军杜茂、执金吾贾复、扬化将军坚镡、偏将军王霸、骑都尉刘隆、马武、阴识等，亦各有功



绩，俱得奖叙。朱祐字仲先，南阳宛人，曾从刘氏起义，转战有年。杜茂字诸公，南阳冠军人，自光武帝出徇河北，投入麾下，效力戎行。坚镡字子伋，颍川襄城人，尝为郡县掾吏，颇有干才，或向帝前推荐，方得召用，积功为扬化将军。惟刘隆字元伯，本与光武帝同宗，乃父名礼，前与安众侯刘崇讨莽，并皆败死，隆年尚幼，幸得免祸，后来游学长安，刘玄召为骑都尉，隆见玄不能成事，托词迎取家眷，转至河内从光武帝，光武帝使仍旧职，加封列侯。四人俱列二十八将中，故特提叙。至若贾复王霸马武履历，已见前文，不复追叙。独阴识为阴贵人兄，受封阴乡侯，光武帝因他从军有功，拟加封邑。识叩头固让道："臣托属掖庭，累加爵土，不可以示天下，幸勿加恩！"光武帝见他意诚，乃不复加封。识小心谨慎，未尝以贵戚自骄，就是出征有功，亦谦退不伐，因此为士论所称。却是难得。

光武帝慰劳已毕，复遣汉还定南阳，连下涅阳郦穰新野诸城。复与偏将军冯异北击五楼五幡诸残贼，所向皆捷。偏大司徒邓禹入关抚民，又经赤眉还寇长安，屡战不利，竟从长安退至高陵，兵士饥困，几难成军。于是光武帝另费踌躇，不得不改遣他将，往讨赤眉。赤眉前次出关西行，意欲入陇，回应前回。陇右方为隗嚣所据，遣将杨广统率锐卒，迎头截击。杀得赤眉七零八落，慌忙回走，所掠财物，抛弃殆尽。道出阳城山谷中，适遇大雪，冻死多人，尸骸满道，没奈何再返长安。他想长安内外，十室九空，无从再掠，且长安已由邓禹守住，料不易入，不如往发汉朝陵寝，或可劫取遗藏，免致落空。乃一哄而往，闯入园陵，守陵吏民逃得精光，赤眉得任意掘坟。最注意的是后妃各冢，连棺椁尽被劈开，有几椁用玉匣为殓，尸皆未烂，面目如生。查汉制收殓后尸，自腰以下，用玉为札，长一尺，阔二寸半，垂至两足，用黄金缕缀系，叫做玉匣，尸骸得借宝玉精华，历久不朽。谁知这种奢华的制度，反使各女尸身后不安，当时短命致死，颜色未衰，却被赤眉贼触动淫心，竟把她剥去衣服，赤条条的卧在地上，侮辱一番。这也可谓生死交。更可怪的是吕后遗骸，全然不变，面色反比生时娇嫩，至此也竟受污。待到污辱以后，尸才变色，这难道是生前淫妒，应该受此恶报么？吕后死时，年已将迈，乃遭此报，定是天道恶淫，故孔圣谓丧欲速朽。独霸陵为文帝遗冢，文帝素尚俭德，如所幸慎夫人等，衣不曳地，想来总没有什么厚殓，故赤眉不去发掘，幸得保全。更有杜陵为宣帝墓所，却由汉中豪帅延岑引众居守，赤眉不敢过犯，安然如故。延岑系南阳人，也是一个绿林流亚，起兵汉中，杀败汉中王刘嘉，据境称雄。刘嘉向关中乞师，刘玄尚未败没，特遣部将李宝，领兵往会，与嘉并击延岑。岑寡不敌众，乃由汉中北出散关，进屯杜陵。他虽往来剽掠，迹同盗贼，但与赤眉相比，尚觉得稍有纪律，差胜一筹。

邓禹闻赤眉发掘陵寝，亟令将士往击，反为赤眉所败，伤亡甚众。禹乃督兵自出，行至云阳，又接长安警耗，被赤眉乘虚捣入，长安失守，累得禹无路可归。会闻赤眉将逄安，往攻延岑，也想伺隙进袭。好容易到了长安城下，正要麾兵攻扑，偏又来了赤眉将谢禄，一场交战，禹又败走，不得已退至高陵。军中随带粮食本属有限，渐渐的食尽囊空，势难久持，因特奏报洛阳，急求接济。光武帝筹划再四，已知邓禹兵敝，不堪再用。此时惟有偏将军冯异，智勇兼优，可代禹任，乃特召异入见，嘱令西征。异拜命出都，光武帝亲送至河南，赐异车马宝剑，并面嘱道："三辅人民，迭遭变乱，生灵涂炭，无所依诉，今遣卿讨贼，并非欲卿略地屠城，期在平定安集，救民疾苦。朕看诸将亦多健斗，往往未善抚循，独卿平日能驭吏士，所以委卿重任，卿此行须除暴安良，勿负朕望！"保民而王，莫之能御。异顿首受教，拜别车驾，向西进发。途中宣布威德，民皆畏服，群盗多降。光武帝还居洛阳，连接冯异军书，知异威爱并用，定能胜任，乃决计召还邓禹，专任冯异。会得邓禹奏称，刘玄旧将廖湛联合赤眉，并攻汉中，汉中王刘嘉出谷迎战，大破寇众，阵斩廖湛，嘉因军士乏食，就谷云阳，正好乘便招抚云云。光武帝准禹所请，令禹传诏谕嘉，禹当然照行。嘉妻为来歙女弟，歙系光武帝姑子，与帝戚谊相关，因即劝嘉从命。嘉始浼禹转达表文，自请效顺，将表文驿递洛阳，并言廖湛一死，赤眉失势，近日赤眉将逄安，又被延岑击败，约毙十余万人，臣料赤眉不久必灭，俟臣筹足军食，便可一鼓歼灭等语。先生休矣！何必妄想？光武帝已遣异代禹，不改初衷，因复颁诏寄禹，略云：

> 卿慎毋与穷寇争锋，赤眉无谷，自当东来，吾以饱待饥，以逸待劳，折箠笞之，非诸将忧也，卿其速归，无得复妄进兵！

邓禹得诏，尚以无功为耻，未肯遽归洛阳。可巧三辅大饥，人自相食，城郭皆空，白骨蔽野，赤眉无从掳掠，果然东下，余众还有二十万人。光武帝得知消息，使破奸将军侯进等出屯新安，建威大将军耿弇等出屯宜阳。出发时复传谕道："贼若东走，可引宜阳兵会新安；贼若南走，可引新安兵会宜阳。"一面令冯异择险邀击，决歼此虏。创业之主，必有良谟。异奉命进驻华阴，正值赤眉东来，即扼要拒击，先后六十余日，交战至数十仗，多胜少败，收降赤眉将卒五千余人。



未几已是建武三年，朝命异为征西大将军，节制西行人马，且促邓禹交代，限期还都。禹还想鼓励饥卒，邀击赤眉，仍然失利，才率车骑将军邓弘等东归。途次与冯异相遇，又欲与异共攻赤眉。贪功之心，何竟至此？异从容道："异与贼相拒数十日，虽得俘获贼将，但贼众尚多，须推示恩信，徐徐招诱，未可遽劳兵力！且皇上已遣诸将分屯渑池，使异在西夹击，彼此并力，一举聚歼，乃是万全的计策。公不若遵旨东还，待异荡平此虏便了。"禹听了异言，还道异不肯分功，益加猜忌。就是邓弘亦有此私意，决欲一战，遂自请为先锋，引兵遽进。赤眉齐来接仗，交战多时，见弘军微有饥容，却不望前进，反向后退。弘军当然追逼，赤眉抛弃辎重，纷纷却走，弘军尚不知是计，但见辎重车上有豆载着，争相掬食，顿致行伍散乱，无心恋战。不防赤眉翻身杀转，猛击弘军，弘军已经乱伍，仓猝间不能成列，自然四溃，弘亦只得返奔。邓禹在后面望着，忙邀冯异一同往援，两人并辔驰往，麾动部兵，截杀赤眉。复酣斗了好一歇，赤眉稍稍退去。还是诱敌。异亟向禹进谏道："赤眉小却，并非真败，我军已多饥倦，宜暂休息，毋使前进！"禹不肯听异，反驱兵急进。异未便停马，相偕进军，蓦听得几声胡哨，赤眉等四面兜集，踊跃来前。禹与异慌忙对敌，怎禁得赤眉涌至，驰突入阵，把禹异两军冲作数截。禹异两军已是饥乏得很，望见敌势汹涌，统皆怯战，觅路乱逃。禹亦自知不支，但率亲兵二十四骑，冲开血路，径向宜阳奔去。邓弘已早经遁走，不知去向，单剩得冯异一军，也是东逃西散，如何支持？异急走至回溪阪，溪长四里，旁有峭壁，状甚陡峻。异弃马逾溪，与麾下数人跃登峻阪，方得驰脱。这番战仗，汉军死伤至三千余人，余皆散逸。还亏冯异脱身回营，下令收集溃卒，军士方知异无恙，夤夜奔投，复得万人，守住营壁。



越日复由异整兵募众，遍召各处城堡戍卒，一并会聚，再与赤眉约期会战。赤眉恃胜生骄，轻视冯异，待至战期已届，便令万人为前驱，凌晨挑战。异早经部署，申定号令，一闻寇至，但使锐卒一二千人出营交锋。赤眉见异军寥寥，越加蔑视，存了一种灭此朝食的妄想，悉众来围异军。异乃纵兵大出，与赤眉鏖战一场，两下里旗鼓相当，兵刃交接，呐喊声震动远近，好容易杀到日昃，还是未分胜败，相持不舍。异却把红旗一招，突有一支人马向赤眉阵中搅入，衣服与赤眉相同，赤眉错认是自己党羽，慌忙招呼，谁料到劈头一撞，都害得颈血模糊，十死五六。赤眉后队，顿时大乱。再经异麾军纵击，杀毙赤眉，不可胜计。看官道这支人马，究从何处杀来？原来冯异知赤眉势盛，但凭力敌，未易杀退，所以预先设计，令壮士千人改服赤眉衣饰，夜伏道旁，约用红旗为号，叫他捣乱贼军。果然赤眉中计，一败涂地。当由异军追至崤底，截住男女八万人，谕令降者免死。八万男女，一体匍伏，束手归诚。尚有残众十余万，东走宜阳。将恃谋，不恃勇，于此可见。异驰书报捷，光武帝特赐玺书云：

赤眉破平，士卒劳苦，始虽垂翅回溪，终能奋翼渑池，可谓失之东隅，收之桑榆，方论功赏，以答大勋。

玺书既下，光武帝复亲率六军，至宜阳截住赤眉。赤眉正拼命东走，到了宜阳，见前面戈铤耀日，旌旗蔽天，当中拥着汉天子御驾，黄屋大纛，八面威风。吓得赤眉叫苦不迭，如樊崇、逄安等人，经过百战，杀人未尝眨眼，至此亦仓皇失措，不知所为。当下经众会议，只有乞降一法，乃遣刘恭持书请降。恭既至汉营，得见光武帝，行过了礼，呈上降表。光武帝准令降顺，恭面请道："盆子率百万众降陛下，敢问陛下如何待遇？"光武帝接说道："待他不死便罢。"王言如纶。恭因即返报，盆子率徐宣以下三十余人，肉袒归降，献上所得传国玺绶，并将所有兵甲悉数缴付，堆积宜阳城外，高与熊耳山相齐。光武帝令县厨赐食，降众正苦饥馁，随到随食，总算十万余人并得一饱。



光武帝见降贼甚多，恐有反复，特就次日清晨，大陈兵马，遍布洛水岸旁，令盆子等随驾观兵，且顾语盆子道："汝自知当死否?”盆子跪答道:“罪原当死,但求陛下恩赦呢!”光武帝微笑道:“儿亦太黠,宗室中原无愚人!”说至此,又顾问樊崇等道:“汝等曾悔降否?朕愿遣汝等回营,鸣鼓相攻,再决胜负,可好么?”好权术。徐宣等叩头道:“臣等出长安东都门,君臣计议,已愿归命圣德,惟百姓可与图成,难与虑始,所以未曾遍告。今日得降,如脱去虎口,得依慈母,诚喜诚欢,还有什么悔恨呢?”光武帝语徐宣道:“卿可谓铁中铮铮、庸中佼佼了!”乃敛兵归营。更谕诸降将道:“汝等大为不道,所过成墟,屠老弱,溺社稷,污井灶,残暴已极,本应骈诛。但朕念汝等尚有三善:攻破城邑,几遍天下,妻妇未尝弃易,算是一善;立君能用宗室,算是二善;他贼乘乱立君,待至危急,往往弑君持首,乞降邀功,独诸卿尚知大义,奉主来降,算是三善。朕所以网开三面,法外行仁,此后总宜洗心革面,共享太平!”降将都一齐跪下,齐呼万岁。光武辩论善恶,亦俱得当。



光武帝挥众令起,启行还都,令降将分居洛阳,每人赐宅一区、田二顷,余众给资遣归。惟杨音与帝叔刘良有旧,良先依刘玄,玄败没时,独良得杨音礼待,才得免害。因此光武帝为叔报德,封音为关内侯,得与徐宣安享天年。刘恭替刘玄报仇,刺死谢禄,系狱自首,亦得贷死。独樊崇、逄安居洛数月,又想造反,谋泄被诛。不死胡为?光武帝矜怜盆子,赏赐甚厚,使为叔父良部下郎中。盆子病目失明,方令免官,尚给荥阳均输官地,食税终身。小子有诗咏道:

牛吏何堪作帝王?崤山一跌便沦亡;
得全首领犹云幸,总为童儿质尚良。

赤眉已平，余寇犹炽，免不得再加征伐，劳动王师。欲知后来情事，且看下回续叙。

项羽掘始皇冢，后人以凶残嫉之，顾未有如赤眉之甚者。赤眉不法，发掘园陵，裸辱女尸，阅《汉书·刘盆子传》中，载入此事，谓有玉匣附殓者，多被淫秽，姓氏不概传，独于吕后则标明之。意者其亦嫉吕后生前之奢淫，特揭此以为后人戒欤？邓禹已入长安，不能捍卫陵寝，咎实难辞，乃复以饥疲之卒，贪功邀战，屡致失利，甚且累及冯异，同致覆师。微异之奋翼渑池，则赤眉东来，众尚二十万，即如光武之勒兵亲征，截击宜阳，胜负亦未可料，安能不战屈人乎？光武能专任冯异，卒成大功。至若刘盆子之降，待以不死，陈兵示威，笑语屈贼，光武固一英辟也欤？而樊崇逄安之自外生成，终遭诛殛，何一非恶贯满盈之果报也！

## 第十三回　诛邓奉惩奸肃纪<br>戕刘永献首邀功

却说赤眉既降，关中无主，盗贼又乘机蜂起，各据一隅。下邽有王歆，新丰有芳丹，霸陵有蒋震，长陵有公孙守，谷口有杨周，陈仓有吕鲔，汧骆有角闳，长安被张邯占住，各称将军，互相攻击。独延岑屯据杜陵，击破赤眉将逄安，意气自豪，再移部众入蓝田，僭称武安王，分置牧守，居然想做关中霸主。闻得征西大将军冯异进兵，亟诱同张邯等众，共攻异军。一番接仗，竟被异军杀毙千余人。张邯等战败先逃，延岑亦向东南窜去。异进驻上林苑中，号令远近，先抚后剿，所有前时附近诸堡砦，附属延岑，至此都向异投诚。异又遣复汉将军邓晔、辅汉将军于匡，领兵追岑。到了析县，正值岑督众围城，一遇邓晔等到来，慌忙解围对敌，偏部众惩着前败，不敢再战，裨将苏臣等投械先降。岑不敢再持，奔归南阳，又被汉建威大将军耿弇等迎头截击，斩首三千余级，生擒将士五千余人。岑势孤力竭，但率数骑奔投秦丰，嗣复转诣西蜀，下文自有交代。

惟邓奉本光武帝姊夫邓晨兄子，从征有功，官拜破虏将军。自吴汉出略南阳，兵多侵暴，连邓奉故乡新野县中，亦遭蹂躏。奉返省乡里，庐舍荡然，不由得怒气填胸，竟纠合流氓，造起反来。乡里遭殃，何妨劾奏吴汉，奈何造反？当即攻入淯阳，逐去守兵。顾应前回。尚有堵乡人董欣、杏聚人许邯，亦纠众应奉，四出骚扰。董欣攻入宛城，拘住南阳太守刘欣，幸汉扬化将军坚镡尚未远去，一闻宛城失守，便引兵夜至城下，使壮士悄悄登城，斩关纳入兵士，一鼓而进。欣未曾防备，势难招架，只好弃城窜去，逃归堵乡。光武帝时已闻警，亟授岑彭为征南大将军，使讨邓奉董欣，且拟添将助彭。适值王常自邓来归，常即前时下江帅，与光武帝同破莽军，转事刘玄。玄曾命常为廷尉大将军，封知命侯，进爵邓王。至是方挈眷入洛，谒见光武。光武帝与语道："王廷尉良苦，每念前时与同艰险，无日忘怀！奈何至今始来相见哩？"常顿首谢道："臣蒙大命，得效鞭策，始遇宜秋，继会昆阳，幸赖陛下威武，终破大敌。更始不量臣愚，委任南州。赤眉入关，伤心失望，以为天下复失纲纪。今闻陛下即位河北，如日重明，臣等得见阙廷，虽死亦无遗恨了！"光武帝笑说道："我与卿戏言，不必介意，今得见卿，南顾无忧了。"遂指常语诸将道："王将军曾率下江诸将，辅翼汉室，心如金石，真好算是忠臣呢！"于是面授常为汉忠将军，使与朱祐、贾复、耿宾、郭守、刘宏、刘嘉、耿植等，一同南下，由征南大将军岑彭节制。彭率众至杏聚，击破许邯，邯穷蹙始降。再顺便进攻堵乡，董欣向邓奉乞援，奉率锐卒万余，往救董欣，两人并力拒守。岑彭等连攻数月，尚不能克。

到了建武三年夏间，光武帝下诏亲征，带领六军出都。行至叶县，适遇董欣别将数千人，沿途拦阻，车驾不得前进，正要麾兵开道，巧值彭亦引兵杀到，前后夹攻，一霎时扫得精光。光武帝进军堵阳，邓奉不禁胆怯，夜奔淯阳。董欣独力难支，自缚出降。积弩将军傅俊、骑都尉臧宫，奉着帝命与岑彭等追赶邓奉，驰抵小长安，得及奉兵，当然再战。奉抵死格拒，酣斗经时，互有杀伤。蓦闻光武帝亲来接应，车骑大至，汉军越加奋勇，杀死奉兵无数，奉欲逃无路，迫急乃降。光武帝记奉前功，且由吴汉起衅，拟从赦宥。岑彭与耿弇进谏道："邓奉背恩造反，致王师暴露经年，罪无可逭！若不诛奉，何以惩恶?"说得光武帝不便徇情，乃将奉正法示众。国法原是难容。惟许邯董欣幸得贷免。光武帝启驾还都，但使岑彭与傅俊、臧宫等三万余人南击秦丰去了。

118. 过了月余，得虎牙大将军捷报，说是刘永授首，睢阳报平。究竟刘永如何败死？应该详叙情形。永在睢阳僭称帝号，专据东方。见十一回。内有沛人周建等为爪牙，外有佼强董宪、张步等为羽翼，除国都睢阳外，如济阴、山阳、沛楚、淮阳、汝南等二十八城，俱归管辖，差不多将青、兖、徐三州包括了去。光武帝曾拜盖延为虎牙大将军，使与降将苏茂相偕东征。茂本刘玄部将，前与朱鲔共守洛阳，鲔既出降，茂亦归命。及随盖延东行，独不肯受延节制，分军自去，掠得数县，据住广乐，反向刘永处遣使称臣。永拜茂为大司马，封淮阳王。盖延独进攻睢阳，且奏达苏茂叛状，光武帝再遣驸马都尉马武、骑都尉刘隆、护军都尉马成、偏将军王霸等，往助盖延，为延副将，合攻睢阳城。彼此经过好几次战仗，城中兵不能取胜，闭门死守。两下里复相持数旬，延尽收田间禾麦，作为军粮，守兵无粮可因，渐生恟惧，当被延军窥出间隙，缘梯夜登，入城击永。永不知所措，亟引兵走出东门，延等追杀一阵，横尸遍野，只剩得骑士数十人保住刘永家属，奔往虞城。虞城人不愿纳永，反将永母及妻子一并杀死，永仓皇走脱，得抵谯邑。永将苏茂佼强周建等，合兵三万余人，至谯救永，永复得成军，再拟拒延。延连拔薛城、沛城，斩鲁郡太守梁邱寿及沛郡太守陈修，长驱追永。永率苏茂等三将军，至沛西逆战，又吃了一大败仗。不得已再弃谯城，转奔湖陵，苏茂奔还广乐，惟佼强周建，还是与永同行，未曾舍去。

盖延乘胜略地，收抚沛楚临淮各城。光武帝也遣大中大夫伏隆，持节使青、徐二州，招谕郡国。青徐群盗，多望风请降。就是琅琊盗帅张步亦迎谒伏隆，敛兵听命。隆许为归报，嘱步静候朝旨，步乃使掾吏孙昱，随隆诣阙，贡献鳆鱼。鳆似蛤，即石决明。光武帝迁隆为光禄大夫，仍使隆赍着诏书，拜步为东莱太守。隆即与步掾孙昱仍向东行。哪知为刘永所闻，忙遣人立步为齐王，并封东海贼帅董宪为海西王。步贪得王爵，欲背隆约。及隆持诏前来，竟摆起国王的架子，拒诏不受。隆探悉情隐，因向步晓谕道："高祖与天下约，非刘氏不得封王；今君果去逆效顺，总不失为万户侯，何必贪受伪封，但顾目前，不顾日后哩？"步不以为然，惟留隆共守青、徐二州，隆愤然道："君不受朝命，必有后悔！我奉命到此，谕君反正，岂肯随君附逆？我就此返报便了。"说着，持节欲行，步却麾动左右，把隆拘住，锢居一室。隆缮就密书，交付从吏，嘱使乘间脱身，归报朝廷。从吏一住数日，觑得步兵防检少疏，乘夜逸出，好容易奔还洛阳，把隆书呈递进去。光武帝立即展阅，但见书中写着：

臣隆奉使无状，受执凶逆，虽在困厄，授命不顾。步固桀骜，属吏知其反叛，心不附之，愿以时进兵，无以臣隆为念！臣隆得生到阙廷，受诛有司，此其大愿；若令没于寇手，以父母昆弟长累陛下。愿陛下与皇后太子永享万国，与天无极！臣隆待死上言。

光武帝览罢，知隆已陷入寇中，亟召隆父伏湛，示隆来书，且流涕与语道："隆节同苏武，忠诚贯日，朕却恨他不如姑许，自求生还哩！"这是无聊慰语，莫被光武瞒过。湛泣拜而退。湛为济南伏胜九世孙，世传经学。伏胜为秦时耆儒，见《前汉演义》。高祖伏孺，徙居琅琊郡东武县；父伏理曾为高密太傅。湛承父荫，补充博士弟子员；王莽时为绣衣执法；刘玄入关，使为平原太守；光武帝即位，闻湛才名，征拜尚书，令订旧制。至是因伏隆被执，意欲加慰湛心，擢任公卿。时邓禹已早还都中，自愧无功，缴上大司徒及梁侯印绶，光武帝赐还侯印，但将大司徒一职，悬缺不补。回应前回。此次拟迁擢伏湛，正好使他代任大司徒，乃即日锡命，使行大司徒事。未几即命他实授，加封阳都侯，一面调遣大司马吴汉，率同骠骑大将军杜茂等会攻刘永。并拟另派别将，专讨张步。忽由幽州牧朱浮驰使告急，请速济师。顿令光武帝不遑东顾，又要筹及北防。



这朱浮告急的原因，便是为了彭宠造反，逼迫幽州。彭宠本为渔阳太守，尝发突骑助光武军，得平王郎。至光武正位，封赏功臣，如宠所遣的吴汉、王梁皆位跻三公，宠仍守原官，不获超迁，因此不平。光武帝也未免负宠。幽州牧朱浮，年少好客，尝向渔阳征取银米，充作廪饩。宠不肯照发，且有怨言。浮致书责宠，讥他为辽东白豕，只好夸示辽阳，不足比衡河右。宠得书越加恨浮，浮更密表谮宠，光武帝乃征宠入都。宠请与浮一同就征，奉诏不许，宠遂怀疑惧。宠妻素好干政，劝宠不必应征，尽可自主；此外属吏亦无人劝行，于是迁延不发。宠有从弟子后兰卿，随光武帝居洛阳，光武帝因遣令谕宠，宠留住子后兰卿，竟出兵二万余人，往攻朱浮。又因上谷太守耿况也是功高赏薄，与己相同，不妨诱与同反。于是一再遣使，驰诣上谷。哪知有去无来，所遣使人，俱被耿况斩首了。彭宠造反，前回已曾提及，此外所叙各事，参观前文便知。光武帝闻朱浮被攻，曾遣游击将军邓隆引兵援浮。隆与浮立营太远，呼应不灵，被宠兵突破隆营，隆仓猝走脱，部下多死。浮不能相救，只好还守蓟城，与宠相拒。既而涿郡太守张丰也与宠连兵，自称无上大将军。宠得一帮手，气焰越张，索性大举围蓟。朱浮不敢出战，惟飞章入洛，乞请援师。



光武帝得报，想了数日，一时腾不出兵马粮饷，乃令来使还报，教他静守毋战，俟筹足军实，方可来援等语。浮又固守了好几月，城中粮尽，人自相食，那外面却攻扑甚急，险些儿陷没全城，就使弃城不顾，也是无路可出，眼见得危急万分，朝不保暮。亏得上谷太守耿况，遣到两三千骑兵，冲破围城一角，浮得趁此机会，开城杀出，由上谷兵在外接应，才得走脱。只蓟城吏民不及随行，上谷兵又复退去，无人相救，没奈何出降宠军。宠既得蓟城，复陷右北平上谷数县，遂自称燕王，北通匈奴，南结张步，又收集朔方遗贼，称雄一隅。光武帝时思北讨，但恐刘永未平，一或远征，免不得顾此失彼，患生眉睫，所以耐心待着，只望盖延吴汉两军，早日平永，便好移师北行。

偏偏事多周折，波浪层生，前次睢阳城已经攻下，只逃脱了刘永一人；及盖延往略沛楚，永又从间道还至睢阳，睢阳人又反城迎永。盖延再去围攻，急切又不能得手。惟吴汉一军，行至广乐，与永将苏茂连战数次，茂奔广乐见上文。茂败入城中。吴汉督兵猛攻，四面架起云梯，将要登城，不防来了一个周建，带着大队十多万人，救茂击汉。汉自率轻骑，前去截击，虽是敌众我寡，倒也未尝胆怯。一场混战，毕竟杀不过茂众，看看将败退下去，汉不禁性起，怒马向前，挺戟突阵，刺死敌兵数人。蓦然来了一箭，射中马首，马负痛一蹶，把汉掀翻地下，幸亏左右将士，抢前力救，才得将汉扶归。汉膝上受伤，不能起立，困卧榻上，诸将只得闭垒自固，一听周建入城。到了日晚，吴汉尚病不能兴，未免呻吟。杜茂等入语道："大敌在前，公乃因伤久卧，恐致摇动众心，还请详察。"汉听言未



毕，便跃然起坐，裹创出帐，椎牛飨士，下令军中道："贼众虽多，统皆乌合，胜不相让，败不相救，并没有什么忠义。今日为诸君立功时候，杀贼封侯，在此一举，望诸君勉力。"麾下不禁鼓舞，齐称得令，将士同心，不忧不胜。于是士气复振，待旦厮杀。到了昧爽，城中已有鼓角声传入汉营。汉知周建等又来挑战，遂选四部精兵黄头吴河等，黄头系首戴黄巾，为敢死士。及乌桓突骑三千余人，作为先驱，自督诸将随出，号令全军，闻鼓齐进，退后立斩。当下大开营门，严阵以待。望见周建领兵出来，即由汉亲自擂鼓，蓬蓬勃勃，激动士气，前驱奋勇杀出，后军继进，一古脑儿冲入建军。建军抵挡不住，立即返奔，被汉军快马追上，守卒不及闭门，顿至门前挤住，彼此争入，结果是全城捣毁，周建苏茂，夺路遁去。汉入城安民，留杜茂、陈俊居守，自率兵追蹑建茂，直抵睢阳。建与茂入城见

永，相偕守御。汉会同盖延，昼夜急攻。城中被困已将百日，兵吏皆有菜色，再加建茂败兵，从外窜至，人数虽是较多，粮食越加不济，没奈何保住刘永，溃围出走。延军截住辎重，从后追击。永等拼命乱跑，将抵酂城，众已四散，连建茂亦自去逃生。只有永将庆吾还是跟着，眉头一皱，计上心来，竟悄悄地拔出佩刀，向永脑后劈去，永未曾预防，当然被杀，庆吾遂枭了永首，迎献延军。延令庆吾携首入都，伏阙呈报，庆吾得受封为列侯。好侥幸。

永弟防尚守住睢阳，闻得永已毙命，也开城出降。独永子纡随着建茂，同至垂惠。建茂因立纡为梁王，收合余烬，再图起复。永将佼强走保西防，仍与建茂等遥为声援，共保刘纡。纡且使人至剧城，传报嗣立情状，剧城为张步所居，正在拥兵拓土，夺得齐地十二郡，侈然自大。既接刘纡使命，意欲尊纡为帝，自称定汉公。也想摹仿王莽么？独琅琊太守谏阻道："梁王尝归附刘宗，所以山东听命，今若尊立彼子，恐众情未必翕从。且齐人多诈，不可不防！"步乃罢议，但将来使遣归。王闳即王莽从弟，王谭子。颇有胆略，为莽所忌，遣为东郡太守。至刘玄为帝，闳率东郡三十余万户，拜表降玄，玄因令闳移守琅琊。张步起事，受永封爵，闳与战不胜，单骑见步，步陈兵相见，怒目视闳道："步有何过，乃为君所不容，屡次见攻？"闳按剑道："闳为大汉太守，奉命守土，今文公张步字。拥兵相拒，不服朝命，闳只知讨贼，管什么有过无过呢？"步为闳所折，不禁心服，遂离席跪谢，陈乐献酒，待遇如上宾礼，仍使闳守郡如故。闳此次进谏，是知刘纡不能成事，意欲张步仍归顺洛阳。步但不愿帝纡，未肯从洛，且杀死洛阳使臣伏隆，据境自雄。正是：

狐鼠徒知争窟穴，蟪蛄原不识春秋。

张步尚是专横，彭宠却已速死。究竟宠何故毙命，请看官续阅下回。

邓奉为邓晨兄子，与光武帝戚谊相关，乃以新野被掠之嫌，遽敢造反，实属罪无可贷。光武帝之欲加赦宥，未免循私。岑彭、耿弇共请正法，所言甚当。卒之叛臣伏罪，国法得伸，光武帝之曲从众请，诚哉其以公灭私也。刘永亦高祖后裔，名位与光武相类，光武可帝，永亦未尝不可帝；但永之才智，不逮光武，必欲据有青齐，抗衡河洛，不败何待？不死胡为？惟庆吾既为永臣，乃乘永穷蹙之时，遂加手刃，携首求功，光武帝竟封为列侯，毋乃过甚。帝尝语盆子诸臣，谓其奉主来降，不失为善，是明知弑臣之非义，奈何犹加封赏也？耿弇诸将，能谏阻光武之赦奉，不知谏阻光武之封吾，其亦一得一失也欤！

# 第十四回　愚彭宠卧榻丧生<br>智王霸举杯却敌

却说彭宠僭称燕王已阅年余，光武帝意欲亲征，预备六军出发。文武百官未敢异议，独大司徒伏湛上疏谏阻，略云：

臣闻文王受命，而征伐五国，犬戎、密须、耆、邘、崇。必先询之同姓，然后谋于群臣，加占蓍龟以定行事，故谋则成，卜则吉，战则胜，然后俟时而动，三分天下而有其二。陛下承大乱之后，受命而兴，出入四年，灭檀乡，制五校，降铜马，破赤眉，诛邓奉之属，不为无功。今京师空匮，资用不足，未能服近而先事边外，似属非宜。且渔阳之地，逼接北狄，黠虏困迫，必求其助。又今所过县邑，尤为困乏，大军远涉二千余里，士马罢劳，转粮艰阻。今兖、豫、青、冀中国之都，寇贼纵横，未及归化。渔阳以东，本备边塞地，贡税微薄，安平之时，尚资内郡，况今荒耗，岂足先图？而陛下舍近务远，弃易就难，四方疑怪，百姓怨惧，诚臣之所惑也。愿远览文王重兵博谋，近思征伐前后之宜，顾问有司，使极愚诚，采其所长，择之圣虑，以中土为忧念，则不胜幸甚！

光武帝览疏，方才罢议。但使建义大将军朱祐、建威大将军耿弇、征虏将军祭遵、骁骑将军刘喜等，出略北方。涿郡太守张丰、叛应彭宠，为宠屏蔽，祭遵以张丰不除，无从灭宠，乃引军先行。倍道至涿郡城下，一鼓登城，城中大乱，张丰仓猝欲奔，被功曹孟厷缚住，献与遵军。丰素信方术，有道士向丰谀媚，谓丰当为天子，且用五彩囊裹住一石，令丰系诸肘后，伪云石中有玉玺，俟得就尊位，方可剖取。丰信为真言，因即谋反。此次做了罪囚，推至遵前，遵诘问反状，丰尚述道士讹言，举肘示遵。遵令将五彩囊解下，取出一石，用椎击破，并无玉玺，便掷石示丰，丰始知被诈，仰天叹道："当死无恨。"真是呆鸟。遵即命推出斩首，传诣洛阳。



光武帝闻张丰伏诛，撤去渔阳羽翼，当然心慰。惟因岑彭往击秦丰，数月不得捷音，见前回。乃将朱祐调回，使助岑彭。留祭遵屯良乡，刘喜屯阳乡，使耿弇进击渔阳。弇因父况与宠同功，迹近嫌疑，且无兄弟留侍京师，益恐遭忌，未敢独进。因上书求还洛阳，愿将渔阳事让与祭遵。光武帝览悉内容，即下诏赐弇道："将军尝举宗相依，为国忘家，功效卓著，今何嫌何疑，反欲求征？且屯兵涿郡，勉图方略，平叛课功。"弇接到诏谕，乃暂驻涿郡，并作书禀父，请况为国效力，夹攻彭宠。况得书后，已知弇意，便遣弇弟耿国入侍。光武帝嘉况忠诚，晋封况为隃麋侯。

会因彭宠出兵两路，分攻祭遵刘喜，一路由宠引兵数万，自击祭遵；一路使弟纯领着匈奴骑兵，约有好几千人，往击刘喜。纯行至军都，忽刺斜里突出一彪人马，大刀阔斧，拦住厮杀，纯不及措手，慌忙倒退。有两个匈奴统将不识厉害，向前接战，谁知上谷骑士比胡骑还要厉害，左冲右突，无人敢当。且有一位青年骁将，横槊当先，飘飘飞舞，锋刃到处，流血淋漓，两个匈奴军将都做了无头鬼奴，余众自然骇散，纯亦逃归。看官道来将为谁？就是耿况次子耿舒。倒戟而出。况曾遣谍骑，往探渔阳消息，既知彭纯出发，即遣次子耿舒率锐邀截。纯却不曾防备，适被耿舒横击一阵，败回渔阳。军都乃是县名，本已附属彭宠，此次由耿舒乘胜进攻，也是唾手得来。宠闻彭纯败还，军都失守，不由得心惊胆落，连忙引兵折回，自保巢穴，尚恐祭遵刘喜，与耿况连兵捣入，日夕不安。就是渔阳城内的百姓也是担忧得很，未遑宁处。

蹉跎过了数月，已是建武五年。彭宠妻夜卧床间，恍恍惚惚，觉得自己裸体登城，被髡徒推堕城下，骇极大呼，才得惊寤，醒后始知是一场噩梦，大为惶惑。越夕由宠升堂，闻火炉下有虾蟆声，阁阁乱鸣，宠将火炉移开，并不见有虾蟆形迹，再令左右掘地寻觅，亦无影响。为此种种怪异，便召卜人筮易，术士望气，统云不必防外，但当防内。宠闻言细思，只有从弟子后兰卿由洛阳到来，见前回。莫非蓄有阴谋，潜图为变？乃将他调戍边防，不令居内。且欲祀神禳灾，先期斋戒，移居静室。苍头、子密等三人见宠心绪烦乱，后必无成，遂暗中密谋，拟将宠夫妇杀死，往降汉营。当下伺宠卧着，趋将进去，把宠缚住床上，再出告外吏，说是大王斋禁，令众归休。待外吏散去，又伪传宠命，收缚奴婢，分置密室，然后召出宠妻。宠妻不知何因，趋入斋室，蓦见宠被绳捆住，忍不住惊叫道："叛奴造反！"说到反字，已被子密等揪住头发，用掌击颊，打得宠妻面目红肿，不敢作声。谁叫你嗾宠造反？宠慌忙大呼道："快为诸将军办装，不必多言！"子密等乃释放宠妻，随她入取宝物，但留一奴守宠。宠顾语道："汝为我所爱，想为子密胁迫至此，若肯解我缚，当使女珠嫁汝，家中财物，与汝同分！"守奴颇为所动，出视户外，见子密尚未他去，因不敢替宠释缚。子密等取得金玉珍宝，复将宠妻牵入宠室，迫使缝两缣囊，盛贮各物，宠妻不敢不从。到了缣囊缝就，已经夜半，子密又放开宠手，使他亲写手敕，谕告城门将军，但言今遣子密等往报子后兰卿，速即开门，毋令稽留。宠已同傀儡一般，如言写就，子密便拔刀在手，剁落宠头；转身把宠妻也是一刀，首随刀落。当即取两首盛入囊中，与宠书一并携着，出室跨马，赚开城门，径奔洛阳。斋室门至晓不开，外吏敲门不应，踰垣进去，见宠夫妇尸身委地，各无头颅，不禁大骇。当下召齐官属，查缉凶手，早已不知去向。尚书韩立等收殓宠夫妇遗尸，立宠子彭午为王，召入子后兰卿为将军。才经数日，又被国师韩利，枭取午首，持献汉征虏将军祭遵。遵驰诣渔阳，夷宠家族，然后遣使奏闻。就是子密亦驰至阙下，呈上宠夫妇首级，光武帝封子密为不义侯。既云不义，如何封侯？



北方既平，只有东南一带尚未告靖。征南大将军岑彭与秦丰部将蔡宏相持，累月不见胜负，光武帝已遣朱祐往助，复传诏责彭逗留。彭且惧且奋，不待祐至，便夜勒兵马，佯云当西向进击，又故意纵去俘虏，使他还报秦丰。丰即悉众西行，邀击彭军。彭却引兵潜渡沔水，悄悄东进，袭破丰将张扬。又从川谷间伐木开道，进捣黎邱。黎邱是秦丰巢穴，在西方接得警报，慌忙还救。彭与诸将驻营东山，严兵待着。丰与蔡宏夤夜攻彭，彭开营迎击，大破丰军，丰遁还黎邱。蔡宏被彭军追及，回马再战，一个失手，头已落地，彭遂进逼黎邱。秦丰相赵京，方守宜城，惧威出降。彭据实上奏，光武帝进封彭为舞阴侯，拜赵京为成汉将军。彭引京同围黎邱，就是建义大将军朱祐也领兵会彭，共攻秦丰。丰有女夫田戎，尝拥众夷陵，自称扫地大将军，闻得秦丰被围，惊惶得很，即欲降服洛阳。惟丰有数妻，一妻母家姓辛，有兄辛臣，曾在田戎帐下，入谏田戎道："今四方豪杰，各据郡国，洛阳地处四塞，未必稳固，不如按甲敛兵，静待时变！"戎摇首道："强大如秦王，尚为征南所围，何况是我？我已决计降汉了！"本意原是不错。乃留辛臣守夷陵，自率众沿江泝沔，进向黎邱，拟至岑彭处请降。不意辛臣盗取珍宝，弃去夷陵，先从间道降彭，但作书招戎。戎恨他前后反复，且恐他先进谗言，祸将不测，因此未敢降汉，反说是往救秦丰，与丰合兵，表里相应。岑彭留朱祐围城，自引兵攻击戎营，又是好几月不下。后来戎支持不住，连战皆败，部将伍公投降彭军，戎逃归夷陵。



光武帝亲至黎邱，慰劳吏士，封赏至百余人。探得城中势弱，兵只千余，粮亦将尽，不久可克，乃令朱祐独攻黎邱，使彭与积弩将军傅俊往讨田戎。一面谕令秦丰，出降免死。丰复命不逊，乃将军事委任朱祐，期在必克，自己启驾还都。彭与俊移军夷陵，尽力攻扑。戎出兵搏战，伤亡无算，遂将夷陵弃去，向西逃走。彭追至秭归，因戎越山奔蜀，不便穷追，方才班师。独朱祐围攻秦丰，丰自知孤危，忙向外郡飞召党羽，还援巢穴。适有丰将张康从蔡阳进援，与祐军鏖战兼旬，并将粮食输送秦丰，城内又复得食，拼命坚守。祐分兵绕出张康营后，先断张康粮道，然后鼓动部曲，捣入康营，康军自然溃乱，不战便走。祐从后追击，将抵蔡阳，巧值截粮军回来，拦住康前，康进退无路，免不得手忙脚乱，被祐赶至马前，一刀砍死。祐枭取康首，回示黎邱守兵。守兵俱有惧色，但因粮食未尽，还想坐守过去。

至建武五年夏间，兵尽粮竭，丰无法可施，只得与母妻九人肉袒出降。祐囚丰入都，光武帝责他负嵎不服，罪无可赦，因即谕令正法，敕祐还师。又了结一个盗首。另遣捕虏将军马武、骑都尉王霸，往攻垂惠，再击刘纡。纡向海西王董宪求救。宪正拟率众赴援，不意兰陵守将贲休举城降汉，遂致宪怒气上冲，先去围攻兰陵。虎牙大将军盖延方屯楚郡，闻得兰陵被围，愿与平狄将军庞萌同援兰陵。光武帝答诏道："宪巢窟在郯，若直捣郯城，兰陵自可解围了。"这却是釜底抽薪的妙计。盖延奉诏，领兵出发，途次屡接兰陵警报，危在旦夕，不得已先诣兰陵。董宪但遣偏将挑战，由延军一阵击退，长驱入城。入城也

是失着。过了一宵，宪竟纠合大队，合围兰陵。延始知中计，引兵突出，方去攻郯。一误再误。光武帝得报，急传谕责延道："朕令将军先去攻郯，无非欲掩他不备，使他情急还援，将军失算，先救兰陵，不能击退贼众，尚欲往攻郯城，贼既知备，兰陵益危，岂不是一举两失么？"延等已至郯城，不能复返，只好奋力督攻，果然守备甚固，累攻不下。

那兰陵城已被宪陷入，贲休战死，枉送了一条性命。独刘纡待宪不至，使苏茂出招徒党。茂收得五校遗众，还救垂惠，约有四千余人，截击汉军粮路。汉骑都尉马武闻信驰救，见茂来军不多，意在轻视，正在交战时候，城中复突出周建，引兵夹击，武腹背受敌，慌忙冲开血路，奔至王霸营前，大呼求救。霸佯作痴聋，坚壁不出，军吏统劝霸出军，霸摇首道："茂招集亡命，来势甚锐，马都尉已经败还，但望我军出

援，士无斗志，若我军开营接战，军心不一，势必两败。今我闭营固守，示不相援，贼必乘胜轻进，逼压马军，马军无援可恃，不得不拼死与战，待至贼众疲乏，我出乘彼敝，何忧不胜？诸君但听我号令便了！”军吏方才退去，整甲待命。已而苏茂周建带着两路兵马，围裹马军。马武见霸不肯出救，愤然下令，与茂建决一死斗，两下里喊杀连天，撼动山谷。约有两三个时辰，霸尚按兵不动，营中壮士路润等忍耐不住，截发请战，霸乃下令出救，却不开前门，独引精骑潜出后帐，绕至敌军背后，喧呼入阵。茂与建正双战马武，蛮横得很，谁料后队已乱，来了一位金盔铁甲的大将军，摆动一干方天画戟，左挑右拨，破入中坚。建急忙回马接战，未及三合，胁上已为戟所伤，负痛亟走。苏茂瞧着，也即舍了马武，觅路退回。马武正危急万分，见来将击退茂建，当然大喜，仔细审视，正是王霸。便将前时恨霸的心思，变作感激，索性再奋余勇，驱杀一阵。霸部下统是生力军，踊跃追击，杀得敌众大败亏输，奔入城中，霸与武才收兵回营。



又越两日，茂建复鼓众出来，独至王霸营前挑战，霸却安坐营中，与军吏饮酒作乐，谈笑自如。又要作怪。突有一贼箭飞来，将近霸颊，霸用手中所执的酒杯轻轻格去。杯系铜制，但听得叮当一声，箭坠席前，军吏统皆变色，霸镇定如故，徐语军吏道：“苏茂带着客兵，来救此城，我料他粮食不足，所以一再挑战，幸图一胜。今我闭营休士，以逸待劳，便是不战屈人，指日可下了。”军吏似信非信，好容易俟至日暮，营外已无哗声，敌皆退尽。夜半有逻骑入报，谓茂建不得入城，奔往他方。霸拈须微笑道：“我已知他不能久持了。”军吏又请发兵往追，霸又笑道：“穷寇勿追，况在昏夜？料他亦无能为呢！”

越宿由城中守将周诵，递到降书，霸慨然允降，与马武勒兵入城。周诵当然迎谒，不必絮述。惟周诵究是何人？为何不顾茂建，径来降汉？原来诵系周建兄子，与建有嫌，且因苏茂招来贼众，不守法度，徒耗粮食，城中积粟已罄，势必俱尽，因此拒绝茂建，决计降汉。惟刘纡本在城中，猝然闻变，亟率卫士数十骑，夺门出走，奔往西防，投依佼强。周建负创未愈，又恨兄子为变，怒不可遏，激动创痕，流血不止，就在途中毙命。茂走至下邳，与董宪合军。

时盖延攻郯未克，顿兵城外，忽由平狄将军庞萌起了歹意，竟嗾动军士，反袭延营。延猝不及防，仓皇走脱，北渡泗水，沉舟毁桥，方得截住庞萌。萌本为下江盗首，转依刘玄，玄令为冀州牧，使随谢躬同攻王郎，郎死后躬亦被戮，见前文。乃归降光武。平时颇知逊顺，为光武帝所信爱，尝谓托孤寄命，非萌莫属，因拜为平狄将军。知人则哲，惟帝其难之。至是与盖延共讨董宪，诏书独不及庞萌，萌暗里怀疑，且因延违诏无功，恐延嫁祸己身，所以遽叛。延具状奏闻，光武帝不禁大愤，且与诸将玺书道："我尝称庞萌为社稷臣，卿等能勿笑我妄言否？老贼罪当族诛，愿卿等各厉兵秣马，会集睢阳，待我亲往督战。"这玺书颁发出去，随即启跸亲征，行抵蒙城，闻知彭城失陷，太守孙萌为萌所执，几至被杀。还亏郡吏刘平伏住太守身上，泣求代死，方得释免。



光武帝不遑休息，留下辎重，竟率轻骑驰赴亢父。日已将暮，从臣奏请停跸，不得邀允，再驰越十余里，始至任城留宿。庞萌自号东平王，探悉车驾亲征，飞报董宪。宪令刘纡入兰陵，苏茂佼强，合助庞萌。萌亟移屯桃城，阻住车驾来路。桃城距任城仅六十里，总道御跸亲临，定有一场恶战，谁料待了三日，并无音响。不由得大惊道："前闻汉帝远来，昼夜兼行，疾驰至数百里，今乃高坐任城，不发一兵，究是何意？真正令人不解呢！"乃与茂强等猛攻桃城，城中已知帝驾在迩，可以无恐，自然安心静守。萌连攻二十余日，仍不能下。忽由光武帝亲督大军前来援应，车骑如云，驺从如雨，所有吴汉、王常、盖延、马武、王霸等百战良将，一齐会集，尽抵桃城。庞萌等望尘先怯，没奈何硬着头皮，率众迎敌，仿佛似卵敌石，如蛾扑火，不消半日，已经十死四五。苏茂佼强，引兵先溃，庞萌也落荒窜去。小子有诗咏道：

用人容易识人难，误把忠奸一例看；
犹赖庙谟能补过，叛臣一举便摧残。

桃城围解，光武帝入城犒赏，休军数日，复启行南下。欲知驾幸何地，且至下回再表。



彭宠与耿况同助光武，宠因功高赏薄，怏怏失望，且又为朱浮所激，卒至反戈，情迹虽似可原，然耿况不反，而宠独反，宠将何以自解乎？宠妻一妇人耳，不以大义劝夫，反且促成叛乱，祸生梦寐，衅起帷廧，其夫妇同死也宜哉！惟宠为逆，而光武讨之，子密既为宠奴，竟敢手刃其主，亦一逆也！光武明知其非义，乃封以侯爵，又以不义为名，不义可侯，谁愿守义？以视庆吾之得受侯封，其误尤甚。及秦丰伏诛，董宪未灭，刘纡以睢阳余孽，奔赴宪军，死灰复燃。盖延失计，马武又败，幸有智勇深沉之王霸，能战能守，谈笑却戎。光武帝录取人才，胜任者多，不胜任者少，此所以一失之彭宠，再失之庞萌，而终无碍于中兴也。

## 第十五回　奋英谋三战平齐地<br>困强虏两载下舒城

却说光武帝自桃城启行，转幸沛郡，亲祠高庙，复进至湖陵，探得董宪、刘纡合众数万，屯据昌虑，因即督兵往攻。到了蕃县，与昌虑相隔百里，忽又由探马走报，董宪招诱五校余贼，进逼建阳。诸将以贼来较近，请即出击，光武帝面谕道：“五校远来，粮必不继，食尽自退，何必与群贼争命呢？不如坚壁待敝，自足制胜！”与前回王霸义意，大致相同。诸将乃奉谕静守。过了数日，五校食尽，果然引去。惟庞萌、苏茂、佼强三人，自桃城败走后，辗转奔依董宪。宪拥众生骄，不甚戒备，光武帝却探知消息，督率将士，驰至昌虑。不待安营布阵，便使将士分攻宪营，四面并举。宪慌忙分兵四防，勉强支持了三昼夜，被汉军捣破营壁，一齐突入，刀枪杂进，好似斫瓜切菜一般。宪不能再持，跨马急奔，庞萌亦与宪同走，逃往缯山。苏茂不及偕行，走依张步，刘纡乱窜出营，惟佼强解甲请降。光武帝既得大捷，再遣吴汉率军追剿，宪与萌复自缯山潜出，招集散卒百余骑，还入郯城。吴汉等从后追至，宪萌兵微将寡，自知不能守郯，再奔朐城。吴汉不肯遽舍，仍然追去。朐城属东海郡，形势险固，储粮颇多，宪萌依次扼守，就是吴汉乘间围攻，倒也不能遽下。惟刘纡穷无所归，东跑西走，厮混了好几日，被随兵高扈剁落头颅，持献汉营。

光武帝因梁地已平，还幸鲁地，致祭孔子。且使建威大将军耿弇进兵向剧声讨张步。步闻耿弇将至，亟遣部将费邑屯兵历下，又分兵驻守祝阿，另就泰山钟城等处，列营数十，专待交锋。耿弇渡河直进，先攻祝阿，半日即下，却故意开城一角，纵令守兵逸去。守兵齐奔钟城。钟城人闻祝阿失陷，当然恟惧，你也逃，我也走，只剩得空垒数所，阒寂无人。弇却不往夺取，反引兵转攻巨里。巨里为费邑弟费敢所守，当然报闻费邑。弇使人到处砍树，扬言将填塞坑堑，一面严令军中，促修战具，限期三日，当力破巨里城。这消息又为费邑所闻，邑恐乃弟失守，自率锐卒三万余人，来救巨里。耿弇得报，喜语诸将道："我正欲诱他前来，今他果中我计，是自来送死了！"遂派将士三千人，直压巨里城下，自引精兵万人，往截费邑来路，择得一座高山，上冈伏着。

那费邑仗着锐气驱兵过来，才到山前，只听山上一声鼓响，竖起一面大旗，上书一个"耿"字，随风飘荡，却没有一人下山。邑伫望多时，不见人影，便顾语部曲道："这是疑兵，不必怕他！"说着，仍挥军前进，哪知山上的鼓声又复继起，并有数百人出现山顶，持械欲下。邑又待了半晌，仍然不见下来，又要纵辔前行，偏是鼓声越紧，旗帜越多，迷眩耳目，令人莫测。原是一条疑兵计。猛听得一声呐喊，已有无数人马冲入军中。邑急忙对敌，怎禁得来兵势盛，好似生龙活虎，不可捉摸；且军心已经散乱，无复行列，越弄得手足无措，血肉横飞。邑正要退走，不防一大将跃马来前，劈头一刀，不及趋避，慌忙把头一偏，却晦气了左臂，竟被砍断。邑痛彻心腑，自然昏晕过去，撞落马下，再由来将顺手砍下头颅，了结性命。好头颅已被人取去了，军中失了主帅，顿时大溃，迟逃一步的，都登鬼箓。

看官不必细猜，便可知汉将耿弇计斩费邑，先用旗鼓乱彼耳目，然后从山旁绕出，骤入彼阵，使邑措手不迭，马到成功。费敢在巨里城中，已知乃兄来援，拟即出兵接应，无奈城下有汉兵数千，堵住城门，未便轻出，弇之拔兵压城，原是为此。只好登陴遥望，守待援军。蓦见汉兵大至，先驱执着长竿，血淋淋的悬着一颗首级，急切里尚难辨认，但闻汉兵高呼道："这是费邑头颅，汝等细看，若再不出降，也要与这头颅相似了！"



费敢审颜察貌，果是兄首，不由得涕泪交流。守卒莫不惊慌，无心守御，夤夜出走，敢亦遁归剧城。弇入城收取积聚，又分兵连下四十余垒，得平济南。

张步亟使弟蓝率兵二万守西安，更征集诸郡吏士万余人守临淄，两城相隔四十里。弇进抵画中，居二城间，饬诸将校部署人马，约五日后会攻西安。与前计大同小异。至五日期届，诸将校齐集听命，弇令大众蓐食，夜食床蓐间，故曰蓐食。待旦至临淄城。护军荀梁，因军令与前不符，入帐申请道："攻临淄不如攻西安，临淄有急，西安必且往救；西安有急，临淄却不能赴援，且前令原会攻西安，何必改约？"弇喟然道："汝不知兵机，无怪相疑。西安虽小，却甚坚固，蓝兵又精，未易攻克。若临淄名为大城，守兵乃是乌合，一鼓可下。我前言将攻西安，明是声东击西的计策，今我不攻西安，独攻临淄，掩人无备，容易得手。临淄一下，西安亦孤，张蓝与步隔绝，必且亡去，一举两得，莫如此计。否则顿兵坚城，死伤必多，就使得克，张蓝必还奔临淄，并兵合势，与我相持，我深入敌地，复无转输，不出旬月，便是束手坐困了。奈何攻西安，不攻临淄？”荀梁方默然退去。弇即乘夜出兵，径攻临淄，城内果不及备，半日即下。再拟移攻西安，那张步已弃城遁去，奔回剧城。于是荀梁等拜服弇谋。弇乃揭榜安民，严禁军中掳掠，惟张步罪在不赦，若自来受死，毋得轻纵，手到擒来。这数语传入剧城，步不禁大笑道：“我自兴兵以来，战胜攻取，如尤来、大枪十数万众，我且踹营破灭，今大耿兵不如彼，又皆转战疲劳，反说出这般大言，要想擒我，岂不可笑？看我与彼一战，究竟谁胜谁负？”正要诱你出来。当下与三弟张蓝、张弘、张寿及大枪降盗重异等兵，号称二十万，进至临淄城东，连营数里，指日攻城。弇闭城严守，不与争锋。



事为光武帝所闻，恐弇寡不敌众，驰书劳问。弇复奏道：“臣得据临淄，深沟高垒，守备有余，张步从剧县来攻，疲劳饥渴，臣不与交战，待他气竭欲归，当发兵追击，用逸待劳，用实击虚，约阅旬日，步首可坐致了。”这复文已呈递行在。弇乃出兵淄水，列阵岸旁。重异领着旧部，径来挑战。弇军即欲迎战，偏弇故意示怯，反令各军退回小城，但使都尉刘歆及泰山太守陈俊，分兵列阵，驻扎城下。重异疑弇军怯战，越逼越紧，就是张步，亦自恃兵众，随后涌至，冲动刘歆陈俊两军，歆与俊不得不战，遂即督兵接仗，奋斗起来。临淄本属齐都，旧有王宫，宫中有台，半已圮毁，惟基址尚存。弇登台了望，见城外两军交战，势甚汹涌，因即下台跨马，麾动健卒，跃出东门，向步军横突过去。步连忙拦阻，阵势已乱，被弇兵一场蹂躏，伤毙甚多。急得步招架不住，忙令弓弩手放箭射弇，弇用盾遮护，且战且进，突有一流矢穿入弇股，弇仍不惊慌，但执刀截去箭镞，督兵如故。毕竟步兵多势盛，虽然杀伤不已，还是不肯退去，战至日暮，方才败却。弇亦鸣金收军，翌晨复勒兵出列城下。

光武帝时在鲁地，接得弇书，尚自放心不下，因引军东行，亲往救弇，先遣人向弇报知。弇方拟与步再战，陈俊进说道：“强寇势盛，不如闭营休士，静待驾至，再与决斗未迟！”弇奋然道：“乘舆且至，臣子当椎牛酾酒，接待百官，奈何反以贼虏遗君父呢？”说毕，遂出兵待战。适值步众趋至，便接住厮杀，自旦及暮，大破步众，积尸满濠。弇料步将退，特令偏师绕出步背，分伏两旁。待至天昏月黑，步果引退，才行半里，两面伏兵突出，纵横驰骤，所向披靡，步众都有归志，不意冤家路狭，竟碰着两支催命军，并且昏黑不辨，如何对敌？只好夺路乱奔。偏弇军很是厉害，在后力追，逃得越快，追亦愈紧，步抱头先窜，后队往往剩落，都做了无头的僵尸，直至钜昧水上，去临淄城已八九十里，追兵方渐渐缓行；但沿路收截辎重，约有二千余车，饱载而回。究竟谁胜谁负？过了数日，光武帝驾至临淄，弇率诸将从容迎谒，拜伏道旁，当由帝面慰数语，令弇等起身入城。及车驾进至齐王故宫，下舆升座，大飨群臣。

酒酣席散，再由光武帝赐谕耿弇，嘉奖功绩，略云：

> 昔韩信破历下以开基，今将军攻祝阿以发迹，此皆齐之西界，功足相方。而韩信袭击已降，见《前汉演义》。将军独拔劲敌，其功乃难以信也！又田横烹郦生，及田横降，

高帝诏卫尉即郦商。不听为仇，张步前亦杀伏隆，若步来归命，吾当诏大司徒释其怨，又事尤相类也。将军前在南阳，建此大策，常以为落落难合，有志者事竟成也！

先是光武帝尝幸舂陵，亲祠园庙，大会故人父老，置酒旧宅，欢宴竟日，耿弇曾扈驾同行。及启驾还都，弇曾向驾前献议，请收上谷兵，定彭宠，取张丰，平张步等。光武帝大为嘉纳，依议进行。后来张丰受擒，彭宠授首，弇皆与征有功。至是弇受命专征，复得击走张步，所以末数语中，说他有志竟成。弇再拜谢奖。光武帝休息一宵，便即与弇进攻剧城。步经过一番大创，才知耿弇多谋，不可力敌。晓得迟了。且闻光武帝亲来督攻，越加惊慌。张蓝张弘张寿，比步还要胆小，分兵自去；步亦停足不住，弃城出奔。城中无主，待到御跸临城，自然开门迎降。弇不暇进城，再引兵穷追张步，步往奔平寿。可巧苏茂出招旧部，得万余人，来援张步。步与语及战败情形，茂作色道："善战如延岑，又率着南阳健卒，尚被耿弇击走，见第十三回。大王奈何遽攻彼营？茂一出即还，难道不能少待么？"步赧然道："负负，事已至此，也不必再说了。"已而弇军大至，纷纷薄城，步不敢出战，惟与茂婴城拒守。光武帝使人招步，嘱令斩茂来降，不失封侯。步竟将茂杀死，自奉茂首，出诣弇营，肉袒请降。弇送步至剧城，请光武帝发落；自入城中安抚兵民。见步众尚有十多万人，因特竖起十二郡旗帜，鸣鼓示众，使步兵各自认旗上郡名，分立旗下。步兵依令分投，再由弇检点名数，嘱令毋哗。一面收验辎重，尚有七千余车，当即酌给步众，使他得资归乡，众皆拜谢去讫。步至剧城，匍伏谢罪，光武帝不食前言，封步为安邱侯，并传诏赦免步弟，步弟蓝、弘、寿相继归降。就是琅琊太守王闳，亦诣剧投诚。光武帝迁陈俊为琅琊太守，并使弇荡平余贼，自率张步还都，令与妻子同居洛阳。陈俊入琅琊境，盗贼皆散。弇略地至城阳，尽降五校余党，齐地悉平，乃振旅还朝。张步居洛未久，复起异心，潜挈妻子逃奔临淮，意欲再招旧部，入海为盗，被琅琊太守陈俊截住，立即击死；妻子一体骈诛。可为伏隆雪恨。

话分两头。且说齐地告平以后，忽忽间又阅一载，就是建武六年，一交春令，便得了两处捷音。小子不能双管齐下，只好依次写来。自从李宪据住庐江郡，僭号淮南王，见第七回。至建武三年，居然自称为帝，也设立九卿百官，管辖九城，有众十余万，区区九城，也想做皇帝么？越年由汉扬武将军马成，奉诏讨宪。马成字君迁，系南阳郡棘阳县人，少为县吏，光武帝前徇颍川，使成守郏，至光武移军河北，成弃官渡河，屡从征伐。



建武纪元，迁官护军都尉，越四年授扬武将军，使率诛虏将军刘隆、振威将军宋登、射声校尉王赏，调发会稽丹阳九江六安四郡兵马，进攻舒城。马成为二十八将之一，前文已叙过二十七将，至成乃毕。舒城为李宪根据地，设守甚严，马成到了城下，巡阅一周，见他城高濠阔，已觉得不易攻取，并且城上守兵多半雄壮，甲仗等又很鲜明，断非指日可下。乃择地安营，但求自固，不求进取。一面上表洛阳，具述情势，谓须俟一二年后，方可报功。光武帝复谕马成，准他便宜行事。成遂坚壁不动，宪屡出挑战，始终严守，数月不接一仗。唯分兵袭宪粮道，截夺了好几次，于是逐渐围城，四面筑栅，还是以守为攻。宪复遣兵冲突，屡被击退。

直至建武六年，城中食尽，乃鼓励将士，并力扑城，不到旬日，便即攻入。宪拼命杀出，连妻子都不及带走，落荒窜逸。马成将李氏家属全体诛戮，更遣将追捕李宪。隔了两日，有人持首来献，问明底细，乃是宪部吏帛意杀宪来降。马成乃传首诣阙，乘势略定九城，江淮悉平。成奏凯班师，晋封平舒侯；帛意亦得邀封渔浦侯。同时吴汉亦攻下朐城，擒住董宪妻孥。宪与庞萌夜走赣榆，乘虚袭入，偏为琅琊太守陈俊所闻，亟引兵往攻。宪萌无兵可守，再走泽中，途穷日暮，四顾仓皇，随从只有数十骑，又都是刀残械缺，甲胄不全。宪不禁欷歔道："数年称王，一朝覆灭，妻被人掳，子被人掠，家亡国破，尚有何言？"说至此，顾语从骑道："诸卿依我数年，为我所累，流离辛苦，竟弄到这般结局，岂不可怜？此后请各择羁栖，努力自爱！"骑士等听了此言，并皆涕下。猛觉得后面尘起，又有追兵杀来，宪萌忙即飞奔，行近方与，竟被来将追及，一阵扫荡，宪即毙命，首级为来将取去。来将乃是吴汉部下的校尉韩湛，湛枭取宪首，复追觅庞萌。萌从乱军中逃出，夜无可归，趋入方与人黔陵家内。黔陵见他狼狈情形，一再盘诘，由萌说出真名真姓，陵佯为留宿，趁他睡熟时候，取刀杀萌，把首级送往吴汉军前。汉即将宪萌二首，传诣洛阳，并报明韩湛黔陵两人的功劳，两人俱得沐封侯。黔陵封侯，比诸庆吾帛意等较为得当。



山东亦平，各将吏奉诏西归。小子有诗咏道：

扰扰中原太不平，真人崛起渐澄清；
鼠偷狗窃俱无效，才识兴王莫与京。

东征已毕，光武帝乃续议西征。欲知西征详情，容至下回再叙。

张步拥兵数年，据有齐地，初事刘玄，继臣刘永，彼亦以尊刘为得计，奈何托身非人，独于白水真人而忽之。意者其亦如朱鲔等之戴圣，樊崇等之戴盆子，如其易与而阳奉之欤？伏隆被杀，耿弇出征，彼尚恃强生骄，大言不惭。迨三战以后，铩羽请降，宜其惩前毖后，安老洛阳；乃犹潜逃临淮，妄图入海，一误再误，不死何待？大盗毙而良将功成，此识时者之所以为俊杰也。马成攻舒，两载乃下，智略似未及耿弇，然卒能扫锄强虏，肃清江淮，其亦一人杰矣哉！彼吴汉等之得平董宪庞萌，未始无功，但宪与萌已成弩末，汉犹积久而后平之，其功尤出马成下。观本回叙事之有详略，便知功绩之有高下云。

# 第十六回　诣东都马援识主
# 图西蜀冯异定谋

却说建武六年复月，光武帝因关东平定，乃拟西略陇蜀，先抚后攻。蜀地为公孙述所据，称王称帝，自霸一方。惟陇西一带，要算隗嚣为西州领袖，名盛一时。公孙述两见前文，隗嚣为西州大将军，见十一回。嚣前曾附汉，助击赤眉，尝受汉大司徒邓禹署爵，号为西州大将军，专制凉州朔方事宜。及赤眉平定，嚣特遣使上书，称颂功德。光武帝答书示谦，用敌国礼。会陈仓人吕鲔拥众数万，与公孙述联合，入寇三辅。汉征西大将军冯异，且战且守；嚣复遣兵助异，击走吕鲔。异与嚣俱上书言状，光武帝手书报嚣，格外嘉奖。书中有云：

慕乐德义，思相结纳。昔文王三分，犹服事殷，但驽马铅刀，不可强扶。数蒙伯乐一顾之价，伯乐为古时之善相马者。而苍蝇之飞，不过数步，即托骥尾，得以绝群。将军南距公孙之兵，北御羌胡之乱。指卢芳。是以冯异西征，得以数千百人，踯躅三辅。微将军之助，则咸阳已为他人禽矣。今关东寇贼，往往屯聚，志务广远，多所不暇，未能观兵成都，与子阳角力。子阳系公孙述表字。如令子阳到汉中三辅，愿因将军兵马，旗鼓相当。倘肯如言，蒙天之福；即智士计功割地之秋也。管仲曰："生我者父母，成我者鲍子。"自今以后，手书相闻，勿用旁人解构之言。

看官阅到此书，应知光武帝待遇隗嚣，也好算是推诚相与了。时公孙述已经称帝，特用大司空扶安王印绶，遣使授嚣。嚣因光武帝相待不薄，未便背汉，特将来使斩首，出兵防边。述闻报大怒，即日发兵击嚣。嚣连破述军，述亦无可如何，置作缓图。适关中汉将屡上书请攻西蜀，光武帝将原书寄嚣，意欲使嚣会师同讨。嚣以为时机未至，因遣长史上书，极言三辅单弱，刘文伯在边，卢芳诈称刘文伯，见第十一回。未宜谋蜀。光武帝始疑嚣阴持两端，音问渐疏，就使略通信使，也与对待群臣一般，不少假借。因此嚣亦改易初衷，渐有异图。



嚣有部将马援，表字文渊，系扶风郡茂陵县人，曾祖父马通，尝仕汉为重合侯，因坐兄马何罗叛案，伏法受诛。见《前汉演义》。援再世不显，少年又复丧父，依兄为生，具有大志。长兄况另眼相看，尝谓援当大器晚成。未几况竟病殁，援守制期年，不离墓侧。又敬事寡嫂，不正衣冠，未敢相见。叙此以告人弟。嗣为扶风郡督邮，押送罪犯至司命府，王莽尝置司命官，纠察吏民。罪犯辗转哀号，援不觉动怜，纵使他去，自己亦亡命北地。会遇王莽行赦，乃寓居牧畜。过了几年，得有牛马羊数千头、谷数万斛，附近人士，多往归附。援尝语宾客道："大丈夫穷当益坚，老当益壮！"宾客亦叹为至言。及王莽末年，四方兵起，援复叹息道："人生积蓄财产，须要周济亲朋；否则徒为守钱奴，有何益处？"鄙吝者其听之！乃将家产分给兄弟故旧，自着羊裘皮裤，转游陇汉间，后来寄寓西州。适值隗嚣奔还天水，收揽人才，因即招援入幕，使为绥德将军，与参谋议。援与公孙述少同里闾，素相认识，至是嚣满怀犹豫，联汉联蜀未能决定，特使援先往蜀中，觇察虚实。

援既到成都，总道述相见如旧，欢语平生。谁知述盛设仪仗，方延援入，彼此一揖，略谈数语，便令援出居客馆。一面替援制就衣冠，向宗庙中大会百官，特设宾座，邀援入宴。述坐着銮驾，旗旄警跸，呵道前来，既入庙门，才下舆见援，屈躬示敬。当下开筵相待，备极丰腆。酒至半酣，便令左右取入衣冠，送至援前，愿授援侯封官大将军。援起座语述道："天下久乱，雌雄未定，公孙不吐哺走迎国士，与图成败，乃徒知修饰边幅，如木偶相似，这般情形，怎能久留天下士呢？"说罢，就拱手告辞，掉头径去。匆匆返至西州，入语隗嚣道："子阳乃井底蛙，未知远谋，妄自尊大，不如专意东方为是！"独具只眼。嚣乃使援再奉书洛阳。援行抵阙下，报过了名，即由中黄门引见光武帝。光武帝在宣德殿下，袒帻坐迎，笑颜与语道："卿遨游二帝间，今来相见，令人生惭！"援顿首称谢道："当今时代，不但君择臣，臣亦择君；臣本与公孙述同县，少相友善，前次臣往蜀中，述乃盛卫相见，今臣远来诣阙，陛下安知非刺客奸人，为何简易若此？"光武帝复笑说道："卿非刺客，乃是一个说客呢。"援答说道："天下反复，盗名窃字的不可胜数，今见陛下恢廓大度，同符高祖，才知帝王自有真哩。"光武帝因留援在都，常使从游。过了数月，方使大中大夫来歙，持节送援，西归陇右。

隗嚣见援回来，很是欢昵，与同卧起，详问东方流言与京师得失。援因进说道："前到洛都，引见十余次，每与汉帝接谈，自朝至暮，确是一位英明主子，比众不同。且开心见诚，毫无隐蔽，阔达多大略，与高帝智识相同。又博览政事，文辩无比，真是古今罕见哩！"嚣复问道："究竟比高帝何如？"援答说道："略觉不如，高帝无可无不可，今上颇好吏士，动必如法，又不喜饮酒。"说到此句，嚣不禁作色道："如卿所言，比高帝还胜一筹！怎得说是不如呢？"既而大中大夫来歙，去后复来，传旨谕嚣，并劝嚣遣子入侍。嚣闻刘永彭宠均已破灭，乃遣长子恂随歙诣阙。马援亦挈家偕往，同至洛阳。光武帝使恂为胡骑校尉，封镌羌侯。惟马援居洛数月，未得要职，自思三辅地旷，最宜屯垦，因上书求至上林苑中，自去屯田。光武帝准如所请，援乃辞去。光武帝不遽用援，未知何意？独



隗嚣虽遣子入侍，终不免心怀疑贰，尝与部吏班彪谈及秦汉兴亡沿革，且谓应运迭兴，不当再属汉家。彪却谓汉德未衰，必当复兴。嚣尚不以为然，彪退作王命论，反复讽示。论文有云：

昔尧之禅舜曰："天之历数在尔躬。"舜亦以命禹。洎于稷契，咸佐唐虞，至汤武而有天下。刘氏承尧之祚，尧据火德而汉绍之，有赤帝子之符，故为鬼神所福飨，天下所归往。由是言之，未见运世无本，功德不纪，而可崛起在此位者也。俗见高祖兴于布衣，不达其故，至比天下于逐鹿，幸捷而得之，不知神器有命，不可以智力求也。悲夫！此世之所以多乱臣贼子者也。夫饿莩流隶，饥寒道路，所愿不过一金；然终转死沟壑，何则？贫穷亦有命

也！况乎天子之贵，四海之富，神明之祚，可得而妄处哉？故虽遭罹厄会，窃其权柄，勇如信布，强如梁籍，成如王莽，然卒润镬伏锧，交醢分裂。又况么麽，远不及数子，而欲暗干天位者乎？昔陈婴之母，以婴家世贫贱，猝富贵不详，止婴勿王。王陵之母知汉王必得天下，伏剑而死，以固勉陵。夫以匹妇之明，犹能推事理之致，探祸福之机，而全宗祀于无穷，垂策书于春秋，而况大丈夫之事乎？是故穷达有命，吉凶由人，婴母知废，陵母知兴，审此二者，帝王之分决矣。英雄陈力，群策毕举，此高祖之大略，所以成帝业也。若乃灵瑞符应，其事甚众，故淮阴留侯，谓之天授，非人力也。英雄诚知觉寤，超然远览，渊然深识，收陵婴之明分，绝信布之觊觎，拒逐鹿之瞽说，审神器之有授，毋贪不可冀，为二母之所笑，则福祚留于子孙，天禄其永终矣！



嚣见了此文，仍然未悟。彪见他执迷不返，遂托故辞去，避迹河西。河西五郡大将军窦融与彪同籍扶风郡，窦融见第十一回。闻彪去嚣来游，即遣使延入，辟为从事，待若上宾。彪乃替融划策，知无不言。先是融僻居河西，与洛阳隔绝音问，惟随着隗嚣，遵受建武正朔，嚣尝发给将军印绶，与通往来。及嚣有异志，特遣辩士张玄游说河西，劝融联络陇蜀，为合纵计。融曾召部属计议，部吏多谓汉承尧运，历数延长，今皇帝姓名，实应图谶，且宅中主治，兵甲最强，将来必当统一天下，务请倾心结纳，毋惑异言云云。融乃婉谢张玄，遣令回去。及得见班彪，听他计议，更决意事汉，使他撰成表文，交与长史刘钧，驰诣洛阳。光武帝将有事陇蜀，亦发使招谕河西，途次与钧相遇，乃即偕钧同还。钧入阙上书，由光武帝好言慰劳，特赐盛宴，并令折回复谕，授融为凉州牧，赐金二百斤。融自是有绝嚣意，虽尚通使节，不过虚与应酬。

嚣矜己饰智，自比周父，每欲僭称王号。河南开封人郑兴，曾为凉州刺史，免官寓居，得嚣敬礼，引为祭酒，兴因一再谏嚣，毋徒自尊。嚣意虽不怿，倒也未敢遽违正议，毅然称王。兴已窥悉嚣意，特借归葬父母为名，辞嚣东归。见机而作。还有茂林人杜林，素有志节，由嚣破格优待，引为治书。林见嚣反复无常，不愿屈事，屡次托疾告辞。嚣不肯令归，且出令道："杜伯山，林字伯山。天子不能臣，诸侯不能友，譬如伯夷叔齐，耻食周粟，今且暂为师友，待至道路清平，必使遂志！"到了建武六年，三辅早平，林弟成正当病逝，乃许送丧回籍。林已东去，嚣复生悔，密遣刺客杨贤，追杀杜林。即此可见嚣之



必败。贤追至陇坻，见林亲推鹿车，护送弟丧，不由得感叹道："现当乱世，谁知行义，我虽小人，何忍杀义士？"乃随林出陇，掉头亡去，林始得安抵扶风。

看官听说：隗嚣部下的豪杰，第一个要推马援，马援以外，如班彪、郑兴、杜林，统是博学多闻，饶有见识。嚣不能慰留，自失羽翼，遂至黄钟毁弃，瓦釜雷鸣。一班贪功徼利的鄙夫，怂恿嚣前，要想他为皇为帝，迫入阱中。当时有一个部将王元，靠着三分膂力，藐视中原人物，便乘机语嚣道："从前更始入关，四方响应，天下喁喁，相望太平，一旦败坏，大王几无处安身。竟称嚣为大王。今南有子阳，北有文伯，江湖海岱，王公十数，尚欲信儒生迂谈，弃千乘宏基，羁旅危国，希图万全。这真是覆辙相循，求得反失。现在天水完富，士马精强，元请以一丸泥，为大王东封函谷关，乃是万世一时的机会。否

则蓄养士马，据险自守，旷日持久，静待世变，就使图王不成，也足称霸。总之大鱼不可离渊，神龙失势，穷等蚯蚓，愿大王三思为是。”嚣未曾听罢，已经颔首，及听毕以后，不由得眉飞色舞，意气洋洋。独治书申屠刚进谏道：“愚闻人与必天归，汉帝乃是天授，非全是人力所能为。今玺书屡至，委国全信，欲与将军共同吉凶，试想一介布衣，尚且不负然诺，况万乘至尊，何致背约？将军若疑虑却顾，自招祸变，恐不免上负忠孝，下愧当世呢！”嚣听了刚言，又觉得愀然不乐，俯首沉吟。实是一个多疑少断的人物。刚乃趋出，元亦引退。嚣总不欲终事汉室，且依了王元的后策，徐起图功。乃再遣部吏周游诣阙，佯表殷勤。

游道出关中，过征西大将军冯异营前，竟为仇家所杀。于是谣言纷起，谓异将自为咸阳王，不服汉命，故杀嚣使。甚至有人上书劾异，居然以假当真。异入关已三年有余，除暴安良，人民悦服，闻得流言摇惑，心不自安，因上书乞请还都，亲侍帷幄。光武帝优诏不许，但使宋嵩西往，赍示弹章。异惶恐陈谢，申请入朝。光武帝方图陇蜀，欲与异面商，乃准令入谒。异既至阙下，叩首行礼，光武帝顾语群臣道：“这是我起兵时主簿，为我披荆棘，定关中，功劳很大呢！”说着，又旁令中黄门，取出珍宝衣服钱帛，当面赐异。异受赐再拜，光武帝谕令起坐，温言与语道：“芜蒌亭豆粥，滹沱河麦饭，至今不忘，恨尚无以报卿。”事见前文。异复起身拜谢道：“臣闻管仲对齐桓公，愿君毋忘射钩，臣无忘槛车，君臣相勉，终霸齐国！臣今愿陛下毋忘河北时，臣亦不敢忘陛下隆恩！”异被获邀赦，亦见前文。光武帝大喜，召异同入内庭，与商陇蜀事宜。光武帝说道：“朕因将士久劳，本欲将二子置诸度外，怎奈公孙述未肯敛迹，隗嚣又阴持两端，将来必为朕患，卿意究应如何处置？”异答说道：“臣看两人分据西南，非大加惩创，终难降服，臣虽不才，愿为国家效力！”光武帝又说道：“关中为陇蜀要冲，最关紧要，卿亦未便遽离，必不得已，朕当亲至长安，调度兵马，先行讨蜀。”异乃申陈陇蜀地势，及行军纪略，差不多有数千言，至日昃方才退出。嗣复引见数次，定议讨蜀，始辞回关中。前时异受命西征，未挈家眷，至此接奉特旨，令带妻子同行，无非是坦怀相待的意思。

是时公孙述方收集延岑田戎两军，令岑为大司马，封汝宁王；戎亦邀封翼江王。延岑奔蜀，见十三回。田戎奔蜀，见十四回。特使部将任满与戎同出江关，沿途收戎旧部，窥取荆州诸郡。一面妄引谶纪，说是孔子作《春秋》，尊周尚赤，共得十二公；汉亦用赤帜，自汉高至平帝，中加吕后称制，也是十二代，历数已尽，一姓不能再兴。又引《录运法》中遗语，谓“废昌帝，立公孙”，尚有“括地象”云：“帝轩辕受命公孙氏握”，“援神契”云：“西太守，乙卯金”。述曾任蜀郡太守，故把“西太守”三字，作为己证，且将乙字作轧字讲解，谓将轧绝卯金。种种附会，诱惑人心。再因《掌文》中常刻“公孙帝”三字，诩作奇瑞，移书远近。光武帝尚不欲遽讨，作书贻述，内云：



图谶言公孙即宣帝也，代汉者当涂高，君岂高之身耶？乃复以《掌文》为瑞，王莽何足效乎？君非吾乱臣贼子，仓猝中人皆欲为君事耳，何足数也！君日月已逝，妻子弱小，当早为定计，可以无忧。天下神器，不可力争，宜留三思！是书原不能折服公孙述。

书后署名，称述为公孙皇帝，称呼亦误。述置诸不答。部下有骑都尉荆邯向述献议，请急速发兵东向，令田戎出据江陵，延岑出汉中，定三辅，又收降天水陇西，与汉争衡。述召问群臣，博士吴柱等多言不宜远出；有弟名光，亦劝述依险自固。累得述欲前又却，瞻顾徬徨。也是隗嚣一流人。延岑、田戎屡请发兵，述又以为降将难恃，未足深信。惟出入警跸，添置仪卫，夸示表面上的威风。且立两幼子为王，使食犍为广汉各数县。左右谓成败难定，将士暴露，不应遽封皇子，专顾私恩，述亦不从。于是人心懈体，阴兆土崩。光武帝恨述倔强，势难罢手，当即亲幸长安，谒祠园陵。各陵前被赤眉毁掘，已由冯异入关，修葺告成。回应十二回，亦不可少。及光武帝谒祠已毕，遂命建威大将军耿弇、虎牙大将军盖延等七军，从陇道伐蜀。

兵将启行，先遣来歙赍奉玺书，往谕隗嚣，令他即日发兵，夹击公孙述。歙已迁官中郎将，一到天水，即将玺书交付与嚣，嚣阅书后，好多时不发一言。歙问他愿否出兵，嚣仍不应。歙不禁愤起，奋然责嚣道："朝廷以君知臧否，识废兴，并将手书赐示足下，足下曾效忠国家，遣子入侍，今乃接书不决，忽思背约，上叛君，下负子，忠信何在？恐不久便要族灭哩！"说得隗嚣作色起座，投袂欲入。歙欲拔剑刺嚣，究竟嚣多卫士，无从下手，乃杖节出厅，登车欲行。偏南嚣将王元目顾兵士，意图害歙；嚣亦怒不可遏，竟使牛邯追歙，用兵围住。还是他将王遵谏阻，谓"两国相争，不斩来使，况歙为汉帝外兄，郑重将命，歙为光武姑子，见前。加刃无益，徒激彼怒！伯春嚣子恂字。留质洛阳，何苦以一子易一使，不如遣归为是"。嚣尚以爱子为念，乃纵歙使归，惟使王元领兵万骑，出据陇坻，伐木塞道，阻住汉军前行。这一番有分教：

一着误施全局去，三军尽覆满城哀。

隗嚣既抗阻汉军，免不得有一场战事。欲知胜负如何，待至下回再详。

公孙述据蜀自雄，隗嚣负陇自固，当其号令一隅，延揽物望，亦若庸中佼佼者流，以视赤眉铜马，固相去有间矣。然述多夸而嚣多疑，疑与夸，皆非霸王器也。马援笑述为井底蛙，而劝嚣事汉，已料二子之不足有为。及东至洛阳，见光武帝之脱帻相迎，即有君择臣臣择君之语，一见倾心，愿效奔走，援诚不愧智士，抑光武帝之驾驭英雄，令人心服故也？至若冯异之遭人谗构，而光武不以为疑，且以河北故事相劝勉，然后进图讨蜀，与定密谋。大树将军，原非彭宠庞萌可比，然非光武之推诚相与，亦安能感人肺腑乎？且光武不忘河北之难，异不忘巾车之恩，君臣一德，安不忘危，以此定国，有余裕矣。彼隗嚣公孙述辈，曷足以知之？

## 第十七回　抗朝命甘降公孙述<br>重士节亲访严子陵

却说王元奉着隗嚣命令，出据陇坻，阻遏汉军。汉军尚未知确音，贸然前往，途次遇着来歙，也不过说是隗嚣拒命，未及王元出兵情形。耿弇、盖延诸将以为陇坻一带尚无阻碍，待至来歙别归，即匆匆赶路，期在速进。哪知王元已安排妥当，静待汉军。汉军行近陇坻，见前途塞住木石，已觉惊心，但尚未遇兵将，还想进去。当下将木石搬徙，徐徐引入，好容易开通一路，走了一程，又是七丫八杈，横截道路；再辟再走，费去了许多气力，还是不能尽通。并且羊肠峻阪，逐步崎岖，害得军不成伍，马不成群。蓦闻陇上鼓角齐鸣，一彪军从高趋下，持着长枪大戟，奔向汉军。汉军已人困马倦，如何抵敌？没奈何倒退下去。那敌势很是凶悍，再加领兵主将，就是隗嚣部下主战的王元，锐气方张，迫人险地，满望一鼓荡平汉军，怎肯轻轻放过？汉军叫苦连天，慌忙退走，已是不及，前队多被杀死，后队自相蹴踏，又伤毙了许多。耿弇、盖延虽都是能征惯战，怎奈势不相敌，无法可施，也只好引兵出险，且战且行。何故轻进？王元紧追不舍，又来了隗嚣大队，漫山蔽谷，悉众前来。汉军只恨脚短，逃得不快。嚣与元步步进逼，一些儿不肯放松，恼了汉捕虏将军马武，激厉勇士，返身断后，手持一干长戟，向嚣兵冲杀过去，勇士一齐随上，击毙追兵数百人。嚣兵乘兴进来，不防有这场回马阵，倒吓得脚忙手乱，一齐退去，嚣与元也恐有失，鸣金收回，汉军才得退入长安。

光武帝时已还都，闻诸将败还，亟令耿弇移军漆邑，祭遵移军汧城，使吴汉等保守长安，另遣冯异出屯栒邑。异奉命即往，行至半路，有探马报称嚣将行巡，来攻栒邑，兵已下陇。异申令将士，倍道亟进。部将统言虏兵方盛，不可与争，宜择地安营，徐思方略。异勃然道："虏兵临境，幸得小胜，便思深入，若栒邑被取，三辅动摇，岂不可虑？兵法有言：'攻者不足，守者有余。'我若得先至据城，用逸待劳，便可阻住虏马，并不是急欲与争呢！"确是有识之言。乃长驱急驰，竟得入城，但使将士静守，偃旗息鼓，待着敌军。行巡引众至城下，见城上毫无守备，总道是唾手可取，不如休息片时，再行督攻。部众得令，并皆下马散坐，无复纪律。异从城楼上悄望，备悉虏情，当即击鼓扬旗，麾兵杀出。行巡未及防备，当然着忙，部下越加惊乱，上马亟奔，被异追杀数十里，斩获无算，方才收军回城。同时祭遵在汧，亦得击走王元军，汉军复振。北地诸豪长耿定等，俱闻风献表，背嚣降汉。马援在上林苑屯田，上书阙廷，具陈破嚣计划，且言："臣非负嚣，嚣实负臣，臣初次诣阙，嚣曾与约事汉，不料他反复如此，所以臣愿献密议，决除此虏。"光武帝因召援进见，面询方略。援请先翦羽翼，继攻腹心。光武帝乃给发突骑五千，带领前往，便宜从事。援即往来游说，离间嚣将高峻任禹等人。

器自觉势孤，始上书谢过，略云：

吏民闻大兵猝至，惊恐自救，臣嚣不能禁止。兵有大利，不敢废臣子之节，亲自追还。昔虞舜事父，大杖则走，小杖则受。臣虽不敏，敢忘斯义！今臣之事，在于本朝，赐死则死，加刑则刑，如遂蒙恩，更得洗心，死骨不朽！

书至阙下，诸将以嚣虽陈谢，言仍不逊，请光武帝诛嚣质子，大举入讨。光武帝心尚未忍，复使来歙至汧，传递复谕。谕云：

昔柴将军柴武。与韩信书云：信系韩王信，非淮阴侯。“陛下宽仁，诸侯虽有亡叛而后归，辄复位号，不诛也。”以嚣文吏晓义理，故复赐书，深言则似不逊，略言则事不决。今若束手听命，复遣恂弟诣阙，则爵禄获全，有浩大之福矣。吾年垂四十，在兵中十载，不为浮语虚词，如不见听，尽可勿报！

器得谕后，已知光武帝察破诈谋，竟不作答。凉州牧窦融遣弟友上书，自陈忠悃。适因隗嚣叛命，道梗不通，友从中途折回，另遣司马席封从间道至长安，呈上书奏。光武帝答书慰藉，情意兼至。融乃贻书责嚣，语多剀切，由小子再录如下：

伏维将军国富政修，士兵怀附，亲遇厄会之际，国家

> 不利之时，守节不回，承事本朝。后遣伯春即嚣子恂，见上。委身于国，无疑之诚，于斯有效。融等所以欣服高义，愿从役于将军者，良为此也。而忿悁之间，改节易图，君臣分争，上下接兵，委成功，造难就，去纵义，为横谋，百年累之，一朝毁之，岂不惜乎？殆执事者贪功建谋，以至于此，融窃痛之。当今西州地势局迫，民兵离散，易以辅人，难以自建。计若失路不返，闻道犹迷，不南合子阳，则北入文伯耳。夫负虚交而易强御，恃远救而轻近敌，未见其利也。融闻智者不违众以举事，仁者不违义以要功，今以小敌大，于众何如？弃子徼功，于义何如？且初事本朝，稽首北面，忠臣节也。及遣伯春，垂涕相送，慈父恩也。俄而背之，谓吏士何？忍而弃之，谓留子何？自起兵以来，转相攻击，城郭皆为邱墟，生民转于沟壑，今其存者，非锋刃之余，则流亡之孤。迄今伤痍之体未愈，哭泣之声尚闻，幸赖天运少还，而将军复重其难，且使积疴不得遂瘳，幼孤复将流离，其为悲痛，尤足愍伤，言之可为酸鼻，庸人且犹不忍，况仁者乎？融闻为忠甚易，得宜实难。忧人太过，以德取怨，知且以言获罪也。区区所献，惟将军省焉！想是班彪手笔。



融既贻嚣书，专待使人返报。过了旬日，使人回来，甚是懊怅，报称被嚣斥归。融也觉动怒，召集河西五郡太守，部署兵马，并上疏行在，请示师期。光武帝优诏褒美，且因融七世祖广国，为孝文皇后亲弟，文帝后窦氏，见《前汉演义》。曾封章武侯，谊关姻戚，特赐汉祖外属图等，表示情好。一面敕令右扶风太守，修理融父坟墓，祭用太牢。所有四方贡献珍物，往往转赐与融，使命不绝。融当然感激，毁去嚣所给将军印绶，令武威太守梁统刺死嚣使张玄，更发兵攻入金城，大破嚣党先零羌封何，夺得牛马羊万头，谷数万斛，充作军实，守候车驾西征。嚣因汉军压境，河西失和，自觉孤立无助，不得已遣使诣蜀，称臣乞援。仍要向人称臣，何苦背汉？述封嚣为朔宁王，遣兵往来，与为犄角。嚣正拟发兵内犯，又闻得汉将冯异夺去安定上郡各城，因即率步骑三万人，往攻安定。行抵阴繁，适与冯异相遇，交战数次，不获一胜，怏怏引还。再令别将攻汧，又为祭遵所破，退回天水。两番跋涉，统是空劳，反丧失了若干士卒、若干刍粮。嚣将王遵屡次进谏，俱不见纳，会得来歙招降书，因潜挈家属径投洛阳，诣阙请降，得拜大中大夫，封向义侯。光武帝欲亲往讨嚣，偏遇日食告变，乃暂罢军事。诏求直言，并敕公卿以下，举贤良方正各一人。先是建武五年，光武帝尝访求高士，得周党、王良等人，三征始至。周党字伯况，籍隶太原，素有清节，王莽篡位，更托疾杜门，足迹不涉乡里。及征车迭至，不得已奉命诣阙，布衣敝巾，坦然入见。到了光武帝座前，虽然跪伏，却是未尝呼谒，但自言山野布衣，不谙政事，仍请放还云云。光武帝并未加责，叫他退朝候命。独博士范升上疏奏劾道：

臣闻尧不须许由巢父，而建号天下；周不待伯夷叔齐，而王道以成。伏见太原周党等，蒙受厚恩，使者三聘，乃肯就车；及陛见帝廷，党不以礼屈，伏而不谒，偃蹇骄悍，有失臣道。党等文不能演义，武不能死君，钓采华名，希得三公之位。臣愿与坐云台之下，考试图国之道，倘不如臣言，臣愿伏虚妄之罪；果党等敢私窃虚名，夸上求高，亦当罪坐不敬，为天下戒。臣昧死上闻。

光武帝览毕，将原疏颁示公卿，另行下诏道：

自古明王圣主，必有不宾之士，伯夷叔齐，不食周粟；太原周党，不受朕禄，亦各有志焉。其赐帛四十匹，许遂所志。

党受诏即归，与妻子隐居渑池，著书成上下篇，寿考终身。邑人共称党为贤，设祠致祭，岁时不绝。惟东海人王良受官沛郡太守，迁任大中大夫，进为大司徒司直，在位恭俭，妻子不入官舍，布被瓦器，如寒素时。司徒史鲍恢因事至东海，过候王家，良妻布裾曳柴，方从田间归来，恢素未相识，错疑是良家佣妇，便昂然与语道："我为司徒掾属，便道至此，欲见王司直夫人！"良妻答道："妾身便是！掾史得无劳苦么？"恢不禁惊讶，慌忙下拜，并问良妻有无家书。良妻答称："在官言官，不敢以家事相烦。"恢叹息而还。贤妇风范，比义夫尤为难得。后来良因病辞归，病愈后应征复起，道出荥阳，探访故友。故友不肯出见，但传语道："不有忠言奇谋，乃窃取大位，岂不可耻？奈何尚仆仆往来，不自惮烦呢？"良听了此言，未免自惭，乃谢病归里，终不就征。此外尚有太原人王霸隐居养志，亦被征入都，引见时称名不称臣，有司向霸诘问，霸答道："天子有所不臣，诸侯有所不友，原是儒生本分呢！"时大司徒伏湛免官，进用尚书令侯霸为大司徒，侯霸素重王霸名，情愿推贤让能，王霸独乞病告归，偕妻逃隐，茅屋蓬户，安享余年。又如北海人逢萌、雁门人殷谟，累征不起，并为逸民。

最著名的乃是七里滩边的钓夫，羊裘一袭，遗范千秋，小子述及姓名，想看官应亦早有所闻，此人非别，本姓是庄，单名为光，表字子陵，会稽郡余姚县人。汉史避明帝名讳，改庄为严。因此后人只称他为严子陵先生，不叫他做庄子陵。特别提出，复特别辨明。光武帝少时游学，曾与他一同肄业，到了光武即位，他却移名改姓，避家他去。光武帝忆念故人，令会稽太守访问踪迹，不见下落；再令海内各处搜求，亦无影响。光武帝终不肯忘怀，口述形容，使画工绘成肖像，到处物色。

"天下无难事，总教有心人。"果然有人奏报，说在齐国境内，有一男子身披羊裘，屡钓泽中，面目与画图相似。光武帝大喜道："这定是子陵无疑了！"仿佛得宝。忙命有司备安车，携玄纁，往齐礼聘。严光接着，尚未肯自道姓名，只说是："朝廷误征。"使臣哪里肯放？不论他是真是假，定要请他上车，三请三却，毕竟一难当十，被朝使手下的随员前推后挽，竟将他拥至车上，飞驰入都。光武帝闻光到来，尚防他乘间逸去，特命就舍北军，妥给床褥，使太官主膳之官。朝夕进膳，奉若神明。 

大司徒侯霸与光为旧识，忙使部属侯子道，奉书问候。光踞坐床上，启书读讫，半晌才顾问道："我与君房相别已久，侯霸字君房。君房素有痴疾，今得为三公，痴疾可少愈否？"奇人奇语。子道答道："位居鼎足，怎得再痴？"光正色道："既无痴疾，为何遣汝来此？"子道接口道："司徒闻先生辱临，本欲即来问候，适因公务匆忙，未能脱身，愿俟日暮稍闲，前来受教。"光又笑道："汝言君房不痴，这岂不是痴想么？天子使人征我，三请方来，我尚不欲见人主，难道就先见人臣？"子道听罢，也不便多与絮聒，但求光复书还报。光托言手不能书，只好口授，因接说道："君房足下，位至鼎足，甚善。怀仁辅义天下悦，阿谀顺旨要领绝！"说到末语，便即住口。子道再欲请益，光大笑道："君莫非来买菜么？求益何为？"原是够了。子道乃返报侯霸。

霸将光语录出，封奏进去。光武帝微哂道："这也是狂奴故态，不足计较！"说着，即命驾出宫，亲往访光。早有人向光报闻，光置诸不理，高卧如故，佯作闭目熟睡状。亦太矫情。光武帝亲至床前，见光坦腹卧着，因用手抚腹道："咄咄子陵，何故不肯相助为理？"光仍然不起，良久始张目熟视，也不陈谢，但答说道："从前唐尧有天下，帝德远闻，尚有巢父洗耳。士各有志，奈何相迫如是？"光武帝喟然道："子陵，我竟不能屈汝么？"乃升舆还宫。既而令侯霸邀光入阙，略迹谈情，与叙旧事，光始从容坐论，不复倨傲。光武帝婉颜问光道："君看我比前日何如？"光答道："似胜往时！"光武帝鼓掌大笑，留光食宿，与同寝卧。光用足加帝腹上，伪作鼾声，好一歇方才移去。到了诘旦，即由太史入奏，谓客星侵犯御座，状甚危迫。光武帝笑说道："朕与故人子陵共卧，难道便上感天象么？"因面授光为谏议大夫，光并不称谢，亦不辞行，拂袖自去。返至富春山中，仍旧做那耕钓生涯，年至八十乃终。今浙江省桐庐县南，有严陵濑，与七里滩相接，背后有山，叫做严山，山下有石，能容十人，就是严光钓鱼处，俗呼为严子陵钓台。地因人传，流芳百世，可见得亮节高风，比那封侯拜相，还要光荣十倍哩！热中者可以返省。这且搁过不提。

且说渔阳告平以后，光武帝尝使茂陵人郭伋就任渔阳太守。伋镇抚百姓，纠除群盗，境内咸安。惟卢芳窃据北塞，屡引匈奴兵入寇，大为边患。伋复整勒士马，修缮堡砦，阻绝胡骑南下，一尘不惊，人民得安居乐业，户口日蕃，中外都称为贤太守。会因大司空宋弘，有事免职，朝臣多举伋代任。光武帝以卢芳未平，不便将伋内调，所以未曾允议。建武七年春三月晦日，太史又奏称日食，有诏令百官各上封事，毋得言圣。当时杜林、郑兴等人弃器归乡，见前回。统由光武帝闻名召入，各授官职：林为侍御史，兴为大中大夫。此次因变陈言，谓应俯从众议，调任郭伋为大司空，且言日月交会，数应在朔，今日食每多在晦，乃是月行太速，故有此变。君为日象，臣为月象，君元急故臣下促迫，致见咎征，望陛下垂意洪范，勉思柔克等语。光武帝也优诏褒答，惟仍不愿调回郭伋，却令妹夫李通代任。通首先倡义，弼成大业，身尚公主，仍然谦恭自持，不敢骄盈，故得保全爵位，以功名终。富贵寿考，全赖谦冲。太傅褒德侯卓茂已经病殁，特赐棺茔地，表彰耆硕。叙笔载明生卒，亦无非阐扬名士。并因前侍御史杜诗，累任沛郡汝南各都尉，所在称治，乃更调任南阳太守。南阳为光武帝故乡，从龙诸臣，半出南阳，历任太守，反视为畏途，只恐得罪贵戚。及杜诗莅郡，兴利除害，政治清平，无论贵贱，一体翕服。又修治陂池，广拓土田，在郡数年，家给人足，时人比诸前汉的召信臣。信臣曾为南阳太守，也是一位施德行惠的好官。南阳人所以传出两语云："前有召父，后有杜母。"小子亦有一诗，录述于后：



黄堂太守一麾来，万汇全凭只手栽；
召父已亡推杜母，养民毕竟仗贤才。

转眼间又是一年，光武帝顾念陇西，又要遣将往讨了，欲知何人西征，待至下回发表。

隗嚣据有西州，自称上将军，因时乘势，崛起图功，原不必定居人下。迨既受邓禹之承制封拜，则君臣之名义已定，又何得再怀反侧乎？设当光武讨蜀之时，率兵效命，功且十倍窦融，他日即不得封王，公侯可坐致也。乃惑于蜚言，反复不定，始则助汉而诛蜀使，继且叛汉而为蜀臣，同一屈膝，朝秦暮楚胡为者？况洛阳如旭日，而蜀如朝露，一可恃，一不可恃，于可恃者而背之，不可恃者而亲之，甚矣其愚也！彼如严子陵之孤身高蹈，抗礼阙廷，后世不讥其无君，反称其有节，诚以其敝屣富贵，超出俗情，云台诸将，且不能望其项背，遑论隗氏子哉！若周党王霸逢萌诸人，亦子陵之流亚，而王良其次焉者也，然亦足以风矣。

## 第十八回　借寇君颍上迎銮
## 收高峻陇西平乱

却说建武八年春月，中郎将来歙与征虏将军祭遵奉命西征，进取略阳。遵在途遇病，折回都中，独歙率精兵二千余人，伐山开道，绕出番须回中，直抵略阳城下。守将叫做金梁，在城安坐，一些儿没有预备。等到城外鼓声大作，方才登陴了望，足未立定，头已不见。怪语。原来歙远道进行，实为偷袭城池起见，途中并未声张，到了城下，还是悄悄地整备云梯，架住城堞，一经办妥，方击鼓麾众，缘梯直上。可巧金梁跑上城来，正好凑那歙兵的快手，一刀劈去，适中头颅，呜呼哀哉！城中失了统将，或逃或降，才阅片时，便由歙据住略阳城。有溃卒走报隗嚣，嚣大惊道："这军从何处进来？有这般神速哩！"话尚未毕，王元行巡诸部将已闪出两旁，请即发令出军。嚣使元拒陇坻，巡守番须口，王孟塞鸡头道，牛邯戍瓦亭，自率大众数万人，围攻略阳。

略阳为西州要冲，自为歙所攻入，飞章奏捷，光武帝闻报大喜，笑语诸将道："来将军得攻克略阳，便是捣入隗嚣腹心，心腹一坏，肢体自然渐解了！"忽又由吴汉等呈上表章，报称出师应歙。光武帝又复懊恨道："谁叫他进兵？须知隗嚣失去要城，必悉锐往攻，略阳城坚可守，旷日不下，嚣兵必敝，那时方好乘危进兵了！"知己知彼，百战不殆。说着，忙遣使持节西出，追还吴汉等人，听令来歙独守略阳。并非弃歙，实已早知歙才。隗嚣率众往攻，把略阳城团团围住，四面攻扑，终不能下。公孙述亦遣部将李育、田弇助嚣攻歙，亦不能克。好容易过了两三月，一座略阳城仍然无恙，惹得隗嚣发急，斩木筑堤，决水灌城，费尽无数计划。歙督兵固守，随机肆应，箭已放尽，即毁屋断木，作为兵器，誓死不去。

光武帝闻略阳围急，乃下诏亲征，部署既定，便即启行，光禄勋郭宪进谏道："东方初定，车驾未可远征。"光武帝摇首

不答，宪拔出佩刀，截断乘舆中马缰，帝终不从。西行至漆邑，诸将亦多言王师重大，不宜深入险阻，累得光武帝也费踌躇，不能遽决。适值马援夤夜到来，报名求见，光武帝立即召入，与商军情，且述及群议，使定行止。援驳去众口，独伸己见，力言隗嚣将士，已兆土崩，王师一进，必破无疑，又在帝前聚米为山，指划形势，详陈路径，何处可攻，何处可守，说得明明白白，昭然可晓。光武帝不禁大悟道："虏已在我目中了！"次日早起，即麾军大进，抵高平第一城。凉州牧窦融率领五郡太守及羌虏小月氏等番兵前来相会，共计得步骑数万人，辎重五千余车。光武帝置酒待融，遍犒来军，趁着兴高采烈的时候，合兵上陇，分道深入，势如破竹。隗嚣闻报，自知不能抵敌，退保天水，略阳城才得解围。大中大夫王遵自弃嚣归汉后，得帝宠眷，参与军谋，王遵降汉，见前回。此次随驾西征，

因与嚣将牛邯素相友善，遂奏明光武帝，作书招邯。书云：

> 遵前与隗王歃盟为汉，自经历虎口，践履死地，已十数矣。于时周洛以西，无所统一，故为王策，欲东收关中，北取上郡，进以奉天人之用，退以惩外夷之乱，数年之间，冀圣汉复存，当挈河陇奉旧都以归本朝，生民以来，臣人之势，未有便于此时者也。而王之将吏，群居穴处之徒，人人抵掌，欲为不善之计。遵与孺卿即邯字。日夜所争，害几及身者，岂一事哉？前计抑绝，后策不从，所以吟啸扼腕，垂涕登车，幸蒙封拜，得延论议。每及西州之事，未尝敢忘孺卿之言。今车驾大众，已在道路，吴耿骁将，云集四境，而孺卿以奔离之卒，拒要厄，当军冲，其形势何如哉？夫智者睹危思变，贤者泥而不滓，管仲束缚而相齐，黥布杖剑以归汉，去愚就义，功名并著。今孺卿当成败之际，遇严兵之锋，宜断之心胸，参之有识，毋使古人得专美于前，则功成名立，在此时矣。幸孺卿图之！



牛邯得书，观望了好几日，觉得西州一隅，终非汉敌，不如依书投降，乃谢绝士众，奔诣行在。光武帝慰勉有加，亦拜为大中大夫。邯为隗嚣部下的骁将，一经归汉，全体瓦解，不待王师云集，已是望风趋附。约阅一月，嚣将十三人，属县十六城，兵士十余万，俱向行在乞降。嚣惶惧得了不得，亟使王元赴蜀求援，自挈妻子奔往西城，投依大将军杨广。就是蜀将田弇李育，一时也不能还蜀，退保上邦。光武帝到了略阳，来歙率众出郊，迎驾入城。当下置酒高会，因歙攻守有功，赐坐特席，位居诸将上首，至欢宴已毕，又赐歙妻缣一千匹，歙当然拜谢。光武帝又进幸上邽，驰诏告嚣道："汝若束手自归，保汝父子相见，不咎既往，必欲终效黥布，亦听汝自便！"嚣仍不答报。甘为黥布，有死而已。光武帝传诏诛恂，即嚣子。使吴汉岑彭围西城，耿弇盖延围上邽，加封窦融为安丰侯，融弟友为显亲侯，此外五郡太守，亦俱封列侯，一古脑儿遣令还镇。融尚自请从军，另求派员代镇凉州，光武帝复谕道："朕与将军如左右手，乃屡执谦退，转失朕望，其速返原镇，勉抚士民，毋擅离部曲！"这数语柔中寓刚，反令融爽然若失，拜辞行在，率众西去。

光武帝调度各军，满拟即日平嚣，然后凯旋。忽接到都中留守大司空李通奏报，略言颍川盗起，河东守兵亦叛，京师骚动，请即回銮靖寇云云。光武帝不禁叹息道："悔不从郭子横言，今始觉费事了！"横即郭宪字，语见上文。说罢，即自上邽起程，昼夜东行，马不停蹄。途次赐岑彭等书云："两城若下，便可将兵南击蜀虏。人生苦不知足，既平陇，复望蜀，每一发兵，头发皆白，未知何日能肃清哩！"这是聪明人口吻。及既还洛阳，幸尚安谧，前颍川太守寇恂，已入任执金吾，扈跸往还，随侍左右。光武帝因与语道："颍川逼近京师，亟应平乱，朕思卿前守颍川，盗贼屏迹，今仍委卿前往，当可立平。卿忠心忧国，幸勿辞劳！"恂答说道："颍川人民，素来轻狡，闻陛下远逾险阻，有事陇蜀，遂不免为匪徒所惑，乘间思逞；今若乘舆南向，先声夺人，贼必惶怖归死，怎敢抗命？臣愿执锐前驱便了。"光武帝乃使命驾南征，使恂先驱。直至颍川，果然盗贼尽骇，沿路跪伏，自请就诛。恂禀命驾前，但诛盗首数人，余皆赦免。郡中父老，夹道迎恂，且共至驾前匍伏，乞复借寇君一年。为官者，不当如是耶？光武帝勉从众请，乃留恂暂居长社，安抚吏人，收纳余降，自率禁军还宫。适东郡济阴县亦有盗贼，警报入都，光武帝再遣大司空李通与大将军王常领兵剿捕。又因东光侯耿纯尝为东郡太守，威信并行，因召他诣阙，拜为大中大夫，使与大兵共赴东郡。东郡闻纯入界，无不欢迎，盗贼九千余人，皆诣纯乞降，大兵不战而还。诏即令纯为东郡太守，连任五年，境内帖然。后来病殁任所，赐谥“成侯”。东汉功臣，多能牧民，如纯，如恂，其尤著者。

且说吴汉、岑彭围住西城，月余未下，光武帝传诏至军，叫他遣归羸卒，但留精锐，免得虚糜粮食等语。汉情急邀功，未肯遽遣，又探得杨广病死，城中失恃，越想并力攻城，日夕不息，军令倍严，吏士日久苦役，不免逃亡。嚣将王捷登城大呼道：“汉军听着！我等为隗王守城，誓死无二，必欲与我相持过去，愿以颈血相易，我为首倡，请汝等看来！”说到末语，竟拔刀挥颈，血溅头殊，身尚立着，好一歇方才扑倒。何故乃尔？汉军见他无故自杀，统皆诧异，又想他人人拼命，就使攻下城池，亦必有一场恶斗。眼见是性命相搏，彼此俱难免伤亡，惧心一起，不觉气馁，遂致易勇为怯，懈弛下去。岑彭因持久不克，想出一计，分兵至谷水下流，用土堵住，使水势涌入城中。谷水由西至东，绕过西城，下流被遏，水无去路，自然向城中灌入，渐涨渐高，距城头仅及丈许，守兵虽然恟惧，却还未肯出降。蓦听得城南山上，鼓声四震，有一大队披甲勇士，长驱驰下，先行执着一杆大旗，上书一个斗方大的“蜀”字，炫人眼目，且乘风大呼道：“蜀兵有百万人到来了。”一面说，一面直迫汉垒。汉军猝不及防，竟被冲破，且因来军大声恫吓，多半骇散。暮气已深，怎能再战？吴汉岑彭也不能支持，觅路退去。就是谷水下流的汉兵，都一哄儿逃得精光。

其实蜀兵只有五千人，由嚣将王元借来，用了一条虚喝计，竟得吓退汉军，安然入城，城内水已骤退，复得安居。王元且勒兵复出，来追汉兵。汉兵已经乏粮，且恐蜀兵大至，无心恋战，遂由吴汉下令，焚去辎重，逐步退走。待至王元追来，还亏岑彭返斗一阵，击走王元，才得全师东归。惟校尉温序，为嚣将苟宇所获，迫令降嚣，序怒叱道："叛虏怎敢迫胁大汉将军？"说着，持节乱挝，打倒数人。宇众大愤，争欲杀序，宇摆手道："这是当代义士，可给彼剑！"乃拔剑付序，序接剑在手，亟拈须衔入口中，顾语左右道："既为贼所杀，毋令须污血！"说毕，把剑一横，魂归天上。不没忠臣。从事王忠，随序陷虏，苟宇却令他收殓序尸，送归洛阳。光武帝特赐墓地，并召序三子为郎。序本太原人氏，留葬洛中，乃是旌示忠



臣的意思。

自从吴汉等引兵退还，耿弇、盖延亦撤围引归，独祭遵尚留屯汧城。未几已是建武九年，遵病殁营中，讣至洛阳，光武帝悲悼异常，令冯异驰领遵营，派员护丧东归。遵为人廉约小心，克己奉公，所得赏赐，尽给士卒，家无私财，身无华服，取士专用儒术，对酒设乐，必雅歌投壶，饶有儒将风规。遵妻裳不加缘，相夫克俭，惟生男不育，终致无嗣。遵兄午买女送遵，使为遵妾，遵为国忘家，却还不受，临殁时不言家事，但遗嘱从吏，只用牛车载丧，薄葬洛阳。及丧至河南，有诏令百官先会丧所，然后由车驾素服亲临，哭奠尽哀，予谥曰"成"，葬后尚就墓御祭，顺道存问家属。遵妻当然拜谒。光武帝见他家无婢妾，室宇萧条，不由得悲感道："怎得忧国奉公，如祭征虏一流名将呢？"嗣后帝思遵不忘，辄加叹息。无非是借励诸将。

惟自冯异接任，吏士亦俱悦服，驻守如故。

独隗嚣不愿再居西城，移居冀邑，复遣兵分略各城，于是安定北池天水陇西，复为嚣有。只因粮饷不继，屡患乏食，嚣又积劳成病，多卧少起，没奈何出城谋食，惟得了数斛大豆，粗粝不堪下咽，越觉恚愤得很，还入城中，病即加剧，不久便死。部将王元、周宗等立嚣少子纯为王，总兵据冀仍向公孙述处称臣乞援。述将田弇、李育已经归蜀，述复使田弇北行，惟将李育留住，换了一个赵匡，与弇同至冀城，援助隗纯。汉将冯异奉诏进讨，相持未下。公孙述欲大举攻汉，为纯纾忧，特使翼江王田戎，大司徒任满、南郡太守程泛，率兵数万人下江关，攻入巫峡，拔夷陵夷道二县，据住荆门虎牙两山，横江架桥，并设关楼，面水倚山，结营自固，差不多有进窥两湖、退挟三川的威势。汉大司马吴汉等尚屯兵长安，光武帝特使来歙监军，马援为副，观察陇蜀情势，取示进止。歙因上书献策道：



> 公孙述以陇西天水为藩蔽，故得延命假息，今若平荡二郡，则述智计穷矣。宜益选兵马，储积资粮，昔赵之将帅多贾人，高帝悬之以重赏，今西州新破，兵民疲馑，若招以财谷，则其众可集。臣知国家所给非一，用度不足，然有所不得已也。

光武帝览奏，乃诏令有司备谷六万斛，用驴四百头输运，尽至汧城交卸，积作西征军需。到了秋高马肥，兵精粮足，特遣歙为统帅，率同征西大将军冯异、建威大将军耿弇、虎牙大将军盖延、扬武将军马成、武威将军刘尚等，共攻天水。冯异已与蜀将田弇、赵匡会战数十次，蜀兵伤亡过半，再加耿弇等率兵会集，士气百倍，大破蜀兵，阵斩田弇赵匡。独隗纯留居冀城，使王元等驻扎落门，依险拒守；还有高平第一城，又为嚣将高峻所据，未肯服汉。于是冯异等进攻落门，耿弇等进攻第一城，两路分攻。越年未下，冯异且在军抱病，竟至谢世，光武帝赐谥“节侯”，令异长子彰袭爵，且复议亲征西州。

执金吾寇恂已自长社还洛，仍然随驾起行。既至关中，恂叩马谏阻道：“长安道里居中，应接近便，安定陇西，闻车驾出驻长安，必然震惧，自当望风来降，若必以万乘之尊，亲履险阻，实非所宜，颍川前辙，不可不戒！”也说得是。光武帝不以为然，驱车再进，直抵汧城，方使恂招降高峻。峻本已由马援说下，受汉封为关内侯，拜通路将军，所以汉军出入，峻常为引导，不致阻碍。援说高峻，见前回。及吴汉等败还长安，峻乃复归故营，据住高平，坚守不下。寇恂奉诏谕峻，峻遣军师皇甫文出谒，语多倨傲，貌亦骄盈，两下里辩驳一番，惹动寇恂怒意，顾令左右缚文，拟置死刑。文尚不肯服礼，反唇相讥，诸将向恂进谏道：“高峻拥兵万人，且多强弩，西遮陇道，连年不下，今欲将峻招降，奈何反杀峻使？”恂瞋目道：“要斩便斩，怕他甚么？”说着，即命把文处斩，将首级交文随员，使他带归。且嘱令传语道：“军师无礼，已经正法，欲降即降，不降固守！”斩钉截铁。这数语传将进去，峻竟开城出降，迎纳汉军。诸将莫名其妙，都向恂请问道：“杀死来使，反得降峻，究是何因？”恂答说道：“皇甫文系峻腹心，受遣来会，我看他辞意不屈，必无降志。我若将他放还，反损军威，惟杀死了他，使峻胆落，自不得不降了。”诸将才拜贺道：“寇君神算，我等不及。”恂将峻解往行在，幸得免诛。中郎将来歙因落门尚未攻破，即与耿弇、盖延等鼓励将士，猛扑不休，守兵不能再支，各有降意，周宗、行巡、苟宇、赵恢拥着隗纯，开门出降；独王元引着残部突围奔蜀，陇右乃平。光武帝令将隗氏宗族，徙居京师，自率寇恂等还朝。后来隗纯复与宾佐数十人潜逃朔方，行至武威，被地方官捕住，杀死了事。小子有诗咏道：

敢将螳臂当王车，一举三年便覆家；
父死子降犹受戮，可怜全族半虫沙。

得陇望蜀，光武帝已操成算。至建武十一年春间，遂遣大司马吴汉，率同刘隆、臧宫、刘歆三将，与征南大将军岑彭会师伐蜀。毕竟蜀地能否荡平，再至下回分解。



陇右未平，颍川又乱，处兴亡绝续之交，其欲制治也难矣。幸有寇恂扈驾南征，节钺一临，盗贼四伏，非素得民心者，其能若是乎？父老遮道，乞借寇君，莫谓小民果蚩蚩也。厥后西赴高平，斩皇甫文于城下，成算在胸，卒收劲敌，不战屈人，寇君有焉。他若耿弇七军，轻进致败，吴汉诸将，劳师无功，谋之不臧，乌能制胜？视寇君有愧色矣。独祭征虏公而忘私，国而忘家，人皆去而彼独留，功未竟而命先陨，何怪光武帝之哀恸逾恒乎？要之云台诸将，非无优劣，本书叙人述事，自有阳秋，阅者于夹缝中求之，即知所区别矣。

# 第十九回　猛汉将营中遇刺<br>伪蜀帝城下拼生

却说征南大将军岑彭，自引兵下陇后，不与陇西战事，但在津乡驻兵，防御蜀军。津乡地近江关，江关为蜀兵所踞，堵塞水陆，负嵎自雄。岑彭屡督兵往攻，终因江关险阻，不能奏功。光武帝乃遣大司马吴汉，率同刘隆、臧宫、刘歆三将，调发荆州兵六万余人，骑五千余匹，行抵荆门，与彭会师。彭曾备有战舰数十艘，所用水手统从各郡募集，不下一二千名。吴汉谓水手无用，多费粮食，拟酌量遣归。想是惩着西城前辙，哪知情势不同。彭独言蜀兵方盛，今靠水战得利，方可深入，怎宜遽减水手？两下里互有龃龉，特表达洛阳，请旨定夺。光武帝复谕道："大司马惯用步骑，未习水战，荆门事决诸征南公，大司马毋得掣肘"云云。明见千里。彭得伸己见，越加感奋，当下号令军中，募攻浮桥，有人先登，应受上赏。俗语说得好："重赏之下，必有勇夫。"遂由偏将军鲁奇，应募前驱，鼓棹直上。可巧东风狂急，吹满征帆，奇船顺势向前，直冲浮桥。桥旁设有攒柱，丛木为柱。柱上有反扎钩，钩住奇船，早被蜀兵瞧着，齐来截击。奇拼死与斗，且令随兵燃着火炬，飞掷桥楼，火随风猛，风促火腾，那桥楼是用木造成，一经燃烧，势不可遏。复有许多黑焰，迷乱蜀兵眼目，如何再能打仗？又加岑彭等率着众舰，顺风并进，所向无前，蜀兵大乱，溺毙至数千人。蜀大司徒任满措手不及，被鲁奇一刀砍死。蜀南郡太守程泛下桥欲奔，被刘隆跃登岸上，手到擒来。只有蜀翼江王田戎飞马逃生，得还江州。岑彭等驰入江关，禁止军中掳掠，沿途人民，都奉献牛酒，迎劳彭军。彭辞还不受，面加慰谕，百姓大悦，开门争降。当下露布告捷，举刘隆为南郡太守，并录叙鲁奇首功。有诏悉依彭议，命彭为益州牧，所下各郡即由彭兼行太守事。

彭进军江州，探得城内积粮尚多，料不易下，但留偏将冯骏围攻，自引兵直指垫江，攻破平曲，取得粮米数十万斛，分给各军。大司马吴汉攻克夷陵，筹备露桡数百艘，露桡，船名。桡系小楫，露系在外，故名露桡。在后继进。还有护军中郎将来歙、虎牙大将军盖延等，亦引兵入蜀。蜀中大震，公孙述忙授王元为大将军，使与领军环安，出拒河池。凑巧来歙、盖延两路杀到，即与元安两军接战，自午至暮，大破蜀兵，斩馘数千。元与安狼狈奔回，歙等复捣破下辨城，麾军再进，至夜深时，方才下营。军中不遑安寝，但凭几假寐，守待鸡鸣。不料双目蒙眬的时候，忽觉心中一阵奇痛，惊醒睡魔，用手抚胸，有物格住，不瞧犹可，剔灯审视，乃是亮晃晃的匕首，插入胸前，血流不止，连忙叫起帐后卫士，使请盖将军入营。盖延闻信，飞奔进来，见歙已遭毒手，禁不住泪下潸潸，不能仰视。歙瞋目叱延道："虎牙何敢作此态！今我为刺客所伤，无从报国，故呼君嘱托军事，乃反效儿女子哭泣么？须知刃虽在身，尚能勒兵斩公，奈何不察？”歙被刺未即死，恐亦由性暴所致。延勉强收泪，愿听歙遗命。歙乃使从吏取过纸笔，自写遗表道：

臣夜人定后，为何人所贼，伤中臣要害，不敢自惜，诚恨奉职不称，以为朝廷羞。夫理国以得贤为本，大中大夫段襄骨鲠可任，愿陛下裁察！又臣兄弟不肖，终恐被罪，陛下哀怜，数赐教督。

写到末句，实已忍不住苦痛，把笔掷去，抽刃出胸，大叫一声，竟尔气绝。盖延大恸一场，替他棺殓，立遣人赍歙遗表，驰奏殿庭。光武帝闻报大惊，省书流涕，特赐给策文，追赠歙征羌侯印绶，予谥“节侯”。另命扬武将军兼天水太守马成，继歙后任。一面部署六军，亲出征蜀，由洛阳进次长安。公孙述闻得车驾亲征，亟使部将王元、延岑与吕鲔、公孙恢等，悉众出拒广汉及资中要隘；又遣他将侯丹率二万余人，屯守黄石。岑彭令臧宫领兵五万，从涪水至平曲，截住延岑，自分兵引还江州，另溯都江上流，往袭侯丹，出丹不意，把他击走。当即倍道急进，日夕不停，直驰二千余里，径抵武阳。武阳守吏立即骇走，只有一座空城被彭安然据住。彭再使锐骑进击广都，距成都仅数十里，势若风雨，无人敢当。



公孙述高坐成都，总道汉兵尚相持平曲，隔离尚远，不料岑彭从黄石进兵，数日间即至广都，反绕出延岑等背后，不由得慌张万分，举手中杖掷击地上，顿足狂呼道：“汉军有这般迅速，莫非神兵不成？”你已倒运，自然有此急变。当下募兵出守广都，并飞报延岑等人，叫他分兵还援。延岑方陈兵沅水，与臧宫相持不决。宫因兵多食少，转输不继，正觉得进退两难，不能持久，适光武帝遣使诣岑彭营，有马七百匹。宫得知此信，情急智生，竟伪传诏命，截留来马，使骑士跨马张旗，登山鼓噪，一面麾动战船，逆流而上，两岸夹着步骑各军，进薄蜀营，呼声动地，旗影蔽天。延岑正接到成都警信，忐忑不定，又见汉军水陆大集，越觉惊忙。登高遥望，对山复有许多敌骑，由高趋下，几不知有多少兵马，会集来攻。大众都是股栗，回头就跑，延岑亦急忙返奔，霎时间旗靡辙乱，好似风卷残云，向西四散。臧宫纵兵追击，但教刀快戟长，乐得把头颅多剁几颗。蜀兵怎敢还手？尽管向前急奔。越是逃得快，越是死得多，最便宜的是弃械乞降，倒还有一条生路，不致毙命。所有辎重粮草，统让送了汉军。总算慷慨。延岑只引了数十骑，走回成都。臧宫军至平阳乡，收得降兵，差不多有十多万人。全蜀精锐，已经荡尽，就是一向主战的王元也束手无策，举众来降。非但对不住隗嚣，也恐对不住公孙述。光武帝连得捷音，尚欲招降公孙述，遣使致书，晓示祸福，并举大义相勉，誓不相害。述览书叹息，出示心腹将常少、张隆，少与隆俱劝述降汉。述瞿然道："废兴由命，天下岂有降天子么？"还要夸口。少隆等不敢再言，自思亡在旦夕，相率忧死。



光武帝因平蜀有日，不必亲往督军，下令回銮，将入都城，忽有急报传来，乃是征南大将军舞阴侯岑彭又被公孙述遣人刺死。彭自进军广都，所驻营地叫作彭亡，当时未知地名，因即下寨，及有人传报，彭始知地名不祥，拟即徙往别处。适有一弁目来降，自称为公孙述亲随，被挞来奔。彭不防有诈，收入帐下，到了夜半，竟被降卒混入，把彭刺死。当由大中大夫郑兴代领部曲，飞使奏闻。彭治军有法，秋毫无犯，邛谷王任贵闻彭威信，数千里驰使输诚，并贡方物，光武帝方重加倚任，满望他进扫成都，特授懋赏；一闻被刺，当然生悲，遂将任贵所献各物尽赐彭妻子，且赐谥彭为“壮侯”。一面敕大司马吴汉，即日进军，继彭入讨。吴汉接诏，便由夷陵出发，率三万人溯江直上，至鱼涪津。述已遣将魏党、公孙永踞住津口，结筏自固。吴汉挥动将士，一鼓击退，乘胜进围武阳，又遇述婿史兴来援，把他痛击一阵，扫得精光，兴单骑逃免。会有诏令至吴汉营，嘱汉直取广都，据蜀心膂，汉奉命急进，捣入广都城，守兵尽遁，再遣轻骑绕成都市桥，成都吏民无不震惊，将士等陆续夜遁，述虽严刑示惩，尚不能止。

那光武帝虽屡次闻捷，还恐成都兵众总有一番鏖斗，所以必欲降述，因复颁书谕述道：“勿以来歙岑彭，受害自疑，今若亟来诣阙，保汝宗族安全，否则后悔难追！”述得书后，仍无降意。总要做个死皇帝。甚至江州为冯骏所夺，田戎已被擒去，



还想坚持到底，不肯转头。光武帝待述复报，始终不至，乃复传谕吴汉道：“成都虽困，守兵尚有十余万，不可轻敌！卿但坚据广都，勿与争锋，待他力屈计穷，前去奋击，自然一战可下了！”吴汉急欲邀功，未肯依谕，竟率步骑二万人，进逼成都；去城约十余里，阻江为营，中架浮桥，自引兵立营江北；使副将武威将军刘尚率万余人，屯江南，相去二十余里；当下奏达朝廷，具陈进兵安营情况，且谓可立破成都。光武帝大惊失色，忙亲书手谕道：“近敕公千条万端，奈何临事错乱？既已轻敌深入，又与尚隔江立营，缓急不能相倚；若贼出兵缀公，别遣大众攻尚，尚营一破，公还能站得住么？速速引还广都，幸勿急攻！”英主见识，毕竟过人。这道手谕交付亲将，叫他飞寄吴汉，究竟途程辽远，朝发不能夕至，那吴汉果为述将所困，险些儿败没虏中。

原来公孙述因汉军相迫，特遣部将谢丰、袁吉率众十余万，分作二十余营，并出攻汉。又命别将万余人，渡江击尚，使他不能相救。汉与谢丰等大战一日，竟至挫衄，退入营中。谢丰、袁吉便将汉营围住。汉待尚不至，料知尚被牵制，无法驰援，乃召集将士，面加鼓励道：“我与诸君逾越险阻，转战千里，无攻不胜，得入深地。今与刘尚两处受围，声援隔绝，祸且不测，计惟潜师救尚，并力御贼，诚能同心合力，人自为战，大功可成；否则一败无遗，如何报命？成败在此一举，愿诸君努力！”诸将齐声应诺。赖有此尔。于是飨士秣马，闭营三日，固守勿出。谢丰等攻扑数次，亦不得入，索性不去挑战，专待汉军食尽，然后再攻。哪知汉伺他懈弛，夜半开营，引军疾走，竟得渡过江南，驰入尚营。谢丰等尚未察觉，等到天明，望见汉营中旗帜高张，烟火不绝，还道汉营如故，哪知吴汉已与刘尚合军，击退江南蜀兵，蜀兵走入谢丰营中，丰等才悔中计，莫非半死不成？不得已分兵南渡，攻击汉尚。汉与尚早已守候，见他越江过来，不待蜀兵成列，便张开左右两翼，夹击过去。蜀兵仓猝，接仗已觉着忙，再加两面受敌，越发招架不住，不过人数众多，总想勉力支撑，幸图一胜。偏汉兵越斗越勇，蜀兵愈战愈怯，渐渐的势不相当，败退下去。袁吉一个失手，竟被汉将砍倒，结果性命。两将中死了一人，顿时全军慌乱，如山遽倒。谢丰麾军急退，自为后拒。恰巧吴汉追到，与谢丰交战数合，砉的一声，已把丰头脑劈去，倒毙马下，蜀兵大溃。汉与尚追杀一阵，毙敌无算，获甲首五千余级，方才勒兵回营。

适值朝使亦至，交付光武帝手书。吴汉阅罢，不禁伸舌，幸亏转败为功，还好有言相答；乃即留尚拒述，自领兵还驻广都，具状奏闻，深自引责。光武帝又复谕道：“公还广都，很属得宜，述必不敢舍尚击公，若彼先攻尚，公可从广都赴援，彼此相应，破述无疑了。”汉懔遵谕旨，不敢违慢，待至蜀兵来攻，方才应敌。果然述兵屡出，由汉率军屡击，八战八克，复逼成都。还有臧宫一支人马，也得拔绵竹，破涪城，斩公孙恢，长驱直达，与吴汉共会成都城下，并力合攻，捣入外郭。急得公孙述不知所措，慌忙召入汝宁王延岑，向他问计。岑答说道：“男儿当死中求生，怎可束手待毙？今唯有倾资募士，决一死战。若能击退汉兵，财物复可积聚，何足介怀？”述乃悉出金帛，募得敢死士五千人，充作前锋，使岑统领残兵，作为后继。一声号令，麾众齐出，几似疯狗一般，逢人便噬。

吴汉见来势凶猛，勒军遽退，至市桥中拣一旷地，列阵待着。岑令前锋鸣鼓挑战，暗率部众绕道，袭击吴汉背后。汉只遏前敌，不及后顾，竟被延岑冲破后队，搅乱阵势。汉军腹背

受敌，当然溃散，汉被挤入水中，几至灭顶，亏得眼明手快，攀住马尾，马系汉素常骑坐，能识人意，方得将汉徐徐引出。好在臧宫兵尚未遽溃，百忙中援应一阵，蜀兵始退，汉得安回营中。兵事真不可测。检查兵士，丧失尚不过千余人，只是粮食将尽，不过七日可支，乃令阴具船只，伺隙欲归。谒者张堪方奉使命劳军，输送缣帛，在途又受官蜀郡太守，驰诣成都，闻得军中乏粮，汉有退志，因亟往见汉，谓述亡在即，不宜退师。汉勉从堪议，使臧宫屯兵咸门，自在营中偃旗息鼓，故意示弱，诱令蜀兵出战。

约阅三日，公孙述亲出搏战，直攻汉营；令延岑往敌臧宫，两路并举。岑拼命死斗，三合三胜，宫几难支持，忙使人向汉求援。汉与述已战了半日，未分胜负，急切不便援宫，但见述兵已有饥色，特使护军高午唐邯，领着锐卒万人，向述众横击过去。这支兵马，乃是汉留住营中，故意不发，待至述兵

已疲，才令突出。述不防有此生力军，挺击过来，连忙号召将士，拦阻兵锋，已是不及。高午持槊急进，猛刺述胸，述痛不可耐，撞落马下，左右抵死救护，才得扶起述身，舁至车上，逃入城中。延岑在咸门酣战，得知述负伤消息，当然惶急，鸣金退回，反被臧宫还杀一阵，伤了许多人马。好容易入城见述，述已晕过两次，经岑唤醒，勉强睁眼一看，不禁下泪，模糊说了数语，无非是嘱咐后事，挨到日暮，便即毙命。岑为具棺殓，草草办就，到了翌晨，自觉无术拒守，乃开城出降。吴汉等纵辔入城，枭述尸首，传诣洛阳，尽屠公孙氏家族，并将延岑处斩，戮及妻孥，再纵火烧述宫室，付诸一炬，是为建武十二年事。述欲称帝时，曾梦有人与语云：“八厶子系，十二为期。”醒后告知妻室，妻答说道：“朝闻道，夕死尚可，况期限十二呢？”想是急思为后，故有此语，但不知杀头时候，可追悔否？述因即僭号。至是全家灭亡，刚刚应了十二为期的梦兆。妖梦是践。 

光武帝闻汉入城屠掠，遣使责汉，又谕副将军刘尚道：“城降三日，吏民从服，孩儿老母，人口万数，一旦纵兵放火，居心何忍？汝系宗室子孙，尝居吏职，奈何亦为此残虐？仰视天，俯视地，未必相容，大非朕伐罪吊民的初意呢！”一将功成万骨枯，故王者耀德不观兵。

先是述尝征广汉人李业为博士，业称疾不起，述惭不能致，使人持药酒相迫。业抚膺叹道：“古人云：‘危邦不入，乱邦不居。’我情愿饮药便了。”遂服毒自尽。述又聘巴郡人谯玄，玄亦不应，述又劫以毒药。玄慨然道：“保志全高，死亦何恨？”遂对使受药。玄子瑛叩头泣血，愿出千万钱赎父，方得幸免。至成都残破，玄已早终。更有蜀人王皓、王嘉，亦不肯事述。述先将他妻子系住，胁令出仕。皓对来使说道：“犬马尚且识主，况我非犬马，怎得妄投?”说着，竟拔剑自刎。述竟将他妻子杀死。王嘉闻皓自杀，也即戕生。犍为人费贻，漆身为癞，佯狂避征；同郡任永冯信，都伪托青盲，巧辞征命。此次光武帝因蜀地告平，申命吴汉等访求遗逸，方得查出数人志节，奉诏表李业闾，祀谯玄以中牢，为王皓、王嘉伸冤，抚恤后裔，特诏费贻任永冯信入都，面授官职。永信同时病殁，惟贻入见后，拜为合浦太守。此外如述将程乌李育颇有才能，亦由光武帝下诏叙用，不令向隅。又追赠述故臣常少为太常，张隆为光禄勋。常少、张隆，见前文。于是西土悦服，莫不归心。小子有诗咏道：

抚我为君虐我仇，安民有道在怀柔；
井蛙小丑何知此？身死家亡地让刘。

180. 蜀地平定，吴汉等振旅还朝。欲知后事如何，且看下回再表。

公孙述一夸夫耳，无他功能，乘乱窃据，但以僻处西陲，依险自固，故尚得苟延岁月，僭号至十有二年。及关东已平，王师西指，述不能用荆邯之策，空国决胜，乃徒豢二三刺客，戕来歙，害岑彭，何济于事？彼既不愿为降天子，何勿堂堂正正，与决胜负？成固甚善，败亦有名，仅恃此鬼蜮伎俩，暗杀汉将，汉将岂能一一被刺乎？来歙岑彭，不幸遇刺，而吴汉臧宫诸将，长驱直前，进捣成都，述尚欲死中求生，背城借一，卒至洞胸坠马，亡国覆宗。诈术果可恃耶？不可恃耶？项羽谓天实亡我，非战之罪；公孙述谓废兴有命，是皆不度德，不量力，一败涂地，乃诿诸天命，无聊之语，可笑亦可悯也！

# 第二十回　废郭后移宠阴贵人<br>诛蛮妇荡平金溪穴

却说蜀地告平，全军凯旋，凉州牧窦融上表称贺，有诏令融与五郡太守一同入朝。融遂与武威太守梁统、张掖太守史苞、酒泉太守辛彤、敦煌太守竺曾、金城太守库钧，奉诏入都。既抵阙下，即缴上安丰侯凉州牧印绶。光武帝赐还侯印，即日召见，赏赐恩宠，无与伦比。寻拜融为冀州牧，融辞不就任。适大司空李通因病去职，由扬武将军马成暂行代理，未尽胜任，乃进融为大司空；并授梁统为大中大夫。凉冀二州，另行简员镇守。好在陇蜀已平，西北无事，只有卢芳伪称刘文伯，连结匈奴乌桓，常为边患。屡见前文。骠骑大将军杜茂等奉诏往讨，历久未平，芳部将随昱留守九原，阴通汉军，欲胁芳降汉。芳与十余骑逃入匈奴，昱即诣阙请降，得拜五原太守，封镌胡侯。后至建武十六年间，芳复入居高柳，遣使奉上降书。光武帝乃立芳为代王，令他和辑匈奴。芳申请入朝，奉诏批准。及芳南至昌平，又遇朝使传谕，叫他折回。芳不免疑惧，仍背汉投胡，既而病死。自是函夏无尘，全国统一。光武帝增封功臣，得三百六十五人，外戚封侯，计四十五人，惟宗室诸王，却为了将军朱祐计议，反降封为公侯。如赵王良、由广阳徙封。齐王章、即刘縯长子。鲁王兴，縯子过继刘仲，均见前。三人统称为公。长沙王兴、真定王德、即刘杨子。河间王邵、中山王茂四人，俱景帝后裔。统称为侯。更封孔子后裔孔安为宋公，周公后裔姬常为卫公，此外宗室封侯，共一百三十七人。

光武帝久在兵间，厌心武事，且知天下疲耗，益欲息肩，自陇蜀平定后，非遇急警，不复言兵。皇太子强年已十余，有时侍侧，问及攻战方略，光武帝正色道："从前卫灵公问陈，孔子不对，此事非尔所宜问呢！"此实一权宜之语，并非至训。邓禹、贾复知帝欲偃武修文，不愿功臣拥众京师，乃投戈讲道，修明儒学。耿弇等亦缴还大将军印绶，并以列侯就第。朱祐尝荐贾复端重，可为宰相，光武帝置诸不答。惟移封邓禹为高密侯，使食四县。贾复为胶东侯，使食六县。李通已封固始侯，位兼勋戚，因得与邓禹、贾复参议国家大事，恩遇从隆。其余功臣数百人，不过给与廪禄，令他安享太平，不复重用。保全功臣，莫如此策。至若朝廷宴会，辄召功臣集饮，济济盈堂，无不守礼。光武帝当大宴时，历问群臣道："卿等若不得遇朕，果有何为？"邓禹起答道："臣尝学问，可做一文学掾吏。"光武帝笑道："这也未免太谦了！卿志行修整，可官功曹。"及问至马武，武答言："臣粗具膂力，可为守尉，督捕盗贼。"光武帝又笑说道："且自己不为盗贼，做个亭长罢了！"武平素嗜酒，任气使性，常在御前折辱同列，故光武帝随事加诫，略示裁抑。但功臣稍有过失，帝必曲为优容，所有远方进贡珍甘，亦尝先赐列侯，不少悭吝。故功臣皆怀德畏威，不生怨望，安上全下，比那高祖时代，迥然不同。这是光武帝的识量过人，故有是良法美意，卓越古今。应该称扬。

独骠骑大将军杜茂尚留守北方，备御匈奴。光武帝不欲劳兵，特使吴汉等北往，督徙边民，尽入内地，但谕茂缮治城障，阻住胡烽。茂令兵士屯田筑堡，毋敢少疏。会因军吏冤杀无辜，遂致连带免官，减削食邑，由修侯降为参蘧乡侯，另命蜀郡太守张堪为骑都尉，使他往领茂营。匈奴闻茂去职，乘隙进攻，兵至高柳，被张堪督兵邀击，大破胡兵，飞章告捷。光武帝因令茂为渔阳太守，兼辖军民。茂赏善罚恶，公正无私，吏士并乐为用。匈奴以高柳被挫，再图报复，竟发万骑入渔阳。才入境内，即有数千健卒，当头截住，仿佛与长城相似，丝毫不能动摇。再加张堪领着后队，鸣鼓继进，锐厉无前，把胡骑冲得七零八落。匈奴将帅连忙奔还，十成中已丧失了四五成，从此畏堪如神，不敢近塞。堪乃劝民耕稼，特就狐奴地方，开稻田八千余顷，不到数年，桑麻菽麦，遍地芃芃。百姓踊跃作歌道："桑无附枝，麦穗两歧；张公为政，乐不可支！"总计堪守郡八载，户口蕃庶，物阜民康。光武帝欲征堪内用，堪竟病逝，有诏褒扬政绩，赐帛百匹。堪字君游，系南阳郡宛县人，少时已有志操，号为圣童，入蜀时不私秋毫，布被终身。中兴循吏，杜诗以外，要算张堪。赞美循吏，借以风世。

沛郡太守韩歆亦刚直有声，建武十三年间，大司徒侯霸病逝，特擢歆为大司徒。歆就职后，每好直言，尝在帝前指天画地，不少隐讳。光武帝未免动怒，歆仍不少改，在任二年，坐被谴归。未几又颁诏申责，歆愤激自杀，子婴亦死。都人士替他呼冤，为帝所闻，乃追赐钱谷，具礼安葬。遇主如光武，且以直言贾祸，遑问他人。后来欧阳歙、戴涉相继为大司徒，俱坐罪论死，光武帝亦稍稍严急了。最错误的是废后一事，为光武帝平生大累。事在建武十七年间。光武帝既立郭氏为皇后，嫡子强为皇太子，相安有年。见十二回。郭后复生子四人，一名辅，一名康，一名延，一名焉。阴贵人亦生五子，长名阳，次名苍，次名荆，又次名衡，名京。尚有一子名英，为许美人所出。许美人无宠，当夕甚稀，故只生一男。就中总算这位阴贵人，最得宠爱，光武帝有时出征，尝命阴贵人随行。阴贵人初次生男，曾在元氏县中分娩，彼时从征彭宠，适当有娠，故在行辕中产儿，取名为阳，两颊甚丰，至十岁时能通《春秋》，光武帝目为奇童。夺嫡之兆，已寓于此，建武十五年，大司马吴汉等上书请封皇子，三奏乃许。使大司空窦融告庙，封皇子辅为右翊公，英为楚公，阳为东海公，康为济南公，苍为东平公，延为淮阳公，荆为山阳公，衡为临淮公，焉为左翊公，京为琅琊公。这是因年序封，故与上文叙次不同。诸子受封才及月余，有诏令天下州郡，检核垦田户口。刺史太守依诏施行，次第奏报。独陈留吏牍中夹入一纸，上书二语云："颍川弘农可问，河南南阳不可问。"光武帝瞧着，问所从来，吏人谓由长寿街上拾取，误夹牍中。这是因光武好谶引惹出来。光武帝因疑生怒，顿有愠色。东海公阳年才十二，适侍帝后，便乘间进言道："河南帝城，必多近臣，南阳帝乡，必多近亲；田宅逾制，不便细问，故有是言！"光武帝大悟，再使虎贲将穷诘吏人，吏人无从隐蔽，所对如东海公语。光武乃更遣谒者巡行河南南阳，纠察长吏，实地钩考，免得徇私。但自此爱阳有加，自悔立储太早，不得使阳为冢嗣。天下事不宜生心，一有芥蒂，免不得形诸词色。郭皇后暗中窥透，当然怀嫌，因此对着帝前，往往冷嘲热讽，语带蹊跷。光武帝积不能容，遂致夫妻反目，动有违言。到了十七年冬月，竟突然下诏道：

皇后怀势怨怼，数违教令，不能抚循他子，训长异室。宫闱之内，若见鹰鹯，既无关雎之德，而有吕霍之风，岂可托以幼孤，恭承明祀？今遣大司徒戴涉，时涉尚未坐罪。宗正刘吉，持节往谕，其上皇后玺绶。阴贵人乡里良家，归自微贱，自我不见，于今三年。两句援引《诗经》，为追忆之词。宜奉宗庙为天下母。异常之事，非国休福，不得上寿称庆，特颁诏以闻。

诏既颁发，群臣互相错愕，莫敢发言。郭皇后只好缴出印绶，徙居别宫。那色艺兼优的阴贵人，竟得超居中宫，母仪天下。句中有刺。殿中侍讲郅恽进奏道："臣闻夫妇情好，父子间尚且难言，况属在臣下，怎敢参议？但望陛下慎察可否，勿令天下贻议社稷，方可无忧！"光武帝答道："卿能曲体朕意，朕亦不为已甚哩！"乃暂不易储，更进郭后次子辅为中山王，号郭后为中山太后。余如东海公阳以下，俱进封为王。嗣且命赵齐鲁三公，均复王爵，这且待后再表。 

且说光武帝即位以后，尝出幸舂陵，亲祠先人园庙，旋又改舂陵乡为章陵县，永免徭役，比拟高祖时代的丰沛。至建武十七年冬季，复至章陵祭祖，治旧宅，观田庐，置酒作乐，大会宗室，无论男妇老幼，并得列席。酒至半酣，诸母相与絮语道："文叔光武帝小字，见前文。少时谨信，与人交际，无甚款曲，不过柔顺有容，素无争忤。谁料今日尊荣至此！"光武帝凑巧听见，不由得接口道："我御天下，亦欲以柔道为治，并不致后先矛盾哩！"说着，鼓掌大笑。诸宗室相率腾欢，至日暮方才散席。越宿由光武帝谕令有司，为宗室尽建祠堂，然后命驾起行，还至宫中，已将残腊。倏忽间又是建武十八年了，孟春无事，过了一月，忽得蜀郡警报，乃是守将史歆据住成都，自称大司马，猝攻太守张穆，穆逾城走入广都，飞书乞援。光武帝亟令大司马吴汉，率同臧宫刘尚二将，领兵万余，往讨史歆。汉至武都，再发广汉巴蜀三郡兵马，进围成都，数旬即下，把史歆擒斩了事。宕渠人杨伟、朐䏰人徐容等，本已为史歆诱惑，各纠众数千人，与歆相应。吴汉等既收复成都，再乘桴沿江，进至巴郡。杨伟徐容闻风骇走，终被汉军擒诛，余党皆降，徙居南郡长沙。蜀郡复平，汉等还朝复命。

不意南方交阯，突出了两个蛮女，公然聚众造反，寇掠岭南六十余城。吕母迟昭平后，复出了两个蛮女，甚是奇特。两蛮女叫做征侧、征贰，本是一对姊妹花，为麊冷县雒将女儿。麊冷音糜零，交阯僻处南海，从前未设郡县，为土人所分据，随地垦田，有雒王、雒将、雒民等名。面貌不过寻常，身材很是长大，力举千钧，霸占一方。侧尤骁勇，已嫁与朱鸢人诗索为妻，她却不安家室，惟与妹征贰玩刀耍枪，练习武艺。及刀枪纯熟，自谓技艺无敌，想做一个南方女大王。可号为井底雌蛙。于是号召徒众，待机即发。适交阯太守苏定，执法相绳，饬令缴械散众，不得生事。侧与贰遂愤然发难，攻陷郡城，苏定出走，南方大乱。九真日南合浦各蛮夷，哗然起应，郡守纷纷内避，被她闹得一塌糊涂，所有岭南六十余城，并罹兵阨。侧竟自立为王，令贰为大将，两蛮女振动雌威，名闻远近。



警报传到洛阳，光武帝怎能坐视？便选出虎贲中郎将马援，使为伏波将军，令与扶乐侯刘隆，督率楼船将军段志等，南下讨贼。援前为大中大夫，与来歙同为监军。见十八回。歙尝奏言陇西侵残，羌种杂沓，非马援不能平定。光武帝因拜援为陇西太守，援连破叛羌，征服余众，缮城治坞，辟田劝耕，陇西以安。嗣被召为虎贲中郎将，屡得进见，尝与光武帝谈论兵法，意俱相合。再出讨皖城妖人李广，一鼓即平。这是补叙之笔。至是复受命南征，航海前进。军至合浦，段志得着急病，竟至逝世。援令弁目护丧归葬，自与刘隆并领水军，水尽登岸，辟山通道，得达浪泊。

征侧方安据交阯，南面称尊，总道是天高地迥，任所欲为，蓦闻汉军已至浪泊，也不禁吃了一惊。当下升帐点兵，得数万人，使妹征贰为先锋，自为后应，至浪泊中搦战。两阵相交，金鼓连天，约莫有两三个时辰，蛮众究竟乌合，敌不过百战雄师，一败便走，势若散沙。征侧、征贰但靠着两臂蛮力，目无中原，至此才知王师厉害，觅路逃走。援驱军追杀，斩首数千级，收降万余人，女流究属无用，不堪一战。趁势至交阯城下，四面围攻。征侧自觉孤危，即与征贰商议道："我与汝奋臂一呼，远近响应，不到数月，得攻克六十余城，满望杀往岭北，进据中原，哪知中朝天子，遣到精兵猛将，锐不可当，现今坐困危城，如何是好？"征贰想了多时，才答说道："据妹子看来，此城断不可守，不如奔往金溪穴中，扼险自固，就使猛将如云，亦不能捣破此穴，待他粮尽引退，我等复好出据此城了。"征侧点首称善，随即弃城夜遁。



马援闻知，率众力追，行抵金溪，连战数阵，蛮众除杀死外，多半溃散。惟征侧、征贰两姊妹拼命逃走，得入金溪穴中，穴甚深邃，四围有大山包住，只有一口可通，也是险仄得很。侧与贰窜入此穴，使残众堵住穴口，大有一夫当关、万夫莫开的形势。援率众到了穴前，察视四周，除穴口外，竟是无缝可钻，倒也踌躇得很。自思航海南来，费尽千辛万苦，得入此地，倘若畏难即退，岂不是尽隳前功？况且留此两妇，终究是将来祸祟，理应斩草除根，方免后患。于是下令军士，随山伐木，就谷口筑起巨栅，容纳全师；再命游骑巡弋四围，截虏蛮众，想得几个俘虏，询问路径，或有一线可通，便好令他向导，捣杀进去。谁知一住半月，竟无人迹，山上瘴气熏蒸，军士一不小心，往往触瘴致疾，真个是欲退不得，欲进不能。援却抱定主意，誓灭此虏，勉令将士围住谷口，一面分兵略定各郡，收聚粮食，输运军前。

征侧、征贰总以为汉军无法，定必速退，且穴中曾备有粮草，足资一年，但教安心耐守，自可解围。螺蚌缩入壳中，能长此不开么？不意过了数月，汉兵不退，又过数月，仍然不退，直至岁暮年阑，汉兵尚在谷外扼住，未曾退去。穴内粮食已将告罄，且水道亦被汉兵塞断，涓滴不见流入，害得又饥又渴，无可为生。勉强过了残冬，已是建武十九年正月。侧与贰不能再伏穴中，只得驱众杀出，众兵已困惫不堪，没奈何硬着头皮，冲出谷口，汉兵早已出栅待着，见一个，杀一个，见两个，杀一双，吓得蛮众又复倒退。马援知蛮众不济，传令投降免死，蛮众听着，遂一齐抛去兵械，匍匐乞降。惟征侧、征贰两人罪在不赦，只得不管死活，舍命格斗，结果是跌倒地上，双双就擒，当由汉军缚住，推至马援面前，两人跪倒磕头，哀求饶命。马援作色道："无知贱婢，也想抗拒天朝，今日还想求生么？"说毕，即令刀斧手将两人推出，一同枭首，献入都中。恐洛阳城中，难得见此好头颅？



有诏封援为新息侯，食邑三千户。援乃宰牛酿酒，大飨将士，且笑且语道："我从弟少游，与我志趣不同，尝谓人生在世，但教饱食暖衣，乘下泽车，跨款段马，做一个郡县掾吏，老守坟墓，乡里间称为善人，也好知足，何必奔波劳碌，妄求功名？我当初意不谓然，今至浪泊西里，转战年余，下潦上雾，毒气弥漫，仰视飞鸢摇摇，似堕水中，卧念少游平生时语，几不可得。还亏诸君戮力，得破二妇，乃先受恩赏，独得佩金拖紫，食采封侯，真令我且喜且惭了！”将士等都离席跪伏，喧呼万岁。援复令起饮，至醉方散。越日又率楼船大小二千余艘，战士二万余名，四处搜捕余孽，斩获五千余人，岭南乃平。援再至交阯，设立铜柱，上书：“大汉伏波将军马援建此。”然后振旅而还。小子有诗咏道：

何来蛮女敢称雄，负险经年扼谷中；
幸有老成操胜算，坚持到底庆成功。

欲知马援还朝情形，待至下回再详。



光武帝能容功臣，独不能容一妻子，废后之举，全出私意，史家多讥其不情。吾谓光武之误，不在于废后之时，而在于立后之始。阴氏女娶于先，郭氏女纳于后，岂可因出身之贵贱，为后先之倒置乎？况“娶妻当得阴丽华”，光武帝已有成言，本昵爱之初衷，得相攸于微贱，正应立彼为后，不负前盟。故剑可求，杜陵之遗规犹在，何得以郭氏之早生皇子，超列中宫？古人有言：“慎厥初，惟厥终”，未有初基不慎，而可与之图终者也。彼征侧征贰，以南方之妇女，敢尔称兵，想亦由戾气所钟，故有此异事耳。幸而伏波往讨，务绝根株，千里奔波，一年耐久，卒得擒二妇于窟穴之间。倘非坚持不敝，贯彻始终者，亦安能若是耶？伏波铜柱，照耀千秋，宜哉！

# 第二十一回　洛阳令撞柱明忠<br>日逐王献图通款

却说马援讨平交阯，振旅还朝，将抵都门，朝中百官，或与援素有交谊，并皆出都远迎。待援到来，彼此下马欢叙，就在驿馆中休息片时。平陵人孟冀系援老友，亦在座中，当即起身称贺。援笑说道："我望先生劝善规过，奈何亦作此俗谈？从前伏波将军路博德，开置南方七郡，见《前汉演义》。不过受封数百户，今我不过擒斩二妇，略具微劳，乃得叨封大邑，滥沐恩荣，功薄赏厚，如何持久？究竟先生如何教我？"谦谦君子。冀答谢道："愚实未足知此。"援又说道："方今匈奴乌桓，尚扰北边，我还想自请出击，男儿要当拼死边野，用马革裹尸还葬。怎能僵卧床上，在儿女子手中讨生活呢？"老当益壮，此公固不负前言；但亦未始非后来谶语。冀接入道："既为烈士，原该如此。"大众亦无不赞叹。随即相偕入都，由援诣阙复命，奏明一切。光武帝当然慰劳一番，特赐援兵车一乘。援谢恩退朝，复因从征军士，除战死外，遇疫身亡，差不多十中四五，乃具录上闻，请得许多银粮，抚恤兵士家属，慰死安生，这且无庸细表。

且说建武十九年正月，五官中郎将张纯及太仆朱浮等计议，谓人子当事大宗，降私亲，应为本支先祖，增立四庙。光武帝览奏后，自思昭穆次第，当为元帝后裔，乃追尊宣帝为“中宗”，更祀昭帝元帝于太庙，成帝、哀帝、平帝于长安，舂陵节侯买。以下于章陵，各设太守令长，为典祠官。

正在制礼作乐的时候，忽报河南原武县中，出了一班妖贼，为首的叫做单臣傅镇，拘住守吏，据有县城，自称大将军。光武帝特遣前辅威将军臧宫，发黎阳营兵数千人，往讨贼众。原武城内，积粟甚多，贼得据粮坚守，累攻不克，反丧亡了若干士卒。光武帝未免忧劳，特召集公卿王侯，商议方略。群臣多请悬赏购募，东海王阳独进说道：“妖巫胁众为乱，势难久持，就中必有心中悔恨，意欲出亡，只因外围紧急，无从脱身，没奈何拼命死守。今宜敕军前缓围，纵令出城，贼众解散，渠魁孤立，一亭长亦足擒斩了。”足智多谋，可称肖子。光武帝甚以为然，即遣使传谕军前，令臧宫缓围纵贼，果然，贼众陆续出奔，顿致城内空虚。宫得一鼓入城，击毙单臣傅镇，原武遂平。嗣是光武帝愈爱东海王，只有皇太子强，自母后被废后，常不自安；又见东海王逐日加宠，越觉生忧。殿中侍讲郅恽，遂进白太子强道：“殿下久处疑位，上违孝道，下近危机。从前殷高宗为一代令主，尹吉甫亦千古良臣，尚因纤芥微嫌，放逐孝子。《家语》载：曾参出妻，不复再娶，尝谓高宗以后，妻杀孝子，尹吉甫以后，妻放伯奇，吾上不及高宗，中不比吉甫，何如不娶？至若《春秋》大义，母以子贵，为殿下计，不如引愆让位，退奉母氏，方为不背所生，毋亏圣教呢！”太子强听了恽言，便表请让位，愿为外藩。光武帝不忍遽许，强又密托诸王近臣，再三恳请，乃决意易储，当即下诏道：

《春秋》之义，立子以贵。东海王阳，皇后之子，宜承大统。皇太子强，崇执谦退，愿备藩国，父子之情，重久违之，其以强为东海王。此诏。

强奉诏后，便缴上太子印绶，即日册立东海王阳为太子，改名曰庄。惟郭后母子，虽皆被废，光武帝顾念郭氏亲属，恩尚未衰。郭况为故后亲弟，受封绵蛮侯；郭竟为故后从兄，尝官骑都尉，从征有功，受封新郪侯；竟弟匡亦得封发干侯；郭梁为故后从父，早死无子，有婿陈茂，且因外戚贻恩，封南䜌侯。䜌读若绵。况谦恭下士，颇得声誉，光武帝亦格外恩宠，更徙封况为阳安侯，食邑比前加倍。至建武二十年间，徙封中山王辅为沛王，即令中山太后郭氏为沛太后，即郭皇后，见前文。又进况为大鸿胪，车驾屡至况第，会集公卿列侯，一同宴饮，赏赐况金银缣帛，不可胜计。京师称况家为金穴。况母刘氏，素号郭主，至病殁时，由光武帝临丧送葬，百官大会，并迎况父郭昌遗柩，由真定至洛阳，与郭主合葬。追赠昌为阳安侯，予谥曰“思”。这也算是光武帝不忘旧情，所以有此恩遇呢！虽属厚恩，究难补憾。



话休絮烦，惟帝姐湖阳长公主，经宋弘拒婚后，见十一回。总算守孀全节，光武帝格外怜悯，厚赐财物。因此公主得豢养家奴，数以百计。家奴中良莠不齐，有几个狡悍苍头，往往倚势作威，横行都市，甚至白日杀人，避匿主家，地方官不便往捕，致成悬案。会公主出外闲游，即令苍头骖乘，昂然从行。

究竟不似节妇行为。洛阳令董宣正因前案未了，屡次候着，可巧碰见了公主苍头，正是杀人要犯，便即驻车下马，拦住公主辇前，不令前行。公主不免动怒，欲叱董宣。宣拔出佩刀，划地有声，直斥公主纵奴为暴，罪当连坐。一面令苍头下车，词色甚厉，苍头无奈，下车谢罪。哪知董宣竟不容情，把手中宝刀一挥，将苍头劈作两段，然后放公主过去。

公主究是女流，一时不便与争，只好悻悻的驰还宫中，向帝前哭诉一番。妇人不知己过，专用这般伎俩。光武帝也不禁动怒，立召宣入，责他冲撞公主，令左右执箠挞宣。宣叩头道："愿乞容臣一言，然后处死！"光武帝勃然道："汝尚有何言？"宣答说道："陛下圣德中兴，乃令长公主纵奴杀人，如何制治天下？臣不须箠，请自杀便了！"说着，用头撞柱，血流满面。光武帝听言辨色，也觉得董宣理直，怒为少平，因嘱小黄门官名。将宣扶住，不使再撞，但令他叩谢公主。宣不肯依谕，再由小黄门揿住宣头，叫他对公主叩首。宣两手据地，终不肯俯。公主顾光武帝道："文叔为布衣时，藏匿亡命，吏役不敢至门，今贵为天子，反不能威行一令么？"光武帝笑答道："天子与布衣不同。"究竟是聪明主子。说至此，复语宣道："强项令可即出去！"宣依谕即出。寻复有诏嘉宣守法，特赐钱三十万。宣拜受恩赐，散给诸吏。从此宣搏击豪强，威震都下。宣字少平，陈留人，都人为作歌道："桴鼓不鸣董少平。"后来在任五年，因病去世，年已七十四岁。有诏遣使临视，只一布被覆尸，妻子相向对泣，内室惟大麦数斛，敝车一乘，使人还报光武帝。帝很是叹惜，命用大夫礼安葬。史家因他历任守令，好刚任杀，特列入酷吏传中，虽是尚宽禁暴的意思，但看他不畏豪强，非常廉洁，究竟是一位好官。试问古今以来的守令，能有几个似董少平呢？可为董君吐气。

光武帝待遇董宣还算不薄，惟对着三公，却是不肯轻轻放过。自从大司徒韩歆，逼令自杀，见前文。继任大司徒戴涉又为了太仓令奚涉罪案，失察下狱，竟坐死刑；并将大司空窦融牵入在内，亦令罢官。独大司马吴汉就职有年，未尝遇谴，平时谨慎小心，持重不苟，一经出师，朝受诏，夕即就道，并没有甚么留滞。至若从驾出征，或有挫失，诸将皆惶惧不安；惟汉意气自如，仍然整理器械，训勉士卒。光武帝尝使人觇视，得知情状，每叹为吴公大材，隐若敌国，所以一心委任，到老不衰。汉妻孥因汉出兵，偶买田宅，汉还家诘责道："将士在外，粮饷不足，奈何多买田宅哩？"说着，即将田宅分给兄弟外家。总计汉居官二三十年，不筑一第；夫人先死，薄葬小坟。至建武二十年间，一病不起，光武帝亲往临视，问所欲言，汉答说道："臣本愚蒙，无甚知识，但愿陛下慎勿轻赦哩！"轻赦二字，怎能包括大政？汉此语亦未免有失。及车驾还宫以后，汉即谢世，有诏予谥曰"忠"。发北军五校轻车甲士送葬，如前汉大将军霍光故事。另任中郎将刘隆为骠骑大将军，行大司马事。擢广汉太守蔡茂为大司徒，太仆朱浮为大司空，这也不必细表。



单说伏波将军马援，有志从戎，不遑宁处，尝因匈奴乌桓屡扰北方，震惊三辅，因此复自请防边。光武帝乃令援出屯襄国，令百官祖饯都门，黄门郎梁松窦固，时亦在列。援顾语二人道："人生幸得贵显，当使可贱，如卿等长欲富贵，须居高思危，小心自保，幸勿轻弃鄙言！"两人口虽答应，心中却未以为然。原来松为大中大夫成义侯梁统长子，曾尚帝女舞阴公主，固为窦融弟显亲侯友长子，亦尚帝女涅阳公主。两人俱得为馆甥，贵宠逾恒，总道是与国同休，怕甚么意外变故？援与梁统窦友，同官为僚，尝相来往，因恐他嗣子青年，挟贵致骄，故出言相诫。未始非一片好意，谁知反种下祸根。语毕即行，引兵自去。

说起这个乌桓国，本是东胡支裔，西汉初年，匈奴单于冒顿翦灭东胡，余众奔回乌桓、鲜卑二山，分为二部，在乌桓山一支，就号作乌桓国，在鲜卑山一支，亦号作鲜卑国。《前汉演义》中亦曾叙及。二部苟延残喘，仍不得不臣服匈奴。及武帝时卫青霍去病为将，屡破胡虏，匈奴乃衰，乌桓乃徙入内地，分居上谷、渔阳、右北平、辽东诸郡间，背胡事汉，生齿渐蕃。昭帝元凤年间，乌桓欲报前仇，出掘匈奴单于祖墓，匈奴复击破乌桓。大将军霍光曾遣度辽将军范明友，率二万骑往辽东，邀击匈奴。匈奴兵已早出境，明友转袭乌桓，斩获甚多。嗣是乌桓复与汉有隙，匈奴部酋，乘间引诱乌桓，连兵寇汉，直至光武中兴，仍然不息。事迹虽已见《前汉演义》，但此书亦不能不叙。 

马援出屯襄国，部署兵马，越年领三千骑出五院关，掩袭乌桓。乌桓兵先已扬去，援追赶一程，只斩得虏首百级，收兵南归。乌桓却狡黠得很，伺援班师，复来尾追。还亏援星夜趋还，才得全师，但马已死了千余匹。鲜卑与中国本不相通，因见乌桓扰边，屡有劫掠，也不禁暗暗垂涎；再加匈奴亦遣人招诱，自然利欲熏心，同来生事。建武二十一年秋间，鲜卑引万余骑入塞，寇掠辽东。太守祭肜系故征虏将军祭遵从弟，素有勇略，能开三百斤强弩。至是闻鲜卑入境，自率数千人迎击，披甲持刀，当先陷阵，部兵一拥齐上，杀死虏众多人，虏兵统皆骇走，急不择路，各跃入断涧中，溺毙过半。祭肜穷追出塞，斩首至三千余级，获马好几千匹。于是鲜卑震怖，不敢入犯。可巧匈奴亦连年旱荒，人畜多死，也不能南下寇汉，朔方少安。

先是西域各国已为汉属；王莽篡位，贬易侯王，西域因此瓦解，转降匈奴。匈奴征求无厌，诸国皆不堪命，且闻光武中兴，汉威再震，乃复遣使入洛，乞请内附。光武帝因天下初定，未遑外事，竟谢绝番使，不从所请。莎车王贤承袭祖父遗业，雄长西域，未肯臣事匈奴，特与鄯善王安贡献方物，再求属汉。廷臣如窦融等并上言莎车王事汉，初衷不改，宜加赐位号，毋失彼望。光武帝乃赐贤西域都护印绶及车旗锦绣等物。前汉本有西域都护，中经莽乱，此官乃废。偏敦煌太守裴遵得知此事，独奏称夷狄无信，不可假以大权，遂致光武帝翻悔前言，收还西域都护印绶，另命贤为汉大将军。出尔反尔，亦属不合。贤从此怀恨，虽将印绶缴还，尚诈称大都护，蒙骗各国。各国未识真假，只得听命。贤逐渐骄横，意欲并吞西域，先向各国苛求赋税，稍不如意，便发兵相迫。各国敌他不过，没奈何请命洛阳，遣子入侍，愿另简都护，镇定西陲。无如光武帝坚持初意，见了各国侍子，但用金帛为赏，一律遣归。各国闻信，忙与敦煌太守裴遵檄文，托他代为申奏，仍请留侍子，置都护，威惩莎车。遵当然代奏，光武帝迁延不报，各国侍子久留敦煌，均怀归志，竟分途潜返。莎车王贤知汉廷无意西方，遂致书鄯善，劝令绝汉。鄯善王安不纳贤书，且将来使杀死，贤因发兵报怨，攻入鄯善。鄯善王迎战败绩，逃往山中。贤复移兵袭杀龟兹王，并有龟兹国土，气焰益张。鄯善王安再上书洛阳，复请遣子入侍，速简西域都护。光武帝使人复谕道："朝廷方偃武修文，不欲劳师勤远，若诸国力不从心，东西南北，尽请自便。"这也太觉迂拘。鄯善王得此复谕，乃与车师等国悉附匈奴。



匈奴在前汉时代，呼韩邪单于入朝归命，与汉和亲，娶得汉宫美人王昭君，产下一男，叫做伊屠知牙师。惟呼韩邪已有二妻，生了数子，故伊屠知牙师不得继立，至呼韩邪死后，长子雕陶莫皋嗣为单于，号称复株累若鞮单于。雕陶莫皋奉母遗训，传国与弟，弟且糜胥，得嗣立为搜谐若鞮单于。且糜胥再传弟且莫车，为车牙若鞮单于。且莫车又传弟囊智牙斯，为乌珠留单于。囊智牙斯在位时，正值王莽篡汉买嘱匈奴，改授新匈奴单于章。至囊智牙斯病殁，弟咸入嗣，名乌累若鞮单于。咸复传弟呼都而尸道皋若鞮单于，名叫作舆。舆弟就是伊屠知牙师，应由右谷蠡王进为左贤王，左贤王即匈奴储君，累世单于，往往经过此职。偏舆心想传子，诬杀伊屠知牙师。当时恼动了一个贵官，系是日逐王比，为乌珠留单于长子，私下怨恨道："依兄终弟及的制度，右谷蠡王应该序立，否则我为前单于长子，应该由我继承，怎得诬杀右谷蠡王，妄思立子呢？"差不多似吴公子光。自是与舆有嫌，庭会稀疏。舆竟立子乌达鞮侯为左贤王，且派遣心腹，监领比部下士卒。既而舆死，乌达鞮侯立为单于。未及一年，又复病逝，弟蒲奴进承兄位。适值旱蝗为灾，赤地数千里，人马死亡大半，蒲奴恐中国出师，乘隙进击，乃遣使入塞，至渔阳乞求和亲，复敦旧好。光武帝亦遣中郎将李茂，传达复命。 

独日逐王比满怀怨望，无从发泄，也密遣汉人郭衡，赍奉匈奴地图，南诣西河，恳请内属。前时由舆所派的心腹将士监领比众，至此忙报知蒲奴，请即诛比。比弟斩将王亦一官名。在蒲奴帐下，得悉风声，慌忙驰报乃兄，比且惧且愤，遂召集八部兵四五万人，说明蒲奴兄弟不当为主；并为伊屠知牙师伸冤。八部酋长相率赞成，遂即联同一气，共抗蒲奴。蒲奴遣兵讨比，见比护众自固，不敢进攻，靡然退去。于是八部共推比为主，仍袭先祖遗名，叫做呼韩邪单于，一面款塞通诚，愿为藩蔽。光武帝闻报，询问公卿，众谓天下初定，中国空虚，不应受此降虏。惟五官中郎将耿国，援据孝宣帝故事，力请受降。光武帝依耿国言，许令归附。比遂自称呼韩邪单于，向汉称臣，作为外藩。匈奴从此分为南北了。小子有诗咏道：

招携怀远本仁声，况复胡人自款诚；
夷狄寝衰中国利，朔方从此少兵争。

南匈奴奉藩称臣，汉廷上下，共相庆贺。忽由南方传来急报，乃是武威将军刘尚，战殁蛮中。究竟如何战殁，待至下回叙明。



兼听则明，偏听则暗，人情大都如此，而抚有国家者，尤不可不三复斯言。试观光武帝为中兴令主，犹以女兄一言，几欲置董宣于死地。曾亦思皇亲犯法，庶民同罪？公主纵奴杀人，罪应连坐，乃反欲因董宣之守法，加以不测之诛，可乎不可乎？微董宣之直言无隐，拼死撞柱，则光武且为公主所蒙，而宣且枉死矣！此偏听之所以最易生憎也。尤可怪者，西域内附，一再却还，至日逐王比，款塞通诚，议者犹以拒绝为得计，夫不能自强，即闭关坚守，亦难免外侮之内侵。幸耿国排除众议，独伸己见，而光武帝亦恍然知悟，慨允投诚，可见西域之谢绝，实由无人为之谏诤耳。兼听则明，斯事亦其一证乎？

# 第二十二回　马援病殁壶头山　单于徙居美稷县

却说洞庭湖西南一带，地名武陵，四面多山，山下有五溪分流，就是雄溪、樠溪、酉溪、沅溪、辰溪。这五溪附近，统为蛮人所居，叫作五溪蛮。相传蛮人是槃瓠种，槃瓠乃是犬名。古时高辛氏帝喾，屡征犬戎，犬戎中有个吴将军，勇敢绝伦，无人可敌。帝喾乃悬赏购募，谓有人能得吴首，当配以少女。部下尚无人敢去，独有一犬，为宫中所蓄，毛具五采，取名槃瓠，它虽然不能人言，却是能通人性，竟潜至犬戎寨下，啮死吴将军，衔首来归。帝喾以犬虽有功，究竟人畜两途，不便践约，还是少女为父守信，自愿下就槃瓠。槃瓠负女入南山，作为夫妇，生了六男六女，互相配偶，辗转滋生，日益繁盛。这是无稽之谈，不足尽信。历代多视为化外，听他自生自养，只有他出来骚扰，不得不用兵征剿，稍平即止。

建武二十三年，蛮酋单程等又出掠郡县，由武威将军刘尚奉诏往征，沿途遇着蛮众，一击便走，势如破竹。安知非诱敌计？

尚以为蛮众无能，乐得长驱深入，好乘此捣穴平巢，谁知越走越险，越险越艰，满眼是深山穷箐，愁雾浓烟。此时正是建武二十四年春季，点明年月。天方暑湿，瘴气熏人，军士不堪疲乏，尚亦自觉难支，正拟回马退归，忽蛮峒中钻出许多蛮人，持刀执械，蜂拥前来。那时尚不及奔回，只好舍命与争。怎奈蛮众四至，数不胜计，霎时间把尚军围住，尚冲突不出，力竭身亡；手下都被杀尽，无一生还。未始非平蜀时候，屠戮蜀人之报。蛮众得了胜仗，愈无忌惮，便出寇临沅。临沅县令飞章告急，并陈明刘尚败没情形。光武帝又遣谒者李嵩及中山太守马成，引兵前往，虽得保住临沅一城，终究是惩尚覆辙，未敢轻进。

光武帝待了数月，不见捷音，免不得与公卿谈及，面有忧容。伏波将军马援已自襄国还朝，闻得蛮众不平，复向光武帝前，自请出征。兵乃凶事，何苦常行。光武帝沉吟半晌，方与语道：



"卿年已太老了！"援不待说毕，便答说道："臣年虽六十有二，尚能披甲上马，不足言老。"光武帝仍然沉吟，援急欲一试，便走至殿外，取得甲胄，穿戴起来，再令卫士牵过战马，一跃登鞍，顾盼自豪，示明可用。光武帝在殿内瞧着，不禁赞叹道："矍铄哉是翁！"乃命援出征。带同中郎将马武耿舒刘匡孙永等人，并军士四万余人，经秋出发，故友多送援出都，援顾语谒者杜愔道："我受国厚恩，年老日暮，常恐不得死所，今得受命南征，万一不利，死亦瞑目；但恐权豪子弟，在帝左右，或有蜚言，耿耿此心，尚不能无遗恨呢！"实是谶语。杜愔闻言，也觉得援语不祥，惟不便出口，只好劝慰数语，珍重而别。

看官阅过前回，应知援前次北征，曾规诫梁松、窦固二人，二人不能无嫌，其实援与二人积有嫌隙，尚不止为此一事。从前援尝有疾，梁松往援家问候，直至援榻前下拜，援高卧如故，不与答礼。及松去后，诸子并就榻问援道：“梁伯孙松字伯孙。系是帝婿，贵重朝廷，公卿以下，无不惮松，大人奈何不为答礼？”援慨然道：“我为松父友，彼虽贵，难道可不识尊卑么？”诸子才不敢再言。但松即从此恨援。援有兄子严敦，并喜讥议廷臣，援引为己忧，当出军交阯时，亦尝致书诫勉，教他谨言慎行，勉效龙伯高，毋效杜季良。伯高名述，当时为山都长，季良名保，为越骑司马。会保有仇人上书，劾保蔽群惑众，并连及梁松窦固，说他与保交游，共为不法；一面觅得马援诫兄子书，作为证据。光武帝览奏后，召责松固，且示及援书，松固叩头流血，方得免罪，但将保褫职，擢述为零陵太守。自经此两番情事，松与固并皆嫉援，松且尤甚。援亦知两人挟嫌，恐他从中谗构，故与杜愔谈及后患。既知两人为患，何必定要出征。不过因皇命在身，未遑他顾，所以引军南下，冒险直前，途中饱历风霜，到了下隽，已是腊尽春来的时候。



援在下隽县城中，度过残年，即使人探明武陵路径，计有两道可入，一从壶头山进去，路近水险；一从充县进去，路远地平。中郎将耿舒谓不如就充县进行，较为妥当。援却拟舍远就近，免得旷日费粮。将帅各持一议，再由援上书奏明，无非说是急进壶头，扼贼咽喉，成功较速等语。光武帝当然从援，复诏依议。援遂由下隽出发，行至临乡，距壶头山约数十里，蛮众已闻援将至，出来堵截，被援驱杀一阵，斩获至二千余人，蛮众四散，尽向竹林中逃去。援命军士四处追寻，不见一贼，乃即进诣壶头山。壶头山高一百里，广袤至三百里，是第一著名的天险；再加急湍深滩，千回百折，几乎没有一片坦途，费了若干时日，才寻出一块平原，扎下营寨。举头相望，见蛮众已在高冈守着，堵住隘口，虽有千军万马，一时也杀不上去，援只得耐心静守，俟机再动。怎奈一住数日，并无机会，天气忽尔暴热，瘴疠交侵，士卒多染疫身亡，援亦不免困惫，乃穿壁为屋，入避炎气。有时闻蛮众鼓噪，不得不力疾出来，防备不测，甚至喘息频频，还要三令五申，亲厉将士。左右见他尽瘁王事，无不叹惜，有几个且为涕下。中郎将耿舒系建威大将军耿弇胞弟，因见前议不用，终致顿兵壶头，饱尝艰苦，心中很觉不平，遂寄书与弇，大略说是：

前舒上书当先击充，粮虽难运，而兵马可用，军人数万，争欲先奋，今壶头竟不得进，大众怫郁，行且坐死，诚可痛惜！前到临乡，贼无故自至，若夜击之，即可殄灭。伏波类西域贾胡，到一处辄止，以是失利，今果疾疫，皆如舒言。



耿弇得书，恐舒困顿蛮中，连忙将原书入奏。光武帝乃授梁松为虎贲中郎将，使他赍诏责援，且代监军。这个差事，想是由梁松运动得来。及松行抵壶头，援已病殁，松正好借端报怨，飞书上闻，不但劾援贻误军机，并诬援在交阯时，曾取得无数珍宝，满载而归，甚至与援同行的马武及于陵侯侯昱等，昱系前大司徒侯霸子。亦交章毁援，俱云援载宝还朝，确有此事。光武帝信以为真，立遣使收还新息侯印绶，还想追论援罪。至援柩运归，妻子不敢报丧，惟在城西买田数亩，草草藁葬，宾客故人，莫敢往吊。援妻子尚恐被谴，与援兄子严草索相连，诣阙请罪。光武帝方颁出松书，令他自阅。妻子才知为松所诬，连忙上书诉冤，书上至第六次，辞甚哀切，方得从宽。原来援在交阯时，尝饵薏苡仁，俗呼米仁。得祛风湿，轻身益气，后来功成将归，特因南方薏苡颗粒较大，因收买数斛，载回家中。那知松等诬为珠宝，几遭奇祸，僚友不为一言，还是前云阳令朱勃与援同郡，独诣阙上书，为援讼冤。书云：

臣闻王德圣政，不忘人之功；采其一善，不求备于众。故高祖赦蒯通，即蒯彻，避汉武讳，改彻为通。而以王礼葬田横，大臣旷然，咸不自疑。夫大将在外，谗言在内，微过辄记，大功不计，诚为国之所慎也！昔章邯畏口而奔楚，燕将据聊而不下，岂其甘心末规哉！末规犹言下计。悼巧言之伤类也！窃见故伏波将军新息侯马援，拔自西州，钦慕圣义，间关险难，触冒万死，孤立群贵之间，旁无一言之佐；驰深渊，入虎口，宁自知得邀七郡之使，膺封侯之福耶？建武八年，车驾西讨隗嚣，国计狐疑，众营未集，援建宜进之策，卒破西州。及吴汉下陇，冀路断隔，唯狄道为国坚守，士民饥困，寄命漏刻；援奉诏西使，镇慰边众，乃招集豪杰，晓谕羌戎，卒救倒悬之急，存几亡之城，兵全师进，因粮敌人。陇冀略平，而独守空郡，兵动有功，师进辄克，诛锄先零，缘入山谷，猛怒力战，飞矢贯胫。又出征交阯，土多瘴气，援与妻子生诀，无悔吝之心，遂斩灭征侧，克平一州。间复南讨，立拔临乡，师已有功，未竟而死，吏士虽疫，援不独存。夫战或以久而立功，或以速而致败，深入未必为得，不进未必为非，人情岂乐久屯绝地，不思生归哉？惟援得事朝廷二十二年，北出塞漠，南渡江海，触冒蛮瘴，为国捐躯，乃名灭爵绝，国士不传，海内不知其过，众庶未闻其毁，卒遇三夫之言，横被诬罔之谗，三夫见《韩子》，即三人，言市中有虎之讹。家属杜门，葬不归墓，怨隙并兴，宗亲怖栗，死者不能自讼，生者莫为伸冤，臣窃伤之！

臣闻《春秋》之义，罪以功除，圣王之亲臣有五义，若援所谓以死勤事者也。愿下公卿平援功罪，宜绝宜续，以厌海内之望！臣年已六十，常伏田里，窃感栾布哭彭越之义，冒陈悲愤。战栗阙庭，伏乞明鉴。

这书呈入，光武帝始许援归葬旧茔。好在武陵蛮亦已乞降，由监军宋均奏报，于是援事更不追问了。看官阅此，应疑前次征蛮，何等艰难，后来收降蛮众，为何又这般容易？说将起来，仍不得不归功马援。援在壶头数月，军士原劳顿不堪，蛮众登高拒守，不得下山，也是饥困得很。谒者宋均本在援营监军，探得蛮众疲敝，意欲矫制归降，得休便休。惟援已病



殁，军中无主，何人敢赞同均议？均却毅然说道："忠臣出境，有计议可安国家，何妨专命西行！"乃矫制调伏波司马吕种，赍着伪诏，驰入蛮营，晓示恩信；一面鸣鼓扬旗，作进攻状。蛮酋单程不免惶惧，因与吕种定约，情愿投降。种返报宋均，均复邀单程出见，好言宣抚，特为设置长吏，事毕班师。途次先遣使上书，自言矫制有罪，听受处分。光武帝略罪论功，待均还朝，敕赐金帛。惟马援四子，不得嗣封，援葬后亦无赠恤明文，但置诸不论罪罢了。未免寡恩。

是时大司空朱浮免官，进光禄勋杜林为大司空，林受任数月，又复去世，大司徒蔡茂亦殁。乃更擢陈留太守玉况为大司徒，太仆张纯为大司空。既而玉况又卒，光武帝又记起前议，要想变易旧章。原来故建义大将军朱祐曾奏称唐虞时代，契作司徒，禹作司空，并无"大"字名号，圣贤且未敢称"大"，

后人岂易当此？应令三公并去“大”名，以法经典，奏入不报。此时朱祐已殁，遗疏尚存，又值蔡杜等人，接连病逝，光武帝以“大”字不祥，不如追从祐议，令二司不得称“大”，并改“大司马”为“太尉”。即日将行大司马事刘隆，免去职衔，另授太仆赵熹为太尉，大司农冯勤为司徒。特叙此事，为下文叙述各官标明沿革。熹与勤无甚奇勋，特以从驾有年，积劳已久，得膺上选。惟司空张纯为前汉富平侯张安世玄孙，世袭封爵，敦谨有守，建武初先来朝谒，故仍使复国。建武五年，拜为大中大夫，使率颍川突骑，安集荆徐扬各州，管领粮道，接济诸将帅军营，颇称有功。嗣又屯田南阳，迁五官中郎将。有司奏称前代列侯，若非宗室，不宜复国，光武帝因纯有勋劳，未忍削夺，但徙封武始侯，比富平禄食减半。及继杜林为司空，志在萧规曹随，即萧何曹参，见《前汉演义》。清静无为，故亦无特迹可纪。



光武帝亦注重安民，不喜纷更，故自中原平定以后，惟简用二三老成人，作为三公。如蔡茂杜林诸徒，半是清廉有操，靖共尔位，虽与开国功臣劳逸不同，但太平时候得此守法奉公的大吏，也可谓称职无惭了。持论平允。至若守令中间，却有几个著名的循吏：桂阳太守卫飒，九真太守伍延，卢江太守王景，都是为民兴利，教养有方。还有江陵令刘昆，遇着火灾，向火叩头，火竟灭熄。再迁为弘农太守，弘农多山，山中有虎，并皆负子渡河。事为光武帝所闻，特召昆入问道：“前在江陵，反风灭火，后守弘农，虎北渡河，究竟有何德政，能致是事？”昆答说道：“这也不过偶然遇此呢！”却是真话。左右听了，不禁窃笑。光武帝独赞叹道：“这真是忠厚长者，言无虚饰，若他人作答，不是自夸，便是贡谀了！”遂命书诸策中，面授昆为光禄勋，昆始谢恩退去。未几又有前京兆掾第五伦，管领市政，素有清名。光武帝召伦入见，与语政事，伦奏对称旨，遂拜伦为会稽太守。伦莅政后，为政廉平，民皆称颂，备述贤吏，不没循声。光武帝也有意劝廉，增置吏俸，禄养既足，方使专心牧民，这未始非“上以是求、下以是应”呢！重禄劝官，本是要道。

且说匈奴日逐王比，既自立为单于，向汉称藩，时人遂称比为南单于。光武帝特遣中郎将段彬、音琛。副校尉王郁，往授南单于玺绶，且准令入居云中。南单于欣然受命，一面遣子入侍，奉表谢恩。光武帝复嘉谕南单于，使得徙居西河郡美稷县，并授段郴为中郎将，王郁为副，嘱他留戍西河，拥护南单于。南单于亦设置诸侯王，助汉捍边。凡云中五原朔方北地定襄雁门上谷代八郡边民，前时避寇内徙，至此各赐钱谷，悉数遣归。独北匈奴单于蒲奴恐南单于导引汉兵，乘间进击，乃将



从前所掠汉民，陆续放还，且遣使至武威郡，乞请和亲。武威太守据实奏闻，光武帝令群臣集议，连日不决。皇太子庄进言道：“南单于新来归附，北虏自恐见伐，故前来请和；若遽尔允许，恐南单于将有贰心，不如勿受为是。”光武帝乃复谕武威太守谢绝来使。朗陵侯臧宫、扬虚侯马武，却联名上书，请击北匈奴，略谓匈奴贪利，不知礼信，穷乃稽首，安即侵盗，现在北虏饥荒，疲困乏力，万里死命，悬诸陛下，诚使命将出塞，招募羌胡，厚加购赏，并力攻击，不出数年，定可平虏等语。光武帝不愿依议，独下诏答复道：

《黄石公记》曰：“柔能制刚，弱能制强。舍近谋远者，劳而无功；舍远谋近者，逸而有终。故曰：务广地者荒，务广德者强，有其有者安，贪人有者残。残灭之政，虽成

必败。”今国无善政，灾变不息，百姓惊惶，人不自保，而复欲远事边外乎！孔子曰：“吾恐季孙之忧不在颛臾。”且北狄尚强，而屯田警备，传闻之事，恒多失实。诚能举天下之半，以灭太寇，岂非至愿！苟非其时，不如息民。诸王侯公卿，其各知朕意！

越年为建武二十八年，北匈奴又遣使诣阙，贡马及裘，更请和亲，并请音乐，且求率西域诸国胡客，一同朝贡。光武帝再令三公以下，商议可否。当有一位文学优长的掾史胪陈计议，拜表上闻。正是：

明主倦勤惟偃武，词臣弭笔且和戎。

欲知何人具奏，所奏何词，容待下回再叙。



光武帝优待功臣，独于伏波将军马援，轻信梁松之谗，立收印绶，不使归葬，后人多讥光武之寡恩，为盛德累，固矣！夫马援之进军壶头，尝上书奏闻，明邀俞允，即使失策，光武亦不能辞责，况不过兵士劳顿，并无败军覆师之罪，光武何嫌？乃以梁松一言，暴怒至此。意者其由松为帝婿，有舞阴公主之媒孽其间，乃激成此举欤？援既知蜚言之可惧，而不先引身乞退，自蹈祸机，殆亦明于料人，昧于责己耳！南单于款塞通诚，不妨受降，唯不宜徙入内地，华夷之界，不可不严，一或溃防，后患匪浅。汉虽未遭其害，而典午适当其祸，推原祸始，不能不为光武咎。光武对内则失之伏波，对外则失之南单于，为政固非易事哉。

# 第二十三回　纳直言超迁张佚
# 信谶文怒斥桓谭

却说北匈奴一再求和，公卿等聚议纷纷，尚难解决。独司徒掾班彪陈述己见，请光武帝暂与修和，并为草拟诏书，大略如下：

臣闻孝宣皇帝敕边守尉曰："匈奴大国，多变诈，交接得其情，则却敌折冲；应对失其宜，则反为所欺。"今北匈奴见南单于来附，惧谋其国，故屡乞和亲；又远驱牛马，与汉合市，重遣名王，多所贡献，斯皆外示富强，以相欺诞也。臣见其贡益重，其国益虚；求和愈数，为惧愈多。然今既未获助南，则亦不宜绝北，羁縻之义，理无不答。谓可颇加赏赐，略与所献相当，明加晓告以前世呼韩邪郅支行事。报答之辞，必求适当，今立稿草并上曰：下文是代诏书口吻。

"单于不忘汉恩，追念先祖旧约，欲修和亲，以辅身安国，计议甚高，为单于嘉之！往者匈奴数有乖乱，呼韩邪郅支，自相仇隙，并蒙孝宣帝垂恩救护，故各遣侍子，称藩保塞。其后郅支忿戾，自绝皇泽；而呼韩附亲，忠孝弥著。及汉灭郅支，遂保国传嗣，子孙相继。今南单于携众向南，款塞归命，自以呼韩嫡长，次第当立，而侵夺失职，猜疑相背，数请兵将，归扫北庭，策谋纷纭，无所不至。惟念斯言不可独听，又以北单于比年贡献，欲修和亲，故拒而未许，将以成单于忠孝之义。汉秉威信，总率万国，日月所照，皆为臣妾，殊俗百蛮，义无亲疏，服顺者褒赏，叛逆者诛罚，善恶之效，呼韩郅支是也。今单于欲修和亲，款诚已达，何嫌而欲率西域诸国，俱来献见！西域国属匈奴与属汉何异！单于数连兵乱，国内虚耗，贡物裁以通礼，何必献马裘！今赍杂缯五百匹，弓鞬韇丸一，矢四发，遗单于，又赐献马左骨都侯右谷蠡王，并匈 
奴官名。杂缯各四百匹，斩马剑各一。单于前言先帝时，所赐呼韩邪竽瑟箜篌皆敝，愿复裁赐。念单于国尚未安，方厉武节，以战攻为务，竽瑟之用，不如良弓利剑，故未以赍。朕不爱小物于单于，便宜所欲，遣译以闻。”

光武帝得书后，颇觉彪言有理，即照他所拟草诏缮发出去，所有赏赐各物，亦俱如彪言。北匈奴受诏而去。会值沛太后郭氏，即废后。见二十一回。得病身亡，光武帝命从丰棺殓，使东海王强奉葬北邙。并使大鸿胪郭况子潢得尚帝女淯阳公主，进潢为郎。亲上加亲，还是不忘故后的意思。且因东海王强去就有礼，加封鲁地，特赐虎贲旄头钟虡等物，徙封鲁王兴为北海王。兴系齐武王刘縯子，见前文。惟自东海王强以下诸兄弟，虽俱受王封，

还是留居京都，未尝就国。

当时诸王竞修名誉，广结交游，门下客多约数百，少亦数十人。王莽从兄王仁子磐，自莽被灭后，幸得免祸，家富如故，平时雅尚气节，爱士好施，著名江淮间。旋因游寓京师，与士大夫往来，名誉益盛，列侯公卿喜与接谈，就是诸王邸中，亦常见王磐足迹。故伏波将军马援，有一侄女，嫁磐为妻。援却不甚爱磐，且闻他出入藩邸，愈为磐忧。尝与姊子曹训道："王氏已为废族，为子石计，磐字子石。理应屏居自守，乃反在京浪游，妄求声誉，我恐他不免遭殃呢！"已而复闻磐子肃来往北宫及王侯邸第，乃复语司马吕种道："国家诸子并壮，不与立防，听令交通宾客，将来必起大狱！卿等须预先戒慎，免得株连！"观人不可谓不审，料事不可谓不明。吕种似信非信，总道诸王势大，可以无虞，因此将援言撇诸脑后，也在藩邸中奔走



伺候，曲献殷勤。哪知郭氏殁后，便有人诣阙上书，说是王肃父子漏网余生，反得为王侯宾客，终恐因事生乱，亟宜加防。光武帝览书生愤，便饬郡县收捕王肃父子并及诸王宾佐，辗转牵引，系狱至千余人。吕种亦遭连坐，不禁悔叹道："马将军真神人呢！"但祸已临头，嗟亦无及，就使没有甚么大罪，到此已玉石不分，无从辩诉。

冤冤相凑，又出了一种杀人的巨案。从前刘玄败没，光武帝尝封玄子鲤为寿光侯。鲤记念父仇，迁怨刘盆子兄弟，因将盆子兄故式侯刘恭乘间刺死。鲤与沛王辅友善，案情且连及沛王。故鲤坐罪下狱，沛王亦一同被系。光武帝恨上加恨，遂将王肃父子并诸王宾客，相率处死。沛王系狱三日，经王侯等力为救请，才得释出，乃一并遣令归国，不得仍留京师。诸王奉诏，不得不入朝辞行，分道去讫。

皇太子庄，春秋渐高，留居东宫，光武帝欲为选师傅，辅导储君，因向群臣咨问，令他各举所知，太子舅阴识，已受封原鹿侯，官拜执金吾，群臣俱上言太子师傅，莫如阴侯。独博士张佚进说道："今陛下册立太子，究竟为天下起见呢？还是为阴氏起见呢？为阴氏起见，阴侯原可为太子师傅；若为天下起见，应该选用天下贤才，不宜专用私亲！"光武帝点头称善，且顾语张佚道："欲为太子置师傅，正欲储养君德，为天下计；今博士且能正朕，况太子呢！"当下拜佚为太子太傅，佚直任不辞，受职而退。还有太子少傅一缺，另任博士桓荣，各赐辎车乘马等物。荣沛郡人，资望比张佚为优，少时游学长安，师事博士朱普，习尚书学，家贫无资，佣食自给，十五年不归问家园。及朱普病殁，送丧至九江朱家，负土成坟，遂在九江寓居，教授生徒，多至数百人。王莽末年，天下大乱，荣怀藏经书，与弟子逃匿山谷，虽时常饥困，尚是讲学不辍。待乱事既平，乃复出游江淮，仍以教授为生。建武十九年，始得辟为大司徒掾属，年已六十有余。弟子何汤，为虎贲中郎将，在东宫教授尚书。光武帝尝问汤师事何人，汤以荣对，乃召荣入见，令他讲解尚书，确有特识，因即擢为议郎，亦使教授太子。寻复迁为博士，常在东宫留宿，朝夕讲经。太子庄敬礼不衰，及为太子少傅，荣已七十余岁，乃大会诸生，具列车马印绶，欢颜语众道："今日得蒙厚恩，全由稽古得力，诸生可不加勉么？"以学术博取富贵，志趣亦卑，桓荣一得自矜，不足为训。越二年复改任太常，事见后文。



且说建武三十年仲春，光武帝命驾东巡，行至济南，从驾诸臣，俱表陈光武帝功德，宜就泰山行封禅礼，光武帝不许，毅然下诏道：

朕即位三十年，百姓怨气满腹，吾谁欺，欺天乎！曾谓泰山不如林放乎！何事污七十二代之编录！若郡县远遣吏上寿，盛称虚美，必髡、令屯田。特诏。

诏书既下，群臣既不敢复言，待至光武帝东巡已毕，即奉驾还宫。好容易过了两载，已是建武三十二年，光武帝偶读《河图会昌符》，谶记书名。有云："赤刘之九，会命岱宗。"不由的迷信起来，暗想前次东巡，群臣都劝我封禅，彼时我未见此书，还道封禅无益，所以驳斥。今谶文如此云云，莫非真要我行此古礼？乃命虎贲中郎将梁松等，按索河洛谶文，计得九世封禅，共三十六事。不知从何书查出。司空张纯等即希旨上书，奏请封禅，略云：



自古受命而帝，治世之隆，必有封禅以告成功焉。《乐·动声仪》曰：动声仪，系《乐》纬篇名。"以雅治人，风成于颂。"有周之盛，成康之间，郊祀封禅，皆可见也。《书》曰："岁二月东巡狩，至于岱宗柴。"则封禅之义也。说得牵强。伏见陛下受中兴之命，平海内之乱，修复祖宗，抚存万姓，天下旷然，咸蒙更生，恩德云行，惠泽雨施，黎元安宁，夷狄慕义。《诗》曰："受天之祜，四方来贺。"今摄提之岁，《尔雅》云："太岁在寅，曰摄提格。"苍龙在寅，德在东宫，太岁号苍龙。宜及嘉时，遵唐帝之典，继孝武之业，以二月东巡狩，封于岱宗。明中兴，勒功勋，复祖统，报天神，禅梁父，祀地祇，传祚子孙，万世之基也。谨拜表上闻。

这书呈入，便蒙批准。未免自相矛盾。司空张纯忙将汉武帝封禅旧例纂辑成编，呈将进去。光武帝以汉武故事，尝有御史大夫从行，此次援照旧仪，就命纯比御史大夫，伴驾东出。择定二月初吉，启行出都，沿途仪仗，比前较盛。既到东岳，便柴望岱宗，封泰山，禅梁父，俱如汉武成制。惟刻石文，另行撰就，无非是歌功颂德的套话，小子无暇记录。但封禅礼告成以后，准备回銮，不料张司空骤然得病，医药罔效，延挨了三五日，一命呜呼。想是东岳请他修文去了。光武帝不免扫兴，当即拨司空从吏护丧西归，自己亦匆匆还宫。惟既行封禅礼，不得不循例大赦，蠲免泰山郡一年田租，且改建武三十二年为中元元年。擢太仆冯鲂为司空，使继纯职。哪知司徒冯勤也是一病不起，惹得光武帝越加懊怅，暂时不令补缺，直至孟冬时候，方授司隶校尉李欣为司徒。群臣尚壹意贡谀，竞言祥瑞，或谓京中有醴泉涌出，或谓都下有赤草丛生，就是四方郡国也奏称甘露下降，说得百灵效顺，四海蒙庥。君有骄心，必有佞臣。一班公卿大夫，且上言天下清宁，祥符显庆，宜令太史撰集，传诸来世。还是光武帝虚灵不昧，未肯听许，所以史官只略载一二，不尽铺张。会值孟冬蒸祭，冬祭曰蒸，见《礼记》。光武帝使司空告祠高庙，先日颁诏云：



昔高皇帝与群臣约，非刘氏不王，吕太后贼害三赵，赵幽王友、赵恭王恢、赵隐王如意。专王吕氏。赖社稷之灵，禄产伏诛，天命几坠，危朝更安。吕太后不宜配食高庙，同祧至尊。薄太后母德慈仁，孝文皇帝贤明临国，子孙赖福，延祚至今。其上薄太后尊号曰高皇后，配食地祇，迁吕太后庙主于园，四时上祭，垂为永典，毋愆尔仪。

嗣是起明堂，筑灵台，作辟雍，又在北郊设立方坛，主祀地祇，略与南郊祭天坛相似，惟形式不同。费了若干工役，才得告成，乃宣布图谶，昭示天下。先是光武帝从强华言，援据赤伏符谶文，乃即帝位。见前文。及四方寇乱，依次削平，越觉得谶文不爽，迷信甚深，给事中桓谭尝上书规谏道：

臣闻人情忽于见事，而贵于异闻。观先王之所记述，咸以仁义正道为本，非有奇怪虚诞之事。盖天道性命，圣人所难言也，自子贡以下，不得而闻，况后世浅儒，能通之乎？今诸巧慧小才伎数之人，增益图书，矫称谶记，以欺惑贪邪，诖误人主，焉可不抑远之哉？臣谭伏闻陛下穷折方士黄白之术，甚为明矣；而乃欲听纳谶记，又何误也！其事虽有时合，譬犹卜数只偶之类。陛下宜垂明听，发圣意，屏群小之曲说，述五经之正义，略雷同之俗语，详通人之雅谋，则不必索诸虚无，太平自庶几矣！臣自知愚戆，谨冒死上陈。



光武帝览疏，甚是不怿。及建筑灵台，择视地点，又欲决诸谶文，谭复极言谶文不经，光武帝大怒道："桓谭非圣不法，罪当处死！"谭不胜惊惧，叩头流血，方蒙宽宥，惟尚降谭为六安郡丞。谭怏怏就道，得病即死，年已七十余岁。何不早去？又有大中大夫郑兴因光武帝语及郊祀，拟从谶文取断，兴直答道："臣不览谶文。"光武帝作色道："卿不览谶文，莫非不信谶么？"兴慌忙叩谢道："臣素愚昧，书多未读，并非不信谶文。"光武帝方才无语，但终不留任内用。后来兴被侍御史讦奏，说他出使成都时，私买奴婢，应该加罪，遂谪兴为莲勺令。兴赴任后，正欲缮修城郭，以礼教民，又奉朝命免官，归老开封原籍。兴素好古学，尤通《左氏周官》，善长历数，如杜林桓谭诸人，往往向兴问业，取承意旨，故世言《左氏春秋》，多半宗兴学说。兴归里后，但至阌乡授徒，三公屡加征辟，不肯复起，得以寿终。识见比桓谭为高。子众能承父学，下文自有交代。

未几已是中元二年，光武帝已六十三岁，还是昧爽视朝，日昃乃罢，暇时辄召入公卿郎将，与谈经义，至夜静方才就寝。皇太子庄，常伺间进言道："陛下明若禹汤，独不似黄老养性，未免过劳，愿从此颐养精神，优游自适。"光武帝摇首道："我乐为此事，并不觉疲劳呢！"话虽如此，究竟年老力衰，不堪烦剧，竟于中元二年二月间，染病日剧，在南宫前殿中，寿毕归天。总计光武帝在位，共三十三年，起兵舂陵，迭经艰险，终能光复旧物，削平群雄，可见他智勇深沉，不让高祖。 
至天下已定，务用安静，退武臣，进文吏，明慎政体，总揽权纲。并且崇尚气节，讲求经义，耳不听郑声，手不持玩好，与王侯等持盈保泰，坐致太平，比那高祖谩骂儒生，诛夷功臣，纵吕后祸刘，实是相差得多哩！也是确评。惟妻妾易位，嫡庶乱序，嬖幸梁松，薄待马援，晚年尚迷信图谶，侈志东封，这虽是瑕不掩瑜，免不得有伤盛德呢！小子有诗咏道：

郁葱佳气早呈祥，帝业重光我武扬；
三十三年膺大统，功多过少算明王。

苏伯阿善望气，顾视舂陵乡，尝叹语云："气佳哉，郁郁葱葱然！"

光武帝崩，太子庄当然嗣位，是为孝明皇帝。欲知明帝即位情形，待至下回再详。

光武帝惩诸王之滥交，并令就国，乃慎选太子师傅，为储养计。阴识本太子母舅，原不宜为太子师，张佚斥群臣之谬论，请择用天下贤才，议固近是，乃其后居然自任，未闻有至德要道，进勖东宫，岂太子果不必指导欤?《后汉书》不为张佚列传，想因其无行可述，故略而不详。至少傅桓荣，独详为记载，有褒美意，但观其夸示诸生，称为稽古之力，但亦一借学沽名，駮而不醇。荣且如此，佚更可知，光武之因言举人，得毋为佚所欺乎？桓谭以善琴干进，尤不足道；及论图谶之不经，却是持正之谈。彼郑兴之学识，较谭为优，而光武帝俱斥而远之，亦思依谶东封，有何效益。匝月而张纯病死，逾年而车驾宾天，谶语果可信耶？不可信耶？光武邈矣！后之人幸勿过事迷信也。

# 第二十四回　幸津门哭兄全孝友　图云台为后避勋亲

却说明帝继承大统，即日正位，年已三十，命太尉赵熹主持丧事。时经王莽乱后，旧典多散佚无存，诸王前来奔丧，尚与新天子杂坐同席，藩国官属，亦得出入宫省，与朝廷百官无别。熹独正色立朝，横剑殿阶，扶下诸王，辨明尊卑；复奏遣谒者，监视藩吏，不得擅入，诸王且并令就邸，只许朝夕入临；整礼仪，严门卫，内外肃然。不可谓非赵熹才能。尊皇后阴氏为皇太后，奉葬光武帝于原陵，庙号“世祖”。光武帝曾有遗言：一切葬具，俱如孝文帝制度，务从节省，不得妄费。因此多从朴实，屏去纷华。志此以见光武之俭。山阳王荆，为明帝同母弟，性独阴刻，专喜害人。当闻丧入临时，哭亦不哀，且伪作飞书，用函密封，嘱使苍头冒充郭况家奴，送交东海王强。强展开一阅，大为惊异。但见书中写着：

君王无罪，猥被斥废，而兄弟至有束缚入牢狱者；指沛王辅事，见前文。太后失职，别守北宫，及至年老，远斥居边，海内深痛，观者鼻酸。及太后尸柩在堂，洛阳吏以次捕斩宾客，至有一家三尸伏堂者，痛亦甚矣！今天下有丧，弓弩张设甚备，梁松饬虎贲吏曰："吏以便宜从事，见有非法，而拘常制封侯，难再得也！"郎官窃恶之，为王寒心屏息。今天下方欲思刻害王以求功，宁有量耶？若归并二国之众，东海与鲁。可聚百万，君王为之主，鼓行无前，功易于泰山破鸡子，轻于四马载鸿毛，此汤武兵也。今年轩辕星有白气，星家及喜事者，皆云白气者丧，轩辕女主之位。又太白前出西方，至午犹现，主兵当起。又太子星色黑，日辄变赤，黑为病，赤为兵，请王努力从事！高祖起亭长，先帝兴白水，何况于王为先帝长子，本故副主哉？上以求天下，事必举；下以雪沉没之耻，报死母之仇，精诚所加，金石为开。当为秋霜，毋为槛羊；虽欲为槛羊，又可得乎？窃见诸相工言王贵天子法也。人主崩亡，闾阎之伍，尚为盗贼，欲有所望，何况王耶？夫受命之君，天子所立，不可谋也。今嗣帝乃人之所置，强者为右，愿君王为高祖先帝所志，毋为扶苏秦始皇长子。将闾秦始皇庶子。徒呼天也。



是书却无署名，不过来人传言，谓是大鸿胪郭况亲笔。强亦不暇细讯，但将来使执住，解送阙下，并将原书呈入。明帝命将使人系狱，不令穷治，惟留心访察。知系山阳王荆所为，谋害东海王，自思荆为胞弟，未便举发，不如暂从隐秘。但遣荆出止河南宫，至丧葬事毕，首先令荆还国。一面颁发诏令道：

方今上无天子，下无方伯，若涉渊水，而无舟楫。夫万乘至重，而壮者虑轻，实赖有德左右小子。高密侯禹，元功之首；东平王苍，宽博有谋；其以禹为太傅，苍为骠骑将军。弼予小子，钦哉惟命！

原来东平王苍，系明帝同母长弟，少好经书，具有智略，明帝素与友爱，因特留任骠骑将军，位居三公上。高密侯邓禹年已垂老，自从关中东归，深居简出，不求荣利。有子十三人，各使学成一艺，修整闺门，教养子孙，俱可为后世法则。光武帝在位时，曾因他杖策定谋，足为功首，所以特加宠异，至是复拜为太傅，进见时却令东向，待若宾师。臣当北面，东向系宾师之位。禹就职逾年，已是永平纪元，朝贺以后，即患瘫疾，好容易延至五月，禄寿告终。明帝优加赙赠，予谥曰“元”。分禹封为三国，令禹长子震嗣爵高密侯，次子袭封昌安侯，三子珍封夷安侯。接连是东海王强亦已病故，讣至阙下，明帝从阴太后出幸津门亭，遥为举哀，使司空冯鲂持节至鲁，护理丧事。诸王及京师亲戚，一体会葬，予谥“恭王”。强本封东海，嗣加鲁地。见前。从前鲁恭王余，景帝子，好筑宫室，建造灵光殿，规模宏敞，虽经变乱，此殿独存。光武帝怜强无罪，自愿逊位，故特加给鲁地，令他徙居鲁殿，安享天年。偏强寿命不永，殁时只三十四岁。遗疏以子政不肖，未便袭封，愿仍还东海郡，让还鲁地。明帝不忍依议，仍使政承袭旧封。果然政纵淫渔色，行检不修。后至中山王焉病逝时，焉系郭后所出，见前。政往中山送葬，见焉妾徐姬，姿容韶秀，竟将她诱取了去，据为己妾。又盗迎掖庭出女，载入都中，日夕图乐。鲁相及豫州刺史奏请诛政，有诏但削去薛县，薄惩了事，政幸得令终。这是后话不表。已为章帝时事。

且说西海一带，西海即青海。向为羌人杂居地，秦初有无弋爰剑，为秦所拘，乘间脱去，匿居岩穴间。嗣出与劓妇相遇，谐成夫妇，劓女自耻失容，常用发覆面，羌人遂沿为习俗。且因爰剑匿穴不死，必有后福，遂共推为酋长，徙居河湟。后来子孙日蕃，各自为种，或因地得名，或因人得名。秦汉时叛服靡常，汉武帝始遣将军李息，讨平群羌，特置护羌校尉。宣帝因先零羌寇边，复使后将军赵充国击破先零，屯田设戍。元帝时又有叛羌，再遣右将军冯奉世出剿，才得平定。自从爰剑五传至研，颇称豪健，威服诸羌，子孙遂以研为种号。再传八世，又出了一个烧当，雄武与研相同，子孙更自名为烧当种。王莽末年，中原大乱，四夷内侵，羌人亦还据西海，入寇金城。时隗嚣据有陇西，不能平羌，索性发粟接济，诱他拒汉。



嗣经来歙马援两将军，一再征讨，羌势少衰。独烧当玄孙滇良为先零卑湳诸羌所侵，发愤图强，招携怀远，竟得收集各部，袭破先零卑湳，据有两羌土地。滇良死后，子滇吾嗣，辗转收抚各羌种，教他攻取方略，作为渠帅。羌种沿革，已见大略。

中元二年秋间，滇吾与弟滇岸等，带着步骑五千人入寇陇西。陇西太守刘盱出兵拒战，为羌所败，丧亡五百余人。滇吾得了胜仗，趁势号召诸羌，于是为汉役属的羌人亦起应滇吾，相率犯边。明帝方才嗣立，忙遣谒者张鸿领兵出塞，会同陇西长史闲飒共讨滇吾。哪知到了允吾县唐谷间，中了滇吾的埋伏计，四面兜击，全军覆没。于是再起马武为捕虏将军，使与监军使者窦固，中郎将王丰、右辅都尉陈欣等，调集兵士四万人，大击滇吾。行至金城郡浩亹才，正值羌众前来，马武系百战老将，便当先冲锋，奔杀过去。羌众不能抵敌，向后退去，武得斩首六百级，乘胜追抵洛都谷。谷中两面削壁，不便驱驰，羌人却得依险返攻，来战汉军，汉军措手不及，前队多死。还亏马武行军有律，不致自乱，徐徐地退出谷外，安就坦途。羌众却也狡黠，掉头自去，相引出塞。武检点军士，已伤毙了千余人，尚幸全军锐气，未尽消失，乃复整阵追击，直抵塞外。羌人总道汉军败退，不致再追，乐得放心安胆，解甲韬弓，信口唱着番歌，向西归去。不意汉兵从后杀到，吓得羌众魂散魄驰，人不及甲，马不及鞍，又没有山谷可以暂避，偏偏在东西邯间，碰着大敌。东西邯有水分流，中央筑亭，叫作邯亭，邯亭左右，邯水分绕，因名东西邯。这乃是往来大道，并无险阻，汉兵正好纵击，大杀一阵，剁落四千六百颗头颅，擒住一千六百个生口。滇吾滇岸拼命逃生，余众或降或奔，不在话下。武乃振旅还朝，得增封邑八百户。越二年，武即病终。垂暮得功，比伏波福运为优。



同时辽东太守祭肜亦遣偏将讨赤山乌桓，斩将搴旗，大获胜仗，威声四震，绝塞无尘。所有沿边屯卒，各请罢归，俾得休息。明帝因羌胡远遁，四海无惊，正好追承先志，修明礼教。乃与东平王苍等议定南北郊祀礼仪，及冠冕车服制度，宗祀光武帝于明堂，登灵台，望云物，临辟雍，行大射礼。总算是父作子述。嗣复援照古制，就辟雍养老，创设三老五更；三老知天地人三事，五更知五行更代，并不是有三人五人。当下拜李躬为三老，桓荣为五更。三老服都纻大袍，织纻为美布，故曰都纻。戴进贤冠，即古淄右冠。扶玉杖，杖端刻玉为鸠，故称鸠杖，亦号玉杖。五更衣冠与三老相同，惟玉杖不扶。明帝先至辟雍礼殿，就坐东厢，遣使用蒲轮安车，往迎三老五更。待他到来，由宾阶升堂，明帝亦起座相迎，作揖如仪。三老就东面，五更就南面，三公设几，九卿正履，明帝亲袒割牲，执酱而馈，执爵而酳，祝哽在前，祝噎在后，实行那夏商周的遗制。及养老礼成，始引太学弟子升堂，由明帝自讲经义，徐为引伸，诸儒执经问难，冠带搢绅，都来观听，环列桥门，以亿万计。于是赐荣爵关内侯，三老五更，皆以二千石禄养终身。李躬事不见列传，且未得侯封，不知何故令为三老？荣年已逾八十，屡因衰老乞归。明帝但加赏赐，不令告退，且始终以师礼相待，未尝失敬。荣由少傅调任太常，明帝犹随时存问，往往亲临太常府中，使荣就东面坐着，特设几杖，召集公卿百官及荣门生数百人，向荣问业。诸生或向帝请益，帝辄谦让道："太师在是，不必问我！"至罢讲散归，尽把太官供具，移赐与荣。荣有疾病，太官太医奉诏往视，陆续不绝。既而疾笃，由荣上疏谢恩，让还爵土。明帝又亲往问候，入街下车，拥经而前，抚荣垂涕，面赐床茵帷帐、刀剑衣被，好多时方才别归。自是公卿问疾，不敢复乘车到门，步至荣室，悉拜床下。及荣寿终，明帝亦亲自变服，临丧举哀，赐葬首阳山。荣长子雍早殁，少子郁应当袭爵，郁愿让封与兄子汎，明帝不许，郁乃受封，所得租赋，仍畀兄子，明帝甚以为贤，召为侍中。郁之贤，实过乃父。



惟明帝既尊礼师傅，复追忆功臣，特就南宫云台中图绘遗像，共得二十八将，再加王常、李通、窦融、卓茂四侯，合成三十二人。当时诸人多已物故，赖有云台遗迹，表著千秋，特将官爵姓名，照录如下：

| | |
|---|---|
| 太傅高密侯邓禹 | 中山太守全椒侯马成 |
| 大司马广平侯吴汉 | 河南尹阜成侯王梁 |
| 左将军胶东侯贾复 | 琅琊太守祝阿侯陈俊 |

建威大将军好畤侯耿弇　　骠骑大将军参蘧侯杜茂
执金吾雍奴侯寇恂　　积弩将军昆阳侯傅俊
征南大将军舞阳侯岑彭　　左曹合肥侯坚镡
征西大将军阳夏侯冯异　　上谷太守淮阳侯王霸
建义大将军鬲侯朱祐　　信都太守阿陵侯任光
征虏将军颍阳侯祭遵　　豫章太守中水侯李忠
骠骑大将军栎阳侯景丹　　右将军槐里侯万修
虎牙大将军安平侯盖延　　太常灵寿侯邳彤
卫尉安成侯铫期　　骁骑将军昌成侯刘植
东郡太守东光侯耿纯　　城门校尉朗陵侯臧宫
捕虏将军扬虚侯马武　　骠骑将军慎侯刘隆
横野大将军山桑侯王常　　大司空固始侯李通
大司空安丰侯窦融　　太傅褒德侯卓茂

**223.**

这三十二人的籍贯，小子在前文中俱已叙明，故不赘述。惟自邓禹至刘隆，共二十八将，并佐光武帝中兴，相传为上应二十八宿，或竟说他是星君下凡，这未免穿凿附会，不值一辩，所以小子亦不敢妄录。但将云台所纪，史官所采，依次列入罢了。尚有伏波将军马援，也是个中兴功臣，光武帝误听梁松，把他薄待，难道明帝也将他失记么？说来又有原因，还请看官听着：马援元配贾氏，早殁无子，继娶蔺氏，生有四子三女，少子客卿，幼即岐嶷，六岁能应接诸公，专对宾客，援甚加钟爱，因名为客卿。自援家遭谗失势，客卿亦哭父病亡，蔺夫人不胜悲悼，尝患怔忡，外事由援子廖防等主持，内事由援女料理。少女年仅十岁，才逾二姊，独能整办家事，驾驭僮仆，且勤且俭，事若成人；惟因生性好劳，常患疾苦。蔺夫人令卜人占验，卜人说道："此女虽有小恙，将来必当大贵，卜兆实美不胜言。"旋又召相士审视诸女，相士又言少女极贵，他日当为国母，不过子嗣稍艰，若养他人子为子，比亲生还要加胜哩！蔺夫人虽然心喜，但因遭际多艰，也未敢信为真言。援兄子严见叔父被谗，祸由梁松窦固，不胜悲愤，本来与窦家结婚，为此将她离绝。且闻从妹生有贵相，特为求进掖庭，是时光武帝尚未崩逝，严即上书吁请道：

> 臣叔父援辜恩不报，而妻子特获恩全，戴仰陛下，为天为父。人情既得不死，便欲求福。窃闻太子诸王妃匹未备，援有三女，大者十五，次者十四，小者十三，仪状发肤，上中以上；皆孝顺小心，婉静有礼，愿下相工，简其可否？如有万一，援不朽于黄泉矣。又援姑姊妹，并为成帝婕妤，葬于延陵，臣严幸得蒙恩更生，冀因缘先姑，当充后宫。谨冒死以闻。



这书呈入，总算蒙旨恩准，派遣宫监，至援家选女，仔细端详，第三女最为韶秀，乃将她选入东宫。女年尚只十三，却能奉承阴后，旁接同列，礼仪修备，人无间言。后来年渐长成，越加颀晰，又生成一头美发，光润细长，常笼发四起，梳成大髻，尚觉有余，再将发梢绕髻三匝，方无余发。眉不施黛，惟左眉角稍有小缺，略加点染。身长七尺二寸，亭亭玉立，袅袅花姿，又能不妒不悍，上下咸安。看官试想如此淑媛，能不令人怜爱么？明帝未即位时，已是宠爱异常，至嗣承大统，便册为贵人。永平二年，竟立贵人马氏为后。可巧云台绘像与立后同时，东平王苍至云台观图，独不见有马援遗容，便转问明帝道："何故不画伏波将军遗像？"明帝但微笑不答。揣明帝的用意，无非因援为后父，不便列入，省得他人滋议，其实是举不避亲，何妨列入？明帝意欲示公，反觉得不免怀私呢！小子有诗咏道：

薏苡冤深已掩忠，云台又复未铭功；
伏波若有遗灵在，地下应悲主不公。

马援不列云台，马后却传名千古，欲知马后懿行，待至下回续叙。

储君被废，往往不得其死，独东海王强，随遇而安，乃得令终。强固贤者，明帝亦未尝非贤，观其不信蜚言，亲爱如故；及闻强病殁，奉母后至津门亭，哭泣尽哀，宁非情义兼至者耶？然强年方逾壮，即致病殁，亦何莫非由几经忧虑，乃促天年，追溯厉阶，吾犹不能无咎于光武也！惟明帝嗣位以后，功臣多已凋谢，邓禹马武，岿然仅存，一则进为太傅，半载即终；一则出平叛羌，未几亦殁。明帝追念功臣，绘像云台，共得三十二人，垂为纪念，此亦未始非扬激之方。但以马伏波之关系后戚，特为避嫌，未免为一偏之见，彰善瘅恶，当示大公，若必以亲疏别之，则陋矣。

## 第二十五回　抗北庭郑众折强威<br>赴西竺蔡愔求佛典

却说马皇后正位中宫，尚无子嗣，惟后前母姊女贾氏，亦得选列嫔嫱，产下一男，取名为炟，后爱炟如己出，抚养甚勤，尝语左右道："人未必定自生子，但患爱养不至呢！"嗣又因皇子不多，每加忧叹，见有后宫淑女，辄为荐引，既得进御，待遇尤优。阴太后尝称她德冠后宫，故命立为后。平居能诵《周易》，好读《春秋》、《楚辞》，尤喜阅周官董仲舒书，持躬节俭，但用大练为裙，不加缘饰。每月朔望，诸姬入朝，见后袍衣粗疏，反疑是绮縠制成，就近注视，方知是寻常粗帛，禁不住微笑起来。后已知众意，随口解嘲道："这缯特宜染色，所以取用，幸勿多疑。"后宫莫不叹息。明帝尝欲试后才识，故意将群臣奏牍，令后裁阅，后随事判断，并有条理，独未敢以私事相干。幸遇贤后，不妨相试，否则启后宫干政之渐。有时明帝出游，后辄谓恐冒风寒，婉言规谏。一日车驾往游濯龙园，六宫妃嫔多半相随，独皇后不往，妃嫔等素蒙后爱，俱请明帝召后同行，明帝笑说道：“皇后不喜逸乐，来亦不欢，不如由她自便罢！”后来后闻帝言，也不以为愠，但遇帝游览，往往称疾不从。是时国家全盛，海内承平，明帝政躬有暇，屡至濯龙园消遣。园近北宫，因欲增筑宫室，与园相连，当下传谕有司，召集工匠，大加兴筑。适值天气亢旱，盛夏不雨，尚书仆射钟离意，特诣阙免冠，上疏切谏道：

伏见陛下以天时小旱，忧念元元，降避正殿，躬自克责。而比日密云，终无大润，岂政有未得天心者耶？昔成汤遭旱，以六事自责曰：“政不节耶？使民疾耶？宫室荣耶？女谒盛耶？苞苴行耶？谗夫昌耶？”窃见北宫大作，人失农时，此所谓宫室荣也。自古非苦宫室小狭，但患人不安宁，宜且罢止，以应天心。臣意以匹夫之才，得叨重禄，擢备近臣，不胜愚款，昧死上闻。



明帝览疏，当即答谕道：“汤引六事，咎在一人，其冠履，勿谢。”意乃整冠而退。是日即下诏停止工作，减省不急，果然天心默应，即沛甘霖。会明帝赐降胡十缣，尚书郎误十为百，转交大司农。大司农登入计簿，复奏上去，被明帝察破过误，顿时大怒，立召尚书郎入责，将加笞杖。钟离意慌忙入谒，叩头代请道：“过误乃是小失，不足重惩；若以疏慢为罪，臣当首坐。臣位大罪重，郎官位小罪轻，请先赐臣谴便了！”说罢即解衣待缚。明帝闻言，怒始渐平，仍令衣冠如故，并贷免尚书郎。意乃拜谢趋出。惟明帝素好讥察，发人隐私，每遇大臣有过，辄加面斥，近侍尚书以下，且亲手提曳，不肯少恕。尝因事怒斥郎官药崧，甚至自执大杖，欲加敲扑；崧惧走床下，明帝怒甚，连声疾呼道："郎出郎出！"崧答说道："天子穆穆，诸侯煌煌，未闻人君，自起撞郎！"紧急时，尚能韵语，却是绝好口才。明帝听着，倒也转怒为笑，掷杖赦崧。崧才出床下，谢恩乃去。但朝臣惟恐忤旨，莫不惴栗，独钟离意犯颜敢谏，屡次封还诏书，同僚有过被谴，辄为救解。明帝亦知他忠诚，终因直道难容，出为鲁相。意本会稽郡山阴人，以督邮起家，至鲁相终身。药崧河内人，性亦廉直，官终南阳太守。

虎贲中郎将梁松，永平初已迁官太仆，松恃势益骄，屡作私书，请托郡县，致被明帝发觉，饬令免官。松尚不知改省，反阴怀怨望，捏造飞书，讪谤朝廷，结果仍事发坐罪，下狱论死。终为马伏波所料。先是明帝为太子时，常与山阳王荆，令梁松持取缣帛，往聘郑众。众即前大中大夫郑兴子，有通经名，见二十三回。性独持正，既与梁松晤谈，便慨然答道："太子储君，无外交义，就是藩王，亦不宜私交宾客。旧防具在，还请为我婉辞！"松复劝驾道："长者有意，不宜故违。"众正色道："犯禁触罪，何如守正致死？"遂将缣帛却还，不肯就聘。及松罹死罪，松友连坐多人。众虽与松相识，终因却聘一事，得免干连，明帝且召众为明经给事中，再迁众为越骑司马，仍兼给事如故。



会北匈奴又乞请和亲，明帝特遣众北行，持节报命。南匈奴须卜骨都侯，闻知汉与北庭修和，内怀嫌怨，意欲叛汉。因通使北匈奴，请他发兵相迎。众出塞后，探悉情形，遂缮好奏牍，嘱从吏驰递阙廷，大致谓宜速置大将，防遏二虏交通。明帝乃命就塞外置度辽营，使中郎将吴棠行度辽将军事，出驻五原；再遣骑都尉秦彭出屯美稷，监制南北两匈奴。惟郑众径诣北庭，见了北单于，长揖不拜，北单于面有愠色，左右喧呼道："汉使何不下拜！"众勃然答道："众为汉臣，只拜天子，不拜单于。"北单于益怒，令左右曳众出帐，派兵韦守，不与饮食。众语虏众道："单于不欲与大汉和亲，倒也罢了；既欲和亲，应该优待汉使。须知和亲以后，谊关甥舅，不啻君臣，奈何与使人为难呢？如必迫众下拜，众宁可自杀，不愿屈膝。"说着，拔出佩刀，意欲自刎。虏众不禁慌张，一面劝众息怒，一面转报单于。单于恐众或自尽，有碍和议，乃改颜相待，更遣使人随众还都。朝议又拟遣众往报，众不愿再行，因上书陈请道：

> 臣伏闻北单于所以要致汉使者，欲以离南单于之众，坚西域三十六国之心也。又当扬汉和亲，夸示邻敌，令西域欲归化者，局促狐疑，怀土之人，绝望中国耳！汉使既到，便偃蹇自骄；若复遣之，虏必自谓得谋，其群臣之劝虏归汉者，亦不敢复言。如是则南庭动摇，乌桓亦有离心矣。南单于久居汉地，具知形势，万一离析，必为边害，今幸有度辽之众，扬威北陲，虽勿报答，不敢为患。惟陛下裁察！



明帝览书，不肯照准，仍令众即日北往。众复上言道："臣前奉使北庭，不为匈奴下拜，单于尝遣兵围臣，幸得脱免，今衔命再往，必见陵折。臣诚不忍持大汉节，屈膝毡裘，如令臣为匈奴所屈，实损大汉威灵，故请陛下俯察愚忠，收回成命！"云云。明帝依然不听，一味专制。众不得已出发，途中尚再四上书，固争不已，惹得明帝性起，竟饬使召还，系众下狱。后因匈奴使至，面问众与单于争礼情形，匈奴使臣据实对答，且言众意气壮勇，不亚苏武，明帝乃赦免众罪，遣归田里。

东平王苍以至亲辅政，声望日隆，不免有位高震主的嫌疑，乃连上数疏，奉还骠骑将军印绶，情愿退守屏藩。

明帝不忍拂意，许他归国，仍将骠骑将军印发还，使得兼职。此外三公却改易数人，永平三年，太尉赵熹、司徒李欣皆免官，另任南阳太守虞延为太尉，左冯翊郭丹为司徒。越年丹复免职，连司空冯鲂一并罢去，改用河南尹范迁为司徒，太仆伏恭为司空。又越二年，皇太后阴氏寿终，年已六十，尊谥“光烈”，合葬原陵。

九江太守宋均，即前伏波监军，矫制平蛮。自莅任后，政宽刑简，百姓乂安。向来郡中多虎，随处安设槛阱，终难免患，均命将槛阱撤去，虎患反息。有人谓虎已渡江东行，故得弭患。后来邻郡多蝗，独飞至九江境，辄东西散去，不害禾稼，因此



名传远近。明帝闻均贤名，征拜尚书令，每有驳义，多合上意。均尝语僚友道：“国家每喜文法廉吏，以为足以止奸。均见文吏好为欺谩，廉吏只知洁身，实与百姓无益；常思伏阙谏诤，无如积习难返，一时尚未可进言，他日总当一伸素愿呢！”未几均被调为司隶校尉，终不得言，有人向明帝报闻，明帝亦为称善，但也未能遽改旧俗，只好迁延过去。忽夜间梦一金人，顶上含有白光，驰行殿庭，正要向他诘问，那金人突然飞升，向西径去。不由得惊醒转来，开目一瞧，残灯未灭，方知是一场春梦。诘旦视朝，向群臣述及梦境，群臣俱不敢率答。独博士傅毅进言道：“臣闻西方有神，传名为佛，佛有佛经，即有佛教。从前武帝元狩年间，骠骑将军霍去病，出讨匈奴，曾得休屠王所供金人，置诸甘泉宫，焚香致礼，现在已经乱后，金人当不复存。今陛下梦见的金人，想就是佛的幻影呢！”

梦兆亦何足凭，傅毅乃以佛对，也是多事。这一席话，引起明帝好奇思想，遂遣郎中蔡愔、秦景西往天竺，求取佛经。

天竺就是身毒国，身毒读如捐笃，即天竺之转音，今印度国便是。距洛阳约万余里，世称为佛祖降生地。佛祖叫作释迦牟尼，为天竺迦维卫国净皈王太子，母摩耶氏梦天降金人，方才有娠，生时正当中国周灵王十五年，天放祥光，地涌金莲，已有一种特别预兆。及年至十九，自以为人生在世，离不开生老病死四字，欲求解脱方法，惟有屏除嗜欲，自去静修。乃弃家入山，日食麻麦，参悟性灵。经过了十有六年，方得成道，独创出一种教旨，传授生徒。教旨又分深浅，浅义的名小乘经，深义的名大乘经。

小乘经有地狱轮回诸说，无非劝化愚民；大乘经有明心见性诸说，乃是标明真谛，这也是一种独得的学识。不过与儒家不同，儒家讲修齐平治，佛氏主清净寂灭；修齐平治，是人己兼顾的，清净寂灭，是专顾自己的。也是确论。相传佛祖释迦牟尼，尝在鹿野苑中，论道说法。又至灵山会上，拈花示众，借灯喻法。从前天竺多邪教，能使水火毒龙，好为幻术，当释迦苦修时，邪教多去诱惑，释迦毫不为动。及道术修成，摧制一切，众邪帖服，都信心皈依，愿为弟子。男号比邱，女号比邱尼，剃须落发，释累辞家。释迦教他防心摄行，悬示五大戒：一戒杀；二戒盗；三戒淫；四戒妄言；五戒饮酒。这五戒外，尚有许多细目，男至二百五十戒，女至五百戒。总计释迦在世，传教阅四十九年，甚至天龙人鬼，并来听法。后至拘尸那城圆寂，圆寂便是尸解的意思。或说他圆寂以后，复从棺中起坐，为母说法，待至说毕，忽空中现出三昧火，把棺焚去，本体化作丈六金身，涌起七尺圆光，顶上肉髻，光明透彻，眉间有白毫，毫中空右旋，宛转如琉璃筒，俄而不见。语太荒唐，不足听信。弟子大迦叶与阿难等五百余人，追述遗绪，辑成经典十二部，嗣是辗转流传，渐及西域。

惟中国在秦汉以前，未闻有佛教名目，武帝时始携入金人，才有佛像。哀帝元寿元年，西域大月氏国，使伊存至长安，能诵佛经，博士弟子秦景宪请他口授，语多费解，因此也不以为意。至蔡愔、秦景奉了明帝诏令出使天竺，经过了万水千山，饱尝那朝风暮雾，方才到天竺国，访问僧徒。天竺人迷信佛教，僧侣甚多，闻有中国使人到来，却也欢迎得很，彼合掌，此拱手，虽是言语不通，尚觉主宾相洽；且有翻译官互传情意，更知中使奉命求经，于是取出经典，举示二人。愔与景学问优长，在洛阳都城中，也好算是文人领袖，偏看到这种经典，字多不识，还晓得什么经义？幸有沙门摄摩腾竺法兰，略

知中国语言文字，与愔、景二人讲解，尚可模糊领略，十成中约晓一二成。沙门就是高僧别号，住居寺中，愔景与他盘桓多日，好似方外交一般，遂邀他同往中原，传授道法。两沙门也欲观光，慨然允诺，遂绘就释迦遗像，及佛经四十二章，用一白马驮着，出寺就道。绕过西域，好容易得至洛阳，愔景入阙报命，并引入摄竺两沙门，谒见明帝。

两沙门未习朝仪，奉旨得从国俗，免拜跪礼，惟呈上佛像佛经，由明帝粗阅大略。佛像与梦中金人未必适符，但也不暇辨别异同。所有佛经四十二章只看了开卷数语，已是莫名其妙，急切不便索解，想总是玄理深沉。遂命就洛城雍门西偏，筑造寺观，供置佛像，即使摄竺两沙门，作为住持，就是驮经东来的白马，亦留养寺中，取名为白马寺。寺内更造兰台石室，庋藏佛经，表明郑重的意思。这便是佛经传入中国的权

舆。明帝日理万机，有什么空闲工夫研究那佛经奥义？王侯公卿以下，多半是不信佛道，当然不去顾问；只有楚王英身处外藩，闻得佛经东来，意欲受教，特遣使入都，向二沙门访求佛法。二沙门录经相示，楚使亦茫乎若迷，不过将如何斋戒，如何拜祭，得了一些形式，返报楚王英。英遂照式持斋，依样膜拜，在楚宫中供着佛像，朝夕顶礼，祈福禳灾。适当永平八年，有诏令天下死罪，得入缣赎免。楚王英也遣郎中赍奉黄缣白纨三十匹，托鲁相转达朝廷。表文有云：

托在藩辅，过恶累积，欢喜大恩，奉送缣帛，以赎愆罪。

明帝瞧着，很觉诧异。煞是奇怪。当即颁下复谕道：



楚王诵黄老之微言，尚浮屠之仁祠，洁斋三月，与神为誓，何嫌何疑？恐有悔吝，其将缣帛发还，以助伊蒲塞桑门之盛馔。特此报闻。伊蒲塞亦僧徒别名，语本天竺，桑门即沙门。

楚王英接得复谕，颁示国中，于是借信佛为名，交通方士，创制金龟玉鹤，私刻文字，冒作祯祥。哪知后来竟求福得祸，化祥为灾，好好一位皇帝介弟，反弄得削藩夺爵，亡国杀身。小子有诗叹道：

无功无德也封王，只为天潢属雁行；
我佛有灵宁助逆，贪心不足总遭殃。

楚狱将起，先出了一种藩王逆案。欲知何人构逆，容待下回表明。

郑众出使匈奴，抗礼不屈，幸得脱身南归，是固可谓不辱使命者矣。明帝必欲令众再往，是使之复入虎口，于国无益，于身有害，无惑乎众之一辞再辞也。况众已具陈情迹，言之甚详，而明帝犹未肯听纳，强迫忠臣于死地，果胡为者？及召还系狱，嫉众违命，微虏使言，则罪及忠臣，几何不令志士短气耶？明帝对于药崧，欲自杖之，对于郑众，乃轻系之，虽其后闻言知悟，而度量之褊急，可以概见，盖已不若乃父矣。洎乎梦见金人，即令蔡愔、秦景等万里西行，往求佛法，夫修齐平治之规，求诸古训而已足，奚必乞灵于外族？就令佛家学说，亦有所长，究之畸人之偏身，未及王道之中庸，而明帝乃引而进之，反开后世无父无君之祸，是亦一名教罪人耳。邱琼山之讥，岂刻论哉？

## 第二十六回　辨冤狱寒朗力谏<br>送友丧范式全交

却说广陵王荆自奉诏还国后，仍然怀着异图，应二十四回。暗中引入术士，屡与谋议，且日望两羌有变，可借防边为名，称兵构乱。事为明帝所闻，特将他徙封荆地。荆越加恚恨，至年已三十，复召相工入语道："我貌类先帝，先帝三十得天下，我今亦三十岁，可起兵否？"相工支吾对付，一经趋出，便向地方官报明。地方官当即奏闻，朝廷遣使责问，荆因逆谋发觉，不免惊惶，自系狱中。明帝尚不忍加罪，仍令衣租食税，惟不得管属臣吏，另命国相中尉，代理国事，慎加约束。荆犹不肯改过，潜令巫祝祈祷，为禳解计。国相中尉只恐自己坐罪，详报上去，廷臣即劾他诅咒，立请加诛。诏尚未下，荆已自杀。胆小如此，何必主谋？明帝因荆为同母弟，格外怜恕，仍赐谥为"思王"。嗣且封荆子元寿为广陵侯，食荆故国六县，又封元寿弟三人为乡侯。荆死逾年，东平王苍入朝，时在永平十一年。寓居月余，辞行归国。明帝送至都门，方才与别。

及还宫后，复怀思不置，特亲书诏命，遣使赍给东平太傅，诏曰：

> 辞别之后，独坐不乐，因就车归，伏轼而吟，瞻望永怀，实劳我心。诵及采菽，以增叹息。采菽见《诗经》，系天子答诸侯诗。日者问东平王：处家何等最乐？王言：为善最乐。其言甚大，启予多矣。今送列侯印十九枚，诸王子年五岁以上能趋拜者，皆令带之，王其毋辞。

原来光武帝十一子，惟临淮公衡，未及王封，已经殇逝，尚有兄弟十人，除明帝得嗣统外，要算东海王强及东平王苍最为循良。强逾壮即殁，事见前文；苍却持躬勤慎，议政周详，比东海王更有才智，所以保全名位，备荷光荣。独楚王英为许

美人所生，许氏无宠，故英虽得沐王封，国最贫小。明帝嗣阼，系念亲亲，却也屡给赏赐，并封英舅子许昌为龙舒侯。偏英心怀非望，居然有觊觎神器的隐情，前次访求佛法，并不是有心清净，实欲仗那佛氏灵光，呵护己身。嗣是私刻图印，妄造灵符。到了永平十三年间，忽有男子燕广诣阙告变，弹劾楚王英，说他与渔阳人王平颜忠等造作图书，谋为不轨等语。明帝得书，发交有司复查。有司派员查明，当即复奏上去，略称楚王英招集奸猾，捏造图谶，擅置诸侯王公将军二千石，大逆不道，应处死刑。明帝但夺英王爵，徙英至丹阳泾县，尚赐汤沐邑五百户；又遣大鸿胪持节护送，使乐人奴婢妓士鼓吹随行。英仍得驾坐辎軿，带领卫士，如有游畋等情，准卫兵持弓挟矢，纵令自娱。子女既受封侯主，悉循旧章，楚太后许氏，不必交还玺绶，仍然留居楚宫。时司徒范迁已殁，调太尉虞延

为司徒，复起赵熹行太尉事。楚王谋泄，先有人告知虞延。延因藩戚至亲，未便举发，延挨了好几日，即由燕广上告，惹动帝怒，且闻虞延搁住不奏，传诏切责，延惧罪自尽。又枉死了一个。楚王英至丹阳，得知延不为奏明，尚且遭谴，自己恐再撄奇祸，索性也自杀了事。事闻阙下，有诏用侯礼葬祭，赙赠如仪，封燕广为折奸侯。一面且穷治楚狱，历久不解，自京师亲戚及郡国吏士，辗转牵连，嫌重处死，嫌轻谪徙，差不多有千人；尚有数千人被系，淹滞狱中。何必兴此大狱？先是光武帝舅樊宏曾受封寿张侯，光武帝母为樊重女，见前文。宏子儵承袭父爵，累世行善，戒满守谦。明帝因东平王苍亲而且贤，特将寿张县移益东平，改封儵为燕侯。儵弟鲔尝求楚王英女为子妇，儵从旁劝阻道："前在建武年间，我家并受荣宠，一门五侯，樊宏兄弟，并得封侯。当时只教一语进谏，便是子得尚主，女得配王，不过天道忌盈，贵宠太过，适足招灾，所以可为不为。今我家已不如前，怎得再联姻帝族？且尔只有一子，为何弃诸楚国呢？"鲔不愿从谏，竟为子赏娶得英女。及楚狱一起，儵已早逝，明帝曾闻儵前言，且追怀旧德，令儵诸子俱得免坐。英尝私录天下名士，编成簿籍，内有吴郡太守尹兴姓名，是簿被有司取入，按名逮系，不但将尹兴拘入狱中，甚且连掾史五百余人，俱执诣廷尉，严刑拷讯。诸吏不胜痛楚，多半致死，惟门下掾陆续、主簿梁宏、功曹驷勋，备受五毒，害得肌肤溃烂，奄奄一息，终无异词。续母自吴中至洛阳，烹羹馈续。续虽经毒刑，却是辞色慷慨，未尝改容，及狱吏替续母进食，续不禁下泪，饮泣有声。狱吏诧问原因，续且泣且语道："母来不得相见，怎得不悲？"狱吏本未与续说明，又怪他何由得知？还要细问，续答说道："这羹为我母所调，故知我母必来。我母平日截肉，未尝不方，断葱以寸为度，今见羹中如是，定由我母到此，亲调无疑。”说至此，更涕泪不止。孝思可嘉。狱吏乃转达有司，有司具状奏闻，明帝也不觉动怜，才将尹兴等一并释放，使归原籍，禁锢终身。虽得不死，痛苦已吃得够了。

颜忠、王平连坐楚狱，情罪最重，自知不能幸生，索性信口扳诬，竟将隧乡侯耿建、郎陵侯臧信、护泽侯邓鲤、曲成侯刘建等，一古脑儿牵引进去。四侯到庭对簿，俱云与颜忠王平，素未会晤，何曾与谋？问官不敢代为表白，还想将他们诬坐。侍御史寒朗亦尝与问，独以为四侯蒙冤，使他们退处别室，再提平忠二人出讯，叫他们说明四侯年貌。二人满口荒唐，无一适符，朗遂入阙复陈，力为四侯辨诬。明帝作色道：“汝言四侯无罪，平忠何故扳引？”朗亦正容答道：“平忠两人，自知犯法不赦，所以妄言牵引，还想死中求生！”明帝又问道：



“汝既知此，何不早奏？”越问越呆。朗答说道：“臣虽察知四人冤情，但恐海内再有人告讦，故未敢遽行奏陈。”明帝不禁怒骂道：“汝敢首持两端么？”竟是使气。说着，即回顾左右道：“快将他提出去！”左右不敢怠慢，便牵朗欲出。朗又说道：“愿伸一言而死，小臣不敢欺君，无非欲为国持正罢了！”明帝道：“他人有否与汝同情？”朗答言无有。明帝复问道：“汝何故不与三府共商？”三府，即三公府。朗伸说道：“臣自知罪当族灭，不敢多去累人。”明帝问他何故族灭？朗复说道：“臣奉诏与讯罪犯，将及一年，既不能穷极奸状，乃反为罪人讼冤，料必将触怒陛下，祸且族灭；但臣终不敢不言，尚望陛下鉴臣愚诚，幡然觉悟！臣见决狱诸人，统说是妖恶不道，臣民共愤，与其失出，宁可失入，免得后有负言，因此问一连十，问十连百。就是公卿朝会，陛下问及得失，亦无非长跪座前，上言旧制大逆，应该惩及九族，今蒙陛下大恩，止及一身，天下幸甚。及退朝归舍，口虽不言，却是仰屋叹息，暗暗呼冤，惟无人敢为直陈。臣自知死罪，理在必伸，死亦无恨了。”明帝意乃少解，谕令退去。

过了两日，车驾亲幸洛阳，按录囚徒，得理出千余人。时适天旱，俄而大雨，明帝亦为动容，起驾还宫。夜间尚恐楚狱有冤，徬徨不寐，起坐多时，马皇后问明情由，亦劝明帝从宽发落，于是多半赦免。惟颜忠王平不得邀赦，竟在狱中自尽。侍御史寒朗自悔监狱不严，就系廷尉，明帝不欲穷治，只将朗免去官职，释归薛县故乡。任城令袁安擢为楚郡太守，莅任时，不入官府，先理楚狱，查得情迹可矜，即具奏请赦。府丞掾吏并叩头力争，谓纵容奸党，应与同罪，断不宜率尔上陈。安奋然道：“如有不合，太守愿一身当罪，决不累及尔曹！”也是一条硬汉。到了复谕下来，果皆许可，得全活四百余家。明帝且下诏大赦，凡谋反大逆及诸不应宥诸囚犯，尽令免死，许得改过自新。一面敬教劝学，尚德礼贤，凡皇太子及王侯公卿子弟，莫不受经。又为外戚樊氏、郭氏、阴氏、马氏诸子立学南宫，号为四姓小侯，特置五经师，讲授经义。他如期门羽林诸吏士，亦令通孝经章句。此风一行，人皆向学，连匈奴亦遣子肄业，愿冰陶熔。义士如范式李善等，俱由公府辟举，破格录用。

式字巨卿，山阳人氏，少游太学，与汝南人张劭为友，劭字元伯，游罢并告归乡里，式与语道：“二年后拟过拜尊亲。”劭当然许诺。光阴易过，倏忽两年，劭在家禀母，请具馔候式，母疑问道：“两年阔别，千里结言，难道果能践约么？”劭答说道：“巨卿信士，必不误期。”母乃为备酒餐，届期果至，升堂拜饮，尽欢乃去。已而劭疾不起，同郡人郅君章殷子征，日往省视，劭叹息道：“可惜不得见我死友！”子征听了，却忍耐不住，便问劭道：“我与君章，尽心视疾，也可算是死友了，今尚欲再求何人？”劭呜咽道：“君等情谊，并非不厚，但只可算为生友，不得称为死友；若山阳范巨卿，方可为死友哩！”郅殷两人未曾见过范式，并觉得似信非信。越数日，劭竟告终，时式已为郡功曹，梦见劭玄冠垂缨，曳履前呼道：“巨卿！某日我死，某日当葬，君若不忘，能来会葬否？”式方欲答言，忽然惊觉，竟至泣下。翌日具告太守，乞假往会，太守不忍拂意，许令前往。式即素车白马，驰诣汝南。劭家已经发丧柩至圹旁，重量逾恒，不肯进穴，劭母抚棺泣语道：“元伯莫非另有他望么？”乃暂命停柩。移时见有单车前来，相距尚远，劭母即指语道：“这定是范巨卿！”及素车已近，果然不谬。



式至柩前，且拜且祝道：“行矣元伯！死生异路，永从此辞！”寥寥十二字，已令人不忍卒读。众闻式言，并皆泣下。式即执绋引柩，柩已改重为轻，当即入穴。式又留宿圹间，替他监工，待至墓成，并为栽树，然后辞去。如此方不愧死友。

后来式又诣洛阳，至太学中肄业，同学甚众，往往不及相识。有长沙人陈平子，与式未通謦欬，却已知式为义士。一夕罹疾，服药无效，逐日加剧，势且垂危，妻子含泪侍侧，平子欷歔与语道：“我闻山阳范巨卿，信义绝伦，可以托死。我殁后，可将棺木舁置巨卿户前，必能为我护送归里，汝切勿忘！”言毕再强起作书，略说旅京得病，不幸短命，自念妻弱儿幼，未能携榇归籍，素仰义士大名，用敢冒昧陈请，求为设法，倘得返葬首丘，存殁均感云云。书既写就，嘱妻使人送与范式，掷笔即逝，妻子依嘱办理。式方出门，未遇使人，至事毕归寓，见门前遗置棺木，已觉惊异，及入门省视案上，拾得平子遗书，展阅一周，竟至平子寓所，替他妻子安排，令得引柩回家，且亲送至临湘，距长沙止四五里，乃将平子原书取出，委诸柩上，哭别而去。平子尚有弟兄，闻知此事，亟往追寻，那范式已早至京师，不及相见了。此事比前事尤难。

长沙官吏也有所闻，因乘掾属上计时，汉制郡国州县，每岁应入呈计簿，故称上计。表奏范式行状，三公争欲罗致，驰书征召，式尚不肯起；嗣经州吏举为茂才，方才诣阙受官，累迁至荆州刺史。式既到任，行巡至新野县，县吏当然相迎。前有导骑一人，伛偻前来，式似曾相识，就近审视，确是同学友孔嵩，便把臂与语道："汝莫非孔仲山么？"仲山系嵩表字，嵩南阳人，家贫亲老，特隐姓埋名，为新野县佣卒，至此不便再讳，只好直认。式复叹息道："尔我尝曳裾入都，同游太学，我蒙国厚恩，位至牧伯，尔乃怀道隐身，下侪卒伍，岂不可惜？"嵩笑 241.
答道："侯嬴长守贱业，侯嬴，系战国时魏人，年七十，为大梁门卒，信陵君闻名，往聘，嬴不肯起。晨门自愿抱关，见《论语》。孔子欲居九夷，士不得志，贫贱乃是本分，何足叹息呢？"也是一个志士。式敕县吏派人代嵩，嵩以为受佣未毕，不肯退去。及式还官舍，当即上登荐牍，未几即由公府辟召。嵩就征赴都，途次投宿下亭，有数盗前往窃马，闻知为嵩所乘，互相责让道："孔仲山乃南阳善士，怎可盗他坐骑呢？"盗亦有道。遂将马送还，当面谢罪。后来式迁庐江太守，嵩亦官至南海太守，并有循声。可见得义士所为，穷达不移，正自有一番德业哩！

就是李善亦南阳人氏，从前本为李元家奴，建武中南阳患疫，元家相继病殁，惟孤儿续才生数旬，家资却有千万，诸奴婢互相计议，欲将婴儿杀死，分吞财产。善独力难支，潜负续逃隐瑕丘，亲自哺养，乳竟流汁，得饲孤儿，历尽许多艰苦，方得将续逐渐养成。续稍有知识，即奉善若严父，有事辄长跪请白，然后敢行。闾里都为感化，相率修义。及续年十岁，善挈续归里，诉诸守令，守令乃捕系诸奴婢，一鞫即服，分别诛戮，仍将旧业归续收管，嗣是善义声远闻。时钟离意方为瑕丘令，上书荐善，有诏令善及续并为太子舍人，公府复引善入幕，委治烦剧，事无不理，因再迁至日南太守。善从京师赴任，道出南阳，过李元墓，预脱朝服，持锄刈草，亲治鼎俎，供诸墓前，跪拜垂涕道："君夫人！善在此！"及祭毕后，尚留居墓下，徘徊数日，然后辞去。既至日南，惠爱及民，怀来异俗。再调为九江太守，途中遇病，仓猝寿终。续为善持服，如丧考妣，后来亦官终河南相，以德报德，两贻令名，岂不是行善有福么？唤醒世人。

**242.** 独叶令王乔具有幻术，每月朔望，尝自县诣阙入朝，独不见有车骑相随，朝臣并惊为异事，明帝亦为动疑，密令太史伺乔踪迹。太史复称乔将至时，辄有双凫从东南飞来，于是静待凫至，举网抛凫，变做一舄。诏令尚方官名。验视，乃是前时赐给尚书官属，舄尚如新。尤奇怪的是当乔入朝，叶县门下鼓自能发声，响彻京师。后来空中有一玉棺，徐降至叶县大庭，吏人用力推移，终不能动。乔恍然曰："想是天帝召我呢！"乃沐浴衣服，僵卧棺中。俄而属吏就视，已无声息，越日才为盖棺，舁葬城东，土自成坟。是夕县中牛皆流汗喘乏，好是负重过甚，疲惫不堪，百姓益以为神，替他立庙，号叶君祠。吏民祠祷，无不应验；若有违犯，立致祸殃。或说他即仙人王子乔，即周灵王太子晋，相传为吹笙缑岭，跨鹤升天。是真是假，小子亦无从证实，但究不如范式李善等人，可为世法呢！小子有诗咏道：

淑世应当先淑身，子臣弟友本同伦；
试看义士临民日，不借仙传化自神。

还有高尚不仕的志士，也有数人，待至下回再表。

广陵王荆与楚王英罪案相同，而楚狱独连坐数千人，岂楚事更甚于荆事耶？荆有三十举兵之言，见诸史传，谅必非后人虚诬。英则私造图书，而镌刻之为何文，未尝详载，是荆之罪证已明，而英之罪证，尚有可疑。英死而案已可了矣，乃辗转牵引，连累无穷，至寒朗拚生力辩，方得少回君意，何明帝之嫉视楚狱若此？意者其以英为许氏所出，不若荆之为同母弟欤？然以同母异母之嫌，意为轻重，明帝亦未免不明矣。若范式李善，信义可风，为古今所罕有，类叙以风后世，著书人固自有苦心也。

# 第二十七回　哀牢王举种投诚<br>匈奴兵望营中计

却说东汉初年的高士，最著名的是严子陵，子陵已见前文。后来复有扶风人梁鸿与妻孟光，偕隐吴中。鸿字伯鸾，父让尝为王莽时城门校尉，迁官北地，使奉少皞祭祀，遭乱病殁，鸿无资葬父，用席裹尸，草草瘗埋。后来受业太学，博通经籍，因落魄无依，不得已至上林苑中替人牧豕，偶然失火，延及邻居，当即过问所失，用豕作偿，邻主人尚嫌不足，乃愿为作佣，服劳不懈。乡间耆老见鸿非常人，免不得代为气忿，交责佣主，佣主人始向鸿谢过，将豕还鸿。鸿不受而去，仍归扶风。里人慕鸿高义，争与议婚，鸿一一辞谢。惟同县孟氏有女，年已三十，体肥面黑，力能举臼，尝择配不嫁，父母问为何因？女答说道："须得贤洁如梁伯鸾，方可与婚。"貌陋而心独明。父母闻言，便托人代达女言，传入鸿耳。

鸿喜得知己，就向孟女家纳聘，女既许字，即预制布衣麻屦及筐筥织绩等具，及吉期已届，不得不盛饰前往。相处七日，鸿不与答言，孟女乃跪请道：“妾闻夫子高义，择偶颇苛，妾亦谢绝数家，今得为夫妇，两意相同，乃七日不答，敢不请罪？”鸿方与语道：“我欲得布衣健妇，俱隐深山，今乃着绮罗，敷粉黛，岂鸿所愿？鸿所以不便与亲呢！”孟女道：“夫子深甘高隐，妾自有衣服预备，何必劳心？”说着，即退入内室，不消片时，已将盛饰卸尽，改易布衣椎髻，操作而前，鸿大喜道：“这才不愧为梁鸿妻，能与我同志了！”因名孟女曰光，字曰德曜。同居数月，毫无间言，孟光独发问道：“妾闻夫子欲隐居避患，今奈何寂然不动，莫非欲低头相就么？”鸿从容答道：“我正欲徙居哩！”一面说，一面即摒挡行李，搬入霸陵山中，耕织为业，琴书自娱；暇时搜集前代高士，如四皓以来二十四人，共为作颂，借以为励。四皓，并隐居商山，见《前汉演义》。后来复隐姓改名，与妻子避居齐鲁间，转适吴中，依居富家皋伯通庑下，替人赁舂。每日归餐，孟光已具食以待，不敢在鸿前仰视，举馔相饷，案与眉齐。事为皋伯通所闻，不禁诧异道：“彼既为人作佣，能使妻相敬如此，定非凡人。”乃邀鸿在家食宿，鸿得闭门著书，共十余篇。已而病剧，始将真姓名相告，且出言相托道：“我闻延陵季子，曾葬子嬴博间，不归乡里，亦愿举此相托，幸勿令我子奔丧回乡。”伯通面为许诺。及鸿已殁，伯通为寻葬穴，至吴要离冢旁，得有隙地，便欣然道：“要离烈士，伯鸾清高，可令相近，地下当不致岑寂了。”恐怕是志趣不同。安葬已毕，孟光挈子拜谢，仍回扶风去讫。鸿有友人高恢，少好黄老，尝隐居华阴山中，与鸿互相往来，及鸿东游思恢，尝作诗云：“鸟嘤嘤兮友之期，念高子兮仆怀思；想念恢兮爰集兹，嗣终因道远音稀。”不复相见，恢亦终身不仕，相继告终。

还有扶风人井大春，单名为丹，少时亦在太学受业，通五经，善谈论，京中人相语云："五经纷纶井大春。"建武末年，沛王辅等留居北宫，皆好宾客，遣使请丹，并不能致。信阳侯阴就为阴皇后弟，向五王求钱千万，谓能使丹应召。五王即出资相给。阴就却暗嘱吏役，出丹不意，把他强劫至府，故意用菜饭饷食。丹推案起立道："丹以为君侯能供甘旨，故强邀至此，奈何如此薄待呢？"就闻言后，乃改给盛馔，并亲自陪食，食毕就起，左右进辇。丹从旁微笑道："夏桀常用人驾车，君侯岂也愿为此么！"两语甫毕，盈庭失色，就不得已用手挥辇，徒步趋入，丹亦扬长自去，卒得寿终，这且不消细叙。

且说明帝在位十余年，国家方盛，四海承平，只有汴渠历年失修，常患河溢，兖豫百姓，屡有怨咨。明帝意欲派员修治，适有人荐乐浪人王景，善能治水，乃召景诣阙，令与将



作谒者。官名。王景调发兵民数十万，往修汴堤。汴渠自荥阳东偏，至千乘河口，延袤约一千余里，王景量度地势，凿山开涧，防遏要冲，疏决壅积，每十里立一水门，使水势更相回注，不致溃漏，于是修筑堤防，得免冲激。好容易缮工告竣，已是一年有余，糜费以百亿计。但东南漕运，全赖汴渠，从前河汴合流，水势泛滥，运船往往出险，至王景监工修治，分泄河汴水道，漕运方可无忧了。

是时哀牢夷酋柳貌，率众五万余户，乞请内附，明帝当然照准，遣使收抚，乘便勘验地形。哀牢先世有妇人沙壹，独居牢山，捕鱼为生，一日至水中捕鱼，偶触一木，感而成孕，产下男孩十人。忽水中木亦浮出为龙，飞向牢山，九孩骇走，一孩尚未能行，背龙坐着，龙伸舌舐儿，徐徐引去。沙壹时亦惊避，待龙去后，返觅十孩，却是一个不少，惟幼孩从容坐着，

毫不慌张。沙壹系是蛮人，声同鸟语，常谓背为九，坐为隆，因名幼孩为九隆。语近荒诞。后来诸孩长大，九兄以幼弟为父所舐，必有吉征，乃共推为王。可巧牢山下有一夫一妇，生得十女，适与沙壹十儿相配，遂各娶为妻室，真是无巧不成话。辗转滋生，日益繁衍。九隆回溯所生，不忘本来，因令种裔各刻画身体，状似龙鳞，且背后并垂一尾，缀诸衣上。到了九隆病死，世世相继，遂就牢山四面，分置小王，随地渔猎，逐渐散处，惟与中国相距甚远，未尝交通。

至建武二十三年间，哀牢王贤栗督率部众，乘筏渡江，击邻部鹿茤，鹿茤人不及预备，多被擒获。不意天气暴变，雷雨交作，大风从南方刮起，撼动江心，水为逆流，翻涌至二百余里，筏多沉没，哀牢人溺死数千名。贤栗心尚未死，再遣六部酋进攻鹿茤。鹿茤部酋正拟兴兵报怨，闻得哀牢又来扰境，当即倾众出战。这番接仗，与前次大不相同，鹿茤人个个愤激，个个勇敢，杀得哀牢部众东倒西歪。哀牢六王不知兵法，还想与他蛮斗，结果是同归于尽。残众抢回尸骸分别藁葬，当夜被虎发掘，把尸骸一顿大嚼，食尽无遗。贤栗得报，方才惊恐，召集部众与语道："我等攻掠边塞，也是常事，今进击鹿茤，偏遭天谴，摧残至此，想是中国已有圣帝，不许我等妄动，我等不如通使天朝，愿为臣属，方算上策。"大众齐声应诺。乃于建武二十七年间，率众东下，至越嶲太守郑鸿处乞降。鸿当即奏闻，有诏封贤栗为哀牢王，令他镇守原地，嗣是岁来朝贡。到了永平十二年，哀牢王贤栗早死，嗣王叫做柳貌，又挈五万户内附。明帝遣使勘抚，得接复报，遂决议建设郡县，即将柳貌属境，分置哀牢博南二县，罢去益州西部都尉，特置永昌郡，并辖哀牢博南，始通博南山，度兰沧水。惟山深水湍，跋涉维艰，行人多视为畏途，尝作歌云："汉德广，开不宾，度博南，越兰津，度兰沧，为他人。"中国人素惮冒险，即此可见一斑。歌谣虽是如此，但往来使人，每岁不过数次，却也无甚关碍。再加西部都尉郑纯，调任永昌太守，为政清平，化行蛮貊，自哀牢王柳貌以下，各遵约束，岁贡维谨，西南一带，帖然相安，不在话下。

惟北匈奴阳为修和，阴仍寇掠，回应二十三回。仆射耿秉，耿弇从子。屡上书请击北匈奴，明帝尚不欲遽讨，令显亲侯窦固及太仆祭彤等，商议进止。众议以为应遣将出屯，相机进取。明帝乃拜耿秉为驸马都尉，副以骑都尉秦彭、窦固为奉车都尉，副以骑都尉耿忠，弇子。并为置从事司马，出屯凉州。转瞬间已是永平十六年，耿秉等急欲邀功，奏请出塞北伐，明帝因命祭彤出征，使与度辽将军吴棠，征集河东河西羌胡各兵，及南单于兵万一千骑，出高阙塞；再遣窦固耿忠率酒泉敦煌张掖甲卒，及卢水羌胡万二千骑，出酒泉塞；耿秉秦彭率武威陇西天水募兵，及羌胡万骑出居延塞；骑都尉来苗、护乌桓校尉文穆，率太原、雁门、上谷、渔阳、右北平、定襄各郡兵马及乌桓鲜卑兵万余骑，出平城塞，四路兵共伐北匈奴。窦固、耿忠行至天山，适与北匈奴西南呼衍王相遇，一番交绥，斩首至千余级，追杀至蒲类海，取得伊吾庐地，特置宜禾都尉，留吏士屯田伊吾庐城。耿秉、秦彭袭击北匈奴南部勾林王，颇有杀获，进至绝幕六百余里，直抵三沐楼山，四望无人，乃收兵南归。来苗、文穆至匈河水上，虏皆奔走，无从截夺，也即退回。祭彤吴棠与南匈奴左贤王信出高阙塞，驰行九百余里，不见一虏，只前面有一山相阻，山势不甚高峻，信却指为涿耶山，说是冈峦回阻，不便前进，因勒马下寨，好几日不闻动静，只好却还。

其实王信与祭肜，两不相合，所以妄言误事。嗣经朝廷察觉，说棠与肜逗留畏懦，将他革职，召还系狱。肜系故征虏将军祭遵从弟，素性沉毅，屯边有年，信及外夷，此次坐罪被系，当然有人替他救解，不过数日，便即释出。肜且惭且恨，竟至呕血不止，临终嘱语诸子道："我蒙国厚恩，奉命出征，不能立功报国，死且怀惭；从前所得赐物，理应一律呈还，汝等能承我志，当自诣军营，效死戎行，聊补我恨！"言讫遂逝。遗恨无穷。长子逢依嘱上簿，具呈遗言。明帝已知肜忠诚，再拟任用，陡闻肜病重身亡，不胜惊悼，因召逢入见，详问乃父病状，悲叹不已，抚恤有加。及肜葬后，次子参遵父遗命，投入奉车都尉窦固营中，随征车师，后文另表。乌桓、鲜卑统慕祭肜威信，有时使人入京，每过肜冢，必拜谒号泣。辽东吏民，因肜前为太守，却寇安边，追怀功德，特为立祠致祭，四时不懈。生虽失荣，死俱含哀，可见得公道尚存，虽死犹生呢！好作后人榜样。 

是年秋季，北匈奴复大举入寇，直指云中，太守廉范督率吏士，出城拒敌。吏见虏众势盛，恐自己兵少难支，乃请范回城保守，移书他郡求援。范微笑道："我自有却敌的方法，何用多忧！"说着，遂令军士安营静守，不准妄战。好在虏兵初至，倒也有意休息，未尝相逼。俄而日暮，范令军士各交缚两炬，三头爇火，环绕营外，好似有千军万马，趋集拢来。虏兵远远望见，总道是汉救兵至，不禁惶骇，正拟待旦退兵，不防汉营中已扬旗鸣鼓，出兵前来。那时不知有多少兵马，还是走为上计，一声哗噪，弃营尽走，却被范驱杀一阵，送脱了几百颗头颅。尚恐汉兵追蹑，狼狈急奔，甚至自相践踏，伤亡至千余人，嗣是不敢再向云中。

范字叔度，系杜陵人，世为边郡牧守。独范父客死蜀中，范年十五，闻讣哀恸，往迎父丧。蜀郡太守张穆为范祖廉丹故吏，厚资贶范，范一无所受。携榇东行，路过葭萌，载船触石，竟致破没，范两手抱柩，随与俱沉。幸由旁人怜范孝义，并力捞救，才得免死。柩亦捞起，舁归安葬。乃诣都求学，师事博士薛汉，终得成名。既而薛汉连坐楚狱，伏法受诛，楚狱，见前回。故人门生，莫敢过问，惟范收尸殓葬，为有司所奏闻。明帝大怒，召范入责道："薛汉与楚王同谋，交乱天下，汝不与朝廷同心，反敢收殓罪人，难道不畏王法么？"范叩头道："臣自知无状，但以为汉等受诛，身已伏辜，尸骸暴露，臣与汉谊属师生，不忍漠视，因此草草收殓，罪当万死！"明帝听着，怒亦少平，因复问道："卿是否廉颇后人，与前右将军褒、大司马丹，有亲属关系否！"范答说道："褒系臣曾祖，丹系臣祖考呢！"明帝叹道："怪不得有此胆量，朕嘉卿知义，权贯卿罪！"范乃叩谢而退。孝义可风，故特详叙。自是义声益著，得举茂才，再迁为云中太守。却敌有功，名扬中外，嗣复历任武威武都二郡太守。随俗化导，并有政绩，再调守蜀郡。蜀俗素尚词辩，互讼短长，范每以醇厚相励，禁止告讦。成都民物丰盛，邑宇逼仄，旧制禁民夜作，冀免火灾，百姓更相隐蔽，屡兆焚如。范撤销旧令，但严令储水，火一触发，得水即灭，百姓称便。乃讴歌范德，编成数语云："廉叔度，来何暮？不禁火，民安作，平生无襦今五裤！"范在蜀数年，坐事免归，居家考终。

先是范与洛阳人庆鸿为刎颈交，始终不渝，时人谓前有管鲍，管仲，鲍叔。后有庆廉。庆鸿亦慷慨好义，位至琅琊会稽二郡太守，所至俱有政声，不消絮述。会由益州刺史朱辅，报称白狼王唐菆等，菆音丛。慕化归义，献上歌诗三章，重译以闻。明帝颁下史官，备录歌诗，第一章是“远夷乐德歌”，歌云：

大汉是治，与天意合。吏译平端，不从我来。闻风向化，所见奇异。多赐缯布，甘美酒食。昌乐肉飞，屈伸悉备。蛮夷贫薄，无所报嗣。愿主长寿，子孙昌炽！

次章为“远夷慕德歌”，歌云：

蛮夷所处，日入之部。慕义向化，归日出主。圣德深恩，与人富厚。冬多霜雪，夏多和雨。寒温时适，部人多有。涉危历险，不远万里。去俗归德，心向慈母。



末章为“远夷怀德歌”，歌云：

荒服之外，土地硗确。食肉衣皮，不见盐谷。吏译传风，大汉安乐。携负归仁，触冒险狭。高山岐峻，缘崖皤石。木薄发家，百宿到洛。父子同赐，怀抱匹帛。传告种人，长愿臣仆！

白狼以外，又有槃木等百余部落，俱在西南寨外，素与中国不相往来，至此皆举种称臣，奉献方物。端的是东都昌盛，不让西京。小子有诗咏道：

哀牢内附白狼归，万里蛮荒仰汉威；

读罢夷歌三迭曲，炎刘火德庆重辉。

南夷既已归附，乃更从事西戎，又出了一位大名鼎鼎的英雄，底定前功。欲知此人为谁，待至下回发表。

哀牢为西南夷之一部，龙种之说，实属讹传。彼夷人未知文教，数典忘祖，故诞言以夸示部众耳。《班书》虽援有闻必录之例，但以讹传讹，愈足滋惑。近儒谓中国无信史，说虽过甚，要亦不能无讥。历代史家，首推迁固，彼且如此，遑论自郐以下乎？祭肜等四路出兵，无功而返，肜竟因此坐罪，呕血致死，论者惜之。廉范独以寡击众，有却敌之大功，而且历任郡守，迭著循声，此正当亟为褒扬，风励后世。较诸梁鸿井春诸人，第知正己，未及正人者，固尤为有关世道也。

## 第二十八回　使西域班超焚虏
## 御北寇耿恭拜泉

却说奉车都尉窦固，前与诸将出讨北匈奴，他将俱不得功赏，独固军至天山，斩获颇多，加位特进。固本前大司空窦融从子，父友曾受封显亲侯，友殁固嗣，又曾尚涅阳公主，显荣无比。明帝因他旧住河西，熟悉边情，所以委令北伐。及天山战胜，功出人上，复有诏令耿秉诸将，并受固节度。固得有专阃权，遂欲踵行汉武故策，招抚西域，截断匈奴右臂，用夷制夷。当下派使西行，特选出一个智勇深沉的属吏，令与从事郭恂同往西域。这人为谁？乃是故文吏班彪少子超。

彪擅长文辞，官至望都长而终。长子固，字孟坚，九岁即能属文，及年已成人，博通书籍，所有九流百家诸言，无不穷究。明帝召诣校书郎，使为兰台令史，撰述史传。有弟名超，字仲升，少有大志，不修细节。当兄固应诏时，自与母随入都中，至官署中充作书佣，终日劳苦，所得寥寥，尝投笔愤慨道："大丈夫无他志略，尚当效傅介子张骞，立功异域，博取侯封！怎能郁郁久事笔墨间呢？”傅张立功，并见《前汉演义》。左右听了，都不禁暗笑，超奋然道：“小子怎知壮士志，奈何笑人？”男儿当自强。既而与相士叙谈，问及将来穷达，相士道：“今日一布衣，他日当封侯万里！”超笑问原因，相士指超面道：“君燕颔虎颈，飞行食肉，这就是万里侯相呢！”未几果得朝廷特诏，令超与兄固同官，亦得拜兰台令史。就职年余，又复因事免官，独窦固器重超才，殷勤款接，及出握兵符，遂调超为假司马。前次追虏至伊吾庐城，超尝执戈前驱，得胜回营，事见前回。至此与郭恂同使西域，奉令即行。

自光武帝修文偃武，不愿用兵，西域一带，由他自主。因此车师鄯善等国，又去依附匈奴。见二十一回。莎车王贤恃强用兵，并吞于置大宛诸国，使部将君得率兵监守。于置遣将休莫霸，收合余众，攻杀君得，自立为王。莎车王贤当即大愤，督

领诸国数万人，往攻休莫霸。偏又为休莫霸所败，伤亡过半，贤脱身走归。休莫霸进围莎车，身中流矢，方才退兵，途次陨命。国相苏榆勒等共立休莫霸兄子广德为王。时龟兹王则罗为国人所杀，则罗本莎车王贤少子，国人既敢杀死则罗，当然不服莎车，龟兹为莎车所并，亦见二十三回。又恐莎车往攻，索性联属匈奴，先击莎车。两下里争战不休，互有杀伤。于置王广德正好乘他疲乏，使弟仁督兵万人，直逼莎车城下。莎车王贤连被兵革，不堪再增一敌，没奈何遣使出城，至广德营中请和，愿将己女配与广德。广德踌躇半晌，方才允诺。待贤将女送交，便一拥而去。好容易过了一年，莎车城外，复来了于置兵马，差不多有三四万人。莎车王贤登城俯眺，遥见广德押住阵后，跨马扬鞭，指挥如意，乃高声呼语道：“汝为我女夫，无端兴兵相犯，究欲何为？”广德答说道：“正因王为我妇翁，久不相见，

所以前来问候！今愿请王出城结盟，再修前好。”贤听了此言，又似广德无意构衅，但既欲修盟，为何带来许多人马？当下狐疑不决，因向国相且运商议。且运忙说道：“广德为大王女婿，谊关至戚，何妨出见？”贤遂释去疑团，坦然出城。广德跃马相迎，彼此问答，未及数语，忽由广德一声暗号，突出壮士数十名，拥至莎车王贤马前，把贤拖落马下，捆绑起来。贤尚想且运出救，那知且运正私召广德，叫他前来捉贤，一见广德得手，便大开城门，纳入于置兵马，趁势将贤妻子一并拿下。当即由广德留下将士，与且运同守莎车，自押贤等归国，未几竟将贤杀死。大约是妆奁未足，故将头颅赔送。匈奴闻莎车被灭，恐广德乘此强盛，将为己害，乃征发龟兹焉耆尉黎等国骑兵，得三万人，统以五将，合围于置。广德料不能敌，遣使乞降，并出长子为质，每岁贡给罽絮等物。匈奴乃退，另立莎车王贤子齐黎为莎车王，广德心惮匈奴，未敢与争。惟西域诸国，要算广德最强，次为鄯善国王。鄯善自服属匈奴后，国内无事。见二十一回。



嗣王广休养生息，势亦日昌，班超与郭恂等先到鄯善，国王广却殷勤款待，礼意甚周。越数日忽渐疏懈，超密语吏属道：“诸君可知鄯善薄待么？我想鄯善王广，必因有北虏使来，未识所从，故礼不如前，智士能明几知微，况已情迹昭著呢？”道言甫毕，适有鄯善役使，来饷酒食，超故意问道：“匈奴使来已数日，今在何处？”鄯善本讳莫如深，不意被超一口道破，还道超已有所闻，只好和盘说出。超将役使留住，闭门不放，潜集吏士三十余人，与共饮酒，酒至半酣，蹙然语众道：“卿等与我共来绝域，本欲建立大功，邀取富贵，今虏使才到数日，国王广礼意寖衰，倘彼见我吏属寥寥，出兵拘拿，械送匈奴，恐我等骸骨，徒为豺狼所食，奈何！奈何！”吏士闻言，俱愁眉相答道：“事已如此，只得甘苦同尝，死生愿从司马！”遣将不如激将。超奋起道：“不入虎穴，怎得虎子？为今日计，惟有乘着昏夜，火攻虏使，彼不知我等多少，定然惊骇，我若得将虏使击毙，鄯善自然胆落，功成名立，在此一举了！”大众听着，又觉得危疑起来，半晌才说道：“请与郭从事熟商！”超瞋目道：“吉凶决在今夜，郭从事系文俗吏，闻此必恐！一或谋泄，反致速死，如何算得壮士呢？”仍是激将。众见超面带怒容，未免慑服，乃愿从超计。

超即命吏士整束停当，待至夜半，率众三十余人，径奔匈奴使营。可巧北风大起，吹彻毛骨，众且前且却，尚有惧容，超与语道：“这正是天助成功，尽可放胆前行，无庸顾虑！”说着，遂令十人持鼓，绕出虏帐后面，且密嘱道：“如见有火光，



即当鸣鼓大呼，万勿失约！”十人领命去讫。又使二十人各持箭械，趋至虏帐，夹门埋伏。超自率数骑，顺风纵火，前后鼓噪声同时响应，虏使从梦中惊醒，走投无路，仆从越加惶怖，顿致大乱。超首先突入虏营，格毙三人，吏士一拥齐上，竟将虏使击毙，并杀虏使随兵三十余人，一面纵火焚营，把虏众百余名，一齐烧死。时已天明，超率众返告郭恂，恂方得闻知，不禁大骇。真是饭桶。既而俯首沉吟，超已知恂意，举手与语道：“从事虽未同行，但休戚与共，超亦岂欲独擅己功？”恂乃心喜，面有欢容。因人成事，还想分功。超即召鄯善王广，取示虏使首级，广吓得面色如土，再经超宣汉威德，叫他从今以后，勿得再与北虏交通，否则虏首可作榜样，幸毋后悔！广连忙伏地叩头，唯唯听命，遂纳子为质，随超还报。窦固大喜，且陈超功，并请选使再抚西域。明帝览奏，欣然说道：“智勇如超，何不再

遣，还要派什么别人？”当下拜超为军司马，令他续成前功。窦固奉命，因复遣超西往于置，并欲拨兵为助。超答说道：“于置国大路遥，就使带兵数百，亦不足济事，多反为累，超但将前时从行三十六人，往彼宣抚，相机处置，便已敷用了。”言毕遂行。

好多日才抵于置，于置王广德雄视西域，虽尝接见超等，却是傲然自若，不甚敬礼，且召巫人问向背。巫假意祷神，费了许多做作，方张目说道：“神有怒意，谓于置王何故竟欲向汉？汉使有騧马骑来，可取以祠我！”广德素来迷信，即使人向超求马。超已侦得巫言，谓须巫亲自来取，巫竟如言趋至，超不与多言，突拔佩刀劈巫，砉然一声，巫首落地，有胆有识。便持了巫首，进示广德，且将前时制服鄯善情形，当面陈述，令广德自择进止。广德惊出意外，派人调查鄯善，果有虏使被杀、遣子入质等情，乃亦决计附汉，不属匈奴。匈奴本有将吏留守于置，监护广德，广德即暗地发兵，攻杀匈奴将吏，携首献超。超随身带有金帛，当即出赠广德，与广德以下诸官属。夷人素性贪利，得了馈遗，自然额手相庆，愿听约束。于置鄯善为西域望国，两国既已归汉，余国多半听从，依次遣子入侍。西域与汉绝交，已有六十五年，至此乃复与汉往来，奉汉正朔。



独龟兹王建，为匈奴所立，未从汉命，并据有天山北道，攻杀疏勒王，另使龟兹贵人兜题，为疏勒主。疏勒在于置西北，超意欲袭取，就从间道入疏勒境，先遣从吏田虑，往抚兜题，拨吏士十余人随往，临行嘱虑道：“兜题非疏勒种，国人必不用命，卿前去招抚，若彼不即降，可乘虚执取，切勿有误！”虑也有干略，应声即往。到了兜题所居的槃橐城，报名进见，兜题却无降意，语多含糊。虑见他卫卒寥寥，即回引从士，抢步上前，立将兜题拖下，用绳捆住。兜题左右，不过数人，没一个前护兜题，统去躲闪一旁。虑得将兜题牵出，飞驰白超。超亟往疏勒，尽招该国将吏，慷慨与语道："龟兹无道，横行劫杀，汝等正当为故主报仇，奈何降虏？"国人答以力不从心，只好缓图。超又说道："我乃大汉使臣，来抚汝国，汝能从我号令，何患狡虏？现在故主有无遗裔，应该迎立为王！"国人答言故主无子，只有兄子榆勒尚存。超即命迎入，使王疏勒，更名为忠，国人大悦。当下牵入兜题，遍问大众道："此人可杀否？"众齐称可杀，超却喟然道："杀一庸夫，有何益处？不如把他放还，使龟兹知大汉威德，不在多诛。"众又相率赞成。超乃命将兜题释缚，叫他归告龟兹王，速即降汉。兜题幸得免死，诺诺连声，拜谢而去。此等人，原不值污刀。

258. 超既抚定疏勒，遣人往报窦固。固正奉诏出师，往讨车师，因檄超暂留疏勒，不必遽归，自与驸马都尉耿秉、骑都尉刘张，领兵出敦煌，越塞至蒲类海，击破白山虏兵，直入车师。车师向分前后二庭，前王居交河城，后王居务涂谷，相去约数百里，从前尝附属西汉，汉衰乃转归匈奴。窦固入车师境，因虑后王道远，山路崎岖，不如就近攻击前王。独耿秉谓车师前王，乃后王安得子，若先攻后王，并力取胜，那时前王自服，不待劳师。固沉吟未决，秉奋身起座道："秉愿前行！"说着，即出营上马，挥兵北进，众军不得已随行。至务涂谷相近，攻破虏垒，斩首数千级，后王安得大恐，慌忙出门迎秉，脱帽长跪，抱秉马足，俯首乞降。秉引与见固。固令安得招降前王，前王当然听命。车师全定，乃奏请复置西域都护，分设戊己校尉。当下简选陈睦为都护，司马耿恭为戊校尉，留屯车师后王部金蒲城，谒者关宠为己校尉，留屯前王部柳中城。固班师入塞，静候朝命，朝旨令他罢兵还京，固不敢违慢，自然南归。

未几已是永平十八年仲春，北匈奴闻汉兵已归，便遣左鹿蠡王率二万骑兵，往攻车师后庭。车师后王安得本来庸弱，不能抵拒，当即飞使至金蒲城，向耿恭处乞援。恭部下不过二三千人，未便多出，但令司马领兵三百，往救安得。看官试想，三百人如何济事？一至务涂谷旁，不值虏军一扫。匈奴兵杀尽汉兵，气焰愈盛，立即捣入务涂谷，乱斫乱杀，可怜车师后王安得也被剁死乱军中。虏骑乘胜长驱，进薄金蒲城，耿恭乘城搏战，预用毒药涂上箭镞，待至虏骑蚁附即令吏士四射，且射且呼道："汉家箭有神助，若被射着，必有奇变！"虏骑不免中矢，顾视创痕，果皆沸裂，于是人人皆惊。凑巧天起狂风，继以暴雨，恭军正在上风，顺势逆击，杀伤甚众。匈奴兵益疑恭为神，相顾错愕道："汉兵深得神佑，我等枉送性命，不如罢休！"乃相率引去。恭料匈奴必再窥西域，乃巡视疏勒城旁，此非疏勒国城。见有涧水可固，因即引兵据住。到了春去夏来，虏骑果复大至，来攻疏勒城。恭悬赏募士，得壮夫数千名，前驱陷阵，自率兵吏随后继进，击破虏骑，杀获颇多。虏尚未肯弃去，屯驻城下，堵住涧水，不使流入城中。恭回城拒夺，因军士无从得水，也觉焦灼，急命在城中阱井，掘地深十五丈，不得涓滴，害得全军皆渴，不得已压笮马粪，取汁为饮。恭仰天长叹道："我闻从前李贰师，即李广利。尝拔佩刀刺山，涌出飞泉，今汉德重昌，岂无神明默佑？我当虔诚祷祝便了！"遂整肃衣冠，向井再拜，且拜且祝，约阅片时，竟有泉水奔出，滔滔不绝，大众皆称万岁。是即至诚格天。恭令吏士暂且勿饮，运水上城，和泥涂补，并沃水示虏，虏兵诧异道："汉校尉真是神灵，何可再犯？"一声喧哗，万骑齐遁。恭也不去追赶，缮城自固罢了。

且说明帝在位，已阅一十八年，皇子炟为马后所爱，已早立为太子，年已二九。此外尚有八子，俱系后宫妃嫔所出，长名建，封千乘王，幼年殇逝；次名羡，封广平王；又次名恭，封钜鹿王；又次名党，封乐成王；又次名衍，封下邳王；又次名畅，封汝南王；又次名恭，封常山王；最幼名长，封济阴王。诸王年皆童稚，均留居京师，未曾就国。明帝尝亲定封域，每国不过数县，比诸兄弟所封，才得一半。马皇后进言道："诸子只食采数县，得毋太嫌减损么？"明帝答道："我子岂宜与先帝子相同？但得岁入二千万，供彼衣食，已不为不足了。"意在言外，非徒俭约而已。当时司空伏恭已经罢职，改任大司农牟融为司空。司徒邢穆接续虞延后任，回应二十五、二十六回。就职两年，适值淮阳王延，骄恣无度，延系明帝异母弟，为废后郭氏所出，已见前文。有人上书劾延，说他与姬兄谢弇及姊婿韩光，招致奸猾，造作图谶，尝有祷禳咒诅等情。事下案验，连邢穆也受嫌疑，下狱论死，弇与光并皆伏法，惟延得因亲减罪，徙封阜陵，止食二县。另用大司农王敏为司徒。未几敏又病殁，召汝南太守鲍昱入都，擢为司徒。



昱即故司隶鲍宣孙，前鲁郡太守鲍永子。宣娶桓少君为妻，鹿车回里，善修妇道，时人称为桓鲍，与梁孟齐名。鲍梁鸿孟光见前回。永与昱先后出仕，桓少君尚福寿康宁，昱尝从容进问道："太夫人可忆挽鹿车时否？"少君应声道："先姑有言，存不忘亡，安不忘危，我怎敢相忘呢？"可巧鲍宣女，亦一贤妇。既而少君寿终，永丁忧回籍，服阕复入任司隶校尉，守法不阿，权戚敛手，终因抗直忤旨，出为东海相，病终任所。昱初为高都长，诛暴安良，再迁为司隶校尉，奉法守正，有祖父风。三世为司隶校尉，却是难得。旋出为汝南太守，筑陂捍田，政绩卓著。及代王敏为司徒，明帝特赐他钱帛什器，彰奖功能，昱子德亦得除为郎官，可见得善人遗泽，数世不衰。鲍宣虽然枉死，子孙终得显官，扬名后世，乃祖有知，也应含笑。就是桓少君的四德三从，从此亦扬徽彤管，并美留芳。小子有诗赞道：

修德由来获报隆，蝉联三代振家风；
须眉巾帼同千古，挽鹿齐心贯始终。

鲍昱得列三公，甫经年余，国内忽遭大丧，乃是明帝驾崩，事须详表，试看下回自知。



西汉有张骞，东汉有班超，皆一时人杰，不可多得。吾谓超之功尤出骞上，骞第以厚赂结外夷，虽足断匈奴右臂，而浪糜金帛，重耗中华，虽曰有功，过亦甚矣。超但挈吏士三十六人，探身虎穴，焚杀虏使，已见胆力；厥后执兜题，定疏勒，指挥任意，制敌如神，而于中夏材力，并不妄费，此非有大过人之才智，宁能及此？耿恭以孤军屯万里外，两却匈奴，始以药矢吓虏，具征谋略，继以拜井得泉，更见精诚，守边如恭，何需长城为哉？惜乎陈睦关宠，皆不恭若，车师将定而仍未定，此古人之所以闻鼙思将也。

## 第二十九回　拔重围迎还校尉<br>抑外戚曲诲嗣皇

却说永平十八年秋月，明帝患病不起，在东宫前殿告崩，享年四十八岁。遗诏无起寝庙，但在光烈皇后更衣别室，庋藏神主。光烈皇后，即阴皇后，见二十五回。前时所筑寿陵，椁广一丈二尺，长一丈五尺，不得逾限，万年后只许扫地为祭，四时设奠，如有违命，当以擅议庙制加罪。故宫廷遵照遗言，未敢加饰。在位十八年，谨守建武制度，不稍逾越。外戚不得封侯干政，馆陶公主系明帝女弟，为子求郎，明帝不许，惟赐钱千万，并语群臣道："郎官上应列宿，出宰百里，一或失人，民皆受殃，所以不便妄授呢！"群臣齐称帝德，百姓亦安居乐业，共庆承平。不过明帝好尚刑名，察察为治，所有楚王英及淮阳王延狱案，牵累多人，未免冤滥。至如求书天竺，也觉多事，反启邪说诬民的流弊，这也是美中不足，隐留遗憾哩！抑扬悉当。

话休叙烦，且说太子炟已将冠，即日嗣位，是为章帝。奉葬先帝于显节陵，庙号"显宗"，谥曰"孝明皇帝"，尊马皇后为皇太后。迁太尉赵熹为太傅；司空牟融为太尉，并录尚书事；进蜀郡太守第五伦为司空。伦履历已见前文，在蜀郡时，政简刑清，为各郡最，故章帝擢自疏远，俾列三公。

忽由西域迭传警报，乃是焉耆龟兹二国连结北匈奴，攻没都护陈睦。北匈奴亦出兵柳中城，围攻汉校尉关宠。朝廷方有大丧，未遑发兵救急。车师亦为北匈奴所诱，叛汉附虏，与匈奴兵共攻疏勒城。校尉耿恭督励军士，登陴拒守，好几月不得解围，储粟已空，没奈何煮铠及弩，取食筋革。恭与士卒推诚相与，誓无贰志，所以众虽饥疲，仍然死守。北单于知恭已困，必欲生降，因遣使招恭道："如肯降我，当封为白屋王，妻以爱女！"恭佯为许诺，诱使登城，用手格毙，焚磔城上。北单于大怒，更益兵围恭；恭再接再厉，坚守如故，一面遣使求援。柳中城亦危急万分，再三乞救。有诏令公卿会议，司空第五伦谓嗣君初立，国事未定，不宜劳师远征。似是而非。独司徒鲍昱进议道："今使人置身危地，急即相弃，外增寇焰，内丧忠臣，岂非大失？若使权时制宜，后来得无边事，尚可自解；倘匈奴藐视朝廷，入塞为寇，陛下将如何使将？望彼效忠？况两部兵只有数千，匈奴连兵围攻，尚历旬不下，可见他兵力有限，不难击走。今诚使酒泉敦煌二太守，各率精骑二千人，多张旗帜，倍道兼行，出赴急难，臣料匈奴疲敝，必不敢当，大约四十日间，便可还军入塞了！"章帝依议，乃使征西将军耿秉出屯酒泉，行太守事；即令酒泉太守段彭与谒者王蒙皇甫提，调发张掖酒泉敦煌三郡人马及鄯善骑士，共得七千余人，星夜赴援，终因道途辽远，未能遽至。

时已改岁，下诏以建初纪元。适值京师及兖豫徐三州，连月不雨，酿成旱灾，章帝令发仓赈给，且下咨消灾弭患的方法。校书郎杨终上疏，略谓近时北征匈奴，西开三十六国，百姓频年服役，转输烦费，怨苦所积，郁为戾气，请陛下速行罢兵，方足化戾成祥云云。司空第五伦亦赞同终议，独太尉牟融与司徒鲍昱上言征伐匈奴，屯戍西域，乃是先帝遗政，并非创行，古人有言，三年无改，方得为孝，陛下不必因此加疑，但当勤修内政，自可回天。昱又专名上书，谓臣前为汝南太守，典治楚狱，即楚王英事。逮系至千余人，或死或徙，窃念大狱一起，冤累过半，且被徙诸徒，骨肉分离，孤魂不祀，更为可悯；今宜一切赦归，蠲除锢禁，能使死生得所，当必上迓休祥！章帝乃诏令楚案连坐，及淮阳事牵累，流戍远方，尽可回里，共计得四百余家，相率称颂。

会接酒泉太守段彭捷书，报称进击车师，攻交河城，斩首三千八百级，获生口三千余人，北匈奴骇退，车师复降。章帝



阅毕，当然心慰，不再发兵，但交河城与柳中相近，同在车师前庭。段彭等所得胜仗，只能救出关宠，未遑顾及耿恭。适值关宠积劳病殁，谒者王蒙等欲引兵东归，独耿恭军吏范羌时在军中，固请迎恭同还。诸将不敢前进，惟给范羌兵二千人，从山北绕行。途次遇着大雪，平地约高丈许，还亏羌不辞艰险，登山过岭，吃尽辛苦，方得到疏勒城。城中夜闻兵马声，疑是虏骑凭陵，登城俯瞰，互相惊哗。范羌忙遥呼道："我就是范羌，汉廷遣我来迎校尉哩！"城上闻言，始欢呼万岁，开门出迎，相持涕泣。越宿，恭与俱归，只挈亲吏二十六人，出疏勒城，余众任他逃生。恭行未里许，后面尘头大起，虏骑陆续追至，当由恭率范羌等，且战且走，经过许多危险，才生入玉门关。亲吏已死了一半，只余一十三人，统是衣履穿决，困顿不堪。中郎将郑众守关，乃为恭等具汤沐浴，并出衣冠相赠，一面上疏奏陈恭功略云：

耿恭以单兵固守孤城，当匈奴之冲，对数万之众，连月逾年，心力困尽，凿山为井，煮弩为粮，出于万死，无一生之望；前后杀伤丑虏，数千百计，卒全忠勇，不为大汉耻。恭之节义，古今未有，宜蒙显爵，以厉将帅，不胜幸甚。

章帝得奏，尚未答复，恭已驰入洛阳，司徒鲍昱，复奏恭节过苏武，应加爵赏。乃拜恭为骑都尉，恭司马石修为洛阳市丞，张封为雍营司马，范羌为共丞，余九人皆补授羽林军将。赏亦太薄。恭母先殁，恭追行丧制，有诏使五官中郎将马严，赍赐牛酒，劝令释服，夺情就职。恭既退闲，奈何不许追服？寻复迁恭为长水校尉，恭只得受命，莅任去讫。章帝不欲再事西域，诏罢戊己校尉及都护官，召还班超。超尚寓居疏勒国，奉诏将归，疏勒国全体惊惶，不知所措。都尉黎弇流涕道："汉使弃我，我必复为龟兹所灭，与其后日死亡，不如今日魂随汉使，送与东归！"说罢，即引刀自刎。超虽然悲叹，究因皇命在身，未敢迟留，便启行至于置国。国中王侯以下，闻知超越境东归，并皆号泣，各抱超马脚，相持不舍。超大为感动，留抚于置，越旬日复至疏勒。疏勒两城已投降龟兹，与尉头国连兵背汉。超率吏士斩捕叛徒，击破尉头，疏勒始得复安。于是拜本陈状，仍请留屯西域，章帝才收回前命，准超后议，事且慢表。



且说马太后平素谦抑，从未举母家私事，有所干请，就是兄弟马廖、马防、马光，虽得通籍为官，终明帝世未尝超迁，廖止为虎贲中郎，防与光止为黄门郎。及章帝嗣位，即迁廖为卫尉，防为中郎将，光为越骑校尉。廖等倾身交结，冠盖诸徒，争相趋附。司空第五伦恐后族过盛，将为国患，因抗疏上奏道：

臣闻忠不隐讳，直不避害，不胜愚狷，昧死自表。《书》曰："臣无作威作福，其害于而家，凶于而国。"《传》曰："大夫无境外之交，束脩之馈。"近代光烈皇后，虽友爱天至，而卒使阴就归国，徙废阴兴宾客。其后梁窦之家，互有非法，明帝即位，竟多诛之。自是洛中无复权戚，书记请托，一皆断绝。又谕诸戚曰："苦身待士，不如为国，戴盆望天，事不两施。"臣常刻著五脏，书诸绅带。

而今之议者，复以马氏为言。窃闻卫尉廖以布三千匹，城门校尉防以钱三百万，私赡三辅衣冠，知与不知，莫不毕给。又闻腊日亦遗其在洛中者钱各五千。越骑校尉光，腊日用羊三百头，米四百斛，肉五千斤。臣愚以为不应经义，惶恐，不敢不以闻。陛下情欲厚之，亦宜有以安之！臣今言此，诚欲上忠陛下，下全后家，伏冀裁察。



疏入不报，且欲加给诸舅封爵，独马太后不从。建初二年四月，久旱不雨，一班谄附权戚的臣工，且奏称不封外戚，致有此变；未知他从何处说起。有司请援照旧典，分封诸舅。章帝即欲依议，马太后仍坚持不许，且颁敕晓谕道：

凡言事者，皆欲媚朕以邀福耳！一语道着。昔王氏五侯，同日俱封，黄雾四塞，不闻澍雨之应。见《前汉演义》。夫外戚贵盛，鲜不倾复，故先帝防慎舅氏，不令在枢机之位，又言我子不当与先帝子等，今有司奈何欲以马氏比阴氏乎？且阴卫尉即阴兴，系阴后兄弟。天下称之，省中御者至门，未尝不衣冠相见，此蘧伯玉之敬也！伯玉，春秋时卫人。新阳侯指阴兴弟就，曾封新阳侯。虽刚强，微失理法，然有方略，据地谈论，一朝无双。原鹿贞侯，指阴兴兄识，曾封原鹿侯，殁谥曰贞。勇猛诚信。此三人者，天下选臣，岂可及哉？是马氏不逮阴氏远矣！吾不才，夙夜累思，常恐亏先后之法，有毛发之罪，故不惮屡言，而亲属尤犯之不止，治丧起坟，又不时觉，是吾言之不立，而耳目为之塞也！吾为天下母，而身服大练，食不求甘，左右但着帛布，无香熏之饰者，欲以身率下也！以为外亲见之，当伤心自敕，但笑言太后素好俭耳。前过濯龙门上，见外家问起居者，车如流水，马如游龙，苍头衣绿褠，领袖正白，顾视御者，不及远矣。故不加谴怒，但绝岁用而已，冀以默愧其心，而犹懈怠，无忧国忘家之虑。知臣莫若君，况亲属乎？吾岂可上负先帝之旨，下亏先人之德，重袭西京败亡之祸哉？特此布诏以闻。



这诏传出，群臣自不敢复言。惟章帝览着，不胜感叹，再向太后面请道："汉兴以后，舅氏封侯，与诸子封王相同，太后原谦德虚衷，奈何令臣独不加恩三舅呢？且卫尉年高，两校尉常有疾病，如或不讳，使臣遗恨无穷，今宜及时册封，不可稽留！"马太后抚然道："我岂必欲示谦，使帝恩不及外戚？但反复思念，实属不应加封。从前窦太后欲封王皇后兄，窦太后，即文帝后，王皇后，即景帝后。丞相周亚夫上言高祖旧约，无军功不侯；今马氏无功国家，怎得与阴郭两后，佐汉中兴，互相比拟？试看富家贵族，禄位重迭，譬如木再结实，根必受伤，决难持久。况士大夫私望侯封，无非为上奉祭祀，下图温饱起见。今祭祀已受大官赐给，衣食更叨御府余资，如此尚嫌不足，还想更得一县，岂非过贪？我已深思熟虑，决勿加封，幸毋多疑！从来人子尽孝，安亲为上；今屡遭变异，谷价数倍，正当日夕忧惶，不安坐卧，奈何先营外封，必欲违反慈母苦衷？我素性刚急，有胸中气，不可不顺！待至阴阳调和，边境清静，然后再行汝志，也不为迟，我庶可含饴弄孙，不再预闻政事了！”义正词严，不意宫廷中有此贤母。章帝听了，只好俯首受教，唯唯而退。

马太后又手诏三辅，凡马氏姻亲，如有嘱托郡县，干乱吏治，令有司依法奏闻。太后母蔺氏丧葬，筑坟微高，太后即传语弟兄，立命减削。外亲有义行上闻，辄温言奖勉，赏给禄位；否则召入加责，不假词色。倘或车服华美，不守法度，即斥归田里，杜绝属籍。于是内外从化，被服如一，诸戚震恐，不敢逾僭。又在濯龙园中，左置织室，右设蚕房，分派宫人学习蚕织；太后尝亲去监视，饬修女工。又与章帝晨夕相叙，谈论政事，并教授小王《论语》经书，雍容肃穆，始终不怠。备录后德，可作彤史之助。



至建初三年，册立贵人窦氏为皇后。后为故大司徒窦融曾孙女，祖名穆，父名勋，并骄诞不法，坐罪免官。融年近八十乃殁，赐谥“戴侯”，赙赠甚厚；独因子孙不肖，尝令谒者监护窦家。嗣由谒者劾穆父子，居家怨望，乃勒令窦氏家属，各归扶风原籍。惟勋曾尚东海王强女沘阳公主，许得留住京师。偏穆又赂遗郡吏，乱法下狱，与子宣俱死，勋亦坐诛。惟勋弟嘉颇尚修饰，从未违法，乃授爵安丰侯，使奉融祀。勋遗有二女，貌皆丽姝。女母鞮阳公主，常忧家属衰废，屡次召问相士，详叩二女吉凶。相士见了长女，俱言后当大贵。女年六岁，即能为书，家人皆以为奇。至建初二年，二女并选入后宫，风鬟雾鬓，丰姿嫣然，并且举止幽娴，不同凡艳。家虽中落，尚不脱大家风度。章帝已闻女有才色，屡问傅母，及得见芳容，果然倾城倾国，美丽无双。当下引见太后，太后亦不禁称赏，另眼相看。时宫中已有宋梁诸贵人，为章帝所宠爱；至二窦女入宫后，压倒群芳，居然夺宠。长女性尤敏慧，倾心承接，不但能曲承帝意，直使宫廷上下，莫不想望丰采，相率称扬。次年三月，竟得立为皇后，女弟亦受封贵人。可惜两女虽有美色，却未宜男，入宫承宠，倏已两年有余，不得一子。惟宋贵人已有一男，取名为庆，章帝急欲立储，乃立庆为皇太子。窦皇后未便阻挠，但心中很是怏怏，免不得从此挟嫌了。貌美者，心多阴毒，试看下文自知。

会因烧当羌豪滇吾子迷吾，连结诸种，入寇金城，杀败太守郝崇诏，烧当羌，见二十四回。转寇陇西汉阳，杀掠尤甚。章帝乃命马防为车骑将军，令与长水校尉耿恭，调集兵士三万人，出讨叛羌。司空第五伦谓贵戚不宜典兵，上书谏阻，章帝不从。防即受命专征，大破羌人，斩首虏四千多名，余众或降或溃；惟封养种豪布桥等二万余人，尚屯驻望典谷，负嵎不下。防又与恭进击，复得大胜，布桥亦穷蹙请降。当下露布告捷，奉诏征防还都，留恭剿抚余种。恭复迭有斩获，声威远震，所有众羌十三种，约数万人，皆诣恭投诚。先是恭出陇西，曾奏称故安丰侯窦融前在西州，甚得羌胡腹心，子固复击白山，功冠三军，宜使他镇抚河西；车骑将军马防，不妨屯军汉阳，借示威重。这也是为防划策，免他远劳，哪知防反恨恭荐引他人，夺他权威，因此奉诏还都，即嗾令监营谒者李谭，劾恭不忧军事，被诏怨望。章帝不察真伪，反将有功无罪的耿校尉严旨催归，遽令下狱；侥幸得免死罪，褫职回里，饮恨而终。汉待功臣，毕竟刻薄。马防竟得逞志，权焰愈张。

到了建初四年，海内丰稔，四境清平，有司复请加封诸舅，章帝遂封防为颍阳侯，廖为顺阳侯，光为许侯。马太后未曾豫闻，及封册已下，才得知晓，不由得喟然道：“我少壮时，但愿垂名竹帛，志不顾命；今年已垂老，尚谨守古训，戒之在得，所以日夜惕厉，思自降损，居不求安，食不念饱，长期不负先帝，裁抑兄弟，共保久安。偏偏老志不从，令人欷歔，就使百年以后，也觉得赍恨无穷了！”廖、防、光等闻太后言，乃上书让邑，愿就关内侯。章帝不许，始勉受侯封，退位就第。是年太后寝疾，不信巫祝小医，戒绝祷祀，未几竟崩，尊谥为“明德皇后”，合葬显节陵。小子有诗赞道：

俭节高风已足钦，谦尊更见德深沉；
东都母范能常在，国柄何由属妇壬。



明德太后葬后，章帝顾及私恩，加封生母。欲知封典如何，待至下回再表。

耿恭以孤军出屯塞外，部下吏士不过数千，累撄强虏之口，能战能守，百折不挠，此诚为东汉良将，非人可及。为章帝计，正宜亟选大员，拔恭出围；乃段彭等第救关宠，不救耿恭，微范羌，恭之不遭陷没者仅矣。至郑众、鲍昱，相继上请，犹第拜恭为骑都尉，未就侯封；而于马氏私戚，必欲与之爵赏，何其私而忘公，不顾大局耶？马太后谦抑为怀，始终不欲加封兄弟，观其殷勤教诲，语语出自至诚，不第为皇室计，抑亦为母家计。而章帝终违慈训，致贻长恨之叹，甚且信马防之谗间，屈死耿恭，章帝其亦有惭为子、有愧为君矣乎？而明德马后，则固足千古矣！

# 第三十回　请济师司马献谋 巧架诬牝鸡逞毒

却说章帝生母本是贾贵人，见二十五回。因为马太后所抚养，故专以马氏为外家，未尝加封生母；就是贾氏亲族，也无一人得受宠荣。至马太后告崩，乃策书加贾贵人赤绶，汉制贵人，但服绿绶，惟诸侯王得用赤绶。安车一驷，宫人二百，御府杂帛二万匹，大司农黄金千斤，钱二千万，安享终身。这也毋庸细说。

惟校书郎杨终，上言“国家少事，应即讲明经义，近年文士破碎章句，往往毁裂大体，不合圣贤微旨，当仿宣帝博征群儒，讲经石渠阁故事，永为后世模范”云云。于是召令诸儒集白虎观中，考订五经，辩论异同，使五宫中郎将魏应承制发问，侍中淳于恭应制条奏。章帝亲自临决，汇编白虎议案，辑成一书；后世所传《白虎通》，就是本此。当时有侍中丁鸿，表字孝公，系是颍州郡人，父名綝，曾受封陵阳侯，綝殁后，鸿当袭封，独托称有疾，愿将遗封让弟，朝廷不许。鸿奉父安葬，把缞绖悬挂坟前，私下逃去。行至东海，与友人鲍骏相遇，骏问明行踪，出言相责道："古时伯夷季札，身居乱世，权行已志；今汉室重兴，正当宣力王事，汝但因兄弟私恩，绝父遗业，如何可行?"鸿不禁感动，垂涕叹息，乃还就陵阳。鲍骏复上书荐鸿，具陈经学至行，乃有诏征鸿为侍中，并徙封鲁阳乡侯。及白虎观开门讲经，鸿亦列席，据经论难，陈义最明，诸儒俱自愧不逮，时人因为传扬云："殿中无双丁孝公。"此外尚有少府成封，校尉桓郁，即桓荣子。兰台令史班固，见前。与雍丘人楼望，平陵人贾逵以及广平王羡，明帝子，见前。并皆得与讲席，著有令名。越年为建初五年，二月朔日食，诏求直言极谏，大略说是：

朕新离供养，愆咎众著，上天降异，大变随之，诗不云乎，亦孔之丑；又久旱伤麦，忧心惨切。公卿以下，其

举直言极谏，能指朕过失者各一人；遣诣公车，将亲览问焉。其以岩穴为先，勿取浮华！

未几又诏令清理冤狱，虔祷山川，略云：

春秋书无麦苗，重之也。去秋雨泽不适，今时复旱，如炎如焚，为备未至。朕之不德，上累三光，震栗忉忉，痛心疾首。前代圣君，博思咨诹，虽降灾咎，辄有开匮反风之应，今予小子徒惨惨而已。其令二千石理冤狱，录轻系，祷五岳四渎及名山，能兴云致雨者，冀蒙不崇朝遍雨天下之报，务加肃敬焉！

到了五月，复下诏云：

朕思迟直士，迟读若治，有待望之意。侧席异闻，其先至者各以发愤吐懑，略闻子大夫之志矣；皆欲置于左右，顾问省纳，建武诏书尝曰："尧试臣以职，不直以言语笔札。"直犹但也。今外官名旷，并可以补任，有司其铨叙以闻！

看官览到此诏，可知章帝诏求直士，亦无非虚循故事，非真出自至诚；否则直士征庸，理应置诸左右，常令补过，为什么调补外官呢？讥评得当。内外臣僚，窥透意旨，待至得雨以后，即由零陵献入芝草，表称祥瑞。既而泉陵地方，又说有八黄龙出现水中。正在铺张扬厉的时候，太傅赵熹遽尔病终。司徒鲍昱已代牟融后任，融于建初四年病殁。进任太尉，另用南阳太守桓虞为司徒。自赵熹病殁逾年，昱复随逝，乃更擢大司农邓彪为太尉。老成迭谢，何足称祥？忽由西域留守军司马班超拜本入朝，大致在请兵西征，原文录后：



臣窃见先帝欲开西域，故北击匈奴，西使外国，鄯善于置，即时向化，今拘弥莎车疏勒月氏乌孙康居，复愿归附，欲共并力，破灭龟兹，平通汉道。若得龟兹，则西域未服者，百分之一耳。臣伏自念卒伍小吏，荷蒙拔擢，愿从谷吉效命绝域，庶几张骞弃身旷野。谷吉为元帝时人，张骞为武帝时人，俱见《前汉演义》。昔魏绛列国大夫，尚能和辑诸戎；况臣奉大汉之威，而无铅刀一割之用乎？前世议者，皆曰取三十六国，号为断匈奴右臂，今西域诸国，自日之所入，莫不向化，大小欣欣，贡奉不绝，唯焉耆龟兹，独未服从。臣前与官属三十六人，奉使绝域，备遭艰厄，自孤守疏勒，于今五载，胡夷情意，臣颇识之，问其城郭大小，皆言倚汉与依天等。以是观之，则葱岭可通，龟兹可伐。今宜拜龟兹侍子为其国王，系前时入侍者。以步骑数百送之，与诸国连兵进讨，数月之间，龟兹可平。以夷狄攻夷狄，计之善者也。超之得计在此。臣见莎车疏勒，田地肥广，不比敦煌、鄯善间也。兵可不费中国，而粮食自足。且姑墨温宿二王，特为龟兹所置，既非其种，更相厌苦，其势必有为我所降者；若二国来降，则龟兹自破。愿下臣章，参考行事，诚有万分，死复何恨？臣超区区，特蒙神灵，窃冀未便僵仆，目见西域平定，陛下举万年之觞，荐勋祖庙，布大喜于天下，则臣超幸甚，国家幸甚！

原来超在疏勒，已与康居于置拘弥三国，合兵万人，击破姑墨石城，斩首七百级，因此欲乘势进兵，荡平西域，所以恳



切陈词，亟请济师。章帝也知超非虚言，拟派吏士助超。适有平陵人徐干，与超同志，奋身诣阙，愿往为超助。章帝即令干为假司马，率领弛刑及义从千人，即日西行。弛刑，谓课功赎罪诸徒；义从，谓奋愿从行之士。超日夜待兵，已是望眼欲穿，并因莎车叛附龟兹，疏勒都尉更觉得忧劳，顾番辰亦有异志虑，凑巧千军驰至，遂相偕出击番辰，一鼓破敌，斩首千余级，番辰遁去。超更欲进攻龟兹，自思西域诸国，乌孙颇强，正好借他兵力，与约夹攻。乃奏称乌孙大国，控弦十万，故武帝尝妻以公主，至宣帝时，终得彼力，远逐匈奴；今正可遣使招慰，与其合兵，用夷攻夷，莫如此举。章帝也以为然，方遣使慰谕乌孙。

使节未归，流光易逝，倏忽间已是建初七年，正月初吉，沛王辅、济南王康、东平王苍、中山王焉，联翩入朝。章帝先遣谒者出都远候，分给貂裘食物珍果，又使大鸿胪持节郊迎，

再由御驾亲视邸第，预设帷床，钱帛器物，无不具备。至四王入都诣阙，赞拜不名，且由章帝起座答礼。礼毕入宫，再用辇迎接四王，至省阁乃下。帝亦兴席改容，欢然叙旧，使皇后出宫亲拜，四王皆鞠躬辞谢，不敢当礼。嗣是款留多日，直至春暮，方许诸王归国。但因东平王苍老成重望，弁冕天潢，用再手诏挽留。直至仲秋已届，大鸿胪窦固奏请将苍遣归，才得允许。特给苍手诏云：

> 骨肉天性，诚不以远近为亲疏，然数见颜色，情重昔时。念王久劳，思得还休，欲署大鸿胪奏，不忍下笔，顾授小黄门，系受诏颁发之官。中心恋恋，恻然不能言。

苍得诏后，入阙谢赐，随即辞行，章帝亲送至都门，流涕叙别，复赐乘舆服御，珍宝钱帛，以亿万计。苍还国遇疾，逾年竟殁，赙赠独隆，派使护丧，且令四姓小侯，及诸国王主，一体会葬，予谥曰“宪”，子忠袭爵。叙笔特详，无非善善从长之意。总计光武帝十一子，至苍殁后，仅留四人，为沛王辅、济南王康、中山王焉以外尚有阜陵王延，在明帝时已曾削封，见二十八回。建初中复被人讦发，说他谋为不轨，又贬爵为侯。琅琊王京，时已病逝。后来惟沛王辅最贤，身后留名。济南王康及中山王焉，屡有过失，还幸章帝顾念亲亲，不忍加罪，才得保全。就是阜陵侯延亦仍复王爵，安享余年。这也是章帝的厚德。只是夫妇父子间，凶终隙末，终害得不夫不父，有累贤明。说来又有特因，应该约略补叙。



章帝已立太子庆，庆母为宋贵人，已见前回。惟宋贵人父名扬，为文帝时功臣宋昌八世孙，原籍平林，扬以恭孝著名，隐居不仕。胞姑为马太后外祖母，马太后闻扬有二女，才艺俱优，因选入东宫，得侍储君。章帝即位，并封二女为贵人，大贵人生庆，立为太子；扬因此入为议郎，赏赐甚厚。尚有前太仆梁松二侄女，亦入宫为贵人，小贵人生皇子肇，这四贵人位置相同，并承恩宠。惟宋大贵人素善侍奉，前时供应长乐宫，即马太后所居之宫。躬执馈馔，为马太后所垂怜，子庆得为储嗣，也是马太后从中主张。

唯窦皇后暗怀妒忌，视宋贵人母子，仿佛眼中钉一般。至马太后崩逝，后得恃宠生奸，尝与母韫阳公主图害宋氏。外令兄弟窦宪、窦笃伺扬过失，内令女侍阉竖，探刺宋贵人动静，专谋架陷。俗语说得好："明枪易躲，暗箭难防。"宋贵人偶然得病，欲求生菟为药饵，菟即药品中菟丝子。特致书母家，嘱令购求。谁料此书被窦后截住，竟将它作为话柄，诬言宋贵人欲作蛊道，借生菟为厌胜术，咒诅宫廷。当下在章帝前，装出一副愁眉泪眼的容态，日夜谮毁宋贵人母子，且言宋贵人必欲为后，情愿将正宫位置，让与了她。曲摹妒妇口吻。章帝正与窦后非常恩爱，怎能不为所惑？遂将宋贵人母子渐渐生憎，不令相见。窦皇后见章帝中计，辗转图维，想把那太子庆捽去，方好除绝根株，终免祸患。只是自己虽得专宠，终无生育，女弟轮流当夕，也总觉闭塞不通，毫无怀妊消息。这叫做秀而不实。百计求孕，始终无效，不得已求一替代的方法，把那小梁贵人所生的皇子，移取过来，殷勤抚育，视若己生。移花接木，终非良策。一面复阴使掖庭令，诬奏宋贵人通书前情，请加案验。章帝为色所迷，已弄得神昏颠倒，就批准掖庭令奏议，使他钩考。天下事欲加人罪，何患无辞？不但将宋贵人说成大恶，并连那太子庆亦诬作穷凶，一篇复奏。便由章帝下诏，废太子庆为清河王，立子肇为皇太子。诏书有云：

> 皇太子有失惑无常之性，爰自孩乳，至今益彰。恐袭其母凶恶之风，不可以奉宗庙，为天下主。大义灭亲，况降退乎？今废庆为清河王。皇子肇保育皇后，承训襁褓，导达善性，将成其器，盖庶子慈母，尚有终身之恩，岂若嫡后事正义明哉？今以肇为皇太子，使得谨守宗祧，钦哉惟命。

太子既废，复出宋贵人姊妹，锢置丙舍，再依小黄门蔡伦考验。二姊妹当然不肯诬服，偏蔡伦阴承后旨，曲为锻炼，竟说二贵人咒诅属实，请付典刑。当即奉到复诏，移徙二贵人至暴室中。暴室，署名，为宫女疾病时所居。可怜姊妹花自悲命薄，愤不欲生，彼仰药，此服毒，同时毙命。宋扬削职归里。最可恨的是郡县有司，投井下石，更将扬砌入罪案，捕系狱中，还亏扬友人张峻、刘均等，替扬奔走解释，方得免罪。扬虽得出狱，悲伤憔悴，当即病亡。清河王庆年尚幼弱，却能避嫌畏祸，不敢提及宋氏。太子肇本与相亲，晨夕过从，庆越加谦谨，勉博太子欢心。太子肇尝入白章帝，言庆并无恶意，章帝乃嘱皇后抚视，所有一切衣服，令与太子齐等，庆始得幸全。



惟梁氏自松得罪后，家属并坐徙九真，松事，见二十五回。大小二梁贵人，系没入掖庭，得承恩宠，小梁贵人幸得一男，进为储君，合家亦蒙赦还，欣然相庆。哪知为诸窦所闻，又恐梁氏得志，急忙转报窦后。窦后本已加防，一闻消息，就再掉动长舌，谗毁梁氏二贵人。并言贵人父竦，潜图不轨，欲为兄松复仇。章帝竟令汉阳太守郑据捕竦入狱，冤冤枉枉，构成罪名，竦坐是瘐死，家属复徙九真。看官试想！这大小二梁贵人，尚能安然无恙么？美人善忧，况经此父死家亡，怎得不五中崩裂，两命同捐，呜呼哀哉。四贵人相继毕命，何若为平民妻，尚得相安！

阴贼险狠的窦皇后，陷害了宋梁二家，尚嫌不足，更追恨及明德马太后，纳入大小梁贵人，先得专宠；并且马氏兄弟均列枢要，也欲趁势除尽，省得夺权；于是与兄弟内外毗连，构陷马氏。马氏已失内援，未知敛抑；马廖颇能自守，但秉性宽缓，不能约束子弟；防与光尝大起第观，食客常数百人，奴婢仆从，不可胜计，积资巨亿，往往购置洛阳美田，防且多牧马畜，赋敛羌胡。不念乃父裹尸时么？为此种种骄盈，已不免惹人讥议，更有窦氏从中媒孽，自然上达九重。章帝不忍惩治，但再三加诫，随时监束。嗣是马氏威权日替，宾客亦衰。廖子豫贻书友人，语多怨诽，适为窦氏私党所闻，上表弹劾，并奏称马

防兄弟，奢侈逾僭，浊乱圣化，应悉令免官，徙就封邑。章帝准议。惟因光前遭母丧，哀毁逾恒，比二兄较为尽孝，因特留住京师，助祭先后；不过一切要职，已经褫去，眼见是前盛后衰，远不相符了。天下无不散的筵席。窦后兄宪得进任虎贲中郎将，弟笃亦迁授黄门侍郎。兄弟亲幸并侍宫省，一班豪门走狗，朝秦暮楚，又竞至窦氏兄弟门前，奔走伺候，趋承唯谨。

窦宪恃势日横，凡王侯贵戚，莫不畏惮。沁水公主明帝女。有园田数顷，颇称肥美，宪强欲购买，但给钱值，公主不敢与较，只好饮泣吞声。此外尚有何人敢与争论？独司空第五伦不甘缄默，上疏陈请道：

臣得以空疏之质，当辅弼之任，素性驽怯，位尊爵重，拘迫大义，思自策励，虽遭百死，不敢择地，又况亲

遇危言之世哉？伏见虎贲中郎将窦宪，椒房之亲，典司禁兵，出入省闼，年盛志美，卑谦乐善，此诚其好士交结之方。然诸出入贵戚者，类多瑕衅禁锢之人，尤少守约安贫之节；士大夫无志之徒，更相贩卖，云集其门，众煦飘山，聚蚊成雷，盖骄佚所从生也！三辅议论者至云，以贵戚废锢，当复以贵戚洗濯之，犹解酲当以酒也。诐险趋势之徒，诚不可亲近。臣愚愿陛下中宫，严饬宪等闭门自守，无妄交通士大夫，防其未萌，虑于无形，令宪永保福禄，君臣交欢，无纤介之隙。此臣之所至愿也！臣不胜愚戆，谨此上闻。

章帝得疏，颇为留意，会与窦宪偕出巡幸，路过沁水公主园田，故意指问，急得宪满口支吾，不敢详对，章帝始知传闻是实。及还宫后，召宪严责道："汝擅夺公主园田，可知罪否？朕恐汝如此骄横，与赵高指鹿为马，有何大异？从前永平年间，先帝尝令阴党、阴博、邓迭三人，互相纠察，故豪戚莫敢犯法；当时诏书切切，犹以舅氏田宅为言。今贵如公主，尚被枉夺，何况平民？国家弃汝，不啻孤雏腐鼠，有何足惜！汝自想该不该呢？"这数语很是严厉，几把窦宪的魂灵儿撵往九霄云外，慌忙匍伏磕头，好似捣蒜一般。正在惶急万分，忽听得屏后微动，莲步悠扬，走出一位袅袅婷婷的丽姝，前来解围。好了！好了！救苦救难的观世音来了！正是：

外戚横行终忤主，内言巧啭竟回天。

欲知丽姝为谁，待至下回说明。

用夷攻夷，原攘夷之上策，但亦必才如班超，方足收功，否则平虏不足，启衅有余，几何而不丧师偾事耶！章帝驭将用人，不为无识，至待遇亲族，亦尚有恩。独于朝夕相亲之窦皇后，不能察知情伪，屡受其欺而不觉。始则二宋贵人，死于非命；继则二梁贵人，又复遭诬，并以忧死。同一抱衾与裯之妇女，岂无情谊之相关，乃以色艺之少差，竟使后来居上，坐被谗间，何其薄倖若此？宋氏废，梁氏徙，而马氏亦间接夺权，色之蛊人，顾若是其甚耶？盖自章帝溺爱衽席，开子孙无穷之祸，而后之好色者不知所鉴；无惑乎牝鸡败家，代有所闻也。

# 第三十一回　诱叛王杯酒施巧计<br>弹权戚力疾草遗言

却说窦宪被章帝切责，非常震惧，叩首不遑，幸从屏后走出丽姝，冉冉至章帝前，毁服减妆，代为谢罪。这人为谁？便是六宫专宠的窦皇后，外戚窦宪的亲女弟。她闻阿兄遭责，恐致受谴，因即趋出外庭，仗着一副媚容，替兄乞怜，力图解免。章帝见她愁眉半蹙，粉面微皱，一双秋水灵眸，含着两眶珠泪，几乎垂下，就是平时的百啭莺喉，至此也呜咽欲绝，卿真多虑，我见犹怜，不由得把满腔怒意，化作冰消。窦皇后又半折柳腰，似将下跪，当由章帝连呼免礼，轻轻把她扶住；一面令窦宪起来，叫他退去。宪得了这护身符，当然易惧为喜，再行叩谢，然后起身趋出。章帝挈着窦后，返入后宫，不消细述。惟窦宪虽得免罪，却已为章帝所憎嫌，不复再加重任。所以宪在章帝时代，只做了一个虎贲中郎将，未闻迁调，但守着本身职务，旅进旅退罢了。这还是章帝一隙之明。

新任洛阳令周纡，持正有威，不畏强御，甫行下车，即召问属吏，使报大族主名。属吏止将闾里豪强，对答数人，纡厉声道：“我意在详问贵戚，如马窦两家，子弟若干？照汝所说，统是卖菜佣姓名，何足计较？”属吏闻言，不禁惶恐，才将马窦子弟，约略报了数名。纡又嘱咐道：“我只知国法，不顾贵戚，如汝等卖情舞弊，休来见我！”属吏唯唯，咋舌而退。纡乃严申禁令，有犯必惩。贵介子弟却也不敢犯法，多半敛迹，京师肃清。一夕黄门侍郎窦笃出宫归家，路过止奸亭，亭长霍延，截住车马，定要稽查明白，方许通过。笃随身有仆从数人，倚势作威，不服调查，硬将霍延推开。延拔出佩剑，高声大喝道：“我奉洛阳令手谕，无论皇亲国戚，夜间经过此亭，必须查究。汝系何人？敢来撒野！”也是个硬头子。窦氏仆从哪里肯让，还要与他争论，笃亦不免气忿，在车中大叫道：“我是黄门侍郎窦笃，从宫中乞假归来，究竟可通过此亭否？”亭长听了，才将剑收纳鞘中，让他过去。笃心尚不甘，再加仆从怂恿，即于次日入宫，劾奏周纡纵吏横行，辱骂臣家。章帝明知笃言非实，但为了皇后情面，不能不下诏收纡，送入诏狱。纡在廷尉前对簿，理直气壮，仍不少挠，廷尉也弄得没法，只好据实奏陈。章帝竟批令释放，暂免洛阳令官职，未几又擢任御史中丞。可见章帝原有特识，不过曲为调停，从权黜陟，此中也自有苦衷呢！若抑若扬，措词甚妙。



建初八年，乌孙国遣使入朝，乞请修好，就是招谕乌孙的汉使，也同与东归。回应前回。章帝甚喜，即授超为将兵长史，特赐鼓吹幢麾；并擢徐幹为军司马，别遣卫侯李邑护送乌孙使人返国，且赐乌孙大小昆弥等锦帛。大小昆弥，系乌孙国王名，详见《前汉演义》。李邑方到于阗，闻得龟兹将攻疏勒，恐道途中梗，不敢前行，反上书奏称西域难平，长史班超拥娇妻、抱爱子，安乐外国，无内顾心，所有先后奏请，均不可从等语。事为班超所闻，不禁长叹道："身非曾参，乃蒙三至谗言，恐不免见疑当世了！"曾参事，见《战国策》。当下将妻斥去，上书沥陈苦衷。章帝知超忠诚，因传诏责邑道："超果拥妻抱子，属下千余人，岂不思归，怎能尽与同心？汝但当受超节度，就商行止，不必妄言！"又复书谕超，谓邑若至卿处，可留与从事。邑无奈诣超，超不露声色，另派干吏与乌孙使臣，同至乌孙，劝乌孙王遣子入侍。乌孙王唯命是从，即出侍子一人，送至超处。超令李邑监护乌孙侍子，偕往京师。军司马徐幹语超道："邑前曾毁公，欲败公功，今何不依诏留邑，另遣他吏入京，护送乌孙侍子？"超微笑道："我正为邑有谗言，留彼无益，所以令他回京，且内省不疚，何恤人言？如必留邑在此，称快一时，如何算得忠臣呢？"及邑返京后，却也不敢再毁班超。

章帝因乌孙内附，侍子入朝，益信超言非虚。越年改号"元和"，特遣假司马和恭等，率兵八百，西行助超。超既得增兵，复征发疏勒于阗人马，共击莎车。莎车闻超出兵，特想出一法，阴使人赍着重赂，往饵疏勒王忠，叫他联合莎车，背叛班超。此计却是利害。疏勒王忠果为所愚，竟将重赂收受，与超反对，出保乌即城。超猝遭此变，忙立疏勒府丞成大为王，召回出发兵士，假道攻忠。乌即城本来险阻，不易攻入，超军围城数月，竟未攻下。忠复向康居乞援，康居出兵万人，往救乌即城，累得超进退彷徨，愈难为力。于是分头侦察，探得康居国与月氏联姻，往来甚密，乃亟派吏多赍锦帛，往馈月氏王，托使转告康居，毋为忠援。月氏王也是好利，当即允许，立将超意转达，财可通神，莫怪夷狄。康居顾全亲谊，还管甚么疏勒王忠？一道密令，转至乌即城中，反使部众将忠缚归。乌即城既失援兵，又无主子，只得举城降超。

惟忠被康居执去，幸得不死，羁居了两三年，与康居达官交好，费了若干唇舌，又得借兵千人，还据损中，且与龟兹通谋，欲攻班超。龟兹却令忠向超诈降，然后发兵进击，以便里应外合。忠依计施行，遂缮好一封诈降书，写得恭顺异常，使人投呈超前。超展书一阅，已知情意，因即召语来使道："汝主既自知悔悟，誓改前愆，我亦不追究既往，烦汝代去传报，请汝主速回便了！"来使大喜，即去返报。超密嘱吏士，叫他如此如此，勿得有误。吏士奉令，自去安排，专待忠到来受擒。忠还道班超中计，只率轻骑数十人，贸然前来。超闻忠已至，欣然出迎，两下相见，忠满口谢罪，超随口劝慰。彼此谈叙片刻，似觉得胶漆相投，很加亲昵。好一个以诈应诈。吏士早已遵着超嘱，陈设酒肴，邀忠入席，超亦陪饮，帐下更作军乐，名为侑酒，实是助威。酒过数巡，超把杯一掷，即有数壮士持刀突出，抢至忠前，如老鹰抓小鸡一般，把忠拿下，反绑起来。忠面色如土，还要自称无罪。超怒目责忠道："我立汝为疏勒王，代汝奏请，得受册封。浩荡天恩，不思图报，反敢受莎车煽惑，背叛天朝，擅离国土，罪一。汝盗据乌即城，负险自固，我军临城声讨，汝不知愧谢，抗拒至半年有余，罪二。汝既至康居，心尚未死，尚敢借兵入据损中，罪三。今又诈称愿降，投书诳我，意图乘我不备，内外夹攻，罪四。有此四罪，杀有余辜，天网昭彰，自来送死，怎得再行轻恕哩？"这一席话，说得忠哑口无言，超即令推出斩讫。不到半刻，已由军士献上忠首，超令悬竿示众。立传将士千人，亲自督领，驰往损中。损中留屯康居兵，守候消息，不防班超引军趋到，一阵斩杀，倒毙至七百余人，只剩了二三百残兵，命未该绝，仓皇遁去，南道乃通。

越年又改元“章和”，超复调发于阗诸国兵二万余人，往击莎车。莎车向龟兹乞师，龟兹王与温宿姑墨尉头三国，联兵得五万人，自为统帅，驰救莎车。超闻援兵甚众，未便力敌，筹划了好多时，便召入于阗王及将校等与语道：“敌众我寡，势难相持，不若知难先退，各自还师。于阗王可引兵东行，我却从西退回。但须待至夜间，听我击鼓，方好出发，免得为敌所乘呢！”说至此，便有侦骑入报道：“龟兹诸国兵马，已经到来，相距不过数里了！”超令于阗王及将校等各归本营，闭垒静守，听候鼓号。大众如言退去。超进攻莎车时，沿途已获住侦谍数人，系诸帐后。到了黄昏时候，故意释放，令得还报军情。龟兹王闻报大喜，亲率万骑，西向击超；使温宿王率八千骑，东向截于阗王。超登高遥望，见各虏营喧声不绝，料他已出发东西，便返入营中，密召亲兵数千人，装束停当，待至鸡鸣，悄悄地引至莎车营前，一声号令，驰马突入。莎车营兵因闻超军将还，放心睡着，哪知帐外冲进许多兵马，惊起一瞧，统是汉军模样，急得东奔西窜，不知所措。超麾令部众四面兜击，斩首五千余，尽夺财物牲畜，且令军士大呼道：“降者免死！”莎车兵无路可走，相率乞降；就是莎车王亦势孤力竭，只好屈膝投诚。超收兵入莎车城，再去传召全营将校及于阗国王。于阗王等正因夜间未得鼓声，不免诧异，及得超传召，才知超计中有计，格外惊服。遂共入莎车城中，向超贺捷。龟兹温宿诸王探闻消息，也觉为超所算，未战先怯，各退归本国去了。

自经超有此大捷，西域都畏超如神，不敢生心；就是北匈奴亦闻风震慑，好几年不来犯边。章帝得专意内治，巡视四方，修贡举，省刑狱，除妖恶党禁，免致株连；戒俗吏矫饰，务尚安静；赐民胎养谷，每人三斛；婴儿无父母亲属，及有子不能养食，俱廪给如律，不得漠视。

临淮太守朱晖善政得民，境内作歌称颂道：“强直自遂，南阳朱季。”晖为南阳宛人。章帝幸宛闻歌，即擢为尚书仆射。鲁人孔僖、涿人崔骃，同游太学，并追论武帝尊崇圣道，有始无终，邻舍生即讦骃僖诽谤先帝，讥刺当世，事下有司。骃诣吏受讯，僖上书自讼，略言武帝功过，垂著《汉书》，自有公评。陛下即位以来，政教未失，德泽有加，臣等亦何敢寓讥？就使陛下视为讥刺，有过当改，无过亦宜含容，奈何无端架罪云云。章帝得书省览，下诏勿问；且拜僖为兰台令史，旌美直言。庐江毛义素有清名，南阳人张奉慕名往候。才经坐定，忽有吏人传入府檄，召义为安邑令。义喜动颜色，捧檄入内。奉转目义为鄙夫，待义复出，即起座辞归。后闻义遭母丧，丁艰



回籍，及服阕后，屡征不起。奉乃赞叹道：“贤士原不可测，往日捧檄色喜，实是为亲屈志；今乃知毛君节操，实异常人！”章帝亦得闻义名，征义就官，义仍然谢绝。乃赐谷千斛，并令地方官随时存问，不得慢贤。还有任城人郑均，洁身自好，有兄尝为县吏，贪赃受赇，屡谏不悛，均竟脱身为人佣，积得工资若干，归授乃兄，且垂涕与语道：“财尽尚可复得，为吏坐赃，终身捐弃，不能复赎了！”兄闻言感动，改行从廉。未几兄殁，均敬事寡嫂，抚养孤侄，情礼备至。州郡交章举荐，均终不应征。建初三年，司徒鲍昱，致书辟召，又不肯赴。至六年时，由公车特征，不得已入都诣阙。章帝即使为议郎，再迁为尚书，屡纳忠言。旋即因病乞休，解组回里，一肩行李，两袖清风，仍然与寒素相等。章帝东巡过任城，亲至均舍，见均家室萧条，感叹不已，因特赐尚书禄俸，赡养终身。时人号为

白衣尚书，垂名后世。看似赞美章帝，实是阐表诸贤。

只会稽人郑弘，为宣帝时西域都护郑吉从孙，少为灵文乡啬夫，乡官名。爱人如子，迁官驺令，勤行德化，道不拾遗。再迁淮阴太守，境内适有旱灾，弘循例行春，课农桑，赈贫乏，随车致雨，汉制各郡太守，当春巡行属县，是谓行春。又有白鹿群至，夹毂护行。弘问主簿黄国道："鹿来夹毂，主何吉凶？"国拜贺道："仆闻三公车辎，尝绘鹿形，明府他日必为宰相！"弘付诸一笑，亦无幸心。建初八年，奉调为大司农，奏开零陵桂阳岭路，通道南蛮。先是交阯七郡，贡献转运，必从东冶航海，风波不测，沉溺相继，至南岭开通，舍舟行陆，得免此患。弘在职二年，省费以亿万计。时海内屡旱，民食常苦不足，国帑却是有余，弘又请省贡献，减徭役，加惠饥民。章帝亦颇以为然，下诏采行。元和元年，太尉邓彪免官，即令弘继任太尉。弘见窦氏权盛，恐为国害，常劝章帝随时裁抑。言甚剀切，章帝亦温颜听受，但优容窦氏，仍然如常。无非碍着牝后。虎贲中郎将窦宪，职兼侍中，出入宫禁，虽未敢公然骄恣，却是密结臣僚，引为心腹。尚书张林，洛阳令杨光，党同窦宪，贪残不法。弘忍无可忍，至元和三年间，极言弹劾，嘱吏缮陈。吏与杨光有旧交，先往告光，光闻言大惧，亟诣窦门求救。窦宪忙入白章帝，劾弘泄漏枢机，失大臣体。章帝问为何因？窦即先将弘所上弹章，约略陈述。已而弘奏呈上，果如宪言。章帝不能无疑，便令左右传诏责弘，且收弘印绶，另任大司农宋由为太尉。弘始知为属吏所卖，径诣廷尉待罪。旋复有诏赦弘，弘因乞骸骨归里，好几日不得复诏，顿令弘积愤成疾，奄卧不起。临危时尚强起草疏，力斥窦宪，仿古人尸谏的遗意。是卫史鱼故事。疏中有数语最为扼要，录述如下：

窦宪奸恶，贯天达地，海内疑惑，贤愚嫉恶，谓宪何术以迷主上？近日王氏之祸，昞然可见！陛下处天子之尊，保万世之祚，而信谗佞之臣，不计存亡之机；臣虽命在晷刻，死不忘忠，愿陛下诛四凶之罪，以餍人鬼愤结之望！

这书呈入，章帝始遣医往视，弘已病终。妻子遵弘遗嘱，悉还从前赐物，但将布衣为殓，素木为棺，轻车减从，奔丧还乡。章帝亦不加赙赠，听令自便。这却未免辜负好官，有私外戚哩！郑弘既殁，司空第五伦也老病乞休，有诏准令退位，惟终身赏给二千石俸秩，而加赐钱五十万，公宅一区。伦奉公尽节，言事不肯模棱，性质悫，少文采，在位以贞白见称，时人比诸前朝贡禹，后来寿逾八十，考终家中。太仆袁安奉命继

任。安字邵公，汝阳县人，祖父良，习《易》著名，安少承祖训，得举孝廉，累任阴平任城令长，迁守楚郡，再为河南尹，政号严明，吏民畏服。嗣由太仆超迁司空，守正如故。未及期月，又代桓虞为司徒，光禄勋任隗继为司空。隗字仲和，系故信都太守阿陵侯任光嗣子，好黄老言，品性清廉，与袁安并为三公，时称得人。博士曹褒，奏请考成汉礼，诏下公卿集议，安与隗各无异言，独词臣班固，谓宜广集诸儒，共议得失。章帝叹道："古谚有言：'筑室道谋，三年不成。'今欲集儒议礼，必致聚讼不休，互生疑异，笔不得下。从前帝尧作大章乐，一夔已足，何必多人？"乃即拜褒为侍中，举汉初叔孙通所订《汉仪》十二篇，令褒改订，且与褒语道："此制散略，多不合经，今宜依礼条正，使可施行！"褒乃援据古典，参入《五经谶记》，依次辑录，自天子至庶人，凡冠昏丧祭各制度，具列无遗，共

成百五十篇。匆匆奏入，章帝未遑详阅，也不令有司平议，当即收付礼官，遽令施行。及章帝崩后，群臣多言褒擅更礼制，不足为法，因将新礼百五十篇，一并弃掷败字簏中。小子有诗叹道：

绵蕞朝仪不足征，操觚改制亦难凭；
一朝大礼谈何易，草草宁堪作准绳？

欲知章帝何时告崩，待至下回再表。

疏勒王忠为超所立，乃以莎车之厚赂，甘心背超，戎狄之贪利忘义，可见一斑。幸超能将计就计，不烦血刃，缚而诛之，南道复通。或谓超专以诈计御虏，故虏亦报以诈谋。讵知兵不厌诈，本诸古训，宋襄陈余，为千古笑，况施诸戎狄间乎？厥后拔莎车，却龟兹诸国，老成胜算，游刃有余，而西域乃为之胆落。盖御虏之道，智略为先，兵力次之，不如是不足以挫彼凶横也！超真一人杰矣哉！章帝明知窦宪之奸，未能远斥，至郑弘一再进谏，又不见用，反且为窦宪所欺，收弘印绶，何其自相矛盾一至于此？意者其宁违忠谏，毋负椒房，而因有此刺谬欤？《范书》谓孝章以下，渐用色授，恩隆好合，遂忘淄蠹。数语实抉透章帝一生之大病。吕东莱讥其优柔寡断，盖犹非真知章帝者也。

# 第三十二回　杀刘畅惧罪请师<br>系郅寿含冤毕命

却说章帝在位十三年，已经改元三次，承袭祖考遗业，国势方隆，事从宽简，朝野上下，并称乂安。章帝春秋方富，做了十余年的太平皇帝，优游度日，好算是福禄两全。偏至章和二年孟春，忽然得病，竟至弥留，顾命无甚要嘱，但言毋起寝庙，如先帝旧制。俄而崩逝，年只三十一岁。窦皇后素性机警，即召兄弟入宫，委任枢要；一面立太子肇为帝，当日嗣位，是谓和帝。和帝甫及十龄，怎能亲政？当由窦宪兄弟召集公卿，提出要议，尊窦皇后为皇太后，临朝训政。公卿等畏惮权威，不敢生异。当即酌定临朝典礼，颁诏施行。到了春暮，奉葬章帝于敬陵，庙号“肃宗”。

窦太后欲令兄宪秉政，宪尚有所顾忌，未敢遽握总枢，因让诸前太尉邓彪，召为太傅。彪字智伯，与中兴元勋高密侯邓禹同宗，父名邯，曾官渤海太守，受封鄳乡侯。彪少有至行，见称乡里，旋遭父丧，愿将遗封让与异母弟，因此益得令名，为州郡所辟召；累迁至桂阳太守，亦有政声，入为太仆，升任太尉，居官清白，为百僚式。后来因病乞休，回籍已有四五年，至是复由公车征入，接奉窦太后特诏道：

先帝以明圣奉承祖宗至德要道，天下清静，庶事咸宁。今皇帝以幼年茕茕在疚，朕且佐助听政，外有大国贤王，并为藩屏，内有公卿大夫，统理本朝，恭己受成，夫何忧哉？

然守文之际，必有内辅，以参听断。侍中宪朕之元兄，行能兼备，忠孝尤笃，是阿妹个人私言。先帝所器，亲受遗诏，当以旧典辅斯职焉！遗诏亦未必及宪。宪固执谦让，节不可夺，今供养两宫，宿卫左右，厥事已重，亦不可复劳以政事。故太尉邓彪，元功之族，三让弥高，海内归仁，为群贤首；先帝褒表，欲以崇化。今彪聪明康强，可谓老成黄耇矣！其以彪为太傅，赐爵关内侯，录尚书事。百官总己以听，朕庶几得专心内位。于戏！读如呜呼。群公其勉率百僚，各修厥职，爱养元元，绥以中和，称朕意焉！



彪受命供职，名为朝中领袖，但国家大权，实操诸窦氏手中。窦宪虽守侍中原职，却是内干机密，出宣诏命。窦笃升任虎贲中郎将，笃弟景瓌并得入为中常侍。宫廷内外，只知有窦氏兄弟，不知有太傅邓彪。彪且做了窦氏的傀儡，窦氏有所施为，辄令彪代奏，彪不能不依，窦遂得任所欲为。宪父勋尝坐罪致死，见前文。谒者韩纡与劾勋案，此时纡已病歿，宪却为父报仇，潜令门客刺杀纡子，割得首级，往祭父墓。窦太后亦为快意，置诸不问。

都乡侯畅，系齐武王刘縯孙，入京吊丧，多日不归，私与步兵校尉邓迭亲属，互相往来。迭有母名元，出入宫中，为窦太后所亲爱，畅即厚礼馈遗，托她入白太后，为己吹嘘。元直任不辞，入宫一二次，即为说妥，由太后特旨召见。畅喜如所愿，进见太后，极力谄媚，叩了好几个响头，说了好几句谀词。妇人家最喜奉承，见畅口齿伶俐，礼貌谦卑，不由得引动欢肠，当作好人看待，问答了好多时，才令退去。未几复蒙召入，历久始出。又未几再蒙召入，居然有说有笑，格外投机。莫非要演吕后审食其故事么？宫中谁敢多嘴，只有窦宪瞧着，很是不悦，暗想太后一再召畅，定有隐情，畅若得宠，必致夺权，宁止夺权而已。不如先发制人，结果性命，再作后图。主见已定，便暗嘱壮士，伺畅行踪，乘机下手。畅正满志踌躇，专望太后赐他好处，按日至屯卫营中，听候好音，不防背后跟着刺客，一不见机，竟致饮刃，晕倒地上，断命送终。刺客早已扬去。卫兵见了畅尸，当然骇愕，立即报闻。窦太后得知消息，很是惊悼，与汝有何关系？即令窦宪严拿凶手。宪反将杀人大罪，卸到畅弟利侯刚身上，说他兄弟不和，因有此变。窦太后信为真言，就饬侍御史与青州刺史，查究刚等罪状。原来刚封邑在青州，故兼令青州刺史考治。尚书韩棱上言贼在京师，不宜舍近就远，恐为奸臣所笑。窦宪得了此语，恐棱疑及己身，急请太后下诏责棱。究竟贼胆心虚。棱虽然被责，仍旧坚执前言。三公皆袖手旁观，莫敢发议，独太尉何敞进说太尉宋由道："畅系宗室肺腑，茅土藩臣，来吊大忧，上书须报，乃亲在武卫，致此残酷。奉法诸吏，无从缉捕，踪迹不明，主名不定。敞得备股肱，职典贼曹，意欲亲往纠察，力破此案！偏二府执事，二府谓司徒、司空。以为朝廷故事，三公不与闻贼盗，公纵奸慝，无人问咎。敞不忍坐视，愿充此役！”宋由乃许令查缉。司徒、司空二府，闻敞前往钩考，亦遣侦吏随行，“天下无难事，总教有心人。”结果查得刺畅凶手实系窦宪主使，当即奏白太后。太后勃然大怒，立向窦宪问状。何必盛怒至此？宪亦无从抵赖，匍匐谢罪。太后竟将宪锢置内宫，有意加谴。宪恐遭诛戮，自请出击北匈奴，图功赎死。

是时北匈奴岁饥，部众离叛，邻国四面侵扰，优留单于为鲜卑所杀，北庭大乱。南单于屯屠何新立，上表汉廷，请乘北虏纷争，出兵征伐，破北成南，并为一国，令汉家无北顾忧。窦太后得表，取示执金吾耿秉，秉极言可伐，独尚书宋意上书谏阻，因未定议，窦宪乃想此出去，为逃死计。究竟窦太后顾念同胞，未忍将长兄处死，不过一时气愤，把他锢禁；转思宪既有志图功，乐得遣他出去，得能立功异域，也好塞住众口，免诮失刑。于是依了宪议，且命为车骑将军，使执金吾耿秉为征西将军，为宪副将，发兵讨北匈奴。宪得出宫部署，仍然威震一时。兵尚未出，忽接护羌校尉邓训捷报，乃是击走羌豪迷唐，收服群羌等语。



先是元和三年，烧当羌迷吾，与弟号吾率领羌众，复来犯边。陇西郡督烽掾李章颇有智略，独不举烽火，暗地号召戍卒，埋伏要隘。号吾见陇西无备，轻骑入境，陷入伏中，慌忙突围返奔，偏值李章紧紧追来，强弓一发，射伤号吾坐骑，号吾被马掀下，为章所擒。章执住号吾，将献诸郡守，号吾乞怜道：“我既被擒，也不畏死，但杀死一我，无损羌人，不如放我生还，我当永远罢兵，不再犯塞了。”章以为说得有理，遂转禀太守张纡，纡乃放还号吾。号吾果解散羌众，各归故地，迷吾亦退居河北归义城。至章和元年，护羌校尉傅育，贪功启衅，募人阴构诸羌，令他自斗。羌人不肯从令，复生异心，走依迷吾。育发诸郡兵数万人，即欲击羌，大兵未集，仓猝出师，迷吾徙帐远去。育尚不肯罢休，自率三千骑穷追，恼动迷吾毒性，设伏三兜谷旁，邀截育军。育夜至谷口，尚不设备，顿致伏兵齐起，两面掩击，把育军杀死无算，育亦做了无头鬼奴。真是自去送死。还幸各郡兵赴救，拔出残众一二千人，迷吾引去。败报到了京师，有诏令张纡为护羌校尉，出驻临羌。迷吾复入寇金城，纡遣从事司马防，领兵截击，大破迷吾，迷吾乃致书乞降。纡佯为允许，待迷吾挈众到来，陈兵大会，置酒犒众，密将毒药置入酒中，羌众饮酒中毒，陆续倒地；迷吾亦筋软骨酥，不省人事，纡得指麾兵士，一一屠戮，且剁落迷吾首级，祭傅育墓，再发兵袭击迷吾余众，斩获数千人。诱杀迷吾计，



与班超相同，但超诛诈降，纡戮真降，情迹悬殊，不能并论。迷吾子迷唐独得逃脱，恨父被害，有志复仇，遂与诸羌种结婚交质，誓同休戚，据住大小榆谷，与纡为难。纡不能制服，拜表请兵，朝廷因纡赚杀诸羌，很是失计，因将纡免官召还，改任故张掖太守邓训代为护羌校尉。

训字平叔，系故高密侯邓禹第六子，少有大志，厌文尚武，禹尝斥为不肖。哪知训熟习韬略，善抚兵民，章帝时已任乌桓校尉，与士卒同甘苦，大得众心，番虏惮训恩威，不敢近塞。嗣复调任张掖太守，边境清宁。及张纡免职，公卿多举训往代，因令改官。训莅任未几，迷唐即领兵万骑，来至塞下，一时未敢攻训，先胁令小月氏胡人，从早投服。小月氏胡尝散居塞内，约有数千名，就中多勇健富强，不服羌种。汉吏辄随时羁縻，令拒羌人，他却能用少制众，为汉效力；只因平时有

功少赏，所以依违两可，向背无常。此次迷唐招降，威驱利迫，胡人倒也不愿相从，誓与死斗。训察知情迹，便派吏安抚诸胡，叫他不必致死，自当一体保护。吏佐以为羌胡相攻，于我有利，待他两下俱疲，正好出兵尽灭，为何无端禁护，留下后患？训却出言指驳道："近因张纡失信，群羌大动，屡来犯边。综计塞下屯兵，多至二万，按时给饷，空竭府藏，尚不能有备无患，凉州吏民，命悬呼吸。今尚欲羌胡相攻，羌败胡盛，胡亡羌兴，终为我害，哪能一举灭尽？且诸胡反复无定，俱因我恩信未厚，所以致此！今若因彼迫急，用德怀柔，彼必感激厚恩，乐为我用。服胡平羌，就在此着，汝等亦怎知大计哩？"成竹在胸。当下大开城门，召入群胡妻子，安处城中，严兵守卫。羌人无从胁掠，相继引去。胡人果然感德，并言汉吏常欲图我，今邓使君待我有恩，开门纳我妻子，使免兵刃，这却是我重生父母，怎得不依？于是群集训前，跪伏叩头道："唯使君命！"训乃简选壮丁，择得数百人，使为义从，推诚相待。胡俗耻言病死，每遇病危，即用刀自刭，训闻降胡有疾，辄使人拘持缚束，禁令自裁，但给他医治，往往服药得痊，胡人愈加感动，无论男妇长幼，莫不归仁。旋复赏赂诸羌，使相招诱。迷唐叔父号吾，便率种人八百户来降。训全数收纳，妥为抚慰；一面征发湟中秦胡羌兵四千人，出塞掩击迷唐，斩首虏六百余级，得马牛羊万余头。迷唐抵敌不住，弃去大小榆谷，逃入颇岩谷中，羌众亦逐渐散去。训方上书奏捷，汉廷共庆得人。

既而和帝改年号为永元，春光初转，塞外雪消，迷唐欲复归故地，屡遣侦谍，往来榆谷，为训所闻，训亟发湟中兵六千人，使长史任尚为将，叫他缝革为船，置诸筏上，乘夜渡河，袭取颇岩谷。迷唐猝不及防，被任尚乘隙掩入，斩首千余，获生口二千人，马牛羊三百余头。迷唐仓皇走脱，收集余众，西奔千余里，诸羌种遂尽叛迷唐。烧当种豪酋东号，情愿内附，稽颡归命，余众亦款塞纳质。训抚绥诸羌，威信大行，随即遣散屯兵，各令归郡，惟留弛刑徒二千余人，分田屯垦，兼修城堡，务为休息罢了。实是邓禹肖子。

且说车骑将军窦宪，部署人马，已将就绪，便拟辞阙请行。因恐出征以后，子弟犯法，特使门生赍书投递尚书郅寿，托他回护家属，毋令得罪。哪知郅寿铁面无私，竟将窦氏门生拘送诏狱，且上书极陈宪罪，比诸王莽。宪当然大愤，便欲设法害寿。寿尚不以为意，入朝遇宪，当面讥刺，说他大起第宅，擅兴兵甲，种种不法，显犯国章。宪怎肯服罪？自然争论廷前。偏是寿始终不让，仍是厉声正色，侃侃直谈。宪理屈词穷，转向太后前进谗，劾寿私买公田，诽谤宫廷。窦太后正在

临朝，听得寿声浪甚高，也嫌他倨嫚无礼，便褫去寿职，命左右执送廷尉。廷尉阿旨承颜，谳成死罪，当即复奏，廷臣莫为解免。独太尉掾何敞，破案有功，得升任侍御史，此时又不忍袖手，即上书进谏，略云：

寿以机密近臣，匡救为职，若怀默不言，其罪当诛！今寿违众正议，以安宗社，岂其私耶？臣所以触死瞽言，非为寿也！忠臣尽节，以死为归，臣虽不知寿，度其甘心安之，但不欲圣朝行诽谤之诛，以伤晏安之化，杜塞忠直，垂讥无穷！臣敞谬与机密，言所不宜，罪名明白，当填牢狱，先寿僵仆，万死有余！

窦太后接阅敞书，才命减寿死罪，谪徙合浦。寿愤不欲

生，竟致自刎；家属幸得免徙，仍归西平故乡。寿即郅恽子，郅恽事，见前文。窦宪既害死郅寿，气焰越盛，且因启行在即，越摆出大将威风，颐指气使。三公九卿也有些看不过去，因联名上书，谏阻北伐。接连奏了好几本，终不见报，太尉宋由未免惊疑，不敢再行署奏，诸卿亦多半退缩。惟司徒袁安，司空任隗，还是守正不移，甚至免冠朝堂，极力固争，仍不见从。侍御史鲁恭素怀忠直，因再详陈利害，抗疏切谏道：

陛下亲劳圣恩，日昃不食，忧在军役，诚欲以安定北陲，为民除患，定万世之计也。臣伏独思之，未见其便。社稷之计，万人之命，在于一举。数年以来，秋稼不熟，民食不足，仓库空虚，国无储积；又新遭大忧，人怀恐惧，陛下方在谅阴，阴读如暗，天子居丧之名。三年听于冢宰，百姓阙然，三时不闻警跸之音，莫不怀思皇皇，欲有求而不得。今乃以盛春之月，兴发军役，扰动天下，以事戎狄，诚非所以垂恩中国，改元正时，由内及外也。万民者，天之所生；天爱其所生，犹父母之爱其子，一物有不得其所者，则天气为之舛错，况于人乎？故爱人者必有天报。昔太王重人命而去邠，故获上天之祐。夫戎狄者，四方之异气也，蹲夷踞肆，与鸟兽无别，若杂居中国，则错乱天气，污辱善人，是以圣王之制，羁縻不绝而已。今边境无事，正宜修仁行义，尚于无为，令家给人足，安业乐产。夫人道乂于下，则阴阳和于上，祥风时雨，复被远方，夷狄自重泽而至矣！盖以德胜人者昌；以力胜人者亡！今匈奴为鲜卑所创，远藏于史侯河西，去塞数千里，而欲乘其虚耗，利其微弱，是非义之所出也！前太仆祭彤，远出塞外，不见一胡而兵已困，白山之难，不绝如綖，都护陷没，指陈睦。士卒死者如积，读若胔。迄今被其辜毒。孤寡哀思之心未弭，奈何复袭其迹，不顾患难乎？今始征发，而大司农调度不足，使者在道，分部督促，上下相迫，民间之急，亦已甚矣！三辅并凉少雨，麦根枯焦，牛死日甚，此其不合天心之验也！群僚百姓，咸曰不可，陛下独奈何以一人之计，弃万人之命，不恤其言乎？上观天心，下察人志，足以知事之得失。臣恐中国且不为中国，岂徒匈奴而已哉？唯陛下留圣恩，休罢士卒以顺天心，天下幸甚！

这篇奏章，也好算是痛哭流涕，说得激切，偏窦太后情深骨肉，置若罔闻，鲁恭亦只好罢论。惟鲁恭颇有异政，脍炙

人口。他系扶风郡平陵县人，童年丧父，哀毁逾成人，嗣入太学习鲁诗，讲诵不辍，因此成名。章帝初年，召恭至白虎观讲经，为太尉赵熹所荐举，拜中牟令，专务德化，不尚刑罚。邻境有蝗虫为灾，独不入中牟界内。袁安方为河南尹，恐传闻失实，特遣掾属肥亲往视，果然不谬。恭与肥亲偕行阡陌，并坐桑下，见白雉过集座前，适有童儿在侧，亲顾语童儿道："何不捕执此雉？"童儿笑道："雉方怀雏！"亲不待说毕，瞿然起立，向恭告别道："我奉公到此，实欲觇君政绩，今虫不犯境，便是一异；化及鸟兽，便是二异；我若久留，反劳贤令供给，多致不安，请从此别！"言讫自行，返报袁安，安亦大为惊异。嗣又闻得中牟署内，生有嘉禾，乃即奏报朝廷，极言恭以德化民，屡迓天庥。章帝因征恭入阙，擢为侍御史。后人尝称鲁恭三异，作为口碑。小子亦有诗赞道：

鲁公德政起中牟，阖邑兴仁俗不偷；
草木昆虫皆沐化，一时三异足千秋！

窦太后不从恭奏，仍遣窦宪等北征；且迁窦笃为卫尉，窦景为奉车都尉，颁发国帑，为造邸第。免不得物议沸腾，又有人出来谏阻了。欲知何人进谏，待至下回表明。

刘畅以外藩奔丧，事毕即当返镇，乃恋恋不去，求见太后，果何为者？窥其意不特具幸进心，并且为求欢计。窦太后以美丽闻，度其年不过三十，色尚未衰，畅之欲为审食其也明矣。史称其素行邪僻，言简意赅，太后屡次召见，几已入彀，微窦宪之从旁下手，几何而不为雄狐之刺耶？然宪究不当擅杀藩臣，讳无可讳，乃欲出师徼功，自赎死罪；太后又为所惑，竟允宪议；杀一人且不足，尚欲举千万人之生命，作为孤注，何其忍也？郅寿直言谏诤，反致得罪，蒙冤自尽，而三公九卿，又屡谏不从，偏憎偏爱，固妇人之常态，而国纪已为之毁裂矣！太傅邓彪，名为总己，乃片言不发，袖手旁观，其负国也实甚，国家亦焉用彼相为哉？

# 第三十三回　登燕然山夸功勒石
# 闹洛阳市渔色贪财

却说窦太后许兄北征，又为弟筑宅，当有一位正直著名的大臣再加谏阻。看官欲知他姓名，就是侍御史何敞，谏草中大略说是：

> 臣闻匈奴之为桀逆久矣！平城之围，嫚书之耻，此二辱者，臣子所为捐躯而必死，高祖吕后，忍怒含忿，舍而不诛。伏惟皇太后秉文母之操，文母，即周文王妃太姒。陛下履晏晏之姿，匈奴无逆节之罪，汉朝无可惭之耻，而盛春东作，兴动大役，元元怨恨，咸怀不悦！而猥复为卫尉笃奉车都尉景缮修馆第，弥街绝里，臣虽斗筲之人，窃自惊异。
>
> 以为笃、景亲近贵臣，当为百僚表仪。今众军在道，朝廷忧劳，百姓愁苦，而乃遽起大第，崇饰玩好，非所以垂令德，示无穷也！宜且罢工匠，专忧北边，恤民之困，保存元气。匪惟为宗庙至计，抑亦窦氏之福也！自知昧

死，不敢不闻。

奏入不省。敞亦平陵人氏与鲁恭同乡，两人谏草，并光史乘。还有尚书仆射朱晖已经乞病告归，亦上疏力阻北征，仍不见从。晖字文季，籍贯已见前文，在三十一回中。幼年丧父，具有至性，年十三，适遭世乱，与外家奔入宛城，道遇贼党，劫掠妇女衣饰，众皆股栗，晖独舞刀向前道："财物可取，诸母衣不可得，今日为朱晖死日，愿与拼命！"贼见其身小志壮，倒也惊怜，哑然失笑道："童子可收刀，我从汝！"说罢，呼啸自去。强盗也有善心。后来入朝为郎，乘便入太学肄业，进止有礼，名重儒林。新阳侯阴就慕晖贤名，躬自往候，晖避匿不见。及东平王苍辟为掾吏，晖知苍为贤王，方才应召。苍格外敬礼，待若上宾。同邑耆儒张堪，素有学行，尝在太学见晖，与为忘年交，且把臂与语道："他日当以妻子托朱生！"晖因堪为先达，不敢遽对，别后不复相见。及堪殁后，晖闻堪妻子贫困，乃自往问候，给赡养资。晖少子颉怪问道："大人未与堪为友，何故赈给？"晖答谕道："堪虽不与我久交，但尝以知己相托，我不忍忘怀，所以有此一举呢！"晖又与同郡陈揖友善，揖早逝世，有遗腹子，尝由晖出资周济，使得成人。及桓虞为南阳太守，召晖长子骈为吏，晖却另荐他友，不使骈往。虞叹为义士，名誉益隆。嗣由临淮太守，入为尚书仆射，以谠直闻；告老后尚因事陈言，真所谓进思尽忠，退思补过了！补述朱晖轶事，亦为通俗教育之一则。



且说车骑将军窦宪，奉了皇太后的宠命，与耿秉等同出朔方。至鸡鹿塞，度辽将军邓鸿自搁阳塞来会，就是南单于屯屠何亦由满夷谷出兵，来迎汉将。各军大集涿邪山，当由宪调动人马，分遣副校尉阎盘，司马耿夔、耿谭，与南单于合兵万骑，进抵稽落山。适值北单于领众到来，两下交战，自午至暮，大败北虏。北单于抱头窜去，余众奔溃。窦宪得前驱捷报，亲率大军追击，诸部直至私渠北鞮海，斩名王以下万三千级，获生口马牛羊橐驼百余万头，收降北匈奴种落八十一部，约得二十余万人。史传虽有此语，恐亦未免夸张。宪与秉共登燕然山，出塞已三千余里，自谓声威远震，旷古无伦，遂令中护军班固，作文录石，表扬功德。固本擅长文辞，曾由兰台令史迁官玄武司马，丁母丧去官。服阕后，正遇窦宪出征，招令同行，使为中护军，并兼参议。此时奉着宪命，遂得抒展长才，撰了一篇冠冕堂皇的铭词，冠以序文。文云：



维永元元年秋七月，有汉元舅车骑将军窦宪，寅亮圣明，登翼王室，纳于大麓，惟清缉熙，乃与执金吾耿秉，述职巡御，理兵于朔方。鹰扬之校，螭虎之士，爰该六师，暨南单于东乌桓西戎氐羌侯王君长之群，骁骑三万，元戎轻武，长毂四分，云辎蔽路，万有三千余乘，勒以八阵，莅以威神，玄甲耀日，朱旗绛天。遂陵高阙，下鸡鹿，经碛卤，绝大漠，斩温禺以衅鼓，血尸逐以染锷；温禺、尸逐，并匈奴诸王名号。然后四校横组，星流彗扫，萧条万里，野无遗寇。

于是域灭区单，返旗而旋。考传验图，穷览其山川，遂逾涿邪，跨安侯，水名。乘燕然，蹑冒顿之区落，冒顿读若墨特，系匈奴先世祖名，见《前汉演义》。焚老上之龙庭。冒顿子稽粥，号老上单于。上以摅高文之宿愤，光祖宗之玄灵；下以安固后嗣，恢拓境宇，振大汉之天声。兹所谓一劳而久逸，暂费而永宁者也！乃遂封山刊石，昭铭上德，其辞曰："铄王师兮征荒裔，剿凶虐兮截海外，夐其邈兮亘地界，封神邱兮建隆碣，熙帝载兮振万世。"

文既撰就，当即镌刻石上，班师南归。但遣军司马梁讽等带领千骑，并携金帛，再向北方进行。沿途宣扬国威，服从有赏，不服从加诛。北虏甫经荒乱，闻得此令，自然争相趋附，求给赏赐，先后招降万余人。进抵西海，北单于正在避匿，探得汉官前来行赏，也即出迎。讽宣传诏命，嘱令归化天朝，拜受恩赐，北单于稽首受命。讽因劝导北单于，教他修复呼韩邪故事，保国安民。呼韩邪事，见前文。北单于甚喜，即率众与讽俱还。至私渠海，才知汉兵已经入塞，乃只遣弟右温禹鞮王奉贡入侍，随讽诣阙。宪因北单于未肯亲来，竟将他侍弟遣还，不与修和。南单于屯屠何馈宪古鼎，鼎容五斗，旁有篆文云："仲山甫鼎其万年，子子孙孙永保用。"仲山甫，周人。宪将鼎进呈太后。太后大喜，且因宪立有大功，即使中原将持节慰劳，拜宪为大将军，封武阳侯，食邑二万户。宪还想沽名，辞还封爵，太后未许，经宪再三固辞，乃暂罢侯封，但使为大将军。旧制大将军位置在三公下，独宪立功回朝，威震宫廷，朝臣多阿谀取容，奏请宪位次太傅，居三公上。窦太后自然乐从，颁诏如议。于是大开仓府，分赐将吏，查得从征诸军士，系是诸郡二千石子弟，悉令为太子舍人。越年七月，复由窦太后下诏道：



大将军宪，往岁出征，克灭北狄，朝加封赏，固让不受，舅氏旧典，并蒙爵土。其封宪冠军侯，邑二万户；笃为郾侯，景为汝阳侯，瓌为复阳侯，各六千户，以示梻赏。其毋辞！

窦笃、窦景、窦瓌，并皆受封，惟宪仍让还，更率兵出镇凉州。征西将军耿秉，自班师回朝后，亦得封美阳侯，官拜光禄勋。另遣侍中邓迭行征西大将军事，佐宪赴镇。北单于以侍弟遣还，复使车谐储王等款塞请朝，愿见大使。宪据实奏闻，即令中护军班固署中郎将与司马梁飒出迎北单于。偏南单于欲扫灭北庭，只恐北单于受汉保护，不得逞志，因发兵掩击北单于。北单于负创遁去，妻子被擒。班固等至私渠海，未得与北单于相见，折回凉州。南单于致书与宪，请即乘胜扫北。宪本来贪功，乐得依他计议，筹备兵马，至永元三年仲春，风和草长，复遣左校尉耿夔，司马任尚出居延塞，往击北单于。星夜驰行，已出塞好几千里，未见北单于踪迹，再令侦骑四出探寻，方知北单于远驻金微山。山在漠北，去塞约五千多里，从前汉兵北征，从未到过此地。北单于挈领家属，至此匿踪，总道是个安乐窝，可以无恐，哪知汉将耿夔，执戈前驱，穷搜虏穴，竟趋至金微山下，围住虏庭，任尚等又随后继进，并力杀入。虏众不及措手，顿时乱窜，北单于慌忙逃避，已为流矢所伤，忍痛奔命，竟尔走死。所有名王以下五千余人，或被杀，或被拘，连单于母阏氏也一古脑儿做了囚奴。老番妇，有何用处？耿夔等扫荡虏庭，乃收兵南归。



窦宪拜本奏捷，叙夔首功，有诏封夔为栗邑侯。惟窦宪既平北匈奴，功勋无比，势倾朝野，用耿夔、任尚等为爪牙，邓迭、郭璜为心腹，班固、傅毅为羽翼，刺史守令，多出窦门，苞苴公行，毫无忌惮。司徒袁安、司空任隗，却还有一些刚骨，不肯从风尽靡，因联名举发二千石等因赂得官，共四十余人。窦太后不便回护，只好将他罢去。惟窦氏兄弟引为大恨，不过因安隗两人，素负重望，未敢中伤。还想顾全名誉，未可厚非。河南尹王调、洛阳令李阜，谄媚窦氏，得叨禄位，莅任后举动自由，却被尚书仆射乐恢上书奏弹。窦瓌闻知，欲替二人说情，往候乐恢，恢竟拒绝不见，瓌怏怏回车。恢妻从旁劝谏道："古人尝容身避害，何必多言取祸？"恢叹急道："我在朝为官，怎忍素餐？非但王李二人，不宜轻纵，就是窦氏一家，我亦要直言纠弹呢！"说着，因复上疏抗谏道：

臣闻百王之失，皆由权移于下，大臣持国，常以势盛为咎。伏念先帝圣德未永，早弃万国，陛下富于春秋，纂成大业，诸舅不宜干正王室，以示天下之私！《经》曰："天地乖迕，众物夭伤；君臣失序，万人受殃；政失不救，其极不测。"方今之宜，上以义自割，下以谦自引，则四舅可保爵土之荣，皇太后永无惭负宗庙之忧，诚策之上者也！ 

看官试想，窦太后方宠任兄弟，怎肯为了乐恢一疏，便将他权位削去。恢待了数日，不见批答，乃再称病乞休。诏令太医视疾，恢遽称疾笃，另荐任城人郭均、成阳人高凤为代。偏又有诏令为骑都尉，恢复上疏辞谢道：

臣受国厚恩，无以报效。夫政在大夫，孔子所嫉；世卿持权，《春秋》所戒。圣人恳恻，不虚言也。近世外戚富贵，必有骄溢之败。今陛下思慕山陵，未遑政事，诸舅宠盛，权行四方，若不能自损，诛罚必加。臣寿命垂尽，临死竭愚，唯蒙留神！

这书呈将进去，竟邀批准，听还印绶，恢乃缴印归里。他本京兆长陵人，幼有孝行，父亲为县吏，身犯重罪，下狱待刑，恢年才十一，日至狱门，昼夜号泣，县令不禁垂怜，释亲出狱。及恢年渐长，笃志好学，成为名儒。京兆尹张恂召恢为户曹史，秉公守法，请托不行。后任郡守，坐法被诛，故人莫敢往吊，恢独奔丧，致干吏议，终因义侠可风，从宽减免。后为功曹，同郡杨政，常当众毁恢，恢反举政子为孝廉。自是声容益著，为众所称。想是政子果可举孝廉，否则，亦未免矫情。朝臣亦交章荐举，征拜议郎，迁至尚书仆射。偏因直言遭谴，免官还乡。更可恨的是大将军窦宪，恨恢不休，又嘱托京兆尹严加管束，不使自由。京兆尹希承宪旨，越觉得狐假虎威，督饬吏



属，时去监察。恢虽居住家中，仿佛与囹圄无二，不由得郁愤填胸，仰药自尽。门弟子俱往吊丧，缞绖送葬，不下数百人；就是乡闾百姓，无不衔哀。

惟窦宪前杀郅寿，后杀乐恢，威焰逼人，炙手可热，还有何人不顾生死，再去老虎头上搔痒？窦氏得愈加骄横，兄弟四家，竞营台榭，穷极土木。窦笃且得加位特进，窦景迁官执金吾，窦瓌升授光禄勋，蟠踞内外，倾动京师。瓌少读经书，尚知敛范，笃与景并皆恣肆，景且尤甚。汉制执金吾属下，向有缇骑二百人，景尚嫌不足，加入家僮门役。游行都市，见列肆有珍宝玩物，辄强行夺取，不给价值。民间妇女，具有姿色，便勒令送入府中，作为妾媵；倘若不从，即将家属硬行扳诬，充作罪犯。甚至僮仆等亦贪财渔色，相率效尤，强取人物，霸占民妇，不可胜计。商廛民宅，往往关门闭户，如避寇仇。有

司莫敢举奏，还是窦太后留心外事，稍有所闻，乃免去景官，使就朝请。景爵如旧，故仍得朝请。汉制春曰朝，秋曰请。出瓌为魏郡太守。但窦氏族中，尚有十余人得为显宦：城门校尉窦霸，乃是窦宪叔父，霸弟褒，为将作大匠，褒弟嘉为少府，此外为侍中及大夫郎。就是宪婿郭举，亦得为射声校尉，举父郭璜，并为长乐少府。即长乐宫之少府。互相连结，表里为奸。

永元三年十月中，和帝出幸长安，宣召窦宪，至行宫相会。宪奉命后，自凉州入关，谒见车驾，尚书以下，统至十里外迎接，且拟向宪跪伏，齐称万岁。丑极。独尚书韩棱正色道："古人有言：'上交不谄，下交不渎！'窦大将军虽功勋赫耀，究竟是个人臣，如何得呼为万岁呢？"明明白白。大众闻言，倒也知惭，因即罢议。尚书左丞王龙私向窦宪车从奉献牛酒，被棱察出情弊，奏明和帝，罚为城旦。棱颍川人，素有胆略，与仆射郅寿、尚书陈宠并称。宪得知消息，虽然怀恨，却也无可如何。待至谒见已毕，仍回凉州，和帝亦即还宫。 

越年由宪奏称北单于走死，弟右谷蠡王於除鞬自立为单于，率众数千，款塞投诚，应即赐给册封，特置中郎将领护，如南单于故事云云。忽欲灭虏，忽欲存虏，究属何为？有诏令公卿会议，太尉宋由等，以为可行，独袁安任隗谓北虏既灭，当令南单于返居北庭，并领降众，不必再立北单于，多增一虏。说本甚是，偏廷臣多逢迎权戚，互有异言。安恐宪议得行，又独出奏驳道：

臣闻功有难图，不可豫见；事有易断，较然不疑。伏惟光武帝之立南单于者，欲为安南定北之策也！恩德甚备，故匈奴遂分，边境无患。孝明皇帝奉承先意，不敢失坠，赫然命将，爰伐塞北。洎乎章和之初，降者十万人，议者欲置之滨塞，东至辽东，太尉宋由，光禄勋耿秉，皆以为失南单于心，决不可行，先帝从之。陛下奉承鸿业，大开疆宇，大将军远师讨伐，席卷北庭，此诚宣扬祖光，崇立弘勋者也，宜审其终，以成厥初。伏念南单于屯，先父举众归德，自蒙恩以来，四十余年，三帝积累，以遗陛下，陛下深宜遵述先志，成就其业。况屯首倡大谋，空尽北虏，辍而弗图，更立新降，以一朝之计，违三世之规，失信于所养，建立于无功。由与秉本与旧议，而欲背弃先恩，夫言行君子之枢机，赏罚理国之纲纪，《论语》曰："言忠信，行笃敬，虽蛮貊行焉。"今若失信于一屯，则百蛮不敢复保誓矣！又乌桓鲜卑，新杀北单于，凡人之情，咸畏仇雠，今立其弟，则二虏怀怨，兵食可废，信不可去。且汉故事，供给南单于，费值岁亿九十余万，西域岁七千四百八十万；今北庭弥远，其费过倍，是乃空尽天下，而非建策之要也。言虽愚昧，实关至计，伏唯裁察！



这篇奏章，乃是司徒府掾周荣属稿。紫庐江人，学行俱优，安有所奏，多出荣手。窦氏门客徐齮，私下吓荣道："窦氏已遣刺客图君，君奈何不思保身，尚为司徒尽言？"荣慨然道："荣一江淮孤生，得备宰士，就使被害，也所甘心！已有言谨诫妻孥，若猝遇飞祸，不必殡殓，任令尸骸暴腐，冀得感悟朝廷，此外尚有何求呢？"这数语斥退徐齮，却也未尝招灾。越是拼死，越是不死。惟窦宪闻安奏驳，亦再三陈请，与安辩难，甚至引光武诛韩歆戴涉故事，为恫喝计，安终不少移。但窦氏有太后作主，终从宪议，竟遣大将军左校尉耿夔，持册封於除鞬为北单于；并令任尚为中郎将，持节屯伊吾，监护北庭，如南单于旧例。惹得司徒安忧愤成疾，竟致不起。小子有诗叹道：

徒知扫虏已非谋，况复兴戎更启忧；
尽有危言终不用，老臣遗恨几时休？

欲知司徒安病殁情事，容待下回叙明。

窦宪请伐北匈奴，袁安以下，多半谏阻，而窦太后独违众议，假宪以权，竟立大功，似乎儒臣之守经，未及权戚之达变。不知章和之交，北匈奴已将衰灭，一南单于即足以制之，奚必劳大众，兴大役，然后有成？窦宪贪天之力，以为己功，勒铭燕然，虚张声势，何其诞也？且阳辞侯封，阴攫兵柄，兄弟姻戚，满布朝堂，害直臣，植私党，而窦景更纵使家奴，略人妇女，夺人财货。稔恶至此，未闻宪有言相诫，宪之为宪可知矣！至若除一北单于，更立一北单于，出尔反尔，说更不经。吾料窦宪当日，必有私取赂遗之举，特史家未之载耳。天道恶盈，几何而不倾覆哉？

# 第三十四回　黜外戚群奸伏法　歼首虏定远封侯

却说司徒袁安郁郁告终，汉廷失了一位元老，都人士无不痛惜，只有窦氏一门，却称快意。也不长久了。太常丁鸿代袁安为司徒。鸿系经学名家，砥砺廉隅，为和帝所特拔。和帝年已十四，也知窦氏专权自恣，必为后患，故选鸿代安，倚作股肱。会当季夏日食，鸿即借灾进规，上书言事道：

臣闻日者阳精，守实不亏，君之象也；月者阴精，盈毁有常，臣之表也。故日食者臣乘君，阴陵阳；月满不亏，下骄盈也。昔周室衰季，皇甫之属，专权于外，党类强盛，侵夺主势，则日月薄食。故《诗》曰："十月之交，朔日辛卯；日有食之，亦孔之丑。"《春秋》日食三十六，弑君三十二，变不空生，各以类应。夫威柄不以放下，利器不以假人，览观往古，近察汉兴，倾危之祸，靡不由之。是以三桓专鲁，田氏擅齐，六卿分晋，诸吕握权，统嗣几移，哀平之末，庙不血食。故虽有周公之亲，而无其德，不得行其势也。今大将军虽欲束身自约，不敢僭差；然而天下远近，皆惶怖承旨。刺史二千石，初蒙除授，虽已奉符印，受台敕，不敢便去，久者至数十日，背王室而向私门，此乃上威损，下权盛也。人道悖于上，效验见于天，虽有阴谋，神照其情，垂象见戒，以告人君。间者月满先节，过望不亏，此臣骄溢背君，专功独行也。陛下未深觉悟，故天重见戒，诚宜畏惧，以防其祸。《诗》云："敬天之怒，不敢戏豫。"若敕政责躬，杜渐防萌，则凶妖销灭，害除福凑矣。夫坏崖破岩之水，源自涓涓；干云蔽日之木，起于葱青，禁微则易，救末者难。人莫不忽于微细，以致其大；恩不忍诲，义不忍割，去事之后，未然之明镜也。臣愚以为左官外附之臣，依托权门，谄谀以求容媚者，宜行一切之诛。间者大将军再出，威振州郡，莫不赋敛吏人，遣使贡献。大将军虽不受，而物不还主，部署之吏，无所畏惮，纵行非法，不伏罪辜。故海内贪猾，竞为奸吏，小民嗟吁，怨气满腹。臣闻天不可以不刚，不刚则三光不明；王不可以不强，不强则宰牧纵横。宜因大变，改正匡失，以塞天意！



这封奏章，若被窦太后接阅，当然不欢。偏和帝已留心政治，密嘱小黄门收入奏牍，须先呈阅一周，再白太后，因此丁鸿一疏，得达主知。即命鸿兼官卫尉，屯南北宫。是时邓迭已受封穰侯，与窦宪同镇凉州。迭弟步兵校尉磊，与母元出入长乐宫，为窦太后所宠爱；宪婿郭举，亦得邀宠。彼此互争权势，两不相容，势将决裂。和帝已有所闻，很是焦灼，默想内外大臣多是窦氏耳目，只有司空任隗与司徒丁鸿不肯依附窦氏，尚可与谋。但若召入密商，必致机关漏泄，转恐速祸。想来想去，惟有钩盾令郑众素有心计，不事豪党，且平时尝随侍宫中，可免嫌疑。因此俟众入侍，屏去左右，与议弭患方法。十四岁的小皇帝，便能谋除权戚，可谓聪明，特惜商诸宦官，未及老成，终致流弊无穷。众请先调回窦宪，一体掩戮，方可无虞。计固甚是，然已可见中官之毒谋。和帝依言，乃颁诏凉州，但言南北两匈奴，已皆归顺，可弛边防，大将军宜来京辅政为是。一面往幸北宫，借白虎观讲经为名，召入清河王庆，共决大计。

庆即前时废太子，为窦太后所谮，贬爵为王，见前文。和帝素与相爱，留居京师。此时召庆入议，也知他衔怨窦氏，必肯相助。庆果代为设法，欲援据前朝《外戚传》，作为引证，免致太后违言。惟《外戚传》不便调取，只千乘王伉藏有副本，当由庆前往借阅，托言备查。原来章帝遗有八子，除和帝及清河王外，尚有伉、全、寿、开、淑、万岁六人。伉年最长，为后宫姬妾所出，生母无宠，史不留名，章帝时已封为千乘王。全已早殇。寿母为申贵人，开、淑、万岁母氏，亦未详史策，大约与伉母相同。和帝永元二年，封寿为济北王，开为河间王，万岁尚幼，至永元五年，始封广宗王，一病即殇。补叙章帝子嗣，笔不渗漏。惟和帝因伉为长兄，常相尊礼。伉见庆借取《外戚传》，也不问明底细，立即取给。庆得书便归，夜纳宫中，和帝仔细披阅，如文帝诛薄昭，武帝诛窦婴，昭帝诛上官桀，宣帝诛霍禹等故事，并见《前汉演义》。虽俱载及，却是简略得很，因复令庆转告郑众，使他钩考详情。正在秘密安排的时候，窦宪、邓迭等奉诏还都，和帝函使大鸿胪持节郊迎，赏犒军吏，多寡有差。时已天晚，宪等不及诣阙，须待翌日入朝。文武百官，已皆夤夜往候，如蝇附羶。哪知是夜已有变动，把邓迭兄弟、郭璜父子，一古脑儿拘系狱中。仿佛天空霹雳。

自从和帝与郑众等定谋，专待宪至，即行发作。一闻宪已入都，立由郑众奉御车驾，夜入北宫，传命司徒兼卫尉官丁鸿严兵宿卫，紧闭城门，速调执金吾五校尉等分头往拿邓迭兄弟及郭璜父子。邓迭方回家卸装，与弟磊等畅叙离情；郭璜父子正迎谒窦宪，事毕归家，执金吾等奉诏往拿，顺手牵来，一个没有逃脱。窦宪尚倦卧家中，未曾闻知，一到天明，门外已遍布缇骑，由门吏传报进去，方才惊起。出问情由，偏已趋入谒者仆射，宣读诏书，收还印绶，改封为冠军侯，促使就国。宪只得将印绶缴出。待至朝使出门，使人探问兄弟消息，俱已勒还官印，限令就封。俄而邓氏郭氏诸家，统来报知凶信，累得窦宪瞠目结舌，不知所为。也只有这般伎俩么？嗣复闻邓迭兄弟、郭璜父子俱皆绑赴市曹，明正典刑。又不多时，来了许多吏役，查明宗族宾客，一齐驱出，撵归原籍。已而执金吾到来，传布严诏，催宪启行，就是窦笃、窦景、窦瓌三人，亦俱促就道，不准逗留。宪拟至长乐宫告辞，面乞转圜，偏执金吾不肯容情，催趱益急。再密令家人通书长乐宫，又被外兵搜出，拿捉了去。于是力尽计穷，没奈何草草整装，出都自去。笃、景、瓌亦分路前往。随身只许挈领妻孥，所有广厦大宅一律封闭，豪奴健仆，一律遣散。都中人民统皆称快，偌大的侯门贵戚，倏忽成空。傥来富贵，原同幻梦。



和帝策勋班赏，称郑众为首功，封为大长秋。官名。更钩考窦氏余党，贬黜多人，连太尉宋由，亦遭连坐，饬令罢职。由惧罪自尽。太傅邓彪慌忙告病乞休，和帝因他年老龙钟，不忍苛求，听令辞职归里，彪幸得考终。司空任隗亦即病逝。当时惟大司农尹睦，宗正刘方常与袁安、任隗同抗窦氏，和帝乃擢睦为太尉，兼代太傅，方为司空。并特简严能吏员，嘱使往督窦宪兄弟，逼令自杀。河南尹张酺，奉职无私，常因窦景家奴，击伤市卒，立派吏役多人，捕奴抵罪。景又使缇绮侯海等五百人殴伤市丞，复由酺拿住侯海，充戍朔方。至窦氏得罪，朝旨森严，酺却请从宽典，慨然上疏道：

臣实蠢愚，不及大体，以为窦氏既伏厥辜，而罪刑未著，后世不见其事，但闻其诛，非所以垂示国典，贻之将来，宜下理官与天下平之。方宪等宠贵，群臣阿附，唯恐不及，皆言宪受顾命之托，怀伊吕之忠；今严威既行，又皆言当死，不复顾其前后，考折厥衷。臣伏见夏阳侯瓌，每存忠善，前与臣言，常有尽节之心，检敕宾客，未尝犯法。



臣闻王政骨肉之刑，有三宥之义，宁过厚，毋过薄。今议者为瓌选严能相，恐其迫切，必不完全，宜量加贷宥，以崇厚德！

和帝览疏，乃有意免瓌，惟将宪、笃、景三人，遣吏威迫，先后毕命。光禄勋窦固早死，未及坐罪；安丰侯窦嘉本奉前司空窦融祭祀，入为少府，至是亦免官就国，总算还保存食邑，尚得自全。中护军班固为窦氏党与，和帝但将他褫职了事。偏是洛阳令种竞，前被固家奴醉骂，怀恨未忘，此次正好假公济私，竟将固捕系狱中，日加笞辱。固年已六十有余，怎禁得这般凌虐？一时痛愤交迫，遂至捐生。竞自知闯祸，不得不罗织固罪，奏明死状，有诏将竞免官，狱吏抵死。固曾为兰台令史，奉诏修撰《前汉书》，见前文。大致粗备，尚缺八表及天文志，他人不能赓续，只有固妹班昭，博学多才，特征入东观藏书阁中，属令续成。班昭字惠班，一名姬，为同郡扶风人曹寿妻。寿字世叔，不幸早亡，佳人多薄命，但不如是不足成班昭之名。昭誓志守节，行止不苟。及奉诏入宫，贞操如故，后宫多奉为女师，号曰大家。家读如姑。

惟西域长史班超，虽系班固兄弟，但在外有年，鲜与窦氏往来，当然不致得罪，且已积功升官，拜为西域都护。超自攻克莎车后，威扬西域，远近震慑。回应三十一回。独月氏国王曾遣兵助汉，击破车师，因此致书班超，欲与汉朝和亲，求尚公主。超不肯转奏，竟将来书掷还。月氏王心下不平，即于永元二年，遣副王谢领兵七万，进攻班超。超部下不过数千，欲召集各国兵马，又是缓不济急，遂致士心惶惶，相惊失色。超独从容镇静，并无忧容，且召语吏士道："月氏兵势虽盛，但东逾葱岭，远道至此，粮运定然不继，怎能久持？我若固守城堡，坚壁清野，彼必饥蹙求降，不过数十日，便可无事，何容过虑呢？"吏士亦无他策，只好依令奉行。月氏副王谢自恃骁勇，前驱挑战；超督众坚守，旬月不出一兵。谢屡攻不下，又未得与超接仗，决一胜负，看看粮食将尽，不得不分兵抄掠。谁知四面都是荒野，并无粮草可取，一时情急思援，特遣使赍着金银珠玉，往赂龟兹，向他乞粮济师。偏早被班超料着，预遣兵往伏东境，待月氏使经过路旁，齐出袭击，尽行杀毙。当即枭了首级，并金银珠玉，悉数取回，向超缴令。超却把月氏使首，悬出城外，使谢闻知。谢果然大惊，遣使请罪，愿得生还。超语来使道："汝国无故犯我，罪有所归。我已知汝粮尽势穷，本当发兵乘敝，令汝片甲不回。但我朝方主怀柔，不尚屠戮，且汝既知罪，我亦乐得放汝回去。但此后须要每年贡献，休得误期，否则明日决战，莫怪无情！”来使唯唯听命，回营报谢。谢已但望生还，还有何心恋战？因即再遣使致书，愿如超约。超遂纵令西归，并不出追。恩威两尽，不怕月氏不降。谢当然感激，返告国王，说得超如何智勇，还是岁贡方物，尚可无忧。月氏王也觉惊心，依了谢言，岁贡如仪。

这消息遍传西域，龟兹、温宿、姑墨三国并皆震恐，也遣人谢罪乞降，超乃据实奏闻。前次都护陈睦败殁，汉廷拟弃去西域，撤销都护，及戊巳校尉等官。至超复收服西域，乃将旧官重设，即擢超为西域都护，军司马徐幹为长史。并使龟兹侍子白霸归国为王，特令司马姚光护送西行。光至西域，与超会商进止。超以龟兹本有国王，叫作尤利多，若使立白霸，尤利多必将抗拒；计惟带兵同往，方足示威，压倒尤利多。光闻言大喜，即与超同往龟兹，龟兹国王尤利多果欲拒绝白霸，嗣见来兵甚众，料知难敌，只好俯首帖耳，推位让国。超即使尤利多随着姚光，共诣京师。尤利多不敢不从，便偕光出龟兹城，东往洛阳。超尚恐龟兹反复，特留居龟兹它乾城，使徐幹屯驻疏勒。于是西域诸国大半归顺。只有焉耆、危须、尉犁三国，因前时攻没陈睦，未敢遽降。



至永元六年孟秋，超发龟兹、鄯善等八国兵马，合七万名，并及吏士贾客千四百人，共讨焉耆。兵入尉犁国境，先遣使晓谕三国道：“汉都护率兵前来，无非欲镇抚三国，如三国果改过向善，宜遣酋长迎师，都护当为国宣恩，赏赐王侯以下，各有彩帛；若再执迷不悟，敢抗天威，恐大兵入境，玉石俱焚，虽欲面缚出降，也已无及了！”焉耆王广听到此语，即遣人探视超军，果然兵多将众，如火如荼，当下望风胆怯，忙遣左将北鞬支赍奉牛酒，出迎超军。超闻北鞬支曾为匈奴侍子，归秉国权，乃面加诘责道："汝为匈奴侍子，莫非尚欲臣事匈奴么？我率大兵到此，汝王不即出迎，想是汝在旁挠阻，所以迟来？"北鞬支慌忙答辩，不肯认罪。超反回嗔作喜道："汝既未曾挠阻，可即归告汝王，自来犒军！"说着，即令取帛数匹，赏给北鞬支，北鞬支拜谢而去。军吏向超进议道："何不便杀北鞬支？"超摇首道："汝等但知张威，未知立功。北鞬支在焉耆国中，威权甚重，若未入彼国，先将他杀死，适令彼国惊疑，设备守险，拼死相争，我如何得至焉耆城下呢？"无往不用智谋。军吏始皆拜服。

超即麾军进行，至焉耆国界，为河所阻。河上本架桥梁，叫做苇桥，本是焉耆国第一重门户。北鞬支回国，恐超军随入，故将桥梁拆去，杜绝交通。超在桥旁虚设营寨，但留老弱数百人，使他在营外司爨，晨夕为炊，自率大队绕道驰入。越山度岭，得于七月晦日，至焉耆城二十里外安营立寨，遣人促焉耆王犒师。焉耆王广方因北鞬支返报，与商迎超事宜，不防超军已经深入，将到城下，那时心乱神昏，急欲挈众入山，共保性命。北鞬支以为无虞，但教广出城迎超，奉献方物，便可保全。已入班超计中。议尚未定，焉耆左侯元孟，从前尝入质京师，得蒙放归，心中尚感念汉德，乃密遣人报超，谓国王将入山保守。超不待说完，驱出斩首，示不信用，并与诸国王定一会期，扬言当重加赏赐。焉耆王广遂与北鞬支等三十人，如期出会；惟国相腹久等十七人，惧诛远遁。尉犁王汎也闻令趋至，独危须王不至。超大陈军士，传召二王入帐，甫经坐定，超即怒目诘广道："危须王何故不至？腹久等何故逃亡？"两语说出，便顾令吏士，把二王以下诸人，全数拿下，押至陈睦所居故城，设立陈睦神主，就香案前绑住俘虏，一刀一个，杀得干干净净。陈睦有知，当亦喜出意外。当将二叛王首级，解送京都；一面纵兵抄掠，斩首五千余级，获生口万五千人，马畜牛羊三十余万头，更立焉耆左侯元孟为焉耆王。自留焉耆城半年，抚定人民。自是西域五十余国，俱纳质内附，重译来庭。和帝下诏酬庸，特封超为定远侯。诏曰：

往者匈奴独擅西域，寇盗河西，永平之末，城门昼闭。先帝深愍边氓，婴罹寇害，乃命将帅击右地，破白山，临蒲类海，取车师城。诸国震慑，相率响应，遂开西域，置都护。而焉耆王舜，舜子忠，独谋悖逆，恃其险隘，复没都护，并及吏士。先帝重元元之命，惮兵役之兴，故使军司马班超，安集于阗以西。超遂逾葱岭，迄县度，出入二十二年，莫不宾从，改立其王，而绥其人，不动中国，不烦戎士，得远夷之和，同异俗之心，而致天诛，蠲宿耻，以报将士之仇。司马法曰："赏不逾月。"欲人速睹为善之利也。其封超为定远侯，邑千户，以示国家报功之至意。



超受封拜爵，宿愿终偿，万里侯相的预言，至是果验。小子有诗赞道：

投笔从戎胆略豪，积功才得换征袍；
漫言生相原应贵，要仗胸中贯六韬。

西域已为超所平，北虏西羌尚是叛服无常，屡劳征讨。欲知详情，试看下回续表。

先王立法，凡仆从侍御诸臣，悉选正士为之，所以弼主德，杜祸萌也。后世不察，乃以阉人充选，名为禁掖设防，实为宫廷养患。如和帝之欲除窦氏，不能直接外臣，但与郑众设策，计虽得行，而宦官窃权之祸，自此始矣，窦宪等俯首服罪，实属无能，孤雏腐鼠之言，不为不验；设非窦太后之纵容姑息，宪等皆不过碌碌庸材，何至骄横不法，自取覆亡乎？班固文人，党附窦氏，始至杀身；独班超能立功异域，终得封侯。大丈夫原应自奋，安能久事笔砚间？观于超之有志竟成，而固之无志可知，一荣一辱，优劣判焉。乃知人生处世，立志为先，慎毋媚世谐俗为也！

# 第三十五回　送番母市恩遭反噬
# 得邓女分宠启阴谋

却说北单于於除鞬本由窦宪主议，因得嗣立。宪本欲派兵护送，使归北庭，嗣因召还得罪，乃致中止。於除鞬闻窦氏伏辜，竟不待朝命，叛汉自去。汉廷得报，亟令将兵长史王辅，会同中郎将任尚率领数千骑穷追。途中尚托词护送，使於除鞬不生疑心。於除鞬探悉谣传，果然中计，遂被汉兵追及，冲杀过去。於除鞬还疑汉兵误认，拍马向前，用言分辨。谁知汉长史王辅舞动大刀，抢步出阵，一声吆喝，竟将於除鞬劈落马下，结果性命。虏众慌忙四走，已是不及逃生，汉兵四面兜杀，但见得头颅滚滚，血肉横飞，霎时间便屠尽残虏，阒寂无人了。实为窦宪所害。王辅等还兵报捷，当有优诏褒奖，不消絮叙。

惟南单于屯屠何忽然病死，由弟左贤王安国嗣立；安国素乏声威，国人不甚信服。左谷蠡王师子为安国从兄，狡黠多力，屡与汉兵掩击北庭，受汉赏赐，因此国中多敬惮师子，轻视安国。安国得为单于，师子当然为左贤王，因恐功高遭忌，不就左贤王庐帐，独徙居五原界中。安国果然怀嫌，笼络北庭降胡，欲图师子。每召师子会议，师子辄称病不往；汉度辽将军皇甫棱，亦保护师子，使得安居。安国怀愤益甚，上表汉廷，指斥皇甫棱，汉廷将棱免官，改任执金吾朱徽行度辽将军事。但尚有一个中郎将杜崇与皇甫棱同镇北方，未曾掉换，仍然守棱遗制，反对安国。安国再上书讦崇。崇却先令河西太守截住北使，不许通使，且转告朱徽谓安国有叛汉意，徽即与崇联衔会奏，略称安国疏远故明，亲近新降，欲杀左贤王师子等，背叛汉廷，请饬西河安定上郡一带，严兵固守，以防不测。和帝览奏，令公卿集议方法。公卿等复言夷情难测，应派干员至单于庭，与杜崇朱徽等，观察动静，如有他变，即令便宜从事云云。和帝如言施行。

徽、崇闻命，立即发兵击单于庭，安国闻汉兵猝至，弃帐遁去。待至汉兵南归，复引众往攻师子，师子预先察悉，急率部众入曼伯城，及安国追到城下，门已早闭，不能攻入，乃移驻五原，与师子相持。朱徽遣吏调停，安国不从，因与杜崇发诸郡兵马，往讨安国。安国两面受敌，支持不住，当然惊惶。安国舅骨都侯喜为等，恐并遭诛灭，不得已格杀安国，迎立师子。南庭原无异议，独北庭降胡，感念安国遗惠，欲与复仇，夤夜袭师子庐帐，师子几为所乘。还亏汉安集掾王恬，率卫士往援师子，击走北庭降胡。怎奈降胡愈聚愈众，共计有十五部，二十余万人，统皆蠢动，另立前单于屯屠何子逢侯为单于，肆行焚掠，奔驰出塞。若先使屯屠何北归就令，彼有内乱，亦不至扰动边疆。汉廷再遣光禄卿邓鸿行车骑将军事，与越骑校尉冯柱，会合朱徽任尚等，统领汉胡兵四万余众，出讨逢侯。

南单于师子与杜崇同屯牧师城，专待汉兵到来，会师北进。偏逢侯先发制人，竟率万余骑围牧师城，连日攻扑。可巧邓鸿至美稷县，距牧师城不过数十里，逢侯乃闻风解围，向满夷谷退去。邓鸿至牧师城下，再与师子杜崇等共追逢侯至大城寨，斩首三千余级，得生口万余人。冯柱亦自率偏师，追击逢侯别部，斩首四千余级。任尚更率乌桓鲜卑等众，往满夷谷邀击逢侯，复得大捷，先后斩首万七千余级。逢侯带着残众，向北窜去，汉兵不能远追，只好退归。朝议以邓鸿沿途逗留，致失逢侯，召还论罪。旋复因朱徽、杜崇轻挑边衅，并皆逮归，统令下狱，鸿、徽、崇三人，前后致死。但留冯柱屯守五原，另任雁门太守庞奋，行度辽将军事。但从此朔漠一带，又分作南北二部，扰攘频年，后文再表。

且说匈奴纷争的时候，羌人亦乘机思逞，再行犯边。前次羌众慑伏，全仗护羌校尉邓训，恩威两济，驾驭有方，所以全羌畏怀，不敢叛乱。永元四年，训竟病殁，羌胡如丧父母，朝夕哭临，且家家为训立祠，祷祀不绝。独迷唐回居颇岩谷，阴生幸心。回应三十二回。蜀郡太守聂尚奉调为护羌校尉，他见邓训得羌人心，也想设法羁縻，沽恩市惠，乃遣译使招抚迷唐，叫他洗心归化，仍得还住大小榆谷。真是多事。迷唐常思规复故地，唯恐后来校尉，与邓训智勇相同，因此未敢遽发；凑巧来了泽使，招回榆谷，正是喜出望外，当即挈领部属，仍至大小榆谷中居住。且使祖母卑缺至聂尚处拜谢厚恩。聂尚大喜，统道迷唐受抚，出自真诚，即遣人迎入卑缺，格外优待，并出金帛相赠。及卑缺辞归，复亲送至寨下，为设祖帐饯行；又令译使田汜等五人，护送至榆谷中。

看官试想，这狼子野心的迷唐，岂是区区小惠所可牢笼？他遣祖母入谢，明明是巧为尝试，来觇虚实，既见聂尚无威可畏，乐得乘此反侧。于是拘住田汜等人，召集诸羌，把汜等当做牛羊，破胸取血，滴入酒中，使大众各饮一杯，约为同心，再图入寇。羌众本没有什么知识，忽散忽聚，可从即从，当下奉迷唐为酋长，听从命令，进扰金城。聂尚不能制服，反向朝廷乞援。廷议自然归咎聂尚，把他褫职，改命居延都尉贯友代任。贯友惩尚复辙，主张讨伐，先遣译使分谕诸羌，诱以财帛，令他解散。诸羌又贪得贿赂，与迷唐背盟，不肯相从。贯友乃遣兵出塞，掩击大小榆谷，擒住首虏八百余人，夺得麦数万斛。惟迷唐又得幸免，逃出谷外。贯友未肯罢休，特在榆谷附近的逢留河旁，筑城坞，作大航，建造河桥，为大举计。迷唐却也惊恐，率众远徙，至赐支河曲避居。到了永元八年，友复逝世，令汉阳太守史充继任护羌校尉。充决计扫灭迷唐，大发湟中羌胡出塞进攻，不意人多势杂，趋向不同，反被迷唐击败，伤亡至数百人。聂尚以主抚败事，史充又以主剿丧师，统是无材所致。充坐罪免归，再调代郡太守吴祉往代。越年迷唐又率众八千人，入犯陇西，胁迫塞内诸羌，共为盗寇。诸羌复多与联合，共得步骑三万名，击破陇西守兵，杀死大夏县长，蹂躏人民。警报传达京都，诏遣行征西将军事刘尚及越骑校尉赵世，调集汉羌胡兵三万人，出讨迷唐。尚屯狄道，世屯枹罕，再由尚司马寇盱督诸郡兵，四面并进，声势甚盛，吓得迷唐胆战心惊，忙将老弱弃去，奔入临洮南山。尚等从后追蹑，好容易攻入山谷，与迷唐鏖斗一场，斩虏千余人，获马牛羊万余头，迷唐败走。汉兵死伤，却也不少，未敢再进，乃收兵退回。

是年皇太后窦氏告崩，尚未及葬，忽由梁松子扈，令从兄禅古禅字。上书三府，即三公府。略称汉家旧典，崇贵母氏，梁贵人亲育圣躬，不蒙尊号，乞求申议等语。先是梁贵人自尽，由宫人草草藁葬，并不发丧；和帝时尚幼稚，向由窦后抚养，还道窦后是自己生母，不复忆及梁贵人。宫廷内外都畏惮窦氏势力，何人敢与和帝说明隐情？至窦氏既败，方有人约略提及，但窦太后尚是生存，究竟还未便尽言。待到梁禅上书，正值太尉尹睦病终，由张酺进任太尉，酺召禅讯明颠末，方才入白和帝。和帝始知为梁氏所生，不禁悲恸，且泣且问道："卿意以为何如？"酺答说道："春秋大义，母以子贵，故汉兴以来，帝母无不尊显。臣愚以为宜亟上尊号，追慰圣灵，并应存录诸舅，顾全亲谊，方为两安。"和帝点首道："非卿言，朕几罹不孝了！"酺退出后，又有奏章呈入，署名为南阳人樊调妻梁嫕，音意。就是和帝生母梁贵人的胞姊，和帝当即披阅，但见纸上写着：



妾嫕同产女弟贵人，前充后官，蒙先帝厚恩，得见宠幸，皇天授命，诞生圣明。而为窦宪兄弟所见谮诉，使妾父竦冤死牢狱，骸骨不掩；老母孤弟，远徙万里。独妾幸免，逸伏草野，常恐没命，无由自达。今遭值陛下神圣之运，亲统万几，群物得所，窦宪兄弟奸恶，既伏辜诛，海内旷然，各获其宜。妾得苏息，拭目更视，乃敢昧死自陈所天。妾闻太宗即位，指汉文帝。薄氏蒙荣；即薄太后。宣帝继统，史族复兴。宣帝祖母史良娣遭难，嗣封史恭三子为侯。妾门虽有薄史之亲，独无外戚余恩，诚自悼伤。妾父既冤，不可复生。母氏年逾七十，及弟棠等，远在绝域，不知死生。愿乞收竦朽骨，使母弟得归故郡，则施过天地，存殁幸赖矣！

和帝看到末句，亟命中常侍掖庭令，传召梁嫕入宫。嫕已在阙下候命，一经宣召，当即入宫陈明。情词确凿，并无欺饰，掖庭令复报和帝，和帝因即引见。嫕举止大方，谈吐明白，说到母家蒙冤情事，禁不住珠泪盈眶，和帝亦为流涕。遂留嫕止宫中，旬月乃出，赏赐衣被钱帛，第宅奴婢，加号梁夫人。擢樊调为羽林左监。调系樊宏族孙，宏即光武帝母舅，曾为光禄大夫。是时司徒丁鸿早已病逝，由司空刘方继任司徒，用太常张奋为司空。三公联名上奏，太尉张酺亦列在内。请依光武帝黜吕后故事，请贬窦太后尊号，不准与章帝合葬。和帝踌躇再四，究竟抚育有年，不忍依议，乃下诏答复云：

> 窦氏虽不遵法度，而太后常自减损。朕奉事十年，深维大义：礼，臣子无贬尊上之文，恩不忍离，义不忍亏。案前世，上官太后亦未闻降黜，昭帝后上官氏，父安谋反被诛，后位如故。其勿复议！



手诏既下，群臣无复异言，乃奉窦太后梓宫，与章帝合葬敬陵，和帝此举，不失忠厚。尊谥为“明德皇后”。复将生母梁贵人改行棺殓，追服丧制，与姊梁大贵人俱葬西陵，谥曰“恭怀皇后”。且追封梁竦为褒亲侯，予谥曰“愍”。即遣中使与嫕及梁松子扈，同赴汉阳，迎回竦丧，竦死汉阳狱中，见前文。特赐东园画棺，玉匣重衾，东园署名，主司棺椁。就恭怀皇后陵旁，建造坟茔，由和帝亲自送葬，百官毕会。征还梁竦家属，封竦子棠为乐平侯，棠弟雍为乘氏侯，雍弟翟为单父侯；食邑各五千户，位皆特进，赏赐第宅奴婢车马兵弩等类。就是梁氏宗族，无论亲疏，俱得补授郎官。梁氏复转衰为盛，宠遇日隆。皇恩不可过滥，矫枉过正，又种下一段祸根。清河王庆亦乞诣生母宋贵人茔前，祭扫致哀，和帝当然允许，并诏有司四时给祭。庆垂涕语左右道：“生虽不获供养，终得奉承祭祀，私愿已足。倘再求作祠堂，恐与恭怀皇后相似，复涉嫌疑。欲报母恩，昊天罔极，此身此世，遗恨无穷了！”嗣又上言外祖母王氏，年老罹忧，病久失医，乞恩准迎入京师，使得疗疾。有诏许如所请，宋氏家属亦得并至都中。庆舅衍俊盖暹等，并补授为郎。惟窦氏从此益衰，夏阳侯窦瓌，就国后虽得幸存，终因贷给贫人，致遭廷谴，徙封罗侯，不得役属吏士。贵盛时，受人货贿，尚且无罪；衰落时出资贷人，反触朝章，世态炎凉，即此可见。及梁棠兄弟，奉诏还都，路过长沙，与罗县相距甚近，竟顺道往胁窦瓌，逼令自杀。和帝方加恩诸舅，不复查问。可见得天道无常，一反一复，荣耀时不知谦抑，总难免家破身亡，贻讥后世呢！当头棒喝。

且说和帝春秋日盛，尚未立后。后宫里面已选入数人，入宫最早、承宠最隆，要算是前执金吾阴识的曾孙女儿。识为光烈皇后阴氏兄，即光武帝继后阴丽华。世为帝戚。阴女年少聪慧，知书识字，面貌亦秀丽动人，因此亦选入掖庭，即邀恩宠，受封贵人，永元八年，立为皇后。偏又有一位世家闺秀，相继充选，门阀不亚阴家，姿色且逾阴后，遂令施旦争妍，施旦即西施郑旦。尹邢斗艳，尹、邢两婕妤，皆武帝时宫妃，事见《前汉演义》。正宫不免摇动，终落得桃僵李代，燕去鸿来。

是女为谁？乃是故护羌校尉邓训女，前太傅高密侯邓禹孙。母阴氏，系光烈皇后侄女，生女名绥，五岁时已达书礼。祖母很加钟爱，亲为剪发，因年高目昏，误伤女额，女忍痛不言。旁人见她额上有血，未免惊问，女答说道：“非不知痛，实因太夫人垂怜及我，倘若一呼，转伤老人初意，所以只好隐忍哩！”五岁弱女，能体贴老人心意，却是难得。左右俱为叹羡。六岁能作篆书，十二岁通《诗经》《论语》，诸兄每读经传，辄从旁问难。母阴氏常嘲语道："汝不学针黹，专心文学，难道想做女博士么?"女乃昼习妇工，暮读典籍，家人戏呼为女学生。父训亦另眼相看，事无大小，辄与详议。当阴后入选时候，女亦与选；适值父训病殁，在家守制，因此谢却。女日夕哭父，三年不饮酒食肉，憔悴毁容，几至人不相识，又共称为孝女。女尝梦两手扪天，荡荡正青，若有钟乳状，乃仰首舐饮。醒后亦自以为奇，询诸占梦，占者谓尧梦登天，汤梦咶天，咶与舐通。这统是帝王盛事，吉不胜言。又有相士得见女容，也是极口夸奖，称为成汤骨相。可惜是个女身。家人闻言，私相庆贺，不过未敢明言。太傅邓禹在世时，常自叹道："我统兵百万，未尝妄杀一人，后世必有兴旺的子孙。"禹从子陔，亦谓兄训为谒者时，修石臼河，岁活数千人，天道有知，家必蒙福。及女年十六，丧服早阕，衣食如常，竟出落得丰容盛鬋，广额修眉，327.
如此方为福相。身长七尺二寸，肌肤莹洁，好似玉山上人。宫中复将她选入，大小粉黛，俱相对无颜。和帝年将及冠，正是好色华龄，一经瞧着，怎肯放过？当晚即挈入寝室，谐成好梦。

一宵恩爱，似漆投胶，越日即册为贵人。好在这邓贵人承宠不骄，恭慎如故，平时进谒阴后，必小心伺候，战战兢兢，待遇同列，务极㧑谦；就是侍女隶役，亦皆好意抚驭，毫无倨容。因此阖宫悦服，誉满一时。只有一人未惬，奈何？偶然感冒，竟致罹疾，和帝忙令邓氏家属入视医药，许得自由往来，不限时日。邓贵人反屡次陈请道："宫禁甚重，乃使外家得自由出入，上令陛下弛防，下使贱妾蒙谤，这乃是上下交损，妾实不愿叨此异恩!"和帝不禁赞叹道："他人以得见亲属为荣，今贵人反以为忧，深自抑损，真非常人可及哩!"嗣是益邀帝眷，宠逾正宫。邓贵人仍然谨饬，并不矜张。每当六宫宴会，诸妃妾竞加修饰，簪珥衣服，焕然一新，独邓贵人淡妆浅抹，自在雍容。平时衣服，或与阴后同色，当即解易；若与阴后同时进见，不敢并行，不敢正坐；每承上问，必逡巡后对，不敢与阴后同言。和帝知她劳心曲体，辄顾语道："贵人修德鸣谦，幸毋过劳！"

既而阴后不育，邓贵人亦未得怀妊，后宫虽间有生产，辄致夭殇，贵人乃屡称有疾，另选她女入御，冀得孳生。独阴后相形见绌，妒恨日深，外祖母邓朱出入宫掖，阴后常密与计议，拟令巫祝咒死邓贵人，然后泄恨。谁知邓贵人未曾遇祸，和帝却抱病垂危，阴后忿极，密语左右道："我若得志，不使邓氏再有遗类！"外祖母亦曾姓邓，且邓贵人由阴氏所出，彼此戚谊相关，岂无香火情？乃存心如此，何妇人之阴狠乃尔？偏宫人多得邓贵人厚惠，竟



将密语传告，邓贵人流涕道："我尝竭诚尽心，侍奉皇后，乃不为所谅，竟致获罪于天！妇人虽不必从死，但周公请代，武王有疾，周公祷告三王，愿以身代死，事见《周书》。越姬自杀，越姬为勾践女，楚昭王妃，昭王有疾，姬先自杀，事见《列女传》。传为盛德，我当先自引裁，上报帝恩，中免族祸，下不使阴氏贻讥人彘，虽死亦得瞑目了！"人彘即戚夫人事，见《前汉演义》。说着，即欲仰药自尽。适宫人赵玉在旁，慌忙劝阻，且诈言帝疾已痊，可以无虞，贵人乃止。越日和帝果瘳，渐渐的把阴后密言传入帝耳，于是阴后愈为和帝所憎。眼见得长秋宫中，要让与她人作主了！汉称中宫，为长秋宫。小子有诗叹道：

> 螽斯麟趾尽呈祥，樛木怀仁百世芳；
> 试看桐宫终饮恨，何如大度示包荒？

阴后废居桐宫，详见下回。

毕竟阴后被废与否，待至下回再详。

夷狄无亲，非贪即狡，与其失之过爱，毋宁失之过威。窦宪既灭北匈奴，复立於除鞬，卒有后来之叛去；幸而王辅一出，叛虏授首，而北寇复平。至南单于之纷争，亦由杜崇等之左袒师子，致启兵戎。若聂尚之护送卑缺，见好迷唐，更不足道矣。迷唐为邓训所逐，徙居穷谷，防之且不暇，何可招之使归，与跖跻言仁义？匪徒无益，反且招尤，聂尚遗事其明证也。窦太后崩而梁氏复盛，邓贵人进而阴氏寖衰，外戚之兴亡，莫非由于妇女之播弄。自作之而自受之，故梁窦易势，阴邓易位。观于此而知妒妇之不可为也！史称邓贵人德冠后宫，称扬不绝；然观于后日之称制终身，不肯还政，意者其入宫之始，毋亦心灵手敏，巧于夺嫡欤？而阴后之褊浅难容，自诒伊戚，则固出邓氏下矣。

## 第三十六回　鲁叔陵讲经称帝旨<br>曹大家上表乞兄归

却说阴皇后妒恨邓贵人，已被和帝察觉，随时加防，到了永元十四年间，竟有人告发阴后，谓与外祖母邓朱等共为巫蛊，私下咒诅等情。和帝即令中常侍张慎与尚书陈褒，会同掖庭令，捕入邓朱，并二子邓奉、邓毅及后弟阴轶、阴辅、阴敞，一并到案，严刑拷讯。三木之下，何求不得？当即录述口供，证明咒诅属实，应以大逆不道论罪，定谳奏闻。和帝已与阴后不和，见了张慎等复奏，也不愿顾及旧情，便命司徒鲁恭，持节至长秋宫中，册废皇后阴氏，徙居桐宫。鲁恭由侍御史擢至光禄勋，累蒙宠信。会司徒刘方坐罪自杀，继任为光禄勋吕盖，不久又罢，遂升恭为司徒。恭奉命废后，后已无计可施，只得缴出玺绶，搬向桐宫居住。长门寂寂，闷极无聊，即不气死，也要愁死。况复父纲仰药，弟辅毙狱，外祖母邓朱及母舅奉毅，并皆为刑杖所伤，陆续毙命。阴邓两姓家属，都被充戍日南，单剩了自己一身，悽惶孤冷，且悔且愤，且愤且悲，镇日里用泪洗面，茶也不饮，饭也不吃，终落得肠断血枯，遽登鬼箓。谁叫你度量狭窄。宫人报闻和帝，总算发出一口棺木，草草殓讫，即日舁出宫外，藁葬平亭。

邓贵人闻阴后被废，却还上书劝阻，太觉得假惺惺了。和帝当然不从。贵人即自称疾笃，不敢当夕，约莫有好几旬，有司请续立皇后，和帝说道："皇后为六宫领袖，与朕同体，承宗庙，母天下，岂可率尔册立？朕思宫中嫔御，只邓贵人德冠后庭，尚可当此！"这数语为邓贵人所闻，连忙上书辞谢，让与后宫周冯诸贵人。好容易又是月余，和帝决计立邓贵人为后，贵人且让至再三，终因优诏慰勉，方登后位。也好算得大功告成了。宫廷内外，相率庆贺；梦兆相法，果如前言。

小子因一气叙下，未便间断，免不得中多阙漏，因再将和帝亲政后事，略述数条：和帝崇尚儒术，选用正士，颇与乃父相似。沛人陈宠，系前汉尚书陈咸曾孙，咸避莽辞职，隐居不仕，见《前汉演义》。常戒子孙议法，宁轻毋重。及东汉中兴，咸已早殁，孙躬出为廷尉左监，谨守祖训，未敢尚刑。宠即躬子，少为州郡吏掾，由司徒鲍昱辟召，进为辞曹，职掌天下讼狱，多所平反；且替昱撰《辞讼法》七卷，由昱上呈，颁为《三府定法》。嗣复累迁为尚书，与窦氏反对，出为泰山广汉诸郡太守，息讼安民。窦氏衰落，宠入为大司农，代郭躬为廷尉。躬通明法律，矜恕有声，任廷尉十余年，活人甚众。及躬病逝，由宠继任，往往用经决狱，务在宽平，时人以郭陈并称，交口揄扬。惟司空张奋免职，后任为太仆韩棱，棱以刚直著名，迭见前事。当然为众望所归。太尉张酺因病乞休，尝荐魏郡太守徐防自代，和帝进大司农张禹为太尉，征徐防为大司农。禹襄国人，族祖姑曾适刘氏，就是光武帝祖母；祖况随光武北征，战殁常山关；父歆为淮阳相。禹笃厚节俭，师事前三老桓荣，得举孝廉，拜扬州刺史。尝过江行巡，吏民谓江有伍子胥神灵，不易前渡，禹朗声道："子胥有灵，应知我志在理民，怎肯害我？"甚是。言毕，鼓楫径行，安然无恙。后来历行郡邑，决囚察枉，民皆悦服。嗣转兖州刺史，亦有政声。入为大司农，吏曹整肃，及擢拜太尉，正色立朝，为朝廷所倚重。徐防沛人，亦有令名，祖宣父宪，皆通经术，至防世承家训，举孝廉，乃入为郎。体貌矜严，品行慎密，累迁至司隶校尉，又出为魏郡太守。和帝因张酺荐引，召为大司农。适司空韩棱逝世，太常巢堪代任，未能称职，乃进防为司空。防留意经学，分晰章句，经训乃明。

就是司徒鲁恭，亦以通经致用。恭弟丕更好学不倦，兼通五经。章帝初年，诏举贤良方正，应举对策，约有百余人，独

丕同时应举，得列高第，除为议郎，迁新野令，视事期年，政绩课最。擢拜青州刺史，后复调为赵相。门生慕名就学，追随辄百余人，关东人互相传语云："五经复兴鲁叔陵。"叔陵即丕表字。东汉自光武修文，历三传而并尚经学，故士人多以此见誉，亦以此致荣。旋复调任东郡陈留诸太守，坐事免官，侍中贾逵独奏称丕道艺深明，宜加任用，不应废弃，和帝乃再征为中散大夫。永元十三年，帝亲幸东观，取阅藏书，召见侍中贾逵、尚书令黄香等，讲解经义，丕亦在列。贾逵为贾谊九世孙，累代明经，至逵复专精古学，尝作《左氏传国语解诂》五十一篇，献入阙廷，留藏秘馆，入拜为郎；又奉诏撰《尚书古文同异》及《齐鲁韩诗与毛氏异同》，前汉时，辕固为齐诗，申公为鲁诗，韩婴为韩诗，毛苌为毛诗。并作《周官解诂》，凡十数卷，皆为诸儒所未及道，因此名重儒林。和帝迁逵为左中郎将，改官侍中，领骑都尉，内参

帷幄，兼职秘书，甚见信用，盈廷俱推为经师。逵以经学成名，故特从详叙。黄香为江夏人，九岁失母，号泣悲哀，几致灭性，乡人称为至孝。年十二，为太守刘护所召，使居幕下，署名门下孝子，香得博览经典，殚精道术，京师称为天下无双，江夏黄童。嗣入为尚书郎，超迁至尚书令。看官试想！这贾侍中、黄尚书两人，一个是累代家传，一个是少年博学，平时讲贯有素，一经问答，统是口若悬河，不假思索。偏鲁叔陵与他辩难，却是独出己见，持论明通，转使贾、黄两宿儒无词可驳，也不免应对支吾。和帝顾视鲁丕，不禁称善，特赐冠帻履袜，并衣一袭。此时却难为贾、黄。丕谢赐而退，越日复上疏道：

臣以愚顽显备大位，犬马气衰，猥得进见，论难于前，无所甄明，衣服之赐，诚为优过。臣闻说经者传先师之言，非从己出，不得相让；相让则道不明，若规矩准绳之不可枉也。难者必明其据，说者务立其义；浮华无用之言，不陈于前，故情思不劳，而道术愈章。法异者各令自说师法，博观其义，览诗人之旨意，察《雅》《颂》之终始，明舜禹皋陶之相戒，显周公箕子之所陈，观乎人文，化成天下。陛下既广纳謇謇以开四聪，无令刍荛以言得罪，既显岩穴以求仁贤，无使幽远独有遗失，则言路通而人才进，人才进而经说明，天下可不劳而理矣！

为此一疏，和帝乃下诏求贤，令有司选举明经洁行，使侍经筵，且敕边郡各举孝廉。敕书有云：

幽并凉州户口率少，边役众剧，束修良吏，进仕路狭。朕惟抚接夷狄，以人为本，其令缘边郡口十万以上，岁举孝廉一人，不满十万,二岁举一人，五万以下三岁举一人。

看官阅此，应疑和帝既令边郡各举孝廉，何故限人限岁，严格如此？哪知孝不易得，廉亦难能，且边郡人民，华夷杂处，性质多半愚蒙，尚未开明文化，能有几个孝子几个廉士呢？这且无容细叙。

且说凉州西偏，屡有寇患，叛羌迷唐，自被刘尚赵世等击走，奔往塞外，汉兵引归。回应前回。廷议且谓尚、世畏懦，不敢穷追，应该坐罪，乃逮入诏狱，并令免职。议亦太苛。谒者王信，代领尚营，屯驻枹罕；谒者耿谭，代领世营，屯驻白石。谭复悬赏购募，招诱羌人，羌众又陆续来归。天下无难事，总教现

银子。迷唐见部众离散，复起惊慌，因遣人乞降。谭令迷唐自至，方可允许。迷唐不得已趋诣汉营，谭与信会同受降，且遣迷唐诣阙投诚；余众不满二千，统皆饥乏，暂入居金城，拨给衣食。及迷唐入京，朝谒已毕，和帝令他还居榆谷，不得再叛。迷唐未便多言，拜辞西行。奈何复纵之使去？到了塞下，却不肯再回故地，他想榆谷附近，汉人已造河桥，往来甚便，如何保守得住？因致书护羌校尉吴祉，托言种人饥饿，不肯远归。吴祉得书，还道他是真言，多赐金帛，令得籴谷购畜，便即出塞。不料迷唐心变，至金城挈领部众，顺便钞掠湟中诸胡，满载而去。王信、耿谭、吴祉统皆坐罪，又致夺职还乡，改用酒泉太守周鲔为护羌校尉。

永元十三年秋季，迷唐复至赐支河曲，率众犯塞。周鲔与金城太守侯霸调集诸郡兵士，湟中小月氏胡，合三万人出塞，

行至允川，未见羌踪。鲔安营驻扎，使侯霸前往探哨。霸骁勇敢战，在途巡逻，忽与迷唐相遇，毫不畏缩，即向前突阵，锐不可当，羌众慌忙退走，已晦气了四百多人，做了枉死的无头鬼。霸复驱兵追剿，急得羌众走投无路，多半匍匐乞降，共计有六千余口。迷唐只带了数百残骑，奔往赐支河北，伏匿岩谷间。及霸飞章告捷，汉廷因周鲔逗留，未曾与战，饬令还都论罪；擢霸为护羌校尉。置校尉如弈棋，也属不宜。既而安定降羌烧当种叛乱，由郡守发兵剿灭，没入妇女，尽为奴婢。于是四海及大小榆谷，无复羌寇。隃麋相隃麋为东汉侯国。曹凤上书献议道：

> 西戎为害，前世所患，臣不能纪古，且以近事言之：自建武以来，其犯法者常从烧当种起事。所以然者，以其居大小榆谷，土地肥美，又近塞内，诸种易以为非，难以攻伐，南得杂种以广其众，北阻大河，因以为固，又有西海鱼盐之利，缘山滨水，以广田畜，故能强大。常雄诸种，恃其权勇，招诱羌胡；今者衰困，党援坏沮，亲属离叛，余兵不过数百人，窜走穷荒。臣愚以为宜及此时，建复西海郡县，规固二榆，广设屯田，隔塞羌胡交通之路，遏绝狂狡窥伺之谋；又殖谷富边，省委输之役，国家可无西顾之忧矣！



和帝览书，发交公卿会议，俱云可行。乃复置西河郡，即拜凤为金城西部都尉，出屯龙耆。嗣金城长史上官鸿，复开置归义建威屯田二十七部，霸亦增置东西邯屯田五部，及留逢二部，总计得三十四部。功将垂成，后因安帝永初元年，诸羌复叛，竟至中辍。惟迷唐孤弱失援，终至病死。有一子款塞来降，户口不满数千，西陲暂得少安。至若西北一带，自从班超抚定西域，各国归命，变乱不生。惟超由明帝永平十六年，奉命西行，直至和帝永元十二年，尚未得归，先后约三十载，超年将七十，思归故里。适值超掾史甘英，奉超令欲赴大秦，即罗马国。行至条支，即阿刺。西临大海，为安息人所劝阻，中道折回；安息国献入狮子及条支大鸟，超因遣子勇偕同外使，共诣洛阳，特拜疏乞归道：

臣闻太公封齐，五世葬周；狐死首丘，代马依风。《韩诗外传》云："代马依北风，飞鸟扬故巢。"夫周齐同在中土，千里之间，犹且如此，况远处绝域如小臣，能无依风首丘之思哉？蛮夷之俗，畏壮侮老，臣超犬马齿歼，常恐年衰，奄忽僵仆，孤魂弃捐。昔苏武留匈奴中，尚十九年，今臣幸得奉节，带金银，护西域，如自以寿终屯部，诚无所恨；然恐后世或因臣沦没西域，举以为戒。臣不敢望到酒泉郡，但愿生入玉门关。老病衰困，冒死瞽言。谨遣子勇随献物入塞。及臣生在，令勇目见中土，亦所慰心。望阙哀鸣，伏冀垂鉴。



这疏呈入，和帝因超居西域，得外人心，急切无人可代，只得暂从搁置，俟后再图。转眼间又是二年，超久待朝命，杳无消息。但闻妹昭入宫续史，为后宫师，因特寄与一书，浼令设法求归。昭本善文，援笔立就奏章，伏阙上陈。略云：

妾同产兄西域都护定远侯超，幸得以微功特蒙重赏，爵列通侯，位二千石，天恩殊绝，诚非小臣所当被蒙。超之始出，志捐躯命，冀立微功，以自陈效。会陈睦之变，道路隔绝，超以一身奔走绝域，晓譬诸国。因其兵众，每有攻战，辄为先登，身被创痍，不避死亡，赖蒙陛下神灵，尚得延命沙漠。至今积三十年，骨肉生离，不复相识，所与相随时人士，皆已物故。超年最长，今且七十，衰老被病，头发无黑，两手不仁，耳目不聪明，扶杖乃能行，虽欲竭尽其力，以报塞天恩，迫于岁暮，犬马齿索。蛮夷之性，悖逆侮老，而超旦暮入地，久不见代，恐开奸宄之源，生逆乱之心。而卿大夫咸顾目前，莫肯远虑，如有猝变，超之气力，不能从心，便为上损国家累世之功，下弃忠臣竭力之效，诚可痛也！故超万里归诚，自陈苦急，延颈遥望，三年于今，未蒙省录。妾窃闻古者十五受兵，六十还之，亦有休息，不任职也。缘陛下以至孝理天下，得万国之欢心，不遗小国之臣，况超得备侯伯之位？故敢触死为超求哀，匄超余年，一得生还，复见阙庭，使国家永无劳远之虑，西域无仓猝之忧，超得长蒙文王葬骨之恩，子方哀老之惠。子方姓田，为战国时魏文侯师，文侯弃老马，子方为弃马非仁，收而养之。诗云："民亦劳止，汔可小康；惠此中国，以绥四方。"超有书与妾生诀，恐不复相见。妾诚伤超以壮年竭忠孝于沙漠，疲老则便捐死于旷野，诚可哀怜。如不蒙救护，超后有一旦之变，如国家何？妾冀幸超家蒙赵母卫姬先请之贷，赵母谓赵括母，惧括败，先请得不坐罪。卫姬系齐桓公姬，桓公与管仲谋伐卫，桓公入，姬先请卫罪。并见《列女传》。愚戆不知大义，触犯忌讳。无任翘切待命之至。

和帝见了此奏，不禁感动，乃召超还朝，命中郎将任尚代为都护。超欣然奉命，与尚交代。尚问超道："君侯在西域三十余年，远近畏怀，末将猥承君后，任重才浅，还求明诲！"超喟然道："超已年老，耳目失聪，任君屡当大任，经验必多，何待超言？但既承明问，敢不竭愚！塞外吏士，本非孝子顺孙类，皆因平时犯罪，徙补边屯；戎狄又性同禽兽，难养易败，今君来此抚驭，他不足虑，只性太严急，还宜少戒。水清无大鱼，察政不得下和，宜改从简易，宽小过，总大纲，便可收效了！"尚虽然谢教，心下却未以为然，待超去后，私语亲吏道："我以为班君必有奇谋，谁料他所言止此，平淡无奇，何足为训？"平淡中却寓至理，奈何轻视？遂把超言置诸脑后，不复记忆。超至洛阳，诣阙进谒，和帝慰劳数语，令为射声校尉。超素患胸疾，至是益剧，入朝不过月余，便致告终，年七十一。

和帝遣使吊祭，赗遗颇厚，令长子班雄袭爵。小子有诗咏道：

久羁外域望生还，奉诏登途入玉关；
老病已成身遽逝，此生终莫享余闲！

班超如此大功，生虽封侯，死不予谥；那宦官郑众，居然得加封为鄛乡侯，真是有汉以来，闻所未闻了！欲知后事，试看下回续叙。

经者常也，六经即常道也。圣贤之所以垂训，国家之所以致治，于是乎在。自秦火一炬以后，简残编断，得诸燹余者，往往阙略不全。汉儒重兴经学，意为笺注，已失古人精义；但先王之道，未坠于地，则犹赖汉儒之力耳。鲁丕在东观讲经，能折贾黄二宿儒之口，当非强词夺理者可比。本回特从详叙，所以表章经术，风示后世。经废则常道不存，安在而不乱且亡也？班超有抚定西域之大功，年老不得召归，幸有同产女弟之博学贞操，为后宫所师事，方得以一篇奏牍，上感九重。至超归而月余即殁，狐死首丘，吾犹为超幸矣！夫苏武归而仅为典属国，班超归而仅得射声校尉，至病逝后，并谥法而且靳之，汉之薄待功臣久矣！无惑乎李陵之降虏不返也！

## 第三十七回　立继嗣太后再临朝　解重围副尉连毙虏

却说郑众封侯，乃是汉廷创例，和帝因他诛窦有功，班赏时又辞多就少，所以格外宠遇，竟给侯封。哪知刑余小人，只可备供洒扫，怎得视若公卿？就使郑众驯良可取，有功不矜，究不能封他为侯。贻讯作俑，这便是教猱升木，引蚁决堤。光武帝辛苦经营的天下，要为了郑众封侯，自启厉阶，终落得七乱八糟，不可收拾呢！引起下文乱事。

话休叙烦，且说永元十五年间，孟夏日食，有司以阴气太盛，奏遣诸王就国。日食，乃天道之常，就使果应人事，亦为邓后临朝预兆，奈何归咎诸王，请令就国？穿凿附会，殊属可笑。原来和帝性情友爱，遵循乃父故事，令兄弟留居京师。及有司奏请遣发，和帝尚不忍分离，有诏作答道：

日食之异，责由一人。诸王幼稚，早离顾复，弱冠相育，常有“蓼莪凯风”之哀。《蓼莪凯风》见《诗经》。选懦仁弱之意。之恩，知非国典，且复须留。

未几又是冬日，和帝出祠章陵旧宅，光武帝改春陵乡为章陵县，事见建武六年。令诸王一律从行。祠毕后大会宗室，饮酒作乐，备极欢洽。嗣又顺道进幸云梦，至汉水滨方拟再诣江陵，忽接到留守太尉张禹奏章，乃是谏阻远游，和帝乃还。清河王中傅卫䜣与清河王庆并同随驾，沿途索赃，得千余万缗，事被和帝察觉，派吏鞫治，并责庆不先举发。庆答复道："䜣位居师傅，选自圣朝，臣本愚昧，但知言从事听，不便纠察，所以未得先闻。"和帝听了，颇以奏对合宜，待抄出卫䜣私赃，一并赐庆。庆辞让不许，乃拜受而退。太尉张禹亦得蒙特赏；此外留守诸官及随从诸臣并各赐钱帛有差。会岭南例贡生龙眼荔枝，十里一置，马递曰置。五里一候，司望曰候。互相传送，昼夜不辍。临武县长唐羌，具陈贡献劳苦情形，且请和帝勿重滋味。乃有诏禁止贡献，饬太官毋受珍羞。这是和帝美政，故特表明。



越年，司徒鲁恭因事免官，迁司空徐防为司徒，进大鸿胪陈宠为司空。宠已由廷尉进官大鸿胪。又越年改号元兴，大赦天下，凡宗室因罪削籍，并得赐复。既而雍地忽裂，时人讶为不祥。待至十二月间，和帝不豫，逐日沉重，竟至告崩，享年只二十七岁，在位一十七年。当时储君未立，后宫生子多殇，往往视宫中为凶地，遇有生育，辄使乳媪抱出宫外，寄养民间。及车驾将崩，群臣尚未知皇嗣下落，无从拥立，不得不禀明邓后，请旨定夺。邓后却知后宫生子，遗存二人，长子名胜，素有痼疾，未便迎立；少子名隆，生才百日，已在宫外寄养，乃即令迎入，立为太子。当夜即位，尊邓后为皇太后，临朝听政。不到半月，便已改岁，定年号为延平元年，进太尉张禹为太傅，司徒徐防为太尉，参录尚书事，百官总己以听。邓太后以帝在襁褓，欲令重臣入居禁内，乃令张禹留卫宫中，五日一归府；并擢光禄勋梁鲔为司徒，使继徐防后任，备位三公。封皇兄胜为平原王，奉葬和帝于慎陵，庙号“穆宗”。总计和帝在位十七年，英明仁恕，有祖父风，少年即能摈除窦氏，收揽权纲；后来尊儒礼士，纳谏爱民，凡蠲租减税，赈饥恤贫诸诏，史不绝书；遇有灾异，辄延问公卿，谕令极言得失，前后符瑞，得八十一处，皆自称德薄，抑而不宣。可惜天不假年，未壮即殁。只晚年荣封郑众，以致宦官继起用事，这乃是和帝一生遗累，种下绝大祸根。祸足亡国，故不惮烦言。丧葬既毕，清河王庆等始俱令就国。庆追念和帝德惠，衔哀不已，甚至呕血数升，力疾就道。邓太后格外体恤，许得置中尉内史，所赐什物，皆取自和帝乘舆，俾作纪念。且因嗣皇幼弱，恐有不测，乃留庆长子祐，



与嫡母耿姬，仍居清河邸中，以备非常。既有此虑，不如先立皇子胜，何必舍长立幼？一面使宫人归园，特赐周冯两贵人策书道：

朕与贵人托配后庭，共欢等列，十有余年。不获福祐，先帝早弃天下，孤心茕茕，靡所瞻仰，夙夜永怀，感怆发中。今当以旧典分归外园，惨结增叹，《燕燕》之诗，曷能喻马？《燕燕》为卫庄姜送戴妫诗。其赐贵人以王青盖车采饰辂骖马各一驷，黄金三十金，杂帛三千匹，白越布名。四千端；冯贵人未有步摇环珮，亦加赐各一具，聊为赠别，不尽欷歔。

周冯两贵人奉策拜赐，辞别出宫，至园寝中陪侍山陵去了。邓太后复接连下诏，大赦天下，凡建武以来得罪被锢，皆复为平民。又减节太官导官尚方内署所供服食，太官掌御厨，导官

掌择御米。自非陵庙祭祀，食米不得导择，朝夕惟一肉一饭，不得妄加。郡国贡献，悉令减半，斥卖上林鹰犬，蠲省离宫别馆米炭，所有掖庭侍女，及宗戚没入诸官婢，一律遣归，各令婚嫁。会因连月下雨，郡国或患水灾，即敕二千石据实详报，为除田租刍藁，不得欺隐。各处淫祀，不入祀典，概令罢免。这都是邓太后初次临朝的美政。总束一语。

既而司空陈宠病殁，命太常尹勤为司空，且进虎贲中郎将邓骘为车骑将军。骘系邓训长子，为邓太后亲兄，表字昭伯，少时为窦宪府掾，及女弟立为贵人，乃与诸弟并为郎中，和帝尝欲加封邓骘，为邓后所推让，故迁官止虎贲中郎。及后既临朝，遇有一切政务，不能不引骘入议，较免嫌疑，因擢骘为车骑将军，仪同三司。三司就是三公，汉官中向无此名，自骘为始。太后临朝，势必引用外戚，后来一跌赤族，可慨可叹！骘颇知敛抑，且受祖父邓禹遗训，居安思危。但女弟既为太后，年仅花信，不便屡见大臣，自己托在同胞，出入较便，只好勉强受命，就职任事。光阴易过，又是仲秋，那小皇帝竟感冒风寒，仓猝夭殇，年仅二岁，殡殓崇德前殿中。邓太后忙与骘密商，议及继统事宜。好在清河王庆子祜尚留邸中，当由邓太后创议迎立，骘亦赞成。再由骘商诸公卿，亦无异言，便夤夜使骘持节，用王青盖车迎祜入宫，先授封长安侯，然后准备嗣位。邓太后即下诏道：



先帝圣德淑茂，早弃天下，朕奉嗣皇，夙夜瞻仰日月，冀望成就。岂意猝然颠沛，天年不遂，悲痛厥心！朕惟平原王素婴痼疾，未便继承。念宗庙之重，思继嗣之统，惟长安侯质性忠孝，小心翼翼，能通诗论，笃学乐古，仁惠爱下，年已十三，有成人之志。亲德系后，莫宜于祜。《礼》："昆弟之子犹己子。"《春秋》之义："为人后者为之子。"不以父命辞王父命，其以祜为孝和皇帝嗣，奉承祖宗，案礼议奏。

公卿等依诏定议，复奏进去；又由宫中撰就策命，交付太尉张禹，引祜受策。当由禹对祜宣读道：

惟延平元年秋八月癸丑，皇太后曰：咨长安侯祜，孝和皇帝，懿德巍巍，光于四海。大行皇帝古称帝丧，为大行，大行者，不返之意。不永天年，朕惟侯系孝章帝世嫡皇孙，谦恭慈顺，在孺而勤，宜奉宗庙，承统大业。今以侯嗣孝和皇帝后，其君临汉国，允执厥中，一人有庆，万民赖之！皇帝其勉之哉！



张禹读罢，持策与祜，祜拜受后，再由禹奉上玺绶，乃拥祜即皇帝位，是为安帝。公卿以下，循例谒贺。但因安帝年甫十三，未能亲政，仍由邓太后临朝。越月将崇德前殿的殡宫，奉葬康陵，幼主无谥，且无庙号，只称作殇帝罢了。安帝本与嫡母耿姬同居清河邸中，帝既入承大统，耿姬不便独留，邓太后即使中黄门送她归国。惟安帝生母叫作左姬，左姬字小娥，有姊字大娥，系犍为人，伯父圣坐妖言伏诛，家属俱没入掖庭，二娥当然在列，并有才色，小娥更善史书，能词赋，为众所称。会和帝命赐诸王宫人，清河王庆素闻二女艳名，特贿托宫中保姆，求得二娥。好容易得遂心愿，将二娥拨至清河邸中，庆得左拥右抱，其乐陶陶。废太子也想纵欢么？小娥有娠生子，便是安帝。相传安帝幼时，屡有神光照室，又有赤蛇蟠护床中，近视又复不见，因此称奇。这多是附会之谈，实则安帝入嗣，由乃父无辜被废，天道有知，巧为转移而已。年至十岁，好学史书，和帝亦叹为奇童，暇辄召见，与谈文字。只大小二娥，却是始终薄命，做了清河王的姬妾，还是没福消受，一对姊妹花，相继沦谢。好花不久长。到了安帝入嗣，二娥已逝世有年了。清河王庆，就国逾年，也是形销骨损，病入膏肓，至耿姬返后，病即垂危，乃嘱清河中大夫宋衍道："清河土薄，不堪茔葬，我意欲至我母坟旁，掘穴下棺。自思朝廷大恩，尚应赐筑祠室，俾得母子并食，魂灵有所依庇，死后亦无遗恨了！"说至此，即令宋衍缮就遗表，乞将骸骨赐葬亡母宋贵人旁，越宿竟逝，年才二十有九。遗表传达京师，邓太后也觉含哀，函遣司空尹勤持节，与宗正同往吊祭，特赐龙旗九旒，虎贲百人，饰终典仪，尽仿东海王强故事。一面使掖庭令送左姬遗棺，与庆合葬广丘，谥曰"孝王"，长子虎威袭封。越年为永初元年，邓太后又封宋衍为盛乡侯，并分清河为二国，封虎威弟常保为广川王，这且待后再表。 

且说车骑将军邓骘，自与太后定策立嗣后，不欲常居禁中，屡求还第，太后乃准如所请。骘有四弟，长弟京时已去世；次弟悝得升任城门校尉；三弟弘亦得为虎贲中郎将；季弟阊尚为郎中。邓太后复增封骘为上蔡侯，悝为叶侯，叶音摄。弘为西平侯，阊为西华侯，食邑各万户。骘以定策有功，加邑三千户。邓太后前为兄弟辞封，此时何遽封为侯？骘表辞不获，出都谢使，复恳切上陈，大略说是：

臣兄弟庸秽，无能可采，谬以外戚，遭值明时，托日月之末光，被云雨之渥泽，并统列位，光昭当世，不能宣赞风美，补助清化，诚惭诚惧，不胜疚心。陛下躬天然之姿，体仁圣之德，遭国不造，仍罹大忧，开日月之明，运独断之虑，援立皇统，奉承太宗，圣策定于神心，休烈垂于不朽，本非臣等所能补效万一。而猥推嘉美，并享大封，伏闻诏书，惊惶惭怖。追睹前世倾覆之诫，退自思念，不寒而栗。臣等虽无逮及远见之虑，犹有庶几戒惧之情，常聚母子兄弟，内相敕厉，冀以端悫畏慎，一心奉戴，上全天恩，下完性命。刻骨定分，有死无二，终不敢横受爵土，以增罪累，惶窘征营，昧死待命。

邓太后接阅骘书，尚不肯许，骘再申前请，且欲窜迹穷荒，于是太后收回成命，召令还都；惟封生母阴氏为新野君，以万户供汤沐邑。虎贲中郎将邓弘素治欧阳尚书，欧阳生字伯和，师事伏生，为前汉武帝时人。太后乃令他入傅安帝，自己亦从曹大家受经，兼习天文算数，昼治政事，夜览书籍，习以为常。好算是巾帼丈夫，可惜阴盛阳衰。偏是内忧少靖，外患又迭起不休，西域都护任尚不肯依从班超遗诫，专务苛察，致失众心，西域诸国又相率叛汉，围攻任尚。尚上书求救，汉廷令北地人郎中梁慬为西域副校尉，使率河西四郡羌胡五千骑，星夜赴援。慬尚未至，尚已解围，因复据实报闻，有诏征尚还都，另任骑都尉段禧为都护，西域长史赵博为骑都尉，同驻龟兹它乾城。城中形势狭隘，梁慬往阅一周，谓西域方有变志，此城如何可守？乃特访龟兹王白霸，与述朝廷厚恩，嘱使勿负，且言龟兹势孤，当邀都护等入城共守。白霸本由汉廷遣归，得立为王，见三十四回。听了梁慬议论，当然乐允；惟吏士同声谏阻，霸乃不从。梁慬见众有贰心，急命从吏飞报段禧，请即引兵入龟兹城。禧遂与赵博率兵八九千至龟兹国都。龟兹部众恨王招入汉军，却去联结温宿姑墨两国兵马，来攻白霸，共计有数万人，环绕龟兹城下，势甚汹汹。白霸原是惊惶，连段禧、赵博两人亦自悔仓猝失图，被他围住。独梁慬毫无惧色，慷慨誓师，出城奋击，三战三胜。叛众自恃势盛，虽屡经败衄，尚未肯退。慬出战一次，还守数日，出战两次，又还守数日，相持至好几月，看得叛众疲敝，索性与段禧、赵博等并力出战，大杀一阵，刀过处血风乱洒，槊落处胡马齐倾，叛众抵挡不住，自然尽溃，温宿姑墨两国败兵，也即散走。慬复引兵追击，大振余威，复枭得许多头颅，夺得许多牲畜。总计先后斩虏首万余级，获生口千余人，骆驼牛羊万余头，力写梁。龟兹乃定。慬等自然奏捷。无如龟兹以外，余国尚未肯服从，遂致道路梗塞，奏报不通，待至捷书到达，差不多有百余日。一班公卿大夫统是顾近忽远，并言西域遥隔，向背无常，朝廷多耗饷糈，吏士屯田，连年劳苦，为费亦巨，不如取消都护，迎师回朝为是。邓太后亦不欲劳兵，依了众议，就遣骑都尉王弘发关中兵，及西陲羌胡，往迎段禧、赵博、梁慬等，及伊吾卢柳中屯田诸吏士。看官听着！班定远数十年的劳绩，至此乃甘心弃去，尽隳前功，说将起来，统是任尚一人贻误大事。可见得安内攘外，全仗人才，一或误用，未有不立时败坏呢！慨乎言之。朝廷大臣不知另举才能，出镇西域，反以为撤销都护，可无外患。谁知一误不足，还要再误，为了迎还西师一役，又惹出羌人的变乱来了。先是烧当羌酋东号挈众内附，见三十二回。有子麻奴随父同降，寓居安定。东号死后，麻奴继立，种人滋生日繁，散居河西诸郡县。吏人豪右，往往目为贱种，随时差役，积成众怨。及王弘奉命征调，发遣金城陇西汉阳诸羌，使迎西师，羌人还疑是调署西域，往往裹足不前。郡县官吏严行逼迫，约有数千百骑，到了酒泉，复不愿出关，陆续逃避。官吏当作叛羌相待，发兵邀截，非杀即拘，或把他旧居庐落，尽行毁去。于是诸羌益惊，哄然尽溃，麻奴亦支撑不住，也西走出塞。先零别种滇零，与钟羌诸种，反得乘隙为乱，据住陇道，大为寇掠。一时不得兵械，就将竹竿当作戈矛，板案充作盾牌，四出滋扰。郡县官无法抵敌，不得不连章奏闻，邓太后乃使车骑将军邓骘，发兵征羌；再用任尚为征西校尉，令归邓骘节制，一同西行。小子有诗叹道：

良言不纳总无成，轻隳前功罪岂轻？
如此庸材犹屡用，边陲何日得澄清？

 邓骘任尚西行征羌，究竟能否制服羌人，待至下回再叙。

邓后以贤德见称，迹其行谊，殆亦得半失半，瑜不掩瑕。和帝崩后，应援立嗣以长之大经，谘询群臣，然后定议，奈何遽以生经百日之婴儿，骤使嗣位？谓非贪立幼主，希揽政权，其谁信之？及幼主已殇，又徒与亲兄定策，迎立清河王子祜，一朝元首，乃出自兄妹二人之私意，试问国家建置三公，果何为乎？且临朝未几，即封兄弟四人为侯，违反祖制，专顾私亲，而其他之煦煦为仁，转不足道。微邓骘等之犹知退让，几何而不为窦氏也？洎乎西域变起，措置失常，梁慬有却寇之材，不使专阃，反听朝臣鄙议，甘举西域而尽弃之，定远有知，能无隐恫？况弃西域而复构西羌，虽属内外之失人，究由宫廷之失策！诗曰：“哲夫成城，哲妇倾城。”邓后虽非倾城之妇人，其亦不能无讥乎？

# 第三十八回　勇梁慬三战著功<br>智虞诩一行平贼

却说车骑将军邓骘与征西校尉任尚等，出讨诸羌，因各郡兵马尚未到齐，乃留屯汉阳，但遣前哨数千骑，窥探诸羌动静。不意到了冀西，突与钟羌相遇，急切不能抵敌，竟被杀死千余人，余众狼狈逃归。可巧西域副校尉梁慬驰归，行抵敦煌，奉诏为邓骘援应，因即引兵转赴张掖，击破诸羌万余人，斩获过半。再进至姑藏，羌豪三百余人畏威乞降，慬曲为晓谕，遣还故地，各羌豪喜跃而去。

是年边疆未靖，腹地多灾，郡国十八处地震，四十一处雨水，二十八处大风雨雹。太尉徐防、司农尹勤，相继引咎，上书辞职。邓太后准令免官，三公以灾异罢免，实自此始。命太傅张禹为太尉，太常周章为司空。宦官鄛乡侯郑众及尚方令蔡伦乘机干政，为邓太后所宠幸。外戚宦官，更迭干政，有何好处？司空周章屡次规谏，并不见用。章素性戆直，因见外戚宦官，内外蒙蔽，邓太后始终未晤，免不得愤激起来，当下密结僚友，谋诛邓骘兄弟及郑众、蔡伦诸人，并且废去太后嗣皇，改立平原王胜。事尚未发，竟致漏泄机关，把章褫职；章自知不免，忙即服毒自尽。是何等事，乃敢仓猝妄行？死不累家，尚是侥幸！颍川太守张敏入为司空；司徒梁鲔病逝，仍起鲁恭为司徒。鲁恭免官，见前回。越年二月，遣光禄大夫樊准、吕仓，分巡冀兖二州，赈济灾民。准上移民政策，谓赈给不足济事，应将灾民徙置荆扬熟郡。邓太后依准所议，民得少苏。会仲夏大旱，邓太后亲幸洛阳寺，令若卢狱中囚犯，解入寺中，面加讯问。官之所居曰寺，若卢狱为少府所掌，主鞫将相大臣。有一囚徒犯杀人罪，实是屈打成招，冤枉牵累，当时已奄奄一息，由吏役扛抬至前，可怜他举头四顾，尚不敢言，太后察出情隐，温言讯鞫，具得实情，乃将囚徒释免，收系洛阳令抵罪。行未还宫，甘霖大降，群臣喧呼万岁。太后虽有心恤囚，但以一妇人，亲加讯鞫，究非国法所宜。

350. 未几又接任尚败报，复致忧劳。原来车骑将军邓骘出屯经年，因使任尚及从事中郎司马钧，带领各部兵马，出讨羌豪滇零，到了平襄，与滇零等接仗多时，尚军大败，伤亡至八千余人，慌忙遁回。此人原不堪典军。滇零得了胜仗，竟自称天子，招集武都参狼上郡西河诸羌种，东犯赵魏，南入益州，攻杀汉中太守董炳，转掠三辅，气焰甚盛。湟中诸县，粟石万钱，百姓死亡，不可胜计。朝廷既要转饷输兵，又欲发粟赈民，弄得日夜彷徨，不知所措。故左校令庞参坐法遭谴，充作若卢狱中工作，特令子俊上书道：

方今西州流民扰动，而征发不绝，水潦不修，地力不复，重之以大军，疲之以远戍，农功消于转运，资财竭于征发，田畴不得垦辟，禾稼不得收入，搏手困穷，无望来秋，百姓力屈，不复堪命。臣愚以为万里运粮，远就羌戎，不若总兵养众，以待其疲。车骑将军邓骘，宜且振旅，留征西校尉任尚，使督凉州士民，转居三辅，休徭役以助其时，止烦赋以益其财，令男得耕种，女得织纴，然后蓄精锐，乘懈沮，出其不意，攻其不备，则边民之仇报，奔北之耻雪矣。臣身负罪戾，自知昧死，区区一得，不敢不闻，伏希赐鉴。

邓太后得书后，尚在踌躇。适光禄大夫樊准自冀州回京复命，闻得庞参上书言事，具属可行，且素知参材足任事，因上疏荐参道：

臣闻鸷鸟累百，不如一鹗。昔孝文皇帝悟冯唐之言，而赦魏尚之罪，使为边守，匈奴不敢南向。夫以一臣之身，折方面之难者，选用得也！臣伏见故左校令河南人庞参，勇谋不测，卓尔奇伟，高材武略，有魏尚之风，前坐微法，输作经时，今羌戎为患，大军西屯，臣以为如参之人，宜在行伍。惟明诏采前世之举，观魏尚之功，免赦参刑，以为军锋，必有成效，宣助国威不难矣！谨此上陈，惟陛下裁察之。



为此一疏，参得蒙恩赦罪，进拜谒者，奉使西行，监督三辅诸军，屯田防边。且诏令梁慬进屯金城。慬得三辅军报，知叛羌随处骚扰，迫近园陵，乃即引兵往击，转战武功、美阳间，武功、美阳皆县名。身先士卒，连败羌众，夺还被掠生口多人，截获马畜财物，不可殚述。邓太后得慬捷书，心下少慰，特用玺书劳勉，委慬剿抚诸羌，节制各军；一面从庞参计议，征还邓骘，但留任尚屯兵汉阳。

骘奉诏东归，途次又接太后恩诏，拜为大将军。骘并无功劳，何得升官？可见太后全是为私。既至都门，大鸿胪持节出迎，中常侍赍牛酒犒劳，王侯以下，相率候望，络绎道中。及诣阙入谒，复特赐束帛车马，真是宠灵显赫，震耀京师。若使扫平诸羌，不知如何待遇？太后既优待邓骘，不得不加赏任尚，遂封尚为乐亭侯，食邑三百户。败军之将，且得封侯，邓太后真是愦愦。惟将护羌校尉侯霸召还，说他不能驭羌，黜为庶人，也是冤枉。即令前西域都护段禧，代为护羌校尉。怎奈羌势日盛，终不能制，永初三年孟春，三辅告急，因复遣骑都尉任仁，督领诸郡屯兵，往援三辅。仁屡战屡败，羌众越加猖獗，当煎勒姐钟羌，攻陷破羌县，钟羌攻陷临洮县，连陇西南部都尉都被擒去。司徒鲁恭年

近八十，乞请致仕，乃改任大鸿胪夏勤为司徒。勤既就职，日虑国用不足，往往仰屋兴嗟，不得已商诸太尉张禹及司空张敏，援照前汉入粟拜爵的故例，联名上奏，许令吏民纳入钱谷，得为关内侯，或虎贲羽林郎，及五官大夫府吏缇骑营士各有差。邓太后见三公同意，自然准议。

无如天灾屡降，常患饥荒，上半年河洛水溢，京师大饥；下半年并凉水溢，人自相食。接连又传到许多警报，海贼张伯路等，寇掠沿海九郡，渤海平原剧贼刘文河周文光等，遥与勾连，搅乱得一塌糊涂。还有代郡上谷涿郡间，又由乌桓鲜卑两路叛胡，一再入犯，杀败五原太守，伤毙郡中长吏。南匈奴骨都侯，阴助乌桓鲜卑，也是逆焰滔天，不可收拾；甚且南单于亦背叛汉朝，把美稷守将耿种围住，危急非常。那时汉廷将相，无从隐讳，当然奏白邓太后。邓太后很是着忙，只好与亲

兄邓骘等会议，一路一路的调遣人马，前去征讨。出剿海贼的一路，委任了侍御史庞雄；出救五原一路，委任了车骑将军何熙；出击南单于一路，委任了辽东太守耿夔；又调梁慬行度辽将军事，使出为耿夔后应。军书四达，鼙鼓齐鸣，不但汉廷当日，忙乱得什么相似，就是小子一支秃笔，从今追叙，也觉得东顾西应，煞费精神了。我说是好看得很。

侍御史庞雄出剿海贼，究竟贼众乌合，不能抵敌王师，张伯路屡败乞降；渤海平原等剧贼，也望风瓦解，四处避匿。庞雄遽报肃清，有诏迁雄为中郎将，令他引兵西行，往副车骑将军何熙。那辽东太守耿夔，与行度辽将军事梁慬，统皆百战名将，一经会师，便向美稷城进发，行至属国故城，遇着南匈奴部酋奥鞬日逐王，约有三千余骑，截住途中，夔当先冲阵，慬在后继进，两将似生龙活虎一般，搅入匈奴阵中，三千人不值一扫，奥鞬日逐单骑走脱，所有辎重什物，尽被汉军夺来。



此时南单于师子已早病亡，从弟檀嗣立为单于。永初三年六月间，曾诣阙入朝，随从有一降虏的汉人，叫作韩琮，朝毕还国，琮与语道："关东水潦为灾，兵民统皆饥死，若发兵进击，必可得志！"单于檀为琮所惑，因此叛汉兴兵，围攻美稷。至日逐王孑身败还，才知汉军仍然厉害，但还以为未曾亲睹，总要自己督兵，与汉军决一雌雄，方肯罢休。乃将美稷撤围，亲率精骑八千人，来敌汉军。凑巧与梁慬相遇，慬部下不过二三千人，单于大喜，总道以众敌寡，无患不胜，当下麾动骑兵，将慬围住。哪知慬全不惧怕，披甲持槊，跃马突阵，部曲各持械随上，一荡一决，十荡十决，把虏骑冲作数截，不能成围，只好退去；南单于檀也是顾命要紧，奔还虎泽，未几又移寇常山。梁慬与耿夔合兵万人，倍道往援，南单于又复却还。车骑将军何熙已到五原，击退乌桓鲜卑叛胡，庞雄亦至，熙适撄疾，闻得常山被攻，因遣雄驰救。及雄到常山，虏兵已退，遂与梁慬等会合，共得万六千人，进攻虎泽。南单于两番败走，已经胆落，又见汉军连营并进，布满旷野，越吓得魂魄飞扬，遂召责韩琮道："汝言汉人尽死，今是何等人到来，有此声威哩?"琮无辞可答，匍匐谢罪，当被单于斥退。琮本汉人，乃敢诳虏为寇，死有余辜，南单于轻信琮言，也是笨鸟。即遣奥鞬日逐王至梁慬营中乞降；慬训斥一番，且令单于檀自来谢过，方可赦罪。单于檀接得复报，已是无可奈何，只得徒跣面缚，出来投诚。慬与庞雄、耿夔等排开兵马，列成数大队，各执兵械站着，然后传出号令，召檀进见。檀到了案前，不待斥责，已是把头乱捣，爆得怪响。经慬责他忘恩负义，不堪污刃，所以贷死，此后不得再作妄想，经须遣子为质，方才还军。檀慌忙承认，誓不复叛。方由慬等许令起来，改容相待，叫他回帐送出侍子。檀诺诺而去，不到半日，便遣子为质，且缴还前时所掠的汉民。



慬等乃班师就道，移至五原。五原地方尚有乌桓余党出没往来，再经梁慬等领兵回击，斩获多人，残众乃降。车骑将军何熙病不能起，竟致去世，汉廷实授梁慬为度辽将军，镇守塞下，召还中郎将庞雄，擢为大鸿胪。惟耿夔得功最少，且因他不能穷追单于，在道逗留，应该处罚，乃左迁为云中太守。北方一带，总算弭平。

惟海贼张伯路悔罪乞降，隔了一年，又复与渤海平原贼相连，攻入厌次县，戕杀长官。诏遣御史中丞王宗，督同青州刺史法雄，征集幽冀兵数万人，大举从事，连破贼党。会有赦书到来，解散贼众，贼众以军未解甲，不敢投诚。王宗听部佐计议，意欲乘间出击，法雄独进谏道："兵系凶器，战乃危机，勇不足恃，胜不可必。贼若航海入岛，未易荡平，今正可宣布赦书，罢兵解严，使他解散胁从，然后轻兵裹甲，歼除贼首，这乃所谓事半功倍呢！"确是弭盗良策。宗方才称善，收兵敛迹，但将赦书宣示贼党，令将所掠人物，一体交还，许令免死。贼遵令而行，嗣见东莱郡兵，尚未解甲，因复遁匿海岛中，惟胁从多半散去，只剩了张伯路等几个头目。过了月余，岛中无粮可用，乃入内地劫掠，法雄早已严兵待着，把他截住，见一个，杀一个，见两个，杀一双，伯路等并皆授首，海贼乃平。三路并了。

是时独叛羌未服，屡扰西陲，羌豪滇零，且进寇褒中。汉中太守郑勤移兵驻防。汉廷因任尚久戍无功，传旨召归，令率吏民还屯长安。谒者庞参复致书邓骘，谓宜徙边郡难民，入居三辅。骘颇以为然，且欲弃去凉州，专戍朔方。因召公卿等会议，公卿等尚有异辞，骘慨然道："譬如敝衣已破，并二为一，尚可完补；若非如此办法，恐两不可保了！"大众听了此言，只得勉强赞成。光禄勋李修方因张禹病免，代为太尉。幕下有一个智士，方拜郎中，姓虞名诩，字升卿，系陈国武平县人。诩以谋略见称，故履历从详。少时失怙，孝养祖母，县吏举为顺孙。及既为郎中，闻邓骘决弃凉州，甚以为疑，自觉官小职卑，未便入朝驳议；只有新任太尉李修，本是当道主人，不妨直言相告，托他挽回，因即向修建议道：《通鉴辑览》误作张禹，此时禹已免官，应从《虞诩列传》。

窃闻公卿定策，当弃凉州，求之愚心，未见其便。先帝开拓土宇，劬劳后定，而今惮小费，举而弃之，一不可也。凉州既弃，即以三辅为塞，则园陵单外，二不可也。

谚曰："关西出将，关东出相。"观其习兵壮勇，实过余州，今羌胡所以不敢入据三辅，为心腹之患者，以凉州在后故也。

凉州士民，所以摧坚折锐，蒙矢石于行阵，父死于前，子战于后，无返顾之心者，为臣属于汉故也。今若弃其疆域，徙其人民，安土重迁，必生异志，倘猝然发难，因天下之饥乱，乘海内之虚弱，豪雄相聚，席卷而东，虽贲育为卒，太公为将，犹恐不足以御之。如此则函谷以西，园陵旧京，非复汉有，此不可三也！议者喻以补衣犹有所完，诩恐其疽食浸淫而无限极也。

李修既得诩议，大为感悟，便进诩与语道："若非汝言，几误国家大事；但欲保凉州，须用何策？"诩答说道："今凉州

扰动，人情不安，防有他变。诚使朝中公卿，收罗该州豪杰数人，作为掾属，又引牧守子弟，授为散官；外示激扬，令他感激，内实拘致，防他为非，凉州有何难保呢？"这一席话，说得李修频频点首，当即入朝再议，公卿等俱同声称善。好似墙头草一般。邓骘见口众我寡，只好取消前议，但心中很是不平，意欲伺隙害诩。设心如此，全是俭人行径。会闻朝歌贼宁季聚众数千，攻杀长史，猖狂日甚，州郡不能制，乃即命诩为朝歌长，促令指日到任。竟欲借刀杀人。故旧都为诩加忧，同时往吊，诩反笑说道："志不求安，事不避难，乃是人臣的职分！若不遇盘根错节，如何得见为利器呢？"早有成算。说罢，当即束装就道，直抵朝歌，先谒河内太守马棱，棱叹息道："君系儒生，应在朝就职，参赞谋犹，为何奉使到此？"诩答说道："诩奉遣时，士大夫俱来吊诩，也道是诩无能为。诩既为人臣，何敢避难？诩

思朝歌为韩魏郊野，背太行，山名。临大河，去敖仓只百里，青冀人民，流亡万数，贼不知开仓招众，劫库兵，守城皋，断天下右臂，可见他实无大志，不足为忧。惟目前贼势新盛，未可争锋，兵不厌权，愿明府宽假辔策，勿与拘牵，诩自然有法平贼呢！”棱慨然许诺。此公也特具青眼。诩即告别就任，悬赏购募壮士，分列三等：上等是专行攻劫；中等是好为偷盗；下等是不事家产，游荡失业。这三等莠民，令掾史以下，各举所知，招罗得数百人，由诩亲自挑选，汰弱留强，尚得百余。当下设酒与宴，许贷前罪，嘱使投入贼中，诱令劫掠，一面伏兵待着。等到贼众前来，便由伏兵突出，并力兜拿，得擒斩数百人；余贼经此巨创，不敢出头。诩又想到别法，潜召缝纫为业，家况贫穷的男妇，叫他佣作贼衣，缝就记号，另许优给工资，遣令依计办理。百姓已恨贼切骨，得了诩命，自然往觅贼巢，替贼缝衣。贼众不知秘谋，待衣缝就，便往市里游行，不意为捕役所察，辄被拿住。捕役尚未肯与他说明，顿令贼犯莫名其妙，惊为神明，于是贼皆骇散，朝歌复安。小子有诗赞道：



不经盘错不成材，功业都从患难来；
试读升卿虞氏传，一回叹赏一惊猜。

诩既平贼，上书报功，邓骘至此，也无可如何了。欲知后事，且看下回再表。

邓骘统兵征羌，逾年两败，何功足言？及召之使归，反擢为大将军。

任尚既失西域，复衄平襄，乃赏以侯封，汉廷之赏罚倒置，莫如此时！夫当日之号为良将者，无过梁慬，慬连败羌人，复制服南单于，功无与比，委以专阃，游刃有余；且胡人既服，正可调彼征羌，削平叛寇，奈何满朝将相，仓皇失措，反欲轻弃凉州耶？虞诩为国宣猷，保全西土，邓骘反视若仇敌，徙治朝歌，非诩之智能平贼，则陷谋士于群贼之中，天下皆引以为戒，不敢复闻朝廷事矣。吾嫉邓骘，吾尤不能无慊于邓太后云。

## 第三十九回　作女诫遗编示范 拒羌虏增灶称奇

却说永初四年九月，邓太后母新野君患疾，新野君见前文。太后亲往省母，连日留侍，未见还宫，三公上表固请，方才返驾。安帝此时已十有七岁，何不共请还政？既而新野君病剧，再去送终临丧，极尽悲哀，棺殓时给用长公主赤绂，特赠东园秘器，玉衣绣衾，东园秘器，注见前。使司空张敏持节护丧，仪比清河王临终遗制，谥曰“敬君”，清河王临终，见三十七回。又赐布三万匹，钱三千万。邓骘等辞还钱布，并乞退位守制，还居里第。太后尚未肯许，询诸曹大家、班昭，昭因上疏复陈道：

伏惟皇太后陛下，躬盛德之美，隆唐虞之政，辟四门而开四聪，采狂夫之瞽言，纳刍荛之谋虑，妾昭得以愚朽身当盛明，敢不披露肝胆，以效万一！妾闻谦让之风，德莫大焉！故典坟述美，神祇降福。昔夷齐去国，天下服其廉高；太伯违邠，孔子称为三让，所以光昭令德，扬名于后者也。《论语》曰："能以礼让为国，于从政乎何有！"由是言之，推让之诚，其旨远矣。今国舅深执忠孝，引身自退，而以方陲未靖，拒而不许，如后有毫毛加于今日，诚恐推让之名，不可再得。缘见逮及，故敢昧死竭其愚诚，自知言不足采，聊以示虫蚁之赤心，伏冀鉴察。

邓太后素师事班昭，因即听从，许令骘等还第终丧，且封昭子曹成为关内侯。昭此时续著汉史，已经垂成，昭续《汉书》，见三十四回。出示士大夫，多半未解。故伏波将军马援从孙融，与昭同郡，得为校书郎，至阙下从昭受读。融兄名续，少甚敏慧，七岁通《论语》，十三明《尚书》，十六治《诗》，博览群《经》，又通《九章算术》。邓太后闻续才名，亦召入东观，使他参考《前汉书》，再为校正。故《前汉书》百二十卷，除班



氏兄妹编著外，续亦略有损益，然后大成。见《曹大家传》。班昭复作《女诫》七篇，作为内训：第一篇标目，是"卑弱"二字，第二篇是"夫妇"，第三篇是"敬慎"，第四篇是"妇行"，第五篇是"专心"，第六篇是"曲从"，第七篇是"和叔妹"，总计不下数千言，流传后世，近俗呼为"女四书"。小子无暇尽述，但记得她有一序文，照录如下：

鄙人愚暗，受性不敏，蒙先君之余宠，赖母师之典训，年十有四，执箕帚于曹氏，于今四十余载矣。战战兢兢，常惧黜辱，以增父母之羞，以益中外之累；夙夜劬心，勤不告劳，而今而后，乃知免耳。吾性疏顽，教导无素，恒恐子谷负辱清朝，《后汉书》引三辅《决录注》云：子谷即曹成子。圣恩横加，猥赐金紫，即授封关内侯事。实非鄙人庶几之望

也。男能自谋矣，吾不复以为忧也。但伤诸女方当适人，而不渐训诲，不闻妇礼，惧失容他门，取羞宗族。吾今疾在沉滞，性命无常，念汝曹如此，每用惆怅，闲作《女诫》七章，愿诸女各写一通，庶有补益裨助，汝身去矣，其勖勉之！

校书郎中马融见了七篇《女诫》，特为抄录，归示妻女，嘱令讲习，所以逐渐流传，千古不磨。此外尚有《赋颂铭诔问注哀辞书论上疏遗命》，凡十六篇。至昭殁后，由子妇丁氏编成全集，自撰大家赞一则，附入集中，姑媳能文，可作彤史佳话。昭有夫妹曹丰生，亦有才慧，尝作书与昭论难，词亦可观。当昭逝世时，年已七十有余，邓太后且素服举哀，厚加赙赠，特派使臣监护丧事。这真好算作士女班头，生荣死哀了！

才德如曹大家，应该褒扬。



当时尚有广陵人姜诗妻，河南人乐羊子妻，也有贤名，并垂不朽。姜诗为广陵人，事母至孝，妻为同郡庞盛女，奉事尤谨。姜母好饮，江水去家约六七里，庞氏随时往汲，携归奉母。一日适遇大风，归家较迟，致母渴不能耐，诗因怒责庞氏，将她斥归。庞氏涕泣出门，借寓邻舍，日夕纺绩，托邻媪转遗姜母，数月间馈问不绝。姜母不免惊异，详问邻媪，邻媪始据实相告。姜母且感且惭，忙嘱诗召还庞氏，格外怜爱。庞氏益曲体母心，始终无违。有子少长，为姑汲流，竟致溺死，庞氏恐姑哀伤，未敢相告，但托言出外求学，未便常归。姜母更好嗜鱼鲙，又不愿独食，夫妇尝合力勤作，得资买鱼，为鲙供母，并令邻媪作陪，冀博母欢。既而孝感动天，有涌泉流出舍侧，每旦必双鲤跃起，使供母膳。庞氏亦再得生子，不致绝嗣。地方官吏因举诗为孝廉，入拜郎中。寻复出宰江阳，颇有治绩，居官数年，病殁任所。人民为诗立祠，并将诗妻庞氏，一并绘像供奉。姜门双孝，流播千秋。举此可以劝孝。

乐羊子妻，姓氏失传。羊子尝出外游行，拾得遗金一饼，还家示妻，妻瞿然道："妾闻志士不饮盗泉水，廉士不受嗟来食，齐黔娄赈饥，见饿者与语曰：'嗟！来食'，饿者以其无礼，竟不食死。奈何贪利拾遗，自污清行哩？"羊子大惭，亟将遗金还掷原地，一面寻师求学。逾年还，妻跪问归家理由，羊子道："久别怀思，并无他故。"妻起身取刀，趋近机前，指示羊子道："此织生自蚕茧，成自机杼，积缕累寸，积寸累尺，积累不已，方成丈匹，今若割断，便是自弃前功，终至无成。夫子既出外求学，应该学成乃归；若中道辍业，便与断机无异了！"羊子慌忙拦阻，情愿再出求学，妻始将刀放下。羊子遂去，七年不返。羊子尚有老母，



妻殷勤奉养，又尝远馈羊子。会有邻鸡误入园中，羊子母竟盗鸡宰食，妻对鸡不餐，潸然泪下。母怪问何因，妻答说道："自伤居贫，使食有他肉。"母方有惭色，将鸡弃去。嗣有盗贼入门，逼妻受污，妻操刀趋出，盗见她执刀，便把羊子母劫住，且威吓道："汝若释刀从我，当使两全；否则先杀汝姑！"羊子妻举首仰天，长叹一声，竟举刀刎颈，流血毕命。盗也觉惊愕，舍去羊子母，扬长自去。羊子母报闻太守，太守捕盗抵罪，赐她缣帛，依礼安葬，号曰"贞义"。举此可以劝节。

后来尚有汉中人陈文矩继妻，表字穆姜，生有二男，前妻亦有四子，文矩出为安众令，在任病故，穆姜与诸子携榇归葬。四子以穆姜本非生母，每有憎嫌；穆姜却慈爱温仁，加意抚养，衣食一切，比亲子还要加倍。邻人语穆姜道："四子不孝，可谓已甚，何不与之分居，免得受嫌？"穆姜答说道："我

方欲以仁义相导，令他自知迁善，奈何反与分居呢？”邻人乃怀惭退去。嗣因前妻长子陈兴，遇疾甚笃，穆姜亲调药食，昼夜探问，不厌烦劳。好几月始疗兴疾，兴方才感悟，起呼三弟道：“继母仁慈，出自天授，我兄弟不识恩养，行同禽兽，虽母德从此益隆，我辈过恶，也从此益深了！”使他自悟，方为善教。说着，遂挈三弟诣南郑狱中，具陈母德，且述自己从前不孝，乞许就狱治罪。县令却暗暗称奇，往白郡守。郡守提讯四子，四子陈述如前，郡守乃劝谕道：“汝等既自知不孝，革面洗心，此后可在家侍奉，格外孝谨，借赎前愆，既往不咎，权从贷免罢了！”四子方相引归家，共至穆姜前跪下，愿受家法。穆姜道：“知过能改，还有何言？”说着，那郡中已遣吏至门，代为旌表，且免除全家徭役；穆姜率诸子拜谢。嗣是兴等悉遵母训，并为良士。穆姜年至八十余乃殁，遗命薄葬，不得好奢，诸子奉行维谨，见称乡曲。举此可以劝慈。 

这三妇的德性，与曹大家相较，看似贵贱不同，行为互异；但试看古今妇女，能有几人懿言美行，得如三妇？怪不得史册流芳，推为贤媛呢！这且按下不提。

且说邓太后为母服丧，逾年乃毕，复因天时久旱，亲幸洛阳狱录囚，理出死罪三十六人，余罪八十人，方才还宫。至永初七年正月，率命妇等往谒宗庙，与安帝交献亲荐，礼毕乃还，诏省时物二十三种。古礼：“天子入祭宗庙，与后并献。”此时皇后尚未册立，所以母子交献如仪。待到安帝二十二岁，方册立贵人阎氏为后。阎氏母为邓弘姨，故得册立，后文自有交代。

惟屡年羌寇不绝，边警频闻，汉中太守郑勤战死褒中，郑勤出屯褒中，见前回。主簿段崇，与门下史王宗原展奋身捍勤，并皆斗死。骑都尉任仁出援三辅，战无一胜，亦见前回。部下兵又不守纪律，乃由朝廷派遣缇骑，将仁絷归，下狱处死。护羌校尉段禧病殁，接替乏人，不得不再起侯霸，使他出屯张掖，防御羌人。侯霸见黜，俱见前回。羌众转寇河内，百姓多南奔渡河，络绎不绝。北军中侯朱宠，奉命率五营兵士，往守孟津；屯骑，越骑，步兵，长水，射声，为五营。并有诏令魏郡赵国常山中山数处，缮筑坞候六百十六所，分段御边。偏是沿边长吏，多籍隶内郡，不愿在外战守，纷纷请徙郡县人民，暂避寇难；朝廷亦弄得没法，乃令陇西徙治襄武，安定徙治美阳，北地徙治池阳，上郡徙治衙县。这令一下，四郡长吏当然大喜，急促人民徙居，自己也好避开虎口。我能往，寇亦能往，岂趋避所能了事？无如百姓多恋居故土，不愿徙去，惹动官吏怒意，饬吏役刈去禾稼，撤去墙屋，毁去营堡，除去积聚，硬迫百姓移徙。可怜百姓流离分散，颠沛道旁，老弱转沟壑，妇女踬山谷，一大半送命归阴；只有一小半壮丁，还能勉强支撑，随官流徙，侥幸生存。比羌寇还要厉害。前征西校尉任尚已经免官，再奉召为侍御史，出击叛羌。至上党牛头山，与羌众交锋数次，幸得胜仗，羌众散走，河内少安。乃撤回孟津屯兵，仍戍洛阳。俄而汉阳贼杜琦及弟季贡，与同郡王信，聚众通羌，夺据上邽城，自称安汉将军，散布伪檄。汉阳太守赵博潜遣刺客杜习，混入上邽，枭得杜琦首级，还献郡守。赵博以闻，诏封习为讨奸侯，赐钱百万；再令侍御史唐喜，领兵往讨杜季贡王信。信等据住樗泉营，被唐喜一鼓攻破，斩首六百余级，信亦伏诛。唯季贡逃脱，奔依滇零。适滇零病死，子零昌继为羌酋，年尚幼弱，未知大计，但使季贡为将军，别居丁奚城。这统是永初五六七年间的事情。

到了永初八年，改号元初，又出了一个羌豪号多，为当煎勒姐诸羌总帅，抄掠武都汉中。巴郡有一种蛮人，当前汉开国时，曾受高祖恩诏，免输租赋，蕃息多年，因闻羌人屡扰汉中，所以奋然投效，愿为汉助。蛮俗好用板楯，与敌相斗，时人号为板楯蛮。这板楯蛮约有数千，与汉中五官掾程信会师，出击号多，号多败走，退屯陇道，与零昌合。护羌校尉侯霸率同骑都尉马贤，复掩击号多，杀毙二百余人，号多复遁。越年侯霸病终，即令前谒者庞参接任。参招诱号多，恩威并用，号多乃率众请降。参遣号多入朝，蒙给侯印，使还原镇；参亦移治令居，专顾河西通道，防御零昌。

既而屯骑校尉班雄，即班超子。出屯三辅。左冯翊司马钧，奉命行征西将军事，督率右扶风仲光安定太守杜恢、北地太守盛包等，合兵八千余人，与庞参分道出讨零昌。参部下亦有七八千，行至勇士县东首，为杜季贡所邀击，失利引还。独司马钧等进攻得胜，乘虚入丁奚城。季贡方击退庞参，回至城下，见城上已插汉帜，并不返攻，便即窜去。明明有诈。钧令仲光杜恢盛包三人，领兵数千，出刈羌禾，临行时亦嘱他谨慎，不得分兵。光等违钧节度，四处刈禾，只管深入，被季贡伏兵掩杀，不能相救。钧恨光等不遵号令，虽有所闻，也不赴援，终至光等败没。季贡复乘胜杀来，钧见孤城难守，又复走还。光等有应死之咎，钧坐视不救，罪亦相同。

事为朝廷所闻，敕将司马钧庞参一并逮系狱中。又因北地安定上郡三处并遭羌害，特使度辽将军梁慬，遣发边兵，救拔三郡吏民，徙入扶风界内。慬即遣南单于兄子优孤涂奴，引兵往徙，事毕回来，慬以涂奴有劳，先给羌侯印绶，然后报闻。哪知朝廷责他专擅，也召慬还都下狱。还亏校书郎中马融力请赦免庞参梁慬二人，始蒙贷死；惟司马钧无人救解，自尽狱中。于是诏令马贤为护羌校尉，且将班雄调回，迁任尚为中郎将，督屯三辅。始终不忘此人。

朝歌长虞诩已调为怀令，进谒任尚，乘便献议道："《兵法》有言：'弱不攻强，走不逐飞！'这乃自然定理。今叛羌类皆骑马，日行数百里，来如风雨，去似断弦，若欲使步兵追击，如何能及？故虽屯兵二十余万，旷日持久，毫无效用。为使君计，莫如罢诸郡兵，各令出钱数千，就二十人兵饷，移买一马，可得万骑；万骑兵逐虏数千，尾追掩击，不患无功，这岂不是利民却敌，一举两得么？"此议尚无甚奇特，如何他人未曾想着？尚大喜道："君言甚是。"当即令诩主稿，奏达京师，复诏尽如诩议。尚汰兵买马，选得轻骑万人，袭击丁奚城。杜季贡仓猝出御，终不能支，尚军得斩首四百级，获马牛羊数千头，回营报功。尚复上书奏捷，邓太后乃器重虞诩，擢诩为武都太守。

诩率吏属赴任，行近陈仓崤谷间，探得前面有羌众数千，



截住要道，遂停车不进，扬言须请兵保护，方可前行。羌众信以为真，分掠旁县，诩得乘虚冲过。星夜急走，每日驰行百余里，且每一驻足，必令吏士各作两灶，逐日加倍，好容易至武都。属吏私下怀疑，至是方向诩启问道："古时孙膑行军，逐日减灶，今公乃令逐日加增；且兵法尝云：'日行不过三十里，所以防备不虞。'今乃日行至二百里，究为何因？"诩笑答道："寇众我寡，徐行必被追及，速行方可远害；我令汝曹增灶，无非示虏不测，虏见我灶日增，总道是郡兵来迎，众多行速，不宜追我，因此我得无忧。从前孙膑减灶，故意示弱；我今却欲示强，情势不同，虚实互异，汝等何必多疑？"属吏方才省悟，憬然退出。嗣闻羌人因诩脱走，果来追诩，及见诩逐日增灶，然后却还，吏士越佩服诩谋。

诩查阅郡兵，不满三千，又费踌躇，外面又传入警报，谓

有羌众万人，围攻赤亭。诩急令军士操演箭法，约阅二三旬，技射并精，乃令羸兵至赤亭诱敌，有退无进。羌众踊跃追来，将到城下，诩因发出弓弩手数百名，先用小弩，后用强弓。小弩不能及远，只有数十步可射，羌众以为矢力甚弱，不足为惧，遂猛扑城壕，并力急攻；诩再发号令，使弓弩手各用强弩，且命二十人专射一羌，发无不中，中无不踣，羌众前队多死，当然骇退。诩复亲率吏士，出城奋击，毙羌甚多，余羌退至数里外下营，诩亦收兵还城。翌日大开城门，环列士众，从东郭门入北郭门，复自北郭门入东郭门，回转数周，屡换军装。仍与增灶法同意，先后用一疑兵计。羌人遥望诩兵，不知有多少，士卒互相惊吓，仓皇夜走。到了浅水滩边，跃马乱渡，忽听得一声鼓号，有许多官兵杀出，齐声大呼道："羌奴快留下头来！"正是：

一呼已破群羌胆，百变尤奇太守谋。 

欲知浅水滩旁的官兵从何而来，容待下回说明。

本回叙述曹大家遗事，并录《女诫》序文，实为《列女传》增一色彩。至若姜乐陈三妇，亦随笔叙入，并非画蛇添足，殆有鉴夫人心不古，女教益衰，不得不胪述前型，为女界留一榜样，作者之寓意甚深，其用心亦良苦也。《后汉书·列女传》中，尚有一周郁妻，不能谏夫，竟致自尽，盖犹有遗憾存焉；略而不记，去取从严，比《范史》且更进一层矣。虞诩增灶，千古称奇，厥后之奇谋迭出，更见智能。自永初元年，羌人为乱，连扰至十余年，将士络绎，不绝于途，求一谋略如虞诩，不可再得，汉亦可谓无人，而诩之名乃益盛。谁谓白面书生，不可与语行军哉？

## 第四十回　驳百僚班勇陈边事
## 畏四知杨震却遗金

却说羌众奔渡浅水滩，被官军一声呼喝，已是心惊胆落；再加夜色昏暗，辨不出官兵若干，但觉得刀槊纵横，旌旗错杂，吓得羌众拼命乱跑，所有辎重，尽行弃去，命里该死的，统做了滩中水鬼，余皆逃散，再不敢还寇武都。其实这班官军只有四五百名，由虞诩遣伏滩旁，料知羌众必从此返奔，正好乘夜掩杀，果然不出所料，大获胜仗，官军奏凯还城。诩犒劳已毕，复出巡四境，审视地势，添筑营垒百八十所，招还流亡，赈贷贫民，疏凿水道，开垦荒田。初到郡时，谷每斗千钱，盐石八千，户口只一万三千，及任职三年后，米斗八十，盐石四百，民增至四万余户，家给人足，一郡大安。此之谓为政在人。

邓太后特简从兄邓遵为度辽将军，邀同南单于檀及左谷蠡王须沈，合兵万骑，同至灵州，击破羌豪零昌，斩首八百级，有诏封须沈为破虏侯，并赐南单于以下金帛有差。至元初三四年间，中郎将任尚也遣兵击破丁奚城，乘势招募敢死士，往攻北地，得捕诛零昌妻孥，搜得零昌父子僭号文书，把庐帐尽行毁去。尚再买结当阗种羌榆鬼等五人，使他投入杜季贡寨中，伺隙刺死季贡，携首归报；由尚替榆鬼请封，得受封破羌侯。季贡遇鬼，安得不死？三辅一带，羌势少衰，惟余羌流入益州，势尚蔓延，朝廷曾使中郎将尹就往讨，好多日不能荡平，乃将就征还坐罪，改命益州刺史张乔代领就军。乔剿抚并用，羌众或降或逃，渐归平靖。任尚已进为护羌校尉，再购募效功种羌号封，刺杀零昌，号封得受封为羌王。零昌虽死，尚有谋主狼莫，拥兵北地，未肯降附。于是尚与骑都尉马贤，合击狼莫，相持至两月余，与狼莫大战富平河畔，斩首五千，狼莫乃遁。诸羌自是知惧，次第诣邓遵营，檄械投降，陇右始平。惟狼莫在逃未获，由邓遵募得羌人雕何，伪寻狼莫，幸与相遇，狼莫引为腹心，终被刺死，将首级献与邓遵。遵报称大功垂成，且具陈雕何劳绩，诏封遵为武阳侯，食邑三千户；雕何亦得为羌侯。惟任尚与遵争功，互有龃龉，遵劾尚虚报虏首，并受赃至千万以上，邓太后偏信遵言，赫然震怒，竟派大员拘拿任尚，用槛车囚入都中。有司仰承风旨，锻炼成狱，即将尚推出市曹，枭首示众，家产俱籍没充公。尚有罪时，可诛而反赏，此次平羌，不为无功，且反弃市，真正令人不解！

看官听说！自从羌人叛乱十余年，调兵遣将，岁时不绝，军需用去二百四十余亿，兵士死亡，不可胜数。至零昌狼莫刺死，群羌瓦解，三辅益州，方得不闻寇警；但并凉二州，从此耗敝，就是国家府库，亦用尽无余，汉廷元气，已渐就销磨了。

到了元初七年间，立皇子保为太子，复改年号为永宁元年。皇子保为后宫李氏所生，安帝本欲立李氏为后，嗣因阎姬入宫，阎氏名姬。饶有姿色，专宠后房，且与邓太后戚谊相关，遂得由贵人进为皇后。阎姬为邓弘姨妹所生，已见前回。事在元初二年。阎后素性妒忌，视李氏如眼中钉，竟将李氏鸩死，惟保得仅存。安帝待后生男，五六年不得一产，乃立保为太子。阎后无法谏阻，只得由他册立。

内外臣僚方入宫庆贺，忽由敦煌太守曹宗，呈入奏章，请发兵击北匈奴，并取西域。原来西域为汉廷所弃，各国复为北匈奴所制，连兵寇边。敦煌太守曹宗曾奏荐掾吏索班，使行长史事，出屯伊吾，招抚西域。车师前王及鄯善王复闻风请降。永宁元年，车师后王军就连结北匈奴兵马，攻杀索班，并击走车师前王，略有北道。曹宗乃表请北征，报怨雪耻。邓太后以事关重大，不得不召集群臣，会议进止。群臣以羌寇初平，疮



痍未复，不如闭住玉门关，免得劳师。太后犹豫未决，继思前西域军司马班勇，为前定远侯班超次子颇有父风，不妨召令与议。勇奉召入阙，独与众议未合，别伸己见，大略说是：

昔孝武皇帝患匈奴强盛，兼总百蛮，以逼障塞，于是开通西域，离其党与，论者以为夺匈奴府藏，断其右臂。嗣遭王莽篡逆，征求无厌，胡夷忿毒，遂以背叛。光武中兴，未遑外事，故匈奴负强，驱率各国；及至永平，再攻敦煌，河西诸郡，城门昼闭。孝明皇帝独抒庙策，命虎臣出征西域，故匈奴远遁，边境得安；及至永元，莫不内属。间者羌人叛乱，西域复绝，北虏遂遣责诸国，备其逋租，高其价值，严以期会，鄯善车师，皆怀愤怨，思乐事汉，其路无从；前所以时有叛者，皆以牧养失宜，还为其害故

也！今曹宗徒耻于前负，而不寻出兵故事，犹未度当时之宜也。夫徼功塞外，万无一成，若兵连祸结，悔无所及。况今府藏未充，师无后继，是示弱于远夷，暴音仆。短于海内，臣愚以为不可许也！旧敦煌郡有屯兵三百人，今宜复之，复置护西域副校尉，居于敦煌，如永元故事。又宜遣西域长史，将五百人屯楼兰，西当焉耆、龟兹径路，南强鄯善于置心胆，北扞匈奴，东近敦煌，然后可徐图招怀，服西域而却北虏也！臣勇谨议。

这议既上，便由各尚书诘问道："今立副校尉，如何称便？但置长史屯楼兰，有何利益？"勇答说道："从前永平末年，始通西域，初遣中郎将居敦煌，复置副校尉住车师，既足节度胡虏，又禁止汉军侵扰，所以外域归心，匈奴畏威。今鄯善王尤还，为汉人外孙，若匈奴得志，尤还必死。彼等虽行同鸟兽，也知趋利避害，若使长史出屯楼兰，楼兰与鄯善相近，自足使尤还安心。故愚见以为便利呢！"道言甫毕，又有长乐卫尉镡显、廷尉綦母参、司隶校尉崔据，同声出驳道："朝廷前弃西域，无非因西域无益中国，反多糜费，所以决计弃去。今车师已属匈奴，鄯善未可保信，一旦反复，试问班司马能保北虏不为边害么？"口亦厉害。勇复答道："朝廷分建郡国，各置州牧，岂不是防寇诘奸，安民利国么？若州牧能长保治安，勇亦愿拼此身首，长保匈奴不为边害！试想今日能通西域，北虏势必衰微，自不致常为我害。若再不遣置校尉，分屯长史，西域诸国，更觉绝望；望绝必屈就北虏，合兵窥我，恐沿边诸郡，将屡为所侵，河西城门，终日长闭，不能复开了！照此看来，为了目前惜费，反令北虏势盛，难道是长久计策么？"驳得好。镡显等理屈词穷，只好默然。忽又有一人出诘道：“今若更置校尉，西域必络绎遣使，要索无厌。若一概给与，必致耗费无穷；不与便启彼异心；一旦为匈奴所迫，又要向我求救，徒致烦扰，有损无益，何必多此一举哩？”此说更属牵强。班勇瞧着，乃是太尉掾属毛轸，便开口辩难道：“今若将西域让与匈奴，匈奴果肯感念汉恩，不再犯边，倒也罢了；否则匈奴得西域租赋，养兵蓄锐，来犯我境，是适为仇仇增富，暴夷增势，如何可行？勇请再置校尉，意在令西域内向，杜北虏外侵，免得费财耗国，常为我忧！且西域诸国，无他需求，不过使节往来，稍费廪饩；若为此拒绝，俾归北虏，北虏必与西域并力，入寇并凉，那时不能不防，不能不御，劳师糜饷，不可胜计！何止千亿百亿呢？”仍是引伸前意。毛轸听了，也只得哑口无言。邓太后见班勇所议确有至理，因复敦煌郡营兵三百人，置西域副校尉，使居敦煌。鄯善诸国始无异志。惟匈奴与车师国，尚是连兵入寇，钞掠河西，待至班勇出屯，方见战功，后文再表。



且说前大将军邓骘，自母丧还第后，与诸兄庐墓守制，还算勉尽孝思。季弟阊哀恸过甚，竟至骨立，尤得时誉。及服阕后，邓太后召令复职，仍授前封，骘等固辞，乃止令并奉朝请，遇有大议，方诣阙参谋。已而邓弘病逝，邓太后亲服齐衰，安帝亦服缌麻，并往吊丧。有司请追赠弘骠骑将军，封西平侯，太后因弘有遗言，不愿加赠，但赐钱千万，布万匹。骘等复辞还不受，乃诏令大鸿胪持节，就弘灵前，封弘子广德为西平侯。嗣因弘曾为帝师，备有劳绩，复封广德弟甫德为都乡侯。都乡由西平分出，名为两侯，食邑实未尝加增，不过虚示显荣罢了。旋复封邓京子珍为阳安侯，兼职黄门侍郎。不意邓弘殁后，未及三年，邓悝、邓阊相继谢世，皆遗言薄葬，不受爵赠。早死为幸。太后并如所言，惟封悝子广宗为叶侯；阊子忠为西华侯，自是邓氏兄弟五人，惟骘尚存。何不速死？免有后责！骘子凤官拜侍中，尝与尚书郎张龛书，极称郎中马融才能，说他应居台阁。又复受中郎将任尚赠马，尚坐罪弃市，见上文。凤惧连坐，先在骘前自首，骘髡妻及凤，以谢天下，舆论称贤。邓太后尝征和帝弟济北河间王子女，济北王寿，河间王开，俱见三十四回。凡四十余人，又邓氏近亲子孙三十余人，为开邸第，教学经书，亲自监试，威爱兼施。且诏敕从兄河南尹邓豹，越骑校尉邓康等云：

吾所以引纳群子，置之学官者，实以方今承百王之敝，时俗浅薄，巧伪滋生，五经衰缺，不有化导，将遂陵迟，故欲褒崇圣道，以匡失俗。《传》不云乎："饱食终日，无所用心，难矣哉！"今末世贵戚，食禄之家，温衣美食，乘坚驱良，而面墙无术，不识臧否，斯故祸败所从来也！永平中，四姓小侯，皆令入学，所以矫俗厉薄，返诸忠孝。先公既以武功书之竹帛，兼以文德教化子孙，故能束身修心，不触刑网。诚令儿曹上述祖考休烈，下念诏书本意，则足矣。其勉之哉！



邓氏子弟，素承训诫，虽似保泰持盈，有所顾忌，但声势已是赫耀，宫廷内外，无不曲意趋承。时三公已皆易人，太尉李修已经去世，后任为大司农司马苞不久又殁，代以太仆马英；司空张敏罢职改任太常刘凯为司空；未几司徒夏勤免官，进刘恺为司徒，用光禄勋袁敞为司空。三公为汉廷重官，故每有沿革，备叙不遗。

敞为故司徒袁安子，廉正不阿，与邓氏子弟有嫌。尚书郎张俊有私书与敞子，述及省中秘议，当时尚无人知晓。俊有同僚朱济丁盛，品行不修，为俊所嫉，意欲上书弹劾，偏两人得悉风声，转浼同官陈重、雷义，代为缓颊。陈雷、俱豫章人，向系好友，并有义行，陈重得举孝廉，让与雷义，义当然不受，两人交让数次，太守张云，因相继并举，均得入为尚书郎。乡里有谣传云："胶漆自谓坚，不如雷与陈。"随笔叙入雷陈交谊，是消纳法。此次为朱济丁盛所托，两人不知他品行失检，只因同僚相委，不便固却，乃转告张俊，乞免奏弹。俊年少气盛，怎肯听从？雷陈亦乐得辞退，复告朱济丁盛。济与盛越加衔恨，遂私赂侍史，使求俊短，得俊与敞子书稿，便即封好上奏。朝廷因他漏泄省事，拘俊下狱，且责袁敞教子不严，交通郎官，策免司空官职。敞愤急自尽，俊坐罪论死。亏得他文艺素优，在狱上书侃侃论辩，邓太后爱他文辞，特驰诏赦免死刑。俊已被刑官推出都门，引颈待戮，死里逃生，可谓侥幸万分。敞子亦得免死，并赐复敞官，仍用三公礼殓葬，继任为太常李郃。郃未几罢官，复另任卫尉陈褒。司徒刘恺与李郃同时罢免，特简太常杨震为司徒。



震字伯起，弘农郡华阴县人，父名宝，习欧阳尚书，注见前。隐居不仕。相传宝年九岁时，出游华阴山北，见一黄雀为鸱鸮所伤，坠落树下，被蝼蚁困住，宝心怀不忍，将雀取归，置巾笥中，饲食黄花，百余日毛羽丰满，纵令飞去，是夕有黄衣童子入见，向宝再拜道："我乃西王母使者，蒙君仁爱，拯我灾厄，谨酬白环四枚，令君子孙清白，位登三公，有如此环！"说毕，将环呈上，宝方才接受，转眼间童子已杳，诧为奇事。后来娶妻生子，取名为震。震少年丧父，能承遗志，博通经籍，家贫无资，课徒为生，暇辄亲植菜蔬，供养老母，门生替他种植，震却不愿，特拔起更种，免得弟子服劳，诸儒交口相赞道："关西孔子杨伯起。"嗣复有鹳雀衔三鳣鱼，飞集讲堂前，有都讲取鱼进说道："蛇鳣为卿大夫服，鳣数有三，便是三台预兆，先生当从此升迁了！"酬环衔鳣事，趁手叙明。时震年已至五十，果由大将军闻名辟召，得举茂才。四迁至荆州刺史。调任东莱太守，道经昌邑，县令王密本由震举荐茂才，至是乘夜进谒，献金十斤。震勃然道："故人知君，难道君不知故人么？"密答说道："暮夜进馈，何人知晓？"震摇首道："天知地知，汝知我知，共有四知，何谓无知？"说着，举金掷还，密怀惭引退。震就任年余，又转为涿郡太守，持身廉介，不受私谒，子孙常蔬食步行。或劝震少营产业，留贻子孙，震正色道："使后世称我为清白吏，便是贻泽子孙，比较贻金积产，好得多哩！"四世贵显，赖此余泽。元初四年，征入为大司农，永宁元年升任司徒，朝野无不钦慕，就是邓太后亦另眼相看。



惟安帝年将及壮，邓太后尚未还政，临朝如故。先是郎中杜根奏请归政嗣皇，语甚切直，惹动太后盛怒，令用缣囊盛根，下杖扑死。刑罚亦奇。弃尸城外，竟得复苏，逃奔宜城山中，为酒家保，埋名避难。还有平原郡吏成翊世亦奏请太后归政，坐罪系狱。越骑校尉邓康因宗族盛满为忧，屡劝太后恬退深宫，太后不从，康谢病不朝。太后使侍婢探视。侍婢本由康家入宫，服事太后多年，当时老年内侍，多称中大人，所以侍婢奉命视康，及门通名，亦以中大人自呼，康召婢入内，厉声呵叱道："汝出自我家，敢自称中大人么？"说得侍婢满面羞惭，回宫复命，便诬康心存怨望，诈称有疾。太后不禁怒起，竟将康罢免官职；但存夷安侯旧封，遣令就国，削绝属籍。若非邓氏支裔，性命休矣。及永宁二年仲春，太后不豫，欬逆唾血，尚力疾起床，乘辇出殿，召见侍中尚书，顺便至太子宫中监视。还宫后大赦天下，赐诸园贵人及王侯公主钱帛有差。到了春暮，病势日笃，竟尔归天，享年四十一岁，临朝至十有八年。小子有诗咏道：

屈指临朝十八年，母仪虽美总贪权；
千秋书法留遗憾，何若含饴马氏贤？
马氏指明帝后。

欲知邓太后临终后事，待至下回再详。

**376.**

黩武穷边，古有明戒！然既已奏功于当日，不应隳绩于后时！试思班超以二三十年之劳苦，得定西域，而却北虏，乃以后任非才，一旦轻弃，岂不可惜？勇承父志，再议屯边，朝臣多以为非计，即史家亦谓其复图西域，致贻河西以寇虏之忧。不知西域不通，河西亦未必免寇，勇之驳斥群僚，并非强词夺理。且观其后来出屯，终复父业，坐言起行，勇固为定远肖子乎！杨震不受遗金，四知之言，可质天地；并欲清白传子孙，卒能贻泽后人，休光四世。后之为子孙计者，何其熏心富贵，但知贻殃，未知贻德耶？而关西夫子杨伯起，卒以此传矣。

# 第四十一回　黜邓宗父子同绝粒<br>祭甘陵母女并扬威

却说安帝永宁二年三月，邓太后驾崩，安帝方得亲政。尊谥邓太后为“和熹皇后”，与和帝合葬慎陵。自从邓太后临朝以来，连年水旱，四夷外侵，盗贼内起，几至岌岌不安。还亏邓太后宵旰勤劳，知人善任，每闻民饥，辄达旦不寐，减膳撤乐，力救灾厄，故天下复安，岁仍丰穰。平时施恩布惠，常有所闻，就是废后阴氏家属，本已由和帝诏命，充戍日南，见三十六回。邓太后不念旧恶，仍令赦归，给还资财五百万。这都是太后宽仁，非寻常妇女可及。平望侯刘毅尝上书安帝，请令史官著《长乐宫圣德颂》，虽不免献谀贡媚，却也非全出虚夸。不过临朝日久，未肯还政，邓氏外戚总不免加恩太厚，遂致见讥当世，贻祸母家，下文便见叙明。

小子且说安帝亲政，已将太后梓宫，奉葬慎陵，当即有一班希旨承颜的大臣，请追上安帝本生父母尊号。奏疏有云：

昔清河孝王至德淳懿，孝王即清河王谥法，见三十七回。载育明圣，承天奉祚，为郊庙主。汉兴高皇帝尊父为太上皇，宣帝号父为皇考，序昭穆，置园邑，太宗之义，旧章不忘。宜上尊号曰孝德皇，皇妣左氏曰孝德后，孝德皇母宋贵人，追谥曰敬隐后，以存《春秋》“母以子贵”之大义，并彰陛下孝思维则之隆规，谨此奏闻。

安帝得奏，当然准议，遂告祠高庙，使司徒持节，与大鸿胪奉策书玺绶，至清河追上尊号；并添置园邑，号孝德皇墓为甘陵；又追封敬隐后父宋杨为当阳侯，予谥曰“穆”，杨四子皆封列侯。孝德皇元妃耿姬尚存，尊为甘陵大贵人。嫡母为贵人，生母为皇后，嫡庶倒置，究属不宜。耿贵人为牟平侯耿舒孙女，舒即故好畤侯耿弇弟，两姓袭封；孙耿宝尚嗣侯爵，为耿贵人兄，乃召使监羽林军，侯封如故。又封帝妹侍男等四人，皆为长公主，锡类推恩，备极优渥。句中有刺。



惟因中常侍蔡伦，前承窦后意旨，附会成狱，逼令宋贵人自尽，即敬隐后事，见前文。此时回溯前冤，特令伦自诣廷尉，追究罪状。伦料难免辱，即沐浴整衣，饮药毕命。伦与鄛乡侯郑众，皆为邓太后所宠，尝受封龙亭侯，众已早死，伦尚为长乐太仆，时人因他功足抵罪，颇为叹惜。原来伦有才学，并有巧思，在宫中监作器械，无不精工；且有一种特别的制造，流行后世，就是古今通用的字纸。古时书契，多用竹简编成，笔或用铁，或用竹木，醮墨为书。自秦蒙恬用兽毛作笔，柔软耐用，于是竹简亦改为缣帛。但简重缣贵，总嫌未便，经伦独出心裁，采用树皮麻头及破布鱼网，捣煮如法，摊晒成纸，遂为后人所利用，时称为蔡侯纸。嗣伦且奉诏校书，监同通儒谒者刘珍与博士良史等，并诣东观勘正经籍，功亦颇多。只为了屈死宋贵人一案，遂至不得令终，咎虽自取，但宦官中却也不能多得呢！褒贬得当。一蟹不如一蟹，果有中常侍江京李闰等，相继并起，取悦安帝，得窃政权。还有安帝乳母王圣，盘踞宫掖，亦得肆行无忌，与江京等朋比为奸，遂致兴起大狱，要推翻那邓氏外戚，乘间徼功。

先是安帝兄平原王胜，多病伤生，殁后无嗣，邓太后令千乘王伉孙得过继。伉系和帝长兄。得父宠已改封乐安王，得因过继与胜，袭封平原王。未几得又病逝，亦无子息，乃再命河间王开子翼为平原王，仍奉胜祀。翼容止翩翩，温文尔雅，邓太后爱他韶秀，留住京师。安帝少时，亦号聪明，所以得立。及年既逾冠，喜昵群小，失德颇多，转为邓太后所嫌。乳母王圣常恐安帝被废，密与江京李闰等伺察太后颜色，报闻安帝，语中免不得带着蹊跷，叫安帝预先加防。安帝还道他是好人，引作心腹，暗中却怨邓太后寡恩。及太后既崩，加封宋耿二族，尚先封邓骘为上蔡侯。嗣由王圣等妄想图功，屡谈邓氏短处，再加后宫女寺从前受过邓太后责罚，正好乘此报怨，遂诬告邓悝、邓弘、邓阊，曾从尚书邓访，查取废帝故事，谋立平原王。王圣与江京李闰复从旁煽惑，不由安帝不信，况安帝素有心迹，自然一齐发作，便嘱令有司追奏邓氏兄弟，尝图废立，罪坐大逆。当日即有复诏批准，废去邓弘子西平侯广德、都乡侯甫德、邓京子阳安侯珍、邓悝子叶侯广宗、邓阊子西华侯忠，一古脑儿俱为庶人。邓氏子弟封侯，俱见前回。邓骘本应连坐，因前时未曾与谋，但徙封罗侯，遣令就国；宗族一体免官，勒归原籍。并抄没邓骘等资财田宅，充戍尚书邓访，及访妻子等至远方。郡县官吏，更仰承上意，迫令广德及忠，并皆自尽。

唯广德兄弟，与阎后有中表谊，因得不死，寓居都中。阎后母为邓弘姨，见三十九回。邓骘见家族被诬，无从诉枉，又闻王圣等从中媒孽，料知将来亦多凶少吉，一时忧愤交并，索性不饮不食，由他饿死了事。子凤见乃父绝粒，也即断食，一同毕命。骘从弟河南尹邓豹、度辽将军武阳侯邓遵、将作大匠邓畅，得知同宗并坐大罪，吓得心绪不宁，辗转图维，还是速死为上，免得逮系取辱，因皆服毒而终。只前越骑校尉邓康，前被太后削去属籍，徙往夷安，此时却得特邀宠命，征为太仆。邓康被黜，见四十回。平原王翼，也坐贬为都乡侯，遣归河间。亏得翼闭门谢客，不再与闻政事，方得幸免。朝臣自三公以下，莫敢进谏，惟大司农朱宠痛骘无幸遇祸，不忍不言，乃舆榇诣阙，肉袒上书。书中说是：

**380.** 伏惟和熹皇后，圣善之德，为汉文母。兄弟忠孝，同心忧国，宗庙有主，王室是赖；功成身退，让国逊位，历世外戚，无与为比，当享积善履谦之祐。而横为宫人单词所陷，利口倾险，反乱国家，罪无申证，狱不讯鞫，遂令骘等罹此酷滥，一门七人，死非其命，骘父子及豹遵畅与广宗忠，并死七人。尸骸流离，冤魂不返，逆天感人，率土丧气。宜收还冢次，宠树遗孤，奉承血祀，以谢亡灵。臣自知言出必死，但愿陛下俯纳臣言，臣虽碎首，亦无遗恨矣！舆榇待罪，生死唯命。

这封书奏却是激切得很，安帝颇为动容。偏故司空陈宠子忠劾宠党同邓氏，竟致免官。从前和熹皇后初正中宫，三公欲追封后父训为司空，陈宠时亦在朝，谓无故事可援，打消廷议，因此邓氏与宠有嫌。宠子忠素有才誉，父殁后浮沉郎署，不能得志，所以朱宠上言，忠不愿为邓氏洗罪，竟将朱宠劾去。统是器小不堪。哪知人心未死，公论犹存，百姓也为邓氏呼冤，连上封章，吁请公卿代陈。安帝不得已加谴郡县，责他逼迫广宗等人；且令骘等遗榇还葬洛阳，派使致祭，祠以中牢；邓氏宗戚亦使还居都中，这且无庸细叙。

惟邓氏既除，安帝得报复私嫌，遂改永宁二年为建光元年，大赦天下，封江京李闰为列侯，且令阎后兄弟阎显、阎景、阎耀，入为卿校，并典禁兵。中常侍樊丰、刘安、陈达皆为京闰羽翼，互作党援；乳母王圣权势甚盛，甚至圣女伯荣亦得出入宫掖，交通贿赂。妇女阉寺，互相炀蔽，累得安帝昏迷日甚，耳目不聪。太尉马英已经病逝，再起前司徒刘恺为太尉。恺与司空陈褒不过以资格充选，无甚材能；独司徒杨震看得妇寺干政，忍不住热忱上进，即抗疏上奏道：



臣闻政以得贤为本，治以去秽为务。是以唐虞俊乂在官，天下咸服，以致雍熙。方今九德未事，嬖幸充庭。阿母王圣，出自贱微，得遭千载，奉养圣躬，虽有推燥居湿之勤，前后赏惠，过报劳苦，而无厌之心，不知纪极，外交嘱托，扰乱天下，损辱清朝，尘点日月。书诫牝鸡牡鸣，诗刺哲妇丧国。昔郑严公即郑庄公，明帝讳庄，故改庄为严。从母氏之欲，恣骄弟之情，几至危国，然后加讨，《春秋》贬之，以为失教。夫女子小人，近之喜，远之怒，实为难养。《易》曰："无攸遂，在中馈。"言妇人不得与于政事也。宜速出阿母，令居外舍，断绝伯荣，莫使往来，令恩德两隆，上下俱美。尤愿陛下绝婉娈之私，割不忍之心，留神万机，戒慎拜爵，减省献御，损节征发；令野无鹤鸣之叹，朝无小明之悔，大东不兴于今，劳止不怨于下。《鹤鸣》《小明》《大东》《劳止》俱诗名，并见《小雅》。拟踪往古，比德哲王，岂不休哉？

这疏呈入，安帝竟取示王圣。圣略通文墨，看到这奏自然忿懑得很，佯至安帝面前，自陈被诬，且泣请出宫。安帝正加宠遇，怎肯听她出去？反用好言劝慰，待遇益优；圣女伯荣当然照常出入，毫无禁忌。时有泗水王刘歙从曾孙瓌，久居京师，生成一副媚骨，专与王圣母女交通。泗水王歙为光武族父，传国至孙护，无子国除。伯荣年已及笄，见瓌放诞风流，惹动情窦，免不得与他笑谑。瓌正欲挑逗伯荣，凑巧针锋相对，自然不待媒妁，先偷试雨意云情，枕畔密盟，愿与偕老，然后向王圣说明，再行六礼。好一个自由结婚，若生今之世，必称她为文明女子。一对野



鸳鸯，变作真鹣鲽，卿卿我我，越觉情浓。伯荣遂替瓌入宫乞封，居然得邀恩准，使袭故朝阳侯刘护封爵，并官侍中。可谓妻荣夫贵。护为刘歙曾孙，且年龄比瓌为轻，不过早殁无嗣，因致绝封；瓌为护再从兄，怎得牵合过去？司徒杨震，又不禁愤激，再行上疏道：

臣闻高祖与群臣约，非功臣不得封，故经制父死子继，兄亡弟及，以防篡也。伏见诏书封故朝阳侯再从兄瓌，袭护爵为侯；护同产弟威，今犹见在。臣闻天子专封，封有功；诸侯专爵，爵有德。今瓌无他功行，但以配阿母女，一时之间，既位侍中，又至封侯，不稽旧制，不合经义，行人喧哗，百姓不安。陛下宜览镜既往，顺帝之则，勿使贻讥将来，则表率先端，垂誉无穷矣。

奏入不报。安帝既沉湎酒色，委政外戚内阉及王圣母女，就是边疆有事，亦置诸度外，不愿与闻。烧当羌酋麻奴自奔徙出塞后，虽伏居不动，终未肯向汉投诚。护羌校尉马贤亦因他首鼠两端，不甚抚恤，遂致麻奴党羽忍良等，俱有怨言，于是怂恿麻奴，并寇湟中，转攻金城诸县。还算马贤引兵剿抚，解散诸羌，杀败麻奴。麻奴穷蹙饥困，方至汉阳太守耿种处乞降。耿种据实奏闻，安帝也无心详察，但令有司援照前例，假给金印紫绶，并赐金银彩缯，算作了事。嗣由鲜卑寇居庸关，云中太守成严及功曹杨穆同时战殁；鲜卑复移掠雁门定襄，并及太原。警报传达京师，亦未闻发兵防讨，只晦气了边疆百姓，被他掠去若干，饱载而去。安帝置若罔闻，反至宠臣冯石家内，连日留饮，经旬方归。也好算是无愁天子。石为故阳邑侯司空冯鲂孙，冯鲂为司空，见前文。鲂子柱曾尚明帝女获嘉公主，石得袭爵获嘉侯，兼官卫尉。生平无他伎俩，专能逢迎上意，取 383.
悦一时，却是希宠梯荣的好手段。所以安帝格外加宠，时有赏赐；且进石子世为黄门侍郎，世弟二人并为郎中。是年秋冬二季，郡国水灾，多至二十七处，地震至三十五处，安帝反令翌年改元，号为延光元年。接连又是京师雨雹，或如斗大，损及室庐；未几京外郡县，又报地震，又报大水，安帝仍然不理，耽乐如故。

高句骊为武帝时所灭，夷作郡县，东道始通。见《前汉演义》。至王莽篡位，发高句骊人伐匈奴，高句骊人不愿西行，亡奔塞外，遂为寇盗。东汉初兴，复遣使朝贡，因得赐复王封。明章以来，贡使不绝；及安帝嗣立，四方多难，高句骊亦停止贡献，抄掠辽河东西。建光元年，高句骊王宫，复率马韩涉貊诸部落进攻辽东，太守蔡讽出战阵亡，宫复往围玄菟城，几被陷没，幸亏城北有扶余国，与汉廷通好有年，急遣子尉仇台领兵二万余人，来救玄菟，才得与郡守姚光合破高句骊兵，宫乃遁还。既而宫死，子遂成立，姚光请乘丧往讨，朝议多半赞成，惟陈忠已擢任尚书仆射，援据《春秋》大义，不伐人丧，谓宜遣使往吊，且责让前罪。安帝巴不得疆埸无事，遂从忠请。幸喜事还顺手，去使西归复命，谓高句骊嗣王遂成，情愿降汉，将前时所掠人口，一并放还，当即驰诏赦罪，东陲少安。招抚高句骊事，却还办理合宜，不得为陈忠咎。

只姚光素性戆直，专喜纠发奸慝，幽州刺史冯焕也与姚光相类，怨家遂伪造玺书，谴责两人；又矫诏传饬辽东都尉庞奋，叫他收系光焕，就地取决。奋不知有诈，遽令属吏赍诏杀光，复往幽州治焕。焕闻得光已被戮，连及自己，不如先时自尽，免得受刑。焕子焜却颖悟过人，劝父忍待须臾，察视真伪。待

至辽东使人持诏到来，细阅诏书，果有疑窦，乃拒诏不受，竟上书自讼冤屈。朝廷果不知此事，立征庞奋到京，下狱抵罪。

看官试想！庞奋所接的伪诏，想总由宫廷奸慝主使出来，否则奋亦有口，岂能不辩？为何但将奋坐罪，并未究及主名哩？显见是安帝糊涂。安帝嫡母耿姬居守甘陵，乳母王圣及瓌妻伯荣奉诏往祠陵庙，并省视耿大贵人。当即备齐车马，召集仆从，凡宫中大小宦官及屯卫兵士，多半随行。王圣算是正使，高坐车中，威仪烜赫；伯荣算作副使，乘车先驱，绣帷高卷，故意露出娇容。但见她巧蟠凤髻，淡扫蛾眉，满头珠翠，遍体绫罗，上身披着全红猩氅，下面系着五彩蝶裙，仿佛是出塞昭君，可比那入吴西子。沿途经过郡县，所有当差官吏都是望风伺候，先日绸缪。道里不平，发民缮治；驿传未足，派吏补充。一切供张，统皆安排妥当，专待二贵使到来。好容易盼

到使车，便不管命官体统，就在石榴裙下屈膝叩头。伯荣首先承受，竟尔端坐不动，由他拜跪。甚至河间王开，及列侯二千石，俱出郊迎谒，甘拜下风。莫非想作刘瓌么？等到伯荣母女驱车过去，又取出许多金帛，献作赆仪，此外千乘万骑，亦统有馈赠。及行至甘陵，清河嗣王延平，是时清河王庆子虎威已殁，无嗣，由乐安王宠子延平过继。亦已在陵旁恭候，见了伯荣母女，也是望车拜倒，执礼甚恭。待祭过陵庙，谒过耿大贵人，徐徐的回京复命。那伯荣母女已是出尽风头，贮满私囊，这正是一场好差事哩！小子有诗叹道：

骏奔宗庙贵钦承，淫女如何使祭陵？
浊乱如斯君不悟，履霜宁特兆坚冰！

伯荣母女，回朝复命，当有一个朝右大臣，闻知伯荣母女路上的威风，出头弹劾，欲知此人为谁，容待下回报明。 

炎炎者灭，隆隆者绝，高明之家，鬼瞰其室。是为莽大夫扬雄遗言。雄之行谊不足称，但其言确有至理，豪宗贵戚，往往不能逃出数语。试观邓骘兄弟，守祖宗遗训，尚知敛抑，而卒为妇寺所诬，横罹大狱，七人毙命，全族遭殃。骘且如此，遑论窦宪耿宝诸人乎？王圣以乳养之劳，竟得干政，淫女伯荣，尤为骄横，连结中官，交通外戚，安帝不加检束，反令其出祭园陵，清河贤王地下有知，度亦不愿享此淫妇之主祭也！而清河王延平，与河间王开等，奴膝婢颜，尤为可耻。悍妪淫女，且大出风头，汉之为汉可知矣！

# 第四十二回　班长史捣破车师国<br>杨太尉就死夕阳亭

却说伯荣母女奉命祭陵，骄纵不法，上干天变，下致人怨。尚书仆射陈忠也不禁激发天良，缮疏上奏道：

> 臣闻位非其人，则庶事不叙；庶事不叙，则政有得失；政有得失，则感动阴阳，妖变为应。陛下每引灾自厚，不责臣司；臣司狃恩，莫以为负，故天心未得，灾异荐臻。青冀之城，淫雨决河；孙岱之滨，海水坌溢；兖豫蝗蝝滋生；荆扬稻收俭薄；并凉二州，羌戎叛戾；加以百姓不足，府帑虚匮，自西徂东，杼柚将空。臣闻《洪范》五事，一曰貌，貌思恭，恭作肃；貌伤则狂而致常雨。春秋大水，皆为君上威仪不穆，临莅不严，臣下轻慢，贵幸擅权，阴气盛强，阳不能禁，故为淫雨。陛下以不得亲奉孝德皇园庙，遣中使致敬甘陵，朱轩軿马，相望道路，可谓孝至矣。然臣窃闻使者所过，威权翕赫，震动郡县，王侯二千

石，至为伯荣独拜车下，仪体上僭，侔于人主；长史惶怖谴责，或邪谄目媚，发民修道，缮理亭传，多设储偫，征役无度，老弱相随，动有万计，赂遗仆从，人数百匹，颠踣呼嗟，莫不叩心。河间托叔父之属，河间王开为安帝叔父。清河有灵庙之尊，指清河王延平。及剖符大臣，皆猥为伯荣屈节车下，陛下不问，必以陛下欲其然也！伯荣之威，重于陛下，陛下之柄，在于臣妾，水灾之发，必起于此。

昔韩嫣托副车之乘，受驰视之使，江都误为一拜，而嫣受欧刀之诛。刑人之刀谓欧刀。臣愿明主严天元之尊，正乾纲之位，职事巨细，皆任贤能，不宜复令女使，干错万机。重察左右，得无石显泄漏之奸；尚书纳言，得无赵昌谮崇之诈；公卿大臣，得无朱博阿傅之援；外属近戚，得无王凤害商之谋。自韩嫣以下故事，并见《前汉演义》。若国政一由帝命，王事每决于己。则下不得偪上，臣不能干君，常雨大水，必当霁止，四方众异，亦不能为害矣！



安帝得疏，并不知悟，反封乳母王圣为野王君。有识诸徒，俱为扼腕。

忠尝因安帝亲政，奏请征聘贤才，宣助德化，又荐引杜根成翊世等，入朝录用。杜根因请邓太后归政，扑死复苏，为宜城山中酒保，至是乃为忠所闻，派吏征召，入为侍御史。成翊世亦与杜根同罪，系狱有年，也亏陈忠保救，得为尚书郎。此外尚有几个隐士，曾由内外臣工荐举，特下征车，偏数人志行高洁，不愿投身危乱，相率固辞，史家播为美谈，垂名后世。

相传汝南人薛包，年少失恃，父娶后妻，不愿抚包，把他逐出，包日夜号泣，不忍远离。后母怂恿乃父，横加鞭挞，不得已在户外栖宿，每旦复入内洒扫。谁知又触动父怒，不准他栖宿户外，乃至里门旁暂居，晨昏定省，依然如故。父母倒也感惭，仍使还家同住。及父母相继亡故，诸弟求分产异居，包不能止，因将家财按股照分，惟自己情愿认亏，瘠田敝器老奴婢，悉归自取：后来诸弟屡次破产，辄复赈给，因此人人称他孝友。名达朝廷，安帝召为侍中，包誓死不肯就职，乃许令归里，在家考终。

同时汝南尚有黄宪，表字叔度，父为牛医，宪少年好学，履洁怀清，年方十四，与颍川人荀淑相遇，淑目为异器，相揖与语，终日方去，临别握手道："君真可为我师表哩！"郡人戴良，才高性傲，独见宪必正容起敬，别后归家，尚惘然如有所失。良母辄已料着，便问良道："汝复见牛医儿么?"良答道："儿不见叔度，自谓相符；及既相见，毕竟勿如，叔度原令人



难测哩！"还有同郡陈蕃周举，亦常相告语道："旬月不见黄生，鄙吝心又复发现了！"太原人郭泰少游汝南，先访袁闳，不宿即去，转访黄宪，累月乃还。或问泰何分厚薄，泰与语道："奉高器量，奉高系袁闳字。譬诸泛滥，质非不清，尚易挹取；叔度汪洋，若千顷波，澄不见清，淆不见浊，这才是不可限量了！"宪初举孝廉，旋辟公府，友人劝他出仕，宪亦未峻拒，到了京师，不过住了一二月，便即告归。延光元年病终，只四十八岁，天下号为征君。

黄宪以外，又有周燮，也是汝南人氏，学行深沉，隐居不仕，郡守举他为贤良方正，均以疾辞。尚书仆射陈忠更为推荐，安帝特用玄纁羔币优礼致聘，燮仍不起，宗族俱劝令就征，燮慨然道："君子待时而动，时尚未遇，怎得轻动呢?"他如南阳人冯良，少作县吏，沈滞多年，三十岁奉县令檄，往迎督邮，

途次忽然幡悟，裂冠毁衣，遁往犍为求学，十年不归，妻子都以为道死，替他服丧，不意他学成归来，励节隐居，朝廷亦遣使往征，始终谢病，不入都门。这虽是甘心肥遁，别具高风，但也是有托而逃，所以为此避人避世呢！类叙高人，仍是箴励末俗。

且说南单于檀降汉后，北方幸还少事，就是前单于屯屠何子逢侯，与师子构衅，奔往北塞，见前文。至此亦部众分散，无术支持，仍然款塞请降。汉廷从度辽将军计议，徙逢侯居颍川郡，时度辽将军尚为邓遵。免得复乱。独北匈奴出了呼衍王，收集遗众，得数万人，又复猖獗，常与车师寇掠河西。亦见前文。朝议又欲闭住玉门关，专保内地。敦煌太守张珰独上书陈议，分作上中下三策，上策请即发酒泉及属国吏士，先击呼衍王，再发鄯善兵讨车师，双方并举，依次讨平，为一劳永逸的至计；中策谓不能发兵，可置军司马将士五百人，出据柳中，令河西四郡供给军糈，尚得相机进行，安内攘外；下策谓弃去西域亦 
应收鄯善王等，徙入塞内，省得借寇赍粮，树怨助虏。这三议却是有条有理，毫不说谎，安帝将原奏颁示公卿，令他酌定可否。尚书仆射陈忠拟采用张珰中计，因上疏说明道：

臣闻八蛮之寇，莫甚北虏。汉兴，高祖窘平城之围，太宗屈供奉之耻，故孝武愤怨，深惟长久之计，命遣虎臣浮河绝漠，穷破虏廷。当斯之役，黔首陨于狼望之北，财币糜于卢山之壑，狼望卢山，皆匈奴地名。府库单竭，杼柚空虚，算至舟车，资及六畜，夫岂不怀？虑久故也。遂开河西四郡，以隔绝南羌，收三十六国，断匈奴右臂。是以单于孤持，鼠窜远藏！至于宣元之世，遂备藩臣，关缴不闭，羽檄不行。

> 由此察之，戎狄可以威服，难以化狎。西域内附日久，区区东望叩关者数矣，此其不乐匈奴慕汉之效也。今北虏已破车师，势必南攻鄯善，弃而不救，则诸国从矣。若然则虏财贿益增，胆势愈殖，威临南羌，与之交连，恐河西四郡，自此危矣。河西既危，不得不救，则百倍之役兴，不资之费发矣。议者但念西域悠远，恤之烦费，不见先世苦心勤劳之意也。方今边境守御之具不精，内郡武卫之备不修，敦煌孤危，远来告急；复不辅助，内无以慰劳吏民，外无以威示百蛮，蹙国减土，经有明戒。臣以为敦煌宜置校尉，案旧增四郡屯兵，以西抚诸国，庶足折冲万里，震怖匈奴。谨此上闻。

这疏经安帝批准，且因前时班勇所陈与忠议相合，遂令勇
390. 为西域长史，率兵五百人，出屯柳中。勇议见前文。勇受命即行，既至楼兰，即因鄯善诚心归汉，传诏奖勉，特加该王三绶。复派吏招抚龟兹。龟兹王白英尚怀疑未服，勇再开诚示信，加意怀柔，白英乃自知悔罪，约同姑墨温宿二王，自行面缚，向勇乞降。勇亲为解缚，好言慰抚；令各处发步兵骑士，共讨车师。白英等既已投诚，自然从命，当下凑集万余人，受勇调度，直入车师前庭。前庭已归后王军就占领，军就仍居后庭，由北匈奴伊蠡王守住伊和谷，回应前文。被勇冲杀过去，不到多时，便捣破虏营，伊蠡王遁去；尚有军就留戍的兵士及前庭被胁诸降卒，约有六七千名，见匈奴兵尚被击走，哪里还敢抵敌？当即逃去了一二千人，余皆跪伏军前，稽颡听命。勇全数收抚，共得五千人，仍令住居车师前庭，自至柳中屯田。柳中距前庭只八十里，呼应甚便，可以无虞。勇拟暂从休养，筹备刍粮，俟

至士饱马腾，再击车师后王。

好容易已越一年，系延光四年。春光和煦，塞外寒消，草木已渐生长，正好乘此兴师。勇遂发敦煌、张掖、酒泉三郡兵马，共六千骑，又征鄯善、疏勒及车师前部兵，亦不下五六千，由勇亲自督率，往攻车师后王军就。军就亦领兵万余人，出庭迎敌，不意班勇部下，统是勇壮得很，一阵交锋，已被杀得人仰马翻，军就连忙退回，部众已丧失了好几千名。一时惶急失措，欲向北匈奴求援，又恐道远难及，没奈何硬着头皮，再图守御。偏来兵厉害得很，乘胜直入，锐不可当，部众出去招架，不是惊散，就是杀死。霎时间庭中大乱，只见外面大刀阔斧，一齐杀来，此时欲逃无路，还想拼死再战，蓦听得一声箭响，仔细审视，那箭镞已到面前，慌忙把头一偏，右肩上适被射着，痛不可耐，竟致晕倒。待至苏醒转来，四肢早经捆住，不能动弹；还有匈奴使人，也在旁边陪绑，束作一堆。



俄而有数人驰至，把他两人扛抬了去，好似牛羊一般，直至汉前长史索班死处，作为祭品。号炮两振，军就与匈奴使人，头皆落地，魂灵儿从头中飞向鬼门关上挂号去了。不愿同生，但愿同死，两语可为两人写照。班勇既枭斩军就，传首京师，露布报捷。自是车师前后庭，又得开通，西域各国，复震慑汉威，陆续归附。真个是父作子述、两世重光呢！好肖子。

安帝闻得西域复通，心又放宽，乐得逍遥自在，倒把那班勇功绩搁置一旁，并没有甚么赏赉。且当时廉直大臣，第一个要算司徒杨震。永宁二年秋季，迁震为太尉，似乎知人善任，偏是小人道长，君子道消，结果是易明为昏，崇邪黜正，终落得朝廷柱石，化作尘沙，说来既觉可痛，尤觉可叹！太尉刘恺因病免官，由震继为太尉，另用光禄勋刘熹为司徒。帝舅耿宝已拜大鸿胪，特为宦官李闰兄弟说情，托震录用。震不肯相从，宝一再往候，且与震语道：“李常侍为国家所重，欲令公辟除乃兄，主上亦曾允许，宝唯有传达上命罢了！”震正色道：“如朝廷欲令三府辟召，应先敕下尚书，但凭私嘱，不敢闻命！”宝见震定意拒绝，悻悻自去。后兄阎显亦进任执金吾，向震有所荐托，震亦不许。司空陈褒已经罢去，后任为宗正刘授。他想讨好贵戚，一得风声，不待请托，便辟召李闰兄及阎显意中的私亲，旬日间并见超擢。嗣复有诏为野王君造宅，王圣为野王君，见前文。大兴工役，中常侍樊丰及侍中周广谢恽等，更相煽惑，倾动朝廷。震为汉家首辅，实属忍无可忍，因再上书力谏道：

臣闻古者九年耕，必有三年之储，故尧遭洪水，人无菜色。臣伏念方今灾害滋甚，百姓空虚，不能自赡，重以螟蝗，羌虏钞掠，三边震扰，战斗之役，至今未息，兵甲军粮，不能复给，大司农帑藏匮乏，殆非社稷安宁之福！伏见诏书为阿母兴起第舍，合两为一，合两坊为一宅里。雕修缮饰，穷极巧技；今盛夏土王，而攻山采石，转相迫促，为费巨亿。周广、谢恽兄弟，与国无肺腑枝叶之属，依倚近幸奸佞之人，与樊丰王永等，分威共权，属托州郡，倾动大臣，宰司辟召，承望旨意，招徕海内贪污之人，受其货赂，至有赃锢弃世之徒，复得显用；黑白混淆，清浊同源，天下喧哗，为朝结讥。臣闻师言，上之所取，财尽则怨，力尽则叛；怨叛之人，不可复使。故曰：“百姓不足，君谁与足？”惟陛下度之！



这书呈入，好似石沉大海一般，并不见答。樊丰、周广、杨恽等统皆切齿，就是野王君王圣母女亦视若仇雠，恨不将震即日捽去。且因安帝不从震言，越好肆无忌惮，匪但王圣第宅，造得非常工巧，连樊丰等一班权阉也胆敢捏造诏书，调发司农钱谷，大匠现徒材木，各起冢舍园池，役费无数。遂致变异相寻，京都地动。杨震因屡谏不从，愤闷已极，何不引退？因岁暮不便陈词，勉忍至次年正月，申上直言道：

> 臣备台辅，不能奉宣德化，调和阴阳；去年十一月四日，京师地动。臣闻师言："地者阴精，"当安静承阳，而今动摇者，阴道盛也。其日戊辰，三者皆土，位在中宫，此中臣近官持权用事之象也！臣伏惟陛下以边境未宁，躬自菲薄，宫殿垣屋倾倚，支柱而已，无所兴造，欲令远近咸知政化之清流，商邑之翼翼也。而亲近幸臣，骄溢逾法，多发徒士，盛修第舍，卖弄威福，道路喧哗，众听闻见，地动之变，近在城郭，殆为此发！又，冬无宿雪，春节未雨，百僚焦心，而缮修不止，诚致旱之征也。《书》曰："鞬恒旸若，"臣无作福作威玉食，惟陛下奋乾坤之德，弃骄奢之臣，以掩妖言之口，奉承皇天之戒，无令威福久移于下，则阳长阴消，天地自无不交泰矣！



震言虽然激切，怎奈安帝已为群小所蒙，任他如何说法，始终不理。且嬖幸愈加侧目，往往在安帝旁谤毁杨震，安帝已渐觉不平。惟震为关西名儒，群望所归，若一时将他除去，免不得物议沸腾，摇动大局，所以群小尚有畏心，未敢无端加害。尚知畏清议么？会有河间男子赵腾诣阙上书，指陈时政得失，安帝不禁怒起，说他无知小民，也来多嘴，当即诏令有司，捕腾下狱。中官最恨谤言，私下嘱托有司，谳成“讪上不道”的罪名，处腾死刑。杨震身为太尉，怎能坐视不救？乃复上疏谏诤，略云：

> 臣闻尧舜之世，谏鼓谤木，立之于朝；殷周哲王，小人怨詈，则还自敬德。所以达聪明，开不讳，博采负薪，极尽下情也。今赵腾所坐，激讦谤语，为罪与手刃犯法有差，乞为加恩，全腾之命，以诱刍荛舆人之言，则国家幸甚！

安帝得疏，仍然不听，竟把赵腾处死，伏尸市曹。伯起！伯起！何不起身亟去？是年为延光三年，安帝想往外面游览，借着望祀岱宗的名目，出都东巡。文武百官多半扈行，独太尉杨震及中常侍樊丰等，却都留住京都，未尝随去。丰等因乘舆外出，越好擅用帑藏，移修第宅。原来为此，故未随行。偏被太尉掾高舒召大匠令史等底细考核，查出丰等前时捏造伪诏，呈与杨震。震因安帝东巡，未便举发，只好待回銮后，然后奏闻。何不飞使驰奏？丰等闻信，很是慌张，日夕与党与密商，意欲先发制人，为自保计。也是杨伯起命运该绝，不先不后，竟有星变逆行的天象，被阉党作为话柄，构成邪谋。一俟安帝回来，将到都门，急忙先去迎谒，伪言还宫须待吉时，请安帝至太学中，暂时休息，应吉乃入。安帝还道他是真心爱主，当即依议。及驾入太学，丰等得乘间密奏，说是太尉杨震袒庇赵腾，前因陛下不从所请，心怀忿怼，意图构逆，所以上见星变，显示危机，请陛下先行收震，方可入宫。安帝尚未肯信，踌躇半晌，方语樊丰道：“震为名士，难道也如此不法么？”丰应声道：“震为邓氏故吏，邓氏既亡，怪不得震有异心了！”谗口可畏，震由邓骘辟举，见前文。安帝愕然点首，便夜遣中使，往收太尉印绶，策免震官。震不防有此一举，既被权阉占了先着，悔亦无益，当将印绶交出，坦然归第，闭门韬晦，谢绝交游。哪知安帝还宫以后，擢耿宝为大将军，宝与震挟有宿嫌，又由樊丰等从旁煽构，竟奏称震不服罪，仍怀怨望。有诏遣震归里。震奉诏即行，至夕阳亭，慨然语诸子门人道："人生本有一死，死不得所，也是士人常事。我叨居宰辅，明知奸臣狡猾，不能驱除；嬖女倾乱，不能禁遏，有何面目再见日月？我死后可用杂木为棺，粗布为被，盖形掩体，已自知足，不必归就墓次，添设祭祠了！"说毕，即饮鸩而死，时已七十余岁。小子有诗叹道：

拼死何如预见机，网罗陷入已难飞；
夕阳亭下沉冤日，应悔当年不早归！



杨震已死，樊丰等尚不肯甘休，还要设法摆布，欲知他如何逞毒，待至下回叙明。

西域诸国，势如散沙，各酋长亦皆庸鄙，无一有为，但得中国良将一人，出而镇抚，便得制驭各国，使之帖服，非若冒顿父子之桀骜难驯也！试观班氏父子之出使，不待劳师费财，即此用夷攻夷之一策，已能指挥如意，无往不宜，谁谓外域之不可以驭乎？惟安内之谋，比攘外为尤亟，安帝有一杨震而不能用，反且听信群小，黜逐正人，汉之纲纪，自此紊矣！惟震为关西名士，当知以道事君之义，合则留，不合则去，胡为乎刺刺不休，坐听谗人之构陷，而未能自拔也？彼薛包黄宪周燮冯良诸人，则倜乎远矣。

## 第四十三回　秘大丧还宫立幼主<br>诛元舅登殿滥封侯

却说樊丰等闻杨震已死，还不肯甘休，密遣心腹赴弘农郡，嘱令太守移良，派吏至陕，阻住震丧，不准他携榇归葬；并令震诸子充当苦役，走驿传书。路人共知冤情，代为流涕。野王君王圣与大长秋江京，大长秋，中官名。连结樊丰等一班权阉，复要寻事生风，谋易储位，见好中宫。先将太子保乳母王男、厨监邴吉构成死刑，流徙家属；然后与阎皇后串同一气，谗毁太子及东宫属下的官僚。阎后尝鸩死太子生母李氏，见前文。只恐太子长成以后，察悉毒谋，必图报复，因此处心积虑，欲将太子除去。且太子保已逾十龄，为了王男、邴吉两人无端致死，时常叹息。阎后及王圣江京等见太子已有知识，越觉情急，遂日夜至安帝前，诉说太子过恶。

安帝本爱宠阎后，再加她三寸妙舌，一副娇容，装出许多泪眼愁眉，就使明知架诬，也要顾妻舍子，枕席之言，最易动听。况又有乳母王圣、幸臣江京樊丰从旁证实，几把那十龄童子当作枭獍一般。看官试想这糊涂皇帝，尚能不入他彀中么？妇寺之所以可畏者，如此。当下召集公卿，拟废太子。大将军耿宝首先赞成。惟太仆来历与太常桓焉、廷尉张皓同声梗议道：“经有常言，人生年未满十五，过恶尚不及身；且王男、邴吉，果有逆谋，亦未肯与童年说知，皇太子怎能预闻？应亟选贤良保傅，辅导礼义，自能弼成储德。若遽欲废立，事关重大，请圣恩且从宽缓，不可速行！”安帝不省，竟废太子保为济阴王，使居德阳殿西钟下。于是太仆来历邀同光禄勋祋讽、祋，丁外反，姓也。宗正刘祎、将作大匠薛皓、侍中閭邱弘陈光赵代施延及大中大夫朱伥等十余人，共诣鸿都门，力白太子无过，吁请收回成命。安帝闻知，勃然变色，竟使中常侍草就诏旨，至鸿都门宣读道：

> 父子一体，天性自然；以义割恩，为天下也！历讽等不识大典，而与群小共为喧哗，外见忠直，而内希后福，饰邪违义，岂事君之礼？朝廷广开言事之路，故且一切假贷；若怀迷不返，当显明刑书，毋贻后悔！



这诏读罢，除太仆来历外，统皆失色，薛皓更汗流浃背，慌忙叩首道：“诚如明诏！”语才说毕，即由来历从旁呵叱道：“薛君近作何言，奈何遽先背约？大臣处置国事，难道好这般反复么？”皓又惧又惭，觍隙自去。祋讽刘祎等，料知谏诤无益，依次引退。实是首鼠两端。来历独居宿阙下，好几日不肯退回，惹动安帝懊恼，使中常侍往谕尚书，叫他共劾来历。诸尚书不敢不遵，遂推陈忠领衔，劾历迹近要君，失人臣礼。陈忠奈何复为此举？安帝有词可借，便将历褫去官职，削夺国租，且黜历母武安长公主不准入宫。原来历字伯珍，为故征羌侯来歙曾孙。歙子名褒，褒子名棱，皆袭侯爵。棱且尚明帝女武安公主，殁后公主尚存。子历既得嗣封，复因帝室姻戚，入朝登仕，由侍中迁至太仆，平素刚方持正，与权阉杜绝往来，至是因言得罪，闭户伏居，不与亲友交通，亲友亦无敢过问，可见得群阴交沍，天地晦盲了！

是年京师及郡国地震，共二十三次，大水雨雹，共三十六次，安帝毫不知儆，反于永光四年二月，趁着和风丽日，鼓动游兴，挈了娇娇滴滴的阎皇后，带同国舅阎显兄弟，并及宠竖江京樊丰等人，出都南巡。六龙并驾，五凤齐飞，驺从如云，旗旄如雨，说不尽的繁华烜赫，看不完的锦绮罗丛，沿途官吏，盛设供张，忙个不了。只是百姓又都遭殃，把卖男鬻女的血钱供作龙舆凤辇等行乐费。藻不妄抒。好容易到了宛城，安帝



忽然不豫，饮食无味，寒热交侵，乐极生悲。忙令御医诊视，服药罔效。那时不便再行，只好中途折回，才抵叶县，已是病入膏肓，不可再救，眼睁睁的看着阎后及阎显兄弟等人，想传下两三句遗嘱，怎奈痰已上壅，不能出口，一刹那间，两目上翻，呜呼归天。在位一十九年，年止三十有二。

阎后记得雨露深恩，不禁大哭，阎显兄弟与江京樊丰等在旁，连忙向后摆手，叫令休哭。待后收泪，即密语道："今皇上晏驾途中，济阴王尚在京师，倘被大臣拥立，必为所害，我等将身无死所了！"阎后听着，也觉着忙，急向大众问计。到底三五权阉有些奸计，劝阎后秘不举哀，但言安帝病剧，移乘卧车，至入都后方可发丧。阎后依计施行，便将帝尸置入卧车内，兼程还都，路上仍省问起居及朝夕进食。鬼鬼祟祟的过了四日，方得驰入都中，尚佯遣司徒刘熹往祷郊庙社稷，吁天请

命。俟至晚间，方由宫中传出哀耗，令即治丧；一面迎立济北王寿子北乡侯懿为嗣，尊阎后为皇太后，授阎显为车骑将军，仪同三司。济阴王保闻丧入哭，却被内侍阻住，不得上殿，但许在梓宫外面遥望举哀。可怜保有冤莫白，有口难言，徒向那灵帷前大恸一场，几致晕倒地上，好多时方才趋出，接连不饮不食，约有数日。内外群僚见他童年负屈，又能曲尽孝思，莫不欷歔流涕，代抱不平。为后文迎立张本。北乡侯懿尚在冲龄，阎太后贪立幼君，所以与阎显等定策禁中，迎立幼主。既已即位，然后奉安帝梓宫，出葬恭陵。

阎太后即日临朝，阎显揽政。显却阴忌大将军耿宝及野王君王圣、中常侍樊丰等人，于是交欢三公，密图进行。时卫尉冯石迭经超迁，已代杨震为太尉，冯石见四十一回。阎显且奏闻太后，擢石为太傅，进司徒刘熹为太尉，参录尚书事，起前司空李郃为司徒。石本是个唯唯诺诺的人物，又蒙显一力保举，当然惟命是从；刘熹、李郃也得拔茅连茹，感激不遑，何人再与阎氏反对？阎显遂与三公同奏一本，弹劾大将军耿宝、中常侍樊丰、侍中谢恽周广、乳母野王君王圣结党营私，罪俱难逭云云。阎太后立即下诏，饬拿樊丰、谢恽、周广下狱，严刑拷讯，三人受不起痛苦，并皆毙命。贬耿宝为辛侯，宝服毒自尽；王圣母女流徙雁门。当日威风，而今安在？于是擢阎景为卫尉，耀为城门校尉，耀弟晏为执金吾，兄弟并处权要，威福自由。前车覆，后车鉴，奈何仍然不知？

过了数月，幼主懿冒寒得病，病且日剧。中常侍孙程前曾为邓太后服役，与樊丰、江京等志趣不同，因见樊丰虽死，江京尚存，要想自己出头，总非容易，朝思夜想，不如迎立济阴王，把阎显、江京等一概推倒，乃是绝好机会，稳取侯封。主见已定，即往语济阴王谒者兴渠道："济阴王本系嫡统，并无失德，先帝误信谗言，遂致废黜。若北乡侯一病不起，正好将王迎入，捽去江京、阎显，事必可成！"渠喜答道："此计甚善，幸亟安排！"孙程即退约私党，秘密筹备。先是中黄门王康曾为太子保府史，太子被废，康常叹愤，又长乐太官王国，与程素来莫逆，彼此会商，各愿效劳。十月二十七日，幼主懿竟尔殁世，阎显替太后划策，再征诸王子弟，择为帝嗣。诸王俱在外藩，中使往返需时，未能骤至，孙程忙连络十八人，约于十一月二日，共诣德阳殿西钟下。届期十八人俱到，姓氏官职，备录如下：

王国长乐太官丞。王康　黄龙　彭恺　孟叔　李建　王成　张贤　史汎　马国　王道　李元　杨佗　陈予　赵封　李刚　魏猛　苗光以上并为中黄门。



十八人聚集一处，与孙程议定密谋，截衣为誓。待至次日夜间，各持利械，闯入章台门，直登崇德殿。内侍江京、刘安、李闰、陈达四人守卫殿中，蓦见孙程等拥入，不知何因。京仗着累年威势，出来呵止，才说一语，已被孙程拔出短刀，砍落京首。刘安、陈达、李闰，惊慌得了不得，连忙向内逃入；偏是心下愈急，脚下愈慢，走了几步，即为孙程王康追及，一刀一个，杀毙刘安、陈达。凶狡何益？只有李闰还是活着，抖做一堆，众人又欲将他杀死，独孙程向众摇手，但用刀搁住闰肩，厉声与语道："今日当迎立济阴王，汝若赞成，无得摇动，否则立诛！"闰已吓倒地上，浑身乱颤，忙应了几个诺字。原来闰在宫中颇有权术，为内外所畏服，所以程胁使同事，不愿加刃。既得闰连声允诺，乃扶闰起来，共至德阳殿西钟下，迎入济阴王保，拥他登位。保年才十一，是为顺帝。孙程等宣传诏命，遍召尚书仆射以下，扈从帝驾，转幸南宫云台；程等留守省门，捍蔽内外。

阎显时在禁中，听报顺帝即位，惊愕失措，不知所为。实是没用的东西。小黄门樊登见显双眉紧蹙，踽踖不安，便向前献计，劝即用太后诏旨，传入越骑校尉冯诗、虎贲中郎将阎崇守住朔平门，调兵御变。显如言颁诏，当即来了校尉冯诗，阎太后授诗符印，且与语道："能得济阴王，封万户侯；得李闰封五千户侯。"诗受印即出。显尚虑诗兵寥寥，特使樊登与诗偕行，至左掖门外号召吏士。哪知诗阳奉阴违，一出禁门，遽将樊登格杀，扬长自去。卫尉阎景闻报，急从省中还至外府，召集卫兵数百人，欲进盛德门。孙程传顺帝诏敕，令尚书郭镇引羽林军出捕阎景。镇方卧病，闻命跃起，立刻点齐值宿羽林军，趋出南止车门，兜头碰着阎景，便扬声说道："阎卫尉下车听诏！"说着，即一跃下马，持节宣读诏书。景不肯下车，且怒叱道："这诏从何而来？"一面说，一面即拔剑出鞘，来斫郭镇。镇眼明手快，早已闪过一旁，掣出佩剑，刺入车中，喝一声着，景即从车中扑出，一个斤斗，仰堕地上。镇左右各持长戟，双管齐下，叉住景胸，因即将景擒住，景兵统皆溃散。当由郭镇送景入狱，景已受重伤，夜分即死。越宿辰刻，复遣使入宫，向阎太后索取玺绶。阎太后无可如何，不得不将玺绶交出，转呈顺帝。顺帝既得玺绶，便出御嘉德殿，使侍御史持节收系阎显及显弟耀、晏，一并下狱，各处死刑；并将阎太后迁居离宫。又是一贵戚推翻，报应何速？尚书令刘光等乘机上奏道：

昔孝安皇帝圣德明茂，早弃天下，陛下正统，当奉宗庙，而奸臣交构，遂令陛下龙潜藩国，群僚远近，莫不失望。天命有常，北乡不永；汉德盛明，福祚孔章。近臣建策，左右扶翼，内外同心，稽合神明。陛下践祚，奉遵鸿绪，为郊庙主，承续祖宗无穷之烈，上当天心，下餍民望。而即位仓猝，典章多缺，请条案礼仪，分别具奏，臣等不胜待命之至。

未几即有复诏颁出，准如所请，令有司参考旧议，规定新制。一面开南北宫门，撤销屯兵，大封功臣。诏书有云：

夫表功录善，天下之通义也。故中常侍长乐太仆江京、黄门令刘安、钩盾令陈达，与故车骑将军阎显兄弟，谋议恶逆，倾乱天下，中黄门孙程王康、长乐太官丞王国等，怀忠愤发，戮力协谋，遂归灭元恶，以定王室。《诗》不云乎？“无言不仇，无德不报”。程为谋首，康国协同，其封程为浮阳侯，食邑万户；康为华容侯，国为郦侯，各九千户；中黄门黄龙为湘南侯，食邑五千户；彭恺为西平昌侯，孟叔为中庐侯，李建为复阳侯，各四千二百户；王成为广宗侯，张贤为祝阿侯，史泛为临沮侯，马国为广平侯，王道为范县侯，李元为褒信侯，杨佗为山都侯，陈予为下隽侯，赵封为析县侯，李刚为枝江侯，各四千户；魏猛为夷陵侯，食邑二千户；苗光为东阿侯，食邑千户。朝廷量功加赏，无偏无私，尔众侯其因功加懋，毋忽朕命！

看官记着：这就叫做十九侯。前时窦氏伏法，封侯唯一郑众，食邑只千五百户，已为有识所忧；此次多至十九人，推孙程为首功，封邑竟至万户，阉人得志，无逾此时。从此汉朝与宦官共天下，眼见得贻祸无穷，不亡不止了！扼要语。李闰先未预谋，故不得加封。孙程且迁官骑都尉，并得了许多金银钱帛的赏赐；就是王康以下，亦量予金帛有差。做着一注大买卖。又诏谕司隶校尉，除阎氏兄弟及江京等私亲外，悉从宽贷。用王礼葬北乡侯，起来历为卫尉。赦免王男邴吉等家属，尽令还京，各给钱币。光禄勋祋讽、宗正刘祎、侍中闾邱弘等，均已去世，诸子皆选入为郎；侍中施延陈光赵代及大中大夫朱伥等，皆见拔用，后至公卿。

安平人崔瑗前由阎显辟为掾吏，见显迎立北乡侯，有失众望，免不得代为寒心，意欲乘间谏显，劝他改立济阴王，捕诛江京刘安陈达等人。怎奈显终日沉醉，始终不得进言，乃告长史陈禅，邀与共入求见。禅恐难挽回，迟疑未决，遂致瑗孤掌难鸣。迁延了好多日，阎氏果败，瑗亦坐斥，门人苏祇，欲上书陈述前情，替瑗解免，瑗止令勿为。陈禅已进署司隶校尉，召瑗与语道："君何不听门生上书，乃自甘坐废呢?"瑗答说道："前时虽有此论，未曾举行，譬如儿女子屏人私语，怎得当真?愿使君不复出口，瑗从此告辞了！"说毕遂行，还至安平，杜门绝迹。州郡闻他狷介，再行辟举，屡征不起，韬晦终身。

惟杨震门人虞放陈翼，闻知樊丰周广等诛死，却回忆师恩，诣阙陈书，追讼震冤。朝右亦共称震忠，乃下诏除震子牧秉为郎，震有五子，牧秉最为著名，事见后文。赐钱百万，许将遗柩改葬华阴潼亭，远近亲友，俱来会葬。先期十余日，有大鸟高约丈余，飞集柩前，俯仰悲鸣，泪下霑地，及安葬已毕，方才飞去。会葬诸人，都为称奇，郡吏亦举状上闻，可巧天灾不已，朝廷愈惜震枉死，因敕郡守致祭墓前，祠以中牢，且用诏书代策道：

故太尉震，正直是与，俾匡时政；而青蝇点素，同兹在藩，《诗》云：“营营青蝇，止于樊。”樊藩同义。上天降威，灾眚屡作，尔卜尔筮，惟震之故。朕之不德，用彰厥咎，山崩栋折，我其危哉？今使太守丞以中牢具祠，魂而有灵，傥其歆享。

震冤既雪，舆论益伸，时人更为立石墓旁，图刻大鸟形状，留作纪念。忠臣义士，到底流芳，比那一班权戚幸臣，死且遗臭，相去不啻天渊呢！后人其听之。就是如阎后一流妇女，位正椒房，身为国母，也算巾帼中的第一领袖，只为了贪心不足，弄得声名两败，徙居离宫。司隶校尉陈禅，更指斥阎太后生性妒忌，与顺帝无母子恩，请再徙居别馆，不当复行朝见礼。此议一倡，群臣相率赞成，好好一位太后娘娘，几乎要贬入冷宫，不见天日了。小子有诗咏道：



乾道主刚坤道柔，骄痴妒悍总招尤；
机关算尽徒增慨，十载雌风一旦休。

究竟阎太后再徙与否，容至下回再表。

安帝嗣子，只一济阴王，阎后先鸩死其母，复及其子，明明立为储君，乃交谮而废之，彼且自诩为得计，庸讵知阎氏赤族，已隐兆于此耶?《传》有之："众怒难犯，专欲难成。"阎后之构废济阴王，众怒之所由丛也；迎立北乡侯，专欲之所由败也。欲巧反拙，转利为害，而阎氏亡矣！孙程之谋立济阴王，即为阎氏专政之反动力。阎氏兄弟固有可诛之罪，特惜其诛阎氏者，不出于三五公卿，而出于十九宦官，宦官得志，祸比外戚为尤烈。十九人同日封侯，汉家之气运已尽。幸而顺帝幼聪，尚能驾驭，故其祸不致遽发耳。然贻谋不臧，终为后世大患，读史至十九侯受封，已不禁为之长太息矣。

## 第四十四回　救忠臣阉党自相攻<br>应贵相佳人终作后

却说阎太后既徙居离宫，复被陈禅一疏，又将别徙，累得阎太后愁上加愁，悲复增悲。谁叫你有势行尽？还亏司徒掾周举替她斡旋，进语司徒李郃道："昔瞽瞍尝欲杀舜，舜事瞍愈谨；郑武姜谋杀庄公，庄公誓决黄泉；秦始皇怨母失行，与母隔绝，后来终从颖考叔茅焦谏议，复修子道；书传播为美谈。今诸阎新诛，太后幽居离宫，若悲愁生疾，一旦不讳，主上将如何号令天下？陈禅所议非是，倘误从禅议，后世将归咎明公，恐明公亦无从解免了！今宜密表朝廷，仍率群臣朝觐太后，上餍天心，下副人望，方不失国家治道呢！"郃被他感动，因即上书陈述，毋从禅言，且请顺帝往朝太后。

时已岁暮，倏忽逾年，改元永建，下诏大赦，顺帝乃率百官往朝阎太后。阎太后未免惭沮，并因母族衰亡，忧伤不已，害得花容憔悴，病骨支离，夜间梦寐不安，辄见顺帝生母李氏前来索命，免不得悔恨交并，妇人心肠能容得几多惆怅？顿致病体日重，一命呜乎。不死何为？顺帝仍援据旧典，为阎太后成服发丧，奉柩出葬，与安帝合瘗恭陵，谥曰“安思皇后”。司隶校尉陈禅因前次王议不合，把他免官，召前武都太守虞诩，入朝代任司隶校尉。诩莅任仅及数月，即奏劾太傅冯石、太尉刘熹阿附权贵，不宜在位。应该举劾。顺帝准奏，便将冯石刘熹免官，改用太常桓焉为太傅，大鸿胪朱宠为太尉。司徒李郃亦患病乞休，另命长乐少府朱伥接任。朝廷为了虞诩一言，竟致三公并免，群臣已不禁心寒；诩又续劾中常侍程璜陈秉孟生李闰等，私受货赂，虽数人未遭严谴，终惹起同僚侧目，讥诩过苛。会当盛暑，狱中罪囚甚多，当由公卿劾诩不审天时，至盛夏且多系无辜，为吏人患。诩闻自己被劾，亟上书自讼道：

臣闻法禁者俗之堤防，刑罚者人之衔辔。今州曰任郡，郡曰任县，更相诿责，百姓怨穷；以苟容为贤，尽节为愚。臣所发举赃罪，不止一二，三府以下，恐为臣所奏，遂加诬劾。臣将从史鱼死，即以尸谏耳！



顺帝看了，也知诩心怀忠贞，不复加罪。惟中常张防，时方用事，每有请托受取等情弊，诩屡次案验，屡次不报。惹动诩忿懑不堪，竟自系廷尉，上书待罪道：

昔孝安皇帝任用樊丰，遂交乱嫡统，几亡社稷。今者张防复弄威柄，国家之祸，将重至矣！臣不忍与防同朝，谨自系以闻，无令臣袭杨震之迹，则不胜幸甚。

这书呈入，张防当然着忙，亟至顺帝前哭诉，说是虞诩加诬。顺帝也为所迷，派有司从严鞫讯，二日中传考四狱，狱吏劝诩自裁，诩奋然道："宁伏欧刀，表示远近，不愿轻自捐生！"硬头子。会宦官孙程、张贤等颇怜诩直言获谴，相率入宫，为诩营救。想是忌防夺权，故借题发挥。既见顺帝，即由孙程面奏道："陛下与臣等谋事时，常恨奸臣误国，今首正大位，乃自蹈此辙，如何得轻议先帝呢？司隶校尉虞诩为陛下尽忠，反受拘系；常侍张防赃罪确凿，转得法外逍遥。今上天已经垂象，客星守羽林，占主宫中有奸臣，宜急收防下狱，借塞天变，毋致贻殃！"顺帝听着，面向后顾，防正在背后，面有愠色。孙程已瞧入眼中，竟大声叱防道："奸臣张防，何不下殿！"防虽承帝宠，究竟拗不过孙程，只好趋就东厢。程又向顺帝催促道："陛下宜急收防，毋使从阿母求情！"

看官阅至此语，应疑阿母何人？原来乃是顺帝乳母宋娥。

顺帝入立，娥亦与谋，故得干预政权，程备悉内情，故有此语。前有王圣，后有宋娥，真是无独有偶。顺帝尚犹豫未决，再召问尚书，以便决议。尚书贾朗素与防善，竟答称防实无辜，诩独有罪。顺帝因谕孙程等道："汝等且出，容我再思！"程等不得已趋退。诩子颛率同门生百余人，各举白幡，在宫门外候着。凑巧中常侍高梵乘车出来，颛等遂向他陈冤，甚至叩头流血。向宦官叩头流血，阉人之势力可知。梵下车劝慰，并愿为诩申冤，大众同声道谢。梵乃折回宫中，竭力谏诤，乃赦诩出狱，徙防戍边。贾朗等六人罪坐阿党，贬谪有差。孙程再上言诩有大功，不应废置，顺帝因复征诩为议郎，越数日迁诩尚书仆射。诩又举荐议郎左雄，雄南郡涅阳人，以抗直闻名，故诩荐表中有云：

臣见方今公卿以下，类多拱默，以树恩为贤，尽节为愚，至相戒曰："白璧不可为，容容多厚福。"伏见议郎左雄，数上封事，至引陛下身遭难厄，以为儆戒，实有王臣蹇蹇之节。周公谟成王之风，宜擢在喉舌，必有匡弼之益。

臣非敢援引私人，实为国家进一忠臣，以广言路，而成至治，伏惟垂鉴。

顺帝采用诩议，进拜雄为尚书，嗣又擢为尚书令。雄有犯无隐，所言皆明达政体，顺帝颇知嘉纳，无奈为阉竖所把持，不能尽用，多半为纸上空谈罢了。孙程等十九侯自恃功高，往往上殿相争，不守臣节，顺帝已积不能容，当由有司仰承风旨，奏称孙程等干乱悖逆，久留京都，必为大患。顺帝即诏令程等免官，徙封远县，促令就国。司徒掾周举独向司徒朱伥进言道："主上在西钟下时，若非孙程等协力定谋，怎能入承大统？今遽忘大德，苛录微疵，如或道路夭折，转使主上滥杀功臣，贻讥后世！明公何不乘他未去，亟为上表转圜？"前劝李郃奏请朝后，尚有情理可说，此时却替阉人解免，太自失资格了。伥沉吟道："今诏旨方有怒意，我独上表谏阻，必致罪谴，如何可行？"举又说道："明公年过八十，位为台辅，不乘此时竭忠报国，尚有何求？就使因言得罪，犹不失为忠臣。若以举言为不足采，请从此辞！"保全几个阉人，怎得为忠？怎能报国？伥乃如言上表，果得顺帝依从，还十九侯原封，不过遣使就国的命令仍然照行。过了年余，复召还十九侯，后文再表。

且说顺帝即位以后，尚未知生母何人，至永建二年夏月，方得左右陈明，乃知生母李氏曾藁葬洛阳城北。当下因感生哀，亲至瘗所致祭，用礼改葬，追尊李氏为"恭愍皇后"，号园寝为"恭北陵"。已而司徒朱伥老病侵寻，不能任事，太尉朱宠却因事免官，顺帝乃进太常刘光为太尉，光禄勋许敬为司徒。惟司空一职，自宗正刘授接任后，见四十二回。中经顺帝入嗣，又换易了两人：刘授免职，另用少府陶敦；陶敦免职，又另用廷尉张皓。皓与许敬俱有重名，敬历任三朝，从未昵近贵戚，所以窦邓耿阎四族迭起迭仆，士大夫辄被牵连，独敬素守清洁，毫不污染；皓为安帝废储一事，与桓焉来历等相率廷争，为士论所推重，见前回。至此擢为司徒，也是顺帝回忆前情，特加倚畀。皓籍隶武阳，敬籍隶平舆，地以人传，毋容琐叙。

顺帝又欲征求隐士，闻得鲁阳人樊英遁居壶山，屡征不起，乃更用策书玄纁，优礼敦聘。英尝习京氏易，京氏及京房见《前汉演义》。得通星算，善能推步灾异，远方人士，往往负笈从游。尝有暴风从西方吹来，英语门人道："成都市必有大火，非禳解不可！"说着，遂汲水含口，向西喷去，并令门人记录日时。后有

蜀客到来，传言某日大火，幸东方起一黑云，须臾大雨，火乃得灭。门人考证时日，果属相符，因此奉若神明。州郡礼请不应，安帝初召为博士，亦不就征，及顺帝备礼聘英，英仍然病辞。郡吏奉诏逼迫，硬把他载入车中，驰诣京师，英坚称病笃，不肯下舆。朝命连舆推入，直抵阙廷，英尚偃蹇不拜。顺帝瞧着，却也动怒，作色与语道："朕能生君，能杀君；能贵君，能贱君；能富君，能贫君！君何故敢慢朕命？"英从容答道："臣由天授命，命当死即死，陛下怎能生臣？怎能杀臣？臣见暴君如见仇雠，入朝尚且不愿，求什么贵官？平居环堵自安，南面王不易真乐，怕甚么贱役？陛下怎能贵臣？怎能贱臣？禄不以道，虽万钟不受，独行己志，虽箪食不厌，陛下怎能富臣？怎能贫臣？"倔强语恰有至理。这一席话，说得顺帝无词可驳，怒亦渐平，乃令出就太医，服药疗疾，月致羊酒。过了两年，顺帝复为英设坛席，令公车导入阙中，尚书持奉几杖，视若宾师，英

不得已退就臣礼，受职五宫中郎将。未几又称病告辞，有诏命为光禄大夫，许得归养。朝廷遇有灾异，尝遣使致问，英所言必验；唯在朝应对，无甚奇猷，故时人或讥他纯盗虚声，不堪大用。独闻英家居时，偶然患疾，妻使奴婢拜问所苦，英必下床答拜。颍川陈实，少从英学，免不得暗暗称奇，便向英问明答拜的原因，英答说道："夫妻共奉祭祀，取义在齐，奈何可不答礼呢？"后英至七十余岁，在家考终。

同时又有处士杨厚、黄琼就征入朝。厚字仲宣，广汉郡新都县人，通术数学，入阙进谒，预陈汉至三百五十年，当有厄运，不可不戒，顺帝命为议郎。黄琼字世英，就是江夏人黄香子。香博学能文，世称江夏黄童，见前文。后官终魏郡太守。琼承父荫，拜为太子舍人，丁忧归里，服阕不起。及与杨厚并下征车，琼未便违慢，登车至纶氏县，称疾不进，有诏命县吏敦迫，不得已再行就道。前司徒李郃子固，少年好学，改名求师，得为通儒，平时雅慕琼名，因从琼途中贻书道： 

闻公车已度伊洛，近在万岁亭，岂即事有渐，将顺王命乎？先贤谓伯夷隘，柳下惠不恭，故《传》曰：不夷不惠，可否之间，盖圣贤居身之所珍也。诚遂欲枕山栖谷，拟迹巢由，斯则可矣；若当辅政济民，今其时也！自生民以来，善政少而乱俗多，必待尧舜之君，此为志士，终无时矣。尝闻《语》曰："峣峣者易缺，皦皦者易污。"阳春之曲，和者必寡，盛名之下，其实难副。近鲁阳樊君，即指樊英。被征初至，朝廷特设坛席，如待神明，虽无大异，而言行所守，亦无所缺；乃毁谤布流，应时折减者，岂非以观听望深，声名太盛乎？自顷征聘之士，功业多无所采，是故俗论皆言处士纯盗虚声，愿先生弘此远谋，令众人叹服，一雪此言耳！

琼得书后，入朝拜官，亦为议郎，屡因灾异上书，颇邀采用，未几迁任尚书仆射，秉忠如故。顺帝时尚童年，独能虔心翕受，亦好算作东汉明君。惟西域长史班勇平番有功，安帝时未曾加赏，顺帝永建二年，反因他出击焉耆，后期坐罪，逮系狱中，这却未免薄待功臣，太觉寡恩了！

先是班勇勘定车师，更立后庭故王子加特奴为王，再使别校捕诛东且弥王，亦另立新主，车师等六国悉平。勇复大发诸国兵，击北匈奴，逐走呼延王，虏众二万余人皆降，车师一带，无复虏迹，城郭皆安。独焉耆国王元孟未肯降服，由勇拜表奏闻，汉廷特遣敦煌太守张朗率领河西四郡兵三千人，助勇进讨。



勇征集诸国兵马，得四万余人，分为两路，往攻焉耆。使朗从北道进行，自率部众驰入南道，约会焉耆城下。朗先尝坐罪，意欲徼功自赎，遂星夜前进，直抵爵离关，焉耆兵开关搦战，被朗驱杀一阵，斩获至二千余人，残众败奔国都。焉耆王元孟当然惊慌，急遣使至朗营求降，朗不待勇至，先期入焉耆国，受降而还。实是失信。勇在途次接得张朗军报，只好折回，据实上奏。偏有诏责他后期，召还系狱，好多日才得释出。还是因他前功足录，加恩贷罪，但官职已经褫免。勇郁愤成疾，返至家中，不久即殁。父子累建大功，徒落得身后萧条，岂不可叹？

还有一种冤屈的事情，说来尤令人生愤。勇兄班雄，袭父遗封，曾为屯骑校尉，迁官京兆尹，病殁任所，子始袭爵，得尚清河孝王女阴城公主。公主为顺帝姑母，恃贵生骄，因骄思淫，竟引少年入帷，与他交欢。班始不愿做元绪公，自然与有违言，那公主却放胆横行，竟挈妍夫同坐帷中，召始进去，叱令跪伏床下。男儿总有一些气骨，看到这般情形，怎肯忍耐？顿时无名火高起三丈，立即出帷取刀，把一对奸夫淫妇，砍作四段。恰是快事。当有人报知顺帝，谁知顺帝不咎公主，单责始持刀行凶，立将始拿交诏狱，腰斩东市！甚至始同产兄弟，亦皆处死。惨乎不惨？冤乎不冤呢？这是永建五年间事。明明是导以纵淫。

且说顺帝年至十五，举行冠礼，转眼间已是一十八岁，应该册立皇后。时后宫已有四位贵人，并得承宠。顺帝左右为难，意欲祷神探筹，卜定后位。尚书仆射胡广与尚书郭虔史敞等，联名进谏道：

> 窃见诏书，以立后事大，谦不自专，欲假之筹策，决疑灵神。篇籍所记，祖宗典故，未尝有也。恃神任筮，既不必当贤；就使得人，犹非德选。夫岐嶷形于自然，伣天必有异表，伣天之妹，见《诗经》《大雅》。伣，譬喻也。宜参良家，简求有德，德同以年，年钧以貌，稽之典经，断之圣虑，政令犹汗，往而不返，诏文一下，形诸四方。臣等职在拾遗，忧深责重，是以焦心竭虑，冒昧陈闻。



顺帝阅过谏章，也觉得所言有理，乃决诸已意，特就四贵人中选出一位梁氏女来，册作中宫。梁女名妠，就是和帝生母梁贵人的侄孙女，父名商，袭父乘氏侯雍遗爵，雍为梁竦次子，见前文。官拜黄门侍郎。永建三年，选商女及妹，并入掖庭，俱为贵人，擢商为屯骑校尉。商女降生时，有红光发现室中，阖家称为奇事；及女粗有知识，便喜习女工，并好读书，九岁能诵《论语》，治《韩诗》，即韩婴所传之诗。颇知大义，常将列女图画，置诸座右，作为鉴戒。父商尝语诸弟道："我先人全济河西，活人无算，虽大位不继，积德必报；若庆流子孙，当就在此女身上呢！"不望子而望女，所见亦谬，故女可兴家，子卒赤族。已女年十三，与姑同充选后宫，相工茅通，见女容止过人，便向顺帝前再拜称贺道："这所谓日角偃月，相法上应当极贵，臣相人颇多，未见有这般贵相哩！"顺帝令太史卜兆，亦得吉占，因即封为贵人，特加宠遇，屡命侍寝，梁女尝从容辞谢道："妾闻阳道以博施为德，阴道以不专为义；螽斯衍庆，百福乃兴。伏愿陛下普施雨露，俾得均泽，使小妾得免罪谤，已是深感皇恩了！"顺帝闻言，深以为贤，乃于永建七年正月，特在寿安殿中，册立梁贵人为皇后，赐后父商安车驷马，并增国土，迁官执金吾，布诏大赦，改永建七年为阳嘉元年。过了一载，又封商子冀为襄邑侯，连顺帝乳母宋娥，亦得受封山阳君。尚书

令左雄，一再进谏，语甚切至。疏中有云：

臣闻人君莫不好忠正而恶谗谀，然而历世之患，莫不以忠正得罪，谗谀蒙幸者，盖听忠难，从谀易也。夫刑罪，人情之所甚恶，贵宠，人情之所甚欲，是以时俗为忠者少，而习谀者多；故令人主数闻其美，稀知其过，迷而不悟，以至于危亡。臣伏见诏书，顾念阿母旧德宿恩，欲特加显赏。案尚书故事，无乳母爵邑之制，惟先帝时阿母王圣为野王君，圣造生谗贼废立之祸，生为天下所咀嚼，死为海内所欢快。今阿母躬蹈俭约，以身率下，群僚蒸庶，莫不向风；而与王圣并同爵号，惧违本操，失其常愿。臣愚以为凡人之心，理不相远，其所不安，古今一也。百姓深惩王圣倾复之祸，民萌之命，危于累卵，常惧时世复

有此类，怵惕之念，未离于心，恐惧之言，不绝于口。乞如前议，岁以千万给奉阿母，内足以尽恩爱之欢，外可不为吏民所怪。梁冀之封，事非机急，宜过灾厄之运，然后平议可否，封冀未迟。幸陛下裁察焉！

自左雄有此奏牍，梁商乃为子冀辞封，顺帝尚未肯遽允，章至数上，乃收回封冀成命。独山阳君宋娥不闻让还，适值京师地震，缑氏山崩，那謇謇谔谔的左伯豪又不能不乘机进谏，再贡忠忱。左雄字伯豪。小子有诗咏道：

野王以后又山阳，徒顾私恩乱旧纲；
独有名臣持大体，不辞苦口砭膏肓。

欲知左雄如何进言，顺帝曾否从谏，请看官续阅下回，便见分晓。 

孙程之迎立济阴王，并非持正，实欲邀功；阎后之保全虞诩，指斥张防，并非怜忠，实欲沽直。小人未尝无为善之时，但其所以为善者，亦不免为营私计耳。及观其上殿争功而肺肝具见，微顺帝之童年聪颖，徙封就国，遽削其权，孙程等宁能终安乎。周举号称正士，乃反请朱伥救解，甚矣！其徒知小节，不顾大体也！梁后具有贵相，与窦后略同，正位以后，虽不若窦后之妒悍，然其后临朝专政，不能裁抑兄弟，终酿成梁冀之祸。梁商谓庆流子孙，应兴此女，庸讵知兴宗在此，覆宗亦即在此耶？夫贤德如马皇后，而马氏且未尽令终，如商所言，徒见其鄙陋而已，何足道哉？

# 第四十五回　进李固对策膺首选<br>举祝良解甲定群蛮

却说尚书令左雄因见梁冀辞爵，宋娥独不让封，乃复借着地震山崩的变异，再上封章，略云：

> 先帝封野王君，汉阳地震，今封山阳君，而京城复震，专政在阴，其灾尤大。臣前后瞽言，封爵至重，王者可私人以财，不可以官，宜还阿母之封，以塞灾异。今冀已高让，山阳君亦宜崇其本节，毋蹈愆尤，则所保者大，国安而山阳君亦安矣。

宋娥闻得左雄再三谏诤，亦有畏心，乃向顺帝辞还封号；偏顺帝专徇私恩，不肯照准，于是山阳君封号如故，左雄所言依然无效，但雄名由此益著。雄尝因州郡荐举，类多失实，特奏请察举孝廉，必年满四十，诸生试家法，即一家之学。文吏课笺奏，乃得应选；若有茂才异行如颜渊子奇，方可不拘年齿。

子奇齐人，年十八，齐君使宰东阿，阿县大化。顺帝依议，颁诏州郡。会广陵郡有孝廉徐淑应举入都，年未四十，台郎诘以违格，淑答说道："诏书有如颜渊子奇，不拘年齿，故本郡以臣充选！"郎官无言可驳，转告左雄，雄召淑入见，莞尔与语道："昔颜渊闻一知十，孝廉能闻一知几呢？"说得淑无从对答，默然退归。尚书仆射胡广曾与雄议不合，出为济阴太守，所举数人，并皆失当，坐是免官。此外尚有牧守滥举，亦遭罢黜。惟汝南人陈蕃、颍川人李膺、下邳人陈球等三十余人，才足应选，得拜郎中。安丘人郎顗素有声誉，由顺帝特征入阙，面问灾异，顗详上条陈，大要在修德禳灾，且荐举议郎黄琼，茂才李固。顺帝命顗为郎中，顗辞病不就，飘然竟去。

忽由洛阳令奏报宣德亭边，平地无故自裂，阔约八十五丈，顺帝乃令公卿所举各士人，入朝对策。峨峨髦士，挟策干时，遂皆摛藻扬华，发挥己见。就中名士颇多，如扶风人马融，南阳人张衡亦俱在列。所上策文，由顺帝亲自展览，内有一篇佳作，系详言时政得失，不涉虚浮，当即拔为第一。看官欲赏识此文，由小子抄录如下： 

臣闻王者父天母地，宝有山川，王道得，则阴阳和穆；政化乖，则崩震为灾，斯皆关诸天心，效于成事者也。夫化以职成，官由能理。古之进者，有德有命；今之进者，唯财与力。伏闻诏书务求宽博，嫉恶严暴，而今长吏多杀伐致声名者，必加迁赏，其存宽和无党援者，辄见斥逐，是以淳厚之风不宣，雕薄之俗未革。虽繁刑重禁，何能有益？前孝安皇帝变乱旧典，封爵阿母，因造妖孽，使樊丰之徒，乘权放恣，侵夺主威，改乱嫡嗣，至令圣躬狼狈，亲遇其艰。既拔自困殆，龙兴即位，天下喁喁，属望风政。积敝之后，易致中兴，诚当沛然，思惟善道，而论者犹云方今之事，复同于前。臣伏从山草，痛心伤臆！诚以汉兴以来，三百余年，贤圣相继，十有八主，岂无阿乳之恩？岂忘爵赏之宠？然上畏天威，俯案经典，知义不可，故不封也。勤谨之德，但加赏赐，足以酬其劳苦；至于裂土开国，实乖旧典。闻阿母体性谦虚，必有逊让，陛下宜许其辞国之高，使成万安之福。夫妃后之家，所以少完全者，岂天性当然？但以爵禄尊显，专总权柄，天道恶盈，不知自损，故至颠仆。先帝宠遇阎氏，位号太疾，故其受祸曾不旋时。老子曰："其进锐者，其退速也。"今梁氏戚为椒房，礼所不臣，尊以高爵，尚可然也；而子弟群从，荣显兼加，永平建初故事，殆不如此；宜令步兵校尉冀，及诸侍中还居黄门之官，使权去外戚，政归国家，岂不休乎？



又，诏书所以禁侍中尚书中臣子弟，不得为吏，察孝廉者，以其秉威权、容请托故也。而中常侍在日月之侧，声势振天下，子弟禄任，曾无限极，虽外托谦默，不干州郡，而谄伪之徒，望风进举。今可为设常禁，同之中臣。昔馆陶公主为子求郎，明帝不许，见前文。赐钱千万，所以轻厚赐、重薄位者，为官人失才，害及百姓也。窃闻长水司马武宣、开阳城门侯羊迪等，无他功德，初拜便真，此虽小失，而渐坏旧章。先圣法度，所宜坚守，政教一跌，百年不复。诗云："上帝板板，下民卒瘅，"刺周王变祖法度，故使下民将尽病也。今陛下之有尚书，犹天之有北斗也。斗为天喉舌，尚书亦为陛下喉舌。斗斟酌元气，运乎四时；尚书出纳王命，敷政四海，权尊势重，责之所归，若不平心，灾眚必至，诚宜审择其人，以辅圣政。今与陛下共理天下者，外则公卿尚书，内则常侍黄门，譬犹一门之内，一家之事，安则共其福庆，危则通其祸败。刺史二千石，外统职事，内受法则。夫表曲者影必邪，源清者流必洁，犹叩树本而百枝皆动也。《周颂》曰："薄言振之，莫不震迭。"此言动之于内，而应之于外也。由此言之，本朝号令，岂可蹉跌？间隙一开，则邪人动心；利竞暂启，则仁义道塞。刑罚不能复禁，化导以之寖坏。此天下之纪纲，当今之急务。陛下宜开石室，陈图书，招会群儒，引问得失，指摘变象，以求天意。其言有中理，即时施行，显拔其人。以表能者，则圣听日有所闻，忠臣尽其所知。又宜罢退宦官，去其权重，第置常侍二人，方直有德者，省事左右；小黄门五人，才智闲雅者，给事殿中。如此则论者厌塞，升平可致也。



臣所以敢陈愚瞽、冒昧自闻者，傥或皇天欲令微臣觉悟陛下，陛下宜熟察臣言，怜赦臣死。臣言有尽而意不尽，伏维垂鉴。

看官道这篇策文，是何人所作？原来就是南郑人李固，即故司徒李郃的令子。固五察孝廉，再举茂才，皆不应召，至是为卫尉贾建所举，乃诣阙献词。顺帝特加鉴赏，置诸高第。即日令乳母宋娥出居外舍，并责诸常侍干预政权。诸常侍悉叩头谢罪，朝廷肃然，因拜固为议郎。马融前曾为校书郎中，因上广成颂，隐寓讥刺，忤旨被黜，及此次对策，乃复使与固同官。张衡、南阳人，表字平子，素善机巧，更研精天文阴阳历算，尝作浑天仪，著灵宪算罔论，造候风地动仪，为前人所未有。当时已为太史令，衡不慕荣利，故累年不迁，好几载才得为侍中。这都由阉人当道，排摈清流，虽有名士，终致沈抑下僚，不获大用。浮阳侯孙程等就国年余，仍复召还京师，命与王道李元同拜骑都尉。回应前回。嗣复迁程为奉车都尉，程竟病死，追赠车骑将军印绶，赐谥“刚侯”。程临终遗言，愿将封邑传与弟美，顺帝将封邑中分一半畀孙美承受，一半使程养子寿袭封，这也是汉朝特别的创格。到了阳嘉四年，居然垂为定例，诏令宦官养子，俱得为嗣，承袭封爵。御史张纲，就是司空张皓子，皓为留侯张良六世孙，居官正直，至阳嘉元年病殁。纲少通经学，砥砺廉隅，既受任为御史，目睹顺帝宠遇宦官，引为己忧，慨然叹息道：“秽恶满朝，不能致身事君，扫清宫禁，虽得幸生，也非我所愿哩！”当下缮就奏折，入朝进



呈，奏中说是：

>《诗》曰：“不愆不忘，率由旧章。”溯自大汉初隆，及中兴之世，文明二帝，德化尤盛，观其理为易循易见，但恭俭守节，约身尚德而已。中官常侍，不过两人，近幸尝赐，裁满数金，惜费重民，故家给人足。夷狄闻中国优富，任信道德，所以奸谋自消，而和气盛应。顷者以来，不遵旧典，无功小人，皆有官爵，富之骄之，而复害之，非爱人重器承天顺道者也！伏愿陛下少留圣恩，割损左右，以奉天下，则治道其庶几矣！

书入不报。是时三公已换易数人，太傅桓焉、太尉朱宠、司徒许敬皆相继罢去；用大鸿胪庞参为太尉，录尚书事，宗正

刘崎为司徒，又因司空张皓出缺，进太常王龚为司空。太傅本非常职，暂从缓设。太尉庞参，就职至三年有余，最号忠直，内侍等不便舞弊，屡加谮毁，司隶亦党同阉竖，上书纠弹，独广汉郡上计掾段恭，力为庞参洗刷，请顺帝专心委任，顺帝乃任参如故。不料参后妻嫉妒，竟将前妻子推入井中，猝遭溺死，洛阳令祝良与参有隙，当即入太尉府查勘属实，立时报闻，参因坐免，改任大鸿胪施延为太尉。越二年，施延免职，又起参为太尉。参年老多病，逾年寿终，司空张龚继参后任。太常孔扶迁官司空，未几又改用光禄勋王卓。司徒刘崎亦坐事免官，特擢大司农黄尚为司徒。惟梁后父执金吾梁商，奉命为大将军，独不愿就任，托疾固辞，顺帝使太常奉策，就第册拜，商不得已诣阙受命。汉阳人巨览，上党人陈龟，并有才行，当由商辟为掾属；李固周举，亦由商特召，入为从事中郎。固见商谦和有余，刚断不足，乃上笺讽商道：



昔春秋褒仪父以开义路，贬无骇以闭利门；夫义路闭则利门开，利门开则义路闭也。前孝安皇帝，内任伯荣樊丰之属，外委周广谢恽之徒，开门受赂，署用非次，天下纷然，怨声满道。今上初立，颇存清静，未能逾年，稍复堕损，左右党进者，日有迁拜；守死善道者，滞涸穷路，而未有改敝立德之方。又，即位以来，十有余年，圣嗣未立，群下系望。可令中宫博简嫔媵，兼采微贱宜子之人，进御至尊，顺助天意。若有皇子，母自乳养，无委保妾医巫，以致飞燕之祸。明将军望尊位显，当以天下为忧，崇尚谦省，垂则万方，而新营祠堂，费工亿计，非以昭明令德，崇示清俭。自数年以来，灾怪屡见，近无雨润，而沉阴郁泱，宫省之内，容有阴谋。孔子曰：“智者见变思形，愚者睹怪讳名。”天道无亲，可为祇畏。如近者月食既于端门之侧，既尽也。月者大臣之体也，夫穷高则危，太满则溢，月盈则缺，日中则移，凡此四者，自然之数也。天地之心，福谦忌盛，是以贤达功遂身退，全名养寿，无有怵迫之忧。诚令王纲一整，道行忠立，明公踵伯成之高，唐虞时为诸侯，至禹即位，弃官归耕，事见《庄子》。全不朽之誉，岂与此外戚凡辈，耽荣好位者，同日而论哉？固狂夫下愚，不达大体，窃感故人一饭之报，况受顾遇而可不尽言乎？愚者千虑，必有一得，幸赐裁览！

梁商亦知固效忠，但素性优柔，终不能用。宦官十九侯中，孙程早死，王康、王国、彭恺、王成、赵封、魏猛等亦陆续病亡，惟黄龙、杨佗、孟叔、李建、张贤、史汎、王道、李元、李刚九人，与乳母宋娥，交相蛊蔽，贿赂公行。太尉王龚每恨宦官揽权，志在匡正，因极陈诸阉过恶，请即放斥。阉党不免惊惶，各使宾客诬奏龚罪，顺帝竟偏听谗言，命龚自白。李固闻知，即进告梁商，为龚辩诬，且谓三公望重，不应赴廷对簿，请即代为表明，毋令王公蒙冤。商乃入白顺帝，才得无事。商子冀，鸢肩豺耳，两眼直视，口吃不能明言，少时游荡无行，酒色自娱，凡博弈蹴鞠诸技，却是般般精通，又喜臂鹰走狗，骋马斗鸡，此外却无甚材能，不过略通书计。为了椒房贵戚，得列显阶，初为黄门侍郎，转迁侍中虎贲中郎将，及越骑步兵各校尉，至父商为大将军，冀竟代任执金吾。阳嘉五年，改号永元，调冀为河南尹。冀居职暴恣，多为不道。洛阳令吕放进见梁商，偶然谈及冀过，商当然责冀，冀恨放多嘴，竟遣人伏候道旁，俟经过时，把他刺死。且恐乃父察悉，伪言放为仇家所刺，请使放弟禹为洛阳令，严行捕讯。禹接任后，总道是与冀无干，但将宗亲宾佐，逐加拷问，冤冤枉枉死了一百多人。冀一出手，便冤死多人，怪不得后来要杀皇帝。梁商尚被冀瞒过，顺帝更不必说了。

是年武陵蛮叛乱，幸得新任太守李进领兵讨平，且简选良吏，抚循蛮夷，郡境乃安。过了一年，象林蛮区怜等，纠众为乱，攻县廨，戕长吏，骚扰得了不得。交阯刺史樊演，发交阯九真兵二万余人，往救象林，兵士不愿远行，倒戈返攻，还亏樊演乘城拒守，觑隙出击，得将叛兵驱散，城郭无恙。但叛兵投入蛮帐，蛮众益盛。适侍御史贾昌，出使日南，闻得叛蛮猖獗，亟与州郡官吏，并力合讨，怎奈岭路崎岖，蛮众负嵎自固，官兵不能与敌，战辄失利，反为所围。贾昌等飞书乞援，诏令公卿百官，会议方略，群臣等请特简元戎，大发荆扬兖豫兵马，往讨叛蛮；独大将军属下从事中郎李固，力驳众议，独献良谟，大致说云：



蛮荒辽远，用兵最艰，若荆扬无事，发之可也。今二州盗贼，盘结不散，武陵南郡，蛮夷未辑，长沙桂阳，数被征发，如复扰乱，必更生患，其不可一也。又兖豫之人，猝被征发，远赴万里，无有还期，诏书迫促，必致叛亡，其不可二也。南州水土温暑，加有瘴气，致死亡者，十必四五，其不可三也。远涉万里，士卒疲劳，及至岭南，不堪复斗，其不可四也。军行日三十里，而兖豫去日南九千余里，三百日乃到，计人粟五升，用米六十万斛，不计将吏驴马之食，但负甲自致，费便若此，其不可五也。军之所在，死亡必众，不足御敌，当复更发，其不可六也。九真日南，相去千里，发其吏民，犹且不堪，何况苦四州之卒，以赴万里之艰哉，其不可七也。

前中郎将尹就，讨益州叛羌，益州谚曰：“虏来尚可，尹来杀我。”后就征还，以兵付刺史张乔；乔因其将吏，旬月之间，破殄寇虏。此发将无益之效，州郡可任之验也。宜更选有勇略仁惠任将帅者，以为刺史太守，悉使共住交阯。今日南兵单无谷，守既不足，战又不能，可一切徙其吏民，北依交阯，还募蛮夷，使自相攻，转输金帛以为其资；有能反间致头首者，许以封侯裂土之赏。前并州刺史祝良，性多勇决；又南阳张乔，前在益州，有破虏之功，皆可任用。昔太宗加魏尚为云中守，哀帝即拜龚舍为泰山太守，今宜师其遗意，拜良等便道之官，则不待劳师，自可收效，而蛮疆之绥辑不难矣。



这议一创，公卿等却多以为然，不复坚持成见。于是拜祝良为九真太守，张乔为交阯刺史，即日就道，同赴岭南。乔至交阯，开示恩信，解散胁从，叛众或降或归，不复生乱。良到九真，单车入蛮穴中，晓谕祸福，示以至诚，蛮众亦俯首帖耳，愿遵约束，投降至数万人，俱为良筑造府舍，仍复前观，岭外复平。

朝廷未接捷音，尚使公卿等各举猛士，选为将帅。尚书令左雄时已调任司隶校尉，独将前冀州刺史冯直保举上去。偏尚书周举谓冯直尝坐赃免官，如何得列入荐牍？因此劾雄所举非人，免不得有阿私情弊。雄以周举得为尚书也由自己推荐，此次恩将仇报，太觉不情，当下往诘周举道：“我素重君才，故敢进言，谁知反害及自身！”举慨然答道：“昔赵宣子任韩厥为司马，厥反戮宣子仆，宣子语诸大夫道：‘可以贺我！’今君不以举为不才，谬升诸朝，举不敢向君阿谀，致贻君羞。不料君意与古人不同，举始自知得罪了！”雄听了举言，忙改容称谢道：“吾过，吾过！幸勿介意！”遂拱手别归。时人称举为善规，雄为善改，统是当时贤士，名不虚传。还有一班窃权揽势的宦官，乘机举用私人，竞卖恩势。独大长秋良贺，清俭退厚，一无所举，顺帝暗暗诧异，召问原因，贺直答道：“臣生自草莽，长居宫禁，天下人才，臣未知悉，又与士类素乏交游，怎敢滥举？昔卫鞅因景监介绍，得见秦王，智士已料他不终，若使臣妄举数人，恐士人不以为荣，反且因此见辱了！”顺帝闻言，也为叹息不置。但内侍如贺，实是不可多得。此外多招权纳贿，往往酿成祸阶，永和四年元月，中常侍张逵竟矫诏捕人，险些儿构兴大狱，连累无辜。小子有诗叹道：



刑余腐竖总难容，蟠踞宫廷定兆凶；
亦有驯良堪任使，古今能有几人逢？

欲知张逵矫诏情事，容至下回分解。

顺帝亦中智之君，观其召试群儒，能举李固为首选，退乳母，责阉人，宫禁肃然，其与乃父之庸暗不君，似不可同日语矣。然一时之明察，终不敌群小之欺蒙，虽有直臣，挽回无几。意者其尚有遗传性之留存，明于初而昧于终欤？梁商以谦退称，亦卒蹈优柔之失，有子如冀，不能教以义方，遑问他事。李固讽商之言，尚未能直揭其弊，而商且不用，时人称商为顺帝贤辅，其然岂其然乎？及固荐引祝良张乔之抚蛮，而四府均赞成固议，卒得成功。度其时商为首弼，且握兵权，必有为之主宰其间者，况固为从事中郎，亦由商所辟召？盖亦一邓骘之流亚而已。《语》有之：“善善从长，恶恶从短。”则商固非无一长之足采之。

# 第四十六回　马贤战殁姑射山 张纲驰抚广陵贼

却说中常侍张逵素行狡黠，善能希旨承颜，得邀主眷。只是汉宫里面的宦官，多至千百，几不胜数，彼争权，此夺宠，所以互相奔竞，迭起不休。当时张逵以外，尚有小黄门曹节及曹腾孟贲等，俱为顺帝所昵爱，揽权用事。甚至后兄梁冀及冀弟不疑，常与往来，结为至交。大将军梁商亦未尝禁止，反令儿辈通好权阉，作为护符，朝臣莫敢与抗。只张逵相形见绌，满怀不平，遂串同山阳君宋娥及黄龙、杨佗、孟叔、李建、张贤、史汎、王道、李元、李刚等九侯，诬奏大将军梁商与曹腾孟贲等阴图废立，请即加防。顺帝却正容答道："必无此事！朕想汝等共怀妒忌，故有此言！"逵等都不禁失色，当即退出。只逵因妒生恨，因恨生惧，自思一不做，二不休，不如冒险一试，先除曹腾孟贲，再作后图。当下捏造伪诏，收捕腾、贲下狱。好大胆子，想是活得不耐烦，故有此举。顺帝闻知，勃然大怒，立饬拿住张逵，交付法司，一经拷讯，水落石出，便将逵推出市曹，一刀两段。乳母宋娥，夺爵归田；黄龙等九侯，遣令就国，削去国土四分之一；释出曹腾孟贲，守职如故。自是阉党十九侯中，除已死及被黜外，只有广平侯马国、下隽侯陈予、东阿侯苗光，总算保全爵邑，富贵终身。也是这三人，不欲争权，故得幸免。这且搁过不表。

且说陇西塞外的杂羌，自经麻奴降服后，幸得少安。见前文。既而麻奴病死，弟犀苦嗣为烧当羌酋，阴有贰心，又嗾动钟羌叛汉，寇掠凉州。护羌校尉马贤引兵出击，斩首千余级，余众多降，贤得进封都乡侯。嗣贤坐事征还，代以右扶风韩皓；皓不久复罢，由张掖太守马续继任。钟羌酋良封等又复为乱，入寇陇西汉阳，有诏再起马贤为谒者，前往镇抚。贤至陇西，马续已击败良封，再由贤调发陇西吏士，及羌胡各骑兵，追封出塞，斩首千八百级；封穷蹙失势，被贤击毙，亲属俱降。

贤复进剿钟羌支族且昌等，亦获大胜，且昌等率诸种十余万众，诣梁州刺史处投诚。汉廷乃仍使贤为护羌校尉，调马续为度辽将军。续莅任四年，恩威两济，颇得民心。

独南匈奴左部句龙王吾斯车纽等，恃强不法，竟率三千余骑，入寇西河，复煽惑右贤王，合兵七八千人，进围美稷，杀死朔方代郡各长吏。度辽将军马续因与中郎将梁并、乌桓校尉王元，发边兵及羌胡骑士，共二万余人，掩击吾斯车纽等联兵，斩馘颇多。吾斯车纽虽然败衄，却是屡散屡聚，随处骚扰。汉廷遣使赍诏，往责南单于，单于休利本未预谋，不得已脱帽避帐，至中郎将梁并处谢罪。并却好言抚慰，遣令归庭。未几并因病乞休，后任为五原太守陈龟。龟以南单于不能驭下，外顺内叛，逼令自杀。又欲徙单于近亲，入居内郡，遂致胡人生贰，各有违言。朝廷因他办理不善，逮还都中，下狱免官。大将军梁商拟招降叛胡，不欲多劳兵戎，乃上表申议，略云：

> 匈奴寇叛，自知罪大．穷鸟困兽，犹图救死，况种类繁炽，不可殚尽。今转战日增，三军疲苦，虚内给外，非中国之利。窃见度辽将军马续，素有谋谟，且典边日久，深晓兵要，每得续书，与臣策合。宜令续深沟高垒，以恩信招降，宣示购赏，明其期约，如此则丑类可服，国家无事矣。

顺帝依言，诏令马续招降叛虏，毋得一意用兵。梁商又致书与续道：

> 中国安宁，忘战日久。良骑野合，交锋接矢，决胜当时，此戎狄之所长，而中国之所短也；强弩乘城，坚营固守，以待其衰，此中国之所长，而戎狄之所短也。宜务先所长，以观其变，设购开赏，宣示反悔，勿贪小功，以乱大谋，是所至要！



马续既接朝旨，复得商书，当然专心招抚，敛威用恩。南匈奴右贤王部抑鞮等，率领万三千口，诣续乞降，惟吾斯车纽仍然未服。吾斯且推车纽为单于，东引乌桓，西收羌胡等数万人，攻破京兆虎牙营，戕上郡都尉及军司马，转掠并凉幽冀四州。未曾大挫强虏，徒欲壹意主抚，亦为启寇之阶。朝廷尚主张退守，但徙西河治离石，上郡治夏阳，朔方治五原。待至寇势日迫，警报时闻，乃遣中郎将张耽招集幽州乌桓诸郡营兵，出讨叛虏。

耽有胆略，善抚士卒，军中乐为效死，行至马邑，与虏兵相值，一阵横扫，枭得虏首三千级，生擒无算。车纽与诸豪帅骨都侯等心惊胆落，匍匐请降。惟吾斯窜去，嗣复收拾余烬，再来寇边。耽与马续合兵奋击，追至谷城，大破吾斯；吾斯遁入天山，与乌桓兵依险自固。耽穷兵深入，逾涧攀崖，猱升而上，连斩乌桓渠帅，夺还被掠人畜，不可胜计。吾斯复遁，虏势乃衰。

偏是北寇渐稀，西羌复炽，甚至蹂躏三辅，烽火连天。原来且昌羌等投降以后，余羌亦多被马贤击走，陇右却安静了年余。已而烧当羌酋那离等复叛，又为马贤所诛。贤奉调为弘农太守，另任来机刘秉为并凉二州刺史。机与秉出都时，往辞大将军梁商，商与语道："古称戎狄荒服，蛮夷要服，是说他荒忽无常，全在镇抚得人，临事制宜，毋拂彼性。今二君素性嫉

恶，太分黑白，孔子所谓人而不仁，疾之已甚，必致激乱，何况蛮夷戎狄哩？愿二君务安羌胡，防大赦小，方可无虞！"既知二君性刻，何勿上表谏诅？机等虽然应命，但本性难移，怎能遽改？到任以后，苛待群羌，多所扰发，于是且冻傅难钟羌等复叛，攻掠金城湟中，入寇三辅，杀害长吏，毒虐生民。朝廷闻警，急将机秉二人逮还，特拜马贤为征西将军，使骑都尉耿叔为副，带领左右羽林五校士及诸郡兵十万人，出屯汉阳。大将军梁商虑贤年老难任，请改用大中大夫宋汉，顺帝不从。贤在途稽留，多日不进，时马融为武都太守，上书进谏道：

今杂种诸羌，转相钞掠，宜及其未并，亟请深入，破其支党，而马贤等处处留滞。羌胡百里望尘，千里听声，今逃匿避回，漏出其后，则必侵寇三辅，为民大害。臣愿

请贤所不可，用关东兵五千，裁假部队之号，尽力率厉，埋根行首，以先吏士；三旬之后，必克破之。臣少习学艺，不更武职；猥陈此言，必受诬罔之辜。昔毛遂厮养，为众所嗤，终以一言，克定从要。从读如纵。臣又闻吴起为将，暑不张盖，寒不披裘；今贤野次垂幕，珍肴杂沓，儿子侍妾，事与古反。臣惧其将士将不堪命，必有高克溃破之忧也！高克，郑人，见《左传》。

书入不报。安定人皇甫规闻马贤不恤军事，料其必败，亦据实上闻，顺帝既不从融言，怎肯听信皇甫规？当然搁置不理，惟遣使催促马贤进兵。贤进抵汉阳，尚是无心进战。至永和六年正月，且冻羌分道入寇，掠武都，烧陇关，蔓延甚盛，贤不得已挈领二子及骑士五六千名，出御射姑山。羌众设伏以待，诱贤入谷，四面趋集，把贤困在垓心，贤与二子左冲右突，终不得脱，徒落得父子同殉，暴骨沙场。败报传达京师，顺帝未免叹息，特赐马贤家布三千匹，谷千斛，封贤孙为舞阳亭侯；更遣侍御督录征西营兵，抚恤死伤。 

惟羌众得了大胜，势焰益张。向来羌人分作两派，居住安定北地上郡西河边境，号为东羌；居住陇西汉阳金城边境，号为西羌。至是东西连合，愈聚愈多，就中有一班巩唐羌，更是蛮野，趁着汉兵败衄，长驱深入，自陇西直抵三辅，焚园陵，扰关中，杀伤长吏。鄜阳令任頵引兵截击，因寡不敌众，竟至阵亡。独武威太守赵冲击败巩唐羌，斩首四百余级，收降二千余人，有诏令护羌校，总督河西四郡兵马，便宜行事。安定时亦被兵，郡将因皇甫规智略过人，命为功曹，使率甲士八百人，出遏叛羌。规首冒锋刃，挥兵杀敌，斫死羌人前驱数名，羌众骇退，安定解严，乃举规为上计掾，诣都报册。规乘便上疏，自请效力，疏中有云：

> 臣比年以来，数陈便宜，羌戎未动，察其将反；马贤始出，知其必败，误中之言，皆可考据。臣每维贤等拥众四年，未有成功，悬师之费，且百亿计，出于平民，回入奸吏，故江湖之人，群为盗贼。青徐荒饥，襁负流散。夫羌戎溃叛，不由承平，皆由边将失于绥驭，乘常守安，则加侵暴，苟竞小利，则致大害，微胜则虚张首级，军败则隐匿不言。军士劳怨，困于猾吏，进不得快战以邀功，退不得温饱以全命，饿死沟渠，暴骨中原；徒见王师之出，不闻振旅之声。酋豪泣血，惊惧生变，是以安不能久，叛则经年，臣所以搏手叩心而增叹者也。愿假臣两营二郡，屯列坐食之兵五千，出其不意，与护羌校尉赵冲，共相首尾。土地山谷，臣所晓习；兵势巧便，臣已更之；可不烦方寸之印，尺帛之赐，高可以涤患，下可以纳降。若谓臣年少官轻，不足用者，凡诸败将，非真由官爵之不高，年齿之不迈也！臣不胜至诚，没死自陈，翘首待命。



顺帝览疏，因规资轻望浅，不肯委任，规乃出都归郡。会巩唐羌复寇北地，北地太守贾福与赵冲合兵出讨，失利退还，羌众复转寇武威。顺帝闻羌寇充斥，凉州震惊，乃复徙安定北地吏民，入居扶风冯翊；一面使执金吾张乔，行车骑将军事，引兵万五千人，屯守三辅。既而护羌校尉赵冲，招降罕种羌五千余户，复连败烧何烧当等羌，羌众乃散匿塞外，边患少纾。诏罢张乔屯兵，仍使还都。

适大将军梁商得病，医治无效，顺帝亲往省问，见商卧不能起，料知危险，因问及后事，商且喘且答道：“尚书周举，从前坐事免官，由臣召为从事中郎，此人清高中正，可以重任，愿陛下留意！”周举免官复起，借商口中补叙，但商知举之忠，奈何不知子之恶？顺帝允诺，嗣见商无他言，便即辞去。商更召嘱诸子道：“我实不德，享受多福，生不能辅益朝廷，死或致耗费帑藏，如衣衾饭含玉匣珠贝等类，何益朽骨？况边境不宁，盗贼未息，岂尚可为我一人，虚糜国库？俟我气绝，即当载至冢舍，当即殡殓；殓已开冢，冢开即葬。祭食如我生存时，毋用三牲。孝子当善述父志，不宜违我遗言！”说毕即逝。诸子呈报遗命，顺帝不听，特赐东园寿器，涂以朱漆，饰以银镂，并玉匣什物二十八种，钱三百万，布三千匹，予谥“忠侯”。及出葬时，命兵车甲士护丧，皇后亲送，顺帝至宣阳门遥望灵辆，并作诔云：“孰云忠侯，不闻其音？背去国家，都兹玄阴；幽居冥冥，靡所宜穷。”这诔文派员往读，即令商长子冀嗣封乘氏侯，并承父职为大将军，冀弟不疑为河南尹，且进周举为谏议大夫，一是报商旧绩，一是从商遗言。 

偏梁冀贪婪骄恣，与乃父大不相同，所有正人君子，俱为冀所不容。会值荆州盗起，连年不安，顺帝使李固为荆州刺史。固妥为慰抚，赦过宥罪，许贼更新，贼目夏渠等自缚归罪，由固遣令晓示，群贼一律反正，全州肃清。独南阳太守高赐等受赃惧罪，恐为固所按考，特派心腹，使载金入都，重赂梁冀。冀爱财如命，悉数收受，即替他千里移檄，嘱固从宽。固不阿权贵，纠察愈严，高赐等复向冀乞怜，冀竟左迁固为泰山太守。泰山亦多盗贼，郡守尝屯兵千人，随处防剿，终不能平；固到任后，却将屯兵罢遣归农，但留战士百余人，嘱令四处招诱，不到一年，贼皆弭散。惟他处牧守，多是贪污阘茸，但知巴结上官，不知安辑百姓，因此流离载道，半为盗贼。可恨这班牧守，讳无可讳，剿不胜剿，又只好归咎人民，奏报朝廷。顺帝特改永和七年为汉安元年，大赦天下，分遣侍中杜乔及光禄大夫周举、郭遵、冯羡、栾巴、张纲、周栩、刘班等八人，巡行州郡，宣谕威德，表举贤良。如刺史二千石有贪污不法，即驰驿举劾；二千石以下，许得便宜收系。乔等拜命即行，惟张纲年齿最少，气节独高，出京不过里许，至洛阳都亭，竟将车轮埋藏地下，慨然说道："豺狼当道，安问狐狸？"当下缮好奏疏，还都呈入，弹劾大将军梁冀及河南尹梁不疑，开篇即云：

大将军冀，河南尹不疑，蒙外戚之援，荷国厚恩，以刍荛之资，居阿衡之任，不能敷扬五教，翼赞日月，而专为封豕长蛇，肆其贪叨，甘心好货，纵恣无厌，多树谄谀，以害忠良，诚天威所不赦！大辟所宜加也！



后文又条陈冀等十五罪，说得淋漓透彻，慷慨激昂。史传中，止言无君之心，十五罪未曾详叙故事，故本书亦只从略。时梁冀妹为皇后，内宠方盛，诸梁姻族，布满内外，纲却不顾利害，言人未言，廷臣都为震栗。幸顺帝知他忠直，未尝加谴，但不过将原奏搁起，置诸度外罢了。冀因此恨纲，辄思借端中伤。

适广陵贼张婴聚众数万，攻杀刺史二千石，寇乱徐扬间，非常猖獗；前任郡守只求兵马卫护城廨，无一敢讨。冀乃嘱使尚书，举纲为广陵太守。纲单车赴任，但率郡吏十余人，径诣婴垒。婴不知何因，闭垒拒纲，纲手书谕婴道："我奉诏宣慰，并非征讨，汝等不必惊慌，且容我入垒明言，从与不从，悉听汝便，何必闭门拒我，自示张皇呢?”婴见纲来意和平，乃开门出迎，拜伏道旁。纲亲为扶起，偕行入垒，延令就座，问所疾苦。婴答言官吏暴虐，不得不变计逃生。纲随机晓谕道：“前后二千石，多肆贪暴，致君等怀愤相聚，二千石原是有罪，但君等所为，亦属非义。今主上仁圣，欲以文德服人，特遣我来此抚慰，意在荣以爵禄，不愿迫以刀锯，这正是君等转祸为福的时会了！若闻义不服，天子必赫然震怒，征调荆扬豫兖大兵，云集垒前，岂不危甚?试想用弱敌强，怎得为明?弃善取恶，怎得为智?去顺效逆，怎得为忠?身死嗣绝，怎得为孝?背正从邪，怎得为直?见义不为，怎得为勇?利害得失，关系非轻，请君自择去就便了！”婴听纲说毕，不禁泣下道：“荒裔愚民，不能自达朝廷，坐遭侵枉，遂致啸聚偷生，譬诸鱼游釜中，喘息须臾，不遑后顾。今明府开诚晓谕，使婴等再见天日，尚有何言?但恐既陷不义，一经投械，终不免拿戮呢！”纲与婴指天为誓，必不爽约，婴乃决计投诚。俟纲别去，遂遍告部众万余人，至次日齐至郡廨，与妻子面缚归降。纲再单车入垒，置酒大会，遣散叛党，任他自去。又亲为婴卜居宅，视田畴，凡子弟欲为郡吏，皆量材召用，众情悦服，南州晏然。

纲论功当封，偏被梁冀从中阻挠，因此罢议。惟顺帝尚器重纲才，将加擢用，张婴等闻知消息，上书乞留，乃任纲如故。纲在郡一年，忽然抱病，竟至告终，年才三十有六。百姓扶老携幼，俱至府舍哭临；张婴等五百余人，并身服缞绖，执杖送葬，奉榇至武阳归葬，即由婴等负土为坟，顷刻即成。莫谓盗贼中，必无善人！事为朝廷所闻，也下诏叹息，拜纲子续为郎中，赐钱百万，小子有诗赞道：

敢弹首恶竟埋轮，出守防奸独布仁；
柔亦不茹刚不吐，宽严两济是能臣！

同时尚有几个好官，政声卓著，待小子下回报明。

兵不可常用，常用必败；将不可久任，久任必亡。如汉之马贤，防边有年，屡破羌人，未始非一时名将；但功多则易起骄心，位高则易生佚志，观马融之劾奏马贤，谓其野次垂幕，珍肴杂遝，儿子侍妾，事与古反，是何莫非骄佚之所酿而成？天下有骄且佚者，而尚能胜敌徼功乎？姑射一役，父子俱死，非不幸也，宜也！张纲埋轮，力劾梁冀，虽未足扫除豺狼，而直声已流传千古。至徙纲为广陵守，单车谕贼，不杀一人，而万贼归降，梁冀本欲借贼以害纲，而纲反得收贼以愧冀，乃知天下事总在人为，直道而行，艰险固不必计也！惟忠贤如纲，而不使永年，天若无知而实有知，观于李固杜乔之枉死，而纲之早殁，实为幸事；天之保全名臣，固不在命之修短间欤。

# 第四十七回　立冲人母后摄政<br>毒少主元舅横行

却说顺帝时代的名吏却也不少，除张纲抚定广陵外，尚有洛阳令任峻、冀州刺史苏章、胶东相吴祐。峻能选用人才，各尽所长，发奸如神，爱民如子，洛阳大治。章为冀州刺史，有故人为清河太守，贪赃不法，俟章行巡至郡，当然迎谒，章置酒与宴，畅叙甚欢，太守喜说道："人皆有一天，我独有二天。"章微笑道："今夕苏儒文与故人饮酒，乃是私恩；儒文系苏章表字。明日为冀州刺史按事，却是公法，公私原难并论呢！"这一席话，说得太守忸怩不安；果然到了次日，即被挂入弹章，罢官论罪。州吏闻章秉公无私，自然不敢枉法，全境帖然。吴祐政从仁简，民不忍欺，啬夫孙性，私赋民钱，市衣奉父，父怒说道："汝尚敢欺吴公么？快去向吴公伏罪，还可恕汝！"性惶惧自首，具述父言，祐与语道："汝以亲故受污名，还可原谅，古人所谓观过知仁，便是为此。但汝父确系老成，汝当归谢，所有衣服，仍奉遗汝父便了！"性乃拜谢而去。祐遇民事讼，往往闭阁自责，然后讯问两造，多方晓谕，不尚典刑，或身自至乡，曲为和解，因此闾阎悦服，囹圄空虚。苏章宴友，吴祐还衣，后人或讥为好名，但试问后世有几多贤吏？就是巡行州郡的八使，当时号为八俊。只张纲中道折还，出守广陵，病终任所；余如杜乔、周举等人，亦皆不避权贵，所上弹章，统是梁氏姻亲及宦官党羽。可奈宫廷里面都由宵小把持，任他如何弹劾，只是搁置不理。嗣经侍御史种暠，复行案举，方得黜去数人。杜乔到了兖州，表奏泰山太守李固，政绩为天下第一，因召入为将作大匠，再迁为大司农。太尉王龚因病告归，太常桓焉及司隶校尉赵峻，相继为太尉。司空王卓病终，光禄勋郭虔继任，嗣又改用太仆赵戒。就是司徒黄尚卸任后，亦接连换易两人，一是光禄勋刘寿，一是大司农胡广。惟当时梁冀用事，三公九卿，统唯唯诺诺，无所可否。惟前太尉王龚子畅，入为尚书，倒还有些乃父风规，不偏不党。



汉安二年，匈奴句龙王吾斯复率众寇并州，畅荐茂陵人马寔为中郎将，出使防边。寔募人刺杀吾斯，送首洛阳；越年又进击余党，收降乌桓余众七十余万口。朝廷下诏褒美，赐钱十万；一面册立南匈奴守义王兜楼储为单于，使他还镇南庭。兜楼储前时入朝，留居洛阳，至是由顺帝临轩，亲授玺绶，特赐车服，并命太常大鸿胪等祖饯都门，作乐侑酒，待至饮毕，兜楼储乃拜辞还国。南庭有此主子，自然不忘汉恩，较为恭顺，北顾幸可无忧。惟西陲一带，经护羌校尉赵冲出镇，剿抚并用，连破烧何、烧当诸羌，羌种前后三万余户悉降。后来护羌从事马玄，忽生异图，背冲出塞，羌众亦叛去不少。冲追击叛羌，遇伏战殁，诏封冲子义为义阳亭侯。但冲虽阵亡，羌亦衰耗，再加梁并为左冯翊，招降叛羌离湳狐奴等，陇右少安。

回应前回。到了汉安三年，顺帝年已及壮，尚未立嗣，梁皇后以下，多半不育，只后宫虞美人生下一子，取名为炳，年才二岁，顺帝乃立炳为太子，改汉安三年为建康元年，颁诏大赦。适侍中杜乔还京复命，遂拜为太子太傅；又命侍御史种暠为光禄大夫，在承光宫中监护太子。一夕由中常侍高梵，单车迎太子入见，杜乔等向梵索诏，梵答言由帝口授，并无诏书，乔惶惑失措，不知所为，种暠独拔剑出鞘，横刃当车道："太子为国家储贰，民命所系，今常侍来迎，不持诏书，如何示信？暠宁死不从此命！"梵起初尚恃有帝谕，倔强不服，及见暠色厉词严，倒也理屈词穷，无从辩驳，因即驰还复奏。顺帝颇称暠持重，更用手诏往迎太子，太子乃入。杜乔出宫赞叹道："种公可谓临事不惑呢！"种暠字景伯，河南洛阳人，杜乔字叔荣，河内林虑人。两人都被举孝廉，致身通显，并号名臣。未几出暠为益州刺史，乔却迁官大司农，再迁为大鸿胪。



是年八月，顺帝不豫，数日即崩，年终三十，在位与安帝相同，也是一十九年。群臣奉太子炳即位，尊梁后为皇太后。两龄嗣主，如何亲政？当然援照前例，由皇太后梁氏临朝。进太尉赵峻为太傅，大司农李固为太尉，参录尚书。越月奉顺帝梓宫，出葬宪陵，庙号"敬宗"。是日京师及太原雁门地震，三郡水涌土裂。有诏令举贤良方正，并使百僚各上封事，极陈时政得失。前安定上计掾皇甫规，奉诏奏对道：

伏惟孝顺皇帝初勤王政，纪纲四方，几以获安；后遭奸伪，威分近习，畜货聚马，戏谑时间，又因缘嬖幸，受赂卖爵，轻使宾客，交错其间，天下扰扰，从乱如归，故每有征战，鲜不挫伤，官民并竭，上下穷虚。臣在关西，窃听风声，未闻国家有所进退，而威福之来，咸归权幸。陛下体兼乾坤，聪哲纯茂，指梁太后。摄政之初，拔用忠贞，指用李固。其余纲维，多所改正，远近翕然，望见太平。而地震之后，雾气白浊，日月不光，旱魃为虐，盗贼纵横，流血川野，庶品不安，谴诫屡至，殆以奸臣权重之所致也。其常侍尤无状者，亟宜黜遣，披扫凶党，收入财贿，以塞民怨，以答天诫。今大将军梁冀，河南尹不疑，处周召之任，为社稷之镇，加与王室世为姻族，今日立号，虽尊可也！惟宜增修谦节，辅以儒术，省去游娱不急之务，割减庐第无益之饰。夫君者舟也，民者水也，群臣乘舟者也，将军兄弟，操楫者也。若能平志毕力，以度元元，所谓福也；如其怠弛，将沦波涛，可不慎乎？夫德不称禄，犹凿墉之址，以益其高，岂量力审功，安固之道哉？凡诸宿猾酒徒戏客，皆耳纳邪声，口出谄言，甘心逸游，倡造不义，亦宜贬斥，以惩不轨；令冀等深思得人之福，失人之累。又在位素餐，尚书怠职，有司依违，莫肯纠察，故使陛下专受谄谀之言，不闻户牖之外。臣诚知阿谀有福，直言贾祸，然岂敢隐心以避诛责乎？臣生长边远，希涉紫庭，怖慑失守，言不尽意，昧死以闻。



这篇奏对，是专从权戚嬖幸上立言，梁冀瞧着，先已忿恨，即黜规下第，授官郎中，规知不可为，托疾辞归。州郡望承意旨，常欲陷害皇甫规，规深居韬匿，但以《诗》《易》教授门徒，幸得不死。

时扬徐盗贼复盛，扬州贼范容等据住历阳；九江贼马勉攻入当涂，居然自称皇帝，也建立年号，封拜百官，号党羽徐凤为无上将军。就是广陵降贼张婴，自张纲病殁后，又生变志，仍然号召党羽，扰乱堂邑江都。梁太后正拟会集公卿，选将出讨，只因年残春转，朝廷改元永嘉，百僚连日庆贺，无暇问及军情。待至庆贺事毕，幼主忽罹重疾，一瞑不醒，年才三岁，宫中忙乱得很。梁太后因扬徐盗盛，恐国有大丧，愈致惊扰，特使中常侍诏谕三公，拟征集诸王列侯，然后发丧。太尉李固进言道："嗣皇虽幼，犹是天下君父，今日崩亡，人神感动，岂有身为臣子，反可互相隐讳？从前秦始皇病崩沙邱，胡亥赵高，隐匿不发，卒至扶苏被害，秦即乱亡；近北乡侯病逝，阎后兄弟及江京等，亦共隐秘，致有孙程推刃等事。这乃天下大忌，不可不防！"实是防备梁冀，故有此言。梁太后乃依固议，即夕发丧。

惟顺帝只有嗣子一人，嗣子已殁，不得不别求旁支，入承大统。因征清河王蒜及渤海王子缵，同入京师。蒜系清河孝王庆曾孙，缵乃乐安王宠孙，宠即千乘王伉子，见前回。蒜年已长，缵尚只八岁。太尉李固欲立长君，特语大将军梁冀道："今当立嗣君，宜择年长有德，及躬与政事，夙有经验的人才，方可主治国家，愿将军审详大计，如周霍立文宣，毋效邓阎二后，利立幼君！"冀不肯从，与梁太后秘密定议，竟迎缵入南宫，授封建平侯，即日嗣位，是谓质帝，仍由梁太后临朝，遣蒜还国。于是议为前幼主安葬，卜兆山陵。李固又进谏道："方今寇盗充斥，随处都宜征剿，军兴用费，势必加倍，况新建宪陵，劳役未休，前帝年尚幼弱，可即就宪陵茔内，从旁附筑，费可减去三分之一。从前孝殇皇帝奉葬康陵，也是这般办法，今何妨依据前制呢。"梁太后复从固言，将前幼主梓宫出葬，谥为"冲帝"，墓号怀陵。

固遇事匡正，辄见信用，黄门内侍，多半黜遣，天下都想望承平。独梁冀专欲好猜，每相忌嫉，再加阉人从中播弄，共作蜚语，架诬固罪。梁太后却不肯听信，因得无事。固又与太傅赵峻、司徒胡广、司空赵戒等，荐举北海人腾抚，有文武才，可为将帅。有诏拜抚为九江都尉，往讨扬徐诸贼。抚连战连胜，破斩马勉及徐凤范宫等，因进抚为中郎将，都督扬徐二州军事。抚又进至广陵，击毙张婴，尚有历阳贼华孟自称黑帝，亦为抚领兵击死，东南乃平。越年改元本初，诏令郡国各举明经，诣太学受业，岁满课成，拜官有差。自是公卿皆遣子入学，生徒多至三万余人，学风称盛。扬徐一带，又已平靖，西北两隅，也还安宁，正好偃武修文，日新政治。偏是贵戚梁冀，挟权专恣，恃势横行，甚至大逆不道，公然做出弑君的事情来了。



原来质帝年虽幼冲，却是聪明得很，常因朝中会议，公卿满廷，独目顾梁冀道："这正是跋扈将军呢！"聪明反被聪明误。冀听了此言，大为忿恨，暗想如此少主，已是这般厉害，若待至长成，如何了得！不如除去了他，另立一人。乃暗嘱内侍，置毒饼中，呈将进去，质帝吃了数枚，才阅片时，便致腹中作怪，烦闷不堪，因召问太尉李固道："食饼腹闷，得水尚可活否？"冀在旁接口道："恐饮水后或致呕吐，不如不饮为是！"语尚未毕，那质帝已捧住胸腹，直声大叫，霎时间晕倒地上，手足青黑，呜呼哀哉。李固伏尸举哀，大哭一场。少顷梁太后到来，亦泪下潸潸。固停住了哭，面奏太后，请彻底查究侍臣，梁太后含糊答应。固欲再与梁冀说明，左右旁顾，并不见冀踪迹，乃退了出去。适司徒胡广、司空赵戒闻丧哭临，固待他哭毕，出外与商善后事宜，且恐冀更另立幼主，因邀二人一同署名，致书与冀道：

天下不幸，仍遭大忧，皇太后圣德临朝，摄统万机，明将军体履忠孝，忧存社稷，而频年之间，国祚三绝。今当立帝，膺天下重器，诚知太后垂心，将军劳虑，必详择其人，务求圣明；然愚情眷眷，窃独有怀。远寻先世废立旧仪，近见国家践阼前事，未尝不询访公卿，广求群议，令上应天心，下合众望。且本初以来，政事多谬，地震宫庙，彗星竟天，正是将军忧劳之日。《传》曰：“以天下与人易，为天下得人难。”昔昌邑之立，昏乱日滋；霍光忧愧发愤，悔之折骨。自非博陆忠勇，延年奋发，大汉之祀，几将缺矣？至忧至重，可不熟虑？悠悠万事，惟此为大；国之兴衰，在此一举，惟明将军图之！博陆，即霍光封邑，事见《前汉演义》。



梁冀得书，方召百官入议。李固与胡广、赵戒及大鸿胪杜乔，都请立清河王蒜，说他谊属尊亲，德昭中外，正好入主宗祧。冀默不一答，仍无成议。先是平原王翼，被贬为都乡侯，遣归河间，见四十一回。翼父开时尚生存，愿将蠡吾县为翼封邑，上表请命，朝廷准议，乃改封翼为蠡吾侯。翼殁后，由子志袭封。志酷肖乃父，面目清扬，可惜是个皮相。当顺帝告崩时，曾入都会葬，为梁太后所亲见，太后尚有女弟，意欲与志为婚，合成佳偶，只因国有大丧，一时未便与议，所以遣令归国。迁延至两年有余，志年已十五，乃由梁太后召令入朝，与商婚事。适值质帝暴崩，议立新主，梁冀意中，即欲将志拥立，好做那双料国舅，永久擅权。国舅也有双料，真是奇语。不料三公会议，多主张清河王蒜，与己意殊不相合，急切又未便开口，只得闷闷无言。及公卿等退出后，时已天暮，冀吃过夜膳，正在踌躇，忽由中常侍曹腾等入见，希旨说冀道："将军累代为椒房姻戚，秉摄万机，宾伍如云，免不得稍有过失。清河王夙号严明，若果得立，恐将军必致受祸！不如立蠡吾侯，富贵当可长保哩！"冀皱眉道："我亦有此意，但公卿等未肯赞成，奈何？"腾复说道："将军据有重权，令出必行，何人敢违？"冀不待说毕，奋然起座道："我……我意决了！"冀本口吃，两我字形容毕肖。腾等欣然辞去。

翌晨冀重集公卿，倡议立蠡吾侯志，怒目轩眉，语甚激切，胡广赵戒以下，俱为冀所震慑，同声接应道："惟大将军命！"独固与杜乔，坚持初议，尚有辩驳，冀不令多言，竟厉声喝道："罢会！……罢会！"语毕竟入。固亦趋出，尚望冀舍

志立蒜，再贻冀书，反复申论。冀略略一阅，掷置地上。先向梁太后请下诏书，将固策免，然后至夏门亭迎入蠡吾侯志，即夕即位，夏门系洛阳西北门，门外有万寿亭。是为桓帝。梁太后犹临朝政，安葬质帝于静陵，追尊河间王开为孝穆皇，蠡吾侯翼为孝崇皇；孝穆皇陵号乐成陵，孝崇皇陵号博陵。帝生母匽氏，本蠡吾侯翼媵妾，至是在园守制，亦得尊为博园贵人。

越年改元建和，正月朔日，便报日食，诏令三公九卿，各言得失；到了四月，京师地震，又诏大将军公卿等，荐举贤良方正，及直言极谏各一人。看官试想！豺狼久已当道，欲要纠正时政，必为所噬，有几个肯拚出性命，去膏豺狼口吻？如果有贤良方正，也不愿出仕乱世。至若直言极谏，更不必论了！司徒胡广已代李固为太尉，会因盛夏日食，将广策免，进杜乔为太尉。且追论定策功勋，益封梁冀食邑万三千户；冀弟不疑

为颍阳侯；不疑弟蒙为西平侯；冀子清为襄邑侯。又封中常侍刘广等，皆为列侯。太尉杜乔守正不阿，独上书谏阻道：

> 陛下越从藩臣，龙飞即位，天人属心，万邦攸赖，不急忠贤之礼，而先左右之封，伤善害德，兴佞长谀！臣闻古之明君，褒罚必以功过，末世暗主，诛赏各缘其私。今梁氏一门，宦者微孽，并带无功之绂，裂劳臣之土，其为乖滥，胡可胜言？夫有功不赏，为善失其望；奸回不诘，为恶肆其凶。故陈资斧而人靡畏，班爵赏而物无劝。苟遂斯道，岂伊伤政为乱而已，丧身亡国，可不慎哉！

书奏不省。从前乔为大司农时，永昌太守刘君世铸黄金为文蛇，拟献梁冀，事为益州刺史种暠所劾，致将金蛇没入国库，归与大司农收管。梁冀尚欲索取，伪与乔言，借观金蛇，乔知冀不怀好意，婉词拒绝，冀因此挟嫌。冀有小女病死，公卿都前往吊丧，乔独不赴，又为冀所衔恨。至迎立桓帝时，又与李固等反抗冀议，冀更觉切齿。不过梁太后素知乔忠，乃进乔为太尉。乔抗直如故，复谏阻冀等加封，言不见听，徒增冀恨。桓帝由梁氏得立，自然允从婚议，愿纳冀妹为后。冀想乘此大出风头，拟令桓帝特备隆仪，迎娶乃妹，偏杜乔据执旧典，只准照前汉时惠帝纳后故事，毫不增饰。冀因乔为首辅，也不便硬与争论，惟心中芥蒂益深。及冀妹既纳为皇后，冀势力益张。适都中又复地震，遂归咎首辅杜乔，将他策免，进司徒赵戒为太尉，封厨亭侯；司空袁汤为司徒，封安国侯；汤由太仆升任。起前太尉胡广为司空，封安乐侯。三公各得侯封，遂皆党同梁氏，唯命是从，只有李固、杜乔不肯附梁，免不得为所倾陷，要同时绝命了。小子有诗叹道：

邪正由来不并容，保身何若且潜踪；
先机未悟终罹祸，过涉难逃灭顶凶！

欲知李固、杜乔如何毕命，且看下回续叙。



顺帝告崩，子炳嗣立，梁皇后援例临朝，犹可说也。但不当专信乃兄，委以重任。冀本一浮荡子耳，梁后关系同胞，岂无所闻？皇甫规首先进谏，言之甚详，奈何顾恋亲谊，不为国家大局计乎？夫以明德和熹两后之贤，而母族犹不免中落，梁后夙号知书，尝引《列女图》以为鉴戒，吾未闻古今列女，好为是以私废公也！冲帝夭折，莫如迎立长君，乃偏听冀言，舍蒜立缵，其贪权固位之心，已可想见！至质帝遇毒，顷刻暴崩，若使梁后未知冀谋，奈何不从李固之言，彻底查究？晋赵穿弑灵公于桃园，赵盾归不讨贼，史以赵盾弑君书之。例以《春秋》大义，梁后亦与有罪焉！况为妹联婚，复立桓帝，李固、杜乔，同时抗谏，卒不见从；冀固首恶，试问谁纵之而谁使之耶？吾以是知妇人之仁，终无当于大体云。

# 第四十八回　父死弟孤文姬托命
# 夫骄妻悍孙寿肆淫

却说李固、杜乔虽相继免职，尚在都中居住；何不速归？外戚中宦统因他平素抗直，引为大患。桓帝即位以后，宦官唐衡、左悺等共入内进谗道："陛下前当即位，李固杜乔，首先抗议，谓陛下不应奉汉宗祀，真正可恨！"桓帝听了，也不禁愤怒起来。会值甘陵人刘文与南郡妖贼刘鲔交通，讹言清河王当统天下，意欲立蒜邀功，当下劫住清河相谢暠，持刀胁迫道："我等当立王为天子，君当为公，否则与君不便！"暠不肯听从，怒目相叱，致被刘文等杀死。清河王蒜素来严重，颇有纪律，闻得国相被劫，忙令王宫卫兵，出去救护。卫士等见暠被杀死，当然奋力与斗，刘文、刘鲔部众无多，一时抵敌不住，立即遭缚，推至清河王面前，还有何幸，自然奉命伏诛。偏朝廷不谅苦衷，反信奸人蜚语，劾蒜不能无罪，坐贬为尉氏侯。蒜本无反意，遭此冤诬，愤不欲生，竟仰药自尽。死得冤苦，但亦等诸匹夫匹妇之为谅，不足成名。梁冀趁此机会，诬称李固、杜乔与刘文、刘鲔通谋，请逮捕治罪。梁太后素知乔忠，不许捕乔，冀即收李固下狱，迫令诬供，固怎肯承认？固有门生王调贯械上书，替固讼冤；还有河内赵承等数十人，亦自伏斧锧，诣阙通诉。梁太后诏令赦固，固得释出狱；行至都市，百姓统欢呼万岁。梁冀闻报大惊，复入白太后，极言固买服人心，必为后患，不如趁早伏法。梁太后尚未允许，冀竟擅传诏命，复将固捕入狱中。固自知不免，因在狱中缮好手书，托狱吏转交太尉赵戒，司空胡广，书中略云：

> 固受国厚恩，是以竭尽股肱，不顾死亡，志欲扶持王室，比隆文宣。何图一朝梁氏迷谬，公等曲从，以吉为凶，成事为败乎！汉家衰微，从此始矣。公等受主厚禄，颠而不扶，倾复大事，后之良史，岂有所私？固身已矣，于义得矣，夫复何言！



赵戒、胡广得了固书，明知固是当代忠臣，为冀所害，但若出头救固，也恐触忤权奸，非惟富贵不保，连身家亦且难存，因此不敢代讼，只是心中悲愧，长叹流涕罢了。千古艰难，惟一死。此外公卿大臣，名位较卑，乐得袖手旁观，免遭横祸。可怜一位为国尽忠的李子坚，子坚即李固字。竟就此死于非命，年五十有四。冀既杀李固，复使人胁迫杜乔道：“请早裁决，尚可保全妻子！”乔未受明诏，怎肯为了梁冀私言便去就死。到了次日，冀遣骑士至乔第探视，并不闻有哭声，乃入白太后，极言乔怨望不道，也不待太后命令，即捕乔下狱，当夜暴亡。并将固、乔二尸置诸城北，榜示四衢，说他串通叛逆，故加死刑，并下令有人哭临，一并同罪。

固弟子郭亮，年始成童，游学洛阳，闻得固遭枉死，即左执章钺，右执铁锧，诣阙上书，乞收固尸。朝廷不许，亮即往哭固丧，守尸不去。夏门亭长呵叱道："李杜二公，身为大臣，不知安上纳忠，乃反构造逆谋，君何为敢犯诏书，轻试刑法呢?"亮慨然道："皇天畀亮生命，使得载乾履坤；李杜二公，何人不替他称冤？亮惟义是动，不计生死，何必大言吓我?"说得亭长亦为叹息，顾亮再说道："人生既处今世，天虽高，不敢不局，地虽厚，不敢不蹐，耳目甚近，幸毋妄言!"亭长亦有心人。既而南阳人董班，亦至固尸旁恸哭，留连不去。杜乔故掾杨匡，自陈留奔丧，星夜入都，犹著前时赤帻，托为夏门亭吏，守卫尸丧，驱逐蝇虫。三人守至十有二日，由司隶察状奏闻，梁太后也为垂怜，尽加赦宥，且听令收葬二尸。董班送固丧还汉中，杨匡送乔丧还河内，家属都随榇归里。

先是李固策免太尉时，已遣三子基兹燮还乡，燮年才十三，有姊文姬，嫁与同郡赵伯英为妻，贤慧过人，因见兄弟回里，便即过问情由，且叹且泣道："李氏恐从此灭亡了！自从祖考以来，积德累仁，奈何至此?"遂密与二兄基兹熟商，豫匿季弟，托言遣往京师，里人都信以为真。未几难作，郡守接得冀书，收固三子，基兹被捕，并死狱中；独燮由文姬藏匿，幸免毒手。文姬尚忧难保，因召父门生王成入室，流涕与语道："君在先公门下，素有义声，今当以孤子相托；李氏存亡，系诸君身，愿君勿辞!"成即应声道："夙受师恩，敢不如命?"好义徒！文姬乃将燮交与王成，成偕燮沿江东下，入徐州境，使变姓名为酒家佣，自己卖卜市中，仍与燮相往来。燮有暇即从成受学，朝夕不懈。酒家知非常人，意欲以女妻燮；女年已及笄，也料燮不居人下，情愿委身相事，于是择吉成礼，伉俪甚谐。却是一出奇缘记。燮勤学如故，遂得淹通经籍。后来梁冀伏辜，赦书屡下，并求李固后嗣，燮始将本末详告酒家，酒家具礼遣归，方得为父追服，重会姊弟，复入朝拜为议郎，事且慢表。

且说建和二、三年间，国政虽出权门，内外尚幸无事，惟灾异常有所闻；二年五月，北宫掖廷中德阳殿，及左掖门被火，车驾仓猝奔徙，避居南宫；三年六月，洛阳地震，宪陵寝屋，俱被震坍；七月间廉县雨肉，形似羊肺，或如手掌，远近称奇；八月中有孛星出天市垣，京都大水；九月地震二次，山崩五处。太尉赵戒因灾免官，迁司徒袁汤为太尉，大司农张歆为司徒。梁太后下诏自责，令有司赈恤流民，掩埋饿莩，务崇恩施，禁止苛刻。越年正月，太后不豫，乃归政桓帝，大赦天下，改元和平。小子因将归政诏书，录述如下：



> 曩者遭家不造，先帝早世。永维太宗之重，深思嗣续之福，询谋台辅，稽之兆占；既建明哲，克定统业，天人协和，万国咸宁。元服已加，桓帝于建和二年行冠礼。将即委付，而四方盗窃，颇有未靖，故假延临政，以须安谧。幸赖股肱御侮之助，残丑消荡，民和年稔，普天率土，遐迩洽同；远览复子明辟之义，近慕先姑归授之法，阎皇后被迁离宫，本非自愿，诏文中曲为转圜。及今令晨，皇帝称制，群公卿士，虔供尔位，戮力一意，勉同断金，展也大成，则所望矣！

梁太后既经归政，即在长乐宫养疴，迭召侍医诊治，多日无效，反致增剧，勉强起床，出幸宣德殿，召见宫省官属及诸梁兄弟，本拟面加嘱咐，因痰喘未平，只得令左右草诏，用纸代言道：

> 朕素有心下结气，近且加以浮肿，逆害饮食，寝至沉困。比读若毗。使内外劳心请祷，私自忖度，日夜虚劣，不能复与群公卿士，共相终竟，援立圣嗣，恨不久育养，见其终始。今以皇帝及将军兄弟，委付股肱，其各自勉焉！

颁诏后还宫，越二日即致逝世，享年四十有五，尊谥“顺烈皇后”，合葬宪陵。桓帝生母匽贵人尚存，当由桓帝仰报慈恩，遣司徒张歆持节奉策，往诣博园，尊匽贵人为孝崇皇后，号住室为永乐宫，得置太仆少府等官，如长乐宫故事。所有朝廷政治，名为桓帝亲政，实仍在梁冀掌握中。

当时颍川郡有两大耆儒，一个就是荀淑，表字伯和，出为当涂长；一个乃是陈寔，表字仲弓，出为太丘长。两人并有令名，又相友善。淑有八子，俭、绲、靖、焘、汪、爽、肃、旉，并承家学，克肖乃父，时人号为八龙。颍阴令苑康，比诸古时高阳氏才子八人，因名荀氏居里曰高阳里。寔亦有六子，长次最贤，长名纪，字元方；次名谌，字季方，齐德同行，与父寔并称三君；郡人谓元方难为兄，季方难为弟。元方子群，幼亦颖慧，寔尝过访荀淑，使长子御车，次子执杖，嫡孙年小，并载车中。淑闻寔至，令三子靖应门，五子爽行酒，俭、绲等相继进食，孙彧亦在稚年，引坐膝前。两家合宴，当然尽欢。不意上感天文，德星并集，朝中太史即奏称五百里内，有贤人相聚。大将军梁冀但知作威作福，管甚么贤人不贤人？嗣由光禄勋少府等举淑为贤良方正，入朝对策，淑策文中多讥刺贵幸，为冀所忌，徙补朗陵侯相，莅事明理，世号神君。既而弃官归隐，家居数年，至六十七岁病终，时为桓帝建和三年。从前李固、杜乔，尝师事荀淑，还有同郡人李膺，亦奉淑为师，淑殁时，膺已为牧守，自表师丧，郡县均为立祠。寔尚生存无恙，惟因权幸擅权，志不苟合，所以一官小试，终就沉沦，后文再当表见，姑从缓叙。类叙荀淑陈寔，不没名士。

梁冀嫉忠害良，终不少改，和平元年，且得增封食邑万户，连前封合三万户。弘农人宰宣巧为迎合，上言大将军功比周公，应加封妻孥，今既封诸子，妻亦宜加号邑君。有诏依议，遂封冀妻孙寿为襄城君，兼食阳翟租，岁入五千万，加赐赤绂，仪比长公主。这位襄城君孙寿，却是一个非常淫悍的妇人，面貌却很是艳冶，善为妖态。眉本细长，却故意蹙损，作曲折形，叫做愁眉；目本莹彻，却轻拭眼眶，作泪眦状，叫做

啼妆；不似愁而似愁，不必啼而似啼，也是不祥之兆。发本黑软，却半脱不梳，成一懒髻，使它斜欹半偏，叫做堕马髻；腰本轻柔，行动时却摆动莲钩，好似瘦弱不禁，叫做折腰步；齿本整齐，巧笑时却微涡梨颊，好似牙床作痛，叫做龋齿笑。龋音矩，齿痛貌。引得梁冀格外怜爱，格外宠惮，稍一忤意，便装娇撒痴，吵得全家不安。

冀本好色，为妻所制，未能自由纵欲，也不免心存芥蒂。可巧父死丁忧，托言城西守制，与妻异居，其实同一美人友通期，日夕肆淫，借居丧庐，为藏娇屋，任情取乐。看官欲问友通期的来历，乃是一个歌妓，由冀父商购献顺帝，事君当进贤士，奈何购献美人？商之行为可见一斑。顺帝留住后宫，时因通期有过，仍然发还梁家，梁商遣令出嫁，偏冀心爱通期，待至商殁，便嘱门下食客，暗将通期诱来，借偿夙愿。怎奈艳妻独处，已有所

闻，俟冀他出，竟率健奴，突入丧庐，搜索通期；通期未曾预防，竟被寿揪住云髻，先赏她几个耳光，然后交与家奴，把她牵归。通期本生得一头美发，由寿用剪截去，再将她花容玉面，用刀剺开，更迫令脱去外衣，笞掠至数百下，打得通期无从申诉，痛苦不堪。冀归庐闻报，吃一大惊，慌忙趋至岳家，向妻母叩头似蒜，请她至妻前说情，饶放通期。寿母乃往与缓颊，寿始将通期放归，冀急去探视，见她创痕累累，鬓影星星，禁不住肉痛起来。当即替她抚摩，婉言谢过，并延名医调治，外敷内补，好几日才得告痊。通期感冀厚意，仍然与冀续欢，亲昵如故；未几私生一男，取名伯玉，匿不敢出。偏又为孙寿所探悉，竟令子胤带着家奴，各持刀械，闯入友氏家内，不论男女老幼，一概杀死；只有冀私生子伯玉，平时常藏匿复壁中，幸得漏网，不致污刃。梁胤已灭尽友氏，扬长归报。独冀亲往勘视，惨不忍睹，忙着人买棺收殓，一一埋葬；心中虽衔恨妻孥，但畏妻如虎，未敢返家诘责，只把那私生子格外珍惜，重价雇一乳媪，育养民间，时令藏匿。自己也不愿回家，另在外舍居住。



孙寿见冀挟嫌不归，也去另寻主顾，为娱乐计。可巧有个太仓令秦宫，曾在冀家充过奴仆，面目俊俏，口齿伶俐，因为冀所怜爱，荐为县令。他却并未赴任，仍在冀家出入往来，甚至深房密室，也得进出无阻。孙寿竟垂青眼，有所役使，往往令宫充当。宫小心伺候，曲尽殷勤，寿见他体心贴意，越加喜欢，有时辄屏去左右，与宫私谈，耳环厮磨，情绪密切。看官试想！这秦宫是个有名的狡徒，岂有不瞧透芳衷，欢颜相接？又况寿华色未衰，阃威又盛，这种主顾，真是毕世难逢，乐得放大了胆，趁这四目相窥的时候，将孙寿轻轻搂住。寿故作娇嗔，叱他无礼，那娇躯却全不动弹，一任秦宫拥入罗纬，解带宽衣，成就好事。好一场桃花运。嗣是宫内作情郎，外为宠竖，几乎大将军门下，要算他一人最出风头；且刺史二千石入都，求见大将军，必先谒赂秦宫，然后得通姓氏。宫又为冀夫妇互相调停，仍归和好，且劝他夫妇对街筑宅，穷极精工，左为大将军府，右为襄城君第，堂寝皆有阴阳奥室，连房洞户，曲折通幽，四围窗壁，统是雕金为镂，绘彩成图，此外尚有崇台高阁，上触云霄，飞梁石磴，下跨水道，差不多与秦朝阿房宫相似。又复广开园圃，采土筑山，十里九坂，取象崤函，山上罗列草木，驯放鸟兽，葱茏在望，飞舞自如。冀与寿共乘辇车，游观第内，前歌僮，后乐妓，鸣钟吹管，铿锵盈路，或且连日继夜，恣为欢娱。既而府第冶游，尚嫌不足，再至近畿一带，广拓林囿，周遍近畿；又在河南城西，增设兔苑，绵亘数千里，移檄各处，调发生兔，刻毛为志，人或误犯，罪至死刑。冀二弟尝私遣门役，出猎上党，冀侦得消息，恐他杀伤生兔，立派家卒往捕，杀死至三十余人。另在城西构造别墅，收纳奸亡，或取良家子女，悉为奴婢，名曰自卖人。

寿又向冀谮毁诸梁，黜免外官数人，阴令孙氏宗族补缺。孙氏宗亲都是贪婪不法，各遣私人调查富户，诬以他罪，捕入拷掠，令出金钱自赎，稍不满意，辄予死徙。扶风富豪孙奋，性最悭吝，冀遗以乘马，向他贷钱五千万，奋只出三千万缗借冀，冀竟大怒，移檄太守，冒认奋母为府中守藏婢，说他盗去白金十斛，紫金千斤，应该追缴。太守奉命维谨，即拘孙奋兄弟，逼令缴出原赃，奋等并无此事，怎肯承认，活活地被他敲死，资产悉被籍没，数至一亿七千余万缗，乱世时代，原不应拥资自豪。一大半献与梁冀，冀方才泄恨。嗣复派使四出，远至塞外，广求异物。去使多恃势作威，劫夺妇女，殴击吏卒，累得吏民痛心疾首，饮恨吞声。侍御史朱穆，本系梁氏故吏，因贻书谏冀道：

古之明君，必有辅德之臣，规谏之官，下至器物，各铭书成败，以防遗失。故君有正道，臣有正路，从之如升堂，违之如赴壑。今明将军地有申伯之尊，位为群公之首，一日行善，天下归仁，终朝为恶，四海倾覆。顷者官民俱匮，加以水虫为害，京师诸官，费用增多，诏书发调，或至十倍，各言官无现财，皆出诸于民，搒掠敲剥，强令充足。公赋既重，私敛尤深，牧守长吏，多非德选，贪聚无厌，遇民如虏，或绝命于棰楚之下，或自贼于迫切之求。又掠夺百姓，皆托之尊府，遂令将军结怨天下，吏民酸毒，道路叹嗟。昔秦政烦苛，百姓土崩，陈胜奋臂一呼，天下鼎沸；而面谀之臣，犹言安宁，讳恶不悛，卒之灭亡。又永和之末，纲纪少弛，颇失民望，裁四五岁耳，而财空户散，下有离心，马勉之徒，乘敝而起，荆扬之间，几成大患；见前回。幸赖顺烈皇后，初政清静，内外向心，仅乃讨定。今百姓戚戚，困于永和，内非仁爱之心，所得容忍，外非守国之计，所宜久安也。夫将相大臣，均体元首，共舆而驰，同舟而济，舆倾舟覆，患实共之。岂可去明即昧，履危自安，主孤时困而莫之恤乎？宜时易宰守之非其人者，减省第宅园池之费，拒绝郡国馈遗，内以自明，外解人惑；使挟奸之吏，无所依托，司察之臣，得尽耳目。宪度既张，远迩清壹，则将军身尊事显，德耀无穷。天道明察，无言不信，惟冀省览！

冀得书不省，但援笔批答道：“如君所言，难道仆果无一可么？”何事为可，请汝说来。穆知冀怙过，不便再谏，只好付诸一叹。越年元旦，桓帝御殿，受文武百官朝贺，冀竟带剑入朝，忽左班闪出一人，大声叱冀，不令趋入，且使羽林虎贲诸将，把冀佩剑夺下，冀倒也心惊，跪伏阶前，叩头谢罪。正是：

殿上直声应破胆，阶前权威也低头。

欲知冀曾否受谴，待至下回说明。



李固杜乔，号称忠直，而于质帝遇毒之时，既不能拼生讨贼，复不能避祸归田，得毋忠有余而智不足者耶？然无辜被害，远近呼冤，彼苍亦隐为垂怜。特生郭亮、董班、杨匡诸义士，拼死收骸，复有李女文姬，智能料事，明足知人，托孤弟于王成之手，而遗嗣得全。待至梁氏族灭，而李杜之后裔犹存，为善者其亦可无惧欤？梁冀凶悍无比，而独受制于艳妻，先贤所谓身不行道，不行于妻子，有明征焉。且冀私诱友通期，而冀妻即私通秦宫，我淫人妻，人亦淫我妻，报应之速，如影随形。冀至此犹不知悟，反穷极奢侈，愈逞凶威，是殆所谓天夺之魄，而益其疾者，朱穆一谏，亦宁能挽回乎？

## 第四十九回　忤内侍朱穆遭囚<br>就外任陈龟拜表

却说梁冀带剑入朝，突被殿前一人叱令退出，夺下佩剑，这人乃是尚书张陵，素有肝胆，故为是举。冀长跪谢过，陵尚不应，当即劾冀目无君上，应交廷尉论罪。桓帝未忍严谴，但令冀罚俸一年，借赎愆尤，冀不得不拜谢而退。河南尹梁不疑尝举陵孝廉，闻陵面叱乃兄，即召陵与语道："举公出仕，适致自罚，未免出人意外！"陵直答道："明府不以陵为不才，误见擢叙，今特申公宪，原是报答私恩，奈何见疑？"与周举同一论调。不疑听了，未免生惭，婉言送别。独冀因不疑举荐张陵，致被纠弹，当即迁怒不疑，嘱令中常侍入白桓帝，调不疑为光禄勋。不疑知为兄所忌，让位归第，与弟蒙闭门自守，不闻朝政。冀便讽令百官，荐子胤为河南尹。胤一名胡狗，年才十六，容貌甚陋，不胜冠带，都人士见他毫无威仪，相率嗤笑，惟桓帝特别宠遇，赏赐甚多。

和平二年，又改号"元嘉"。春去夏来，天时和暖，桓帝乘夜微行，竟至梁胤府舍，欢宴达旦，方才还宫。是夕大风拔树，到了天明，尚是阴雾四塞，曙色迷离。故太尉杨震次子秉已由郎官迁任尚书，上书谏帝微行，未见信用。俄而天旱，俄而地震，诏举独行高士。安平人崔寔即崔瑗子，崔瑗见四十三回。被举入都，目睹国家衰乱，嬖幸满朝，料知时不可为，乃称病不与对策，退作政论数千言，隐讽时政。小子特节录如下：

自尧舜之帝，汤武之王，皆赖明哲之佐，博物之臣，故皋陶陈谟而唐虞以兴，伊箕作训，而殷周用隆。及继体之君，欲立中兴之功者，曷尝不赖贤哲之谋乎？凡天下所以不理者，常由人主，承平日久，习乱安危，或荒耽嗜欲，不恤万几；或耳蔽箴诲，厌伪忽真；或犹豫歧路，莫适所从；或见信之佐，括囊守禄；或疏远之臣，言以贱废；是以王纲纵弛于上，智士郁伊于下。悲夫！自汉兴以来，三百五十余岁矣，政令垢玩，上下怠懈，风俗雕敝，民庶巧伪，百姓嚣然，咸复思中兴之救矣。且济时拯世之术，岂必体尧蹈舜，然后乃理哉？期于补隙决坏，譬犹枝柱邪倾，随形裁割，要措斯世于安宁之域而已！夫为天下者，自非上德，严之则治，宽之则乱。何以知其然也？近观孝宣皇帝，明于君人之道，审于为政之理，故严刑峻法，破奸宄之胆，海内清肃，天下密如，荐勋祖庙，享号中宗。及元帝即位，多行宽政，卒以堕损，威权始夺，遂为汉室基祸之主。政道得失，于斯可鉴！

盖为国之法，有似理身，平则养疾，疾则功焉。夫刑罚者，治乱之药石也，德政者，兴平之粱肉也，以德教除残，是以粱肉治疾也，以刑罚治平，是以药石供养也。方今承百王之敝，值厄运之会，自数世以来，政多恩贷，驭委其辔，马骀其衔，四牡横奔，皇路险倾，方将钳勒鞬辀以救之，以木衔口，曰钳；辀，为车辖，鞬，犹束也。岂暇鸣和鸾，清节奏哉？昔高祖令萧何作九章之律，有夷三族之令，黥劓斩趾断舌枭首，故谓之具五刑。文帝虽除肉刑，当劓者笞三百，当斩左趾者笞五百，当斩右趾者弃市，右趾者既殒其命，笞挞者往往至死，虽有轻刑之名，其实杀也。当此之时，民皆思复肉刑。至景帝元年，乃下诏曰："加笞与重罪无异，幸而不死，不可为民。"乃定律减笞轻捶，自是之后，笞者得全。以此言之，文帝乃重刑，非轻之也，以严致平，非以宽致平也。必欲行若言，当大定其本，使人主师五帝而式三王，荡亡秦之俗，振先圣之风，弃苟全之政，蹈稽古之踪，复五等之爵，立井田之制，然后选稷契为佐，伊吕为辅，乐作而凤皇仪，击石而百兽舞，若不然，则多为累而已。



这篇政论，并非劝朝廷尚刑，不过因权幸犯法，有罪不坐，贪吏溺职，有过不诛，所以矫时立说，主张用严。看官若视为常道，便变成刻薄寡恩了。揭出宗旨，免为暴主借口。高平人仲长统得读寔政论，喟然叹道："人主宜照录一通，置诸座右！"这也是规戒庸主的意思。惟儒生清议，怎能遽格君心？梁冀是当道豺狼，顺帝还当他麟凤相待，意欲再加褒崇，特令公卿议礼。时赵戒袁汤胡广迭为太尉，光禄勋吴雄为司徒，太常黄琼为司空。胡广本模棱两端，因见梁氏势盛，遂称冀功德过人，应比周公，锡以山川土田。独司空黄琼进议道："可比邓禹，合食四县！"这八字，亦硬逼出来。于是有司折衷申议，奏定加冀殊礼，入朝不趋，履剑上殿，谒赞不名，礼比萧何，增封四县，礼比邓禹，赏赐金帛奴婢彩帛车服甲第，礼比霍光，每朝会与三公异席，十日一评尚书事。梁冀得此荣宠，还是贪心不足，心下怏怏。会桓帝生母匽氏病终，即孝崇皇后。桓帝至洛阳西乡举哀，命母弟平原王石为丧主，王侯以下，悉皆会葬，礼仪制度，比诸恭怀皇后。即顺帝生母梁贵人，事见前文。惟匽氏子弟，无一在位，这全由梁冀擅权，心怀妒忌，因此不令匽氏一门，得参政席。

至元嘉三年五月，复改元永兴，黄河水涨，经秋愈大，冀州一带，河堤溃决，洪水泛滥，田庐尽成泽国，百姓流亡，至数万户。有诏令侍御史朱穆为冀州刺史。穆奉命即行，才经渡河，县令邑长，只恐穆举劾隐慝，解印去官，约有四十余人。及穆到郡后，果然纠弹污吏，铁面无私，有几个惶急自杀，有

几个锢死狱中。宦官赵忠，丧父归葬，僭用玉匣，穆因他籍隶安平，属己管辖，特遣郡吏按验情实。吏畏穆严明，不敢违慢，竟发墓剖棺，出尸勘视，果有玉匣佩着，乃将赵忠家属逮捕下狱。谁知赵忠不肯认错，反向桓帝前逞刁，奏称穆擅发父棺，私系家眷；再加梁冀恨穆进规，也为从旁诬蔑，顿致桓帝大怒，立遣朝使拘穆入都，交付廷尉，输作左校。左校署名属将作大匠管理，凡官吏有罪，令入左校工作，亦汉朝刑罚之一种。当时激动太学生数千人，共抱不平，推刘陶为领袖，诣阙上书，代讼穆冤，学生干政自此始。略云：

伏见前冀州刺史朱穆，处公忧国，拜州之日，志清奸恶。诚以常侍贵宠，父兄子弟，布在州郡，竟为虎狼，噬食小人，故穆张理天纲，补缀漏目，罗取残贼，以塞天意。

> 由是内官咸共恚疾，谤讟烦兴，谗隙仍作，极其刑谴，输作左校。天下有识，皆以穆同勤禹稷，而被共鲧之戾，若死者有知，则唐帝怒于崇山，重华忿于苍墓矣！舜葬于苍梧之野，故曰苍墓。当今中官近习，窃持国柄，手握王爵，口含天宪，运赏则使饿隶富于季孙，呼噏则令伊颜化为桀跖；而穆独抗然不顾身害，非恶荣而好辱，恶生而好死也，徒感王纲之不振，惧天网之久失，故竭心怀忧，为上深计。臣等愿黥首系趾，代穆校作，不愿使忠臣之抱屈蒙冤也！谨此上闻，无任翘切。

桓帝得书，方将穆赦出，放归南阳故里。穆即故尚书令朱辉孙，表字公叔，年五岁，便以孝闻，后由孝廉应举，入为议郎，再迁侍御史，廉直有声，尝作崇厚论以儆世，称诵一时。至是罢归乡里，太学生刘陶等又奏称朱穆李膺，履正清平，贞高绝俗，实是中兴良佐，国家柱臣，应召使入朝，夹辅王室，必有效绩可征云云。

原来颍川人李膺，为故太尉李修孙，在安帝时，见前回。操守清廉，与朱穆齐名，也是由孝廉进阶，累迁至青州刺史，嗣复转调渔阳蜀郡诸太守，更任乌桓校尉。鲜卑屡兴兵犯塞，膺率步骑，临阵出击，亲冒矢石，裹创迭战，得破强虏万余，斩首至二千级，鲜卑始不敢窥边。寻因事免官，退居纶氏县中，教授生徒及门常不下千人。刘陶等素重膺名，故与朱穆一同举荐，偏桓帝不肯听从，遂致名贤屈抑，沉滞至好几年。惟是君子道消，小人道长，上干天怒，灾异相寻，下丛民怨，盗贼四起。陈留贼李坚，自称皇帝；长平贼陈景，自号黄帝子；南顿贼管伯，自称真人；扶风人裴优，亦自称皇帝。尚幸徒众乌合，不足有为，一经郡县发兵围捕，先后伏诛。只泰山琅琊贼公孙举东郭窦等，聚众较多，叛官戕吏，连年不平。

到了永兴三年正月，复改号为永寿元年，大赦天下，与民更新。公孙举等顽抗如故，还有南匈奴左奥鞬台耆及且渠伯德，左奥鞬且渠，皆匈奴官名。纠合虏骑，入寇美稷，东羌亦举种相应，亏得安定属国都尉张奂，东抚北征，收群寇，破奥鞬，降伯德，羌胡始定。过了一载，鲜卑都酋檀石槐，率同虏骑三千名，入寇云中。相传檀石槐生时，很是奇异，父为投鹿侯，尝从匈奴军，三年始归，妻竟生下一子，就是檀石槐。投鹿侯向妻诘责，妻谓昼行闻雷，仰视天空，有雹入口，吞而成孕，乃生此男。投鹿侯似信非信，决意将婴儿弃去，因即投掷野中。我亦不信，有此异闻。妻私语家令，仍然收养。年至十四五岁，勇



健有智略，别部酋长，抄取檀石槐母家牛羊，檀石槐单骑追击，所向无前，尽将牛羊夺回，由是各部畏服。待至壮年，越加智勇，施法禁，平曲直，莫敢违犯，遂共推为大人。檀石槐乃立庭弹汗山，招兵买马，逐渐强盛。及寇掠云中，警报似雪片一般，传达京师，桓帝乃再起李膺为度辽将军，使他防御鲜卑。鲜卑素惮膺威，望风震慑，当将所掠男女牲畜，尽行弃置，出塞自去。膺也不复穷追，安民设障，塞下自安。

独公孙举等骚扰青徐，尚未平靖，嬴县地当要冲，贼踪出没，大为民害。朝廷闻警，由诸尚书简选能员，得了一个颍川人韩韶，使为嬴长。韶贤名卓著，一经到任，贼皆远徙，相戒不敢入境；流民万余户，仍得安然还乡，只是庐舍已空，一时无从得食，免不得待哺嗷嗷。韶即开仓赈饥，主吏谓未得上命，力争不可，韶慨然道："能起沟壑中人，复得生活，就使

因此伏罪，也足含笑九泉了！”为民忘身，是谓好官。流民得粟疗饥，生全无算，郡守亦素知韶贤，并不加罪。时称颍川四长，一是荀淑，一是陈寔，见前回。一是钟皓，还有一人就是韩韶。

皓初为本郡功曹，后迁任林虑长，不久即去。李膺尝将皓比诸荀淑，往往语人道：“荀君清识难尚，钟君至德可师，两贤原无分轩轾呢！”皓兄子瑾，亦好学慕古，有退让风。瑾母就是膺姑，膺祖修累言瑾有志操，邦有道不废，邦无道得免刑戮，因复将膺妹配瑾为妻。瑾迭被州郡辟召，始终不起。膺谓瑾太无皂白，瑾转告诸皓。皓叹息道：“昔齐国武子好招人过，终为怨本；诚欲保身全家，原不如守真抱璞，何必就征？”嗣是叔侄并皆隐处，不复出山，终得抱道自重，高尚终身。

惟韩韶为嬴县长，只能保全县境，不能顾及他县，贼众飘逸山东，往来莫测，良民辄被劫掠，怨苦异常，地方长官不得已申奏朝廷，请派大员督剿。是时太尉胡广因日食免官，进司徒黄琼为太尉，光禄勋尹颂为司徒。颂因东方多盗，特举议郎段颎，拜为中郎将，引兵东讨。颎本故西域都护段会宗从曾孙，前汉元帝时，会宗为西域都护。世传武略，技击称长，又能洞明兵法，善抚士卒，此次出剿群贼，正如虎入羊群，连战皆捷，先毙东郭窦，继斩公孙举，累年逋寇，一鼓荡平。颎得受封列侯，长子亦进拜郎中。



光阴易过，倏又为永寿四年，仲夏日食，太史令陈授上言日食变异，咎在大将军梁冀。冀不禁大愤，立将陈授下狱，搒死杖下。已而飞蝗为灾，遍及京师，桓帝不知返省，但务改元，到了夏尽秋来，还要改年号为延熹元年，真是多事。且将太尉黄琼策免，再起胡广为太尉。已而南匈奴及乌桓鲜卑连同入寇，度辽将军李膺已调入为河南尹，乃使京兆尹陈龟为度辽将军，出镇朔方。龟临行时，曾上疏白事道：

臣龟蒙恩累世，驰骋边陲，虽展鹰犬之用，顿毙胡虏之庭，魂骸不返，荐享狐狸，犹无以塞厚责，答万分也！臣闻三辰不轨，擢士为相；蛮夷不恭，拔卒为将。臣无文武之才，而忝鹰扬之任，上惭圣明，下惧素餐，虽没躯体，无所云补。今西州边鄙，土地塉埆，鞍马为居，射猎为业，男寡耕稼之利，女乏机杼之饶，守塞候望，悬命锋镝，闻急长驱，去不图返。自顷年以来，匈奴数攻营郡，残杀长吏，侮略良细，战夫身膏沙漠，居民首系马鞍，或举国掩户，尽种灰灭，孤儿寡妇，号哭空城，野无青草，室如悬磬，虽含生气，实同枯朽。往岁并州水雨，灾螟互生，老者虑不终年，少壮惧于困厄。陛下以百姓为子，百姓以陛下为父，焉可不日昃劳神，垂抚循之恩哉？唐尧亲舍其子，以禅虞舜者，是欲民遭圣君，不令遇恶主也！故古公杖策，其民五倍；文王西伯，天下归之，岂复舆金辇宝，以为民惠乎？

近孝文皇帝感一女子之言，除肉刑之法，体德行仁，为汉贤主。陛下继中兴之统，承光武之业，临朝听政，而未留圣意。且牧守不良，或出中官，惧逆上旨，取过目前。呼嗟之声，招致灾害，胡虏凶悍，因衰缘隙；而令仓库殚于豺狼之口，功业无铢两之效，皆由将帅不忠，聚奸所致！前凉州刺史祝良初除到州，多所纠罚，太守令长，贬黜将半，政未逾时，功效卓然，实应赏异以劝功能；改任牧守，去斥奸残；又宜更选匈奴乌桓护羌中郎将校尉，简练文武，授之法令；除并凉二州今年赋役，宽赦罪隶，扫除更始；则善吏知奉公之福，恶者觉营私之祸，胡马可不窥长城，塞下自无候望之患矣！

这疏呈入，桓帝倒也有些省悟，改选幽并二州刺史，并自营郡太守都尉以下，亦多所变更；蠲除并凉一年租赋，俾民少苏。及陈龟到任，州郡震栗，鲜卑也不敢犯塞，节省费用，岁约亿万。偏大将军梁冀与龟有隙，说他沮毁国威，沽取功誉，不为胡虏所畏，龟因坐罪征还，免官回里。嗣复征为尚书，累劾梁冀罪状，请即加诛，也是个倔强汉。桓帝始终不报。龟自知忤冀，必为所害，索性绝粒不食，七日乃殁。西域胡夷并凉民庶统为举哀，吊祭龟墓。那匈奴乌桓等虏兵闻得陈龟去职，复来寇边，朝廷乃调属国都尉张奂，为北中郎将，往御匈奴乌桓。奂至塞下，正值虏众焚掠各堡，烽火连天，戍兵无不惊惶，独奂安坐帐中，谈笑自若，暗中却派人离间乌桓，使他掩击匈奴，捣破营帐，斩得匈奴别部屠各渠帅。再由奂统兵进讨，匈奴大恐，悔罪请降。奂因南单于车居儿即兜楼储子。叛服无常，将他拘住，奏请改立左谷蠡王。桓帝不许，仍使放还车居儿，征归张奂，命种暠为度辽将军。暠招携怀远，赏罚分明，羌胡相率效命，四境帖然。暠乃去烽燧，除候望，绥静中外，化光天日，连年抢攘的朔方，至此始得扫尘氛了。小子有诗叹道：

> 防边尚易用人难，要仗臣心一片丹；
> 果有忠贤司阃外，华夷何患不同安！

欲知后事如何，且看下回分解。

崔寔政论，为桓帝失刑而设，然或误会其意，则为祸愈烈。桓帝之误，非不知用刑，误在当刑不刑，不当刑而刑耳。试观朱穆掘尸，见忤中官，立被逮归，输作左校，微刘陶等之上疏申救，则直臣蒙垢，常为刑徒，虽欲免归而不可得矣。然则桓帝之犹有一得者，在用刑之尚未过暴耳，若误会崔寔之言，几何而不为桀纣耶？李膺、段颎、陈龟、张奂、种暠诸人，皆文武兼才，相继任用，无不奏功，可见桓帝当日尚有一隙之明；陈龟临行上疏，而桓帝亦颇采用，是未始不可与为善。惜为权戚宦官所把持，以致忠贤之不得久任耳。桓帝固失之优柔，而欲以严刑救之，毋乃慎欤？

# 第五十回　定密谋族诛梁氏<br>嫉忠谏冤杀李云

却说桓帝皇后梁氏专宠后庭，靠了姊兄荫庇，恣极奢华，所有帷帐服饰，统是光怪陆离，为前代皇后所未备。及乃姊顺烈皇后告崩，帝眷渐衰，后既无子嗣，复好妒忌，每闻宫人怀孕，往往设法陷害，鲜得保全。桓帝不免衔恨，只因心惮梁冀，未敢发作，不过足迹罕至中宫，惹得梁后郁郁成疾，至延熹二年七月，一命归阴，当依后礼殡殓，出葬懿陵。惟梁氏一门，前后七人封侯，三女得为皇后，六女得为贵人，父子俱为大将军，夫人女食邑称君又有七人，子尚公主又有三人，外如卿将尹校，共五十七人，真是一时无两，备极尊荣。盛极必衰。

梁冀专擅威柄，独断独行，无论大小政治，统归他一人裁决，宫卫近侍，都是梁家走狗，莫不希旨承颜。凡遇百官迁召，必先进谒冀门，上笺谢恩，然后敢转诣尚书，受命赴任。下邳人吴树得除宛令，向冀辞行。冀宾戚多在宛县，因即向树嘱托，树答说道："小人奸蠹，比屋可诛，明将军为椒房懿戚，位居上将，应该首崇贤善，借补朝阙，宛邑夙号大都，名士甚众，今树进谒明将军，得蒙侍坐，承诲多时，未闻称一名士，乃徒以私人相托，树不敢闻！”逆耳之言，独不畏死么？冀默然不答，面有愠色，树即辞去。既至宛邑，便调查梁氏宾戚，好几个贻害民间，竟饬属吏收捕下狱，按法处治，百姓统皆戴德，独梁冀怀恨益深。后来迁补荆州刺史，又复向冀谒辞，冀佯为设宴。暗地里置毒酒中，树饮罢出门，须臾毒发，竟致倒毙车中。又有辽东太守侯猛，不去谒冀，冀诬以他罪，腰斩市曹。郎中袁著，年甫十九，见冀凶横日甚，不胜愤闷，乃诣阙上书道：



臣闻仲尼叹凤鸟不至，河不出图，自伤卑贱，不能致也。今陛下居得致之位，又有能致之资，而和气未应，贤愚失序者，势分权臣，上下壅隔之故也！夫四时之运，功成则退，高爵厚宠，鲜不致灾。今大将军位极功成，可为至戒；宜遵悬车之礼，高枕颐神。《传》曰：“木实繁者披枝害心。”若不抑损权盛，将无以全其身矣！左右闻臣言，将侧目切齿；臣特以童蒙见拔，故敢忘忌讳。昔舜禹相戒，无若丹朱，周公戒成王，无如殷王纣，愿除诽谤之罪，以开天下之口，则臣等幸甚！天下幸甚！

梁冀得悉此书，气冲牛斗，即遣属吏捕著。著托病伪死，结蒲象人，买棺出葬，偏被冀察破诈谋，嘱吏四处侦缉，竟被拿获，立即笞死。太原人郝絜胡武与著友善，冀竟屠武家，枉死至六十余人，絜自知不免，仰药毕命。安帝嫡母耿贵人殁后，从子耿承得封林虑侯，冀向承求贵人遗珍，不得如愿，即杀死承家族十余人。涿郡崔琦善属文，为冀所重，因作外戚箴讽冀，冀召琦入责，琦奋然道："琦闻管仲相齐，乐闻谤言，萧何佐汉，令吏书过。今将军累世台辅，位比伊周，乃德政未闻，黎民涂炭，尚不思结纳忠良，自救祸败，还要钳塞士口，杜蔽主聪，难道必欲使玄黄改色，鹿马易形么？"说得冀无言可对，但遣琦归里。琦匆匆就道，中途为骑士所捕，杀死了事。这骑士的来历，不必细猜，便可知梁冀所遣了。不如是何致赤族？

桓帝闻冀累杀无辜，也为惋惜；再加冀声色过人，每经朝会，只有冀可以发言，天子且不好抗议，因此桓帝积畏生忿，常抱不平。和熹皇后从子邓香，生女名猛，秀丽动人，香中年病殁，妻宣再嫁梁纪。纪系冀妻孙寿母舅，寿见猛色美，引入掖庭，得封贵人。冀欲认猛为己女，使她改姓为梁，又恐猛姊夫邴尊，方为议郎，或有漏泄情事，因使门客刺死邴尊，且欲将猛母宣一并刺死，才好灭口。真是无法无天。宣家在延熹里，与中常侍袁赦毗邻，冀遣刺客夜登赦屋，越入宣家，赦闻屋上有声，疑是盗至，立即鸣鼓会众，围捕刺客，好容易拿住一人，面加讯问，方知由梁冀差来，意在刺宣。赦急往宣家报明。宣因己女得为贵人，便入宫与语。贵人即转告桓帝，桓帝怒不可遏，起身如厕，有小黄门唐衡相随，因顾问道："宫中左右，何人与梁氏不和？"衡答说道："中常侍单超，小黄门左悺，前至河南尹梁不疑家，稍稍失礼，便被不疑拘他兄弟，收入洛阳狱中，超与悺踵门谢罪，才得释放。中常侍徐璜，黄门令贝瑗，亦与梁氏有嫌，不过口未敢言，容忍至今。"桓帝不待说毕，便摇手道："我知道了！"写出慌张情状。当下由厕还宫，即召超悺入室，低声与语道："梁将军兄弟专柄多年，胁迫内外，公卿以下，无人敢抗，朕意欲将他除去，常侍等意下如何？”要除即除，奈何向阉人问计？超悺齐声道：“祸国奸贼，当诛已久，臣等才皆庸劣，还乞圣裁！”桓帝又道：“常侍等以为可诛，与朕同意，但须秘密定谋，方无他患！”超悺又答说道：“果欲除奸，亦非真是难事，但恐陛下不免狐疑！”桓帝道：“奸臣胁国，理应伏辜，还有何疑？”乃更召徐璜贝瑗入内，与定密议，且由桓帝亲啮超臂，出血为盟。超复申说道：“陛下既已决计，幸勿再言，梁氏耳目甚多，一或败露，祸且不测！”说罢，便即退去。

为此一番密议，果有人报知梁冀，惟所谋情事尚未宣露。冀已心疑超等，亟使中黄门张恽入省宿卫，预备不虞。贝瑗饬吏收恽，说他无故入省，欲图不轨，当即拥帝御殿，召诸尚书入谕密谋，即使尚书令尹勋，持节出勒丞郎以下，使皆执械守住省阁，尽收符节，缴入省中。一面由黄门令贝瑗招集左右厩驺及虎贲羽林剑戟士，合得一千余人，会同司隶校尉张彪，往围冀第。并令光禄勋袁盱收冀大将军印绶，降封冀为都乡侯。冀仓皇失措，仰药自杀；实是无用。妻孙寿亦无路逃生，也即将鸩酒饮下，一同毙命，愁眉啼妆，悉成幻影，只可惜丢下秦宫。冀子河南尹梁胤与叔父屯骑校尉梁让、亲从卫尉梁淑、越骑校尉梁忠、长水校尉梁戟等，尽被拘入；还有孙寿内外宗亲，亦皆连坐，无论老幼，全体诛戮，弃尸市曹。冀弟不疑及蒙，先已病死，幸免追究，余如公卿列校刺史二千石，坐死数十人。太尉胡广司徒韩缜，尹颂病殁，由缜继任。司空孙朗，并因阿附梁冀，一并坐罪，减死一等，免为庶人。四府故吏宾客，黜免至三百余人，朝廷为空。

这事起自仓猝，中使交驰，官府市里，鼎沸数日，才得安定，百姓莫不称庆。有司隶冀家产，变卖充公，合得三十余万万缗。诏减天下税租半数，所有梁冀私园，悉令开放，给与贫民耕植，普及隆恩。就是安葬懿陵的梁皇后，亦追加贬废，降称贵人冢。封单超为新丰侯，食邑二万户；徐璜为武原侯，贝瑗为东武阳侯，各万五千户；左悺为上蔡侯，唐衡为汝阳侯，各万三千户，这便叫作五侯。尚书令尹勋以下，计有功臣七人，皆封亭侯，勋为都乡亭侯，霍谞为鄴都亭侯，张敬为西乡亭侯，欧阳参为仁亭侯，李玮为金门亭侯，虞放为吕都亭侯，周永为高迁乡亭侯。策文有云：

> 梁冀奸暴，浊乱王室，孝质皇帝聪明早茂，冀心怀忌畏，私行弑毒；永乐太和即匽皇后。亲尊莫二，冀又遏绝，禁还京师，使朕离母子之爱，隔顾复之恩，祸深害大，罪衅日滋。赖宗庙之灵，及中常侍单超徐璜贝瑗左悺唐衡尚书令尹勋等，激愤建策，内外协同，漏刻之间，桀逆枭夷，斯诚社稷之祐，臣下之力。宜班庆赏，以酬忠勋，其封超等五人为县侯，勋等七人为亭侯；其有余功足录，尚未邀赏者，令有司核实以闻。



这诏下后，单超复奏称小黄门刘普、赵忠等，亦并力诛奸，应加封赏，乃复封刘赵以下八阉人为乡侯，与十九侯相去未远。从此宦官权力，日盛一日，势且不可收拾了。贵人邓猛因色得宠，一跃为桓帝继后；后母宣得受封长安君。桓帝尚未知邓后本姓，还道她是梁家女儿，只因梁氏得罪，特令她改姓为薄；后来有司奏称后父邓香，曾为郎中，不宜改易他姓，于是使皇后复姓邓氏，追赠香为车骑将军，封安阳侯，香子演为南顿侯。演受封即殁，子康袭爵，徙封泚阳侯；长安君宣亦徙封昆阳侯，食邑较多，赏赐以巨万计。进大司农黄琼为太尉，光禄大夫祝恬为司徒，大鸿胪盛允为司空；初置秘书监官。黄琼首举公位，志在惩贪，特劾去州郡赃吏，约十余人；独辟召汝南人范滂，使为掾吏。

滂有清节，尝举孝廉，得受命为清诏使，按察冀州。滂登车揽辔，有志澄清，行入州郡，墨吏不待举劾，便已辞去。滂还都复命，迁官光禄勋主事。时陈蕃为光禄勋，由滂入府参谒，蕃不令免礼，滂怀愤投版，笏也。弃官径归。黄琼嘉他有守，故既登首辅，当即辟召。适有诏令三府掾属，举奏里谣，借核长吏臧否。滂即劾奏刺史二千石及豪党二十余人，尚书嫌滂纠劾太多，疑有私故，滂答说道：“农夫去草，嘉禾乃茂；忠臣除奸，王道乃清。若举劾不当，愿受显戮！”尚书见他理直气壮，也不能再诘，只所劾诸人，未尽黜免。滂知时未可为，仍然辞去。光禄勋陈蕃转任尚书令，荐引处士徐稚姜肱韦著袁闳李昙五人，有诏用安车玄阯，征令入朝，五人皆辞不就征。

说起五人品行，俱有贞操，名重一时。徐稚字孺子，南昌人氏，家素寒微，稚力田自赡，义不苟取，持身恭俭，待人礼让，乡民统皆翕服。屡辟不起，陈蕃为豫章太守，聘稚入幕，使为功曹，稚一谒即退，不愿署官。蕃越加敬礼，与他结交，每邀稚入府叙谈，至暮未散，特设一榻留宿，待稚去后，便将榻悬起，他客不得再眠，及朝廷礼聘人至，声价益高。姜肱为广戚人，表字伯淮，平居以孝友闻，尝与二弟仲海季江同被共寝。一日与季弟偕赴郡县，途中遇盗，持刃相遇，肱与语道：“我弟年幼，父母所怜，又未聘娶，若杀我弟，宁可杀我！”季江亦急说道："我兄齿德在前，驰誉国家怎可轻死？我愿受戮，聊代兄命！"真是难兄难弟。盗见他兄弟争死，不由得发起善心，收刀入鞘，但将两人衣服褫去。两人到了郡中，郡守见肱无衣服，当然惊问，肱托言他故，终不及盗。盗闻风感悟，俟肱归家，即踵前谢罪，送还衣服。肱却用酒食相待，好言遣去。郡县举肱有道方正，并皆不就。韦著字休明，籍隶平陵，隐居讲授，不闻世事。袁闳系故司徒袁安玄孙，家世贵盛，惟闳洁身修行，耕读自安。李昙世居阳翟，少年丧父，继母酷烈，服事益恭，常躬耕奉母，所得四时珍味，必先进母前，母亦化悍为慈，乡里共称为孝子，惟不求仕进，高隐以终。还有安阳人魏桓，亦以狷洁著名，由桓帝下诏特征，友人多劝他入都。桓反诘问道："士子出膺仕版，必须致君泽民，今试问后宫千数，可遽损否？厩马万匹，可遽灭否？左右权豪，可遽去否？"友人徐徐答道："这却未必！"桓嚣然道："使桓生行死归，与诸君有何益处呢？"遂却还征车，终不就官。阐发幽元。 

桓帝征求名士，本没有甚么诚意，来与不来，由他自便，只对着故旧恩私，却是不吝爵赏，广逮恩施。中常侍侯览，献缣五千匹，便赐爵关内侯，又将他列入诛冀案内，进封高乡侯。览本无功，尚且借端影射，得受荣封，何况单超贝瑗等五侯，自然格外贵显，因宠生骄，倾动中外。白马令李云露布上书，移副三府，内有数语最为激切，略云：

> 梁冀虽恃权专擅，流毒天下，今以罪行诛，犹召家臣搤杀之耳，而猥封谋臣至万户以上，高祖闻之，得毋见非？西北列将，得毋懈体？古者有云："帝者谛也"，今官位错乱，小人谄进，财货公行，政化日损；尺一拜用，尺

一，指诏书。不经御省，是帝欲不谛乎？

桓帝看到“帝欲不谛”四字，震怒异常，立命有司逮云下狱，使中常侍管霸与御史廷尉，共同审讯，将处严刑。弘农掾杜众闻云因忠谏获罪，也不禁鼓动侠肠，即向朝廷请愿，与云同死。桓帝愈怒，并饬将众拘送廷尉。陈蕃已改官大鸿胪，与太常杨秉、洛阳市长沐茂、郎中上官资，并上疏乞赦云罪，有诏切责，免蕃秉官，降茂资官秩二等。管霸见人心未顺，也在桓帝前跪请道：“李云草泽愚儒，杜众郡中小吏，情词狂戆，不足加罪。”桓帝呵叱道：“帝欲不谛，是何等语？常侍乃欲曲恕彼罪么？”说至此，复顾令小黄门传谕狱吏，将李云杜众处死，于是嬖宠益横。太尉黄琼自思力不能制，乃称疾不起，桓帝尚未许休致，越二年始令免官，进太常刘矩为太尉。司徒祝



恬已殁，代以司空盛允，不久复罢，可巧度辽将军种暠召入为大司农，遂令暠继为司徒，司空一职，由太常虞放继任，又擢中常侍单超为车骑将军。超得握兵权，势焰益盛。前大鸿胪陈蕃免归逾年，又由朝廷征为光禄勋。蕃见桓帝封赏逾制，内宠日多，更不禁愤然欲言，因上疏进谏道：

臣闻有事社稷者，社稷是为，有事人君者，容悦是为。今臣蒙恩圣朝，备位九卿，见非不谏，则容悦也。夫诸侯上象四七，谓二十八宿。垂耀在天，下应分土，藩屏上国；高祖之约，非功臣不侯。乃左右以无功博赏，至乃一门之内，侯者数人，故纬象失度，阴阳谬序，稼用不成，民用不康。臣知封事已行，言之无及，诚欲陛下如是而止！又近年收敛，十伤五六，民不聊生；而采女数千，食

肉衣绮，脂油粉黛，不可资计。鄙谚云："盗不过五女门"，以女足贫家也；今后宫之女，岂不足贫国乎？是以倾宫嫁而天下化，纣作倾宫，藏纳美女，武王克殷，乃归倾宫之女于诸侯。楚女悲而西宫灾；鲁僖公废楚女，居西宫，因兆火灾。且聚而不御，必生忧悲之感，以致水旱之困。夫狱以禁止奸违，官以称才理物；若法亏于平，官失其人，则王道有缺，天下人民，皆将谓狱由怨起，爵以贿成。伏思不有臭秽，则苍蝇不飞。陛下果采求得失，择从忠贤，尺一选举，悉委尚书三公，使褒责诛赏，各有所归，岂不幸甚？

这篇奏疏，总算蒙桓帝采用一二条，放出宫女五百余人，降邑侯邓万世黄携为乡侯，仍旧是无关轻重。复起前太常杨秉为河南尹。秉莅任未几，又与权阉单超相忤，竟致得罪。先是超弟匡为济阴太守，受赃枉法，为兖州刺史第五种所闻，种即第五伦曾孙。使从事卫羽案验，查出赃五六十万缗，因即上书劾匡兄弟。匡未免惊惶，阴嘱刺客任方刺羽。羽早已防着，把方捕获，囚系洛阳。匡复恐杨秉出头，再加穷究，乃密令方突狱逃亡。尚书召秉责问，秉直答道："方本无罪，罪在单匡，但教逮匡入都，下狱考治，自然水落石出，无从逃隐了！"这一番议论，本来是公正无私，偏单超在内把持，反诬秉私放任方，嫁祸单匡，竟将秉免官坐罪，输作左校，且将第五种构成他罪，充徙朔方。会值天气久旱，秉得遇赦，独第五种奉诏流徙，险些儿死于非命，不得生还。小子有诗叹道：

直臣报国敢偷生，被害阉人太不平；
留得一丝残命在，好教忠义两成名！

末句为下文伏案。

欲知第五种何故濒死，下回自当叙明。

梁冀之恶，比窦宪为尤甚，而其受祸也亦最烈。窦宪伏法，未及全家，阎显受诛，尚存太后；若梁冀一门骈戮，即妻族亦无一子遗，甚至三公连坐，朝右一空，设非平时稔恶，何由致此？天道喜谦而恶盈，福善而祸淫，观诸梁冀夫妇，而为恶者当知所猛省矣！惟前有十九侯，后有五侯，权戚之伏辜，必假诸阉人之手，汉廷其尚有人乎？桓帝经此大变，犹不自悟，复滥逮恩私，厌闻谠论，李云语稍激切，即置之死地；杜众吁请代死，又加毒刑，有帝如此，宁非帝欲不谛耶？虽有善者，其如帝之不谛何哉？

历朝通俗演义

# 后漢通俗演義

〖附三国〗

蔡东藩◎著

下册

中共中央党校出版社

## 第五十一回　受一钱廉吏迁官　劾群阉直臣伏阙

却说第五种见忤权阉，被徙朔方，已是冤屈得很，哪知单超更计中有计，叫他前往朔方，实是一条死路，不使生归。蛇蝎心肠。原来朔方太守董援，乃是单超外孙，一闻第五种将到，自然摩厉以须，即欲将种处死。种前为高密侯相，尝优待门下掾孙斌，斌此时已入京当差，侦知超谋，亟语友人间子直、甄子然道："盗憎主人，由来已久；今第五使君当投裔土，偏有单超外孙，为彼郡守，是明明前去送死哩！我意欲追援使君，令得免难；若我奉使君回来，计惟付汝二人，好为藏匿，方可无虞！"闾甄二人齐声应诺。于是斌率侠客数人，星夜追种；行至太原，幸得相遇，当然格毙送吏，由斌下马让种，斌随后步行，一昼夜行四百里，才得脱归，就将种交与闾、甄二家，匿处数年。至单超已死，徐州从事臧旻，为种讼冤，始得邀赦还乡，正命考终。幸有义友。

惟单超于延熹二年病死，诏赐东园秘器及棺中玉具；到了出葬时候，复发五营骑士与将作大匠，筑造坟茔，更令将军侍御史护丧，备极显赫。嗣是左悺、贝瑗、徐璜、唐衡等四侯，越觉骄横，统皆起第宅，筑楼观，穷工极巧，备极繁华；又多取良人美女，充作姬妾，衣必绮罗，饰必金玉，几与宫中妃嫔相似，假夫妻有何乐趣？所有仆从婢媪，亦皆乘车出入，倚势作威。都中人为作短歌道："左回天，贝独坐；徐卧虎，唐两堕。"两堕，谓随意所为，不拘一格，或作"两"为"雨"者，误。四侯权焰熏天，只苦不能生育，于是收养螟蛉，或取自同宗，或乞诸异姓，甚且买奴为子，谋袭封爵；兄弟姻戚，都得乘势攀援，出宰州郡。单超弟安，得为河东太守；弟子匡，得为济阴太守；左悺弟敏，得为陈留太守；贝瑗兄恭，得为沛相；徐璜弟盛，得为河内太守；兄子宣，得为下邳令。

这班权阉家属，统是无德无能，但知作威作福，可怜那无辜百姓，枉受折磨，无从呼吁。就中有下邳令徐宣，尤为暴虐，莅任以后，有所需求，定要弄他到手，不管什么理法。故汝南太守李暠，籍隶下邳，生有一女，却是美貌似花，守身如玉。宣早闻她德容兼工，求为姬妾。李暠虽已去世，究竟是故家世族，怎肯将堂堂太守的女儿配做阉人子弟的次妻？当然设词谢绝。哪知宣怀恨在心，既做了下邳令，就潜遣吏卒，闯入暠家，竟将暠女劫取了来，暠女宁死不从，信口辱骂，惹得徐宣性起，指挥奴仆，将暠女褫去外衣，赤条条的绑于柱中，要她俯首受污；暠女倔强如故，宣反易怒为笑，取出一张软弓，搭住箭干，戏把暠女作为箭靶，接连射了好几箭，断送了名媛性命；反掷弓地上，大笑不止；当下将女尸拖出，藁葬城东。令人发指。暠家失去娇女，自然向太守鸣冤；偏太守惮宣威势，不敢案验，一味的延宕过去，经暠家再三催请，终无音响。

可巧有个东海相黄浮，刚正著名，不畏强御，当由嵩家具词申控，果然朝进冤词，夕蒙批准。下邳为东海属县，浮正好秉公办理，立饬干吏传到徐宣，面加讯鞫，宣尚狡词抵赖，再将宣家属一并拘入，无论老少长幼，各自审问，免不得有人招认，一经质对，宣亦无从狡展；惟还仗着乃叔势力，不肯服罪，浮竟命左右褫宣衣冠，将他反翦，喝令推出斩首。掾史以下，争至浮前谏阻，浮奋然道：“徐宣国贼，淫凶无道，今日杀宣，明日我即坐罪，死亦瞑目了！”好一个铁面官。说着，即起座出辕，亲自监斩，榜罪通衢，暴尸市曹，都中无不称快。独徐璜得宣死耗，大为怨恨，便入白桓帝，捏造谎言，只说黄浮得了私贿，妄害侄儿；桓帝信以为真，即将浮革职论罪，输作左校。

嗣复令左悺兄胜，为河东太守，皮氏县长赵岐，耻为胜属，即日弃官归里；岐为京兆人氏，总道归田守志，可以无虞，哪知京兆尹换一新官，乃是唐衡兄玹，与岐有隙，诬称岐窃帑逃回，饬吏收捕；岐先得风声，走匿他处，吏役无可报命，索性把岐家族，尽行拘去，迫令将岐交出，岐闻全家被系，奔窜益远，哪里还敢投案？唐玹即将岐家族数十人，一体骈戮，只有岐隐姓埋名，逃至北海市中，卖饼为生。北海人孙嵩见岐仪容雅秀，料非凡品，因即载与俱归，藏置复壁中。后来诸唐失势，岐乃复出，再拜并州刺史。事见后文。

且说太尉黄琼，因病免官，继任为太常刘矩。矩系沛人，前为雍邱令，以礼化民，民有争讼，辄传引至前，提耳训告，说是忿恚可忍，县署不可入，使他归家自思，两造闻言感悟，往往罢去，因此狱讼空虚，循声卓著；累迁为朝中首辅，颇号得人。未几司空虞放亦因事免归，再召黄琼为司空，琼固辞不获，勉强就职，月余复乞休归去；乃进大鸿胪刘宠为司空。

宠籍隶东莱，曾出守会稽，除烦苛，禁非法，郡中大治，被征为将作大匠，樸被起行，途遇五六老叟，各赍百钱，奉作赆仪。宠慰谕道："父老远来送行，得毋太苦？"诸老叟齐声道："山谷衰民，未识朝仪，但知前时太守，专务苛征，郡吏奉令催迫，日夜不绝，无人敢安；今自明府下车以来，吏不追呼，犬不夜吠，小民何幸，得遇使君？乃闻朝廷征公内用，无从挽留，不得已来此送公，明知百钱不足为赆，惟思公两袖清风，不愿多受，区区奉敬，聊表诚意罢了！"宠温颜答道："我政何能尽如叟言？只是烦劳父老，未便却情。"说至此，即将诸老叟所奉各钱，选出大钱一枚，总算收受，余皆却还，遂与诸老叟拱手告别；后人称为刘宠一钱，便是为此。可传不朽。宠入都为将作大匠，转调大鸿胪，超迁司空，与刘矩同为东汉良辅，且当时司徒种暠，亦有重名，三人齐心辅政，阉竖等稍稍

敛迹，号称清平。故太尉李固幼子燮，奉诏征入，见四十八回。向姊文姬辞行，文姬戒燮道："我家血食将绝，幸存我弟，得延一脉，重见天日，此去不患不得官，惟得官以后，宜杜绝交游，勿妄往来，更不可恨及梁氏，或有怨言；否则牵连主上，祸且重至了！"好姊姊。燮唯唯而去，入朝得为议郎。已而王成病逝，燮追忆旧恩，依礼奉葬，每遇四节，必特设上宾位置，虔诚奉祀，王成保护李燮，亦见前文。这也可谓以德报德，不负恩人了。

延熹三四年间，西羌复叛，护羌校尉段颎屡次出讨，无战不捷；可奈羌众刁顽，出没无常，此去彼来，彼仆此起，累得河西一带，鸡犬不宁。烧当、烧何诸羌先寇陇西金城，已被段颎击退；嗣又有先零羌、零吾羌等进寇三辅，转入并凉二州，段颎复调集湟中义从诸兵，前去堵截。偏凉州刺史郭闳贪功忌

能，多方牵掣颎军，使不得进，义从诸兵役久思归，陆续溃叛；郭闳且上书劾颎，反咎他不能抚下，遂致朝廷震怒，逮颎下狱，输作徒刑。河西失一长城，羌众愈炽。时皇甫规为泰山太守，平定剧贼叔孙无忌，威震一方，他本家居安定，熟悉羌情，因闻叛羌猖獗，志在奋效，乃即慨然上疏道：

> 自臣受任，志竭愚钝，实赖兖州刺史牵颢之清猛，中郎将宗资之信义，得承节度，幸无咎誉。今猾贼就灭，泰山略平，复闻群羌并皆反逆，臣生长邠岐，年已五十有九，昔为郡吏，再更叛羌，预筹其事，有误中之言；臣素有痼疾，恐犬马齿穷，不报大恩，愿乞冗官，备单车一介之使，劳来二辅，宣国威泽，以所习地形兵势，佐助诸军。臣穷居孤危之中，坐观郡将，已数十年矣，自鸟鼠山至东岱，其病一也。力求猛敌，不如清平，勤明吴孙，未若奉法，前变未远，臣诚戚之；是以越职尽其区区，伏赐垂鉴。



这疏呈入，有诏令规为中郎将，使持节监关中兵，往讨诸羌。规受命西行，既至凉州，立即部署兵马，出击羌众，斩首至八百级，羌众乃退；规复晓谕威信，随机招抚，相率畏怀，互为劝降，投诚至十数万人。到了次年，沈氐羌又入寇张掖、酒泉，规发降羌往御，适值暮春霪雨，疫气熏蒸，军中陆续传染，十死三四，规亲至营帐，巡视将士，三军感奋，壁垒一新，羌人望风震慴，遣使乞降。安定太守孙俊、属国都尉李翕、督军御史张禀贪残狼藉，多杀降羌；凉州刺史郭闳、汉阳太守赵熹又皆倚恃权贵，不遵法度，规按罪条奏，或免或诛，羌人更不胜感激，翕然听命。沈氐羌豪滇昌饥猛等，带领十余万口，共诣规营，长叩请罪；当由规善言抚慰，扶令起身，延入座中，晓示祸福利害，滇昌等应声如响，欢跃而去。看官试想！如皇甫规这番功绩，应该从优议叙，晋锡崇阶；谁知朝中腐竖，因他劾去私党，且没有甚么私赠，竟在桓帝面前交相谗构，反谮规贿嘱群羌，虚词降服。桓帝糊涂得很，遽下玺书责规。规忧愤交并，因复上书自讼道：

四年之秋，戎蠢丑戾，爰自西州，侵入泾阳，旧都惧骇，朝廷西顾，明诏不以臣愚驽怠，使率军就道；幸蒙威灵，得振国命，羌戎诸种，大小稽首，所省之费，约一亿以上，以为忠臣之义，不敢告劳，故耻以片言自及微效。然比方先事，庶免罪悔，前践州界，先奏郡守孙俊，次及属国都尉李翕、督军御史张禀；旋又劾凉州刺史郭闳、汉阳太守赵熹，陈其过恶，执据大辟。凡此五臣，支党半国家，下至小吏，所连及者复有百余，吏托报将之怨，子思复父之耻，载贽驰车，怀粮步走，交构豪门，竞流谤讟。云臣私赂诸羌，仇以钱货。若臣以私财，则家无担石，如物出于官，则文簿易考。就臣愚惑，信如言者，前世尚遗匈奴以宫姬，镇乌孙以公主，今臣但费千万以怀叛羌，则良臣之才略，兵家之所贵，将有何罪负义违理乎？自永初以来，将出不少，复军有五，动资巨亿，有旋车完封，输入权门，而名成功立，厚加爵赏；今臣还督本土，纠举诸郡，绝交离亲，戮辱旧故，众谤阴害，固其宜也！臣虽污秽，廉洁无闻，今见复没，耻痛实深，《传》称鹿死不择音，谨冒昧略上！

桓帝得书，虽然免谴，但仍将规召还都中，使为议郎。中常侍徐璜左悺，尚欲向规求赂，屡遣私人问规功状，规终不一答；璜等恼羞成怒，再将前案提起，迫规就吏。规毅然对簿，词不少屈。亲友属僚，多劝规从权贬节，且各欲为规醵资，馈遗权阉，规誓死不从。于是罗织成狱，说是余寇未绝，坐系廷尉，罚令至左校署充工；可悲，可叹！幸亏三公从中解救，又有太学生张凤等三百余人诣阙陈书，代规鸣冤，规始得赦罪，罢遣归家。会南中变起，长沙零陵一带盗贼啸聚，进攻桂阳；艾县贼又相继响应，焚长沙，掠益阳；零陵武陵诸蛮复乘势蠢动，四出劫掠。御史中丞盛修奉诏往讨，反为贼败；南郡太守李肃弃城逃生；主簿胡爽叩马谏诤，被肃杀死，朝廷捕肃处斩；荫恤爽子特令太常冯绲为车骑将军，督兵剿贼。绲见前时所遣将帅往往被宦官陷害，因请中常侍一人偕行，监察军费，乃命张敞监军；前武陵太守应奉，有德及民，舆情翕服，绲又调令同往。及抵长沙，便使奉晓谕贼众，贼果释械请降；进击武陵蛮，斩首四千级，受降十余万，荆州平定。绲归功应奉，荐为司隶校尉，自乞骸骨归里，有诏不许。惟宦官向绲索赂，不得如愿，遂嗾使监军张敞，奏称绲挈美婢二人，戎服从军，又至江陵勒石纪功，妄为夸张，请下吏案验；尚书令黄俊，谓绲无罪，才得罢议。越年桂阳复乱，由太守陈奉讨平，绲终坐此免官。狐鼠凭城，难为功狗。前冀州刺史朱穆复起为尚书，目睹宦官骄横，不忍缄默，因申疏力谏道：



案本朝故事，中常侍参选士人，建武以后，乃悉用宦者，自延平以来，浸益贵盛，假貂珰之饰，处常伯之任，天朝政事，一更其手，权倾海内，宠贵无极，子弟亲戚，并荷荣任，故放滥骄溢，莫能禁御。凶狡无行之徒，媚以求官，恃势怙宠之辈，渔食百姓，穷破天下，空竭小民，愚臣以为可悉罢省，遵复往初，率由旧章；更选海内清净之士，明达国体者，以补其处，则陛下可为尧舜之君，众僚皆为稷契之臣，兆庶黎民，蒙被圣化矣！

疏入不省，朱穆待了数日，未见批答，乃入朝进见，伏阙面陈道："臣闻汉家旧典，尝置侍中中常侍各一人，省览尚书事，又有黄门侍郎一人，传发书奏，这三人统用士族。自和熹太后临朝，不接公卿，始用阉人为常侍小黄门，通命两宫，嗣是以后，权倾人主，穷困天下，今宜一律罢遣，博选耆硕，与参政事，方可追复前规，再臻盛治。愿陛下勿疑！"桓帝听着，默不一答，面上且现出怒容。穆伏不肯起，当由左右传旨令



退，好多时方才起来，徐徐退去。宦官恨穆切直，屡加诋毁，穆愤不得伸，疽发背上，未几病终，享年六十有四。总计穆居官数十年，蔬食布衣，家无余产，公卿共表"穆立节忠清，虔恭机密，守死善道，宜蒙旌宠"；桓帝乃下诏褒叙，追赠穆为益州太守。先是穆父颉为陈相，修明儒术，颉殁后，由穆与诸儒考依古义，谥为"贞宣先生"；及穆病逝，陈留人蔡邕复与门人述穆体行，谥为"文忠先生"。前太尉黄琼，家居二年，老病益剧，自思权阉当道，未能力除，常引为己憾。特草成遗疏千言，使人赍至阙廷，由小子节录如下：

陛下初从藩国，爰升帝位，天下拭目，谓见太平；而即位以来，未有胜政。诸梁秉权，竖宦充朝，重封累职，倾动朝廷；卿校牧守之选，皆出其门，羽毛齿革明珠南金

之宝，殷满其室，富拟王府，势回天地；言之者必族，附之者必荣，忠臣惧死而杜口，万夫怖祸而木舌；塞陛下耳目之明，更为聋瞽之主。故太尉李固杜乔，忠以直言，德以辅政，念国忘家，陨殁为报，而坐陈国议，遂见残灭，贤愚切痛，海内伤惧。又前白马令李云，指言宦官罪秽宜除，皆因众人之心，以救积薪之敝；弘农杜众，知云所言宜行，惧云以忠获罪，故上书陈理之，乞同日而死；所以感悟国家，庶云获免。而云既不辜，众又并坐，天下尤痛，益以怨结，故朝野之人，以忠为讳。尚书周永，昔为沛令，素事梁冀，借其威势，坐事当罪，越拜令职；及见冀将衰，乃阳毁示忠，遂因奸计，亦取封侯；又黄门协邪，群辈相党，自冀兴盛，腹背相亲，朝夕图谋，共构奸宄，临冀当诛，无可设巧，复记其恶，以要爵赏。陛下不审别真伪，复与忠臣并时显封，使朱紫共色，粉墨杂糅，所谓抵金玉于沙砾，碎珪璧于泥涂，四方闻之，莫不愤叹。臣至顽驽，世荷国恩，身轻位重，勤不补过；然惧于永殁，负衅益深，敢以垂绝之日，陈不讳之言，庶有万分，无恨三泉。



这本奏章，也是自知必死，尽言规主；怎奈桓帝沉迷不醒，看了这班刑余腐竖，好似再造恩人，无论他如何凶横，总是不忍摈逐，坐使赤胆忠心的黄世英，琼字世英。饮恨以终。讣闻朝廷，总算予谥“忠侯”，追赠车骑将军。小子有诗叹道：

临死犹闻上谏章，良言未用志难偿；
臣躯虽逝忠常在，赢得千秋一字香。

黄琼既殁，四方名士，争往会葬，多至六七千人；独有一儒生前来吊丧，举动行止，与众人迥不相同。欲知此人来历，待至下回表明。

东汉时代，循吏颇多，往往升任三公，匡辅王室，而朝政未闻有起色者，君失其明，内蔽群小，而三公不能久任故也。试观刘宠之卸任会稽，仅受一钱，其生平之廉洁可知；及擢任司空，与刘矩种暠等同心辅政，应不难坐致太平，然而庸主之昏迷如故，虽有良辅，无能为力；况置三公如弈棋，不久而皆闻罢免耶？段颎、皇甫规、冯绲等，并有功加罪，朱穆力诤而不用，黄琼死谏而不从，汉之为汉，大势可知。宁待党锢祸起，正士一空，而始见东京之沦替欤？

# 第五十二回　导后进望重郭林宗 易中宫幽死邓皇后

却说黄琼殁后，会葬至六七千人，就中有一儒生，行至冢前，手携一筐，从筐中取出絮包，内裹干鸡，陈置墓石，再至冢旁汲水，即将干鸡外面的絮裹漉入水内，絮本经酒渍过，入水犹有酒气，当下取絮酬墓，点点滴滴，作为奠礼；复向筐内探出饭包，借用白茅，然后拜哭尽哀，起身携筐，掉头竟去。会葬诸人先见他举动异常，不便过问，惟在墓旁敛坐默视，到了该生去后，方交头接耳，猜及姓名。太原人郭泰首先开口道："这定是南昌高士徐孺子呢！"陈留人茅容素善高谈，便应声道："郭公所言，想必无讹；容当追往问明便了！"说着，即据鞍上马，向前急追，约行数里，果得追及，问明姓氏，确系徐稚，表字孺子。容便沽酒设肉，与为宾主，两人小饮颇酣，性情款洽。容乘间谈及国事，稚微笑不答；惟问至稼穑，方一一相告。待至饮罢，彼此起身揖别，稚始与语道："为我谢郭林宗，泰字林宗。大树将颠，非一绳所能维，何必栖栖皇皇，不遑宁处呢?”见识独高。容即返告郭泰，泰不首道：“孺子为人，清廉高洁，饥不可得食，寒不可得衣，今为季伟饮食，明是视为知己，刮目相看；若不答国事，便所谓智可及，愚不可及哩!”

看官听说，这季伟就是茅容表字，容家居陈留，年至四十余，在野躬耕，与同侪避雨树下，众皆蹲踞，惟容整襟危坐，郭泰适过道旁，见容造次尽礼，就揖容与语，借着寻宿为名，意欲寓居容家；容坦然允诺，留泰归宿。黎明即起，杀鸡为黍，泰总道是饷客所需，未免过意不去，哪知容是杀鸡奉母，及与泰共餐，只有寻常菜蔬，未得一臙。泰食毕与语道：“君真高士，郭林宗尚减牲缩膳，储待宾客，君乃孝养老母，好算是我良友了!”因劝令从学，终成名士。

泰明能知人，素好奖引士类，后进多赖以成名。钜鹿人孟



敏尝负甑堕地，不顾而去，可巧泰与相值，召问敏意，敏直答道：“甑已破了，回顾何益?”泰见他姿性敏快，亦劝令游学，果得成名。陈留入申屠蟠，九岁丧父，哀毁过礼，服阕犹不进酒肉，约十余年；当十五岁时，闻得同郡孝女缑玉，为父报仇，杀死夫从母兄李士，被系狱中，他即邀集诸生，替玉讼冤道：“如玉节义，足为无耻子孙，隐加激励；就使不遇明时，尚当旌表庐墓，况一息尚存，遭际盛明，怎得不格外哀矜呢?”颇有侠气。外黄令梁配，览书感动，乃减玉死罪，但处轻刑。乡人称为义童。惟因家世贫贱，不得已佣作漆工，泰闻蟠义侠有声，特往与相见，假资勉学，蟠遂得以经艺名家。此外教授子弟，不下千人，惟不愿出仕，故太尉黄琼等屡次辟召，泰终不应。有人从旁劝驾，泰喟然道：“我夜观乾象，昼察人事，天已示废，如何再能支持呢?”话虽如此，但尚周游京邑，诱掖后进，

不遗余力。

时有蒲亭长仇香，以德化民，尝令子弟就学，期年大化；有顽民陈元不孝，被母告发。香亲至元家，为陈人伦孝行，反复晓谕，元不禁感泣，立誓悔过，终为孝子。考城令王奂闻香贤名，召为主簿，且与语道："君在蒲亭，使陈元不罚而化，政绩可嘉；但古人有言：'嫉恶如鹰鹯。'君得毋尚少此志么？"香答说道："鹰鹯究不若鸾凤，香所以不愿出此哩！"奂叹息道："枳棘非鸾凤所栖，百里非大贤所驻；今日太学诸生，曳长裾，蜚声誉，皆不若主簿，何苦郁郁居此，埋没一生？"香辞以无资，奂持捐俸一月，遣令入都。栽培名士，当效郭王。香既进太学，与同郡符融毗连邻舍。融性喜交游，宾客不绝，见香闭门自处，便乘暇过语道："京师为人文渊薮，英雄四集，君奈何不与结交？"香闻言正色道："天子设太学，难道使诸生徒骋游谈么？"说得符融嗒然若丧，俯首趋出。既而融转告郭泰，泰投刺往访，与谈数语，当即起拜道："君足为泰师，不止为泰友哩！"嗣香学成归里，仍然杜门谢客，无心仕进，隐居终身；惟泰往来如故，虽系屠沽卒伍，向他问业，无不收受。陈国童子魏昭，慕泰重名，踵前相请道："经师易遇，人师难求，愿为先生供给洒扫！"泰即令为弟子，随时指导，旋即成材。扶风人宋果行为粗暴，太原人贾淑，性情险恶，皆经泰曲示裁成，化为善士。因此远近景仰，无不归怀。泰尝至陈梁间，途中遇雨，巾坠一角，时人乃故意仿效，号为林宗巾，可见得人心向慕，远近从同了。前光禄勋主事范滂与泰相识，或问范滂道："郭林宗究系何等人？"滂应声道："隐不违亲，贞不绝俗；天子不得臣，诸侯不得友。此外非我所敢知呢！"后来泰丁母忧，悲戚过甚，竟至呕血，杖而后起，出视庐前，见有生刍一束，置诸地上，因即问明旁人，才知有人吊丧，置刍自去。当下因感生慨道："这又是徐孺子所为！《诗经》有云：'生刍一束，其人如玉。'我有何德，足以当此？"其实徐稚寓意，仍教他蛰居空谷，毋致絷维的意思，就是徐稚前祭黄琼，亦无非追怀旧谊，自表余情，并不是慕琼勋名，来赶这场热闹。从前琼在家授徒，稚辄过访经义，及琼备历显阶，却绝迹不赴，琼遣吏辟召，亦俱谢绝。他如陈蕃为豫章太守时，悬榻待稚，稚间或往来（见前文）；嗣闻蕃入为尚书令，也不复往谒；蕃将稚名登诸荐牍，又屡征不起，蕃却在朝多年，屡退屡进，平时辄因事匡谏，往往未见施行。无道则隐，何不效徐孺子？先是侍中爰延在宫值差，桓帝尝问延道："卿视朕为何如主？"延以中主相对，桓帝又问为何因，延复说道："尚书令陈蕃，任事即治；中常侍黄门，与政即乱；臣故知陛下可与为善，可与为非。"论颇平允。桓帝虽



随口称善，进延为五官中郎将，但究不能重任陈蕃。会因客星经犯帝座，延又劝桓帝任贤去邪，终不见从，延称病引去；蕃仍守原职，未闻乞休。及调任光禄勋，正值车驾出幸河南，校猎广成苑中，陈蕃上疏谏阻，略言时当三空，不应畋游，三空是田野空，朝廷空，仓库空，却是确中时弊，并非虚言；偏桓帝游兴方浓，未肯中止，再加一班左右近臣，巴不得乘舆出幸，好乘此予取予求，自饱欲壑。于是奉驾南行，沿途需索，不可胜计，到了罢猎回宫，已皆贪囊充牣，喜跃而归。小人无一不贪财。

太尉刘矩、司空刘宠俱因灾异相寻，坐谴免官，司徒种暠又复病殁，桓帝特进太常杨秉为太尉，卫尉许栩为司徒，周景为司空。秉即杨震次子，父子相继为太尉，士论称荣；周景在卫尉任内，正直无私，素与杨秉气谊相投，至同列台阶，遂联名上奏，请将中官子弟，悉数罢斥，桓帝总算依从，黜免匈奴

中郎将燕瑗、青州刺史羊亮、辽东太守孙谊等五十余人，再起皇甫规为度辽将军，往镇朔方。规莅任数月，即奏举武威太守张奂才略兼优，宜为主帅，自己愿为奂副。朝廷准如所请，乃迁奂为度辽将军，规为使匈奴中郎将。奂本酒泉人氏，曾为梁冀故吏，坐党梁氏，致遭禁锢；皇甫规常与友善，荐牍七上，乃得起为武威太守。武威僻处西陲，民多愚野，经奂严加赏罚，济以教养，风俗一新，百姓无不悦服，为立生祠；至迁任度辽将军，并得皇甫规为辅，爱威并用，夷夏归心，幽并二州，安静了好几年。

惟桓帝耽情游乐，屡思南巡，自广成苑校猎以还，倏忽一载，乃复鼓动游兴，托言至章陵祭祖，启跸出都（章陵即春陵县，事见前文），翠华一出，扈从万计，比前此校猎广成时，热闹加倍，途次征求费役，更形骚扰；独护驾从事胡腾看不过去，上言天子无外，乘舆所幸，即为京师，臣请以荆州刺史比司隶校尉，臣自同都官从事。桓帝依议施行，腾乃得严申约束，遇有阉宦私索等情，立令州县报闻，州县如有徇隐，罪与同科，得此一举，才觉纪律肃然，莫敢干扰。车驾到了章陵，谒祭园庙，颁赐守令以下，多寡有差；再启行至云梦泽，临览汉水，复还幸新野，遍祀湖阳新野两公主各祠（两公主，系光武帝祠），然后返驾入都，时已为延熹八年的残腊了。越年正月，诏遣中常侍左悺，前往苦县，致祭老子。真是多事，且由宦官主祭，老氏有灵，岂肯就飨？待至左悺复命，凑巧权阉得罪，悺亦被劾，声势隆隆的左回天，到此亦无术求生，只好自寻死路了。说起权阉得罪的祸根，起自益州刺史侯参。参为中常侍侯览亲弟，倚兄势力，贪暴横行，凡民间财产丰富，即诬以大逆，诛灭全家，没入财物，前后得赃无数，怨积全州。事为太尉杨秉所闻，因即据实纠弹；有诏用槛车逮参，参在道自杀。京兆尹袁逢，至旅舍阅参行李，共有三百余车，统载金银珍玩，光耀满目，特上书报闻，秉乃再劾侯览，请一并放黜，语云：

臣案国旧典，宦竖之官，本在给使省闼，司昏守夜；而今猥受过宠，执政操权，其阿谀取容者，则因公褒举，以报私惠；有忤逆于心者，必求事中伤，肆其凶忿；居法王公，富拟国家，饮食极肴膳，仆妾盈绔素，虽季氏专鲁，穰侯擅秦（穰侯即秦昭王舅），何以尚兹？案中常侍侯览弟参，贪残元恶，自取祸灭，览固知衅重，必有自疑之意，臣愚以为不宜复见亲近；昔齐懿公刑邴歜之父，夺阎职之妻，而使二人参乘，卒有竹中之难，《春秋》书之，以为至戒。盖郑詹来而国乱（事见《公羊传》），四佞放而众服（四佞，即四凶），以此观之，容可近乎？览宜即屏斥，投畀有虎，若斯之人，非恩所宥，请免官送归本郡，全其余生，则忧足弭而为德亦大矣。



桓帝览奏，还是不忍罢览，再令尚书召秉掾属，用言诘问道："公府外职，乃奏劾近官，经典汉制，曾有此故事否？"掾吏答道："春秋时，赵鞅兴甲晋阳，入除君侧，经义不以为非，传谓除君之恶，唯力是视，汉丞相申屠嘉面责邓通，文帝且为请释，本朝故事，三公职任，无所不统，怎说不能奏劾近官呢？"理由充足。尚书无词可驳，还白桓帝；桓帝不得已罢免览官。司隶校尉韩缜复奏列左悺罪恶及悺兄太仆左称；悺与称胆怯心虚，自恐不能逃罪，并皆仰药毕命。悺又劾贝瑗兄恭，历任沛相，受赃甚多，亦应按赃治罪，诏即征恭下狱。瑗入官陈谢，缴还东乡侯印绶。桓帝令瑗免官，贬为都乡侯，瑗归死家中。时单超唐衡早卒，徐缜亦死，子弟本皆袭封，至此并降为乡侯，这就是五侯的结局。只有左悺自尽，余皆令终，不可谓非幸遇。

皇后邓氏专宠后庭，母族均叨恩宠，兄子康已早封淮阳侯，康弟统复袭后母封邑，得为昆阳侯，邓后母宣曾封昆阳君，至是，宣殁，故令统袭封。统从兄会却袭后父香封爵，得为安阳侯，统弟秉又受封淯阳侯，就是后叔父邓万世，尝拜官河南尹，与桓帝并坐博弈，宠幸无比。约莫有六七年，邓后色已浸衰，桓帝又别选丽姝，充入后宫，先后不下五六千人，就中总有几个容貌超群赛过邓后，桓帝得新忘旧，自然把邓后冷淡下来；邓后不免怀忿，时有怨言，又因桓帝所宠莫如郭贵人，因与她积成仇隙，互搬是非。郭贵人甫承宠眷，一言一语，皆足移情，桓帝素来昏庸，怎能不为所蛊敝？那郭贵人乐得媒孽，遂把那邓后行止随时谮毁，说得她如何骄恣，如何妒忌，惹动桓帝怒意，于延熹八年正月，废去皇后邓氏，撵往暴室，活活幽死。河南尹邓万世及安阳侯邓会，并连坐下狱，相继瘐死；邓统等亦逮系暴室，褫夺官爵，黜归本郡，财产俱没入县官，邓氏复败。



前度辽将军李膺，再起为河南尹，适值宛陵大姓羊元群，自北海郡罢官归来，赃罪狼藉，膺表陈元群罪状，欲加惩治；哪知元群行赂宦官，反说膺挟嫌中伤，竟将膺罢官系狱，输作左校。前车骑将军冯绲复入为将作大匠，迁官廷尉，案验山阳太守单迁，因他情罪从重，笞死杖下；迁为故车骑将军单超亲弟，中官与有关系，遂飞章构成绲罪，亦与李膺同为刑徒。中常侍苏康管霸，霸占良田美产，州郡不敢诘，大司农刘祐移书州郡，将二阉占有产业，悉数没收。二阉当然泣诉桓帝，桓帝大怒，亦将刘祐下狱论罪，输作左校。太尉杨秉正欲为三人讼冤，不意老病侵寻，竟致不起。秉中年丧妻，不复续娶，居官以清白见称，绰有父风，尝自谓我有三不惑，酒、色与财，及病殁时，年已七十有四。桓帝赐茔陪陵，特进陈蕃为太尉。

蕃奉诏固辞道："不愆不忘，率由旧章，臣不如太常胡广；齐七政，训五典，臣不如议郎王畅；聪明亮达，文武兼资，臣不如弛刑徒李膺；愿陛下就三人中，简贤授职，臣却不敢滥厕崇阶！"桓帝优诏不许，蕃乃受命就任，入朝白事，屡言李膺、冯绲、刘祐三人冤屈，应即日赦宥，赐还原职，桓帝置诸不答；蕃复跪请再三，反复陈词，备极恳切，仍未见桓帝允许，乃流涕起去。司隶校尉应奉，见蕃屡请不准，独上疏申



讼道：

> 昔秦人观宝于楚，昭奚恤莅以群贤，梁惠王玮其照乘之珠，齐威王答以四臣；夫忠贤武将，国之心膂。窃见左校弛刑徒前廷尉冯绲、大司农刘祐、河南尹李膺等，执法不挠，诛举邪臣肆之以法，众庶称宜；昔季孙行父亲逆君命，逐出莒仆，于舜之功二十有一，今膺等投身强御，毕力至罪，陛下既不听察，而猥受谮诉，遂令忠臣同愆元恶，自春迄冬，不蒙降恕，遐迩观听，为之叹息。夫立政之要，记功忘失，是以景帝舍安国于徒中，景帝时，韩安国为梁大夫坐法抵罪，后复起为梁内史。宣帝征张敞于亡命。敞为京兆尹，杀人亡命，会冀州乱，复征为刺史。前绲讨蛮荆，均吉甫之功；周尹吉甫征服猃狁。祐数读若朔。临督司，有不吐茹之节；膺威著

幽并，遗爱度辽；今三陲蠢动，王旅未振，易称雷雨作解，君子以赦过宥罪，乞原膺等，以备不虞，是臣等所无任翘望者也。

经此一疏，却蒙桓帝听从，便将三人赦罪。陈蕃屡言不听，应奉一疏即行，为蕃计已可引身退去。已而桓帝拟立继后，意在采女田圣，圣家世微贱，独生得妖娆艳冶，姿态绝伦，桓帝得了此女，又将郭贵人撇诸脑后，日夕与田圣同处，相猥相倚，如漆投胶；因此欲将圣册立为后。司隶应奉，伏阙固诤，力言田氏单微，不足为天下母。太尉陈蕃亦申言后宜慎选，不如册立窦贵人，却是世家旧戚，足配圣躬。桓帝无可如何，乃立窦贵人为继后。后为窦融玄孙窦武女儿，即章帝后从祖弟的孙女，入宫未几，得为贵人，既已正位中宫；父武得进任城门校尉，受封槐里侯。惟窦后姿色不及田圣，桓帝因公论难违，勉强册立，所以御见甚稀，有名无实；那桓帝的爱情，仍然专属田圣一人。小子有诗叹道：

溺情无过绮罗丛，欲海沉迷太不聪；
二十年来昏浊甚，徒教妇寺乱深宫！

欲知后事如何，且看下回续叙。

隐不违亲，贞不绝俗，乃郭林宗一生确评。林宗生遭衰世，已知大局之不可复支，惟悲天悯人之衷，始终未恝，不得已栽培后进，使之成材，为斯文留一线之光；孔孟之辙环天下，教授生徒，犹是志耳。彼陈蕃李膺诸人，知进而不知退，毋乃昧机。且于邓后之废死，蕃正在朝辅政，不闻出言谏诤，延至继立中宫，方谓田氏微贱，不如选立窦贵人，夫邓后何罪？不过为儿女私嫌，竟遭幽死；窦后何德？乃请立为后；厥后北寺之冤，已隐伏于后位之废立时矣。徐孺子尝诫郭林宗，而于下榻之陈蕃，反未闻预为规谏，抑独何也？

## 第五十三回　激军心焚营施巧计<br>信谗构严诏捕名贤

却说桂阳太守陈奉，前已剿平长沙贼党，见五十二回。复破灭桂阳贼李研，桂阳乃安。惟余贼卜阳、潘鸿等逃入深山，伏处年余，觑得兵防少弛，又四出劫掠，蹂躏居民；还有艾县残贼，亦与卜潘二贼连合，大为民患。荆州刺史度尚，颇有胆略，招募蛮夷杂种，悬赏进讨，大破贼众，连平三寨，夺得珍宝甚多。卜潘二贼仍窜入山谷间，党羽犹盛，尚欲穷捣贼巢，殄绝根株；只士卒已腰囊满盈，不愿冒险再入，彼此逍遥自在，各无斗志；尚乃想出一法，向众扬言道："卜阳、潘鸿乃是多年积贼，能战能守，未易驱除，我兵已经劳苦，且与贼相较，还是彼众我寡，一时不便轻进；今宜征发诸郡兵马，并力击贼，方可图功，尔等可随时习劳，出外射猎，毋使游惰，待至诸郡兵到，大举进剿，岂不是一劳永逸么？"士卒闻言，很是喜悦，当即成群结队，共出游猎，每日获得禽兽，充入庖厨，足供大嚼，众情愈加踊跃，遂至倾寨俱出，四处弋射，尽兴始归；不意到了营旁，统是惊心怵目，叫苦连天；原来那几座营盘，都已变做灰烬，所有平时珍积，被祝融氏收拾尽净了。却是奇绝。

看官阅此，还道是营中失火，谁知却是度尚的秘计。尚见军心懈弛，无非为骄富所致，因特诱他出猎，密令心腹将士暗地纵火，毁去各营，使他失所凭借，然后可以再用。大众未知尚谋，正在自悔自恨，涕泪交并，可巧尚来营巡视，故意顿足道："我令汝等出猎习劳，实为平贼起见，今营中无故被毁，致失汝等蓄积，怕不是由贼狡计，前来放火么？这都是我失防闲，致遭此害，我定要向贼求偿呢！"说至此，见大众并皆感泣，又继续宣言道："卜潘二贼的财货，足富数世，诸君若能努力击贼，便可悉数取来，区区小失，不足介意，明日就进捣贼巢便了！"虽是一番权谋，但欲驱策骄兵，亦不得不尔。众皆应声道："愿如尊命！"尚心中大喜，饬各军秣马蓐食，待旦即发。未几已是黎明，便传出号令，全军启行，自己亦披挂上马，扬鞭急进，驰抵贼寨。卜阳、潘鸿等贼，甫经起食，一些儿没有防备，被官军长驱杀入，如削瓜刈草一般，卜潘二贼，弃食出奔，由吏士抢步赶上，乱刀交挥，任他两贼如何凶悍，已剁得有头无尾，血肉模糊；余贼大半饮刀，剩了几个脚长的毛奴，虽得侥幸逃生，也已心胆交碎，情愿改过自新，变做平民；荆州大定，群寇悉平。尚以功得封右乡侯，调任桂阳太守；越年征还京师，改命任胤为桂阳太守。



荆州兵目朱盖等戍役日久，财赏不足，复愤恚作乱，与桂阳贼胡兰等合并，共计三千余人，进攻桂阳，焚掠郡县。任胤胆小如鼷，弃地逃走；贼众辗转迫胁，多至数万，移扰零陵。太守陈球婴城拒守，掾吏向球进说道："贼势甚盛，明公不如挈家避难，尚可自全！"球勃然发怒道："太守分国虎符，受任一方，岂可顾全妻孥，折损国威？如敢再言奔避，立斩勿贷！”掾吏乃咋舌退去。球即削木为弓，断矛为矢，引机扳发，射死贼党多人。贼攻城不下，因决城外流水，灌入城中，球相视地势，据高屯兵，反引水淹贼，贼众惊骇，乃将流水泄去。内外相拒十余日，全城无恙。朝廷再授尚为中郎将，使率幽冀黎阳乌桓步骑二万六千人，往救零陵，尚连败贼众，又与长沙太守抗徐等，调集各郡士卒，合力讨击，大破胡兰。兰急不择路，骤马乱奔，尚督兵追及，张弓搭箭，射倒兰马，兰颠扑地上，当由眼快脚快的军士赶出一刀，了结贼命；余贼失去头颅共约三千五百级，朱盖等窜往苍梧。诏赐尚钱百万，抗徐等亦受赏有差。尚系山阳人，徐系丹阳人，两人为同时名将。至朱盖等入苍梧境，复被交阯刺史张磐击退，仍还荆州，后来为零陵太守杨璇讨平，这且无庸细表。



且说李膺遇赦后，复起为司隶校尉，他本生性刚直，不肯诡随，虽已迭经挫折，仍然风裁严峻，执法不阿。小黄门张让弟朔为野王令，贪残无道，甚至刑及孕妇，一闻膺为校尉，便即惧罪入京，匿居乃兄第舍，果然膺闻风往捕，亲率吏卒至让家，四处搜寻，不见形影，及见室有复壁，即令吏卒毁壁入视，得将张朔觅着，一把抓住，押赴洛阳狱中，讯鞫得供，立即处斩。让遣人说情，已经无及；没奈何入诉桓帝，谓膺专擅不法。桓帝召膺入殿，当面诘责，问他何故不先奏请，便即行诛？膺从容答说道：“昔晋文公执卫成公，归诸京师，《春秋》不以为非；《礼》云公族有罪，虽加三宥，有司尚可执宪不从。且孔子为鲁司寇，七日即诛少正卯，今到官已越一旬，自恐稽迟获罪，不意反欲速见讥；就使臣罪至死，还望陛下宽限五日，使臣得殄除元恶，然后退就鼎镬，也所甘心了！”元恶何能尽除？

徒使权阉侧目，膺亦可以休矣！桓帝听着，因他理直气壮，不能再诘，乃旁顾张让道："这是汝弟有罪，应该加戮，不得专咎司隶呢！"遂令膺退去，张让亦只好趋出。嗣是黄门常侍，皆屏足帖息，虽经休沐，不敢复出宫省；桓帝怪问原因，众阉并叩头泣语道："畏李校尉！"是时朝廷日乱，纲纪颓弛，惟膺不屈不挠，好似中流砥柱，士人或得邀容接，辄相欣庆，号为登龙门。龙将烧尾，奈何？奈何？

太尉陈蕃荐引议郎王畅进为尚书，出任河南太守，奋厉刚猛，与李膺齐名；太学诸生三万余人，常钦慕陈蕃、李膺、王畅等人，交口赞美，编出三语道："天下楷模李元礼，不畏强御陈仲举，天下俊秀王叔茂。"元礼、仲举、叔茂，便是李膺、陈蕃、王畅三人的表字。自从太学生有此标榜，遂致中外承风，竞相臧否，孰忠孰奸，孰贤孰不肖，往往意为褒贬，信口歌谣。于是君子小人，辨别甚清，君子与君子为一党，小人与小人为一党，小人只知为恶，党派却结得牢固，不至分争。君子与君子，有时为了学说不同，政见不同，却互生龃龉，又从一党中分出两党来，两党相诽，久持不下，反被小人从旁窃笑，乘隙攻入，得将"党人"二字，加到君子身上。暗君不察，疑他结党为非，听信谗言，滥加逮捕，闹得一塌糊涂，这就叫做党祸。小人原属可恨，君子亦不能无咎。



看官听着，待小子叙明东汉党祸的源流。一朝大狱，应该特别叙明。先是桓帝为蠡吾侯时，曾向甘陵人周福受业，及入承大统，便擢福为尚书；又有甘陵人房植，曾一任河南尹，也有重名。福字仲迟，植字伯武，乡人替他作歌道："天下规矩房伯武，因师获印周仲迟。"据此两语，似乎房植的名望驾过周福，惟两人既相继通显，自然各置宾僚；福门下无不助福，往往优福劣植，植门下无不助植，又往往优植劣福，两造互争优胜，积不相容，免不得各树党徒，寖成仇隙，党人的名号就从甘陵的周房两家发生出来。既而汝南太守宗资用范滂为功曹，南阳太守成瑨用岑晊为功曹，并委他褒善纠违，悉心听政，二郡又有歌谣道："汝南太守范孟博，南阳宗资主画诺；南阳太守岑公孝，弘农成瑨但坐啸。"宗资南阳人，成瑨弘农人，孟博系范滂表字，公孝系岑晊表字，歌中寓意，是归美范滂、岑晊二人，名为功曹，实与太守无二，冤冤相凑，衅启南阳。

宛县人张泛，为桓帝乳母外亲，拥有资财，工雕刻术，尝琢玉镂金，私贿中官，中官与为莫逆交，往来甚密，泛得恃势骄横，肆行无忌，宛吏不敢过问。南阳功曹岑晊，因宛县为南阳属地，特劝太守成瑨，捕泛入狱，泛慌忙通讯中官，乞为救护，中官即为代请，颁下赦文，晊又促瑨诛死张泛，然后宣诏施赦。小黄门赵津家居晋阳，贪残放恣，太原太守刘瓆亦将津捕入狱中，遇赦不赦，把津处死。中常侍侯览时已复官，即使张泛妻上书讼冤，并向桓帝前谮诉瑨瓆，说他不奉诏命，罪同大逆。桓帝顿时大怒，立征瑨瓆下狱，饬令有司审谳，有司仰承中旨，复称两人俱当弃市。同时山阳太守翟超使张俭为督邮，巡视全境。侯览家在防东，残害百姓，大起茔冢，俭举奏览罪，被览从中搁置，壅不上闻，惹得俭容忍不住，竟督吏役毁去览冢，籍没资财。览怎肯罢休？泣诉桓帝，归罪太守翟超，超又被逮下狱，当由有司定案，与前东海相黄浮同科，并输左校。黄浮事，见五十一回。司空周景时已免官，由太常刘茂代任，太尉陈蕃邀茂一同入谏，请赦瑨、瓆、超、浮四人，桓帝不从，中常侍复从中媒孽，茂恐为所构，不敢复言。独陈蕃不甘隐默，再上疏力谏道：

臣闻齐桓修霸，务为内政，春秋于鲁，小恶必书，宜先自整饬，后乃及人。今寇贼在外，四肢之疾，内政不理，心腹之患；臣寝不能寐，食不能饱。实忧左右日亲，忠言以疏，内患渐积，外难方深，陛下超从列侯，继承天位，小家蓄产，百万之资。子孙尚耻愧失其先业，况乃产兼天下，受之先帝，而欲懈怠以自轻忽乎？即不爱己，不当念先帝得之勤苦耶？前梁氏五侯，毒遍海内，天启圣意，收而戮之，天下之议，冀当小平；明鉴未远，覆车如昨。而近习之权，复相煽结，小黄门赵津、大猾张泛等，肆行贪虐，奸媚左右；前太原太守刘瓆、南阳太守成瑨纠而戮之，虽言赦后，不当诛杀，原其诚心，在于去恶。至于陛下，有何悁悁？而小人道长，荧惑圣聪，遂使天威为之发怒，各加刑谪，已为过甚；况乃重罚，令伏欧刃乎？



又前山阳太守翟超、东海相黄浮奉公不挠，嫉恶如仇，超没侯览财物，浮诛徐宣之罪，并蒙刑坐，不蒙赦恕；览之骄纵，没财已幸，宣犯衅过，死有余辜！昔丞相申屠嘉，召责邓通，洛阳令董宣，折辱公主，而文帝从而请之，光武加以重赏，未闻二臣有专命之诛。而今左右群竖，恶伤党类，妄相交构，致此刑谴，闻臣是言，当复啼诉。陛下深宜割塞近习预政之源，引纳尚书朝省之事，公卿大官，五日一朝，简练清高，斥黜佞邪，如是天和于上，地洽于下，休祯符瑞，岂远乎哉？陛下虽厌恨臣言，臣但知为国效忠，冀回上意，用敢昧死奏闻！

桓帝览疏，非但不从蕃请，并且下诏责蕃；黄门中常侍等恨蕃加甚，只因蕃为名臣，一时未敢加害，故蕃尚居官如故。平原人襄楷诣阙陈书，力为瑨瓆讼冤，终不见报；会因河水告清，楷以为清属阳、浊属阴，河水当浊而反清，是阴欲乘阳之兆；又桓帝尝就濯龙宫中，亲祀老子，用郊天乐，楷书中亦曾提及，谓黄老清虚，好生恶杀，省欲去奢，今陛下厉行诛罚，博采妇女，全与黄老相反，祭祀何益？词意很是激切，桓帝惟置诸不理。楷复上书纠劾宦官，文中有云："殷纣好色，妲己是出；叶公好龙，真龙游廷。今黄门常侍，并犯天刑，陛下乃宠遇日甚，臣愚以为继嗣未兆，实坐此弊！"这数语激动一班阉竖，大起哗声。桓帝年已逾壮，未得一子，也不免触起懊恼，即召楷入朝，令尚书问状。楷直答道："古时本无宦官，自武帝末年，屡游后宫，始令阉人侍从，设置官职，这乃先朝弊政，不足为法！"尚书等斥楷违经诬上，应即论罪，竟把楷收送洛阳狱中，还是桓帝搁置不提，才免死刑。符节令蔡衍、议郎刘瑜表救成瑨、刘瓆，言亦切直，并坐罪免官；瑨与瓆竟搒死狱中，惟岑晊、张俭在逃未获。瑨瓆毕命，事由晊俭二人启衅，乃瑨瓆死，而晊俭逃生，以义相绳，未免负友。 503.

俭有清名，望门投止，辗转至东莱，匿李笃家。外黄令毛钦闻风往捕，笃与语道："张俭知名天下，所为无罪，明府素行清正，何忍拘及名士？"钦抚笃背道："蘧伯玉耻独为君子，足下如何自专仁义？"笃又答道："笃虽好义，明府今日，也分得一半了！"钦叹息自去，笃复送俭出塞，方得幸存。晊窜往齐鲁，亲友亦竞为收容，惟前新息长贾彪闭门不纳。彪曾有重望，在新息长任内，见贫民多弃子不育，特严令禁止，有犯与杀人同科，数年间户口蕃庶，民间称为贾父。至不纳岑晊一事，为众所疑，彪喟然道："《传》云：'相时而动，无累后人！'公孝要君致衅，自贻伊戚，我岂可私相容隐么？"足令岑晊自愧。

后来晊走匿江夏山中，得疾乃终。

一案未了，一案又起，河内有术士张成，颇善占验，预料朝廷当赦，纵子杀人。司隶校尉李膺收捕成子下狱，越日果有诏大赦，成子应当脱罪，膺独援杀人抵命的故例，不肯轻恕，竟将成子加诛。成尝挟术干时，交通宦官，宦官便替成报怨，嗾使成弟子牢修上书，劾膺交结太学游士，共为部党，诽谤朝廷，败坏风俗。桓帝误为听信，严旨逮捕党人，班行郡国，布告天下，案经三府。当由太尉陈蕃展览党人名籍，俱系海内闻人，便皱眉捻须道："今欲逮捕诸人，统是忧国忠公、驰誉四海的名士；就使子孙有过，尚应十世加宥，况本身未著罪状，奈何无端收捕呢？"说着，遂将党人名籍却还，不肯署名。桓帝越加动怒，索性将司隶校尉李膺罢官系狱；株连太仆杜密、御史中丞陈翔及陈实范滂等，共二百余人，陆续捕入；或已闻风避匿，经有司悬金购募，务获到案。党人并非大盗，为何这般严酷？



杜密颍川人，累迁北郡泰山太守，调任北海相，监视宦官子弟，有恶必惩；及去官还家，每见守令，多所陈托。同郡刘胜亦自蜀郡告归，闭门扫轨，不复见客。颍川太守王昱尝向密称美刘胜，说他清高绝俗，密知昱讽己，奋然说道："刘胜位为大夫，见礼上宾，乃知善不荐，闻恶无言，隐情惜己，自同寒蝉，这乃是当世罪人！密却举善纠恶，使明府赏罚得中，令闻休扬，岂非有裨万一么？"无道则隐，奈何不知？昱闻言怀惭，待遇加厚。嗣入朝为尚书令，迁官太仆，嫉恶甚严，与李膺名行相次，时人号为李杜；膺既得罪，密自然不能脱身，与同连坐。陈翔系汝南人，官拜议郎，出任扬州刺史，尝举发豫章太守王永，私赂中官，吴郡太守徐参倚兄中常侍徐璜权势，在职贪秽，永与参因此被黜，宦竖与他结嫌，亦将他列名党案，逮入狱中。陈实本与宦官无仇，不过因名盛遭忌，致被罗织。有人劝实逃亡，实叹息道：“我不就狱，众无所恃？”乃挺身入都，自请囚系。范滂本反对佥壬，一闻逮捕，便昂然入狱，狱吏谓犯官坐系，应祭皋陶，滂正色道：“皋陶为古时直臣，若知滂无罪，且当代诉天帝；如或不然，祭亦何益？”众闻滂言，并皆罢祭。度辽将军张奂已就征为大司农。由中郎将皇甫规升任度辽将军，闻朝廷大兴党狱，遍拘名士，自耻不得与列，径拜表上陈道：“臣前荐大司农张奂，便是附党，又臣输作左校时，由太学生张凤等为臣讼冤，便是党人所附；臣应同入党案，受罪坐罚！”桓帝得书，却搁置一旁，并不批答。想是宦竖与规无嫌。就中恼了一位大臣，复毅然申奏，力为党人辩诬，正是：

谗口嚣嚣真罔极，忠言谔谔总徒劳。



欲知何人出为辩诬，容至下回再表。

国家设兵，原以防盗，盗去不击，乌用兵为？观度尚之计激军心，似以诈谋使人，不足为法，然尚之所用以击贼者，乃蛮夷杂种耳；平素未曾训练，第因一时之募集，驱使从戎，若非设法以鼓动之，安能令其再接再厉，捣平贼巢耶？故尚之所为，权道也，非正道也！孔子所谓可与权者，尚其有焉。若李膺等虽素怀刚正，而当国家无道之秋，不如洁身远害，天地闭，贤人隐，古有明言，乃以一时之矫激，祸及海内，宁非愚忠？徐孺子谓大木将颠，非一绳所能维；郭林宗谓天之所废，不可复支，正洞明权变之言，故卒能超然于党祸之外；刘胜甘作寒蝉，亦此物此志云尔。李杜虽忠，其如未识权宜何也？

## 第五十四回　驳问官范滂持正
## 嫉奸党窦武陈词

却说桓帝延熹八年，大兴党狱，缉捕至二百余人，恼动了一位大臣，不忍坐视，因复上疏极谏，这人为谁？就是太尉陈蕃。疏中有云：

> 臣闻贤明之君，委心辅佐，亡国之主，讳闻直辞；故汤武虽圣，兴由伊吕，桀纣迷惑，亡在失人。由此言之，君为元首，臣为股肱，同体相须，共成美恶者也。伏见前司隶校尉李膺、太仆杜密、太尉掾范滂等，滂曾为太尉黄琼掾吏。正身无玷，死心社稷，以忠忤旨，横加考案，或禁锢闭隔，或死徙非所，杜塞天下之口，盲聋一世之人，与秦焚书坑儒，何以为异？昔武王克殷，表闾封墓；今陛下临政，先诛忠贤，遇善何薄？待恶何优？夫谗人似实，巧言如簧，使听之者惑，视之者昏；然吉凶之效，存乎识善，成败之机，在于察言。人君者，摄天地之政，秉四海之

维，举动不可以违圣法，进退不可以离道规，谬言出口，则乱及八方，何况髡无罪于狱、杀无辜于市乎？昔禹巡狩苍梧，见市杀人，下车而哭之曰："万方有罪，在予一人！"故其兴也勃焉。又青徐灾旱，五谷损伤，民物流迁，茹菽不足，而宫女积于房掖，国用尽于罗纨，外戚私门，贪财受赂，所谓禄去公室，政在大夫，昔春秋之末，周德衰微，数十年间，无复灾眚者；天之于汉，悢悢无已，悢悢犹眷眷也。故殷勤示变，以悟陛下，除妖去孽，实在修德。臣位列台司，忧责深重，不敢尸禄惜生，坐观成败，如蒙采录，使身首分裂，异门而出，所不恨也！

桓帝已信任宵小，决除党人，看了陈蕃奏疏，也疑他是党中魁硕，大为拂意；再加阉竖乘隙进谗，交毁陈蕃，遂传出一道诏旨，责蕃辟召非人，将他罢免，再起周景为太尉。景颇持躬亮直，但见蕃因言获戾，未敢再陈；此外更乐得置身局外，箝口避灾。迁延过了一年，党人尚未邀赦，当由前新息长贾彪，义愤填膺，在家叹语道："我不西行，大祸不解！"因即辞家入都，进谒城门校尉窦武及尚书霍谞，请为党人申理。武乃缮疏进奏道：



臣闻明主不讳讥刺之言，以探幽暗之实；忠臣不恤谏争之患，以畅万端之事；是以君臣并熙，名奋百世。臣幸得遭盛明之世，逢文武之化，岂敢怀禄逃罪，不竭其诚？陛下初从藩国，爰登圣祚，天下逸豫，谓当中兴；自即位以来，未见善政，梁邓诸恶，虽或诛灭，而常侍黄门，续为祸虐，欺罔陛下，竞行谲诈，自造制度，妄爵非人，朝政日衰，奸臣日盛。伏寻西京放恣王氏，佞臣执政，终丧天下，今不虑前事之失，复循覆车之轨，臣恐秦二世之难，必将复及，赵高之变，不朝则夕！近者奸臣牢修，造设党议，遂收前司隶校尉李膺、太仆杜密、御史中丞陈翔、太尉掾范滂等，逮考连及数百人，旷年拘系，事无左证。臣惟膺等建忠抗节，志在王室，此诚陛下稷契伊吕之佐，而虚为奸臣贼子之所诬枉，天下寒心，海内失望，惟陛下留神澄省，即时理释，以厌人鬼喁喁之心！臣闻古之明君，必须贤佐以成政道；今台阁近臣陈蕃胡广及尚书朱寓、荀绲、刘祐、魏朗、刘矩、尹勋等，皆国之贞士，朝之良佐，尚书郎张陵、妫皓、范康、杨乔、边韶、戴恢等，文质彬彬，明达国典，内外之职，群材并列；而陛下委任近习，专树饕餮。外干州郡，内干心膂，宜以次贬黜，案罪纠罚，抑夺宦官欺国之封，案其无状诬罔之罪，信任忠良，平决臧否。使邪正毁誉，各得其所，则咎征可消，天应可待矣！



窦武既将疏呈入，复缴上城门校尉及槐里侯印绶，自愿罢官，桓帝不许，仍将印绶发还。尚书霍谞又表请释放党人，桓帝亦稍稍感悟，乃使中常侍王甫，就狱讯问。时党人皆锢住北寺狱中，为黄门所管辖。一应人犯，类皆三木囊头，奄立阶下，王甫依次传入，逐加诘问，有几个略为辩白，有几个不愿多谈；滂独数次前进。王甫启口诘滂道："君为人臣，不知忠国，反勾结部党，自相褒举，评论朝廷，虚词交构，究竟意欲何为？宜供出实情，不得欺饰！"滂答说道："孔子有言：'见善如不及，见恶如探汤。'滂欲使善善同清，恶恶同污，不料朝廷反目为朋党，难道善反为恶，恶反为善么？”甫又诘问道：“如君等互相推举，迭为唇齿，稍有不合，即加排斥，这是何意？”滂仰天长叹道：“古人修善，自求多福，今日修善，反陷大戮；身死以后，愿将尸首埋葬首阳山侧，上不负皇天，下不愧夷齐！”慨当以慷。甫听了滂言，也愍然改容，乃命并解桎梏，返报桓帝。李膺等又多引入宦官子弟，说他同党，宦臣亦不禁惶惧，乃向桓帝进言，以为天时当赦，桓帝才将狱中二百余人，一概释放；但尚留名三府，禁锢终身。一面下诏改元，号为永康。范滂出狱后，往候尚书霍谞，并不为谢，或咎滂何不谢谞，滂答语道：“春秋时叔向坐罪，祁奚入援，未闻叔向谢恩，祁奚炫惠，滂亦效法古人，何必称谢？”叔向祁奚皆晋人。说毕，即出都还至汝南。南阳士大夫，在道欢迎，有车数百辆，滂叹息道：“这乃反使我速祸哩！”遂从间道还乡，不复见客。余人亦统皆归里。



从前钩党诏下，郡国都希旨举奏，多至百数；惟平原相史弼不奏一人，诏书前后迫促，髡笞掾吏，且使从事坐待传舍。弼往见从事，谓平原实无党人。从事作色道：“青州六郡，五郡有党，敢问平原有何治化，独无党人？”弼亦峻词相拒道：“先王疆理天下，划界分境，水土异宜，风俗不同，他郡有党，平原自无，怎得相比？若徒知趋承上司，诬害良善，是平原民居，户户可入党籍了！弼宁死不敢从命！”也是个硬头子。从事且惭且恨，回朝复旨。将加弼罪名，会因党禁从宽，只令弼罚俸一年；平原士人，幸免牵连，这都是史弼的厚惠，保全甚多。会稽人杨乔由城门校尉窦武荐引，入朝为郎。乔容仪伟丽，奏对详明，桓帝爱他才貌，欲将公主配乔；乔见群阉当道，正士一空，料知将来无甚善果，因即上书固辞。桓帝不许，定要将爱女嫁乔为妻，且令太史择吉成婚，乔竟誓死相拒，绝粒数日，一命告终。好一个现成帝婿，弃去不为，反且如此拚生，真是奇闻！无非是想做夷齐。

是年仲夏，京师及上党地裂；到了仲秋，东方大水，渤海溃溢，郡国官吏，转受中官嘱托，讹言瑞应：巴郡报称黄龙现，西河报称白兔来，魏郡报称嘉禾生、甘露降，种种虚诬，无一非贡谀献媚，取悦上心。大司农张奂因鲜卑乌桓复叛，受命为中郎将，再出督幽并凉三州及度辽乌桓二营。乌桓素闻奂威名，不战即降；独鲜卑大酋檀石槐，恃勇不服，虽然引兵暂退，仍复觊觎边疆。朝廷虑不能制，遣使封檀石槐为王，拟与和亲。檀石槐不肯受命，自分属地为东西北三部，各置酋长管领，有时辄出掠幽并凉诸州。

桓帝方耽恋酒色，宠幸佥壬，私幸天下无事，只有西北一带，稍闻寇患，无庸多忧，不如及时行乐，与采女田圣等朝夕纵欢，享受温柔滋味；待至精髓日涸，疾病交侵，尚封田圣等九女为贵人，勉与绸缪，结果是脾肾皆亏，无可救药，好好一个三十六岁的皇帝，竟至德阳前殿，奄卧不起，瞑目归天。淫荒之主，怎得延年？总计桓帝在位，改元多至七次，为东汉时所仅见，历数亦不过二十一年。三立皇后，无一嫡嗣，此外贵人数十，宫女百千，也不闻诞育一男。寡欲方可生男，否则，多妻何益？窦皇后情急失措，急召乃父窦武，入议立嗣，武复转问侍御史刘儵，拟向宗室中选立贤王，儵沉吟良久，方答出一个解渎亭侯宏。宏系河间王开曾孙，祖名淑，父名苌，世封解渎亭侯，母为董氏，宏袭封侯爵，年才十二。儵举宏为对，明明是奉承窦后，好教他援引故例，借口嗣君幼弱，亲出临朝。窦武告知窦后，果然隐合后意，即使儵持节迎宏，偕同中常侍曹节，与中黄门虎贲羽林兵千人，星夜驰往河间，迓宏入都。

先是桓帝初年，京师有童谣云：“城上乌，尾毕逋，公为吏，子为徒，一徒死，百乘车，车班班，入河间，河间姹女工数钱，以钱为室金为堂，石上慊慊舂黄粱，梁下有悬鼓，我欲击此丞卿怒。”当时有人听此童谣，无从索解。及窦氏定策禁中，迎宏至夏门亭，由窦武带领群臣，奉宏入宫，即皇帝位，才将童谣起头的八语，逐条推测，有迹可寻。“城上乌”二句，是譬喻桓帝高居九重，专知聚敛；“公为吏”二句，是言蛮夷叛逆，父为军吏，子为卒徒，同时外征；“一徒死”二句，是前一人出征死事，后又遣兵车继讨；“车班班”二句，是刘倏至河间迎宏，更明白易解了；尚有后五语未曾应验，仍留作疑团，无人剖晰。后来宏即位二年，母董氏进为太后，喜积金钱，鬻官得贿，充满堂室，才知“姹女数钱”两语，已为谶兆；至“石上慊慊”三语，乃指董太后贪心未足，常使人舂黄粱为食，忠臣义士，欲击鼓谏阻，反被丞卿怒斥。可见得自古童谣，俱非无因，但不知由何人创造，成此预谶哩！半属后人附会，不能援作铁证。闲文少表。 511.

且说桓帝告崩，已是永康元年的残冬，及解渎亭侯宏入宫即位，已在次年正月，是为“灵帝”，当即改元“建宁”。窦后已早自尊为皇太后，临朝称制；不待桓帝出葬，便将贵人田圣等一并处死，泄除宿忿，开手即杀宫妃，怪不得后来多难。一面授窦武为大将军，首握朝纲。太尉周景因病乞休旋即逝世，司徒许栩已先罢职，由太常胡广继任；司空刘茂亦已免官，代任为光禄勋宣酆。窦太后追溯前事，忆及自己得正位中宫，全赖陈蕃周景两人；见五十二回。景已病殁，无可报德，乃特进陈蕃为太傅，使与大将军窦武及司徒胡广，参录尚书事；复将司空宣酆免职，迁长乐卫尉王畅为司空；奉葬桓帝于宣陵，追尊嗣皇祖淑为“孝元皇”，夫人夏氏为“孝元皇后”，父苌为“孝仁皇”，墓号“慎陵”，母董氏生存无恙，号为“慎园贵人”，又加封窦武为闻喜侯，武子机为渭阳侯，从子绍为鄠侯，靖为西乡侯，一门四人，同沐侯封。当由涿郡人卢植，代为寒心，特献书讽武道：

植闻嫠有不恤纬之事，漆室有倚楹之戒，“嫠不恤其纬，而忧宗周之陨。”语见《左传》，漆室女倚柱悲吟，忧国伤怀，事见《列女传》。忧深思远，君子之情。夫士立诤友，义贵切磋，《书》陈谋及庶人，《诗》咏询于刍荛，植诵先王之书久矣，敢爱其瞽言哉！今足下之于汉朝，犹旦奭之在周室，建立圣主，四海有系，诸公以为吾子之功，于斯为重；天下聚目而视，攒耳而听，谓准之前事，将有景风之祚。窃绎春秋之义，王后无嗣，择立就长，年均以德，德均则决之卜筮；今同宗相后，披图按牒，以次建之，何勋之有？岂横叨天功，以为己力乎？宜辞大赏，以全身名，又比者世祚不竟，仍求外嗣，可谓危矣！而四方未宁，盗贼伺隙，恒岳渤碣，尤多奸盗，将有楚人胁比，尹氏立朝之变；并见《春秋》。宜依古礼，置诸子之官，征王侯爱子，宗室贤才，外崇训导之义，内息贪利之心，简其良能，随用爵之，是亦强干弱枝之道也！



窦武得书，总道嗣君新立，大权在握，一时断不至变动，何必听信植言，自弃富贵？当下将来书搁置，不复留意。窦太后更封太傅陈蕃为高阳侯，中常侍曹节为长安乡侯；节当然乐受，惟蕃累疏固辞，章至十上，竟不受封。但与大将军窦武，同心辅政，征用前司隶李膺、太仆杜密、宗正刘猛、庐江太守朱寓等，并列朝廷；又引前越隽太守荀昱为从事中郎，前太邱长陈实为掾吏，共参政事；志在除奸，窦太后也却悉心委任，言听计从。不过妇女见识，容易动摇，往往喜人谀言，厌闻正论。

灵帝有乳母赵娆，随帝入宫，宫中号为赵夫人，性情狡黠，善揣人意，镇日里入侍太后，话长论短，深得太后欢心；还有一班女尚书，系内官总名。也俱受赵娆笼络，串同一气，日夕营私，中常侍曹节王甫等，复谄事太后，与赵娆等朋比为奸，交相煽蔽，太后反皆视为好人，有所请求，无不允许，因此屡出内旨，封拜多人。以阴遇阴，更易相惑。看官试想，如女子小人的荐引，何有贤才？太后误为听信，不待窦武陈蕃商量，便即授命，武与蕃不便封驳，又不忍坐视，自然懊怅异常。蕃嫉恶尤甚，尝与武会晤朝堂，私下语武道："曹节王甫等，在先帝时，已操弄国权，浊乱海内，百姓汹汹，无不痛心；今若不设计诛奸，后必难图！"武点首称善，蕃心下大喜，推席而起，欢颜别去。武乃复引同志尹勋为尚书，令刘瑜为侍中，冯述为屯骑校尉，密商大计。 

适值五月朔日，日食告变，有诏令公卿以下，各言得失，蕃即前往语武道："昔御史大夫萧望之，为一石显所困，竟致自杀，况今有石显数十辈呢？近如李杜诸公，祸及妻子，皆由权阉煽乱，正士罹殃，蕃年将八十，尚有何求？但欲为朝廷除害，佐将军立功，所以暂留不去；今正可为了日食，斥罢宦官，上塞天变，且赵夫人及女尚书，摇惑太后，亦宜屏绝。请将军从速措置，毋贻后忧！"武依了蕃言，便进白太后道："向来黄门常侍，只令给事省内看守门户，主管近署财物，今乃使干预政事，谬加重任，子弟布列，专为贪暴，天下汹汹，都为此故，宜一概诛黜，扫清宫廷！”窦太后徐答道：“汉朝故事，世有宦官，但当稽察有罪，酌量加惩，怎可同时尽废呢？”武乃先讦中常侍管霸苏康，挟权专恣，应即加诛，太后总算依议，当由武收捕管霸苏康，下狱处死。武又请诛曹节等人，偏太后犹豫未忍，迁延不报，陈蕃不暇久待，即上疏申请道：

臣闻言不直而行不正，则为欺乎天而负乎人；危言极意，则群凶侧目，祸不旋踵，钧此二者，臣宁得祸，不敢欺天也！今京师嚣嚣，道路喧哗，竞言曹节侯览公乘昕王甫郑飒，与赵夫人诸女尚书，并乱天下，附从者升进，忤逆者中伤，方今一朝群臣，如河中木耳。泛泛东西，耽禄畏害，陛下前始摄位，顺天行诛，苏康管霸，并伏其辜，是时天地清明，人鬼欢喜；奈何数月复纵左右？元恶大奸，莫此之甚！今不急诛，必生变乱，倾危社稷，其祸难量，愿出臣章宣示左右，并令天下诸奸，知臣嫉恶，不敢为非，则宫禁清而治道可冀矣！



蕃上此疏，满望太后感念旧惠，如言施行，谁知太后仍然搁起，并不听用。去恶宜速，岂空言所可济事？况太后是个女流，难道能纤手除奸吗？那一班油头粉面的妖娆及口蜜腹剑的腐竖，已是愤恨异常，竟与这窦武陈蕃势不两立了！俗语说得好：“和气致祥，乖气致戾。”为了朝局水火，遂致上苍示儆，发现端倪。小子有诗叹道：

天变都从人事生，吉凶悔吝兆先呈；

漫言冥漠无凭证，星象高悬已著明。

欲知天变如何，待至下回详叙。

观范滂对簿之词，原足上质鬼神，下对衾影；即其不谢霍谞，非特自白无私，且免致中官借口，谤及谞身，滂之苦衷，固可为知者道，难为俗人言也；然时当乱世，正不胜邪，徒为危言高论，终非保身之道，此范滂之所以终于不免耳。及桓帝告崩，窦后临朝，陈蕃有德于窦后，而进列上公，窦武更位极尊亲，手握兵柄，二人同心，协谋诛奸，似乎叱嗟可办；然必不动声色，密为掩捕，使妇寺无从预备，一举尽收，然后奏白太后，声罪加诛，吾料太后亦不能不从，肃清宫禁，原反手事耳！计不出此，乃徒向太后絮聒，促令除奸，何其寡谋乃尔？且陈蕃疏中，固尝云危言极意，则群凶侧目，祸不旋踵，彼既明知诛恶之宜速，处事之宜慎，奈何尚请宣示左右耶？谋之不臧，语且矛盾，识者已知其无能为矣。

# 第五十五回　驱蠹贼失计反遭殃<br>感蛇妖进言终忤旨

却说灵帝元年八月，太白星出现西方，侍中刘瑜颇知天文，暗思星象示儆，危及将相，免不得瞻顾徬徨，因即上奏太后道："太白侵入房星，光冲太微，象主宫门当闭，将相不利，奸人为变，宜亟加防！"一面又致书窦武陈蕃，略言星辰错缪，不利大臣，请速决大计，毋自贻祸。武与蕃乃再协商，筹定计议，先令朱寓为司隶校尉，刘祐为河南尹，虞祁为洛阳令，然后奏免黄门令魏彪，另用小黄门山冰代任，且使冰入白太后，收捕长乐尚书郑飒，送入北寺狱中。陈蕃向武进言道："若辈既经收捕，便当处死，何必送他入狱，多烦考讯哩？"蕃言甚是，但徒杀一郑飒，何足济事？武不肯从，即使山冰会同尚书令尹勋，侍御史祝瑨，就狱讯飒；飒供词连及曹节王甫，勋与冰即据词复奏，使侍中刘瑜呈入。武踌躇满志，总道曹节王甫等有权无力，唾手可取，不必防备他变，遂放心出宫，归府待信。虿蜂尚且有毒，况权阉蟠踞有年，怎可不为之备？刘瑜呈入奏章，也即退出。

不料出纳奏章的内官持了奏本，先去告知长乐宫内的五官史朱瑀。瑀闻郑飒被收，已怀疑惧，且与曹节王甫等人素相亲善，彼此互为倚托，自然时刻留心；当下索取奏本，私自展阅，看了数行，已经怒起，及阅毕后，更觉忍耐不住，自言自语道："中官不法，自可诛夷；我辈何罪，乃尽欲加诛呢？"说着，眉头一皱，计上心来，便大声喧呼道："陈蕃窦武，奏白太后，将废帝为大逆，此事如何了得？"一面说，一面遍召长乐宫从吏，夤夜入商。当时应召驰至，计得共普张亮等十七人，歃血共盟，谋诛窦武陈蕃，然后报告曹节王甫。节仓猝惊起，入语灵帝道："外间喧呶，将不利圣躬，请速出御德阳前殿，宣诏平乱！"宵小诡谋，煞是可畏！灵帝年才十三，怎知内外隐情？当即依了节言，出御前殿。节与阉党拔剑相随，踊跃趋出，乳母赵娆亦从至殿中，在旁拥护，传令闭诸禁门，召入尚书官属，取出亮晃晃的白刃，胁作诏书；尚书官属，无不贪生，就使心恨阉人，到此亦为威所迫，不敢不依言缮写。节也托称帝意，拜王甫为黄门令，使他持节至北寺狱，收系尹勋山冰。冰等时已就寝，闻有中使到来，急忙披衣出迎，兜头一看，乃是王甫，且见他张目宣诏，声势汹汹，心下不禁怀疑，返身复入；甫即抢上一步，厉声叱喝道："山冰汝敢不奉诏么？"道言未绝，手中已拔出佩剑，竟向山冰背后劈去，刀光一闪，冰已倒地。尹勋也从梦中惊醒，出外接诏，又被王甫手起剑落，结果性命。



甫即就狱中放出郑飒，还入长乐宫，竟去劫迫太后，索取玺绶，窦太后尚未起床，玺绶已被人取出，献与王甫。汝不忍人，人将忍汝！甫令谒者守住南宫，扃闼门，断复道，令郑飒等持节及侍御史谒者，往捕窦武陈蕃。武闻变驰入步兵营，与兄子步兵校尉窦绍，张弓拒使，射死数人，且召集北军五校士数千人，屯守都亭，向众宣令道：“黄门常侍等造反，汝等能尽力诛奸，当有重赏！”军士尚将信将疑，勉听武命。郑飒慌忙奔还，报知曹节王甫；节复矫诏令少府周靖行车骑将军，使与护匈奴中郎将张奂，率五营兵士讨武。奂方自北方受征，还都不过二三日，未知底细，一闻宫中急诏，当即奉命出来，与靖会合。王甫又招集虎贲羽林诸将士，出来应奂，途中遇着陈蕃，与官属诸生八十余人，持刀入承明门，将至尚书门前，八十余人，何足济事？此来意欲何为？因即摆开兵马，将蕃截住；蕃等攘臂奋呼道：“大将军忠心卫国，黄门胆敢叛逆，怎得反诬窦氏呢？”甫应声诟詈道：“先帝新弃天下，山陵未成，武有何功，乃父子兄弟，并得侯封，时常设乐张宴，妄取掖庭宫人，私下纵欢，旬日间积资巨万？这四语是诬陷窦武。大臣若此，尚得说是有道么？公为宰辅，且与相阿党，岂非不忠？此外更不必说了！”说着，即指挥军士，将蕃围住，蕃拔剑叱甫，词色愈厉，甫悍然不顾，竟令军士一拥齐上，拘拿陈蕃；蕃年已垂老，又没有甚么武力，所领官属诸生，多是文质彬彬，如何敌得住军吏？眼见是束手就缚，无策逃生。总计蕃等八十余人，一大半被他捕去，押送北寺狱中。黄门从官，统是权阉羽翼，见了陈蕃捕到，便奋拳伸足，相率殴踢道：“死老魅尚敢减损我等人员，剥夺我等廪饩么？”蕃怎肯忍气，自然反唇相讥，恼动这班狐群狗党，报告曹节王甫，索得伪诏，将蕃害死。



时已天明，张奂引兵出屯朱雀掖门，王甫领军继至，差不多有数千人，与窦武两下对垒；甫又使军士大呼武军道：“窦武为逆，汝等皆系禁兵，应当宿卫宫省，为什么从逆抗命？如肯翻然知悟，反正来降，朝廷自当加赏，毋得多疑！”营府素畏服中官，且见张奂王甫等自内出来，持节指麾，总应亲受帝命，方得如此张皇，因此心怀顾虑，不愿助武。张奂领兵多年，善觇敌势，遥望武军懈弛，就麾军进攻，气势甚锐；武军既已疑武，复遭奂军压迫，料知情势不佳，不如见机往降，还可免罪受赏，于是彼弃甲，此倒戈，纷纷投入奂军。自朝至暮，武手下只剩百余骑，怎能支持？不得已拍马逃走，武从子绍亦即随奔。奂与王甫驱军追击，到了洛阳都亭，得将武等围住；武与绍惶急万分，自思无路可脱，先后拔剑自刎。奂即将二人枭首，缴与王甫，甫令悬首都亭，示众三日；奂有重名，应知窦武忠正，奈何助奸戮忠？本编以追杀窦武，归咎张奂，具有良史书法。随即还兵收捕窦氏宗族，及亲戚宾佐，一体骈戮；惟将窦武妻妾贷死，徙往日南。先是窦武生时，与一蛇同出母胎，家人未敢杀蛇，送往林中；及武母殁后，举棺出葬，有大蛇蜿蜒到来，用首触柩，泪血并流，历时乃去；智士已目为不祥，至是始验。武有孙辅，年只二岁，亏得掾吏胡腾闻风先至武家，将辅抱匿他处，才得幸存。他如侍中刘瑜与屯骑校尉刘述，均被捕戮，家族诛夷。曹节、王甫复迫窦太后徙往南宫；且乘隙报怨，诬称虎贲中郎将刘淑，暨前尚书魏朗，俱与窦武等通谋，遣吏捕拿，二人皆愤急自尽。余如公卿以下，前经窦武陈蕃荐举，尽行黜免，甚至两家门生故吏，无一逃罪，悉数禁锢。



议郎巴肃本与武等同谋，曹节等未明情迹，但因他为武等荐引，免官归里，后来查悉肃与通谋，复派朝使前往拘戮；肃得知消息，不待朝吏到家，便诣县投案。县吏素重肃名，解去印绶，欲与俱亡。肃慨然道：“既为人臣，有谋不敢隐，有罪不逃刑；肃本与谋除奸，不幸失败，何敢逃罪？愿随窦陈二公于地下，使后世知有渤海巴肃，如君盛情，死且感念，今实不愿相累呢!”可谓义士。县令很是叹息，将肃交与朝使。朝使宣诏诛肃，肃引颈就刑，毫无惧容。铚令朱震为太傅陈蕃故友，弃官入都，收葬蕃尸；蕃家属或死或徙，只有蕃子逸在逃，向震投依，震尚恐被捕，嘱逸隐姓埋名，避匿甘陵县境。后来果被发觉，系震下狱，一再考讯，胁令供逸所在，震抵死不肯承认，甚至全家被拘，连日搒掠，仍然不得实供，方得将案情延搁；直至黄巾贼起，朝廷大赦，震始得释，逸亦安归。就使窦武遗骸，亦由胡腾收埋。武孙辅，赖腾保护，与令史张敞遁入零陵，诈云已死，自己改名谋生，以辅为子，费尽许多辛苦，养辅成人，替他娶妇，及赦诏屡颁，尚未敢遽言本姓；至献帝建安年间，荆州牧刘表辟辅为从事，方知辅为窦武后裔，使还窦氏，仍奉武祀。这也是天鉴孤忠，不使绝后，所以有朱震胡腾诸义士，极力保全；虽是颠连困苦，终得一线留遗。试看那宦官后来结果，究竟还是忠臣子孙，垂亡不亡，勿谓乱世时代，果可怙恶不悛哩！苦口婆心。



且说曹节王甫等害尽忠良，扬扬得志，节迁官长乐卫尉，封育阳侯；甫迁官中常侍，仍守黄门令如故；宋瑀、共普、张亮等皆为列侯；张奂仍拜大司农亦受侯封。嗣奂悔悟前失，深恨为曹节等所卖，上书固让，缴还侯印，有诏不许。悔已迟了。越年三月，灵帝尊母董贵人为孝仁皇后，由慎园迎入都中，特置永乐宫奉养，如皇太后仪。过了月余，有青蛇从空坠下，蟠绕御座，历久方去；翌日又遇大风雨雹，霹雳四震，拔起大木百余株；有诏令群臣直言。大司农张奂因乘机上疏道：

臣闻风为号令，动物通气；木生于火，相须乃明；蛇能屈伸，配龙腾蛰；顺至为休征，逆来为殃咎，阴气专用，则凝精为雹。故大将军窦武、太傅陈蕃，或志宁社稷，或方直不回，前以谗胜，并伏诛戮，海内默然，人怀震愤。昔周公葬不如礼，天乃动威；周成王葬周公于成周，天大雷电，以风偃禾拔木，乃改葬于毕，示不敢臣，语见《尚书大传》。今武蕃忠良，未邀明宥，妖眚之来，皆为此也，宜急为改葬，徙还家属；其从坐禁锢，一切蠲除。又皇太后虽居南宫，而恩礼不接，朝廷莫言，远近失望，宜思大义顾复之报，以全孝道而慰人心，则国家幸甚！

灵帝看到此疏，却也感动，转语中常侍等，欲亲往南宫定省，中常侍等并皆色变，慌忙拦阻；究竟灵帝年纪尚轻，胸无主宰，又复延宕过去。司徒胡广，已代陈蕃为太傅，录尚书事。广一任司空，再任司徒，三登太尉，又迁太傅，居官三十余年，颇能炼达故事，熟悉朝章，只是素性优柔，专知和颜悦色，取媚当时，所以同流合污；任令官廷如何变乱，一些儿不遭迁累。京师有俚语云："万事不理问伯始，天下中庸有胡公。""伯始"即胡广表字，"万事不理"却是胡广一生的确评；若"中庸"二字，乃是圣贤至德，难道逢迎为悦的胡广也能当此美名？可见舆论悠悠，非真足信。此外如宗正刘宠代王畅为司空，进任司徒，再继刘矩为太尉；平素清廉有余，刚断不足，故虽忧心时事，究未敢直言贾祸，匡正朝廷。至若许栩、许训等相继为司徒，刘嚣、桥玄等相继为司空，才具不过平常，在任又属不久，更无容赘述了。表明四府沿革，免致渗漏。张奂见四公在位，各无建白，因又与尚书刘猛等，共荐李膺等足备三公，曹节王甫，闻言衔恨，当即请旨谴责；奂与猛自囚廷尉，数日始得释出，尚令罚俸三月，聊示薄惩。郎中谢弼，蒿目时艰，满怀愤懑，特上书奏谏道：

臣闻和气应于有德，袄异生乎失政。上天告谴，则王者思其愆；政道或亏，则奸臣当其罚。夫蛇者阴气所生；鳞者甲兵之符也。《鸿范传》曰：“厥极弱时，则有蛇龙之孽。”又荧惑守亢，荧惑与亢，皆星名。徘徊不去，在有近臣谋乱，发于左右；不知陛下所与从容帷幄之内，亲信者为谁，宜急放黜，以消天戒。臣又闻惟虺惟蛇，女子之祥；伏惟皇太后定策宫闱，援立圣明。《书》云：“父子兄弟，罪不相及。”窦氏之诛，岂宜咎延太后，幽隔空宫？愁感天心，如有雾露之疾，陛下当有何面目以见天下？昔周襄王不能敬事其母，夷狄遂致交侵，孝和皇帝不绝窦氏之恩，前世以为美谈。礼为人后者为之子，今以桓帝为父，岂得不



以太后为母哉？《援神契》曰：《援神契》纬书名。“天子行孝，四夷和平。”

方今边境日蹙，兵革蜂起，自非孝道，何以继之？愿陛下仰慕有虞蒸蒸之化，俯思凯风慰母之念！臣又闻爵赏之设，必酬庸勋，开国承家，小人勿用；今功臣久疏，未蒙爵秩，阿母宠私，乃享大封；大风雨雹，亦由于兹。又故太傅陈蕃，辅相陛下，勤身王室，夙夜匪懈，而见陷群邪，一旦诛灭，其为酷滥，骇动天下，门生故吏，并罹徙锢；蕃身已往，人百何赎，宜还其家属，解除禁锢。夫台宰重器，国命所系，今之四公，惟刘宠断断守善，余皆素餐致寇之人，必有折足复餗之凶，《易》曰：“鼎折足，复公餗。”餗，鼎实也。折足复餗，喻不胜任。可因灾异，并加罢黜！亟征故司空王畅、司隶李膺，并居政事，庶灾变可消，国祚惟

永。臣山薮顽暗，未达国典，伏见陛下因变求言，明诏令公卿以下，无有所隐；用敢不避忌讳，冒死渎陈，惟陛下裁察。

这书呈入，阉党大哗，即欲将弼加罪；但因灵帝为了邪妖天变，下诏求言，若遽至收弼，不免与前诏相背，乃只说他党同罪人，不宜在位，出谪为广陵府丞；弼不愿就职，辞官回家，阉宦尚未肯甘休，查得弼家居东郡，特简曹节从子绍为东郡太守，前往监束。绍即诬构弼罪，将他拘系，几次讯鞫，硬要他供认罪伏；弼明明无辜，怎肯自诬？终落得刑杖交加，枉死狱中。暗无天日。故太尉杨秉子赐方进为光禄勋，灵帝常令他侍讲殿中，问及蛇妖征验，赐博通经术，因即据经奏对道：

臣闻和气致祥，乖气致戾；休征则五福应，咎征则六极至。夫善不妄来，灾不空发；王者心有所维，意有所想，虽未形颜色，而五星为之推移，阴阳为其变度。以此而观，天之与人，岂不符哉？《尚书》曰："天齐乎人，假我一日。"我，指君主言，此为《尚书》中语。是其明征也。夫皇极不建，则有蛇龙之孽，《诗》云："惟虺惟蛇，女子之祥。"故春秋两蛇斗于郑门，昭公殆以女败；昭公之立，由于祭仲女之泄谋，逐去厉公，故得入立，至蛇斗见兆，昭公遇弑，故云以女败。康王一朝晏起，关雎见机而作。佩玉晏鸣，关雎叹之。事见《鲁诗》，今已佚亡。夫女谒行则谗夫昌，谗夫昌则苞苴通，故殷汤以此自戒，终济亢旱之灾。商初七年大旱，汤祈天自责，卒得大雨。惟陛下思乾刚之道，别内外之宜，崇帝乙之制，受元吉之祉，见"易泰卦"。抑皇甫之权，割艳妻之爱，见《诗小雅》。则蛇变可消，祯祥立应。殷戊宋景，其事甚明，殷王太戊时，桑谷拱生于朝，太戊修德，而桑谷死；宋景公时，荧惑守心，景公修德，而星退舍，并见《史记》。幸垂察焉。

看赐奏对，也是隐斥权奸；不过语从含混，未尝指明阉党，但就妇女上立说。此时灵帝尚未立后，只有乳母赵娆，一介女流，未能周知外情，因此赐尚得无恙；惟所请各条，终归无效，徒付诸纸上空谈罢了。小子有诗叹道：

衰朝谁复重忠贤？主暗臣邪总不悛！
尽有良言无一用，何如刘胜作寒蝉？

内政虽乱，外事还幸顺手，当由边疆传入捷报，乃是东西

羌一律讨平。欲知功出何人，待至下回再表。

窦武之死，其失在玩；陈蕃之死，其失在愚。彼曹节王甫等，蟠踞宫廷，根深蒂固。太后嗣主，俱在若辈掌握之中；即使谋出万全，尚恐投鼠忌器，奈何事已发作，尚出轻心耶？武之误事不一端，而莫甚于出宫归府，不先加防；蕃与武密谋已久，仍不能为万全之计，至闻变以后，徒率官属诸生，持刃入承明门，岂寥寥八十余人，遂足诛锄阉党乎？诛阉不足，送死有余，何其愚也？然则二族之横被诛夷，迹固可悯，而实由自取。刘瑜尹勋以下，更不足讥焉，张奂为北州豪杰，甘作阉党爪牙，罪无可恕；至妖异迭见，乃请改葬蕃武，朝谒太后，欲盖已往之愆，宁可得耶？谢弼官卑秩微，犯颜敢谏，虽曰徒死，不失为忠，是又不得以张奂例之矣。

# 第五十六回　段颎百战平羌种<br>曹节一网殄名流

却说并凉外面的羌种叛服无常，自从段颎、皇甫规等依次出讨，屡破羌人，西境少安；至段颎、皇甫规先后被谗，征还受罪，羌众复炽。见五十一回。规已起任度辽将军，独颎尚输作刑徒，未得起复。会西州吏民陆续诣阙，为颎讼冤，颎乃得免罪入朝，拜为议郎，出任并州刺史。会有滇那等羌入寇武威酒泉、张掖诸郡，焚掠庐舍，势甚猖狂，凉州几被陷没。朝廷闻警，乃复命颎为护羌校尉，乘驿赴任，滇那等素惮颎威，不待交锋，便即请降。还有当煎勒姐诸羌种，互相勾结，抗拒如故，颎连年出击，屡破诸羌；当煎勒姐诸羌人，并皆败北；再由颎率兵穷追，转战山谷间，大小经数十次，共斩首二万三千级，获生口数万人，马牛羊八万余头，收降部落万余，西羌瓦解；颎因功得封都乡侯。既而鲜卑诱引东羌，与共盟诅，使寇河西，中郎将张奂方出督幽并凉三州，见五十四回。主张招抚；东羌或率种愿降，惟先零羌不肯从命。再由度辽将军皇甫规，遣使宣谕先零；先零朝降暮叛，狡黠异常，嗣复进掠三辅；奂乃遣司马尹端董卓出击，阵斩虏首万余人，三辅少安。董卓始此。

时尚为桓帝末年，有诏问颎以驭羌方略，颎独驳去规奂两人计划，力主征讨，朝廷准如所议，听令出兵。颎即率兵万余人，赍半月粮，进剿先零羌；自彭阳直指高平，行抵逢义山，望见前面布满羌人，辎重牲畜，累累不绝，颎众不免惊惶；独颎神色自如，下令军中，分为数队，前张强弩，次持长矛，又次挟利刃，共列三重，再用轻骑分驻两旁，成左右翼，然后召语将士道："今去家已数千里，进可图功，退必尽死！各应努力向前，祸福安危，决在今日了。"亦一激将法。随即向众大呼，麾令杀敌，众皆应声腾跃，逐队奋进，先驱为强弩队，扯弓并射，箭如飞蝗，羌众纷纷避箭；阵势已动，当由长矛利刃两队，乘隙杀入，一番乱搅，好似虎入羊群，无坚不破；再由颎亲率左右两翼，包抄过去，虏众大骇，顿时大溃，颎从后追剿，斩首至八千余级，获牛羊二十八万头，乃收兵回营，露布告捷。适灵帝即位，窦太后临朝，进拜颎为破羌将军，赐钱二十万，召颎子一人为郎中；敕中藏府颁给金钱财物，犒赏军前。



颎既奉诏，复领轻骑追羌，驰出桥门谷，进抵走马水，侦知败羌屯集奢延泽中，即倍道兼行，一昼夜行二百余里，果见羌众在前，麾骑突上，喊杀声震动天地，羌众不意颎至，无暇抵敌，都是回头就跑，略略迟慢，便把性命丢脱；及逃至向落川，距奢延泽已数十里，方见颎军止追，乃收集溃羌，暂图休息。颎又遣骑司马田晏率五千人出羌东，假司马夏育，率二千人出羌西；东西并进，夹攻逃羌。羌人也已预防，持械待着，可巧田晏先至，便兜头拦住，与晏鏖斗，晏部下只五千人，未及羌众半数，致为羌人所围。两下里拼死力争，正杀得难解难分，那西路已驰到，夏育攻入围场，援应晏军，晏趁势杀出，与育驱击羌众，羌众复败，窜至令鲜水上，倚流自固。晏使人飞报颎营，颎自往接应，会同晏育两军，再向前行。到了令鲜水旁，军士已皆饥渴，水为羌众所据，无从汲饮，当由颎勒众齐进，驱虏过水，虏连败心惊，因复却走，颎军才得取水解渴，炊饭疗饥；饥渴既解，精神又振，更逾水击羌，且战且追，直抵灵武谷。羌众背山为阵，拟决一死战；颎见他立住不动，已料透羌人心意，索性披甲先登，怒马突阵，又是一激将法。将士无不感奋，相率随上，一当十，十当百，杀得羌众弃甲曳兵，四处奔散。颎复穷追至三日三夜，斩馘无算；到了泾阳，军士皆脚下生茧，方停足不追，余羌俱窜入汉阳山谷间，颎拟休养数旬，再进军荡平余羌。适中郎将张奂奏称东羌虽破，余种难尽，段颎性轻志急，胜负无常，不如用恩济威，庶无后悔，朝廷乃止颎再进，谕令审慎。颎已决志平羌，复书申请道：



臣本知东羌虽众，而软弱易制，所以前陈愚虑，思为永宁之算；而中郎将张奂，谓虏强难破，宜用招降，圣朝明鉴，信纳瞽言，故臣谋得行；奂计不用，事势相反，遂怀猜恨，信叛羌之诉，饰词润意，云臣兵累见折衄，又言羌一气所生，不可诛尽，山谷广大，不便穷搜，流血污野，伤和致灾。臣伏念周秦之际，戎狄为害，中兴以来，羌寇最盛，诛之不尽，虽降复叛，今先零杂种，累以反复，攻没县邑，剽掠人物，发冢露尸，祸及死生，上天震怒，假手行诛。昔邢为无道，卫国伐之，师兴而雨，臣动兵涉夏，连获甘澍，岁时丰稔，人无疵疫；上占天心，不为灾伤；下察人事，众和师克，自桥门以西，落川以东，故宫县邑，更相通属，非为深险绝域之地，车驰安行，无应折衄。案奂为汉吏，身当武职，驻军二年，不能平寇，徒欲修文戢戈，招降犷敌。诞辞空说，僭而无征，何以言之？昔先零为寇，赵充国徙令居内；煎当乱边，马援迁之三辅，始服终叛，至今为梗；故远识之士，以为深忧。今旁郡户口单少，数为羌所创毒，而欲令降徒，与之杂居，是犹树枳棘于良田，养虺蛇于内室也！故臣奉大汉之威，建长久之策，欲绝其根本，不使能殖，本规三年之费，用计五十四亿；今才期年，所耗未半，而余寇残烬，将向殄灭。臣每奉诏书，军不内御，愿卒斯言，一以委臣，临时量宜，不失权便，务使羌虏殄而西徼常安，则臣庶足报国恩于万一，区区此意，不尽欲言。

528. 时朝廷方有内变，宰辅权阉，互相私斗，至有窦陈骈戮等事，未遑顾及外情，所以颎虽复奏，不闻详细批答；但遣谒者冯禅，抚慰汉阳散羌，羌众正在穷蹙，情急愿降，受抚约四千人。段颎闻报，复上言春令方交，百姓甫在野农耕，羌虽暂降，县官无廪粟济给，必当复为盗贼，不若乘虚进兵，一鼓平羌等语，朝廷又搁置不报。颎竟自发兵，再击东羌；行至凡亭山，与羌垒相距四五十里，即命田晏夏育，率五千人屯据山上，羌人率众来争，蚁聚山下，仰首大呼道："田晏夏育曾否在此？可来与我决一死生！"无非是恐吓伎俩。晏育听了，当然动愤，便鼓励将士，下山力战，卒破群羌；羌众向东奔溃，走入射虎谷中，分守诸谷上下门。颎欲乘此殄虏，先遣千人，截羌去路，结木为栅，广二十里，长四十里；又命晏育等率七千人，衔枚夜上西山，结营穿堑，俯临羌垒，更使司马张恺等率三千人上东山，与为犄角。羌酋望见山上旗帜，才觉惊慌，亟引众来攻东山，断截水道，颎自领步骑往援，杀退羌众，乘胜会集东西山将士，进攻射虎谷上下门，一鼓捣破，遍搜深岩穷谷，屠戮殆尽。共诛羌酋以下万九千级，夺得牛马驴骡毡裘庐帐，不可胜计，未免太酷，颎之不得令终，当亦由好杀所致。单剩冯禅所抚四千人，尚获生全，分置安定汉阳陇西三郡，于是东羌乃平。统计段颎两年用兵，先后经百八十战，斩首凡三万八千六百余级，获牲畜至四十二万七千五百余头，费用四十四亿，军士只死亡了四百余人。朝廷论功行赏，进封颎为新丰侯，食邑万户。颎驭军仁恕，士卒罹伤，辄亲自省视，手为裹创，在营数年，未尝一日安寝，上下甘苦同尝，故人人感德，乐为效死。当时皇甫规、张奂并以防边著名，颎与他鼎足并峙。规字威明，奂字然明，颎字纪明，三人皆籍隶凉州，世称为“凉州三明”，这且待后再表。

且说李膺、杜密等人，自经陈窦失败，复致连坐，一体废锢。偏是声名未替，标榜益高，前此尝号窦武陈蕃刘淑为三君，三君皆死，海内无不痛惜。此外尚有“八俊”“八顾”“八及”“八厨”诸名称：八俊就是李膺、杜密、荀昱、王畅、刘祐、魏朗、赵典、朱寓，“俊”字的意义，无非说他是人中英杰；八顾系是郭泰、宗慈、巴肃、夏馥、范滂、尹勋、蔡衍、羊陟，“顾”字的意义，谓能以德引人；八及乃是张俭、岑晊、刘表、陈翔、孔昱、范康、檀敷、翟超，“及”字的意义，谓能导人追宗；八厨便是度尚、张邈、王孝、刘儒、胡母班、秦周、蕃向、王章，“厨”字的意义，谓能仗义疏财。这三十二人，除尹勋巴肃被戮外，统尚留存，士人竞相景慕；惟阉竖视为仇雠，每下诏书，辄申党禁。中常侍侯览，为了张俭毁冢一事，衔怨甚深，见五十三回。嘱使乡人朱并上书告俭。并素奸邪，为俭所弃，当然仰承览意，诬称俭与同乡二十四人，私署名号，图危社稷，封章朝上，诏令夕颁，即饬有司严捕俭等。长乐卫尉曹节，复讽朝臣奏发钩党，请将故司空虞放及李膺、杜密、朱寓、荀昱、刘儒、翟超、范滂诸人，一并逮治。

灵帝年方十四，召问曹节等道："如何叫做钩党？"节应声道："就是私相钩结的党人！"灵帝又问道："党人有何大恶，乃欲加诛？"节又答道："谋为不轨！"灵帝更问道："不轨欲如何？"节直答道："欲图社稷？"灵帝乃不复言，准令逮治。看他所问数语，好似痴呆，怪不得为宵小所迷。

李膺有同乡士人，得知风声，急往语膺道："祸变已至，请速逃亡！"膺慨然道："事不辞难，罪不逃刑，方不失为臣；我年已六十，死生有命，去将何往？"乃径诣诏狱，终被掠死；妻子徙边，门生故吏，并被禁锢。侍御史景毅子顾，为膺门徒，



尚未及谴，毅独叹息道："本谓膺贤，遣子师事，怎得自幸漏名，苟安富贵呢？"遂自表免归，时人称为义士。汝南督邮吴导，奉诏往捕范滂，滂家居征羌县中，导至驿舍，闭户暗泣。滂闻声即悟道："这定是不忍捕我，为我生悲哩！"当下赴县诣狱。县令郭揖见滂大惊，出解印绶，引与俱亡，且与语道："天下甚大，何处不可安身？君何故甘心就狱？"滂答说道："滂死方可杜祸，何敢因罪累君？况母年已老，滂若避死，岂不是更累我母么？"揖乃遣吏迎滂母子，使与诀别。滂向母拜辞道："季弟仲博，素来孝敬，自能奉养，儿愿从我父龙舒君共入黄泉，滂父显，曾为龙舒侯相。存亡并皆得所，望母亲割舍恩情，勿增悲感，譬如儿得病身亡罢了！"母闻言拭泪，复咬牙徐语道："汝今得与李杜齐名，死亦何恨？若既获令名，又求寿考，天下事恐未必有此两全呢！"此母亦一奇妇人。滂长跪受教，起身嘱子道："我欲使汝为

恶，恶岂可为？使汝为善，我生平原不为恶！”说至此，不禁呜咽，挥手令去，遂随吴导入都，亦即被掠死狱中。余如前司空虞放，司隶校尉朱寓、沛相荀昱、任城相刘儒、山阳太守翟超等，并皆被捕，一并冤死，妻子皆流往边疆。

更可恨的是权阉肆毒，任意株连，平日稍有嫌隙，即把他名列党籍，非锢即戮，或与宦官素无仇怨，但有重名，播闻远近，亦就指为党人，一网打尽。因此党狱连坐，共死百余人。再令州郡捕风捉影，辗转钩连，或死或徙，或废或禁，又不下六七百人。惟郭泰名列八顾中，却能和光同尘，不为危言激论，所以怨祸不及，幸得免累，但探闻正人名士，枉死甚众，不由的悲从中来，私自挥泪道：“《周诗》有言：‘人之云亡，邦国殄瘁。’今汉室亦蹈此辙，灭亡恐不远了！但未知瞻乌爰止，究在谁屋呢？”“瞻乌爰止，于谁之屋”亦《诗经》中语。

独张俭亡命未归，始终不得捕获，侯览定欲杀俭，令郡国严缉到案，如有收匿，与俭同罪。郡国官吏，应命侦查，四处搜缉，遇有前时留俭的人家，便即收讯，笞杖交下，往往至死。鲁人孔褒与俭为至交，俭曾亡奔褒门，褒适外出，有弟融年才十六，出门应客。俭询知褒不在家，面有窘色，融转叩行踪，俭又因他年轻，未便遽告，免不得言语支吾。融即笑语道：“兄虽外出，难道我不能为君作主么？”乃留俭居宿，数日方去。郡吏闻风往捕，俭已脱走，遂将褒、融二人系狱就讯。融首先认罪道：“俭来融家，原有此事，今已他去，未知何往；惟融兄在外，融实留俭，若要坐罪，融愿承当，与兄无涉！”褒待融说毕，当即接口道：“彼来求我，弟本不知，罪当坐褒。”郡吏得供，反致疑惑不定，因复传讯孔母。孔母答道：“妾夫已殁，应为家长，家事处分，应归家长担任，妾甘心认罪！”郡吏见他一门争死，仍难定谳，乃将供词申奏朝廷，有诏竟令褒坐罪，释母及融；融由是显名。

史称融为孔子二十世孙，表字文举，父名伷，曾为泰山都尉。融幼有异禀，年四岁时，与诸兄食梨，舍大取小，家人问为何因？融答说道："我乃小儿，法当取小梨。"家属便呼奇童。不愧为孔氏子孙。及年十岁，随父诣京师，适李膺为河南尹，严肃门禁，除当代名士，及通家世好外，概不接见，融欲往视膺，独至膺府门前，顾语门吏道："我是李公通家子弟，特来求见，敢烦通报！"门吏见他年幼有仪，料非凡品，因即入内白膺。膺以为通家子弟，不能不许他进见，特令门吏引入；及见面后，并不相识，惟觉融趋承尽礼，举止大方，却也暗暗称奇。乃开口问融道："童年到此，定必高明，但未识令祖令父，与仆果有恩旧否？"融从容道："先祖孔子，与明公先祖李老君，同德类义，相为师友，可见得是累世通家了！"虽似辩言，却有至理。膺不

禁叹赏，宾佐亦啧啧称羡。大中大夫陈炜后至，阖座便将融言转告，炜顺口说道："小时了了，大未必奇！"融应声道："如君所言，少小时宁可呆笨，勿可聪明么？"炜不能答。膺却大笑道："高明若此，他日必为伟器！"融乃辞去。越三年，即丁父忧，哀恸逾恒，扶而后起，乡里又称为孝子；至与兄褒争死法庭，孝且兼悌，自然名誉益隆。孔融少年履历，随笔叙过。

惟张俭已出塞远扬，终得免戮，只晦气了几个亲友。陈留人夏馥，即前八顾中之一。闻俭亡命，牵累多人，不禁窃叹道："孽由己作，空污良善；一人逃死，祸及万家，还要求什么生活呢？"遂剪须发，逃入林虑山中，自隐姓名，为治家佣，日亲烟炭，形容毁瘁，阅二三年，无人知为夏馥。馥弟静载送缣帛，反惹动馥怒，愤然与语道："弟奈何载祸相饷？幸速携还！"静乃退归。汝南人袁闳恐遭党累，意欲投迹深山，只因老母尚存，未便远遁，乃筑土室，不设门户，但开一小窗，孑身伏处室中，

从窗间纳入饮食；母或思闳，有时往视，闳方开窗应答，母去便将窗掩住；虽兄弟妻孥不得相见，如是历十有八年，竟在土室中病终。故太丘长陈实，家居颍川，也是一时名士，与中常侍张让同乡，让遭父丧，郡吏并皆会葬，惟名士裹足不前，实却屈节往吊，让因此感实，所有颍川名士赖实解免，多得全身。陈留人申屠蟠前闻李膺、范滂等非议朝政，为世所重，独引为深忧道："昔战国时代，处士横议，国君且拥篲先驱，后来终有焚书坑儒的大祸；今日恐复见此事了！"遂避迹梁砀间，因树为屋，自同佣人，及钩党狱兴，蟠得脱然无累，徜徉终日。小子有诗咏道：

箕山颍水尚逃名，乱世如何反自鸣？
多少英雄流血后，才知智士善全生。



蹉跎过了二年，灵帝行加冠礼，颁下赦文，惟党人不赦。阉人凶焰，横亘神州。欲知后事变迁，且看下回续叙。

西羌之为汉患，历有年所，诚能举兵荡平，未始非一劳永逸之计；然吾闻圣王之待夷狄，叛则讨之，服则舍之，非好为姑息养奸，实体上天好生之德，不忍芟夷至尽也。张奂主抚，段颎主剿，皆属一偏之见；虽后来颎得平羌，然斩首至三万八千余级，得无所谓血流污野，伤和致灾乎？况外侮可平，内蠹不可去，钩党狱兴，名流尽殄；曹节王甫等之斫丧国脉，比羌患不啻倍蓰，豺狼当道，安问狐狸？张纲可作，吾知其愤且益甚矣。惟李膺、杜密、范滂诸人，不知韬晦待时，徒以一朝之标榜，祸及身家，株连亲友，是岂不可以已乎？而郭林宗申屠蟠辈，则倜乎远矣。

## 第五十七回　葬太后陈球伸正议<br>规嗣主蔡邕上封章

却说窦太后徙居南宫，已经二年，灵帝并未往省，张奂谢弼，相继进谏，俱为阉人所阻，事见前文。会灵帝选定皇后宋氏，朝廷称贺，宋氏为执金吾宋酆女，由建宁三年选入掖庭，册为贵人，越年正位中宫，晋封酆为不其乡侯。后既正位，当然至永乐宫朝见灵帝生母孝仁皇后，即董贵人，见五十五回。独未闻过谒南宫。既而灵帝天良发现，暗思自己入承帝统，全仗窦太后从中主持，大恩究不可忘，因于十月朔日，率群臣往朝南宫，亲至窦太后前，奉馈上寿；窦太后亦改忧为喜，畅饮尽欢。黄门令董萌素受窦太后恩眷，至此见灵帝省悟，乐得乘间进言，屡为窦太后诉冤；灵帝乃常遣董萌过省，一切供奉，比前加倍。偏曹节王甫等引为深恨，反诬萌谤讪永乐宫，下狱处死，窦太后又失一臂助。灵帝复为阉党所迷，将南宫置诸脑后，不再往朝。

越年颁诏大赦，改元熹平。中常侍侯览调任长乐宫太仆，骄奢益甚，夺人妻女，破人居屋，怨满通衢，甚至同党亦被他侵迫，互生嫌疑；有司始得举劾览罪，策收印绶，下狱自杀。多行不义，必自毙。惟曹节王甫揽权如故，窦太后为节甫所排，频年抑郁，饮恨不休，嗣闻生母复流死日南，连尸骸都不得归葬，益觉得哀思百结，无限酸辛。也是自贻伊戚。古人有言，女子善怀，况如窦太后的始荣终悴，不堪回首，怎能不恹恹成疾，促丧天年？熹平元年六月，竟在南宫中病逝。阉竖积怨窦氏，但用衣车载太后遗骸，出置城南市舍；曹节王甫居然入白灵帝，请用贵人礼殡殓。灵帝摇首道："太后亲立朕躬，统承大业，朕方自愧不孝，怎得反降太后为贵人哩？"还算有些良心。于是棺殓如仪，举哀发丧。曹节等复欲别葬太后，进冯贵人配祔桓帝，灵帝未以为然，因诏令公卿集议朝堂，特派中常侍赵忠监议。仍用阉人监议，可见曹节等势力。

时太傅胡广已死，太尉刘宠早经免职，后任又掉换数人，继起为太仆李咸。咸自超迁太尉后，屡患疾病，告假养疴，闻得朝廷集议，欲将窦太后别葬，因即力疾起床，令家人捣好椒毒，取纳袖中，便与妻子诀别道："若窦太后不得配食桓帝，我誓不生还了！"说着，遂乘舆入朝，遥见群僚已萃集一堂，差不多有数百人，乃下车徐进，按席坐着；好一歇不闻人声，彼此面面相觑，无敢先言，因也暂忍须臾。少顷由赵忠开口道："诸公既已到齐，应该即时定议！"坐旁方有人起立道："皇太后以盛德良家，母临天下，宜配先帝，何必多疑？"咸闻言正中心坎，忙视发言的大臣，乃是廷尉陈球，正思接口赞成，那赵忠已微笑道："陈廷尉既有此意，应即操笔立议！"球并不推辞，就取过纸笔，随手草成数行，遍示大众。但见纸上写着：



皇太后自在椒房，有聪明母仪之德；遭时不造，援立圣明，承继宗庙，功烈至重。先帝晏驾，因遇大狱，迁居空宫，不幸早世，家虽获罪，事非太后；今若别葬，诚失天下之望。且冯贵人冢，尝被发掘，骸骨暴露，魂灵污染，生平固无功于国，何足上配至尊？臣球谨议。冯贵人冢，尝为盗所发，事在建宁三年。

大众览毕，都无异词，惟赵忠面色陡变，强颜语球道：“陈廷尉创建此议，可谓胆略独豪。”球应声道：“陈窦已经受冤，皇太后尚无故幽闭，臣常痛心，天下亦无不愤叹；今日为国直言，就使朝廷罪臣，臣也甘心！”这数语更拂忠意，顿时扬眉张目，欲出恶声。咸至是不能再忍，便起语道：“臣意与廷尉陈球相同，皇太后不宜别葬。”群僚听着，方才同声附和道：“应如此言！”公等碌碌，所谓因人成事者也。忠自觉势孤，未便多嘴，乃



悻悻入内；李咸陈球等也陆续退归。偏是曹节王甫尚在灵帝前力争，说是梁后家犯恶逆，别葬懿陵，即桓帝后。武帝尝黜废卫后，以李夫人配食，今窦氏罪深，怎得合葬先帝等语。李咸探知消息，因复抗疏力谏，略云：

臣伏惟章德窦后，虐害恭怀，安思阎后，家犯恶逆，而和帝无异葬之议，顺朝无贬降之文；事并见前文。至于卫后，孝武皇帝身所废弃，不可以为比。今长乐太后，尊号在身，亲尝称制，且援立圣明，光隆皇祚，太后以陛下为子，陛下岂得不以太后为母？子无黜母，臣无贬君，宜合葬宣陵，一如旧制！臣咸谨昧死以闻。

灵帝览奏，决计依议，始奉窦太后梓宫，合葬宣陵，追谥

为“桓思皇后”。既而朱雀阙下，发现无名揭帖，有“曹节王甫，幽杀太后，公卿皆尸位苟禄，莫敢忠言，天下当大乱”云云。曹节王甫慌忙报知灵帝，自白无辜。有诏令司隶校尉刘猛，从严查缉，十日一比，猛因谤书切直，不愿急捕，迁延至一月有余，未得主名。节甫遂劾猛玩宕，左迁为谏议大夫。适护羌校尉段颎班师东归，入为御史中丞，阉党素与往来，颇相友善，因此奉诏代猛，受任司隶校尉。当下派吏四出，捕得太学游生等千余人，拘系狱中，逐日考讯，亦无左证；徒累得一班士子，冤苦吞声。曹节等又嘱颎追劾刘猛，摭拾他罪；猛因此落职，罚作左校刑徒。颎为平羌功臣，何苦作阉人走狗？大司农张奂调任太常，因与宦官屡有违言，致为所忌，且与段颎争论羌事，积不相容；并见前两回中。又有前司隶校尉王寓，依倚权阉，向奂有所请托，奂谢绝不允，遂由寓设词构陷，劾奂曾阿附党人，罪坐废锢。段颎更欲投井下石，逐奂回籍，授意郡县，迫令自裁。奂不胜惶惧，因致书谢颎道： 

小人不明，得过州将，司隶管辖河南洛阳三辅三河弘农七郡，奂回籍经过，故书称州将。千里委命，以情相归，足下仁笃，照其辛苦；使人未返，复获邮书，恩诏分明，前已写白，而州期切迫，无任屏营，父母朽骨，孤魂相托，若蒙矜怜，壹流咳唾，则泽流黄泉，施及冥冥，非奂生死所能报塞。夫无毛发之劳，而欲求人丘山之用，此淳于髡所以拍髀仰天而笑者也。诚知言必见讥，然犹不能无望，何者？朽骨无益于人，而文王葬之；死马无所复用，而燕昭宝之；党同文昭之德，岂不大哉？凡人之情，冤则呼天，穷则叩心；今呼天不闻，叩心无益，诚自伤痛，俱生圣世，独为匪人；孤微之人，无所告诉，如不哀怜，便为鱼肉，企心东望，无所复言。

颎得书后，也觉得心生恻隐，不忍害奂，乃饬州郡好意看待，送奂西归。奂既返敦煌，闭户著书，不闻世事，才得幸全。

未几又由中常侍王甫，察得渤海王悝与同党郑飒、董腾交通，密告段颎，使他从速查究；颎又奉命维谨，再兴大狱，惨戮多人。这渤海王悝，系是恒帝亲弟，前曾袭封蠡吾侯，桓帝系蠡吾侯翼长子，入嗣帝位，故令弟悝袭封，事见前文。嗣因渤海王鸿身后无子，乃令悝过继，承鸿遗封，得为渤海王。鸿为质帝生父，即千乘王伉孙。桓帝延熹八年，有司奏悝有邪谋，因降悝为瘿陶王，只食一县；悝潜谋复国，尝使人入都钻营，贿托中常侍王甫，代



为申请，得能仍复旧封；当谢钱五千万缗，王甫满口应许。既而桓帝驾崩，遗诏赐复悝封，悝喜如所望；惟探得复封原因，乃是桓帝顾念亲亲，有此遗命，并非由王甫代为转圜，于是将五千万钱的原约视为无效。哪知甫贪婪得很，屡遣心腹吏向悝索钱，始终不得如愿，乃阴伺悝过，为报怨计。

先是朝廷迎立灵帝，道路曾有流言，谓渤海王悝，恨不得立，蓄有异图，当时亦无暇详究；后来中常侍郑飒与中黄门董腾串通渤海，常有书信往来，为王甫所侦知，遂令段颎出头告发，收郑飒等，送北寺狱，锻炼周章。尚书令廉忠也是王甫爪牙，阿附甫意，诬奏郑飒等谋迎立悝，大逆不道；再经曹节从旁证实，不由灵帝不信，立即诏饬冀州刺史，拘悝下狱；复遣大鸿胪宗正廷尉三官，同赴渤海，逼悝自尽。悝有妃妾十一人，子女十七人，伎女二十四人，皆系死狱中。就是傅相以下

诸僚属，亦责他辅导不忠，冤冤枉枉的杀死多人。郑飒董腾既由廉忠指为祸首，哪里还能生活，自然一并受诛。飒应处死，余实可怜。甫得进封冠军侯，曹节亦增邑四千六百户；宫廷内外，要算曹王二宦官权势最盛，父兄子弟，并为公卿列校，牧守令长，布满天下。节弟破石为越骑校尉，贪淫骄纵，探得营吏妻有美色，即胁令献入，营吏怎敢违抗？只好与妻诀别，嘱使前往；哪知妻却有烈性，晓得三从四德，执意不行，结果是服毒自尽，完名全节。可哀可敬，惜乎姓氏失传。破石闻知，尚责营吏防守不严，革去职使。看官你道是冤不冤呢？惨不惨呢？艳福原难消受，况是一个寻常营吏。

嘉平二年，春季大疫，病死甚多，夏季地震，海水四溢；灵帝不知反省，往往归咎大臣，太尉李咸免官进司隶校尉段颎为太尉，司徒桥玄、许栩，司空许训、来艳、杨赐，先后任免，命大鸿胪袁隗为司徒，太常唐珍为司空，颎与宦官通同一气，故得超迁。隗系故太尉袁汤第三子，承父遗荫，少历显宦，中常侍袁赦认与同宗，常相推重，所以隗得进列三公。珍乃故中常侍唐衡弟，显是宦官亲党，台辅诸公，并作群阉耳目，国事更不问可知了。堂堂宰辅，援系腐竖，可耻孰甚！

会稽人许生首先发难，自称越王，传檄四方，指斥时政，不到月余，聚众万数，东攻西略，占夺了好几座城池；诏令扬州刺史臧旻、丹阳太守陈夤并力剿贼，好多日不能扫平。许生反僭号阳明皇帝，连败官军，还是吴郡司马孙坚具有智勇，召募壮士千余人，作为臧曼陈夤的先驱，才得一再破贼，捣入会稽，枭下了许生头颅，戡定东南。孙坚始此。但已是两年扰乱，被难的人民，害得十室九空，试问从何处求偿呢？灵帝方宠信宦官，听令横行，管什么民间疾苦？四府三公，又多仰阉人鼻息，专严党禁；且议出一种钳制吏职的规条，叫做三互法。凡世俗有姻谊相关及两州人士，不得交互为官，名为革除情弊，实是杜绝朋党。自是选用牧守以下，辄多禁忌，辗转需时。幽并二州，屡有寇患；鲜卑骑士，出没塞下，庸吏被黜，狡吏乞休，往往悬缺不补，防务更坏。议郎蔡邕上书进谏道：

> 伏见幽冀旧壤，铠马所出，比年兵饥，渐至空耗；今者百姓虚悬，万里萧条，阙职经时，吏人延属，而三府选举，逾月不定，臣窃怪之！论者每云当避三互，不得不出以审慎，愚以为三互之禁，禁之薄者，今得申以威灵，明其宪令，在任之人，岂不戒惧？顾斤斤然坐设三互，自生留阂耶？昔韩安国起自徙中，朱买臣出于幽贱，并以才宜还守本邦；又张敞亡命，擢授剧州，岂宜顾循三互，继以末制乎？三公明知二州之要，所宜速定，当越禁取能，以救时敝，而不顾争臣之义，苟避轻微之科，选用稽滞，以失其人。臣愿陛下上则先帝，蠲除近禁，其诸州刺史器用可换者，无拘日月三互，以差厥中，则责成有属，而边境可期宁谧矣！

书奏不省，邕亦不便再谏，只好容忍过去。惟邕字伯喈，籍隶陈留；六世祖勋，前汉时曾为郿令，嗣因王莽篡位，弃官入山，高隐以终；及邕父棱亦素行清白，殁谥为“贞定公”。邕事母至孝，与叔父从弟三世同居，不分财产，乡里交相推美，名重一时。又平居博览书史，兼及术算音律诸学，雅善鼓琴，桓帝时五侯骄恣，征邕入都，欲命他鸣琴悦耳，邕行至偃师，称疾折回，不肯赴召；至桥玄为司徒，辟为掾属，方才应命。未几受官郎中，校书东观；又未几迁为议郎。邕因五经文字，拾自烬余，沿讹袭谬，疑误后学，乃与五官中郎将堂谿儿、光禄大夫杨赐、谏议大夫马日磾等，奏请正定六经文字；灵帝本好经学，当即依议。邕即手录五经，用古文篆隶三体，依次缮成，镌碑刻石，竖立太学门外，使后学得所取正；于是中外士子，多来摹写，每日车马杂沓，填塞街衢。通经所以致用，徒正书法，实为末事。灵帝亦自造皇羲篇五十章，颁示天下；又使能文善赋的生徒待制鸿都门。嗣且如能工尺牍，书板为牍，长一尺，所以抄录词赋。及善书鸟篆，亦引召至数十人；侍中祭酒乐松贾护又招徕了许多俗士，使他奏陈闾里趣闻，冀动上听。果然灵帝年少好奇，看了这班俗士奏本，好似燕书郢说，无奇不搜，乐得朝披暮阅，消遣闲情；一面饬使源源续陈，优给廪饩。还有几个市贾小民，不知他如何运动，得称为宣陵孝子，名闻廊庙，居然受拜郎中，暨太子舍人。好造化。永昌太守曹鸾痛心时事，以为收揽俗子，何如赦宥名流？乃特为党人申讼，书中有云：



> 夫党人者，或耆年渊德，或衣冠英贤，皆宜股肱王室，左右大猷者也。而久被禁锢，辱在涂泥；谋反大逆，尚蒙赦宥；党人何罪，独不开恕乎？所以灾异屡见，水旱洊臻，皆由于斯；宜加恩赦宥，以副天心！不胜万幸。

鸾将此书呈入，还望灵帝俯首采纳，立赦党人；不意赦书并未下降，缇骑却已到来，竟令鸾缴出印绶，褫去冠带，平白地加上锁链，牵入槛车，送至槐里狱中。槐里令且奉诏审问，阴承风旨，刑讯了好几次，打得曹鸾皮开肉绽，体无完肤。鸾又气又痛，绝食数天，一道忠魂，遽归冥府。灵帝还说应该处死，更下诏州郡，重申党禁，坐及五族，连门生故吏的父子兄弟，亦须免官禁锢，不准起复；这真是错中加错，冤上添冤了！古人说得好："天视由民，天听由民。"当此政刑两失，民情愤郁，怎能不上感天心？俄而疾风暴雨，俄而震雷陨雹，禾稼受害，大木皆拔；最奇的御殿后面，槐树被风掀起，又复倒竖；灵帝也觉惊心，下诏引咎，且令群臣各陈政要，俾见施行。蔡邕因复上封事道：

臣伏读圣旨，虽周成遇风，询诸执事；宣王遭旱，密勿只畏，无以或加。臣闻天降灾异，缘象而至，霹雳数发，殆刑诛繁多之所生也。风者天之号令，所以教人也，夫昭事上帝，则自怀多福；宗庙致敬，则鬼神以著；国之



大事，实先祀典，天子圣躬所当恭事。臣自在宰府，及备朱衣，迎气五郊，而车驾稀出；四时致敬，屡委有司，虽有解除，犹为疏废，故皇天不悦，显此诸异。《洪范传》曰："政悖德隐，厥风发屋折木。"坤为地道。《易》称女贞，阴气愤盛，则当静反动，法为下叛。夫权不在上，则雹伤物，政有苛暴，则虎狼食人，贪利伤民，则蝗虫损稼；且本年六月二十八日，太白与月相迫，兵事恶之，鲜卑犯塞，所从来远矣。今之出师，未见其利，上违天文，下逆人事，诚当博览众议，从其安者。臣不胜愤懑，谨条陈七事以闻。

七事大纲：一肃祭祀，二纳忠谏，三求贤才，四去谗人，五屏浮士，六严考课，七惩诈伪，通篇约有数千言，不及细

录。灵帝积迷不返，怎能悉见施行？但至初冬迎气北郊，总算车驾亲行；此外如宣陵孝子等，已授太子舍人，到此乃出为丞尉罢了。小子有诗叹道：

信谗愎谏最堪忧，七事徒陈愿莫酬；
果使见机宜早作，多言无益反招尤。

是年秋日，更发兵北讨鲜卑，蔡邕又伸前议，谏阻北征。欲知灵帝是否肯从，且至下回再叙。

窦太后徙居南宫，虽由自取，然于窦武陈蕃之欲诛权阉，太后固未尝与谋；曹节王甫非不知太后之无能为，但既杀窦武，不能不归狱太后，为斩草除根之计；其所以逼徙南宫，不即害死者，尚恐清议难逃耳。然灵帝为太后所援立，应知感念旧恩，入宫一谒，又复绝迹不朝，至于太后殁后，且因阉竖之议为改葬，瞻顾徬徨，微陈球之抗议于先，李咸之赞同于后。几何不令太后之遗恨无穷也！蔡邕一文学士，所陈奏议，未始非守正之谈，然或嫌迂远，或涉虚浮，才有余而忠不足，吾于邕犹有余憾焉。但曹鸾一言而即遭掠死，国家无道之秋，固未足与陈谠论者。邕之所失，在可去而不去耳，文字之间，固无容苛求也。

# 第五十八回　弃母全城赵苞破敌<br>蛊君逞毒程璜架诬

却说鲜卑大酋檀石槐，自恃强盛，未肯服汉，且连年寇掠幽并诸州；朝廷以田晏、夏育两人，曾随段颎破灭诸羌，勋略俱优，特任田晏为护羌校尉，夏育为乌桓校尉，分守边疆。既而晏坐事论刑，意欲立功自赎，特使人入托王甫求为统将，愿击鲜卑；夏育亦有志徼功，上言鲜卑寇边，自春至秋，不下三十余次，请征幽州诸郡兵马，出塞往讨，大约一冬二春，便可殄灭鲜卑等语。灵帝乃召群臣会议，或可或否，聚讼纷纷。议郎蔡邕前曾谓不宜用兵鲜卑，至此仍坚持前议，再行申说道：

> 自匈奴遁逃，鲜卑强盛，据其故地，称兵十万，才力劲健，意智益生；加以关塞不严，禁网多漏，精金良铁，皆为贼有，汉人逋逃，为之谋主，兵利马疾，过于匈奴。昔段颎良将，习兵善战，有事西羌，犹十余年；今育晏才策，未必过颎，鲜卑种众，不弱于曩时，而虚计二载，自

许有成，若祸结兵连，岂得中休？当复征发众人，转运无已，是为耗竭诸夏，并力蛮夷。夫边陲之患，手足之疥癣，中国之困，胸背之痈疽；方今郡县盗贼，尚不能禁，况此丑虏，而可伏乎？昔高祖忍平城之耻，吕后弃嫚书之诟；方之于今，何者为甚？天设山河，秦筑长城，汉起塞垣，所以别内外，异殊俗也。苟无蹙国内侮之患则可矣，岂与群蚁较胜败，争往来哉？虽或破之，岂可殄尽？夫专胜者未必克，挟疑者未必败；众所谓危，圣人不任，朝议有嫌，明主不行也。昔淮南王安谏伐越曰："天子之兵，有征无战。"言其莫敢校也，今欲以齐民易丑虏，皇威辱外夷，就如其言，犹已危矣；况乎得失未可量也？臣闻守边之术，李牧善其略，保塞之论，严尤申其要，遗业犹在，文章俱存；循二子之策，守先帝之规，臣曰可矣！幸垂察焉。

545.

灵帝见了邕议，竟不肯从。王甫在内，蔡邕何能抗争？即拜田晏为破鲜卑中郎将，使领万骑出云中，作为正师；再令夏育出高柳，中郎将臧旻出雁门，作为偏师，三路并进，约有三四万人，出塞二千余里，方与鲜卑兵相遇。鲜卑大酋檀石槐召集东西中三部头目，来敌汉军，汉军远行疲乏，不堪一战；那檀石槐以逸待劳，尽锐争锋，叫汉兵如何招架？眼见得纷纷败下，为虏所乘，晏育旻三将，各自顾全生命，回头乱跑，所有辎重车徒，尽行弃去，甚至所持汉节，也并抛失；三路人马，十死七八，只剩得残骑数千，零零落落，奔回原营。朝廷闻报，拘还晏、育、旻三将，并下诏狱；由三将倾家出赀，赎为庶人。

鲜卑既得胜仗，寇掠尤甚。广陵令赵苞素有清节，政教修明，蒙擢为辽西太守，地当虏冲，由苞缮治城堡，训练士卒，战守有赀，屹为重镇；就职逾年，乃遣使至甘陵故里，迎接老母妻孥，好多日不见到来，未免系念。忽有候吏入报道：“鲜卑兵万余人，突来犯边，前锋已经入境，不久要到城下了！”苞闻报大怒道：“蠢尔鲜卑，敢来犯我疆界么？我当前去截击，使他片甲不回，方免后患！”说着，即召齐将士，慷慨晓谕，饬令为国效忠，将士等皆踊跃从命；当下调集兵马二万骑，由苞亲自督领，出城搦战。约行了一二十里，便见前面尘头大起，虏兵蜂拥前来。于是倚险列阵，截住虏踪，那虏众被苞阻住，也即停止；苞正拟麾兵突上，不料敌阵中驱出囚车，约有数具，左右各押着虏兵，持刃大喝道：“赵苞快下马受缚，免得诛灭全家！”苞闻声出马，举目一瞧，好似万箭穿胸，险些儿晕倒地上。



原来囚车里面，不是别人，正是白发毵毵的老母，与那娇颜稚齿的妻儿。自从苞饬迎家眷，母妻等相偕赴任，路过柳城，遇着鲜卑游骑，把他们掠去，询知为辽西太守眷属，即挟为奇货，号召骑士万余人，进攻辽西，意欲借此胁苞。苞见家眷被劫，怎不惊心？况母子恩情，何等深重？此时为虏所缚，惨同羊豕，若要不降，必致杀母；若要遽降，岂不负君？进退徬徨，激出了许多涕泪，凄声遥语道：“为子无状，本欲将所得微俸，奉养朝夕，不意反为母祸！昔为母子，今为王臣，至我不得顾私毁公，罪当万死！如何塞责？”说至此，即听母声遥应，呼己小字道：“威豪！人各有命，怎得相顾自亏忠义？从前王陵母陷入楚中，对着汉使，伏剑勉陵；我愿效陵母，尔亦当如陵忠汉便了！”苞待母说罢，竟打定主意，回首大呼道：“大小将士，幸与我努力杀贼，上雪国耻，下报家仇！”道言未绝，即由军吏一齐杀出，骤马上前；虏兵凶横得很，一声喊起，把苞母及妻子等立刻杀死，取首级掷入苞军，苞军虽然急进，已是不及救护，但抢得数具囚车及车内的无头尸骸。苞母原是贤烈，苞亦未免太忍。苞至此悲愤填膺，还顾甚么利害，当即挺刃当先，与虏拼命，部下二万人，也个个激动义愤，执着大刀阔斧，冒死捣入鲜卑阵中，霎时间摧破虏阵，剁死虏兵无算，虏众不可支持，自然四溃；苞赶至数十里外，见残虏已鼠窜出境，只得收兵还城；随将母妻子各尸，买棺殡殓，上表陈述军情，且请辞职归葬。灵帝得表，忙即遣使吊慰，加封苞为鄃侯，准令还葬母尸，厚赐赙恤。

苞奉诏回乡，已将母尸等葬讫，顾语乡人道："食禄避难，不得为忠；杀母全义，亦不得为孝；我还有甚么面目媮息人世呢？"乡人欲上前劝解，不料苞骤然心痛，用手椎胸，呕出紫血数升，突至仆倒地上，乡人忙将他舁入家中，奄卧床间，只呼了几声母亲，便即灵魂出窍，驰往冥途去寻那老母妻孥了。阅至此，令人酸鼻。



苞本为中常侍赵忠从弟，与忠素不相协，耻谈门族，就官以后，从未致忠一书；所以苞既病殁，忠亦不为请谥，但教自己威福不致损失，管什么兄弟宗亲？灵帝亦只宠左右，不看重内外臣工。太傅一职，悬缺不补，太尉司徒司空三官，一岁数易，段颎为太尉后，复由陈耽许训刘宽孟馘数人互为交替；只刘宽尚知自好，廉慎有余。到了熹平七年间，日食地震，相继不绝，反无缘无故的下诏改元，号为光和，大赦天下。太尉孟馘罢免，竟授常山人张颢为太尉。颢为中常侍张奉弟，因兄得官，出为梁相，适有喜鹊飞翔府前，由役吏与鹊为戏，用竿拨鹊，便致堕落，役吏忙去拾取，哪知鹊滚地一变，化成圆石，役吏非常惊愕，取石献颢，颢命将圆石椎破，内有金印，印上有“忠孝侯印”四个篆文，因此喜出望外，便致书兄奉，夸为瑞征。鹊何能变石？想俱由张颢捏造出来。奉入侍时，觑隙与灵帝谈及，又托永乐宫门吏霍玉，代为揄扬，灵帝竟为所惑，召颢入都，使为太常；未几即迁官太尉，想他做个太平宰相。余如司徒司空，亦换去袁隗、唐珍、杨赐、刘逸、陈球、袁滂、来艳等人，更迭就任，多约数月，少只数旬。看官试想，世上能有这般大材，速成治道么？无非依宦官为进退。

光和元年四月，都中又闻地震，侍中署内，有雌鸡变作雄鸡；到了五月，有白衣人入德阳殿内，与中黄门桓贤相遇。贤喝问何事，白衣人却厉声道：“梁德夏叫我上殿，汝为何阻我？”贤不知梁德夏为何人，正要将他扭住，详讯来历，偏赶到白衣人身前，一手抓去，落了个空，白衣人也不知去向了；贤不胜骇异，查问宫廷内外，亦不闻有梁德夏，只好约略奏报，留作疑案。至六月间，又有黑气堕入温德东庭中，长十余丈，形状似龙，好一歇方才散去；再过一月，有青虹出现玉堂殿庭，种种怪异，人相惊扰。灵帝乃召光禄大夫杨赐、谏议大夫马日磾、议郎蔡邕张华、太史令单扬等，诣金商门，引入崇德殿，使中常侍曹节王甫两人，就问灾异原因，并及消变方法。惟杨赐蔡邕引经据谶，奏对较详，节与甫还白灵帝，灵帝又特诏问邕，使他直陈得失，许用皂囊封上。汉制惟奏闻密事，得用皂囊封入。邕见灵帝推诚下问，不必再有忌讳，乃直揭时弊，密上封章道：



臣伏惟陛下圣德允明，深悼灾咎，褒臣末学，特垂访及，斯诚输肝沥胆之秋，岂可顾患避害，使陛下不闻至戒哉？臣伏思诸异，皆亡国之怪也；天于大汉，殷勤不已，故屡出袄变，以当谴责，欲令人君感悟，改危即安。今灾眚之发不于他所，远则门垣，近在寺署，其为监戒，可谓至切。蜺堕鸡化，皆妇人干政之所致也；前者乳母赵娆，贵重天下，生则资藏侔于天府，死则丘墓逾于园陵，此时赵娆已死。两子受封，兄弟典郡；继以永乐宫门吏霍玉，依阻城社，又为奸邪。今道路纷纷，复云有程大人者，察其风声，将为国患，宜严为提防，明设禁令，深惟赵霍，以为至戒。今圣意勤勤，思明邪正。而闻太尉张颢，为玉所进；光禄勋伟璋，有名贪浊，又长水校尉赵玹，屯骑校尉盖升，并叨时幸，荣富优足；宜念小人在位之咎，退思引身避贤之福！伏见廷尉郭禧，纯厚老成；光禄大夫桥玄，聪达方直；前太尉刘宠，忠实守正，并宜为谋主，数见访问。夫宰相大臣，君之四体，委任责成，优劣已分，不宜听纳小吏，雕琢大臣也。又尚方工伎之作，鸿都辞赋之文，可且消息，以示惟忧。《诗》云：“敬天之怒，不敢戏豫。”天戒诚不可戏也。宰府孝廉，士之高选，近者以辟召不慎，切责三公；而今并以小文超取选举，开请托之门，违明王之典，众心不餍，莫之敢言。臣愿陛下忍而绝之，思惟万几，以答天望。圣朝既自约厉，左右近臣，亦宜从化；人自抑损，以塞咎戒，则天道亏满，鬼神福廉矣。臣以愚戆，感激忘身，敢触忌讳，手书具对。夫君臣不密，上有漏言之戒，下有失身之祸，愿寝臣表，无使尽忠之吏，受怨奸仇，则臣虽万死，感且不朽矣。



灵帝启封展阅，却也不胜叹息。曹节适立在后面，早已眈眈注视，只恨相距太远，一时看不清楚，又未便抢前明视，正在心中躁急；凑巧灵帝起座更衣，乃即趋近一瞧，已知大略，虽于自己无甚关碍，但据蔡邕劾奏诸人，统是自己同党，总不免暗里怀嫌；当下传告左右，遂将蔡邕表奏的内容，宣扬出去。咎在灵帝一人。邕与大鸿胪刘郃素不相平，叔父蔡质方为卫尉，又与将作大匠阳球有隙，球即中常侍程璜女夫。想系程璜的干女婿，否则璜为阉人，怎得有女？璜因邕章奏中，曾有程大人将为国患等语，恐他指及己身，不如先发制人，免被劾去；乃阴使人飞章发密，诬称蔡邕叔侄，屡将私事托郃，郃不肯相从，遂致邕怀怨望，谋害郃身。灵帝又为所迷，即令尚书向邕诘状，邕上书自讼道：

臣被召问，以大鸿胪刘郃，前为济阴太守，臣属吏张宛，休假百日，汉制吏休假百日，例当免职。郃为司隶，又托河内郡吏李奇，为州书佐，及营护故河南尹羊陟，侍御史胡母班，郃不为用，致怨之状，臣屏营怖悸，肝胆涂地，不知死命所在。窃自寻案，实属宛奇，不及陟班，小吏进退，无关大体；臣本与陟姻家，岂敢申助私党？如臣叔侄欲相伤陷，当明言台阁，具陈恨状；所缘内无寸事，而谤书外发，宜以臣对与郃参验。臣得以学问特蒙褒异，执事秘馆，操管御前，姓名貌状，微简圣心。今年七月，臣诣金商门，问以灾异，赍诏申旨，诱臣使言，臣实愚戆，唯识忠悫，出言忘躯，不顾后害；遂讥刺公卿，内及宠臣，实欲以上抒圣虑，救消灾异，为陛下建康宁之计。陛下不念忠臣直言，宜加掩蔽，诽谤猝至，便用疑怪，尽心之吏，岂得容哉？诏书每下百官，各上封事，欲以改政思谴，除凶致吉，而言者不蒙延纳之福，旋被陷破之祸，今皆杜口结舌，以臣为戒，谁敢为陛下尽忠孝乎？臣季父质连见拔擢，位在上列，臣被蒙恩渥，数见访逮；言事者因此欲陷臣父子，破臣门户，非复发纠奸伏，补益国家者也。臣年四十有六，孤特一身，得托名忠臣，死有余荣；恐陛下于此，不复闻至言矣！臣之愚戆，职当咎患，而前者所对，质不及闻。而衰老白首，横见引逮，随臣摧没，并入陷坑，诚冤诚痛！臣一入牢狱，当为楚毒所迫，促以饮章；饮，犹隐也，言原告姓名，无可对问。辞情何缘复问，死期垂至，冒昧自陈，愿身当辜戮，乞质不并坐，则身死之日，犹更生之年也。惟陛下加餐，为万姓自爱！

邕书虽似详明，可奈程璜在内反对，定要将邕加害，坚请灵帝收邕下狱，彻底查讯。灵帝本来糊涂，因即依议，邕遂被拘至洛阳狱中，连蔡质一并逮治。有司不敢忤旨，且受程璜暗中嘱托，锻炼成谳，奏称邕私怨废公，谋害大臣，罪坐大不敬，应该弃市；幸亏邕命不该绝，得着一个大救星，从中缓颊，
才得起死回生。这大救星不属公卿，却仍出自中常侍间，姓吕名强，表字汉盛，与程璜同为阉人，同作内官，偏生性与璜等不同，倒是一个清正公忠的好侍臣。鹤立鸡群，应加褒扬。他知蔡邕无罪，不忍坐视，便挺身出来，至灵帝前叩首保邕，力为诉冤；灵帝乃使强传诏，减邕死罪一等，受髡钳刑，充戍朔方，质亦坐徙，家属同科。将作大匠阳球得知此信，忙使刺客预伏要路，待邕出都就戍，将他刺死；哪知刺客颇感邕义，佯为受命，索给路费，至钱财到手，却一溜烟似的逃向他处，竟不返报。球候久不至，料知无成，再遣使人赍着金帛，追赂戍所监守官。监守官得了贿赂，反将详情告邕，教他戒备；因此邕与质等幸得生存。

偏宫闱中又起风波，帝后间且遭谗构，好好一位宋皇后，

并无什么大过，竟为逆阉王甫所谮，遽致身死家灭，说将起来，更觉令人发指。宋后不过中姿，且简言寡笑，未善趋承，因此正位以后，并不得宠，后宫妃妾，各思乘机夺嫡，互播蜚言，灵帝已不免怀疑；渤海王悝妃宋氏，系是宋后的姑母，悝被王甫陷害，夫妇同死，见前回。甫恐宋后报怨，趁机下手，约同大中大夫程阿，捏言宋后听信左道，咒诅皇上；再经妃嫔等从旁诬证，构成冤狱，遂由灵帝下诏废后，收还玺绶，徙居至暴室中，活活幽死，后父酆及兄弟等并皆被诛。后来宫内侍臣，怜后无辜，各出私囊，凑集钱物，收葬后尸及酆父子遗骸，归葬宋氏旧茔皋门亭。小子有诗叹道：

历朝废后总伤伦，况复谗言出寺人；
汉季外家多赤族，冤如宋氏最酸辛！



宋后枉死，王甫等权焰益张。当有一位公正的尚书上书进规，欲知尚书姓名，容至下回再详。

赵苞之弃母全城，后人多悯其全忠，而惜其昧义；夫君与亲一也，亲不可弃，犹之君不可忘，为赵苞计，不如退兵守城，徐为设法，或啗以重利，或佯为乞降，务使母得生还，然后再谋却敌；万一不能如愿，则为君弃母，亦为后人所共谅，奈何锐图杀贼，忍视老母之遽膏锋刃乎？故苞之失不在于昧义，而在于少智；设令智士处此，当不若是之冒昧进战也。蔡邕之屡谏不从，已可引去；乃尚徘徊于廊庙之间，致为奸人所陷害；微吕强，身家已夷灭矣，邕其亦有才无智欤？若曹节、程璜诸人，罪不容于死，何足责焉。

## 第五十九回　诛大憝酷吏除奸
## 受重赂妇翁嫁祸

却说涿人卢植，前曾献书窦武，劝令辞封让贤，武不能用，遂致枉死，见五十四回。嗣由朝廷征为博士，出拜九江卢江各郡太守，并有政绩，入补议郎，转为侍中，进授尚书。植身长八尺二寸，声如宏钟，少时与北海人郑玄并师事马融，博古通今，能识大义。融为明德皇后从侄，明德皇后，即明帝后马氏。家富才豪，不拘小节，居处服饰，好尚奢华，常在高堂中悬绛纱帐，前授生徒，后列女乐，弟子依次讲授，免不得纷心靡丽，窥及声色。独植受学数年，未尝转眄，却是难能。融以是另眼相看。及学成辞归，亦阖门教授生徒，秉性刚毅，有志济时，光和元年，已迁擢为尚书，见宋氏无辜遭祸，与各种秕政相寻，不由得触动热诚，因上陈八事，请即施行。语繁不及备录，由小子撮要如下：

一、用良，谓宜使州郡核举贤良，随方委用。二、原禁，谓历届党锢，多非其罪，应悉加赦宥。三、御疠，谓宋后家属，无罪横尸，致成疫疠，当一律妥埋，以安游魂。四、备寇，谓侯王之家，赋税减削，愁穷思乱，必致非常，宜使给足，以防未然。五、修体，应征有道之人，若郑玄诸徒，陈明洪范，禳解灾咎。六、尊尧，谓郡守刺史，一月数迁，宜依黜陟，以彰能否，纵不九载，可满三岁。尧帝时，九载考绩，故植以尊尧为条目，但当时三公屡易，不止郡守刺史，植言尚失之偏见。七、御下，谓请谒希荣诸敝习，概宜禁塞，迁举之事，责成主者。八、散利，谓天子之体，理无私积，宜弘大务，蠲略细微。

这八事陈将进去，灵帝竟无一采行；惟宋后家属，听令内侍收葬，不再过问。太尉张颢任职半年，无甚建树，且因天灾

迭见，把他免官，用太常陈球为太尉；又司空来艳病殁，进屯骑校尉袁逢为司空。逢即前司徒袁隗胞兄，承父袁汤遗荫，袭爵安国亭侯，灵帝入嗣，逢曾居官太仆，预议迎立，故尝增封三百户。隗先为司徒，逢继为司空，虽是世家显宦，实由中常侍袁赦推荐，故先后超迁。附阉宦以增荣，行谊可知。隐士袁闳，就是逢隗从子，常私语家人道："我先公福祚留贻，后世不能修德承家，乃好慕荣利，与乱世争权，恐不免为晋三郤了！"三郤，并为晋厉公所杀，事见《春秋左传》。为此居安思危，所以蛰居土室，久伏不出；遇有从父馈遗，一介不受，甚至母殁丁忧，亦未闻出室送葬，乡人目为狂生。哪知他无穷感慨，激成畸行，从前箕子佯狂，接舆避世，都操这种主意，看官幸勿视同怪物呢！回应五十六回。陈球夙怀忠直，做了两个月太尉，便被阉党排挤，借着日食为名，坐致策免，更任光禄大夫桥玄为太尉。玄

亦有重名，历任司徒、司空，均因朝廷昏乱，无力挽回，自劾求去。灵帝因他素孚物望，屡罢屡召，及升任太尉，就职月余，又复托病乞休，有诏赐假养疴；又逾两月，仍以衰病告辞，乃再起段颎为太尉；使玄食大中大夫禄俸，就医里舍。玄有十龄幼子，独游门外，猝有三盗持杖，把玄子执登门楼，向玄求货。玄不肯照给，遣使往报司隶校尉，促令捕盗。时将作大匠阳球调任司隶，接得玄报，忙率河南尹洛阳令等围守玄家，但恐盗杀玄子，未敢过迫。玄瞑目大呼道："奸人无状，玄岂为了一子性命，轻纵国贼么？"遂迫令进攻，阳球乃驱众入室，将要登楼，盗已将玄子杀死，然后下楼拼命，被众格毙。玄因上书奏请，凡天下有掳人勒赎等情，并当严捕治罪，不准以财货相赎，开张奸路。于是盗贼无从要挟，劫质罕闻，都下粗安。

偏灵帝因内帑未充，尝嫌桓帝不能作家，特想出一条敛钱的方法，就西园开张邸舍，卖官鬻爵，各有等差，二千石官阶，定价二千万；四百石官阶，定价四百万；如以才德应选，亦须照纳半价，或三分之一；令长等缺，随县好丑，定价多寡；富家先令入钱，贫士至赴任后，加倍输纳。明明是叫他剥民。这令一下，无论何种人物，但教有钱可买，便可平地升官，一班蝇营狗苟的鄙夫，乐得明目张胆，集资买缺；将来总好在百姓身上，取偿厚利。因此西园邸内，交易日旺，估客如林。好一座贸易场。灵帝见逐日得钱，盈千累万，自然喜欢。还有永乐宫中的董太后，嗜钱如命，闻得灵帝有这般好买卖，也即出来分肥，且令灵帝扩张生意，就是三公九卿，亦可出卖。灵帝却也遵教，不过少存顾忌，暗令左右私下贸易，公价出钱千万，卿价百万。约阅数月，内库充牣，永乐宫中，亦满堆金钱。灵帝大喜，召问侍中杨奇道："朕比桓帝何如？"奇系杨震曾孙，震长子牧孙。颇有祖风，承问即答道："陛下与桓帝，亦犹虞舜比德唐尧！"答得甚妙。灵帝作色道："卿真强项！不愧杨震子孙，他日死后，必复致大鸟了！"大鸟事，见前文。遂出奇为汝南太守，奇亦不愿在内，拜命即去。过了一年，即光和二年。春令大疫，遣中常侍等出施医药，接连是暮春地震，孟夏日食，灵帝专归咎大臣，策免司徒袁滂、司空袁逢，另任大鸿胪刘郃为司徒，太常张济为司空；惟太尉段颎独得内援，不致免官。

谁知天下事多出人料，往往求福得祸，乐极生悲。颎所恃惟王甫，甫恶贯满盈，伏法受诛，连颎也因此坐罪，一并送命。甫有养子二人，一名萌，曾为司隶校尉，转任永乐少府；一名吉，亦为沛相，平时皆贪暴不法，吉尤残酷，凡杀人皆磔尸车上，榜示大众，夏月腐烂，用绳穿骨，传示一郡，臭气熏途，远近俱为疾首。吉却靠甫声势，任至五年，杀人万计。阳球为将作大匠时，尝闻报发愤道："若阳球得为司隶，断不令此辈久生！"阳球亦酷吏之一，且陷害蔡邕，罪恶亦甚，惟为吉动愤，尚算秉公。已而果为司隶校尉，方拟举劾王甫父子，适甫使门生王彪，至京兆境内，估榷官财物七千余万，多受私赇，为京兆尹杨彪所发。彪系杨赐子。甫正休沐里舍，颎亦方以日食自劾，还府待命。阳球闻彪已上弹章，又乘甫颎等不在宫廷，当即入阙面陈，极言甫颎等种种罪状；灵帝也觉动怒，即命阳球查究此事。球受命出朝，立派全班吏役，先拿王甫、段颎，再拘甫养子永乐少府萌，并将沛相吉，一并逮至，收系洛阳狱中，亲加审讯，严词逼供。王甫等狡赖异常，怎肯招认？那阳球是著名酷吏，从前历任守令，理奸惩恶，动辄骈诛，至是积愤多时，怎肯轻轻放过？当下喝令左右，取出多少刑具，加在甫身，甫熬刑不住，甚至晕绝，良久始苏。萌仰首语球道：“我父子果当伏诛，也请顾念先后任使，稍为宽假，贷我老父！”萌前为司隶，故有此语。球拍案叱道：“尔等罪大恶极，死有余辜！尚欲论及先后，想我宽假么？”萌乃对骂道：“尔前事我父子，不啻奴仆；奴仆敢反侮主人，临厄相挤，恐尔亦将自及了！”无瑕者，乃可录人，球未能免疚，故遭此反詈。球怒上加怒，再令左右将萌拖倒，用泥塞口，棰楚交至，立即挞死；甫与吉亦同毙杖下，颎亦自杀。球令将甫尸露置夏城门，大书揭示道：“贼臣王甫。”一面籍没甫产，家属尽徙南方。

甫既伏辜，球尚欲劾去曹节等人，因敕中都官从事道：“且先去权贵大猾，然后议及余子。若公卿豪右如袁家儿辈，从事自能办理，何烦校尉费心？”既欲尽除宵小，不宜先自泄谋。这数语传达出去，权臣莫不震惧，连曹节也不敢出官。会冲帝母虞贵人病逝，发丧出葬。冲帝为虞美人所出，事见前文，惟加封贵人，系灵帝时事。百官送殡往还，曹节等亦曾在列。节见甫尸暴露，不禁洒泪道：“我辈可自相食，奈何使犬舐余汁哩？”说着，又嘱诸常侍勿留里舍，亟相引入殿，面白灵帝道：“阳球乃有名酷吏，不宜使作司隶，纵令毒虐！”灵帝点首，即命节传诏，徙阳球为卫尉。球方因虞贵人安葬，奉命祭陵，节托尚书令即日召球，促就卫尉职任。球闻召驰回，进见灵帝，叩首陈请道：“臣原无奇才，猥蒙陛下委为鹰犬，得诛王甫段颎诸奸，但尚是狐狸小丑，未足宣示天下。愿再假臣一月，必食豺狼鸱鸮，各使伏辜！”说至此，更叩头流血，但闻殿上呵声道：“卫尉敢抗诏不从么？”球尚不肯止，至呵叱再三，不得已受职拜谢，怏怏趋出。曹节等又不必避忌，横行如故，中常侍朱瑀，与节相类。郎中审忠不忍缄默，乃抗疏上奏道：

> 臣闻理国，得贤则安，失贤则危。故舜有臣五人，而天下治，汤举伊尹，不仁者远。陛下即位之初，未能亲揽万几，皇太后念在抚育，权时摄政，故中常侍苏康管霸，应时诛殄。太傅陈蕃，大将军窦武，考其党羽，志清朝政，朱瑀曹节等，知事觉露，祸及其身，遂兴造逆谋，作乱王室，撞蹋省闼，执夺玺绶，迫胁陛下，聚会群臣，离间骨肉母子之恩，遂诛蕃武及尹勋等。因共割裂城社，自相封赏，父子兄弟，备蒙尊荣，素所亲厚，布在州郡，或登九列，或据三司；不惟禄重位尊之贵，而苟营私门，多蓄财货，缮修第舍，连里竟巷。盗取御水，以作渔钓，车马服玩，拟于天家，群公卿士，杜口吞声，莫敢有言，州牧郡守，承顺风旨，故蛊蝗为之生，夷寇为之起。天意愤盈，积十余年。故频岁日食于上，地震于下，所以谴戒人

> 主，欲令觉悟。昔殷高宗以雊雉之变，获中兴之功；近者神祇启悟陛下，发赫斯之怒，诛及王甫父子，路人士女，莫不称善，若除父母之仇。诚怪陛下复忍孽臣之类，不悉殄灭。昔秦信赵高，以危其国，吴使刑人，身遘其祸；春秋时，吴子余祭，使阍守舟，为阍所弑。今以不忍之恩，赦夷族之罪，奸谋一成，悔亦何及？臣为郎十五年，皆耳目闻见，瑀等所为，诚皇天所不复赦；愿陛下留漏刻之听，裁省臣表，扫灭丑类，以答天怒，与瑀考验，有不如言，愿受汤镬之诛，虽妻子并徙，亦臣所甘之如饴者也！谨不胜翘切待命之至。

忠将此疏呈入，早已拚生待诏，不意似石沉大海一般，多日不见复报。还是大幸。中常侍吕强与曹节等志趣不同，由灵

帝封为都乡侯，强固辞不受，因闻审忠陈言不省，也续陈一疏道：

臣闻高祖立约，非功臣不侯，所以重天爵，明劝戒也。中常侍曹节等，品卑人贱，谗谄媚主，佞邪徼宠，有赵高之祸，未受轘裂之诛；陛下不悟，妄授茅土，开国承家，小人是用，又并及家人，重金兼紫，交结邪党，下比群佞，阴阳乖刺，稼穑荒芜，民用不康，罔不由兹。臣诚知封事已行，言之无及，所以冒死干触，进陈愚忠者，实愿陛下损改既谬，从此一止。

臣又闻后宫采女，数千余人，衣食之费，日数百金，近时谷虽贱，而户有饥色，案法当贵，而令更贱者，由赋发繁数，以解县官，寒不敢衣，饥不敢食。民有斯厄，而莫之恤，宫女无用，填积后庭，天下虽复尽力耕桑，犹不能供。昔楚女悲愁，西宫致灾；注见前。况终年积聚，岂无愁怨乎？又承诏书当于河间故国，起解渎之馆，陛下龙飞即位，虽从藩国，然处九天之高，岂宜有顾恋之意？且河间疏远，解渎邈绝，而欲劳民殚力，未见其便。又今外戚四姓之家，及中官公族无功德者，造起馆舍，约有万数，楼阁相接，丹青素垩，不可殚言，丧葬逾制，奢丽过礼，竟相仿效，莫肯矫正。《谷梁传》曰："财尽则怨，力尽则怼。"此之谓也。

又闻前召议郎蔡邕，对问于金商门，邕不敢怀道迷国，而切言极对，毁刺贵臣，讥呵宦竖，陛下不密其言，至令宣露，群邪膏唇拭舌，竞欲咀嚼，造作飞条，陛下同受诽谤，致邕刑罪，室家徙放，老幼流离，岂不负忠臣哉？今群臣皆以邕为戒，上畏不测之诛，下惧刺客之害，臣知朝廷不得复闻忠言矣。故太尉段颎，武勇冠世，习于边事，垂发服戎，功成皓首，历事二主，勋烈独昭，陛下既已式序，位登台司，而为司隶阳球所诬胁，一身既毙，而妻子远播，天下惆怅，功臣失望，宜征邕更加授任，反颎家属，则忠臣路开，众怨以弭矣！

灵帝得疏，仍然不省。前太尉陈球，方为永乐少府，志在除奸，特与司徒刘郃结交，秘密筹谋。郃兄儵尝为侍中，因与大将军窦武同党，连坐致死，郃为兄衔怨，故亦欲诛灭权阉，冀销宿恨。事未及发，球复致书劝郃道：

公出自宗室，位登台鼎，天下瞻望，社稷镇卫，岂得

雷同容容？无违而已！今曹节等放纵为害，而久在左右，又公兄侍中，受害节等，永乐太后所亲知也，今可表徙卫尉阳球为司隶校尉，以次收节等诛之，政出圣主，天下太平，可翘足而待也！

郃见球书，意亦相同，但恐节等势大，未敢遽决。会有尚书刘纳触忤宦官，被贬为步兵校尉，因闻郃欲报兄仇，特向郃进谒，谈及曹节等贻祸国家，不可不除。郃皱眉自叹道："我亦常作此想，只因宦竖耳目甚多，一或不慎，事尚未成，反恐受祸。"纳慨然道："公为国栋梁，危不持，颠不扶，焉用彼相？"焉，作何字解，本出《论语》。郃方答说道："承君勖我，敢不勉力？但君亦须为我臂助！"纳应声道："这却不待公嘱，纳已愿为效死了！"死期原是将至。郃忆陈球来书，拟使阳球复职，阳为诛奸

能手，理应先与说明，乃乘暇会球，表明情意；球本有此志，自然极口赞成。怎奈屏后有一小妻，在内悄立，已听得明明白白。这小妻正是中常侍程璜女儿，待球送客入内，方才回房，两人面色，都与常时不同，球本偏爱小妻，料已被窃听了去，不如和盘说出，叫她先报程璜，说明诛死节等，与璜无干；倘能相助，事后当共享富贵。计非不妙，惟与妇寺会商，多难成事。那小妻满口答应，即托词归宁，转告乃父。

程璜虽与曹节同党，但节等果死，内政可以自专，未始非利，乐得卖个情面，由他做去；因嘱女儿返报阳球，许守秘密。偏被曹节闻风，自去见璜，先说了一派兔死狐悲的话儿，感动璜心，再从袖中取出黄金，置诸几上，作为赠礼；随后复用虚词恫吓，说得程璜又惊又惧，又感又惭，不由的倾吐肺腑，竟将阳球所报的密谋，一一告知。女夫也不管了。节且邀同程璜及党与等入白灵帝，齐声奏请道："刘郃等常与藩国交通，声名狼藉，近又与步兵校尉刘纳，永乐少府陈球、卫尉阳球、私遗书疏，谋为不轨，若非从速捕治，旦夕必有祸变！臣等死不足惜，恐有碍圣躬，所以急切奏闻！"灵帝见他人多语合，谅非虚诬，不禁大发雷霆，命节等带领卫士，往拿刘郃、刘纳、陈球、阳球，四人无从抗辩，各束手受缚，同入狱中，眼见是棰楚交施，依次毕命。小子有诗叹道：

外言入阃本非宜，秘策如何嘱爱姬？
弄巧不成终一跌，杀身害友悔嫌迟！

过了一年，灵帝又要册立皇后了，欲知何人为后，待至下回报明。

汉季之中常侍，谁不曰可杀？惟庸主如桓灵，方信而用之。虽阉党亦有自相残灭之时，但与正士相抗，则一致同谋，曹节所谓我辈自相残食，不使犬得舐汁，即此意也。阳球之欲歼阉党，未始非志士所为，观其严鞫王甫父子，五毒交加，虽曰酷虐，而施诸凶竖，尚为相当之报应，不足为阳球责也。独球既嫉视权阉，乃纳程璜之女，列作宠姬，卒至机事不密，终为小妻所误，而轻丧生命，是宁非自作自受乎？且刘郃陈球诸人，亦横遭牵累，同时毕命，可慨孰甚？《传》有之，谋及妇人，宜其死也，璜女不欲害其夫，而其夫卒因此致毙，此女子小人所以不可与谋也夫！

# 第六十回　挟妖道黄巾作乱
# 毁贼营黑夜奏功

却说宋皇后被废后，忽忽间已过两年，尚未册立继后，六宫无主，当由内外臣工，一再申请，乞立继后，以宣阴化；灵帝乃立贵人何氏为皇后。后出身微贱，本是一个屠家女儿，父名真，家居南阳，营业积资，每思攀援权贵，博些微名，凑巧宫中招选采女，遂囊金出都，赂遗中官，得将女儿充选；也是这女应该大贵，生成一副花容玉貌，比众不同，身长七尺一寸，肌肤莹艳，骨肉婷匀。灵帝素来好色，瞧着这个美人儿，哪有不喜欢的道理？衾裯使抱，列作小星，几度春风，含苞结种，十月满足，生下一男，取名为辩。时后宫常生子不育，灵帝恐再蹈覆辙，特令乳媪抱辩出宫，寄养道人史子眇家，号曰史侯。名为皇帝，何亦做村妪思想？因即册何女为贵人，甚有宠幸，至是竟得立为皇后，征后兄进为侍中，嗣复追封后父真为车骑将军，兼舞阳侯，号后母兴为舞阳君。后性刚多忌，既得正位，尚恐他人夺宠，随时加防。

偏有赵国佳人王氏，为前五官中郎将王苞孙女，也得应选入宫，姿色与何后相同，才具比何后较胜，能书能算，应对尤长，灵帝又不肯放过，再令她入侍巾栉，好几次鸾颠凤倒，更种成欢叶爱苗，灵帝因她身怀六甲，晋号美人。汉制宫中妃媵，贵人以下为美人。何皇后略有所闻，侦察愈严，常图陷害；还是王美人生性聪敏，备豫不虞，有时进谒正宫，往往用帛束腰，不令大腹宣露。无如胎中儿日大一日，美人腹亦日胀一日，累得王氏朝夕不安，只恐隐瞒不住，当下购服堕胎药，饮将下去，满望胎得堕落，还可保全性命；哪知药竟无灵，胎终不动，夜间复得梦兆，屡次负日前行，心中暗想：莫非应生贵子，未便使堕？于是不再服药，听天由命，也是这个胎中儿该有三十年帝号，所以安居腹中，无论如何刺激，总得保存过去。好容易过了十月，不拆不劈，脱离母胎，侍女报知灵帝，灵帝自然心


欢，替他取下一名，是一协字。

协既产出，王美人身尚未健，须服药调治；那何后阴谋设计，密遣心腹内侍，赍着鸩毒，走至王美人宫内，觑隙置入药中，王美人虽然伶俐，究竟防不胜防，服毒以后，呜呼毕命！可怜。灵帝闻丧，亲往验视，看她四肢青黑，料是中毒，禁不住泪下潸潸；再经查究起来，察出何后下毒情由，顿时怒不可遏，即欲将何后废去。慌得何后又惊又惧，急忙贿嘱曹节张让等人，代为缓颊，竭力斡旋。果然钱可通神，奸能蒙主，曹节等从中吁请，得使何后位置仍然稳固，毫不动摇。惟灵帝预防一着，令将王美人所生子协，寄居永乐宫，请董太后留心抚养；董太后却一口应承，协始安然无恙，免遭暗算。灵帝尚悼亡心切，凭着生平才学，撰成《追德赋》、《令仪颂》两篇，词旨缠绵，如泣如诉。但身为天子，不能庇一妇人，终觉得乾纲失纽，薄幸贻

讥，虽有哀词，无从共谅；因此遗制失传，徒有篇名流播罢了。

惟灵帝不但好色，并且好游，特在洛阳宣平门外，筑起两座大花园，署名荜圭苑，分列东西，东荜圭苑，周一千五百步，西荜圭苑，周三千三百步；又在两苑旁增造灵昆苑，规制与两苑相同，苑中布置，备极繁华，小子也无暇细述。灵帝尚嫌不足，更在阿亭道筑造台观，高至四百尺，又特置园圃署，用宦官为令，再就后宫中设市列肆，使诸采女相率贩卖，由灵帝自作肆主，易服为商，握算持筹，估赢较绌。其实灵帝究非商人，怎知情伪？所有肆中货物，辄被诸采女窃去，甚至彼多此少，人有我无，弄得暗争明斗，吵闹不休，只瞒过灵帝一双眼睛。灵帝反自鸣得意，昼督诸女贸易，夕拥诸女酣宴，把朝政置诸不顾，一味儿纵乐寻欢。宫女以外，尚有一班阉人子弟，入官服役，玩弄狗马，灵帝俱赏赐爵禄，使著进贤冠带绶。进贤冠，系汉朝文官服饰。又往往用四驴驾车，由帝亲自执辔，驰驱苑中，京师互相仿效，驴价与马价相齐。有时郡国贡献方物，必令先输例钱，纳入中署，叫作导行费，一人聚敛，四海沸腾。中常侍吕强夙具忠诚，因上疏进规道：



天下之财，莫不生之阴阳，归之陛下，本无公私之别；而今尚书方敛诸郡之宝，中御府积天下之缯，西园引司农之藏，中厩聚太仆之马；而所输之府，辄有导行之财，调广民困，费多献少，奸吏因其利，百姓受其敝；又阿媚之臣，好献其私，容谄姑息，自此而进。旧典选举，委任三府，三府有选，参议掾属，咨其行状，度其器能，受试任用，责以成功，若无可察，然后付之尚书，尚书举劾，请下廷尉复按虚实，行其赏罚。今但任尚书，或复敕用，如是三公得免选举之负；尚书亦复不坐，责赏无归，岂肯空自苦劳乎？夫立言无显过之咎，明镜无见玼之尤，如恶立言以记过，则不当学也；不明镜之见玼，则不当照也。愿陛下详思臣言，不以记过见玼为责，则圣德懋而天下安矣！

灵帝沉迷不醒，怎肯听从？四府三公，又多凭宦官好恶，随势进退，还有什么公是公非？自从太尉段颎与司徒刘郃相继诛死，后任为刘宽、杨赐，两人皆负重望，足谐舆论；惟司空张济趋奉权阉，赃私狼籍。哪知宽与赐任职年余，并皆罢去，独张济居位如故，另用许馘为太尉，陈耽为司徒。馘品行贪鄙，不亚张济；惟陈耽尚有清操，不久免职，再起袁隗为司徒，三公并系阉人党与，浊乱可知。天变人异，历年不绝，日食星孛，河决山崩，最奇怪的是洛阳女子，生下一个婴儿，两头四臂，似人非人，为此种种妖异，遂引出无数妖人来了。

时钜鹿郡有张氏弟兄三人，长名角，次名宝，又次名梁。角读书不成，误入左道，自号大贤良师，诱惑愚民，设坛讲授，所谈一切，无非是假托黄老，以伪乱真。会值民间大疫，十病九危，角得乘间行私，查得几个医疫古方，剉合成药，用水煎汁，倾入瓶内，为人治病，病人踵门求药，他便将药水取出，假意烧符持咒，令病人跪拜坛前，然后给药与饮，有数人命不该死，饮下药水，果得病退身安，于是奉角为神，辗转称扬；每日至角处求医，多约百余人，少亦数十。角复自称为太平道人，另遣门徒周游四方，转相诱惑，大约过了十多年，凡青、徐、幽、冀、荆、扬、兖、豫八州人民，无不知有张大贤良师，交相倾慕，甚且弃卖财产，争赴张门，奔波跋涉，虽死不辞。因此十余年间，徒众多至数十万名。

郡县未识角意，反誉角善道教化，为民所归。独司徒杨赐引为深忧，尝与掾吏刘陶相语道：“张角等诳惑百姓，必为后患，现今势已蔓延，若即令州郡捕讨，恐反激成速变。我意欲饬刺史二千石，简别流人，各使归籍，待至邪党散去，贼目自孤，那时派吏往捕，不劳可获！卿以为此法善否？”果行是言，何至骚扰八方？陶应声道：“这正如孙子所云：‘不战屈人，’怎得谓非善策呢？”赐即将所拟计策，列入奏章，条陈上去，多日不见施用，赐乃因病乞休。刘陶更申前议，乞请照行，略言张角阴谋日甚，四方谣言，谓角等潜入京师，觇视朝政，欲图不轨，州郡互相忌讳，不欲上闻，宜亟下明诏，购捕角等，赏以国土，有敢回避，与贼同科。灵帝仍不以为意，将原疏留中不报。

角逍遥法外，私置三十六方，大方万余人，小方六七千，各立渠帅，位等将军；何不尽称道人？讹言苍天当死，黄天当立，岁在甲子，天下大吉。老天也有生死语，真奇怪。阴令徒党混入京中，夜用白土为书，自京城寺门以及大小官署，皆写成甲子二字。甲子岁次，就是灵帝光和第七年，大方贼帅马元义，先收荆扬无赖徒数万人，与张角约期起兵，自己辇运金帛，至京师贿通中常侍，约为内应。

中常侍曹节已死，赵忠、张让、夏恽、郭胜、段珪、宋典、孙璋、毕岚、栗嵩、高望、张恭、韩悝等十二人，皆得封侯，贵盛无比；又有封谞徐奉，亦得邀宠，但不及赵忠、张让的威权。灵帝尝谓张常侍是我父，赵常侍是我母，所以两人势焰直同皇帝。阉人可呼为父母，张角等应不愧为祖师。封谞徐奉虽是赵忠、张让的羽翼，但因势力不及两人，也未免阳奉阴违；既得马元义私赂，遂不顾灵帝恩眷，竟与他订定私约，愿为内援。元义大喜，立即报知张角，约期三月五日，内外并起。角有门徒唐周，独上书告变，于是遣吏密捕元义，一鼓擒住，就在洛阳市中，处以轘刑，且诏令三公司隶，查究宫省直卫及内外吏民，遇有与角交通，当即处死，诛杀至千余人；并敕冀州刺史，严拿张角兄弟。角等闻事已败露，星夜举兵，自称“天公将军”，号弟宝为“地公将军”，梁为“人公将军”，所有徒众，统令头上包裹黄巾，作为标记，因此时人呼为黄巾贼。角党三十六方，同时响应，燔烧官府，劫掠州郡，遂致烽火连天，中外俱震。

灵帝迭接警报，也觉得焦急起来，乃命何皇后兄进为大将军，加封慎侯，使率左右羽林兵五营，出屯都亭；复就函谷、太谷、广成、伊阙镮辕、旋门、孟津、小平津八关，派员扼守，赐名八关都尉，严遏黄巾。偏是贼势浩大，官军多望风披靡，莫敢争锋，警信传达京师，几乎一日数至；灵帝不得已大会群臣，共议讨贼方法。北地太守皇甫嵩，方述职还都，入朝与议，力请赦除党禁，并发中藏私钱，西园厩马，班赐军前，鼓励士心。这两事为灵帝所厌闻，但到此无可如何的时候，也



不便固执成见，因再询诸中常侍吕强。强乘势进言道：“党锢久积，人情怨愤，若再不赦宥，将与张角合谋，为患滋甚，后悔无及！今请先考核左右，诛贪惩浊，复大赦党人，察量二千石刺史能否拨乱致治，虽有盗贼，亦无虑不平了！”灵帝乃颁下赦书尽弛党禁，凡从前坐罪被徙诸徒，一体放还；独张角不赦。遂诏求列将子孙，大发天下精兵，使尚书卢植为北中郎将，督领北军五校士，往讨张角，再进皇甫嵩为左中郎将，谏议大夫朱俊为右中郎将，共发五校三河骑兵，并募壮丁四万余人，分讨颍川黄巾贼。

三将俱晓畅戎机，热心报国，一经简选，当即分道进兵；途次探悉盗贼诡谋，尚有勾通内侍消息，自然据实奏陈。封谞徐奉曾私交贼党马元义，元义诛死，两人慌忙得很，只恐谋泄并诛，因将所得金帛，转赠张让，求他代为转圜；让即为入白，

寥寥数语，便把封徐两人的逆谋刷洗净尽。阿父训令，为皇儿的应该服从。至三将奏报到京，灵帝复诘责诸常侍道："汝等常谓党人欲危社稷，概令禁锢，今党人且为国用，汝等反敢通贼，应斩与否，可令汝等自说！"诸常侍连忙跪下，叩头流涕道："这皆是王甫侯览等所为，臣等实未知情，乞陛下恩宥！"好一条推诿法。灵帝见他们哀求情状，又不禁心中怜惜，谕令起身；但将封谞徐奉两人，下狱治罪。诸常侍尚怀疑惧，陆续求退，各自诏还京外子弟，不令为吏。灵帝还要温语慰留，叫他安心守职。独吕强看不过去，劝灵帝速惩逆党，毋再养奸，灵帝才诛封谞徐奉，余皆不问。

赵忠、夏恽与封徐交谊颇深，遂共谮吕强，谓与党人共毁朝廷，屡读《霍光传》，志在废立，且强兄弟出为郡吏，并贪秽不法，应即究治。灵帝不察真伪，便令小黄门持剑召强。强不觉动怒道："我死，内乱不可复止！大夫欲尽忠国家，怎能坐对狱吏，枉受棰楚呢？"说着，便取过小黄门手中持剑，向颈一挥，流血毕命。死得可惜。小黄门见强已自杀，当即返报。赵忠等又进谗言道："强未知所问，便即自尽，显系情虚畏罪，惶急轻生！尚有强亲族留存，须再加明审，休使漏网！"灵帝因复收强亲属，没入财产。侍中向栩上书论事，讥刺阉党，又为张让所诬，说他与张角通谋，欲为内应，即收送黄门北寺狱，把他处死。郎中张钧，复上书指斥宦官，有云：



> 窃惟张角所以能兴兵作乱，万民所以乐附之者，其源皆由十常侍多放父兄子弟、婚亲宾客，典据州郡，辜榷财利，侵掠百姓；百姓之冤，无所告诉，故谋议不轨，聚为盗贼，宜斩十常侍，悬首南郊以谢百姓！又遣使者布告天

下，方可不烦师旅，而大寇自消矣。

灵帝得书，取示张让等人，叫他们自阅。又要断送张钧性命了。让等看毕，统吓得形色仓皇，各免冠徒跣，叩首谢罪，乞自诣洛阳诏狱，并出家财补助军饷。何不依他？灵帝又心怀不忍，谕令起着冠履，照常办事，且愤然道："钧真狂奴，难道十常侍中，竟无一善人么？"张让等始谢恩而退。钧却不管死活，申疏如前，益惹动权阉怒意，阴嘱御史构成钧罪，拘系狱中，指为学黄巾道，搒死杖下。前司徒杨赐复起拜太尉，代许馘后任，灵帝召赐入问，商及讨贼事宜，赐上言欲禁外寇，先黜内奸，明明是救时良策。偏灵帝心怀不悦，竟将赐免官，改用太仆邓威为太尉，并罢去司空张济，特遣大司农张温为司空；一面诏饬三中郎将，限期平贼。左中郎将皇甫嵩、右中郎将朱俊，各



统一军，驰赴颍川。俊与黄巾贼波才相遇，两下交锋，俊军败退；波才进攻皇甫嵩，嵩暂避贼锋，退保长社，凭城自固。

各处黄巾贼闻得官军败退，越加猖狂，南阳黄巾贼张蔓成，攻杀太守褚贡；汝南太守赵谦又被黄巾贼杀败；幽州刺史郭勋，及太守刘卫均为黄巾贼所杀。那颍川黄巾贼波才，复乘胜进围长社，皇甫嵩婴城拒守。部下兵不过数千，俯瞰城下贼众，约有数万，不由的相顾失色。嵩下令军中道："贼势虽盛，我自有计破他，汝等但能静守，听我号令，包管破贼！"军士闻知，稍稍安定，协力守城，波才攻扑数次，因城上矢石交下，不能得手。时当仲夏，天气溽暑，贼众多结草为营，罢战乘凉，嵩乃召语军吏道："兵有奇变，不在多寡，今贼众依草结营，正好用计破灭了！"军吏问是何计，嵩不慌不忙，说出一条火攻的计策，且嘱咐道："贼众借草自蔽，一遇火烧，必

致四延，延烧以后，还有不惊乱么？我若乘势出兵，四面绕击，定可大胜，灭贼建功，就在今夜哩！”军吏听着，齐称好计。嵩即令军士各束草炬，每人一扎，待至黄昏将静，俱执炬登城；可巧大风四起，天昏如墨，各军士用火爇炬，齐向贼营中抛去，草遇火燃，火随风炽，霎时间烟焰冲天，贼众大惊。嵩复使锐士开门出城，四逼贼营，再纵火大呼，声彻郊野，城上亦举燎相应，慌得贼众骇愕万分，不知所措；嵩又从城中鼓噪而出，麾动部兵，驰突贼阵，贼皆股栗，觅路乱奔。经嵩驱兵进击，杀得群贼尸横遍野，血落成渠。

转眼间已是天明，忽又有一彪军杀到，截住贼众去路，为首一员将弁，细目长须，仪容不俗。看官欲问他来历，乃是一位汉末枭雄，特奉朝命，来此杀贼。正是：

欲平贼党非难事，且看枭雄已出场。



欲知此人为谁，且待下回报明。

黄门用事，引出黄巾，以内贼召外贼，古今来衰乱之征，大都如是，何疑乎张角？角之所为，殆亦一篝火狐鸣之小智耳。封谞徐奉，与贼相应，灵帝既已察觉，应立申国宪，置诸死刑，顾必待诸内外之奏请，晚矣！且张让等日侍左右，亦有通贼之嫌，乃姑息勿诛，使之反噬正人；吕强为内侍中之忠且直者，而迫之使死，向栩、张钧皆以直言受戮，昏愦如此，天下宁有不乱乎？皇甫嵩用火攻计，燔烧贼众，此为兵法上之所易知者；但施诸乌合之贼，即此已足。波才小丑，原不足道，而张角之破灭，亦借此为先声之举，莫谓皇甫非良将才也！

## 第六十一回　曹操会师平贼党<br>朱俊用计下坚城

却说黄巾贼波才被中郎将皇甫嵩击败，觅路乱奔，途次又为官军所阻；为首将领，乃是骑都尉曹操。奸雄发轫。操字孟德，小名阿瞒，系沛国谯郡人，本姓夏侯氏，因父嵩为中常侍曹腾养子，故冒姓为曹；少时机警过人，长好游猎，放浪无度，不治生产。有叔父恨操无行，尝白诸曹嵩，嵩因即责操，操心中记着，偶与叔父相值，即翻身倒地，状若中风；叔父忙向嵩报明，嵩急往抚视，操已起立。嵩问操道："汝病已全愈否？"操答言无病，嵩复问道："汝叔谓汝中风，怎说无病？"操佯作惊疑道："儿并未中风，想系叔父恨儿，乃有是言！"父可欺，何人不可欺？嵩信以为真，遂听令放荡，不复过问。乡人见他斗鸡走狗，行同无赖，相率鄙夷，独梁人桥玄、曾为太尉。南阳人何颙不同俗见，视操为命世才，尝语操道："天下将乱，非人才不能济事，将来欲安天下。所赖惟君！"何颙亦言汉室将亡，惟操可安天下。未免高视阿瞒。操因此自负，常与两人往来。桥玄复嘱操道："君尚未有名，可交许子将，当得蜚声，幸勿自误!”操应命自去。

这许子将系许劭表字，劭为前司徒许训从子，籍隶汝南，具知人鉴，与从兄靖，俱负重名，凡乡里人物，一经评骘，往往垂为定论，他且性好褒贬，每月一更，故汝南人称他为月旦评。及操往见劭，劭正为郡功曹，延操入室，互谈世事，操却应对如流，惟劭随便酬酢，或吐或茹，累得操烦躁起来，禁不住质问道：“操奉桥公训诲，特来访君，君素善衡鉴，请看操为何如人?”劭微笑不答。已经瞧透。操愤然道：“见善即当称善，见恶即当言恶，奈何善恶不分，徒置诸不答呢?”劭为操所逼，方应声道：“汝系治世能臣，乱世奸雄!”确是至论。操毫不动怒，反大喜道：“君真可谓知己了!”操亦自认为奸雄。遂别劭还里。年二十，得举孝廉，进拜郎官，调任洛阳北部尉，甫入廨舍，即缮治四门，特设五色棒十余条，悬挂门首，一面张示立禁，如有违犯，不论贵贱，一体棒责；小黄门蹇硕方得灵帝宠眷，有叔父提刀夜行，适犯禁令，操饬左右将他拿住，用棒打死。嗣是豪贵敛迹，无人敢犯，操遂扬名中外，迁顿丘令，复受征为议郎。 

黄巾贼起，朝廷授操骑都尉，使率军士数千人，往助皇甫嵩、朱俊，讨颍川贼。操引兵驰抵长社，正值贼众败走，乐得乘贼危急，截杀一阵，贼众心慌意乱，哪里还敢对敌?但得冲开死路，连忙抱头窜去，操挥兵杀贼多人，夺得旗鼓马匹，不可胜计。待至残贼尽遁，皇甫嵩亦领兵赶到，与操相会，自然欢洽，当下合兵追贼，长驱直进，朱俊亦到来会师，三路兵联成大队，逐贼出境；波才等收众再战，复为官军所败，击毙至数万人，颍川乃平。皇甫嵩上表告捷，有诏封嵩为都乡侯，嵩益加感奋，邀同朱俊、曹操，进讨汝南陈国诸贼；贼目波才方逃至阳翟，打家劫舍，抢夺民粮，一闻嵩等又到，慌忙集众对敌，已是不及，嵩、俊、操三面兜拿，得将残贼剿灭净尽，波才无路可奔，眼见是妻子就戮了。幺么小丑，有什么好结果？嵩等再驰抵西华，适有贼目彭脱在该地猖獗害民，未曾经过大敌，冒冒失失，来与嵩等接仗，交战至一二时，已被嵩等捣破阵势，纷纷溃散，嵩下令招降，贼多匍匐乞命，彭脱见不可支，夺路遁去；汝南陈国诸贼众，俱至嵩营投诚，两郡又平。嵩上书白状，将首功让诸朱俊，并言操亦杀贼有功，这是皇甫嵩好处。朝廷加封俊为西乡侯，赐号“镇贼中郎将”，迁操为济南相；复令嵩讨东郡，俊讨南阳，操赴济南任事，于是三人受诏，分途告别。

是时北中郎将卢植连破张角，斩获至万余人，角走保广宗，由植追至城下，筑围凿堑，造作云梯，正拟誓众登城，为歼贼计；不意都中来了小黄门左丰，赍着诏书，来视植军，植瞧他不起，勉强迎入，淡淡的酬应一番，丰含有怒意，匆匆辞行，

或劝植厚送赆仪，植摇首不答，听令还都。丰星夜驰归，入白灵帝道：“广宗贼容易破灭，可惜卢中郎固垒息军，连日不动，臣看他是要留待天诛了！”灵帝听了，不禁怒起，立派朝使带着槛车，拘植入都，另调河东太守董卓为东中郎将，代植后任。

说起这个董卓，本是陇西郡临洮县人，表字叫作仲颖，素性粗猛，兼有膂力，平时能带着两鞬，左右驰射。鞬即弓袋。陇西一带，羌胡杂居，卓尝往来寨下，交结羌豪，羌豪见卓多力，并皆畏服，桓帝末年，曾入为羽林郎，从中郎将张奂征羌，得为军司马，转战有功，见前文。迁拜郎中，赐缣九千匹。卓慨然道：“我得叙功，全靠军士。”乃将缣分赏军士，一无所私。后来如何专欲自恣？嗣出任并州刺史，转为河东太守，至是奉诏为东中郎将，持节至广宗军营。军中因卢植被拘，心怀不服，再加卓颐指气使，满面骄倨，越使军心生贰，不愿效劳；张角却从

城中突出，来攻董卓，卓麾兵与战，兵皆退走，卓亦禁遏不住，只好返奔；却被张角追至下曲阳，夺去许多辎重，满载还城，留弟张宝屯守，与卓相拒。卓自知不敌，没奈何上表乞师。

灵帝严旨谴卓，勒令罢职，特遣皇甫嵩进兵讨角。嵩正进剿东郡，生擒黄巾贼卜己，斩首七千余级，荡平郡境，既接朝廷诏命，移讨张角，便兼程驰诣广宗。角得了重病，不能起床，既善符水，何不自医？但遣季弟梁出城迎战。梁部下多系剧贼，且新得战胜，气焰甚张，嵩军虽亦精锐，但两下里旗鼓相当，接战多时，兀自不分胜负；嵩鸣金收军，退至十里外下寨，闭营休士，静觇贼变。翌日令谍骑往探，见城外贼营如昨，惟众心惶惶，似有大故，仔细侦查，才知张角已死。当即向嵩报知，嵩喜出望外，传令军士，三更造饭，五更攻贼，军士依令部署，待至鸡鸣，一拥齐出，由嵩亲自督领，直抵贼阵；贼未肯让步，出营厮杀，约莫战到午后，贼党渐渐疲乏，阵势少 575.
乱，嵩急鸣战鼓，驱兵向前，兵士各猛力齐进，冲破贼阵，东斫西剁，滚落许多贼头。贼众骇奔，张梁也欲逃回，偏被官军杀至，不及回马，拼着死命，左右遮拦，百忙中一着失手，已为官军搠倒，从马上跌落马下，已经死去，再经兵刃交加，立成糜烂；只首级由快手割去尚是完全无缺，向嵩报功。

嵩见张梁已死，乘势抢城，城中贼夺门出走，又由嵩分兵追杀，赶至河滨，贼忙不择路，齐投河中，河水方涨，湮没了好几万人，嵩得入广宗；见署中摆着棺木，料是张角尸骸，即令破棺戮尸，传首京师；惟角弟宝尚驻守下曲阳，未曾伏诛，乃复邀同钜鹿太守郭典往击张宝，连战连捷，阵斩宝首，余贼多降，差不多有十余万众。事见《皇甫嵩传》。罗氏《三国演义》谓宝由贼党严政所杀，不知何据？三张并了，贼渠已歼，功首应推皇甫嵩，当由灵帝论功行赏，进嵩为左车骑将军，领冀州牧，封槐里侯。嵩请减免冀州一年田租，暂苏民困，有诏依议。百姓为嵩作歌道："天下大乱兮市为墟，母不保子兮妻失夫，赖得皇甫兮复安居。"嵩在军中，善能抚循士卒，故甚得众心；及治理民政，恩威兼济，莫不畏怀。独有一前信都令阎忠，挟策干时，劝嵩入清君侧，创建奇功，大略说是：

> 昔韩信不忍一餐之遇，而弃三分之业，利剑已扬其喉，方发悔恨之叹者，机失而谋乖也。今主上势弱于刘项，将军权重于淮阴，指挠足以振风云，叱咤可以兴雷电，赫然奋发，因危抵颓；崇恩以绥先附，振武以临后服；征冀方之士，动七州之众，羽檄先驰于前，大军响振于后，蹈流漳河，饮马孟津，诛阉宦之罪，除群凶之积，虽僮儿可使奋拳以致力，女子可使褰裳以用命，况厉熊罴之卒，因迅风之势哉？功业已就，天下已顺，然后请呼上帝，示以天命，混齐六合，南面称制，移宝器于将兴，推亡汉于已堕，实神机之至会，风发之良时也。夫既朽不雕，衰世难佐，若欲辅难佐之朝，雕朽败之木，是犹逆坂走丸，迎风纵棹，岂云易哉？且今竖宦群居，同恶如市，上命不行，权归近习，昏主之下，难以久居，不赏之功，谗人侧目，如不早图，后悔无及矣！议虽不经，却是奇论。



嵩见了这种议论，未敢遽从，因召忠面语道："嵩实庸才，不足与语此举，且人未忘主，天不祐逆；若妄想大功，转致速祸，不如委忠本朝，谨守臣节，就使遭谗，也不过放废而止；死有令名，犹且不朽。如君所言，乃系反常，嵩不敢闻命！"嵩犹足为社稷臣，非操卓所得比。忠见计议不用，因即亡去。后来梁州贼王国等劫忠为主，号为车骑将军，忠感恚致疾，竟致毕命；这且搁过不提。

且说镇贼中郎将朱俊，往略南阳，南阳黄巾贼张曼成屯众宛下，约百余日，为南阳新任太守秦颉击毙。贼党更推赵弘为帅，余焰复盛，攻陷宛城，有众十数万。朱俊到了南阳，与太守秦颉，及荆州刺史徐璆，合兵万八千人，围攻赵弘，两月不下。廷臣闻俊日久无功，奏请征俊问罪，司空张温进谏道："古时秦用白起，燕任乐毅，并皆旷年历岁，方得克敌；中郎将朱俊，前讨颍川，已著功效，今引师南指，必有方略，将来自足平贼，臣闻临军易将，兵家所忌，何若宽假时日，责令成功？"灵帝乃止，但传诏军前，促令急攻。俊慷慨誓师，定期歼贼；可巧赵弘领众出城，前来劫营，被俊军一鼓杀出，并力上前，将弘刺死。余贼逃回城中，又推了一个贼目，叫作韩忠，婴城固守；俊探得城中贼党，尚有数万，自恐兵少难敌，乃张围结垒，特筑土山，高出城头，俯瞰城内动静。俊登高凝视，沉吟良久，忽得了一条奇计，便返入垒中，擂鼓发兵，使攻城西南隅，贼帅韩忠忙率众守御西南，俊却悄悄的带领亲兵，约有四五千人，绕至东北，架梯命攻，佐军司马孙坚，奋勇先登，引兵入城；韩忠闻东北失守，吓得魂驰魄散，忙弃去西南隅，退保内城，遣人乞降。徐璆、秦颉及俊部下司马张超，俱欲收降息兵，俊独不许，且表明意见道："行军要诀，须察时宜，往往有形同势异，不可拘执。从前秦项纷争，民无定主，故高祖尝纳降赏附，劝示群雄；今海内一统，惟黄巾贼胆敢造反，若乞降即纳，如何劝善？贼急乃请降，绥复图变，纵敌长寇，终非良策，不若讨平为是！"说着，即将贼使叱去，更督兵力攻内城。

贼众料无生路，冒死抵拒，无懈可乘。俊再登土山，默视城中，司马张超随侍在侧，俊回顾张超道："我已想得破城的方法了：贼因外围周匝，内城逼急，乞降不受，欲出不得，没奈何与我死战；试想万人一心，尚不可当，况多至数万呢？我意在暂时撤围，纵敌出城，贼既得出，必无心恋战，势散心离，方容易破灭了！"俊颇知兵法。张超听了，很是赞成，当下传令撤围，退出外城。贼帅韩忠不知是计，还道俊军有变，因此退去，于是号召贼众，倾城出追，俊且战且行，诱忠离城十余里，然后翻身杀转，与贼鏖斗，且更分兵抄出贼后，断贼归路。韩忠正在厮杀，回望后面亦有官军旗帜，才知中了俊计，急忙拍马退回，偏俊军不肯放松，步步紧逼，无法脱身；后面的官兵也来夹攻，害得腹背受敌，进退两难，不得已横冲出去，觅路逃生。怎奈贼势愈蹙，官军愈张，待至有路可奔，已是遍地贼尸，

惨不忍睹；有一大半弃去韩忠，各走各路，忠只好落荒狂窜，飞马乱逃。约走了数十里，身已疲困，马亦劳乏，手下不过数百骑，正拟下马休息，不意官军从后追到，一霎时围裹拢来，四面八方，都是黑森森的旌旗，亮晃晃的刀械，就使韩忠背上生翼，也是无从飞去，眼见得存亡呼吸，命在须臾。

忠尚想求生，凄声乞降。当有军吏报知朱俊，俊许令投诚，解围一面，放出忠马；忠至俊前叩首悔过，俊还恐忠有狡谋，令左右将他缚住，牵至城下。城内已虚若无人，任令官军进去，忠亦随入，甫过城闉，突有一将兜头拦住，手起剑落，把忠劈作两段。看官道是何人杀忠？原来是南阳太守秦颉，颉恨忠前次固守，多费兵力，所以不从俊令，将忠杀死；无故杀降，亦属非理。俊未免叹息，但因颉从征有功，不便发作，只好含忍过去。

哪知溃贼多闻风生疑，仍然啸聚，再拥孙夏为头目，还屯宛境，要想夺回城池。俊接得探报，趁着贼心未固，急引兵往

攻孙夏；夏复败走，窜入西鄂城南的精山中，俊未敢轻纵，追蹑贼踪，穷搜山谷，斩首至万余级，贼乃骇散，不复成群，宛城始安。俊一再奏捷，受封右车骑将军，振旅班师。先是护军司马傅燮随嵩、俊等出讨黄巾，尝在营中抒发谠论，上陈阙廷，及转战南北，屡歼贼渠，积功甚多，应加懋赏；偏中常侍赵忠嫉燮直言，从中谗毁，不但掩没燮功，还要将燮治罪，幸灵帝尚有微明，回忆燮奏牍中，曾有预言，因此不欲罪燮，模糊过去；但如傅燮的汗马功劳，却已搁过一旁，也不复提及了。小子有诗叹道：

> 国家赏罚有明经，宵小谗言怎可听？
> 功罪不分昏愦甚，从知灵帝本无灵！

欲知傅燮所陈何词，容至下回补叙。



黄巾之平，皇甫嵩为首功，朱俊其次焉者也。曹操虽奉命出讨，往助嵩、俊，但不过因人成事，略有微劳，而本回标目，特举操名者，殆因操之发迹，实始于此；他日之挟天子，令诸侯，为三国时代之第一奸雄，不得不大书特书，预为揭示耳，非真主宾倒置也。朱俊与皇甫嵩齐名，而谋略不及皇甫嵩，颍川之役，微皇甫嵩，俊且一蹶不振矣；若汝南陈国之平贼，亦赖嵩为主帅，而俊得分功，至移讨宛城，两月不下，必待朝廷之督促，方苦心焦思，用谋破贼，然亦幸遇赵弘、韩忠之犷悍无谋，乃得为俊所算耳。惟罗氏《三国演义》，演写张角等种种妖术，且将刘关张三人，亦夹入嵩俊二军中，语多臆造，不足为据；本回概不阑入，所以存其真也。

## 第六十二回　起义兵三雄同杀贼<br>拜长史群寇识尊贤

却说护军司马傅燮，系北地灵州人氏，本字幼起，嗣慕南容三复白圭，南容春秋时鲁人，事见《鲁论》。乃改字南容。身长八尺，仪表过人，郡将举燮为孝廉，因得出仕；后闻郡将丁忧，也弃官行服，借报知遇；及为护军司马，独谓国家大患，不在贼寇，实在阉人，所以从军出征，尚在营中拜表道：

臣闻天下之祸，不由于外，皆兴于内；是故虞舜升朝，先除四凶，然后用十六相，明恶人不去，则善人无由进也。今张角起于赵魏，黄巾乱于六州，此皆衅发萧墙，而祸延四海也。臣受戎任，奉辞伐罪，始到颍川，战无不克，黄巾虽盛，不足为庙堂忧也。臣之所惧，在于治水不自其源，末流弥增其广耳。陛下仁德宽容，多所不忍，故阉竖弄权，忠臣不进，诚使张角枭夷，黄巾变服，臣之所忧，甫益深耳。是扼要语。何者？夫邪正之人，不宜共国，亦犹冰炭不可同器；彼知正人之功显，而危亡之兆见，皆将巧词饰说，共长虚伪。夫孝子疑于屡至，市虎成于三夫，若不详察真伪，忠臣将复有杜邮之戮矣。秦白起死于杜邮亭。陛下宜思虞舜四罪之举，速行谗佞放殛之诛，则善人思进，奸凶自息。臣闻忠臣之事君，犹孝子之事父也，子之事父，焉得不尽其情？使臣身备铁钺之戮。陛下稍用其言，国之福也。

自燮有此奏，方得感动灵帝，幸免谴罚，惟有功不封，只命为安定都尉。还有豫州刺史王允，与讨黄巾，搜得贼中文件，有中常侍张让宾客私书。允将原书奏报，灵帝召让诘责，让叩头陈谢，且言："书从外来，安知非诈，不能作为确证"云云。说得灵帝也起疑心，竟被他花言巧语，瞒骗过去。让既得免罪，索性诬允欺君罔上，应该逮治，灵帝竟偏信让言，逮允下狱。及朱俊班师回朝，授为光禄大夫，宫廷内外，庆贺贼平，灵帝不胜喜慰，诏改光和七年为中平元年。时将岁暮，还要改元，真是多此一举。惟颁出一道赦文，却便宜了好几个罪犯：王允亦遇赦得释，就是前北中郎将卢植，囚解进京，减死一等，也因此释放出狱，还复自由。回应前回，笔不渗漏。再经皇甫嵩上书举植，盛称植行师方略，乃复起植为尚书。

植有一个高足弟子，与植同郡，乘乱起兵，出讨黄巾余孽，立了一些功劳，由校尉邹靖登名荐牍，使列仕版，就职安喜县尉。这人为谁？乃汉景帝子中山靖王刘胜裔孙，名备字玄德。特笔提出，表明汉裔。胜子贞尝封涿县陆城亭侯，因酎金欠佳，坐谴革爵，汉武时宗庙祭祀，命宗藩献金，号为酎金，酎金不佳，例当夺封。贞遂留居涿县，好几传生出刘备。备祖雄与父弘，世为郡县吏，弘早病逝，单剩下妻子二人，家乏遗资，寡妇孤儿，形影相吊，不得已贩履织席，权作生涯。住宅东南角上，有大桑树，高约五丈余，浓荫满地，好似车盖一般，往来行人，互相诧异，里民李定颇知相法，谓此家必出贵人。备幼时尝与村儿共戏树下，指树与语道："我将来当乘此羽葆盖车。"少成若天性。叔父刘子敬闻言相戒道："汝勿妄语，恐灭我门！"何胆小乃尔？备乃不复言。年至十五，母使游学，因与同宗刘德然、辽西公孙瓒，俱往拜卢植为师。德然父元起，独怜备家贫，出资赒给。元起妻劝阻道："我与彼各自一家，为何不惜钱财，时常给与。"不脱村妇心性。元起叹道："我同宗中有此佳儿，定非凡器，奈何不分财济贫呢？"

既而备年力渐强，身体日壮，长至七尺五寸，耳大垂肩，手垂过膝，目能自顾两耳，性喜狗马，又爱音乐；惟与人相接，宽厚和平，语言不烦，喜怒不形，豪侠少年，往往乐与交游，备亦好士不倦，休休有容。当时有两大壮士，同至备家，得备欢迎，遂结为生死交，始终不渝。一个是河东解县人，姓关名羽，初字长生，改字云长，朱颜赭面，凤眼蚕眉，美须髯，擅膂力，在本县杀死土豪，逃难亡命，奔至涿郡，适与刘备相遇，谈论甚欢，遂成至友；一个是世居涿郡，姓张名飞，表字翼德，《三国志》作益德。豹头环眼，燕颔虎须，平素粗豪使酒，直遂径行，独见了刘备关羽，却是沆瀣相投，格外莫逆。莫非前缘。相传三人尝结义桃园，誓为异姓兄弟，不愿同日生，只愿同日死。备年最长，次为关羽，又次为张飞，依序定称，不啻骨肉，食同席，寝同床，出入必偕，不离左右。

会闻黄巾贼起，意欲仗义起兵，为国讨贼，只苦粮草马匹，无从筹办；三个异姓弟兄，单靠着六条臂膀，如何成事？

正愁虑间，凑巧有豪贩两人，引着伙伴，驱马前来，刘备眼快心灵，即向两人问讯，彼此互答，才知两人是中山大商，贩马为业，一叫张世平，一叫苏双。当由备延入庄中，置酒相饷，殷勤款待，两人申说沿途多贼，不便贩卖，所以奔投僻处，为避寇计；备即与语道：“我正欲纠集义徒，前往杀贼，可惜手无寸铁，无财无马，甚费踌躇。”两人便同声接入道：“这有何难？我等当量力相助便了！”少顷饮毕，即取出白金数百两，良马数十匹，慨然持赠。也是侠客。备乐得领受，谢别二客，就招集乡勇，铸造兵械。备自制双股剑，关羽制青龙偃月刀，张飞制丈八蛇矛，各置全身盔甲，配好马匹，领着徒众，往投校尉邹靖。靖见三人气宇轩昂，不禁起敬，因即留居麾下，待至黄巾入境，便率三人同去截击。云长的宝刀，翼德的利矛，初发新硎，连毙剧贼，就是刘玄德的双剑，也得诛寇数人，发了一回大利市。句法新颖。邹靖得了三雄，立将黄巾贼驱出境外，上书奏闻，不没备功；朝廷因备起自布衣，只予薄赏，但命备为安喜县尉。

备奉命就职，辞了邹靖，带着关张二人，同诣安喜。约有数月，忽由都中颁下诏书，凡有军功得为长吏，当一律汰去。备也为惊心，转思县尉一职，官卑秩微，去留听便，何妨静候上命。又过了好几日，闻郡守遣到督邮，已入馆舍，县令忙去迎谒，备亦不得不前往伺候；哪知督邮高自位置，只许县令进见，不准县尉随入，备只得忍气退回。翌日又整肃衣冠，至馆门前投刺求谒，待了多时，才有一人出报，说是督邮抱病，不愿见客。备明知督邮藐视县尉，托词拒见，一时又不便发怒，勉强耐着性子，懊怅回来。关张两人见备两次空跑，问明情由，禁不住愤急起来。张飞更性烈如火，便欲至馆舍中抓出督邮，向他权借头颅，刘备一再禁阻，飞阳为顺从，觑得一个空隙，竟抢步趋出，与督邮算账去了。俄而备查及张飞，不见形影，料他必去闯祸，慌忙带着关羽等人，驰往督邮馆舍；将至门前，已听得一片喧闹，声声骂着害民贼。老张声音，初次演写。备急走数十步，才见督邮被张飞揪住，且骂且打，放开巨掌，在督邮头上乱捶，当即高声喝住。

督邮又痛又愤，已是神志昏迷，及闻备喝阻声音，方将灵魂儿收转躯壳，喘息一番，复要拉着架子，向备叱问道："这……这个野奴！乃是由汝差来么？"备尚未及答，督邮又说道："我奉命到此，正要黜逐汝等狂夫，汝却目无尊长，反且差人打我，敢当何罪？"这数语激动备怒，也不禁接口道："我也奉府君密教，特来拿汝！"此君也要使诈了。张飞在旁，闻备亦这般说法，胆气又壮，仍将督邮一把抓去，遥望左近有一系马桩，



便牵过督邮，攀落马桩旁边的柳条，当作绳索，将督邮缚住桩上，再用柳条为鞭，尽力扑打，差不多有一二百下。快人快事。备又上前阻住张飞。飞大嚷道："兄长积功甚大，只得了一个小小官儿，不做便罢，我今杀死这贼！却为民间除一污吏，有何不可？"说至此，竟回取佩刀，要将督邮结果性命。吓得督邮浑身发抖，不能不改口哀求道："玄德公恕我无知，乞饶性命！"何前倨而后恭？备方转怒为笑道："汝早知如此，我等自然好好伺候，何必受此一顿痛打哩？"说至此，便取出印绶，系督邮颈上，且与语道："烦汝交还印绶，我也不愿在此为官，当与汝长辞了！"言已即回。张飞正取刀来杀督邮，当由备将他拦转，共返署中，草草收拾行装，飘然引去。那督邮手下，非无从卒，但看了张飞虎威，统皆自顾性命，不敢向前；等到张飞已经去远，才敢走至树旁，解放督邮，督邮满身疼痛，由从卒扶至馆舍，医治

了好几日，方得少痊，还报郡守。郡守详申省府，遣人捕拿，刘关张三人早已远扬他方，无从拘获了。《三国志·刘先主纪》谓先主入缚督邮，杖二百，罗氏《演义》属诸张飞，较为合理，姑从之。

且说中平二年二月，南宫云台忽然失火，毁去灵台乐成等殿，延及北阙，复向西燃烧，如章德殿和欢殿等尽被毁去，宫中宿卫竭力抢救，四面沃水偏似火上添油，越浇越猛；等到火势渐息，已是大半乌焦，所有龙台凤阁，尽变做瓦砾荒场，残焰熊熊，尚是不绝，半月后始火尽烟消。灵帝不知修省，仍拟兴工再筑，规复原状，可奈国库告罄，一时腾不出这般巨款，未免忧劳；中常侍张让赵忠为帝设法，请加征天下田赋，每亩十钱，积少成多，已足修复宫室，更铸铜人。灵帝当即依议，颁诏郡国，按亩加征。乐安太守陆康上疏谏阻，略言春秋时代，鲁宣税亩，即生蝝灾；哀公增赋，孔子以为非理，怎可聚夺民物，妄兴土木，违弃圣训，自蹈危亡？这数语原是激切，与张让、赵忠等大相反对。让与忠即谮康谤毁圣明，等诸亡国，应以大不敬论罪。有诏用槛车征康，囚诣廷尉；还亏侍御史刘岱力为解免，方得贷罪归田。于是诏发州郡材木文石，令内侍督工监造，内侍贪得无厌，往往向州郡索赂，稍不如意，便说他材木文石，不能合用，强令折价贱卖，另行购办；至第二次解到都下，又不肯即受，终致材料朽腐，宫室连年不成。又遣西园驺从，分道四出，督促州郡。州郡官吏欲免罪谴，不得不贿托朝使，乞为转圜，一面却克剥百姓，私加赋税，作为挹注；暗地里还想中饱若干。



看官试想，百姓已困苦不堪，那上供朝廷的款项，实行报解，十成中不过四五成。朝廷尚嫌不足，令牧守荐举茂才孝廉，俱当责助修宫钱；甚至简放官吏，亦必使先到西园，议定缴价，然后得赴任供职。新简钜鹿太守司马直素有清名，西园允许减价，但尚索钱三百万，直怅然道：“为民父母，顾可剥夺人民，上应时求，这却非我所忍为呢！”遂辞疾不行，迭经朝廷催迫，没奈何单车就道。到了孟津，复上书极谏时弊，并致书家人，与他永诀，竟服药自杀。衰乱时代，原是速死为幸。灵帝得直遗疏，稍稍感动，乃暂罢修宫钱，惟大小官吏，仍须纳资西园，方得到任。司徒袁隗因事免官，继任为廷尉崔烈。烈本冀州名士，至是因宫中傅母程夫人，纳钱五百万，才得超迁，但名誉因此骤衰。灵帝尚嫌价值太廉，顾语左右道：“悔不少靳诏命，若昂价求沽，定可得千万钱！”亏他说出。程夫人从旁应声道：“崔公名士，怎肯买官？赖我设法张罗，方能得此，难道尚嫌不足么？”灵帝听了，也不加责，一笑作罢。市侩家也不应如此，堂堂帝室，乃有这般笑话，真是古今罕闻。

586. 惟是朝政日非，吏民交怨，免不得流为盗贼，一倡百和，所在横行，盗目各有绰号，不可殚述，大约声如雷震，便号为雷公；骑坐白马，便号为白骑；多须号为氏根，或号髭丈八；大眼就号作大目；他如“浮云”“白雀”“杨凤”“眭固”“苦蝤”等名目，各有所因，传为绰号；大群约二三万，小群亦六七千。常山贼褚燕，轻勇趋捷，贼党呼为飞燕，互相惮服，陆续趋附，依黑山为巢穴，愈聚愈众，多至百万人，时号黑山贼。河北郡县无不受害，朝廷不能讨，遣使饵以官爵，诱令投诚；褚燕乃上表乞降，诏授燕为平难中郎将，使领河北诸山谷事。燕虽尝拜命，仍旧纵众殃民，未肯帖然就范，朝廷也无可如何，得过且过，置作缓图。惟陇西一带，驻守非人，湟中杂胡，乘势图变，推胡人北宫伯玉为将军，勾结先零羌种，与枹罕河关诸盗一同作乱。金城人边章韩遂素有胆略，著名西州，群盗劫入寨中，使主军政，攻掠州郡，戕杀金城太守陈懿及护羌校尉伶征。陇右刺史左昌拥兵不救，长史盖勋极言力谏，反触动昌怒，但给勋数百人，使他出屯河阳，抵御贼锋；更派从事辛曾孔常与勋同往，阳为助守，阴实监制，意欲伺勋偾绩，然后加罪。

哪知勋素孚物望，连盗贼都不敢相侵。边章等绕出河阳，竟至冀城攻昌。昌忙使人移檄，召还辛曾孔常盖勋。曾等疑不肯赴，勋怒说道："古时庄贾后期，穰苴奋剑，本列国时齐国故事。公等不过位居从事，难道还比古时监军权力更重么？"庄贾曾为齐监军，故勋言若是。曾等闻言知惧，乃与勋还兵救昌。勋至城下，见边章指挥群盗，猖獗异常，因高声呼章道："汝本望重西州，奈何反联合寇贼，违叛朝廷？"章答说道："左使君若早从君言，发兵临我，庶可自改，今负罪已重，势难再降，计惟退避三舍，权谢高贤！"说罢，即引军撤围，扬长自去。既而左昌玩寇坐罪，革职去官；后任刺史，叫作宋枭。或作宋泉。枭见陇右多盗，拟令民讲读经书，使知大义，想是一个迂儒。乃召勋与语道："凉州人民寡学，故屡致叛乱，今不如多写孝经，遍使诵习，待至家谕户晓，乱自可弭了！"勋答说道："昔太公封齐，崔抒弑君，伯禽侯鲁，庆父篡位，齐鲁岂乏士人，何为至此？今不亟求靖难方法，徒欲济以文治，恐不止结怨一州，反将取笑朝廷，勋以为决不可行！"枭不以为然，竟将己意申奏，果被诏书诘责，召令还京。



会新任护羌校尉夏育，为羌人所围，勋率州兵往援，终因众寡不敌，败退下来；羌众随后尾追，勋部下多半溃散，单剩得百余骑兵，还算跟着。勋结阵自固，怎奈羌人四蹙，孤弱难支，百余骑又战死一半，勋亦身中三创，马又负伤，不能再战，索性下马危坐，指着木表道："我当就死此地，为国殉身，也不足惜了！”羌众见勋已力尽，各欲上前杀勋，独有一羌渠跃马拦阻道：“盖长史乃系贤人，汝等若将他杀死，岂非负天？”羌人也知重贤。勋闻言审视，系是勾就种羌帅滇吾，向曾相识，但此身已拼着一死，不愿向滇吾说情，因瞋目叱骂道：“死反虏，晓得什么天道？快来杀我罢了！”滇吾毫不动怒，反趋近勋旁，下马相见，且愿让马与勋；勋仍不肯允，滇吾乃挥动徒众，把勋拥去，到了自己寨中，请勋上坐，呼众罗拜，再出酒肴相待，备极殷勤。转瞬间已是旬日，方拨羌骑数十人，送勋入寨，回至汉阳。朝廷闻勋忠义动人，征为讨虏校尉。小子有诗咏道：

羌虏猖狂也畏天，持刀未敢害忠贤；
一营罗拜申诚意，赢得名臣姓氏传。

588. 勋虽生还，寇终未平，满朝公卿，又为了凉州乱事，会议征讨事宜。欲知如何定议，请看下回便知。

刘先主起自寒微，以一贩履织席之贫民，独能具有大志，交结英雄，为国讨贼，较诸曹阿瞒之已为朝吏，奉遣出兵，其难易固属不同，其忠义亦自有别，正不特一为汉裔，一为阉奴已也。关张两人，或刚或暴，而与刘先主交游，偏能沆瀣相投，誓同生死，此正可见刘先主之驾驭英雄，自有令人倾倒、乐为用命者，怒鞭督邮一事，阅者称快，安得举天下后世之贪官污吏，尽付英雄之鞭笞乎？盖勋位不过长史，独能远谐物望，为世所钦；边章已入寇党，避而远之；滇吾本为虏帅，敬而礼之。盗贼夷狄，犹向慕贤者若此，人生亦何苦纵恶，而自丧声名，甘为此万年遗臭也？

## 第六十三回　请诛奸孙坚献议<br>拚杀贼傅燮捐躯

却说凉州乱事，连年未平，朝臣奉诏会议，又觉得聚讼盈廷，莫衷一是；司徒崔烈且欲弃去凉州。时安定都尉傅燮已入为议郎，亦得与议，听了崔烈言论，不由的鼓动热肠，正色厉声道："司徒可斩！斩了司徒，天下乃安！"好大胆！三语说出，四座皆惊，烈亦为变色；尚书欲顾全崔烈面目，不得不劾燮妄言。灵帝召燮问状，燮从容答道："凉州为天下要冲，国家藩卫，今牧御失人，乃使一州叛逆，烈为宰辅，不思弭寇，反欲轻弃万里疆场；若使虏众得居此地，士劲甲坚，入寇内地，试问国家将如何抵御？这岂不是社稷深忧么？"灵帝乃依了燮言，诏令左车骑将军皇甫嵩，回镇长安，相机讨贼。贼党边章韩遂等入掠三辅，嵩引兵出战，得将贼党击退。偏中常侍张让、赵忠与嵩有嫌，反说他屡战无功，徒糜军饷；灵帝竟不分皂白，收还嵩左车骑将军印绶，降嵩为都乡侯。原来嵩讨张角时，路过邺中，见赵忠宅居逾制，奏请没收，张让又向嵩求赂钱五千万，嵩亦不许，两人由此生恨，屡谋害嵩；且因嵩平张角，称为首功，若把嵩捽去，好将功劳夺归内廷，自己可以受赏。果然阴谋得遂，嵩被排斥，昏昏沉沉的汉灵帝坐受群小荧惑，说是前讨张角，内侍参议有功，竟封张让赵忠等十三人为列侯。独不记张让通贼书么？一面使司空张温代为车骑将军，并召前中郎将董卓，使为破虏将军，归温节制，出讨凉州诸贼。

温调集诸郡兵马，约得十余万人，进屯善阳，边章引众来攻，温与战失利，卓亦败退。已而时届仲冬，天气严冷，夜间有流星如火，光长十余丈，照彻贼营，贼众疑为不祥，欲归金陵；卓得此消息，心下大喜，复邀同右扶风鲍鸿等，向晨攻贼；贼皆有归志，不愿力战，一哄儿弃营西走，倒被卓等驱杀一阵，斩首数千级，还营报功。温令卓往讨叛羌，另派荡寇将军周慎，追击边章。章方败走榆中，据城固守，慎即欲进攻。前



佐军司马孙坚方由温奏调至军，参议军事，坚因向慎献策道："贼新入榆中，必无粮储，定当由外输入；坚愿得万人，截贼粮道，将军率大兵为后应，贼不能久守，自然骇走；若窜入羌中，并力往讨，便可荡平，凉州得从此安靖了！"慎不从坚议，遂引兵围榆中城。边章闻慎军将到，先拨分贼党，往驻葵园；待至慎军攻城，坚守勿战，却密令葵园贼众，断慎粮道。慎乏食生惊，弃去辎重，狼狈遁还。

就是董卓一路人马，行抵望垣北隅，突遇羌胡大队，蜂拥前来，急切不能退避，致为所围，兵既被困，饷又不继，急得董卓徬徨终日，左思右想，幸得了一条良策，立命军士照行。卓本倚水立营，就从水旁筑起一坝，佯为捕鱼，暗中却将水势堵塞，腾出淤地，乘着宵深更静，拔寨潜走，悄悄的从坝下过军，待贼闻知，出来追击，卓军已经过尽，决塞放水，反将贼

众淹死多人，贼慌忙走还；卓得全师引归，反屯扶风。

适边章与韩遂争功，两不相协，章致书张温，自请投降，实是一缓兵计。温乐得应允，收兵退回长安，并将前后军情，奏报阙廷。灵帝览奏，见战功多出董卓，因特封卓为斄乡侯，食邑千户，调任并州牧；当下颁诏付温，使温转告董卓。卓已得知封侯消息，便即志高气盈，睥睨一切，及温使人往召，竟不奉命。温待久不至，再遣属吏赍诏召卓，卓方徐徐到来，入帐见温，并未谢及奏叙的惠德，且满面露着骄容，居然有压倒张温的气象。已是跋扈。温看不入眼，出言谯让，卓竟反唇相讥，并谓西征诸将，全属无用，若非我董卓功劳，怎能使贼畏服？温又愤然与语道："边章等名虽乞降，心实难恃，将军既智勇兼全，还当再接再厉，扫平群贼，方得上报国恩！"卓亦抗声说道："贼已降我，无故往攻，岂不是自失威信么？卓志在杀贼，却不愿师出无名！"说着便起座自去。 

温见卓如此倨傲，也不起送，但闷闷的坐在帐中。旁边恼了一位参军，向前密语道："将军奈何放卓出营？"温见是孙坚，便屏去左右，问为何因，坚答说道："卓不自知罪，反敢大言不惭，将军何不申明军法，说他不肯应召，有违节度，立命斩首？"温惊顾道："卓颇有威名，若将他杀死，西行何依？"坚慨然道："明公亲率大军，威震天下，何恃一卓？况卓有三罪，不杀何待？卓抗辞不逊，慢言无礼，便是一罪；边章韩遂，跋扈经年，理当按时进讨，卓反谓不宜往攻，沮军疑众，便是二罪；卓受任无功，应召稽留，乃尚趾高气扬，妄自尊大，便是三罪。古时名将，杖钺临众，往往先斩悍将，借示威名；如穰苴斩庄贾，魏绛戮杨干，故事可征，并非创例；今明公不忍诛卓，纵令骄恣，自亏威重，后悔恐无及了！"温若果听坚言，何至养痈贻患？温终不能决，挥坚使退，坚乃趋出，叹惜不已。未几有诏书颁到长安，进温为太尉，三公在外拜命，由温为始。温虽不能除卓，但颇重坚才，荐为议郎。坚为将来东吴始祖，小子应将他出身履历，补叙详明。

坚字文台，系吴郡富春县人，就是孙武子后裔，世为郡吏，历代祖墓，并在富春城东，墓上辄有五色云罩住，光延数里。乡父老少见多怪，常互相告语道："这非寻常云气，看来孙氏子孙，必将兴旺了！"及坚母怀妊，梦有人剖腹出肠，取绕吴郡阊门，不禁失声大呼，突致惊寤，回忆梦境，尚觉可怖；翌日出告邻母，邻母劝慰道："安知非将来吉征？何必多忧？"既而生子名坚，头角峥嵘，状貌伟岸。好容易长大成人，出为县吏。十七岁时，与父共载船至钱塘，遥见有海贼数十人，掠得商人财物，在岸上分赃，坚即白父道："速击海贼！"父摇手阻坚，嘱勿妄动。哪知坚已取得一刀，划船近岸，耸身跃上，大呼杀贼，手中刀东西指挥，如招人状；壮哉文台！贼惊出意外，还道坚招呼官军，当即抛弃财物，分头窜散；坚尚持刀追去，剁死一贼，携首还船。嗣是扬名郡县，由郡守召为郡尉，迁官司马。会稽贼许生造反，逾年未平，亏得坚召募勇士，会合州郡兵马，阵斩许生父子。见前文，《三国志》作许昌。刺史臧旻，上奏坚功，朝命未尝加赏，但使他做了三任县丞。至黄巾乱起，始由右中郎将朱俊保荐，历年从军，前文中已经叙及，无庸小子絮述了。

惟自张温出征后，司空一职悬缺不补，会灵帝查阅案牍，得杨赐刘陶所上奏章，曾云遣散张角党羽，然后诛及渠魁，事见六十回。当时置诸不理，遂致蔓延。此时张角虽平，前言俱在，灵帝也自觉悔悟，因加封赐为临晋侯，使代张温为司空；且封刘陶为中陵乡侯，使任谏议大夫。赐就职不过月余，便即病殁，灵帝也为辍朝三日，素服举哀，优加赙赠，令公卿以下会葬，予谥“文烈”。长子杨彪袭爵。那谏议大夫刘陶，既入为言官，常思补衮尽职，因复上疏言事道：

> 臣闻事之急者，不能安言，心之痛者，不能缓声。窃见天下前遇张角之乱，后遭边章之寇，每闻羽书告急之声，心灼内热，四体惊悚。今西羌逆类，私署将帅，皆多段颎时吏，晓习战阵，识知山川，变诈万端；臣常惧其轻出河东冯翊，抄西军之后，东至函谷，据厄高望。今果已攻河东，恐更豕突上京，如是则南道断绝，车骑之军孤立，关东破胆，四方动摇，威之不来，呼之不应，虽有田单陈平之策，亦计无所施。况三郡人民，皆已奔亡，南出武关，北徙壶谷，冰骇风散，唯恐在后，今其存者尚十之三四，军吏士民，悲愁相守，民有百走退死之心，而无一前斗生之计；西寇寖前，去营咫尺，胡骑分布，已至诸陵。将军张温，天性精勇，而主者旦夕迫促，军无后殿，假令失利，其败不救。臣自知言数见厌，而言不自裁者，以为国安则臣蒙其庆，国危则臣亦先亡也。谨复陈当今要急八事，乞须臾之间，深垂纳省，则国家幸甚，臣等幸甚！

书中所陈八事，不能尽述，大旨无非归罪宦官，说他欺君害民，酿成大乱。中常侍张让、赵忠等得悉陶书，无不切齿，遂共白灵帝道：“前因张角事发，诏书晓示威恩，臣等并皆改悔；今四方安静，陶乃嫉害圣政，专言盗贼；试想州郡并未上闻，陶何由得知底细？显见他与贼通情，所以先来恫喝，要想把臣等尽置死地，方好任所欲为。愿陛下勿为所欺！”是为肤受之愬。灵帝视让忠如父母，总道他痛痒相关，不至诬妄，遂下诏谴陶，收系黄门北寺狱。狱为黄门所掌，当然归阉人鞫问，横加搒掠。陶自知必死，张目顾问宦官：“朝廷已经省悟，加恩臣身，今为何又误信谗言？陶恨不与伊吕同俦，反与三仁并命！”殷有三仁，即微子、箕子、比干。说至此，竟用手扼吭，气闭身亡。前司徒陈耽亦尝反抗宦官，张让、赵忠索性将他罗织在内，拘系狱中，亦被掠死。赵忠反超任车骑将军。忠欲位置私人，更追论讨贼功臣，凡从前并未从军，只教是阉党走狗，多纳贿赂，便说他与讨黄巾，奏请授官。执金吾甄举，往见赵忠道：“傅南容前在东军，有功不侯，天下失望；今将军亲当重任，应该进贤理屈，下副众心！”忠也为点首，待甄举辞去后，即遣弟城门校尉赵延，往访傅燮，乘间与语道：“南容肯稍答我



常侍，万户侯便可立致了！”燮正色道：“人生通塞，乃是命中注定，若有功不赏，何莫非命？燮岂可妄求私赏哩？”说得赵延无言可答，返报乃兄。乃兄忠越加衔恨，惟因燮为众所推，未敢加害；但将他调任汉阳太守。

燮抵任数月，已是中平三年。贼帅韩遂杀死同党边章及北宫伯玉，纠众十余万，进围陇西，太守李相如不能御贼，反与贼连和，猖獗益甚。汉阳贼王国又自号合众将军，起应韩遂，四出寇掠。凉州刺史耿鄙号召六郡兵马进讨贼众，令治中陈球为先驱。球素性贪婪，为民所怨，鄙亦未协舆情，傅燮知鄙出必败，乃向鄙进谏道：“使君统政日浅，民未知教。孔子有言：‘以不教民战，是谓弃民。’今若率平素不教诸人，越陇讨贼，恐十举十危。且贼闻大军将至，必万众一心，与为对垒，锋不可当。使君又统领新兵，上下未和，万一内变，虽悔何追？愚

意不若息军养威，明赏必罚，阴加训练，贼得逍遥境外，必谓我决不能战，自致骄盈，由骄生衅，同恶相残；使君率已教人民，讨已离盗贼，尚患不能奏功么？今不为万全计策，反自就危途，窃为使君不取呢！”鄙自恃兵多，不从燮言，即日引军起行。甫经狄道，果有别驾应贼，先杀陈球，后杀耿鄙。鄙司马扶风人马腾亦拥兵不救，自主一方。王国、韩遂等遂进围汉阳；城中兵少粮尽，燮尚拼死守住。贼党中有北地胡骑数千与燮同里，夙受燮恩，见燮登城抵御，各跪叩城下，愿送燮还乡，燮将他叱退。

燮子干年甫十三，从父在任，知父性刚气锐，恐不能免，因向燮跪谏道："国家昏乱，致令大人不容朝廷；今天下已叛，孤城决难自守，乡里羌胡，夙怀恩德，欲送大人弃城归里，大人不如从权允许，还乡以后，率励义徒，俟至天下有道，再出未迟！”燮听得数语，便慨叹道："汝难道知我必死么？古人有言：'圣达节，次守节。'我闻暴如殷纣，伯夷且不食周粟，饿死首阳；今朝廷昏德，尚不如纣，我岂可自绝伯夷？况前时不能高隐，居位食禄，怎得见危即去？我已决死此地，汝有才智，后当自勉！主簿杨会，便是我程婴，可以托孤，我死亦瞑目了！”程婴保孤事，见列国晋时。干流涕哽咽，不能复言，左右亦皆泣下。忽由故酒泉太守黄衍叩城求见，燮传令放入，干乃起入帐后，待衍进来。燮延令入座，问明来意，衍实为王国所遣，来作说客，因开口语燮道："成败事已可预知，君能先机起事，上可为霸王事业，下亦不失为伊吕，看来天下终非汉有，明府如果有意，衍等当奉为君师，愿受驱策，幸勿失此时机哩！”燮不禁变色，拔剑置席道："汝亦做过大汉臣吏，反为贼来下说词么？本当斩汝，徒污我刃，我权寄汝头颅，回报叛贼，毋再妄想！”衍怀惭自去。燮即传齐将士，开城搦战，与贼众接仗多时。贼众自恃势盛，上前围燮，环绕数匝，燮尚冒死冲突，格毙贼党数十人；怎奈兵残力竭，外无援应，终落得捐躯殉国，毕命沙场。燮子干由杨会护出，得归故里。朝廷闻燮阵亡，赐谥“壮节”，且予干世荫。后来干已长成，具有才名，仍得出仕，官至扶风太守。可见得忠臣有后，食报非迟。

当时还有一位名贤，在家寿终，大将军何进，遣使吊祭，海内赴丧，多至三万余人。这人为谁？就是前太邱长陈实。实为太邱长后，隐居不出，党锢狱兴，实亦连坐，系狱得释，嗣因中常侍张让父丧，屈节往吊，故颍川党人幸得全宥。见前文。实居乡有年，平心率物，遇有争讼，辄求判正，无不悦服；里人多感叹道：“宁为刑罚所加，毋为陈公所短。”会遇岁歉民饥，



有窃贼夜入实家，隐踞梁上，实已瞧见，故意不言，但呼子孙训戒道：“人不可不自勉，恶人非生性使然，传染恶习，遂致不返；试看梁上君子，便可了然！”贼在梁上听着，大惊投地，叩头谢罪。实徐语道：“看君状貌，不似恶人，若能改过迁善，自可不虑贫困了！”乃令子孙取绢二匹，赠与窃贼，贼拜谢而去。非陈仲弓，不能为此。于是一县无复盗窃。前太尉杨赐及司徒陈耽入朝拜官，群僚毕贺，赐等以实未为相，自己反先登台辅，尝引为惭恨；大将军何进等，屡次派人敦聘，实终不肯出，婉谢来使道：“实久谢人事，饰巾待终罢了，幸君善为我辞！”嗣后闭门悬车，栖迟养老，至中平四年夏季，考终家中，享寿八十四岁；吊祭诸徒，共至墓前瞻拜，代为刊石立碑，谥曰“文范先生”。遗有六子，纪谌最贤，孙群亦有盛名，事见后文。小子有诗赞道：

到底仁人克善终，光前裕后子孙隆；
宣城书法今犹在，千古争传陈仲弓。

《后汉书》为宋宣城太守范晔所著。

老成凋谢，丧乱弘多，欲知后来变端，且至下回胪叙。

董卓曾受朝命，归车骑将军张温节制，温召卓不至，显违主帅，其跋扈情形，已见一斑。孙坚劝温诛卓，温独不从，虽若谨守臣道，不敢专诛，但阃以外将军制之，汉文曾有明训，温果能为国除奸，就使得罪被戮，较诸他日之受害于卓，为益多矣。哀哉温之临事寡断，卒酿成无穷之祸也。傅燮困守孤城，可去不去，迹亦近拘；然城存与存，城亡与亡，本人臣之大义，幼子泣请而不从，虏使进言而被斥，见危授命，大义凛然，虽死且不朽矣！语云："板荡识忠臣！"信然！

## 第六十四回　登将坛灵帝张威<br>入宫门何进遇救

却说灵帝中平年间，朝政日紊，国势愈衰，灵帝只知信任阉人，耽情淫乐。今岁造万金堂，明岁修玉堂殿；铸铜人四具，分置苍龙玄武门外；制黄钟四架，分悬玉堂云台殿中；又特在平门左右，用铜范成天禄虾蟆，天禄，兽名。中设机捩，口中喷水，谓可除秽辟邪。种种构造，统系掖庭令毕岚监工。就是一班刑余腐竖，亦无不建筑第宅，侈拟皇宫，灵帝常登台顾景，为消遣计；赵忠等恐他望见私第，向前进言道："人主不宜登高，登高恐百姓乖离！"出自何典？是即赵高指鹿为马之类，忠亦姓赵，总算善承世德。灵帝遂不敢登台，阉党益肆行无忌，但教瞒过一人耳目，还怕甚么百官万民？哪知内蠹不休，适召外侮，西羌连年扰攘，未曾告平，鲜卑豪酋檀石槐虽已病死，部落犹众，仍然出没塞下，屡寇幽并诸州。他如腹地的盗贼，真是群起如毛，几难尽述。江夏散兵赵慈戕杀南阳太守秦颉，纠众作乱，幸亏荆州刺史王敏发兵破灭，得诛赵慈。未几中牟令落皓及主簿潘业又被荥阳贼杀死，当由河南尹何苗督师往剿，毙贼多人，暂时告靖。长沙贼区星、零陵贼观鹄又相继造反，朝廷命议郎孙坚出守长沙，先斩区星，后斩观鹄，荆湖始平。偏渔阳人张纯、张举，接连发难，攻杀右北平太守刘政、辽东太守杨终及护乌桓校尉公綦稠；举自称天子，纯号弥天将军，同掠幽冀二州。外如休屠各胡，亦乘隙为变，入寇西河，击杀郡守邢纪，转攻并州，刺史张懿与战，不幸败亡。黄巾余孽郭太等，因西河为胡所掠，也在白波谷揭竿，联络胡人，分扰太原河东。左屠各胡复胁迫南单于一同叛命，骚扰朔方。

冀州刺史王芬因见乱端四起，日夜戒备，累得寝食不安；适故太尉陈蕃子逸自成所赦归，往谒王芬，谈及天下大乱，俱由阉竖专权所致，芬亦为叹息。旁有术士襄楷在座，奋袖起谈道："天文不利宦官，看来黄门常侍，均要族灭了！"陈逸大喜道："果有此事，不但国家可安，即如我先人埋冤地下，亦得从此伸雪，含笑九原！"芬亦接口道："若果天象有凭，芬愿为国家驱除阉贼！"襄楷指手画脚，力言阉人夷灭，不出一二年。语颇不谬，但未识何人能除阉党？为术终疏。芬乃召集豪俊，筹备饷械，上书言盗贼日滋，攻劫郡县，宜厚蓄兵马，分途剿平。灵帝不加理会，且欲北巡河间旧宅，指日起行。芬等闻信，遂欲用兵劫驾，尽诛黄门常侍，乘势废立。济南相曹操已入拜议郎，与芬本系相知，芬因操足智多谋，遂使人与言秘计，乞为内援。操摇首道："废立二字，乃天下最不祥的名目；古人惟伊尹、霍光，行过此事。伊霍位居首辅，诚能动众，所以事出有成；今诸君未及古人，漫思造作非常，期在必克，这岂不是求安反危，图福得祸么？"阿瞒毕竟性灵。遂嘱来使还白王芬，务求慎重，切勿鲁莽从事。芬尚未信操言，又召平原人华歆陶邱洪，共定大计。洪欲应召前往，歆急为劝阻道："废立大事，伊霍不过幸成，芬才疏望浅，怎能成事？不如勿行！"洪乃中止。会北方有赤气亘天，夜半愈盛，横贯东西，太史奏言北方有阴谋，不宜出巡，灵帝乃无心北幸，并敕王芬罢兵。俄而征芬还都，芬疑是秘谋泄露，不敢应命，当即解去印绶，私走平原；尚恐朝廷拘拿，仓皇自尽。陈逸襄楷幸得免累，就是议郎曹操等，亦毫不牵连，这都是芬谋未泄，故俱得无恙，徒断送王芬一命罢了。死得无名。

且说太常刘焉，本前汉鲁恭王后裔，鲁恭王名余，系景帝子。徙居竟陵，因属汉朝宗室，得通仕籍，由中郎迁至太常。他见朝政多阙，祸乱相寻，乃建言刺史太守，由赂得官，刻剥百姓，乃致离叛，应急选清名重臣，出任牧伯，剿抚兼施，方可削平世乱等语。这计议尚未得行，有侍中董扶与焉友善，私下与语



道："京师将乱，闻益州分野，却有天子气，未知属诸何人？"焉含糊对答，心下却觊觎非常，恨不得即赴益州。可巧益州乱起，刺史郄俭苛敛害民，为黄巾余党马相所杀，相僭称皇帝。钞掠巴蜀，警耗连达都中，刘焉得复申前议，进白灵帝，灵帝即命焉为益州牧，封阳城侯，出平蜀郡，焉喜如所望，受命即行。到了荆州东界，前途多盗，不便西进，逗留了好多日；也是他时来福凑，官运亨通，益州伪皇帝马相，被益州从事贾龙起兵，连战皆捷，诛戮无遗，因遣史卒迎焉入蜀，奉为州主。益州治所本在洛县，焉以郄俭被杀，恐多不利，乃徙治绵竹，招携纳叛，笼络人心。侍中董扶闻焉既得志，亦求为蜀郡西部属国都尉，灵帝准令赴蜀，扶便西往，为焉参谋，不必细述。同时宗正刘虞也是汉家支派，为东海王强后人，强为光武帝子。以孝廉被举，累迁至幽州刺史，恩信及民，内外翕服，后来因事

去官；至黄巾作乱，复起为甘陵相，亦善抚绥，进为宗正，奉职无阙。自张纯张举作乱渔阳，幽州大扰，灵帝已遣骑都尉公孙瓒往讨，复因虞前在幽州，为民所服，乃特命为幽州牧，持节赴镇。汉制设州统郡，州有刺史，位置在郡守上，但比郡国守相，尚差一等；汉成帝时，方改称州牧，位次九卿，权同守相；光武中兴，又规复旧制，仍改州牧为刺史；自经刘焉、刘虞两人任命，于是复有州牧，得操重权，中原分裂，就从此开端了。为群雄割据张本。

灵帝迭闻寇警，也不免忧从中来，默思小黄门蹇硕，身材壮健，具有武略，比诸车骑将军赵忠，强弱不同，不如令他专任戎事，保护宫廷；乃将赵忠撤消兵权，特授蹇硕为上军校尉，屯卫西园。蹇硕以下，更设校尉七人。虎贲中郎将袁绍为中军校尉；屯骑校尉鲍鸿为下军校尉；议郎曹操为典军校尉；赵融为助军左校尉；冯芳为助军右校尉；赵冯并为议郎。谏议大夫夏牟为左校尉；淳于琼为右校尉，琼亦为谏议大夫。俱归蹇硕调度，共称西园八校尉。七人为宦官爪牙，俱不值得。



会由术士望气告变，说是京师将有大兵，恐致两宫喋血，灵帝意图厌禳，特征四方兵会集京师，就平乐观作讲武场，观中筑一大坛，上建十二重华盖，高约十丈，坛东北另设小坛，复建九重华盖，高约九丈。四面张着赤帜，分列步骑数万人，结成方阵，借壮外观。灵帝亲擐甲胄，跨马临军，使大将军何进为前驱，秉旄仗钺，直抵坛前，御驾就大坛驻足，自立大华盖下；复用手挥进，令趋就小坛，在小华盖下立着，然后传令各军，操演阵法，军士一齐应令，万马齐奔，东驰西驱，前后继进，形色上似甚整齐；映入灵帝眼中，但觉得五花八门，赏心夺目。你要张幕看戏！大众即演戏一出与你看看。当下想入非非，竟自称一个徽号，叫做“无上将军”；就令左右书在旗上，作为大纛，向前导引，随即纵辔离坛，跃马四驰，就阵中绕行一周。只听得军吏喧声，齐呼万岁，不由的兴致越高，精神越奋；再兜了两个圈子，方将兵符交付何进，返驾入宫。讨虏校尉盖勋随着，即回首顾语道：“朕今日讲武，规模如此，卿以为善否?”勋应声道：“臣闻先王耀德不观兵，今寇贼远距京师，陛下乃在都中列阵，臣恐未足扬威，徒自黩武罢了！”灵帝听着，忽觉感悟道：“卿言甚是！朕见卿恨晚，群臣从未有此言呢！”勋拜谢而退，途遇中军校尉袁绍，略述问答情形，且与语道：“主上聪明过人，但为左右所蔽，不免荧惑，真是可惜！”绍即前司空袁逢庶子，素好游侠，目睹阉寺擅权，素加愤恨，至是听得勋言，便邀至私宅，谋诛阉党，彼此约定，待机乃发。太尉张温时已征还，左迁为司隶校尉；温举勋为京兆尹；灵帝方欲使勋内任，随时顾问，不愿相离，偏蹇硕等忌勋正直，劝灵帝依从温言，乃拜勋为京兆尹。勋既被外调，所有机谋，眼见得不能如约了。

忽闻凉州贼警日甚一日，陈仓为贼渠王国所围，危急异常，灵帝复拜皇甫嵩为左将军，并使董卓为前将军，受嵩节制，同救陈仓。嵩与卓合兵二万人，行至中途，屯兵不进，卓请速赴陈仓，嵩独未许，卓愤然道：“卓闻智士不后时，勇士不留决；将军受命前来，无非为陈仓起见，速救方可保城，否则必为贼有了！”嵩驳斥道：“君言错了！从来百战百胜，不如不战屈人。陈仓虽小，城守完固，王国虽强，未必能攻下坚城；我待贼疲敝，然后出兵往击，贼乃骇溃，这乃所谓不战屈人哩！”卓拗他不过，只得静待。约莫过了八十多日，陈仓尚是守住，王国却解围退去；嵩闻国退去，便下令军中，从速追击。卓又入请道："兵法有言穷寇勿追，今我兵追国，便是与兵法相背了！试想困兽犹斗，况国尚势盛，怎可穷追哩？"嵩复驳说道："我前不速击，是避贼锐气；今欲往追，是乘贼势衰；国众已走，莫有斗志，不得以穷寇相比。君且为后拒，试看我前驱追贼，必能成功，不怕王国不死哩！"已操胜算。说罢，即麾军前进，使卓为后应，果然连得胜仗，斩首万余级，国竟窜死；卓自愧无功，遂与皇甫嵩有嫌。越年征卓为少府，令将部曲归嵩管辖；卓诡词乞留，迁延不赴。嵩兄子郦在军中，向嵩进言道："本朝失政，天下倒悬；若欲安危定倾，责在叔父，次为董卓。今叔父与卓有怨，势不两容。卓奉诏委兵，乃上书抗辩，已是逆命，又因京师浊乱，踌躇不进，更是怀奸；且卓凶戾无亲，将士不附，叔父现为元帅，何妨声罪致讨，上显忠义，下除凶害，岂不是桓文盛业么？"嵩叹息道："专命有罪，专诛亦未尝无罪；为今日计，不如据实陈奏，请主上自行裁夺便了！"遂不从郦言，但上了一篇弹文。灵帝颁诏责卓，卓恨嵩益深；嵩原不能讨卓，灵帝也不能制卓，卓坐是专恣，要从此斫丧汉室了！张温可诛卓而不诛，皇甫嵩可讨卓而不讨，虽是两人胆怯，亦关汉朝气数。



惟王国窜死，凉州略平；幽州由两张作乱，尚未平定。自称弥天将军的张纯曾做过中山守相，失官以后，因凉州叛乱，致书前车骑将军张温，愿督同乌桓突骑，往徇凉州，温置诸不答，纯遂与同郡张举，攻杀校尉太守，霸占一隅。就是张举亦尝任泰山太守，失职生怨，谋为不轨，居然想身登九五，南面称尊。上文用总叙法，略而不详，故此处再用补笔。

骑都尉公孙瓒，奉使出征。瓒本前中郎将卢植门徒，见六十二回。由小吏起家，辽西侯太守奇瓒状貌，妻以爱女，瓒从此发迹，随军有年。至是往讨两张，引兵至蓟，适值张纯攻略蓟中，由瓒一马当先，率军直上，奔入贼阵，贼皆披靡，瓒追杀至数十里外，方才安营。纯既败走，复去诱同乌桓部酋邱力居等，再寇渔阳河间渤海，进入平原，瓒更引兵往击，至石门山，大破贼虏，纯等远走塞外，连妻子尽行弃去；张举亦立脚不住，随纯同奔。瓒却未肯回马，追贼出塞，向北深入，进至辽西管子城，反为邱力居等所围，相持至二百余日，粮尽食马，马尽食弩檐，险些儿饿死全军。犹幸天降大雪，虏亦饥寒，撤围远去，直奔柳城，瓒乃得驰归。有诏进瓒为降虏校尉，封都亭侯。可巧幽州牧刘虞亦持节到任，与瓒相见，瓒再拟扫虏，虞独欲招降，探得张纯张举两人，遁入鲜卑，因遣使至鲜卑中，晓谕利害，劝令送两张首级。鲜卑酋步度根，檀石槐孙。犹豫未决，纯客王政，却将纯刺死，枭首送虞，邱力居素



慕虞名，亦遣使请降；公孙瓒独心怀忮忌，阴使人邀截胡使，胡使探悉情由，绕道诣虞。虞乃上书请罢屯兵，但留瓒率万人驻守右北平。瓒始终未惬，遂与虞结下怨仇，连年不解了。与董卓相去不远。

灵帝因虞有功，拟加重赏；会值太尉马日磾免官，乃超拜虞为太尉。自从张温降职司隶，后任太尉，两年中改换四五人，如司徒崔烈、大司农曹嵩、永乐少府樊陵以及射声校尉马日磾，迭升迭降，好似弈棋一般；就是光禄大夫许相，继杨赐为司空，再代崔烈为司徒，也不过历职年余，终致罢免；惟光禄勋丁宫，迁任司空司徒，还算任职较长；司空刘弘，也是由光禄勖超迁，才略都不过平庸。且当群阉擅权时候，三公俱若赘疣，窃位苟禄，备员全身，乃是当日三公的避灾总诀，无庸一一絮述了。语虽简略，意仍周匝。

且说中平六年四月，灵帝有疾，卧床数日，不能视朝，公卿以下，各请册立太子，杳无复音；待至旬余，不闻召入大臣，宣扬末命。只上军校尉蹇硕，却出入寝宫，得与灵帝商决后事。始终信任宦官。正想依旨宣布，不料灵帝病变，仓猝归阴。硕秘不发丧，矫诏召大将军何进，入受顾命。进接了诏旨，匆匆入宫；甫至宫门，正与硕司马潘隐相遇。隐举手示意，叫他休入。进与隐本系故交，慌忙退归营中，隐亦随至，向进报告道："御驾已崩，蹇硕欲杀将军，迎立皇子协为帝，愿将军另图至计！"进不觉大惊，亟引兵往屯百郡邸，汉时郡国百余，皆置邸，京师总邸，叫作百郡邸。静听后命。俄而何后又派人召进，进详细问明，方敢驰入。

究竟宫内有何隐情，由小子直道其详：原来灵帝长子辩，为何后所生，轻佻无仪，灵帝意欲舍嫡立庶，又恐何后与兄，共有违言，所以迟延未发。上军校尉蹇硕，为灵帝所亲信，早已窥透上意，密劝灵帝遣进西征，灵帝当即依议，命进西击韩遂；进亦知灵帝不怀好意，未肯轻出，乃奏遣袁绍募兵徐兖，俟绍还都，方可西行。蹉跎了一二年，灵帝病竟不起，自知顾命难宣，没奈何与蹇硕密商，叫他拥护次子；硕欲先诛何进，然后立皇次子协，偏又为潘隐所败露，不能逞谋，乃只好听命何后，立皇长子辩为嗣主。进既已问明原委，自然放胆入宫，奉皇子辩即位，尊何后为皇太后。辩年才十四，未能亲政，当由何太后临朝，大赦天下，改元光熹。灵帝尚未发丧，何便要改元？封皇弟协为渤海王，命后将军袁隗为太傅，与何进同录尚书事。进既秉朝政，遂思除去蹇硕，为报怨计，可巧袁绍还京，为进参谋，不但欲将硕加诛，且拟尽诛宦官，扫清宫禁。进因袁氏累世贵宠，引绍为助，且征何颙为北军中侯，荀攸为黄门侍郎，郑泰为尚书，与同心腹，期在必成。蹇硕亦暗地加防，因致中常侍赵忠宋典等密书，使同党郭胜投递；胜与进同籍南阳，素相关照，竟趋至大将军府，出书示进。进展书一阅，不由得吃了一惊。正是：

外戚内阉争死命，败家亡国兆凶机。

欲知书中所说何事，容至下回叙明。

整军经武，本人主之要图，况盗贼四起，寇乱相寻，宁尚可不修武备耶？但如灵帝之所为，则以兵事为儿戏，张威不足，召辱有余；蹇硕一阉竖耳，遽授为上军校尉，袁绍以下，皆归节制，试思天下有义勇之将士，肯听阉人之驱策欤？袁绍辈不足道，智如曹操，乃甘就职，正其所以为奸雄也。若平乐观中之讲武，设坛张盖，夸示威风，灵帝自以为耀武，而盖勋乃以黩武为对，犹非知本之谈。黩武二字，惟汉武足以当之，灵帝岂足语此？彼之所信任者，妇寺而已，如皇甫嵩、朱俊诸才，皆不知重用；甚至一病不起，犹视赛硕为忠贞，托孤寄命，《范史》谓灵帝负扆，委体宦孽，征亡备兆，小雅尽缺，其亦所谓月旦之定评也乎？

## 第六十五回　元舅召兵泄谋被害<br>权阉伏罪奉驾言归

却说何进见了郭胜，就胜手中取书展览，顿致惊惶失色。书中约有数百言，有数语最足惊人，略云：

> 大将军兄弟秉国专朝，今与天下党人，谋诛先帝左右，扫灭我曹，但知硕典禁兵，故且沉吟。今宜共闭上阁，急捕诛之！

进踌躇多时，方问郭胜道："赵常侍等已知悉否？"胜答说道："彼虽知悉，亦未肯与硕同谋；大将军但嘱黄门令，收诛蹇硕，片语便可成功了。"进依了胜言，即使胜转告黄门令，诱硕入宫，当即捕戮，一面宣示硕罪。所有硕部下屯兵概不干连，移归大将军节制，屯兵得免牵累，自然愿听约束，各无异言。

惟骠骑将军董重为永乐宫中董太后从子，本与何进权势相当，两不相下；再加皇次子协寄养永乐宫，颇得董太后宠爱，所以董太后与重密谋，拟劝灵帝立协为储，将来好挟权自固。偏与灵帝说了数次，灵帝始终为难，不便遽决，终致所谋无成；及何后临朝，何进秉国，只恐董氏出来干政，辄加裁抑。董太后很是不平，东宫愤詈道："汝恃乃兄为将军，便敢鸱张怙势，目无他人？我若令骠骑断何进头，势如反掌，看他如何处置呢？"大言何益？语为何太后所闻，即召进入商，叫他除去董氏，免致受害。进即出告三公及亲弟车骑将军何苗，共奏一本，略言孝仁皇后常使故中常侍夏恽、永乐太仆封谞等，交通州郡，婪索货赂，珍宝尽入西省，败坏国纪，向例藩后不得留居京师，舆服有章，膳羞有品；今宜仍遵祖制，请永乐后仍还本国，不得逗留云云。这奏章呈将进去，立由何太后批准，派吏迫董太后出宫；何进且举兵围骠骑府，勒令董重交出印绶；重惶急自杀，董太后亦忽然暴崩。或谓由何进使人下毒，事关秘密，史笔未彰，大约是不得善终，含冤毕命。一双空手见阎王，何苦生前作恶？中外人士，多为董氏呼冤，才不服何进所为了。何太后乃为灵帝发丧，出葬文陵；总计灵帝在位二十一年，寿只三十有四。补叙灵帝历数，笔不少漏。就是董太后遗柩亦发归河间，与孝仁皇合葬慎陵；渤海王协却被徙为陈留王。



校尉袁绍复向何进献议道："前窦武欲诛内竖，反为所害，无非因机事不密，坐隳忠谋；当时五营兵士，俱畏服中宫，窦反欲倚以为用，怪不得自取灭亡。今将军兄弟并领劲兵，部曲将吏，又皆系英俊名士，乐为效命，事在掌握，这真是天赞机缘呢！将军宜为天下除患，垂名后世，幸勿再迟！"进也以为然，遂入白太后，请尽黜宦官，改用士人。何太后沉吟半晌，方答说道："中官统领禁省，乃是汉家故事，何必尽除？且先帝新弃天下，我亦未便与士人共事，得过且过，容作缓图。"妇人之仁，往往误事。进不敢再争，唯唯而出。袁绍迎问道："事果有成否？"进皱眉道："太后不从，如何是好？"绍急说道，"骑虎难下，一或失机，恐将遭反噬了！"进徐答道："我看不如杀一儆百，但将首恶加罪，余何能为？"绍又说道："中官亲近至尊，出纳号令，一动必至百动，岂止杀一二人，便可绝患？况同党为恶，何分首从？必尽诛诸竖，方可无忧！"进本是优柔寡断的人物，终不能决。

哪知张让、赵忠等已微闻消息，忙用金珠玉帛赂遗进母舞阳君及进弟何苗，与为结好。天下无难事，总教现银子。当由舞阳君母子，屡至太后宫中，替宦官善言回护，曲为调停，并言大将军专杀左右，权力太横，非少主福。得了金银，连骨肉都可不顾，何堵物之害人如是？说得太后也为动容，竟与进渐渐疏远，不复亲近。进越觉失势，未敢遑谋；独袁绍在旁着急，又为进划策，请召四方猛将及各处豪杰，引兵入都，迫令太后除去阉人。失之毫厘，谬以千里。进依了绍计，即欲檄召外兵，主簿陈琳谏阻道："谚云：'掩目捕雀，是讥人自欺！'试想捕一微物，尚且不宜欺掩，况国家大事呢？今将军仗皇威，握兵权，龙骧虎步，高下在心，若欲诛宦官，如鼓洪炉，如燎毛发，容易得很；但当从权立断，便可成功，乃今欲借助外臣，唻令犯阙，这所谓倒持干戈，授人利柄，非但无功，反且生乱呢！"进置诸不睬，竟令左右缮好文书，遣使四出。典军校尉曹操闻信窃笑道："自古以来，俱有宦官，但世主不宜假彼权宠，酿成祸乱；若欲治罪，当除元凶，一狱吏便足了事，为何纷纷往召外兵，自贻伊戚？我恐事一宣露，必致失败呢！"见识原高，乃不去进谏，其奸可知。

已而前将军董卓自河东得檄，即嘱来使返报，指日入京；进闻报大喜，侍御史郑泰入谏道："董卓强忍寡义，贪欲无厌，若假以政权，授以兵柄，将来必骄恣不法，上危朝廷；明公望隆勋戚，位据阿衡，欲除去几个权阉，何须倚卓？且事缓变生，殷鉴不远，但教秉意独断，便可有成。”进仍不肯听。泰出语黄门侍郎荀攸道：“何公执迷不悟，势难匡辅，我等不如归休了！”攸尚无去意，独泰毅然乞归，退去河南故里，安享天年。所谓见机而作，不俟终日。尚书卢植亦劝进止卓入都，进愎谏如故；且遣府掾王匡、骑都尉鲍信，还乡募兵，并召东都太守乔瑁，屯兵成皋，武猛都尉丁原，率数千人至河内，纵火孟津，光彻城中。就是董卓也引兵就道，从途中遣使上书，请诛宦官，略云：

中常侍张让等，窃幸承宠，浊乱海内；臣闻扬汤止沸，莫若去薪，溃痈虽痛，胜于养毒，昔赵鞅兴晋阳之甲，以逐君侧之恶，今臣鸣鼓如洛阳，请收让等，以清奸秽，不胜万幸！



何太后得了此书，还是游移观望，不肯诛戮宦官。实是不能。何苗亦为诸宦官袒护，慌忙见进道：“前与兄从南阳入都，何等困苦？亏得内官帮助，得邀富贵。国家政治，谈何容易？一或失手，覆水难收，还望兄长三思！现不若与内侍和协，毋轻举事！”进听了弟言，又累得满腹狐疑，忐忑不定。乃使谏议大夫种邵赍诏止卓，卓已至渑池，抗诏不受，竟向河南进兵。邵晓谕百端，劝他回马，卓疑有他变，令部兵持刃向前，竟欲害邵，邵也无惧色，瞋目四叱，且责卓不宜违诏；卓亦觉理屈，才还驻夕阳亭，遣邵复命。袁绍闻知，惧进变计，因向进胁迫道：“交搆已成，形势已露，将军还有何疑，不早决计？

倘事久变生，恐不免为窦氏了！”进乃令绍为司隶校尉，专命击断，从事中郎王允为河南尹，绍使洛阳武吏司察宦官；且促董卓等驰驿上书，谓将进兵平乐观中。何太后乃恐慌起来，悉罢中常侍小黄门，使还里舍；惟留进平日私人，居守省中，诸常侍小黄门等皆诣进谢罪，任凭处置。进与语道：“天下汹汹，正为诸君贻忧。今董卓将至，诸君何不早去？”众闻言，默然趋退。绍复劝进从速决议，进又不肯从。一个是多疑少决，逐日迁延；一个是有志求成，欲速不达；两人虽是同谋，不能同意。直至绍再三怂恿，仍激不起懦夫心肠。如何干事。绍竟私行设法，诈托进命，致书州郡，使捕中官亲属，归案定罪。越弄越坏。

中官得此消息，遂至惊慌。张让子妇系何太后女弟，让急不暇择，跑回私第，一见子妇何氏，便匍匐地下，向她叩头，奇极。慌得他子妇连忙跪下，惊问何因。让流涕说道：“老臣得罪，当与新妇俱返故乡；惟自念受恩累世，今当远离宫殿，情怀恋恋，愿得再见太后，趋承颜色，然后退就沟壑，死亦瞑目了！”原来为了此事，俗语谓“欲要好，大做小”。想即本此。子妇见让这般情形，自然极力劝慰，情愿出头转圜，让乃起身他去。让子妇匆匆出门，亟往见母亲舞阳君，乞向太后处说情，仍令张让等入侍，太后毕竟女流，难拂母命，不得不任事如故。偏何进为袁绍所逼，入白太后，面请答应下去，于是尽诛中常侍以下。并选三署郎官，监守宦官庐舍；何太后不答一言，进只得退出。有其兄，必有其妹，始终误一疑字。



张让、段珪等见进入宫，早已动疑，潜遣私党蹑踪随入，伏壁听着，具闻何进语言，当即返告让、珪，让、珪遂悄悄定计，又令私党数十人，各怀利刃，分伏嘉德殿门外，且诈传太后诏命，召进议事；进还道太后依议，贸然竟往，甫入殿门，已由张让等待着，指进发言道："天下扰扰，责在将军，怎得尽归罪我侪？从前王美人暴殁，先帝与太后不协，几致废立，我等涕泣解救，各出家财千万为礼，和悦上意始得挽回，事见前文。今将军不忆前情，反欲将我等种类，悉数诛灭，岂非太甚？现在我等也不能再顾将军，赌个死活罢了！"无瑕者，乃可戮人，进亦太不自思。进无言可对，瞿然惊起，离座欲出，让哪里还肯放过？招呼伏甲，汹汹直上，尚方监渠穆，拔刀争先，奋力砍进，进手无寸铁，如何招架，竟被渠穆砍倒地上，再是一刀，枭落首级。自寻死路，怎得不死？段珪就擅写诏敕，命故太尉樊陵为司隶校尉，少府许相为河南尹，罢去袁绍、王允两人。

这伪诏颁示尚书，各尚书不免生疑。卢植与进有旧，更为惊愕，急至宫门外探信，且请大将军出宫共议，不料宫内有人



大呼道："何进谋反，已经伏诛！"声才传出，即掷出一个鲜血淋淋的头颅，植慌忙审视，正是进首，当即俯首拾起，驰入大将军营中，取示将士，将吏吴匡、张璋且悲且愤，挥兵直指南宫；就是袁绍亦已闻变，立遣从弟虎贲中郎将袁术，往助吴匡、张璋。宫门尽闭，由中黄门持械守阁，严拒外兵，袁术等在外叫骂，迫令宫中交出张让等人，好多时不见影响，天已垂暮，索性在青琐门外放起火来，火势猛烈，照彻宫中。张让等也觉惊心，入白太后，只言大将军部兵叛乱，焚烧宫门，太后尚未知进死，惊惶失措，当被让等掖住太后，并劫少帝陈留王及宫省侍臣，从复道往走北宫。

尚书卢植早已料到此着，擐甲执戈，在阁道窗下守候，遥见段珪等拥逼太后，首先入阁，便厉声呼道："珪等逆贼，既害死大将军，还敢劫住太后么？"珪乃将太后放松，太后急不择

路，就从窗外跳出，植急忙救护，幸得免伤。始终难免一死，何如死在此时？是时袁术、吴匡、张璋等已攻入南宫，搜诛阉竖，止得小太监数名，杀死了事，独未见常侍黄门等人。适值袁绍趋至，术等具述情形，绍即与语道："逆阉虽众，今日已无生路，逃将何往？惟樊陵许相两人，甘为逆党，不可不除！"说着，即矫诏召入樊陵许相，一并处斩。

可巧车骑将军何苗也闻警驰来，绍即与潜赴北宫，行抵朱雀阙下，兜头碰见中常侍赵忠，立由绍麾众拿下；忠自北宫前来探视，冤冤相凑，被绍拘住，自然叱令枭首。忠见何苗在旁，还想求救，凄声呼语道："车骑忍见死不救么？"苗虽未答说，却已侧目向绍，似有欲言不言的苦衷，无非为他平日馈遗。待至忠首砍落，更不禁露出惨容。吴匡等素怨何苗不与乃兄同心，且见他形色惨沮，越觉可疑，遂传语部兵道："车骑与杀大将军，吏士能为大将军报仇否？"道言未绝，众皆应命，当即把苗抓去，砍作两段，弃尸苑中。兄弟同死，可谓两难？绍尚想拦阻，已是不及，乃引众突入北宫，关住大门，分头搜寻阉党，见一个，杀一个，见十个，杀十个，无论老少长幼，但看他颏下无须，尽行杀毙，接连杀至三千余人；有几个本非宦官，只因年轻须少，也被误杀，同做刀下鬼奴。想是与阉党同命，应该同日致死。只张让、段珪诸权阉，尚未伏诛，料他伏处内宫，守住太后少帝陈留王，于是引兵再进，深入搜查；惟何太后孑身留着，余皆不见，至问及太后，太后亦不甚明悉，但言"尚书卢植救我至此，卢尚书向我说明，皇帝兄弟被张让等劫出宫外，不知何往，现卢尚书已保驾去了"。绍乃仍请何太后摄政，并派官吏往追少帝、陈留王。

究竟少帝、陈留王两人被张让等劫往何方？原来张让、段珪因外兵已入北宫，势难再留，乃与残兵数人劫迫少帝兄弟，步出北门，夜走小平津；公卿无一相从，连传国玺都不及携取。到了夜半，才由尚书卢植及河南中部掾闵贡，相继赶来，贡手下带得步卒数人，既谒过少帝兄弟，便叱责张让、段珪道："乱臣贼子，尚想逃生，我今日却不便饶汝了！"说着，即拔剑出鞘，信手乱挥，劈倒了几个阉奴；独张让、段珪陪立少帝左右，急切无从下手，因用剑锋指示，勒令自杀；让与珪无力抗拒，没奈何向帝下跪，叩首泣辞道："臣等死了，愿陛下自爱！"语罢起身，见前面便是津涯，因急走数步，一跃入水，随波漂去。这真叫做浊流了。

贡见让、珪等皆死，乃与卢植扶住少帝兄弟，觅路趋归。少帝与陈留王向在宫中抚养，年龄尚稚，从未走过夜路，并且满地荆棘，七高八低，天色又黑暗得很，虽是有人扶着，尚觉得步步为难；幸有流萤三五成群，透出微光，飞到身旁好似前来导引，因此尚见路影，踯躅南行。约走数里，路旁始有民家，门外置有板车，下有轮轴，闵贡瞧着，便令随卒取车过来，也无暇敲门问主，就请少帝兄弟，并坐车上，由步卒在后推轮，慢慢儿行到洛驿，听得驿中柝声，已转五更，天空中雾露迷蒙，少帝等又皆困倦，料难再行，才就驿舍中留宿。俄顷便已天明，卢植先起，面白少帝，愿赴召公卿，来此迎驾，少帝当然依议，植即辞去。闵贡以驿舍不便久留，也即动身，驿舍中只有两马，一马请少帝独坐，贡与陈留王共坐一马，出舍南驰；方有朝中公卿，陆续趋到，扈驾同趋。



经过北邙山下，忽见旌旗蔽日，尘土冲天，有一大队人马到来，截住途中，百官统皆失色，少帝辩更觉惊慌，吓得涕泪交流，不知所措。惊弓之鸟。嗣见旌旗开处，突出一员大将，眉粗眼大，腰壮体肥，穿着满身甲胄，径至驾前，群臣惊顾，并非别人，乃是前将军董卓，稍稍放心。慢着。卓本在夕阳亭候命，经袁绍伪书敦促，因引兵再进，至显阳苑，望见都中火起，料有急变，便夤夜趱程，驰抵都城西偏，天已破晓，探悉公卿前去迎驾，因亦移兵北向，往迓少帝；可巧在北邙山前相遇，就跃马进谒。陈留王见帝有惧色，传诏止卓，当由侍臣向前，高声语卓道："有诏止兵！"卓张目道："诸公为国大臣，不能匡正王室，至使乘舆摇荡，卓前来迎驾，并非造反，为什么反要禁阻呢?"侍臣无语可驳，乃引卓谒帝。帝惊魂未定，好似口吃一般，不能详言，还是陈留王从容代达，抚慰以外，并略述祸乱原因，自始至终，无一失言。小时了了，大未必佳。卓暗暗称奇，隐思废立，面上尚不露声色，即请御驾还宫。先是京师有童谣云："侯非侯，王非王，千乘万骑上北邙。"至是果验。及少帝还宫后，即日颁诏，大赦天下，改光熹年号为昭宁，只传国玺已经失去，查无下落。汉已垂危，还要甚么传国玺?



骑都尉鲍信前奉何进差遣，从泰山募兵还都；既见时局大变，就往白袁绍道："董卓拥兵入都，必有异志，今不早图，必为所制，可乘他新至疲劳，乘隙捕诛，除去此獠，国家方有宁日呢！"绍惮卓多兵，且因国家新定，未敢遽发，免不得语下沉吟，信长叹数声，拱手告退，仍引还所招新兵，弃官归里。小子有诗咏鲍信道：

良谋不用便还乡，智士见机幸免殃；
若使后来常匿采，沙场未必致身亡。鲍信战死兖州，事见后文。

袁绍不敢诛卓，卓遂肆行无忌，欲逞异图。究竟卓如何横行，待至下回再表。

何进之谋诛宦官，反为所害，其事与窦武相同，而情迹少异。武之失，在于轻视宦官；进之失，则又在重视宦官，轻视宦官，故有临事出阁之疏，为人所制而不之觉；重视宦官，故有驰檄召兵之误，被人暗算而不之防，要之皆才略不足，优柔寡断之所致耳。且与武同谋者为陈蕃。蕃以文臣而致败，败在迂拘；与进同谋者为袁绍，绍以武臣而致败，败在粗豪。然蕃死而绍不死，卒得歼灭阉竖二千人，此由若辈恶贯已盈，必尽歼乃可以彰天罚，天始假手绍等，使之屠戮，非真视蕃为少优也。况引狼入室，绍实主谋，鲍信进诛卓之方，犹不失为中计，而绍又不能信从；绍非特害进，并且覆汉，其罪亦弥甚矣！若太后少帝及陈留王，被劫宦官，几濒于死，妇人小子，知识愚蒙，任人播弄，尚不足怪焉。

## 第六十六回　逞奸谋擅权易主<br>讨逆贼歃血同盟

却说董卓引兵入都，步骑不过三千人，自恐兵少势孤，不足服众，遂想出一法，往往当夜静时，发兵潜出，待至诘旦，复大张旗鼓，趋入营中，伪言西兵复至，都中人士竟被瞒过，还道日夜增兵，不知多少。既而何进兄弟所领部曲均为卓所招徕，卓势益盛。

武猛都尉丁原，表字建阳，有勇善射，何进曾令他屯兵河内，威吓宫廷；见前回。及众阉伏诛，少帝还驾，乃征原为执金吾。原麾下有一主簿，少年英武，力敌万人，姓吕名布，字奉先，籍隶九原，为原所爱，待遇极优。卓欲笼络吕布，特遣心腹吏李肃与布结交，赠他名马一匹，叫作赤兔，浑身如火，每日能行千里，此外尚有许多珍宝，作为送礼，引得布心花怒开，非常感激。肃却说出一种交换条件，叫他刺杀丁原，转投董卓。可恶。布竟为财物所卖，不管什么主仆情义，觑个空隙，将原刺死，携首送入卓营。卓盛筵相待，备极殷勤，面许布为骑都尉，布大喜过望，屈膝下拜，愿认卓为义父。主仆不可恃，父子果可恃么？卓复取出金帛若干，令布招诱丁原旧部尽归麾下；因此卓声焰益横。

会天雨不止，卓讽有司上奏，劾免司空刘弘，即由自己代任；又闻得蔡邕才名，征令入都。邕为中常侍程璜所谗，流戍朔方，见五十八回。嗣遇赦得还，尚恐不免，亡命江湖十二年，取柯亭竹为笛，得焦尾桐为琴，徜徉山水，倒也放浪自由；偏董卓派吏征召，与邕相遇，迫令就道，邕称疾不赴。卓得吏返报，不禁大怒道：“我力能诛人家族，蔡邕敢违我命，是自寻灭门大祸，休想再逃！”说着，又檄令州郡召邕，即日诣府，否则逮狱问罪。邕不得已入都见卓，卓使为祭酒，敬礼有加，阅日迁官侍御史，又阅日转补侍书御史，又阅日擢拜尚书，三日间周历三台，荣宠得了不得。旋有诏出邕为巴郡太守，复由卓留为侍中。



卓已得握大权，遂有心废立，自思袁氏四世三公，可倚为党援，压服人心，因擢举前司徒袁隗为太傅，且召司隶校尉袁绍，婉颜与语道：“今上冲暗，不合为万乘主，每念灵帝昏庸，令人愤悒；今陈留王年虽较稚，智却过兄，我意欲立他为帝，卿意以为何如？”绍直答道：“汉家君临天下，垂四百年，恩泽深厚，兆民仰戴；今上尚值冲年，未有大过宣闻天下，公欲废嫡立庶，恐众心未服，还请三思！”卓勃然道：“天下事操诸我手，我欲废立，谁敢不从？”绍又答道：“朝廷岂无公卿？公亦不宜专断，且绍亦须禀明太傅，方可报命。”卓闻言愈怒，拔剑置案道：“竖子敢尔！岂谓董卓刃不利么？”全无大臣体态。绍亦奋然道：“天下健夫，岂独董公？”一面说，一面也横引佩刀，作揖而出，匆匆趋至上东门，解去印绶，悬诸门首，当即跨马加鞭，自奔冀州去了。引狼入室，不为狼吞，还是幸事。

卓尚不肯罢议，遂召集百僚，会议大事，公卿以下，不敢不至。卓首先开口道："皇帝暗弱，不足奉宗庙，安社稷，今欲仿伊尹霍光故事，改立陈留王，可好么？"大众听了，彼此相觑，莫敢发言。卓又继说道："我闻霍光定策，延年按剑，如有人敢阻大议，应该军法从事！"忽有一人出答道："昔太甲既立不明，伊尹乃放诸桐宫，昌邑王嗣位仅二十七日，罪过千余，故霍光将他废去，改立宣帝；今皇上春秋方富，行未有失，怎得以前事相比呢？"卓不禁大愤，怒目瞋视，乃是尚书卢植，当即拔剑起立，恶狠狠地向植扑去，植离席趋避，百官皆散；卓尚未肯甘休，追植出来，旁边走过侍中蔡邕将卓拦住，劝他息怒；议郎彭伯亦趋前谏卓道："卢尚书海内大儒，有关人望，若先加害，反使天下不安！"卓乃止步不追；惟怒尚未解，趋入朝堂，迫令他尚书草诏，罢免植官。植匆匆出都，恐卓遣人行刺，绕道还乡；果然卓派吏往追，长途未见植踪，方才退归。



卓复将废立草议使人持示太傅袁隗，隗不敢反抗，报称如议。九月甲戌日，卓至崇德前殿，会同太傅袁隗等，胁何太后策废少帝，说是皇帝在丧不哀，无人子礼，不宜为君，应该废立，当由太傅袁隗，扶出少帝，解去玺绶，使就北面，何太后为威所迫，未敢发言，只有珠泪两行，滔滔不绝。妇人只此伎俩。哪知董卓厉害得很，不但废去少帝，还要幽禁太后，因复当众宣议道："太后尝逼死永乐太后，背妇姑礼，无孝顺心；古时伊尹放太甲，霍光废昌邑王，著在典册，后世称扬，今太后宜如太甲，皇帝宜如昌邑，方可上追成宪，下慰舆情！"百官闻言，虽然意中反对，但畏卓凶横，只好唯唯从命。卓即令尚书缮好册文，在朝宣读道：董卓敢颁册文，莫非汉祖宗不成？

孝灵皇帝，不究高宗眉寿之祚，早弃臣子，皇帝承绍，海内侧望；而帝天姿轻佻，威仪不恪，在丧慢惰，缞如故焉，凶德既彰，淫秽发闻，损辱神器，忝污宗庙；皇太后教无母仪，统政荒乱，永乐太后暴崩，众论惑焉，三纲之大，天地之纪，而乃有阙，罪之大者。陈留王协，圣德伟茂，规矩邈然，丰下兑上，有尧图之表；居丧哀戚，言不及邪，岐嶷之性，有周成之懿；休声美称，天下所闻，宜承洪业，为万世统，可以承宗庙，兹废皇帝为弘农王，皇太后还政，徙居永安宫；谨奉陈留王为皇帝，应天顺人，以慰臣民之望。

尚书读毕，即由卓率领百僚，拥出陈留王协，奉上皇帝玺绶，掖登御座，南面受朝；就是废帝辩亦使列朝班，以兄拜

弟，陈留王协年才九岁，睹此情形，很觉不安，但已为董卓所制，不得不权示镇定，拱手受成，史家称为献帝，就是汉家的末代主儿。当下颁诏大赦，改昭宁元年为永汉元年。少帝于四月嗣位，九月被废，相距仅五月间，改元两次。至献帝既立，又复改元，一岁中有四个年号，也是奇闻。

朝贺既毕，献帝还宫，卓即勒令弘农王辩，带同宫妃唐姬，出居外邸；一面迫何太后迁居永安宫。何太后只得迁移，但满腔悲愤，无处发泄，免不得带哭带骂，口口声声，咒诅董卓老贼。亲手铸成大错，骂卓何益？徒自速死。当有人报知董卓，卓派吏赍着鸩酒，至永安宫中，胁令何太后饮下；何太后求生不得，一吸立尽，毒发而亡。你要害死王美人、董太后，自然有此惨报。计自献帝登基，相距不过三日，卓令献帝至奉常亭举哀，公卿但白衣会葬，不成丧礼；惟与灵帝尚得合墓，追谥为“灵思皇后”。

董卓且因永乐太后与已同姓，力为报怨，既将何太后鸩死，复查得何苗遗骸，已经有人棺殓，索性再令剖发，把尸支解，抛掷道旁；又拘苗母舞阳君一并处死，裸弃枳棘中，不准收葬。《后汉书·何皇后纪》，舞阳君为乱兵所杀，惟《三国志》及《纪事本末》皆云由卓杀死，今从之。卓自为太尉，奉老母为池阳君，令太尉刘虞为大司马，大中大夫杨彪为司空，进豫州刺史黄琬为司徒；凡公卿以下至黄门侍郎子弟，各得选一人为郎，服役省禁，补前时宦官遗缺；至若承宣帝命，伺候皇后，专委侍中给事黄门侍郎，分充职使，共计得一十二人。又追理陈蕃窦武及诸党人宿冤，悉复爵位，遣使吊祭，擢用子孙。所有宦官家产，一体抄没，纤毫不遗。卓复自封郿侯，加斧钺虎贲；未几又晋位相国，入朝不趋，赞拜不名，剑履上殿。使司徒黄琬为太尉，司空杨彪为司徒，光禄勋荀爽为司空。爽为前当涂长荀淑子，幼年好学，十二岁能通《春秋》、《论语》；至桓帝时，入拜郎中，陈言不用，弃官自去；嗣因钩党狱兴，遁居海上十余年。



董卓入朝废立，虽然凶暴，尚欲牢笼物望，要结人心。尚书周毖、城门校尉伍琼因劝卓力矫前弊，征用天下名士；卓乃命召荀爽及陈纪即陈实子。韩融系前嬴县长韩韶子。郑玄、申屠蟠，蟠与玄谢病不至。爽为吏所迫，受命为平原相，行至宛陵，复调回都中，迁官光禄勋，视事只阅三日，即超拜司空。陈纪、韩融皆不得已就征，纪为侍中，融为大鸿胪。卓又举尚书韩馥为冀州牧，侍中刘岱为兖州刺史，孔伷为豫州刺史，张邈为陈留太守，张咨为南阳太守，数人皆非卓亲旧，得邀简放，总算是推贤进士，冀博美名。惟回忆袁绍抗命，尚有余恨，特悬赏购拿，严令迭下；周毖、伍琼却与绍为故交，乘间说卓道：“废立大事，原非常人所能为；袁绍不达大体，因惧出奔，并无他志。今若购拿过急，反至激成变乱，袁氏树恩四世，门生故吏，充满天下，万一与公相拒，收豪杰，聚徒众，独霸一方，恐山东非公所有了，不如从宽赦宥，拜为郡守，绍喜得免罪，必且感公，何至再生他变呢?”卓乃拜绍为渤海太守，封邟乡侯，又使袁术为后将军，曹操为骁骑校尉。

术终恐罹祸，奔往南阳；操亦不愿事卓，出都东归。罗氏《演义》中有曹操献刀事，史传不载，恐系附会。行至成皋，过故人吕伯奢家，适伯奢外出，家中留有五子，与操素相认识，当然接待，留操食宿；操本是个多心人，夜卧床中，不遑安枕，忽闻宅后有磨刀声，不禁跃起，侧耳细听，又模模糊糊的有快杀两字，更觉动疑，暗想我背卓潜逃，莫非卓已派人到此，叫他杀我?不如速走为是，当下启扉欲行，偏被吕子闻知，出来挽留，形色似觉慌张，益足令人生怖，于是不问虚实，竟拔出佩刀，劈死吕子；转思一不做，二不休，索性闯入后宅，杀个净尽，吕家未曾防着，见操持刀进来，不及逃避，被操一阵乱斫，除伯奢五子外，又杀死妇女三人；搜至厨下，却见一猪被缚，尚未宰割，才知自己错疑，误杀好人，不由得凄然泪下，嗣又转念道：“宁我负人，毋人负我!”操之奸由此二语。遂掉头不顾，夤夜出奔。道出中牟，正遇亭长巡逻见操夜行带刀，疑为匪类，把他拦住；问讯姓氏，操不肯自说姓名，语多支吾，亭长疑上加疑，便将操执送县中。县廨有一功曹，曾与操见过一面，知为乱世英雄，因向县令前代为缓颊，始得释放。罗氏《演义》指县令为陈宫，史无实据，故亦从略。操侥幸脱身，匆匆东去。



卓因操不别而行，也曾行文缉拿，但自恃威权，以为无人敢抗，就使操等不服，潜踪自去，也是无关轻重，不足为忧；所以拿获与否，未尝严究。且因得志以后，恋及财色，尝纵兵搜索豪富，见财便取，见色便虏，号为搜牢。洛中贵戚甚多，往往积有资财，拥娇妻，蓄美妾，坐享荣华，一经搜牢令下，都害得倾家荡产，连床头的美人儿，也被掠入相国府中，不知生死。董卓在府中坐待，每遇兵士抢掠回来，必亲自查验，最贵的珍宝输入内藏，最好的妇女充入下陈；余皆散给将士，令得分尝一脔。也算是与众同乐。卓尚嫌不足，又从宫中取出采女，无论已幸未幸，但教姿色可人，便即牵归；甚至娇娇滴滴的公主，亦被他掠回，每日逼令侍寝，轮流取乐。可怜这妙年女郎，含苞未吐，枉遭那硕大无朋的淫贼恣情蹂躏，求生不得，求死不能，岂不是无辜招殃么？总是怕死之故。

转瞬间已是年暮，有诏除光熹昭宁永汉三个年号，仍称中平六年，越年元旦，乃改号初平，百官俱先至相国府贺谒，然后由董卓带领入宫，朝见献帝。及退班散去，卓回至府中，召集一班粉面油头，通宵筵宴，醉赏升平。约莫过了旬余，又要安排元宵灯席，大庆团圞。忽由外面递入警报，乃是关东牧守，合兵声讨，公然要他身家性命，取谢国人；卓也不禁着忙，再令干吏往探消息，原来事起东郡，由太守桥瑁发生。瑁为故太尉桥玄族子，曾为兖州刺史，颇著循声；及调任东郡太守，正值董卓废立，逆恶昭彰，海内豪雄，多欲起兵讨卓，只因先发无人，未敢轻举，瑁有志讨逆，亦恐势孤力弱，不足济事，乃诈作三公密敕，移书州郡，陈卓罪恶，征兵赴难。



时冀州牧韩馥由卓推举，到任数月，探得渤海太守袁绍日夕募兵，有图卓意，自思渤海隶属冀州，正好遣吏监束，使绍不得妄动，方得报卓知遇；主见已定，偏接到桥瑁移文，展阅一周，又累得满腹狐疑，乃召问诸从事道：“今果当助董氏呢？还是助袁氏呢？”语尚未毕，即有治中从事刘子惠，挺身出答道：“起兵为国，何论袁董？”两言可决。馥被他提醒，面有惭色，乃致书与绍，听令起兵。绍得韩馥赞成，越加胆壮，遂派使四出，约同举义。东郡太守桥瑁与冀州牧韩馥当然如约。绍从弟后将军袁术、山阳太守袁遗也即响应；还有豫州刺史孔伷、兖州刺史刘岱、陈留太守张邈、广陵太守张超、河内太守王匡均复书答绍，同时并举。前典军校尉曹操，逃归陈留，散家财，募义徒，为讨卓计，又得孝廉卫兹出资帮助，集成了五千人，一闻袁绍起事，即率兵往会。就是前骑都尉鲍信，引兵返里，并未遣散，反多招了万余名，合得步兵二万，骑兵七百，辎重五千余乘，与弟鲍韬督练成军，援应各州郡义师。

袁绍引军至河内，与王匡合兵；韩馥留驻邺城，督运军粮；袁术屯鲁阳，余军屯集酸枣，设坛祭天，歃血为盟。各牧守互相推让，莫敢先登，突有广陵郡功曹臧洪撩衣登坛，操盘歃血，当即向众宣言道：



> 汉室不幸，皇纲失统；贼臣董卓，乘衅纵害，祸加至尊，虐流百姓，大惧沦丧社稷，翦复四海。今由渤海太守袁绍等，纠合义兵，并赴国难，凡我同盟，齐心戮力，以致臣节；陨首丧元，必无二志。有渝此盟，俾坠其命，无克遗育，皇天后土，祖宗明灵，实共鉴之！

洪字子原，系广陵人，为故匈奴中郎将臧旻子，前曾举孝廉为郎，因乱弃官，还隐家中；太守张超，延为功曹，起兵向义，实由洪怂恿出来。洪身长八尺，状貌魁梧，声如闳钟，当登坛宣众时，说得慷慨激昂，声泪俱下，大众听了，无不动容。

歃血既毕，遂由各牧守推选盟主，群言袁绍四世三公，应为领袖；绍辞让至再，经大众合词要求，然后应允。徒以门生推举，未免失真。绍自号车骑将军，领司隶校尉，使曹操行奋武将军，一面传檄天下，历数董卓罪恶，杀有余辜。于是长沙太守孙坚承檄起兵，袭杀荆州刺史王睿，直指南阳；前西园假司马张杨回籍募兵，道经上党，接得绍檄，也即在上党发难，纠合义徒数千人，进趋河内。共计讨卓人马，先后得十有四路，陆续会集，伐鼓渊渊，振旅阗阗，也好算得一场豪举了。反衬下文。小子有诗叹道：

仗义联盟德不孤，为王讨逆效前驱；
当年若果同心力，元恶何忧不立诛？

既而檄文传入京师，连董卓亦得瞧着，卓又惊又愤，复想出一条逆谋，嘱使郎中令李儒照行。欲知他如何行逆，下回再当说明。



少帝之废，谁致之？何太后致之也！何太后以屠家女，得为国母可称万幸，假令知足不辱，谦尊而光，则衅隙无自而生，祸难即可不作；何至母子兄弟，同归于尽，而国祚且为之阴移欤？夫惟其鸩死王美人，逼死董太后，念念为嗣子计，又念念为母族计，而后苍苍者乃嫉恶之。千里草，何青青？正天之巧为驱集，所以死悍后而彰恶报也。董卓为汉末乱贼，人人得而诛之；关东各路之兴师，名正言顺，谁曰不宜？独惜各牧守有讨贼之举，而无讨贼之才；且推袁绍为牛耳长，使主齐盟，绍固一引卓祸汉者，奈之何以门望相推也？当时之智勇较优，厥惟曹操、孙坚二人，然观于后来，皆非汉家柱石，韩馥以下无讥焉。罗氏《演义》，乃更以孔融、陶谦、马腾、公孙瓒羼入之，四子并未讨卓，安能与列？虽曰小说，亦不应穿凿失真，一至于此也。

# 第六十七回　议迁都董卓营私 遇强敌曹操中箭

却说郎中令李儒受了董卓的密嘱，依言行事。看官道是何谋？原来卓因关东兵起，檄文指斥罪恶，第一件便是废去少帝。暗思少帝虽已废为弘农王，但尚留居京邸，终为后患，不如斩草除根，杀死了他，免得他虑，乃嘱李儒往鸩弘农王。儒即携鸩酒至弘农王邸中，托词上寿，举酒献王道："请饮此酒，可以辟邪！"弘农王摇手道："我无疾，何须饮此酒？想是汝来毒我呢！"儒逼令取饮，弘农王皱眉不答，儒竟张目道："董相国有令，怎得不从？就使不饮此酒，难道还想延年么？"为虎作伥，可恨可杀。时王妃唐姬在侧，情愿代饮，儒又叱道："相国并不令汝死，怎得相代？"弘农王自知难免，遂与唐姬永诀，涕泣作歌道：

天道易兮我何艰？弃万乘兮退守藩！逆臣见迫兮命难延，逝将去汝兮适幽玄！

歌罢，且令唐姬起舞。唐姬且舞且泣，且泣且歌道：

皇天崩兮后土颓，身为帝兮命夭摧；死生路异兮从此乖，奈我茕独兮心中哀！

弘农王闻歌悲咽，相向失声。李儒在旁催逼道："相国立等回报，岂一哭便能了事么？"弘农王乃取过鸩酒顾语唐姬道："卿为王妃，不能再为吏民妻，幸此后自爱！"唐姬泣不能仰，弘农王已将鸩酒饮下，须臾毒发，晕死地上，年只一十五岁。或云十八岁。李儒见王已死，当即返报董卓。唐姬抚尸枕股，大哭一场，待至棺殓粗毕，复有吏人前来，迫姬出邸，姬对柩拜别，归赴颍川母家。父瑁曾为会稽太守，见女青年守嫠，意欲改嫁，姬矢志靡他，因听令居住，后文慢表。



且说董卓既鸩死弘农王，乃召百僚会议，欲大发兵马，出击关东各路义师。突有一人插嘴道："为政在德不在众！"卓才听得一语，便怒目注视，见是尚书郑泰，便叱问道："如卿所言，兵果无用么？"泰答说道："泰非谓兵可勿用，但以为山东诸牧守，虽然发难，不必烦劳大兵。试想光武以来，中国无警，百姓安逸，忘战日久。仲尼有言：'不教民战，是谓弃之。'今山东州郡连结，看似强盛，实皆乌合，不能为害，这是第一件不烦大兵；明公起自西州，出为国将，练习兵事，屡践战场，名振当世，人怀慑服，这是第二件不烦大兵；袁本初绍字本初。系公卿子弟，生长京师，张孟卓邈字孟卓。乃东平长者，坐不窥堂，孔公绪徒清谈高论，吹枯嘘生，并无什么韬略，足为公敌，这是第三件不烦大兵；山东将士，素少精悍，勇不若孟贲，捷不若庆忌，但教偏师一出，即可成功，这是第四件不烦大兵；就使果有健将，也是尊卑无序，王命不加，徒然恃众怙力，星分棋峙，胜不相让，败不相救，怎肯同心共胆，持久不敝？这是第五件不烦大兵；泰虽诡词对卓，但此条实为泰所料，不幸多言而中。关西诸军，夙习兵事，近来又屡与羌斗，妇女尚能戴戟操矛，张弓发矢，况为勇夫壮士，使当关东散卒，定可全胜，这是第六件不烦大兵；现在天下所畏，无过并凉人及羌胡义从，公得收作爪牙，遣使拒敌，譬如驱虎赴羊，一可当百，何庸多兵自扰？这是第七件不烦大兵；且明公将吏，统是干城腹心，周旋日久，恩信相结，忠诚可任，智谋可恃，少许足胜人多许，这是第八件不烦大兵；泰闻战有三亡，以乱攻理者亡，以邪攻正者亡，以逆攻顺者亡，今明公秉国平正，讨灭阉竖，忠义卓著，有此三德，待彼三亡，奉辞伐罪，何人敢当？这是第九件不烦大兵；东州郑玄，学赅古今，北海邴原，清高直亮，众望所归，足为儒生矜式，彼诸将若就询计划，非不可虑，但燕赵六国，终为秦灭，吴楚七国，卒败荥阳，成败利害，凭诸理势，如郑玄邴原诸人，怎肯赞成逆谋，造乱长寇？这是第十件不烦大兵。明公若因刍议所陈，稍有可采，正不必四出征发，惊动天下；否则弃德恃众，反损威望，非徒无益，反且有害呢！”这一番话，说得董卓呵呵大笑，满口夸奖道：“公业泰字公业。真不愧智士呢！”遂面授泰为将军，使统诸军，出击关东，泰也觉暗喜，拜谢而出。

看官阅过前文，应知郑泰已经归里，为何又出任尚书？回应六十五回。原来董卓搜罗名士，征泰入朝，泰不得已，应召而至，受职尚书。他见卓凶横不道，也想设法除奸，一时无从下手，巧遇关东兵起，乐得乘间进言，好教卓倚作股肱，可以联络外人，暗中摆布。及卓使为将军，正中心坎，当即部署兵马，即拟起行；谁知有人窥透泰意，向卓效忠道："郑公业智略过人，尝思结谋外寇，今反资以兵甲，令就党与，窃为明公担忧呢！"卓乃止泰出兵，留为议郎，嗣是格外加防，特擢义子吕布为中郎将，侍卫左右，行止不离。难道就靠得住么？

侍御史扰龙宗诣卓白事，未解佩剑，即由卓叱他无礼，呼布击死。越骑校尉伍孚代为不平，尝在朝服内，披着小铠，怀着利刃，意欲伺便刺卓。一日入阁启事，交代明白，便即辞出；卓因孚素有重望，特别敬礼，起送数步，孚见卓孑身相送，还道命该断绝，就故意回头拦阻，乘隙取出藏刀，向卓砍去；卓眼明手快，立即侧身闪过，再仗着两臂气力，牵住孚腕，不使再动；那吕布早已瞧着，抢前救卓，将孚揪倒地上。卓怒问道："谁教汝反？"孚亦回詈道："汝非我君，我非汝臣，有什么反不反呢？汝乱国弑主，罪大恶极，天下孰不想食汝肉，寝汝皮！今日是我死日，故来诛汝。可惜可恨，不能磔汝市朝，以谢天下！"卓闻言益怒，立命将孚牵出，置诸极刑。或说即伍琼，但史称琼与周毖同死，当是两人。



孚既杀死，警报日急，不但关东军事日有所闻；还有白波贼帅郭太连年骚扰，聚众至十余万，寇太原，破河东，气焰甚盛。白波贼见六十四回。卓亟遣女夫中郎将牛辅往讨白波贼，另派中郎将徐荣等，带领重兵，出屯近畿，阻遏关东各路人马。会都中有童谣云："西头一个汉，东头一个汉，鹿走入长安，方可无斯难。"卓偶有所闻，证诸图谶，亦是汉运将终，因即思迁都长安，借避兵锋。当下与公卿商议，公卿等皆不欲西迁，只是惮卓凶威，未敢反抗，大都默默无言。时车骑将军朱俊方为河南尹，卓因俊多年宿将，外示亲昵，阴实嫉忌，恐他交通关东，乃表迁俊为太仆，使副相国，即日派出朝使，赍诏召俊。俊辞不肯受，且语朝使道：“国家西迁，必辜民望，且反足示弱，使关东益张声势，殊属非宜。”朝使诘问道：“召君受拜，君乃谢绝，不问迁都事宜，君偏龈龈有词，这是何故？”俊答说道：“臣本不才，怎堪为相国副手？若迁都计议，须公诸舆论，何妨直言？”朝使又问道：“迁都尚未决定，事不外闻，君果从何处得来？”俊微笑道：“董相国已商诸公卿，且与臣亦曾说过，所以得闻。”朝使不能再诘，乃返报董卓，取消太仆成命。

卓复大集百僚，再议迁都事宜，太尉黄琬、司徒杨彪、司空荀爽等并皆列席，卓先倡议道：“昔高祖都关中，计十有一世，及光武帝都洛阳，至今也十有一世；我看天运循环，应仍还都长安，方为适宜。”大众仍面面相觑，莫敢发言。惟司徒杨彪起语道：“移都改制，事关重大，即如盘庚迁亳，实避河患，殷民尚且胥怨，必待再三晓谕，始无异辞；今无故迁都，必致百姓惊动，糜沸蚁聚，反且增忧，不如仍旧为是！”卓驳说道：“石苞室谶，曾云汉终十一帝，若非速迁，难道就此罢休么？”彪复说道：“石苞谶语，多属邪言，不可凭信，况关中经王莽祸乱，未曾修复，所以光武帝改都洛邑，今历年已久，百姓安乐，何必迁乔入谷，自蹈危机？”卓作色道：“关中物产丰饶，形势利便，故秦得并吞六国；若因宫阙残破，陇右材木甚多，运输最便，杜陵南山下，有瓦窑数千处，并工营造，指日可成，百姓何足与议？尽管西迁便了！”彪又说道：“关东方起乱兵，若闻我迁都，必更西进，不可不防！”卓狞笑道：“这更可无虑了！我既迁居长安，居高临下，势若建瓴，且有陇西劲旅，驱逐乱众，可令他出沧海之外，请君不必劳心！”彪尚将易动难安，宁逸毋劳，絮絮地说了数语，惹得董卓性起，扬眉张须道："公欲阻挠大计么？"太尉黄琬从旁婉劝道："这系国家大事，杨公所言，未始无见，还请三思！"卓斜目视琬，忿然不答。

司空荀爽见卓声色逼人，恐害及彪等，乃从容进言道："相国本意，想亦不愿多劳，无非因山东兵起，未可立平，所以迁地为良，据关自固，这也是秦汉开国的至计呢！"聊为解嘲。卓听得此说，意乃少解，面色渐平。黄琬杨彪荀爽等也即退出。卓竟借灾异为名，奏免黄琬、杨彪二人，另进光禄勋赵谦为太尉，太仆王允为司徒。适尚书周毖与城门校尉伍琼同至卓前，谏阻迁都，卓并不一睬，二人又复力谏。卓不觉触起前恨，拍案痛叱道："卓入朝时，二君劝用善言，故卓辄依议；今韩馥等受官赴任，反举兵图卓；袁绍为二君所保荐，今且为戎首，若再听二君计议，恐卓命要从此断送了！卓不负二君，二君负卓太甚！"说至此，竟翻转脸皮，叱令左右牵出两人，同时斩首。二人虽是枉死，不得与伍孚并论。复使司隶校尉宣播，率领吏士，往杀太傅袁隗及太仆袁基；系袁术兄。所有两家眷属，无论男女老小，全体骈戮，共死五十余人，把一大堆尸骸，载至春城门外，同埋一穴。黄琬、杨彪尚留寓都中，只恐连坐被诛，慌忙至相国府中，自谢前时失言；卓嘉他悔过，复表琬彪为光禄大夫。琬为黄琼孙，彪为杨震曾孙，畏死媚贼，俱未免有愧祖风。

随即决计西迁，先使文武百官扈跸出都，再驱洛阳人民数百万口，尽徙长安；宫廷内外，没一人情愿西行，只为董卓所迫，不敢不草草整装，准备起程。哪知董卓凶恶得很，严定限期，不准捱延时日，豪家富室总有若干财产，匆匆不及安排，吁请宽限，卓却斥他违命不道，派吏收捕，斩首示威，并将财产籍没，充作军糈。可怜官民人等，弃其田园庐舍，只带得些须细软物件，扶老携幼，仓皇就道；随着献帝车驾，陆续前行，途中步骑驱蹙，更相践踏，再经道旁盗窃乘隙偷夺，无论贫富贵贱，都害得颠沛流离，饥苦冻馁，甚至饿莩载道，暴骨盈途。谁为为之？孰令致之？卓尚拥着兵马，屯驻洛阳荜圭苑中，饬令军士纵火，尽毁宫庙民庐，二百里内，统成赤地，鸡犬不留。于己无益，何苦为此？又使吕布发掘诸陵及公卿以下坟墓，收取珍宝，充入私囊。难道自己好长生不老，受享终身？一面再遣将士出击关东诸军。会闻河内太守王匡进兵河阳津，窥取洛阳；卓用疑兵前往挑战，潜使锐卒从小平津偷渡，绕出匡军背后，前后夹攻，大破匡军，拿住许多军士，各将布帛缠束，外用膏油浇灌，然后引火焚身，从下至上，好多时才得烧死，号声震地，臭气熏天，真是耳不忍闻，目不忍睹。

那王匡败还河内，报知袁绍，绍正得悉隗基族灭，很是悲



愤，檄令各军猛进，不料匡军败还，各路夺气，连袁绍也不胜彷徨。本初原是无能。奋武将军曹操宣言道：“举义兵，诛暴乱，大众已合，还有何疑？设使董卓挟持天子，据守旧京，东向以临天下，虽无道横行，尚足为患，今乃焚烧宫阙，劫迁车驾，海内震动，不知所归，这真是天怒人怨，诛锄首恶的时机。若能并力西讨，一战就可平定了！”到底还是曹阿瞒。各军帅皆虎头蛇尾，莫敢先进，绍亦逡巡不发。国仇家怨，不思急报，做甚么盟主？只陈留孝廉卫兹，本来与操同志，至此亦欲与操同行，商诸太守张邈得兵数千，愿为操助。操毅然独进，自率部曲为先锋，使卫兹为后进，经成皋，达荥阳，一路顺风，所向披靡。董卓闻操为先锋，西向进兵，沿途连破数垒，劲气直达，不由得惶急起来，暗想关东人马，不下数十万，若随操继进，人多势盛，如何抵敌？不若用缓兵计，使人修和，乃遣大鸿胪韩融、

少府阴循、执金吾胡母班、将作大匠吴循、越骑校尉王瑰、东出宣慰，劝令罢兵。袁绍等当然不从，拘戮胡母班、吴循、王瑰，袁术亦执杀阴循，惟韩融素有名德，释令西归。

卓闻报大怒，飞饬中郎将徐荣扼住汴水，不准放过关东一卒；又拨锐兵助荣。荣奉卓命，在汴水旁严行防守，可巧曹操驰至，即开营搦战，两军对阵，荣兵比操兵约多数倍，操兵突遇劲敌，一见便惊，各有退志，还是操慷慨誓师，引兵突出，与荣大战一场，自午前杀至日昃，兀自支撑得住。荣见部兵战操不下，抽出锐骑，专攻操阵中坚，又使余众开张两翼，包围操军。操军已经战乏，禁不住荣军围裹，只好各顾生命，分头乱跑；惟有几个曹氏亲将，如曹仁、曹洪、夏侯惇、夏侯渊等，还算保住曹操，舍命冲突。操料不能支，拍马返奔，偏后面追军，喊杀不绝，天时又至昏暮，路黑难行，正在危急万分的时候，猛听得弓弦声响，连忙闪避，已是不及，项下已中了一箭，接连又是一声，马随声倒，把操倾翻地上；当有敌兵数人，竟来杀操。亏得曹洪驰至，抡刀赶散，复一跃下马，将操扶起，拔镞裹疮，掖令坐上己马，自愿步行。操顾洪道："我弟岂可无马？倘或追兵到来，如何厮杀！"洪应声道："天下可无洪，不可无公！"从兄弟尚且如此，同胞当如何？操正在叹息，后面喊声复至，乃加鞭急走；行约里许，前面忽火炬通明，又有一军趋至，操与洪俱不胜惊忙，及仔细审视，乃是后军卫兹，方才放心。兹到了操前，见操狼狈得很，也不暇多说，拥操回马，连夜趋还酸枣。



酸枣屯兵，共有数路，差不多有十数万人，张邈、刘岱、桥瑁、袁遗诸太守，均按兵不动，镇日里置酒高会，快活消遣。操目睹情形，向众愤语道："诸公在此屯留，莫非待贼坐毙不成？如肯听我计，最好请袁本初引河内众士，移至孟津酸枣间，诸公分守成皋，据敖仓，塞轘辕大谷，制贼死命；再使袁公路术字公路。率南阳兵甲，攻入武关，耀威三辅，然后可深沟高垒，勿与彼战，但用疑兵左出右入，使彼自相惊乱，必亡无疑；今兵以义动，专在此徘徊观望，惹人耻笑，窃为诸公不取哩！”张邈等微哂道：“孟德新败，锐气方挫，只好休养数日，再作良图。”全然不关痛痒。操闻言益愤，掉头径出，自与曹洪、夏侯惇等东赴扬州，进见刺史陈温及丹阳太守周昕，勉以忠义，共讨董卓。二人亦庸碌无奇，只因碍着情面，拨给兵士四千人。操乃还至龙亢，夜宿帐中，忽帐外哗声四起，急忙起视，但见烟尘缭乱，火势炎炎，一时不暇细问，想必是营兵谋变，当下拔剑在手，冲将出去，砍倒了十数人；可巧曹洪、夏侯惇等亦执械进护，才得将乱兵驱散，扑灭余火。彻底调查，

只有五百人不动，由操用言奖勉，乘夜起行；沿途复招得壮士千余人，仍至河内。闻得刘岱、桥瑁互相仇杀，瑁竟被岱刺死，改任王肱为东郡太守，操不禁嗟叹道：“逆恶未除，先自推刃，如何得成事呢？”

好容易过了残年，关东诸将发生一种议论，要推立幽州牧刘虞为帝。虞为汉室支裔，已见前文，应六十四回。自莅任幽州后，招携怀远，课农劝耕，开上谷胡市，通渔阳盐铁，民安物阜，颇称小康。青徐士庶，避难归虞，约有百万余口，经虞收视抚恤，各得重生，董卓尝拜虞为大司马，且进加太傅，只因道路梗塞，使命难通，所以虞仍守原任，安镇一方。关东牧守因闻洛都西迁，天子幼冲，未卜存亡，乃拟奉虞为主。袁绍却也乐从，转询曹操，操慨然道：“我等举兵西向，远近莫不响应，无非因师出有名，乃得致此；今幼主微弱，受制贼臣，非

有昌邑亡国的罪孽，乃一旦改易，是我等亦将为董贼了！诸君如欲北面，我却仍然西向，不改初心。”说得袁绍哑口无言，再使人致书袁术，术答书不从。看官阅此，几疑袁术曹操宗旨相同，其实术已阴图自立，操尚有志效忠，试阅后文，自见分晓。小子有诗叹道：

谋国只应定一尊，如何横议欲分门？
袁曹抗辩非无理，心迹犹难共比论。

究竟袁绍等曾否立虞，待至下回再详。

山东兵起，董卓遣将出御，未闻败衄，而忽议西迁，意者其即由贼胆心虚，有以慑其魄而夺其气欤？然于伍孚行刺，则杀之；于周毖伍琼之进谏，则亦杀之；于袁隗、袁基之有关绍术，则又杀之；穷凶极恶，何其残忍乃尔？且屠戮富人，焚毁宫室，二百里内，不留鸡犬，虽如秦政项羽立暴虐，亦未有过于是者。诚使袁绍等同心戮力，联镳西进，则以顺攻逆，何患不胜？乃貌若相合，心实相离，口血未干，私争已启，徒赖一气盛言宜之曹操，亦何能济？汴水之败，非操之罪，乃诸牧守之罪耳？寡不可敌众，弱不可敌强，愚夫犹且知之，且牧守逗留不进，任令操之孤军深入，不败何待？操虽败犹奋，尚欲募兵再往，此时之曹阿瞒，固不可骤然加责也。若袁绍诸人，其固所谓尸居余气者乎？

# 第六十八回　入洛阳观光得玺
# 出磐河构怨兴兵

却说袁绍等欲推戴刘虞，虽经曹操、袁术二人梗议，但尚未肯罢休，即遣故乐浪太守张岐，赍书至幽州劝进。虞厉声叱责道："今天下崩乱，主上蒙尘，我受国厚恩，恨未能扫清国耻，诸君各据州郡，正宜戮力王室，同诛首恶，奈何反造作逆谋，来相垢污呢？"说着，便掷还来书，拒绝张岐。岐扫兴还报，袁绍韩馥再遣使诣幽州，请虞领尚书事，承制封拜；虞复不听，并将使人斩首，杀使亦未免过甚。于是众议乃息。但袁绍等始终不进，渐至兵疲粮尽，陆续解散。独长沙太守孙坚，豪气逼人，自荆州至南阳，有众数万，向太守张咨借粮，咨不肯发给。坚即假称急病，愿将部众交咨接管，咨也恐有诈，率五六百骑至坚营，坚令部将佯与周旋，自从后帐突出，直至咨前，举剑一挥，剁落咨首；咨部下五六百人，无不股栗，情愿投诚。坚至城内取得军粮，即转赴鲁阳城，与袁术相见，术表坚行破虏将军，领豫州刺史；坚乃向术约定，自往冲锋，由术输粮接济，当下引兵急进，所向无前。

董卓闻报，忙调中郎将徐荣，截击坚军；荣素有勇略，先引轻骑驰抵梁县，令大队从后继进。坚方屯兵梁东，探得荣兵不多，未以为意；谁知到了夜间，营外火起，竟有敌兵前来劫营。坚也曾防着，一闻有变，便披挂上马，引众出战，既至营外，从火光中望将过去，但见四面八方，统是敌军旗号，也不禁暗暗生惊，自思营垒已陷入围中，万难保守，不如令部兵各自为战，得能杀出重围，再作计较。于是下令军中，分队冲杀，坚亦自当一队，驱率亲兵，拚命杀出；待至跳出围外，只有亲将祖茂及残骑数十人随着。那敌兵尚不相舍，在后急追，茂劝坚脱下赤帻，与自己盔帽掉换，让坚先走，留身断后，坚急驰得脱。独茂为敌骑所蹙，情急智生，把赤帻挂在冢间柱上，悄悄下马，走伏草中，敌骑望见赤帻，四面绕集，环至数匝，想就此活捉孙坚；有几个胆大的军士，奋拳张臂，抢步前拿，一声怪响，倒把拳头爆回，血染淋漓，仔细辨认，才知是个石柱，并不是个孙坚，只得叹声晦气，转身引去。这是黑夜中贪功之失。



茂亦得脱逃，归见孙坚，坚很是喜慰，夤夜收集败卒，尚得一二万人；次日复部署成军，移屯阳人聚。徐荣闻报，又领兵往攻；坚此时已惩着前辙，不敢浪战。先令亲将程普、韩当、黄盖诸人，三伏以待，看到敌军近攻，方亲出诱敌，战至数合，便拍马返奔。徐荣部下有一骁将，叫做华雄，平时出入敌阵，无人敢当，至此见坚已败逃，就不顾得失，挺身出追，部军自然随上，荣见坚军寥寥，也道是众可制寡，挥军直上。坚引敌入伏，一声号令，程普、韩当、黄盖先后杀出，围住华雄。雄仗着一柄大刀，左招右架，还是勉强支持，不防箭声四起，利镞攒飞，一刀如何敌百矢？眼见得附贼骁雄，身受重创，倒毙马下。罗氏《演义》中谓为关羽所杀，真善附会。雄既射死，所领部兵也被坚军杀尽。待至徐荣到来，得知前军覆没，慌忙退回，累得自相践踏，辙乱旗靡；再经坚军驱杀一阵，十死五六，匆匆逃归。

败报传入洛阳，董卓亟使陈郡太守胡轸为大督护，义子中郎将吕布为骑督，领兵东出，助荣击坚。轸自恃年长，瞧布不起，预在军中扬言道："今日出军，须先斩一青绶，方可使士卒效命，杀敌扬威。"布不胜愤懑，待行至广成，去阳人聚约数十里，遂不愿再进，让轸先往。轸因人马困乏，也拟休息一宵，待旦进攻，夜间在旷野安营，不及设栅，军士远来疲倦，统皆解甲就寝。约莫睡了片刻，蓦听得有人大呼道："贼来了！快走！"各军从梦中惊起，四散狂奔，甲不及披，马不及乘，



统皆弃去；就是胡轸也觅路乱跑。急走了十余里，并不闻有敌军影响，究竟声从何来？实是吕布欺轸的诡计。好容易等到天明，再至原处，拾取兵械，不意尘头大起，果有敌兵杀到，为首大将，正是破虏将军孙坚。轸军都皆失色，回头就逃，稍迟一步，便被坚军杀死，轸复仓皇窜还，直至数十里外，后面才无追兵。最奇怪的，吕布一军，不知去向；待了多时，方有溃军趋集，十成中已丧失四五成，惟吕布仍然不见。那时轸垂头丧气，自思不能再战，只好奔回洛阳。及入报董卓，见布已在侧，方知布早趋还，连忙叩头谢罪，好在布亦投鼠忌器，但言坚军势盛，未尝指斥轸过，轸始得免谴；由卓说了且退二字，好似皇恩大赦，再磕了几个响头，起身出外去了。大是幸事。

孙坚既两得胜仗，遣人报知袁术，且催术运粮济师。术误听谗言，惟恐坚得洛阳，不能再制，遂勒粮不发。坚得去使

归报，即乘夜驰白袁术，用杖画地道："坚与董卓，本无怨隙，所以挺身前来，不顾生死，一是为国家讨贼，二是为将军报仇！今大勋垂捷，将军乃听人谗构，不发军粮，无怪吴起抱恨西河，乐毅转投赵国呢！"术面有惭色，不得已拨粮给坚。坚还屯阳人聚。可巧卓遣将军李傕来求和亲。坚勃然大怒道："卓逆天无道，荡覆王室，若不夷他三族，悬首示众，我虽死不能瞑目，尚欲向我和亲么？"说罢，传令将傕撵出。何不将他枭首？也可预除一贼。

傕回洛复命，卓尚欲张皇威武，镇定人心，乃遣兵往阳城。适值民间结社祀神，男女毕集，兵士突然闯进，尽杀男子，枭首系住车辕，并将妇女全数掠归，歌呼入城，只说是攻贼大获；卓令将首级焚去，所掠妇女分赏兵士。忽有军吏入报道："孙坚兵入大谷，距此止九十里了！"卓当然着急，顾见长史刘艾在旁，便与语道："关东各军，屡次败衄，皆无能为；独孙坚颇能用人，与我为难，当传语诸将，小心对敌。我当亲出督战，与决雌雄！"说着，即命吕布为先锋，自为元帅，出城迎敌。行抵诸皇陵间，见坚军奋勇杀来，气势甚锐，当令布持戟出战。坚使程普、韩当等敌住吕布，自率精骑直捣中坚，来攻董卓。卓将李傕、郭汜慌忙拦阻，统被坚一人杀退。卓看坚骁勇异常，也为震悚，当即策马回走；帅旗一动，全军皆乱，吕布虽然多力，不能不舍敌保卓，踉跄西奔；卓不愿入洛，竟与布同走渑池。坚得驰入洛阳，扫除宗庙，祠以太牢，凡董卓所掘陵寝，饬军吏一体掩护，使复原状；又分兵出新安渑池间，追击卓兵。卓使中郎将董越段煨等，分守要隘，自与吕布径赴长安。



孙坚闻卓西去，也不亲追，但在洛阳城内四面巡逻，筹备修筑；怎奈满城瓦砾，到处荒凉，教坚从何着手，徘徊凭吊，禁不住流涕欷歔。忽见城南有一道豪光，向空冲起，凝成五色，不知是何物作怪；因即驰将过去，凝神细视，乃是井口发光，如釜中蒸气一般，袅袅不绝，井栏上面镌有“甄官井”三字；再从井中俯瞩，尚有流水停住，深不见底，无从辨明。当下饬令军士，先将井水汲干，然后用一辘轳，载兵入井，须臾复出，取得一匣，捧呈与坚。坚启匣看视，乃是一方玉玺，回圆四寸，上有五龙交纽，下有篆文，镌着“受命于天，既寿永昌”八字，惟旁缺一角，用金镶补。坚料是秦汉二朝的传国宝，不由得玩弄一番；但不知如何缺角，如何投井。及仔细追查，才知王莽篡位时，由孝元皇后掷给玺绶，致缺一角；至少帝为张让所逼，由北宫出走小平津，仓猝间不及携玺，那掌玺的内侍只恐被人夺去，索性投入井中；应六十五回。后来内侍被杀，无人得知，因此久沉井底，延至孙坚入洛，方始发现。坚既得了传国玺，顿生异想，当即携玺还营，住了一宿，便令军士拔寨齐起，趋回鲁阳。欲知无限意，尽在不言中。



袁绍久屯河内，探知孙坚入洛，也想乘势进兵，无如各路兵马已多散归，再加冀州牧韩馥，阴持两端，措粮不发，又致绍进退两难。绍客逄纪献议道：“将军欲举大事，乃徒仰人资给，如何自全?”绍答说道：“我亦虑此，但冀州兵强，我亦无法与争。”纪复说道：“何不致书公孙瓒，叫他进攻冀州?韩馥乃一庸才，若遇瓒相攻，必然骇惧，公可遣一辩士，为陈祸福，不患馥不让位呢!”绍依计而行，果得公孙瓒允许，兴兵攻冀州。馥遣兵出御，俱为所败，正焦急间，有两人踉跄趋入道：“车骑将军袁绍已从河内退兵，还驻延津了!”馥注视两人，乃是荀谌、郭图，曾为门下宾客，便启问道：“两君如何知晓?”

谌答道："现由袁甥高干，前来报闻，因此知晓。"馥惊喜道："莫非他前来救我么？"谌又说道："公孙瓒率燕代健士，乘胜南下，锋不可当；袁车骑亦乘此东向，不先不后，居心亦属难料。谌等颇为将军加忧！"馥皱眉道："如此奈何？"谌接入道："袁绍为当世人杰，岂肯为将军下？若瓒攻北面，绍攻西面，区区孤城，亡可立待！但思袁氏与将军有旧，且系同盟，今不如举州相让，归与袁氏；袁氏得冀州，必感将军德惠，厚待将军，还怕甚么公孙瓒呢？"

馥性本怯懦，又听他说得天花乱坠，便即依议，拟遣使往迎袁绍。长史耿武、别驾关纯、治中李历等相率进谏道："冀州带甲百万，支粟十年，真好算做天府雄国；今袁绍孤客穷军，仰我鼻息，譬如婴儿，在股掌中，一绝哺乳，就可立毙，奈何反举州相让呢？"馥摇首道："我本袁氏故吏，才又不及本初，让贤避位，古人所贵，诸君何必多疑？"耿武等只得退去。从 
事赵浮、程涣又入谏道："袁本初军无斗粮，势必离散，浮等愿出兵相拒，不出旬月，定可退敌，将军但当闭阁高枕，自可无忧！何用拱手让人？"馥又不听，竟遣子赍着印绶，送与袁绍，迎他入城；自挈家眷出廨，徙居前中常侍赵忠旧宅。袁绍引兵直入，自领冀州牧，使韩馥为奋威将军，但只畀他虚衔，并没有什么兵吏。所有馥部下旧属，一律撤换，另用从事沮授为监军，田丰为别驾，审配为治中，许攸、逄纪、荀谌、郭图为谋主，分治州事。好好一位冀州牧韩馥，弄得无权无柄，反致寄人篱下，事事受人监束，始悔为荀谌、郭图所卖，悄悄的逃出州城，往投陈留太守张邈。后有绍使至陈留，与邈屏人私语，馥疑是图己，竟至惶急自尽，这真叫作自诒伊戚了。人生原如幻梦，一死便休，试看袁绍结果，亦未必胜过韩馥。

惟曹操屯兵河内，已有多日，见绍引众自去，各路人马亦皆解散，料知讨卓无成，也只得自寻出路。鲍信与操为莫逆交，虽由绍表为济北相，仍然随操。至是与操计议道："袁绍名为盟主，因权专利，将自生乱，恐一卓未除，一卓又起；为将军计，若急切除绍，恐亦难能，不如进略大河以南，静待内变，再作计较。"操叹为至言。可巧黑山贼党十余万，即褚燕党羽事，见六十二回。寇掠东郡，太守王肱不能抵敌，弃城逃生。操即引兵往击，至濮阳杀败贼众，收复东郡，尚向袁绍处报捷；绍因表操为东郡太守。颍川荀彧，为荀淑孙，少时便有才名，何颙尝称办王佐才；及天下大乱，彧率宗族奔冀州，欲依韩馥，馥已避位，乃进见袁绍，绍却优礼相待，视若上宾。彧见绍才疏志鄙，料不能成大业，乃转投曹操，操迎入与语，见彧应答如流，不禁大喜道："君真可为我子房哩！"居然以高祖自居。遂令彧为奋武司马，事必与商。操复尽驱黑山贼出境，东郡咸安。

右北平屯将公孙瓒，前由袁绍嗾使，出击冀州牧韩馥；至绍夺馥位，瓒亦退兵。幽州牧刘虞，与瓒宗旨未合，积有宿嫌，见六十四回。但表面上还彼此含容，互相往来。虞子和方为侍中，随献帝迁至长安，献帝仍思东归，使和潜出武关，绕道诣虞，令虞率兵迎驾。远道求援，也是妄想。和道出南阳，得见袁术，与语帝意，术竟将和留住，嘱令作书与虞，愿与虞会师西行。及虞得和书，拟遣数千骑南下，适为公孙瓒所闻，以为术有异志，劝虞留兵不发；虞不肯听信，竟促骑兵登程，瓒又恐术闻风生怨，亦遣从弟越引兵诣术，阴教术拘和仇虞。太觉取巧。和得知风声，觑隙北遁，行至冀州，又被袁绍截住，绍因术不肯戴虞，复书无礼，已觉不平；见前回。术又与公孙瓒书，谓绍非袁氏子，于是兄弟相构，仇隙越深。绍使部将周昂为豫州刺史，与孙坚争领豫州。术令公孙越助坚攻昂，坚将昂击走；惟越身中流矢，竟至毙命。术乃发回越丧，并怂恿公孙瓒，令就近图绍。瓒得书愤愤道："我弟越死，祸由袁绍；且绍赖我得冀州，未闻割地相酬，今反害死我弟，此仇不报，枉为丈夫！"谁叫你听人唆使？且不怨袁术独怨袁绍，意亦太偏。当下出屯磐河，为攻绍计。绍未免心虚，尚想与瓒释怨，特将渤海太守印绶，授瓒从弟公孙范，遣令赴任。范抵郡后，反率渤海兵助瓒，与瓒破灭黄巾余贼，夺取甲仗资粮，不可胜计；瓒威震河北，遂决计攻绍。且先上表长安，数绍十罪，文云：

臣闻皇羲以来，君臣道著，张礼以导民，设刑以禁暴。今行车骑将军袁绍，托承先轨，爵任崇浮，而性本淫乱，情行浮薄，昔为司隶，值国多难，太后承摄，何氏辅朝，绍不能举直错枉，而专为邪媚，招徕不轨，贻误社稷，至使丁原焚烧孟津，董卓造为乱始，绍罪一也；卓既无礼，帝主见质，绍不能开设权谋，以济君父，而弃置节传，迸窜逃亡，忝辱爵命，背违人主，绍罪二也；绍为渤海太守，当攻董卓，而默选戎马，不告父兄，至使太傅一门，累然同毙，不仁不孝，绍罪三也；绍既兴兵，涉历二载，不恤国难，专自封殖，乃专引资粮，专为不急，刻剥无方，百姓嗟怨，绍罪四也；逼迫韩馥，窃夺其州，矫刻金玉，以为印玺，每有所下，辄皂囊施检文，称诏书，昔亡新僭侈，渐以即真，观绍所拟，将必阶乱，绍罪五也；绍令星工伺望妖祥，赂遗财货，与共饮食，刻期会合，攻钞郡县，此岂大臣所当施为？绍罪六也；绍与故虎牙都尉刘勋，首共召兵，勋降服张扬，累有功效，而以小忿，枉加酷害，信用谗慝，济其无道，绍罪七也；故上谷太守高焉，故甘陵相姚贡，绍以贪婪横责其钱，钱不备具，二人并命，绍罪八也；春秋之义，子以母贵，绍母亲为传婢，地实微贱，据职高重，享福丰隆，有苟进之志，无虚退之心，绍罪九也；此三条借此补叙。长沙太守孙坚，领豫州刺史，遂能驱走董卓，扫除陵庙，忠勤王室，其功莫大，绍遣小将盗居其位，断绝坚粮，不得深入，使董卓久不服诛，绍罪十也。

昔姬周政弱，王道陵迟，天子迁徙，诸侯背叛，故齐桓立柯会之盟，晋文为践土之会，伐荆楚以致菁茅，诛曹卫以章无礼；臣虽阘茸，名非先贤，蒙被朝恩，负荷重任，职在铁钺，奉辞伐罪，誓与诸将州郡，共讨绍等！若大事克捷，罪人斯得，庶续桓文忠诚之效，攻战形状，当前后续闻。



此表上后，即进攻冀州，各州郡不能御瓒，多半服从；瓒乃令部将严纲为冀州刺史，田楷为青州刺史，单经为兖州刺史。还有前安喜尉刘备，奔走有年，当山东讨卓时，亦思仗义从军，嗣闻各军解散，乃与关羽张飞走依公孙瓒。回应六十二回。瓒与备本系同学，自然欢迎，且使为平原相。备见瓒部下有一少将，身长八尺，相貌堂堂，武力与关张相类，遂密与结纳，引为至交。正是：

英雄独有赏心处，豪杰应当刮目看。

欲知少将姓名，待至下回再叙。

讨卓一役，惟曹孟德与孙文台，挺身犯难，尚足自豪。曹以孤军致败，虽败犹荣；孙文台返败为胜，卒能逐走董卓，攻克洛阳，观其祠宗庙，修陵寝，遣将西进，何其壮也？迨得玉玺于甄官井中，即拔营东归，而其志乃骤变矣。夫关东各军，非不欲诛卓徼功，特以卓势犹盛，惮不敢发；有孙文台之三战三克，得播先声，则懦夫亦当知奋，诚使再为号召，联镳齐进，诛卓亦易易耳。乃得玺即还，卷甲无言，谓非阴怀异志，谁其信之？惜乎坚之有初鲜终也。彼公孙瓒之与袁绍，忽合忽离，合不为公，离益营私，其性情之反复，殊不足道。然袁绍身为盟主，不能雪国耻，复家仇，徒为欺人夺地之谋，其罪比瓒为尤甚。瓒虽不足讨绍而数绍十罪，并非虚诬，本回备录全文，所以诛绍之心，而于瓒固不屑播扬也。

# 第六十九回　骂逆贼节妇留名<br>遵密嘱美人弄技

却说公孙瓒部下的骁将，姓赵名云，表字子龙，乃是常山郡真定人氏。本属冀州管辖，袁绍据住冀州，士多趋附；独云往依公孙瓒。瓒且喜且嘲道："闻贵州人多愿从袁氏，君独何心，乃来依我？"云答说道："天下汹汹，未知孰是，百姓方苦倒悬，但得仁政所在，便当依托，正不必计及远近呢！"瓒闻言大悦，留居麾下，款待颇优。嗣云见瓒行同市井，不足图成，也自悔进身太急；凑巧来了刘备，气谊相投，遂与结好，就是关张两人，亦视为知己，常相往来。惺惺惜惺惺。至备赴平原，邀云同行，且代白瓒前，乞云为助，瓒允如所请，备与云即同赴平原去了。不但赵云不宜放去，即刘关张三人，亦不宜轻离，以是知瓒之失人。

袁绍闻瓒军来攻，郡邑多叛，已有戒心，又恐他约同袁术，南北并举，更不可当，乃遣使至荆州，说通刺史刘表，使他牵制南阳，免得双方夹攻。表字景升，籍隶高平，少有才名，列入八俊，八俊见前文。灵帝末年，曾为北军中侯，至荆州刺史王睿为孙坚所杀，坚向西行，表奉诏为荆州刺史，乘虚入城，略定江表，因通使袁绍，愿合兵讨卓，出屯襄阳，作为后应。后来绍赴冀州，表终按兵不发，惟与绍仍使命不绝，绍因此托他防术。术也恐为表所袭，致书孙坚，令攻荆州，坚即进兵往攻。表遣部将黄祖逆战，被坚杀得大败亏输，奔还襄阳，坚驱兵大进，竟将襄阳城围住。表夜遣黄祖等出袭坚营，坚当先迎敌，亲斩敌兵百余人；程普、韩当等挥军继进，杀获甚多，黄祖不获回城，却引了残骑数百，窜入岘山。坚恃勇轻进，驰至山下，见黄祖等已进山坳，尚不肯住马，猛力赶上，后军尾随不及，只有轻骑数十人，与坚同行。黄祖遁匿林间，从月光下望见坚马，便令骑将吕公等弯弓射坚，杂以巨石，坚尚用槊拨箭，且拨且进，不料顶上来一巨石，不及闪避，竟被压下，一声怪响，脑浆迸流，死于非命，年止三十七岁。好勇者往往不得其死。坚已惨死，黄祖等即踊出林外，把坚骑一律杀尽，舁去坚尸，下山驰回。程普、韩当等正率军寻坚，不料城中亦杀出蒯越、蔡瑁等人，来援黄祖，两下里争杀一场，互有死伤。黄祖、蒯越、蔡瑁竟合兵自去，程普、韩当再至岘山中寻视，只有各骑兵尸首，独不见有孙坚，料知凶多吉少，还营休息。未几天明，襄阳城上已将坚首悬出，吓得程普诸人，没法摆布；还是孝廉桓楷，与表相识，自愿入城请尸，费了一番唇舌，得将坚尸首领回，归葬曲阿，程普等亦皆退归，下文再表。



且说袁绍既南连刘表，牵制袁术，遂督领全军，出拒公孙瓒。行至界桥，正与瓒军相遇，瓒众约三万人，列成方阵，又分突骑万匹，为左右翼，军容甚盛，绍令部将麴义领精兵八百人，左挟楯，右挟弓，作为前驱。瓒见来军寥寥，纵骑冲击。

义令军士用楯为蔽，屹立不动，待至瓒军将近，将楯撇开，弯弓竞射，呼声动地，瓒军多被射倒，自然退却。义麾军猛进，兜头碰着严纲，正是瓒所新命的冀州刺史，两马并交，被义舞动大刀，劈落马下。绍将颜良、文丑，俱是有名的猛将，望见义前驱得胜，怎肯落后？当即拍马继进，双槊并举，搅入瓒阵，钩倒帅旗，瓒军大乱，纷纷遁去。绍在后尚有数里，闻瓒军已溃，料无他虑，乐得下马暂憩，只有亲兵数百骑随着，不防瓒引步卒二千人，从间道抄至面前，将绍围住，矢如雨下。绍有别驾田丰，时在绍侧，欲扶绍入短墙中，暂避敌锋，绍脱鍪投地道："大丈夫当向前斗死，怎得入墙内偷生呢？"说着，也麾军对射，与瓒相持。可巧麴义亦还军相救，将瓒击退，瓒始引去。既而瓒复出兵龙湊，与绍再战，又复失利，乃退还蓟城，不复亲出。

648. 那时穷凶极恶的董卓，却早已安安稳稳地到了长安，在陕公卿统已出城恭候，拜迎车下。先是左将军皇甫嵩屯兵扶风，与京兆尹盖勋共谋讨卓。卓预先防备，征嵩为城门校尉，勋为议郎。嵩长史梁衍劝嵩不必就征，嵩惧卓势盛，未敢违抗，乃入都就职；勋不能独立，也只可应征还都。嗣嵩任御史中丞，勋迁任越骑校尉，并扈跸西迁，履任逾年，闻得董卓将至，不能不随同百官，共出迎卓。卓与嵩积有微嫌，见六十四回。见嵩亦拜谒车前，禁不住志得气骄，呼嵩表字道："义真可服我否？"嵩惭谢道："凡夫肉眼，但顾目前，不图明公竟得至此！"卓捻髯说道："鸿鹄本有远志，燕雀怎能知晓？"嵩又答道："嵩与明公皆为鸿鹄，只明公今日变成凤凰，怪不得鸿鹄落后呢？"变正为谀，太无气节。卓乃对嵩一笑，总算释嫌。惟与卫尉张温结恨如故，见六十三回。一入长安，便诬温交通袁术，拘系狱中，且胁朝廷下诏，加官太师，位在诸侯王上，车服僭侈，不亚乘舆；进弟旻为右将军，兼封鄠侯；兄子璜为侍中，领中军校尉，并典兵事，外如宗族亲戚，多居显要，子孙虽在髫龀，俱得拜爵，男受侯封，女号邑君。会闻孙坚战死岘山，更以为大患已除，无人敢侮，乃在长安城东隅，择一隙地，构造大厦，作为太师邸第；再至郿县依山筑垒，迭石为城，内造宫室府库，积谷可支三十年，号为郿坞，亦称万岁坞；自云事成，当雄据天下，万一不成，退守坞中，也足娱老。

卓生平本来好色，至老益淫，特派亲吏四出，采选民间少女八百人，入居坞中，尚有九十岁的老母，与一班妻妾子孙，悉数迁入坞内，坐享奢华；此外金玉珍宝，锦绣绮罗，逐日运积，不可胜数。故度辽将军皇甫规，去世有年，遗有寡妇孤儿，还居安定原籍。规元配早卒，继妻颇有才名，工草书，善属文，又生得天然秀媚，历久未衰，不知何人报知董卓，令卓艳羡异常，遽用軿辎百乘，马二十匹，奴婢钱帛，充途塞道，往聘规妻；规妻毅然拒绝，不愿就聘。卓怎肯罢休？再三催逼，先啗重利，继迫淫威，规妻自知不免，索性毁容易服，自诣卓门，长跪陈情，词甚凄切。卓出视规妻，虽是黯淡无华，仍然姿容未减，一双色眼，惹起淫魔，恨不即刻搂来，与同欢乐；当下开言劝解，说出许多好处，使她心动。偏规妻不肯从命，任卓舌吐莲花，只是峻颜相拒，顿时惹动卓怒，令左右拔刀围住，且与语道："孤令出必行，四海风靡，难道汝一妇人，敢不相从么？"规妻听了，突然起立，指卓叱骂道："汝本羌胡遗种，毒痡天下，尚以为未足么？我先人清德奕世，皇甫氏文武上才，为汉忠臣，岂若汝人面兽心，行同狗彘？汝死在旦夕，还敢向汝君夫人前，欲行非礼，真正妄想！我若怕汝，也不敢前来了！”读至此，可浮一大白。卓被她一骂，无名火高起三丈，即使左右揪住规妻发髻，系住车轭，横加鞭挞。规妻顾语道：“何不从重下手，速死为惠？”俄顷气绝，弃尸野外。当有人悯她贞节，私为殡葬，后世绘成图像，号为礼宗。千古不朽。

卓尚余恨未消，无从排解，因特赴郿坞消遣出都启行。郿坞与长安相隔，约二百六十里，亦须三五日可到。卓临行时，百官俱至横门外饯别，设帐置筵，备极丰腆，饮至半酣，适有北地降卒数百人，前来报到，卓即号令卫士，把降卒为下酒物，先截舌，次斩手足，又次凿眼目，再用大镬烹煮，呼号声震彻都门。座中与宴诸官僚，吓得魂不附体，或至战栗失箸，卓独当筵大嚼，谈笑自如。忽又记起卫尉张温在狱未死，竟命吕布诣狱提温，将他笞死市曹，然后起座撤席，向司徒王允拱手，嘱托朝事，登车自去。



允字子师，为太原祁县人，尝与同郡人郭泰友善，泰许允为王佐才；后以军吏进阶，出刺豫州，与左中郎将皇甫嵩、右中郎将朱俊等，剿抚黄巾贼党，立有巨勋；嗣为权阉所陷，下狱遇赦，起为从事中郎，转河南尹；回应六十二回。寻且入拜太仆，代杨彪为司空。董卓迁都关中，允悉收聚兰台石室诸书，随驾入关，故经籍具存，不致被毁。时卓尚留住洛阳，朝政大小，委允主持，允亦曲意取容，事多白卓，卓因结为密友，无嫌无疑。其实允是买动卓心，好教卓不复加防，暗地里得设法图卓。前太尉黄琬复为司隶校尉，与允同志，还有尚书郑泰也尝朝夕过从，决定密谋，表请护羌校尉杨瓒，行左将军事，执金吾士孙瑞为南阳太守，并率兵出武关，托名往攻袁术，乘间取卓，然后奉驾还洛，仍复旧都。哪知卓却刁猾得很，不准举兵，遂致允计无成；一挫。允乃荐瓒为尚书，瑞为仆射，引作臂助，徐为后图。

会河南尹朱俊移守洛阳，潜与山东诸将交通，东出中牟，移书州郡，招兵讨卓。徐州刺史陶谦遣兵助俊，推俊行车骑将军事，他郡亦稍有资给。允在内闻警，亟遣使至郿坞，报知董卓，卓即日入朝，允欲使杨瓒等出征，又复为卓所疑，只调亲将李傕、郭汜等领兵拒俊。允尚望俊杀败傕汜，乘胜入关，自己可作内应，偏偏不如所料，俊竟败退，卓得大安。二挫。司空荀爽本意亦欲除卓，未遂而殁。从孙荀攸，少有智略，入拜黄门侍郎，潜与尚书郑泰、长史何颙、侍中种辑等，同谋刺卓；就是允亦曾预闻，事机将成，又被卓略悉风声，收系颙攸，颙忧愤自杀，攸却无惧色，在狱仍言论自如，卓查无实据，故得缓刑。惟郑泰却逃出关外，东奔袁术，术举泰为扬州刺史，泰就道得病，竟致暴亡，图卓事又致失败。三挫。

允日思除奸，历久不能得志，累得形神憔悴，眠彷徨，幸喜卓只疑他人，未曾疑到自己身上，还好留待时机，再行设策。卓见允面色尪瘠，总道是为己分劳，格外体恤，表封允为温侯，食邑五千户，允固辞不受。仆射士孙瑞进言道："执谦守约，须依时宜，公与董太师并位俱封，乃欲独崇高节，怎得称为和光呢？"允闻言感悟，乃受封二千户，并至卓府中称谢。卓很自喜慰，又欲自号尚父，问诸左中郎将蔡邕。邕已由侍中迁官中郎将。邕劝阻道："昔周武受命，太公为师，辅佐周室，翦除暴商，故尊为尚父，今明公功德，非不巍巍，但欲比诸尚父，还当少待，宜俟关东平定，车驾仍还旧京，庶几名足称实，无人非议了！"卓乃罢议。会遇夏季地震，卓又向邕谘询，邕复答说道："地震乃阴盛侵阳，臣下逾制的现象，公平时所乘青盖车，远近以为非宜，宜从简省！"卓亦依邕议，改乘皂盖车。

但卓甚刚愎，邕恐因言取祸，常欲避去，卒因无路可奔，延宕了一两年。当决不决，终归于尽。

初平三年春季，霪雨至六十余日，尚未晴霁，司徒王允与士孙瑞、杨瓒等登台祈晴，觑着一息空隙，再提前谋。瑞进说道："自从岁暮至今，太阳不照，霖雨积旬，昼阴夜阳，雾气交侵，此时若不除奸，后患无穷。愿公速图，毋再迟延！"允点头会意，回至府中，踌躇多时，只有从董卓义子吕布着手方好进步，乃取家藏珠宝馈送吕布，布当然拜谢，嗣是互相往来，结成好友。允又想到少年心性，一喜财，二喜色，有了财物作饵，还须得一美人儿，献示殷勤，才可笼络吕布。主见已定，随时物色，可巧有一歌妓貂蝉，秀外慧中，非常伶俐，允即召入府中，厚意接待，视若己女。貂蝉不见史传，但证诸稗史，传闻凿凿，谅非无稽。好容易已有数月，貂蝉感念允恩，阴图报答，见允常皱眉不乐，欲言不言，因乘左右无人的时候，向允探问。允正欲与她言明，便引至密室，与谈密谋，貂蝉慨然道："贱妾蒙大人厚恩，恨无以报，今既有此谋，就将贱妾献与吕布，叫他刺杀董卓便了！"允复叹道："布与卓情同父子，岂肯为汝一言，便去行刺？事若不成，我王氏且灭门了！"貂蝉听了，也不禁沉吟。允徐徐说道："我有一计，可以使布杀卓，但未知汝能照行否？"貂蝉应声道："愿听尊命，虽死不辞！"允乃附耳与语，说明如此如此，惹得那貂蝉花容，忽红忽白，待至说毕，方毅然答道："果与国家有益，贱妾亦何惜一身？谨从钧命便了！"却是一位女英雄。允又恐她轻自泄谋，再三叮嘱，经貂蝉对天设誓，才向貂蝉下拜。为国家而拜。貂蝉惊伏地上，待允起身，方才告退。

越日即由允特设盛筵，邀布夜宴，酒至数巡，即召貂蝉侍席，貂蝉满身艳装，冉冉出来，行同拂柳，翩若惊鸿，到了吕布座前，先道万福，然后轻抬玉手，提壶代斟。布见她一双柔荑，已是消魂，再睁眼看那芳容，真个国色天姿，见所未见，更厉害的是秋波一动，竟把那吕奉先的灵魂儿，摄了过去；待听到王允语音，有将军请酒四字，方觉似梦初醒，魂返躯壳。饮过一杯，又是一杯，接连是两三杯，统觉得沁人心脾，迥异寻常。匪酒之为美，美人之贻。允再令貂蝉歌舞侑觞，貂蝉振娇喉，运轻躯，曼声度曲，长袖生姿，尤引得吕布耳眩目迷，心神俱醉；铿然一声，歌罢舞歇，竟至布座前告辞，凝眸一笑，返身即去。神仙归洞府。布目送归踪，尚是痴望，好一歇方顾问王允道："此女何人？"允答言义女貂蝉。布又问及曾否字人，允又答言未字；布尚赞不绝口。允竟直说道："将军如不嫌鄙陋，谨当使侍巾栉！"布跃起道："司徒公是否真言？"允微笑道："淑女当配英雄，英雄莫如将军，还恐小女无才，不合尊意，怎得说是虚言呢？"布倒身下拜道："果承司徒公见赐，恩德无量，誓当图报！"允即与约定吉期，然后送女，布喜跃而去。



过了两三日，允伺布外出，请卓过宴；卓盛驾赴约，由允朝服出迎，大排筵席，水陆毕陈。卓高坐正位，允在旁相陪，且饮且谈，说了许多谀词，哄动卓意，俟卓已微醺，仍令貂蝉出堂歌舞，脆生生的歌喉，娇怯怯的舞态，倾倒一时。卓本是个色鬼，见了这般好女郎，怎不心爱？便问及此女来历，允直称歌妓，不言义女。卓赞美道："这真可谓绝无仅有了！"允即答道："既蒙太师见赏，便当上献！"卓不禁大喜，待至酒阑席散，便命貂蝉随卓同去。一详一略，笔不板滞。

嗣为吕布所知，跑至王允府中，责允负约，允却佯说道："太师谓允有义女，配与将军，特亲来接取，允怎敢推阻？只好使小女随行，想是太师看重将军，故有此举，将军奈何怪允？且去问明太师，与小女结婚便了！”布似信非信，返入太师府中，探听下落，那心上人竟被董卓占住，布怒气填胸，复去问允。允尚劝解道：“这恐是府中人误传，太师望重一时，怎肯奸占子妇？莫非因吉期未到，因此迟留，请将军再去探明为是。”布是个有勇无谋的人物，听了允言，又回去探问；可巧董卓入朝，便大踏步入凤仪亭，正与貂蝉相遇。貂蝉见了吕布，便泪下如丝，哽咽不止；布看她泪容满面，好似带雨梨花，复惹动一副情肠，替她拭泪。貂蝉且泣且语道：“将军休污贵手，妾身已为太师所占，只望得见将军一面，死也甘心。今幸如妾愿，从此永诀！妾为王司徒义女，许侍将军箕帚，生平愿足，不意堕入诈谋，被人强占，此身已污，不能再事将军，罢！罢！”说到第二个罢字，竟撩起衣裾望荷花池内便跳。布忙抢前一步，抱住纤腰，曲意温存；貂蝉若迎若拒，似讽似嘲，急得布罚起咒来，非取貂蝉，誓不为人。



正絮语间，突有一人趋入，声如牛吼，布转身一看，不是别人，正是那义父董卓，慌忙向外逃走；卓顺手取得一戟，挺矛刺布，布手快脚快，把戟格开，飞步跑出，卓身肥行慢，追赶不上，乃用戟掷布，布已走远，戟亦不及。卓怒责貂蝉，又被貂蝉花言巧语，说是布来调戏，亏得太师救了性命，卓为色所迷，由她哄骗过去。这便是女将军兵谋。布却趋至司徒府中，一五一十，告知王允。允低头佯叹，仰面佯视，说出几句抑扬反复的话儿，挑动布怒，竟致拍案大呼，拟杀老贼。继又转念道：“若非关系父子，布即当前往！”允微笑道：“太师姓董，将军姓吕，本非骨肉，掷戟时岂尚有父子情么？”这数语提醒吕布，奋身欲行，即想去杀董卓；还是允把他拦住，与他耳语多时，布一一应允，定约而去。小子有诗咏道：

帷中敌国笑中刀，纤手能将贼命操；
虽是司徒施巧计，论功首属女英豪。

欲知如何诛卓，容待下回表明。

本回标目，以两妇为总纲，皇甫妻固烈妇也，拚生骂贼，足愧须眉；若貂蝉者，其亦一奇女子乎？司徒王允，累谋无成，乃遣一无拳无勇之貂蝉，以声色为戈矛，反能制元凶之死命，红粉英雄，真可畏哉！或谓妇女以贞节为大防，如皇甫妻之宁死不辱，方为全节；彼貂蝉既受污于董卓，又失身于吕布，大节一亏，虽有他长，亦不足取。庸讵知为一身计，则道在守贞，为一国计，则道在通变，普天下之忠臣义士，猛将谋夫，不能除一董卓，而貂蝉独能除之，此岂尚得以迂拘之见，蔑视彼姝乎？或谓貂蝉为他人所捏造，故不见史传，然观唐李贺《吕将军歌》云："搕搕银盘摇白马，傅粉女郎大旗下。"可见当时必有其人。貂蝉！貂蝉！吾爱之重之！

## 第七十回　元恶伏辜变生部曲<br>多财取祸殃及全家

却说初平三年，献帝有疾，好多日不能起床，至孟夏四月，帝疾已瘥，乃拟亲御未央殿，召见群臣。太师董卓也预备入朝，先一日号召卫士临时保护，复令吕布随行。布趋入见卓，卓恐他记念前嫌，好言抚慰，布亦谢过不遑，唯唯受教。并非遵卓命令，实是遵允计议。是夕有十数小儿，立城东作歌道："千里草，何青青？十日卜，不得生！"当有人传报董卓，卓不以为意。

次日清晨，甲士毕集，布亦全身甲胄，手持画戟，守候门前。骑都尉李肃，带领勇士秦谊、陈卫、李黑等，入内请命，布与肃打了一个照面，以目示意，肃早已会意，匆匆径入；未几复出语布道："太师令肃等前驱，肃在北掖门内，恭候驾到便了！"布向肃点首，肃即驰去。原来布与肃为同郡人，前次说布归卓，未得重赏，不免怏怏，见六十六回。惟与布交好如故，布因引做帮手，同谋诛卓。及肃既前去，又阅多时，这位恶贯满盈的董太师，内穿铁甲，外罩朝服，大摇大摆，缓步出来，登车安辔，驱马进行，两旁兵士，夹道如墙。吕布跨上赤兔马，紧紧随着，忽前面有一道人，执着长竿，缚布一方，两头书一口字，连呼“布！布！”卓从车中望见，叱问为谁？声尚未绝，已由卫士驱去道人。卓虽觉诧异，但以为陈兵夹护，自府中直至阙下，防卫周匝，谅无他虞，乃放胆再进。将至北掖门前，马忽停住，昂首长嘶，卓至此不禁怀疑，回语吕布，意欲折回。布答说道：“已至阙前，势难再返，倘有意外，有儿在此，还怕什么？”正怕是你。说着，即下马扶轮，直入北掖门。卫兵多在门外站住，只布驱车急进，蓦见李肃突出门旁，觑准卓胸，持戟直搠，谁料卓裹甲在身，格不相入；肃连忙移刺卓项，卓用臂一遮，腕上受伤，堕倒车上，大呼吕布何在？布在后厉声道：“有诏讨贼！”卓怒骂道：“庸狗也敢出此么？”以狗噬贼，正合身分。道言未绝，布戟已刺入咽喉，李肃又复抢前一刀，枭取首级。布即从怀中取出诏书，向众宣读，无非说是卓为大逆，应该诛夷，余皆不问。内外吏士仍站立不动，齐呼万岁。

看官道诏书何来？乃是尚书士孙瑞早已缮就此诏，密授与布，布得临时取出，宣告大众；大众都怨卓残暴，无人怜惜，所以视死不救，反共欢呼。还有一班百姓，恨卓切骨，闻得卓已伏诛，交相庆贺，舞蹈通衢。司徒王允喜如所望，即使吕布回抄卓家，又令御史皇甫嵩，率兵往屠郿坞。布跨马急去，驰入太师府内，所有董氏姬妾一概杀死，单剩一个美人儿貂蝉，载回私第。总算如愿以偿，可惜已变做残脔。皇甫嵩到了郿坞，攻入坞门，先将董曼董璜剁毙，再领兵杀将进去，遇着一个白发皤皤的老妪，携杖哀诉道：“乞恕我死！”嵩定睛一瞧，乃是卓母，便赏她一刀，分作二段。他如董氏亲属，不分男女老幼，尽行处斩，只所藏良家妇女，一体释放。再将库中搜查，得黄金二三万斤，银八九万斤，珍奇罗绔，积如邱山，当由嵩指挥兵士，一古脑儿搬入都中。时已天暮，见市中有一尸横路，脂膏涂地，尸脐中用火燃着，光明如昼，嵩惊异得很，问明守尸小吏，才知是贼臣董卓的遗骸。先是袁隗等为卓所害，埋尸青城门外，见六十七回。至卓造郿坞，恐尸骨为他人所盗，复搬至坞中；卓既诛灭，袁氏门生故吏，得往坞中拾骨收葬，且将董氏亲属的尸骸取至袁氏墓前，焚骨扬灰，不使再遗。报应更惨。

献帝命司徒王允录尚书事，进吕布为奋威将军，加封温侯，共秉朝政。允再查究董氏党羽，或黜或诛。左中郎将蔡邕在座兴嗟，为允所闻，便勃然怒叱道："董卓逆贼，几亡汉室，今日伏诛，普天称庆；君为王臣，乃顾念私恩，反增伤痛，岂不是同为逆党么？"邕起谢道："邕虽不忠，颇闻大义，怎肯背国向卓？但卓族骈诛，并及僚属，一时生感，遂致叹惜；自知过误，还乞见原！倘得黥首刖足，俾得续成《汉史》，皆出公惠，邕亦得稍赎愆尤。"允闻言益怒，竟令左右系邕下狱，众官为邕救解，皆不见从。太尉马日磾亦谏允道："伯喈蔡邕字，见前文。旷世逸才，多识汉事，当令续成汉史为一代大典；今坐罪尚微，若遽处死刑，恐失人望。"允摇首道："昔武帝不杀司马迁，使作谤书，留传后世；今国祚中衰，四郊多垒，若再使佞臣伴侍幼主，执笔舞文，不但无补圣德，并使我辈亦蒙讪议，我所以不便轻恕哩！"日磾退语同僚道："王公恐将无后呢！善人足为国纪，制作乃是国典，今欲灭纪纲，废典章，怎能长久？眼见是为祸不远了！"邕非无罪，但处死未免太甚，日磾之言不为无见。允竟嘱令狱吏，将邕逼死狱中。

是时卓婿牛辅方移兵陕州，防御朱俊，校尉李傕、郭汜、张济等，击败俊军，大掠陈留颍水诸县，所过为墟。吕布使骑都尉李肃先讨牛辅，辅出兵与战，将肃杀败，肃竟遁还。布怒责道："汝如何挫我锐气？敢当何罪！"肃因诛卓有功，仍不得迁官，亦怀怨望，免不得反唇相讥，布怎肯忍受？竟命左右推肃出辕，枭首军门；可为丁原泄忿。遂欲亲往击辅。辅素惮布勇，阴有戒心，手下兵士，亦皆惶惧，一夕数惊，辅知不可留，收拾金宝，带得家奴胡赤儿等数人，弃营夜走。赤儿贪辅财物，竟将辅刺死，献首长安。布既得辅首，复商诸王允，拟传诏河南，尽诛李傕、郭汜诸将，允怃然道："此辈未尝有罪，不宜尽诛！"布又请将董卓私财，颁赐公卿将校，允又不从。允与布虽同执朝政，但看布是一介武夫，未娴文事，所以国家政事，往往独断独行，不与布商。布又意气自矜，未肯相下，遂致两人生隙，意见不同。允与仆射士孙瑞商议，拟下诏赦卓部曲，继复自忖道："彼既党逆，不应轻赦，且俟将来再说。"嗣又欲悉罢李郭等军，或劝允委任皇甫嵩出统各部，俾镇陕州，允亦迟疑不决。当断不断，反受其乱。 

李傕、郭汜等部兵俱系凉州丁壮，当时有讹言传出，谓朝廷将尽诛凉州人，李、郭、张三将互相告语道："蔡伯喈为董公亲厚，尚且坐罪。今我等既不见赦，复欲使我解兵，今日兵解，明日即尽被鱼肉了！"当下议定一法，使人诣长安求赦，允仍不许，傕等益惧，不知所为，意欲各自解散，逃归乡里。讨虏校尉贾诩，本在牛辅麾下，辅死后，奔投傕军，因即献议道："诸君若弃军东走，一亭长便足缚君，不如相率西进，攻扑长安，为董公报仇，事得幸成，奉国家以正天下，否则走亦未迟。"一言丧邦，诩实祸首。傕等遂传谕部曲道："京师不下赦文，我等总难免一死，今欲死中求生，计惟力攻长安，战胜可得天下，不胜当抄掠三辅，夺取妇女财物，西归故乡，尚可延命。”全是盗贼思想。大众听着，应声如雷，随即一拥齐出，倍道西行。

王允闻警，召入凉州弁目胡文才、杨整修二人，忿然与语道：“关东鼠子，果欲何为？卿等可呼与同来，听我发落！”片语可慑群虏么？胡杨虽受命东往，心下很是不平，到了傕等营内，反言允布异心，劝他急进。傕等沿路收兵，所有牛辅部下诸散卒，悉数趋附，还有董卓旧将樊稠、李蒙等，亦同时会合，数约十余万人，直抵长安。吕布登城拒守，相持八日，部下有蜀兵生变，潜开城门，纳入外兵，傕等纵兵四掠，阖城鼎沸，吕布仗戟与战，自辰至午，虽得刺死多人，怎奈乱兵甚众，并且拚死进来，前仆后继，越战越勇，布亦禁遏不住，部兵又多散去；不得已杀开血路，出走青琐门，使人招王允同奔。允长叹道：“若蒙社稷威灵，得安国家，乃允所素愿，万一无成，允惟有一死以谢。主上幼冲，所恃惟允，临难苟免，允不忍为，请为允传语关东诸公，努力国家，易危为安，允死亦瞑目了！”人之将死，其言也善。布乃将卓头悬诸马下，带领残骑数百人，东出武关，投奔袁术去了。



傕等逐走吕布，遂率众围攻宫门，卫尉种拂愤然道：“为国大臣，不能禁暴御侮，反使乱徒白刃向宫，去将安往？”说着，即带着卫士，出宫力战，终因寡不敌众，受创捐躯；傕与汜突入南掖门，杀死太仆鲁旭、大鸿胪周奂、城门校尉崔烈、越骑校尉王颀，此外吏民约死万人。王允扶献帝上宣平门楼，俯瞰外兵，几如排墙相似，势甚汹汹。献帝尚有主宰，呼语傕等道：“卿等放兵纵横，究怀何意？”傕等望见帝容，还算尽礼，即伏地叩头道：“董卓为陛下尽忠，乃为吕布所杀，臣等前来，系是替卓报仇，非敢图逆；待事毕以后，当自诣廷尉受罪！”

献帝又说道："布已出走，卿等如欲执布，尽可往追，奈何围攻宫门？"傕等又答道："司徒王允，与布同谋，请陛下遣允出来，由臣等面问底细！"允得闻此言，拚生下楼，出语傕等道："王允在此，汝曹有何话说？"傕等皆起指斥王允道："太师何罪，被汝害死？"允张目道："董卓罪不胜诛，长安士民，一闻卓死，无不称庆，汝等独不闻么？"傕等复驳说道："太师就使有罪，与我等无干，何故不肯赦免？"允复叱道："汝等党逆害民，怎得说是无罪？即如今日称兵犯阙，岂非大逆？尚有何说？"

傕等不与多言，竟挥兵将允拥去，且逼献帝大赦天下，并自署官职，表请除授。献帝不得已，颁下赦书，授傕为扬武将军，汜为扬烈将军，樊稠、张济等皆为中郎将。傕既得志，遂收司隶校尉黄琬，与王允并系狱中；复召左冯翊宋翼、右扶风王弘，入朝听命。翼弘皆太原人，与允同郡，允使镇三辅，倚为外援，弘不愿应召，遣使语宋翼道："李傕、郭汜因我二人在外，故尚未害王公，若今日就征，明日俱族，计将安出？"翼答说道："祸福原是难料，但朝命亦究不可违。"弘使又语翼道："山东兵起，无非为了董卓一人，今卓虽伏诛，党羽益横，若举兵声讨，入清君侧，料山东亦必响应，这乃是转祸为福的良谋呢！"翼不从弘言，便即入都，弘不能独立，也只好诣阙。甫进都门，便被军吏拘住，交付廷尉，先杀黄琬，继杀王允，又继杀宋翼王弘。弘与司隶校尉胡种有隙，种欲修旧怨，促令处斩。弘临刑时，望见宋翼在侧，向他唾詈道："宋翼竖儒，不足与议大计，胡种幸灾乐祸，宁得久存？我死且不饶此人！"及弘死仅数日，种辄见弘在旁，用杖扑击，不胜痛楚，未几遂死。全是心虚所致。

李傕恨允最深，将允尸陈诸市曹，并杀允妻子及宗族十余人；惟兄子晨陵，得脱身亡归。天子感恸，百姓丧气。平陵令赵戬本允故吏，独弃官至京，收葬允尸，后亦无恙。仆射士孙瑞前曾与谋诛卓，口不言功，故幸得免祸。傕汜追寻卓尸，已无余骨，只有残灰尚在，收入棺中，移葬郿坞。墓门方启，突有狂风暴雨，吹向墓中，霎时间水深数尺，变穴成潭，经工役将水泄去，然后下窆；哪知风雨复至，水势又涨，仍把棺木漂出，一连三次，由工役抢堵墓门，草草封讫；哪知天空中又起霹雳，一声怪响，震开墓穴，接连又是一声，棺亦劈碎，连残灰但被卷去，无从寻觅了。天道难容。

太尉马日磾与傕等无甚嫌怨，由傕等推为太傅，录尚书事，傕迁车骑将军，领司隶校尉，汜为后将军，樊稠为右将军，张济为镇东将军，并受封列侯。济出屯弘农，傕汜稠共握朝政，令贾诩为左冯翊，拟给侯封，诩推让道："诩不过为救



命计，幸得成事，何足言功?"乃改授诩为尚书典选。诩方才就职，李傕恐关东牧守声罪致讨，特表请简派重员，东行宣慰。乃遣太傅马日磾及太仆赵岐，出赴洛阳，宣扬国命。百姓不知内容，望见朝廷使节，却额手相庆道："不图今日复见朝使冠盖呢!"时兖州刺史刘岱出讨黄巾余孽，战败身死，黄巾复盛，号称百万；东郡太守曹操从郡吏陈宫计议，乘虚入兖州，自为刺史。济北相鲍信会同曹操，迭击黄巾，黄巾众盛，操兵寡弱，战辄失利；嗣经操抚循激厉，乘间设奇，方转败为胜，终得击退黄巾。惟鲍信战死，尸无下落，操四觅不得，刻木为象，亲自祭奠，哭泣尽哀。实是笼络众心。众志益奋，追黄巾至济北，大杀一阵，黄巾败却，一大半弃械投降，操得降卒三十万众，汰弱留强，随时训练，号为青州兵。至赵岐奉诏东行，操出城远迎，备极殷勤。就是袁绍、公孙瓒两人，争夺冀

州，转战不息，一经岐代为和解，便两下罢兵。岐又与约奉迎车驾，期会洛阳，更南行至陈留，往说刘表；偏偏途中得病，累月不痊，勉强到了荆州，病益加剧，缠绵床褥，于是洛阳期会的预约，竟至无效。也是献帝该遭巨劫。那太傅马日磾行抵南阳，招诱袁术，术阴怀异志，将他留住，诈言借节一观，竟致久假不归；日磾一再求去，始终不允，气得日磾肝阳上沸，呕血而亡。

独曹操既领兖州，颇思效法桓文，徐图霸业。平原人毛玠素有智略，由操辟为治中从事，玠亦劝操西迎天子，号令诸侯。操即遣使至河内，向太守张扬借道，欲往长安，扬不欲遽允。定陶人董昭曾为魏郡太守，卸任西行，为扬所留，因劝扬交欢曹操，毋阻操使；并为操代作一书，寄与长安诸将，令操使赍往都中。李傕、郭汜得书后，恐操有诈谋，拟将操使拘住。还是黄门侍郎钟繇谓关东人心未靖，唯曹兖州前来输款，正当厚意招徕，不宜拘使绝望，于是傕、汜优待操使，厚礼遣归。 

操乃搜罗英俊，招募材勇，文武并用，济济一堂，自思有基可恃，理当迎养老父，共叙天伦。因遣泰山太守应劭，往琅琊郡迎父曹嵩。嵩为中常侍曹腾养子，官至太尉，当然有些金银财宝，储蓄家中，自从去官还谯，复避卓乱，移迹琅琊，家财损失有限，此时接得操书，不胜喜欢，便挈了爱妾及少子曹德，并家中老少数十人，押着辎重百余辆，满载财物，径向兖州前来。道出徐州，又得牧守陶谦派兵护送，总道是千稳万当，一路福星，不料变生意外，祸忽临头，行抵泰山郡华费间，竟被谦将张闿杀死，全家诛戮，不留一人。

究竟是否陶谦主使，还是张闿自己起意呢？谦字恭祖，籍隶丹阳，少时尝放浪不羁，及长乃折节好学，以茂才见举，得为卢令，再迁至幽州刺史，居官清白，著有廉名。嗣调任徐州刺史，剿灭黄巾余党，下邳贼阙宣作乱，僭号天子，又由谦督兵剿平，且屡遣使，间道入贡，谨守臣节，朝廷加谦为安东将军徐州牧，封溧阳侯。陈寿作《陶谦传》语多不慊，寿推尊曹操，故叙谦多诬，实难尽信。及李傕、郭汜诸将兴兵入关，挟主怙权，谦特推河南尹朱俊为太师，并传檄牧伯，约同讨逆；偏俊就征入朝，任官太仆，遂致谦计无成，事竟中止。嗣闻曹操有志勤王，正欲向他结交，可巧操父过境，乐得卖个人情，特派都尉张闿领兵护送。闿系黄巾贼党，战败降谦，毕竟贼心未改，看了曹嵩许多辎重，暗暗垂涎，至夜宿旅舍间，觑隙下手，先将曹德杀毙；曹嵩闻变，亟率爱妾逃至舍后，穿墙欲出，怎奈妾体肥胖，一时不能脱身，那张闿已率众杀人，逃无可逃，没奈何扯住爱妾，避匿厕旁，结果是为闿所见，左劈右剁，同时毕命。为财而死，为色而死，可见财色最足误人。曹氏家小，亦被杀尽，只有应劭逃脱，不敢再复曹操，便弃官投依袁绍。张闿劫得曹家辎重，也奔赴淮南去了。



曹操方因袁术北进，有碍兖州，特督兵出拒封邱，击败术军。术还走寿春，逐去扬州刺史陈瑀，自领州事。操尚想乘胜进击，适值一门骈戮的信息传入军中，险些儿将操惊倒，顿时哭了又骂，骂了又哭，口口声声，要与陶谦拚命。待至哭骂已毕，遂在军中易服缟素，誓报父仇。留谋士荀彧、程昱等，驻守鄄范东阿三县，自率全部人马，浩浩荡荡，杀奔徐州。小子有诗叹道：

杀父仇难共戴天，如何盛怒漫相迁？
愤兵一往齐流血，到底曹瞒太不贤！

欲知徐州战事，待至下回再详。

以千回百折之计谋，卒能诛元恶于阙下，孰不曰此为司徒王允之功？顾王允能除董卓，而不能弭傕汜诸将之变者，何也？一得即骄，失之太玩耳。傕汜诸将，助卓为虐，必以王允之不赦为过，亦非至论。但允若能出以小心，如当日除卓之谋，溃其心腹，翦其爪牙，则何不可制其死命？乃目为鼠子，睥睨一切，卒使星星之火，遍及燎原。允虽死，犹不足以谢天下，而酿祸之大，尤甚于董卓怙势之时；然则天下事岂可以轻心掉耶？若曹嵩之被害，亦何莫非由嵩之自取？嵩若无财，宁有此祸？然吕伯奢之全家，无故为操所屠，则曹氏一门之受害，谁曰不宜？杀人之父，人亦杀其父，杀人之兄，人亦杀其兄，古人岂欺我哉？观诸曹嵩而益信云。

# 第七十一回　攻濮阳曹操败还<br>失幽州刘虞絷戮

却说曹操为父复仇，亲督全队人马，直入徐州。徐州自陶谦就任后，扫平贼寇，抚辑人民，百姓方得休息，耕稼自安。不意曹兵大至，乱杀乱掠，连破十余城，不问男女老小，一律屠戮，可怜数十万生灵，望风奔窜，尚难逃生；结果是同入泗水，积尸盈渠。陶谦连得警报，只好发兵拒敌，才出彭城，已遇操兵杀来，两下相见，便即奋斗，操麾众直上，势如潮涌，叫陶谦如何抵挡，没奈何退保郯县。郯城虽小，势颇险固，操追至城下四面猛扑，终不能入；乃往攻雎陵夏邱等邑，焚掘一空，连鸡犬都无遗类，总算是为父报仇。断笔冷隽。谦急得没法，遣使至青州求救。青州刺史田楷意欲赴援，但恐操兵势大，独力难支，乃致书于平原相刘备，瞩令同行。田楷与刘备俱由公孙瓒委任，事见六十八回。备方东援北海相孔融，往讨黄巾余孽管亥。说来又有一段遗闻，不得不随笔补叙。

孔融履历已见前文。弱冠以后，当由州郡荐举，屡征不就，寻由三府辟召，乃入为司空掾，迁官虎贲中郎将；会董卓废立，因融不愿阿附，出为北海相，立学校，讲儒术，礼贤下士，禁暴安良。适有黄巾贼管亥，纠众侵掠，猖獗异常，融出拒都昌，为贼所围。东莱人太史慈尝避难赴辽东，有母家居，由融随时赡给，融在都昌城被困，可巧慈还家省母，母因嘱慈往赴融急，借报夙惠。慈即徒步前往，突围入城；复奉融命，再出至平原乞援，慈素来娴习骑射，箭无虚发，因此出入围中，贼不敢近。既至平原，即入见刘备道："慈系东莱鄙人，与孔北海亲非骨肉，谊非乡里，但因北海高义，当与分灾，故特来乞师。今贼目管亥，围攻都昌，北海危急万分，好义如君，谅不忍袖手旁观，坐听成败呢！"措词亦善。备敛容答说道："孔北海也知世间有刘备么？"慨然自负。乃与关张两人，率同精兵三千，往救北海。

关张本来骁勇，太史慈亦武力过人，三条好汉杀入贼垒，好似虎入羊群，纵横无敌，管亥走死，余贼尽散，都昌当然解围。孔融出城迎接，邀备入宴，犒赏备军，不消细说。待至备还平原，青州使人已待守了两三天，相见后，交付田楷书信，由备阅毕，毫不推辞，便率军至青州，与田楷会师，共救陶谦。曹操攻郯不下，粮食将尽，又探得田楷、刘备合军来援，自知不能取胜，引兵退去。田楷闻操兵已还，当即折回。独刘备至郯城会谦，谦见备仪表出群，格外敬礼，且留备同居，表为豫州刺史；备一再告辞，经谦殷勤劝阻，使屯小沛，作为声援。备难却盛意，只得依言，引兵至小沛城，修葺城垣，抚谕居民，百姓也爱戴。备屡丧嫡室，至此得了一个甘家女儿，作为姬妾。那甘氏生得姿容绰约，妩媚清扬，艳丽中却寓端庄，袅娜间不流轻荡，尤妙在肌肤莹彻，独得天成，尝与玉琢美人并座斗白，玉美人尚逊色三分；刘备虽具有大志，不在女色上计较妍媸，但有此丽姝，自然欢爱，遂令她摄行内事，视若正妻。语有分寸，不涉猥亵。

好容易过了数旬，闻得曹操又进攻陶谦，来夺徐州，备感谦厚待，不得不引兵往援；行至郯城东隅，正值操兵杀来，千军万马，势不可当。备恐为所围，麾众亟退，操追了一程，见备军去远，便移兵再攻郯城。陶谦很是焦灼，拟欲出走丹阳，勉强守了一宵，操军忽然退去，到了天明，城外已寂静无人了。原来陈留太守张邈本与操相友善，从前关东兵起，邈列同盟，操亦相从，盟主袁绍尝有骄色，邈正议责绍，绍不甘忍受，使操杀邈；操独谓天下未定，不宜自相鱼肉，因此邈得安全，遇操益厚。操攻陶谦时，以死自誓，曾语家属道："我若不还，可往依孟卓。"即张邈字。哪知张邈竟弃好背盟，私下结交吕布，使布潜入兖州，进据濮阳。



说来也有原因，自吕布奔出武关，往依袁术，术留居幕下，款待颇优，布不安本分，恣兵钞掠，乃为术所诘责，转投河内太守张杨；嗣复舍杨赴冀州，助袁绍击褚燕军，恃功暴横，又遭绍忌，乃再遁还河内。反复无常，终非大器。路过陈留，由张邈遣使迎入，宴叙尽欢，临别时尚把臂订盟，缓急相救。邈亦多事。待布去后，又闻九江太守边让为了讥议曹操一事，被操捕戮，连妻子一并杀死，邈自是不直曹操，且怀着兔死狐悲的观念，未免心忧。可巧兖州从事陈宫也因让有才名，无辜遭害，见得曹操有我无人，不能常与共事，意欲乘隙离操，另择他主；适操再攻徐州，嘱宫出屯东郡，宫即密书致邈道："方今天下分崩，豪杰并起，君拥众十万，地当四战，抚剑顾盼，也足称豪，乃反受制人下，岂非太愚。近日州军东出，城内空虚，君不若迎入吕布，使作前驱，袭取兖州。布系天下壮士，善战无前，必能所向摧陷。兖州既下，然后观形势，待世变，相机而动，也不难纵横一时呢？”背操则可，迎布也可不必。邈依了宫计，遂与弟广陵太守张超联名招布。布正东奔西走，无处安身，一得邈等招请，仿佛喜从天降，立即带着亲从数百骑，直赴陈留。邈接见后，更拨千人助布，送往东郡。当由陈宫迎入，推布为兖州牧，传檄郡县，多半响应，惟鄄范东阿三城，由操吏荀彧程昱等扼守，坚持不动。

彧亟使人报知曹操，操乃收军急回，途次复接警报，系是吕布已夺去濮阳，陈宫且进攻东阿，一时忧愤交集，恨不得即刻飞归，星夜遄返，得驰入东阿城，幸有程昱守住，尚然无恙。昱向操慰语道：“陈宫叛迎吕布，事出不意，几至全州尽失，今惟三城尚得保全，昱已遣兵截住仓亭津，料宫不能飞渡，想此城当可无虞了！”操忙执昱手道：“若非汝固守此城，我且穷无所归呢！”遂令昱为东平相，移屯范城；嗣又得荀彧军报，谓已守住鄄城，击退吕布，布仍还屯濮阳，请急击勿失。操掀髯微笑道：“布有勇无谋，既得兖州，不能进据东平，截断亢父泰山通道，乘隙邀击，乃徒屯兵濮阳，有何能为，眼见是不足虑呢！”布原失策，但操为此语，要先在镇定军心。遂引兵往攻濮阳。吕布出城拒操，仗着一支画戟，直奔曹军。曹军素知布勇，未战先怯，及见布左挑右拨，果然厉害得很，当即纷纷返奔。操还想禁遏，不意势如山崩，自相践踏，反将操马挤倒。那吕布更骤马直前，挺戟刺操，还亏曹洪、曹仁、夏侯惇等拚命抵敌，才得挡住吕布，救起曹操。第一次死里逃生。当下且战且行，直返至十里外，布方收兵还城，操始好择地安营。



到了夜间，由操想出一法，立下军令，要去袭击濮阳西偏的屯营；这屯营是吕布预先设置，与城内为犄角，操遣侦骑探悉情形，所以乘夜前往，欲使布恃胜无备，折彼羽翼。当下悄悄出寨，仍由操亲自督领，直抵濮阳城西，一声喊呐，杀入营中，果然营内未曾预防，得被操军捣破，逐去守军，占了营垒。部署未定，突由布将高顺，驱军杀来，操不得不麾兵抵敌，两下混战，将及天明，东方鼓声大震，吕布亲引兵杀到，急得操不能再留，只好弃寨走还。偏偏布截住归路，不肯放行，曹仁、曹洪等虽然敢战，却非吕布敌手，连番冲突，均被吕布击退；自清晨斗至日昃，已有数十百回合，伤亡甚众，仍无出路可寻，操不禁性起，拍马先进，自去突阵。不料布阵内梆声骤响，发出许多硬箭，射住操马，任你如何大胆，也未敢冒险再进。正在进退彷徨的时候，忽跃出一员猛将，手持双戟，驰出操前，顾语从人道："虏来十步然后呼我。"兵士听罢，看到敌已近前，



便向韦大呼道："十步到了。"韦仍然不动，复与语道："五步乃呼我。"兵士又呼称五步已到。韦手中已取得十余戟，连番掷刺，一戟一人，应手而倒，无一虚发，当下戮死十余人，余皆惊走。韦再执着双戟，冲杀过去，布军并皆恟惧，纷纷避开，连布亦禁遏不住；顿被韦荡开血路，引着后军，奋勇杀出，曹仁、曹洪、夏侯惇等，保住曹操，并力向前，好容易突过布阵，天色已暮。布也无心恋战，听令过去，操得匆匆走脱，驰回营中。第二次死里逃生。当下重赏典韦，加官都尉，引置左右。韦系陈留人氏，勇悍无敌，本在太守张邈部下，充当牙役，嗣因不得升官，转投夏侯惇，战必居先，杀敌有功，得拜司马，至是更为操所擢用，自然感激驰驱，为操效死。隐伏后文。

那吕布返入濮阳，与陈宫再行商议，设法破操；宫查得濮阳城中，田氏最富，口丁数百，僮仆数千，乃教布捏造书信，

托名田氏，诈降曹操，愿为内应。布即依计办理，使人投书操营。操因两次失败，愤无可泄，一得田氏愿降书报，便不察虚实，立即重赏使人，约期夜间，里应外合，使人喜跃而出，返报吕布，布即四置伏兵，悄悄待着。是夜月色朦胧，星月掩映，操带着将士，衔枚疾进，直至城下，但见东门大开，不禁暗喜，当命典韦为前导，夏侯惇为后劲，自率曹仁曹洪诸将，居中驱入，一进城闉，前面并无一人，才觉可疑；意欲叫转典韦，不令轻进，偏韦已冒冒失失，不管前途利害，有路便走，与操相距颇远，急切无从招回，操恐失一爱将，不得已驰马再进。突听得一声炮响，鼓角齐鸣，四面喊声，同时俱起，仿佛如江翻海沸一般，操料知中计，忙拨回马头，急转东门，不料前面烟焰冲霄，火光骤起，截住去路，敌骑复围绕拢来，喧声聒耳，不是杀操，就是擒操。急得操五内如焚，眼见得东门难出，只好觑隙他走，跑往北门，偏途次遇着敌兵，不放操行，操手下的将士又多失散，不能上前厮杀；没奈何转趋南门。南门也有敌兵守住，又是不能出去，乃再向北门狂窜，兜头碰着一员大将，挺戟过来，火光中隐约辨认，不是别人，正是吕布。为操急杀。操情急智生，反从容揽辔，低头趋过，布因东门里面，不见曹操，便疑操往奔别门，所以回马寻捉，既与曹操相遇，应该一戟刺死，偏见他揽辔徐行，又在昏夜中间，看不清曹操面目，总道操没有这般大胆，定是别人，乃横戟喝问道："曹操何在？"操用手遥指道："前面骑黄马的，想是曹操。"真聪明！真灵变！道言未绝，布便纵马前去。当面错过，可见得吕布卤莽。操亟返奔东门，恰好与典韦相遇，引操杀出，路旁统是残薪败草，余焰未消，韦用双戟拨开火堆，冒险冲出，操紧紧随着，亦得驰脱。曹仁、曹洪、夏侯惇等，正在门外待着，拥操回营。第三次死里逃生，真是万幸。

操欲安定人心，当夜检点人马，丧失了一二千名，尚幸将吏无伤，余外焦头烂额的兵士却也不少，由操亲自抚慰，并笑语道："我急欲灭贼，以致误中诡计，此后誓必攻下此城，方消我恨。"将士见操谈笑自若，才各自安心，陆续归帐。次日操复早起，饬营中亟办攻具，连夜制造，三五日已得完备，复督众攻城。吕布督众拒守，矢石交下，操军亦无隙可乘，嗣是一守一攻，相持至三阅月，彼此俱精疲力尽，勉强支持。会值蝗虫四起，食尽禾稻，军中无从得食，操乃退回鄄城。濮阳城内也是十室九空，布亦只好往山阳就食，权且罢兵。

是时大司马幽州牧刘虞与公孙瓒嫌怨越深，瓒纵兵四掠，由虞上表陈诉，瓒亦劾虞揹粮不给，互相诋毁。朝廷方有内忧，李傕、郭汜等互争权势，管什么牧守相争。瓒愈欲图虞，

特在蓟城东南，筑一小城，引兵驻扎，为逼虞计。虞愁恨交并，屡邀瓒面论曲直，瓒竟不肯往；虞乃征兵十万，出城讨瓒。瓒不意虞兵猝至，拟弃城东奔，及登陴俯视，见虞兵行伍不整，旗帜错乱，料知虞无能为，因留守不出。虞又爱民庐舍，不令焚毁，且申禁部众道："毋伤民兵，但诛一伯珪罢了！"瓒字伯珪。部众虽是遵令，但丝毫不得掠取，已是兴味索然，再经城下逗留，屡攻不下，更觉得疲惰不堪，各有归志。瓒却连日登城，窥望敌容，起初虽不甚严肃，还有些雄赳赳的气象，后来逐渐倦息，暮气日深；乃决意出击，简募壮士数百人，縋城夜出，因风纵火，慌得虞军东逃西窜，不战先溃，瓒趁势出城，直捣虞营，虞营已经自乱，怎经得瓒军捣入，霎时四散，只剩得一座空垒。虞率亲从狼狈逃回，谁料瓒军追至，突入城闉，没奈何挈同妻子，出奔居庸关，瓒尚不肯舍，乘胜追攻；

虞众逃散殆尽，只有残兵数百，如何防守，相拒三日，关城被陷，虞也受擒。所有全家眷属，一古脑儿做了俘囚。

瓒收兵还蓟，将虞锢住一室，尚使他管领文书，署名钤印，适有朝使段训，奉诏到来，加虞封邑，监督六州。又拜瓒为前将军，晋封易侯，瓒捺定诏书，诬虞与袁绍通谋，欲称尊号，且请训矫诏斩虞；训尚不肯从，瓒用兵威胁迫，不问训应允与否，遽令兵士把虞牵出，硬邀训同往市曹，号令一下，虞首落地，又将虞妻子尽行骈戮，即遣使人携虞首级，解往长安。虞素有仁声，北州吏民，无不感叹。故常山相孙瑾，幽州掾张逸、张瓒等忠义奋发，愿与虞同死。瓒竟令交斩，孙瑾等骂不绝口，至死方休。尚有虞故吏尾敦，在途潜伏，要截瓒使，夺去虞首，用棺埋葬。瓒留训为幽州刺史，上书奏报，其实是借训出面，要他做个傀儡；所有幽州措置，全由瓒一人主持。

瓒意气益豪，复想出图冀州。袁绍也曾防着，因欲南连曹操，与同攻瓒，乃派吏至鄄城，劝操徙居邺中，互相援应。操新失兖州，军食又罄，颇思将计就计，应允下去。东平相程昱闻报，忙驰至见操道：“将军欲与袁绍连和，迁家居邺，此事果已决断否？”操答说道：“原有此事。”昱接口道：“将军此举，大约是临事而惧，昱以为未免太怯了！试想袁绍据有燕赵，志在并吞天下，力或有余，智却不足。将军今迁家往邺，自思能北面事绍否？昔田横为齐壮士，犹不甘为高祖臣，难道将军聪明英武，反情愿为绍下么？”操徐答道：“我何尝甘心事绍，但兖州已大半失去，恐难存身，所以暂与连和，再图良策。”昱又说道：“兖州虽然残缺，尚有三城，战士且不下万人，智勇如将军，若再招罗智士，募集壮丁，合谋并力，再图大举，不但可规复兖州，就是霸王事业，也是计日可成哩！”操不禁鼓掌道：“汝言甚是，我便依汝。”说着，即召入绍使，与言迁居不便，叫他回去复绍，绍使辞归。操于是购粮募兵，招贤纳士，休养数旬，再拟与吕布决一雌雄。小子有诗咏道：

寄人篱下本非谋，暂挫其锋未足忧，
善战不亡垂古训，桑榆尚可望重收。

欲知操布复战情形，待至下回再叙。

曹操虽智略过人，而经验未深，遂至事多失败。观其为父复仇，不问其父之为何人所杀，徒逞毒于徐州百姓，任情屠戮，是谓忿兵，忿兵必败。陶谦兵微将寡，原不能与操敌；然有陈宫之内变，与吕布之外入，几比败军之祸为尤甚。微荀彧程昱二人，则兖州尽失，操且穷无所归矣！此而不悛，尤复力攻濮阳，三战三败，可见忿兵之不足恃，操得幸免，乃天意不欲亡操，非操之智略果优也。刘虞为汉室名裔，恩信夙孚，乃以战略之未娴，谬思讨瓒，卒至身死家亡，为天下笑！盖以楚得臣之忿，兼宋襄公之愚，其不至为人擒戮者几希，区区小惠，不足道焉。

## 第七十二回　糜竺陈登双劝驾<br>李傕郭汜两交兵

却说曹操欲再攻吕布，移屯东阿，进袭定陶。济阴太守吴资已与吕布连合，急引兵保守南城，一面向布乞援；布率军驰至，被曹操扼险要击，输了一阵。操复攻定陶，连日不下。布将薛兰李封留屯钜野，与定陶相距不远，操恐他援应定陶，因分兵围定陶城，自引健将典韦等，往攻钜野，捣破薛李屯营；及吕布闻信驰救，又被曹军击退，薛兰李封，先后战死，操得占住钜野，复至乘氏县追击吕布。

忽由徐州传来消息，乃是陶谦病殁，把徐州让与刘备。禁不住大怒道："刘备不劳一兵，坐得徐州，天下事有这等容易么？况陶谦是我仇人，我不得手刃谦头，亦当往戮谦尸，今且移捣徐州，报复大仇，然后再来灭布，也是不迟。"道言甫毕，即有一人入谏道："不可不可！"操闻声瞧视，乃是谋臣荀彧，便问他何故不可？彧即答道："昔高祖保关中，光武帝据河内，类皆深根固本，方得经营天下，进足胜敌，退足坚守；故虽有困败，终成大业。今将军首事兖州，得平山东，河济为天下要地，仿佛关中河内，怎得因一时小失，便弃置不顾呢？操以子房比荀彧，彧亦以高祖光武拟曹操。况我军已破薛兰李封，先声已振，再勒兵收麦饷军，进击吕布，无虑不克；布既破灭，便可南占扬州，共讨袁术，临兵淮泗，不怕徐州不为我有；若今日舍布东行，布必乘虚进袭，我多留兵，便不足取徐，我少留兵，又不足守兖，兖州尽失，徐州未取，岂不是一举两失么？”操尚愤愤道：“陶谦已死，刘备新任，民心未定，兵力又虚，我若往取徐州，势如反掌，有何难事。”彧微笑道：“只恐未必，陶谦虽死，刘备继起，彼惩去年覆辙，自惧危亡，势且辗转结援，合力抗我，现在时当仲夏，东方麦已收入，一闻敌至，必坚壁清野，固垒坐待，攻不能克，掠无所得，不出旬日，全军皆困，况前攻徐州，遍加威罚，子弟念父兄遗耻，拚死相争，胜负更难预料；就使得破徐州，人心未服，待至我军一移，亦必反侧，这真叫做舍本逐末，易安就危，图远忽近，愿将军熟思后行。”洞中利害。操乃不复移军，专与吕布对垒，且令兵士四处割麦，作为军粮。百姓晦气。



蓦有探马入报，吕布与陈宫等率兵万余，前来攻城。操因兵士四出，一时不及召回，忙驱百姓登城，无论男妇，一齐充役，自率守兵出城拒敌。好多时不见布至，又有探骑入报道：“布军至西面大堤旁，探望许久，又复退去了！”操大笑道：“这是吕布恐我有伏，故欲进又止，彼见堤南多林，容易伏兵，所以动疑；哪知是太觉多心了！明日布必来烧林，然后再进，我却偏要设伏，看他能逃我计中么？”是谓知彼知己。待至夜间，便召曹仁曹洪道：“汝两人可至堤旁，约距林南里许，引兵下伏，俟我亲去挑战，诱布赶来，两下杀出，休得有误。”曹仁、曹洪领命去讫。

到了翌晨，西面烈焰冲天，果然吕布前来烧林，操喜语道："不出我所料，今日定当破布了！"遂麾军出营，前往搦战，行至堤畔，布已将林木遍焚，并无一人杀出，即放胆再进，才越半里，正与操军相遇，两下交战，操佯败急走，布以为前面无林，驱军急进，不意伏兵从堤下突起，竟将布军冲成两撅；布顾前失后，当然着忙，再加操引军杀转，猛将典韦，双戟很是厉害，除吕布无人敢当，布已心慌意乱，也不暇与韦赌胜，当即拍马退回，仓皇中杀开走路，部兵已折去多人；操军直追至布营，天色已晚，方才引归。布经此一败，锐气尽丧，便夤夜遁去。是不及曹操处。陈留太守张邈闻得布军败走，料知操必来报怨，乃使弟超保着家属，守住雍邱，自向袁术处求救。操攻拔定陶，就移攻雍邱城，城内守备单微，待援不至，竟至失陷，超惶急自尽，家小等均被操军杀死。邈至扬州，亦为从吏所杀，一门殄绝，情状惨然。实是陈宫害他，然亦可为轻率者戒。嗣是兖州复归曹操，操自称兖州牧，不过上了一道表文，声明情迹罢了。 

吕布失去兖州，又害得无地自存，只好挈着家眷，奔投徐州。徐州刺史陶谦，殁时已六十三岁，临终这一夕，嘱语别驾糜竺道："我死以后，非刘备不能安此州，汝曹可迎他为主，毋忘我言。"说毕遂瞑。竺为谦棺殓，即率州人至小沛，迎备入刺徐州，备辞不敢当。下邳人陈登，表字元龙，夙具大志，弱冠后得举孝廉，除授东阳长，养老恤孤，视民如伤，陶谦表登为典农校尉，劝民耕桑，广兴地利，至是亦随竺迎备。见备不肯受任，便向前力劝道："今汉室陵夷，海内倾覆，立功立业，莫如今日，徐州殷富，户口百万，欲屈使君抚临州事，使君正可借此发迹，奈何固辞？”备尚推让道：“袁公路术字公路。近据寿春，此君四世三公，众望所归，何妨请他兼领徐州。”登答说道：“公路骄豪，不足拨乱，今欲为使君纠合步骑十万，上足匡主济民，创成霸业，下足割地守境，书功竹帛，若使君不见听许，登等却未敢轻舍使君哩！”备还有让意，真耶假耶？可巧北海相孔融到来，由备延入，谈及徐州继续事宜，融便说道：“我此来正为此事，诚心劝驾，君今欲让诸袁公路，公路岂是忧国忘家的大臣！我看他虽据扬州，不过一冢中枯骨，何足介意，今日徐州吏民，俱已爱戴使君，天与不取，反受其咎，将来恐悔不可追了！”备乃勉从融议，由小沛移居徐州，管领州事。适值吕布来奔，备因他进袭兖州，得解徐围，与徐州不为无功，所以出城迎入，摆酒接风，席间互道殷勤，颇称欢洽；罢席后送居客馆。过了两三日，布设宴相酬，备亦赴饮，酒至数巡，布令妻妾出拜，格外亲昵，想貂蝉应亦在列。到了醉后忘情，就呼备为弟，有自夸意；备见布语无伦次，未免不谐，但表面上仍然欢笑，不露微隙，及宴毕告辞，方令布出屯小沛。布意虽未惬，究属不便争论，越宿即与备叙别，自往小沛去了。为下文袭取徐州张本。



且说李傕、郭汜等在朝专政，已越二年，献帝加行冠礼，改元兴平，追谥本生妣王氏为“灵怀皇后”，改葬于文昭陵，时献帝已十有六岁了。四府三公，换易数人，太尉迭更四次，乃是皇甫嵩、赵忠、朱俊、杨彪相继承受。司徒迭更三次，若赵谦，若淳于嘉，若赵温，有名可稽。司空更换了四次，系是循资超迁，先为淳于嘉，次为杨彪，又次为赵温，温进职司徒，后任叫作张喜，由卫尉升任，统共得十余人，大都无从建树，只好随俗浮沉，与时进退，一切军国重权，俱归李傕、郭汜等掌握。

傕欲招抚陇西，特使人买嘱马腾韩遂等，饵以重赏，征令入朝；马腾韩遂见前文。腾与遂各贪厚利，乃率众共诣长安，朝廷命遂为镇西将军，遣还凉州，腾为征西将军，留屯郿县。腾虽得官爵，心尚未足，更向李傕索赂，傕不肯照给，遂致触动腾怒，与傕有嫌。谏议大夫种劭，为故太常种拂子，前次傕等犯阙时，拂曾遇害，亦见前文。劭欲报父仇，恨傕甚深；且见傕等拥兵逼主，为国大患，乃与侍中马宇、左中郎将刘范共拟招腾入都，为诛傕计，腾亦与盗贼无异，招腾诛傕即得成功，未必遽安，劭等所见亦误。密使往返；腾即允诺，进兵至长平观中。傕料有内应，先行搜查，种劭等情虚出走，同奔槐里；樊稠、郭汜及傕兄子李利由傕遣攻腾军，腾交战失利，奔走凉州。樊稠督兵追赶，驰马疾行；李利既不力战，又致落后，被稠促召至军，怒目叱责道："人欲枭汝父头颅，还敢这般玩惰，难道我不能斩汝么？" 
利无奈谢罪，随稠再进。行抵陈仓，凑巧韩遂兵至，来援马腾，韩见腾等军败绩，乃勒马相待；至樊稠先驱追来，便上前拦阻道："我等所争，并非私怨，不过为王室起见，遂与足下本属同乡，何苦自相残杀，不若彼此罢兵，释嫌修好为是。"稠听他说得有理，乐得息事，与遂握手言别，还入都中。傕又遣他再攻槐里，种劭、马宇、刘范等并皆战死，于是迁稠为右将军，郭汜为后将军。稠复请赦韩遂马腾二人，安定凉州，方好一意东略，免得西顾。有诏依议，免韩马二人前罪，使腾为安狄将军，遂为安降将军。

惟出关东略的计议，傕尚在踌躇，未肯遽允；稠却再三催促，自请效力，反令傕疑窦益深。李利记着前嫌，复向傕密报，述及韩樊共语事，傕不禁大怒道："军前密谈，定有私意，若不速除此人，后必噬脐。”遂与利商定计划，借会议军事为名，邀稠入室，稠还道他是准议发兵，欣然前往。谁知入座甫定，即由傕呼出健卒，持刀直前，把稠劈死。一面宣告稠罪，说他私通韩马，与有逆谋，诸将似信非信，互生疑谤，连郭汜亦内不自安。

傕欲交欢郭汜，屡请汜入室夜宴，或请留宿，汜妻甚妒，只恐汜有他遇，从旁劝阻。一夕傕复邀汜饮，汜被妻牵住，设词婉谢。偏傕格外巴结，竟遣人携肴相赠，汜妻即捣豉为药，置入肴中，待至汜欲下箸，妻便说道：“食从外来，怎得便食。”当即用箸拨肴，取药示汜道：“一栖不两雄，妾原疑将军误信李公。”说着，向汜冷笑。妒态如绘。汜才知妻含有妒意，力自辨诬，妻却带笑带劝道：“总教将军不往李府，妾自然无疑了。”汜应声许诺。转瞬间已是兼旬，又将前言失记，至傕家饮得大

醉，踉跄归来，一入室门，呕哕满地。汜妻泣语道：“将军尚不信妾言么？明明中毒，奈何奈何！”说着，汜亦焦急起来，捶胸言悔，还是汜妻替他设法，忙用粪绞汁，令汜饮下。汜顾命要紧，没奈何掩鼻取饮，未几心中作恶，复吐出若干秽物，稍觉宽怀；你不肯听从阃命，就要罚你吃屎。随即愤然说道：“我与李傕共同举兵，每事相助，奈何反欲害我，我不先发，还能自全么？”越宿就检点部曲令攻李傕。

傕闻汜无故来攻，更怒不可遏，出兵拒战，辇毂以下，居然大动干戈，无法无天。傕且遣兄子李暹率数千人围住宫门，胁迁车驾，太尉杨彪出语李暹道：“自古帝王不闻有徙居臣家，君等举事，当合人心，为何轻率若此！”暹抗声道：“我家将军恐郭汜入宫为逆，故遣我迎驾，暂避凶焰，君敢来相阻，莫非与汜通谋不成？”彪不便再言，入白献帝。献帝新立皇后伏氏，

甫越三日，便遭此变，急得无法可施。李暹用车三乘，入宫促逼，一乘载献帝，一乘载伏后，一乘由傕吏贾诩左灵共载，监押帝后至李傕营，天子已成傀儡，由他播弄，余如官廷侍臣，还有甚么主意？只好随着乘舆，步行同出。暹复纵兵入宫，掠妃妾，掳财物，所有御库金帛，悉数搬至李傕营中；更可恨的是放起火来，把宫阙一律毁尽。董卓毁洛阳宫阙，李傕毁长安宫阙，两京为墟，呜呼炎汉。

献帝到了傕营，虽由傕另设御幄，供奉衣食，但比那宫中安养，迥不相同，累得献帝寝食不遑，日夕担忧。乃命太尉杨彪、司空张喜、尚书王隆、光禄勋邓渊、卫尉士孙瑞、太仆韩融、廷尉宣播、大鸿胪刘部，大司农朱俊等，至郭汜营内讲和。汜不肯依议，反将群臣留住，逼令同攻李傕。杨彪勃然道："群臣共斗，一劫天子，一拘公卿，古今曾有是理么？"还讲甚么道理？汜闻言起座，拔剑指彪，凶威可怖，彪却无惧色，正容答语道："卿尚不念国家，我亦何敢求生！"中郎将杨密忙上前劝止，汜才罢手。但尚未肯放还群臣，仍与李傕相争不息，傕召羌胡数千人，分给御物缯彩，令他攻汜，且谓诛汜以后，当加赏宫人妇女。汜亦阴贿傕党中郎将张苞，约为内应，自率众夜攻傕营，矢及御幄。傕慌忙出拒，仓猝间闻有箭声，亟向右侧闪过，那左耳上已中了一箭，忍痛拔去，血流如注，忽又有烟焰从营后出来，料知有人图变，更觉惊惶；幸亏都将杨奉引兵援应，方将汜兵杀退，再查及营后火光已经消灭，独不见中郎将张苞，才知苞阴通郭汜，纵火未成，奔投汜营去了。

傕经此一吓，免不得顾前防后，遂将献帝迁居北坞，使校尉监守坞门，隔绝内外，饮食不继，侍臣均有饥色。献帝向傕求米五斗，牛骨五具，分给左右。傕怒说道："朝夕上饭，何用米为？"乃只把臭牛骨送入。献帝见了，不胜懊恨，便欲召傕责问。侍中杨琦急奏道："傕自知所为悖逆，欲劫车驾往池阳，愿陛下暂时容忍，静待后机。"献帝乃低头无语，用巾拭泪罢了！末代皇帝，实是难做。司徒赵温见献帝为傕所制，因致书与傕，语多责备。傕又欲杀温，经傕弟李应劝解，才得罢议。惟傕迷信鬼怪，常使道人及女巫，击鼓降神，诳惑部兵，又为董卓作祠北坞，屡往祷祭。每当祭后，顺道省视献帝，不释甲械，奏对时亦言语不伦，或称帝为明陛下，或呼作明主；且言郭汜种种不道，应该加诛。

献帝只好随他意旨，而为敷衍。傕欣然出语道："明陛下真贤圣主！"嗣是无害帝意。献帝复遣谒者皇甫郦，往与两造解和，郦先诣郭汜营，用言婉劝，汜颇有允意。转至李傕处调



停，傕独不肯从，悻悻与语道："我有讨吕布的大功，辅政四年，三辅清静，为天下所共闻，郭多汜小名为多。系盗马虏，怎敢与我抗衡，且擅劫公卿，罪在不赦，我所以定欲加诛，君为凉州人，看我方略士众，足胜郭多否？"郦听他语言不逊，也忍无可忍，便应声道："古时有穷后羿，自恃善射，不思患难，终归灭亡，近如董公强盛，亦致身亡族灭；可见得有勇无谋，反足取祸。今将军身为上将，持钺仗节，子孙宗族，多居显要，国恩亦岂可遽负？且郭多劫质公卿，将军胁迫至尊，孰轻孰重，不问可知，张济杨奉诸人，尚知将军所为非是，将军若再不悔悟，恐一旦众叛亲离，虽悔无及了！"语虽切直，究非和事佬声口。傕怎肯听服，呵令出去。

郦趋出营中，遇着侍中胡邈前来探信，郦即呼语道："李傕不肯奉诏，词多悖逆。"邈急摇手道："毋为此言，徒自取辱。"

郦瞋目道："胡敬才，邈字敬才。汝亦国家大臣，奈何也作此语，郦累世受恩，得侍帷幄，君辱臣死，义所当然！今若为李傕所杀，莫非天命，何惧之有！"邈不待说毕，匆匆还白献帝，献帝恐郦得罪李傕，急遣人召还。傕果遣虎贲将王昌呼郦，昌鉴郦忠直，纵令还报，只说是追郦不及，入报李傕，且劝傕不宜多戮直臣，傕乃无言。及郦还白献帝，诏令他免官归里。郦与故太尉皇甫嵩同族，嵩已病殁；郦以忠直闻名，幸得不死，这未始非天眷忠诚，才得脱离虎口呢！寓劝于褒。献帝尚恐傕怀怒，特擢傕为大司马，位重三公。傕归功诸巫，重赏金帛，独不及将士。部将杨奉，至是越不愿事傕。潜与傕军吏宋果，谋杀傕奉还天子，不幸谋泄，果为傕所杀，奉得逃脱，傕众亦陆续叛去。

可巧镇东将军张济引兵入都，进谒献帝，请宣诏谕和傕汜，并愿奉驾东幸弘农，献帝自然乐从，当下遣使持诏，分谕傕汜两人，傕汜尚有异言。经使臣仆仆往来，直至十次，方得言和，汜乃释放群臣，杨彪等并皆告归。惟朱俊因愤成病，已先释出，回家便死。何不早死数年，免丧英名。张济促驾登程，择定兴平二年七月甲子日，启跸就道。偏有羌胡数千人，窥探御帐，喧声杂呼道："李将军尝许我宫人，今可蒙颁给否？"献帝听着，心上加忧，因遣侍中刘艾商诸贾诩。诩由李傕荐举，已拜为宣义将军，既奉上命，乃召语羌胡酋帅，许予封赏，叫他禁止部属，不得罗唣，羌胡方皆引去。既而启跸期届，由群臣拥护帝后，登车出宣平门，将过吊桥，突有骑士数百人，拦住桥上，不许乘舆过去，惹得献帝又惊又恼，大费踌躇。正是：



困龙失势遭虾戏，毒蟒回头遣蝎来。

毕竟献帝能否出险，容至下回再详。

陶谦识刘备为英雄，愿让徐州，不可谓非知人。备之一再谦让，或谓其故为谦饰，亦岂真能知备者！徐州为曹操所必争，只因吕布入兖，不得已回顾根本，彼固未尝须臾忘徐州也！备知兵力之不足敌操，故不愿承受。迨经陈登孔融等之力为劝驾，方许兼领，而于吕布之奔至，欢然迎入，仍为合力拒操起见，备之用心亦艰且苦矣。李傕郭汜之乱，始误于王允，继误于种劭，允与劭皆图报君亲，而计划未良，不但杀身，并且祸国。厥后乃因一汜妻之播弄，遂致两贼寻仇，兵争不已，一劫天子，一质公卿，汉室纪纲，扫地尽矣！宣圣有言，女子小人，最为难养，斯固千古不易之定论矣。

## 第七十三回　御跸蒙尘沿途遇寇 危城失守抗志捐躯

却说献帝出宣平门，突被乱兵阻住，当由护驾诸臣，探问来因。兵士齐声道："我等奉郭将军令，把守此桥，不准吏民自由往来。"侍中刘艾出诘道："吏民不得往来，天子也不得往来么？"兵士尚云须亲见天子，方可取信。侍中杨琦，便高揭车帷，刘艾又大呼道："天子在此，快来见驾。"兵士乃向前审视，献帝亦面谕道："诸兵何敢迫近至尊，快快退去。"兵士乃却，让车驾过桥东行。夜抵霸陵，从臣皆饥，由张济分给干粮，才得一饱。

李傕不愿随驾，已出屯池阳。郭汜仍引兵追上，献帝命张济为骠骑将军，郭汜为车骑将军，杨定为后将军，定亦董卓旧部。杨奉为兴义将军，皆封列侯；又使牛辅旧将董承为安集将军，同赴弘农。郭汜独不愿东往，请献帝转幸高陵，献帝遣人谕汜道："弘农与洛都相近，容易奉祀郊庙，幸卿勿疑。"汜不肯受诏。献帝遂终日不食，懊怅异常。汜乃云可幸近县，及行至新丰，汜又欲胁帝还郿。侍中种辑密告杨定、董承、杨奉，约与抗阻。汜见人众我寡，乃弃军径入南山，余党夏育高硕等还想承汜遗意，劫帝西归，遂在营外纵火图乱。杨定董承拥帝后入杨奉营，夏育等便来劫驾，还是杨定、杨奉，内应外护，杀退夏育等众，才得无恙。越宿复奉驾起行，到了华阴，宁辑将军段煨出营迎谒，供献帝后服御及公卿以下资粮，且请乘舆过幸营中。偏杨定与煨有隙，联结董承杨奉等人，诬煨交通郭汜，希图劫驾。挟天子为奇货，故以小人之腹，度君子之心。献帝疑信参半，未加煨罪，定与奉遽引兵攻煨，煨亦出兵相拒，连战十余日，未分胜负。惟煨遣使供奉，仍然不绝，并上书自陈心迹，不敢生贰。当由献帝遣令侍臣，替他和解，方得息争。这叫做和事皇帝。

不意一波才平，一波又起，那李傕、郭汜二人，又复连合，来追乘舆。忽离忽合，是谓小人之交。杨定闻傕汜又至，恐不能敌，



索性弃去帝后，走还蓝田。中途被郭汜截击，落荒逃窜，单骑走亡荆州。本欲扶主逞强，反致弃君逃命，贪心不足者，可引以为鉴。还有张济亦生贰心，谋至杨奉营内，夺还乘舆。杨奉窥知情状，即与董承夜奉车驾，潜走弘农。及张济闻知，尾追不及，竟会合李郭两军，一同赶来。杨奉、董承不得不督兵力战，毕竟众寡不敌，杀得大败亏输，从臣卫侍，纷纷挤入东涧，多半溺死，所有御物国籍，抛弃垂尽，单剩得帝后两车，由董承拚死保护，方得走脱。射声校尉沮俊受伤坠马，为傕所执，傕问左右道："此人尚可活否？"俊大骂道："汝等为逆，劫迫天子，使公卿遭害，宫人流离，自来乱臣贼子，未有这般凶恶，将来不被人诛，必遭天殛，我为主效命，死且留名，不似汝等遗臭万年哩！"傕闻言愤甚，掣出佩剑，将俊杀死。再纵兵大掠弘农，鸡犬一空。

献帝挈了伏后，仓皇东走，窜入曹阳境内，天已垂暮，无

处栖身，没奈何露宿一宵。杨奉收集败兵，与董承会议道：“我军已败，不堪再战，只好向他处乞援，方可抵敌追兵。”董承也以为然。两人想了多时，远处不及呼救，只河东一隅，尚有故白波贼帅李乐、韩暹、胡才及南匈奴右贤王去卑等可以招抚，叫他速来救驾；一面用缓兵计，遣人与傕等议和，佯为周旋。既而李乐等陆续趋至，共约得骑士数千，董承杨奉令他充当先锋，往攻傕等。傕等遥望旗帜，乃是河东援兵，顿觉心惊，不由得退却下去。李乐韩暹胡才诸人并辔追击，再加董承杨奉从后继进，大破傕等，斩获无算，待傕等逃至数十里外，始收军还营。

诘旦再奉驾东驱。约行数里，后面尘头大起，傕汜济三路人马，又分头赶到，原来傕等探得河东援兵，不过数千，更知白波贼众，向系乌合，不足深虑，因复驱兵来追。董承、李乐忙保驾先走，杨奉、韩暹、胡才及匈奴右贤王去卑率兵断后。谁料傕、汜、济三面夹攻，横冲直扫，把杨奉等截作数撅；奉等队伍大乱，伤毙甚多。傕汜济乘胜肆威，见人便杀，光禄勋邓渊、廷尉宣播、少府田芬、大司农张义奔避不及，俱为所害。司徒赵温、太常王绛、卫尉周忠、司隶校尉管郤被傕截住，几遭毒手，还亏贾诩竭力解免，方幸重生。也有幸有不幸。董承、李乐随献帝走不数里，背后追兵大至，李乐狂呼道：“事急了！请天子上马速行。”献帝哽咽道：“不可，百官何辜，朕怎忍舍去。”还不失为仁主之言。

李乐等且战且走，彼此兵士，前奔后追，连缀至四十里，才得至陕。日光又暮，追兵少缓，乃结营自守；将士十丧七八，虎贲羽林军，不满百人，傕、汜、济三路叛兵，辄绕营叫呼，侍从等相惊失色，各谋散去。李乐请献帝乘夜渡河，东走孟津，投依关东诸牧守。太尉杨彪道：“夜渡岂可无船，且从人尚多，何能一一尽渡。”李乐道：“且待我前去寻船，如有船可渡，当举火为号，请君等保帝同来。”彪应声许诺。待乐去后，约历更许，见河滨火光冲起，料知船已备就，乃拥帝出营，徒步夜走。伏皇后云鬓蓬松，花容惨淡，从未经过这般苦楚，至此也只好跟着献帝，踯躅同行。后兄伏德，一手扶后，一手尚挟绢十匹。也是个死要财帛。被董承瞧入眼中，心下不平，竟使符节令孙徽从卒上前争夺，格毙一人，连伏皇后衣上也为血迹所污。伏皇后吓得发抖，亟牵住献帝衣裾，涕泣求救，献帝出言呵止，争端方息。及至河滨，河中只有船一艘，泊住岸边，天寒水涸，岸高数丈，叫帝后如何下去。亏得伏德手中残绢尚存，乃将绢裹住帝身，用两人拽住绢端，轻轻放下。伏德尚有勇力，背负皇后，一跃下船，杨彪以下，依次下投，船中已有数十人，不能再容，董承、李乐即跳落船头，解缆欲驶，吏卒等多不得渡，争扯船缆。承与奉用戈乱击，剁落手指，不可胜计。



早有侦骑报知李傕，傕等出兵往追，见帝后已经东渡，不能截回，惟将岸上未渡士卒，一并掠去。卫尉士孙瑞亦不得从渡，徘徊岸上，突被乱兵杀死。尚幸李傕等专务劫掠，不遑东追，帝后始得渡到彼岸，踉跄登陆，步行数里，才抵大阳，天色已大明了。董承杨奉各至民间搜取车马，毫无所得，只有牛车一乘，取载帝后，余皆联步相随。趋至安邑，河内太守张扬、河东太守王邑方得车驾蒙尘的消息。扬使人奉米，邑使人奉帛，献帝拜扬为安国将军，邑为列侯。李乐、韩暹、胡才等又举荐党徒数十人，各授官职，印不及刻，但用锥划石，粗成字迹，便即颁发；帝后居棘篱间，门无关闭，群臣议事，就借茅舍作为朝堂，简直是不成体统了。献帝尚恐傕等渡河，特使太仆韩融西赴弘农，与他讲和。傕等掠得子女玉帛，颇已满欲，乃许从融议，放还所掠吏士及乘舆器物等类。杨奉、韩暹便欲就安邑建都，太尉杨彪等俱拟东还洛阳，文吏拗不过武弁，只好暂时驻驾，徐待后图。献帝命韩暹为征东将军，李乐为征北将军，胡才为征西将军，使与董承杨奉，并秉朝政。适值蝗虫四起，岁旱无禾，从官无从得食，但取菜果为粮；眼见是不能安居，可巧张杨自野王来朝，也请献帝还都洛阳，杨奉等仍有违言，杨乃复回野王去了。

是时关东重望首推二袁，袁术复蓄异图，隐然有帝制自为的思想，怎肯西向救主；袁绍虽未敢称帝，但因冀州新定，也不愿轻离。从事沮授进谏道："将军累代辅政，世笃忠贞；今朝廷播越，宗庙残毁，为将军计，正应西迎帝驾，安宫邺中，挟天子足以令诸侯，蓄士子足以讨不庭，名正言顺，事必有成，愿将军勿失此机。"原是最好机会。绍颇被感动，有出兵意，偏有两人入阻道："汉室久衰，势难再兴。且英雄并起，各据州郡，连徒聚众，动辄万计。这好似嬴秦失鹿，先得可王的时势了！今若迎入天子，动须表闻，从命即失权，违命即被谤，不如勿行。"授见是同僚郭图淳于琼出来阻挠，即驳说道："今奉迎天子，既合大义，又得时宜，若不早图，必落人后。授闻权不失机，功在速捷，请将军急自裁断，毋惑人言。"绍听了三人议论，各执一是，又累得迟疑不决。即此可见袁曹之成败。会闻东郡太守臧洪背绍自主，绍遂将迎驾问题搁置不顾；竟发兵围攻东郡，数月不下。

东郡本属冀州管辖，臧洪得为太守，也是由绍简放出去；当曹操围雍丘时，见前回。张超曾向洪乞救，洪尝为超功曹，因联兵往讨董卓，慷慨宣言，见前文。得邀袁绍赏识，留参帷幄，嗣即使领青州，盗贼屏息，乃复调任东郡。他本生有侠气，好济人急，一闻张超求援，便徒跣号泣，向绍请师。绍与操尚无怨隙，不愿援超，超竟被灭族，洪由是怨绍，绝不与通。绍恨他背惠，驱兵往攻，偏洪誓死固守，历久相持，绍尚爱洪多才，不忍遽迫，乃令里人陈琳作书晓谕，力劝洪悔罪投诚。洪竟执意不屈，复书约千余言，略云：

仆本因行役，谬窃大州，恩深分厚，宁乐今日；自被兵接刃，登城望主人之旗鼓，感故友之周旋，抚弦搦矢，不觉流涕之满面也，何者？自以辅佐主人，无以为悔，主人相接，过绝等伦，盖幸赞襄大事，共尊王室，乃者本州见侵，洪系广陵人，故称雍为本州。郡将遘厄，杖策乞师，一再见拒，使洪故君遂至沦灭；区区微节，无所获伸，斯所以忍悲挥戈，收泪告绝者也。昔张景明超字景明。亲登坛歃血，奉辞奔走，卒使韩牧让印，主人得地，指韩馥让位时。曾几何时？不蒙观过之贷，反受赤灭之祸；足下试思，景明负主人乎？抑主人负景明乎？吾闻之，义不背亲，忠不违君，故东宗本州以为亲援，中扶郡将以安社稷，一举二得以徼忠孝，未敢为非。足下乃欲使吾轻本忘家，倾向主人，主人之于我也；年为吾兄，分为笃友，道乖告去以安君亲，亦可谓顺矣！若吾子之言，则包胥宜致命于伍员，不应号哭于秦庭也？足下或者见城围不解，救兵未至，感亲邻之义，推平生之好，以为屈节而苟生，胜于守义而倾覆也。昔晏婴不降志于白刃，南史不曲笔以求生，故身著图像，名垂后世。主人苟鉴谅苦衷，正当返旆退师，治兵邺垣，西向迎驾，岂可徒盛怒暴威于吾城下哉？行矣孔璋，琳字孔璋。足下徼利于境外，臧洪授命于君亲，吾子托身于盟主，臧洪策名于长安，子谓余身死而名灭，仆亦笑子生死而无闻焉！悲哉本同而末离，努力努力！夫复何言。

陈琳得了复书，当即呈示袁绍。绍阅书中来意，已知洪倔强到底，不肯再降，乃增兵急攻东郡。臧洪昼夜督守，害得力竭身疲，不得已遣二司马，缒城夜出，南赴徐州，向吕布处告急。看官！你想吕布方寄食小沛，自顾不遑，怎能往救臧洪？洪待了旬余，毫无影响，更兼粮尽矢穷，朝不保暮，因召集吏士，涕泣与语道："袁氏无道，所图不轨，且不救洪郡将。洪为义所迫，不得不死；诸君与洪有别，毋与此祸，可就城未陷时，挈眷逃生，洪从此与诸君永诀了！"吏士皆垂泪答道："明府与袁氏本无嫌怨，只为了本州郡将，自致困迫。明府不忍舍故主，我等也何忍遽舍明府呢？"于是同心誓死，守一日，算一日。初尚掘鼠为食，煮筋充饥；及至鼠无可掘，筋亦俱尽，内厨只有粝米三斗，由主簿据实启闻，谋为饘粥。洪叹息道："我何甘独食？可作薄粥，分饷众人。"至粥已煮就，召众共饮，须臾立尽；洪复取出爱妾，亲自下手，把他杀死，烹肉啖众。众皆涕泗滂沱，莫能仰视。可为唐张巡先声，但与巡相较，亦有微异。结果是人人枵腹，同为饿莩。等到城池陷没，男妇七八千名，已皆死尽，无一叛亡；洪亦气息奄奄，坐被擒去。 

绍盛设帷帐，大会诸将令将洪推至面前，拈须与语道："臧洪何相负如此，今日可服我否？"洪据地瞋目道："诸袁事汉，四世五公，可谓受恩深重！今王室衰乱，不能急往扶翼，反且觊觎非望，屈害忠良。可惜洪兵少势孤，不能推刃乱臣，为国报仇，有什么服不服呢？"责绍无君，却有至理。绍不禁怒起，叱令左右推出斩首。忽有一人出阻道："将军首举大义，本欲为天下除暴；今乃先诛忠义，上违天心，下乖人望，且臧洪抗命，实为故将效节，将军应该格外鉴原，奈何加戮？"绍闻声瞧着，乃是前东郡丞陈容，与洪同籍，便怒叱道："汝已被臧洪遣出，寄居我侧，怎得尚私袒臧洪？”容顾绍道：“人生只凭仁义，不徇爱憎，蹈义为君子，背义为小人，容宁与臧洪同死，不愿与将军同生！”也是硬汉。绍怒上加怒，亦令左右牵容出帐，与臧洪同受死刑。列席诸将，无不叹惜，或私相告语道：“奈何一日杀二烈士。”还有臧洪遣往求救的两司马，自小沛还报，探得城陷洪死，亦皆自杀。可见得汉末士人，尚重气节，得失利害，在所不计，要死就死罢了！言下有感慨意。

绍既杀死臧洪，又欲进图幽州。幽州为公孙瓒所据，日渐骄矜，记过忘善，黜正崇邪。八字是致亡原因。前幽州从事鲜于辅，潜集州兵，欲为刘虞报仇，州民多怀虞恨瓒，乐为效死。燕人阎柔，素有恩信，为胡人所悦服；辅即推为乌桓司马，令他招诱胡骑，一同攻瓒。瓒所置渔阳太守邹丹，闻风防御，被辅柔连兵进攻，把丹击死。又探得刘虞子和，留居袁绍幕下，



尚然存在，见前文。乃相率至冀州，欲将刘和迎归；袁绍当然允许，并遣大将曲义，领兵十万，护送刘和，长驱入幽州境。公孙瓒连忙出阻，麾下兵却也不少，但与曲义等交锋，一边是劲气直达，一边是观望不前，眼见是有败无胜。鲍邱一战，瓒军大败，好头颅被敌斫去，约有二万余颗，瓒遁还蓟城，不敢出头。代郡上谷右北平等处，皆响应鲜于辅刘和等军，戕吏叛瓒，瓒越觉孤危。

先是幽州有童谣云：“燕南垂，赵北际；中央不合大如砺，惟有此中可避世。”瓒得闻歌谣，暗想燕赵交界，莫如易地；因即由蓟徙易，缮堑自固。复设园堑十重，就堑筑室；内分数层，每层高五六丈，悬梯相接，中层最高，由瓒自居，熔铁为门，屏除左右。但令姬妾旁侍，凡男子七岁以上，不准擅入，遇有文书往来，辄悬组上下，以免需人传递；又饬妇女习为大声，宣

扬教令。一切谋臣猛将，罕得接见，嗣是群下懈体，雍隔不通。或问瓒何故为此，瓒喟然道："我北驱群胡，南扫黄巾，方谓天下可一麾而定；哪知海内愈乱，兵革迭兴，看来非我所能荡平，不如休兵息民，静待时变。兵法有云：'百楼不攻。'今我设楼橹数十重，积谷三百万斛，可以安食数年，食尽此谷，再作后图便了。"看官阅此，应无不笑瓒为愚，只是命未该绝，还有两三年的运数，所以曲义等捣入境内，为了粮运不继，引军退去；反被瓒追击一阵，夺得许多车仗，满载而回。曲义还报袁绍，只言瓒势尚盛，未可遽灭。袁绍乃暂缓进兵，但心中总想并吞幽州，方肯罢手；那迎驾勤王的大计划，反拱手让诸别人。这真叫做一着弄错，满盘尽输，岂不是大可惜么？小子有诗叹道：

欲图大业在乘时，一念蹉跎便觉迟；
尽有机宜甘自误，袁曹从此判雄雌。



欲知迎驾大功，属诸何人，且看下回续叙。

李傕、郭汜，贼也；张济、杨奉、董承，亦无一非贼；至如李乐、韩暹、胡才，则固以贼自鸣，更不足道矣。堂堂天子顾委身于贼臣之手，尚有何幸？其所以间关跋涉，苟延残喘者，贼胆尚虚，未敢公然篡逆也。当时之力，与勤王足成大业者，莫如袁绍。向使从沮授之计，西向迎驾，光复东京；则上足媲齐桓晋文，下亦不失为曹阿瞒，何至身名两败，死且无后乎？若臧洪之所为，迹同小谅，未足与语大受。但观其复琳一书，与责绍数语，辄以未安王室为咎，是固犹以忠义为切劘，安汉不足，愧绍则固有余也。后人以烈士称之，不亦宜哉？

## 第七十四回　孟德乘机引兵迎驾<br>奉先排难射戟解围

却说董承、杨奉等护着献帝车驾，驻扎安邑，一住过年，改元建安。太尉杨彪等名为三公，毫无政权，行止进退，俱由武夫作主，文臣不得过问。杨奉等拟就安邑定都，独董承欲奉驾还洛，与杨奉等更生龃龉，奉竟遣将军韩暹袭击董承。承奔往野王，投依张杨，杨决意调兵迎驾，使归旧都；乃令董承先赴洛阳，修筑宫室，并致书荆州刺史刘表，请他为助。表却履书如约，陆续派遣兵役，输送资粮，总算是有心王室，戮力从公。杨奉、韩暹等闻信知惧，出屯险要，拒绝张杨董承；还是献帝下谕譬解，令他扈跸入洛，奉与暹方才奉诏，还至安邑，护驾东行。惟胡才李乐，仍留居河东，不愿相随，时已为建安元年秋季了。建安年号最久，且为汉朝末代正朔，故一再提明。

七月初旬，献帝驾至洛阳，宫阙尚未修成，暂借故常侍赵忠第宅作为行宫；郊祀上帝，大赦天下。张杨在中途迎驾，一同至洛，先就南宫督修殿宇，半月告竣，号为杨安殿，自志己功；便请帝后迁居杨安殿，且语诸将道："天子当与天下共戴，朝廷自有公卿大臣，不劳我辈干涉，杨当出御外难便了。"乃辞归野王。杨奉亦出屯梁地，韩暹、董承并留宿卫。献帝封赏功臣，命张杨为大司马兼安国将军，杨奉为车骑将军，韩暹为大将军，领司隶校尉，皆假节钺。惟洛阳宫府已被董卓毁尽，急切不能修复，除杨安殿外，尚是瓦砾成堆，荆榛满目。八字写尽荒凉。百官无处安身，暂就破壁颓垣，作为栖处；并且无粮可因，遣人向州郡征求，十无一应。自尚书郎以下，往往亲出采稆，野谷曰稆。煮食充饥，甚至朝夕不继，往往饿死；或被兵士沿途劫夺，辄遭格毙。

这消息传到兖州，雄心勃勃的曹阿瞒遂欲托名勤王，挟主称雄。见识原高人一等。部下将吏多言山东未定，不宜轻出，且韩、暹杨奉负功恣睢，未可猝制，不如从缓为是。独荀彧进说道："昔晋文公纳周襄王，终成霸业；高祖为义帝缟素，天下归心，近自董卓倡乱，天子播越，将军首举义兵，徒因山东扰乱，未敢远赴关右，但尚分遣将吏，冒险通使，上达朝廷，是将军志在效忠，人所共晓。今乘舆旋轸东京，义士思汉，人民怀旧，诚因此时上奉帝驾，下从物望，便是大顺，内秉至公，外服雄杰，便是大略，首持仁义，旁招英俊，便是大德；四方虽有逆节，亦何能为？韩暹、杨奉出身盗贼，更不足虑了。若一失此机，让人占先，将来恐无此机会呢！"曹操大喜道："文若所言，正合我意。"遂遣中郎将曹洪，引兵西进。将至洛阳，偏为董承等所阻，用兵扼险，不许交通。时骑都尉董昭方由河内至安邑，随驾入洛，迁职议郎；他本与曹操结交，见前回。因复为操设法，冒名作书，寄与杨奉，略云：

操与将军闻名慕义，便推赤心；今将军拔万乘之艰难，反之旧都，翼佐之功，超世无俦，何其休哉！方今群凶猾夏，四海未宁，神器至重，事在维辅；必须众贤以清王轨，诚非一人所能独建。心腹四肢，实相恃赖，一物不备，则有阙焉！将军当为内主，操为外援，操有粮，将军有兵，有无相通，足以相济，死生契阔，相与共之。

奉得书甚喜，即表荐操为镇东将军，袭父嵩爵，为费亭侯。操正在汝南颍川一带征剿黄巾余党；斩贼目黄邵，收降贼党何义、何曼，回军驻许，接到洛阳诏使，得袭侯爵，尚不过循例拜命，无甚惬意。过了数日，又接得董承来书，邀令速诣洛阳，方喜如所望；即日引兵起程，与曹洪中途会合，直抵东都。董承本欲拒操，阻洪西进，此次为了韩暹专恣，遇事牵掣，所以变易初心，召操入卫。何进召董卓，董承召曹操，统是引狼入室，自速危亡。操既至洛阳，先将大队人马驻扎都城内外；然后登殿朝谒，三呼如仪，献帝赐操平身，宣谕慰劳，操拜谢而退。出见董承，承与语韩暹罪状，操并忌张杨，连章劾奏；暹惧诛即走，奔往大梁。献帝因暹杨扈跸有功，不愿加惩，诏令免议；张杨无罪可言，操之劾杨，全是私心。独假操节钺，领司隶校尉，录尚书事。操得揽政权，严核功罪，有罪请诛，有功请赏。于是杀三人，封十三人，追赠一人，胪述如下：

尚书冯硕、侍中壶崇、仪郎侯祈并处死刑。卫将军董承、辅国将军伏完、侍中丁冲、种辑、尚书仆射钟繇、尚书郭溥、御史中丞董芬、彭城相刘艾、左冯翊韩斌、东郡太守杨众、议郎罗邵、伏德、赵蕤并封列侯。故射声校尉沮俊追赠为弘农太守。

看官听说！这辅国将军伏完，便是伏皇后的父亲，籍隶琅琊，八世祖就是伏湛，系东汉开国功臣，官终大司徒，完得袭世爵为不其侯；曾尚桓帝女阳安公主，生子女二人，子即议郎伏德，女即伏皇后。伏后履历，就此补叙明白。卫将军董承从驾有功，献帝又选董女为贵人，选承为车骑将军；伏董两家统算是皇家贵戚了。缀此一笔，为下文两家诛夷伏案。

议郎董昭已迁官符节令，操与他情好甚深，遂引与同坐，向他问计。昭答说道："将军兴义师，诛暴乱，入朝天子，辅翼王室，这真所谓当代桓文，功业无比哩！但昭看诸将异心，未必服从，今若留此匡辅，诸多未便，不若移驾都许，方为上策；但朝廷播越有年，新还旧京，方冀少安，今复徙驾，必滋众议。昭闻行非常事，乃有非常功，愿将军临事果断，勿涉迟疑。"操拈须道："我意也是如此，惟杨奉在梁，拥有重兵，可无他变否？"昭又答道："奉虽拥众，素乏党援，尝思与将军交好；镇东费亭侯的封典，全是奉一手造成，将军可随时遣使，厚为馈谢，慰悦奉心；一面明告内外，但言京都无粮，只好奉驾迁许，往彼就食，奉为人有勇寡谋，必不遽疑，待他出师相阻，将军已好奉驾至许了！"操欣然称善，遣使诣奉，厚遗金帛，自己入朝面奏，请献帝东幸许城，免致乏粮。献帝不得不从，群臣皆畏操兵威，莫敢异议。当即指日登程，道出轘辕，东向进行。操预恐有人劫驾，步步为营，且使曹洪等分领锐卒，往伏阳城山谷中，专防杨奉前来。奉得操馈赠，倒也无心劫驾；惟韩暹奔梁依奉，从旁怂恿，乃出兵邀击，才抵阳城，被曹洪等发伏并起，左右夹攻，杀得大败而回。

操得安然抵许，筑宫殿，立宗庙社稷，奉帝居住；进操为大将军，封武平侯。太尉杨彪、司空张喜见操大权独揽，并皆辞职。操复请献帝下诏，严责袁绍，说他地广兵多，不务勤王，专自树党，擅相攻伐。自失时机，便被他人借口。绍乃上书申辩，且请献帝转幸鄄城；献帝出书示操，操当然批驳，但请授绍为太尉。诏使到了冀州，绍怒说道："曹操已濒死数次，赖我救活，今反挟持天子，敢来令我么？"谁叫你不先迎驾。遂拒诏不受。操得使人归报，恐绍兴兵来争，乃请将大将军一职暂让与绍，并封绍为邺侯，绍仍辞还侯封，惟与操不复争论。操自为司空，行车骑将军事，当即声讨杨奉，责他出兵阳城，敢图犯驾，罪同大逆，应坐诛夷等语。诏檄先传，兵马继发，张旗鸣鼓，直捣大梁。杨奉韩暹开营逆战，俱被曹军杀败；惟奉有部将徐晃，骁勇过人，驰突无前，操诱令归降；奉既失良将，

复丧士卒，弄得势孤力竭，只好弃营东走。韩暹恃奉为生，当然与奉同行，奔往扬州，投归袁术去了。为后文联合袁术，合攻吕布伏案。

曹操最忌杨奉，既得除去，很是喜慰，乃表荀彧为侍中尚书令；彧子修为军师，郭嘉为司空祭酒。两荀皆颍川名士，智略俱优，郭嘉字奉孝，也是颍川人氏，少有远图，往投袁绍幕下，及见绍多谋少决，乃去绍还乡。操令彧访求才俊；彧即荐嘉才能，召与操语，相见恨晚，操谓嘉必佐成大业，嘉亦谓操真吾主，两荀一郭，参谋帷幄，真是如虎生翼，势力益张。句中有刺。余如曹洪、曹仁、夏侯惇、夏侯渊，惇族弟。及典韦、李典、乐进、于禁、徐晃等，皆为操属下猛将，各得封官；又征前北海相孔融，为将作大匠。融在北海，喜交宾客，尝自叹道："座上客常满，樽中酒不空，我亦可无忧了！"在郡六年，

颇得民心，惟与袁曹不相往来。绍子谭为青州刺史，引兵攻融，自春及夏，战无虚日，兵士大半伤亡，所存只数百人，流矢雨集，戈矛内接；融尚隐几读书，谈笑自若；及城被陷没，乃奔往东山。迂疏士，实不中用。操素闻融名，乃征融为将作大匠。融尝师事北海人郑玄，特替他另立一乡，号为郑公乡，会因黄巾入境，玄避居徐州，数年乃还。融既入许，操亦征玄为大司农；玄托病不至，在家考终。却是高士。玄尝笺注经书，凡百余万言，齐鲁间称为经师；所以身虽没世，遗籍流传。操复令羽林监枣祗为屯田都尉，骑都尉任峻为典农中郎将。祗本姓棘，由先人避难易姓，至祗始出仕；曾为东阿令，助操守城，不为吕布所陷，操因此亲信。祗见岁旱洊饥，军食不足，乃创议屯田许下，为固本计。任峻为河南中牟人，操起兵时，峻为县中主簿，劝中牟令杨原举城应操，得操欢心，操将从妹许与为妻，引为戚侣。峻与祗戮力劝耕，才阅数年，得积谷数百万斛，且令州郡各置田官，所在丰饶。操因此得用兵四方，不劳输运，卒能战胜攻取，兼并群雄；曹氏功臣，祗峻当居首列呢！比诸两荀一郭，殊不相让，可惜都为虎作伥。话分两头。



且说刘备管领徐州已阅年余，仍用糜竺陈登为辅，并引北海人孙乾为从事，韬甲敛兵，与民休息。不意袁术自扬州起兵，来与刘备争夺徐州，术自得扬州后，号称徐州伯，专务张皇。时当李傕等挟权秉政，欲结术为外援，特请旨授术为左将军，封阳翟侯。术阳为受命，阴欲代汉为帝，取快一时，且少年时已见谶文，谓当涂高应当代汉；当涂高，系是魏字。《魏志·文帝纪》载："故白马令李云遗言，当涂高者，魏也。魏阙当道高大。"谶文所云阴寓，以魏代汉之意。暗思自己名字适应谶文，古者百家为里，里十为术，术为邑中大道，可作涂字解释；路亦为涂，名与字俱相暗合。术字公路。又因袁氏系出陈国，为帝舜后；舜以士德王天下，士德属黄，黄可代赤。汉秉火德五行，火生土，故云，以黄代赤。遂常思代汉，僭号称尊。前时孙坚得玺，为术所闻；见六十八回。坚死岘山，丧归曲阿。玺为坚妻吴氏所藏，术乘他奔丧还里，拘留坚妻，索交玉玺。玺既到手，便拟称帝，为主簿阎象等所阻，权就迁延；惟思徐扬二州壤地毗连，能得并吞徐州，拓地较广，庶几僭号天子，较为有名，于是调遣将士，侵入徐州界内。

刘备闻术兵犯境，不得不亲出抵御；乃令张飞留守下邳，即徐州治所。自与关羽等往屯盱眙，交战数次，未分胜负。不料袁术致书吕布，令他袭取下邳，许助军粮。布素好反复，竟不顾地主情谊，反颜从术，悄悄的引兵东下，由小沛进袭徐州。守将张飞性喜嗜酒，醉后又不免使性，怒责徐州旧将曹豹，鞭笞数十。豹为此挟嫌，开城迎布，飞仓猝迎敌，已是不及，只好
700. 杀出东门，奔往盱眙，连刘备的家眷都失陷城中。酒之误事也如此。备正与术军相持，突见张飞狼狈奔来，问明情由，才知下邳被吕布夺去；那时顾家情急，只好引兵退回，与布争论。偏偏距城数里全军皆溃，不得已转走广陵，收集散卒，再作后图。

可巧麋竺、孙乾等从下邳逸出，仍来依备。竺本饶家产，尝至洛阳为贾，归遇美妇，求竺同载，经竺慨然允许，令妇上车，行及数里，并未斜睇妇人；妇感谢下车，临别语竺道："我为天使，当往烧东海麋竺家，感君共载，故特相告。"竺惊问道："可禳免否?"妇人道："天命难违，君当亟归，搬徙人财，一过日中，便无及了!"言讫不见。竺慌忙还家，挈眷出门，所有财物约略搬出；果然日中火发，屋宇尽焚，惟遗资尚存，不致大损。好义之报。此次本与张飞同守，飞为布所袭，仓猝走脱，竺收拾细软，带领眷属，混出城门，追寻刘备，至广

陵相遇。备询及眷属，竺言在城内尚安，但有布兵监护，无法解救，故不能偕来；备当然叹息。竺携有一妹，年已及笄，遂进奉巾栉，为备解忧；且将随身所带的金银一律取出，充作军资。备赖以不困，孤军复振，乃寄书与布，略述旧情，请他送还家眷，互释嫌疑。布与备本无仇隙，为了一时贪念，遂致背好起兵，既入徐州，究竟天良未泯；所以刘备家小仍令兵士保护，不得入犯。嗣复遣使诣术，索取军粮。术竟欲悔约，谓必须擒获刘备，方可践言。布得了此报，恨术无信，仍拟与刘备讲和。适得备书递到，乐得照允，且许备还屯小沛，备乃驰回小沛城，布亦派吏送出甘夫人。甘糜相见，却也情同姊妹，式好无尤。一番挫折的刘玄德，虽失去下邳，反得了两美并头，不可谓非转祸为福了。语意隽永。

独袁术探得布复和备，复思设计离间，又遣使驰至徐州，愿为子求婚布女，结作姻亲，且助布米麦各若干斛；布又复大喜，礼遣来使，愿如所约。仍是贪心未泯。术得使人返报，即命部将纪灵等领兵数万，进攻小沛，备使孙乾，向布求援，布不愿援备；经乾揭破术谋，说是小沛不保，徐州亦必不独存；布又被提醒，亲往救备。 

纪灵正引兵大进，直抵小沛城下，不防吕布亦骤马趋至，与纪灵相对安营，纪灵不知布助何人，派吏问明。布答说道："我与袁公路既结姻好，理当相助，明日请纪将军过叙便了。"纪灵得报甚喜，待至翌日，径诣布营，甫入营门，蓦见刘备在座，不禁大惊，转身退回；谁知营中趋出吕布，一把扯住，不得动弹。便骇问道："将军是否欲杀纪灵？"布答言非是，又问是否邀灵杀备，布亦说非是，害得纪灵莫明其妙，只是发愣。但听布呵呵大笑道："布性不喜斗，转喜解斗，玄德乃是我弟，今为将军所攻，布愿代为调停，各息兵争！”说至此，即将纪灵拉入帐中，令与刘备相见。备也由吕布邀至，故先在座，见了纪灵，不由的惊诧起来。布偏叫他行相见礼，彼此没法，勉强作揖，只心中俱忐忑不定，各怀猜疑。布顾语二人道：“我劝两君罢兵讲和，恐两君尚不见信，待我决诸天命，天意倘使汝两君息争，两君不得有违。”

二人含糊答应，尚未知他如何处置，布却令左右搬出酒肴，与二人共宴，左纪灵，右刘备，自己居中。饮过三巡，布令左右取过画戟，至辕门外面插定。因笑语纪灵刘备道：“两君可看我射戟，如或射中，君等应各自罢兵；否则，安排厮杀，与布无涉，如不从布言，布即视作仇敌，不能以亲友相待了！”纪灵刘备均无异言。布便起座取弓，搭上雕翎，就从座旁射将出去，飕的一声，那箭镞如鹰隼腾空，远飞至百数十步外，不



偏不倚，正中画戟小枝；帐内帐外，无一不高声喝采。我亦喝采。小子有诗赞道：

一箭能销两造兵，温侯也善解纷争；
辕门射戟传佳话，如听当年嚆矢声。

布射中画戟，便掷弓地上，笑顾纪灵刘备，要他们罢兵。究竟两人是否乐从，待至下回详叙。

迎驾入许，为汉魏兴衰之一大关键；魏因此而兴，汉即因此而亡。然观于当日之时势，微曹操迎驾之举，则建安正朔，尚不能延至二十余年。杨奉、韩暹等，但知劫驾，不知佐治，若令其长此秉政，其亡汉也

益速！袁绍资望独优，不能上法桓文，尊王定霸；袁术且有异图，妄思代汉。刘备本为汉胄，而兵少势孤，不足有为，余子碌碌，均非英杰，所差强人意者，惟一曹操。操之迎驾入许，彼时尚第欲为五霸，固未尝有心篡汉也。立宗庙，定社稷，光复汉室，诚能守此不变，操亦何愧为汉室功臣乎？若吕布为反复小人，始依备，继袭备，后复和备，始终误一贪字，安望有成。但观其保护备家，不屑淫掠，至射戟一事，更为刘备排难，此亦未始非豪侠所为。后之朝亲暮仇者，且不布若，可胜慨哉！

## 第七十五回　略横江奋迹兴师<br>下宛城痴情猎艳

却说吕布掷弓地上，笑顾纪灵刘备道："这是天意令汝罢兵呢！"备即起座献觞，向布道谢；惟纪灵面有难色，既不便悔赖前言，又不好满口应允，沉吟半晌，方对布道："将军天威，令人敬服，灵自当遵命，但如何回报主人？"布应声道："这有何难！由布修书一函，即烦将军带回便了。"纪灵不能不允，起身告辞；布且与两造约定，明日续宴，并与纪灵饯行。纪灵因未得布书，只好留屯一宵。到了次日，复与刘备共集布营，两下宴叙，比昨日稍为欢洽；待至饮罢，布乃出书给与纪灵，彼此揖别，纪灵拔营自归。备迎布入城，免不得盛筵相待，伸谢德惠，宾主尽兴，布乃辞了刘备，回下邳城。那纪灵回报袁术，呈上布书，术阅书大怒，拟亲自攻布；还是纪灵力为谏阻，谓吕布只可计取，不可力敌，且与他联成姻好，务令除去刘备，方可图布。借婚姻为吞并，古今军阀如出一辙。术方才忍耐，仍与吕布通使，虚作应酬，一面从孙策计议，使策出定江东。

策即孙坚长子，表字伯符，本居寿春，少年英达，喜结交游。舒人周瑜，字公瑾，与策同年，亦具大志，闻得策慷慨好友，遂自舒城至寿春，一见倾心，约为昆仲，策长瑜两月，瑜便事策如兄；劝策徙家至舒，并让道南大宅，俾策全家居住，登堂拜母，有无与共。及策年十七，方思出立功名，不意凶信传来，策父坚败殁岘山；坚死岘山见前文。策哀恸异常，即偕母吴氏，迎榇东归。策舅吴景，方为丹阳太守，因拟将父榇安葬曲阿；曲阿为丹阳所辖，道过扬州，偏被袁术截住，胁令策母交出玉玺，策母无奈取交，才得释去。策有从兄孙贲，将叔父坚遗众数千，也交与袁术接管，术使贲为丹阳都尉。

广陵人张纮避难江东，博通经术，策屡次往访，具述志趣，且殷勤询问道：“方今汉祚中微，天下扰扰，四方枭杰，各拥众营私，不务大义，先君与袁氏共破董卓，功业未就，偏为黄祖所害。策虽庸稚，有志复仇，欲往从袁扬州，求得先君余众，东据吴会，西略荆襄，报怨雪恨，为朝廷外藩；君若以为可行，幸乞赐教。”纮方丁母忧，婉词逊谢；再由策呜咽陈词，声泪俱下，纮才为感动，慨然作答道：“卓荦少年，有此大志，何患不成？最好先投丹阳，收兵吴会；然后据长江，奋威德，复仇洒耻，匡君泽民，功业且高出桓文，岂止守藩了事？待纮服阕，当与君同好，共图南济，君却先往建功便了！”策复说道：“策有老母，并弱弟三人，可否相托，使策不致忧家？”纮毫不推辞，当即许诺。也是季布流亚。策乃径诣寿春，入谒袁术道：“亡父曾从长沙入讨董卓，与明使君共会南阳，同盟结好，不幸遇难，勋业不终；策感念先人遗志，欲自凭结，还请明使君垂察微诚，济师雪恨。”术见他英姿豪爽，语言明达，禁不住暗暗称奇，但尚未肯将策父旧部，直捷拨还。因语策道："我已用贵舅为丹阳太守，贤从兄为都尉；丹阳为三吴要地，不乏健儿，汝可往彼招募便了。"

策乃与汝南吕范、族人孙河同往丹阳。策舅吴景当然接纳，且嘱策归迎母弟，同至丹阳。策遂返至舒城，奉母吴氏，及弟权翊匡，与一幼妹，共抵曲阿，依父庐墓旁居住；辗转召募壮士，得数百人，寻为泾县贼帅祖郎所袭，丧失过半。没奈何再往见术，涕泣拜求，愿给还亡父部曲，术始将孙坚遗众拨出千余人，交策收领。仍然不肯全给。表拜策为怀义校尉，且谓当迁任九江太守。策拜谢而出，收集乃父旧部，自立一营，故将程普、韩当、黄盖等，亦归麾下。有一骑士犯令私逃，奔入术营，匿居内厩，策察知情隐，率吏掩捕，牵出斩首；因诣术谢罪。术答说道："叛兵应当共恨，不杀何待，毋庸言谢！"术此语又似明白。策乃趋退。军中始知策胆略，不敢轻视，就是术部将乔蕤、张



勋亦皆服策英明，互相敬礼。术尝自叹道："使我有子如孙郎，死亦无恨了！"话虽如此，惟心中总不免怀忌。九江太守出缺，仍不肯使策代任，另用丹阳人陈纪接任。后向庐江太守陆康征米三万斛，不得如愿，乃遣策攻康；临行与语道："日前错用陈纪，致负前言，今烦卿攻拔庐江，便当令卿为庐江守了！"策领兵往攻，力战数次，得将陆康逐去。据有全城，向术报捷。谁知术又召策回郡，另委故吏刘勋为庐江太守；策自是恨术，不过因兵力未充，勉从术命，将庐江城交与刘勋，怏怏引归。

适朝廷遣侍御史刘繇东下为扬州刺史，州治本在寿春，因寿春为袁术所据，乃改至曲阿，逐去丹阳太守吴景及都尉孙贲，景与贲退居历阳，报知袁术。术愤不可遏，即使故吏惠衢为扬州刺史，更命吴景为督军中郎将，与孙贲共击刘繇。心目中已无汉帝。繇令部将樊能于麋陈横屯江津，张英屯当利口，分头防守。吴景等屡攻不克，丹阳人朱治，前为孙坚校尉，此时

复归孙策，劝策往助吴景，收取江东。策因进白袁术道：“亡父前在江东，本有旧惠，今愿助舅氏共略横江，横江得下，可招募土著人士，能得三万兵甲，上佐明公，天下可不难平定了！”术知策隐怀怨望，但闻刘繇据住曲阿，兵力不弱，且有会稽太守王朗为繇后援，总道策未能与敌，乐得听他出去，败死无怨。好良心！遂令策为折冲校尉，行殄寇将军事。策部下兵只千余人，马只数十匹，容易部署，即日启行，途中招徕宾从，陆续趋集；及抵历阳，差不多有五六千人了！策母吴氏及子女五人，已随吴景至历阳，策谒母即行，乘便寄书周瑜，请他出师；瑜有从父周尚方为丹阳太守，由瑜前往省视，途次接得策书，遂向丹阳贷粟借兵，顺道迎策。策大喜道：“公瑾远来，我事必谐了！”遂进攻横江，捣入当利口，击走守将张英，与吴景孙贲等会师；再破樊能等军，渡江入牛渚营，尽得粮谷战具，军势大振。一鸣惊人。



时有彭城相薛礼、下邳相笮融俱走依刘繇，推繇为盟主；礼据秣陵城，融屯县南，策先领兵攻融，融出营交战，被策击败，伤亡五百余人，奔入营中，不敢再出。策移攻秣陵，日夕猛扑，慌得薛礼手足无措，乘夜溃走。策得入秣陵城，安抚居民，禁兵侵掠，忽有探马入报，乃是樊能、于麋等复袭夺牛渚营，断策归路；策奋然起座，当即督兵回攻，大破樊能、于麋。擒获万余人，能麋等统皆遁去，因复转击笮融。融令弓弩手分伏营门，待策趋近，一声号令，万矢齐飞，策尚用槊拨箭，不肯遽退，百忙中不免一疏，股上突然中箭，翻身落马；左右忙将策救起，用车载策，驰还牛渚营。将佐俱入帐问安，策已拔去箭镞，用药敷搽，笑语诸将道：“我伤未及重，何至落马？此中寓有深谋，汝曹可说我已死，举哀退兵，笮融必来追我，我就好设法擒融了！”诸将俱拍手称善。策即遣将置伏，一一办妥，然后令军士佯哭，拔寨齐起。早有细作报知笮融，融果遣部将于兹，率兵追策；策军尚是伪退，诱兹入伏，四面攒击，立将于兹射死，扫尽余军。于兹却是个替死鬼。策乘胜复逼融营，融正想接应于兹，出兵就道，忽有一彪人马杀到，首领为一赳赳少年，厉声大呼道："孙郎在此，叫笮融速来受死！"自称孙郎趣甚。融不意孙策复生，驱军亟遁，策追杀数里，得了许多甲胄，方才还军；本编皆采自《吴志》，与罗氏《三国演义》情事略殊。于是破海陵，陷湖孰江乘，直指曲阿。

刘繇闻策军将至，急忙整备兵械，为守御计。可巧太史慈前来省繇，繇因太史慈与己同郡，不得不传入相见。慈入帐行礼，繇自居前辈，不过欠身作答，且问慈道："闻汝曾依孔北海，今日何故到此？"慈答说道："北海早已解围，现闻明公亦至受敌，故特来效力，愿为前驱！"北海事见七十一回。繇却淡淡的相答道："我亦知汝忠勇，可惜少未更事；既来助我，可为侦察敌情，待破敌后，迁擢未迟！"不识英雄，怎能破敌？慈失望而出。或谓慈英武过人，不妨使为大将，繇摇首道："我若重用子义，子义即太史慈字。许子将能无笑我么？"子将即许劭，善操月旦评事，见前文。待至策军已经近城，驻营神亭，慈只率骑卒二人，前往侦探，突与孙策相遇，将慈阻住。



策有从骑十三人，就是韩当、黄盖诸宿将；慈本未识策，但看他青年威武，料知不是常人，便喝问道："谁为孙策？"策见慈独饶胆量，也觉称奇，即应声道："只我便是？"好汉识好汉。慈又说道："人人皆怕汝孙郎，我太史慈独不怕汝！可能与我交战百合否？"策笑答道："要战就战，我岂怕汝？且愿与汝独身自斗，免得说我恃多欺寡哩！"说着，即令韩当等退后，自己纵马向前，与太史慈大战数十合，不分胜负。慈喝采道："好孙郎，名不虚传。”一面说，一面拍马便走。策怎肯舍慈，且追且呼道：“休得用诈败计诱我，我总要擒汝方回！”慈尽管前走，策尽管后追，彼此跑了数里，慈忽兜回马头，与策再战；大约又是数十合，策觑隙刺慈，慈眼明手快，纵䦆一跃，槊中马首，马忍痛一俯，慈亦把头一低，背上短戟，被策掣去。策正在得意，不防慈又复跃起，竟将策兜鍪取去，两人正在相持，韩当等已经赶到，刘繇亦遣将觅慈，又复混战；俄而两下俱有大军驰至，天色垂暮，始各鸣金收军。太史慈还见刘繇，繇反责他轻战启衅，禁令再出。不但慈灰心懈体，连他将也觉不平，于是人人生贰，不愿替繇尽力，终致城池失守，繇奔丹徒，太史慈亦西走泾县。

曲阿遂由孙策占住，入城安民，秋毫无犯。又檄告诸县，凡刘繇、笮融等部曲来降，不究既往，人民愿来从军，一门得免徭役，否亦听令自便。才阅旬日，趋附甚众，约得现兵二万余人，马千余匹，威震江东。策遣吏迎接家眷，还居曲阿，自引兵出徇会稽。吴景欲先平吴中群盗，然后南下。策慨然道：“吴中盗贼，只有严白虎最强，但素无大志，容易成擒；一俟会稽平定，还扫鼠辈，好似拉朽摧枯，值得什么费力呢？”遂引众渡浙江，进取会稽。会稽太守王朗意欲出拒，功曹虞翻谓策起兵东来，无人敢当，不如暂避为是。朗未肯听从，发兵拒敌，一再败衄，索性弃城夜遁，浮海至东冶。策又从后大破朗军，朗乃请降。

策遂自领会稽太守，仍用虞翻为功曹，待以客礼，惟王朗不得复职，留居幕下。再引兵还讨严白虎，白虎料不能敌策，坚守勿出，且使弟舆至策营请和。策闻舆有勇名，意欲面试短长，乃延舆入帐，与谈和约，且待以酒肴；酒至半酣，策故作醉状，拔剑砍席，舆吓得一跳，耸身欲走，策笑语道："闻君矫健异常，聊以戏君，非有他意！"舆答说道："白刃当前，不得不尔。"实自献丑。策不待说毕，便取过手戟，向舆掷去，应手刺倒，当即鸣鼓进兵。白虎所恃惟弟，弟舆一死，如失左右臂，勉强开营搦战，哪里敌得过策军，遂北走余杭，终至窜死。虎遇狮儿，不死何为？策乃使吴景为丹阳太守，孙贲为豫章太守，朱治为吴郡太守；礼聘广陵人张纮、彭城人张昭等为参谋，居然与袁术抗衡，不复再承术命。

术闻报大愤，便欲兴兵攻策。部将纪灵桥蕤等入帐劝阻，谓宜先取徐州，后伐江东。术问取徐方法。纪灵答道："吕布刘备，同在徐州，必为大患；今仍须履行前计，使吕布攻杀刘备，自翦羽翼，那时一鼓掩击，便可稳取徐州。"术乃依议，再派使人往说吕布，提及婚议，且谓刘备在小沛城，招军买



马，如何不防？布着人探听，果闻备集兵万余人，遂率兵往围小沛。备自知难敌，索性带领家小，与关羽、张飞两人，杀出重围，竟奔许都，投依曹操。操方礼贤下士，笼络人心；一闻刘备来奔，便即迎入，待若上宾。备具述吕布逼迫情形，操慰语道："布本无信义，徒恃勇力；将来当助君擒布，尽请纾忧。"备起座称谢。操复置酒宴备，至晚方罢，送备出居客馆。程昱进言道："备亦一当世英雄，志不在小，今不早图，必为后患。"操默然不答。待昱退出，适值郭嘉入见，操即与述昱言。嘉接口道："昱所见未尝不是，但明公提剑起义，为百姓除暴，推诚仗信，招罗豪健，犹恐未逮；今备有英名，穷蹙来归，若遽行加害，是使智士各启危疑，别图择主，试问公将与何人共定天下呢？"也是备不该死，故有郭嘉相救。操喜答道："卿言正合我心。"翌日即举备为豫州牧，拨兵数千人助备，令至沛城就任，东击

吕布；备即日辞行，挈眷引兵，出赴沛城。

操还想亲出接应，与备共灭吕布，忽由南阳传来军报，乃是张济南攻穰城，中箭身死；从子绣代领遗众，屯兵宛城，用贾诩为谋士，连结刘表，意图犯阙。操大怒道："幺么小丑，也想跳梁，我当先除此竖，然后讨布便了！"遂大兴兵马，亲督诸将，出讨张绣。绣闻操督军自至，颇有惧色，即与贾诩商议；诩亦谓操兵方强，挟主令众，未易抵敌，不如遣使求和。绣乃令诩至操营通款，诩夙长应对，见了曹操，不过三言两语，便使曹操倾心。操欲留诩为辅，便与语道："卿尝为尚书，迁拜宣义将军，今何不随我入朝？我当表卿复任。"诩答说道："自从御驾东迁，诩即缴还印绶，西走华阴，转投南阳；今得张绣厚待，不忍遽弃，蒙公厚惠，愿以他日为期。"隐伏下文。操允从和议，送诩出帐，殷勤嘱别。诩还报张绣，绣即亲至操营，当面投诚，操自无异言，温语遣归。 

惟一时未曾退兵，尚在宛城驻扎；一日挈着长子昂，与从子安民，跨马出营，游览形势。遥见一轻车徐徐过来，中坐淡妆妇人，缟衣素袂，飘飘若仙，再瞧那一副芳容，红白相间，真个是桃腮杏靥，秀色可餐。操生平本来好色，弱冠前已娶妻丁氏，纳妾刘氏；嗣见娼家女卞氏有姿，复购作媵姬，大加宠爱，携入洛都。董卓为乱，操避难东行，不及挈回卞氏，洛中讹传操死，或劝卞氏图欢，卞氏不从，誓以死殉；莫谓娼女无节。乱事少定，卞氏得出都归操，操敬爱有加。及见了宛城少妇，比卞氏更增妩媚，禁不住色眩神迷，最厉害的是少妇秋波，也把操瞬了又瞬，更觉得脉脉含情，勾魂动魄。少顷间车行已过，操犹用目注送，看他入城自去，才回营中，心下未肯舍割，密使从子安民，探听该妇下落。

安民去了半日，当即返报。原来是张绣叔母，张济继妻，操喟然叹惜，拟作罢论。偏安民逢迎操意，谓济死已久，寡妇何妨取来？谅绣亦无可如何。说得操怦怦心动，待至日光垂暮，令安民带着数十骑士，往取该妇。全是为色所迷，遂致不顾利害。好容易将该妇取到，引入后帐，拜倒操前，操起座相扶，挽住该妇玉腕，该妇全然不避，一任操牵引柔荑，低首无语；及操问明名姓，果系济妻邹氏。当下在帐后开筵，与邹氏相坐欢饮，灯光旁映，四目相窥；男有情，女有意，不由得痴心惓惓，软语喁喁。到了酒阑灯灺，肴撤席空，一对宿世冤家，居然就军营中，作了洞房，相偎相抱，并枕同衾，彻夜地凤倒鸾颠，几不知东方既白了！小子有诗咏道：

女色原为肇祸媒，倾城倾国不胜哀；
谁知一代奸雄魄，也被孀姝勾引来。



露水情缘，欢娱无限，当有人报知张绣，绣不禁大怒，欲与操拚命，究竟如何争闹，待至下回说明。

孙伯符以童稚之年，即能结交名士，奋志功名；其锐气之特达，原不在乃父下。及乞师进取，攻略江东，袁术非不加忌，卒之纵虎出柙，俾得横行。或谓术不先害策，酿成尾大不掉之弊，吾意以为策非负术，实术之不能用策，有以致之也。曹操为乱世奸雄，乘机逐鹿，智略过人。袁绍袁术诸徒，皆不足与操比，遑论一张绣乎？乃宛城既下，遽为一孀妇所迷，流连忘返，几至身死绣手，坐隳前功。董卓之死也，衅由妇人；操之不死于妇人之手，盖亦仅耳！谚云：“色上有刀。”诚哉是言！

## 第七十六回　策十胜郭嘉申议　劝再进贾诩善谋

却说张绣既降曹操，闻得操奸占叔母，不由得怒气上冲，便与贾诩密议，谋袭操营。操为色所迷，日夕与邹氏取乐，竟至忘归；惟邹氏自觉情虚，只恐为绣所闻，前来干涉，因此喜中带忧，劝操加防。操笑说道："我有大将典韦，守卫营门，就使千军万马，也所不惧；况我非长久居此，过了三五日，就要动身，卿随我回去，安享荣华便了！"何不速行？话虽如此，但亦隐有戒心，探得绣麾下健士，首推胡车儿，特使左右暗地结交，馈赠巨金，叫他乘间刺绣；不意车儿受金以后，反向绣报知。绣迫不及待，就在夜间号召将士，往攻操营。操令典韦夜守营门，总道是一夫当关，万夫莫入，将与邹氏安心作乐，别无他忧。黄昏已过，重效于飞，殢雨尤云，倍觉缱绻；渐觉得神情疲倦，魂梦迷离，竟吁吁的睡熟了！

典韦虽奉令守门，因见夜静更深，也已解甲就寝。蓦听得一声呐喊，急忙跃起，驰至门首，已是光火四彻，有无数人马刀械，杀入营门。韦即挺身出阻，仗着双戟，挡住许多兵器，还有余隙可刺敌兵，戮倒了数十人，敌众不敢前进；却从旁栅攻入，累得韦不及兼顾，狂呼乱跳，回旋阻拦；随身尚有十数壮丁，亦皆拼死角斗，以一当十。偏敌人愈来愈多，又用长矛攒刺，几与芦苇相似。韦身无片甲，上下被数十创，兀自死战，一战辄摧数矛，两战辄摧数十矛，待至戟已残缺，不堪复用；左右又死伤殆尽，敌众得环近韦身，四面攻击，韦索性掷去双戟，徒手搏人；提起两个敌卒，代作双戟，抵御敌军，又打倒了八九人，敌复退却，再掣出短刀，向前乱劈，砍下好几十个头颅；身上受伤益重，不能复支，乃大吼一声，血流如注，倒地而亡。敌军尚不敢近，及见韦全然不动，方上前枭取首级，捣入后营。

此时的曹操早已惊醒，与邹氏一同起床，慌忙从营后跨



马，逃了出去。长子曹昂与从子曹安民也飞马赶上，保护曹操。至敌兵搜寻帐后，只有一张合欢床，并不见曹操踪迹；料他由营后逃走，遂并力追赶。驰至清水河边，遥见前面有数人急奔，定是曹操无疑；当下用弓搭箭，接连射去，曹安民中箭先亡，曹操马亦受伤，不能再驰。还是曹昂让马与操，操得跃马渡河，好好的一个爱子，一个情妇，抛弃对岸，从此死别，不复相见了！不肯与情妇同死，终嫌薄幸！看官阅此，恐不免惹起疑团；曹操引军至宛，想总有几万人马，为何张绣劫营，独有一典韦守着，他将并未往援啊？原来操得邹氏，昼夜宣淫，也防军中异议，特遣各将巡视他处，慰谕旁县；就使尚有余兵，亦令散驻宛下，未尝相聚，只留着亲子亲侄与猛将典韦带领亲兵千人守住本营。到了张绣掩袭，营兵从睡梦中惊起，俱已骇走，所以无人抵敌。单有典韦挡住营门，死战多时，终至送脱

性命。但当日若无典韦，曹操万难逃脱，恐早与邹氏同入冥途了。闲话休表。

且说曹操渡过清水，方由诸将闻风驰至，护操还都。行至舞阴，才闻典韦丧生，不禁流涕。便募间谍往觅遗骸，幸得取回，厚加棺殓，亲自祭奠，恸哭一场，乃派吏送丧，归葬襄邑；授韦子满为郎中，自引军驰回许都，再拟整顿兵马，攻绣复仇。忽闻袁术在寿春僭号，置六宫，设百官，祠南北郊，自称仲氏。操不禁微哂道："此子也配做皇帝么？"乐得揶揄。道言未绝，又由军吏呈上一书，当即启视，署名系是大将军冀州牧袁绍，语多傲慢。顿时触动操怒，把书藏下，默不一言，左右见操有愠色，未敢进问。

约莫有两三天，尚觉操心神未定，坐立不安；侍中钟繇私问同僚荀彧道："曹公近日似患心疾，莫非为了征宛失利么？"彧摇首道："胜败乃兵家常事，曹公决不为此；近日必有他虑，待我往询，自见分晓！"说罢，即别繇谒操。操不待彧言，便出袁绍书示彧。心心相印，不劳问答。俟彧阅毕，便与语道："我欲往讨不义，恐兵力未敌，如何是好？"彧欲作答，巧值祭酒郭嘉进来，抢先接入道："古今成败，但视智愚，不在强弱；刘项存亡，公所深知。今绍有十败，公有十胜，绍虽称强，何足深虑？绍繁礼多仪，公纯任自然，便是道胜；绍以逆动，公以顺取，便是义胜；绍失之过宽，公能济以猛，便是智胜；绍用人多疑，专任私人，公立贤有方，不问远近，便是度胜；绍多谋少决，坐失机宜，公能断大事，应变无穷，便是谋胜；绍高谈揖让，徒务虚名，公至诚待人，实事求是，便是德胜；绍见人饥寒，非不知恤，但往往顾近略远，公与绍相反，近事或有所忽，远虑却无不周，便是仁胜；绍大臣争权，谗言惑乱，公御下以道，浸润不行，便是明胜；绍不识是非，赏罚失当，公洞察贤否，黜陟咸宜，便是文胜；绍自大好夸，未知兵要，公以少克众，用兵如神，便是武胜。据此看来，胜负已分，怕他甚么？”操闻言喜慰道：“如卿所言，绍必败，孤必胜，但孤方自愧无德，何足当此？”老奸巨猾。嘉又说道：“明公不必过谦，惟徐州吕布，实心腹大患；今绍方与公孙瓒相持，我当乘他远出，东取吕布。否则我欲攻绍，布必袭我，为害正不浅哩！”彧亦接说道：“吕布未除，河北亦必难图。”操皱眉道：“我所虑尚不止此！倘绍更侵扰关中，西略羌胡，南诱蜀汉，是彼势益强，我势益弱；区区兖豫，还能保守得住么？”有此心事，怪不得坐立不安。彧答说道：“关中将帅，惟马腾、韩遂最强，今若抚以恩德，与彼连和，虽未能长久相安，目前总可无虑！彧知侍中钟繇，夙具智略，若托付西事，定能弭兵，公可免西顾忧了！”操点头道：“此议甚善。”当即令左右缮表，荐举钟繇为司隶校尉，持节出督关中诸军，献帝惟言是从。即遣繇往镇长安，繇贻书腾遂，为陈祸福；腾遂俱遣子入侍，誓无贰心。操得安心东略，拟出兵先攻吕布。



嗣闻布与袁术结亲，又恐术为布援，未易攻下；乃改用反间计，特使奉车都尉王则，赍奉诏书，往拜吕布为左将军。且由操备书与布，令王则一同带去。王则尚未至徐州，袁术已遣使韩胤，向布求婚，布当即应允，连夜备办妆奁，送女前往。韩胤自然偕行。布既遣女出嫁，入廨休息，忽由沛相陈珪，扶病求见；布不知何因，延入与语，珪开口道：“袁术叛汉称帝，将军奈何与彼和亲？”布瞿然道：“这……这也何妨？”珪申说道：“孙策借兵袁术，得取江东，今尚不肯帝袁，抗词拒绝，策拒袁术借口叙明。试想骄侈如术，可成得大事么？况曹公方奉迎天子，翊赞国政，一旦奉诏讨逆，海内响应，术必灭亡！将军与彼结婚，显系从逆，能勿因此及祸么？”数语已足吓布。布不禁变色，俯首沉吟。珪复说道：“为将军计，最好是通使朝廷，协同曹公；既足保名，复足安身，比诸与术结婚，祸福利害，相差甚远哩！”布蹙额道：“我女已去，怎得复回？”珪急答道：“去尚未久，尽可追还！”布听了此语，立遣轻骑往追；才阅半日，已得将女追回，并拘住韩胤，监禁狱中。珪复劝布解胤入许；即举子陈登为使。原来就是登父，可谓举不避亲。布尚在踌躇，可巧朝使王则到来，开读诏书，赍给左将军印绶，布欣然拜受；则又出操私书，交布展阅，内容多敬慕语，喜得布手舞足蹈，厚待王则，优礼饯归，并遣陈登持了谢表，随则入都。临行时与登密谈，要他代白曹操，荐为徐州牧；登谓宜解胤入都，自得所望，布亦乐允，就将胤推入槛车，令登带去。

登至许都，呈入谢表，谒见曹操，操闻韩胤一并解到，立命处斩。真是枉死。登因白操道：“吕布有勇无谋，轻于去就，明公宜早图为是！”操喜答道：“我素知布狼子野心，不宜久养，卿父子善察情伪，幸为我从中代谋。”登应声如命，操即表增珪秩为二千石，登为广陵太守；且留登数日，方许告归，尚握登手叮咛道：“东方事尽行付卿，卿勿相忘！”登喏喏受教，驰回徐州，报知吕布，具述父子邀恩，独不及徐州牧事。布不觉怒起，拔剑斫几道：“汝父劝我协同曹操，绝婚公路，今我所求不得，汝父子乃得叨显贵，是明明为汝父子所卖，还敢回来见我么？”始终不脱孩儿气，怎得成事？登夷然自若，从容答说道：“登见曹公，原为将军进言，谓养将军譬如养虎，当令食肉得饱，不饱且将噬人；曹公独批驳登言，比将军如养鹰，饥可为用，饱即扬去，所以未肯实授州牧，将军自思，究竟何如？”布转怒为笑道："曹操竟视我为鹰么？"

一语甫毕，当有探卒入报道："袁术遣大将张勋、桥蕤，与韩暹、杨奉连兵，步骑数万，分作七道，来攻徐州了！"布大惊道："我兵不逾万，马不满千，如何敌得住袁术？"说着，复瞋目视登道："都是汝父教我绝婚，惹出此祸，汝速去叫父前来，为我敌术；如不能敌，休想活命！"登大笑道："将军为何这般懦弱，登看袁术七军，好似七堆腐草，立可扫平。"是谓元龙豪气。说到此语，那陈珪已经趋至，复由布问及御敌方法。珪即说道："珪正为此事前来，今袁术虽起七军，势同乌合，韩暹杨奉，未必果为术用；但教将军作书相招，定可倒戈，若术果亲至，保为将军擒术哩！"布乃说道："作书通使，仍须烦卿父子，幸勿推辞。"珪答说道："我子登一人能为，毋烦老朽。"说罢即去。登即为布缮就书牍，当先交布阅过，大略说是：



> 二将军拔大驾来东，有元功于国，当书勋竹帛，万世不朽。今袁术造逆，当然诛讨，奈何与贼联兵攻布？布有杀董卓之功，与二将军俱为功臣，可因今共击破术，建功于天下，此时不可失也！

布览毕大喜，便遣登持书前去。过了数日，登趋回报布道："韩暹杨奉，愿为内应，专候将军进兵，会同击术，不致有误！"布因即起兵，带同张辽、高顺、陈宫、臧霸等一班将吏，出城迎敌。行至数十里外，与术将张勋相遇，勋未敢交锋，闭营自守，静待各军接应；布即压营结垒，相去仅数百步。俄而喊声大起，韩暹、杨奉两军杀到，勋望见两路旗帜，总道他前来相助，当即开营出战，不意暹与奉反招呼吕布，三面夹击，杀得张勋叫苦连天，慌忙引兵奔还。逃至汝滨，士卒堕水溺死，不可胜计。布与暹奉二军，乘胜南下，直指寿春，水陆并进，沿途大掠。行抵钟离，见有重兵把守，乃投书讥术，还渡淮北。术接得败报，方率健卒五千，亲至淮上，与布等隔水相望。布令部兵辱骂一场，班师径归。韩暹、杨奉欲与布同至徐州，布将所掠财物分赠二人，令他留屯徐扬交界，防御袁术，二人乃依言分驻，免不得纵兵四出，劫掠平民。

豫州牧刘备方在沛城，闻得暹奉为殃，诱令入宴；阴嘱关羽张飞突至席间，把他两人杀死，余众闻变骇散，民得少安。当时与暹奉挟帝东行，尚有胡才、李乐留屯河东，乐自病死，才被怨家所害；就是李、郭、张、樊四将同时作乱，樊稠为李傕所杀，张济战死穰城，郭汜入居郿坞，也由部将伍习刺死，但剩得李傕一人，收拾残众，混迹关西。宁辑将军段煨，奉诏往讨，阵斩李傕，诛及三族。可见天道昭彰，无恶不报，人生何苦作奸行暴，累得身家绝灭，宗族凌夷呢？当头棒喝。



惟曹操得知袁术败耗，方拟东图吕布，忽又接到陈国警信，乃是陈王刘宠，明帝子，敬王羡曾孙。与陈相骆俊，俱为刺客所伤，相继殒命。这刺客系由袁术差遣，术向陈乞粮不获，故有此举。操想术如此不道，乐得声罪致讨，先灭淮南，再攻徐州；乃表请东征，即日检阅三军，亲出讨术。术闻操大举东来，弃军急走，但留部将桥蕤、李丰、梁纲、乐就等居守蕲阳。操引众围城，一鼓突入，把桥蕤等尽行擒斩，再追术至淮上，术渡淮窜去，操乃还师。途次遇一壮士许褚，挈众来归，自称沛国谯人，与操同籍；操见他身逾八尺，腰大十围，容貌壮伟，气象粗豪，料他必有勇力，便问他所长何技，许褚答道："生平无他技能，但力能任重，足举百钧，从前汝南多贼，褚尝倒曳牛尾，行百余步，才得将贼吓退，故乡族党赖褚保全。闻明公礼罗豪俊，故挈众归诚，投效麾下。”操尚恐他所言未实，令他曳牛试技，果如所言，乃喜抚褚背道：“卿真可为我樊哙哩！”又想做汉沛公了。当下面授褚为都尉，引入宿卫，就是与褚同来的武夫，亦因他各具膂力，仍令归褚管辖，号为虎士。自从典韦死后，得褚为继，也算是无独有偶，视亡若存，操复得高枕无忧了！可惜邹氏不能复生。

及行抵叶县，闻得张绣结合刘表，谋袭许都，操便令许褚为先锋，移军至宛，就在清水旁追祭亡将，哭至失声；将吏都上前劝慰，操流涕道：“他将尚可恝置，惟典韦在此捐躯，令我余哀未忘哩！”还有一位邹夫人更觉可哀。正欷歔间，探马报刘表将邓济，进据湖阳，为绣声援。操即下令将士速击湖阳；许褚奉令先行，操亦继进，将至湖阳城下，许褚已擒济还报，操录

褚为首功，将济斩首；湖阳城不攻自降。再分兵略舞阴，也即攻下。乃进围穰城，穰城由张绣亲守，见操军声势甚盛，不敢出战，惟飞使向刘表求援。表遣兵救绣，截操后路。操正拟分兵抵御，突接许都来函，系由侍中荀彧所发，内称袁绍有袭许意，不如速归；但归途务请小心；操复彧书道：“刘表屯兵安众，断我归路，我若一退，绣追我后，表扼我前，原是危道。我已定有良策，一到安众，必能破绣，愿君勿忧！”此书既发，立即撤围西归。到了安众地界，果然后有追兵，前有阻卒，操却令军士夤夜凿险，作伪遁状，暗中用部兵分伏两旁，自率骑士待着。绣表两军联合入险，为尾追计，不防伏兵突发，左右夹攻；再加操纵骑迎击，大败联合军，伤亡无数，余众遁还。先是绣欲追操，贾诩曾预为谏阻，绣不肯从，果致败回，绣始悔不用诩言，诩却劝绣道：“今可再往追操，必获大胜。”绣颓然

道：“我军已败，奈何复追？”诩答说道：“兵有变通，此番往追，如若不胜，诩甘坐罪！”绣乃收集散卒，亲自追去。操兵果不敢回战，尽将辎重抛弃，仓皇遁去；绣尚驱众追赶，突有一彪人马前来截住，为首将弁大呼李通在此，休得逞威。绣见有援军，方才退回。李通也即还军，送操入许。

通系江夏人氏，表字文达，以勇侠得名；建安初，归依曹操，操令他为中郎将，出屯汝南西境。及闻操出攻张绣，正引兵来会大军，凑巧操军退归，为绣所追；便从刺斜里突出，截住绣兵，操方得全师入都，通得超拜裨将军，封建功侯。惟张绣夺得许多辎重，还至穰城，由贾诩郊迎贺捷。绣笑问道：“前用精兵追退军，公云必败；后用败卒追胜兵，公谓必胜；今果尽如公言，究竟从何料着？”诩答说道：“这也是容易知晓，将军虽善用兵，究非操敌；操未尝败衄，急急退兵，必因许都有事，所以驰回，他防我军追击，定使劲兵断后，严堵我军；故诩知我军必败。及操已得胜，总道我军不至复追，安心回去；将军掩他不备，追杀过去，就使不能擒操，败操自有余了！故诩知我军必胜。”一经道破，人人易知。绣乃省悟，很加佩服。荆州兵仍然还镇，毋庸细表。

且说曹操既归许都，使人探视袁绍行踪，未曾出发，才觉放心。忽由沛地驰到急足，呈上要书，乃是刘备为吕布所攻，飞乞援师；操问明来使，方知吕布复通好袁术，进攻刘备，当下遣夏侯惇领兵数千，往援沛城。原来备与布失和后，互生嫌怨，彼此相图。布在徐州，使人诣河内买马，运至中途，被备略夺了去；布当然动愤，立遣部将高顺张辽等，率兵攻沛，备自恐不支，因向许都求救。惇行至沛城，尚未安营，不防高顺部下，有锐骑七百余人，叫做陷阵军，所向无前，乘隙攻惇。

惇慌忙接战，不到数合，已被高顺踏破行阵，部兵四散，急得惇脚忙手乱。正拟拍马返奔，左目上突然中箭，鲜血直流，一时忍痛不住，险些儿堕落马下，幸亏亲兵拥护出险，始得逃生。那高顺既击走夏侯惇，又还攻沛城，适值刘备带着关张出城，接应夏侯惇。谁知惇已败退，正与高顺相遇，只好迎战，偏张辽袭备背后，竟将关张二人冲散，单剩得刘备一军，寥寥无几，如何支持？且前后俱无去路，不得已骤马斜奔，窜往梁地。沛城里面只有孙乾、糜竺等几个文人，哪里还能固守？眼见得全城被陷，署舍一空，好好两位甘糜二夫人束手遭囚，由高顺派兵监押，送往徐州去了。前只甘氏被掳，此次又添一糜氏，为英雄妇却亦甚难。小子有诗叹道：

不经险难不艰贞，多少英雄血铸成；
只是娉婷双弱质，迭遭兵祸可怜生。



欲知刘备后事，且至下回再详。

曹操之所虑者，惟一袁绍；然献帝播迁，绍不先迎驾，反让操之挟主争雄，其无能为可知矣！十胜十败之说，原多谀语。而操之必胜，绍之必败，自在意中，虽非郭嘉荀彧，犹能料及，即操亦何尝不自知之明，其所以徘徊瞻顾者，恐张绣刘表之掎其左，吕布袁术之掣其右也。攻张绣攻袁术，再攻吕布，看似闲着，实是要算；诸子得除，然后可专力河北，锐攻袁绍。诸葛公谓曹操用兵，仿佛孙吴，固有见而云然尔。然一攻绣而濒死宛城，再攻绣而几厄贾诩；以操之智，且不免百密一疏，为敌所乘，彼吕布辈何足道焉！

# 第七十七回　愎谏招尤吕布殒命
# 推诚待士孙策知人

却说刘备奔至梁地，仓皇穷蹙，几无所归；忽见前面来了无数人马，张着曹字旗号，飘飘前来。备暗想道："莫非曹操自来救我吗？"及军已行近，走马过问，果由曹操亲来讨布。备即自述姓名，叫曹兵引往见操。操与备相晤，便亲握备手道："孤督兵来迟，致令玄德受惊，幸勿见怪！"权术可爱。备拜谢盛情，且言败状。操复说道："我接夏侯惇败报，方知吕布势盛，沛城难免失守，所以督兵亲来；但吕布是一无谋匹夫，必为我败，玄德放心，看我指日擒布。"说得到，做得到。说着，遂与备并辔齐进，直指彭城。

时夏侯惇伤目未痊，已由操召回许都，令他调养。惟余兵在途中接着，仍然随操东行，既至彭城；守将侯谐，不顾好歹，竟敢开城出战，操将许褚，上前接斗；约有数合，便将侯谐活捉了来。彭城无主，自然被陷，操令将彭城兵民，一体屠戮；何亦残虐至此？再引军进攻下邳。广陵太守陈登挈众迎操，为操先驱；浩浩荡荡，杀到下邳城下。布亲出交锋，战辄失利，乃回保城中，不敢再出。操军四面设栅，昼夜围攻；关羽、张飞也收合残兵，来会刘备，与操军并力攻城。

布登城督守，俯视操兵如蚁，不免惊心；可巧有一箭飞上，箭镞中贯着一书，由军吏取视吕布。布拆开细阅，系是操劝己投降，不失侯封；布执书下城，商诸陈宫，意欲出降。宫因前时背操迎布，恐无生路，乃极力劝阻，且为布定策道："操军远来，势难久持，将军可率步骑出屯城外，宫率余众闭守城内，操若攻将军，宫即出攻操背；若转来攻城，将军即引兵回救，互相呼应，作为犄角，不出旬日，操兵粮尽，自然退去。那时好并力追击，无虑不胜了！"未始非计。高顺亦接说道："公台所言甚善！宫字公台。将军出屯，非但可作为犄角，并可截操粮道；操若乏粮，不走何待？"说得布易惧为喜，即令高顺助



宫守城，自己收拾戎装，即拟出城立营。

到了晚间，入语妻妾，妻严氏劝阻道："宫与顺素不相和，若将军一出，两人岂肯同心守城？倘有差失，将军如何自立？且曹氏尝厚待公台，不啻骨肉，公台尚舍彼归我；今将军待遇公台，未必出曹氏右，乃欲委全城，托妻子，孤军远出，一旦有变，妾岂得复为将军妻么？"妇人从一而终，难道吕布有失，便好作他人妇？布听了妻言，又觉沉吟。严氏复流泪道："妾前在长安，已为将军所弃，亏得庞舒匿护妾身，才幸与将军再聚；不料今日又欲弃妾，妾始终难免一死，尽听将军自便，毋以妾为念！"补述前事，意在反跌，比上文还要利害！布怎忍割舍，只好用言温存，决不他去，一面使属吏许汜王楷，缒城夜出，悄悄地混过敌垒，至袁术处乞援。术怒问道："布不与我女，反将我使人致死，理当失败；我且欲向他问罪，他还想我往救么？"汜楷齐

声道："这为曹操反间计所误，今已知悔，故向明上求援！术已僭号，故呼为明上。明上若不援布，与自败何异？布为操所破，明上恐亦不免了！"术面色渐平，乃与语道："布既自知前误，可送女前来，我当遣兵救他便了！"汜与楷不便再言，只好返报吕布。布情急无奈，不得不将女遣嫁；但城外满布敌兵，如何送去？想了又想，得了一计，俟至夜半，用绵缠住女身，背负上马，提戟出城，好一条送亲方法，但严氏不肯令布出城，此时何故漫许？才行数十步，已被曹军察觉，上前截住。布挺戟当先，后面又有张辽等将，跟杀上去，倒也冲破了好几重。怎奈操军变计，不用兵刃接斗，但用弓矢攒射，飞矢雨集，无缝可钻；布虽多力，究竟没有避箭方法，且恐爱女中箭，无益有损，没奈何退入城中。

河内太守张杨素与布善，闻布为操所围，出兵东市，遥为声援。不意部将杨丑谋叛张扬，竟将杨刺死，拟传首送操；他将眭固替杨复仇，复纠众杀毙杨丑，北通袁绍，屯驻射犬，终未敢东出援布。布只得振作精神，与陈宫等拚死拒守。约莫过了月余，操攻城不下，也有归志。荀攸郭嘉入谏道："吕布屡败，锐气已挫，陈宫虽智，性多迟疑；今布气未复，宫谋未定，乘此急攻，自可擒布，奈何无故退兵呢？"操拈须说道："顿兵城下，积久必疲，奈何？"郭嘉道："可决沂泗两河，灌入城中。"操欣然道："此计甚善，应即照行。"说着，即分拨将士，令他决水灌城，不到一日，城内外变作水乡，滔滔不绝，操军尽徙居高阜，坐待内变。



布日夕守城，幸尚不致疏忽，至城被水淹，禁不住惶急起来；登城四望，遍地汪洋，当然愁眉双锁，露出惧容。操军在高阜瞧着，且笑且呼道："吕布何不速降！"布答语道："卿曹幸毋困我，我便当自首明公。”陈宫在侧，独怒目视布道：“逆贼曹操，怎得称为明公？今若出降，如卵投石，尚能自全么？”布无奈下城，与妻妾饮酒解闷。过了翌晨，揽镜自照，形容已消瘦许多，不由得失惊道：“我瘦损至此，想是为酒所误；此后应严禁为是。”遂下令城中，不得酿酒。自己戒酒，却禁别人酿酒，一何可笑。会有部将侯成，失去名马数匹，连忙查究，幸得取回，诸将向侯成道贺，各馈酒肉；侯成恐有违军令，先将酒肉分献与布。布大怒道：“我方禁酒，汝等偏酿酒入献，藐我太甚！无非欲谋我不成？”一面说，一面令将成处斩；还是他将宋宪魏续等代为跪求，方许贷死，尚命杖责数十下。侯成惭愤交并，潜与宋宪魏续密谋，待至夜间，竟率众为乱，突把陈宫高顺拘住，开城出降。吕布闻变，慌忙趋登白门楼。待至天色熹微，楼下已遍集操军；剑戟声与哗噪声，杂作一团。布自觉



势穷，见左右尚有数人，便顾语道：“汝等从我无益，不如取我首级，往献曹操，尚可邀功。”左右不忍杀布，却劝布下楼降操，或可保全身家；布急得没法，依议下楼。操军见了，都七手八脚，来捉吕布；布已经求降，不便动手，只好由他绑缚，军士尚恐吕布力大，格外缚紧，牵送至曹操座前。

操已引军入城，泄去水势，升帐高坐，诸将侍立两旁，布被军士牵入，望见曹操，便大呼道：“布被缚太急，请赐从宽。”操笑语道：“缚虎不得不急。”布复说道：“明公所患，当莫如布；布今已心服了，天下不足忧，公为大将，布为公副，何事不能成功哩！”操素知布勇，意欲收用，免不得心下踌躇；凑巧刘备进来，即欠身延坐。布复顾备道：“玄德公！汝为座上客，布为阶下囚，何不代布一言，从宽发落？”大丈夫视死如归，何必向人乞怜？备闻言微笑。操语备道：“公意如何？”备且笑且答

道："公不见丁原董卓事么？"一语已足。操不禁点首。布戟手指备道："大耳儿最无信义，令人可恨！"汝亦知有信义否？忽有一人入呼道："要死就死！何必多言？"布见是高顺，徒呼负负。原来高顺屡次谏布，布不肯听，因此及难。操亦知顺忠勇，劝顺投降。顺复大呼道："宁死不降！"倒是烈士。布又见高顺左右站着宋宪、魏续两人，复指语曹操道："布待诸将不薄，若辈叛布负德，明公何不加诛？"操驳说道："闻君听妻妾言，违诸将计，怎得称为不薄呢？"布默然不答。悔已迟了。操即命将布顺牵出，一同缢死，然后枭首。

及陈宫推至，操与语道："公台！卿尝自谓智计有余，今果如何？"宫叹恨道："吕布不从宫言，所以致此；若肯从我计，何至成擒！"操又说道："今日当如何处置？"宫大声道："为臣不忠，为子不孝，应该受死！"双关语。操又道："卿不惜死，可记得老母否？"宫慨然道："宫闻以孝治天下，不害他人父母；宫母存亡，听诸公命。"操又问宫妻子如何？宫复答道："圣王施仁，罪不及孥，妻子存否，亦惟公命？"说罢，即欲趋出。操问宫何往？宫毅然道："出去就死，尚有何言？"操不禁起座，流涕相送。猫哭老鼠，假慈悲。至宫受戮后，操使人抚恤宫母妻子，不使失所；就是吕布妻小，亦载回许都，免令连坐。不知貂蝉曾否在内？布将张辽臧霸皆降，前尚书令陈纪子群，在布军中，亦为操所录用；还有吴敦尹礼孙观等，并命臧霸招致，各授官职，令守青徐沿海诸境。刘备妻妾甘糜二夫人，幸尚无恙，复得重会，悲喜兼并。独操邀备回许，只留将军车胄居守徐州，权任刺史，加封陈登为伏波将军，仍守广陵；自与备率军西归，饮至犒赏，不消细叙。

且说孙策既略定江东，即与袁术分张一帜，为独立计。至袁术僭号，策致书与术，责他不忠。术大失所望，愁沮成疾，但未肯取消帝制；终致策与术绝交，上表献帝，自陈心迹。曹操称策为猘儿，欲加笼络；特使议郎王辅赍诏东行，拜策为骑都尉，袭爵乌程侯领会稽太守，使讨袁术。策受命后，复遣张纮赴许，贡献方物。操又表策为讨逆将军，进封吴侯；留张纮为侍御史，且征还前会稽太守王朗，使为谏议大夫。策已得荣封，声望日隆，江东人士陆续趋附，得众数万，因令周瑜还镇丹阳。适袁术令从弟胤为丹阳太守，接替周尚后任。尚为瑜从父，既已卸职，便邀瑜同返寿春，瑜不得不从。尚引瑜见术，术看他仪表非凡，欲令为将；瑜独固辞，但自求为居巢长，术未识瑜意，当即依允。瑜即日辞行，到了居巢。闻得临淮人鲁肃，慷慨好施，就率数百人往访，乘便贷粮。实是试肃。肃一见倾心，便指家中储米两囷分赠与瑜，每囷约三万斛；瑜以为



与肃初会，便得他一囷厚赠，益信肃名不虚传，遂握手论交，订为知己，方才告辞。肃别瑜后，忽接袁术使命，令署东城县长，他阳为拜受，潜挈家中老幼及同志少年百余人，竟诣居巢，就瑜商议。瑜问明来意，即呼肃表字道："子敬与我同意，我亦知术终无成，故乞得此差，以便东行。"说着，即弃官整装与肃渡江，使肃家留居曲阿旧宅，自偕肃往见孙策。策闻瑜复至，亲出迎瑜；瑜导肃相见，策与谈数语，亦知肃非常人，改容敬礼，且授瑜为建威中郎将，给兵二千人，骑五十匹，使偕肃出屯牛渚营；自领兵往讨丹阳贼帅祖郎，亲与搏战，活擒归营。郎匍伏谢罪，策微笑道："我前在曲阿，被尔无端掩袭，砍破马鞍，今被我擒来，本应处死；但自念创军立业，不宜记嫌，尔诚能自知前过，我当赦汝！不必惊慌。"郎接连叩头，情愿投诚。策即命释缚，署为门下贼曹。缉贼之官。

会闻刘繇旧将太史慈，窜居芜湖山中，结众数千人，自称丹阳太守，出略泾县，号召山越，欲与刘繇复仇，策复提兵往讨，连战数次，未能得手；嗣至勇里设伏，诱慈入险，才得将慈执住。策亲与解缚，笑握慈手道："尚记得神亭时么？若尔时为卿所获，可相害否？"慈亦笑答道："也未可知。"策大笑道："今当与君同休戚，幸卿毋嫌！"说着，即携慈入，延令上坐，咨问进取方法。慈谦让道："破军之将，何足论事？"策婉驳道："昔韩信得李左车，谘询大计，终得成功；今策欲向卿决疑，愿卿勿辞！"惟能虚心用人，才为英雄。慈乃说道："刘军新破，士卒离心，若至四散，恐难复聚，愚意欲出抚余众，引为公助，未知公可相信否？"策起谢道："这正为策所深愿，明日日中，望卿归来。"慈应声即去。诸将进谏道："太史慈如何纵去？恐明日必不复还。"策摇首道："子义乃青州名士，素尚信义，决不相欺。"能知人，方能用人。诸将似信非信。到了次日，策预备酒食，立竿候影，影至日中，太史慈果挈众归报。策下座相迎道："卿真信人，不负策一番赏识呢！"遂命左右搬出酒肴，与共欢饮，至暮方散。越宿即署为门下督，使与祖郎同作前驱，班师还吴。 

嗣闻刘繇转奔豫章，得病身亡，余众万余人欲奉豫章太守华歆为主，歆尚未敢受；策即进太史慈为折冲中郎将，遣令前往招安。且语慈道："刘繇受命朝廷，名正义顺，我非敢与繇相抗，只因我先君遗众数千，尽属袁公路，不得不借此索兵，进据曲阿；我本遣从兄贲往守豫章，终因朝廷简授华子鱼，留贲不遣。子鱼即华歆字，孙贲为豫章太守，由策所授，事见七十五回；至此借策叙明前后，方不至矛盾。公路僭逆，我即与绝交，可见我非真叛汉，不守臣节。今刘繇遽亡，恨我不及与他面辩；今繇子在豫章，未知华子鱼待遇如何，亦未知旧部肯否相依？卿可往宣我意，慰谕该部。该部愿来，便与同来，不愿来亦听彼自便，并看华子鱼能否抚民，一切劳卿裁夺，需兵若干，也由卿自酌罢！”慈答说道：“将军量同桓文，宥慈死罪，慈当尽死报德；今奉命往抚，并非与争，兵不宜多，多兵反使滋疑，数十人便足敷用了！”说罢，即出外治装，隔宿起行。程普等进言道：“慈若出使，必北去不还！”策慨然道：“子义舍我，将依何人？”知彼知己。翌晨为慈送行，亲至昌门饯别，把腕与语道：“何时可还？”慈答称约六十日。两下分手，一出一归，左右尚谓遣慈非计。策作色道：“诸君勿复言，我知子义不轻然诺，行必践言，何至负我？”已而两月届期，慈果回吴，报称华子鱼无他方略，但期自守。策拊掌大笑道：“我亦料子鱼不过如此。”

转眼间已是建安四年，策正拟出兵西略，可巧袁术病死江亭，策扬眉吐气道：“袁皇帝也病死么？”不意上下数千年，有两个袁皇帝。究竟袁术如何病死，当时由策使人探明，小子也正好随笔补叙。自袁术僭号称尊，骄盈益甚，后宫数百，皆服绮罗，餍粱肉，独未肯赡给穷民。故司隶冯方家眷，避乱扬州，有女甚美，为术所羡，就令吏士强取入宫，列作嫔嫱，宠幸无比。后宫诸妇，各相妒忌，竟将冯女扼死，悬诸厕梁。术还道她别怀抑郁，投缳毕志，当即恸哭一场，厚礼丧葬。嗣是悼亡益甚，酿成心疾；又因孙策不肯相助，引为深忧，再加将士屡败，粮食告空，不得已毁去宫室，走向灊山，奔依部将雷薄陈兰。谁知两将已有贰心，把他拒绝，士卒又沿途离散，害得他忧惶迫切，不知所为；乃遣使至冀州，愿将帝号让与袁绍。

绍子谭方为青州刺史，寄书迎术。术改辕北往，道出徐州，偏有大军截住；探明何事，乃是刘备奉曹操令，在此邀击，自知不足敌备，慌忙退还。那后军辎重，已被备军夺去，没奈何欲南归寿春，行至江亭，距寿春尚八十里。时当盛暑，粮饷皆绝，只剩麦屑三十斛，分给随从，供不敷求，自己但食粗粝，不能下咽，欲乞蜜浆止渴，又无所得，不由得大呼道："袁术袁术！奈何至此?"说到此语，胸前作恶，哇的一声，呕出许多狂血，接连不已，竟至斗余，倒毙床上。一场皇帝梦至此告终。妻子等抚尸哭罢，草草棺殓，携榇奔庐江，欲依太守刘勋。前广陵太守徐璆闻得术有传国玺，纠众还截，迫将玉玺缴出，方准过去。术妻无法，出玺付璆。一报还一报。璆始引众退去，自赴许都献玺，得拜高陵太守。一代国宝，总算是仍还故主，可惜也不能久有了！为曹氏篡汉伏笔。

庐江太守刘勋本为袁术部将，术家来奔，当然收纳，又招集袁术部曲，得数万人，兵势颇盛，苦未足食。事为孙策所闻，正好乘间西略；便召周瑜为中护军，部署兵马，即日起行。瑜献计道："刘勋新得术众，若与交战，必费兵力，最好是劝他往取上缭；上缭豪民，各自举帅，拥粮甚多，勋必垂涎。待他往取，我借出讨黄祖为名，乘虚掩入，一举可得庐江了！"策闻言大喜，即遣使赍书与勋，加赠珠宝。果然勋利令智昏，出攻上缭，策与瑜倍道进兵，行抵石城，令从兄贲辅两人，率兵八千，往屯彭泽，截勋归路；自偕瑜领兵二万人，往袭皖城。皖城为庐江治所，因勋他出，守兵不多，蓦闻策兵到来，并皆骇散。策得长驱入城，掳住刘勋妻子，就是袁术家属亦尽作俘囚，部众除溃走外，统皆投降；惟策素严军律，不许残掠，所有术勋两家妻小，均令释放，仍加抚养，余如子女玉帛，概不妄取。独访得乔公二女，皆有国色，因遣人礼聘，得邀乔公允许，送入一对姊妹花；策纳大乔，瑜纳小乔。小子有诗咏二乔道：

两英雄配两婵娟，作合天成算有缘。
可惜郎君皆不寿，红颜自古福难全。

郎才女貌，谐成伉俪，当然两情相惬，恩爱缠绵。嗣复接得孙贲捷报，已经击走刘勋，真是喜气重重，无求不遂了！欲知孙贲战胜后事，待至下回叙明。

吕布之勇，足以敌曹操，而智谋之不逮操也远甚！操之图布也久矣！督师东来，目无吕布；但布若能用陈宫之计，内外呼应，犄角相援，则操亦未必有成；就使挫失，布在城外，亦可远走，何至为操所擒乎？乃始则被惑于妇人，继则见嫌于部将，虎为人缚，摇尾乞怜，嗟何及哉！刘备之劝操杀布，亦知布之反复图己，终为后患，故借丁原董卓事以晓操；而布乃死，而备乃得去一害，是固非徒为操计也。孙策继承父志，略定江东。而于祖郎之不报宿嫌，已昭大度；至擒太史慈于勇里之间，更能释缚周咨，坦然相与。一遣慈而不疑，再遣慈而仍不疑，慈固信士，然何莫非由策之推心置腹，有以致之。用人如策，乃足使人效死，袁术反是，宜其失猘儿之心，身死江亭，终为人笑也。

## 第七十八回　穿地道焚死公孙瓒<br>害国戚勒毙董贵妃

却说刘勋为孙策所欺，出攻上缭，上缭土豪皆坚壁清野，敛守城中，勋竟无所得，屯兵海昏，为攻城计。忽闻孙策袭击皖城，慌忙退回；路过彭泽，被孙贲孙辅截击一阵，败走流沂，遣使至夏口，向江夏太守黄祖处求援；祖遣舟师五千人援勋。当由孙贲申报孙策，策督兵亲往，大破勋军；勋逃往许都，勋部兵二千余人及黄祖所遣战船数百艘，俱为策军所获。策得乘胜西进，锐击黄祖，祖率水军迎敌，并向刘表乞师。表遣从子虎及部将韩晞，率长矛队五千人，助祖拒策；一场交绥，晞竟战死，虎亦逃回。黄祖孤立无助，也即退走，船械尽失，连妻子一概抛去，士卒杀溺至数万人。策乃回徇豫章，屯营椒邱，使功曹虞翻，招降华歆；歆有文无武，怎能御策？当即派吏欢迎，待策至豫章，自服葛巾出谒。策因歆素有才望，执子弟礼，待若上宾。于是实授孙贲为豫章太守，且分豫章为庐陵郡，增置郡守，即令孙辅任职，留周瑜镇守巴邱，旋师入吴。小子叙到此处，不得不将刘备事迹，赶紧接入。是用笔过峡处。

先是备随操入许，得见献帝，献帝与叙宗系，应呼备为叔，当然慰劳有加；操且表举备为左将军，出同车，坐同席，待遇甚优。惟备见操揽权逼主，隐怀不平，只因兵力甚微，无法报国，不得不容忍过去。操更诬称故太尉杨彪，私通袁术，收系狱中；还亏将作大匠孔融侍中荀彧许令满宠等，力为解救，始得赦出。议郎赵彦恨操专横，上书劾操，为操所杀。操请献帝出猎许田，操射得一鹿，群臣错疑为献帝所射，齐呼万岁，操直受不辞。刘备与关羽等随驾同猎，羽见操如此无礼，愤欲杀操，经备从旁阻止，方才住手；献帝也为怏怏，罢猎回宫。默思盈廷大臣，只有车骑将军董承位兼勋戚，尚可与言，但无端宣召，又露形迹；不得已密令董贵人制就玉带一条，把手书藏入带中，用线缝好，赐与董承。承心知有异，剖视带中，得见密诏，乃与将军吴子兰王服及长水校尉种辑等，阴谋诛操。并邀同左将军刘备，共预密盟，备因谊关宗室，不能不允，但因操势方强，应从缓图，不可欲速，一面恐操生疑，就寓宅后园种菜，韬晦待时。会操邀备小宴，并坐饮酒，谈及四方枭杰，掀髯笑语道："今天下英雄，唯有使君与操。"话未说完，备不觉一惊，竟将手中所执的匕箸，失落席下。方图韬晦，忽被曹操叫破，怎得不惊？可巧天公做美，空中起了一个霹雳，响震厅堂；备即借此语操道："天威如此，怪不得圣人有言：迅雷风烈必变呢！"为此一语，得将自己失惊的情状，轻轻瞒过。



及袁术欲奔往青州，备遂向操讨差，愿率关张等前去邀击。操遣裨将朱灵、路昭偕备同行，名为帮助，实使监制。哪知备既离虎口，得遂鸿飞，岂是朱路两庸将所得牵掣？一到徐州，截得袁术若干辎重，即使朱灵路昭返报；自与关张抵下邳城，伪传操令，诱刺史车胄出迎。车胄刺徐州及刘备截袁术，俱见前回。车胄不知是计，开城迎备，兜头碰着关羽，手起刀落，把胄劈做两段；当即枭首入城，只言车胄谋反，所以处死，余众无辜，一律免罪。兵民也未识真假，但教保全生命，自无异言。备省视家属，甘糜二夫人相安如故，却也放心。插叙一笔，为下文再失妻小张本。便留关羽守下邳城，自往小沛招集散兵，约得万人；复恐曹操遣兵来攻，特遣从吏孙乾，通好袁绍，倚为外援。绍方击死公孙瓒，得并幽州，原想南下攻操，既由刘备使命，乐得与他连和；即遣孙乾归报，备稍稍纾忧。但回忆公孙瓒为同学旧友，一跌赤族，不免伤心；且自别瓒以后，南救陶谦，正值赵云丧兄，辞归常山，好几年不与相见，亦未知他寄身何处？八十九回不及赵云，恐致阅者怀疑，故此处急忙补叙。死别生离，俱劳感念，不得不北向欷歔。



究竟公孙瓒如何战死？亦应就此叙明。瓒徙居易城，高处层楼，见七十三回。袁绍屡攻不克，贻书慰解，欲与释憾连和，瓒独不答，增修守备。且语长吏关靖道："当今四方虎争，无一能坐我城下，袁本初虽强，亦奈何我不得呢。"绍得闻此语，便大举攻瓒，各守将接连告急，瓒并不赴援，反语左右道："我若往救一人，人人都想我救，不肯力战了。"全是呆话。守将待援不至，或降或溃，绍军长驱直进，竟抵城下。瓒又急得没法，遣子续求救黑山，待久不至，乃欲自领突骑，出迎黑山援军，侵入冀州，横断绍后，偏经关靖谏阻，说是："主将一出，城必失陷，不如坚守待援，可却绍军。"瓒因即罢议。

已而黑山贼帅张燕，即褚燕改姓为张。使人诣瓒，报称起兵十万，来救易城，瓒当然大喜。过了旬日，仍然不至，乃复使人赍书促燕，且嘱子续引兵速来，举火为号，以便内应。不意瓒使出城，被绍军擒去，搜得瓒书，将计就计，便分兵埋伏北郊，纵火诱瓒。瓒还道由续举火，忙开北门，引军出应，哪知伏兵突起，奋击瓒军，瓒慌忙奔还，部众已伤亡大半，剩得残骑数百，逃回城中。绍督兵合围，暗凿地道，通瓒楼下，瓒重楼寂处，未曾知晓。嗣由绍军在地穴内，用柱燃楼，楼辄倾倒，瓒始知难免，先缢死妻子姊妹，然后引火自焚，一道冤魂，随了祝融回禄，同往南方。部将田楷战死。关靖叹道："我若不阻将军出城，或得济事，今乃至此，我闻君子陷入危地，必与同难，将军既死，我岂尚可独生么?"遂拍马赴敌，力战而亡。史称靖本酷吏，谄事公孙瓒，乃得邀宠，但观其甘与同殉，尚有忠忱。黑山贼帅张燕闻易城已破，当然罢兵。瓒子公孙续无家可归，流离朔方，旋为屠各胡所杀。

736. 绍送瓒首入许都，曹操暗中加忌，对着绍使说他未奉朝命，擅取幽州。绍使归报，触动绍怒，即欲兴兵攻操。监军沮授进谏道："近讨公孙瓒，师出历年，百姓疲敝，仓廪空虚，未可轻动。不如务农息民，养足锐气；然后进屯黎阳，规划河南，作舟楫，缮器械，分兵四出，令彼不得安，我乃用逸待劳，方可得志。"从事田丰亦与授言相同。独郭图审配希承绍意，主张出兵。授又说道："授闻救乱诛暴，方为义兵；恃众凭强，乃为骄兵。义兵无敌，骄兵必败。今曹操奉天子，令天下，若我军往攻，名义既乖，且曹氏法令既行，士卒精练。比那公孙瓒安坐受敌，全然不同。若不察敌情，驱众求胜，胜未可必，败实可忧！窃为明公不取哩。"郭图等仍然抗辩，决计南下，且谮授不从主意，未便监军，绍竟为所惑，分设三督，使授与郭图淳于琼，各典一军，调兵十万，选马万匹，指日南行，为攻操计。

操正使曹仁史涣、诸将出略河北，击毙张杨，遣将眭固攻下射犬城。眭固北通袁绍，屯驻射犬，见前回。操亦自至河上，遥助军威。嗣闻绍将南来，乃还驻敖仓，与诸将会议进止，诸将恐绍军势盛，难与争锋。操奋然道："我知袁绍为人，志大而智小，色厉而胆落，忌克而少威，兵多而分划不明，将骄而政令不一；土地虽广，粮草虽丰，徒为我资，何惧之有？"虽是安定众心，但袁绍之失，实尽此数语。乃使臧霸等东进青州，防御袁谭，留于禁屯河上，复因官渡为南北要冲，派兵严堵，自还许都，安排粮械，准备敌绍。一面分遣辩士，招抚张绣刘表。绣与操有隙，见了操使，听他一番词辩，却也有些动情，因此迟疑不决。

适袁绍亦遣使招绣。绣无所适从，特召贾诩入商，诩未曾申议，便顾语绍使道："劳汝归谢袁本初，兄弟尚不相容，怎能容天下国士呢？"说得绍使无言可对，匆匆别去。绣惊诧道："奈何拒绝袁氏？"诩直答道："袁本初怎能成事，将军往从，徒自取祸。"绣接说道："难道便投曹操么？"诩接说道："不如往从曹公！"绣皱眉道："袁强曹弱，操又与我有仇，怎可往从？"诩申说道："正惟如此，所以宜从。曹氏方奉承天子，一宜从；袁氏方强，即去从彼，必不见重，曹氏尚弱，得我必喜，二宜从；曹氏既来招将军，岂尚记嫌，必且格外加亲，昭示大度，三宜从。将军勿再怀疑，即日往从便了！"诩既劝绣降操，前日何不玉成邹氏，吾恐邹氏有知，死不瞑目。绣乃带领亲从，与诩同赴许都，投降曹操。操见绣大喜，亲握绣手，欢颜抚慰，并开筵接风，殷勤款待。越日即引绣朝见献帝，面举绣为扬武将军，诩为执金吾，献帝自然依议；待朝退后，复愿与绣结婚，聘绣女为庶子均妇，绣也觉乐从，安居都下。前日失去一位叔母，此时复赔了一个女儿，种种吃亏，尚有何乐？

惟刘表观望不前，未肯遽与操合，操因刘表多疑少决，不足深虑，乃待诸后图。适孔融表荐一人，姓弥名衡，字正平，系平原少年，说他淑质贞亮，英才卓跞，见善若惊，嫉恶若仇，有“鸷鸟累百，不如一鹗”等语。操即使人召衡，衡素刚傲，不肯事操，一再托病，谢绝操使，并有狂言讥操。操闻报后，未免愤怒；但因衡素有才名，不便加刃，惟遣兵吏迫衡入府，衡无可再辞，昂然趋至，长揖不拜。操亦不命坐，由他站立，衡仰天叹道：“四海虽大，恨乏人才。”操瞋目道：“许都新建，贤士四集，怎得谓尚乏人才？”衡抗答道：“大儿孔文举，即孔融。小儿杨德祖，系弘农人杨修。尚有才名。余子碌碌，皆不足数！”操狞笑道：“想汝甫入皇都，未识朝中才士，就是我幕下



文武，何一非才。”衡微哂道：“公以为才，何人敢说是不才；但据衡看来，统是一姓家奴，毫无干济。荀彧但可使吊丧；荀攸但可使守墓；程昱但可使关门闭户；郭嘉但可使白词念赋；张辽但可使击鼓鸣金；许褚但可使牧牛放马；乐进但可使取状读诏；李典但可使传书送檄；吕虔但可使磨刀铸剑；满宠但可使饮酒食糟；于禁但可使负版筑墙；徐晃但可使屠猪杀犬；夏侯惇可称完体将军；曹子孝可呼要钱太守。子孝即曹仁字。此外更不必说了！”痛快淋漓！操怒问道：“汝有何能？”衡答说道：“上期致君，下期泽民，不似那庸夫坐食，但务逢迎！”操怒说道：“开汝纯盗虚声，徒善击鼓，可在我门下做一鼓吏罢！”衡也不推辞，应声趋退，操不容外出。

待至次日，即大集宾佐，置酒宴会，使鼓吏在阶下挝鼓。鼓吏例当易服，皆改装而入，衡独蹀躞登阶，见鼓便击，迭成

渔阳三挝，章节悲壮，如骂如讽，座上客听入耳中，俱为动容。三挝已毕，衡进至操前，为吏所阻，且叱衡道："鼓吏何不改装？乃敢轻进！"衡并不答言，竟将衣服脱去，裸体立着，孔融也在座间，只恐衡得罪曹操，麾令下堂。衡退至鼓旁，徐徐更衣，又复三挝，声愈激越，挝罢自去。操笑语宾佐道："本欲辱衡，衡反辱孤。"阖座并皆不欢，席终散归。惟孔融心下未安，出责弥衡道："正平，大雅君子，可如是么？"衡默不一语，融再述操礼贤诚意，嘱衡往谢，衡沉吟半晌，方才允诺。融乃复入见操，谓衡有狂疾，现已清醒，当来谢罪，操点头会意；待融去后，饬门吏不得阻客，专望衡至。等到日暮，由门吏踉跄入报道："大胆弥衡，敢在营门外面，用杖棰地，呼号叫骂，语多狂悖，请收案治罪。"操艴然道："弥衡竖子，我欲杀他，不啻雀鼠，惟此人颇有虚名，人将谓我不能容物，所以加诛，今我有一法，叫他往谕刘表便了。"却是一条好法儿。于是传令出去，叫衡前往荆州，招降刘表，限他越宿起行，且预嘱门下谋士，在城南饯行。到了翌晨，便命骑士促衡登程，衡尚不欲往，经骑士再四催逼，乃草草收拾行李，上马出城。但见南门外摆着酒肴，有一簇人马待着，只好下骑相见，哪知一班衣冠楚楚的人物，名为饯行，俱端然坐着，并不起迎。衡用目四顾，失声大哭，大众不能不问，衡挥泪道："坐为冢，卧为尸，我与尸冢相对，怎得不悲。"说罢，仍然上马，加鞭径去。大众还报曹操，操笑说道："我不杀衡，自然有人杀衡，看他狂生能活到几时？"



言未已，忽有人入报道："刘备在徐州勾通袁绍，谋袭都城。"操愤愤道："备前遣还朱灵路昭，擅杀车胄，我正要讨伐，他还敢前来谋我么？"长史刘岱，方在操侧，听了操言，即自请效力，东出击备。此刘岱与前兖州刺史同名异人，兖州刺史刘岱已死，罗氏《三国演义》并作一人，实是误会。操乃令与中郎将王忠，引兵万人，往攻徐州。岱忠两人，本来是没甚智略，一到徐州境内，便已遇着备军，当下摆好阵势，请备答话，备纵马出见，岱责备忘恩负义，难逃一死。备从容答道："我非敢有背曹公，实因车胄谋害，不得不将他杀死，请二将军返报曹公，免伤和气。"岱忠齐声道："何人信汝谎言，快快下马受缚，免得我等动手！"备不楚失笑道："曹公自来，胜负或未可知，如汝等碌碌庸才，就是来了一百个，我也不怕。"当面嘲笑。岱忠听着，双槊并举，上前攻备，备背后已突出关羽、张飞，把他截住，四将四骑，绕场厮杀，岱忠哪里是关张敌手，不到数合，便即败走，关张驱杀一阵，由备鸣金收军，方才退回。岱忠窜至数十里外，方敢下营；遣人至许都报操，再请济师。操因残腊已届，勉强忍耐，拟在许都度过新年，乃亲出攻备，好容易已是建安五年。



车骑将军董承见操专横日甚，潜使人致书刘备，使作外援，自为内应，一面与吴子兰、王子服等暗地安排，日夕筹备；谁知事机不密，竟为操所探悉，立即遣派兵吏，把董承等一并拿下，拘系狱中。操带剑入宫，竟向献帝索交董贵人，献帝方与伏后闲坐，谈及曹操弄权，互相叹息，蓦见操抢步趋入，满面怒容，不由得大惊失色。操开口道："董承不道，竟敢谋反，请陛下即日治罪。"献帝嗫嚅道："董承系朝廷勋戚，如何也至谋反呢？"操又说道："老臣迎驾至此，并未尝有负陛下，董承自恃国戚，竟想害死老臣，臣若被害，陛下恐亦连及，岂不是谋反么？"献帝道："果有实据否？"操张目道："证据昭然，并非诬陷，陛下如袒护董承，莫非教他杀臣不成？"全是无赖徒口吻。献帝本有密诏谕承，至此越觉心虚，只好说是："董承有罪，当依法惩治。"操厉声道："尚有董承女儿，在宫伴驾，应该连坐。"说着，即喝令卫士往拿董贵人，卫士不敢不依，去了半晌，便将董贵人牵出。操复向献帝道："此女应即处死。"献帝呜咽道："董女方怀妊数月，俟分娩后，治罪未迟。"操悍然道："无论董女尚未生育，就使已生子嗣，亦当尽戮，怎得留下种子，为母报仇？"竟欲绝龙种耶？与弑逆何异？

献帝听了此语，吓出一身冷汗，连话儿都说不出来，看那董贵人的惨容，更似万箭穿胸，异常痛苦，再听得一声呼叱，竟将董贵人拖出宫去，急得献帝说出数语道："曹公！汝若能相辅，幸勿过甚，否则不妨相舍。"操掉头不顾，趋出宫外，令将董贵人勒死！再至朝堂，晓示刑官，令将董承、吴子兰、王子服、种辑等，一并斩首，并夷三族。可怜一班奉诏图奸的大臣，竟至全家诛戮，惨不忍闻！小子有诗叹道：



敢将毒手逞宫闱，凄绝孱皇空泪挥；
为语古今名阀女，生生莫作帝王妃！

曹操既杀死董承等人，复督兵出攻刘备，欲知刘备能否敌操，且至下回详叙。

公孙瓒之致死，其失与袁术相同。术死于侈，瓒亦未尝不由侈而死。观其建筑层楼，重门固守，妇女传宣，将士解散，彼且诩诩然自夸得计。一则曰吾有积谷三百万斛，食尽此谷，再觇时变。再则曰当今四方虎争，无一能坐吾城下。谁知绍兵骤至，全城被围，鼓角鸣于地中，柱火焚于楼下，有欲免一死而不可得者，较诸袁术之结局，其惨尤甚！《传》有之，“侈为恶之大。”非虚言也！若张绣刘表，亦皆碌碌不足道，以视弥正平之渔阳三挝，俱有愧色。正平虽狂，骂曹一事，却是痛快！曹操犹不知悛！竟诛夷国戚，勒毙皇妃，操之目无汉帝，至此尽露。而陈寿作《三国志》，尚事事回护操贼，操得为忠，王莽如何为逆乎？

# 第七十九回　袁本初驰檄疗风疾<br>孙伯符中箭促天年

却说曹操整缮军马，出攻刘备。诸将恐袁绍南下，乘虚袭许，多有异言。操独谓刘备人杰，定宜早除；还有祭酒郭嘉亦赞成操意，说是绍性多疑，来必迟缓，不如先击刘备，较为得计。操遂督兵出都，直达徐州，刘备闻报，自知寡不敌众，急遣从事孙乾，驰往冀州，向绍乞援。

绍因幼子有疾，无意进兵。别驾田丰进谏道："曹刘相争，未可猝解，何不乘机袭许，既可杀备，又可灭操。"绍欷歔道："我三子中，惟少子尚最中我意，今不幸罹疾，累我忧劳，尚有何心再谈军事。"说着，即遣归孙乾，但言子疾得痊，才可出救，乾无奈别归。田丰趋退，用杖击地道："欲图天下，乃因婴儿得病，坐失机会。岂不可惜么？"此机一失，袁曹成败从此分了！绍终不变计，敛兵如故。

刘备日夕待援，至孙乾归报，方知绍无心出救，只好督率张飞，引众出敌。操兵约数万人，比备兵多过数倍，就使张飞骁勇，究竟敌不住操兵；操且令部众分作数路，前后左右，四面杀入，顿致刘备、张飞不能相顾，及两人杀出重围，彼此失散，又被操军遮断归路，不能再回小沛城。飞向芒砀山窜去，备竟走青州。

操得攻下小沛，复移军转攻下邳，下邳由关羽把守，就是甘糜二夫人，也居住城中。操军漫山遍野，奔至城下，把全城团团围住，关羽屡次杀出，均被操军截回。操令张辽招降关羽，羽想自己单刀匹马，尚可突围，惟二嫂俱系女流，如何得脱？没奈何与张辽定约，只降汉，不降曹；且与刘备义同生死，若闻备投向何方，即当往依云云。为关公保全身分，故采入稗史中语。张辽返报曹操，操一一允许；再由辽告知关羽，羽乃出降。操挈羽归许，羽偕二嫂同行，沿途寄宿馆驿，操令羽与二嫂同室，羽秉烛达旦，坐读《春秋》，彻夜不倦。操自此重羽，

回都以后，拜羽为偏将军，待遇甚厚，五日一大宴，三日一小宴；并将吕布遗下的赤兔马转赠予羽。羽虽然拜谢，心下总不忘刘备。操尝使张辽探试羽意，羽慨答道："我亦感曹公厚惠，但与刘将军誓同生死，义不可忘，我终不能常留此地；但须立功报效曹公，方敢辞去。"两面顾到，情至义尽。辽闻言叹息，回报曹操。操不禁赞美道："好义士！事主不忘本，恨不能叫他久留呢！"辽答道："羽受公恩，谓必当立功以报，想一时总不致遽去。"操点首道："我所以称他义士呢。"足令奸雄心服。

过了旬余，操患头风，痛卧病床上。忽由左右呈入一纸，由操取阅，乃是一篇檄文。但见纸上写着：

盖闻明主图危以制变，忠臣虑难以立权，是以有非常之人，然后有非常之事；有非常之事，然后立非常之功。

夫非常者，固非常人所拟也。曩者强秦弱主，赵高执柄，专制朝命，威福由己，终有望夷之祸，污辱至今，及臻吕后，禄产专政，擅断万机，决事省禁，下陵上替，海内寒心，于是绛侯朱虚，绛侯周勃，朱虚侯刘章。兴戎奋怒，诛夷逆乱，尊立太宗，故能道化兴隆，光明显融，此则大臣立权之明表也。

司空曹操，祖父腾故中常侍，与左琯徐璜，并作妖孽，饕餮放横，伤化虐民，父嵩乞匄携养，因赃假位，舆金辇璧，输货权门，窃盗鼎司，倾覆重器。操赘阉遗丑，本无令德，僄狡锋侠，好乱乐祸，幕府昔统鹰扬，扫夷凶逆，续遇董卓，侵官暴国，于是提剑挥鼓，发命东夏，方收罗英雄，弃瑕录用，故遂与操参咨策略，谓其鹰犬之才，爪牙可任，至乃愚佻短虑，轻进易退，伤夷折血，数丧师徒，幕府辄复分兵命锐，修完补辑，表行东郡太守；领兖州刺 
史，被以虎文，授以偏师，奖就威柄，冀获秦师一克之报。引用《春秋》秦孟明事。而操遂乘资跋扈，肆行酷烈，割剥元元，残贤害善，故九江太守边让，英才俊逸，天下知名，直言正色，论不阿谄，身被枭悬之戮，妻孥受灰灭之咎。自是士林愤痛，民怨弥重，一夫奋臂，举州同声，故躬破于徐方，地夺于吕布，彷徨东裔，蹈据无所。幕府唯强干弱枝之义；且不登叛人之党，指吕布。故复援旌擐甲，席卷赴征，金鼓响振，布众破沮，拯其死亡之患，复其方伯之任，是则幕府无德于兖土之民，而有大造于操也。

后会銮驾东返，群贼乱政，时冀州方有北鄙之警，匪遑离局，故使从事中郎徐勋，就发遣操，使缮修宗庙，翼卫幼主。是袁绍自己回护之笔。而便放志专行，胁迁省禁，卑

侮王官，败法乱纪，坐领三台，专制朝政，爵赏由心，刑戮在口，所爱光五宗，所恶灭三族，群谈者蒙显诛，腹议者受隐戮，道路以目，百官箝口，尚书记朝会，公卿充员品而已！故太尉杨彪，历典三司，享国极位，操因睚眦，被以非罪，搒楚并兼，五毒俱至，触情放慝，不顾宪章。又议郎赵彦，忠谏直言，议有可纳，是以圣朝含听，改容加锡，操欲迷夺时权，杜绝言路，擅收立杀，不俟报闻。又梁孝王为先帝母弟，坟陵尊显，松柏桑梓，尤宜恭肃，而操率将校吏士，亲临发掘，破棺裸尸，略取金宝，至令圣朝流涕，士民伤怀！操攻徐州，焚庐发墓，连及梁孝王冢，操知而不问。又特署发邱中郎将，摸金校尉，亦是深文之笔。所过隳突，无骸不露，身处三公之官，而行桀虏之态，殄国虐民，毒流人鬼，加以细政惨苛，科防互设，罾缴充蹊，坑阱塞路，举手挂网罗，动足蹈机陷；是以兖豫有无聊之民，帝都有嗟吁之怨，历观古今书籍，所载贪残虐烈无道之臣，于操为甚！



幕府方诘外奸，未及整训，加绪含容，冀可弥缝，而操豺狼野心，潜包祸谋，乃欲摧挠栋梁，孤弱汉室，除灭忠正，专为枭雄，往岁伐鼓北征，讨公孙瓒，强寇桀逆，拒围一年，操因其未破，阴交书命，欲托助王师，以相掩袭，故引兵造河，方舟北济，会其行人发露，瓒亦枭夷，故使锋芒坐缩，厥图不果。今复屯据敖仓，阻河为固，乃欲以螳螂之斧，御隆车之隧！幕府奉汉威灵，折冲宇宙，长戟百万，骁骑千群，奋中黄育获之士，骋良弓劲弩之势，并州越太行，青州涉济漯，大军泛黄河以角其前；荆州下宛叶而犄其后。雷集虎步，并集虏廷，若举炎火以焫飞蓬，复沧海而沃熛炭，有何不消灭者哉？

方今汉道陵迟，纲弛纪绝，圣朝无一介之辅，股肱无折冲之势，方畿之内，简练之臣，皆垂头搨翼，莫所凭恃，虽有忠义之佐，胁于暴虐之臣，焉能展其节，操又以精兵七百，围守宫阙，外托宿卫，内实拘执，惧其篡虐之萌，因斯而作，此乃忠臣肝脑涂地之秋，烈士立功之会，可不勖哉！未及董承父女事，想袁绍尚未闻知。今操矫命称制，遣使发兵，恐边远州郡，过听给与，违众旅叛，旅助也。举以丧名，为天下笑，则明哲不取也。即日幽并青冀，四州并进，郡邑亦各整义兵，罗落境界；举武扬威，并匡社稷，则非常之功，于是乎著。其得操首者，封五千户侯，赏钱五千万！部曲偏裨将校诸吏降者，勿有所问。广宣恩信，班扬符赏，布告天下，咸使知圣朝有拘迫之难。如律令！

747.

操阅罢檄文，不由得汗流浃背，连头风病都皆发散，一跃而起。顾问左右道："这想是袁绍传来的檄文，文笔却佳，可惜武略不足呢！"遂遣侦骑四出，往探绍军动静。

绍因幼子患病，不愿援备，及备奔至青州，由刺史袁谭迎入。谭系绍长子，曾由备举为茂才，至是格外敬礼，作书报绍；绍亲至邺中，迎备入冀州，便拟起兵攻许。田丰复入谏道："曹操既破刘备，班师回许，许都已不复空虚，未便进攻，且操善用兵，更难轻敌，今将军据有四州，依山带河，诚能外结英雄，内修农战，然后简选精锐，作为奇兵，乘虚迭出，分扰河内，彼救左，我击右；彼救右，我击左。我尚未劳，彼已大困，不出三年，操可坐灭了！"亟肄以疲之，多方以误之，确是古今良策。绍不肯依言，丰再三强谏，致忤绍意，竟将丰械系狱中；

特令记室陈琳草就檄文，数操罪恶，颁行远近。琳前为大将军主簿，避乱至冀州，由绍用为记室，本来是一支大手笔，所以传檄至许，能令操头风忽痊，叹为奇文。

绍即调齐四州人马，共十余万，进攻黎阳；特遣大将颜良攻白马城。监军沮授预料绍不能胜操，只因田丰得罪，未敢再谏，临行时取出家资，分给宗族道："主骄卒惰，轻出必败，扬雄有言：'六国蚩蚩，为嬴弱姬。'今日情势，却是相似，我此行恐不复返了！"至绍遣颜良攻白马城，乃进谏道："良虽骁勇，但性情促狭，不宜专任。"绍仍不听。东郡太守刘延因白马被围，向操告急。操已探得袁绍出兵，正拟亲往拒敌，一闻刘延告急，当即倍道趋救；关羽亦辞过二嫂，随操同行。意在报操。将至白马，军师荀攸白操道："敌众我寡，宜遣偏将西出延津，作为疑兵，待绍西向防堵，我乃直达白马城，掩他不备，定能擒住颜良了。"操依计而行，果闻绍中计西往，当即进逼颜良，压营立阵。良不意操兵骤至，仓猝接战，甫经出营，在麾盖下指挥兵士，不料突来了一位大刀将军，骤马直前，冲开甲仗，手起一刀，向颜良面上劈入，良措手不及，竟被他砍落马下，枭取首级；回马出阵，如入无人之境。看官道是将为谁？原来就是立功报曹的关云长。河北兵士失了主将，当然大乱，操军乘势追杀，斩获甚多，余众皆遁，白马解围。操见了颜良首级，即录关羽为首功，表封汉寿亭侯，一面移屯河西。



绍闻颜良战死，顿时大怒，亟渡河来追操军。沮授又谏绍道："胜负变化，不可不详，今宜留驻延津，分守官渡，量敌后进，方为善策。"绍哪里肯从？还有骑将文丑与颜良并名河北，并相友善，誓为颜良报仇，愿作先锋；且闻颜良为关羽所杀，特邀刘备同往一行，验明虚实。绍即令先往，并使刘备继进，备毫不推辞，欣然同去。也欲探听关公消息；且若不与文丑同行，更足惹疑取祸。绍亦督领大军，随后渡河，沮授行至河滨，望流兴叹道："上骄下贪，不败何待；悠悠黄河，奈何遽渡呢！"说罢，即托称有疾，向绍辞职，绍又不肯许；惟裁减沮授属部，归入郭图管领，授无奈渡河，至延津南岸，方由绍下令安营，专待前军消息。文丑领兵急进，遥见操军在南陂驻扎，不过数千人，惟马匹散放甚多，明是诱敌。当下纵兵抢马。操军大呼道："贼军来了！请急收马匹。"操独不顾，好狡猾。荀攸向前摇手道："这正是诱敌计，何必收回？"说到此句，回顾操容，作微笑状，乃退不复言。荀攸亦乖。说时迟，那时快，文丑兵已争抢马匹，行伍错乱；操却麾军进击，大破丑军。丑自恃有力，还想拚命力战，不防操军中突出一将，提刀截住，交战数合，又将丑劈下马来，这人就是新任汉寿亭侯关羽。史传只称羽斩颜良，不及文丑，但稗史俱归功关公，今从之。刘备尚在后部，因文丑被杀，操兵追赶过来，也只得退回。绍连失大将二员，不禁夺气，待至刘备回军，起初尚没甚话说，及探闻颜良文丑，俱死关羽手中，禁不住怒气冲冠，欲向刘备问罪。还是刘备能言善辩，谓当招回关羽，共灭曹操，说得绍又心动，便令备致书相招，自屯军阳武县境，与操相持。



操还想再战，会闻黄巾余党刘辟，起兵汝南，响应绍军，连下河南诸郡县，许都戒严，那时不得不回顾根本，只好退军官渡，令将士等闭垒固守，自率关羽等回许。羽至许都，方接到刘备来书，乃告知二嫂，将累次所得赏赐，封置库中，送还汉寿亭侯印绶，作书辞操。操将印绶发还，遣使慰留；羽亲往告辞，操托故不见。于是羽迫不及待，竟备车载好甘糜二嫂，带了十余名旧役，即日起行，把印绶悬挂堂上，余物一概不取；但将赤兔马乘坐了去。当有人报知曹操，操很是叹惜。诸将请引兵追还，操摇首道："不忘故主，来去分明，真是天下第一义士，我前已许约，未便失信，听他自去，不必追还了！"是奸雄过人处。羽奉二嫂驰出都门，一路无阻。稗史中有过关斩将事，未免附会，操既不愿追还，自无阻碍，故不从稗史。

途次有一骑士奔来，叩马拦阻，羽勒缰视明，并非别人，乃是刘备亲吏孙乾。因问他何故到此，乾答说道："刘将军投奔袁绍，颇见优待；惟因绍性多疑，部将又互相猜忌，恐将来未必有成，所以向绍讨差，往会汝南刘辟，恐公未知情迹，误投绍军，或反被害，特使乾前来关照，今幸得相遇，请转往汝南便了！"羽乃与乾拍马南行，路过古城得见张飞。飞还道羽降曹操，挺着长矛，恶狠狠地与羽拚命，亏得甘糜二夫人，从

旁劝解，并述历来艰苦，飞始掷矛至地，向羽哭拜，是谓莽将。导入城中，设宴话旧。羽令飞保护二嫂，暂住古城，自与孙乾同赴汝南，往会刘备。哪知备又还赴绍军，原来操遣曹仁为将，往击刘辟，辟众究系乌合，战败即奔，备无可依止，只好仍投袁绍，累得关公奔走南北，白费艰辛，没奈何再向北行，待至后文再表。

且说孙策吞并江东，通好曹操。操方经营河北，无暇顾及江南，又因策英武迈众，特加笼络，许将弟女配策季弟匡，又为次子章取孙贲女，礼辟策弟权翊。策亦知操为奸雄，虚与酬应，通使往来。嗣闻操出拒袁绍，也想进袭许都，奉迎献帝，乃密治军马，届期待发，忽由巡江将吏，拿住细作一名，密书一封，解送策前。策披书阅毕，不禁大怒，看官道是何书？由小子略述如下：

> 孙策骁勇，与项籍相似，宜加贵宠，召还京邑，彼若被诏，不得不还；否则常留外镇，必为后患！

书末署名，乃是吴郡太守许贡。策怒问细作，才知贡阴通曹操，故有是书。当下派吏召贡，托名议事；贡尚未知使人被获，便即趋至，策取书示贡，贡还想抵赖，即与寄书人对质，贡无从再辩，呆如木偶。策呵叱道："汝欲断送我性命么？"遂顾令左右，将贡牵出，绞死了事。

策性喜微行，更好游猎，功曹虞翻，常为谏阻，策亦知翻忠，终未能改。一日带了骑士数名，出猎西山，突有一鹿趋过马前，急驰而去。策即纵马逐鹿，马甚雄骏，捷足如飞，从骑都不能及，偏鹿亦向前腾跃，窜入林中。此鹿亦孙策冤家。策尚不肯舍，向林探望，鹿却不知去向，只有三人持弓立着，策便疑问道："汝等何人？"三人答系韩当部兵，在此射鹿。策还有疑意，且行且顾，不意一箭飞来正中面颊，当下忍痛拔箭，取弓回射，一人应弦倒地。尚有两人大呼道："我等是许贡家客，特来与主人报仇！"说着，即用箭乱射，策用弓抵拒，一箭未了，又是一箭，正危急间，从骑已到，一拥上前，把两人砍作肉泥，策面上受伤，流血不止，忙纵马归来，命医调治，医称箭头有毒，必须静养，不宜动怒，过了百日，方可无虞。



看官试想，这孙伯符年少气锐，怎肯百日不出，安养府中？勉强休息数天，觉得创痕渐愈，遂召集将佐，出阅城楼；凭眺良久，闻得城下有喧哗声，当即俯首一瞧，见有许多士民，绕住道人，团围下拜，不由得忿怒起来，正要顾问将佐，不料将佐亦纷纷下楼，迎拜道人。策勃然怒道："是何妖人？惑众至此，左右快与我擒来！"左右齐声道："这道人叫做于吉，普施符水，救人百病；地方上呼为于神仙，未可轻拿。”策愈怒道：“汝等敢违命令么？”一语说出，左右不敢不遵，只得下城去拿于吉，策亦回至府舍，专待于吉拿到。未几已将于吉拥至，策拍案道：“汝敢妖言惑众，罪应斩首！”于吉答道：“贫道在曲阳泉上，得神书百余卷，依方疗病，并未惑人，何致坐罪？”策叱道：“想汝就是张角余党，若不加诛，贻害无穷。”说至此，即欲将吉处斩，将吏各上前劝阻，惹得策怒上加怒，喝令立斩于吉。忽有屏后趋出内侍，口传太夫人命令，召策入语，策乃命将于吉暂系狱中，入谒母夫人吴氏。吴太夫人语策道：“于先生亦助军作福，医护将士，不宜加害。”策懊恨道：“于吉妖妄，煽惑众心，儿方阅城楼，将佐等多弃儿下楼，往拜妖道，母亲试想儿为城主，号令不行，反使妖道逞志，还当了得么？”言未已，外面又有连名保章递入，乞赦于吉。策盛怒复出，又欲杀吉，还是将吏想出一法，说是天方干旱，可令于吉祈雨，如若不应，再杀未迟，策乃命从狱中提出于吉，令他祷雨，缚置地上，就烈日中晒了多时。吉念念有词，果然黑云四合，大雨滂沱。于吉若果能祷雨，何至不能逃生？这恐是史乘误传，不足尽信。将士等无不腾欢，争至吉前，释缚称谢。策瞧入眼中，越加忿恨，竟抢步趋出，拔剑在手，喝开众人，把于吉挥作两段，且命将吉尸陈诸市曹，不准收殓；越宿复使人往视吉尸，报称不知所在。想是由将士偷葬。策又欲追究，可巧母夫人吴氏趋至，向策泣语道：“汝连日瘦损，奈何尚不知静养呢？”策乃揽镜自照，一声惊呼，金疮迸裂，晕倒地上。小子有诗叹道：

暴虎冯河死亦宜，圣人垂戒不吾欺；

猘儿逐鹿犹遭厄，才信躬行贵自持。

欲知孙策性命如何？并至下回再详。

陈琳一檄，原是杰作，后世尚脍炙人口，无惑乎曹操之惊为绝倒，一跃而起也。惟他人处此，必怒不可遏，而操独目笑存之，操之所以过人者无他，即此不动声色，处变如常耳！至若关羽既降，立功白马，即决然舍去，羽之义原足以服操，操之信亦足以孚羽，盖不失信于一人，乃足以驭千万人，操固人杰，惜乎其心术不纯，终至播恶也。若孙策之少年盛气，虽若可以有为，而意气未平，卒遭仇人之暗算，或谓其冤杀于吉，被祟而亡。夫于吉亦何能祟策，策之死实受伤于许贡之三客耳。然于吉之戮非其罪，究不得谓策之明刑。古人云："有容德乃大。"如策之度量褊浅，虽天假之年，亦未必能建大功，故舍德论才，吾不能不首推阿瞒云。

## 第八十回　焚乌巢曹操屡施谋<br>奔荆州刘备再避难

却说孙策揽镜照形，遂致晕倒，究竟为着何事？原来镜中现出于吉，令策生惊，所以倒地，及经左右舁置床上，竭力施救，方得复苏。自知不能再起，乃召长史张昭等入嘱道："中国方乱，不能遽平，我得据有吴越，地控三江，吴淞江、钱塘江、浦阳江。根本既立，本思与卿等共图大业，不意天不永年，无可挽回，卿等可善辅我弟，静观成败。"说至此，顾见弟权在侧，便将印绶取交，且语权道："决机战阵，与天下争衡，卿不如我；举贤任能，各使尽心，安保江东，我不如卿。卿宜念父兄创业艰难，毋自贻误。"权涕泣拜受，策又与母吴氏，妻乔氏等诀别，瞑目竟逝，年止二十六岁。难为大乔。

权见策已殁，哭倒床前，张昭从旁劝止道："这时非一哭所能了事，应勉承先志为是。"乃使权易服，扶他上马，使出巡军；且率僚属上表朝廷，下饬内外文武百官，照旧供职，周瑜在巴丘闻讣，星夜奔丧，驰入吴会，权令与张昭共掌国事，一面料理丧葬，措置如仪。时权年方冠，各属地未尽服从，幸亏张昭、周瑜悉心辅弼，招贤求治，始得复安，太夫人吴氏亦明达事机，在内筹划，诸政毕理。

既而许都遣回张纮，令为会稽东部都尉，且赍奉诏书，授权为讨虏将军，领会稽太守。纮前为孙策所遣，入贡方物，曹操留他为侍御史，差不多有两三年。至袁曹相争，策欲袭许，颇有风声传入都中，自操以下，俱有戒心；独郭嘉料策轻佻无备，必为匹夫所制，未足深忧，果然不出所料，策即殒命。操得策凶耗，便欲乘丧东略。侍御史张纮谓乘丧非义，倘或不克，反致弃好成仇，不如羁縻为是。名为曹氏，实助孙权。操乃表权为讨虏将军，即使纮东还辅权，劝权内附，纮因此奉诏归吴，权母吴太夫人因权尚年少，委纮与张昭共事，纮随时献替，知无不言。



周瑜复荐入鲁肃，说他才足匡时，权即引为宾佐。又有琅琊人诸葛瑾，表字子瑜，避乱江东，敏达有识，权亦闻名延入，待若上宾，嗣即令为长史，转中司马。他如汝南人吕蒙，擅长军事，令为别部司马，教练甚勤。会稽人骆统，素孚物望，令为功曹，行骑都尉事。统尝劝权尊贤接士，勤求民隐。下蔡人周泰、寿春人蒋钦、余姚人董袭、庐江人陈武皆随策有年，转战立功。泰字幼平，曾随权居守宣城，突遇山贼围攻，权几为所害，亏得泰翼权出围，身中数十创，死里逃生，因此权倚若心膂，待遇较优。尚有吴人陆绩，年六岁往谒袁术，术出橘为饷，绩怀藏三枚，至拜别时，橘竟堕地。术笑语道：“陆郎来此作客，乃怀橘引去么？”绩跪谢道：“欲归遗老母。”术乃叹为奇儿。至孙策在吴，与张昭张纮等共谈武治，绩年少末坐，起身遥答道：“管仲相齐桓公，九合诸侯，不用兵车，孔子亦谓远人不服，须修文德，今闻诸公徒尚武力，绩虽童蒙，未敢赞同，还请诸公三思！”名论不刊。说得张昭等俱为动容，策亦另眼相看，后来绩博览群书，兼通历数，事权为奏曹掾，以忠直闻。此外一班旧将，如程普、韩当、黄盖、太史慈等，并戮力辅权，江东基业，得从此渐固了。总叙一段，见得孙权守业，全赖得人之力。

且说曹操既表封孙权，羁縻东方，乃复出临官渡，与袁绍决战。绍屯兵阳武，探得操再出督师，也欲引军前进。沮授进谏道：“我军虽众，勇猛不若彼军；彼军虽精，粮储不若我军；彼军利战，我军利守。最好是坚持不动，待至彼军粮尽，不战亦溃，还怕不能制胜么？”绍怒叱道：“汝怎得屡沮士心，看我前去破操，再来问汝！”说着，便麾军大出，进逼官渡，择地立营，绵亘至数十里。操亦分营抵御，发兵挑战。绍军锐气方



盛，并力杀出，无人可当，曹军招架不住，且战且退，还丧失了好多人马，操亲率精兵援应，方得战退绍军，收军回营。过了两日，整军再出，又复失利，乃还营静守，徐觇敌变。绍却至操营外面，四筑土山，上设高橹，令弓弩手登楼射箭，飞入操营，操兵大惊，慌忙用盾蔽身，尚有数人中箭毕命。操见军心慌乱，忙集谋士商议，想出一种御敌器械，连夜制造，叫作发石车，车中储石，扳机发动，能击空至数丈以上，车既造成，便向着土山，冲击上去，石势激射，毁坏楼橹，绍军无处藏躲，多被打得头破血流，因骇呼为霹雳车。此即后世用炮之滥觞。嗣是绍军不敢登高放箭，操营少安。绍又令军士夜凿地道，欲通操营，操命在营内四面掘堑，环水自固，绍亦计无所施。两下里持至月余，操军渐疲，粮又不继，各将士多有归志，累得操亦踌躇莫决，自思侍中荀彧，留守都中，不如派人往询，令

决进退，乃使人赍书致彧。数日即得彧复书，操急忙展览，书中略云：

> 绍悉众聚官渡，欲与公决胜负，公以至弱当至强，若不能制，必为所乘，是天下之大机也。且绍布衣之雄耳！能聚人而不能用，以公之神武明哲，而辅以大顺，何向而不济，今谷食虽少，未若楚汉在荥阳成皋间也。是时刘项不肯先退者，以为先退则势屈也。公以十分居一之众，划地而守之，扼其喉而不得进，已半年矣，情见势竭，必将有变，此用奇之时，不可失也，惟明公图之！

操阅书后，决计不退，但令侦骑四探敌踪。

忽由徐晃部将史涣拿住绍谍一人，问明敌情，得知绍遣将韩猛，至冀州运粮，即日可至，因报知徐晃。晃转白曹操，荀攸在旁进议道："绍将韩猛，恃勇轻敌，若使良将绕道往击，定可得胜。"操问何人可使？攸即举徐晃。晃亦自愿效力，便率史涣等往截韩猛。猛押粮车数千乘，将到官渡，适被徐晃截住，两下厮杀，倒也是个敌手，不防史涣潜至猛后，放起一把火来，焚毁粮车，遂致猛心慌意乱，拍马返奔。晃驱军杀上，与史涣合烧辎重，数千辆粮车，统化劫灰，乃引兵回报，得操奖叙，自不必说；独韩猛剩了一双空手，回见袁绍，绍即欲斩猛，经众官一再劝解，才得免死。 

绍复遣兵运粮，特选大将淳于琼，带领万骑，驻扎乌巢，保护运兵来往。也算惩前毖后，可惜仍遣醉汉。琼领命自去。沮授复入白道："琼出屯乌巢，尚系孤军，未足深恃，可另遣偏将蒋奇，作为支队，巡弋乌巢，既可防操，又可援琼，庶不致误。"

绍摇首不答，授怅怅趋出。又由谋士许攸入谏道：“操兵本来不多，今悉众拒我，许都必虚，若遣军袭许，幸得攻克，可奉帝讨操，操必成擒，就令未下，亦好使操首尾奔命，破操也不难了！”确是妙计。绍仍然不从。攸尚欲有言，忽由统军审配趋入，报称攸家属犯法，应拘系论罪，绍遂怒目顾攸道：“汝不能正家，还敢向我饶口么？”说得攸且惭且愤，奋然出帐，自思与操有旧，径奔操营。操闻攸来奔，跣足出迎，抚掌笑语道：“子远肯来，事无不济了！”子远即攸表字，操延攸入座，殷勤问计。攸先说道：“我曾劝绍轻兵袭许，首尾夹攻。”操不待说毕，便惊顾道：“子远奈何施此毒计？”攸接入道：“公不必惊惶，袁绍无知，未肯听我，反将我家属收系，所以背绍来奔。”操喜答道：“绍不能用君，怎得不败？”攸复反诘道：“公今尚有几何粮饷？”操答言可支一年，攸冷笑道：“这怕未必？”

操又言足支半年，攸拂袖遽起，向操作色道：“公不欲破袁氏么？奈何相欺！攸当告辞。”操忙将攸挽住，低声与语道：“军中不便明言，实告子远，军粮只有一月了！”攸又笑道：“我料公粮食垂尽了！内无粮草，外无救援，危急在目前了！”操皱眉道：“子远既不弃旧交，惠然肯来，应当为我设法。”攸乃说道：“绍有辎重万余，屯积乌巢，派淳于琼把守，琼嗜酒无备，公可用轻骑掩袭，焚彼积聚，不出三日，绍军自乱，尚有不败么？”操闻言大喜，优待许攸。

操即选马步兵五千人，密制袁军旗帜，乘夜至乌巢劫粮；留曹洪荀攸守营，使许攸同住营中；自己披甲上马，带同许褚徐晃等一班猛将及五千人马，至黄昏后起行，人负薪，马衔枚，打着袁军旗号，从间道急走，直指乌巢。乌巢距绍营约四十里，淳于琼虽奉令把守，但恃有大营为蔽，自谓无虞。且酷嗜杯中物，喝得酩酊大醉，高枕卧着，四更将尽，陡闻寨外有哔剥声，方才惊醒，起视全营，已是火光四射，如同白昼。慌忙召兵迎敌，兵士皆脚忙手乱，毫无纪律，如何敌得住曹军？曹军四面杀入，捣破琼营。琼尚有三分醉意，气力不加，勉强上马出战，兜头碰见许褚，接住厮杀，约有六七回合，手臂一松，便被许褚劈落马下，部众亦斗死千人，余皆溃散。操令将士焚毁积谷，烈焰熊熊，光彻百里，绍营中亦得瞧着，便有巡兵入报，绍恐乌巢有失，急欲遣将往援。郭图献议道："操军若攻乌巢，寨内必空，我何勿往劫彼寨哩？"绍喜说道："此计甚妙。就使操能破琼，我已拔彼大寨，彼亦穷无所归。"遂命部将张郃高览，往袭操营。郃进说道："操善用兵，营内必然预备，不如先往救琼，若琼被一破，粮被焚劫，我等俱束手成擒了。"绍答说道："我自有区处，汝等尽管往袭操营，我当遣蒋奇往援乌巢便了。"郃乃与高览同行，才至操营外面，一声号炮，左有曹洪，右有荀攸，各引兵两路杀来，郃与览分头抵敌，尚是不能支持，只好败回。郭图闻信，自愧失计，遂进白袁绍道："郃等以败为喜，不肯效力，现已报称退回。"绍顿时大怒，立派营弁召回二人，从重治罪。营弁驰告郃览，郃览俱恐受诛，索性返奔操营，自请投降。曹洪正收兵回营，闻得郃览来降，疑不敢受。荀攸道："郃等战败惧诛，故来乞降，尚有何疑？"洪乃开营纳入，专待操自来发落。操尚在乌巢，焚粮未尽，正值蒋奇引兵趋至，操军见援兵到来，忙请分兵迎敌。操大喝道："贼至背后，回战未迟！"及蒋奇进攻，乃麾兵返斗，许褚徐晃，双马突出，夹击蒋奇。蒋奇措手不及，立被杀死，众又骇奔；操也不追赶，但看辎重焚尽，方令将绍兵尸骸，各割一鼻，牛马各割唇舌，引军自归。

到了营中，由曹洪引见张郃、高览。操好言抚慰，留居麾下；并使人将人鼻兽舌取示绍军。原来为此！绍军汹惧，自相惊扰，操又四布谣言，谓将驱兵攻邺，绝绍归路，绍军疑为实事，纷纷溃归，连绍亦惊惶失措，与长子谭微服跨马，单骑渡河，操接得侦报，督兵追去，已不及擒绍父子。但截住残兵数万，呼令归降，残兵无路可走，无奈降操。操见他未出真诚，悉数坑毙。残虐得很！又擒得绍监军沮授，操与授本系相识，令左右替他释缚，授大呼道："我非降将，既已受擒，情愿一死！"操慰语道："本初无谋，不知用君，今丧乱未定，方当与君共图大事，幸毋执迷！"授抗声道："叔父母弟，悬命袁氏，若蒙公惠，速死为福！"操又说道："我若早能得君，天下已平定了！"因厚礼相待，使留帐下。授在营中盗马，仍欲奔还，被操将察出破绽，当即白操。操见授终不为用，方命处斩，仍为



礼葬。是笼络士心处。操驰入绍营，见有文书一束，多系都人交通信札，即令一律焚去，且语大众道："当绍强盛时，我尚不能自保，何况众人？"又收得财物等件，尽赏将士，众皆欢跃；惟操营内粮食已尽，绍营中亦无粮可因，乃移军至安民就食，休养疲兵，再图进取。

那袁绍渡河奔归，神色沮丧，走入黎阳北岸屯营，戍将蒋义渠出帐迎接，绍握手与语道："兵败至此，今日当以首领付卿！"义渠力为劝解，并避帐居绍，使得传宣号令，招谕溃卒，兵士稍稍趋集，寻觅父子兄弟，多半散亡。渠且泣且语道："向若从田别驾言，当不至此！"这语为袁绍所闻，绍亦自悔，顾语护军逢纪道："我前日不听田丰，致有此败，我今归去，羞见此人。"逢纪即进谗道："丰在狱中，闻主公败还，抚手大笑，自谓不出所料。"绍大怒道："竖儒竟敢笑我么？"遂遣吏杀丰。

丰羁狱已久，由狱吏入报绍军败状，丰太息道："我今死了！"狱吏惊讶道："主公败回，必自悔前事，释君出狱，大加重用。"丰摇首道："军若得胜，主公心喜，或将赦我，今战败自惭，我有何望？"说着，果有绍使到来，传命杀丰，丰因即自刭。人之云亡，邦国殄瘁。是时冀州城邑，相率生贰，绍收集散卒，分道四略，稍得平定。

独刘备南北驱驰，两次投绍，复两次离绍，道出鄄城，得与赵云相遇，阔别有年，重复聚首，当然喜如所望。再至汝南招寻刘辟，途中始会见关羽，又是一番悲喜交并。再由羽述及甘糜二夫人与张飞同住古城。乃亟诣古城相见，夫妇团圆，弟兄欢聚。再加糜竺、孙乾等亲从毕集，仿佛重光日月，再造家乡。好容易过了几宵，备因古城狭小，不堪久住，决计挈家引侣，偕往汝南，四觅刘辟，不见下落；惟刘辟余党龚都，却占住汝南，迎备入城。未几得袁绍败信，备语关张二人道："我见绍外宽内忌，党与纷歧，已料非曹操敌手，前次到了汝南，已欲与绍脱离，适值曹军到来，不得已再往依绍；嗣见绍不听良谋，败亡在迩，我所以再与绍言，叫他南连刘表，乘机乞使，复得南来。绍不必虑，所虑惟操。只恐此地亦未能安居哩！"借备口中，叙离绍始末。正在踌躇未定，便有侦骑入报道："曹操部将蔡阳，领兵入境，想是来攻此城。"张飞跃起道："我愿去取蔡阳首级！"关羽赵云亦愿同往，备允他出敌，三员虎将，连镳并出，不到半日，便取得蔡阳头颅，欣然回城。备又喜又惊道："我斩蔡阳，操必自至，彼方胜袁绍，锋不可当，不如径投刘表为是。"张飞道："操果到来，何妨再战！难道操能必胜么？"关羽却说是："频年依人，终非了局，且待操果亲至，再作计较。"备乃留居汝南，使人专探曹军举动。过了数旬，果有急报传至，乃是曹操亲督大军，杀奔前来，备忙令束装起行，张飞还要出战，经备阻止，匆匆带领家小及关、张、赵等将吏，驰出南门，直抵荆州。汝南城内只剩了龚都一人，亦知不能拒操，仓皇避去。至曹操到了城下，已是虚若无人，由他进城，操总算禁止侵掠，出榜安民，当即顺道还许，与荀彧商议道："我本想渡河灭绍，偏被刘备据住汝南，拊我背后，不得不移军往讨。今闻备往奔刘表，我意欲乘势南下，攻取荆州，君意以为何如?"彧答道："袁绍新败，部众离心，不乘此时略定河北，乃欲移军江汉，倘绍收合余烬，乘虚出袭公后，公将如何对待呢?"操乃罢议，就在许都过年。至建安七年正月，复进军官渡，规图河北。

袁绍已还冀州，惭愤成疾，吐血不止，顿时惶急了一个继妻，借着侍疾为名，日夜进言，劝立少子，累得绍益增愁闷，



病势日增。原来绍有三子，长名谭，次名熙，幼名尚，尚为继妻刘氏所出，面目清扬，为绍所爱。刘氏早请立尚为嗣，绍因舍长立幼，恐遭物议，特使谭出继兄后，出为青州刺史；当时沮授等已有异言，绍却向众解释道："我欲令诸子各镇一州，试验才能，方好择立后嗣。"乃又使次子熙为幽州刺史；独留尚不遣，还有并州刺史一缺，派外甥高干赴任。至官渡一役，绍将谭熙等尽行调集，不幸为操所算，败回河北，命谭熙等回镇本州；且令河上各戍营，坚壁勿战。残年将尽，忽病呕血，娇妻爱子，涕泣床前，已是愁上增愁，闷中加闷。谁料曹操又进军官渡，捣破仓亭，急得绍鲜血直喷，昏倒床上；妻子等慌忙呼唤，虽得苏醒片时，但已时气喘声嘶，不能详嘱，少顷间两眼一翻，呜呼归阴！枉费一生心血。绍妻刘氏亟召入审配逄纪，托称遗命，立尚为嗣。配与纪皆与谭有隙，情愿事尚，即奉尚

主丧，颁谕四州。绍有宠妾五人，并来举哀，刘氏不禁动恼，指挥卫士，把五妾一并杀害；且令髡发毁面，指尸叱骂道："汝等生前献媚将军，恃色邀宠，今在我掌握，教汝死且无颜，免得再去卖俏了！"如此妒悍，安能有后。袁谭闻丧奔至，不得为嗣，很是怏怏。尚使谭为车骑将军，出屯黎阳，并令逢纪监军，谭因黎阳为拒操要冲，请尚拨添重兵，尚但给数千人马，并传语逢纪，催谭速行，遂致谭忍无可忍，索性杀死逢纪，自往黎阳去了。小子有诗叹道：

兄弟如何竟阋墙？外兵未入内先伤，
追原祸变非无自，乃父贻谋太不臧！

谭至黎阳，正值操军进攻，究竟谭能否敌操？待至下回再表。



曹操处处能用谏，袁绍处处是愎谏，即此已见袁曹之兴亡，不待战而始决耳！况粮饷为行军之根本，军若无粮，败可立待。袁绍一失之韩猛，再失之于淳、于琼，用人不明，贤否倒置，是尚能与操争胜乎？刘备能知绍之必败，其智识远出绍上；操亦目备为英雄，故绍败而不急追，反于势孤力弱之刘备，却郑重视之，蹙之于汝南之间，使备不得息肩。操之窘备，亦甚矣哉！彼袁绍既自误其身，复遗误其子，身死以后，两子相争，卒致覆祚，以坐跨幽冀之袁本初，反不若奔走南北之刘玄德，善败不亡，卒能创业垂基，与曹氏抗衡终古也！才与不才之判，固如是欤？

## 第八十一回　守孤城审配全忠
## 嫁二夫甄氏失节

却说袁谭出屯黎阳，才阅数日，即闻曹军杀到。谭手下不过数千人马，如何抵得住大队曹军？只好向袁尚处告急。尚本不欲救谭，只因黎阳一失，关系非轻，乃自率兵往援，与谭共战曹军；连败数次，没奈何闭城固守。另遣河东太守郭援会同并州刺史高干，共向平阳进兵，意图牵制曹军；且阴与关中将马腾通书，使他遥应，腾颇有允意。司隶校尉钟繇方出督关中，见七十六回。探闻消息，也亟遣使往抚马腾，极陈利害，并约腾同御敌兵，腾乃遣子超领兵万人，与繇相会。繇即偕超出发，行抵汾河，适值郭援渡河西来。援本为繇外甥，繇专心助曹，不暇顾及私谊，便麾兵急击，掩他不备；校尉庞德素有勇力，执刀前驱，兜头遇着郭援，当即交锋，不到十合，已将援首级取去。援众大乱，无论已渡未渡，一古脑儿逼入水中，溺死过半；高干闻败，也即退回。庞德携着郭援首级，向繇报功，繇见了援首，不禁下泪。德深为诧异，嗣知繇与援有甥舅谊，复入帐谢罪。繇怃然道："援虽我甥，今为国贼，理应加诛，何故言谢？"繇徒知援为国贼，不知操亦一国贼。徒忠于操，殊不足道。遂驰书告操，请操免忧。操接得捷音，不必西顾，便猛攻黎阳，谭尚两人保守不住，走还邺城。

操督兵追击，刈麦为粮，还想乘胜攻邺，会闻祢衡为黄祖所杀，且喜且愤，召语将佐道："祢衡狂士，我能容受，他人怎肯相寄？我已料他必死了！明是借刀杀人。但衡是由我遣去，黄祖敢杀我使，也是藐我；我总要前去问罪，免致小视。"衡赴荆州，见七十六回。郭嘉即乘间进说道："何不就移讨荆州？"语尚未毕，诸将谓谭尚将灭，奈何移师？嘉又说道："谭尚本不相睦，急乃连兵，缓必生变，我正好乘此退去，南向荆州；待他兄弟阋墙，然后再进，庶一鼓可灭了。"家必自毁，然后人毁之。操拈须称善。但留部将贾信屯守黎阳，自率大军还许，搜乘补卒，南攻刘表。表前时接见祢衡，也知衡为北方才士，优礼相待；嗣因衡傲慢不恭，乃遣往江夏，使见黄祖；祖亦慕衡名，命掌文牍。长子射音亦。尤好文辞，尝托衡作《鹦鹉赋》，文不加点，援笔立成，词旨甚是典赡，大为射所赞赏，视衡如宾师一般。后来黄祖在舰中宴客，衡亦与座，酒后抢白起来，衡骂祖为死么，祖性褊急，欲令军士挞衡；谁知衡骂詈不休，惹动祖怒，竟将衡一刀杀死，年止二十六。祖子射徒跣来救，已是不及；祖亦酒醒知悔，厚加棺殓。但死已无知，有何益处？衡原自取，祖亦贻讥。八字公评。



曹操计毙祢衡，反得借衡为名，进攻刘表，正是妙策；军至西平，忽由袁谭遣使辛毗，叩营求见。操召毗入问，毗答言谭尚相攻，谭败奔平原，事关危急，情愿向公投诚，乞公援助，操乃召将佐会议。群下多谓谭尚衰乱，已不足忧，刘表方强，应趁早平定，免为后患；独荀攸进说道：“天下多事，群雄逐鹿；刘表坐拥江汉，不能展足四方，无志可知；袁氏据有四州，带甲数十万，若使二子和睦，共守成业，势且永固不摇；今兄弟构衅，理难两全，我不乘隙相图，待他并合为一，力雄势厚，也难制服，机不可失，幸即移师！”见识高人一筹。操也以为然，允即援谭，遣毗先归，自督兵再至黎阳。

谭尚本同走邺中，及曹操南还，谭意欲追操，请尚举兵相从，尚又觉动疑，不肯依议，谭当然怀愤；再加郭图辛评两人在旁撺掇，就不遑后虑，引兵攻尚。尚兵较多，谭兵较少；一场冲突，谭又败走。别驾王修，自青州援谭，谭更欲还军攻尚，修谏阻道：“兄弟犹左右手，譬如与人将斗，自断右手，尚能向人争胜么？况兄弟不亲，何人可亲？彼谗人离间骨肉，为害甚大，愿将军立诛谗佞，讲信修睦，自足安内攘外，横行天下！”语亦激切。谭终执定己见，率兵回攻。哪知尚却已赶来，就南皮城外接仗，谭复失利，败奔平原，尚追至平原城下，督兵围攻。郭图等又劝谭降操，向操求救，谭更为所惑，乃使辛毗乞师；待毗既归报，操亦进兵。尚自然得知消息，忙撤围还邺；部下闻操军大至，俱有惧色，吕旷、高翔两将竟叛尚降操。偏谭谋招致旷、翔，阴刻将军印信，使人赍给二人；二人既诚心归操，反取印白操。操微笑不答，欲知言外意，尽在不言中。且派吏至平原，令为子整说婚，愿聘谭女，谭不敢不从；操又借口乏粮，引军暂退。好狡诈。尚总道是操已还军，可以无虑，但留审配守邺，复督军往攻平原。审配更献书与谭道：



配闻良药苦口利于病，忠言逆耳利于行，愿将军缓心抑怒，终省愚辞！盖《春秋》之义，国君死社稷，忠臣死君命，苟图危宗庙，剥乱国家，亲疏一也。是以周公垂涕以毙管蔡之狱，季友歔欷而行叔牙之诛，何则？义重人轻，事不获已故也。昔先公出将军以续贤兄，立我将军以为嫡嗣，上告祖灵，下书谱谍，海内远近，谁不备闻？何意凶臣郭图，妄画蛇足，曲辞谄媚，交乱懿亲，致令将军忘孝友之仁，袭阏沉之迹，阏伯实沈为高辛氏子，日寻干戈，以相征讨。语见《春秋·左传》。放兵钞突，屠城杀吏，冤魂痛于幽冥，创痍被于草棘。我州君臣，若拱默以听执事之图，则惧违《春秋》死命之节。且诒太夫人不测之患，损先公不世之业，岂不痛哉？伏惟将军至孝蒸仁，发于岐嶷，友于之性，生于自然，章之以聪明，行之以敏达。览古今之举措，睹兴败之征符，何意奄然沉迷，堕贤哲之操；积怨肆忿，取破家之祸；翘企延颈，待望仇敌，委慈亲于虎狼之牙，以逞一朝之忿。言之伤心，闻者流涕。若乃天启尊心，革图易虑，则我将军当匍匐呼号于将军股掌之上，配等亦当敷躬布体，以听斧锧之刑。如又不悛，祸将及之，愿熟详吉凶，以赐环玦！配再拜以闻。

看官试想！谭与弟尚已经势不两立，怎肯为了审配一言，幡然变计？于是再向操乞援，催令进兵攻邺，牵制尚军。操原要待谭求救，然后再进，既接谭使，便麾动人马，直指邺城。审配闻操兵复至，急忙整缮守具，为御敌计，一面使武安长尹楷屯兵毛城，接济粮饷。配将冯札阴蓄异志，开门待操，操兵前队千余人，踊跃趋入；才有一小半进城，城上大石如飞，没头没脑地掷击下来，操兵闪避不及，正想退去，猛听得豁喇一声，放下闸板，将门掩住，把操兵内外隔断。操兵陷入城内，约有三百多名，无路可奔，立被守兵围裹，杀得一个不留，连冯札也因此毕命。原来审配闻变，赶急登城，指挥士卒，掷石下堑，所以操兵虽入，并不慌张，反结果了三百人性命。配亦能军。至操随后赶到，奋怒攻城，但见矢石齐下，无缝可钻，乃令大小三军，绕城驻扎，且攻且围，好几日不能得手；因想出许多方法，筑土山，掘地道，仰瞰俯临，伺隙掩击。

那审配却是能耐，日夕严防，一些儿没有疏虞；再加尹楷随时运粮，源源不绝，所以全城镇定，累日坚持。极写审配忍耐，反衬曹操智计。操连攻不下，特留曹洪等围邺，自引兵往击毛城；正值尹楷输粮赴邺，被操在途截夺，大破楷军。又分兵拔邯郸，降易阳涉县，剪去邺城羽翼，仍然还军邺城，索性将土

山地道，一律毁撤，专命军士凿堑城外，周围四十里，广约丈许，深只数尺。审配在城上遥望，见他开濠甚浅，不以为意；谁知操计中有计，到了夜间，却使军士掘深濠堑，竟至二丈有余，沟通漳水，灌入城中。配至此悔不早争，误中操计，但已是无及，不得已悉众登陴，聊避洪流；又阅数日，粮食垂罄，饿死多人。可巧袁尚率兵回援，前锋已至阳平亭，距邺城只十七里，探马报入操营，诸将谓尚军驰归，必将死斗，不如避彼锐气，再作计较。操扬言道：“尚若从大道趋至，我当避彼；若由小路至此，心已先怯，一战便可成擒了！”料敌甚明。嗣经探马续报，尚果从小路还援，操大喜道：“我料尚是无能为呢！”遂令曹洪等堵住守兵，自去对敌袁尚。尚已至阳平，就夜间举火为号，遥示城中，城中亦举火相应，两下里得通消息，满望内应外合可破曹军；偏偏待至天明，曹军却杀到阳平，并不闻

审配影响。尚将马延、张颉望见曹操势盛，未战先降，他将统皆骇走，尚亦只好返奔；所有辎重器械，尽行抛弃，甚至印绶节钺，亦为操兵所得。操也不穷追，引还邺下。

审配曾出兵城北，想去接应袁尚，适被曹洪截回，退守城中；及操又还攻，将阳平所获物件，取示守兵，兵心大沮。审配尚誓众固守道："操军已疲，料难久持；且幽州必来相援，何患无主？汝等但坚守死战便了！"操再拟猛攻，正值袁谭遣使辛毗，复来操营，操令毗招降审配。毗至城下，呼配与语，配大怒道："袁氏兄弟，全由汝兄辛评，与郭图党同挑拨，以致失和，甘召外侮，今汝兄家属已系狱中，他日拿住汝曹，当一并枭首，上谢先君！尚敢向我招降么？"说着弯弓欲射，慌得辛毗连忙退回。原来袁谭去邺时，郭图辛毗等家眷，俱得随行，独辛评妻子迟走一步，为尚所收，所以系住狱中，无从逃脱；及辛毗返报曹操，操知配决计不降，冒矢督攻，箭彻车盖，指挥如故，入夜不休。审配自守东南隅，令兄子审荣抵御西北；荣不愿坐毙，竟献门迎操，操军当然拥入。配在东南角楼上，遥见西北失守，亟遣人驰诣狱中，杀毙辛评全家，自率残兵下城巷战，战到兵尽力穷，倒地受擒。时辛毗入救兄家，已嫌太晚，回到操营，巧巧碰着审配，被兵士押解过来，冤家相见，格外眼红，即举起手中马鞭，乱挞配首道："死奴也有今日么？"配亦反詈道："狗辈破我冀州，恨不诛汝！"及入见曹操，操颇怜配忠壮，有意劝降。乃故意问配道："汝知献门为谁？"配答言未知。操说是审荣所献，配愤愤道："儿辈无行，乃竟至此！"操又说道："孤至城下督兵，何箭多乃尔？"配厉声道："恨少恨少！"操尚慰语道："卿为袁氏尽忠，不得不然；今已成擒，还有何说？"配直答道："城亡与亡，何必多言？”语可屈铁。操犹豫未忍，辛毗在旁号哭道：“兄家一门遭戮，乞速杀此贼，借慰冤魂！”配瞋目视毗道：“汝为降虏，配作忠臣；生不如死，可速杀我！”操方令左右牵出，置诸死刑。配叱刑士道：“我主在北，不应南面受诛！”乃听令北向引颈受戮。虽死犹生。操命将遗尸棺殓，茔葬城北，然后出营入城。

次子曹丕，年方十八，随父从军，当即跃马先驱，径诣府舍；府中已由操兵监守，见了曹丕进来，当然让入。丕提剑下马，径入后堂，但见一中年妇人，兀坐垂泪，膝下有一少妇跪着，用首枕膝，乱发蓬头，作颤动状；丕瞧入眼中，见少妇发光可鉴，已是动情，遂按剑问道：“汝等为谁？”中年妇人答说道：“我为袁将军妻刘氏。”又用左手遮少妇玉颈，右手指着道：“这是次男熙妻甄氏，年轻胆怯，幸乞垂怜！”妒妇也不能不丢脸了。



丕和颜道：“既系刘夫人，我当代为保全；可令新妇举头，不必惊慌。”刘氏乃推起少妇，嘱令道谢。丕留心注视，已哭得花容狼藉，脂粉模糊，但一种娇羞情态，已是欲盖弥彰，动人怜惜；当下揽袖近前，替她拂拭，一经去垢，露出庐山真面，端的是桃腮杏脸，妖艳绝伦。烈妇被人牵臂，且断腕全贞，熙妻任令曹丕拭面，其不贞可知。丕即自述姓名，叫她放心，刘氏闻是曹操世子，忙令甄氏下拜裣衽，且与语道：“此后可不至忧死了！”总教人尽可夫，何致遽死？甄氏含羞拜毕，偷觑丕容，正是一位翩翩少年，英姿潇洒，仪表风流，不由的勾动芳心，含情脉脉。丕痴立多时，忽听外面人声嘈杂，乃掉头趋出，往迎乃父。

适曹操已入府厅，升帐上坐，问及袁氏家属，丕抢步上前道：“袁家只有姑媳两人，尚存内室，狼狈相依，幸乞怜恕！”操点首道：“我与本初起兵讨逆，誓同患难，不幸为好不终，致兴兵革；如果全家投顺，应该一视同仁，何况妇女呢？”奸雄狡词。这数语正中曹丕心坎，便入内引出袁氏姑媳，使见曹操。操见甄氏花貌雪肤，也为叹赏，便问刘氏道：“汝家如何止留二人？”刘氏答道：“子妇等并皆远出，惟次媳愿侍妾身，所以尚留在此；现蒙世子曲意保全，实为万幸。”操已闻言知意，旁顾曹丕，见他两目钉住甄氏，几不转瞬，益知丕暗里寓情，遂嘱丕引还二妇，安心居住；一面下令安民，豁免租赋一年，百姓自然喜悦，相率安堵。

操遂置酒高会，宴集将佐，就是袁氏姑媳，也并馈酒肉，一例看待。将佐饮毕，均向操申谢，独许攸醉意醺醺，顾操大言道：“阿瞒若非我相助，恐未能坐得此州！”操不禁动怒，强颜为笑道：“汝言亦是，当录汝首功！”攸狂笑自去。死期将至，还在梦中。操复上表奏捷，有诏授操为冀州牧，操拜受诏命，愿将兖州让还。将佐俱入帐道贺，惟曹丕却尚怏怏。俗语说得好：“知子莫若父。”当由操使人作伐，愿娶熙妻甄氏为子妇，刘氏不敢不从，商诸甄氏，也无异言，当下就府舍为礼庐，择吉成婚。待至洞房合卺，并蒂谐欢，柳絮随风，轻狂乏力，桃花逐浪，含笑无言；两口儿枕席绸缪，不消絮述。只委屈了幽州刺史袁熙，叫他去做死乌龟，未免不甘。还有将作大匠孔融已调任大中大夫，闻得操为子娶妇，就是袁熙妻室，因戏致操书道：“昔武王伐纣，尝以妲己赐周公，想明公有心希古，敢不拜贺？”操得书后，还道融博学多闻，定有所见。后来与融晤谈，问及前书来历，融笑答道：“这是由愚衷揣度得来，当时武王明圣，谅不致戮及美人，赐与周公，岂不是两美相谐么？”语足解颐，可惜招尤。操方知融语带讥嘲，蓄恨谋害，事见下文。

且说曹操既得冀州，复想并吞幽并诸州；幽州刺史高干，闻风纳款，自请归降，操仍令干守原职。会闻袁尚窜入中山，为谭所攻，复走幽州，谭收得尚众，还屯龙凑，有自主意；乃遣使贻书责谭背约，与他绝婚，当即出兵进击。谭不能敌操，退保南皮；操追至城下，围攻了一两月，尚未能拔。时已为建安十年正月，腊尽春来，残雪初霁，操为议郎曹纯所激，亲执桴鼓，促兵登城，兵士并力直上，搴旗斩将，齐集城楼。谭下城出走，甫离北门，突被曹洪截住，心慌力怯，由洪大喝一声，劈落马下；郭图辛评尚在城内，俱为操军所擒，操命把郭图斩首，但将辛评贷死。青州别驾王修正从乐安运粮回来，得知谭已被杀，便下马号哭道："无主何归?"乃径诣操营，乞收葬谭尸；操嘉修忠义，准如所请，仍使修至乐安运粮。乐安太守管统不肯降操，操嘱修取统首级，修不忍杀统，执统诣操，代请赦罪，操也即依从，且留修为司空掾。郭嘉劝操延揽名士，借孚众望。操因随处招致，但有才艺可称，即辟为掾属，独不赦袁绍记室陈琳，悬赏购缉，竟得擒来。小子有诗叹道：



下笔千言气亦雄，冀州一破术皆穷；
若非曹氏怜才切，颈上难逃剑血红。

欲知陈琳性命如何，容至下回表明。

审配为袁氏旧臣，始不闻以立长之经劝袁绍，继不闻以友于之义谏袁尚，亡袁之咎，配亦难辞；但观其誓守孤城，死不降曹，亦有足多者。

本回于配之守邺，叙述独详，盖即善善从长之意，不忍没其忠也。独于甄氏之再适曹丕，却未肯下一曲笔，可褒则褒，可贬则贬；古称妇人从一而终，夫死尚当守节，胡为袁熙未亡，甄氏即背夫改适耶？至若曹丕之霸占人妻，与曹操之妄纳子妇，皆为名教罪人，贬甄氏，正所以贬操丕也。人情孰不贪生而恶死，况属妇人？而迫命改醮者，实由操丕，操丕之不道可知矣。

## 第八十二回　出塞外绕途歼众虏<br>顾隆中决策定三分

却说陈琳被曹军擒住，解至操前，操盛怒相待；及见琳温文尔雅，不禁起了怜才的念头，即霁颜问琳道："卿前为本初作檄，但可罪状孤身，奈何上及祖父呢？"琳答说道："箭在弦上，不得不发，公今罪琳，琳亦知罪了；活琳惟公，杀琳亦惟公。"操听了琳言，怒意益平，遂赦免琳罪，使与陈留人阮瑀同为记室。

袁氏旧臣崔琰曾劝绍守境述职，不宜用兵，绍不肯听，终败官渡；后来谭尚交争，各欲用琰，琰托疾并辞，为尚所囚，亏得陈琳营救，才释归河东；至是琳与操说及，操遂召琰为别驾从事。琰应召到来，操与语道："孤查本州户籍，可得三十万甲兵，故向称大州。"琰从容道："今天下分崩，九州幅裂，二袁兄弟，日寻干戈，冀民暴骨原野，未闻王师布德，存问风俗，救民涂炭，乃先估计甲兵，似非敝州士女想望明公的本意，望明公见察！"操乃改容称谢，视若上宾，使为世子丕师傅，留居邺城。不为丕求淑女，虽有贤傅，恐亦寡效。自己部署人马，欲往攻幽州。

忽由袁熙部将焦触、张南使人投递降书，内称慕风归义，已将袁尚、袁熙逐奔乌桓，特此报闻；操当然大喜，特派吏宣慰，表封焦触、张南为列侯。已而并州刺史高干举兵守壶口关，复与操绝；操遣部将乐进李典率兵往攻，多日不下。河内人张晟、河东掾卫固范先等又纠众应干，转寇渑崤间；操用荀彧计，议调西平太守杜畿，为河东太守。畿抵任后，阳与固先联络，暗中却解散叛众，使不相连；再由操遥结马腾，使击固先，里应外合，便将固先擒斩，再移兵讨灭张晟，河东复安；独高干据住并州，负嵎如故。

建安十一年正月，操亲率大军，出击壶口关，围攻至两月有余，关上守兵，不堪疲敝，因开关纳入曹军。高干闻壶口失守，无险可恃，不得已留吏守城，自诣匈奴求救。匈奴久已服汉，不愿与操构衅，当即拒绝高干。干率数骑驰回，途次闻知并州降操，害得无家可归，乃南奔荆州。道过上洛，被都尉王琰截住，斩首献操，并州又为操有了。袁绍属地，至此悉亡。



先是山阳人仲长统游学至并州，得干优待，屡问世事，统直答道："君具有雄志，惜乏雄才，也知好士，未能择贤；愚颇为君代虑，愿预先戒慎，勿务高深！"干闻言不乐，微露愠意，统即辞去；及干已败死，果如统言。荀彧素知统才名，特举为尚书郎，操便即引用。操复顺道东略边疆，黑山豪帅张燕，率众十万人来降，受封列侯；独海贼管承，不肯归附。操使李典乐进为先锋，击走承众，承窜入海岛，操乃还师，至邺城度过残冬。经春行赏，奏封功臣二十余人为列侯，且特陈荀彧功状，彧已受封万岁亭侯，至此更增封千户；又欲进爵三公，彧使荀攸再三辞让，方才停议。操尝谓忠正密谋，抚宁内外，莫如文若，次为公达。文若即荀彧字，公达即荀攸字。彧封侯后，攸亦得封陵树亭侯，叔侄并荣，一时称最。操且将爱女嫁彧长子，联为姻娅，好算是相得益欢了。彧妻为中常侍唐衡女，今得操女为子妇，比妻尤荣。

且说袁尚、袁熙奔往乌桓。乌桓部酋蹋顿为故王印力居从子，占住辽西偏隅，素与袁氏相往来，袁绍曾立他为单于，使家奴冒充己女，遣嫁蹋顿，蹋顿未知真假，遂认绍为妇翁，聘问不绝；及尚熙往奔，当然迎纳，拨众相助，使复故土。早有幽州边吏报达曹操，操便拟北伐，先凿平虏泉州二渠，作为运道，然后指日出师。诸将皆有疑议，或谓尚熙垂亡，蹋顿未必为用；或谓大军北征，刘表、刘备将乘间袭许，不可不防。独郭嘉与操同意，排斥众议道："袁氏厚待乌桓，蹋顿不忘旧惠，



必为效力；若袁尚兄弟，号召华夷，大举入寇，青冀幽并随在可危；彼刘表不过一坐谈客，自知才不足驭刘备，未肯重任，备亦未必乐为表用，两人异心，断难成事，公虽虚国远征，亦可无忧，但放心前往便了。"操因即起行，既至易城，欲下令休息，郭嘉又进议道："兵贵神速，况千里袭人，更宜掩彼不备，最好是留住辎重，只令轻骑速进，猝临乌桓，必可破虏，愿公勿疑。"操接说道："卿言甚是。但北路崎岖，无人引导，却也难行。"嘉又答道："公若留心访察，何至无人？"操如言探访，果得右北平人田畴。

畴曾为幽州牧刘虞从事，虞为瓒所杀，畴适自长安北还，哭祭虞墓，险遭拘戮，嗣有人替他解免，始得脱归；见前文。袁绍灭瓒，遣使招畴，授将军印，畴辞不就。操使传命，一召即来，当由操延入咨问，畴直答道："畴志不在官，所以愿见明公，实因乌桓不道，害我乡贤，畴早思往讨，苦未能逮；今得

公北征，为民除害，畴敢不前来，勉献刍言？”操相见恨晚，即拜畴为蓨县令，畴不愿就职，但引操军进次无终。时方溽暑，大雨时行，海滨污下，泞滞不通，虏众又分扼蹊径，无路可通，操乃复向畴问计，畴献策道：“此路原未易交通，水浅时不通车马，水涨时不载舟船，若要向前进兵，处处为难，惟旧北平郡治在平冈，道出卢龙，可达柳城；自从建武以来，行人稀少，尚有一径可通，今虏众无知，总道大军就此北进，但教守住要口，便可无虞；若使改道从虞龙口，潜越险阻，直捣虏巢，蹋顿虽强，不怕不为公所掳了。”

操自然乐从，扬言退军，且在路旁署木为表，上刻数语道：“今当夏暑，道路不通，且俟秋冬，乃复进军。”欺虏已足。随即令田畴为向导。改从卢龙口进兵，堑山堙谷，潜行五百余里，乃通白擅，历平冈，涉鲜卑庭，东指柳城。蹋顿得侦骑还报，总道操军已退，不必严防；偏操军悄悄进行，距柳城仅百余里，才得闻知，当下仓皇部署，带同袁尚兄弟，领数万骑，出截操军。操正抵白狼山，与敌相遇，遥见虏众甚盛，部下多有惧色，操登山望虏，顾语部将张辽道：“虏众不整，虽多无益，卿可为我先驱擒虏！”辽应声下山，当先突阵，许褚、徐晃、于禁等随后继进，立将敌阵捣破。蹋顿正在惊惶，不防张辽杀到，兜头一槊，刺落马下，眼见得不能活命了。尚、熙早知曹兵厉害，又见蹋顿落马，慌忙返奔，虏众大溃。操下令招降，胡汉兵民，先后投诚，共得二十余万口；遂整军驰入柳城，表封田畴为亭侯，畴向操固辞，操乃中止。

嗣探得袁尚兄弟奔投辽东太守公孙康，诸将请进击辽东，操微笑道：“不必不必！尚与熙自投死路，管教康送首到此，还费什么兵力呢？”大众将信将疑，操却分兵屯守柳城，自率诸将还师。将士伤亡无几，只郭嘉不服水土，竟至得病，返至易城，病重而亡，年只三十有八；操亲为祭奠，哭泣尽哀，荀攸等从旁劝解，操与语道："诸君年龄，与孤相等，惟奉孝最少，我欲托彼后事，不期中年夭折，岂非云命？"乃表述嘉功，请加封谥，嘉已受封洧阳亭侯，至是复追增封邑八百户，予谥曰"贞"，令子郭奕袭爵。

正拟由易还邺，忽由辽东遣使到来，献上首级二颗，一是尚首，一是熙首，未知甄氏闻之，曾否泪下。诸将俱服操先见，但尚未知操如何料着，因齐声问操，请操析疑。操笑说道："公孙康素畏尚熙，今尚熙穷蹙往投，我若急击，彼且并力拒我，惟我已退兵，免彼后虑，彼乐得杀死尚熙，向我示惠，这是情理上应有事件，诸君但未细思哩！"众将方皆拜服。

究竟公孙康杀死尚熙，是何意见，应该就此表明：康父名度，本系辽东人氏，由董卓举为辽东太守，乘乱自主，号称



辽东侯，领平州牧；东伐高句骊，西击乌桓，又越海收东莱诸县，独霸一方。操因辽东路远，但欲奉诏羁縻，拜度为武威将军，封永宁乡侯，度怒说道："我已自王辽东，还要什么永宁乡？"遂将所赐印绶，搁置武库中。既而度死康嗣，就将永宁侯封，转给弟公孙恭。袁绍据冀州时，尝欲并吞辽东，未得如愿；及尚熙败走，途中私相谋议道："我兄弟为操所攻，致失四州，今不如投奔公孙康，康若出见，就好把他格毙，得了辽东，尚可借地容身哩。"四州且一并失去，还欲窥伺辽东，真是妄想。不意公孙康比他狡诈，待至二人报到，预先埋伏甲士，然后延令入见。二人佩剑进去，才至中门，便由甲士突出，把他抓住，连拔剑都来不及，只好束手受缚，牵置门外。时已初冬，塞外早寒，尚为风所吹，求给坐席，熙怅然道："头颅且远行万里，要席何用？"爱妻已向人送暖，自可死心塌地。果然席不得给，反赠他

一碗刀头面，同时毕命，康即将两首献入曹军。

操表封康为襄平侯，拜左将军；并将尚首悬竿示众，下令敢哭者斩。袁氏故吏牵昭独设祭举哀，操却叹为义士，举作茂才；田畴也往吊祭，操亦不问，不顾前令，全是奸雄手段。惟仍欲封畴为侯，畴以死自誓，决不就封，但挈家族三百余人，随操同返邺中。操见畴志决词坚，乃不予封邑，使为议郎；何不并议郎辞去。一面养兵蓄锐，再图南略。

会闻荆州牧刘表，遣刘备出屯新野，为北伐计；乃遣部将夏侯惇、于禁等率兵万人，南行拒备。备自汝南奔依刘表，光阴易过，倏忽五年。建安六年九月，备奔荆州，此时已建安十二年了。曹操北攻袁氏，即劝表乘虚袭许，表素无大志，不愿远图。果不出郭嘉所料。及袁氏败亡，操回邺城，表复觉生悔，乃邀备与宴道："前日不用君言，坐失机会，很觉可惜！"备反慰语道："今天下分裂，干戈四起，前失机会，怎知日后不得再逢？但教后此毋误，就不必追恨了。"话虽如此，心中总不免惆怅。少顷起座如厕，自视髀肉复生，不觉潸然泪下，回至席间，面上尚有泪痕，为表所见，向备诘问。备实告道："备尝身不离鞍，髀肉皆消，今久不骑马，髀里肉生，日月如流，老已将至，功业却毫无建树，所以不能无悲呢！"表乃遣备出屯新野，备宴毕即行。既至新野，得与颍川人徐庶相遇，延为宾佐，凑巧操将夏侯惇、于禁引军来攻，庶为备划策，自烧屯粮，出城南走；惇与禁疑备怯战，麾兵急追，不意伏兵四起，掩击一阵，杀得夏侯惇等七零八落，收拾残众，逃回邺中。



备复至新野，待庶益厚，庶语备道："南阳有诸葛孔明，世称卧龙，将军亦愿相见否？"备忙说道："既有这般名士，怎不愿见？但比君才具何如？"庶答说道："孔明尝自比管仲乐毅，如庶不才，怎得相拟？”备又说道：“君既与彼相知，请即劳君一行，邀与俱来。”庶摇首道：“此人可就见，不可屈致，将军宜枉驾相顾，或可出来预谋；否则虽厚礼招聘，恐卧龙未必出山呢。”备听了庶言，乃留庶与赵云等守城，自偕关张二人轻车简从，径往南阳。一时访不着孔明，只遇一襄阳名士司马徽，两造叙述姓名履历，才知徽字德操，隐居不仕。备虽与徽初次会面，但见他道貌清癯，料非庸俗，因叩问世事，并乞相助，徽答语道：“山野鄙夫，未识时务，识时务须求俊杰，此间有伏龙凤雏，皆济世才，得一人便可定天下。”备问伏龙凤雏，姓甚名谁？徽答称诸葛孔明庞士元。备即说道：“此来正欲访卧龙先生，可惜未遇。”徽答说道：“卧龙高卧隆中，若果诚心相访，当肯出见，幸勿轻视此人。”备唯唯谢教，方才告别。

越日又往隆中，访问孔明。隆中系是山名，在襄阳城西
780. 二十里，为南阳属地。孔明名亮，本系琅琊郡阳都县人，就是故司隶校尉诸葛丰后裔，父珪早卒，亮与弟均随叔父玄，徙居南阳。玄与刘表有旧，旋亦病殁，亮遂就隆中，结一草庐，躬耕陇畔，好为《梁父吟》。平居与博陵人崔州平，汝南人孟公威，颍川人石广元，常相往来；就是徐庶，亦与为知友。徐庶等学务精纯，惟亮独持大体，尝与庶等晤叙道：“君等出仕，可至刺史郡守。”及庶等问亮志趣，亮微笑不答。自命不凡。他知刘备过访，未肯遽见，第二次复谢绝，直至备三次枉顾，方才出迎。

备见亮身长八尺，貌秀神怡，头戴纶巾，纶音关。身披鹤氅，飘飘然如神仙中人，不由得肃然起敬，便向亮拜手道：“久闻先生大名，如雷贯耳；前已两次晋谒，留告姓名，今日得蒙接见，不胜荣幸。”亮从容答礼，亦自道歉衷，彼此谦逊一番，各归坐位。备始自述本意，请亮出山，亮推辞道：“素性愚野，

无志功名，将军如忧国忧民，还请另访高士。”备慨然道：“德操元直，并极称扬，先生不出，如何安国？如何定民？”亮乃笑问道：“将军意欲如何？”备移坐密告道：“汉室倾颓，奸臣窃命，主上蒙尘已久，备不度德量力，欲为天下声明大义；只恨智浅术短，迄无所成。惟私心耿耿，不甘作罢，所以敬候先生，幸乞赐教。”亮因说道：“自从董卓构乱以来，豪雄并起，跨州连郡，不可胜数；曹操比诸袁绍，名微众寡，乃竟并吞袁氏，转弱为强，虽赖天时，亦借人谋。今操已拥众百万，挟天子令诸侯，此实不可与争锋；孙权据有江东，已历三世，国险民附，贤能乐为彼用，根基已固，不可轻图，只能与他结好，恃为外援，荆州北据汉沔，利尽南海，东连吴会，西通巴蜀，自古称为用武之地，主不得人，决难坐守，天今留待将军，将军可有意否？还有益州险塞，沃野千里，向号天府，高祖尝得此以成帝业；今刘璋暗弱，张鲁在北，民殷国富，不知存恤，草野智士，望得明君。将军为帝室世胄，信义著闻四海，总揽英雄，思贤如渴，若跨有荆益，保守岩阻，西和诸戎，南抚夷越，外结孙权，内修政治，待天下有变，可命一上将，自荆州出向宛洛，将军自率益州众士，出向秦川，百姓必且箪食壶浆，欢迎将军，岂不是霸业可成，汉室可兴么？”规划分明，了如指掌。备喜答道：“先生所言，足开茅塞，但愿不弃庸陋，出山相助，俾备得随时领教。”亮又推让道：“将军雅意，本当敬从，但亮疏懒已久，恐多废事，未敢应命。”备黯然道：“先生具此大才，不肯为备屈驾，备原不幸，汉且垂亡。”说至此，语带哽咽，竟至泪下。肝胆如揭。亮不禁感激，因即允诺。备乃命关张入拜，留赠玄纁束帛，亮不肯受，经备再三诚恳，方才收下。

亮有妻黄氏，为沔南耆士黄承彦女，发黄面黑，才德独优，亮不嫌丑陋，竟纳为妇。南阳人有谣言云：“莫作孔明择妇，止得阿承丑女。”亮听人嘲笑，独谐伉俪，毫无闲言。梁孟以后，应推诸葛夫妇。至是令弟均，奉嫂家居，自与刘关张三人，同至新野，当由徐庶等接入，故人聚首，当然相亲。徐庶走马荐诸葛，出自罗氏《三国演义》，按《蜀志·诸葛传》中，庶尚留新野，未曾诣操，今从之。备更待亮若师，情好日密。关张二人颇有疑议，备独与语道：“我得孔明，仿佛如鱼得水，幸勿复言。”关张乃止。可见得才如诸葛，惟刘备方能揽用，自是君臣相得，言听计从，三分天下的政策，就此开始了。小子有诗咏道：

茅庐三顾感情真，前席才将伟略陈；
未届壮年才冠世，知公不是等闲人。
亮出山时，年方二十七岁。

782.

过了数日，备与亮方商议整军，忽由刘表遣人致书，邀备至荆州议事。欲知备曾否应召，且至下回再详。

田畴不肯事袁绍，独于曹操之北伐，一召便来，虽为乡里报怨，愿诛蹋顿，然蹋顿为汉虏，操亦一汉贼耳。就使蹋顿可诛，而袁氏二子，不应迫之同毙！畴曾得袁氏之征辟，知己之感，宁独无之？岂可因前日之未往，即视袁氏如眼中钉，必歼灭之而后快乎？然则袁尚兄弟之毕命，下手者为公孙康，实则畴实使之。吾不知畴何憾于袁氏，何德于曹操也。及尚首揭竿，向之吊祭，侯封所及，誓死固辞，此特矫情干誉之为，有识者固已齿冷矣。必如诸葛孔明之隐处南阳，不屑轻出，待至刘备三顾，勤勤恳恳，方效驱驰，名士之出处，如此慎重，岂田畴辈所得望其项背乎？三国人才众矣，如孔明者，其固超类轶群哉！

## 第八十三回　入江夏孙权复仇<br>走当阳赵云救主

却说刘备接得荆州来书，即与诸葛亮商议行止，亮答说道："想是因黄祖败死，故请将军，往议抵御东吴，将军不妨前去，亮愿随行。"备闻言甚喜，便偕亮出城，同诣荆州。

看官欲知黄祖败死情形，还须从源至委，补叙一番。先是孙权继承先业，安踞江乐，见七十九回。曹操恐权强盛，责令遣子入侍，为抵质计。权与张昭等会议，犹豫未决，独周瑜入白吴太夫人，极言送质非计，吴太夫人乃嘱权道："公瑾与伯符同年，相差只有一月，我视公瑾如子，汝当事公瑾如兄，不得违议！"慧眼识人。权唯唯受教，遂不应操命。惟权弟孙翊出任丹阳太守，好酒渔色，未洽众心；督将妫览、郡丞戴员尝为翊所责，阴怀不平，密与翊亲吏边鸿结为心腹，有害翊意。可巧孙权为父报仇，出攻黄祖，览、员两人趁势发作，嘱使边鸿行刺，适丹阳属县令长，诣郡大会，翊出见后，送客至门，被鸿在后刺死。翊妻徐氏，秀外慧中，颇善数理，曾卜得一卦，爻象大凶，劝翊不宜会客，翊不听妻言终遭奇祸；徐氏抚尸大恸，并饬将佐等速拿凶手。妫览、戴员便将边鸿拿住，不待问讯，当即处斩。览遂入居军府中，强取翊家姬妾及左右侍御；并因徐氏姿色可人，亦思占为己妾。徐氏阳为许诺，但言须俟至晦日，设祭除服，方可成婚；暗中却召入旧将孙高、傅婴，授与密计。到了晦日，设祭堂上，尽哀易服，沐浴熏香，浓装艳裹，好像另做新人模样，且派侍婢出室邀览；览喜如所望，也即盛服进去，徐氏从容迎入，待览坐定，一声暗号，突出孙高两将，双刃并举，剁落览首；一面伪传览命，邀员入宴，也即处死。徐氏再着丧服，持得两贼首级，往祭翊墓，军士方共称为智妇。实是烈妇。孙权在椒邱闻报，急回丹阳，见二贼已经授首，索性尽诛逆党，擢孙高两人为牙门将，令守丹阳；接归徐氏及孤儿松，厚加抚养，保全节孝。独权母吴太夫

人悼翊非命，积哀成疾，奄忽一两年，终至不起，弥留时召见张昭等，托付后事，悠然而逝。权依礼丧葬，守制逾年，复议往伐黄祖。还有少年都尉凌统，因父操从征江夏，为黄祖部将甘宁射死，志在复仇，自请冲锋效力；权即亲督军马，克期出发。

适由都尉吕蒙引一降将进见，问及姓名，就是凌统仇人甘宁，表字兴霸，他本巴郡临江人，少好游侠，杀人亡命，奔走江湖间；后来折节读书，往投刘表，表不能用，因是东行入吴。道出夏口，被黄祖留住军中，一再立功，不见重赏，祖部下军将苏飞，替宁保举，反为祖所呵斥，飞乃更为设法，调宁为鄂县长，使他自图去就，宁始得脱身入吴。因恐前时射杀吴将，求荣反辱，故先见吕蒙，探问凶吉，蒙一力担承，决无他害，乃引宁见权。权亦开诚相见，谈及江夏情形，宁进策道：“今

汉祚日微，曹操擅权，必为篡窃。荆南为操所必争；刘表素无远虑，诸子又劣，万难保守，将军若不早图，恐操将捷足先得了！今请先取黄祖，祖年已昏耄，专嗜货利，不修战备，有船无兵，有兵无律，将军往攻，必能灭祖；祖既破灭，鼓行西进，楚关一下，巴蜀亦可规取了！”宁策恍似诸葛孔明。权大喜道：“复仇雪恨，就在此举呢！”权志但在复仇上，故下文得半而止。当下命周瑜为大督，率同吕蒙、董袭、凌统诸将，充作先驱，即使甘宁为前导，溯江上行。至沔口前面，有两大艨艟挡住要隘，鼓声一响，艨艟中千弩齐发，箭如雨集；吴军不得前进，董袭、凌统，分募敢死士各百人，令被重甲，乘舟执刀，冒矢冲入，斫断艨艟缆索，艨艟分流，吴军便得大进。黄祖忙令都督陈就，带领水军，鼓棹迎战，被吕蒙、甘宁等一阵驱杀，就军大败，蒙亲枭就首，进攻江夏，祖将苏飞，开城出战，又为所擒；黄祖挺身出走，由吴军追杀过去，斫死祖身，取首报功。



于是周瑜、孙权先后入江夏城，函盛祖首，拟归祭孙坚墓前；尚有一函制就，将盛苏飞首级。飞向甘宁求救，宁传语道：“彼若不言，宁岂忘心？”会权为诸将犒劳，置酒大会，宁下席泣拜道：“宁若不得苏飞，早死沟壑，怎能效命麾下？今飞罪当夷戮，乞将军开恩一线，为宁赦飞！”以德报德，不愧义士。权动容道：“今为卿赦飞，飞若逃去，卿肯受责否？”宁又答道：“飞已蒙赦，感恩不浅，还肯逃走吗？如果逃去，宁头当代入函中！”权乃命将飞释出槛车，且召令与宴。飞入谢权恩，正欲随宁就坐，忽席间有一人跃起，拔剑出鞘，竟刺甘宁，宁慌忙趋避，连苏飞亦窜一隅；诸将忙起座拦住。权亦起身惊视，仗剑的并非别人，就是凌统，因即出言劝解道：“兴霸射死卿父，彼时各为其主，不得不尔；今同聚一堂，只好不念旧仇，愿卿息怒！”统叩头大哭道：“父仇不共戴天，统岂可与仇人共席？”说得权也为欷歔，因令宁领兵五千，带着苏飞，出屯当口，宁拜谢自去，席亦遽撤。权未免扫兴，掳得男女万余口，班师径回。

这时候正是刘表着忙，邀入刘备同议拒吴，诸葛亮早已料着，劝备模糊对付。备见了刘表，只言宜详探军情，再图抵敌。表因使人再探，返报权已回军，表乃放下了心；但邀备与宴，酒至半酣，表叹息道：“我年已老，诸子又皆不才，看来我死以后，此州非君莫属了！”备惊起避席道：“公何出此言？备怎敢当此重任？况公子皆贤，幸勿过忧！”表再欲有言，听得屏后有环珮声，乃不复出口。备亦从旁窥透，起身告辞，退至客馆，与亮述及，亮笑语道：“将军何不承认下去？”备摇首道：“景升刘表字。待我颇厚，我若夺彼位置，岂非薄情？我决


不忍出此！”亮喟然道：“将军仁厚过人，但恐将来多费谋力了！”料定后文。正谈论间，外间来了表子刘琦，因即延入，琦说了几句套话，便请屏人密谈。亮不待备命，立即趋出。琦乃向备泣拜，悄悄的谈叙片时，备眉头一皱，计上心来，因与琦附耳数言，琦始别去。

原来琦为刘表长子，少年失恃，表娶继室蔡氏，生子名琮，蔡氏因琦非己出，常劝表舍长立幼，且并娶侄女为琮妇。表溺爱后妻，免不得被他人蛊惑，所以立嗣问题，始终未定。这位蔡夫人又硬要干政，每遇表会见宾客，往往隔屏窃听，所以备入宴时，有环珮声传出外庭，便是蔡氏私听秘言。释明上文。琦年已长成，恐为后母所害，日夜危疑，因此向备求计。备嘱他转问诸葛，又知亮小心慎重，未肯代谋，乃特为设法，令琦照行。次日备佯称未适，使亮答拜刘琦，琦延入密室，自

述苦况，求亮指教。亮默然不答，琦乃邀亮游览后园，共上高楼，琦复长跪求计，亮尚辞谢道："这乃公子家事，外人怎敢与谋？"说着便欲下楼，哪知楼梯已经撤去，此非亮中备计，实防外人窃听，故有是举。琦复哀请道："今日上不至天，下不至地，言出君口，但入琦耳，先生奈何尚未赐教？"亮乃低语道："公子应阅史事，独不闻申生在内而危，重耳在外而安么？"这两语将琦提醒，当即拜谢，便取梯接楼，送亮出去。

亮返告刘备，备已知秘计，就拟向刘表辞行，凑巧表复来邀备，备闻召即入。表蹙额道："江夏重地，必须得人接守，我欲遣长子往镇，未识可否？"备已知琦从中运动，因即怂恿道："黄祖性暴，所以致祸，长公子宽厚仁恕，必能爱民，况有亲子弟为外藩，更足免虑，又何不可？"表又说道："闻曹操在邺中整兵，意将南下，如何是好？"备即答道："备愿出屯樊城，幸请免忧！"表当然乐允。备即起辞，回馆整装，顺便接 
取家眷，是时甘夫人已生有一儿，取名为禅，表字公嗣；甘夫人尝梦吞北斗，故又为禅取一乳名，叫做阿斗。阿斗生于建安十二年，至是已将周岁了。特志年岁。备见他体质壮伟，恰也心欢，当下使禅母子乘坐一车，又用一车载着糜夫人，自与亮跨马同行。至新野召集关张等人，一古脑儿移入樊城。

才阅数旬，忽由荆州来了急使，说是主公病重，请将军速临一诀。备欲召问孔明，偏值孔明外出，迫不及待，只好带了赵云，匆匆至荆州。趋入刘表寝室，见表病已垂危，不禁泪下，表亦感动流涕，与语道："前与君谈及后事，谅君尚未忘怀？"备接入道："备当竭力辅佐公子，不敢负托！"表复说道："我子不才，奈何奈何？"备又劝慰道："公子并能守城，何必多虑？"表拱手道："全仗贤弟教导，愚兄就要长别了！"郑重托

孤，未始无见，其如疏不间亲何？说罢，痰喘不止，备不便多坐，当即辞退。偏由表妻舅蔡瑁及他将蒯越，邀备会议善后事宜，备只好暂留外厅，与他议事。瑁越二人佯与备商及立嗣问题，备沉吟无语。俄有一人入语道："曹操已发兵邺中，来取荆州！"说至此，以目视备；备见是山阳人伊籍，素在刘表幕下，相识有年，此时两目相对，料知有异，乃伪起如厕。籍亦随往，低声语备道："蔡瑁心怀不良，公宜急走。"备不禁着忙，亏得籍导至后园，开门引出；备尚忧无马，籍答说道："籍已将公坐骑，牵到此处，请公上马速行。"备又言赵云在外，尚未得知，恐遭毒手，籍复说道："籍当往报赵将军，请公先行一步。"备乃加鞭疾驰，直出西门，再经里许，前面有一檀溪，阔约数丈；清流激湍，映带潆洄，备所乘马，叫作的卢，颇甚雄骏，惟额边生有白点，相马家谓不利主人，备却听诸命数，仍然乘坐。
788. 及至檀溪，眼见是不能飞越，回顾后面，又见尘头大起，想有追兵到来，一时情急无奈，只好跃马下溪，马足陷入淤泥，几乎蹶倒，备惊惶道："的卢的卢，今日果要害我了？"话才说完，那马竟一跃三丈，跳过彼岸。殆有神助。备惊魂未定，似醉似痴，猛听得夹岸大呼道："使君何故遽去？"这一声方将备叫醒，遥顾对岸，是蔡瑁人马，也不暇答话，纵马驰去。瑁亦暗暗诧异，收军自回，途次遇见赵云，问及刘备，瑁答言已经回去；云已得伊籍通报，故无心详问，策马自行。到了檀溪，又为备吃一大惊。返问守门军士，各言刘使君跃过檀溪，千真万确，云乃绕道至樊城，果然备已早归，安然无恙。既而伊籍亦至，报称表已病殁，刘琦省疾被拒，仍回江夏；蔡瑁、蒯越已立表次子刘琮为主了。从伊籍口中叙过，省却许多文字。诸葛亮在旁叹息道："刘琮竖子，怎能守此荆州？若不早图，必为操有。"伊籍接口道："何不借吊丧为名，袭取荆州？"亮拍手赞成，备独不愿，但派吏至荆州吊丧罢了。此时却失之过厚。

且说曹操既平河北，即思南取荆州，因恐朝右大臣，从中牵掣，索性奏罢三公，自为丞相；用崔琰为西曹掾，毛玠为东曹掾，司马朗为主簿，司马懿为文学掾。懿即朗弟，系河内温县人，朗字伯达，懿字仲达，崔琰尝谓朗不及懿，故操特引用；懿佯称风痹，不肯就职，经操察知懿诈，欲加收禁，懿始出就职。懿甫出现，即怀诈意，曹操何必定要使诈？操安排已定，便拟整军南下，适大中大夫孔融奏称王畿以内，不宜封建诸侯，又谓天下粗定，疮痍未复，不宜兴师。明明与曹操反对，操当然怀恨，御史大夫郄虑与融有隙，竟诬融在北海时，招合徒众，图为不轨，入朝后暗通孙权，讪谤朝廷，且与祢衡互相赞扬，衡谓仲尼不死，融答颜回复生，大逆不道，应坐诛夷。操有词可借，便令廷尉系融下狱。融有二子，并在幼年，闻父被收，尚对坐弈棋，左右劝令急走，二子说道："覆巢下何有完卵！"道言甫毕，缇骑已至，把融妻及二子，一并拘去，与融同斩东市，暴尸示众。京兆人脂习为融故友，尝戒融刚直太过，恐遭奇祸，融终因此遇害。习往抚融尸，嚎啕大哭，有人报知曹操，操命人执习，习长叹道："文举融字文举。已死，我亦不愿求生了！"操又偏不使习死，将他释放。习遂将融全家尸首，收殓埋葬，操亦不复问，便督率大队人马，疾驱南来。



才抵宛城，荆州大震，蔡瑁、蒯越慌张失措，掾属、傅巽、王粲等想出一条乞降的末策，入内白琮。琮庸稚无能，有何主见？琮母蔡氏至此也急得没法，不得不顾全性命，情愿将荆州全土，献与曹操；痴心立爱，终归无效。遂命王粲缮好降表，派吏送去。刘备留屯襄城，闻得操军南下，亟使人问琮，琮尚讳言降曹，未肯详告；直至操军已到新野，方遣掾吏宋忠，诣备报命，备才知琮已降操，且惊且怒道：“汝曹既欲降操，何不早告？今曹军已至，方来报我，可惜可恨！”说着，复拔剑指忠道：“今虽断汝首级，尚未足泄恨，但大丈夫已经临别，杀人何为？汝可速去，教刘琮自思罢了。”忠抱头出去。备急与诸葛亮等会议行止，亮进言道：“上策莫如取襄阳，下策只好走江陵；若待操军大至，区区樊城，如何能保守哩？”备踌躇半晌，方开口道：“据宋忠言，刘琮已赴襄阳，迎候曹操，今往取襄阳，势必害琮；刘荆州临殁时，向我托孤，我不能保护彼子，反去加害，他日死后，有何面目再见刘荆州？我意不如径往江陵。”备之失机在此，备之留名亦在此。乃悉众尽行。路过襄阳，在城下驻马呼琮，琮惧不敢出，蔡瑁等且登城拒备，乱箭射下，备不得已，至襄阳城东，拜辞表墓，涕泣而去。荆襄士民见备如此仁慈，不愿相舍，竟陆续赶上，随备同行。

备抵当阳，众至十余万，辎重数千辆，不能急走，每日只行十余里，将佐多向备进议道：“此去江陵，程途尚远，急宜倍道疾趋，方能速至，况士民相随，不能争战，虽多无益；若还要兼顾，恐曹操兵到，免不得玉石俱焚了。”备流涕道：“欲济大事，全赖人心，人愿归我，我何忍弃去？”诸葛亮接说道：“将军既不忍弃民，应遣云长先赴江夏，借得战船数百艘，速来接应，方可无虞。”备依言遣羽，羽即驰去，亏有此着。备仍徐行如故。忽有探马走报道：“曹操已亲率大军，长驱追来了！”备因使张飞断后，赵云保护家小，孙乾、糜竺、伊籍等照顾百姓，自与诸葛亮徐庶，缓辔同行。

哪知曹操煞是厉害，既由刘琮迎入襄阳，便调琮为青州刺史，勒令东往，所有蒯越以下，悉数截留，阳封蒯越等为列侯，阴实剪琮羽翼，不使相从；一面自率轻骑万人，兼程追备。一日一夜，得越三百余里，径达当阳。备正在前进，猝闻曹军从后追到，还想保全百姓，挥令同行，诸葛亮着急道："祸在眉睫，奈何迟延？"遂促备疾驰，自与徐庶护备同进。哪知曹军已从后掩至，单靠一张飞截击，也是拦阻不住。曹军冲入前面，顿将大众驱散，连甘糜二夫人也只好各走各路，不能相顾。赵云仗着一干长枪，左挑右拨，杀开一条血路，已不见甘糜二夫人，再从乱军中杀入，得将甘夫人觅着，引回长坂坡。可巧张飞已走至坡上，据桥立马，见赵云送到甘夫人，便让令过桥，问及婴儿阿斗，知由糜夫人抱去，云不顾死活，再回旧路，一枝枪神出鬼没，无人敢当，好多时杀散曹军，救出糜夫人。糜夫人身已受伤，尚抱住阿斗，不肯释手，见了赵云，方将阿斗交付与云，一跃入枯井中，竟至殉难。史传中未见载明，姑从罗氏《演义》。云不遑捞尸，即将阿斗裹入怀中，单骑走回。张飞尚立在长坂桥上，等候赵云。云方至桥畔，后面追兵又至，忙呼飞求援，飞应道："有我在此，请君放心！"遂让开一步，令云过桥。须臾，曹军大至，飞令手下二十余骑，在桥后伏着，自己横矛桥上，瞋目大呼道："我是燕人张翼德也，可来与我决一死战！"这声呼喝，好似空中起一霹雳，吓得曹军纷纷倒退，没一人敢上桥与争。小子有诗咏道：

一声叱咤敌先惊，长坂桥头独著名；
身是燕人张翼德，好凭七字作长城。

张飞既吓退曹军，乃拆断桥梁，拍马见备。欲知备再走与否，试看下回便知。

黄祖本无才智，而孙坚死于祖手；孙策又不能亲复父仇，命为之，势为之也。坚阻于命，策限于势；至权承父兄之业，用瑜蒙诸将，一出再出，方举黄祖而枭夷之，春秋之义大复仇，如孙仲谋者，其固不愧为令子乎？曹操谓生子至如孙仲谋，若刘景升诸儿，与豚犬等，原非虚言。但刘景升亦非杰出才，偷息荆襄，不思展足，其无能已可概见；至如惑后妻，远长子，卒至身死未几，全州归曹；而于真诚坦白之刘玄德，若即若离，反使其仓皇奔走，濒死当阳，玄德不负景升，景升实负玄德耳。赵云百战长坂坡，保全甘夫人母子，可谓忠臣；而糜夫人甘心殉难，亦可谓贤妻。孙徐氏以不死报夫仇，刘糜氏以宁死全夫嗣，俱足为彤史生光云。

# 第八十四回　召周郎东吴主战
# 破曹军赤壁鏖兵

却说刘备奔走途中，幸有张飞断后，始得脱难。及见赵云救回甘氏母子，又闻糜夫人伤亡，禁不住百感交萦，潸然泪下。到了张飞驰至，报称毁桥拒敌，备失声道："桥梁不断，曹军尚恐有伏，未敢追来，今已拆去，彼料我胆怯，必然追我，不如速走罢！"遂带领残众，从小路斜投汉津。行抵沔口，后面果有追兵驰至。正在惊惶，那江中有许多船只，扬帆驶到，船头立一大将，披甲横刀，正是云长关羽；名字并举，乃是特笔。备转忧为喜，忙率众人登舟。羽留心审视，独不见糜夫人，便向备问明，备太息道："甘氏母子，尚亏是子龙救回，子龙入围数次，或说他北投曹操，我料子龙必不弃我，果然仗着百战，救回妻孥，糜氏已经殉难了！"羽悲愤道："往日猎许田时，若从羽言，可不致有今日的困厄！"备答道："当时投鼠忌器，所以劝止，若天道辅正，怎知不转祸为福呢？"说着，遥见追兵将到，急命开船；羽说是不妨，江夏太守刘公子悉众来援，就在后面。道言未绝，果由刘琦引船千艘，顺流来会。羽索性挥兵登岸，要与曹军决个胜负。就是张飞、赵云亦跃至岸上，与羽驱杀过去，曹军又皆吓退，反被关、张、赵三将夺取许多甲仗，方才回船。当下招集溃众，次第趋集，备等稍稍安心。

独徐庶未见老母，很是担忧，备欲遣将往寻，有归卒禀报道："徐母已被曹军拘去了！"庶不禁流涕，即起身辞备道："本欲与将军共图大业，今失去老母，方寸已乱，不能为谋，请从此别！"备亦欷歔道："卿莫非往投曹营么？"庶泣答道："欲全老母，不得不尔；但此心仍属将军，决不为操设谋！"说至此，又与诸葛亮告辞道："孔明大才，必能弼成王业，庶虽去，亦得放怀了。"于是舍舟登陆，由备亮等送至十里外，始与诀别。《三国志·诸葛亮传》详载此事。庶归曹操，系在备当阳败后，且庶母亦不闻自杀，与罗氏《演义》不同。庶径诣曹营，幸母未死，乃留住曹操麾下，后由操表为御史中丞，这且搁过不提。庶母若死，庶亦不肯依操，可见罗氏附会之失。



且说刘备等返至船中，方命解缆行驶。到了夏口，适与东吴使人鲁肃相遇，彼此接见，互道殷勤。肃本来请命孙权，欲与刘备联络，共拒曹操，因借吊问荆州为名，乘便见备。可巧备自当阳败走，在途晤谈，肃即探试备意，问欲何往，备佯答道："前与苍梧太守吴臣有旧，拟即往投。"以假应假。肃素忠厚，便直说道："苍梧僻处岭南，何足为助？愚意不如东投孙氏，孙讨虏聪明仁惠，敬贤礼士，江左英豪，都愿归附；曹操表权为讨虏将军，见前文。今为君计，最好是与他联络，共御曹军。"说到拒曹是鲁肃一生宗旨。备尚未及答，诸葛亮即从旁插嘴道："刘使君与孙将军，素未会面，如何轻投？"肃笑答道："令兄子瑜，现为江东长史，与肃友善，肃愿偕君同至江东，既可与令兄聚首，复可与孙将军共议大事。”亮乃语备道：“事机已急，愿奉命往见孙将军，合谋拒操。”本有此意，偏待鲁肃相邀，才肯说出。备点首允诺，亮即偕肃登舟，共赴江东。

时曹操已进据江陵，复拟东下，孙权出屯柴桑，观望成败。肃引亮入见，权起座相迎，延亮入座。亮见权方颐大口，目有精光，料非庸主可比，因开口说权道：“海内大乱，将军起兵据有江东，刘豫州亦收众汉南，与曹操并争天下，两主志趣相同，真所谓无独有偶了。”徐徐引入。权皱眉道：“今曹操拥兵百万，顺流东来，或为我主战，或为我主和，究竟和为是，战为是呢？”亮又答道：“曹操芟夷群雄，平河北，破荆州，威震四海，虽有英雄，无从用武；故刘豫州遁逃至此，将军请自为计！若能举吴越兵众，与中国抗衡，不如早与操绝；否则按兵束甲，北面事操，尚可偷息苟安。今将军外似服从，内实犹豫，当断不断，祸至无日了。”用反激语。权不禁作色道：“刘豫州何不降操？”亮续说道：“田横一青齐壮士，犹守义不辱，况刘豫州为汉室胄裔，英才盖世，众士并皆仰慕；事若不济，也是天命使然，怎肯卑躬屈节，甘心事操呢？”再激再厉。权至此亦勃然道：“我不能举全吴土地十万甲兵，俯首事人，计已决了！非刘豫州莫与敌操，但刘豫州新遭败衄，如何能抵制操军？”亮申说道：“刘豫州虽新败当阳，尚有关羽水军，不下万人，刘琦合江夏战士，亦在万人以上，操众远来疲敝，闻他追刘豫州，日夜行三百余里，古所谓强弩之末，势不能穿鲁缟，就是此意；《兵法》亦垂诫云：‘必蹶上将军。’且北方人士，不习水战，荆州百姓，为操所迫，并非心服，可见操非真不可敌呢！将军诚能督选猛将，统兵数万，与刘豫州协力同心，必能破操；操破亦必北返，荆吴势盛，鼎足形成，就在此举了。”

仍是三分决策。权大喜道："先生伟论，令人敬服，孤当与刘豫州合拒曹军。"遂命肃引亮出帐，使与诸葛瑾相见。瑾字子瑜，就是鲁肃所说的江东长史，本为亮兄，避乱东吴，因即臣事孙氏。补前文所未及。兄弟重逢，自有一番密谈，不消絮述。惟孙权既闻亮言，便召群下，会议出兵；适曹操遣使致书，由权展阅，书中略云：

> 近者奉辞伐罪，旌麾南指，刘琮束手；今治水军八十万众，愿与将军会猎于吴，将军其留意焉！已露骄态。

权览毕后，取示群下，大众统皆失色，长史张昭说道："曹操挟天子威望，用兵四方，若欲拒绝，名不正，言亦不顺；况将军足以拒操，惟赖长江，今操得荆州，据有艨艟战舰，沿江



东来，是长江天险，已无所用，不如往迎为便。"余众亦多附和昭言，独鲁肃不发一语，嗣见权入内更衣，当即随入，权已知肃意，握手与语道："卿意如何？"肃答说道："众议专欲误将军，众可降操，独将军不应迎操。"权更问何因，肃又答道："如肃等降操，名位未必遽失，就使失位，也得安然还乡；将军降操，将归何处？愿早定大计，毋惑众言。"权叹息道："子敬所言，正合我意；但欲敌操军，须用何人督师？"肃接口道："莫如周瑜。"权从肃议，立即使人至鄱阳，召瑜入商。

瑜方在鄱阳湖督练水军，奉召即至。权与言和战情形，瑜奋然道："操名为汉相，实是汉贼，将军承父兄遗烈，奄有江东，地方数千里，兵精粮足，当为汉家除残去害，奈何往迎汉贼哩？"快人快语。权徐答道："我并不欲迎操，只恐众寡不敌，故召卿一商。"瑜扬眉说道："操今东来，实犯数忌，北土未

平，马腾韩遂，尚在关西，为操后患，操乃一意东略，就是一忌；南人善水战，北人善陆战，操竟舍鞍马，仗舟楫，弃长用短，与吴越争衡，就是二忌；时值隆冬，天气盛寒，马无藁草，就是三忌；驱中原士众，远涉江湖，不习水土，必生疾病，就是四忌。操犯此数忌，多兵何益？将军擒操，正在今日，瑜愿将精兵数万人，出屯夏口，保为将军破贼，将军勿忧。”慨当以慷。权听了瑜言，投袂起说道：“老贼久欲篡汉，只忌二袁、吕布、刘表与孤数人，今数雄已灭，唯孤尚存，孤与老贼，势不两立，卿言当击，甚合孤意，这是皇天以卿授孤哩。”瑜又说道：“将军可决意否？”再逼一句。权拔剑斫案，剁去一角，向众宣言道：“诸将吏如再言迎操，可视此案！”张昭等在侧，并皆失色，瑜乃辞去。

当由鲁肃见瑜，具述诸葛亮求援情事，瑜即令肃邀亮，亮与瑜相见，寒暄已毕，谈及军事，亮笑语道：“一傅众咻，恐孙将军尚有疑虑，应该替他剖解，使知操军虚实，了然无疑，方可成事。”瑜闻言称善。待亮别后，日已垂暮，吃过夜餐，乃复入见孙权道：“诸人劝将军迎操，无非因操虚张声势，说有八十万众，所以惊惶；其实操军断无此数，操所得北方兵士，不过十五六万，且久战成疲，至若荆州降兵，至多不过七八万，尚怀疑贰，试想以疲兵疑卒，沿江东来，人数虽多，实不足惧；瑜得精兵五万，便可制操了。”权起抚瑜背道：“公瑾所言，足释我疑。张子布等，子布即张昭字。各顾妻孥，毫无远见，大失孤望，独卿与子敬，与孤同心，孤已选得三万人，备齐粮械，烦卿与子敬程普，即日先发，孤当再集军马，为卿后应；卿前军倘不如意，便还兵就孤，孤誓与操亲决一战，更无他疑。”至是始决计主战了。瑜乃告退。

翌日即命周瑜、程普为左右督，鲁肃为赞军校尉，领兵三万，往会刘备，并力敌操。程普在诸将中年齿最长，乃反为瑜副，未免怏怏；及见瑜调署人马，井井有条，才为叹服。瑜见诸葛亮智出己上，欲招与同事，特向孙权陈明，令诸葛瑾留亮仕吴。权当然告瑾，瑾奉命留亮，亮反邀瑾同行，瑾乃返报道："瑾弟亮已委质刘氏，义无二心，弟不留吴，亦犹瑾不往刘；且彼此既合力拒操，也不必计及亲疏了。"权因复告瑜，瑜便与亮同行，辞过孙权，联樯西进，行至樊口，刘备已守候多日，既见东吴水军，便使麋竺犒军致意。瑜语麋竺道："我本欲见刘豫州，共议良策，只因身统大军，不便轻离；若刘豫州肯屈驾来临，深慰所望。"竺应声还报，备即单舸往会，问瑜带得若干兵马，瑜答称三万人，备尚嫌太少，瑜微笑道："兵不在多，恃在将才；刘豫州但看瑜破操便了！"自负语。备赞了数语，当即辞回，自去安排将士，助瑜攻操。



瑜统军再进，舟抵赤壁，与操军前驱相遇，两下交锋，操军败退，瑜收军结营，屯驻南岸；操亦驻军北岸，夹岸相持。惟操军多系北人，不服南方水土，动辄呕吐，筋疲力软，未堪争锋，所以逗留不战；瑜亦未得胜算，静觇敌变。转眼间已阅旬余，操见江中波浪，时作时止，舟军一经颠簸，便患晕眩，因此想出一法，把各舰连环锁住，免得动摇。罗氏《演义》谓为庞统献计，亦系附会。吴将黄盖探知曹军动静，便向周瑜献计道："寇众我寡，难与久持，操军方钩连船舰，首尾相衔，但教用火一烧，不怕不走。"瑜微笑道："我亦早有此意，但操军沿江巡弋，恐不容我舰过去，如何纵火？"盖跃起道："何勿用诈降计！"瑜鼓掌道："此计非公复盖字公复。不行，可先使人献书曹操，操若中计，便可成功。"盖奉令修书，交与周瑜阅过，待至夜静，乃派人送去。史传中未及阚泽，故不羼入。是夜寒月横空，水天一色，操对月感怀，与将佐痛饮数杯。乘着三分酒兴，出寨登舰，眺览夜景，忽见乌鹊一丛，向南飞去，不由的取过一槊，横搁船头，信口作歌道：

对酒当歌，人生几何？譬如朝露，去日苦多。慨当以慷，忧思难忘；何以解忧？惟有杜康。杜康作酒。青青子衿，悠悠我心；呦呦鹿鸣，食野之苹。我有嘉宾，鼓瑟吹笙；皎皎明月，何时可辍？忧从中来，不可断绝；迭言忧字，便是不吉之兆。越陌度阡，枉用相存。契阔谈宴，心念旧恩；月明星稀，乌鹊南飞，绕树三匝，何枝可依？山不厌高，水不厌深。周公吐哺，天下归心。

歌方罢唱，蓦有军吏入报，谓东吴有人献书，操即将吴使召见，由吴使呈上书信，就阅灯下。书中系吴将黄盖署名，但见纸上写着： 799.

盖受孙氏厚恩，常为将帅，见遇不薄；然顾天下事，当知大势，用江东六郡山越之人，以当中国百万之众，众寡不敌，海内所共见也。东方将吏，无有愚智，皆知其不可，唯周瑜鲁肃偏怀浅戆，意未解耳。今日归命，志在择主，乞保吴民。瑜所督领，自易摧破。交锋之日，盖为前部，因事变化，效命在近。书不尽言。此书本《吴志·周瑜传》。

操看了又看，回环数次，方问吴使道：“汝由黄盖遣来，莫非诈降不成？”吴使极言黄盖诚意，操又说道：“黄盖如果愿降，当授高爵，我处不必答复，但烦汝口述便了。”吴使自然归报，黄盖大喜，即转告周瑜，瑜令盖预先筹备，待令乃发。盖选得轻舸十艘，预备燥荻枯柴，满载船中，灌以火油，上覆赤幔，船头插一青龙旗，船尾各系走舸，布置停当，专待周瑜号令。瑜却未敢遽发，只因隆冬时候常有西北风，独少东南风，操军在北，非东南风如何纵火？所以迁延不决，特请诸葛亮密商。亮素知天文，已料定冬至节边，有东南风，便起座道：“亮不才，颇能祈风，当为君借助一帆，可好么？”风安可借？故先叙明来历。瑜大喜过望，便请亮择地设坛，自去祈祷。过了一日一夜，果然东南风渐起，瑜不胜诧异，使人视亮，亮已轻舟一叶，自往樊口，回见刘备去了。于是瑜即下令，悉众夜发，使黄盖再致书曹操，说是待夜来降，但看船上有青龙幡，便是降船。



操得书后，尚信为真情，俟至黄昏，亲率将佐出营，眼巴巴的望盖来降。智谋如操，也为所愚，可见行军不易。约阅片时，星光闪烁，月色迷濛，江中刮起一阵大风，扑面生寒，侵人肌骨；操尚不以为意。忽见对岸有许多军舰，顺风前来，隐约有青龙旗飘动，操迎风开颜道：“黄盖果来降了！”程昱、贾诩等在侧，齐声语操道：“来船甚众，不可不防，且东南风刮得厉害，倘彼因风纵火，如何抵敌？”操不禁省悟，已经迟了。传令各船将弁，小心戒备，且派巡船出探虚实。号令才下，那敌船已经驶近，相距不过二里，霎时间火焰冲天，被狂风卷火过来，烧及曹军各舰，军士连忙援救，已是无及，但见得火趁风威，风助火势，烧了这船，延及那船，船又被铁环锁住，急切里无从奔避，再加来船乘风突入，接连放火，不但北船被毁，甚至岸上营寨，亦皆延烧。可怜操军焦头烂额，扑通扑通的都投入水中。操见不可支，还想从岸上逃走，幸亏张辽驾一小舟，上前救操，操得跳入舟中，如飞遁去。黄盖从火光中瞧着，连忙追操，不防一箭飞来，正中肩窝，翻身落水；后面便是韩当水军，盖在水中大呼求救，为当所闻，急令军士将盖捞起，拔箭易衣，送回大营医治。当代盖追操，操部下尚有残舰，随操遁走。哪知东吴舟师相继驶集，就是吴大都督周瑜，亦乘船擂鼓，从后追来，操军十死七八，余亦多半受伤。赤壁山成火焰国，扬子江作死人堆，曹操在水路中，逃了数十里，方敢登岸，百忙中寻了一匹快马，扳鞍上坐，向北急奔；吴兵也上岸紧追，还亏操部下诸将陆续赶到，保护操身，且战且走。

谁料刘备也遣到关张赵诸将，沿路追截，杀开一重，又是一重，等到重围杀透，东方已明，检点残兵，不过数千骑了。操拟奔南郡，就华容道小路进行，较为近便，偏偏疾风未息，暴雨又来，一阵淋沥，害得曹操等拖水带泥，不堪狼狈，路上泥淤马足，壅滞难行，操令羸兵负草填堑，骑乃得过；羸兵已尽疲乏，等到堑坑填满，不能再进，往往卧倒道旁。操等只恐追兵又至，跃马前奔，也不管羸兵死活，蹀躞过去。罗氏《演义》中，有关公放操一段，史传中并无其事，故亦从略。好多时才到南郡，操兵已寥寥无几了。操仰天长叹道："今日若郭奉孝犹存，当不使孤至此！"说着复大哭道："哀哉奉孝！痛哉奉孝！惜哉奉孝！"诸将佐统皆惭沮，勉强安息一宵，越日由操升帐，命征南将军曹仁、横野将军徐晃，留守江陵，折冲将军乐进，出守襄阳，布置已毕，乃下坐跨马，自回许都。

这一番赤壁鏖兵，若非孙刘合力，瑜亮并智，哪里杀得过曹军？可见得曹军一熠，乃有吴蜀，虽曰天命，亦赖人谋。小子有诗咏道：

一火延烧百里军，神州从此定三分；
老天有意存刘裔，权把东风借使君。

周瑜等追至南郡，曹仁已备好兵马，与瑜对敌。欲知后来胜负，且至下回说明。

予幼时阅《三国演义》，至赤壁一战，联篇叙述，多至七八回，每叹罗氏演写此役，最为刻意经营之作；及年稍长，得见陈寿《三国志》与各种史籍，乃知罗氏所述，多半附会，虽未始不足餍阅者之目，空中楼阁，总觉太虚，且反足滋后人之疑窦，毋亦所谓得半失半欤？祈风之说，尤为荒诞。诸葛公犹是人耳，宁有幻术？假使诸葛公有此神奇，则当阳长坂之时，何至为操所追，使刘玄德之抛妻撇子，奔走仓皇乎？即此以观，罗氏且自相矛盾，无从自解矣。本编简而不漏，信而有征，虽不若罗氏之烘云托月，而实事求是，不等虚诬。盖借说部以传真，非假辞说以斗靡，亦何苦荒诞为也？至若赤壁一役，为三分鼎足之所由始，书中已详言之，不赘述焉。

## 第八十五回　续嘉耦老夫得少妻<br>上遗笺壮年悲短命

却说周瑜引兵至南郡，与曹仁夹江相持，曹仁固守勿战，瑜亦未便急攻；甘宁独请进取夷陵，瑜乃拨兵三千，付宁带去，驶至夷陵，一鼓即下。曹仁闻夷陵失守，分兵往援，竟将夷陵城围住，宁向瑜求救，瑜欲统兵救宁，又恐曹仁出击，累得进退两难。吕蒙进说道："但留凌公绩在此，凌统字公绩。蒙与都督往援，当可从速解围。蒙保公绩，能十日固守，不致有误。"瑜乃令凌统守住营寨，自与吕蒙等赴援；到了夷陵城下，击退曹兵，夺得战马三百匹，当即驰回。凌统果然无恙，屯兵北岸，相机进攻。孙权闻瑜大捷，亦引兵自攻合肥，连日不克。曹操遣将军张喜，率众驰援，许久未至，扬州别驾蒋济伪言援至，遣使赍书语城中，为孙权巡兵所获，得书呈阅，权信为真情，撤围退去。

那刘备却用诸葛亮计议，表举刘琦为荆州刺史，分遣关张赵三将，往取武陵长沙桂阳零陵，嗣经三将先后略定四郡。就中有一段却婚轶闻，为赵云生平亮节，可法可传，不应从略。云奉刘备命令，往略桂阳，桂阳太守赵范开城迎降，邀云入宴；云坦然直入，与范对饮，彼此虽非同族，却是同姓，杯酒言欢，很觉融洽。到了兴酣意畅，复由范邀入后园游览，片时洗盏更酌，接连如是数觥，范托词更衣，既入复出，引着一少年美妇，姗姗前来，行至赵云座旁，嫣然含笑，替云斟酒，云连忙避席，辞不敢当。再举目看那丽姝，淡妆浅抹，缟衣綦巾，恰似一枝秋后海棠，愈白愈艳，但究不知她为谁眷属，是何意见？一时又未便遽问，只好拱手为礼。那妇人却斜送秋波，把云上下打量一回，方才辞去。文君原是多情，怎奈武夫不比文人，空负那一片雅意。云方才就座，问及该妇来历，范答说道："这是家嫂樊氏，青年寡居，令人怅惜。"云听这数语，越加诧异，原是怪事。正要出言责范，范又说道："守节为妇人难事，范探明

家嫂意见，亦思他适，但必择一出色英雄，方肯改嫁，天缘凑巧，幸遇将军，又与范为同姓，如将军不嫌寒陋，愿为玉成。"云不禁动恼，勉强答语道："云与卿同姓，卿兄即我兄，卿嫂即我嫂，奈何使我乱伦？这事断不敢闻命。"说得范无词可答，满面生惭。云当即辞出，尚恐范心下芥蒂，暗中为变，乃命部兵昼夜加防，并遣急足，往迎刘备。

及刘备闻信到来，范竟先逃去，云具白辞婚情事，备笑语道："这也无妨！"云应声道："赵范新降，情未可测，云怎敢遽应彼请？况彼令寡嫂改嫁，既使失节，又甘背兄，无礼无义，心迹可知。天下不少美女人，云岂可为此堕行哩？"备当然赞叹，遂授云为偏将军，领桂阳太守。云将赵范家眷及寡嫂樊氏，遣兵护送回籍，自在桂阳就职。备又尊诸葛亮为军师，兼职中郎将，使督零陵桂阳长沙三郡，量收赋税拨充军实。长

沙太守韩玄、零陵太守刘度、武陵太守金旋自降备后，仍使为官。又有攸县守将黄忠，年老力强，亦来请降，由备录用。就是庐江营帅雷绪，也率部曲数万人归备，备乃得所措手，开创初基。偏是好事多磨，悲歌又起，似玉似花的甘夫人，竟为了长坂一役，受惊成疾，缠绵床褥，好容易延过一年，竟致不起，玉殒香消，备迭次悼亡，无限伤感，不在话下。为后娶孙夫人伏笔。

且说吴督周瑜围攻江陵，积久未下；瑜年壮气盛，定欲力破此城，反被曹仁用诱敌计，佯开城门，与瑜厮杀，瑜恐军士未肯尽力，跃马当先，亲自掠阵。仁诈败回城，等到瑜追至城旁，却预使部将伏住城楼，觑准瑜身，飕的一箭，中瑜右胁，翻身落马，仁复从城中杀出，意欲擒瑜。幸由韩当徐盛一班吴将截住仁军，救瑜回营；吴兵自相践踏，伤亡甚多，江陵城却不损分毫。瑜拔出箭头，虽然用药调治，却是肿痛难消，好多日不能督军。仁闻瑜不能起，屡来挑战，瑜力疾上马，突出阵前，大声呼道："曹仁匹夫，可认得周郎么？"仁军大惊，俱皆骇退，倒被瑜驱杀一阵，毙敌无数。从此曹仁气沮，待援不至，没奈何弃城北走，瑜得入江陵城，报捷至吴。孙权命瑜领南郡太守，屯兵江陵；程普领江夏太守，寄治沙羡；吕范领彭泽太守；吕蒙领寻阳令；召鲁肃等还吴。曹操得江陵败报，不胜惭恨，适因九江人蒋干，雅擅口才，谓与瑜为故交，可以招降，操即令前往。

干布衣葛巾，至江陵投刺见瑜，瑜出厅迎干，笑呼干字道："子翼远来良苦，但莫非为曹氏作说客么？"一语道破。干只好设词道："干与足下，相别有年，遥闻芳烈，特来叙阔，并观盛仪，奈何疑我为说客呢？"瑜又笑道："我虽未及夔旷，夔，舜臣；师旷，晋国人。闻弦赏音，已知雅曲了。”原来瑜少精音律，乐有阙误，瑜一闻即知，既知必顾，干与瑜有旧，当然识瑜有顾曲癖，故瑜即说此解嘲。既而留干共饮，引观仓库军资及服饰器玩，更向干笑语道：“丈夫处世，既得人主知遇，名为君臣，实同骨肉，言行计从，祸福与共，就是苏张更生，郦贾复出，亦无从容喙，足下幸不为说客，否则岂能移人，恐反致绝交了。”这一席话言，弄得干有口难宣，因即告别。罗氏《演义》载此事于赤壁战前，证诸《周瑜本传》，应在战后。返报曹操，称瑜雅量高致，非言辞所得招徕，操亦无法，只得休养疮痍，徐图报怨，江东得以无事。孙权闻鲁肃还吴，与诸将出城迎肃，及肃既相见，向权下拜，权亦下马答礼，因与语道：“子敬劳苦，孤今日出城迎卿，卿以为显扬否？”肃直答道：“尚未！尚未！”大众俱为愕然，肃举鞭徐说道：“愿将军威德，旁讫四海，总括



九州，得成帝业，再用安车蒲轮，迎肃入辅，肃始觉显扬了。”权抚掌大笑，偕肃入城，欢宴竟日。肃具言赤壁大捷，也亏刘氏相助，所以成功，此后应当始终并力，方可拒曹，权也以为然。会值刘琦病殁，权乃使备领荆州牧，且使周瑜分南岸地，属备管辖；备乃得移屯油口，改名公安。权有妹年已逾笄，尚未字人，闻备连丧妻妾，因拟将妹嫁备，作为继室。备亦有意联吴，乐从婚议，待至两造说妥，应由备至东吴亲迎，诸葛亮语备道：“将军此行，忧喜参半；亮不怕孙权，但怕周瑜，瑜非真心愿和，还是鲁肃从中调停，才议和亲，将军如必欲赴吴，往返皆须从速，且宜择人护卫，方保无虞？”遂将赵云调回，随备同行。备既至江东，由权迎入，两人初次会面，自有一种特别酬酢，无容细叙。但彼此统是汉末英雄，谈到投机时候，也觉心心相照，欢洽逾恒。惺惺惜惺惺。权代择吉期，留备

在东吴成婚，备亦只好应允。

转瞬间便已届吉，就把客馆中铺设停当，准备行礼。等到万灯齐灿，双炬联辉，便有一班乐府仙仗，引入鸾舆，恭请新人登堂，与备交拜。百余侍婢簇拥了一位珠围翠绕的佳人，步上红毯，立在右侧；备亦整肃衣冠，至左首参拜天地，大礼告成，同入洞房。堂上客犹未散，免不得由备复出，与为周旋，大约酒阑席散，已是斗转月横的时候，备送客出馆，返入房中，新夫人当然未寝，惟两旁刀枪森竖，杀气腾腾，侍婢等俱佩剑侍立，仿佛娘子军出征气象。原是一座好战场。吓得备大惊失色，忙问何因。侍婢答道："郡主少好武事，随身不离兵器，故有此布置。"备又说道："今夕不妨暂去。"侍婢转告孙夫人，孙夫人微哂道："厮杀半生，尚畏兵器么?"此夜武事，却是有别。乃命侍婢撤去刀枪，并脱佩剑，自己也卸了华服，改作浅妆；灯光交映，四目相窥，一个是英气未衰，丰神奕奕，一个是雌威已敛，态度痈痈，是过来人合解温存，为奇女子不加羞涩。写孙夫人处，自得身分。等到三敲更鼓，四屏娇鬟，两人便携手入帏，谐成燕好，阳台巫峡，乐趣可知。接连住了月余，备虽身入温柔乡，却也记起荆州来了，一日过见孙权，说起荆州故吏，多半相依，所得分土，还恐未足容众，加承厚惠，乞借荆州全土云云。权不及深思，慨然许诺，备起座称谢，且欲即日辞归，经权一再挽留，尚未得返。已被江陵太守周瑜闻知，飞使上书道：



刘备以枭雄之姿，有关张赵云诸将，更得诸葛为谋，必非久屈人下者，愚意宜留备在吴，为筑宫室，多给美女玩好，以娱其耳目；分此数人，各置一方，然后使如瑜者，得挟与攻战，大事定矣，今猥割土地，以资业之，且纵令西归，恐蛟龙得云雨，终非池中物也，愿将军熟图之！

权得瑜书，出示鲁肃、吕范诸人，范谓宜从瑜言，独肃驳说道："将军虽神武命世，势力尚不及曹操；操志在报败，仍思夺还荆州，今若不将荆州借备，遣彼归抚，令当操军要冲，外足拒曹，内足蔽吴，方为上计。"计固甚是。权听了肃言，又觉他说得有理，遂不坚留备。备稍有所闻，遂商恳孙夫人，即欲乘隙西归，孙夫人却也豪爽，执定嫁夫随夫的主意，收拾细软，当即起程。备但留书辞权，自与赵云等轻舟西去。待至权得览备书，亟乘飞云大船，亲率鲁肃张昭等十余人，追送备行，竟得相及；备从容见权，具言曹操方眈视荆州，不能不返，权亦未尝诘责，惟置酒饯别，且邀孙夫人过宴。鲁肃等未

便列席，避入后仓。酒至半酣，备低声语权道："公瑾文武兼全，为万人杰，只恐他器量远大，未必肯久为人臣，愿公预防为是。"也欲谮毁周瑜耶？权含笑无言，待至宴罢，备夫妇仍出登轻舸，扬帆径去，权亦退归。事见《周瑜本传》，罗氏《演义》响壁虚造，究属不经。

及备至公安，由诸葛亮等接入，备语亮道："天下智士，所见略同，前日先生虑孤东行，也是为此；若仲谋信从周瑜，恐孤不能与卿等再见哩。"诸葛亮等并皆起贺，一面开筵庆赏，喜气盈庭。备复重赏赵云，留居麾下，不复再回桂阳；且作书寄吴，索借荆州。适周瑜自江陵诣吴，问权何故纵备，权以防操为辞。瑜复说道："曹操新败，忧在腹心，未能遽与将军构衅，刘备方结姻好，一时当不致失和；但备不窥吴，必将图蜀，最先是先发制人，瑜愿偕奋威将军仲异，名瑜，系孙坚弟静次子，时

为丹阳太守。同取巴蜀，即留仲异居守彼地，与马腾子超结援，瑜再还与将军夺据襄阳，向北蹙操，方可图功。操若得破，刘备更可无虑了。”权应声称善，即使瑜归整军马，为取蜀计。瑜返至江陵，途中得病，尚力疾至巴丘阅操，且嘱孙瑜速赴夏口；并请孙权致书刘备，预为关照，免受牵制。权乃使人至公安，赍书与备，略云：

刘璋不武，不能自守；若使曹操得蜀，则荆州危矣。今欲先攻取璋，次取张鲁，一统南方，虽有十操，无所忧也。

看官，这刘璋、张鲁究是何人？璋即益州牧刘焉少子，曾任奉车都尉，留居京师，献帝使璋抚焉，焉不愿报命，索性使璋随侍蜀中；沛人张鲁，系五斗米道张陵孙，世承祖业，流寓蜀中，鲁父衡早殁，鲁母颇有姿色，兼通鬼道，出入焉家，得焉亲信，恐不免暗作鬼戏。焉遂令鲁为督义司马，出屯汉中。既而焉生背疽，竟致暴亡，璋得袭职为益州刺史。张鲁积渐骄恣，不服璋命，璋竟杀鲁母，与鲁成仇。鲁母始实通鬼道。鲁就据住汉中，自号师君，大行鬼道，号学徒为鬼卒，学道有年，进号祭酒，所行制度，约略与黄巾相似。璋屡与争战，互有杀伤，因此双方对峙，未分胜负。刘备与璋，统是汉室苗裔，既得权书，便出示诸葛军师，诸葛亮进议道：“要取益州，何劳东吴？今且作缓兵计，复书相报，再作计较。”备即令亮缮好复书，交与吴使带回。吴使归报孙权，由权展阅，但见书中说是：



益州民富地险，刘璋虽弱，足以自守。今将军出师蜀汉，转运万里，欲使战克攻取，举不失利，此孙吴之所难也。孙膑吴起为古良将。议者见曹操失利于赤壁，谓其力屈，无复远志；试思操三分天下，已有其二，将欲饮马于沧海，观兵于吴会，何肯守此坐老乎？若转攻蜀汉，授操以隙，使得乘间东下，甚非计也。且备与璋，托为宗室，冀凭英灵，以匡汉朝；今璋即得罪于左右，备独悚惧，非所敢闻，愿加宽贷，谨布腹心。

权将来书阅毕，即寄示周瑜，瑜怎肯罢手，仍催孙瑜引兵就道。孙瑜颇谙韬略，与周瑜又相契合，两人同名，应该投契。当即由丹阳发兵，溯江至夏口，遥见前面排列战舰，阻住去路，不得不向他问明。忽有一人遥呼道："请吴将答话！"孙瑜望将过去，乃是荆州牧刘备，便与言奉命取蜀，备朗声答道："君



欲取蜀，请从他道，备已贻书孙将军，劝他得休便休，若必欲取蜀，备当披发入山，决不敢为天下失信哩！"瑜再欲有言，备竟退入船中，累得孙瑜无法再进，又不好与他交战，自伤和气；只得麾舟退回，报知周瑜。瑜正想督军继进，接得此信，不由的忿怒异常，俗语说得好："怒气伤肝"，周瑜得病未愈，哪禁得一番盛怒？顿致口吐狂血，晕倒地上，经左右舁瑜至床，已是气息奄奄，延医调治，始终无效；自知病终不起，因令书记草一遗笺，口授数语道：

瑜以凡才，昔受讨逆将军之遇，指孙策。委以腹心，遂荷荣任，统御兵马，志执鞭弭，自效戎行，规定巴蜀，次取襄阳，凭赖威灵，谓若在握；至以不谨，道遇暴疾，延医疗治，有加无已，人生有死，修短命也，诚不足惜；但

恨微志未展，不得复奉效命耳。方今曹操在北，疆场未静；刘备寄寓，有似养虎；天下事尚未知终始，此朝士旰食之秋，至尊垂虑之日也。鲁肃忠烈，临事不苟，可以代瑜。人之将死，其言也善，倘或可采，瑜虽死不朽矣。

口授至此，已喘急的了不得，复大呼道："既生瑜，何生亮？"呼罢即亡，寿止三十六岁。毕竟美人薄命，小乔又复丧夫。当由部将替他棺殓，并将遗书飞报孙权。权流泪叹惜道："公瑾有王佐才，今忽短命，孤赖何人？"及阅瑜遗笺，举肃自代，因即命肃为奋武校尉，使至巴丘，代领瑜营。瑜有两子一女，奉榇还吴，权加意抚恤，后来女配权子登，长子循得尚权女，拜骑都尉，颇有父风。循又早卒，弟胤官兴业都尉，封都乡侯，这且慢表。

且说鲁肃往代瑜任，道出寻阳，晤见寻阳令吕蒙。蒙系汝南人，少年好武，不读经书，经孙权勖令求学，方专心攻习，手不释卷。肃与蒙相见，蒙置酒款待，谈论古今时事，各中窍要，肃起抚蒙背道："吕子明，蒙字子明。我不意卿才如此，竟非复吴下阿蒙了！"蒙笑答道："士别三日，当刮目相看，大兄何轻事觑人？"肃乃进拜蒙母，珍重言别。及抵江陵，仍执定前意，请暂将荆州，借与刘备，权复书依议，于是召孙瑜还守丹阳，把江陵南郡等地借备管领。备令诸葛亮守南郡，关羽守江陵，张飞守秭归，自驻潺陵。



曹操闻周瑜死耗，心下甚喜，正拟亲颁手书，嘱曹仁等再取荆州，忽又接到探报，乃是孙权将荆州借备，不觉转喜为惊，举笔投地，乃将进取荆州问题，暂从搁置。自就邺中，造一铜雀台，随时游赏，且更迭下令，访求才士，不计名节，但尚智谋。此为曹阿瞒意中之才士。嗣复让还三县，故意鸣谦，自称“出仕本意，但望为国家讨贼立功，得一侯爵，他日死后，题志墓道，号为‘汉故征西将军曹侯之墓’，于愿已足；适值国家多难，举兵四讨，幸得削平群慝，位至宰相，贵显已极，尚复何望？但若今日无孤，正不知几人称王，几人称帝？或见孤兵势强盛，疑有异志，实为大谬，周文王三分有二，尚服事殷，私心耿耿，每怀古人；本拟解职就国，但恐兵柄一解，为人所害，慕虚名，受实害，窃所未甘；如果人人心服，何必防害？惟封邑可得辞去，今且上还阳夏柘苦三县，只食武平万户，少减孤责，且期免谤’云云。说来似属娓娓可听，一经明眼人瞧着，早已知他饰辞欺人，欲盖弥彰了。小子有诗叹道：



心同王莽口周文，汉贼何曾知有君？
怪底后人多踵智，好将伪语诳同群。

曹操虽自言无他，但拓土争雄的思想，日甚一日，免不得又要动兵了。欲知他何处用兵，待至下回续叙。

孙权以妹妻刘备，详阅史传，并非计出周瑜，而罗氏《演义》，谓瑜使用美人计，弄假成真，说得周瑜如何刁狡，诸葛亮如何神奇，褒之太过，毁之亦太甚。虽系小说，究不应如是雌黄，得是书以矫正之，则足以存史之真，而不致为野乘所误耳。周瑜年第逾壮，方可有为，乃以意气之未除，遽致短命，不无可惜。至若三气周瑜之说，亦属无稽，尽信书不如无书，况燕谈郢说乎？

## 第八十六回　拒马儿许褚效忠<br>迎虎主刘璋失计

却说关西一带，向由马腾、韩遂驻扎，两人本相和好，结为异姓弟兄，嗣因部曲相侵，竟成仇敌。曹操奉承诏命，替他和解，征马腾为卫尉使，腾子超代领部众。操欲往攻汉中，先遣亲将夏侯渊，发兵河东，与关中督军钟繇相会。关西诸将闻事生疑，马超少年好勇，更恐操征父入朝，不怀好意，又复联同韩遂及侯选、程银、李湛、张横、梁兴、成宜、马玩、杨秋八部兵马，会师十万，进攻潼关。操得知警报，便加罪马腾，阖家下狱；据《马超传》中，超起兵后，为操所败，操始灭马家。可见罗氏《演义》所叙无据。当即命曹仁率同诸将，驰往守关，嘱使坚壁勿战，然后亲督大军，从后继进。建安十二年七月，出发邺中，使子丕为五官中郎将，与奋武将军程昱等，留守邺城，此外谋臣猛将，统皆从操西行。

好容易到了潼关，与超夹关立营，或谓关西兵士，多习长矛，非精选前锋，不能与敌，操捋须微笑道："战与不战，主权在我，贼众虽持长矛，我若使他无所用处，怎能便刺诸君？但看我破贼便了。”乃但令将士固守，潜遣朱灵、徐晃二将，率步骑兵四千人，渡蒲坂津，沿河屯扎。马超闻曹军分扎河滨，料操必将北渡，来袭背后，乃急向韩遂献议道：“操军若得至河北，势难与敌，超愿引兵截住渭河，使他不得北渡，彼远来乏粮，不消二十日，河东粮尽，怎能不走？到那时我军追击，必获全胜。”遂答说道：“何必如此？待他半渡时，出兵奋击，岂不更快么？”遂计未始不是，但不若超计之完善。超意虽未惬，但也以为不失中计，专探听南岸消息。

翌晨得探马走报，曹操已带领全军，将要渡河了，超亟率部众万余人，驰往截击。遥见操踞坐南岸，麾兵渡河，便即纵马过去，直前奔操，操尚端坐不动，好胆略。旁由许褚大叫道：“贼来了，请丞相赶紧下船！”操还说贼至无妨，回头一瞧，相距不过百余步，倒也心惊，因即起身离座。许褚忙将操拖了过去，正要登舟，超已杀到，亏得操手下亲从拚命敌住，操才得下船。岸上余兵，半被超军杀死，剩得若干残卒逃回河边，争欲上船避敌，船重将覆，许褚竟执刀乱砍，把船旁危立的兵士，都劈落水中，急命水手开船西驰。哪知南岸的马超麾兵攒射，箭如飞蝗，曹操船上的水兵尽被射死；连船中士卒亦多中箭倒毙。许褚恐操受伤，左手举马鞍蔽操，右手握木篙撑船，再用两足夹舵，向西摇去。操至此也叹息道：“马儿不死，我无葬地了！”适有渭南县令丁斐在南岸散放牛马，作为敌饵，超众不免贪利，都去夺取牲畜，无心追操，操方得安抵北岸。

至蒲坂下营，割须弃袍事，不见史册，故亦不载。将士等各来请安，操大笑道：“我今日几为小贼所困，幸得许仲康救我。”仲康即许褚字。许褚接说道：“还幸南岸有牛马四放，贼争取牛马，始得渡河。”操亟问牛马为何人所放，褚亦不知，至派人访问，才知由丁斐所为，当即擢斐为典军校尉，并加厚赐。一面饬诸将带同兵役，就河岸筑起甬道，由北至南，甬道外多张旌旗，作为疑兵，暗中却用舟载兵，偷过渭水，筑造浮桥，便在渭南结营立栅。偏又为马超所闻，屡来冲突，营不得立，地又多沙，栅树便倒，害得操无计可施。忽来了一个娄子伯，黄冠野褐，向操献计，不知此是何人？说是秋尽冬来，天气骤冷，但教夜间起沙为城，用水灌沃，凌晨凝冱，一日可成；操依言施行，果得奏功。超急来攻击，已是不及，乃与韩遂会计，夤夜劫营。不防曹操预先设伏，反把超军围住，经超奋力杀出，已伤折了许多人马。超经此一败，锐气顿挫；又见韩遂等不肯努力，专靠自己一人厮杀，越觉怏怏。此反间计之所由来也。韩遂本来无能，更欲易战为和，向操议款，超怀着满腔懊闷，不愿争议，听令遣人求和，遂即派人至操营，自请割地纳质，各息兵戈。 
操不肯遽允，独贾诩进言道：“彼来求和，何妨慨许？明日与韩将军相见便了！”说着，以目视操，操已经会意，即遣来使返报。至来使去后，又问贾诩道：“计将安出？”诩附耳语操，说是如此如此，操鼓掌称善，越日排队出营，专请韩遂会叙。

操与遂父同举孝廉，又与遂同时出仕，两下相见，只把旧事重谈，并不提起军情。超在遂后面，相距颇远，听不出什么问答，惟欲乘间刺操，骤马向前，蓦见操背后立着一人，怒目持刀，好似地煞星一般，因不敢率尔举手，但向操问道：“汝军中虎侯为谁？”操回顾许褚，褚厉声道：“即我便是！”超不复多言，勒马便回，遂亦与操罢谈。正要话别，遂军各上前观操，操扬鞭与语道：“汝等欲观曹公么？曹公与人无异，并非四目两足，不过智识较多呢！”说至此便向遂拱手，径回营中，遂亦自归。超不能再忍，就问操有何言，遂答称操无他说，止叙旧谊，说得超越起疑心。过了一宵，又由操贻书与遂，书中多半改窜，遂展书阅毕，正在惊讶，忽由超入帐索书，取过一看，越看越疑，总道是韩遂有心改抹，悻悻趋出；越宿与成宜李堪两军率兵攻操。操先令轻骑接战，约阅多时，一声鼓响，发出两翼，抄击超军，超支持不住，向后倒退，成宜李堪被操军包裹了去，先后战死，操军愈奋，超军愈怯，韩遂又不肯援超，超只好西奔，遂亦遁去。操麾兵追超，至数十里外方回，关中复安。

操下令班师，凉州参军杨阜进见曹操道：“马超骁勇，不亚吕布，羌胡等并皆畏服，若大军遽归，不复设备，恐陇上诸郡，终非国家所得有哩。”以曹操为国家，都是被欺。操闻阜言，不免迟疑，会得河间警信，乃是土豪田银苏伯等作乱，乃决计还军，令阜辅冀州刺史韦康，镇守河北，留夏侯渊屯长安，使为援应，自引兵还邺中。遣将讨平田银苏伯，然后上书奏报，且请诛马腾家族，于是马腾阖门一二百口，并受诛夷，虽由超私忿忘亲，毕竟是曹瞒毒手杀人，如刈草芥呢！一语断定。

且说益州刺史刘璋袭父遗业，因与张鲁屡年战争，也恐人心未服，特向朝廷上表，且遣使致意曹操。操承帝命，令璋领益州牧，加封振威将军。璋庶兄瑁，为平寇将军，瑁忽发狂疾，竟致殒命。为下文刘备纳瑁妻伏笔。既而璋复遣别驾张松，向操修好，操方击破马超，还兵至邺，见了张松，颇有骄态，傲不为礼。松即日回蜀，劝璋绝操，璋疑虑道：“我若绝操，操兵必来进攻，如何抵敌？”松答说道：“将军如何舍近图远？好好一个宗亲，不去结交，却要去孝敬曹操，真令人不解了！”璋问为何人，松即把刘备大名陈说出来，璋又虑无人可使，松又举荐一人，叫做法正。正籍隶扶风，曾为益州军议校尉，有所陈请，不得施行，所以居常抑郁，每与松谈及世事，互相叹息。至此由松推举，叫他出使，他却故意推让，经璋面命至再，方赴荆州。好多时才得归来，具言刘备宽仁长厚，足为外援，又退见张松，独谓备雄武过人，可以奉作州主，松亦怀有此意，乐得与正定谋，待时乃动。

会值曹操命钟繇发兵，进逼汉中，张松即乘机说璋道："操兵西来，势不可当，若既据汉中，必入巴蜀，将军将如何抵御呢？"璋怆然说道："我正为此担忧，未知卿有无良策？"松答说道："莫若先迎刘豫州，刘豫州为将军宗室，且与曹操有仇，必能帮辅将军，同心并力；今趁操军未入汉中，亟请刘豫州来蜀，使讨张鲁，鲁必破灭；鲁灭以后，益州无虞，操军虽来，也是无能为呢。"拒狼引虎，终要噬人。说得刘璋喜出望外，即命正调兵四千人，往迎刘备；正奉命欲行，突有一人趋入道："不可不可！刘备素有英名，岂肯屈居人下？今招令入蜀，视若部曲，彼必不服，待以客礼，免不得喧宾夺主，客得安如泰山，主人却危如垒卵，决不可从！"璋见是主簿黄权，进来谏阻，便怫然道："曹操若长驱入境，试问汝能抵拒否？"权答说道："益州不少将士，宁独一权？倘曹兵入境，权愿与诸将深沟高垒，据险固守，也未必定为操胜呢。"璋摇首道："单靠本州将士，怎能敌操？待至兵败地失，还有何幸？"权再欲有言，璋竟不令多说，叫他出任广汉长，权只好去讫。又有从事王累，亦阻璋迎备，璋亦不听，遂使法正起行。



正到了荆州，刘备、诸葛亮以下很表欢迎，比初次还要优待。正即向备献策道："如明公大才，何必局促居此？益州天府，刘牧庸愚，公若不取，必为操有；现宜从速进行。张别驾又为内应，何患不成？”备踌躇道：“刘季玉璋字季玉。与我同宗，我不忍夺取，还须从长计议。”正谈话间，有文吏趋入，扬眉与语道：“天与不取，反受其咎，愿将军勿疑。”刘备瞧着，乃是副军师庞统，便欠身邀坐。庞统就是庞士元，号为“凤雏”，籍出襄阳。见八十二回。吴督周瑜，尝契重统才，当夺取江陵时，曾荐统为南郡太守；未几瑜殁，统送丧至吴，吴人陆绩、顾劭、全琮等，皆与统交结，引统入见孙权，权见他面貌不扬，淡漠相待，仍令还守原职。统返至南郡，适荆州借与刘备，由诸葛亮前来接取，见前回。亮与统本来熟识，且关亲谊，统为庞德公从子，德公尝娶亮姊为妻，故云亲谊。当即代作荐书，使统诣备。统复向鲁肃辞行，肃正欲与备结好，许令前去。及备得见统，也与孙权一般思想，但使他为来阳县令，统到任后，高卧不治，被备下令免官。可巧鲁肃使至，遗书通问。书中询及庞士元，谓士

元非百里才，当使为治中别驾，方得展彼骥足等语。备尚以为疑，及诸葛亮面与备言，详述统历来闻望，备始猛忆道：“彼就是司马德操所说的凤雏么？”亮答言正是，且谓德操雅善知人，世因称他为水镜先生。补前文所未及。

备忙邀入庞统，亲自谢过，进为治中从事，嗣且拜为副军师中郎将，待遇与亮相同。及法正愿献益州，备尚迟疑未决，因即入帐怂恿，劝备速行。备尚拟从缓，统申说道：“荆州荒残，人物凋敝，且东有孙吴，北有曹操，如何得志？今益州户口百万，土广财富，可资大业，奈何不往？”备半晌方说道：“我与曹操，常相水火，操以急，我以宽，操以暴，我以仁，操以谲，我以忠；今若贪利忘义，食言背信，不但操将笑我，天下亦且叛我，如何行得？”非虑曹操，实怕孙权。统微笑道：“将军但知守经，未知达变；方今四海流离，不能拘守一道，汤武

尝兼弱攻昧，不失为顺，若事机顺手，得取益州，封璋大国，亦不失为信义；今日不取，徒为人利，将军原是有损，刘璋岂真有益吗？”备不禁心动，乃遣法正归报刘璋，约期相见。

待正既去，复请诸葛亮决议，亮所说略如统言，因留亮居守荆州，关张赵三将为辅；自己带同庞统及黄忠魏延诸将，令步卒数万人，西赴益州。刘璋先得法正归报，已知备即日将至，便令地方官吏，沿途供张，不得有慢，至备既入境，官吏都出郊迎接，馈遗不绝。行抵巴郡，太守严颜独拊膺叹息道：“这叫做独坐深山，引虎自卫呢！”话虽如此，但既奉璋命，不得不照例供给。备得一路无阻，直抵涪城，刘璋亲率步骑三万余人，至涪城迎备。黄权又复力阻，璋终不从。王累且倒悬州门，俟璋出城，抗声强谏，璋仍置诸不理，累竟用刀割绳，跌毙城下。璋使法正为先驱，驰白刘备。正已与张松筹定密计，见备后，便劝备乘会袭璋，备摇首不答。庞统进说道：“今若在会所执璋，一举便可得益州了。”备蹙然道：“初入他国，恩信未著，仓卒欲行此事，莫谓益州无人，遂不用正谋。”既而刘璋已到涪城，与备会面，叙及世系，应该兄弟相称，当下略迹言情，备极欢洽，今日合宴，明日会饮，差不多有数十天。璋推备行大司马，领司隶校尉，备亦推璋行镇西大将军，领益州牧，互相标榜，互相敬重，几比同胞兄弟还要亲昵三分。璋乃请备出击张鲁，备毫不推辞，由璋厚加资给，握手送行。



备北至葭萌关，接到荆州报信，乃是孙夫人由吴迎去，备子禅本与偕行，幸由张飞、赵云将禅截回云云；未几又得孙权致书，说是曹操攻吴濡须坞，兵锋甚盛，乞备还援。原来孙权从张纮议，由吴会徙居秣陵，改号建业，筑造石头城；即金陵，为六朝建都之始基。又用吕蒙计策，就濡须水口，创设船坞，预备拒曹。旋闻刘备西入益州，自背前言，权不禁大怒道："猾虏乃敢如此么？"妹倩为猾虏，妹亦可呼为猾妹。遂潜遣舟船迎妹。赵云受刘备嘱托，管理家事，此时巡弋江面，便截住孙夫人，又得张飞为助，夺还刘禅，但放孙夫人过去。权既将妹迎还，便想进袭荆州，不防曹操已乘隙东来，进攻濡须坞口，权与备失和被操利用，可见鲁肃之主张和备实为上计。权急出师堵御，与操对垒多日。操见权军伍整齐，防堵严密，也极口称赞道："生子当如孙仲谋，若刘景升诸子，真是豚犬，有何用处？"既而得权来书，内言春水方生，公宜速去；又云足下不死，孤不得安。操笑语诸将道："权不欺我！"遂撤军西归。

权本欲移攻荆州，恐曹操以退为进，乃寄书刘备，致意乞援，令备不得安取益州。备得信生怒道："彼无故劫我妻孥，尚敢向我求援么？"庞统道："吴不欲我得益州，故借求援为名，



促我还师，我既到此地，怎肯空回？现在却有三计，请将军自择。"备当然愿闻，统便说道："今若潜遣精兵，昼夜兼道，径袭成都，璋既不武，又无预备，我军猝至，一举便定，这是上计；杨怀高沛，为璋名将，现方据守白水关，曾闻他上书谏璋，毋纳我军，我正好因孙曹相争，伪言还顾荆州，即日东归，杨高二将，喜我退师，必来送行，我就将他擒住斩首，长驱捣入，乃是中计；若退还白帝城，空回荆州，徐作后图，便变做下计了！"备答说道："愿从中计。"当下贻书刘璋，只言曹操东攻孙吴，荆州地处要冲，也属可危，备不得不还兵自顾，幸借精兵万人，粮万斛，返击曹操，俟操退兵，再讨张鲁未迟。

这书到了成都，璋展览后，自思迎备入蜀，本为灭鲁拒操起见，今备还援荆州，与己无益，还要借索如许兵粮，殊属不情；且除张松、法正外，无论文武官吏，多言备不可亲，也未

免有所感动，因止给羸兵四千人，劣米五千斛，交与刘备。备怒对来使道："我为益州讨御强敌，师劳力殚，今汝主靳财吝赏，如何得使将士效死哩？"来使返报刘璋，张松在旁听着，还道备真要东归，忙遣法正驰告道："今大事将成，如何舍此他去？请亟进兵为要。"哪知备尚未进兵，松谋已为乃兄所泄，乃兄叫作张肃，曾为广汉太守，一闻松谋，恐灭门遭累，竟去报告刘璋。璋至此如梦初醒，捕系张松，立命斩首，且令关隘守将，不得复与刘备交通，但已是无及了。小子有诗咏张松道：张松献西川地图，亦属后人附会，概不羼入。

食禄应思勉效忠，如何卖主妄邀功？
西川未去头先落，奸猾由来少善终。

张松方死，刘备已进赚杨怀高沛，把他拘戮，欲知被戮情形，下回再行详叙。



马超猛将，韩遂庸奴，两人皆非曹操敌手。但操先轻视马超，当引兵北渡时，危坐不动，微许褚之翼操下船，几已为马超所毙矣。及已知超勇，始用贾诩计议，立马语遂，抹书间超，超刚而遂愚，适堕操计，此用兵之所以尚谋也。刘璋暗弱，即使不迎刘备，亦未必常能守成；益州不为备有，亦必为曹操所取耳。但张松法正并为璋臣，璋可辅则辅之，不可辅则去之；必卖主而求荣，殊非人臣之道，松之受诛宜也！法正特幸而脱祸耳，是可为后世之不忠者戒焉。

# 第八十七回　失冀城马超奔难<br>逼许宫伏后罹殃

却说刘备用庞统中计，佯欲东归，即遣人至白水关，报告杨怀、高沛二将；杨高巴不得刘备东归，亲出送行，突被备军擒住，说他居心不良，立命斩首，遂占据白水关，进拔涪城。是时法正才到，始知备系诈言东归，当即入贺。备留住法正，探听成都消息，得悉张松被诛，关隘不通，益州从事郑度向璋献计，教他坚壁清野，固垒勿战，免不得心下担忧。因即转问法正，正慰解道："刘璋无谋，终不能用此计，请将军放心。"果然璋不从度言，但遣部将刘璝、冷苞、张任、邓贤等，引兵拒备，累战皆败，退保绵竹。备置酒大会，宴集将士，饮至半酣，顾语庞统道："今日宴会，不可谓不乐了！"统直答道："伐人家国，反以为乐，仁主用心，不宜如此。"备已酒意醺醺，听得统言，很觉逆耳，便作色道："武王伐纣，前歌后舞，难道不算为仁主么？卿言殊不合理，可速退去！"统大笑而出，备亦因醉入寝，一睡竟夕。翌旦方起，自觉前言未忘，深加后悔，遂延统入厅，向他谢过；统却不答谢，谈笑自若。备复说道："昨日言论，我为最失。"统方答道："君臣俱失，何必追忆？"善于分谤。备乃开颜大笑，欢叙如恒。

既而刘璋复遣吴懿、李严、费观诸将出御备军，先后败挫，反皆降备，备军益强，分遣诸将略定蜀地。冷苞、邓贤战死，张任、刘璝，退至洛城，璋子循奉了父命，至洛助守。任素有胆力，屡出冲围，虽屡被击退，气不少衰；备与庞统商定计策，诱任出城，引过雁桥，把桥拆断，前后夹攻，害得任进退无路，为备所擒。备劝任投降，任抗声道："忠臣岂肯复事二主？速死为幸。"备始令推出斩首，收尸礼葬；任死雁桥，在庞统未死之前，史可复按；罗氏《演义》指为任之受擒出自诸葛，且雁桥上加一"金"字，不知何据。且命诸军四面筑垒，并力围城。刘循、刘璝，不敢再出，但从严防守，积久未懈，城中所需粮食，又由刘璋源源接济，故相持逾年，尚得守住。备正在焦急，忽接到葭萌关来书，乃是守将霍峻报称张鲁诱降，已经叱退；现由璋将扶禁向存等来攻，正由峻设法抵御等语。原来备自葭萌关还袭益州，留中郎将霍峻守关，部兵不过千人，张鲁遣将杨帛招峻，峻怒叱道："我头可得，城不可得！"帛乃退出。嗣由刘璋遣兵万余人，从阆水上攻，统将就是扶禁向存，亏得峻战守有方，尚得以少制众。惟备得了此信，越觉加忧，既不便分兵援峻，又恐巴东有警，截断后路；不得已致书荆州，请诸葛亮派兵相助。独庞统急欲邀功，亲出督军，猛攻洛城，城上矢如雨下，竟将统射中要害，回营毕命。落凤坡诸说，亦属无稽。

备失去庞统，如断右臂，飞使邀请诸葛军师，入蜀参谋。诸葛亮已遣张飞西行，至此闻庞统又殁，不得不亲身入蜀；乃将荆州全权，尽委关羽，自率赵云等，泝江西进。时张飞已至巴郡，为太守严颜所遏，不得前往。飞用诱敌计，擒住严颜，瞋目呵叱道："大军到此，汝何故不降，反敢拒战？"颜亦抗语道："汝等不道，侵犯我州，我州只有断头将军，没有降将军！"飞闻言愈怒，顾令左右道："快把这老匹夫，砍下头来！"颜神色不变，向飞笑语道："要砍便砍，盛怒何为？"说得飞也为心软，竟下座释颜，延诸上座，优礼相待；颜感飞厚遇，乃许投诚。莽张飞也有奇谋。飞遂令颜为前导，畅行无阻，直抵洛城，与备会师。诸葛亮亦令赵云先驱，从外水经过江阳犍为，所至皆降，也得至洛城相会。洛城固守年余，已经力乏，怎禁得备军大至？不由的慌乱起来。刘循开城夜遁，刘璝为乱军所杀，洛城遂为备有了。备正思进攻成都，有人报知张鲁援蜀，特遣骁将马超，领兵西来。超素有勇名，为备所知，当即商诸葛亮，亮笑答道："将军勿忧，但遣一辩士往说，便可招降。"乃留意



简选，得了一个建宁人李恢，前为郡中督邮，方来投备，雅善口才，遂遣令前往。究竟马超如何投依张鲁，又如何助鲁援蜀，说来又是话长，不得不从简补叙。

超自为曹操所败，西奔凉州，果如杨阜所料，略夺陇上诸郡，回应前文。又复进攻冀州；刺史韦康忙遣别驾阎温，告急长安。不料温出水关，被超擒斩，急得韦康没法，只好请降。杨阜哭谏不从，竟开门迎超，超却将韦康杀死，独用杨阜为参军，自称征西将军，领并州牧，督凉州军事。长安屯将夏侯渊，闻信驰救，反为超所杀败，只好退还。会阜遇妻丧，乞假归葬，路过历城，得见抚夷将军姜叙，叙与阜为中表弟兄，当然延入。阜面有戚容，叙还道他是悼亡心切，不便多问。及进谒叙母，索性泪下不止，叙忍不住诘问道："妻殁不妨续娶，何必过哀？"阜摇首道："何从为此？"叙复问何因，阜凄然

道："守城不能完，主亡不能死，恨无面目再见尊亲；但阜无权无勇，不能力讨超贼，独怪兄拥兵历城，忍心坐视，咎亦难辞，《春秋》书赵盾弑君，便是此意。"叙慨叹道："我非不欲讨超，实恐超勇悍过人，急切难图。"阜又说道："超强暴无义，非真难除。"叙母亦接口道："汝不早图，尚待何时？即如韦使君遇难，亦岂尽由义山负责？阜字义山。汝亦与有过失呢！人谁不死？死得有名，奈何不为？汝若虑我年老，我已将生死置诸度外，毋劳汝忧。"叙母亦一女丈夫，可惜见理未明。叙乃与校尉赵昂、尹奉等，合谋讨超。又由阜致书冀城，潜结军吏梁宽、赵衢，使为内应，安排已定。惟赵昂有子名丹，在超麾下，昂引为己忧，归语妻室，妻厉声道："为君父雪耻，陨首亦属无妨？何况一子呢！"又一奇妇人，但究不知谁为君父。昂意乃决，遂据住祁山，与姜叙、杨阜同声讨超。

叙、阜两人进兵历城，超听赵衢诡议，亲出拒战，留衢与梁宽守城。及与叙、阜交锋，不能得利，引兵退归；哪知城门紧闭，连呼不应，但掷出头颅数枚，超不瞧犹可，瞧了一遍，险些儿坠落马下。看官！这是何故？原来是娇妻爱子的首级。有勇无谋，如何保家？当下越悲越怒，恨不把城池踏破；可奈姜叙、杨阜及赵昂等，两面杀到，只好回头就走。赵昂、子丹由超带着，就将他一刀两段。复悄悄的掩袭历城，竟得冲入，搜获姜叙老母，用刀搁颈，逼令召叙回来，叙母大骂道："汝乃背父逆子，杀君恶贼，为天地所不容！尚敢横行人世么？"说到末句，头已落地。



杨阜闻历城失守，忙引兵还援，与超交战城下，拼死力斗，身中五创，尚不肯退。嗣由姜叙、赵昂等一齐杀到，方将超众杀败；超乃南走汉中，投依张鲁。鲁令超为都讲祭酒，且因超妻子被戕，欲把爱女嫁为继室。或谓超不知爱亲，怎能爱人？鲁乃罢议。超从鲁乞师，往围祁山。姜叙等又向夏侯渊告急，渊使偏将张郃率五千军先行，自督万人继进，击走超军；复移兵长离，大破韩遂残众，然后还师。超败回汉中，鲁以为超无能为，礼貌寖衰。鲁将杨伯等更欲害超，超当然愤悒。适刘璋失去洛城，急不暇择，反使人向鲁求救。鲁与璋本系世仇，怎肯赴急？偏马超欲乘此图功，愿去取蜀。鲁乐得遣超一行，阳助刘璋，阴图刘璋。超有部将二人，一系从弟马岱，一系南安人庞德，并皆勇敢。德适遇疾，不能从军，留居汉中养疴。超只偕岱西进，由鲁拨兵数千，给令同行。到了武都，正值李恢奉刘备命，前来招降。恢本来善辩，再加超乞得此差，原为避祸起见，一经恢巧言说合，自然语语投机，当下随恢同进，直指成都。刘备已自洛城进发，先至成都城下，既得马超

来降消息，便欣然说道："我定可得益州了！"乃潜分兵数千，使会超军，嘱令屯驻城北，交逼刘璋。璋还道马超来援，登城俯问，哪知超扬鞭仰指，口口声声，叫璋出降刘豫州，吓得璋面色如土，几乎跌倒。经左右扶璋下城，璋长叹道："不听忠言，悔无及了！"庸主往往如此。

会由刘备遣从事简雍，入劝璋降。璋城中尚有兵士三万人，谷帛足支一年，吏民多欲死战。璋流涕道："我父子在州二十余年，并无恩德加及百姓，百姓为璋攻战数年，已害得膏血涂野，璋何忍再令死斗，使无孑遗？不如出降为民罢了。"说得群下都为流泪，璋无可奈何，只得与简雍并舆出城，径诣备营。备开门迎璋，面加抚慰，复偕璋入城安民，所有璋私储财物，一并检还，令佩振威将军印绶，徙居公安。一面大开筵宴，遍飨士卒，取库中金银，分赏将吏，多寡有差。

备自领益州牧，进诸葛亮为军师将军，黄忠为讨虏将军，魏延为牙门将军，糜竺为安汉将军，简雍为昭德将军，孙乾为秉忠将军，伊籍为左将军从事中郎，马超为平西将军，法正为蜀郡太守，兼扬武将军；旧益州太守董和得掌军中郎将，并署左将军府事，旧广汉长黄权得为偏将军；尚有严颜、吴懿、费观、李严、秦宓、许靖、费诗、孟达、彭羕等一班降官，约数十人，并皆录用。独零陵人刘巴夙负才名，曾由备具书招致，巴不背从，反自交趾入蜀，奔依刘璋；及璋迎备，巴一再谏阻，拟备为虎，终不见听，乃闭门称疾。备攻成都，即下令军中，谓有人害巴，诛及三族。故成都既下，得巴甚喜，令为左将军西曹掾，巴无奈受命。璋将扶禁向存，前尝围攻葭萌关，逾年不克，至成都围危，两将当然撤还，被守将霍峻，追击一阵，向存授首，扶禁遁去。备因霍峻有功，授峻为梓潼太守，全蜀悉平。



惟刘璋家眷，已俱随璋东徙，只有璋寡嫂吴氏为刘瑁妻，即吴懿妹，依兄居住，仍在成都。吴氏少时，有相士谓当大贵，璋父刘焉因娶为子妇。偏偏结褵未几，竟丧所天，相士所言，似乎未验。想由相士未便详说，留此缺陷。到了备据益州，独少内助，孙夫人已经还吴，备恨她迹同专擅，且与孙夫人虽为夫妇，仿佛一闺中敌国，随时加防，故由她大归，不愿再迓。于是左右从吏竟将懿妹吴氏向备关说。备使人觇视，华颜未老，丰韵犹存，却也有些合意；但自思与瑁同族，未免含嫌，何必定纳嫠妇？不但同宗有嫌！乃更问法正。正答说道："晋文且纳怀嬴，比诸将军，相去何如？将军尽可从权呢。"恐是逢君之恶。备乃决纳吴氏，重整鸾凤，领略温柔滋味。这且不必絮谈。

且说法正得掌重任，外统都畿，内参帷幄，无德不酬，无怨不报，常擅杀仇人数名。或请诸葛亮转达刘备，预加抑制，亮独驳说道：“主公在公安时，北畏曹操，东惮孙权，内复为孙夫人所制，日夜不安，幸得法孝直入为羽翼，导引西翔，今主公已得高飞，难道孝直独应下降么？”但口中虽有此论，心下也不无微嫌，遂改订治蜀条例，概从严峻。法正语亮道：“昔高祖入关，约法三章，公初至益州，亦应缓刑弛禁，借慰民望，奈何反从严峻呢？”正要你知法守正！亮正色道：“君但知一不知二，秦尚苛法，高祖不得不从宽；今刘璋暗弱，德政不举，威刑不肃，蜀土人士，无法已久，我今以法率民，法行然后知恩，以爵限吏，爵加然后知荣，恩荣并济，上下有节，方可挽回宿弊，否则恐复蹈故辙了。”法正也为佩服，渐自敛戢，不敢犯禁。吏民亦各守法规，比那前时的上疲下玩，已好得许多，这就叫作乱国用重典呢。

828. 且说曹操攻吴不克，撤兵还邺，休息了一两年，但时常示意左右，表扬功德；有诏令操剑履上殿，入朝不趋，赞拜不名。既而长史董昭复谓操宜进爵国公，加九锡礼。侍中荀彧独向昭驳说道：“曹公本仗义兴师，匡朝宁国，岂徒为安富尊荣起见？君子当爱人以德，不宜谄谀若此。”昭怀惭而退；偏被曹操闻知，暗生忿恨。会值彧有小恙，乞假数日，操竟借馈食为名，使人持送一盒；及彧揭视，乃系一个空器，并没有甚么珍馐，遂长叹数声，服毒自尽。死得迟了。彧子恽讣告曹操，操佯为举哀，予谥曰“敬”，令恽袭爵为侯。越年建安十八年。由御史大夫郗虑赍奉册书，命操为魏公，兼加九锡。策文有云：

朕以不德，少遭愍凶，越在西土，迁于唐卫，当此之时，若缀旒然；幸天诱厥衷，诞育丞相，保乂我皇家，弘济于艰难，朕实赖之。今将授君典礼，其敬听朕命！昔者董卓不道，挠乱王纲，赖君首启戎行，得平大憝；后及黄巾，反易天常，侵我三州，延及平民，君又剪之，以宁东夏，此则君之功也。韩暹杨奉，专用威命，君则致讨，克黜其难，遂迁许都，造我京畿，设官兆祀，不失旧物，此又君之功也。袁术僭逆，肆于淮南，慑惮君灵，用丕显谋，蕲阳之役，桥蕤授首，积威南迈，术以陨溃，此又君之功也。回戈东征，吕布就戮，乘辕将返，张杨殂毙，眭固伏罪，张绣稽服，此又君之功也。袁绍逆乱天常，谋危社稷，凭恃其众，乘兵内侮，君奋其武怒，运其神策，致屈官渡，大歼丑类，俾我国家，拯于危坠，此又君之功也。济师洪河，拓定四州，袁谭高干，咸枭其首，海盗奔迹，黑山顺轨，此又君之功也。乌桓三种，崇乱二世，袁尚因之，逼据塞北，束马悬车，一征而灭，此又君之功也。刘表背诞，不供贡职，王师首路，威风先逝，百城八郡，交臂屈膝，此又君之功也。马超成宜，同恶相济，滨据河潼，求逞所欲，殄之渭南，献馘万计，遂定边境，抚和戎狄，此又君之功也。鲜卑丁零，重译而至，单于白屋，请吏率职，此又君之功也。 

君有定天下之功，重之以明德，班叙风俗，旁施勤教，恤慎刑狱，吏无怀慝；敦崇帝族，表继绝世，旧德前功，罔不咸秩。虽伊尹格于皇天，周公光于四海，方之蔑如也。我为阿瞒羞死。朕以眇眇之身，托于兆民之上，永思厥艰，若涉渊水；非君攸济，朕无任焉！今以冀州之河东、河内、魏郡、赵国、中山、常山、钜鹿、安平、甘陵、平原凡十郡，封君为魏公，锡君玄土，苴以白茅，其为丞相领冀州牧如故，又加君九锡。其敬听朕命，简恤尔众，时亮庶功。用终尔显德，对扬我高祖之休命。

当时九锡典礼，一是车马，大辂戎辂各一。二是衣服，兖冕之服，赤舄副焉。三是乐悬，王者之乐。四是朱户，户用朱色。五是纳陛，所以登阶。六是虎贲，三百人。七是鈇钺，八是弓矢，九是秬鬯圭瓒。操既得此异数，应思如何报答，哪知他愈贵愈横，愈荣愈恶，不但建宗庙，立社稷，置尚书侍中，六卿僭拟皇家；甚且一朝国母，也被曹操害死，连二子也送入黄泉，说来尤令人发指。先是董贵人遇害，伏皇后内不自安，尝与父伏完手书，数操罪恶，乞完伺隙密图。完虽尝授职辅国将军，却是性甘恬退，不愿与曹操争权，所以接得后书，始终未发。至操为魏公，伏完已殁过三四年了。操有三女，长名宪，次名节，又次名华，长次俱纳入皇宫，惟季女尚幼，在闺待年，拟及笄时，续行送入。莽只献入一女，操却纳入三女，总算忠心。献帝并封为贵人。甫越期年，不意伏后致父书信，竟被伏家怨仆偷献曹操，操不禁大怒，立入宫中，胁迫献帝，废去伏后。献帝踌躇未忍，操不待许可，便使尚书令华歆代草诏书，逼帝盖印。书中有云：



皇后伏后名寿。得由卑贱，登显尊极，自处椒房，二纪于兹，既无任姒徽音之美，文王母太任，武王母太姒。又乏谨身养己之福，而阴怀妒害，包藏祸心，弗可以承天命，奉祖宗；今使御史大夫郗虑，持节策诏，其上皇后玺绶，退避中宫，迁于他馆。呜呼伤哉！自寿取之，未致于理，为幸多焉！

诏至中宫，伏皇后惊出意外，不敢不将后玺缴出，正想出徙别馆，忽闻外面人声嘈杂，好似来捕大盗一般，吓得伏后三脚两步，急至复壁间躲避。谁知助操为虐的华歆引兵入宫，四觅不见，竟由歆破壁得后，麾兵动手，兵士尚有难色，歆竟亲揪后发，拖至外殿。适值献帝与郗虑坐谈，见后披发跣足，状甚凄惨，不禁泪下。伏后泣语道："竟不能复相活么？"献帝呜咽道："我亦不知命在何时！"又顾语郗虑道："郗公！天下果有是事么？"那华歆不由分说，竟牵伏后入暴室中，与后所生二皇子，一体鸩死。小子叙至此处，随书一绝句道：

诛奸无力反招灾，巾帼拼生剧可哀；
前有董妃后伏后，魂兮可向许宫来！

伏后已死，伏氏家族，骈戮至百余人，华歆方向操复命。
欲知歆为何等人物，待至下回表明。

马超多勇无谋，卒致上害父母，下及妻孥；设非投入刘备，则其身尚不能保，遑问与曹操为敌乎？姜叙母及赵昂妻，名为劝忠，实则知其一不知其二，仍不过为妇人女子之见，无足取焉。刘备之取成都，势固难已，而情究未安；至纳刘瑁妻为继室，尤足贻讥后世，"操以暴我以仁"之说，殆亦未免欺人欤？若操之所为，黯无天日，贵妃可杀，皇后可弑，其与篡逆相去，能有几何？假令老而不死，吾知其繁阳受禅，固不待曹丕也！

# 第八十八回　见外使奸雄代捉刀<br>察重伤功臣邀赐盖

却说华歆弑了伏后，并戮伏氏家族，然后复报曹操，操当然心喜，录为首功，寻且表歆为军师。说起华歆履历，本来是有些名望，曾与北海人管宁、邴原为同学友，时号三人为一龙，歆为龙头，原为龙腹，宁为龙尾。但歆佯为高尚，阴实贪惏。宁尝在园种蔬，锄地见金，掉头不顾，歆却在旁拾视，然后掷下。宁见歆如此举措，已怀鄙薄。一日同坐观书，闻户外有车马声，宁不为所动，独歆弃书出观，自是宁与歆割席，不复与友；后来宁庐居山谷，终身不仕。邴原虽由曹操辟召，入为丞相征事，但仍闭门自守，非公事不出，两人志趣，俱有足称。惟歆得为豫章太守，已归服孙吴，嗣复得曹操征命，往投许都，参司空军事。荀彧死后，竟代彧为尚书令，竭诚事操，居然为虎作伥，弑起皇后来了。比操尤恶。惟献帝自伏后死后，悲怀未释，操却进言道："臣女已并邀宠御，次女最贤，可立为中宫。"献帝无奈，遂于建安二十年正月，册立曹贵人节为皇后。百官因是魏公操女儿，格外谀颂，且并至魏公府中拜贺，自不消说。只难为了曹操长女，名为阿姊，却要向妹子朝参。

操复起兵西征，命夏侯渊、张郃为先锋，自率诸将为后应，往图汉中。张鲁闻报，忙与弟张卫商议，鲁谓操兵势大，不如出降；独卫以为汉中险阻，可以拒操，遂号召兵马，据守阳平关。关在丛山峻岭中，却是天然险要，居然有一夫当关、万夫莫开的形势。操连攻旬月，竟不能下，欲引兵退归。西曹掾郭谌入帐谏阻，略言："鲁兄弟同守异心，必有内变，不如缓待时机，总可得志。"操却想出一计，扬言退军，拔寨齐起。张卫闻得操兵引回，即出关追击，哪知行至半途，突有野鹿数千头掩入卫军，卫军自相惊溃，阵势遂乱。不意操将后军变做前军，蜂拥杀来，卫如何抵挡？当即奔回。操兵复乘胜进逼，四面围攻，守兵已无斗志，纷纷遁去，卫亦只好夜走，与张鲁窜入巴中。鲁临行时，左右请尽毁仓库，免为敌资，鲁独慨然道："我本欲归命国家，只苦意不得达，今不得已出奔巴中，仓廪府库，应归国有，奈何毁去？"当下一律封藏，方才西走。操既入阳平关，一路无阻，直抵南郑，见鲁封库自去，料有降意，便遣人慰谕张鲁，叫他前来投诚，不失侯封。鲁复书愿降，操便派吏往迎，待以客礼，拜鲁为镇南将军，封阆中侯。鲁五子及部将阎圃等亦各得封爵，还有马超遗将庞德，也降操受封。操乃令鲁就国，留夏侯渊、张郃同守汉中，即日下令班师。主簿司马懿献议道："刘备以诈力虏刘璋，蜀人尚未归心，今公已得汉中，益州必然震动，若乘胜进攻，定致瓦解，圣人不能违时，亦不应失时哩。"操笑答道："人生苦不知足，既得陇，还望蜀么？"遂不听懿言，起行还邺。即此可见懿之贪狡更过于操。

先是操妻丁氏无出，妾刘氏生子昂，殉难宛城。见七十五回。操复纳娼女卞氏，生子丕、彰、植、熊，遂得专宠。操竟以妾为妻，废黜丁氏，进卞氏为继室。操本来不知礼义。植性机警，才又敏赡，尝作《铜雀台赋,》援笔立就，彬彬可观，操独加宠爱，欲立植为嗣子。问诸贾诩，诩默然不答，及操再三诘问，诩始微笑道："适有所思，思袁本初刘景升父子呢！"一语足矣。操大笑而止。已而丁仪、杨修等，复屡誉植才，劝操立嗣，操又觉动疑，密书问及百官，尚书崔琰独露板作答道："春秋大义，立子以长，五官将指丕。仁孝聪明，宜承正统，琰愿誓死守道，不敢违经。"操得书后，未免叹息。且因植为琰侄婿，不私所亲，更加推重。琰尝荐举钜鹿人杨训，辟为丞相属掾；至操自汉中引归，群吏复议进操为王，杨训更发表称颂，备极阿谀，琰览表不悦，即贻书责训道："省表事佳耳，时乎时乎，会当有变！"操竟令左右入白献帝，取得诏命，晋爵魏王。



可巧南匈奴单于呼厨泉遣使入朝，并谒贺魏王操。操恐仪容不足服众，特使琰作为替身，自己执刀旁立，琰眉目疏朗，须长四尺，甚有威重，所以操有此举。及外使谒毕自归，单于呼厨泉，问及魏王德仪，使人笑答道："魏王原非凡姿，但捉刀人，却是真正英雄。"独具只眼。呼厨泉乃亲自入朝，为操所留，岁给钱帛刍米，如列侯例。但使右贤王去卑监管匈奴。嗣且分匈奴为五部，令呼厨泉子弟，皆作部长，选汉人为司马，充作部监，意在分铩虏势，不令猖獗。但胡人多散居内地，无复防闲，华夷界限，逐渐溃裂，不可谓非曹操作俑哩。特笔提叙。操自以为威德及远，无人可比。嗣探得崔琰书语，说是会当有变，遂目为怨谤，收琰下狱，罚充徒隶。一夕登台玩赏，想是铜雀台上。望见植妻乘车出游，满身衣绣，装束得非常艳丽，心下不禁愤恨，竟罢赏归家，逼令自尽。复因植妻为琰兄女，迁怒及琰，亦将琰赐死，时人无为琰呼冤。东曹掾毛玠伤琰无辜，作文哀吊，亦被逮系；幸由僚佐桓阶和洽，代为申理，始得释出，免官归里。

操因南匈奴已服，忽记起故中郎将蔡邕，有女名琰，陷入匈奴，乃特遣使赍金北去，将琰赎归。琰字文姬，博学多才，兼精音律，邕尝夜坐鼓琴，琴弦忽断，琰知为第二弦，邕疑琰偶然猜着，再鼓再绝，琰复答称第四弦，并无差谬。嗣嫁与河东卫仲道为妻，不幸夫死无子，归宁母家。及邕为王允所杀，家室流离，琰竟被胡人掳去，没入右贤王帐下，生得二子，作《胡笳十八拍》流传远近。操与邕素相善，故特赎琰归国，令再嫁屯田都尉董祀为继妻。有才无节，终留遗憾。祀甫得才妇，竟致犯法，当坐死罪。文姬太无帮夫运。琰蓬头跣足，诣操乞免，操正大会宾客，冠笏盈堂，有属吏入白数语，操因顾语宾客道："蔡伯喈女在外，诸君亦愿一见否?"宾客齐称愿见。操即令吏引琰入厅，琰至阶前下跪，为夫乞免，措词甚哀，满座皆为改容，操语琰道："情实可矜，但文状已去，如何是好。"琰泣答道："明公厩马万匹，虎士成林，何惜一快足，不为援手哩?"操也被感动，乃即饬属吏，驰递赦书，贷祀死罪。且嘱琰起身入厅，赐琰头巾履袜，因即顾问道："令先人遗传文籍，可曾留藏否?"琰答说道："昔亡父赐书四千余卷，流离涂炭，所存无几，今所诵忆，只四百余篇。"操又说道："今当派文吏十人，就夫人处录述。"琰接口道："妾闻男女有别，礼不亲授，乞给纸笔，真草唯命。"操乃遣琰归家，使琰随时录送。

琰将曹娥碑文一并录入。碑文为邯郸淳所撰，独文后有八字云："黄绢幼妇，外孙齑臼。"为琰父邕所题。操瞧这八字，不解所谓。查及曹娥履历，乃是顺帝年间的孝女，女父盱为巫祝，在上虞江迎婆娑神，堕水溺死，捞尸不获。曹娥年仅十四，沿江号哭，阅十有七日，也投入江中，背负父尸，同浮江面，里人因为埋葬。事在顺帝建安二年。后来县长度尚复为改葬，就在墓道旁立碑，使弟子邯郸淳为文。邕南游吊古，就在碑后续题八字，时人都莫名其妙，连足智多谋的曹阿瞒也被难倒。转问左右文吏，独有主簿杨修能识邕意，谓黄绢系由丝染色，色旁加系，便是"绝"字；幼妇即少女，少女拼成一字，便是"妙"字；外孙为女之子，女旁加子，便是"好"字；齑味属辛，臼受辛器，便是受旁辛字，合成"辞"字；总计是"绝妙好辞"一语。操不禁叹服，但亦未免忌修多才，阴为加防。不脱奸雄故智。叙入此段，实为二女写照。

836.

好容易已是建安二十六年，操因孙权不服，复出师东下，进至居巢。权先遣部将吕蒙，攻拔皖城，擒住庐江太守朱光；嗣又由权亲率大军，进围合肥。合肥在皖城北，由操将张辽李典乐进居守；操预防孙权进攻，致与密函，谓待敌至乃发。及吴军大至，张辽等始敢发书，书中只有三语云："若孙权到来，张李将军出战，乐将军守城，勿得同出。"李典、乐进尚以众寡不敌为疑，辽独慨然决战，典与进始无异言。当下募得敢死士八百人，椎牛夜饮，诘旦开城猝发，辽挺戟先驱，陷入权营，直至权麾盖前面。权走登高阜，挥兵围辽，绕至数匝。辽十荡十决，无人敢当，再加李典引兵援应，也是踊跃无前。自清晨战至日中，吴人夺气，辽与典乃徐徐引归，登城固守，众心始安。

权围城逾旬，竟不能拔，撤兵东归，自与诸将断后；尚在逍遥津北，不意被辽察悉，遽率步骑掩至，权将吕蒙甘宁急忙抵敌，还是招架不住。张辽仗戟突入，领兵围权，幸亏权亲将凌统翼权出围，再回马与辽接战，不使再进，权得驰上津桥，放马过去。哪知桥南已被辽军拆断，相隔丈余，慌得权仓皇失措，进退两难；牙将谷利，请权退后数步，自在马后扬鞭一击，马始奋足腾跃，飞过桥南。凌统截住张辽，血战多时，左右尽死，统亦身受数创，料知权已走脱，方才奔回。吕蒙、甘宁也都败退，沿津逃生。权得部将贺齐舟师，下船避敌，遥见将士等绕河散走，亦令贺齐划船接下，方得渡回。贺齐流涕谏权道："此后，主公须当自重，不可轻敌，今日几危险不测了。"权答说道："谨当铭心，不但书绅。"乃收军回保濡须，抚视疮痍，缓图报复。

适为了荆州问题，龃龉多日，方得解决；详情见下。忽报曹操亲督大兵，来到居巢，权不得不整军迎敌。操兵号称四十万，权兵只七万人，客主异形，吴人多有惧色。何不记及赤壁时耶？甘宁独挺身效命，愿为前锋，权拨精兵三千人，随宁先进。宁选得健儿百人，俟夜与饮，各尽一觞，当即披甲上马，引百骑潜袭曹营；到了营旁，拔开鹿角，呐喊而入。曹军惊惶失措，被甘宁等左劈右斫，斩首至数十级，宁尚欲冲突进去，里面却用车仗穿连，排若铁桶，无隙可钻，操真能军。宁只得左右驰逐，喧噪了好多时；及见曹营中举火如星，兵马汇集，便领兵还寨，百骑中不折一人，因即夜报孙权。权喜说道："孟德有张辽，孤有兴霸，足与相敌了。"遂赐宁绢十疋，刀百口。既而两军大战，水陆分争。吴将徐盛董袭，督领舟师，至水口鏖斗，盛杀得性起，登岸冲锋；袭守船击鼓，陡有暴风刮来，荡覆数舟，兵士请袭避去，袭仗剑大喝道："将受君命，在此防贼，怎得弃船自去？敢有复言者斩！”说至此，狂飙尤甚，白浪滔天，袭坐船被覆，竟致溺死。徐盛孤军深入，幸得陆军接应，不致陷没。但操军究竟势大，东一支，西一队，把吴军冲作数截，权数被围住，幸有周泰保护，脱围退走。偏将军陈武竟致战死，各将纷纷引还，驰入濡须坞中；操亦收军引去。

权检点士卒，伤失颇多，自思战虽失利，还亏诸将努力，得免大损，乃设宴犒劳；行酒至周泰前，权令泰解衣，见泰创痕累累，问及所苦，泰迭述前后受创，约数十处，并言为主效力，虽死不恨。权不禁流涕道：“卿为孤兄弟，不惜身命，被创数十，肤如刻划，孤亦何心，敢不视卿如骨肉呢？从此当与卿同休戚，借报战功。”说着，亲起把盏，连酌三大觥，泰且饮且谢，尽醉方休。待泰回营时，命将自己麾盖移与护送；越日复另制青盖为赐，特示宠荣。惟与操相拒月余，不能取胜，乃从张昭等计议，令都尉徐详至操营请和。操亦因江东难下，许从和议，留夏侯惇、曹仁、张辽三将，屯守居巢，自回邺中。权亦进周泰为平虏将军，使督濡须；引兵还都。才阅数旬，即由陆口屯将鲁肃报称病重求代，权派吏问疾，赍给医药，一时尚未令卸职，叫他在任养疴。

时肃年未满五十，本是服官从政的时候，因平居为国经营，煞费心力，所以未老即老，病不能兴。他始终主张联刘，荆州借备，谋出一人。当备取益州时，权令诸葛瑾索还荆州，关羽不允，几至失和，还是肃出为周旋，请羽单刀相会，面述权命，请羽把荆州缴还。羽勃然道：“乌林一役，赤壁在江南，乌林在江北，故不妨互言。左将军身在行间，戮力破敌，难道独无一块土相酬，乃尚来索地么？”肃亦正色道：“前与刘豫州相遇长坂，豫州为操军所败，计穷力竭，将图远窜，当由肃转报吾主，特加矜愍，不爱土地兵甲，力却曹军；又因刘豫州无地可容，权借荆州，今刘豫州既已得蜀，仍将荆州占住，背德失好，恐难免天下耻笑。肃闻贪而弃义，必为祸阶，今君身当重任，奈何不以义相辅，反欲以力相争，有伤和气呢？”两人所说，俱非无理。羽尚未及答，旁有为羽握刀的随将，叫做周仓，瞋目大呼道：“天下土地，惟德所与，难道必归汝东吴么？”羽佯叱周仓道：“这是国家大事，汝有何知？乃亦来多言，可速出去。”仓已会意，立即出外，驾舟迎羽。羽即与肃告别，说是当转达左将军，从长商议，语毕即行。肃复与刘备直接交涉，备乃许分荆州，就湘水为界，自长沙江夏桂阳以东属吴，自南郡零陵武陵以西，仍为备有，权亦允议，再使诸葛瑾与备订约，始得息争。肃竟于建安二十二年病殁，权亲自临丧，赙赠甚厚。荆州人士，俱为叹息，连诸葛亮亦为发哀。后任为吴左护军吕蒙。蒙生性狡诈，与鲁肃心术不同，于是孙刘和谊，渐致破裂。



那曹阿瞒反得一意西略，幸而天意三分，不使曹氏混一，所以汉中地已得复失，反被刘备夺去。操本使夏侯渊为都护将军，督同张郃、徐晃诸将屯守汉中，且命丞相长史杜袭，为驸马都尉，留督汉中事，张郃奉操军令，进略三巴；刘备方令张飞驻守巴西，与郃相拒至五十余日，飞用了一计，袭破郃营，郃败还南郑，飞乃向备告捷。法正乘间说备道：“曹操西降张鲁，得定汉中，不乘此入图巴蜀，乃留夏侯渊张郃屯守，匆匆北返，这非由操智不及、力尚未足哩！今观渊郃才略，未必能胜我将帅，我正好进取汉中，为蜀屏蔽，此机不可再失了。”备乃留诸葛亮居守成都，即用法正为参谋，率诸将进兵汉中。行过巴西，由张飞出迎大军，备即命飞移屯下辨，且遣马超吴兰为助，自率诸将，进次阳平关。操闻刘备东出，亟命夏侯渊等拒备，另遣曹洪领兵，往争下辨。张飞使马超、吴兰出战，兰竟阵亡，超收军入城，与张飞合力拒守。备在阳平关上，遣将攻夏侯渊等，亦未得大捷，乃再贻书诸葛亮，促令济师。亮再拨兵二万人赴关，特遣老将黄忠为统帅，往助刘备。自经黄忠一行，遂使曹氏大将，就此丧元。正是：

倚老不妨重卖老，妙才未必果多才。

夏侯渊字妙才。

欲知后来交战情形，待至下回再表。

捉刀一事，见得曹操浑身诡谲。即如接见外使，本在无足重轻之例，乃必令崔琰为代，岂非多事？琰敢代操，操已隐忌之矣；置琰于死，岂仅为书语之不逊耶？且赎文姬所以沽名，妒杨修所以嫉才，操之举措，纯然为老奸伎俩；欺一时尚可，欺后世固不可也！孙权不能敌张辽，安能敌曹操？一败于逍遥津，再败于濡须口，仅赖周泰等之拚生翼护，才得脱围，可见赤壁之战，微孙刘之合力，则东吴未必幸存。云长之拒索荆州，非真强词夺理，而鲁肃以联刘为本旨，始终不变，盖诚有见乎大者。鲁肃殁而孙刘之好破；孙刘失好，而曹氏篡汉之局成；故鲁肃之存亡，不第关系吴蜀已也。

## 第八十九回　得汉中刘玄德称王<br>失荆州关云长殉义

却说黄忠率领援师驰至阳平关，备与夏侯渊相拒，已经逾年，既得黄忠来助，遂命为先锋，出关南行，渡过沔水，择得定军山要隘，安营下寨。夏侯渊闻报，当即引兵来争，一面奉书曹操，请速接应。操遂亲督全军，西指汉中，先遣使诫渊道："为将当有怯弱时，不可徒恃勇力；勇为体，智为用，有勇无智，一匹夫敌。还宜谨戒为是！"老瞒未始不知人，可惜垂诫太迟。渊不肯少改，定欲争踞定军山。法正劝备坚壁不动，徐俟敌变。那心粗气暴的夏侯渊麾动部众，一再进搏，俱被备军射退；待至日昃，渊军锐气已衰，势将退去。法正语备道："敌兵已懈，可乘间进击了！"备即令黄忠，登高临下，一鼓作气，忠骤马当先，跃下山来，突入夏侯渊阵中，敌皆披靡。渊正思亲出抵敌，陡与忠马相值，砉然一声，便将渊首劈落马下。益州刺史赵颙急来救渊，已是不及，遂按住黄忠，交战数合，又被黄忠劈死。备见忠已经得手，策军继进，杀得曹军东逃西散，好似天崩地塌一般。还是张郃引军援应，才得收拾败卒，奔回营中。督军杜袭与渊司马郭淮，因军中骤失主帅，莫由禀命，势且益危，乃权推郃为军主，勒兵按阵，军心稍定；一面飞报曹操，敦请进兵。

备已得大胜，临兵汉水，意欲东渡；只因夹岸有曹兵守住，恐他半渡截击，只好从缓。忽见汉水对面，尘头大起，有许多人马到来，料知曹操亲至，不禁笑语道："操虽自来，也无能为，我此番定得汉川了！"已有把握。遂敛众据险，不与交锋。操亦未敢进逼，但与备军隔水相持，约阅旬余，未分胜负。黄忠探得操军运粮，多在北山下屯聚，便欲引军袭取，备乃令黄忠先进，赵云后继。忠自欲邀功，但与云约定期间，过期方令云进援。看官试想曹操专喜劫人粮草，岂有自己运粮，不加重防的道理？黄忠恃勇轻进，悄悄的渡过汉水，直抵北山，果见粮



车蚁聚，一声呐喊，杀将过去，看守兵当然骇走，忠正拟向前夺取，不防连珠炮响，曹军两面杀到，一是张郃，一是徐晃，统是曹操手下的猛将。还亏黄忠一柄大刀，左招右架，冲开一条走路，且战且行。

赵云在营中候信，已过黄忠所约的期间，尚未见还，乃出营了望，遥见黄忠为操将所追，败奔回来，当即怒马直前，让过黄忠，截住操兵。操兵虽众，却被赵云挺枪突入，搅乱阵势，驰骤了好多时，方才退回。张郃、徐晃怎肯相舍？仍然从后追来。云还至营中，令兵士掩旗息鼓，大开营门，但令两旁伏住弓弩手，静待敌军，自己匹马单枪，伫立营外，郃与晃追至云营，见云孤身独立，不觉称奇，好一歇方敢向前，望云奔来，云仍然不动，惟把手中枪从后一挥，箭如雨注，攒射曹兵，曹兵统皆骇走。再加天色昏黄，不知云有多少伏兵，免不

得自相践踏，仓皇奔命。云更鸣鼓尾追，吓得曹兵纷纷投水，溺毙无数。云将曹兵驱过汉水，夺得许多甲械，乃收兵回营。越日由备至云处亲视战处，不禁赞美道："子龙一身都是胆呢！"胆大还须心小，子龙非仅胆大。乃复搜乘补卒，与操坚持。

操军不得一胜，又遇疫气传染，十死二三，不由的怀着退志。忽由许中传到急警，乃是少府耿纪、司直韦晃、太医令吉本猝然生变，射伤督军王必；必与典农中郎将严匡合兵讨平等语。原来操在邺中，常留长史王必，督领许中军事。必与京兆人金祎友善，互相通问；祎系前汉宰辅金日磾后裔，慷慨任侠，自思世为汉臣，不愿事魏，所以谋夺必军，暗结耿纪韦晃吉本诸人，拒操迎备。待至建安二十三年的元夜，许中悬灯庆贺，王必亦在营中宴饮，席尚未终，变忽骤起，营外一片火光，照彻营内，必慌忙上马，出营逃生；忙乱中遇着一箭，正中左肩，忍痛逃往金祎家门，意图躲避。祎家闻有叩门声，还道祎等成功归来，漫然相应道："王常史已杀死了么？"必才知祎实同谋，忙转身投入严匡营内，匡即号召兵马，出攻乱党。耿纪等本无军士，只带了家仆数百名，东冲西突，哪里敌得过严匡？金祎吉本相继战死，耿纪韦晃被擒，枭首市曹；诸家老小，尽坐诛夷，匡与必乃联名报操。操心虽慰，总尚不能无忧；嗣复得知王必病死，更加系念，于是拟班师退去。但从此弃掉汉中，心又不甘，因复欲与刘备大战一场，才定行止，当下使人约战，夹水列阵。备用法正计议，使黄忠赵云等，潜渡上流，绕出曹军旁面，冲击过去，一面用舟渡兵直攻操阵。操只顾前面，不防两旁有敌军杀入，只得分兵对敌，自己徐徐引退，备得安渡汉水，进逼操军。操再整军出战，备遣养子刘封出马，向前突阵，操即令徐晃截住厮杀，且扬鞭指语道："卖履儿惯使假子冲锋，若叫我黄须儿来，看汝假子能相敌否？”语尚未毕，封已退去。操正思麾兵追击，忽闻备营中金鼓齐鸣，又未便轻进，因使人往召黄须儿。黄须儿系操子彰，膂力过人，能手格猛兽，不避险阻；惟颏下生须如铁，色却纯黄，故呼为黄须儿。

及黄须儿奉命西来，操已退入长安了。原来操因屡战无功，退至斜谷时，当晚餐庖人呈入鸡汤，由操且食且饮，适由帐下弁目入请夜间口号，操随口说出鸡肋两字，弁目不敢细问，便传令出去，将士不知所谓。独主簿杨修连夜束装欲归，旁人惊问何因，修答说道：“鸡肋两字，寓有深意，弃之不甘，食之无味，据此看来，是必归无疑了！”将士等听到此言，便各整归装。事为曹操所闻，查诘大众，俱言由杨修所教，操忌修益甚。但看众情已有退志，料难再战，不若弃去汉中，即日旋师，于是拔寨齐起，退还长安。途中与曹彰相遇，嘱令同回，黄须儿难违父命，也即折还。



刘备遂得据有汉中。并得降将王平，乃是曹操麾下的署理校尉，素知汉中地理，遂引备将刘封孟达，攻破房陵，再进略上庸，收降太守申耽，汉中大定，群僚遂表请备为汉中王。备再三推辞，嗣经群臣固请，方才勉允，即于建安二十三年七月，在沔阳筑设坛场，陈兵列众，由群佐拥备登坛，备戴王冠，披王服，佩王玺绶，受群下谒贺。礼成以后，立夫人吴氏为王后，子禅为王太子，进许靖为太傅，法正为尚书令，关羽为前将军，张飞为右将军，马超为左将军，黄忠为后将军，赵云为翊军将军。此外文武百僚，俱进位有差，留镇远将军魏延留守汉中，兼领汉中太守，自引大军，还治成都。军师诸葛亮当然出迎，备握手道故，具极欢洽。据《亮列传》中，亮并未随攻汉中，故本回从正史，不从罗氏《演义》。亮劝备表奏献帝，缴还左将军宜城亭侯印绶，备自然照行。亮复进言道：“黄忠名望，与关马不同，从前马超来降，云长尚欲与较优劣，今使忠与彼同列，彼必不服，宜从斟酌。”备笑答道：“我自能向彼解说，军师勿忧。”

先是关羽尝与亮书，谓马超人才，可比何人，亮尝答书道：“孟起马超字。兼资文武，雄烈过人，也不愧为一时人杰；但却是黥英布。彭越。流亚，只可与翼德等并驾齐驱，尚未能及髯公的绝伦超群呢。”羽素美须髯，故亮称为髯公。自羽得此书后，始无异言，至是由司马费诗奉使荆州，授羽印绶；羽见了费诗，问及他将爵位，知黄忠得授职后将军，与己并肩，不由的愤愤道：“大丈夫岂可与老兵同列？请君将印绶赍还。”这是云长傲气。诗从容道：“君侯也太固执了。从前萧曹与高祖并起，最为亲旧，及韩信亡命后至，却擢为统帅，嗣且封王爵，位出萧曹上，萧曹并不以为嫌，今汉中王与君侯，譬犹一体，休戚相关，不过按功行赏，宜擢黄忠，并无他意，君侯当体王苦衷，不宜以名位高下，爵禄多少，心存芥蒂呢。”羽闻言感悟，因即受命，且愿乘势攻取襄樊，面托费诗归报。刘备壮羽忠奋，准如所请，羽乃部署人马，慷慨誓师，使糜芳守江陵，傅士仁屯公安，责令输粮济师，不得有违；当下自督将士，往攻樊城。

樊城为操将曹仁所守，探得关羽兵至，即飞书报操，请即济师。操遣于禁为统将，庞德为先锋，带领七队人马，星夜援樊。既至樊城，与仁相见，仁令于禁等屯兵樊北，作为声援。及羽兵进迫城下，内有曹仁守住，外有于禁庞德等接应，羽急切不能取胜，也觉愁烦；可巧秋凉水涨，霖雨连宵，汉江一带，两岸泛滥，羽登高了望水势，默有所会，计上心来，便令部兵筹备舟筏，暗遣子平往堵江口，灌决樊城。樊北地势较低，首当水冲，于禁庞德，全未防及，一夕风雨大作，洪水暴涨，于禁所领七军，都不知水从何至，仓皇乱窜，吓得于禁魂胆飞扬，急往堤上避水。独庞德跃马水中，尚无惧色，时已黎明，忽听得鼓声大震，来了许多战船，顺水杀来，德据住堤上，未肯退去。哪知来舰上一齐放箭，状若飞蝗，操兵多被射倒，德尚张弓挟矢，向他对射，相拒了好多时，日已亭午，水势益高，连堤上亦将淹没，魏将董衡董超，劝德降敌，德大怒道："我受魏王厚恩，怎肯降人？"说着即将二董劈分四段，德亦非曹魏故吏，奈何甘殉曹氏？复顾语督军成何道："我闻良将不怕死，烈士不毁节，今日是我死日了；卿亦当努力死战，勿负国恩。"成何依令向前，立被射落水中，余众大骇，都向敌舰中奔入，弃械请降。连于禁亦偷生乞命，匍伏长堤，束手受缚。独庞德提着大刀，跃入堤边一小船，砍倒船中军士，用刀作橹，意欲



驶往樊城，偏兜头遇一大筏，竟被撞翻，德随船落水，方为所擒。

关羽大获全胜，升帐讯囚，于禁跪伏乞怜，由羽发往江陵，系狱待刑；及讯至庞德，德兀立不跪。羽与语道："汝兄柔现在汉中，汝旧主马超，亦在蜀中为大将，汝何不早降？"德怒目答道："匹夫敢叫我投降么？魏王方带甲百万，威振天下，汝刘备乃系庸才，怎能与敌？我今日死，明日汝亦不得生了！"羽当然愤起，遂命将德推出斩首，给棺埋葬。复乘水势未退，麾令大小将校，分坐战船，进薄樊城。是夕暂宿舟中，恍惚有野猪进来，啮住左足，忍不住失声叫痛，因致惊醒，方觉是南柯一梦。旁有关平在侧，问及何因，羽自述梦状，且因足上余痛犹存，亦知凶多吉少，不免叹息。平请羽退还荆州，羽慨然道："我年近六旬，死亦何憾？况樊城将下，奈何遽归？"

过刚必折。待至天明，即挥兵攻城，城中已变成泽国，内外水溢，垣墙逐渐摧陷，守兵搬土运石，填塞罅隙，尚忧不逮；再加羽军进攻，累得守吏日夜不安。或语守将曹仁道："危城难保，恐将不支，不若乘舟夜走，尚可全身。"仁也觉自危，转语参军满宠，宠谏阻道："洪水骤至，岂能久存？不数日自当退去，且魏王以此城托付将军，正望将军力当冲要，若弃城北走，恐黄河以南，皆非国家所有了！"这一席话，说得曹仁亦为感奋，毅然誓众，与城存亡，大众始有固志。羽连攻数日，竟不能克，乃分兵往取襄阳，收降刺史胡修及太守傅方；再命襄阳兵进扰郏下。河南土豪望风响应，警报连达邺中。

曹操先闻于禁败降，庞德被杀，不禁长叹道："我于于禁，三十年故交，奈何反不及庞德呢？"因封德二子为列侯。及闻关羽进兵至郏，威震河南，遂与将吏会商，拟移徙许都，避羽锐气。这是曹操狡诈处。忽有二人闪出道："于禁等为水所没，并非力竭败亡，不足深惧，臣等以为刘备、孙权外亲内疏，若使关羽得志，权必不愿，今何勿致书孙权，叫他潜蹑羽后？且许割江南地封权，权当必乐从；彼既起兵，羽回救不遑，何敢再争樊城呢？"曹操瞧着，一是司马懿，方为军司马，一是蒋济，方为西曹掾，操掀须笑道："两卿所见甚是，应即照行。"遂使人致书东吴，并令宛城屯将徐晃，引兵援樊。嗣接孙权复书，愿依操命，攻羽自效，操当然放心。 

先是孙权从鲁肃计议，与羽结好，至吕蒙代肃后任，尝欲图羽，回应前回。权尚欲先取徐州，后据荆州，蒙谓徐州易取难守，不如取羽为宜。权还有疑意，又遣使至江陵，为子求婚羽女，羽不肯许婚，反将吴使叱回，毕竟太傲。权因动怒。及曹操致书相约，便即依允，密饬吕蒙进图荆州。蒙复疏道："羽往攻樊城，仍留重兵驻守江陵，无非为防蒙起见，蒙常有病，请召还建业，托名养病，另遣他人代任，羽以为东顾无忧，必调兵尽赴襄樊，蒙却潜军直进，攻彼无备，一举便可成功了。”权依了蒙言，即召蒙还都；蒙复举陆逊自代。逊系吴人，字伯言，为权侄婿，官拜定威校尉，年少多才，未经大任，权虑他望轻资浅，未足代蒙。蒙面答道：“正惟逊未有远名，非羽所忌，故特为荐举；蒙知逊外敛内明，必能任重，幸勿多疑。”权乃令逊为偏将军，任右都督，代蒙守陆口。逊奉命到任，即作书贺羽，备极谦恭。言甘者心必苦。羽竟为所欺，不加后防，且调江陵兵，合攻樊城。

是时操将徐晃已出援曹仁，屯兵阳陵坡。羽闻徐晃将至，急围樊城，尽力督攻；正指挥间，不料城上偷放一箭，正中左臂，箭头敷有毒药，镞虽拔去，毒已入骨，遂致肿痛未消，不能运动。幸亏得沛人华佗，夙长医术，延请调理；佗谓毒陷骨中，必须割骨去毒，方可无恙。羽便伸臂令治，毫无难色。将吏都入帐探视，由羽邀与共饮，右手执杯，左手剖臂，一任华佗刲刮，血满盘器，仍然引酒举觞，谈笑自如。及刲刮已毕，用药敷治，缝裹合口，臂即自能展舒，痛苦自消；羽欢然道谢，留佗夜宴，酬以百金。越宿佗即告辞，劝羽息怒静养，方可复原。羽志在讨曹，怎肯中止？且因天晴水退，樊城仍未能克，越觉焦灼，营中兵士日众，粮食不继，屡向糜芳傅士仁催索，未见时至；禁不住大怒道：“他二人敢慢我军令，他日回军，定当尽法惩治。”遂行文再催，反至杳无影响。羽不得已，拨兵至湘关截取吴米，聊济军需，谁知米虽截得，那吕蒙已潜领舟师，扮作商船，使白衣人摇橹过江，掩至江陵，招降糜芳傅士仁，竟将南郡公安，一并取去。云长之后路已断。

羽尚未闻知，仍想力攻樊城，城几垂陷，忽由徐晃统兵杀来。羽与晃本系故交，当即拍马往迎，既与徐晃见面，各在马上寒暄数语，晃突然回顾将卒道："谁能取得云长首级，当重赏千金。"羽惊讶道："公明晃字。何骤出此言？"晃朗声答道："晃为国家大事，怎敢因私废公？况素知云长效忠刘备，今南郡公安已被吴将吕蒙袭入，云长且进退无路，不死将何待呢？"恶极。说罢，即挥兵齐进。羽亦引军抵敌，约有几个回合，羽部下都系念江陵，并皆溃退；任你力敌万人的关云长，也只好且战且走。不料樊城里面的曹仁又复冲出，与徐晃合兵夹攻，羽兵大乱，引将士急奔襄阳。就是偃城四冢的屯兵已由晃射入军书，说明荆州失守，纷纷记念家室，相率奔还。羽退至沔口，尚疑晃摇惑军心，下令驻营，探听荆州确耗。偏接侦骑回报，果然糜芳傅士仁，挟嫌降吴，荆州尽失，顿致悔恨交并，箭疮复裂；急切无从设法，勉依将吏计议，使人致书吕蒙，责他背盟夺地。及去使还报，谓由蒙格外优待，所有关公全眷及从军将士诸家属，无不周恤，秋毫无犯，惟言荆州本是吴地，所以收还。愈甘愈毒。说得羽恨上加恨，奋髯张目道："好奸贼！我虽死尚不饶汝！"遂遣使至刘封孟达处乞援，一面引兵渡江，再欲夺还荆州。



行至半途，正值吕蒙陆逊分兵邀击，把羽军困在垓心，经羽奋力杀出，部众多被荆州士兵，招诱回去，单剩数百骑亲从将吏，走保麦城。再使人催召刘封孟达，两人竟不奉羽命，托言山郡初附，未便出师。眼见得这位关公，势穷援绝，没奈何弃去麦城，夜出西奔，随身只有子关平及周仓等十余人。行至临沮，伏兵骤发，吴将朱然潘璋，左右杀出，羽不能再战，夺路急走；前面山径丛杂，夜色昏蒙，一脚踏空，跌入陷坑，潘璋部下马忠，领兵追至，竟将关公父子一并擒去。看官试想，关公是一位忠肝义胆的丈夫，岂肯临危怕死？孙权虽欲劝降他，却誓不承认，遂致杀身成仁，父子同尽；周仓等亦皆为主捐躯。罗氏《演义》谓关平为关公养子，史传但言子平，今从之。小子有诗叹道：

赤胆忠心誓报刘，越江讨贼死方休；
东吴不念东风惠，万古江潮咽恨流。

欲知关公殁后情形，待至下回便知。

刘玄德据荆益，定汉中，智谋如曹阿瞒，且敛锋避锐，此正蜀汉全

盛时代。及关羽北击樊城，锐意讨曹，正应妥选良将，代守南郡，使羽得免后顾之虑；况当时蜀中安堵，赵云黄忠，并在左右，何一不可遣往？乃令羽孤军无继，卒致败亡，此其误非尽在关公，玄德实尸其咎，诸葛孔明亦与有责焉。或谓孔明预知天数，未便救羽，此则为罗氏《演义》所荧惑，不足取信。荆州为巴蜀下游，关系甚大，若果如罗氏所言，则孔明尤为忍人，不为预筹良策，坐令父子捐躯，荆土全失，何其忍心若是？君相有造命之权，宁可如常人之徒诿天数乎？若关公之败，失之过刚，吕蒙虽胜，不能无罪；亲汉贼而仇汉裔，蒙亦何心？此后人之所以深嫉吕，而不能忘怀于鲁子敬也。

## 第九十回　济父恶曹丕篡位
## 接宗祧蜀汉开基

却说吴王孙权闻报荆州得手，也亲至江陵，犒赏军士。至关公父子遇害，大功告成，乃大会将士，置酒称庆，并释出魏将于禁，令共列席。禁亦知愧否？吕蒙为首功，陆逊为次，分坐权侧。权进酒数觥，欢然与语道："孤自嗣业以来，幸得公瑾子敬及子明诸人，公瑾破孟德，拓荆州，雄才大略，不幸早亡；子敬初见孤时，便谓宜逆击孟德，力排众议，劝孤重任公瑾，后开霸业，这是第一件快事，既知孟德宜拒，此时何反投孟德？后虽劝借荆州与玄德，未免计短，但不能掩彼所长；子明少时，孤即知他具有胆略，可比公瑾，今果能夺还荆州，不负孤言，孤当与子明共保富贵，进爵铭功。"蒙离席谢奖，拜跪下去。权正起座相扶，不意蒙陡然倒地，满口谵言，自骂吕贼，惊得权缩手倒退，忙令左右，掖起蒙身，舁入内室，一团高兴，化作冰消，草草终席，入内探视，蒙尚胡言乱道，不省人事。权亟宣召医官，多方诊治，仍未见效。入夜且叫骂益甚，权连夜出令，谓有人能疗蒙疾，赏赐千金。偏是阴灵缠绕，药石无灵，好容易过了一宵，才觉蒙有些知觉，当即拜蒙为南郡太守，封孱陵侯，赐钱一亿，黄金五百斤。蒙自知不久，俟权入视时，当面固辞，权教他静心保养，幸勿纷心。至亭午颇能下食，权更为欣慰。哪知他到了黄昏，病又发作，忽痛詈，忽惨呼，比昨宵尤为喧闹，权再自临视，被蒙厉声叱出，不得已使巫祝请命，延至夜半，蒙竟七窍流血，呜呼毕命，年止四十有二。大小将士统猜是关公索命，连权亦将信将疑。莫谓无神！一面为蒙棺殓发丧出埋，一面将关公尸骸，用侯礼安葬；只首级已经往献曹操，不能追回。

操已督军出驻摩陂，援应樊城，既闻关羽败退，乃还屯洛阳。会值吴使至洛，献上羽首，操举首一瞧，见他英灵未泯，面色如生，不由的吃一大惊，乃令刻木为身，葬用侯礼。但经此一吓，头风复作，好几日卧床不起。访得名医华佗，疗疾如神，急忙派人召至，佗用针砭治，随手即瘥，瘥后又发，佗谓非剖洗不可，操愤然道："头可劈么？"佗申答道："大王如不愿剖洗，针治只能救一时，不能救数年。"操但令针治，佗知不可愈，诈言家中妻病，须归视再来，及归去后，竟不复往。操屡呼不应，饬吏拘佗下狱，拟成死罪。或谓佗善医人，不宜处死。操怒说道："彼欲斫我头，怎可再留？且天下亦何至少此鼠辈呢。"到死尚且疑人。遂催吏杀佗。佗临死时，出书一卷与狱卒道："感君善事，愿将此持赠，可以活人。"狱卒畏法不敢受，佗竟索火毁书，服毒自尽。或谓狱卒受书回家，被妻取焚，经狱卒上前抢救，已只剩得一两页，就是阉鸡阉猪等小法，所有解剖诸术，尽成灰烬，不复流传，这真所谓千古遗恨呢。操不但杀佗，并致良方俱毁，即此已为千古罪人。

佗既死后，操头风终不得痊，反且加剧，自思主簿杨修依附子桓，且为袁氏外甥，将来我死，他必导桓为非，乱坏我家，因诬修泄漏机密，勒令自杀。既而吴使又至，呈入孙权书笺，劝操为帝。操阅书毕，颁示属僚，且语众道："是儿欲使我居炉火上么？"当有侍中陈群、尚书桓阶，盛称曹操功德，宜应天顺人，速正大位。陈群为仲弓孙，何亦如此龌龊？操笑说道："孔子有言：'施于有政，是亦为政。'若天命果当属我，我就做周文王罢了。"明是教子篡逆。遂表授孙权为骠骑将军，封南昌侯，领荆州牧，遣吏赍敕，偕吴使同赴荆州。看官！你道孙权何故媚操？他自占取荆州，只恐刘备出师报复，自己抵敌不住，所以向操献媚，求他援助；操亦狡猾得很，给他高爵，使拒刘备，两下私意，无非是叫人出头防御刘备起见。究竟刘备西据成都，作何举动？备与关羽情同骨肉，岂有闻羽败亡，不加痛愤？当下与大小将士，一体举哀，追谥羽为忠义侯，令羽子关兴袭封。即日部署人马，讨吴报仇。惟自诸葛亮以下，多言是先当伐魏，然后讨吴，一时议论纷纭，尚难解决。蹉跎逾年，由洛阳传到消息，乃是曹操病死，于是备一意恨吴，无心及魏。



魏且横行无忌，公然做出篡逆的事情了。建安二十五年正月，是年为后汉末年，故大书特书。曹操病倒洛阳，不遑回邺，镇日里心绪不宁，精神恍惚，一夕梦见有马同槽共食，醒来不知主何吉凶，阿瞒虽智，要亦难详。转问许多谋士，或说是禄马吉兆，应受天禄，无非谄媚。操也不复疑。但一经合眼，往往看见男女冤魂，环立床侧。想是伏后董妃等出现。因疑及洛阳故宫，未便寄住，特使大匠苏越另造建始殿，以便移居。越素知濯龙祠旁有一极大梨树，高十余丈，可建栋梁，当即禀明曹操，督工采伐，才砍数斧，树中忽漂出血来，众工不敢再斫，越亦大为诧异，匆匆返报。操尚未信，力疾乘车，自去看验，拔剑试斫，树血飞溅身上，淋漓满体，打了好几个寒噤，慌忙返车，易衣奄卧，从此不能再起。到了病笃，方密嘱近臣，谓安葬以后，须置七十二疑冢，免人发掘；又遗命后宫姬妾，分取名香，此后须勤习女工，卖履自给。说到此处，已是口舌蹇涩，不能再言，少顷即逝，年终六十有六。

从前方士左慈自言为庐江人，尝入见曹操，列坐末席，与客共饮，席间珍馐俱备，惟少松江鲈鱼，慈独索铜盘，使贮清水，自用短竿钓取，连得数尾。操又谓恨乏蜀姜，慈向西举手一挥，姜即从空落下，座客无不喝采，偏操满怀猜忌，目顾左右，欲就座上执慈，慈却避入壁中，倏忽不见。操更觉惊忙，派兵侦缉，明明见慈在市上，追将过去，慈向人丛中一混，市



人统变做慈状，不辨真假，及仔细审视，真左慈已经走远，扬长自去。嗣复在阳城山头得见左慈，兵役又急忙追逐，慈走入群羊，由兵役牵住群羊，归操自讯，操知不可得，令就群羊中宣告道："我本无意杀君，聊试君术，幸勿隐身！"还想骗他。道言甫毕，空中忽现一左慈，拍手大笑道："土鼠随金虎，奸雄一旦休！"操命左右射慈，慈又不见，此后遂不知所往。操死时正当子年寅月，适如慈言。

操子丕留守邺中，接到丧讣，即欲嗣位，侍臣谓须俟诏命，方可嗣立，尚书陈矫大声道："王薨于外，爱子在侧，倘或生变，岂非摇动社稷么？"遂传王后卞氏慈命：立丕为魏王，操嘱及分香卖履，而于继统大事反不提及，实是乖刁。尊卞氏为王太后，然后报答献帝。先立后奏，目已无君。御史大夫华歆，本操私党，立逼献帝下诏，命丕袭封，仍为丞相魏王，领冀州牧。丕既受诏

命，乃出郊迎丧，奉操遗榇，安葬西陵，追谥曰“武”。何不谥为文王？丕弟彰、植、熊等，俱来奔丧，彰已受封鄢陵侯，植亦受封临淄侯，与丕、熊均为同母弟；熊不久即逝。此外尚有异母弟十余人，一并会葬。史传载操有二十五子，数子早殇。彰多力，植多文，二人素为操所爱，丕恐他夺位，蓄猜已久，甫经丧毕，便欲遣令就国。彰本期大用，一闻消息，便怏怏自去；植待遣乃行。丕留华歆为相国，进大中大夫贾诩为太尉，大理王朗为御史大夫，侍中陈群为尚书。群请立九品法，分贤愚为九等，使州郡各置中正，官名。区别等第，借便黜陟，丕即依议施行。上品无寒门，下品无贵族，弊由此起。又选主簿贾逵为豫州刺史。逵明经知兵，受操宠眷，尝护操丧还邺，主持丧务。曹彰问及先王玺绶，被逵正色拒绝。丕因此德逵，授任豫州，锄强抑暴，兴利除弊，为吏民所称仰。丕复布告天下，令以豫州为法，封逵为关内侯。丕即欲篡汉，特仿汉高祖光武故事，率领甲士数十万，南巡谯城，遍召故乡父老，各给宴饮，谯城为曹氏故里。并设伎乐百戏，欢宴终宵。可巧蜀将孟达遥奉降书，愿举上庸城属魏，丕授达为新城太守。武都氐王杨仆，挈种内附，丕使入居汉阳郡。一面亲笔下令，自陈威德，于是谄子媚臣，或报称黄龙出现，或报称凤凰来仪。



丕即授意左中郎将李伏、太史丞许芝令与华歆贾诩陈群王朗等，先入许都，胁令献帝禅位。献帝以为曹操已死，可望亲政，因改建安二十五年为延康元年，与民更始。哪知一班新朝走狗，竟来逼令让国，要他拜献江山，献帝大吃一惊，不禁泪下。李伏即抗声奏请道：“孔子玉版中，已有预言，谓定天下，出魏公子桓。今魏王表字，适合谶文，丕字子桓。所以祯祥毕集，嘉应显然，陛下即宜应天顺人，仿行圣朝禅让故事。”说到此语许芝也接说道："臣职司天象，默察星纪，魏当代汉，就是证诸图谶，语却尽符。《春秋·汉合孳》云：'汉以魏，魏以征。'《春秋·佐助期》云：'汉以许昌失天下。'故白马令李云上书，曾言许昌气见诸当涂高，当涂高便是魏阙，魏当代汉，自许昌始。《易运期》又云：'鬼在山，禾女连，王天下。''鬼女禾'三字，拼成'魏'字，天数如此，陛下亦怎可违天？"种种佐证，不知如何捏造出来。献帝无言可答，只是两袖拭目，泪湿龙袍。还有华歆等更疾言厉色，几乎要将献帝吞噬下去。皇后可弑，皇帝自然可废。献帝尚未肯承认，忽外面有许多甲士，持械入殿，气焰很是厉害，慌得献帝起座返奔。华歆等竟抢步追入，直至中宫，曹皇后闻声出迎，见献帝形色慌张，惊问何事，献帝泣说道："汝兄欲夺我帝位呢。"曹后听着，禁不住竖起柳眉，让过献帝，阻住华歆等人，开口叱骂道："汝等希图富贵，敢造逆谋，试想我父功盖寰区，尚且始终事汉，我兄嗣位未几，便思攘窃神器，应不至此，总是汝等撺掇出来。"华歆听了，也无惧色，只因曹后是魏王丕妹，不得不略顾面目，权将天命人事的套话，敷衍数语。若非曹丕之妹，又要动手拖发了。曹后全然不采，歆等不得已暂退。越日闻曹丕已将到许，又会合群臣，力请献帝出殿，献帝被逼不过，勉强出来。华歆等已草就禅诏，硬迫献帝颁行，献帝含糊答应，当即遣御史大夫张音，赍诏送丕。丕行至曲蠡，接诏展读道：



朕在位三十有二载，遭天下荡复，幸赖祖宗之灵，危而复存；然仰瞻天文，俯察民心，炎精之数既终，行运在乎曹氏，是以前王既树神武之绩，今王又光曜明德，以应其期，历数昭明，信可知矣。夫大道之行，天下为公，选贤与能，故唐尧不私于厥子，而名播于无穷，朕羡而慕焉。今其追踵《尧典》，禅位于魏王，王其勿辞！

丕读诏毕，心下甚喜，但形式上未便遽受，不得不上表推辞，即遣张音返报。华歆等忙驰书劝进，一面胁献帝交出玺绶。献帝流涕道："玺绶由皇后收藏，不在朕身。"歆等因再向曹后求玺，曹后仍然不与，乃转报曹丕，丕竟遣曹洪曹休两族人，引兵入宫，劫取玺绶。曹后料不能坚持，将玺绶掷抵轩下，且泣且语道："天不祚尔！"曹洪得玺，未便亲交曹丕，再由华歆等续缮诏书，仍使张音持玺献丕。更可恨的，是硬要帝女二人充作魏嫔，一齐献去。好算是善法《尧典》。丕在曲蠡待诏，见张音奉玺到来，并有娇娇滴滴的两帝女，随玺同至，真是喜气重重，大快所望。但见禅诏有云：



惟延康元年十月乙卯，皇帝曰："咨尔魏王，夫命运否泰，依德升降，三代卜年，著于春秋，是以天命不于常，帝王不一姓，由来尚矣。汉道凌迟，为日已久，安顺以降，世失其序，冲质短阼，三世无嗣，皇纲肇亏，帝典颓沮，暨于朕躬，天降之灾，遭无妄厄运之会，值炎精幽昧之期。变兴辇毂，祸由阉竖，董卓乘衅，恶甚浇豷，逄蒙子，见《夏纪》。劫迁省御太仆宫庙，遂使九州幅裂，强敌虎争，华夷鼎沸，蝮蛇塞路。当斯之时，尺土非复汉有，一夫岂复朕民？幸赖武王德膺符运，奋扬神武，芟夷凶暴，清定区夏，保乂皇家。今王缵承前绪，至德光昭，声教被四海，仁风扇鬼区，是以四方效琛，人神响应；天之历数，实在尔躬。昔虞舜有大功二十，而放勋禅以天下；

大禹有疏导之绩，而重华禅以帝位。汉承尧运，有传圣之义，加顺灵祇，昭天明命，厘降二女，以嫔于魏，使持节行御史大夫事太常音，奉皇帝玺绶；王其永终万国，敬御天威，允执其中，天禄永终。敬之哉！

丕得此诏，即欲老实接受，还是太尉贾诩等叫他再还玺绶。丕乃将帝女二人留住，先行受用；丕妹为帝后，则帝女应为丕甥，丕可谓善效楚成王了。再使张音将玺奉还。至第三次下诏，内有天不可违，众不可拒，重华不逆尧命，大禹不辞舜位等语，仍由音赍玺奉丕，丕不复再让，命在繁阳亭筑受禅坛，择于十月庚午，代汉登基。公卿列侯及大小将吏，届期至坛下候驾等候；片时由侍从拥着魏王，乘舆到了坛前，由丕徐徐下车，升坛受玺，南面称尊。文武百官，拜倒坛下，齐称万岁。即位礼成，丕下坛祭告天地，望燎乃返。顾语群臣道："舜禹受禅，我今方知道了！"恐不像汝所为。遂驰入许都，改建康元年为黄初元年，国号魏，废献帝为山阳公，曹后为山阳公夫人，勒令出宫就封；惟仍得用汉天子礼乐，算做另眼看待。追尊父操为武皇帝，庙号"太祖"，称母卞氏为皇太后。改号相国为司徒，御史大夫为司空，余官亦多易旧名。就是郡国县邑，亦陆续改称，许县变作许昌县，算是魏国首都。又在洛阳大营宫室，作为陪都。



这消息传入蜀中，但言曹丕篡汉，未及汉帝下落，或且谓汉帝已经遇害。汉中王刘备即为发丧成服，遥谥献帝为"孝愍皇帝"，蜀中一班将佐遂劝备绍承汉统，即日正位，备不从所请。将佐等又援引谶讳，摭拾嘉符，再三怂恿，仍未见从。会由刘封奔还成都，谓孟达申耽，并皆叛去，反引魏兵袭封，封寡不敌众，只好奔回。备怒叱道："汝知荆州危急，并不往救，今反敢来见我么？"封答说道："孟达从中挠阻，孤身不能赴援，所以中止。"备不待说毕，即喝声道："我闻汝与孟达不和，故达敢阻挠，汝当思食人禄，忠人事，怎得复听达言？我若贷汝，如何服人？"封跪伏求饶，适诸葛亮在侧，备顾语道："封罪当诛否？"亮答称凭王裁夺四字，备乃赐封自尽。封临死自叹道："我悔不听孟子度言！"子度就是达字，这语传入备耳，才知达降魏后，曾有书招封，封毁书斩使，致为所逐，备不免生悔，懊怅了好几天。封本姓寇，为长沙刘氏外甥，备至荆州时，尚未生禅，因留封为养子。封颇有膂力，随诸葛亮入益州，转战有功，乃得受职副中郎将。诸葛亮虑封刚暴，后终难制，故不为请免，听令加诛。封之罪固不免于死。转瞬月余，亮与许靖等会衔上笺，申请正位。略云：



> 比闻曹丕篡位，湮没汉室，窃据神器，劫迫忠良，酷烈无道，人鬼忿毒，咸思刘氏。今上无天子，海内惶惶，靡所式仰。群下前后上书者，八百余人，咸称述符瑞，图谶明征，吁称绍德。伏惟大王出自孝景皇帝中山靖王之胄，本支百世，乾只降祚，圣姿硕茂，神武在躬，仁复积德；爱人好士，是以四方归心焉。宜即帝位，以纂二祖，绍嗣昭穆，光复旧物，天下幸甚！录劝进书，与专言符谶，一味虚谀者不同。

刘备览笺，尚欲固辞，再经诸葛亮等进陈兴灭继绝的大义，乃准如所请，令博士许慈、议郎孟光订定礼仪，就在成都武担山南，筑坛登位，并昭告天地，由祝礼官代读祝文道：

维建安二十六年四月丙午，延康改元，备尚未接诏，故文中仍用建安年号。皇帝备敢用玄牡，昭告皇天上帝，后土神祇。汉有天下，历数无疆。曩者王莽篡盗，光武皇帝震怒致诛，社稷复存。今曹操阻兵安忍，戮杀主后，滔天泯夏，罔顾天显。操子丕，载其凶逆，窃据神器，群臣将士，以为社稷隳废，备宜修之，嗣武二祖，恭行天罚。备虽否德，惧忝帝位，询于庶民，外及蛮夷，佥曰天命不可以不答，祖业不可以久替，四海不可以无主，率土式望，在备一人。备畏天明命，又惧汉邦将湮于地，谨择元日，与百僚登坛，受皇帝玺绶，修燔瘗告，类于天神。类系祭名。惟神飨祚汉家，永绥四海，垂于无穷！

祝告既毕，受百僚朝贺，颁诏大赦，改元章武，仍称汉
860. 帝。史家号为蜀汉，示与后汉有别。且因刘备殁后，庙谥“昭烈”，又沿称昭烈皇帝。惟陈寿作《三国志》，但称为蜀。寿本魏人，出仕晋朝，晋受魏禅，不得不微辞寓意，惟始终称备为先主，与《吴志》直呼孙权不同，是寿亦隐以正统予蜀，与朱子《纲目书法》名异实同。小子此后演述，就沿称备为先主。自是中土三分，势成鼎足。未几吴亦改年黄武，寻且称帝，居然是三帝并峙了。惟蜀承汉统，幅员虽小，名号最正。刘先主既已正位，进诸葛亮为丞相，许靖为司徒，置百官，立宗庙，祫祭高祖以下诸世系；立夫人吴氏为皇后，子禅为皇太子。典制粗定，便欲兴师东下，讨吴雪耻。忽有一将进谏道：“国贼曹操，并非孙权，陛下不应置魏先吴。”先主听着，默然不悦，那将军又继续陈词，讲出一段绝大的理由。小子录述至此，即随写一诗道：

君父仇深兄弟轻，后先应自辨分明；
忠臣伏阙陈言后，英主如何不听行？

欲知何人进谏，申明理义，请看下回再详。

司马温公退居洛阳，阅陈寿《三国志》，识破一事，谓操留遗嘱，下至分香卖履，如家人婢妾，莫不处置详尽，独无一语及禅代之事，其意以为禅代乃子孙所为，吾固未尝教之也，此正为操之大奸处。然操尝以周文王自拟，亦何曾不教丕篡汉乎？且温公既知操之奸，不应有帝魏寇蜀之书法，陈寿尚称刘备为先主，温公何嫌何疑，乃必以正统予魏也？本回就事论事，未尝明辨，而于魏蜀之称帝，前后写来，自觉邪正之不同，文人手笔，具有阳秋，岂必断断然评论善恶哉？

# 第九十一回　陆伯言定计毁连营<br>刘先主临危传顾命

却说刘先主筹备军马，意欲伐吴，有一将军伏阙谏阻，谓当先行伐魏。看官！这是何人？原来是翊军将军赵云。云先言魏为国贼，比吴为重，未见先主听从，乃复申谏道："曹操虽死，子丕篡位，陛下宜出图关中，扼住河渭上流，声讨逆贼；臣料关东义士，必将裹粮策马，欢迎王师。待魏既讨灭，吴亦可不劳而服了。"至理名言。先主终不肯从，再经诸葛亮联名奏阻，稍有回意；忽有一大将踉跄趋入，拜伏先主座前，抱足大哭。先主瞧着，乃是车骑将军张飞，飞已由右将军升任车骑将军。不由的潸然泪下。飞且哭且语道："桃园盟誓，陛下奈何遽忘，不为二兄报仇。"先主答道："朕早欲讨吴，百官谓先宜讨魏，是以稽迟。"飞急说道："陛下不去，臣愿自往。"确是急性子。先主道："朕怎忍令卿独去？卿可速回阆州，起兵来会，惟有一语相诫，幸勿嗜酒，迁怒部下；既加鞭挞，不得再令在左右，至要至嘱！愿卿勿忘！"飞奉命即去。先主乃决计兴师，无论何人进谏，统皆拒绝。留丞相诸葛亮辅太子禅，居守成都，先主譬亮为鱼水，水不并行，鱼安得活。自率诸军东下。是时黄忠已殁，罗氏《演义》谓忠曾随军东出，中箭阵亡。按诸史志，忠殁在建安二十五年，可知罗氏附会之误。马超出镇凉州，只有赵云是老成宿将，先主因他谏阻东征，不使前驱，但令他督运军粮，作为后应。此外所率将士多系新进，毅然出都。益州从事秦宓叩马力谏，面陈天时不利，违天行师，恐防有失；说得先主怒从心起，竟将宓下狱羁囚，俟回师时再行定罪，遂麾兵东下，直指秭归。

途次接得阆州来表，总道是张飞遣至；及取阅表文，乃是飞营内都督署名，不禁惊诧道："难道飞已死了么？"忙展开一阅，果系飞怒挞左右，为帐下将张达、范强所害，携首投吴。顿时放声大哭，更触起关公遗痛，号恸不休，将佐等从旁力劝，方才收泪，追谥飞为"桓侯"。查得飞长子苞已经早亡，乃令次子绍袭爵。史传载苞早夭，罗氏《演义》无稽可知。正在下诏抚恤，忽由东吴来了使人，呈上一笺，系由南郡太守诸葛瑾差来，先主已有愠色，撕开函封，但见笺中有数语云： 

陛下以关羽之亲，何如先帝？荆州大小，孰与海内？俱应仇嫉，谁当先后？若审此数，易于反掌矣。

先主阅到此处，即掷笺委地，喝将来使斩讫，还是将佐援引古义，奏言两国相争，不斩来使；且诸葛瑾为丞相兄，更宜曲为顾全，从宽贷宥。先主才命赦死，喝将来使逐回。原来吴主孙权闻刘先主督师东来，兵势甚盛，料他志切报复，不能轻敌，因命诸葛瑾作书求和。或谓瑾不可恃，恐将借此降蜀，权摇首道："孤与子瑜，为生死交，从前孔明来吴，孤使子瑜留住孔明，子瑜谓弟不留吴，犹瑾不往刘，此言可贯神明；今难道反有贰心么？”嗣得瑾遣人报命，果言蜀无和意。已而张达、范强复献到张飞首级，权只好收纳，但自思越弄越坏，万难言和，乃亟遣部将李异、刘阿等，率兵四万，往御秭归。一面向魏上表，称臣纳贡，并送魏将于禁等还魏，为乞援计。魏王曹丕当即受降，群臣皆贺，独侍中刘晔进谏道：“孙权无故求降，必因蜀兵大举，自恐难敌，又虑我乘隙进攻，国将不保，所以委地称藩，今不若出师渡江，进袭江东，蜀攻外，我攻内，吴必不支；吴亡蜀孤，怎能久持？这便是一举两得的至计。”丕答说道：“彼既来降，我反加讨，是适令天下疑沮，如何能怀柔远人？”遂不听晔言，遣归吴使，并使太常邢贞，赍册至吴，封孙权为吴王，加九锡礼。

贞到了江东，孙权亲率百官，出城迎接。甘心事魏，便是逆党。
864. 贞昂然前来，见了孙权，并不下车，恼了吴长史张昭，厉声叱责道：“礼无不敬，法无不肃，君乃敢自尊大，藐我江南，莫非我江南果无寸刃么？”争此小节，抑何太晚？贞乃下车相见，偕权入城，宣读魏诏，取交封印，由权北面拜受。中郎将徐盛在侧，且愤且泣道：“盛不能奋身致命，为国家取魏吞蜀，反令吾主屈身受封，岂不可耻么？”贞听得盛言，不禁叹语道：“江东将相如此，当不致久居人下呢。”权盛筵待贞，留居三日，贞乃辞归。权复遣中大夫赵咨报谢，咨入谒曹丕，丕即向问道：“吴王为何等主？”咨便答道：“聪明仁智，雄略兼优。”丕微笑道：“这也太觉过夸了。”咨又答道：“并非由臣过夸，能用鲁肃，不失为聪；能拔吕蒙，不失为明；既获于禁，终未加害，不失为仁；安取荆州，兵不血刃，不失为智；据有三州，虎视四方，乃竟能屈身陛下，岂非雄略兼优么？”丕复问道：

“吴王亦曾学问否？”咨便答道：“吴王任贤使能，志存经略，有暇即熟览经史，但不似书生寻章摘句，徒事咿唔。”丕又问：“吴可征否？”咨正色道：“大国有征伐雄师，小国亦有备御良策。”丕谓：“吴不畏魏么？”咨答言：“吴国带甲百万，江汉为池，何必畏人？”丕改容道：“吴如大夫才辨，能有几人？”咨应声道：“聪明特达，约有八九十人，若以臣为例，却是车载斗量，不可胜数。”丕乃说道：“如卿可谓不辱使命了。”当下待遇如礼，越日遣归。惟丕仍不欲助吴，坐观成败，只是按兵不动。

那吴将李异、刘阿等，军行至秭归，与蜀将吴班冯习等相遇，一场交战，吴军败退。孙权闻报，不免徬徨，默思盈廷将佐，只有陆逊才略过人，乃特授逊为大都督，面授节钺，使督同朱然、潘璋、韩当、徐盛、宋谦、鲜于丹、孙桓诸将，领兵五万，出拒蜀兵。逊以年轻望浅为辞。权令他便宜从事，先斩后奏，于是逊受命启行。孙桓为权族子，父名河，出继姑母俞氏，嗣仍复姓为孙，年方二十有五，得拜安东中郎将；状貌魁梧，饶有勇略，权尝称为宗族颜渊。至是随逊西行，愿充前锋，逊慨然允诺，桓即带领偏师，驰至彝陵。适来了蜀将吴班，便与交锋，当先突阵。班见桓气势凶猛，引军便退，诱桓至彝道间，骤鸣鼓角，号召伏兵。但见蜀兵四起，弥山盈谷，向桓杀来。桓虽然骁勇，究竟寡不敌众，被蜀军困在垓心；桓率部下竭力冲围，竟由桓杀得性起，掷去长槊，拔出短刀，冒险冲突。可巧吴将朱然引兵来援，才得杀透重围，奔回彝陵。吴班引军再进，把城围住，桓使朱然向逊求救，逊独不肯发兵。诸将俱上帐前请道：“孙安东系是公族，今为敌所困，奈何不救？”逊徐答道：“彝陵城高粮足，孙安东又得士心，定能坚守，不致疏虞；待我出军破备，安东自然解围了。”诸将复道："都督欲与备交锋，请即传令，末将等便当前往。"逊微笑道："且慢。"诸将道："既不救彝陵，复不击刘备，难道待蜀兵自毙么?"逊变色道："我自有计破蜀，诸君但当各守营垒，阻敌前进，毋得违我号令。"诸将乃退。韩当、徐盛等统是宿将，心已轻逊，又见他逗留不进，越觉愤闷，俱相率私叹道："用此书生为都督，江东休了！"反跌下文。

且说刘先主已到秭归，连接捷报，当然欣慰。嗣闻吴用陆逊督军，统兵五万，在猇亭东南屯营，料知必有剧战，因令各军严行加防，准备厮杀。待了旬余，不见动静，乃拟亲出攻逊，治中从事黄权进谏道："吴人耐战，我军又沿流直下，易进难退，况吴魏近时通和，陆逊多智，未始非待魏进兵，为夹攻计。臣愿效力前驱，抵挡吴寇，陛下宜为后镇，静守要隘，方无他虞。"先主不从，但命权为征北将军，督守江北，防御



魏人，自率诸将东进，直抵猇亭。吴将闻先主亲至，各向陆逊前请战，逊与语道："刘备举军东下，锐气方盛，不宜急攻，待他日久敝生，一举且可破灭了。"诸将不信，还欲争辨，逊拔剑置案道："备为天下枭雄，曹操尚且生畏，今与我交兵，正是劲敌；诸君并受国恩，当思计出万全，共翦此虏；仆虽书生，受命主上，正惟仆能忍辱负重，故托付全权；军法如山，不应轻犯，如有妄言生事，立当斩首！"说至此，面色如铁，非常森严，诸将不敢再言，悻悻退出。

好多日不闻战令，那蜀军却遍地扎营，自巫峡延至猇亭，约有数十万屯，前部督叫做张南，大督就是冯习，且由刘先主调回吴班，引兵数千，就吴营面前立寨。吴将忍耐不住，又复请战，陆逊只是不允。韩当徐盛等齐声道："如若不胜，愿按军法。"逊引诸将出营，遥望多时，扬鞭西指道："前面山谷

中，隐笼杀气，必有伏兵，彼欲诱我入伏，可以掩击，我岂肯堕他诡计？故不允诸君出战！”诸将听了，尚暗暗冷笑，不得已，随逊回营。过了三日，班竟退兵，山谷间果有蜀兵，拥着主子，徐徐回去，吴将方知逊先见。惟相持数月，未见逊出一谋，总不免笑他庸懦，逊却上表孙权，指日破蜀。诸将闻悉，不知他葫芦里卖什么药，互有疑言；蹉跎蹉跎，逊与蜀军相拒，差不多过了半年。好坚忍。

时阅盛暑，红日炎炎，蜀军大营移至树林间屯驻，借便纳凉，逊也未尝发兵截击。到了翌晨，忽召入诸将道：“今日方可破蜀了。愿大家努力！”诸将道：“破蜀当在初时，今令蜀兵深入五六百里，连营相望，又持久至七八月，彼已固守要隘，怎能破得？”逊笑说道：“备转战一生，更事甚多，今率锐东来，初至时必思虑周详，未易与敌；及屯留多日，未得逞志，兵疲意沮，计不复生，欲破此虏，正在此时。”遂命鲜于丹引兵往攻，韩当、徐盛为后应，陆续前去，不到半日，三将败回，入帐禀报道：“蜀兵势大，难与争锋，末将等攻他一营，各营齐至，首尾相应，因此致败。”逊答道：“我已有破蜀计策，今夕定可成功，诸君可早食晚餐，入帐授计。”未几，日已西昃，将士等饱食一餐，入听号令，逊方说出“火攻”二字，分拨诸将，各执火具，往烧蜀营。刘先主在营夜坐，正与将佐等谈论军机，从事程畿道：“近日军营上面，有黄气罩住，长十余里，广数十丈，恐与全军有碍，不可不防。”先主道：“吴军屡战屡败，怕他甚么？”骄必败！畿答说道：“陆逊多谋，恐有狡计。”先主道：“朕使侍中马良，安抚五溪蛮夷，昨得奏报，谓已一体响应，俟他毕集，与陆逊大战一场，看他如何敌我？”营上黄气，与安抚溪蛮，俱借口叙过。

正谈论间，忽由军吏入报道：“吴兵来攻，各屯火起。”先主忙说道：“快快传语冯习张南等将，小心迎敌。”军吏方出，又有一人趋入道：“冯张二营已被吴兵毁破了。”先主大惊，忙披甲上马，出营了望，四面八方，火光燎绕，连树木俱被延烧，渐渐的侵及御营，并且喊声四震，不知有多少吴兵，前来劫营。蓦见将军傅彤踉跄前来，报称冯习、张南并皆阵亡，吴兵很是厉害，请速回銮。先主即使傅彤断后，自率亲军西走，一面令从事程畿，往谕水师，上岸援应。程畿自去，傅彤随驾徐行。到了马鞍山，吴军四面环集，进退无路，不得已上山驻扎，令傅彤据住山口，堵御吴兵。遥见火势燎原，熊熊不绝，好容易俟至天明，望得长江一带，尸骸重叠，随流而下。先主且愤且惭道：“我乃为陆逊竖子所折辱，岂非天数？”不能尽诿诸天。言未已，又有军弁趋至道：“吴军放火烧山，傅将军危急万



分，请御驾速行裁夺。”先主乃决意再走，领兵杀下，冲突了好几次，仍然不能出围。未几又是傍晚，吴兵各去晚餐。稍稍宽缓，傅彤拼命杀出山口，让过先主，请他前行，自率残兵，截住吴军。吴军竟来环击，彤与他力战多时，看看手下垂尽，还是挺枪死斗，吴兵叫他投降，彤呵声道：“吴狗！大汉将军，岂肯降汝？”说着，复格死吴兵数人，身受重创，力竭捐躯。死且不朽。

先主仓皇西奔，后面吴兵穷追，又复大至，乃令将士脱甲塞路，纵火焚甲，断住追兵。吴兵拨去残甲，仍然追赶。蜀兵沿路溃散，只剩得骑士百余，尚随先主，先主长叹道：“我命休了！”道言甫毕，前面有蜀兵趋至，为首大将，乃是翊军将军赵云，先主方转忧为喜，忙令他截住吴兵，自引百余骑，入白帝城。云本在江州督粮，因见东南火光冲天，不知前军胜

败，因领兵前来，亏得有此一举，方得杀退敌兵，保回主驾。此外蜀中将士，多半伤亡。从事程畿奉命往招水军，水军已被吴兵掩击，逃得精光；畿乘得孤舫，溯江徐退。从吏催畿道："追兵将至，何不速驶？"畿慨然道："君辱臣死，我岂可畏死偷生？"既而吴兵果到，围住畿船，畿拔剑自刎。足与傅将军并光蜀史。尚有蛮王沙摩阿挈众从蜀，亦至战死。余如蜀将杜路、刘宁等穷蹙投吴；镇北将军黄权被吴兵截断，却引兵投魏去了。

魏主曹丕闻蜀兵连营七百里，知蜀必败，群臣问为何因，丕与语道："刘备不晓兵机，岂有连营七百里，尚可拒敌？兵法有言：'包原隰险阻而成军，必为敌擒。'江东捷书将至了。"过了七日，吴果呈入捷书，丕却令吴送子入质，吴置诸不答。丕即命曹休等出洞口，曹仁出濡须，曹真等围南郡，三路兵约有数万，同时攻吴。前可攻而不攻，至此乃欲攻吴！丕亦徒知料人，不能察己。吴兵既得胜蜀，欲进攻白帝城，陆逊独下令班师，适值彝陵围解，孙桓来见陆逊，逊慰劳一番，桓语逊道："前因公连日不救，未免滋疑，今始知公调度有方，终得破蜀，但何故不乘胜进攻呢？"逊答语道："曹丕外托助我，内实谋我，我若穷兵入蜀，必为所算。"乃收军东归。将返荆州，果闻魏兵三路进攻，当即飞报孙权，遣将防堵。权已闻知消息，使将军吕范等率水师拒曹休，诸葛瑾拒曹真，朱桓拒曹仁，决意与魏绝好，改元黄武，临江把守。



曹丕闻吴抗命，也自许昌督师南下，接应三路兵马。刘晔复谏阻道："吴方破蜀，上下齐心，况复襟江带湖，到处可守，不如缓攻为是。"丕不肯从，竟引军至宛城，忽接得探马来报：曹休出兵洞口，颇得胜仗，嗣由吴军援应，休被杀败，只好退回。丕方才惊讶。旋又有人报称曹仁败还，部将常雕阵亡，王双被擒，丕更觉心惊。只有曹真一路，围攻江陵，尚无音响，丕方遣夏侯尚督领水军，往助曹真。江陵守兵适患疫病，吴将诸葛瑾等不能却敌，险些儿支持不住；可巧陆逊遣到朱然，带着舟师万人，与夏侯尚鏖斗一场，尚兵败溃，曹真孤军失势，不得不报告曹丕，丕乃懊怅道："悔不用刘晔言，多事劳师。"说着，即遣使召还曹真及曹休、曹仁两军，并还洛阳。吴主孙权尚恐蜀人报怨，未敢追击魏兵，且将王双送还。曹丕乐得示惠，虚言慰谕，自回许昌去了。

且说刘先主奔回白帝城，还想收合余烬，再行讨吴。可奈七万余人死亡大半，溃卒虽然渐集，不过一二万名，还是焦头烂额，疲敝不堪，一时如何成军？惹得先主又悔又恨，又恨又悲。嗣由东吴传来耗闻，乃是孙夫人得知兵败，误传先主被害，竟濒江遥祭，投江殉节。说本《枭姬传》。先主本因她无故归



吴，置诸度外，不料她有这般贞烈，未免有情，谁能遣此？遂至恹恹成病，起居不适。赵云等请回成都，又不见许；且因白帝城为鱼复县治所，就改县名为永安，馆舍为永安宫。会由吴使至白帝城，报称孙夫人丧信，并请罢兵息争。无非因与魏绝交，故有是使。先主含糊答应，也遣大中大夫宗玮赴吴报命。惟心中总不能无嫌，终日里郁郁寡欢，忘餐废寝。看官试想！刘先主年逾六十，怎能禁得起这般神伤？迁延半年，终致不起，遂召丞相诸葛亮及尚书令李严等到永安宫，听受遗命。章武三年二月，亮等到了永安，尚有先主庶子鲁王刘永、梁王刘理一同随至，俱到先主榻前问安。先主见了诸葛亮，欷歔与语道："朕不能用丞相言，悔已无及了。"亮劝慰道："陛下须善自珍摄，幸勿再忆故事。"先主道："命数已终，看来是无可挽回；惟与丞相契合有年，深蒙辅导，乃智短命穷，将成长别，奈何奈

何！”说至此，泪流满面。亮亦不禁涕下，但见先主精神未敝，不致遽危，故尚忍泪劝解，率众暂退；只留二王侍侧。嗣是逐日入省，就是留居成都的官僚，亦陆续到来请安。

成都令马谡，系侍中马良弟，良有兄弟五人，并有才名。良字季常，谡字幼常，余亦以常字为号，惟良眉中有白毛，里谚谓马氏五常，白眉最良。良奉命抚慰五溪，及猇亭败后，归路遽断，竟至遇害。诸葛亮尝器重马谡，特荐为成都令。至是请安已毕，退出行宫，越宿由亮入视，先主顾语道：“马谡言过其实，不可大用，君宜留意。”亮应命而退，到了孟夏，先主病已垂危，乃召诸葛丞相等，托孤寄命。正是：

覆辙自知由智短，托孤尚幸得人贤。

欲知刘先主顾命如何，且至下回详叙。



曹操之败于赤壁，一骄字致之；刘先主之败于猇亭，亦未始非误于一骄耳。夫献帝之为魏所篡，与关公之为吴所害，皆先主之大仇也。然权其轻重，则仇魏为先，而仇吴为后，赵云之谏，最明大义。就使志欲报吴，但命一二将东出可也。乃孤注一掷，连营七百里，旷日持久，卒败于陆逊之手，虽曰天命，岂非人事？且无猇亭之败，先主或尚得永年，亦未可知。或谓诸葛公坐守成都，既不能出救关公，又不能出救先主，陈寿谓其将略非所长，并非刻论；是说也，余亦疑之。

# 第九十二回　尊西蜀难倒东吴使<br>平南蛮表兴北伐师

却说刘先主病到弥留，宣扬未命，丞相诸葛亮、尚书令李严等并侍榻前。先主顾亮道："君才十倍曹丕，必能安邦定国，终成大事。嗣子可辅，劳君匡辅；若不可辅，君可自取。"先主亦知嗣子禅不才。亮慌忙拜倒道："臣敢不竭股肱，效忠贞，誓死毋贰，勉报圣恩？"先主乃命李严代作遗诏，留嘱嗣君。且唤永理二兄弟至前，叫他父事丞相，不得有违。又与翊军将军赵云叮咛数语，无非是托他辅国，说至此，长叹一声，瞑目竟逝，享寿六十三岁。诸葛亮主持丧事，棺殓如仪，使李严为中都护，留镇永安，自率百官奉丧还成都。太子禅年方十七，在都留守，不遑奔丧，但出都门，守候梓宫；及灵榇已到，迎入正殿，举哀行礼。礼毕展读遗诏，诏云：

朕初得疾，但下痢耳；后转杂他病，殆不自济。人年五十，不称夭，朕已六十有余，何所复恨？不复自伤。但以汝兄弟为念。勉之勉之！勿以恶小而为之，勿以善小而不为！惟贤惟德，乃可服人！汝父德薄，不足效也！汝兄弟当父事丞相，更求闻达，无替朕命！

太子禅拜受遗诏，亮即请禅嗣位，改元建兴，是为后主。崇谥先主为“昭烈皇帝”，奉葬惠陵；尊皇后吴氏为皇太后，颁诏大赦。益州从事秦宓，已得释狱，由亮选为益州别驾。宓少有才名，也是法正一流人物。亮因法正早殁，尝叹为孝直若在，必不令主上东征，就使东行，也不致一败若此；故秦宓因谏得罪，亮甚为叹惜，至赦免后，随即录用。后主封亮为武乡侯，开府治事；嗣复使领益州牧，政无巨细，皆归裁决，后主惟拱手受成。亮约官职，修法制，信赏必罚，风化肃然。忽闻益州耆帅雍闿，戕杀益州太守，叛蜀附吴，亮因新遭大丧，未便动兵，且意在和吴伐魏，故决计缓征。广汉太守邓芝方入为尚书，窥知亮意，请向东吴修好。亮欣然道：“我早有此意，一时苦乏使才，今始幸得人了。”芝问为谁，亮答言莫如使君，芝亦不辞，奉命即行。



吴王孙权正再迁鄂县，改名鄂为武昌，作为吴都。百忙中补叙此文。闻蜀中遣使到来，心下狐疑，不肯即见。芝待了两日，作书致权道：“臣今到此，非但为蜀，并且为吴，若大王不愿见臣，臣就去了。”权得阅此书，即召芝入见，芝行礼毕，便开口问权道：“大王，今日欲与魏和呢？抑与蜀和呢？”权答说道：“孤非不欲和蜀，但恐蜀主幼国小，不足敌魏，所以怀疑。”芝应声道：“大王为命世英雄，诸葛亮亦一时俊杰，蜀有重险，吴有三江，若互为唇齿，进可兼并天下，退可鼎足峙立；今大王甘心事魏，魏必征大王入朝，索王子入侍，一不从命，便当奉辞伐叛，蜀亦顺流进取，臣恐大王两面受敌，江东地不能复有了。请大王熟思！”权沉吟良久道：“君言亦是，孤当与蜀连和，烦君先归通报，孤当遣使订盟便了。”芝乃辞归。

倏忽间已过一年，吴乃遣中郎将张温报聘。温至成都，后主当即接见，并由诸葛丞相等优礼相待，与申盟好。温谈笑自若，颇有傲容，过了两日，便辞行东还。丞相亮带领百官，亲与饯行，独秦宓不至。亮屡使人敦促，好多时未见到来，温疑问道：“尚待何人？”亮答言益州学士秦宓。既而宓至，温即笑问道：“君为益州学士，究竟所学如何？”宓正色道：“蜀中三尺童子，尚皆就学，何况我辈？”温接问道：“君既宿学，必知天文，天可有头否？”问得无谓。宓随口答一“有”字。温问在何方？宓答：“天在西方。《诗》云：‘乃眷西顾。’可知西方有头。”温问天有耳否？宓又答道：“天处高听卑。《诗》云：‘鹤



鸣于九皋，声闻于天。’若天无耳，如何得闻？”温问天有足否？宓复引《诗》言，“天步艰难”一语，证明有足。温又问天有姓否？宓答言姓刘，温问宓如何知晓？宓答称天子姓刘，可以推知。随口道来，都成妙谛。温复说道：“日生于东，”宓不待说毕，就接口道：“日虽东升，至西必没。”说得温瞠目结舌，不敢再言。宓却把天道盈虚，转诘张温，温无词可答，急得汗流浃背，满面生惭；还是诸葛亮替他排解，方勉强饮了数杯，逡巡告别。亮复令邓芝偕行，既至武昌，请温先报孙权，然后进见，权与语道：“两国通好，若得同心灭魏，天下太平，从此可二主分治，岂非快事？”芝直答道：“天无二日，民无二王，如得灭魏，尚未识天命所归；但使君各茂德，臣各尽忠，那时势均力敌，或当再起战争，必待统一以后，方得太平致治哩。”权大笑道：“君何诚款乃尔！”因厚礼送归。嗣是吴蜀又往来如

初了。总结一笔。

惟魏主曹丕闻得吴蜀联盟，自知不妙，便召群臣商议，即欲起兵伐吴。侍中辛毗进谏道："天下新定，土广民稀，骤欲劳师，未必果利；为今日计，不若养民屯田，待十年后，足食足兵，方可吞吴并蜀，混一天下。"十年为期，并非迂言。丕雄心勃勃，十个月且不肯待，怎肯待至十年以后？当下叱退辛毗，进司马懿为尚书仆射，留镇许昌。此为司马氏篡魏之兆。看官！听说丕多亲弟，又有长子，为何不嘱子弟监国，却叫司马懿留守？说来又有特因，不得就此补叙：丕弟彰、植同为卞太后所生，因丕素性猜忌，为魏王时，就将二弟遣往就国。见九十回。丕妻甄氏容既绝世，发尤美观，尝将万缕青丝，挽就云鬟，号"灵蛇髻"，光泽可鉴。她本为袁熙妇，当再嫁曹丕时，植也为艳羡，只因丕捷足先得，无奈让兄，惟心中未免失望，颇有怨言，丕益加妒恨。植既出封临淄，监国灌均，阴承丕意，劾植使酒悖慢，遂由丕征植入朝，意欲加诛，还亏卞太后从中保护，才得不死。但尚限令七步成诗，即以兄弟为题，不准直说，植随口答咏道："煮豆燃豆萁，豆在釜中泣，本是同根生，相煎何太急？"丕听了此诗，心稍知感，恨终未除，特贬植为安乡侯。 

会因丕多内宠，除献帝二女外，见前文。尚有郭、李、阴三贵人，最宠爱的乃是郭氏。郭氏为安平人郭永女，少即秀慧，永号为女王；长成后艳名愈噪，为丕所闻，遂纳为姬妾，格外爱怜。郭氏不特善媚，并且善谋，丕得立为太子，也是受教闺中，所以宠郭尤甚。至丕既篡汉，进郭氏为贵嫔，本想立她为后，只因甄氏尚存，一时未便发表。郭氏却谋夺后位，多方谗间，丕竟为所迷，将甄氏留置邺中，且说她心怀怨望，平白地将她赐死。何若早死邺中，为袁熙殉节。郭氏无出，独甄氏有一子名叡，为丕所爱，丕立郭氏为后，就将叡交与郭氏，令她抚养。叡生性聪颖，明知母死由后，但不得不勉承后颜，谨问起居。到了十五岁时，随丕出猎，见有大小二鹿，由丕一箭射去，大鹿即毙，丕令叡射小鹿，叡凄然道："陛下已射死鹿母，怎忍再杀鹿子？"丕不禁心动，将弓掷下，罢猎回宫。未几即封叡为平原王，但终不使为太子。就是彰、植二弟，虽照例增封，彰为任城王，植为鄄城王，毕竟不见亲信。所以丕亲出伐吴，独使司马懿居守许昌，这也是天心播弄，特令他亲疏倒置呢。

丕复特置龙舟，亲自乘坐，督率大小战船数千艘，由蔡颍二水入淮，越过寿春，直至广陵。吴将徐盛奉命防御，故意把战舰匿入港中；至曹丕舟达江北，远远眺望，并不见一船，未免诧异，一时不敢轻进，就在江北停泊一宵。翌日起视，忽见江南一带，连城绵亘，城楼上插满旗械，遍列士卒，丕不觉大惊，且望且叹道："魏虽有武骑千群，至此都成无用；江南人物如此，未可进图呢。"语尚未毕，蓦有巨风刮起，白浪滔天，龙舟在水中狂簸，险些儿不能支持；丕急改乘小舟，仓皇北返，各战舰亦没命逃归。一场兴作，空去空来，风师原巧弄曹丕。惟江南一带城楼，究从何来？原来是吴将徐盛，乘着夜色迷蒙的时候，放舟出港，排列江滨，舟中预备假城疑楼，沿江张设，士卒统是芦苇缚成，外罩军衣，惟旗械是真；可巧秋江盛涨，岸阔雾浓，魏自曹丕以下，都不能仔细端详，遂至吓退，吴得不劳一卒，安堵依然。

蜀相诸葛亮闻知吴魏相攻，料他无暇侵蜀，乃筹足军饷，定议南征。适永昌功曹吕凯、府丞王伉接连上书，报称雍闿势盛，屡次入寇；更有牂牁太守朱褒与越嶲夷王高定，皆叛应雍闿，随处骚扰。亮因调齐兵马，辞别后主，督兵南下。成都令马谡，已由亮署为参军，送亮出都，亮与语道："与君共谋数年，今可更惠良规，免得误事。"谡答说道："南中蛮人，自恃险远，不服王化，就使兴师入境，所向皆捷，窃恐今日得破，明日复叛，若必杀尽遗种，永除后患，亦非仁人所忍为；且须连年积月，或可奏功。谡闻用兵伐人，攻心为上，攻城为下，心战为上，兵战为下；丞相此次南征，最好使他心服，方可一劳永逸呢。"却是高见。亮笑答道："君言甚是，我亦有此意呢。"谡送行至数十里外，亮始遣还成都，自率大军径进。蛮人素无纪律，怎能敌得过王师？再加诸葛亮用兵有方，事事占人先着，因此所向无阻，势如破竹。当下自越巂进兵，斩雍闿，诛高定，传檄诸郡，剿抚兼施。门下督马忠，隶籍牂牁，自请效力，亮便拨兵与忠，叫他前往。才阅半月，即得忠捷书，谓朱褒已经受戮，牂牁复安，叛虏头目，诛灭已尽。 

本来是大功告成，可以旋师，偏有一蛮酋孟获，收合雍闿余众，出拒蜀兵。亮探得孟获生平，虽无智略，却甚骁悍，为夷汉所畏服，因此打定主意，决将孟获收为己用，使他死心塌地，庶无后虞。孟获不识军谋，一味蛮抗，战了一次，便由亮诱他入伏，一鼓擒住，亮问他心服否？获抗言不服；亮却藏过精兵，故意使羸卒站列，令他周视。获更笑说道："向不知汝兵虚实，被汝诱获，今看汝兵，不过如此，有何难胜呢？"蛮子蛮语。亮因纵使回去，整军再战。获返至蛮寨，纠众来劫亮营，又被亮预设机谋，四面兜拿，复擒孟获。获仍然不服，亮更纵还。获渡过泸水，负险自固。时当五月，溽暑熏蒸，水中又无船只可行，蜀兵俱畏难欲退，亮下令道："我兵若归，虏必再出，我去彼来，我来彼去，何时始得平定？今惟有再接再厉，渡泸进去，捣穴平蛮，就在此举，愿大众努力，后当重赏。”兵士听了，方才踊跃起来。亮即命将士潜造木筏，至夜间悄悄渡泸，直抵蛮峒；孟获自恃险固，并不加防，待至蜀兵深入，仓猝迎敌，好容易又被蜀军擒去。亮仍不加诛，令获还峒，获更避入深巢，又为蜀兵所破。直至七纵七擒，获无处可容，方才拜服。

亮尚欲遣归再战，获泣谢道：“丞相天威，无坚不摧，南人誓不复反了！”是谓攻心。遂引蜀兵入滇池，奉亮如神，无论蛮子蛮妇，并来拜谒。亮好言抚慰，仍令孟获管理蛮众，听蜀政令，众皆欢跃去讫。罗氏《演义》满纸捏造。什么朵思大王，什么木鹿大王，什么祝融夫人，好像《封神传》《西游记》一般，看似五花八门，实则十虚九幻，不值识者一噱。或请亮留置官吏，与孟获同守蛮方，亮慨然道：“设官有三不易，留官必当留兵，兵无所食，必将生变，是一不



易；蛮人屡败，父兄伤亡，免不得记恨官兵，互生衅隙，是二不易；汉蛮易俗，当然异情，留官抚治，怎肯相信？是三不易。今我不留人，不运粮，但使他相安无事便了，若欲令彼同化，容待他年。”于是下令凯旋，孟获率众拜送，并献金银丹漆耕牛战马，作为军用。亮分犒将士，一无所私。唯途中往返，辄患暑疫，经亮采查药物，合锉为末，用瓶收贮，每人各给一瓶，遇有中暑中疫等症，吹鼻即解，故盛暑行军，奔波万里，得免死亡。今药肆所售“诸葛行军散”，就是当时留下的秘方，这且无庸絮述。

且说诸葛亮班师回国，饮至行赏，人人欣悦，朝野清平。南中复按时进贡，各呈方物。亮复与民休息，安养两年，国富民饶，乃拟出师北伐，规复中原。时魏主曹丕已经病殁，遗嘱中军大将军曹真、镇军陈群、抚军司马懿等立平原王叡为

太子，即日嗣位。叡谥丕为“文帝”，尊太后卞氏为太皇太后，皇后郭氏为太后，即用一班顾命大臣，秉持国政，统驭四方。吴主孙权，乘丧进攻，围江夏城。魏太守文聘登陴拒守，坚持不下。吴将诸葛瑾转击襄阳，也被司马懿击退，权乃收军东归。诸葛亮却缓了一年，然后兴师。外使中都护李严移屯江州，护军陈到驻永安，作为东防；内使中部督向宠，典宿卫兵；尚书陈震、侍中郭攸之费祎董允、长史张裔、参军蒋琬，分治宫府诸事。乃上《出师表》一篇，陈明宗旨。表云：

臣亮言：先帝创业未半，而中道崩殂。今天下三分，益州疲敝，此诚危急存亡之秋也。然侍卫之臣，不懈于内，忠志之士，忘身于外者，盖追先帝之殊遇，欲报之于陛下也。

诚宜开张圣听，以光先帝遗德，恢弘志士之气；不宜妄自菲薄，引喻失义，以塞忠谏之路也。宫中府中，俱为一体，陟罚臧否，不宜异同。若有作奸犯科及为忠善者，宜付有司，论其刑赏，以昭陛下平明之治；不宜偏私，使内外异法也。侍中侍郎郭攸之费祎董允等，此皆良实，志虑忠纯，是以先帝简拔以遗陛下。愚以为宫中之事，事无大小，悉以咨之；然后施行，必能裨补阙漏，有所广益。将军向宠，性行淑均，晓畅军事，试用于昔日，先帝称之曰能，是以众议举宠为督。愚以为营中之事，事无大小，悉以咨之，必能使行阵和穆，优劣得所也。亲贤臣，远小人，此先汉所以兴隆也；亲小人，远贤臣，此后汉所以倾颓也。先帝在时，每与臣论此事，未尝不叹息痛恨于桓灵也。数语最关紧要，谁知后主他日，又用黄皓。侍中尚书长史参军，此悉贞亮死节之臣也，愿陛下亲之信之，则汉室之隆，可计日而待也。

臣本布衣，躬耕于南阳，苟全性命于乱世，不求闻达于诸侯。先帝不以臣卑鄙，猥自枉屈，三顾臣于草庐之中，谘臣以当世之事，由是感激，遂许先帝以驱驰。后值倾覆，受任于败军之际，奉命于危难之间，尔来二十有一年矣。先帝知臣谨慎，故临崩寄臣以大事也。此诸葛自述要语。受命以来，夙夜忧叹，恐托付不效，以伤先帝之明。故五月渡泸，深入不毛。今南方已定，兵甲已足，当奖帅三军，北定中原，庶竭驽钝，攘除奸凶，兴复汉室，还于旧都。此臣所以报先帝，而忠陛下之职分也。至于斟酌损益，进尽忠言，则攸之祎允之任也。愿陛下托臣以讨贼兴复之效；不效，则治臣之罪，以告先帝之灵。若无兴德之言，则责攸之祎允等之咎，以彰其慢。陛下亦宜自谋，以咨诹善道，察纳人言，深追先帝遗诏，臣不胜受恩感激。今当远离，临表涕泣，不知所云。



这表上陈，系在建兴五年三月间，后主禅年已逾冠，立故车骑将军张飞女为后，生男育女，年富力强；只是生性庸懦，未识大体，一切军国重事，幸由诸葛丞相处理。诸葛既表请北伐，后王自然依从，当下催趱人马，次第出发，振旅阗阗，伐鼓渊渊，由阳平关进兵，往驻汉中。写得堂堂皇皇，不愧为北伐之师。小子有诗咏道：

三分鼎足早纡筹，受托讨曹志更遒；
史笔煌煌称北伐，紫阳书法足千秋。

蜀兵出驻汉中，当有探马报达许昌。欲知魏主叡如何抵敌，且看下回说明。

欲承汉不得不伐魏，欲伐魏不得不和吴，诸葛公之所以出此者，全为时势所迫，非真不欲报先主之耻也。为吴使则遣邓芝，难吴使则命秦宓，折冲樽俎，用当其才，此尤为诸葛公之妙算。至若南征孟获七纵七擒，盖不如是不足以服蛮人之心。南蛮不服，终无由专心北伐耳。然必如罗氏《演义》之荒诞成文，几似诸葛公之具有神术，毋乃惑人？中国小说，往往谈仙说怪，酿成近世义和团之乱：救国不足，病国有余，罗氏其流亚也！《前出师表》一篇，内外兼顾，备极殷勤，录此可见诸葛公之仗义，阅此益知诸葛公之效忠。

# 第九十三回　失街亭挥泪斩马谡<br>返汉中授计戮王双

却说诸葛亮领兵伐魏，已出汉中，屯驻石马城。魏主曹叡，甫经嗣位，改元太和，闻得蜀兵进攻，即欲亲出御敌。散骑常侍孙资谓南郑斜谷，险阻异常，不宜劳师进取，但命大将据守要害，自足震慑寇敌，静镇疆场，叡乃罢议。但进抚军将军司马懿为骠骑大将军，都督荆豫二州诸军事，屯兵宛城，堵御东西。大将军曹真都督关右，专拒蜀兵。新城太守孟达本来由蜀投魏，孟达降魏事，见第九十回。与魏侍中桓阶、将军夏侯尚友善，尚阶相继病殁，达心不自安。事为诸葛亮所闻，嘱中都护李严招达，达复书如命；偏魏兴太守申仪与达有隙，时常侦伺，一闻达阴通蜀使，即报知曹叡，叡令司马懿相机进讨。懿佯为慰解，暗中却调动兵马，潜赴新城。达得懿书，迟疑未决，因遣人访问诸葛亮。亮令达赶紧加防，毋堕懿计。达尚复书与亮道："宛城距洛阳八百里，至新城且一千二百里，若司马懿前来，亦当表闻魏主，往返须一月间事，达城池已固，自足拒懿，幸请放怀。”这书递至石马城，亮阅毕惊叹道：“达必为司马懿所擒了！”果然不到半月，便由达飞书乞援，内称达举事八日，懿兵即到城下，神速异常，请即发兵相救。亮又叹为无及，不得已派遣偏师，往援新城。兵方就道，孟达败死的消息便即传到，亮乃将偏师调回，合力北向。

行至南郑，镇北将军魏延出迎，亮即使延为丞相司马，统领前军。延献议道：“魏令夏侯楙都督长安，楙系惇子，曾娶操女为妻，年少志骄，毫无谋略，延愿得精兵五千，取道褒中，沿秦岭东进，绕出子午谷，不过旬日，可到长安；楙闻延掩至，必不敢持久，弃城东走，丞相可从斜谷，进与延会合，并力一举，咸阳以西，便可平定了。”计却甚是。亮摇首道：“此计甚危，不如安从坦道，方保万全。”延又说道：“丞相从大道进兵，彼必沿路防守，旷日持久，何时得取中原？”亮慨叹道：“天若祚汉，何患不胜？”遂不从延计，延怏怏退出。暗伏下文。 
亮佯言由斜谷取郿，却使赵云为镇东将军，邓芝为扬武将军，据住箕谷，作为疑兵；一面亲率诸军，进攻祁山，队伍整齐，号令严肃。南安天水安定三郡，闻风请降。惟天水太守马遵正与参军姜维、功曹梁绪等案行属县，闻得蜀兵已至祁山，郡县响应，料知无路可归，拟往投上邽，维劝遵仍归郡治，遵疑维有异志，夤夜自去。维还至天水郡中，吏民已相率降蜀，闭门拒维，害得维进退维谷，没奈何奔投蜀营。维本天水郡冀县人，字伯约，少读兵书，熟谙韬略。亮引与共语，皆中机要，当然心喜，遂举维为仓曹掾，加号奉义将军。事依《姜维本传》，不同罗氏《演义》。

魏大将军曹真方督兵守郿，哪知蜀兵却西出祁山，连下南安天水安定三郡，急切无分身法，只好飞报魏主，请派将扼守关西。魏主叡遂起兵五万，使右将军张郃为前驱，自为后应，同至长安，并调司马懿由东会师，共击蜀兵。蜀将马超时已早殁，不略马超。只有超从弟马岱从军出征，岱勇略不及马超，虽为蜀将，未堪大任，故亮得三郡，不复令再镇凉州。会亮闻张郃、司马懿合兵来攻，遂召诸将与语道："魏兵两路前来，必攻街亭，街亭为汉中咽喉，非得大将把守，不能无虞。"参军马谡正随亮北伐，便向前请命道："谡愿往守街亭。"魏延吴懿亦愿前往，亮因谡素有智略，不致误事，遂使谡统兵二万人，出屯街亭。临行时再三叮嘱，叫他坚守城寨，毋得疏忽；且使王平为偏将军，与谡同往；又遣魏延等往驻阳平关，遥应马谡。也算严密。

谡与王平行至街亭，见街亭前面有山，便欲引兵登冈，据山立寨。平独谓宜据城守栅，阻住敌锋，不宜屯兵山上，谡傲



然不从。平复说道："倘敌兵前来围山，计将若何？"谡笑答道："居高临下，势若建瓴，敌若来围，我即麾兵四下，还怕不能杀退么？"平又说道："倘敌兵断我水道，又将若何？"谡大笑道："我既能杀退敌兵，还怕他断甚么水道？"平还要苦谏，谡瞋目道："丞相行事，尚且每事问我，汝怎得挠我兵谋？"也是误一"骄"字。平知不可阻，乃请分军相应，作为犄角。谡恨平违令，只拨兵千人给平，平引兵据城听令。马谡上山，但遣人走报祁山大营。

哪知司马懿、张郃两军夤夜杀到，谡尚据住山顶，扬旗招飐，自鸣得意。待至翌晨，魏兵已环集山麓，把山围住，谡麾兵杀下，魏兵全然不动，惟用强弩仰射，蜀兵多被射倒，只好退回。谡尚欲与敌拚命，驱兵再下，一连冲杀数次，毫无效力。张郃更堵住水道，不放蜀兵汲水，蜀兵无从饮食，当然自

乱。嚷至夜半，竟纷纷下山，投降魏营，谡禁遏不住，尚望王平救应。看官试想：平手下只有千人，哪里杀得过十多万魏兵？他也曾努力相救，半途被魏兵截回，没奈何坚壁自持，保全危寨。谡待援不至，无法把守，只得率兵窜出山谷，向西逃走。魏兵截杀一阵，二万人所存无几，还亏魏延从阳平关杀来，方得将谡救出。延见魏兵气势甚盛，不敢恋战，忙与谡退保阳平关。王平自知难守，在城中佯鸣鼓角，作进兵状，暗中却收集溃卒，徐徐退去。魏将张郃疑他诱敌，不敢进逼，平得全师引归。好王平。

司马懿不去追谡，却统兵径趋祁山，来攻诸葛亮大营。亮接王平军报，已知马谡误事，急忙退回西城，且檄令天水诸郡守吏，齐回汉中，并饬赵云邓芝，收军还阳平关。忽报司马懿统兵十余万，蜂拥前来，城中留兵不多，欲趋往阳平关，已是不及。将士等并皆失色，亮独谈笑自若，但说无妨。如此镇定，方可将兵。待懿兵将到，传令城上偃旗，城中息鼓，大开四门，每门令军役洒扫，不准妄动，自引小僮两人，携琴登城，在城楼上焚香操琴。有胆有识。司马懿当先跃马，来攻西城，遥见诸葛亮如此布置，不禁大疑，端详了好多时，一些儿没有破绽，乃麾令退兵。部将问为何因，懿与语道："我闻亮不入子午谷，煞是谨慎；今大开城门，岂肯这般疏略？明明是诱我入城，为掩杀计。我宜速退，休为所算。"说毕自去。亮见司马懿退兵，不由的鼓掌大笑。参佐问亮道："司马懿号称能军，为何忽来忽去？"亮笑说道："懿知我谨慎，不肯弄险，他见我如此模样，必疑有伏，所以退去；我料他不走大路，必沿北山遁去，今还要送他一程，截留一些辎重，也不负他一番奔走哩。"说着即派部将吴懿等速赴北山，只准在山谷中呐喊，不准厮杀，如敌有辎重，即可夺取，运回阳平关便了。吴懿等奉命即行，亮率参佐等出了西城，赶归阳平关。那司马懿果为亮所料，绕走北山，蓦闻后面喊声大震，总道是蜀兵追来，慌忙抛弃辎重，没命跑去。吴懿等谨依将令，不敢追袭，但将辎重运回阳平关。

亮已退入阳平关内，由魏延马谡等接着。谡跪伏请罪，亮作色道："汝违我节度，几至倾覆全师；若非明正军法，何以服众？"谡泣答道："丞相视谡如子，谡亦视丞相如父，今自知偾事，罪该万死；但愿丞相思殛鲧兴禹故事，谡虽死，亦感深恩。"亮不禁挥泪道："汝若早听王平计议，何致此败？今事已至此，不能挠法，汝家小自当抚恤，汝子与我子相等，不必挂怀。"说至此，即令左右将谡推出；斩首徇众，仍令缝合尸骸，具棺埋葬；且亲自临祭，月给谡家钱米，抚养遗孤。先公后私。亮更太息道："先帝尝谓谡言过实，不可大用，今果应此言，自愧不明，致误军事。谡果有罪，我亦难辞。"遂拟上表自劾。



可巧赵云、邓芝自箕谷退归，缴还军令，云自言无功，应受惩戒。亮问明邓芝，芝言魏将曹真，率兵追袭，幸由云亲身断后，步步为营，始得全军归来。亮欷歔道："街亭军退，兵将不复相顾，箕谷军退，兵将并不相失，可见用兵在人，原不在多寡呢。"云尚有军资带还，亮使分赏将士。云答称军士无利，何为有赏？且暂贮库中，作为冬赐，亮点首称善。因即表请自贬，云亦附表请惩。后主得表，召问蒋琬、费祎，祎等谓应从亮言，暂行降职，乃贬亮为右将军，行丞相事；降赵云为镇军将军，使蒋琬赍诏至营。亮受诏后，留琬共饮，琬语亮道："昔楚杀得臣，晋文公然后心喜；今天下未定，遽杀马谡，自失智士，岂不可惜？"亮流涕答道："孙武所以能制胜天下，全赖法严；今四海分裂，兵交方始，若复废法，何以治军?”琬劝亮回成都，亮摇首道：“奉诏讨贼，奈何罢休?”琬复说道：“如再欲伐魏，必须增兵。”亮怅然道：“街亭败退，非由兵少，实由亮误用马谡，致有此败；不肯讳过。今当减兵省将，明罚思过，惩覆辙，慎将来，且望在朝诸公，勤补吾阙，然后事可定，贼可灭，功可跻足而待了。”琬当然佩服，旋即辞去。亮乃考劳勚，扬壮烈，引咎责躬，厉兵讲武，再作后图。

既而吴鄱阳太守周鲂用诈降计诱魏攻皖，魏扬州牧曹休误听鲂言，当即发兵；魏王曹叡又使司马懿向江陵，建威将军贾逵向东关，三道俱进。吴用陆逊为大都督，朱桓全琮为副，领兵击休。休恃众深入，被吴兵邀击石亭，大破休军，体奔回夹石。又由吴兵追及，险些儿不能脱身，还亏贾逵兼道援休，才得幸免；所有军士粮械丧失垂尽。司马懿中道折还，休惭愤成疾，疽发背上，不久即死。继任为魏将满宠，老成持重，控御有方，遂成重镇。独诸葛亮闻吴人败魏，复欲乘隙北伐。正要调动军马，不料镇军将军赵云病亡，亮大为恸惜，后主禅亦甚悲悼，两次救护，安得不悲？追谥云为“顺平侯”，令云长子统袭封。群臣谓失一大将，不宜兴师，独诸葛亮锐意北伐，未肯中止。乃更上表奏闻道：



先帝虑汉贼不两立，王业不偏安，故托臣以讨贼也。慷慨激昂。以先帝之明，量臣之才，故知臣伐贼，才弱敌强也。然不伐贼，王业亦亡；惟坐而待亡，孰与伐之？是故托臣而勿疑也。

臣受命之日，寝不安席，食不甘味，思惟北征，宜先入南，故五月渡泸，深入不毛，并日而食，臣非不自惜也。顾王业不可偏安于蜀都，故冒危难以奉先帝之遗意，而议者谓为非计；今贼适疲于西，又务于东，兵法乘势，此进趋之时也。谨陈其事如左：高帝明并日月，谋臣渊深，然涉险被创，危然后安。今陛下未及高帝，谋臣不如良平，而欲以长策取胜，坐定天下，此臣之未解一也。刘繇王朗，各据州郡，论安言计，动引圣人，群疑满腹，众难塞胸，今岁不战，明年不征，使孙策坐大，遂并江东，此臣之未解二也。曹操智计殊绝于人，其用兵也，仿佛孙吴；然困于南阳，险于乌巢，危于祁连，逼于黎阳，几败北山，殆死潼关，然后伪定一时尔；况臣才弱，而欲以不危而定之，此臣之未解三也。曹操五攻昌霸不下，四越巢湖不成，任用李服，而李服图之，委任夏侯，而夏侯败亡；先帝每称操为能，犹有此失，况臣驽下，何能必胜？
888. 此臣之未解四也。自臣到汉中，中间期年耳；然丧赵云、阳群、马玉、阎芝、丁立、白寿、刘郃、邓铜等，及曲长屯将七十余人，突将无前，賨叟、青羌散骑武骑一千余人，此皆数十年之内，所纠合四方之精锐，非一州之所有；若复数年，则损三分之二也，当何以图敌？此臣之未解五也。今民穷兵疲，而事不可息，事不可息，则住与行，劳费正等，而不及早图之，欲以一州之地，与贼持久，此臣之未解六也。夫难平者事也，昔先帝败军于楚，当此时，曹操拊手，谓天下已定。然后先帝东连吴越，西取巴蜀，举兵北征，夏侯授首，此操之失计，而汉事将成也。然后吴更违盟，关羽毁败，秭归蹉跌，曹丕称帝。凡事如是，难可逆料，臣鞠躬尽瘁，死而后已。注重在此二语。至于成败利钝，非臣之明，所能逆睹也。

这道表文，蜀人称为《后出师表》，后主惟亮是从，随即批准。亮复引兵数万，道出散关，进围陈仓。魏大将军曹真使将军郝昭守陈仓城。昭字伯道，太原人氏，知兵善战，智勇兼全。智能敌蜀，勇足保城，故特详叙履历。既至陈仓，当即缮城修郭，筹足守具，及亮兵攻城，已是坚固得很。亮累攻不下，特遣郝昭乡人靳详，诣城下招降，昭在城楼上应声道："魏家科法，君所深知，我已为魏臣，誓死毋惑，请君不必多言。但教回报诸葛，能攻即攻，不能攻即退。"详知不可动，便还营告亮。亮再遣详至城下，与语顺逆利害，毋贻后悔，昭奋然道："前言已定，何劳再说！我与君原是相识，恐箭头无眼，不能识君呢。"说至此，即拈弓搭箭，欲射靳详。详慌忙退回，亮也觉动怒，麾兵猛攻。城上矢石如雨，无隙可乘，亮特制云梯数十具，四面攀登。昭用炙箭注射，梯被烧断，兵皆坠死。亮再用火冲车攻城，昭又用绳索穿石，猛力掷下，冲车皆折。亮更遣人运土填堑，暗掘地道入城，昭内筑重濠，横截地穴，使蜀兵无从钻入。好容易已越兼旬，城完如故。曹真遣将军费耀援昭，魏主叡亦使张郃驰救。亮正虑军食不继，又闻魏兵大至，乃撤围引归，但授魏延密计，使他领兵断后。延徐徐退回，忽后面扬起飞尘，喊声逼紧，料有魏兵追来，延令部兵张旗先行，自率锐骑数十，伏林箐中，静候魏将。魏将乃是王双，望见前面旗帜，挥兵急追。延待他骤马跑过，却握刀突出，大喝一声，不俟王双回头，便从他背后劈去，连肩带头，砍落马下。魏兵见主将毙命，当然骇散。延得驱杀一阵，枭得许多首级，然后返入汉中，向亮缴令。



亮休养月余，又是冬尽春来，时为建兴七年。乃再遣部将陈式，出攻武都阴平二郡。魏雍州刺史郭淮引兵驰援，与陈式相持数日；亮用奇兵助式，击退郭淮，遂得攻下二郡城池，留将把守，自回汉中。后主禅复拜亮为丞相，亮尚固辞，经诏使费祎相劝，然后受命。嗣闻吴主称帝，遣使至蜀，拟与蜀平分中原。蜀臣聚讼纷纭，多主绝交，亮仍拟和吴，入都觐见后主；后主正因吴事未决，向亮谘问。亮陈议道：“孙权意图僭号，非自今始，我朝与他修好，无非为声援起见；今若加显绝，仇我必深，更当移兵东戍，与彼角力，彼贤才尚多，将相辑睦，划江自固，守御有余，我却屯兵上游，坐而待老，反使北贼得计，甚非良图；故不如仍与周旋，俟北伐得志，东略未迟。”后主唯唯受教，遂使卫尉陈震，往吴庆贺，权依礼相待，与申盟誓，约定平魏以后，豫、青、徐、幽四州归吴，兖、冀、并、凉四州归蜀，惟司州以函谷关为界，震如约西归。当时三国鼎峙，魏地最大，有州十三，除上文所说九州外，尚有荆扬秦凉四州，但只得片土，未据全境。吴只有荆扬交广郢五州，荆扬且与魏分据。蜀土最小，仅得遂州，惟分益为梁；又得凉交二州边隅，算作四州。从前汉武帝时，分中国全土为十三郡，不列郢、广，郢、广二州名，乃是由吴分置出来。详明地理，万不可少。

吴孙权久欲称帝，因畏魏东下，所以迟迟；及见魏兵东西致败，乃放胆称尊。吴臣趁势献谀，谓有黄龙出现武昌，因即改黄武八年，为黄龙元年，追尊父坚为“武烈皇帝”，兄策为“长沙桓王”，立子登为太子，进陆逊为上大将军，诸葛恪为太子左辅，张休为太子右弼。休为张昭少子，昭已年老，入朝贺权，褒赞功德。权笑说道：“假使如张公计，早为魏仆，恐今已乞食了。”指赤壁事。说得张昭伏地惭汗，谢罪而出。当即上书乞休，由权封为娄侯，食邑万户，归家不起，又得享寿八年，至八十一岁乃终。权复还都建业，留上大将军陆逊，辅太子登，驻守武昌。这消息传入蜀都，诸葛亮因权还江东，更可免忧，复欲北向讨魏。部署了好几月，已是建兴八年的夏季，忽有警报传入，乃是魏将曹真司马懿两路进兵，来夺汉中。正是：

西陲方见三军集，北寇先闻两道来。

欲知魏兵如何寇蜀，且看下回再详。

甚矣哉，知人之难也！以诸葛孔明之才识，犹且失之马谡，况他人乎？谡前进攻服南蛮之议，为孙吴兵法所未详，乃独出己见，卒如所言，是谡固非不足行军者；且在营参议，语多扼要，而于街亭一役，偏不从孔明之节度，王平之计议，上山被困，坐失要区，论者几目为天命使然。然刘先主尝谓谡言过实，不可大用；孔明误用而偾事，咎有攸归，固不能尽诿诸天也。空城计一事，史传中列入小注，疑为未确。但故老相传已久，不便略去，果有此役，诸葛其亦危矣哉。及再攻陈仓，遇郝昭之善守，累攻不下。惟退兵之时，得斩王双。魏将多才，而蜀仅得一诸葛，至鞠躬尽力而后已。北伐北伐，名称虽正，其如将佐之乏人何也？

# 第九十四回　木门道张郃毙命 五丈原诸葛归天

却说魏大将军曹真收复南安、天水、安定三郡，自恃有功，尚想出师报怨，乃上书曹叡，请由斜谷攻蜀，数道并进，可以大克。真是贪心不足。叡依了真言，便命大将军司马懿，溯汉西上，与真会攻汉中。司空陈群上言，斜谷险阻，转运为难，不宜遽从真议。实系不欲攻蜀。叡转询曹真，真又表从子午谷进兵，群又言未便，真却不待复诏，当即启行。蜀丞相诸葛亮接得警报，即引兵出汉中，分屯成固赤阪，严营待敌。一面召李严率兵二万，至汉中会师，表严子丰为江州都督，继严后任。东顾无忧，故可调严并力。会值秋雨兼旬，山谷水溢，曹真自长安出发，随在阻滞，就途月余，尚不能度子午谷。当由魏太尉华歆、少府杨阜、散骑常侍王肃等，迭请班师，魏主叡乃召还曹真。司马懿本来乖刁，当然借天雨为名，按兵不进。亮却遣司马魏延，西入羌中，招抚羌众，与魏雍州刺史郭淮大战阳溪，斩获甚众，奏凯而还。时长史张裔病殁，亮迁蒋琬为长史。琬字公琰，籍隶湘乡，尝随先主入蜀，受命为广都长，沉湎不治；先主意欲加诛，独亮器重琬才，代为请免。及后主嗣立，亮遂举琬为参军，进任长史。琬尝筹足饷糈，供给军用，故亮每出师，馈运无阙。亮每言公琰托志忠雅，可属大事。

到了建兴九年仲春，亮复兴师伐魏，进攻祁山。魏曹真已升任大司马，抱病甚重，不能督军，乃调司马懿西屯长安；未几真即去世，由子曹爽袭爵。为后文懿杀曹爽伏笔。懿得握军事全权，即使部将费曜、戴陵率精兵四千，保守上邽，自偕将军张郃等，往救祁山。张郃请分守雍郿，懿谓兵分势散，适为敌擒，因悉众西行。亮闻懿亲来援应，偏不去迎战，但留王平攻祁山，自率魏延姜维等，从间道往攻上邽。守将费曜、戴陵仓皇出战，哪里是蜀兵对手？四千人几被杀尽，还亏雍州刺史郭淮，领兵援应，才得救回。二将闭城静守，天气清和，陇上麦熟，亮令军士四散割麦，作为兵粮。



郭淮等不敢出争，只遣人飞报司马懿，促令还援，懿急忙回军。行抵上邽城东，适值蜀将魏延、姜维等分路杀来，当即下令军中，结阵自固，只许放箭，不许出战。魏延、姜维左右夹攻，都被魏兵射退，不得已收军回营。司马懿能军。懿却敛兵依险，坚壁拒蜀，蜀将一再挑战，只是不出。亮引军还抵卤城，懿反从后追逼，亦至卤城东偏下寨。亮使魏延、高翔、吴班等将分头埋伏，自往懿营搦战，懿仍然不出；蜀兵在懿营外百般辱骂，懿置若罔闻。恼动了大将张郃，入帐语懿道："蜀兵远道来攻，请战不得，知我利在不战，必将变计困我；为今日计，不如与彼一决，如得胜仗，彼自退去，祁山亦可解围了。"懿摇首道："诸葛亮军孤食少，便要退兵，我兵将来追击，自可得胜，何必定要急斗哩？"郃又说道："正惟敌军将退，越好追击，且众志皆奋，何患不胜？”懿终是不从，反且依山掘濠，为久屯计。以守为战，却是好计。忽有二将趋入道：“蜀兵又来挑战了！”懿接口道：“由他挑战，我总固垒不动，看他有何妙法？”二将齐声道：“人言公畏蜀如虎，岂不可耻？况我军比蜀较多，难道竟不能一战么？”懿被他一激，也有些忍耐不住，乃语二将道：“既如此说，可传语各营，指日决战。”二将得令趋出，便向各营通报。这二将叫作贾栩、魏平，年少气盛，既已分头传令，便即摩拳擦掌，专等厮杀。

过了两日，懿召诸将入议道：“欲击蜀兵，必须两道并进，一路攻卤城，一路救祁山，使他不得相顾，方可奏功。”张郃出应道：“郃愿往祁山。”懿乃拨兵万人，令郃引去，自率大军出战。亮闻懿营中有鼓角声，料他发兵前来，便授计与魏延高翔吴班三将，使他分头行事，自率大队出城，就城外布成阵势，从容待着。好整以暇。约阅片时，便见懿兵过来，亮却令前军用连臂弓，射住懿兵。连臂弓由亮特制，一弓能连射十箭，懿兵虽然锐悍，究竟禁不住许多箭镞，一再冲激，都被射回。待至锐气少衰，忽蜀阵内一声鼓号，万军潮涌，猛扑过来，懿忙督众截住；甫经交锋，刺斜里杀到一支人马，乃是蜀将高翔的旗号，当即分兵对敌，抵死不退。谁知后面喊声大震，蜀将吴班，又复杀到，懿始大惊，麾兵退回。蜀兵三路追击，懿且战且行，才经半途，蓦见一彪军横截路中，为首一员大将，拍马舞刀，大呼魏延在此，吓得懿魂驰魄散，几乎坠马，幸亏骁将贾栩魏平等，保住懿身，奋力夺路，才得走脱。这番交战，蜀兵大捷，斩获甲首三千级，衣铠五千领，战具不可胜计。懿得脱归营，埋怨部将好战，致有此败。



嗣是决计坚守，不敢再出。张郃闻懿兵败，却也即退还，两下又相持旬月。魏将郭淮调集雍凉劲卒，拟从间道往袭剑阁，偏被蜀营探卒侦知，飞报大营，诸葛亮便派兵守险，使姜维马岱等，带领前去。长史杨仪报称现存八万人，四万人应该更替，现因来兵未到，新旧难继，只得暂从权变，留屯一月，方可遣归。亮微笑道："我自统兵以来，未曾失信，今既到了更替的时候，理应如约遣还，且应归军士，想已束装待返，家中父母妻子，并皆悬望，就使大敌当前，我却不能临危失信，乃令他如朝归去便了！"欲留故纵。仪出传亮命，军中偏不愿速行，共称丞相大恩，死且难报，愿留营再战，誓扫魏兵。正持论间，忽由李平差到，参军狐忠、督军成藩呈上平书，请亮即日还师。亮不免惊疑，但想李平是老成宿望，当必另有所见，且平方督主粮运，粮若不继，亦难行军，因决意退归。先遣狐忠、成藩还报，一面召集将士，示以归意，且谓魏兵追来，须努力退敌。将士等都想再战，听到班师命令，尚觉失望，欲要他力敌追兵，巴不得杀敌多人，借报恩遇；所以军令一下，齐声相应。亮复说道："诸君肯努力杀敌，还有何说？但死战也是无益，我当诱彼至木门道，并力围攻，就使他有千军万马，也不能脱逃了。"当下遣人至祁山，嘱令老将王平乘夜潜退；自在卤城拔寨齐起，却是堂堂皇皇，还向汉中。



早有魏谍报知司马懿，懿再使探明虚实，果然卤城内外，不见蜀兵，乃笑语诸将道："蜀兵已退，何人敢去追击？"部将都称愿往，惟张郃默不一言，懿目视张郃道："将军意见，莫非是不宜追去？"郃答说道："兵法有言：'归军勿追'。"语见《张郃传》。懿微哂道："公亦未免前勇后怯了。"为此一语，激得张郃性起，竟奋然道："郃临阵至今，向不落后，要追就追，岂肯怯敌？"懿复语道："公为前驱，我为后应，但教兵多将奋，不怕诸葛诡计。”说罢即令轻骑万人，随郃先行，自率三万人继进。

郃长驱直往，追及蜀兵，蜀将魏延，回马与战，约有数十回合，方才徐退。郃步步紧逼，不肯相舍，延又回战数次。及见张郃后面尘沙飞起，料有魏兵踵至，索性引兵急奔，甚至兵士弃甲抛戈，塞满道路。郃亦恃有后军接应，放心再赶。延驰入木道中，道路逼狭，佯作人马蹴乱的情形，诱郃追来。郃骤马急进，已入窄径，两旁统是高阜，一声炮响，万矢齐下，可怜张郃不及回马，已被飞矢射中右膝，倒毙马下。魏兵跟入道中，都被射死；只有后队仓皇逃回，又被蜀兵驱杀多名，幸由司马懿驰至，让过败卒，截住蜀兵。蜀兵如熊如虎，锐不可当，懿知是难敌，翻身急退，已丧失了千余人。蜀将魏延依着亮命，不复穷追，收兵自归。亮已早入汉中，会晤李平。



看官！这李平为谁？原来就是中都护李严，严改名为平，自亮调入汉中，叫他督运，他因夏天多雨，恐粮不能继，拟劝亮还军；及与亮相见，又满口支吾，反欲归咎狐忠成藩。亮不屑与辨，径入成都，面奏后主。后主方得平表，谓亮佯退诱贼，亮乃取呈李平手书，劾他颠倒迷罔，居心不良，因黜平为庶人，徙置梓潼；惟仍用平子丰为中郎将，参赞军事。罪不及孥，纯然王道。亮乃劝农讲武，推演兵法，作八阵图，立石为表，俾便练习。又命军吏采办材木，制成牛马，内用机捩转旋，自能行动，可运粮米，叫做木牛流马；预约三年以后，再行出征。魏将司马懿，返入长安，当然不敢寇蜀，但敕诸将严守要害罢了。

且说魏主叡即位以后，仍守乃父遗志，专任异姓，不重同宗。任城王曹彰在曹丕黄初二年便已暴亡；独甄城王曹植尚存，徙封雍邱，再徙浚仪，很不满意。会因入朝许宫，得见金缕玉带枕为甄夫人故物，更不免触动旧怀，格外悲悼，回应九十二回。还经洛水，作《感甄赋》，可歌可泣。何劳阿叔这般多情？魏主叡嗣位时，虽已追谥生母甄夫人为文昭皇后，但于甄夫人冤死情形，尚未详悉。相传甄夫人死不成殓，甚至披发覆面，用糠塞口，就中都由郭后暗地安排，一手掩住，不令叡知。叡虽郭后抚养成人，但尚有李贵人暗受丕嘱，从中监护，所以叡得无恙，安然嗣位。哪知天下事若要不知，除非莫为，郭后害死甄夫人种种情弊，却被曹植一一侦悉。太和四年，太皇太后卞氏病殁，植还都奔丧，乘间白叡，述及甄夫人惨死情状，叡尚疑信参半，密询庶母李贵人，才知植言非诬，不胜悲愤。因命甄夫人兄子甄象，以中郎将兼代太尉，持节赴邺，改葬甄夫人，号朝阳陵，且改封植为陈王。植虽得增封，仍然不获大用，就国以后，得病即亡，谥曰“思王”。叡复搜植遗著，得赋颂诗铭，杂论百余篇，内有一篇《感甄赋》，迹近嫌疑，改名《洛神》，这且毋庸细表。 

惟叡尝立毛氏为皇后，出入同辇，伉俪甚谐。嗣复得河西大族郭氏女，美丽无双，拜为夫人，宠逾毛后。郭氏生女名淑，数月而夭，叡哀痛异常，适甄后从孙甄黄，亦致幼殇，因特替他阴配，取棺合葬，为女子谥立庙，并追封甄黄为列侯，且令举朝素服。司空陈群、少府杨阜联名谏阻，均不见听。溺爱至此，古今罕闻。既而为避灾计，与郭夫人出幸摩陂，特筑景福承光殿，作为行宫。忽闻摩陂井中，出现青龙，便挈郭夫人往观，井中果隐见鳞甲，蛇耶？龙耶？遂号摩陂为龙陂，改太和七年，为青龙元年。寻且想入非非，命郭夫人从弟郭德过继甄黄，承袭亡女淑封爵，淑为平原懿公主，德即袭封平原侯。德为郭夫人从弟，即为叡女淑从舅，从舅可为甥女继子，真是荒谬。并常至郭太后前，诘问甄后死状，郭太后忿然道："先帝自赐彼死，与我何干？况汝为人子，何必追仇死父，为前母逼死后母呢？"叡更加气愤，凡郭太后饮食服用，故意裁减，气得郭太后有口难言，郁郁致死。叡令内侍棺殓，使如甄后故事，惟表面上治丧如仪。郭太后生平，颇知守俭，不好音乐，又能抑损母族，力戒骄奢，只因谗妒甄氏，终至结局不良，天道好还，莫谓善恶无报呢！暮鼓晨钟。会因山阳公病逝，魏主叡总算尽礼，素服举哀，仍许用天子礼丧葬，墓号禅陵，追谥为"孝献皇帝"。东汉自光武帝起，至献帝止，共历八世，凡十二主，得国二百九十六年；献帝在位三十一载，被篡后，又阅十四年，寿终五十有四。孙康，嗣为山阳公，再传二世，至晋怀帝永嘉年间，五胡乱华，山阳公秋被杀，祚绝国亡。总结汉事，笔无渗漏。

898. 献帝方葬，忽有军报传入许昌，乃是蜀相诸葛亮与吴主孙权东西进攻，两国各兴兵十万，浩荡前来。魏主叡亟使将军秦朗，督兵二万，往长安会合司马懿，一同拒蜀，自率将士东行，抵敌吴师。吴主权正出兵巢湖，进攻合肥新城，并遣陆逊等入江夏沔口，西指襄阳；孙皓等入淮北，向广陵淮阴。魏主叡也遣将分堵，惟自乘龙舟东下，直达寿春，援应合肥。合肥守将满宠，欲设一欲取姑与的计策，佯弃合肥新城，诱敌至寿春城下，合兵围攻，叡却不从，但使宠饬众坚守，静待援应。会陆逊献策孙权，愿出奇兵，截叡归路，不幸使人被魏逻骑所得，计不得行。吴将诸葛瑾闻知，忙即报逊。逊方催人栽种菜菽，自与诸将弈棋，闲暇如常，瑾不胜惊异，逊见他慌张情状，不待详说，便与语道："军机漏泄，我已探知，但若遽退，敌必来追，岂非危道么？"说罢，复邀瑾入后帐，密嘱数言，瑾欣然趋出，仍督舟师向襄阳城；逊亦催动陆军，与瑾并进。襄阳守将刘劭本已接到叡令，出兵攻瑾，一闻陆逊亲出，慌忙退还。逊至白河口潜遣部将周峻等，分略江夏新市安陆石阳；魏兵俱不敢出，任他来去自由。极写逊才。那吴主权督攻新城，反被满宠招募壮士，毁去攻具，权失利退归。逊闻吴主已退，然后徐徐引还，毫无损失，安然抵镇。孙韶等也即回军。魏王叡素闻逊名，还恐他截击后路，既闻吴兵东返，也不愿进逼，回棹西行；诸将请径赴长安，合兵击蜀。叡独说道："吴既却兵，蜀自丧胆，司马大将军，自足制敌，无烦我亲往了。"遂遄返许昌。嗣接司马懿军报，谓蜀兵出屯五丈原，未分胜负，现惟以守为战，彼若粮尽，自然退师等语。叡揣知懿意，饬令懿约束诸将，坚壁拒敌。

原来懿与诸葛亮战过数次，败多胜少，此次闻亮进攻，当然打定主意，但守勿战。当亮出军渭南时，懿即引兵渡渭，背水立寨，且语诸将道："亮若出武功，依山东进，却是可忧；若西出五丈原，便可无虑了。"这也是安定军心的巧言。嗣闻亮果屯五丈原，乃使郭淮据住北山，为犄角计，及蜀兵到了北原，已由郭淮扼守，进击无效，因即退去。亮已命运粮军士，用着木牛流马，运米集斜谷口，尚恐日久告罄，特派兵屯田，散处渭滨；惟严申禁令，不准侵扰居民，兵民相安无事，亮亦欣慰，满望就地得粮，好与司马懿坚持到底，免得奔波往返，再致徒劳。一面使人迭下战书，促懿出战，无论斗将斗兵斗阵，任懿自择。懿只是不出，经亮催逼不过，方才出斗阵法。亮布成八卦阵，懿亦认识，及遣戴凌等攻打，按着兵书，嘱令前往。哪知戴凌等一入阵中，辨不出甚么方向，没头乱撞，终被蜀兵个个擒住，亮命把魏兵剥去衣甲，一律放回，叫他转语司马懿，要懿自来攻阵。懿佯约明日，收兵还营，竟不复出。

亮使人责懿背约，懿始终忍辱，置诸不答。及亮贻懿巾帼女服，懿假意笑说道："孔明竟视我作妇女么？"好一番忍耐工夫。说着，厚待来使，问及孔明寝食及事情烦简，使人答道："诸葛公夙兴夜寐，凡罚在二十以上，皆须亲览，日食不过数升。"懿闻言大喜。及使人辞去，即顾语将佐道："孔明食少事烦，不能长久了。"诸将以为遣我女服，受辱太甚，俱请一战泄忿，懿禁遏不住，故意表请出战。魏主叡见了表文，询及卫尉辛毗，毗谓懿志在拒守，恐将佐违言，欲得诏旨压服，方免群议，叡也以为然，统是司马知己。乃令毗持节传诏，只准守，不准战。事为蜀护军姜维所闻，入告诸葛亮道："敌营内有辛毗到来，定是如懿所愿，不复出战了。"亮叹息道："懿本无战志，不过佯为请战，借此服众；古称将在外，君命有所不受，若果能制我，何必千里请战呢？"



嗣是懿竟不出，相持至三月有余，亮郁愤成疾，渐致不起。后主闻信，忙遣仆射李福省视，并谘大计，亮略与谈论，遣福返报。福已经辞去，数日复来，亮病愈加重，见了福面，便与语道："我知君来意，后事不暇细谈，可尽问蒋公琰。"福又说道："公琰后谁可大任？"亮答言费文祎。福再问其次，亮却不答，汉祚已终，不消再说。惟召入杨仪姜维，密嘱后事，并及退军方法，且令左右扶起榻中，出营四望。时正黄昏，夜色沉沉，忽有一大星，自东北来，色赤有芒，流至西南，欲向营中坠下，亮不禁失色，哇的一声，呕出了一口鲜血，接连尚带着喘声，左右见不可支，扶令返寝，亮顾杨仪姜维道："天象如此，命已难延，只恨不能与诸君讨贼了！"遂口授遗表，令仪写讫。挨至夜半，竟尔寿终，享年五十有四，时为蜀汉建兴十二年八月二十三日。详志月日，遗恨无穷。小子有诗叹道：

危厦徒凭一木支，明知艰险且驱驰；
臣心未已臣躬瘁，遗表流传两出师。

杨仪姜维遵嘱办事。欲知如何措置，请看下回再叙。

木门道之射死张郃，可为马谡泄恨；谡非死于诸葛，实死于张郃之手。郃为魏著名大将，街亭一役，郃实主之；诸葛公计毙此獠，马谡有知，能无快意？至若吴蜀联盟，东西夹攻，本为一时之胜算，乃吴兵无功而退，蜀与司马懿相持数月，天丧诸葛，赍恨而终，此非天之佑魏，实天之阴欲启晋也。不然，如曹操父子之篡汉，曹叡之举措乖谬，宁反能仰邀天眷乎？惟罗氏《演义》演写诸葛之六出祁山，说成许多奇诞，与七擒孟获相同，按诸史事，十虚七八；且诸葛尝六出汉中，并非六出祁山，褒扬失实，何若存真之为愈也！

# 第九十五回　王子均昌言平乱 公孙渊战败受擒

却说杨仪、姜维依着诸葛亮遗嘱，秘不发丧，但将尸骸安载车上，拔营徐退。当有魏谍报知司马懿，懿闻诸葛亮已死，放胆追来，将及蜀兵，忽见蜀兵回旗鸣鼓，前来截击，并有一派喧声，齐呼司马懿休走，此番中计，快来受死！司马懿听着，拍马便奔，魏兵都弃甲曳兵，仓皇逃命，跑了好几十里，不见后面动静，方才停住。再使人探听蜀兵虚实，回报蜀兵尽退入斜谷，扬起白旗，为亮发丧，懿再转身往追，驰至赤岸，毫无影响，料知蜀兵去远，只得退还。越乖越丑。途人有歌谣云："死诸葛吓走生仲达。"懿听见后，却也不恼，但宣言解嘲道："我能料生，不能料死。"忍辱含垢，却是司马懿一生特长。及回视蜀兵营垒，无一不布置有方，因即叹美道："孔明真天下奇才哩！"又顾语诸将道："国家有福，丧敌良才，从此可高枕无忧了。"遂引回长安，表陈魏主，不消细说。

且说蜀兵已入斜谷，扬旛举哀，全体素服，方将故丞相遗骸，妥为棺殓，然后扶榇南归。将登阁道，遥见前面火光冲天，喊声盈路，杨仪姜维不知何因，急忙令人探问，返报前军帅魏延截住去路，不放杨长史过去。原来魏延自恃才勇，藐视杨仪，只因仪为丞相长史，不得不稍从含忍，及丞相病殁，仪欲令延断后，先令司马费祎，往探延意，延勃然道："丞相虽亡，难道就不去击贼？杨仪等为丞相官属，尽可奉丧还葬，我仍当留此讨虏。且杨仪何人？敢令魏延断后哩？"祎劝解道："这是丞相遗命，不宜有违。"延瞋目道："丞相若依我计，已早至长安；我今官居前军帅征西大将军，受封南郑侯，应继丞相后任，杨仪不必托名丞相，使君诳我，可即将兵符缴来。"祎知不可说，支吾对付，飞马回报。仪乃与姜维商议，维想出一法，从槎山小路进发，绕出栈道，昼夜兼行，抄到魏延背后。延闻仪等已至南谷，亟往谷口迎击，并奏称杨仪造反，仪亦劾延作乱。两表递入成都，后主方得李福还报，说是丞相亮寿终，免不得悲恸逾恒；忽又接得延仪二人的讦奏，心下大惊，急召侍中董允、留府长史蒋琬，入示二人表文，询明顺逆。允与琬齐声道："臣等愿保杨仪，不保魏延。"后主道："丞相新亡，两人便自相争杀，岂非大患？"蒋琬答道："丞相非不知魏延骄戾，只因他勇力过人，妥为驾驭；臣料丞相必有遗策，授与杨仪，请陛下勿忧。"蒋琬料事如见，不负诸葛所托。后主稍稍放心，专待延仪二人消息。



仪等到了南谷，令王平为先行。平至谷口，适与魏延相遇，彼此各摆开兵马，互相答话，平叱延道："汝何敢造反？"延亦叱平为叛党，挥兵击平。平扬鞭指语道："丞相待汝军士，何等厚恩？今丞相骨尚未寒，汝等为何从逆？况汝等俱系蜀人，不乘此时回家团聚，静候赏赐，反且助延为乱，自取灭门，汝等试想，该不该呢？”道言甫毕，延部下同声应响，纷纷散去，魏延大怒，挥刀出战。平接住厮杀，未及数合，又有马岱来助王平，延虽多力，终因部卒尽散，不敢恋战，拍马返奔。马岱从后追去，王平留报杨仪。史鉴或称何平，按诸《王平传》中，平本养外家何氏，后复姓王，且传文载入前屯祁山，及迎击魏延诸事，故本编独书王平。仪闻魏延败窜，乃偕平西进。未几，即由马岱回军，持入延首，仪用足蹴踏道：“贼奴！尚敢作恶么？”遂表请夷延三族。仪亦过甚，怎能善终？先是延梦头上生角，问诸占梦赵直，直诈言麟角呈祥，必主吉兆，及退语密友道：“角字上从刀，下从用，头上用刀，必遭大凶。”至是果验。延并非欲反，实因与仪有隙，妄思除仪代亮，哪知舆情不服，害得势孤力竭，身败家亡，这也可谓自作孽不可活呢。留府长史蒋琬欲分主忧，特出宿卫各营，出都赴难，行约数十里，得接杨仪军报，延已受诛，乃退回成都。过了两日，仪等奉亮遗榇，已至都门。后主带领百官，亲出迎丧，哭声载道，当下扶榇入城，暂停丞相府中。亮子瞻，年尚幼弱，一切丧葬尽由蒋琬等监理。杨仪呈亮遗表，即由后主展阅，略云：

伏闻生死有常，难逃定数；死之将至，愿尽愚忠。臣亮赋性愚拙，遭时艰难，分符拥节，专掌钧衡；兴师北伐，未获成功。何期病入膏肓，命垂旦夕，不及终事陛下，饮恨无穷。伏愿陛下清心寡欲，约己爱民，达孝道于先皇，布仁恩于宇下；提拔幽隐，以进贤良，屏斥奸邪，以厚风俗。

臣家有桑八百株，田十五顷，子孙衣食，自有余饶，至于臣在外任，随身所需，悉仰于官，不别治生，以长尺寸；臣死以后，不使内有余帛，外有赢财，以负陛下也。

后主阅罢，复潸然泪下，随即传旨卜葬，杨仪面奏道：“丞相已有遗言，命葬汉中定军山，因山为坟，但足容棺罢了。”后主依议，择期奉葬，又拟定谥法，加予册文道：

维君体资文武，明叡笃诚，受遗托孤，匡辅朕躬，继绝兴微，志存靖乱；爰整六师，无岁不征，神武赫然，威震八荒，将建殊功于季汉，参伊周之巨勋。如何不吊？事临垂克，遘疾陨丧！朕用伤悼，肝心若裂。夫崇德序功，纪行命谥，所以光昭将来，刊载不朽。今使使持节左中郎将杜琼，赠君丞相武乡侯印绶，谥君为忠武侯。魂而有灵，嘉兹宠荣。呜呼哀哉！呜呼哀哉！



后来朝野官民，追念亮恩，屡请立庙致祭，乃筑祠沔阳，四时享祀。诸葛瞻年至十五，拜为骑都尉，得尚公主，后文再表。后主谨从亮议，进蒋琬为尚书令，总统国事；吴懿为车骑将军，出督汉中。忽闻吴增兵巴丘，数约万人，后主不胜惊疑，亟问蒋琬，琬请一面添兵永安，防备不测；一面保举中郎将宗预，出使东吴，探明动静。后主一律依从，遂遣宗预东行，预至吴都。吴主权反诘他添兵永安，是何意见？预答说道：“江东增戍巴丘，西蜀增戍白帝城，无非为事势所迫，不劳细问。”权欣然道：“卿真不亚邓伯苗；芝字伯苗。我闻诸葛丞相病殁，恐魏人乘丧侵蜀，故就巴丘增兵，遥为蜀援，并无他意。”预又答道：“东西联盟，和好已久，当然彼此相关；陛下且增戍援蜀，难道蜀可不增戍应吴么？”权乃优礼待预，并使预代达己意，决不负约。预拜谢西归，报知后主，后主当然喜慰，蜀中亦闻信咸安。独杨仪返成都后，虽得进拜中军师，却已撤销兵权，有名无实，仪自谓才逾蒋琬，资望又比琬为优，乃反位出琬下，未免怨望；后军师费祎，暇时过谈，仪慨然道：“曩时丞相初亡，我若举军就魏，何至落寞如此？”祎假意劝慰，及辞退后，密将仪言入告，后主遂废仪为庶人，徙置汉嘉郡。仪至徙所，心愈不平，还要上书诽谤，结果是一道诏旨，收系郡狱，仪惭愤自杀。不至夷族，还算幸事。于是迁蒋琬为大将军，即授费祎为尚书令。琬举止不苟，喜怒不形，祎应事敏速，识悟过人，两人同心辅政，力守诸葛成规，故蜀安如故，魏与吴亦敛兵守境，好几年不动刀兵。百姓之福。



独魏主叡坐享承平，恣意淫乐，既作许昌宫，又治洛阳宫，起昭阳太极殿，筑总章观，高十余丈，徭役不休，农桑失业。司空陈群等上书力谏，辄不见从，且欲铲平北邙，上筑台观；卫尉辛毗、中书郎王基、少府杨阜交章谏诤，方才罢议。魏青龙三年秋季，洛阳华殿被焚，叡问太史令高堂隆道：“汉柏梁殿失火，尝大起宫殿，作为厌胜，卿可识此义否？”高堂隆道：“这乃越巫所为，不合古训，愿陛下毋惑邪言。”叡不以为然，立命博士马钧，征发民夫数万，昼夜督造，穷极技巧，殿前有九龙环绕，号为九龙殿。又引榖水，通过殿前，旁设玉井绮栏，神龙吐出，蟾蜍含受。马钧更仿造指南车，叫作司南车，俾叡得随意游幸；并在殿北设立八坊，专选美貌妇女序居坊中，最上封贵人，次封夫人，就中有数人知书识字，特任为女尚书，出纳章奏。他如歌姬舞妓，采女宫娥，不可胜计。殿外特造芳林园，搜罗奇花名卉，珍禽异兽，中凿陂池，编列画舫，每舫贮佳丽数人，教以楫棹越歌，俱臻灵妙。叡随时游幸，遇有中意的美人儿，当即召御，未有虚夕。谁知连宵跨凤，累岁绝麟，叡已越壮年，未得一子，廷尉高柔，请叡简省侍女，育精养神，方可“螽斯衍庆”云云。叡虽然优诏报闻，却仍是肆淫不已，寻且就宗室中，取得二儿，一名芳，一名询，充作己子，即立芳为齐王，询为秦王。

皇后毛氏性颇端淑，与叡向无闲言，自郭夫人专宠后，遂将毛后爱情渐渐移到郭后身上；回应前回。后来贵人以下，承接甚多，更将毛后撇置中宫，不复过问。一日叡游芳林园，郭夫人等并皆随行，独毛后不与，郭夫人问叡道：“何不一请皇后同行？”恐是故意诘问。叡频频摇首，且嘱左右，不得通报中宫。及既至园中，赏花饮酒，备极欢娱，直至日落西山，方才回宫。毛皇后怆怀失宠，郁郁寡欢，镇日里望断乘舆，免不得嘱托宫娥，探听魏主行止，适有人得知游园消息，走报毛后，毛后益觉怏怏，甚至一宵废寝。翌日早起，特至西宫外候着，等到日上三竿，方见叡乘辇出来，当即迎前笑问道：“陛下昨游北园，可极乐否？”说尚未毕，但见叡勃然变色，满脸怒容，禁不住吓退三步，叡掉头径去。到了傍晚，竟由宫宦赍入谕旨，勒令毛后自尽。可怜毛皇后又悲又愤，又愤又悔，想到无可奈何的时候，竟取过鸩酒，一口吸干，转瞬毒发，便致暴亡。前有甄后，后有毛后，可谓两次同命。叡尚恨左右违旨，擅敢漏泄，不问他是否通报，竟杀死了十余人。不过表面上说不过去，伪言毛后暴崩，依礼丧葬，加谥曰“悼”，号后墓为“愍陵”，是年为魏青龙五年。

茌县茌音仕。报称黄龙出现，青变为黄，已寓死兆。有司乐得献谀，说是魏得地统，宜改正朔，易服色，一新观听。叡遂改元景初，建丑为正，服色尚黄，牺牲尚白。又用太史令高堂隆奏议，在南北郊，营方圜二丘，圜丘祀天，方丘祀地，诏称曹氏系出有虞，应以虞帝舜配天，皇祖武皇帝配地。武皇帝即曹操，见前文。已而徙长安诸钟簴及秦始皇所铸铜人、汉武帝所制承露盘，尽至洛阳。铜人重不可致，留置霸城，承露盘在途折断，声闻数十里，叡乃另采他铜，铸成铜人二个，号为翁仲，分列司马门外；更铸铜龙铜凤，置内殿前，龙高四丈，凤高三丈余。有何用处？还要在芳林园中，增筑土山，限令三日告就，土役无暇，即令公卿群僚，荷畚担土，好容易堆成高阜，上植松竹杂木，作为美观。司徒掾董寻、太子舍人张茂陆续奏谏，始终无效。高堂隆得病将死，口占遗疏，请叡黜奢崇俭，亲亲任贤，也徒博得区区褒赠，赍志以终。只有大将军司马懿进宫太尉，位高责重，却是片言不发，噤若寒蝉。数语已足诛心。

908. 嗣由幽州刺史毋丘俭，报称公孙渊僭号燕王，改元绍汉，置官吏，诱胡虏，纠众入寇，骚扰北方，叡乃亟召司马懿入朝，与议讨渊。渊为辽东太守公孙度孙，父名康，曾斩袁尚袁熙首级，献与曹操，操表封为广平侯。见前文。康死时，渊尚幼弱，官属立康弟恭。恭庸劣不能治事，及渊年渐长，胁夺恭位，上表曹丕，丕意在羁縻，拜渊为扬烈将军，领辽东太守。未几，渊与魏有贰，遣使至吴，愿为吴藩，吴主权乃使太常张弥、执金吾许晏等赍着金宝珍货，航海授渊，且封渊为燕王。渊又恐魏人讨伐，收没货赂，诱杀张弥许晏，传首至魏，魏进渊为大司马，封乐浪公。刁狡至此，宁能久存？吴主权，闻渊反复，即欲督兵讨渊，陆逊、薛综连章谏阻，权方中止。谁知渊又贪心不足，复欲背魏，对着魏使，时出恶声。幽州刺史毋丘俭奉魏王命，赍玺书征渊，渊竟发兵抗俭，俭因众寡不敌，退还幽州。渊遂自称燕王，屡寇魏境，毋丘俭乃表请济师。太尉司马懿为了讨渊一事，奉召入都，谒见曹叡，叡问及方略，懿答言得兵四万，自足破贼。叡又问道：“卿料渊行动若何？”懿又答道：“渊若弃城预走，乃是上计，据守辽东，抗拒大军，乃是中计，若坐守襄平，便成下计，必为臣所擒了。”叡问渊能行上计否？懿谓渊徒凶狡，不知兵谋，定出下计；叡复问大军往还，应需几时？懿预约往百日，攻百日，还百日，又须休息六十日，大约满足一年，就可了事。武侯已殁，应让司马争雄。叡闻言大喜，便令懿带兵启程。公孙渊闻懿出讨，也觉心惊，又遣使向吴称臣，谢罪乞援。吴主权欲戮渊使，嗣经谋臣羊衜等计议，衜即古道字。阳为许援，阴图乘隙，所以发兵驻境，静观成败。

那司马懿驱兵大进，直指辽东，渊令部将卑衍杨祚，分率步骑数万，屯踞辽隧，设堑二十余里，堵遏懿兵。懿用胡遵为先锋，引兵挑战。渊令杨衍守寨，自出交锋，被遵杀退，自是坚守不出。也想学袭司马懿旧法么？懿笑语诸将道：“贼不与我战，欲我老师糜饷，粮尽退兵，我岂肯为贼所料？且贼众多在此处，巢穴必虚，我不如潜攻襄平，一举破贼哩。”乃多张旗帜，佯作南行，卑衍等尽锐南追。懿却潜渡济水，北趋襄平。至衍等察觉，转向北进，却被懿用伏兵掩击，杀得七零八落，窜往首山。懿兵追入山中，卑衍战死，杨祚乞降，于是懿得进围襄平。公孙渊出战失利，退守危城。

会值秋雨兼旬，辽水暴涨，运粮船直达城下，平地水深三尺，懿兵行立不便，各欲移营，懿反下令军中，敢言移营者斩。都督令史张静入帐固请，竟被斩首，悬竿示众，军人乃不敢再动。城中见懿营阻水，乐得出外樵牧，魏军司马陈珪请出兵截击，懿独不从。珪疑问道：“太尉前攻上庸，昼夜兼进，故能立拔坚城，擒斩孟达；今远来反缓，又纵贼樵牧，究是何意？”懿笑答道：“孟达兵少粮多，我粮多兵少，若非急进，出彼不意，怎能取胜？今贼众我寡，贼饥我饱，何必速攻？正当任彼内乱，然后纵兵合击，可以聚歼，倘或掠彼牛马，截彼樵采，是驱令远走，反为不妙。”陈珪听了，方才拜服。既而天雨晴霁，懿乃分兵合围，四筑土山，登高俯攻，矢石不绝，守兵死伤甚多，并且粮食垂尽，不能再支，只得遣使请和，懿怒斩来使，送还首级，檄令渊自缚来营。渊窘急无法，再令亲臣卫演求降，愿送子入质，懿忿然道：“军事大要有五，能战当战，不能战当守，不能守当走，不能走当降，不能降当死；何必遣子为质，多来絮聒？”说罢即叱演使归。司马大出风头。

先是渊家有犬，冠帻绛衣，上屋驰行，民居午炊，有小儿蒸死甑中；襄平北市，土中生肉，周围数尺，头目口鼻俱全，独无手足；占验家已预知凶兆，说是有形不成，有体无声，国必灭亡。至是围城紧急，夜有流星数十丈，从首山东北，坠下襄平城东南，自公孙渊以下，并皆惊骇。又值卫演返报，无术图存，不得已挈子公孙修等，突出南门。懿早已防着，预令先锋胡遵，屯兵梁水，等到渊父子逃来，便即截住，后面又由大兵追上，立把渊父子擒住。司马懿已攻入城中，搜获公孙渊家族及吏士七千余人。可巧渊父子解到，懿即喝令斩首，并将所获人犯，一体诛夷，筑成京观，惟渊首传送洛阳。渊叔恭为渊所囚，许得释放，俾存一脉。凡中原人流寓辽东，听令还乡，辽东遂平，懿亦班师。途次接得朝旨，喻令回镇长安，及行到河内，偏来了宫使辟邪，叫懿速至洛阳。正是：

内旨两岐成柄凿，外臣一入据钧衡。

究竟懿行止如何，待至下回续表。

魏延杨仪，心术相同，延不过早为发作，自速其死耳。若仪之与费祎言，谓不若前时就魏，是延之所未及设想者；而仪欲为之，其居心尤出延下。微诸葛丞相之善为驾驭，几何而不先作乱也？曹叡奢淫无度，违理蔑伦，种种荒谬，俱足亡国，而反得平定辽东，擒斩公孙渊父子，是所谓天夺之鉴，而益其疾也。司马懿为莽操流亚，功不显，位不高，乌得擅权窃国？公孙死而司马益崇，魏之不亡亦仅矣。谁谓荒淫之主，能贻厥子孙哉？

# 第九十六回　承遗诏司马秉权<br>缴印绶将军赤族

却说魏主叡淫荒过度，酿成疾病，年仅三十有五，已害得骨瘦如柴，奄奄不起；当下立郭夫人为皇后，命燕王宇为大将军。宇为曹操庶子，与叡素来亲善，故叡欲嘱咐后事。又使领军将军夏侯献、武卫将军曹爽，曹真子。屯骑校尉曹肇、曹休子。骁骑将军秦朗等，与燕王共同辅政。偏有中书监刘放、中书令孙资意图揽权，不愿燕王等入辅，每思乘间进谗，苦未得隙。会接司马懿班师奏报，燕王宇便向叡请旨，令懿仍回镇长安。叡已不能治事，任令燕王主持。

一夕，叡气喘不休，宇恐有急变，自去宣召曹肇等，与谋大计。独曹爽侍侧未退，刘放孙资，急排闼泣奏道："陛下若有不讳，后事果付托何人？"叡惨然道："卿尚不闻朕用燕王么？"放申奏道："先帝有诏，藩王不得辅政，且陛下方病，曹肇秦朗等，托词入省，辄与宫人戏言，燕王并不监束，反拥兵宫外，不令臣等进奏，这与古时的竖刁赵高，尚有何异？况太子幼弱，未能亲政，外有强寇，内有佥壬，恐国家从此多事了。臣久叨恩宠，不忍漠视，故敢冒死入陈。”所谓肤受之愬。叡不禁怒起，急问刘放道：“卿以为谁可大任?”放见曹爽在旁，不便立异，便举爽代宇；资亦随口赞同。叡即顾爽道：“卿自思能胜任否?”爽汗流浃背，不能措词，放急伸足蹑爽，爽才逼出一语道：“臣……臣愿死奉社稷。”曹真生此庸儿，何能保家?放资又接入道：“太尉懿才略过人，可参大政。”叡点首称善，放便欲请旨召懿。适值曹肇趋入，放资乃避出殿外，叡与语及召懿情事，肇涕泣固谏，引董卓事为戒，何不即引曹操?叡又觉心动，不愿召懿。待至肇退，放资又即趋进，极言肇有异心，叡复依放言，嘱令草诏，放答说道：“请陛下自作手书。”叡欷歔道：“我已病重，不能执笔。”放竟取过文具，握住叡手，勉强书诏，草草告成，便赍出大言道：“有诏免燕王等官，不得再停殿省中。”燕王宇性本温和，当即出去，献肇朗三人，亦无法可施，流涕归第。放即令内使辟邪，驰召司马懿。



懿见前后诏旨两岐，料知宫中有变，星夜赶至洛阳，入宫求见。叡握懿手与语道：“朕忍死待君，今得相见，托付后事，我无遗恨了。”否则，懿怎得揽权?懿顿首受命。叡复召入齐秦二王，与懿相揖；又指齐王芳语懿道：“这就是他日储君，请卿审视，勿误勿忘!”懿非目盲，应早认识。又教芳前抱懿颈，懿流涕道：“陛下放心!难道不忆及先帝临崩，曾将陛下嘱臣么?”叡开颜道：“如此甚好。愿卿与爽，共辅此子便了。”乃即立芳为皇太子，曹爽为大将军，懿仍守官太尉，辅导东宫。越宿叡即告终，曹爽、司马懿奉太子芳即位。芳年才八岁，或谓系任城王曹楷子。楷即彰子。尊皇后郭氏为皇太后，追谥叡为“明皇帝”，葬高平陵。加爽懿侍中职衔，并假节钺，都督中外诸军事，录尚书事。一切兴作，皆托称遗诏，即令罢免。便是懿笼络人心的手段。爽懿各领兵三千人，轮流宿卫，权势相埒；惟爽年轻望浅，常事懿如父，每事谘访，不敢专行，懿亦佯为谦抑，故尚得相安。

时有东平人毕轨，南阳人何晏、邓扬、李胜，沛人丁谧，并有才名，挟策干进。魏主叡在位，曾说他浮华躁竞，屏黜不用，偏爽引为僚佐，一经秉政，便相继录用，视若腹心。晏等即为爽划策道："国家重权，不宜轻委异姓，今可入白天子，加懿为太傅，外示推重，内慎防维，此后尚书奏事，先白大将军，免为懿所牵掣，大权庶不致旁落了。"为爽划策，看似尽心，实欲以傀儡待爽。爽闻言称善，遂推懿为太傅，且举弟羲为中领军，训为武卫将军，彦为散骑常侍。又徙吏部尚书卢毓为仆射，即令何晏代任，进邓扬、丁谧为尚书，毕轨为司隶校尉，李胜为河南尹，拔茅连茹，交相庆贺。黄门侍郎傅嘏密语爽弟曹羲道："何平叔晏字平叔。外静内躁，铦巧好利，将来必摇惑君门；幸转达大将军，毋轻委任。"羲即将嘏言告爽，爽方恃晏为心膂，怎肯信嘏？反说嘏从中谗构，把他黜免。嗣复出卢毓为廷尉，寻且罢官；众论多为毓讼冤，乃更用毓为光禄勋。大将军长史孙礼亮直不挠，为晏等所嫉忌，出为扬州刺史，司马懿冷眼旁观，早已窥透情隐，但因爽尚存礼貌，姑与周旋，不加干涉。这是郑庄公待段秘诀。越年改元正始，迁中书监刘放为左光禄大夫，中书令孙资为右光禄大夫。定是司马懿荐举。

又越年孟夏，爽与何晏等选色征歌，饮酒作乐，正在兴高采烈的时候，忽由门吏入报道："吴兵三路入寇，警报已到过数次。"爽不禁失色道："有这等事么？看来只好请太傅主张。"急来抱佛脚。何晏等亦计无所出，但促爽入朝，与司马懿会议军情，爽不得已，离席出门。趋至朝堂，朝中侍臣，亟向爽问计，爽谓须待太傅计事，当下遣人往迎司马懿。惟知懿托辞有疾，不肯到来。爽惶急无措，忙入见少主芳，请旨召懿。懿尚诿诸曹爽，谓俟臣疾少愈，便当入朝；乐得摆点架子。爽更觉着急，再使光禄勋卢毓，赍诏向懿问计，懿才出答道："芍陂为淮南要冲，现由将军王陵把守，可以无忧，惟樊城柤中两处，柤读为祖。必须大将往援，方能却敌。"毓还朝复旨，朝臣瞩望曹爽，劝令东征。爽未经大敌，不敢出师。

转眼间已越数日，樊城被吴将朱然围住，柤中亦为诸葛瑾所攻，连章告急，许、洛两都，人心惶惶，司马懿乃自称病愈，出议军事。时乎？时乎？适值王陵报捷，击退吴将全琮，淮南解严。吴兵三路分写，又是一种笔墨。懿进议道："柤中民夷十万，流离无主，樊城被围逾月，紧急万分，大将军方握兵权，奈何坐视不救哩？"还要推与曹爽。爽无词可答，只好自说无才，特候太傅定夺。何晏在旁发言道："樊城坚固，易守难攻，敌众屯兵城下，不战亦疲，但用长策制御，自足屈人。"懿微哂道："疆场骚动，主少国疑，不乘此时出师却贼，如何安定社稷？大将军能往则往，如若不能，懿年虽老，愿督军一行。"明明是奚落曹爽。朝臣闻懿愿出师，当然赞成，懿即调动人马，克日南征。少帝芳亲率百官，送至津阳城门外，懿拜别而去。才经旬月，便得捷书，樊城解围，吴兵夜遁，柤中亦击退吴人，于是宣诏班师。太傅司马懿振旅而还，献俘行赏，又有一番张皇气象，毋庸细述。独曹爽相形见绌，未免减色，邓扬、李胜劝爽相机立功，方足敌懿。事有凑巧，闻得蜀大将军蒋琬进任大司马，出屯涪城，谋袭魏境。爽即听扬胜等言，自请伐蜀。司马懿谓蜀未进兵，何用劳师？因复迁延了两三年。

是时蜀后张氏已殁，更立后妹为继后，长子璇为太子，次子瑶为安定王，改建兴十六年，为延熙元年。车骑将军吴懿又病亡出缺，诸军皆归蒋琬节制，监军姜维为副。琬与维分驻汉中及涪城。至延熙六年，琬抱病甚重，因令姜维屯涪城，另简镇北大将军王平往守汉中。魏曹爽得此消息，复拟攻蜀。还有征西将军夏侯玄为爽姑子，附和爽议，怂恿兴师。司马懿再出劝阻，爽不肯从，乃于魏正始五年，即蜀延熙六年，春日发兵，与玄会师长安；计得十余万众，逾骆谷，逼汉中，声焰甚盛。

蜀兵在汉中驻守，不满三万，诸将各有惧色，拟婴城固守，静待涪城援军；镇北大将军王平，独宣言道："此去涪城约千里，援兵怎能骤至？倘贼众攻入阳平关，就为大患，不可不防。"说罢，即遣护军刘敏引兵万人，往据兴势山，多张旗



帜，绵亘百里，兴势山为关口保障，与关内互相呼应，便成重镇。魏兵为兴势所阻，不能前进；长安运饷多艰，沿途跋涉，非但役夫奔命，辄致道亡，甚至牛马亦相继僵仆。爽与玄屯兵月余，粮食将尽，寸筹莫展；玄复接懿手书，内称"《春秋》责大德重，兴势至险，已为蜀兵所据，万难进兵，若再不知退，恐必致覆军，究由何人负责？故先咨照"等语。明见万里，究竟要算此老。玄即将懿书转告曹爽。爽未肯遽归，忽由探马入报，蜀已任尚书费祎为大将军，统兵来援，爽知不可敌，方与玄议决退师。还至三岭，沈岭、衙岭、分水岭为汉中入骆谷通道。岭间已满布蜀兵，旗帜上面，表明汉大将军"费"字样，吓得魏兵人人胆怕，个个心寒。爽到此无路可走，只得令玄为先锋，自为后应，硬着头皮，麾兵过去，接连冲突数次，才得杀开血路，越岭奔回；所有辎重甲仗，抛弃殆尽，十万人丧亡过半，狼

狈还都。徒为司马懿所笑。蜀大将军费祎奏凯还朝，受封成乡侯。

蒋琬本兼益州刺史，因见祎才略冠时，固让州职，乃令祎兼刺益州，侍中董允，代祎为尚书令，佐祎辅政。越年蜀太后吴氏寿终，接连是大司马蒋琬、尚书令董允得病去世；蜀人称诸葛亮、蒋琬、费祎、董允为四圣相，亦号“四英”，至是惟祎尚存。祎用曹选郎陈祗为侍中，祗多技巧，好行小智，与黄门丞黄皓相昵。皓素来便佞，见宠后主，惟畏一公忠体国的董休昭。休昭即董允字。董殁后，皓无所忌惮，又由陈祗入侍，遂得朋比为奸。且后主从此亲政，擢皓为中常侍，亲小人，远贤臣，诸葛公苦口垂箴，终成空论，免不得日就倾颓了。令人三叹。

且说曹爽旋师后，不知引咎，仍任首辅；少主芳虽已加元服，立后甄氏，究竟年龄尚稚，不过十五六岁，未识贤愚。郭太后深居宫中，守着曹丕遗诏，不预外事，魏黄初三年，诏令群臣不得奏事太后，后族不得辅政。所以曹爽丧师，无人纠劾，爽越得专恣，植党营私，骄奢无度。郭太后稍有违言，爽即徙太后，居永宁宫，派人管束。且至宫中搜寻美女，见有姿色可人，不论她曾否召幸，便即取去。魏主叡身后遗妾，封过才人，也被爽强取数名，藏入窟室，轮流奸淫。好算得内无怨女。他如饮食衣服，僭拟天子尚方，珍玩充牣府中；又建重楼画阁，雕宇峻墙，昼与私党纵饮，夜与姬妾交欢，真个是事事称心，无求不遂。爽弟羲深以为忧，屡次泣谏，爽终不从；有时与弟训彦等，出外游畋，日暮不归。司农桓范进谏道：“将军总万机，典禁兵，不宜与兄弟并出；若有人闭城拒绝，谁为纳入？还乞三思。”爽瞋目道：“何人敢为此事？汝太多心。”范无奈趋退。

独太傅司马懿又复称疾，累月不出。河南尹李胜欲回官故乡，求爽表荐，爽即表胜为荆州刺史。胜向懿辞行，见懿拥被卧着，令二婢左右分侍，目眊口蹇，似乎不省人事，胜连叫数声，才应响道："汝为何人？"胜答语道："河南尹李胜今奉诏命，调为荆州刺史，特来拜辞；不意太傅竟病体至此。"懿为喘息道："并州么？君……君受屈此州，地近朔方，须好好防备。"胜急说道："当刺本州，并非并州。"懿故意错说道："君从并州来么？"胜复答道："现奉调为荆州刺史。"懿才大笑道："年老耳聋，未解君言，君今还官本州，威德壮烈，好建奇勋；可惜我死在旦夕，不得复见了。"胜复以吉人天相为解，懿欷歔道："人生总有一死，只我子师昭两儿，才浅识短，还望君等念我旧情，代为照拂；且请将我意，代达大将军。"说至此，声带呜咽，旁顾二婢，用手指口，似作渴状，亏他装做。一婢取汤与饮，懿将口就汤，不能尽吸，流下沾襟，一婢忙取襟揩拭，累得懿不堪疲乏，气竭声嘶。活像将死情状。胜不便再说，因即告辞，当由懿子师昭二人，送出门外。胜飞马至曹爽家，向爽报告道："司马公尸居余气，形神已离，可无再虑了。"爽亦大喜。胜别过曹爽，自去赴任。何晏、邓扬等闻懿病笃，无不开怀。



平原人管辂雅善卜易，远近著名，晏延至家内，与辂论易，邓扬亦闻声趋至，列座倾听，约阅片时，便问辂道："君自谓善易，何故语中不及《易》义？"辂应声道："善易不言易。"晏含笑赞辂道："可谓要言不烦。但我有疑虑，烦君一卜。"辂问有何疑，晏与语道："我位可至三公否？且连日梦见青蝇聚鼻，究为何兆？"辂接口道："这亦何必卜易？从前元恺辅舜，周公佐周，并皆和惠谦恭，享受多福。今君侯位尊势重，人鲜怀德，徒多畏威，恐非小心求福的道理。且鼻为天柱，与山相似，高而不危，贵乃长守，今梦集青蝇，适被沾染，亦非吉兆，位峻必颠，轻豪必亡，愿从此裒多益寡，非礼勿履，然后三公可至，青蝇可驱了。”煞有至理。扬嘲笑道：“这也不过是老生常谈。”辂复应声道：“老生见不生，常谈见不谈。”说罢便拂袖径去。路过舅家，为述与何邓二人语意，舅惊问道：“何邓方握重权，汝奈何出言唐突？”辂怡然道：“与死人语，何必避忌？”舅又问道：“何谓死人？”辂详解道：“邓扬行步，筋不束骨，脉不制肉，起立倾倚，若无手足，此为鬼躁；何晏视候，魂不守宅，血不华色，精爽烟浮，容若槁木，此为鬼幽；眼见得死期将至，怕他甚么？”一目了然。舅尚是不信，斥辂为狂，辂亦自归。哪知过了残年，果然应验，竟如辂言。

魏正始九年正月，少主芳出谒高平陵，曹爽兄弟及私党并随驾出都，独司马懿称病已久，未尝相从，爽总道是懿病将死，毫不加防。哪知懿与师昭二子，已经伺隙多日，此番得着机会当即发难，勒兵闭城，使司徒高柔假节行大将军事，据曹爽营，太仆王观行中领军事，据曹羲营，然后入白郭太后，只言爽奸邪乱国，应该废斥。郭太后为了迁宫一事，颇恨曹爽，当即允议。太尉蒋济、尚书令司马孚为懿草表，由懿领衔劾爽，使黄门赍出城外，往奏少主；懿自引亲兵，诣武库取械授众，出屯洛水桥。爽有司马鲁芝，留住大将军府中，蓦闻变起，即欲出城见驾。商诸参军辛敞，敞狐疑不决，转询胞姊辛宪英，宪英为太常羊耽妻，秀外慧中，谈言多中，既见敞踉跄进来，便问何事？敞急说道：“天子在外，太傅谋变，我姊尚未闻知么？”宪英微笑道：“太傅此举，不过欲杀曹大将军呢。”敞又问道：“太傅可能成功否？”宪英道：“曹将军非太傅敌手，成败可知。”明于料事，可谓女诸葛。敞复问道：“如姊言，敞可不必出城？”宪英道：“怎得不出？职守为人臣大义，常人遇难，尚思顾恤，况为人执鞭，事急相弃，岂非不祥？我弟但当从众便了。”敞即趋出，与鲁芝引数十骑，夺门径去。

早有人报知司马懿，懿因司农桓范，素有知略，恐他亦出从曹爽，乃托称太后命令，召范为中领军。范欲应命，独范子谓车驾在外，不可不从，范遂出至平昌城门，门已紧闭，守吏为范旧属司蕃，问范何往，范举手中版相示，诈称有诏召我，幸速开门。蕃欲取视诏书，范怒道：“汝系我旧吏，怎得阻我？”蕃不得已，开门纵范，范顾语蕃道：“太傅谋逆，汝可速随我去。”蕃闻言大惊，追范不及，方才退回。司马懿闻范出走，急语蒋济道：“智囊已往，奈何？”济笑答道：“驽马恋栈豆，怎肯信任智囊？请公勿忧。”懿即召侍中许允，尚书陈泰使往见爽，叫他速自归罪，可保身家。待许陈二人去后，又召殿中校尉尹大目，婉言相告道：“君为曹将军故人，烦为致意曹将军，免官以外，别无他事；如若不信，可指洛水为誓。”无非是



牙痛咒。大目亦依言去讫。那曹爽尚随着少主，射鹰走犬，高兴得很；忽有黄门驰至驾前，下马跪呈，少主芳接受后，启封览表，但见上面写着：

臣懿言：臣昔从辽东还，先帝诏陛下秦王及臣，升御床，把臣臂，深以后事为念。臣谓太祖操高祖丕亦属臣后事，皆为陛下所见，无所忧苦，万一有变，臣当以死奉明诏。今大将军爽，背弃顾命，败乱国宪，内则僭拟，外则专权，破坏诸营，尽据禁兵，群官要职，及殿中宿卫，皆易用私人；又以黄门张当为都监，伺察至尊，离间二宫，伤害骨肉，天下汹汹，人怀疑惧，此非先帝诏陛下，及引臣升御床之本意也！臣虽朽迈，敢忘往言？太尉臣济，尚书令臣孚等，皆以爽有无君之心，兄弟不宜典兵宿卫，奏永宁宫皇太后，令敕

臣如奏施行。臣因敕主者及黄门令，罢爽羲训吏兵，以侯就第，不得逗留，以稽车驾；否则即以军法从事！臣力疾出屯洛水浮桥，伺察非常，谨此上闻！

少主芳阅罢，交与曹爽，爽目瞪口呆，面如土色。俄而鲁芝辛敞到来，报称城门四闭，太傅懿出屯洛水桥，请大将军速定大计。爽与兄弟等商议，俱无良策，可巧桓范亦到，下马语爽道："太傅已变，大将军何不请天子幸许都，调兵讨逆？"爽皇然道："如卿言，我家属尽在城中，必遭屠戮了。"真是驽马。范见爽当断不断，又顾语羲道："若不从范言，君等门户，岂尚能保全？试想匹夫遇难，还想求生，今君等身随天子，号令四方，谁敢不应？奈何自投死地呢？"羲亦默然。范复进议道："此去许昌，不过一宿可至；关南有大将军别营，一呼即应，所忧惟有谷食，幸范带有大司农印章，可以征发。事在急行，稍迟便要遇祸了。"道言甫毕，许允、陈泰又至，传达懿言，请爽兄弟归第，可保身家。爽更觉滋疑。未几又由尹大目驰至，谓太傅指洛水为誓，但要大将军免去兵权，余无他意。爽信为真言，稍展愁眉；时已天晚，便留宿伊水南岸，发屯田兵数千名，聊充宿卫，自在帐中执刀徘徊，直至五鼓，尚无把握。范入帐催逼道："事已燃眉，何尚未决？"爽举刀投地道："我虽免官，尚不失为富家翁。"休想。范大哭出帐道："曹子丹即曹真。也算好人，奈何生汝兄弟，愚同豚犊。我不意到了今日，坐汝族灭哩。"待至天明，爽竟白少主，自愿免官，并把大将军印绶，解付董允陈泰，赍还洛阳。主簿杨综慌忙谏阻道："公挟主握权，何事不可为？怎可轻弃印绶，徒就东市呢？"爽尚自信道："太傅老成重望，谅不食言。"呆极。遂将印绶付给许陈自去。爽兄弟奉主还官，懿当然迎驾，且听令爽等还家。是夕即由懿遣兵围住爽第，越日即由廷尉奏称，谓已拿讯黄门监张当，却将先帝才人，私送爽第，且与爽兄弟三人及何晏、邓扬、丁谧、毕轨、李胜等一同谋反，约于三月间举事，司农桓范知情不报，应该连坐。于是分头拿捕，结果是一同下狱，陆续斩首，并夷三族。桓范之死，实由替爽划策，并非出城之过。鲁芝、辛敞、杨综三人亦为有司所收，谳成重罪，懿独慨然道："彼三人各为其主，不必处刑。"仍是笼络人心。当下释出三人，使复旧职。辛敞出狱自叹道："我若不谋诸我姊，险些儿陷入非义了。"小子有诗赞辛宪英道：

变起争权事可知，教忠仍使守纲维；
羊家智妇辛家姊，留播千秋作女师。



还有一位烈妇，也是扬名彤史，千古流芳。欲知烈妇为谁，下回再当报明。

曹爽一庸奴耳，不度德，不量力，竟以一时之徼幸，入为首辅，就使小心谨慎，犹难免覆餗之凶；况淫奢无度，酒色是酖，何晏、邓飏诸人，毫无伟略，引为谋士，兄弟中仅一曹羲，犹有一隙之明，而爽不肯从，其能保家保国乎？当日即无司马懿，吾知爽亦未必不亡也。惟懿之奸雄，不亚曹操，始则纵爽，继则赚爽，终则拒爽，玩爽于股掌之上，卒使爽无噍类，何居心之阴鸷若是！然回忆操之欺人，与懿略符，天生一操，又生一懿，正冥冥中之巧为安排，于爽乎何恤也？而后世之机械变诈者，可知所返矣！

## 第九十七回　猛姜维北伐丧师<br>老丁奉东兴杀敌

却说曹爽被诛，祸及宗族，无论男妇老幼，一概丧生。惟爽从弟文叔早亡，妻夏侯氏，青年无子，乃父夏侯文宁，欲令女改嫁，女名令女，号泣不从，甚至截耳出血，誓不他适；及爽被诛，令女适归宁母家，不致累及。文宁方为梁相，上书与曹氏绝婚，又使家人讽女改嫁。令女佯为允诺，悄悄的趋入寝室，取刀割鼻，蒙被自卧，女母迭呼不应，揭被审视，血满床席，不禁大骇。家人忙为敷药，且劝解道："人生世上，如草上轻尘，何苦出此？况夫家夷灭已尽，尚与何人守节呢？"令女泣语道："仁人不以盛衰改节，义士不以存亡易心；曹氏盛时，尚欲保终，及今衰亡，便思背弃，这与禽兽何异？我宁死不肯出此。"贞节可风。家人闻言，无不感动，乃听令守节。事为司马懿所闻，也觉起敬，因使令女乞子自养，为曹氏后。烈女足愧奸雄。

还有晏妻金乡公主，系是操女，为操妃杜夫人所出，性情端淑，夙有贤名，晏自诩风流，雅好修饰，粉白不去手，行步顾影，无丈夫气，时人号为傅粉何郎。惟性亦渔色，又尝嗜酒，日与曹爽等为长夜饮，不问家事。金乡公主归语母杜夫人道："晏为恶日甚，恐难保身家。"杜夫人还疑公主妒忌，笑言诘责；谁料晏阅时无几，竟至杀身。晏有一男，年才五六岁，由杜夫人取匿宫中，遣人向司马懿缓颊，请勿连坐；懿素闻公主贤明，并看公主同母兄沛王林情面，乃赦他母子，不复加诛。但晏好清谈，与夏侯玄、荀粲、王弼等引为同调，虽身已受戮，尚煽余风，魏晋清谈的流弊，实自晏始。特志祸根。这且慢表。

且说司马懿计杀曹爽，得专政权，光禄大夫刘放、孙资等咸称懿有大功，应升任丞相，并加九锡；少主芳不敢违议，便使太常王肃，赍册授命，懿固辞不受，方将册命收回。是年改



元嘉平，即蜀汉延熙十二年，后主禅进监军姜维为卫将军，与费祎并禄尚书事。维具有胆略，尝欲继丞相亮遗志，北伐中原，独费祎不以为然，隐加裁制，但使维统兵万人，不令逾限。且与维相语道："我等才智，远不及丞相，丞相尚未能戡定中原，何况我辈？不如保国安民，静待能人，今不可希冀侥幸，轻举妄试，一或挫失，后悔无及了。"未始非持重之言。维因权在祎手，不便与争，只好蹉跎过去。

会有一魏将奔入蜀境，叩关请降，自述姓名，叫作夏侯霸，当由关吏报知姜维。维惊疑道："霸系夏侯渊次子，与蜀有仇，何故前来乞降；莫非怀诈不成？"渊死于定军山，事见前文。维系魏人，应该知霸履历。遂嘱关吏严行盘诘，嗣接关吏复报，才知霸为曹爽外弟，官拜护军，归魏征西将军麾下，爽被诛后，玄奉诏入朝，改派雍州刺史郭淮代任；霸与淮有隙，又恐坐爽亲

党，必将及祸，不得已奔入蜀中，路过阴平，仓皇失道，甚至随身粮尽，杀马为食，步行荆棘，履穿足破，千辛万苦，始得入蜀逃生。既已情真语确，当然由维召入，霸跪伏地上，泣诉前情，维亲为扶起，用言抚慰。复引霸入见后主，后主亦慰劳一番，令为维参军，霸拜谢而出。维问霸道："司马懿专政，未知他来窥我国否？"霸答说道："懿方营立家门，无暇顾及外事，惟钟士季年少有才，他日得志，必为蜀患。"维问钟士季为谁？霸谓故太傅钟繇子，现为秘书郎。维听到此语，乃欲先机伐魏，遂上表固请，奉诏出师。

夏侯霸随维同行，到了雍州境内，审视地势，见有曲山可据，即引兵占住，分筑二城，使部将勾安李韶居守，自募羌胡遗众，往略诸郡。魏征西将军郭淮急令雍州刺史陈泰往攻二城。泰发雍州兵前往，把二城团团围住，令他水汲不通，城中无水可取，将士枯渴；亏得初冬下雪，融作饮料，尚得苟延残喘。维闻二城被困，引兵趋救，方至牛头山，即被陈泰阻住，泰才识炼达，料知维军来援，必过此山，故就山设垒，亲自守候。维连日攻扑，终不能克，突有探骑入报道："魏将郭淮前来援泰，先驱已渡过洮水了。"维亟与夏侯霸商议道："郭淮进至洮水，定来截我归路，如何是好？"霸皱眉道："看来不如速退，免得丧师。"维乃令霸先行，自为断后，星夜退归。那曲山二城待援不至，守将勾安、李韶无术图存，只好降魏。姜维初次出师，便丧二将，不利可知。独维还入汉中，心下未惬，因拟约吴夹攻，遣使东下。

吴主孙权年已昏耄，为了许多内宠，遂致嫡庶争权，内政尚且丛脞，还有何心外略？所以对着蜀使，模糊应付，当即遣归。自从吴主权称帝以来，差不多有二十余年，初次纪元黄龙，越三年改号嘉禾，又越六年，改号赤乌，又越十三年，改号太元。权元妃谢氏无出，纳妾生子，长名登，次名虑，登已立为太子，虑未冠而亡。权有外弟徐琨女新寡，貌美无双，为权所羡，复纳为妃。琨父名真，真妻为权姑母，琨女初嫁陆尚，尚卒，乃为权妃，事见史传。谢氏恚恨成病，不久即殁。权使徐氏抚养子登，登得为太子，群臣请立徐氏为后。偏后宫又有步氏袁氏、及王氏两夫人，步氏亦有姿色，与徐氏可称伯仲，徐氏性妒，步氏量宏，故权复右袒徐氏，终至后位不定。步氏无子，只生二女，长名鲁班，小字大虎，前配周瑜子循，后适全琮；次名鲁育，又字小虎，前配朱据，后适刘纂。何孙氏多再醮妇。至徐氏病殁，步氏因未曾生男，亦不得为后。袁氏即袁术女，品性最良，也无子嗣，步氏又不幸疾终，权欲立袁氏为后，袁氏以无子固辞。两王夫人，一生和霸二子，一生子休。后来权复得一犯女潘氏，娇小玲珑，使充妾媵，几度春风，生子名亮。赤乌四年，太子登卒，和依次立为太子；和弟霸受封鲁王，群臣谓母以子贵，应立和母王氏为后，权颇欲依议。哪知全公主即鲁班。与和母有嫌，屡进谗谤，权竟信女言，常责和母，和母王夫人无从辩白，忧郁致死，和亦因此失宠。



和弟霸为权所爱，与和同居东宫，礼秩如一，群臣多上书谏诤，权乃命分宫别僚，二子自是生嫌。霸阴谋夺嫡，交结朝臣杨竺、全寄、吴安、孙奇等人，谗构乃兄，权渐为所惑，嫉和益甚。上大将军陆逊已代顾雍为丞相，仍守武昌，闻得太子兄弟不相和协，因上书切谏，略言："太子正统，鲁王藩臣，当使宠秩有差，然后上下得安。"权置诸不理，逊书亦数上，仍无影响。太子太傅吾粲请遣鲁王出镇夏口，并出戍杨竺等不准留京，词尤激切，反触权怒。霸竺乘间谮粲，粲愤无可诉，致书陆逊，自鸣不平，偏又被霸竺所闻，诬他交通外臣，蓄谋不轨，竟致下狱毙命。权复遣使责逊，逊年已垂老，禁不住连番愤闷，也即病终。逊子抗为建武校尉，代领逊众，送葬东还；权召抗入问。抗陈乃父苦衷，声泪俱下，权稍稍感悟，才知霸竺所言，不情不实，于是霸宠亦衰。后宫里面的潘夫人，尚在华年，独承恩宠，眼见和霸二子，俱已失爱，乐得乘机献媚，为子谋储；且与全公主往来日密，并纳公主侄孙女全氏为子妇。权可纳姑母孙女为妃，亮亦何妨娶阿姊之侄孙女为妻？于是彼此益亲，日在吴主权面前，谗毁和霸，劝立幼子孙亮。权内惑宠妃，外信爱女，遂欲废和立亮，密语侍中孙峻道："子弟不睦，恐将蹈袁氏覆辙；指袁谭袁尚。若使朕不为变计，后患且无穷了。"峻为权叔父孙静曾孙，有姊为全尚妻，尚女嫁亮，亲上加亲，当然袒亮母子，赞成权议。惟权虽有此言，尚因废储事大，难免众谤，复延宕了好几年。



赤乌十二年间，右大司马全琮病殁，全公主又致守孀，年近四十，还是好淫，因孙峻壮年伟岸，即多方勾引，与他私通。乃母步氏以仁惠称，不意生此坏女。两下里暗地绸缪，密商长策，决拟将太子和捽去，改立孙亮，方好久图富贵，安享欢娱。未必。峻入侍吴主时，遂肆意诬蔑太子，惹动吴主宿嫌，竟将太子和幽锢别室。骠骑将军朱据、尚书仆射屈晃固谏不听，两人泥首自缚，连日伏阙，请赦太子，终不见许。无难营军督陈正、五营军督陈象，吴置左右无难营，又置五营，各设军督。上书切谏，反致族诛。据与晃且被牵入殿，各杖百下，谪据为郡丞，斥晃归里；太子和被废为庶人，徙置故鄣。鲁王霸亦同时赐死。霸党杨竺全寄吴安孙奇等，一体受诛，遂立少子亮为太子，亮母潘氏，居然被象服，著翚衣，进位皇后，统掌吴宫。吴王改年太元，便是为了册立潘后，有此特举。惟潘后得如所望，免不得恃宠生骄，比那前时的柔媚情形，迥不相同。吴主权亦瞧透三分，始悟太子和无辜，转生怜惜。

是年八月朔日，天空中忽起大风，江海汹涌，平地水深八尺，吴主先陵所种松柏，尽被拔起，直飞到建业城南门外，倒插路旁，权因此受惊成疾，月余不能视事。到了仲冬，才觉少瘥，乃亲祀南郊，途次又冒风寒。及还宫后，复至患肿，意欲召和入侍，全公主及侍中孙峻、中书令孙弘力言不可，方才罢议。好容易挨过残年，权病不能起，命立故太子和为南阳王，使居长沙；王夫人子休为琅琊王，使居虎林；还有一子名奋，乃是后宫中仲姬所出，年比太子亮少长，授封齐王，使居武昌。过了月余，权稍有起色，有司奏称凤凰来仪，乃复改年神凤。不料皇后潘氏遽尔暴亡，权力疾往视，见潘项下有痕，



舌不能藏，料有他故，因令左右秘密调查。嗣得察出破绽，乃是潘后待下甚暴，各有怨言，他见权老病垂危，即使宫人出问中书令孙弘，考察汉吕后称制故事。宫人因潘后临朝，必好残杀，不如先机下手，俟她夜间熟睡，竟将她项中扼死。权亦知她咎由自取，但看到惨死情状，不免悲愤交并，乃将与谋行凶的宫人杀死数名。嗣是心绪不宁，病益沉重，又拖延了两三月，气绝身亡，寿已七十有一。太子太傅诸葛恪、太常滕胤、中书令孙弘、侍中孙峻、将军吕据并受顾命，立太子亮为嗣主，夹辅朝政。弘与恪积不相容，意欲矫诏诛恪，商诸孙峻，峻反向恪报知，恪遂诱弘议事，把他杀死。然后为权发丧，追谥权为大帝。亮既嗣位，改元建兴，进恪为帝太傅，胤为卫将军，领尚书事，孙峻以下，俱进爵有差。

恪为诸葛瑾长子，少年颖悟，词辨过人，权闻名召见，欲

试恪才，特遣人牵入一驴，用笔题面云："诸葛子瑜"。子瑜就是瑾表字，瑾面似驴，故以此为戏。天子无戏言，权以驴戏瑾，亦太失体。恪即跪请道："乞赐笔更添二字。"权将笔给恪，恪在"诸葛子瑜"下添入"之驴"二字，举座称奇，权亦为称赏，便把驴赐恪。恪年甫弱冠，便拜为骑都尉太子登宾友，已而升任抚越将军，出平山越，更擢任威北将军，封都乡侯，望重一时。惟瑾谓恪非保家子，引为深忧。及瑾病殁，恪自矜才智，好陵上位，丞相陆逊辄贻书相诫，恪不少悛。既而逊又去世，恪竟得为大将军，代领逊众，驻节武昌。吴主权病笃，召恪受遗，恪遂为首辅，欲收时望，缓逋责，除关税，宣布惠泽，远近腾欢，乃修筑东兴堤，左右倚山，夹筑两城。堤在巢湖东面，久废不治，恪恐湖水泛滥，并为吴魏冲道，故集众兴修，使全端留略二将，分守二城。复因休奋二王，封地濒江，关系重要，恐他据境谋变，特将琅琊王休徙封丹阳，齐王奋徙封豫章。奋不肯遵行，由恪致笺恫吓，然后迁往。恪有族叔诸葛诞，仕魏为征东将军，闻吴修堤筑城，当即详报魏廷，请先机伐吴。时司马懿已死，长子师进任抚军大将军，代父执政，颇善诞言；再加征南将军王昶、征东将军胡遵、镇东将军毌丘俭，各献军谋，力主东征，师遂令诸葛诞集兵七万，会同胡遵，直攻东兴。又遣王昶攻南郡，毌丘俭攻武昌，三路进发，探报驰达江东。

诸葛恪忙率同将士，昼夜兼行，往救东兴，吴冠军将军丁奉老成炼达，愿为前驱，恪令他将吕据留赞唐资三人，引兵二万，与奉并进；自率二万人为后应。奉向吕据等申议道："兵多行缓，若被贼据险，难与争锋，我宜速往，君等随后接应，方可无虞。"说着遂率麾下三千人，轻舸前行，顺风扬帆，两日余即达东关，据住徐塘。魏将胡遵已在湖滨，筑造浮桥，渡过军士，结营东兴堤上，分兵攻扑两城，三日不下。

适值天寒雨雪，未便急攻，遵高坐营中，与将佐置酒豪饮，闻得吴兵来援，乃遣将探望，返报吴兵寥寥，不过二三千人，遵不以为意，仍然畅饮；仿佛酒鬼。但命兵士数百人，守住营门。丁奉见魏兵未出，即拢船近岸，顾语部众道："取封侯爵赏，正在今日，愿诸君努力。"说着，即脱去战袍，轻装持刀，一跃登堤，兵士亦相率解甲，甚至袒裼露臂，左执楯，右执刀，随奉上岸。魏兵瞧着，以为天寒至此，不战先僵，相率大笑，谁知丁奉用刀一挥，众皆踊跃，直扑魏营，魏兵始仓皇入报。魏前部督韩综桓嘉，起座出战，摇头摆脑的趋至营外，曲摹醉态。可巧碰着丁奉，一刀砍来，正中韩综头颅，倒毙地上，综系东吴叛将，屡为吴害，奉正欲枭取首级，不防桓嘉一戟刺来，亏得奉眼明手快，用刀格开，嘉酒尚未醒，倒退了两三步，被奉趋前一刀，砍伤左肩，又复倒地。魏兵见两将毕命，统皆逃入营中，奉得从容枭首，麾兵再进，三千吴兵，冲入魏营，胡遵即上马对敌，哪禁得吴兵厉害？所向无前，慌忙弃去前屯，退入后寨。可巧吴将吕据、留赞、唐资等陆续杀到，眼见得魏兵骇走，连后寨都不能保守，你贪生，我怕死，纷纷向浮桥渡回，人多桥坏，溺死了好几万人；胡遵飞马先走，幸得逃命，所有辎重甲仗尽被吴兵搬归。魏将王昶、毌丘俭接得胡遵败报，也烧屯退回。诸葛恪行至东兴，赏劳诸将，奏凯还朝；特将叛将韩综首级，献入大帝庙中，声罪报功，恪得加封阳都侯，领荆扬二州牧，都督中外诸军事。

越年，恪复欲出兵伐魏，群僚固谏不从，当即遣司马李衡西行至蜀，约同举兵。蜀大将军费祎方被降将郭修刺死，将佐多不愿出师；独卫将军姜维，有志北伐，以为有机可乘，不行何待？乃率数万人出石营，经董亭，进围狄道。诸葛恪得李衡归报，也领兵入淮南，环攻新城。魏大将军司马师用主簿虞松计，使毋丘俭等堵御吴兵，坚壁勿战；另檄征西将军郭淮、雍州刺史陈泰尽发关中士卒，速援狄道。淮与泰奉檄驰援，甫抵洛门，那姜维已探知消息，自恐粮食不继，撤围引去，诸葛恪却尚屯兵新城，连日督攻。城将陷落，守将张特佯为乞降，只言魏法须守城百日，方可出降，家族免罪，今被围已九十余日，乞恩许满限，然后开城拜纳等语；恪信为真言，饬兵缓攻。不意特乘夜修城，补阙完残，至次日登城大呼道："我情愿斗死，岂肯降汝吴狗？"特为一牛之称，牛固不宜事狗。恪闻言大怒，再饬攻城，竟不能克，军士锐气已衰，更兼天气蒸闷，多半遇疫，死亡相继，恪尚虐待将士，说他不肯尽力，众益离散。魏将毋丘俭等且乘敝进援，吴兵大恐，不战自溃，恪也只好逃归。沿途散失军械，不可胜计，于是吏民失望，怨讟交乘，恪不自引责，反苛求将吏过失，或诛或黜，累日不绝。且恐他人暗算，累得精神恍惚，寝食不安。 

先是恪出兵淮南，整装将行，忽有一人满身素服，趋入阁中，内吏问为何事，那人谓至寺院迎僧，为亲超荐，不意误走至此内，吏将他叱出，转语外门守卒，俱言持械把门，并不见有一人进来，大众都为诧异。及出行后，舟车左右，时有白虹环绕，家中厅屋栋梁，无故自断，家人都目为不祥，替恪担忧，恪却安然归家，总算幸事；但与恪语及，恪也觉惊心。一日早起盥洗，闻水中有血腥气，连易数盆，血腥如故，待至戴冠加衣，衣冠上亦有腥气，正惊疑间，忽侍中孙峻赍诏到来，召恪入宴。恪亦防有他变，诈言腹疾，不便饮酒，峻忙说道："天子设宴宣召，欲与太傅共议大事，请太傅力疾一行；若因御酒不便下饮，尽可自赍药酒，随身带去。”以诈应诈。恪因峻素来亲信，计划周到，料无他谋，乃令峻先行，自易朝服出门。门内豢有黄犬，突至恪前，衔住恪衣，恪愕然道：“犬不欲我出门么？”乃还坐片刻，少顷复出，犬衔衣如故，恪不禁动怒道：“犬亦敢来戏我么？”遂令卫士将犬赶出，登车入朝。散骑常侍张约、朱恩为恪爪牙，呈递密书，劝恪毋入。恪省书欲归，适遇太常滕胤，问将何往，恪以腹痛甚剧为辞，胤答说道：“既已到此，应该一见主上，方可告归。”恪踌躇多时，又由孙峻出来敦促，乃剑履上殿。这一番有分教：

列席未终头已落，覆巢以下卵无完。

恪既入殿，究竟有无祸变，试看下回便知。



姜维之主张北伐，欲继诸葛遗志，非不足嘉？所惜者有志乏才耳。费祎阴加裁制，不令兴师，亦为知己知彼之论。然伐亦亡，不伐亦亡，诸葛武侯之《后出师表》，详哉言之。天不祚汉，武侯殂于中寿，姜维才不逮武侯，而又辅佐无人，此北伐之所以寡效也。牛头山一役，未得寸土，既丧二将，先声已挫，后事可知，蜀其尚能长存乎？孙权承父兄遗业，任才尚计，史谓其有勾践遗风，乃内宠相寻，晚年益愦，废长立幼，乱本已成；诸葛恪孙峻诸徒，皆不足托孤寄命，而权则倚为心膂，嘱令辅政。恪修缮湖堤，筑城自固，尚为保境之良策；东兴破敌，功由丁奉，班师东返，遽沐侯封，恪之幸也。乃小胜即骄，穷兵不已，至于新城顿挫，犹且不知引咎，作福作威，虽欲不亡，乌可得耶？语有之：“小时了了，大未必佳。”观诸葛恪而益信；若孙峻则更不足齿矣。

## 第九十八回　司马师擅权行废立<br>毌丘俭失策致败亡

却说诸葛恪剑履上殿，见过吴主孙亮，列席饮酒，恪辞不能饮，无非防他下毒。孙峻即进言道："太傅有药酒带来，何勿敢取饮？"恪即命从人取入，放心酌饮。酒至数巡，亮托称更衣，起座入内，峻亦如厕，脱去长袍，改着短服，怀刃趋出，大声说道："有诏收诸葛恪。"恪惊起拔剑，尚未出鞘，峻已一刀斫至，剁落恪首。散骑常侍张约坐在恪旁，急掣恪剑砍峻，峻向右一闪，稍伤左手，右手亟持刀劈约，约趋避不及，右臂中断，殿侧已先伏甲士，一齐突出，把约杀死。座上诸官统皆惊走。峻复宣言道："恪谋逆已诛，余人无罪，尽可归座。"大众听着，乃复留片刻，旋即辞去。峻令甲士舁出二尸，用苇席包裹，竹篾扎缚，投诸城外石子岗；一面遣令甲士往收诸葛恪妻孥。恪妻正在室中，见有一婢进来，带着血腥，禁不住掩鼻诘问，婢忽跃起道："诸葛公乃为孙峻所杀，冤乎不冤？"道言甫毕，恪子竦建踉跄趋入，哭报乃父被诛，捕吏将至，请母亟奔。恪妻听了，也不及举哀，慌忙出门登车，与二子逃出都门；偏被骑督刘承追至，把他们围住，尽行拿下，押还都市，一齐枭首。恪甥都乡侯张震及常侍朱恩等，连坐处死，并夷三族。临淮人臧均，表请收葬恪尸，辞多凄恻，乃听令收埋。当时建业有童谣云："诸葛恪，芦苇单衣篾钩落，于何相求成子阁？"成子阁，即石子岗别名，钩落就是苇带，至是谣言果验。

这谋杀诸葛恪的计议出自孙峻，峻得受拜丞相大将军，都督中外诸军事，加封富春侯。太常滕胤本未预谋，且为恪子竦妇翁，因乞辞职。峻笑语道："鲧禹犹不相及，滕公为何出此？"遂仍使守位，且进爵高密侯。南阳王和妃张氏，为恪甥女，峻为此收和印绶，且逼和自尽。胤可免罪，和何故受诛？和接到朝命，与张妃泣别，张妃凄然道："吉凶当相随，妾终不独生。"遂与和一同服毒，相继毕命。和妾何氏独叹息道："若皆从死，何人抚孤？"乃留育和子皓、德、谦、俊四男。皓即为东吴末主，后文再表。



且说魏主曹芳嗣位已十余年，正始九年，嘉平六年，共十有五年。仍用夏正，一切政事俱归司马氏裁决。司马懿前杀曹爽，威震朝野，到了临死这一年，尚杀扬州都督王凌及凌甥兖州刺史令狐愚，说他谋立楚王彪，请旨赐彪自尽，并将诸王公锢置邺中，派人管束，不准与郡国交通。补叙之笔。及司马师继懿辅政，权过乃父，魏主芳年已逾冠，一些儿没有主权，当然不乐。嘉平三年，芳后甄氏病逝，越年立光禄大夫张缉女为继后，缉不得与政，反令避嫌家居，亦怀怨望。太仆李恢有子名丰，少有清名，为世所称，独恢严令约束，饬令闭门谢客。与诸葛恪父子情迹相同。恢既去世，丰遂出为尚书仆射，司马师且擢他为中书令。丰与夏侯玄亲善，玄自被召入都后，因为曹爽亲属致削兵权，但得了一个太常职衔，居常怏怏，辄与丰秘密商议，诛司马氏为爽复仇。丰子韬得尚齐长公主，官拜给事中，父子常入侍宫廷，参预机要，魏主芳亦视为心腹，与语司氏专横情状，往往流涕。丰虽为司马氏所拔擢，但心常属夏侯玄，隐恨司马师，更兼魏主涕泪相嘱，因即一力担承，愿除权蠹；且使韬转告后父张缉，联为指臂，缉当然相从。嘉平六年二月，魏主芳拟封后宫王氏为贵人，丰暗与黄门监苏铄、永宁署令乐敦、冗从仆射刘贤等私下定谋，拟俟魏主临轩，召诛司马师，即令夏侯玄代为大将军，张缉为骠骑将军。就使司马师被诛，尚有昭在，计亦未周。

谁知事机不密，为师所闻，立遣舍人全羡，引兵召丰；丰也知谋泄，不敢不往。既与司马师相见，一再盘诘，丰不禁动恼道："汝父子包藏祸心，将图篡逆，可惜我无力诛汝，死亦当为厉鬼以击贼。"师勃然大怒，便令武士执着刀环，猛击丰腰，丰即刻晕毙。师遂遣吏收捕夏侯玄及后父张缉，交付廷尉钟毓。毓亲自讯玄，玄正色道："我有何言？随汝定谳罢了。"毓乃令玄系狱，自作谳词，流涕示玄，玄不加辩论，当即点首。待至谳词呈入，公卿等都惮师威权，不敢异议，遂将玄缉二人，斩首东市，玄颜色不变，引颈就刑。玄子韬以尚主赐死，再执苏铄、乐敦、刘贤等，一体交斩，并夷三族。师意未足，带剑入宫，见了魏主芳，便瞋目道："张女何在？"芳战栗道："谁为张女？"师厉声道："就是张缉女儿！"芳起揖道："张缉有罪，该女并未知情，乞大将军宽恕。"皇帝丢脸，但亦忆及乃祖逼宫时候？师又说道："逆犯女儿，就使未尝知情，亦岂可为国母？应该即日废置。"芳俯首无言，师竟逼令张后出宫，可怜张后毁妆易服，哭辞魏主，由内侍拥出宫门，幽锢别室。与伏皇后何异？师方才趋出，始令词臣草诏，废去皇后张氏，不到数日，张氏暴亡，想是被司马师谋死了。毒逾乃父。魏主曹芳，无法可施，只得册王氏为贵人，即将王氏续立为后，后父奉车都尉王夔，迁官光禄大夫，受封广明乡侯。但芳虽不能制师，始终怀嫌，师亦心下忌芳，潜谋废立。

适蜀将姜维复出陇西，收降魏狄道长李简，进拔河间临洮诸县，司马师接得警耗，拟调亲弟安东将军司马昭引兵拒蜀。当即入白魏主，请旨召昭，昭留守许昌，奉召入见，魏主芳至平乐观劳师，中领军许允与魏主左右侍臣，欲乘间杀昭，勒兵收师，当下密奏曹芳，芳亦允议。及昭入辞行，芳见他威风凛凛，不由的胆战心惊，因将密谋搁起，未敢遽发。偏昭乖刁得很，微有所觉，退白乃兄司马师，师嘱暂留洛阳，觇察内外动静。一时查不出什么确音，只有许允屡次入内，与魏主背地私



议，乃即诬他擅散官物，谪戍乐浪郡，且遣壮士夤夜追上，把允刺死。手段真辣。会接陇右守将徐质军报，与蜀兵连战数次，击死蜀将张嶷，蜀兵已退，姜维三次无功，即从魏将口中叙过。

师乐得表留亲弟，与议废立事宜。昭狠戾不亚乃兄，极口赞同，师遂入朝，大会群臣，首先倡议道："今主上荒淫无道，亵近娼优，听信谗言，闭塞贤路，几与汉昌邑王相同，若长此守位，必危社稷，敢问诸公意见何如？"群僚并皆畏师，只好随声附和道："伊尹放太甲，霍光废昌邑王，俱为安定社稷起见；今日事亦惟公命。"师欣然道："诸公既以伊霍望师，师亦何敢避责呢？"说着，即从袖中取出奏稿，令众署名，众见奏稿，是请命太后，说得曹芳如何昏愚，如何淫乱，明明是十有九虚，但欲违师命，必致诛夷，乃依次署讫。使人呈入永宁宫，郭太后本不预外政，看到这般奏本，默不一言。师在朝候

信，且与群僚议定，将迎立彭城王据为嗣君，惟太后复命好多时不见颁到，因再遣大鸿胪郭芝入问。

芝驰至永宁宫，见太后与魏主芳对坐，并带愁容，芝竟顾芳道："大将军欲废陛下，改立彭城王。"太后道："待我面见大将军，从容决议。"芝作色道："太后有子不能教，今大将军已与群臣商决，勒兵坐待，尚有何言？"简直似太上皇训令。太后无词可答，不禁泪下，俄而复有人驰入，手持齐王印绶，交与曹芳，令他退就旧藩，芳知不可留，拜辞太后，与郭芝同至殿中，别过百僚，出乘王车，竟赴故邸。为主无权，不如勿为。有几个忠厚官员送了一程，太尉司马孚悲不自胜，余亦未免欷歔；独司马师昂然自若，复使郭芝往索玺绶，太后与语道："彭城王据是武帝庶子，为先皇季叔，若果迎立，试问将我置诸何地？且明帝从此绝嗣，大将军想亦未安，我意不如迎立高贵乡公髦，髦系文帝长孙，明帝从子，准诸古礼，小宗应继大宗，可与大将军谨议，再来报我。"芝听了此言，倒也不便驳斥，便出告司马师。师也觉正论难违，只好依命，使芝再白太后，仍取玺绶。太后道："高贵乡公小时，即由我见过他，既入嗣，我当亲交玺绶便了。"徒保玺绶，也是无益。芝复出告师，师乃遣使持节，往迎高贵乡公髦，一面肃清宫禁，降王皇后为齐王妃，勒令出宫就邸，专待曹髦到来。



髦系明帝弟，东海定王霖子，正始五年，受封高贵乡公，年才十四，既至洛阳，群臣迎拜西掖门，髦下车答拜，礼官谓不必答礼，髦正色道："我亦人臣，今奉太后征召，未知何事，怎得见了群僚，便不答拜呢？"十四岁便能如此，聪慧可知。说着，即步行入殿，郭太后早已闻知，在太极殿东堂坐待，及髦拜见后，嘱咐数语，交与玺绶，髦固辞不获，方受玺易衣，御殿登座，朝见百官，即改嘉平六年为正元元年，大赦天下。假大将军司马师黄钺，入朝不趋，奏事不名，剑履上殿，其余文武百官，亦封赏有差。废立既得增封，何妨篡弑？

未几，已是一年上元，庆贺方才告毕，忽报扬州都督毌丘俭与刺史文钦托名讨逆，渡淮前来。司马师方病目瘤，延医割治，在府养病，闻得此报，急召河南尹王肃、尚书傅嘏、中书侍郎钟会等入议军情，且与语道："我本欲亲征叛乱，可惜目瘤未愈，不能出行。"钟会起答道："此事非大将军亲出，恐一时未能荡平。"王肃等亦赞成会议，师蹶然跃起道："诸君既勉我亲征，我亦顾不得目疾了。"遂命弟昭兼中领军，暂摄朝政，自乘软舆督军，命荆州刺史王基为监军，向东进发。基向师献议道："淮南人民，非真思乱，不过为俭等胁迫而来，若大军一临，必然瓦解，基愿统率前军，速往平乱。"师欣然依议，



基即星夜进兵，先将南顿城据住。毌丘俭因王凌死后，代督扬州，素与夏侯玄李丰友善，玄丰受诛，俭亦不安，因与刺史文钦结交。

钦本与曹爽同乡，为爽所爱，乃得擢用。爽与玄丰二人，同为司马氏所害，故钦俭并恨司马氏。曹芳被废，俭子甸请父兴师，乘机讨逆，俭乃矫托郭太后密诏，移檄州郡，号召兵马，讨司马师；自率州兵渡淮，行至项城，探悉王基据守南顿城，乃就项城驻扎，使健足赍书至兖州，往招刺史邓艾。艾字士载，籍隶棘阳，口吃不能急言，尝自呼艾艾，少年丧父，为人牧牛，每见高山大泽，辄留心形势，时人笑他为痴；独同郡吏见他聪慧，给资使学，终得成才。初入为太尉掾，继迁尚书郎，出参征西军事，任南安太守，调擢兖州刺史，有所规划，无不合宜，因此与钟士季齐名。为钟邓二人入蜀张本。此次接着俭

使，看罢来书，竟随手扯碎，且将俭使斩讫，立率万余人，趋乐嘉城，与师相应。师命镇南将军诸葛诞，由安风出取寿春，征东将军胡遵，由青州出谯宋地，截俭归路，自引兵往就邓艾。

适文钦进袭乐嘉城，猝与师遇，不战即却。钦子鸯年方十八，骁勇绝伦，独无惧色。且请与钦夜袭师营，分兵夹攻，钦从东进，鸯从西入。父子计议已定，待到夜半，鸯率壮士，至师营前，鼓噪杀入，师本善行军，自有预备，当即传令坚守营门，不准妄动。将士虽遵令守住，怎奈营外的喧声愈响愈震，师病卧帐中，惊愤交并，急得目睛突出，痛不可耐，但又未便呻吟，强为镇定，啮被皆破，好容易挨至黎明，营尚未陷。那文鸯专待父至，两路进攻，哪知钦竟不到，日已高升，只得引兵退去。行未里许，后面来了许多追兵，统将乃是司马班，鸯匹马单枪，回头杀入，无人敢当，纷纷倒退，鸯乃复去。司马班又麾兵追鸯，鸯返战六七次，杀死班兵六七百名，班不敢再进，鸯乃徐徐引还。途次始遇见乃父，问明情由，系是夜间失道，不得已觅路归来，鸯很是叹惜。父不及子，奈何？及还抵项城，毋丘俭已经遁去。



原来吴丞相孙峻闻俭出兵逾淮，料知扬州空虚，乘间进攻寿春。再加诸葛诞亦出安风津，向寿春进发，俭闻得此信，慌忙走还。钦父子孤军无继，也只得弃了项城，奔回寿春。背后忽有一人追呼道："文刺史何不暂留数日，乃如此急走呢？"钦回顾来骑，乃是尹大目，便骂他负爽旧恩，助师为逆，大目尚欲有言，钦竟弯弓欲射，大目且却且语道："罢了罢了！幸各努力！"说毕即返。其实大目是有心曹氏，来报师目突出，教他留守项城，静心待变；偏钦闻言不悟，竟致大目白走一遭。

心粗胆怯，怎能成事？至行近寿春，闻得城中已溃，无家可归，没奈何投降孙峻去了。毌丘俭遁出项城，意欲南归，被胡遵截杀一阵，部兵四散，乃北走慎县，随身已无一卒，独至水草中暂憩，适为安风津民张属所见，把他射死，献首军前。俭子甸未曾随父，逃往新安，终被捕诛。尚有甸子弟数人，亦奔投吴军。吴军方至橐皋，诸葛诞已入寿春，孙峻料已无及，也即引还。

司马师已平定淮南，即令诞都督扬州，自率大军还都。甫抵许昌，目痛愈剧，一经朦胧，便见夏侯玄、李丰、张缉等，立在面前，自知性命不保，不能至洛，可巧司马昭前来省疾，便即嘱咐后事，语尚未毕，眼中一声怪响，鲜血直流，顿致毙命。昭取得乃兄印绶，即总督人马，上表讣闻。魏主髦令昭留屯许昌，援应内外。昭询诸中书侍郎钟会，会劝昭回驻洛南，



昭不待朝命，便即引归。魏主髦无可奈何，只得使昭继承兄职，嗣是大权复归昭有了。也可谓兄终弟及了。

且说蜀将姜维探知司马师已死，复议乘间伐魏，大将军张翼以为国小民劳，不宜黩武，劝维守险自固，为休养计。维不肯依议，竟请准朝命，与车骑将军夏侯霸等，率兵数万，进兵枹罕。魏征西将军郭淮已殁，由雍州刺史陈泰升任，新刺史姓王名经，轻率寡谋，引兵出拒，两军会战洮西。维令夏侯霸绕出经后，前后夹攻，经军大败，丧师无算，乃退保狄道城。维欲进攻狄道，张翼又谏阻道："大功已立，可止则止；若再行进兵，恐如画蛇添足，将隳前功。"维反恨他阻挠，驱军径进，魏征西将军陈泰，贪夜往援，就狄道城东南山上，鸣鼓举烽，张皇声势；再加兖州刺史邓艾也受了朝旨，迁官安西将军，领兵来助陈泰，维闻两路兵到，急收兵退驻钟堤。四次无功。泰与

邓艾相会，置酒谈兵，将佐毕集，俱谓蜀兵却退，未敢再来。艾独笑说道："洮西方败，彼必思乘胜再举，是一当来攻；彼屯兵汉中，容易出发，且知我将易兵新，更思乘隙，是二当来攻；彼用船行，我从陆行，我劳彼逸，是三当来攻；狄道陇西南安祁山，皆为边境，我须四处把守，彼得一路直进，是四当来攻；彼出南安陇西，可资羌谷，若出祁山，可就食陇麦，是五当来攻；我料他不出一年，就要前来了。"知己知彼，百战百胜。将佐始服艾远虑，交口称善。艾往屯祁山，逐日练兵，专待敌至。

越年魏主髦改元甘露，就是蜀汉后主禅延熙十九年，蜀将姜维进位大将军，又自钟堤出兵，北向祁山，途中探得祁山有备，乃改趋南安。偏为邓艾所料，引兵往据武城山，截住蜀兵去路，山势险峻，蜀兵连攻不克，维又欲移攻上邽，檄令镇西大将军胡济会师，就留夏侯霸屯武城山，自率部众，夤夜渡渭，潜向上邽进发。走至天明，见两面山路崎岖，不便驰骤，正在疑虑，前驱已返报道："此处名为段谷，谷后旗帜飘扬，恐有伏兵。"维变色道："段谷名称未佳，不如退师。"遂掉头回走，不料邓艾却挥兵杀来，兜头拦住，蜀兵已经心慌，更加道途逼窄，不能成列，被艾军一阵截击，杀得七零八落。维还望胡济来援，哪知待久不至，只好向前冲突，艾却纵兵兜围，不令窜逸，维兵越战越少，幸亏夏侯霸前来救应，才得拔出，姜维奔回汉中。这番姜维败回，丧失甚多，实皆被邓艾占了先着，处处设防，所以维有此败。第五次又失败了。嗣是蜀人怨维，维亦上表自贬，降为后将军，仍行大将军事。过了一年，魏扬州都督诸葛诞，又起兵讨司马昭，于是吴蜀两国，亦各东西出兵。小子有诗叹道：

阵云扰扰起神州，未壹舆图战不休；
汉土三分数十载，可怜尸血满江流。

欲知诸葛诞何故讨昭，且看下回分解。

有曹操之废伏后，乃有司马师之废张后。操废后而止，至废帝一事，留待其子曹丕；而师独以一身兼之，既废张后，复废魏主芳，乱贼效尤，比前为甚。无怪后事之愈出愈凶。然使前无曹操父子，后亦必无司马师兄弟；天鉴不远，加倍相偿，世人欲为子孙计，亦何勿稍留余地乎？毋丘俭等之讨司马师，史笔尝嘉予之，然才不逮志，终致覆灭。俭子甸知讨贼之义，而不能为父先驱，坐致赤族；文钦有子，似胜毋丘，然子有勇而父无谋，其曷能济？此所以倏起倏仆也。然天欲覆曹而生司马氏，岂容毋丘俭之讨贼有成乎？

# 第九十九回　满恶贯孙綝伏诛<br>竭忠贞王经死节

却说诸葛诞驻节寿春，坐镇扬州，他本与夏侯玄邓扬诸人互相标榜，号为八达，至玄等夷灭，诞力不敌司马氏，乃隐忍不发。及毋丘俭等发难，复助司马师平乱，因得代俭位置，且进封高平侯，加官征东大将军。但自思王凌、毋丘俭相继诛夷，恐不免再蹈覆辙，乃赦罪犯，蓄死士，散财赡众，收结人心，且借口防吴，更请添兵筑城，为自固计。初志已出毋丘俭下。

司马昭方秉国政，颇有疑意，长史贾充请借慰劳为名，遣使观变，昭即使充至寿春，与诞相见。诞留充宴饮，与语时事，充用言探试道："洛中诸贤，皆愿禅代，君以为何如？"诞不禁作色道："君非贾豫州嗣子么？充系豫州刺史贾逵子。世受国恩，奈何出此妄言？"充惭沮道："充不过将人言告公。"诞不待词毕，又厉声道："洛中有变，我当效死报国，身为人先。"何不与毋丘俭等同时报国。充已知诞意，饮罢告辞，返报司马昭，并向昭献议道："诞在扬州，颇得众心，不如征令入都，免为后患。"

昭蹙眉道："恐诞未必肯来。"充又说道："充亦知他未肯应召，但召他不至，反速祸小，否则反迟祸大，愿明公裁察。"昭乃请旨，征诞为司空。诞果然迟疑，且见诏书中云，可将兵符交与扬州刺史乐綝，更觉得乐綝从中倾轧，不由的愤嫉交乘，当即带领数百骑，径赴扬州，佯言将奉诏入洛，与綝辞行。綝不知有诈，迎诞入厅，诞便指挥骑士，一拥上前，吓得綝逃至楼上，终被杀死，于是诞征兵聚粮，准备起事；且遣长史吴纲，送少子靓入质东吴，称臣乞援。

吴相孙峻骄淫无道，国人侧目，司马桓虑、将军孙仪等先后谋峻，俱被杀死。全公主与峻私通，往来日久，因前曾谮害太子和，妹夫朱据与妹朱公主，均有异言。据已贬死，惟妹尚存。全公主余恨未消，竟诬妹与孙仪通谋，朱公主复致坐死。是何戾气，出此淫悍残忍之妇人？峻年未四十，恶贯满盈，忽患心痛，



自称为诸葛恪所击，半日即毙，后事属诸从弟孙綝，綝已为偏将军，至是进任侍中，拜武卫将军，领中外诸军事。骠骑将军吕据素嫉孙綝，遂与诸督将连衔，表荐卫将军滕胤为丞相，綝独奏调胤为大司马，使他出镇武昌。胤尚未行，据已由江都回来，使人告胤，共黜孙綝。綝得知消息，遣从兄孙宪，引兵御据，且促胤即日赴镇。胤不肯依言，反勒兵自卫，綝遂奏称胤谋反，率军攻胤，将胤杀死，并夷三族。胤不自量力，死亦自取。据既失内应，复为孙宪所阻，害得进退两难，或劝据北行奔魏，据慨然道："我若为叛臣，有何面目对我先人？"遂服毒自尽。据为故大司马吕范次子，自杀以后，由綝奏为叛首，亦夷三族。吴主亮下诏改元，号为太平，亮嗣位时，改元建兴，越二年改元五凤，五凤三年，又改号太平。进綝为大将军，封永宁侯。綝从兄宪引兵还都，未得升迁，且见綝倨傲无礼，心甚怏怏，因与将军王

惇同谋诛𬘭，不幸事泄，惇即受诛，宪亦自杀。过了一年，正值诸葛诞遣子入质，称臣请救，𬘭方欲图功耀威，当然乐从，便命将军全端、全怿、唐资等，与降将文钦父子，领兵三万，往救寿春。

魏大将军司马昭闻得诸葛诞起兵，急忙入宫面奏，逼令魏主髦亲征，且请郭太后慈驾同行。挟天子并挟太后，无非防有内变。郭太后及魏主髦不敢不从，当由昭调集大兵二十六万，陆续东下，自拥两宫车驾，出屯丘头，使镇东将军王基与安东将军陈骞，领兵十万，进图寿春。基等方至城下，吴将全端全怿等，已先入寿春城中，助诞固守；基挥兵围城，再向司马昭请兵十万，把寿春四面环住，围得水泄不通，文钦等屡出犯围，均被击退，吴又遣将军朱异率三万人至安丰，为寿春外援。魏亦令将军石苞、督同兖州刺史周泰、徐州刺史胡质等击败朱异。异走报孙𬘭，𬘭乃大发士卒，出屯镬里，仍使异同将军丁 945.
奉、黎斐等，引兵五万，再救寿春。异将辎重留屯都陆，自出黎浆，不意魏将石苞等又复杀来，异与战失利，仍然失败。还有魏泰山太守胡烈潜引精兵五千，从间道绕出都陆，把朱异所留的辎重，一炬成灰；异兵丧粮尽，不得已仍回见孙𬘭。𬘭怒责道："汝两次失败，何颜见我？"异以魏兵势大为辞，𬘭复叱道："再去决一死战，不必向我饶舌。"异答言有兵无粮，不能再往。𬘭拍案道："谁叫汝辎重被毁？到此还敢违我令么？"一味蛮话。异尚欲再辩，𬘭竟拔剑起座，把异劈为两段。

异为东吴名将，骤被杀死，将士都有违言，𬘭自知支持不住，索性退归吴都。适吴将全怿兄子炜仪，因讼得罪，奉母奔魏，可巧司马昭亲来督攻，即收纳炜等，且伪作炜书，嘱炜从人，赍送寿春，递与全怿。书中大意，说是孙𬘭还都，责诸将救诞无功，罪及家族，因此奔魏逃命。怿得书惶急，即与全端带领部众，出城降魏，寿春城内兵力益孤。诞部将蒋班、焦彝劝诞背城一战，诞又不从，二人料诞必败，也出降魏军。

寿春自被围后，差不多已有半年，勉强过了残冬，粮食垂尽，诞屡次突围，终不能脱。文钦向诞献议，请将北兵尽行驱出，但留吴兵，与诞坚守，方可省食，诞不禁起疑，钦说至再三，诞勃然大怒道："汝教我尽去北军，连我也好送死了！"说着即拔刀砍死文钦。钦子文鸯、文虎闻乃父被杀，当然痛愤，便逾城奔投魏营，军吏请按他前罪，一并加诛，司马昭独解说道："钦敢叛国，应受族诛，但今却不应出此。钦子穷迫来降，若将他诛戮，反使城内守兵誓死拒我，岂不可虑？"乃召入鸯虎二人，面加抚慰，更表为偏将军，封关内侯。能收能放，奸谲不亚老瞒。一面使骑士数百人绕城大呼道："文钦子尚不见诛，反



加封赏，汝等何不早降，同受爵禄呢？"守兵听着，俱被诱动，往往缒城出降，昭乘势攻城，一日一夜，便得登陴，杀入城中。诸葛诞率亲兵数百人，开城欲走，被魏司马胡奋追及，一刀毕命，奋指挥部曲，将诞亲兵，一齐缚住，劝令投诚。谁知他都不肯降，杀一个，劝一个，随劝随杀，竟至杀尽，并将诸葛诞全家诛戮，夷及三族。吴将唐咨降魏，惟偏将军于诠慨然太息道："大丈夫受命行军，不能救人，反甘屈节，我所不为。"说罢，竟免胄突阵，致为乱军所杀。可见吴大帝于地下。

司马昭安民已毕，查点吴兵，乞降不下一二万人。或谓吴兵家小，尽在江南，将来必有他变，不如坑死了事，昭摇首道："古时良将出师，全国为上，但教元恶歼除，何必多戮他人？"遂令降卒分布三河，听令安处，拜唐咨为安远将军，咨以下有裨将数人，亦各予名位，众皆悦服。司马昭子孙得为帝数年，

未始非这件阴功。惟昭欲乘胜伐吴，由镇东将军王基谏阻。又闻蜀将姜维，复出汉中，乃留基都督扬州，自率大军西归。途次接得邓艾军报，乃是蜀兵已经却退，昭得放心，还抵丘头，奉着两宫车驾，回到洛阳，群臣又称昭功德应授荣封，魏主髦乃令昭为相国，封晋公，加九锡，昭尚推辞再四，方将成命收回，这且待后再表。

且说吴大将军孙綝引兵还都，威名虽挫，骄横如故。吴主亮年已十六，亲揽政事，见綝专权好杀，未免不平，往往因綝入朝，设词问答，綝辄为所窘，乃托疾不朝。使弟据为威远将军，入宫宿卫，恩为卫将军，干为偏将军，闿为长水校尉，分屯诸营，为自固计。吴主亮尝翻阅旧案，得见朱公主死状，疑有冤诬，乃召问全公主，全公主胆虚心怯，反谓朱公主罪证，是由朱据二子熊损所言。熊已督虎林，损亦督外都，亮责他有心害母，立使将军丁奉，赍诏赐死。损妻为孙峻妹，綝因上书谏阻，亮独不从。全公主恐祸及己身，故意讨好亮前，叙述孙綝兄弟罪恶，被孙峻奸污有年，乐得借此出气。亮遂与她谋诛孙綝，且引将军刘承，密商计划。亮妃为全尚女，时已立为皇后，尚子纪为黄门侍郎，亮召入与语道：“孙綝遇事专擅，藐我太甚，若不早图，必将及祸；卿父为中军都督，烦为密告，叫他严整军马，我当亲率各营，围取孙綝，但切勿使卿母闻知，妇人不晓大事，且为綝从姊，倘或漏泄，贻误非轻！”纪唯唯受教，出告父尚。尚素无远虑，竟向妻孙氏漏泄，孙氏即使人报綝。但顾母家，不顾夫族，妇人误事，往往如此。

綝闻报大怒，夜使弟恩袭执全尚，并在苍龙门外诱杀刘承，然后引兵围宫。亮亦愤不欲生，上马带鞬，持弓欲出，且语近侍道：“我为大帝嫡子，在位已五年，中外大臣，孰敢不从？贼綝敢这般放肆么？”也是一厢情愿。近侍等向前拦住，极力谏阻，全后也已闻知，与亮乳母一同趋至，牵住亮衣，不令外出，亮叱全后道：“汝父糊涂，败我大事！”全后本有姿色，更兼泪容满面，令人生怜，惹得亮欲行又止，将弓掷地，一面使人召纪。纪对来使道：“臣父奉召不谨，负上实甚，臣无颜再见陛下。”说至此，竟拔剑自刎。可谓烈士。使人当即返报，亮不胜叹息，尚想设法解围，哪知孙綝敢作敢为，嘱使光禄勋孟宗，往告太庙，废亮为会稽王，且列亮罪状，班告远近。尚书桓彝，不肯署名，被綝当场杀死，又遣中书郎李崇带兵入宫，夺取玺绶，迫亮夫妇出宫，由将军孙耽押送就国，亮始终无法，只好挈眷去讫。綝复徙全尚至零陵，全公主至豫章；尚在途中，又被綝使人刺死。独不刺全公主，莫非尚为亡兄顾全私爱么？

948. 綝欲自立为主，恐众情不服，商诸典军施正，正劝綝迎立琅琊王休。綝乃令宗正孙楷与中书郎董朝，迎休入都。休尝梦见乘龙上天，有首无尾，惊为奇事。是不得传子之兆。至是启行至曲阿，有老人于休前请道：“事久变生，愿大王速行。”休乃兼程入都，留驻便殿。孙恩奉上玺绶，三让乃受，即日登正殿嗣位，下令大赦，改元永安。孙綝自称草莽臣，缴还印绶节钺，乞避贤路。死期将至，何必做作？休特旨慰谕，命綝为丞相荆州牧，恩、干、闿皆晋爵加官，余亦封赏有差。

先是丹阳太守李衡因休徙封丹阳，见九十七回。屡加侵侮，衡妻习氏，劝谏不从。休上书乞徙他郡，乃改迁会稽；至休入嗣位，衡惧休报怨，意欲奔魏。习氏复谏道：“君本布衣，荷蒙先帝拔擢，未曾报德，乃反虐待诸王，自贻嫌衅，一误已足，奈何再叛主降虏呢？”义正词严。衡皱眉道：“今将奈何？”

习氏道："琅琊王素好声名，当不致肆行报复，但为君计，须先诣狱请罪，妾料君不但免祸，并可复官。"衡听了妻言，自诣建业，入狱待罪。果然奉诏赦免，说他在君为君，不必多疑，仍令还郡治事，并加威远将军职衔。辛敞有姊，李衡有妻，并录之以示女界。后来衡欲治产，习氏又屡次加诫，但在武陵，种橘千株，故卒得令终。

惟孙綝一门五侯，并典禁兵，权倾人主；吴主休阳示恩宠，内实加防。綝尝奉牛酒入宫，向休上寿，休谦谢不受，綝乃持酒至张布府中，与布共饮。酒后触起私忿，便向布直告道："我前废少主，朝臣多劝我自立，我为今上贤明，故迎他为君，今我奉酒上寿，反致见拒，莫非疑我不成？看来只好变计呢。"布方超任左将军，为休心腹，与綝别后，即入宫密报。休很是不安，没奈何优给赏赐，遇綝请求，无不勉从。綝佯请出屯武昌，调兵给仗，擅取武库兵器。将军魏邈与卫士施朔便入奏道："綝必将谋变，不可不防。"休因急召张布密议，布举荐老将丁奉，可任大事，休乃再征奉入宫，与谋诛逆。奉答说道："丞相兄弟，支党甚多，不易猝制；好在腊日将到，大会群臣，待綝入席，便可下手，内属左将军布，外属老臣便了。"休闻言大喜，即嘱布奉两人，秘密行事，并令魏邈施朔为助。

未几已届腊会，先一夜间大风拔木，飞石扬沙，杀一孙綝，何干天怒？想是适逢其会。綝也觉惊心，托言有疾，不愿赴会，偏中使屡来敦促，只好应召。家人从旁劝阻，綝勃然道："朝命已至，何惮不往？万一有变，可令府中放火为号，我自当速归。"言讫遂行，到了朝堂，百官统皆待着，迓綝入殿，连吴主休亦起座相迎，綝行过了礼，昂然高坐，当即开宴聚饮。酒至半酣，望见殿外浓烟冲起，即诧言何处失火，起座欲归。休忙劝止道："外兵甚多，何劳丞相出视？"綝不肯应命，离席便行，张布举杯一掷，便有武士突出，立将孙綝拿下。吴主休喝声道："斩！"綝慌忙跪叩道："乞贷一死，愿徙交州。"休怒叱道："汝何不徙滕胤吕据等人？"綝复碰头道："愿没为官奴。"休又叱道："汝何不使胤据为奴？"两诘甚妙。布即将綝押出殿门，一刀斩讫，持首示众道："罪止孙綝，余皆不问。"殿内外听了此言，俱肃静无声。俄而丁奉牵入孙恩孙干，亦由休叱令枭首；惟孙闿乘船北走，由魏邈施朔追去，终得擒诛；孙綝兄弟家属，一概骈戮；追夺孙峻官爵，剖棺戮尸；改葬诸葛恪、滕胤等家。廷臣或请为恪立碑，吴主休驳说道："盛夏出师，徒丧士卒，不可谓能；受遗辅政，身死贼手，不可谓智。怎得无端立碑呢？"驳得甚是。惟休妃为朱据女，母即休姊朱公主。以甥女为妻，亦太悖谬。朱公主为峻所杀，埋尸石子岗，无从辨识，惟有老



宫人尚记主衣，再使两巫至乱冢前祷祝，夜见有一妇人，从冈上来，冉冉入冢，因即开验，果如宫人所言，乃得改葬。册朱妃为皇后，立子𩃙为太子，𩃙读如穹。封南阳王和子皓为乌程侯，皓弟德为钱塘侯，谦为永安侯。所有与谋诛綝诸将，如张布丁奉等，并膺懋赏，江东乃安。

惟吴得诛逆臣孙綝，魏却反弑嗣主曹髦，下手是舍人成济，主使实大将军司马昭。语似老吏断狱。先是魏宁陵井中两现黄龙，群臣上表称贺，魏主髦独叹息道："龙为君象，上不在天，下不在田，乃屈居井中，有何祥瑞可言？"遂作《潜龙诗》以自讽云：

伤哉龙受困，不能跃深渊；上不飞天汉，下不见于田；蟠居于井底，鳅鳝舞其前；藏牙伏爪甲，嗟我亦同然！

这诗为司马昭所闻，很是不悦，乃复阴图废立。每见魏主曹髦，辄用言讥嘲，惹得髦忍无可忍，乃召侍中王沈、尚书王经、散骑常侍王业，私下与语道："司马昭居心叵测，路人皆知，我不能坐受废辱，今当与卿共讨此贼。"经当即谏阻道："昔鲁昭公不忍季氏，散走失国，为天下笑；今大权久归司马氏，内外公卿，俱为彼爪牙，不顾顺逆，陛下宿卫空虚，甲兵单弱，如何能出讨权臣？还乞慎重三思。"髦愤然起座道："我已决意出讨，虽死不惧，况未必遽死哩。"说着，即从袖中取出诏书，投诸地上，自往永宁宫禀白太后去了。太觉卤莽。王沈等踉跄趋出，沈即语王经道："此事只好往白司马公，免致同尽。"业也以为然，独王经不从，二人径走告司马昭。昭即通告中护军贾充，叫他整兵防备。那魏主髦自永宁宫出来，竟不顾利害，但集殿中宿卫及苍头官僮数百人，鼓噪出宫，自己拔剑升辇，当先押队，直奔止车门。门外有屯骑校尉司马伷，系是昭弟，当即引兵拦住；髦厉声喝退，向前再行。方至南阙，见贾充带着兵士数千，前来迎战，髦呼喝不住，两下竟厮杀起来。太子舍人成济颇有勇力，随充军前，便问充道："此事究应如何处置？"充悍然道："司马公养汝何用？正为今日！"济复问道："当杀呢？当缚呢？"充复答道："杀死便了，何必多问。"济遂挺矛趋进，驰至辇前，髦尚大喝道："我为天子，贼臣怎得无礼？"济并不答话，横矛直刺，髦用剑招架，挡不住成济的长矛。霎时间胸际受伤，撞落辇下，济再顺手一刺，刃透背上，呜呼毕命。这叫做螳臂挡车，自不量力。卫士僮仆等统皆逃散，充竟往报司马昭，昭假意大惊，自投地上。

太傅司马孚闻变奔往，手枕髦股，且哭且语道："陛下被杀，实由臣罪！"身为太傅，不能事前调护，徒哭何益？当下命从吏棺殓髦尸，舁入偏殿，司马昭趋至殿中，召群臣会议，百官皆至，独陈泰已为尚书仆射，在都不入。昭令泰舅荀颢往召，泰欷歔道："时人谓泰可比舅，今舅反不如泰呢。"泰子弟俱劝泰一行，泰素服入朝，先至灵前，恸哭一番，然后见昭。昭佯为流涕道："今日事该如何办理？"泰泣答道："独斩贾充，稍可以谢天下。"昭沉吟半晌。又复问道："再思及次。"泰朗声道："只有比此更进，何次可言？"昭乃不复问，令左右为太后作诏，诬髦忤逆不孝，意图弑母，宜废为庶人；尚书王经，敢逢君恶，亦应重惩等语，当即使人至永宁宫，迫令太后钤印，即日颁发。昭却与司马孚等联衔，请用王礼葬髦，吾谁欺？欺天乎？惟拘王经全家入狱。经尚有老母，亦被囚系，经因向母叩谢道："不孝子累及慈亲，奈何奈何？"母反破涕为笑道："人谁不死？但恐死不得所！今因此并命，死亦何恨呢？"比滂母更胜一筹。越日

王经全家就诛，满城士民，无不泪下。司马昭见人心未死，乃归罪成济，派兵收捕。济不肯就拘，裸体登屋，丑诋司马昭，把他主使贾充及所有弑君阴谋，和盘说出。却是痛快，但汝何故从逆？嗣经兵士四面放箭，济无从逃避，当然射倒，临死尚骂不绝口，昭竟夷济三族。小子有诗叹道：

王经报主甘从死，成济弑君亦受诛；
等是身家遭绝灭，流芳遗臭两悬殊。

欲知嗣立何人，且至下回续表。

孙綝出救诸葛诞，弃师而归，犹且骄横如故，安能久存？吴主亮若

能濡忍以待，则如休之所为，未必不能为之。盖綝之怀逆，与司马昭相同，而才力之不逮昭也远甚。昭父兄累建功勋，为人畏服，綝无是也；昭之智不让父兄，倾动内外，朝臣俱受彼牢笼，綝又无是也。綝兄孙峻，作恶多端，及身幸得免诛，而綝则丧师辱国，众怨交乘，捽而去之，固易事耳。亮所托非人，因致失败，非綝之不易诛也。魏主髦卤莽从事，仿佛孙亮，亮且不能诛綝，髦亦安能诛昭？南关遇弑，莫非其自取耳。惟王经见危授命，始则进谏，继则抗逆，身虽被戮，名独流芳，而经母亦含笑就刑，贤母忠臣，并传千古，以视成济之为虎作伥，亦夷三族。其相去为何如乎？

# 第一百回　失蜀土汉宗绝祀<br>篡魏祚晋室开基

却说司马昭既诛成济，遂议另立嗣君，决迎燕王宇子璜为魏主；使长子中垒将军司马炎行中护军事，持节至永次县常道乡，迎璜入都。璜为常道乡公，年方十五，既入洛阳，即至永宁宫，谒过太后，登殿嗣位，更名为奂，改号景元，进司马昭为相国，封晋公，加九锡礼，昭仍然固辞。何必做作？是年故汉献帝夫人曹节病殁，追谥为“献穆皇后”，丧葬礼仪，皆依汉朝故例。特笔书此，以志曹女之犹不忘汉。越年，又命司马昭晋爵，昭谦让如故。又越年十月，洮阳递入军报，乃是蜀姜维复为大将军，出兵攻魏。昭令安西将军邓艾，过意严防。

先是蜀汉主禅延熙二十一年，改元景福，正值魏兵出攻寿春，蜀将姜维欲乘虚北伐，特率数万人，通道骆谷，进攻长城。此长城系是县名，非秦所修筑之长城。魏安西将军邓艾与长城都督司马望坚壁拒维，相持不下。及魏平寿春，司马昭还师，维乃引还。是补前回未详之阙。但自姜维执掌军政，主张北伐，至此已经过六次，差不多是连年兴师，蜀民当然愁苦。中散大夫谯周曾作《仇国论》讽维，维尚无回意。尚书令陈祇与中常侍黄皓在内用事，扰乱国政。已而祇死，后主禅用仆射董厥为尚书令，尚书诸葛瞻为仆射；嗣且进厥、瞻为将军，共平尚书事，命侍中樊建为尚书令。厥本义阳人，曾仕丞相府中令史，诸葛亮常称为良士。瞻即亮子，得尚公主，位兼勋亲，但两人素性慎重，未能力除黄皓。独樊建不与皓往来，皓累承宠眷，蒙蔽后主，伐异党同，右将军阎宇与皓亲善，皓欲黜去姜维，以宇为代。维察知阴谋，入白后主道："皓奸巧专恣，将败国家，请陛下速诛此人。"后主笑答道："皓一趋走小臣，有何能为？从前董允嫉皓，朕常以为过甚，卿幸勿介意。"说着，复呼皓出谢姜维，维不便多言，当即趋出。好一个和事天子。

至景耀五年，维又欲伐魏，车骑将军廖化劝阻不从，退语亲属道："兵不戢，必自焚，伯约姜维字。恐难逃此语呢！上语本《左传》。智既未优，力又未足，乃用兵无厌，何以自存？"果然维进攻洮阳，前锋夏侯霸中箭阵亡；维与邓艾交战，侯和城下，又复失利，只得退还。姜维七伐中原，至此才了，罗氏《演义》添入计赚王瓘一回，称作八伐，不知何指？黄皓遂乘间进谗，请令阎宇代维，后主虽未依言，心下却有疑意。维在途中，得知消息，乃自请种麦沓中，不复还都。才阅两月，即得魏人窥蜀消息，上表后主，请遣左右车骑将军张翼廖化，督领兵马，出镇阳平关，及阴平桥头，防备不虞。后主接得此表，乃与黄皓计议，皓复奏道："这又是姜维贪功，故有此表。臣料蜀中天险，魏人亦未必敢来，陛下如尚怀疑，都中有一师巫，能知未来，可传旨问明。"后主遂令皓往问师巫，未几返报，谓巫已请得神言，说是陛下后福无穷，何来外寇？全是捣鬼。后主信以为真，乐得耽情酒色，坐享太平，所有姜维表文，置诸不理。

适有都乡侯胡琰妻贺氏，美丽绝伦，因入宫朝见皇后，被留经月，方许还家。琰疑贺氏与后主私通，竟呼家卒至贺氏前用履挞面，差不多有数十百下。看官试想！好好一张俏庞儿，能禁得这般糟蹋么？琰俟家卒挞罢，将妻驱出。可怜贺氏哭哭啼啼，竟至宫中面诉冤情；后主见她面目青肿，不禁大怒，立命左右拘琰下狱，饬有司从重定谳，谳文有云："卒非挝妻之人，面非受履之地，罪当弃市！"于是琰处斩。时人因琰罪轻法重，越生疑议，遂致舆情失望，怨谤交乘，后主似痴聋一般，全无知觉。且自姜维上表后，过了半年，并不见魏兵入境，益觉得黄皓忠诚，远过姜维。

谁知霹雳一声，震动全蜀，魏兵竟三路杀到，势如破竹，管教那岩疆失守，全蜀沦亡。魏大将军司马昭，因蜀人屡次犯边，意欲遣客入蜀，刺死姜维，从事中郎荀勖道："明公当堂堂整整，出师讨蜀，奈何令刺客西行，无名无望呢？"说得司马昭跃然心动，遂拟大举攻蜀。朝臣多以为未可，独钟会竭力赞成，昭即令会为镇西将军，都督关中，部署人马，再使邓艾为征西将军，与会并进。艾以蜀未有衅，屡陈异议，昭遣主簿师纂为艾司马，再三劝勉，艾无奈奉命。本非情愿，已为后文埋根。约阅数月，钟会已筹足饷械，便统率十余万人，分从骆谷斜谷子午谷，直趋汉中。邓艾督三万余人，自狄道入沓中，牵掣姜维。再令雍州刺史诸葛绪，督三万余人，自祁山往武卫桥头，绝维归路。三路魏兵，同时出发，又由昭遣廷尉卫瓘持节监军。瑾行过幽州，由刺史王戎出迎，与瓘宴叙。席间谈及行军得失，戎与语道："道家有言，为而不恃，可见得成功不难，保守为难呢。"瓘复述参军刘实微言，谓钟邓二人，必能破蜀，但皆不得生还。戎微笑道："我意亦然，君应守秘密，且看将来。"瓘乃尽兴而去。

从前刘先主手定汉中，曾在阳平关外，分置边戍，严防外寇；至姜维用事，谓不如敛兵聚谷，退守汉寿及汉乐二城，较为简省；寇若攻关，势难遽拔，待他粮尽引还，可由诸城并出搏击，自足歼敌等语，后主依议施行。因将各边戍撤退，惟饬将军傅佥守住关隘，王含、蒋斌分戍汉乐二城。外户不守，撤屯引敌，这是姜维第一失计。此次钟会进兵，遂得长驱无阻，直达阳平关下。自督诸军攻关，使前将军李辅与护军荀恺，各率万人，往围汉城乐城，使他隔绝不通。阳平关本来险峻，守将傅佥扼住关口，任凭钟会有十万大军，一时总难飞越。惟佥恐寡不敌众，忙遣使飞报成都，乞师相助。未几来了一个蒋舒，本为武兴军督，由后主调他助佥。佥意在坚守，舒偏要出战，两人各执一是，结果是佥仍守关，舒出迎敌。谁料舒出关以后，竟向魏营乞降，反引魏先锋胡烈同来叩关。佥在关上俯瞩，明明是蒋舒还军，当然开关接入。关门甫辟，魏兵如潮涌进，乱杀守兵，佥始知为舒所卖，下关格斗，力杀魏兵数十人，自己身受重伤，血满袍铠，当下用剑拟颈，忍痛力挥，一道忠魂，往寻乃父傅彤去了。父子同为蜀死，节足光汉乘。

魏兵入关，钟会率队进来，得了许多粮草甲仗，很是喜慰，便即犒赏军士，就在关上休息一宵。越日得李辅荀恺军报，乃是汉乐二城已经归降，会就放胆前进，行经定军山，忽见阴云布合，愁雾迷蒙，几乎连前面路径，都不可辨。会亟问降将蒋舒道："山上有无神庙？"舒答言并无庙宇，只有蜀故丞相诸葛亮墓，全蜀将亡，怪不得阴云愁惨。会恍然道："诸葛公遗惠及民，理应致祭。"遂谨备牲醴，亲往墓前祷祀，且誓言入蜀以后，决不妄杀一人，待至祷毕，云雾徐开，然后再进。

后主闻汉中失守，急遣左右车骑张翼廖化及辅国大将军董厥，领兵拒魏，迟了！迟了！且遣使向吴求援，一面下令大赦，改景耀六年，为炎兴元年。姜维尚在沓中，闻得魏兵进攻，慌忙调兵抵御，可巧邓艾引兵杀到，便与对垒，相持了好几日。忽由探马来报，汉中失守，傅佥战死，维大惊道："汉中一失，我无归路，只好速退罢。"当下拔寨齐退。行至强川口，后面追兵又至，维无心恋战，且斗且走，丧失部兵多人。将抵阴平，后有探马走报道："魏将诸葛绪，进据桥头，截我去路。"维闻言沉吟，想命军士改向北行，扬言将截击绪后。绪果为所绐，退兵三十里，四面窥探，并无蜀军，哪知维已还向桥头，趋回剑阁去了。蜀将廖化、张翼、董厥等奉命拒魏，正与姜维相遇，维谓剑阁险阻，必可固守，不如并力扼住，待敌粮尽退归，再



可规复汉中。廖化等也以为然，遂合兵同至剑阁，依险分屯，果然钟会兵至，无隙可乘，就是邓艾、诸葛绪一齐趋集，也是屡攻不克，徒费奔波。会知难欲退，偏邓艾冒险进取，引兵自行，惟诸葛绪仍与会合军。会因艾不受节制，迁怒及绪，密奏绪畏懦无功，竟将他槛车送归，所有绪兵三万人，悉归会管辖。会且留攻剑阁，专探邓艾消息。艾却率领部曲，就阴平僻道，趋入前面，都是丛山峻岭，渺无人迹；艾不顾艰险，勒令军士逢山开道，遇水架桥，到了危崖峭壁的地方，却用毡裹住身体，先滚下去，将士等不敢落后，如法遵行，及至无毡可裹，各用绳索束腰，攀木挂树，鱼贯而进。艾不久即死，何苦为此。途次尚有二废垒，虚无一人，艾指示将佐道："此间空垒尚存，想诸葛孔明在日，定必派兵把守，今已废置，是天使我成功了。"

及行近江油，路渐平坦，总计所经路险，约有七百余里，

部众在途伤亡，亦不下数千人，自是有进无退，只好拼死杀人。江油守将马邈漫不加防，一闻艾兵已到城下，吓得魂飞胆落，慌忙开城迎降。蜀卫将军诸葛瞻方守涪城，闻得江油被陷，忙调兵抵御；尚书郎黄崇劝瞻急出据险。瞻因兵尚未集，不便遽出，才阅两日，魏兵已将险要占去，眼见得涪城难守，不得已退保绵竹。艾令子忠及司马师纂引兵追瞻，被瞻一鼓击退，还见邓艾，报称敌未可击。艾大怒道："存亡利害，在此一举，若非冒死进击，难道还有生路么？"忠与纂乃复驰去，与瞻再战。这番接仗，与前次迥不相同，魏兵俱怀死志，锐不可当，瞻正虑招架不住，偏又有大队杀来，乃是邓艾自来接应，两军杀至日暮，蜀兵四散，瞻与尚书黄崇并皆阵亡。瞻子尚年将弱冠，登城遥望，见父瞻陷入阵中，不禁恸哭道："我父子荷国重恩，应该效死，只恨朝廷不早斩黄皓，致有此祸！今我父已死，我何生为？"遂策马杀出，格毙魏兵数名，也即捐躯。父死忠，子死孝，不愧为武侯子孙。艾遂杀入绵竹城，守兵尽溃。绵竹距成都，只百余里，败报早发夕至，急得后主禅束手无策，忙召朝臣商议，或谓宜东出奔吴，或谓且避往南中七郡，惟光禄大夫谯周谓不如降魏，后主迟疑未决，流涕还宫。何不叫师巫退敌？



是时吴太后与梁王理皆早殁，鲁王永徙封甘陵，不在都中，余如张后及太子璇等，毫无主见，只有在旁陪泪。忽有一人趋入道："如果势穷力屈，祸败必及，便当父子君臣，背城一战，同死社稷，方好见先帝于地下！奈何遽欲出降呢？"后主瞧着，乃是第五子北地王刘谌。刘禅庸主，不意有此奇儿。原来后主有七子，长名璇，已立为太子，次为安定王瑶，又次为西河王琮，时已去世。又次为新平王瓒，第五子就是北地王谌，六子恂，封新兴王，七子虔，封上党王，谌最号英明，故有此谏。后主怒说道：“童子何知？也来多言！”谌大哭道：“先帝创业艰难，一旦拱手让人，岂不可惜？谌宁死不受辱呢。”后主将他叱退。俄而谯周复入报道：“魏兵将到城下，陛下若依臣言，还可保全爵禄，必无他虞，臣愿至魏营力争，决不使陛下罹灾。”后主听到此语，心下稍宽，总教性命可保，何惜屈膝？乃使周缮就降表，与侍中张绍、驸马都尉绍良，同赴艾营请降。艾方至洛城，得表大喜，答书有“微子归周，当为上宾”等语，因遣绍良持书返报，自率部兵，径诣成都，后主面缚舆榇，出城降艾。艾令焚榇释缚，好言抚慰，仍令还宫安民。是日北地王刘谌挈妻子至昭烈庙中，哭拜一番，起拔佩剑，先杀妻子，然后自杀。虽死犹生。汉至此乃亡。总计蜀汉自先主开基，称帝三年，后主禅嗣位四十年，合得四十三年，独详蜀汉历数，隐宗紫阳书法。
960. 三汉共二十六主，总计得四百六十九年。再加一笔。邓艾既入成都，禁止将士掳掠，独收锢黄皓，意欲加诛，皓赂艾左右，终得免死。奈何不诛此竖？艾依东汉邓禹故事，承制拜后主为车骑将军，太子诸王，各有封职；但使后主驰书剑阁，饬令姜维降魏。

维闻诸葛瞻败死，还援成都，行至郪县，接得后主敕书，踌躇多时，乃令部兵还降钟会，就是廖化、张翼、董厥诸将亦偕维同降，将士统皆愤激，拔刀斫石，尚欲与魏兵决一死战，经维密为晓示，方随至会营。会素闻姜维才名，开营迎入，莞然笑语道：“伯约来此何迟？”维流涕道：“维不能保主，本当一死，因闻将军仁明英武，故不惜来降，今日至此，尚为太速呢。”会听了此语，忙起握维手，引置上座，与谈心腹，并使维依旧领兵，维自然暗喜，遂导会至涪城驻扎。会闻艾恃功专断，心甚不悦，艾又上书司马昭，请乘胜伐吴，并封降王刘禅父子，使吴人望风畏服云云。昭表封艾为太尉，会为司徒，独未肯遽从艾请。特檄监军卫瓘谕艾，叫他事须先报，不得专行。艾奋然道："大夫出疆，苟利社稷，何妨专命？艾惟知《春秋》大义，怎得无端牵掣呢？"说得瓘无词可答，走白钟会。蜀将姜维得此知信，便进语钟会道："公自入蜀以来，算无遗策，今反位出艾下，已伏内疑；维闻陶朱沼吴，泛舟绝迹，张良破楚，辟谷全身；公何不上效古人，保功立名呢？"故意反激。会笑答道："君言错了！我年强仕，何能行此？"维接口道："公若不愿高蹈，凭公智力，何事难为？无烦老夫陈策了。"明是逼他谋反。会乃屏去左右，与维议定秘谋，即与卫瓘联名上书，白艾反状。

司马昭既防邓艾，复防钟会，先请魏主下诏，囚艾解京，一面使钟会进兵成都，一面令贾充将兵入斜谷，自奉魏主出屯长安。着着防到，昭才实过钟邓。会接到诏敕，便欲麾兵直进，维急劝会道："艾若拒公，必且劳动兵戈，不如先遣监军卫瓘，前去收艾，然后进兵不迟。"会极口称善，立遣卫瓘引兵百骑，往拘邓艾，自率全军继进。瓘却也乖巧，明知前去收艾，危险异常，他却就夜间驰往成都，待晓入城，托言有要事密商，径至邓艾卧室中。艾尚高卧未起，瓘竟叱从兵将艾缚住，艾子忠起身入问，亦为所执，因厉声大呼道："奉诏收邓艾父子，余皆不问。"当下牵艾父子入槛车。待至艾部众齐集，意欲阻挠，偏城外已由钟会大军，一拥直入，众乃不敢再动，听钟会处置，会入城谕众，各守专职，但派遣将吏将艾父子押送洛阳。



忽由魏廷颁到哀诏，乃是郭太后病亡，会乘机谋变，佯召诸将举哀，驱置一室，待至哀毕，突从怀中取出一纸，向众宣言道："太后有遗诏颁来，使会入讨司马昭。"诸将问昭有何罪？会拔剑置案道："南阙弑君，罪状昭然，诸君如甘心从逆，请试吾剑!”众皆惊愕，勉强应命。会却将诸将锢住室中，不准私出，独卫瓘诈称有疾，得居外廨。会因瓘手下无兵，许令自由；复与维密议起兵，使为先驱，维一口应承，但言诸将未服，不可不防。会即举剑示维道：“有此物在，何必多忧?”维大喜趋出，往报后主禅道：“愿陛下忍辱数日，便可使社稷复安，日月重明了。”哪知汉祚已终，不能再挽，才隔一宵，就起变端。魏护军胡烈亦被锢禁室中，独子渊尚在外面，烈使亲兵出外取食，嘱他寄语，伪言钟会已作大坑，并办就大杖数千，将驱众尽死坑中。渊闻语大惊，传告诸军，一夕皆遍，到了日中，由渊击鼓召众，顷刻便集至万人，杀入殿中。会方与姜维共坐内殿，密商出兵事宜，蓦闻殿外有鼓噪声，会惊起道：“莫非是外兵变乱么?”维答说道：“就使有变，一击便了!”语尚未毕，乱兵已经趋入。会急拔剑出御，忽被一箭射着，仓猝倒地；维尚欲



救会，忽觉心痛难当，乃仰天大呼道：“我计不成，岂非天命?”说至此，就举剑自刎，须臾毕命。人定不能胜天。乱兵将会杀死，再剖维腹，胆大如卵，并皆咋舌，于是乘势杀掠，骚扰全城。胡烈等也穿屋驰出，一同行凶，不但姜维家属尽遭屠戮，甚至蜀太子璇及蜀将数人，也为所害；蜀民死亡无数，积尸盈途，想是百姓应该遭劫。还亏卫瓘出来弹压，好几日才得平安。

邓艾旧部将吏飞骑追艾，幸得相遇，忙将艾父子放出槛车，仍向成都回来。将至绵竹，见有一彪军驰至，艾仔细审视，先驱为部将田续，当即拍马相迎。续忽手起一刀将艾劈落马下，艾子忠向前救父，又被续顺手杀死。看官!这是何因?原来续前越阴平，畏难不进，被其叱辱一番，心中记恨，此次为卫瓘所遣，叫他袭杀邓艾父子，免得艾还蜀报仇，续只说是奉诏诛逆，无人敢抗，当即持首还报。既而贾充入蜀，遂将后主禅等，

共徙洛阳。蜀臣惟秘书令却正，及殿中督张通，随禅北行。司马昭已奉主回洛，待禅到来，封他为安乐公。昭邀禅与宴，命奏蜀乐，却正等并皆感伤，禅乃嬉笑自若。昭乃语贾充道："此人可谓无心，就使诸葛亮尚存，亦难保护，何况是一姜维呢？"乃复问禅道："颇思蜀否？"禅答说道："此间乐，不思蜀了！"安乐公名符其实。待至宴毕，禅辞别回邸，却正入语道："主公前次失言，倘他日再如前问，应流涕相答，说是先人坟墓，远在蜀中，怎能不思？"禅点首记着，后来果由昭再问，禅依却正言答昭，只苦一时无泪，乃闭目作态。昭忽问道："此语何似却正所言？"禅开目惊视道："诚如尊命！"昭不禁失笑，左右亦吃吃有声。禅乃惘然告退，但亦得使人不疑，安享余生。至晋泰始七年，方才病终，倒也活得六十有五岁，这且搁过不提。呆人呆福。

且说吴主休嗣位六年，因蜀使告急，曾遣大将军丁奉向寿春，偏将丁封孙异向沔中，为蜀声援；嗣闻蜀已入魏，乃令各军退回，惟心中不能无忧，奄忽成疾，猝致不起。遂召丞相濮阳兴入宫，嘱咐后事，休已不能言，但握住兴手，使太子𩅦出拜，算是托孤的遗命，是夕遂殁。兴却与左将军张布商议，谓蜀已新亡，势将及吴，太子𩅦年尚幼弱，恐难保国，不如迎立乌程侯皓，较为得计，布也即赞成，遂入宫禀白朱后。朱后是一柔顺的女流，潸然答道："我一寡妇人，何知大虑？但凭卿等裁决罢了。"妇道尚柔，此处似因柔召祸，但误在兴布，不能为朱氏咎。兴等趋出，便迎皓嗣位，改年元兴。当即为休发丧，奉葬定陵，追谥休为"景皇帝"。皓为休从子，既已入嗣休位，例应尊休后朱氏为太后，且群臣已将太后玺绶，送入宫中。偏皓将玺绶夺还，但号朱氏为景皇后，独崇谥父和为文皇帝，尊庶母何姬为太后，封休子𩅦为豫章王，勒令就国，立妃滕氏为后。系是故卫将军滕胤族女，父名牧，得封高密侯，拜卫将军。皓初次颁发优旨，如发仓廪，赈贫乏，放宫女，出苑禽等事，倒还有些贤明；后来骄淫不道，沉湎酒色，丞相兴与将军布未免生悔，轮流进谏。皓竟目为怨谤，杀毙两人，寻且逼死朱后，及后二子，残虐如此，怎得久存？

那魏大将军司马昭，平蜀有功，始受封相国晋公，及九锡典礼。太尉王祥、司徒何曾、司空荀觊又请加封昭为晋王，昭亦直受不辞。至此已无庸做作了。一班趋炎附势的臣僚，就将禅让的典礼争先呈入，昭因东吴未平，还想少待，唯命长子炎为副相国；百官又趁势逢迎，表进炎为抚军大将军。越年，为魏主曹奂咸熙二年，昭已立炎为世子，复进称太子。未几昭死，炎嗣为相国晋王，迁魏司徒何曾为晋丞相，令骠骑将军司马望，为晋司徒。魏主奂名为人君，早与傀儡无异，左右侍臣无一非司马氏爪牙。好容易在位六年，还是司马昭不肯受禅，才得迁延时日。无非想学曹操。及炎承父爵，不肯再缓，端的要帝制自为了。与曹丕何异？



是年秋季，襄武县中报称有大人出现，身长三丈余，迹长三尺二寸，白发黄巾，拄杖自呼道："我乃民王，传语兆民，国运将改，从此太平！"言讫不见。真耶？伪耶？何曾等遂推为晋瑞，向炎劝进，炎佯为推辞，偏朝臣已逼令魏主，就南郊筑受禅坛，择于咸熙二年十二月壬戌日禅位。转眼间已是届期，百官至晋王府前，请炎受禅，炎居然戴冕旒，服衮衣，乘辇出来，由大众拥至南郊，下车登坛，早有黄门官捧着皇帝玺绶，敬谨上献。炎接受后，当燔柴告天，一如魏受汉禅故事，真好报应。礼毕还朝，御殿受贺，国号晋，改元泰始。废魏主奂为陈留王，即日徙居金墉城。奂含泪别去，太傅司马孚拜辞故主，流涕欷歔道："臣年老将死，尚不失为大魏纯臣哩。"自称自赞。未几又徙奂至邺城，直至晋太安元年寿终，追谥为"元皇帝"。废主曹芳由齐王降封为邵陵公，殁时追谥为"厉"。余如魏氏诸王皆降封为侯，魏历五主而亡。独吴至太康元年，方为晋灭，事见《晋史演义》中。

汉事已完，墨干笔秃。小子只有绝诗两首，作为本编的煞尾声。诗曰：

> 舂陵起义汉重光，后嗣昏庸又致亡；
> 赢得蜀中延一线，谁知宦竖且贻殃？
> 妇寺原为乱国媒，群雄扰攘亦堪哀；
> 试看两汉同三国，多少兵民付劫灰！



姜维才不逮诸葛，而欲与魏争胜，连岁出师，致民劳苦，不可谓非失计。然如后主之昏愚，亲小人，远贤臣，就使维不伐魏，蜀亦宁能久存乎？况维闻魏人窥蜀，即表请遣将守险，而为一黄皓所误，卒至魏兵三路，长驱直入；是咎在黄皓，于维无尤也。剑阁守险，钟会屡攻不克，而邓艾从阴平进兵，直趋涪城，诸葛瞻不依黄崇之议，让敌深入，猝至战死，是咎在诸葛瞻，于维亦无尤也。成都虽危，尚堪背城借一，后主宁从谯周，不从北地王谌，面缚出降，坐丧蜀土，是咎在后主，于维更无尤也。至大势已去，维尚诈降钟会，意图规复，乃不幸失败，一死谢国，维之报主，至矣尽矣！天不祚蜀，何维之足尤乎？若夫司马氏之篡魏，实为天道之循环，不有曹操父子之作俑于前，何有司马昭之效尤于后？故篡魏者晋，实则魏自诒之也。而晋之亡，当于《晋史》中寻其源，故不赘云。